2020年度國家出版基金資助項目

國家社會科學基金重大項目"民國話體文學批評文獻整理與研究"（15ZDB079）

現代
(1912-1949)
話體文學批評文獻叢刊

小說話卷

朱澤寶 編著

鳳凰出版社

圖書在版編目（ＣＩＰ）數據

現代（1912—1949）話體文學批評文獻叢刊. 小説話卷 / 黄霖主編；朱澤寶編著. -- 南京：鳳凰出版社，2020.12
ISBN 978-7-5506-3333-9

Ⅰ．①現… Ⅱ．①黄… ②朱… Ⅲ．①中國文學－現代文學－文學評論－叢刊②小説研究－中國－現代 Ⅳ．①I206.6-55②I207.42

中國版本圖書館CIP數據核字(2020)第261060號

書　　　　名	現代(1912—1949)話體文學批評文獻叢刊·小説話卷
主　　　　編	黄　霖
編　　　　著	朱澤寶
責　任　編　輯	陳曉清
裝　幀　設　計	徐　慧
出　版　發　行	鳳凰出版社(原江蘇古籍出版社)
	發行部電話 025-83223462
出版社地址	江蘇省南京市中央路165號,郵編:210009
出版社網址	http://www.fhcbs.com
照　　　　排	南京凱建文化發展有限公司
印　　　　刷	南京新世紀聯盟印務有限公司
	江蘇省南京市建鄴區南湖路27號春曉大廈5樓,郵編:210017
開　　　　本	880毫米×1230毫米　1/32
印　　　　張	27.75
字　　　　數	719千字
版　　　　次	2020年12月第1版
印　　　　次	2020年12月第1次印刷
標　準　書　號	ISBN 978-7-5506-3333-9
定　　　　價	158.00圓

(本書凡印裝錯誤可向承印廠調換,電話:025-68566588)

總　序

黃　霖

　　在中國傳統的文學理論批評中,有一類"話體"之作。所謂"話體"①,就是如詩話、詞話、文話、曲話、小説話一類形式獨特、自成一體的文學批評著作。話體文學批評的基本特徵,就是既有别於傳統文學批評中諸如序跋、評點、書信、論詩詩、曲譜、詞譜、單篇文章等其他文體,也有别於現代有系統、成體系的文學論著,其主要表現形態爲筆記體、隨筆型、漫談式,凡論理、録事、品人、志傳、説法、評書、考索、摘句等均或用之,其題名除直接綴以"話"字之外,到現代就往往用"説"、"談"、"記"、"叢談"、"閑談"、"筆談"、"枝談"、"瑣談"、"談叢"、"隨筆"、"漫筆"、"卮言"、"閑評"、"漫評"、"雜考"、"札記"、"管見"、"拾隽"等多種名目,也給人以一種"散"的感覺。

　　這樣的一類文學批評論著,在現代新派文人眼裏就覺得在形

---

　　①　文學批評著作中有"話體"之稱,始於宋代歐陽修的《六一詩話》。話,即故事。此書主要是記述了一些與詩相關的故事,"以資閑談",故《四庫全書總目提要》概括其主要特徵是"體兼説部"。之後,在宋代迅速興起撰寫詩話的熱潮,内容與形式也隨之多樣化起來,往往兼及詩法、詩論,乃至考證、辨訛之類。考慮到現代期間正宗的"體兼説部"的"詩話"實際上已爲數不多,更何況古代的詩話、詩論、詩評、詩法、詩式在表現形式上還是存在着一些共同的特點。因此,我們尊重長期以來約定俗成的對於"詩話"的認識,將隨筆散評型的詩品、詩評、詩論、詩法、詩格等各類成編(篇)的詩學著述統統歸之於"詩話"之中。其他文類如文話、詞話、劇話、小説話等也同其例,統稱爲"話體文學批評"。

式上雞零狗碎，沒有條理，不成體統，在内容上又多是關注舊的一套，是典型的"舊文學"的代表，屬於"死"去或即將"死"去的東西，因而長期以來，它們被忽視，被鄙視，被歪曲，被遮蔽，在現代文學史與批評史中最多作爲主流的對立面而被偶爾帶及而已。如今，打開塵封，正視歷史，覺得這些話體之作是有舊有新，亦舊亦新，去整理它們、研究它們是正當其時，很有必要。

這是因爲整理與研究現代話體文學批評，可以完整地展示長期被遮蔽的現代文學批評的重要一翼，否則，一部現代文學批評史至少是不完整的，甚至是畸形的。

這一點本來是小學生也可以理解的。但實際上，時至今日，還是有不少大學者會認爲，現代文學史就是寫"新文學"的文學史，現代文學批評史就是寫現代"新文學家"的批評史。在他們看來，"舊派"的，或者是"舊體"的文學理論與批評都是落後的、正在死亡的、毫無意義的。這種意見的代表作，要數茅盾在1922年發表的《"文學批評"管見》。他說："中國一向没有正式的什麽文學批評論。有的幾部大書如《詩品》《文心雕龍》之類，其實不是文學批評論，只是詩賦詞贊等文體的主觀定義罷了。"像《文心雕龍》這樣的文論傑作，國外的學者也認爲，相比之下可使"亞里斯多德的《詩學》、賀拉斯的《詩藝》等西方古代文藝批評或文學理論著作頓時黯然失色"①，而在茅盾眼裏却被看得如此無足輕重，現代的一些話體批評當然更一文不值，應該"死"去了。更令人不能接受的是，茅盾在同一篇不到一千字的短文中又説，文學批評本來並不高深，"批評一篇作品，不過是一個心地直率的讀者喊出他從某作品所得的印象而已，算不了什麽大事"。想不到這種"算不了什麽大事"的事，在他心目中，我們的祖先竟都不會做，都是那麽的無能。正是在這種偏見與武斷的基礎上，他説："所以我們現在講文學批評，無非是

---

① ［日］興膳宏（京都大學名譽教授、日本學士院終身院士）：《日本對〈文心雕龍〉的接受和研究》，《興膳宏〈文心雕龍〉論文集》，齊魯書社1984年版。

把西洋人的學說搬過來,向民衆宣傳。"①這種認識顯然是十分片面的。可悲的是,當時如此認識的不只是茅盾一個人,而是一批人。正如唐弢主編的《中國現代文學史》所說的:"當時的倡導者對於自己民族的古典文學大多采取輕視甚至一概否定的態度,而把人們的視綫完全引向西方。"更令人可嘆的是,不但當時有這樣一批人,就是到現在還是有那樣一批人抱着這樣的態度。

　　這裏我們姑且不論如《詩品》《文心雕龍》那樣的傳統文論的經典如何,就說現代期間的"舊派"或如話體一類"舊體"的文論著作,果真都是"死"的或應該"死"的嗎?事實顯然不是這樣。我們不可否認,在現代期間的話體文學批評的作者隊伍中,是有一些守舊的遺老,始終裹足不前,死守着傳統的批評路數以不變應萬變,但其主流,不少人是從"戊戌"、"辛亥"、"五四"、"抗日"一路走來,都曾經積極地參與社會實踐,捲入過時代的大潮,甚至有的還搏鬥在大潮的前列,也有的是在國内接受過新式的教育或擁有出國留學的經歷,還有的在家中從報章雜誌、流行書籍中無聲無息地呼吸着從歐美刮到東土來的一些新鮮的空氣,這都在使這批話體作者的思想觀念、知識結構與傳統的士大夫有所區别,在他們所寫的話體文學批評中或多或少地流露了一些新的、活的氣息。較早的,即便如陳衍《石遺室詩話》、王逸堂《今傳是樓詩話》等一些公認爲傳統的話體作品也常常關注到一些出使海外的詩人的紀游詩作,接觸了聲光電化等現代科技文明,引入了一些代表西方精神文明的"民約"、"自由"、"民主"、"共和"等等新詞語,乃至露出了文學獨立與寫人生、寫現實的理論傾向。後來不少話體作品也在逐步使用西方傳來的詩學術語,如美感、美學、具體、抽象、理性、文學、人格、現實、主觀、客觀、象徵、浪漫、口語化、大衆化、科學化、想象力、表現力、創造性等等。這種新變還進一步體現在話體作家的思維方式也在不斷變化,不再一味執著於重直覺的思維慣性,就是話體本身,也逐步趨向條理化、系統化。這些都可以説是中國傳統的話體

---

① 《小説月報》1922年第13卷第8期。

作品在新變，不能簡單地用一個"舊"字來將他們矮化、醜化。他們的這種變，與"新文學"家們不同的，只是在新變中特別自覺地堅守着傳統罷了。當然，反過來看，有的"新文學"家，甚至是認爲與"舊文學"不能"調和"而只有"鬥爭"的"新文學"家，也會不自覺地運用傳統的話體批評舊形式，寫起面向新時代、批評"新文學"的話體批評著作，如朱自清寫有《新詩雜話》，朱光潛寫有《詩論》，任鈞寫有《新詩話》，等等。事實證明，屬於"舊體"的話體批評，新文學家們也是用它來裝新酒的。話體批評不論在"舊派文人"那裏，還是在"新派作家"那裏，都沒有死去。不但沒有死去，而且還相當地活躍。今天，假如要寫一部如當初王瑶、劉綬松先生那樣命名爲"中國新文學史"的 1912 到 1949 年間的文學史著的話，眼睛只盯着一批所謂新文學家也未嘗不可，但假如說要寫一部名爲"現代"或"民國"(1912—1949)的文學批評史的話，你就必須關注到現代文學與文學批評中的"新"與"舊"、中與西的兩個方面，更不要說這種"新"與"舊"的劃分本身就存在着這樣那樣的問題。今天，我們要科學地、全面地研究與總結中國現代文學史與批評史，必須從數典忘祖、蔑視傳統、過度崇洋、無視當下的歷史慣性中解放出來，客觀、平允地認識現代歷史發展中"新文學"與"舊文學"矛盾統一的兩個方面，寫出一部完整的現代文學史與批評史。

同時，整理與研究現代話體文學批評，可以使我們認識到這些論者曾經爲研究與承續中國文論傳統作出的努力，同當時的"舊體"文學創作一起，爲我國的文學傳統不至於完全斷裂而徹底西化，作出了重要貢獻。

現代時期的話體文學批評十分繁榮，其文體之全面，數量之豐富，都是可以使話體之作最繁富的清代也瞠乎其後的。這是在當時主流之外，頂着潮流，注重傳統、承續傳統的重要的方面軍（另一大方面軍是教學）。就是這些話體批評，不但使我國傳統文論的範疇，如神、氣、格、韻、味、體、調、法、情、理、趣、真、清、麗、奇、幻、意象、境界、正變、形神、本色、結構、詩眼、活法等等仍然生生不息，而且在總結傳統文學的歷史與理論上不斷地作出新的成績。比如陳衍在《石遺室詩話》中總結"唐、宋詩之爭"的問題時提出的"三元說"及後來沈曾植接着提出的"三關說",都是在總結歷史的過程中,提倡"走變通之路,采兼容之法",關係到詩學及其相關聯的文化存亡問題,包含着陳衍深沉的社會關懷和人文精神。之後,有一批話體著作循着這條路,在梳理漢魏六朝詩、唐詩、宋詩的演變脉絡,建構詩史的過程中兼容貫通,時有新見,成績斐然。比如,作爲現代的學人,如何總結與評價清代的文學流變是擺在他們面前的一個重要的任務。1916 年姚鵷雛的《赭玉尺樓詩話》論清代的詩說:"清一代詩,綜言之凡三世。初入關,漢文士以牧齋爲之領袖,而漁洋、竹垞、愚山、荔裳、海珊、石穀原諸家競起,一以初盛唐爲宗,清俊平厚。漁洋出以神韻,遂蔚爲大家,海內宗風,以沈歸愚爲之殿,此一世也。袁簡齋以駘蕩輕雋之才,矯爲白香山、陸放翁,以藥宗初盛唐枵響之弊。於時,漁洋之說過拘,海内稍稍厭苦之,一時遂靡然從風。他若甌北、心餘、船山之倫,庶歸此派。其間能者固多,而失之浮薄,名世不朽者少矣。外此別派,樊榭以生澀僻冷一種興於浙,稚存以高亢邁往一種興於吴,卓犖可傳,而從風者少;道咸之間,此事稍稍衰歇矣。獨定庵龔氏璀璨環瑋、沉雄綿麗,實爲一時之傑。乃其時詩後百年而始大昌於今日,亦有數存焉。同光而後,北宋之說昌,健者多爲閩士,如海藏、石遺、聽水諸家,以及義寧陳散原,其人生平可以弗論,獨論其詩,則不失爲一代作者矣。"①短短數語,將有清一代的詩歌的流變略分爲"三世",脉絡清楚,自有見地。再如關注詩話本身的問題,也是現代詩話的一個特色。過去的詩話,很少論到詩話本身。至清代,也只有吴騫的《拜經樓詩話》、潘德輿的《養一齋詩話》及章學誠的《文史通義》等少數作品顧及。而至現代,論史的意識加强了,不少詩話就注意對詩話本身進行總結與批評。如莊蔚心的《細雨梅花館談屑》(1919)就以近人之眼光對古代詩話進行了分類與總結:"詩話作者古今多矣,總觀其體,各有不同,約分之可別爲四類。一曰:品評類。專品評

---

① 《赭玉尺樓詩話》,《現代日報》1916 年 1 月 26 日。

前人之作好惡優劣，逞一己之思想，而左右高下之，鍾嶸之《詩品》是也。二曰：描摹類。乃形容詩之形貌性格，須淋漓盡致，惟妙惟肖，司空圖之《二十四詩品》是也。三曰：立論類。爲論述詩之源流及做法，嚴羽之《滄浪詩話》以禪喻詩是也。四曰：表揚類。記載詩人名句名篇，蓋遁迹山林隱居鄉里，往往詩工而名不彰，或名著而詩不多，得附驥尾，聲價十倍，袁枚之《隨園詩話》是也。以上四者體格雖殊，然均爲詩學流傳之命脉，如山川草木，各不相關，而其點綴天地風景之功，實不可少一也。"①針對當時一些文人在市場利益的驅動下，急功近利，粗製濫造詩話的不良現象，不少詩話提出了尖銳的批評。如方廷楷《習静齋詩話》(1913)總結詩話之弊説："詩話之作，其弊有五：一則無識，二則偏見，三則好奇，四則濫收，五則徇情。去此五者，方不負詩話之作。"《哲廬談詩》(1919)也批評近代文人"録古人詩數首，前後略加三四語，篇幅殊長，曰：是詩話也"②。王無爲撰《荒唐詩話》，更是痛批當時一些"僅識之無者"即處處作詩話，又寫得如"親家母裏足布，又臭又長"。他乾脆把近代詩話分爲狗派（描摹不似，畫虎類狗）、鬼派（競炫奇巧，弄巧成拙）、誨淫派（搜羅濃艷，以私誨人）、臭味派（不辨聲色，俚俗不堪）、狐媚派（歌功頌德，諂詞媚語）、窮酸派（一團糟醬，發泄窮酸）等六大派，語辭戲謔又辛辣，然確有見地，對話體文學批評的健康發展不啻是一劑良藥③。其他如詞話中對於詞體、詞源、詞譜、詞律，乃至虚字、俗字、叠字、去聲字的用法的論辯與探討；文話中關於文章意境、識度、氣勢、聲調、筋脉、風趣、情韻、神味的追求；劇話從編劇原則到伶人素質、表演技巧、導演水平、舞臺布置、觀衆心理、戲曲盛衰等有關"戲學"的瑣談；小説話對於小説的新的分類、強調小説的"興味"性、"美術"性與語言的通俗性、藝術形象的"代表主義"等

---

① 《細雨梅花館談屑》，《振勝日報》1919 年 4 月 10 日。
② 《習静齋詩話》，《小説海》1916 年第 3 卷第 7 號。
③ 《荒唐詩話》，《中華新報》1917 年 2 月 17 日。此處引文參見李德強博士學位論文《1873—1919 年近代報刊詩話研究》，復旦大學，2011 年。

等,都無不有裨於正確認識傳統文論與文學。再加上這些話體文學批評的作者大都從事高校的教學與大衆媒體的工作,這無疑對於傳統文論與文學的傳承與光大起了推動的作用。因此,現代話體文學批評儘管長期消隱匿迹於主流的話語之中,却實際流淌在中國文論史的滚滚長河之内,默默地灌溉着大江南北、長城内外,對傳統文學與文論的承續、發揚功不可没。

第三,現代話體文學批評的整理與研究,將更好地揭示中國現代文論與文學演變的一條規律,即只有在中西融會、古今貫通、新舊共濟的大道上,排除左右干擾,纔能不斷地獲得新生,但這種求新求變的道路是不平坦的。

如前所述,即使是現代一批所謂"舊派"的話體作者與作品,也是在不斷地呼吸着新鮮的空氣,在不斷地新變。與此不同的是,在現代的詩話中另有一些借鑒西洋的理論觀念,用中國傳統的話體形式來寫就的詩話,如朱光潜的《詩論》就成功地運用了西方的現代心理學、美學理論來點評中國古代的詩詞以及新詩、西洋詩。而任鈞《新詩話》、戴望舒《望舒詩論》等等,則完全是用新的理念來品評新詩,但其形式則與傳統的話體相差無幾。這是另一種模式的中與西的融合。在中西兼顧、新舊交融的道路上,齊如山所走的路是值得注意的。他早年去西方觀摩了話劇,强調中國的京劇要吸取話劇的寫實元素,嚴厲地批評國劇的失"真"之病,寫過《説戲》《觀劇建言》等作品,致力於"略言歐美情形,兼道吾華舊弊"(《説戲》)。但是,齊如山以西洋話劇之長攻中國戲曲之短,目的並非是要打倒國劇,而是要改良中國戲曲。這正如他在《説戲》最後所説的:"鄙人這一套話,仿佛盡擡舉外國、毁謗中國的意思。其實不然,外國有外國的好處,中國有中國的好處。人自己總應該常想自己的短處,想出來好改。"正因爲齊如山當時"反對國劇"是旨在引進西方話劇的長處以改良戲曲,所以得到了中國戲曲界的熱烈歡迎。他晚年回憶説,在一次所有戲界人員都參加的"正樂育化會"的年會上,他演講了三個鐘點,"大致説的都是反對國劇的話,先説的是國劇一切太簡單,又把西洋戲的服裝、佈景、燈光、化妝術等等,大略都说了,没想到说的雖然都是反對舊戲的話,而大家却非常歡迎"。譚鑫培對他説:"聽您這些話,我們應該都愧死。"事後譚的妻弟私下告訴齊説:"譚老闆一輩子没説過服人的話,今天跟您這是頭一句。"① 可見他努力引進西方話劇的藝術精華來改良中國傳統戲曲的正確性。這次講演的内容,後經整理出版,即爲齊如山的第一本劇話論著《説戲》。與此同時,他也認真研究、總結和發揚中華民族傳統戲劇藝術的精華。他在民國初年開始研究國劇時,就遍翻了古代有關戲劇論著,而最爲難能可貴的是,他還虚心、廣泛地向戲劇界的演員、樂手、劇務們求教,因而對戲曲的歌唱、舞蹈、音樂、化妝、道具等都有透徹的瞭解。在這基礎上,他對中國"國劇的原理"作了一些很好的總結。如他説的"無聲不歌,無動不舞",以及中國戲曲的特徵是"美術化",也即具有虚擬性和寫意性等等,都很有價值。1931年,與梅蘭芳、余叔岩等以改進舊劇爲宗旨,組成北平國劇學會,編輯出版了一些戲劇雜誌,搜集展出了許多珍貴的戲曲資料,還成立國劇傳習所,培養了不少人才。正是在中與西、新與舊相結合的基礎上,他幫助、引導梅蘭芳的表演藝術趨向成熟,走向世界。梅蘭芳後來説:"我這十幾年,一切事情都是靠齊如山。"齊、梅的密切配合,就是我國近現代戲曲史上理論與實踐、中與西、新與舊結合的典範,成爲當時戲曲改良的一面旗幟。

　　現代時期的話體文學批評,就這樣既承繼了歷代詩話的傳統特徵,又漸漸地在發生變化,開始轉型,諸多話體批評無論在外在的書寫形式上還是内在的理論觀念、思維方式上,都或多或少地吸取了西學的因素,中與西、古與今,新與舊,都不是二元對立的,而是在默默中交融互補,相生互動。當時的話體作者就認識到了中西融會、古今貫通的必要性與可能性。如范罕《蝸牛舍説詩新語》説:"今之學者,非一概抹殺以爲新,即一味頑守以爲舊,詩其一也。其實學術文藝,世界之公物,各以國語揚其波,助其流,無一日之停息。新者不必用拾人之所吐棄,舊者亦須慎圖其新。若捨己之所

---

① 《齊如山自述》,安徽文藝出版社2014年版,第72頁。

有,而反令他人代有之、代鼓吹之,可恥孰甚焉。"①曼昭《南社詩話》也說:"中西舊體詩歌的差別在於歐詩抒情淋漓盡致,中國舊體詩則追求一種韻外之致。應該將舊體詩追求'言外之意'的作詩方法移植新詩。""新舊兩體不妨並行,出此言,並非折衷之語,只是觀詩之歷史觀應是如此。"②另如蔣善國在《我的新舊文學觀》中談"調和"兩派時也說:"新派當研究新的,同舊的相合,以求新的;舊派當研究舊的,同新的相合,以求新的——是並立的,是互相幫助的,是一派也不可少的。有人說將來必有一派消滅,這話我是實在不敢信。"他還說:"新舊文學都是求新的,但是這個'新'字,求好了是進步,如求的不好,那就變成急進,由急進就漸漸的變成破壞。"③

但是,這種意見並不與當時的主流話語相合。開始時白話詩與舊體詩的爭論比較激烈,但後來不少新文學的旗手也好舊詩,所以矛盾漸趨平緩,而在小說、戲劇領域內的分歧還比較大(詞因本身幾乎沒有新詞,故沒有掀起多大的新舊之爭的波瀾),爭論相當激烈。且不說現代期間不分青紅皂白地否定舊戲的高調一直較響,所以呼籲新舊戲劇交融的聲音常常被淹沒。在小說方面,當時的主流話語更是主張全盤西化,而肯定中國古代小說的價值,力主走中西融合、新舊共濟道路的往往是一批舊體小說話的作者。如靈蛇在1922年的《小說雜談》中呼籲"新""舊"兩派"和衷共濟",說:"所以我很希望舊體小說家,也要稍依潮流,改革一下子;新體小說家,也不要對於不用新標點的小說,一味排斥。大家和衷共濟,商榷商榷,倒是藝術上可以放些光明的機會啊。"④這些意見談得多好啊! 可惜的是,在中國現代文學史上,"新""舊"小說家始終

---

① 范罕《蝸牛舍說詩新語》,見《現代詩話叢編》第二卷,上海書店出版社2002年版,第570—571頁。
② 曼昭《南社詩話》,見《南社詩話兩種》,中國人民大學出版社1997年版,第74、75頁。
③ 蔣善國《我的新舊文學觀》,《東方雜誌》第17卷,第8號。
④ 《星期》1922年第18期。

未能將"和衷共濟"形成主流。1921年局外人黄厚生寫了一篇《調和新舊文學譚》給"新派"的《文學旬刊》,馬上遭到了編者的徹底否定,寫文章名曰"新舊文學果可調和麽?"明確表示"非常的反對""調和","所能做的只是""極力攻擊"①。以後占着主導地位的一方,始終擎着新的旗幟,"勇往直前,頭也不回"。"舊派"小説家儘管也出了不少優秀的作品,但長期被主流輿論壓抑在邊緣綫上。從中可見,在現代時期,真正要走中西融會、古今貫通、新舊共濟的道路是十分艱難的。

當時走這條路之所以艱難,主要還因爲這不是孤立的個别的文學問題的争論,而是關係到一時整個思想文化的走向,關係到鴉片戰争以來一批批知識精英在尋求救國之路的過程中,不知不覺地生成了一種頑固的民族自卑心理,一步一步地形成了一種"只要西方的,就是新的、先進的;凡是我國傳統的,就是舊的、落後的"思維定式。鴉片戰争時,在列强的侵逼下,看到人家船堅炮利,殺氣騰騰,魏源說要"師夷長技以制夷",提出了一個學習西方以振興中國、克敵制勝的問題。但這時還認爲堂堂天朝大國,不如人家的"長技"只是一些兵艦火炮而已。於是造船買炮,開礦辦廠,忙了一陣洋務,結果甲午一戰,還是一敗涂地。這樣,一批精英就覺得問題還不在於"技",而根本在於"體",即政體的問題。於是就有了維新運動,有了辛亥革命,希望學習西方,結束封建專制,實現民主立憲或建立共和政體。結果,清王朝推翻了,皇帝换了總統,有了總理,有了議會,有了法院,學了西方,换了政體,國家還是貧窮落後,社會還是一片混亂,還是受人欺凌。在這過程中,一批精英就覺得癥結還在於包括文學在内的我國以儒學爲中心的傳統思想文化都是陳腐的,必須徹底抛棄。此時,文學界的革命就應時而起。不過,梁啓超們倡導的文學革命,主要還是着眼在内容與語言方面借鏡西方,還是承認傳統的"古風格"與舊形式。而從1917年開始的"文學革命",不但進一步要革傳統文學内容與語言的命,而且也要

---

① 《文學旬刊》1921年6月30日。

徹底革傳統文學形式的命;不但局限在革文學的命,而且明確地要革整個以儒家思想爲中心的中國傳統思想文化的命。其中一些激進分子,更是認爲中國的傳統,乃至整個"國民性"都一無是處,只有"把西洋人的學說搬過來",在全盤西化中獲得鳳凰涅槃,民族再生。這樣的一種救國藥方,通過一批批高人雅士接二連三地大聲疾呼,順應了國人企求救國自強的急切心理,終於形成了一股不可小覷的自毁民族傳統的滾滾潮流。當然,面對着這股潮流,還是有一批真正的民族脊梁,奮起争辯,呼籲要正確地對待古與今、中與西、新與舊的問題。但這樣的聲音顯然不足以砥中流、挽狂瀾。更何况當時的國家支離破碎,在那樣的大環境下,要重振民族自信,大張旗鼓地宣傳與發揚民族傳統的優秀精神,事實上是困難重重的。如今,我們换了人間,重振民族自信心,正當其時。在這樣的大環境中整理與研究現代時期的話體文學批評,反思歷史,就能更加清醒地認識到,走中西融會、古今貫通、新舊共濟道路的必要性,同時也使我們更加清醒地認識到,真正能做到堅持立足本土、以中化西的原則,去建設當代科學的文論體系,並不是一件十分輕鬆的事。

　　以上着重在理論上談了現代話體文學批評在中國文論史及文學史上的價值,除此之外,它們在文獻上對保存現代時期文學的原生態狀況也具有重要的價值。各體文學與文論作品的評介、作家的狀況、作品的傳播、讀者的反映、問題的論争、思潮的起伏,乃至戲劇作品的演出、編導、劇場等等種種有關文學的情况,在這裏都保存着豐富的原始的資料。它們也從一個方面反映了中國社會從辛亥革命,到反袁鬥争、五四運動、北伐戰争、抗日戰争,直到解放戰争的艱難歷程與人心向背。在文化上,凡與文學相關的教育、出版、新聞、娛樂等事業的進退興衰,士人心理的微妙變化等等,都與這些話體之作密切相關。它們實際上是現代社會文化的百科全書,具有多方面的文獻價值與研究價值,我們應該予以重視。

目　錄

總　序 …………………………………… 黃　霖 1

凡　例 …………………………………………… 1

小説閑評 ………………………………… 樊菽居士 1
讀石頭記雜説 …………………………… 姚光石子 4
小説雜評 ………………………………… 舍　我 7
讀紅樓劄記 ……………………………… 境遍佛聲 19
小説閑評 ………………………………… 勖　哉 34
小説談屑 ………………………………… 瘦　鵑 44
小説叢話 ………………………………… 梅　癡 57
小説雜話 …………………………… 秋　鏡、秋　白 60
小説叢話 ………………………………… 寒　碧 62
小説贅談 ………………………………… 夢　古 69
石頭記發微 ……………………………… 西坡居士 73
小説閑評 ………………………………… 眷　秋 81
小説叢談 ………………………………… 胡惠生 129
小説叢談 ………………………………… 陳　鈞 142
小説贅談 ………………………………… 乙　廬 178
求幸福齋小説話 ………………………… 何海鳴 181
小説小話 ………………………………… 張碧梧 183
別號索隱 ………………………………… 古　葉 184

· 1 ·

小説閑話 ……	成秋鳳	187
小説雜談 ……	石楚青	190
歐美小説界雜談 ……	粲 九	195
小説叢談 ……	聊寄生	212
言情小説談 ……	許廑父	215
小説派別之滑稽觀 ……	瞻 廬	218
著作家之暗記 …… 趙苕狂	施濟群	220
小説碎話 ……	劍 魁	226
小説小説 ……	劉恨我	227
談談《紅雜志》之撰述者 ……	光磊室主	228
麾塵客譚 ……	王薇子	230
外行小説談 ……	鵑 雲	234
小説碎話 ……	釋 雲	237
想到便寫 ……	胡亞光	238
小説碎話 ……	童慘沮	240
文人百趣 ……	黃轉陶	241
小説碎話 ……	陳于德	247
小説小譚 ……	劉恨我	248
小説閑評 ……	大 可	249
小説小説 ……	張寄仙	254
稗官談屑 ……	蓮 坨	255
小説閑話 ……	天 受	259
舊小説雜談 ……	范菊高	260
文心釟影錄 ……	焦 二	269
說董 ……	稗史氏	273
小説雜考 ……	程瞻廬	289
小説話 ……	煙 橋	293
小説閑語 ……	藏拙齋主人	296
小説漫論 ……	隱 塵	308
小説雜話 ……	慧 劍	316

小説閑話 ……………………………………	王任叔	324
稗説閑話 ……………………………………	王涙痕	326
翻譯小説雜談 ………………………………	露　明	328
小説漫談 ……………………………………	廖國芳	329
紅學之點滴 …………………………………	袁　梨	333
小説雜話 ……………………………………	傑　民	341
小説浪漫譚 …………………………………	姚民哀	345
小説叢話 ……………………………………	凌霄漢閣	348
愛看不愛看 …………………………………	蘊　若	370
小説雜談 ……………………………………	白石猴	372
小説拾零 ……………………………………	芙　萍	375
小説偶談 ……………………………………	息　盦	378
説部厄言・水滸 ……………………………	澹　庵	379
舊小説研究・紅樓夢 ………………………	澹　庵	422
舊小説研究・三國演義 ……………………	澹　庵	477
舊小説研究・儒林外史 ……………………	澹　庵	508
説話 …………………………………………	説話人	537
説海一涔 ……………………………………	韋蘭史	567
小説雜談 ……………………………………	張夢悟	571
讀紅樓夢筆記 ………………………………	介弓子	573
小説話 ………………………………………	龍　友	576
紅樓新語 ……………………………………	陸顛僧	578
小説雜談 ……………………………………	李薰風	598
小説類話 ……………………………………	詰　籙	600
小説漫談 ……………………………………	任　情	616
小説雜談 ……………………………………	劍　峰	633
説海微漚錄 …………………………………	范煙橋	639
民族小説話 …………………………	鄒　嘯、匀　君等	645
説林掌故錄 …………………………………	鄭逸梅	665
小説叢話 ……………………………………	鄭逸梅	725

小説冗話 ……………………………………	葉 遐	740
小説瑣話 ……………………………………	趙景深	750
説海脞譚 ……………………………………	顧明道	785
小説鈎沉 ……………………………………	楊世驥	793
説林凋謝録 ………………………………	紙帳銅瓶室主	815
稗屑 …………………………………………	含 凉	834
小説識小 ……………………………………	錢鍾書	837
小説叢談 ……………………………………	二 少	856
説海餘沫 ……………………………………	含 凉	857
小説瑣談 ……………………………………	永 泉	860
小説漫談 ……………………………………	楊彦君	863
水滸傳散記 ………………………………	張學遂	868

凡　例

　　一、小說話,以"話"體而論"小說"之文也。其定名於清季,至民國而勃興。本卷所選小說話,皆作於民國時期,文字皆以民國時期初次發表或出版時原貌爲準。

　　二、"小說"概念,歷來含混不清。爲避枝蔓,本卷所選小說話討論之小說,皆是現代意義上之小說。民國時期流行的專門討論傳奇、彈詞等非小說文體的小說話,則不屬編選之列。

　　三、本卷所選篇章,儘量照顧小說話的多元特色。以作者身份而論,不分聞人與無名之輩;以字數而論,從幾百字至幾萬字不等;以語體而論,文言與白話不拘;以時間而論,橫跨"虞初"至民國;以話題而論,兼收小說理論、作家軼事、單部作品。

　　四、本編所選篇章,力求存真,皆以首次發表時的文本樣貌爲準,概不節錄。凡模糊不清且難以識認的文字,以"□"替代。若有個別明顯文字訛誤者,則予徑改。譯名則一仍其舊,不改作通行譯名。

　　五、本卷所選篇章,皆爲原創。至若有襲取他人著作而改頭換面於其他報刊者,概所不取。

　　六、本卷所選篇章,其排列次序以首次發表或出版日期爲標準。凡持續多日連載發表者,以其最初發表時間爲準。

　　七、本卷所選篇章,作者署名皆爲發表時的名號。其真實姓名可考者,則在叙錄中予以說明。

　　八、本卷在每篇小說話前皆有題解,交待其出處、作者、主要内容及學術價值等信息。刊載小說話的重要報刊信息,第一次出現時也會略加介紹。

　　九、本卷所選篇章,絕大多數皆爲首次整理。

　　十、民國小説話浩如煙海,編者雖竭盡駑鈍,然應尚多有遺漏、訛誤,望大雅君子匡我不逮。

小説閑評

樊菽居士 撰

　　載於《消閑鐘》一九一四年第一集第四期。作者署名樊菽居士，即邱煒萲（一八七四——一九四一），號菽園、星洲寓公、嘯紅生等，福建海澄（今龍海市海澄鎮）人，光緒舉人，僑居新加坡，稱"南洋才子""南國詩宗"，新加坡二十世紀前期著名文學家、報人，也是致力於新加坡華人文教、爲華文教育做出貢獻的教育家。曾創辦《天南新報》，自任總理兼總主筆，宣傳維新救國思想。一九〇五年後潛心研究清末新小説。曾任《星洲日報》副刊主任，著有《嘯虹生詩鈔》《新小説百品》《菽園贅談》《五百石洞天揮麈》等。本文主要討論的小説，除《紅樓夢》外，皆爲清代文言短篇小説集。每能抓住其風格，別出手眼，加以評騭。如其評論《諧鐸》"靈心四照，慧語雙關"。在其評價體系中，《聊齋志異》與《閱微草堂筆記》是文言小説的雙璧，是評價其他文言小説的參照。如其評價《諧鐸》與《西青散記》時説"《諧鐸》得《聊齋》之設想空靈，造句纖巧；《散記》得《聊齋》之敘事婉摯，出語清新，而古艷盤硬，皆未之及"，評價《夜談隨錄》"筆意純從《聊齋志異》脱化而出"；《子不語》"遠遜紀氏之《閱微草堂筆記》"，《右臺仙館筆記》"與《閱微草堂筆記》相比，不及實遠"。實際上也是關於《聊齋志異》《閱微草堂筆記》的一次經典化過程。

　　余於《菽園贅談》卷四爲《小説閑評》，臚列《紅樓夢》《兒女英雄傳》《花月痕》三書優劣，而未及其他。暇復續有論列，以閑日爲閑評。詹詹小言，無當大雅，然以增滿贅談部頭則得矣。凡所論者，曰《諧鐸》也，《西青散記》也，《子不語》也，《夜談隨錄》也，《蘭茗館外史》也，《嘯亭雜錄》也，《右臺仙館筆記》也，《夜雨秋燈錄》也，以上皆筆記體；曰《覺後禪》也，《蕩寇志》也，《野叟曝言》也，《品花寶鑒》也，《儒林外史》也，《燕山外史》也，《女仙外傳》也，《金瓶梅》也，《青樓夢》也，《鏡花緣》也，以上皆演義體。

　　沈氏起鳳自以爲廣文先生，有司鐸之職，莊論之不如諧語之。因編《諧鐸》問世，靈心四照，慧語雙關，書誠諧矣。凡所運用字眼，皆可取供典料。此君自是詞章專家。五年前余在村居，竊欲效呂氏湛恩注《聊齋志異》例，爲之箋釋一過。每篇中典故於己非不了了，惟至搜討原書出處，甚費搬演。伏案三月，未卒一卷，輒復廢然思返耳。

　　雍正間，江南名士史氏震林著《西青散記》一種。至光緒初年，王紫詮廣文爲之校刊，大行於世，極負重名。其書本不當以小說論，惟敘農家婦雙卿女史數十條，夾叙夾議，纖悉必到，是亦以小說行文者。嗚呼！雙卿是耶非耶？其人在想象有無間，而《散記》之筆墨已極飄飄欲仙之致矣。

　　自蒲留仙而後，才人能握管作筆記小說而不爲《聊齋志異》所掩者，沈之《諧鐸》、（史）之《散記》是已。《諧鐸》得《聊齋》之設想空靈，造句纖巧；《散記》得《聊齋》之敘事婉摯，出語清新，而古艷盤硬，皆未之及。所妙者，沈、史著書，均能自存面目，未嘗有意依傍《聊齋》，拾其一顰一笑。

　　《子不語》，別名《新齊諧》。部頭頗大，惟遠遜紀氏之《閱微草堂筆記》。袁氏著書甚多，此不足道也。

　　曹雪芹撰《紅樓夢》，花雨繽紛，灑遍大千世界錦繡肝腸，普天下之人，誰不競呼爲才子？而說者乃以林、薛以下諸美人皆不纏足，謂爲陰刺滿洲某相國府中事，以滿洲婦女均天足也。滿洲巨族聞及此書，輒形切齒，毁禁者屢矣。不知中國文字，歷來傳美人者，原未稱及雙彎。有之，一窅娘耳。至元時，《西廂記》始以纏足專譽雙文,而原本《會真記》無有也。今於《紅樓夢》誤會其意,遂惡其書,不亦冤乎?燕北閑人特著《兒女英雄傳》,極寫義俠以稱滿人,藉平局外之氣,用心確是忠厚。至思奪雪芹一席而阻《紅樓》行世,尚屬遠甚。

乾隆間,有某縣令著《夜譚隨錄》,其筆意純從《聊齋志異》脫化而出,語妙一時,名傳後世。他如《嘯亭雜錄》,多記名人軼事、國家善政,聞爲道光朝禮親王昭槤輯著。此小說而兼史乘。天潢宗派,能得如此,實非容易。

《蘭苕館外史》,許氏著。《夜雨秋燈錄》,宣氏著。許之筆墨頗近《夜譚隨錄》,惟事多徵實,野史自尊,其用心更較《隨錄》進一層矣。宣氏筆墨頗近《諧鐸》,意翻空而奇巧,纖新雋永,有清談之風,觀者善之。

《右臺仙館筆記》,俞氏著。老手頹唐,精神不屬,與《閱微草堂筆記》相比,不及實遠。

讀石頭記雜説

姚光石子 撰

　　載於《白相朋友》一九一四年第八期。作者姚光石子,原名姚光(一八九一——一九四五),號石子,江蘇金山(今屬上海)人。高燮外甥,南社社員。後繼柳亞子任南社第二任社長。著有文集《復廬文稿》《復廬文稿續編》《復廬文稿三編》、詩集《荒江樵唱》《倚劍吹簫樓詩》《浮梅草》《續浮梅草》及《金山衛佚史》《金山藝文志》《讀書劄記》《倚劍吹簫樓詩話》《閑情偶筆》《懷舊樓叢錄》等。後人整理有《姚光全集》。本文除"編者記"外,共十三則,其中第一、二、三、四、五、六、八、九、十三則被劉家銘《讀石頭記雜記》(發表於《申報·自由談》一九二五年五月二十一日)完全襲用。本文最大的特色是反對索隱,主張"賞其文,會其意"即可,要從文學性的角度來談論《紅樓夢》的成就。其推崇《紅樓夢》筆法嚴密,能將平常事物寫得搖曳生姿。指出黛玉等人的悲劇命運在緊湊的情節安排、複雜的人物關係中也顯得極爲必然,體現出作者不凡的識見。

　　《讀石頭記雜説》數則,爲吾友石子所著。余既付何君刊入《香艷小品》,昨石子復以續稿寄示,因刊於此,以餉讀者。編者記。

　　《石頭記》筆法完密,有起有伏,有提有補,無一閑筆,無一漏筆,前後皆有呼應。讀之,於作文之道,亦思過半矣。

　　《石頭記》於家庭社會情形,描摹盡致,故言情小説而實兼家庭社會小說也。讀之，於世故人情，當知不少。

或謂《石頭記》爲誨淫，大謬。是不知情與淫之別也。舊小説之下乘，無論也。即高如《西廂記》等，亦不免於苟合。此則近於誨淫也。《石頭記》中凡值寶玉、黛玉相逢，每有一片纏綿悱惻、不忍辜負之苦心，而終不及於亂。《詩》之好色不淫，發乎情止乎禮義，寶、黛二人有焉。故情與淫判若天壤。《石頭記》者，天下第一言情之作也。

《石頭記》一書，《郎潛紀聞》謂記清相明珠家事，和者頗多。《醒吾叢談》則謂記清初諸大事，勉强附會，余極不取。此書雖未必一無所因，惟讀者亦不必强索以證實其事。賞其文，會其意可也。

黛玉孤高自賞，正如空谷幽蘭。病羊謂是書作者精神，全注意於黛玉。譬諸黛玉，花也；紫鵑，護花旛也；寶玉，水也；賈母，瓶也；岫煙、寶琴、湘雲、元春、探春、惜春、香菱、平兒諸人，蜂蝶也；寶釵、襲人，淫雨狂風也；鳳姐，剪也。無根無葉，本難久延，況復雨妒風摧，正欲開時，陡然爲剪所傷，命根斷矣。然顰卿之意，甘使雨妒風摧，陡然一剪，必不可漂泊糞土。各種《續紅樓夢》，皆糞土也。旨哉言乎！可爲顰卿知己。

瀋陽平康名校書玉婷婷之言曰："世人讀《石頭記》一書，咸稱寶玉爲多情種子，吾獨絕對的不表同情。蓋寶玉不過一好色之浪子，實不解愛情爲何物。使若真知愛情，則絕不肯於黛玉以外，更濫用其情於寶釵、晴雯諸人。"其言誠獨具隻眼，然而持論太苛矣。又曰："迨寶玉既娶寶釵，而黛玉殉焉。其鍾情於寶玉者，固不可謂不厚。然使我身處黛玉之地位，斷不肯犧牲生命，以殉此無味之愛情。是則薄倖之罪，寶玉固不容辭。"此未免平康口吻。蓋黛玉之殉，正以見其用情之專也。又曰："然若再爲寶、黛二人進一步想，設使當時能自由結婚，則一雙玉人兒已早成完全美滿之眷屬矣。嗚呼！世之癡男癡女，死於情者，無一非結婚不自由耳。"

李紈、探春代鳳姐理事而插入寶釵，可知賈母、王夫人屬意已久矣。六十二回中，寶玉對黛玉説探春所干之事，黛玉道："要這樣纔好。咱們家裏也太花費了。我雖不管事，心裏每常閑了，替算著出的多、進的少。如今若不省儉，致後手不接。"又六十三回中，怡紅院開夜宴。黛玉笑向李紈、探春、寶釵等道："你們日日說人夜飲聚賭，今兒我們自己也如此，以後怎麼說人？"觀此，孰謂顰卿無經濟哉！惟不欲多言以自矜耳。其過人遠矣。

《石頭記》一書，語妙天下。病羊謂事迹本屬平淡無奇，如令俗手爲之，不知要作幾許醜惡態。作者偏能細摹入骨，寫照如生。筆力心思，無出其右。其他小說之庸惡陋劣者，非事不足述，實筆不能述也。如《紅樓夢》者，其事本無可述，而一經妙手摹寫，盡態極妍，令人愈看愈愛。旨哉言乎！然不善觀者，仍是味同嚼蠟，誤會者且以爲誨淫矣。故《石頭記》一書，未許人人讀也。

大觀園專爲省親而設，寶玉之題聯額，乃偶然喚來。實則，大觀園特爲諸艷而設，寶玉爲諸艷領袖，須先由其題跋。黛玉、寶釵爲諸艷之冠，亦有凹晶、凸碧之命名。故"賈元春才選鳳藻宮"一回，似主而實賓；"大觀園試才題對額"一回，似賓而實主也。

二十七回，寶釵既聞紅玉失帕事，而故爲覓黛玉，以嫁禍於人。其心不可問。

近人欲將《石頭記》編爲劇本、演之歌場者，然頭緒紛繁，前後極難一氣呼成，非大手筆不辦。嘗見《紅樓夢散套》，爲荆石山民填詞，婁東黃兆魁訂譜，頗佳。故欲演者可取其一節而演之也。然而演者、觀者，又非解人不可。不然，仍是非平淡，即誨淫矣。以余所見旦角論，以馮春航飾林黛玉，毛韻珂飾史湘雲，賈碧雲飾薛寶釵，最爲相宜。春航每有一種多愁多病之態，而言外有餘意。韻珂豪爽，加之生成口吃。碧雲善媚。皆與林、薛、史三人妙合也。

張船山詩集載《紅樓夢》後二十四回係他手所續。此說之確否，姑不深考。以余意而論，後二十四回殊無接續痕迹，且前後呼應，必不可少也。坊間新出有清初鈔本原本《紅樓夢》者，其字句之間，確有與向所流行者不同，且較妥貼。然止八十回而無結束，則即使原本，亦非完全矣。

(《白相朋友》一九一四年第八期)

小說雜評

舍　我　撰

　　載於《民國日報》一九一七年一月二十六日至二月二日、二月四日、五日、二月七日至二月十七日、二月十九日。作者舍我，即張舍我。張舍我，原名建中，筆名舍我，江蘇川沙（今屬上海）人。做過報館記者、商務印書館校對，一九二三年創辦小說函授學校，著有《尸變》等小說，是當時一位相當活躍的小說家。本文推崇小說在"移風易俗，彰善癉惡"方面的成效，故而反對言情小說的流行，更是對張春帆的《九尾龜》大加鞭撻，體現出一定的保守性。針對當時的小說創作現狀，本文認爲徒有其表，遠不能臻於高妙之境。一方面是因爲小說作者下筆不夠慎重，過於追求金錢利益而犧牲藝術價值；另一方面是因爲小說作者"不多讀書"，根柢不夠。在白話與文言之爭中，本文認爲白話小說是正宗，白話小說的義法更要高於文言小說，"白話雖無義法，而無形之義法，實較文言爲嚴。是在作者平時之心得而已"。在如何翻譯外國小說的問題上，本文的看法也頗有價值，"譯小說無他難，在善於增減，而以不失原意爲歸"。

　　小說家言，多怪誕不經，然其佳者往往標新領異，浚人心思。或規諷當時，或垂訓後世，極其力，足以移風易俗，彰善癉惡。未可以其文之小而忽之也，又未可以其怪誕不經而一概抹殺之也。

　　近代小說多趨向於言情方面，揣摩床笫，污穢中篝。其文無

《飛燕外傳》《雜事秘辛》等之雅,而有《飛燕外傳》《雜事秘辛》等之淫,然猶沾沾自喜,以漢魏小說家自況。此近代小說之所以愈趨愈下,而爲時人所詬病也。嗚呼!此豈小說之過歟?

(《民國日報》一九一七年一月二十六日)

　　張春帆先生著《九尾龜》一書,論者多嫌其揣摩床笫事,不免誨淫之誚。予嘗疑此種毁謗之詞,未必能爲《九尾龜》之定評,特好事者欲藉此以毁張先生耳。偶閱《神州日報》,《九尾龜》第十三集第六回末段,其描寫章秋谷在影戲場中一事,情詞穢褻,乃信論者之言之非盡無因也。

　　先生書中有云:"兩個人在這稠人廣衆的影戲場中,居然的惺惺惜惜,推襟送抱起來。"試問"推襟送抱"四字作何解説?吾知先生縱有百口,亦不能辭誨淫之罪。先生若本孔子刪詩不遺鄭衛之義以與予辨,則予惟有請先生將貴報新闢之畫報,倩幾位畫師,天天畫幾幅春宫,倒比扭扭捏捏之小説,能多銷幾份,不知先生意下亦以爲然否?

(《民國日報》一九一七年一月二十七日)

　　近十年來,小說之風大熾。書肆所陳,不下數千百種,然求其文筆雅醇,而所紀之事又確能於世道人心稍有裨益者,吾恐數千百種中不能得數十種。其故何在?吾不能無所感焉。

　　大抵著述之事,須謝絶塵氛,竭畢生之聰明才力,以從事於一書。書成之後,猶須藏之名山,傳諸其人,未有朝甫脱稿而夕已勒石者。誠以此種事業,非倉卒所可成就,必一再審慎,始敢出以示世。此古人著作之價值所以高於今人也。

(《民國日報》一九一七年一月二十八日)

古人著書之慎重將事，既如予所説矣。或謂"書"之一字，範圍至廣，古人之所慎重者，皆説經、著史之作，欲以垂諸久遠，爲後世法。故當下筆之時，不能不有所鍛鍊。若夫小説之文，不過供一時人士之談助，非有意於不朽，率爾操觚，誠不能免。若以小説之文而欲與説經、著史之作並駕齊驅，其能免不倫不類之誚者，未之有也。

　　作此説者，亦不能謂其全爲舛謬，不過誤以論時下小説之眼光而論古人之小説耳。古人著書，無論其爲傳世與不傳世，而當其著筆之時，心目中皆自有千古之志，非若近代之小説販子，只要騙得着幾塊洋錢，便不計其文之工劣。至於"傳"之一字，則更非渠輩所曾夢及。其不能與古人説經、著史之文同日而語也，宜矣。

　　　　　　（《民國日報》一九一七年一月二十九日）

答張春帆先生

　　僕嘗指《九尾龜》爲誨淫，而春帆先生必不欲承此罪名，且謂"推襟送抱"四字乃推許襟期、表示懷抱之謂。齗齗辨白，一若此四字者爲極端正當之名詞，絶無絲毫淫意存於其間。先生文過飾非，亦可謂煞費苦心。其如理由之不充分何！

　　"推襟送抱"四字，若用在他處，則其解釋誠如先生所云。惜乎先生不將此四字用於他處，而專用於《九尾龜》第十三集第六回之末段，以雅緻之字樣，作穢褻行爲之代名詞。"推襟送抱"四字若有知，亦必叫屈不少。

　　僕作此説，逆料先生尚必不默爾以息。蓋"推襟送抱"四字，僕既認爲雅緻之字樣，又何以一經先生運用，即變爲穢褻行爲之代名詞？此僕所不能不豫爲解釋，以塞先生之口者也。先生既能文，即當知文法。試問先生：是日之小説，是否係叙一穢褻之事，而"推襟送抱"四字之上下文又是否爲"兩個人在這稠人廣衆的影戲場中，居然的惺惺惜惜，推襟送抱起來"數語。原文具在，斷非僕所能改竄。先生如自認爲不知文法，則僕無責言矣。如猶自命爲小説名家，則海内不乏通人，當能評定《九尾龜》之是否爲淫書，及"推襟送抱"四字之是否爲穢褻名詞，而無庸僕之曉舌也。

先生以"推襟送抱"四字作片面之解釋，遂謂此四字者即兩心期許之謂也，竟自將上下文意完全忘却。先生如不自認爲忘却，則僕有一最切當之比喻爲先生告。

"翻雲覆雨"四字在普通解釋，反復無常之謂也。今試以易先生之"推襟送抱"四字而爲"兩個人在這稠人廣衆的影戲場中，居然的惺惺惜惜，翻雲覆雨的起來"。先生尚能謂此"翻雲覆雨"者爲反復無常之謂也？若此類者，指不勝屈，僕亦不暇多舉，徒爲詞費。一言以蔽之，曰：凡一字一句，經一番運用，即另有一番意思。此先生"推襟送抱"四字之所以爲穢褻名詞也。

《九尾龜》誨淫之處甚多，僕所以獨舉此處者，誠以"推襟送抱"四字字面尚雅，言之不甚褻也。若先生尚欲有辯，則僕謹一一爲先生疏證之，先生其願之乎？

（《民國日報》一九一七年一月三十日）

北京通俗教育會呈請教育部嚴禁誨淫之小説十種，此種禁令已於昨日頒布矣。記者固甚善該會之用心，然尚願該會於此十種以外之誨淫小説，更有所調查也。

時至今日，風俗大壞。是固世運所施，無可挽救，然推其原因，則今日社會流行之誨淫小説，實爲傷風敗俗之厲階。若不嚴行禁止，則流行愈廣，其禍實甚於洪水猛獸。政治不良，固足以亡國；小説誨淫，亦何嘗不能亡國也哉？

（《民國日報》一九一七年一月三十一日）

小説以白話爲正宗，文言次之，傳奇、彈詞皆變體也。我國小说,源於虞初。漢魏以降,文皆古樸深賾,耐人尋味,然皆零縑短素,未有若《水滸》諸書演義至於數十萬言之多者。有之,則自宋始。

近代作者皆薄視白話,謂其能信筆直寫,不若文言之須講求義法也。殊不知白話雖無義法,而無形之義法,實較文言爲嚴。是在作者平時之心得而已。若一味拘泥,則吾亦未見其能有成也。

(《民國日報》一九一七年二月一日)

再答張春帆先生

春帆先生仍不認所著《九尾龜》爲誨淫。僕本無意於先生言,不必一再辯駁,然風化攸關,又不敢稍存緘默。爰就先生所言,再一辯答於下,是亦子輿氏"予豈欲辯,予不得已"之意云耳。

先生謂"文有正解,亦有別解。正解必不可達,乃以別解解之"。先生此語,實似是而非。文章固有正解、別解之分,然惟以意逆志者,是爲得之,非真有一定之標準也。若如先生所言,則古今說經者不暇數百家,誰爲正解,誰爲別解?吾恐先生亦無從剖析清楚。原先生之意,以爲凡一文章,必有一定之解說,是爲正解,舍此皆爲別解。同一文章,如正解可通,別解亦可通,則無論別解如何通法,亦須先從正解。天下有此理乎?且正解不過一而已矣,別解則層出不窮;正解顯而易見,雖五尺童子亦能知之,唯別解探索幽隱,能洞見作者肺肝,縱作者極力諱飾,亦無從逃匿於萬一。猶有進者,文章一事,貴曲不貴直,貴隱不貴顯,《三百篇》之所以費人思索者,正以其用意之曲且隱耳。若一一從字面上解說,《三百篇》皆說草木蟲魚之事,又安在乎孔子之删定也?此處限於篇幅,不能一一例證。如先生不以僕言爲然,則僕當於異日舉例說明。故不就《三百篇》論,而以唐人之詩論之。朱慶餘《上水部詩》云:"洞房昨夜停紅燭,待曉堂前拜舅姑。妝罷低聲問夫婿,畫眉深淺入時無。"

此詩正解不過一艷體而已，又孰知其寓有以生平著作就正賢達之意乎？若以先生之眼光論斷此詩，必指爲女子新婚之作，决無他意。夫指爲新婚之作者，正解也。此正解未嘗不通，後人又何必從其別解而不從其正解？以上所說，皆發揮先生正解、別解之義，非故作贅詞也。一言以蔽之，曰：文章固有正解、別解之分，然須就其文意，會而通之。若其文意以別解爲近似，則從別解；以正解爲近似，則從正解。先生以"推襟送抱"四字正解作"推誠相與"，而不認爲誨淫。試問先生，是日之小説所叙爲何事？苟其爲朋友相交，傾蓋言歡也，則僕當不待先生之解釋，即知"推襟送抱"四字爲"推誠相與"之襯貼字樣，又何至平白以誨淫罪名加諸先生之身？夫以電光不明、男女并坐之時，而獨用"推襟送抱"之字樣，而欲釋之爲"推誠相與"。子誰欺，欺天乎？原文具在，其是否爲誨淫？謹當與天下閱者共評判之。

先生謂："人心不同，各如其面，具何種心理，即有何種之見解。"其意蓋指僕以《九尾龜》爲誨淫，而僕所具之心理即誨淫也。若如先生之言，則孟子斥楊墨爲無父無君，孟子亦必先具有無父無君之心理。此論通乎？否乎？以質諸先生。

先生不認《九尾龜》爲誨淫，認爲《九尾龜》爲描摩靡俗，且自認爲其能"形容時弊，切實發揮。若以描摩靡俗爲誨淫，則中外小説之描寫盗賊情形者必爲誨盗，而描寫國變情形者必爲誨人謀叛"云云。先生此語，未嘗不言之成理。然試問尊著《九尾龜》是如何描摩法子？若謂《九尾龜》爲描摩靡俗，干犯禁令之《金瓶梅》《肉蒲團》諸書，亦何嘗不是描摩當時之靡俗？乃國家社會不爲提倡推廣，更從而嚴禁之，亦未免太辜負一班小説大家描摩靡俗之苦心孤詣矣。彼著作之《金瓶梅》《肉蒲團》者，皆自負爲有益世道人心之作，因果循環，足資勸懲，亦如《九尾龜》之所謂"形容時弊，切實發揮"，其功均未可滅也，而必懸爲厲禁，抑又何耶？且僕猶有疑者，同爲描摩靡俗之小説，而《九尾龜》尚在不禁之列，豈先生之描摩尚不及彼輩之惟妙惟肖歟？然則先生當急起直追，以與彼輩競爭矣。先生其勉旃！

僕與先生以《九尾龜》之故而結此文字因緣，僕之幸也。先生若不吝賜教，則僕謹當滌筆洗硯，以與先生周旋於文壇之上。倘先生能一旦開悟，自誨前非斯文一派，則僕又安敢再事嘵舌？自當造府面談，盡傾蓋之歡。須知僕之所以反對先生之故，誠非有意爲難。不過僕之私意，以爲吾輩不幸而操此筆墨生涯，於國家社會皆無所補，倘更以奸淫邪盜之文字登諸報紙，此豈稍有良心者所願乎？此僕之所以反對《九尾龜》之由來也。且僕之反對者，不僅《九尾龜》一書而已。凡有與此類相似者，皆在反對之列。僕生存一日，即反對一日。怙惡不悛者，僕之仇敵也；知過即改者，僕之良友也。區區之志，先生諒之。

（《民國日報》一九一七年二月二日）

白話小說之難作，既如予所述矣，而吾國著名之白話小說，莫不縱橫奇博，引人入勝。其最佳者實足以轉移風化，非若近代作者之率爾操觚也。

《水滸》《西遊》《紅樓》皆各有其妙處。《水滸》以文勝，《西遊》以理勝，《紅樓》以情勝。《水滸》之文豪，《西遊》之文粗，《紅樓》之文細。學者苟能明其旨趣，細加揣摩，然而不工者，未之有也。

（《民國日報》一九一七年二月四日）

三答張春帆先生

春帆先生兩次寵召，欲與僕一證彼此之意見，僕之願也。惟僕仍有逆耳之言忠告先生。先生如能許我，則彼此皆屬同文，僕自當趨聆清誨，傾蓋盡歡。先生以爲然乎？

僕之反對《九尾龜》，以其誨淫也。《九尾龜》苟不誨淫，則僕亦橐筆滬上者，對於同業自當贊許之不暇，尚何反對之有？先生如不以僕之反對爲忤，僕即請先生此後著筆，須稍留文人身分，萬勿再爲市井鄙穢之言，以灾梨禍棗也。須知《九尾龜》誨淫之處甚多，不僅"推襟送抱"四字而已。自僕倡議反對以來，各處來函之指責者，盈於几案，并促僕堅持到底，以達捕房干涉、官廳禁止之目的，足見是非曲直，社會尚有公論。《九尾龜》之是否誨淫，非僕一人之私言也。先生作文，未必無淫字即不能下筆者，又何必固執已見，作社會之公敵哉？

（《民國日報》一九一七年二月五日）

迭更司小說數十種，譯行我國者，尚不及十分之三。其描寫當時英國之社會，惟妙惟肖，人謂英國之獲有今日，當歸功於迭氏。夫迭氏不過一小說家耳，而竟能改造社會。奈何我國之小說家，竟專以敗壞風俗爲事也？

迭氏行文，其最爲擅長者，在形容人之行止口吻，亦如《水滸》之描寫一百零八人，即有一百零八人之行止口吻。此其所以爲獨絕也。第迭氏亦爲疵累之處，則以其結構章法，不免有劍南千篇一律之恨耳。

（《民國日報》一九一七年二月七日）

漢、魏、唐、宋之小說，每篇至長不過萬餘字，而文心之曲折，令人百讀不厭。近人小說，動輒數十萬言，説來説去，尚不知其所述爲何事，大有王媽裹脚又臭又長之慨。然此種作家，猶竟敢以此自詡於人，曰"我能作長篇也"，或且曰"漢、魏、唐、宋之小説，未嘗能有我之長也"。殊不知敘事之文，首貴簡潔。彼漢魏唐宋小説之佳處，正以其不長耳。若如近人作法，則《會真記》亦何嘗不可演爲百萬餘言哉？

（《民國日報》一九一七年二月八日）

傳奇爲小説之一，自昆腔廢後，治此業者頗少。即有一二作者，亦多不諳音律。非僅不能工，即求其合於準繩，而不貽笑於方家者，亦若鳳毛麟角之難覯。誠以傳奇一道，爲理至深，竭平生之力以學之，猶虞其不能了解。況不學如近輩而專以剽竊爲事者耶？其乖謬百出也，宜矣。

（《民國日報》一九一七年二月九日）

張春帆先生不認所著《九尾龜》爲誨淫，而獨認爲描摹靡俗。夫誨淫與描摹靡俗，兩者本迥不相侔。今敢爲下一定義，曰：誨淫者，揣摩床笫，若《金瓶梅》《肉蒲團》諸書是也；描摹靡俗者，記述一時或一家之靡俗，而隱寓規諷之意於其間，若《紅樓夢》諸書是也。明乎此義，則《九尾龜》之爲誨淫，抑爲描摹靡俗，當不待吾人之詳加辨別矣。

（《民國日報》一九一七年二月十日）

譯小説無他難，在善於增減而以不失原意爲歸。畏廬先生即深得此法者也。

畏廬不識西文，而所譯諸書皆能得原著書人之旨趣，此即善於增減之故。若易以庸手，則必至於當增不增，當減不減，并著者經意之處亦爲若輩所抹殺，殊辜負作者苦心矣。而畏廬獨無此病，此畏廬之所以爲小説譯界之巨子也。

（《民國日報》一九一七年二月十一日）

《水滸》第五回"魯智深火燒瓦官寺"，叙魯智深與史進相逢時一段談話，殊貼切二人身分。但史進與智深商議再回瓦官寺，而智深竟答應一"是"字，此"是"字出於智深之口，殊覺不像。楚儈謂智深爲一莽和尚，秉性粗豪，無論何事，彼皆無從容籌議之餘地，況殺人放火、報仇雪恥之事乎？耐庵於此處而加一"是"字，未免太失智深身分矣。然此非耐庵之病也，凡百小說，皆所不免。吾於是不能不嘆下筆之難焉。

（《民國日報》一九一七年二月十二日）

　　作長篇小說，不能無漏筆。蓋數十萬言之書，必非倉卒所能就。偶不經意，即有前後矛盾之處。雖非大病，究亦疵累也。
　　施耐庵叙智深出家，趙員外對智真長老云："這表弟姓魯，是關內軍漢出身，因見塵世艱辛，情願棄俗出家。"是智深真來歷，趙員外並未説過，即智深在山，亦未漏出絲毫。而後文智深到大相國寺，智清竟對衆僧云："這個來的僧人，原來是經略軍官。原爲打死了人，落髮爲僧。"智清此語，係根據智真來信而言，智真何從而知智深之曾爲經略軍官及打死了人等事？前文並未叙及，此即耐庵漏筆也。讀者不可不識，然不可以此而薄耐庵之才。

（《民國日報》一九一七年二月十三日）

　　琴南所譯小說，不下百種。予嘗遍觀之，佳者固多，其沉悶無味者亦所不免。大抵譯自名家者，必較普通之原本爲佳。東西文字雖各不同，而文章之優劣則東西一也。苟原本不佳，徒恃譯者之粉飾，雖馬班復生，吾亦知其無能爲矣。即使能之，亦必損失原意，是著也，非譯也。
　　迭更生之《塊肉餘生述》、哈葛德之《迦茵小傳》、仲馬之《茶花女》，在其著時，已風行全國，更以擅長文學者譯之，其洛陽紙貴也，宜矣。琴南所譯小說，要以此三書爲最。

（《民國日報》一九一七年二月十四日）

　　某君有云："凡寶惜時間者，必不閲小說。"斯言雖過當，然亦不爲無見。蓋晚近小説，以里巷粗俗之文，寫市井穢褻之事。不獨無裨於閱者身心，且足以傷風敗俗。當兹物質進化之時，孰願以可貴之光陰，爲此種小説所虛耗？然此非所以論高尚之小説也。高尚之小説，大足以改良社會，小足以增長識見。西人謂近百年來人類進化，固爲一般學者推闡真理之所致，而小説家鼓導之功要亦難没。由是以觀，小説豈盡無益乎哉？

（《民國日報》一九一七年二月十五日）

我國小説至今日，亦不可謂不盛矣。以予所見，則無益者多，徒灾梨禍棗，以圖取社會金錢而已。惟李伯元《官場現形記》、吴稚暉《上下古今談》，一則揭破官場黑幕，使社會猛省，以促成政治之改革；一則演述淺近科學，使一般國民得以增進普通之常識。要皆益世之作，非苟爲曼詞已也。然《上下古今談》並不受社會歡迎，是何故耶？吾於是不能不嘆吾國民之尚無閱高尚小説之程度矣。悲乎！

（《民國日報》一九一七年二月十六日）

彈詞小説，始於宋，盛於明清，至近代而寖衰焉。其文淺而易識，多出於里巷婦孺之歌謡，搢紳先生所不屑道也。然往往有忠孝節義之語出於其間，使讀者低徊感動而不能自已，又安能以其俗而鄙之乎？夫陽春白雪之曲，高則高矣，而和者止於數人，轉不如下里巴人之和者空里巷也。當兹道德淪胥之時，邪説大熾。苟欲正風俗，息詖言，則莫如寓勸懲之意於小説。而小説感人之易，又莫彈詞若也。世有作者，其亦聞風興起歟？

（《民國日報》一九一七年二月十七日）

近人作小説，其弊在不多讀書，猶之厮僕學書畫，縱能工妙，而識者一見即能辨其爲厮僕手筆。所謂無書卷氣者是也。

　　無論何種文字,皆非不讀書者所能作。小説爲記事之文,尤宜多讀史傳,以爲揣摩之資。即各種學藝,亦當涉獵一二,庶下筆時能詳徵博引,縱橫自如。遍覽古今中外之小説,苟其爲名家所著,即無不具有不可一世之才藝,以取重於當時。非若碌碌餘子略識之無,即率爾操觚,睥睨以自喜也。蓋同於厮僕之習書畫,其能不爲識者所笑乎？

　　　　　　　　　　　　　(《民國日報》一九一七年二月十九日)

讀紅樓劄記

境遍佛聲 撰

　　載於《說叢》一九一七年三月第一期、四月第二期。其中第二期所載內容又曾刊於《游戲新報》一九二〇年第一期。作者境遍佛聲，即李佛聲。李佛聲生平待考，僅知其曾參與編寫《山西員警報告書》。據作者自云，本文是"信筆劄記"而成，"藉袪長夜之惡魔，用銷千秋之熱血，偶借窮愁日月，小作冷淡生涯"。宛然爲作者心得獨到之言，其實其中多有因襲前人之處。如清人涂瀛、戚蓼生等人的觀點都被其挪用。當然，其中也多有對清代評論家的反駁之言，如說"讀花人以寶玉似武陵源百姓，寶釵似漢高祖，探春似太原公子，紫鵑似李令伯，妙玉似阮始平，鳳姐似曹瞞，皆不甚確合。余謂寶玉當易爲李後主，寶釵當易爲公孫弘，探春當易爲溫太真，紫鵑當易爲子家羈，鳳姐當易爲諸葛恪。至妙玉似阮始平，始平乃阮咸，阮咸不似妙玉，當是阮嗣宗耳。今再廣讀花人之意，則賈母似梁武帝，黛玉似屈原，迎春似劉璋，惜春似陳仲子，李紈似蘧伯玉"，就能自成一說。另外，文中揭露的兩種《紅樓》舊本，很有參考意義。其對人名諧音的總結，也足資借鑒。

弁　言

　　延陵歸來，桐封株守；牙籤滿架，芸帙充堂。杜門伏案，絕似故紙之蠹魚；開券焚香，恍同禪門之老衲。左太冲戶牖壁墻，悉著筆硯；蘇子瞻嬉笑怒罵，皆成文章。凡風花雪月之辰，皆筆酣墨舞之會。無如簷雨淋鈴，殘燈照影，一事無成，百憂咸集。茶餘酒罷，火冷香消，不有消遣，何伸雅懷？因讀《紅樓》，信筆劄記，藉祛長夜之惡魔，用銷千秋之熱血；偶借窮愁日月，小作冷淡生涯。一編在手，萬念俱寂。雖今日偶一展閱，信筆云云，頗起遐思；恐異日深陷情坑，飽受情彈，爲情所誤。是編之作，蓋欲持以爲情場戰勝之券，且欲留以作情關報曉之鐘。嚴寒凛冽，悲風怒號，挑燈獨坐，濡筆書此。輯刊三編，以供同好。丙辰梅月晦日，華嚴閣主境遍甫佛聲自識於晋陽寄廬。

上編　總論

　　《紅樓》之書，得《國風》《小雅》《離騷》遺意，参以《莊》《列》寓言，奇想天開，戛戛獨造，其事誠古今來妙事，其文亦天地間妙文。統觀全書，由近及遠，即小賅大，直將真事隱去，托爲假語村言，以曲盡乎妙喻。蓋默操《春秋》之筆，寓諷刺於皮裏者也。

　　《紅樓》之作，乃雪芹巢幕侯門，目睹富貴浮雲，邯鄲一夢。始則繁華極盛，景艷三春，花鳥皆能解語；繼則冷落園亭，魂歸月夜，鬼魅亦且弄人。不特雲散風流，盛衰興感，而且世態炎凉，車馬門稀，故作書以"夢"命名，而開卷即以夢幻標旨也。

　　韓蘄王《南鄉子》詞曰："人有幾多般，富貴榮華總是閑。自古英雄都是夢，爲官。寶玉妻兒宿業纏。"作者自名寶玉，其亦取義於此乎？

　　《紅樓》一書，爲雲爲雨，半宋玉之微詞；非霧非花，亦香山之讕語。然而鋪排綺麗，摹寫温柔。金迷紙醉之場，鴛鴦作對；翠悶紅慵之地，蛺蝶成行。一人一物，難貌妍容；一葉一花，可歌可咏。洵古今第一情書，兩間第一妙文。

　　《紅樓》之書，作者雖有兩意，讀者當具一心。譬之繪事，石有三面，佳處不過一峰；路看兩蹊，幽處不逾一樹。必持是意以讀是書，乃能得作者之微旨。如捉水月，只挹清輝；如雨天花，但聞香氣，庶得此書弦外音乎？

讀《紅樓》之書，須具兩副眼光：一眼看其所隱真事如何穿插，一眼看其所叙閑文有何關係。兩不相妨，方能有得。若拘拘於年齒行輩、時代名目，則失之遠矣。

讀《紅樓》，不可只讀本文，須並其批評讀之。明齋主人之評，真面已露，雖不無穿鑿之痕，然用力勤矣。大某山民之評，最有識見，雖著語無多，已見一斑。護花主人之評尤劣，用力雖勤，何其庸也，乃至屢贊襲人，此聖嘆所謂"咬人矢橛"者也。至太平閑人之評，心勞口拙，可笑亦復可憐。其餘評本雖夥，可觀者鮮矣。

太平閑人以《大學》《中庸》而講《紅樓》，吾實未敢深信。然作者其美刺乃學乎《詩》，其書法乃學乎《春秋》，其參互錯綜乃學乎《周易》，其淋漓痛快乃學乎《孟子》，而兼用《水滸傳》《西遊記》《金瓶梅》三書之法，遂奄有衆長，横絕古今。

余前在友人處嘗見過抄本《紅樓夢》，原本只八十回，叙至金玉聯姻、黛玉謝世而止。蓋聯姻之議，非出自賈母、王夫人之意，乃奉元妃之命，無可如何而就之。黛玉因此抑鬱而亡，亦未有以釵冒黛之説。今世所傳一百二十回之文，不知誰何傖父，何故強爲此如鬼如蜮之事，此真別有肺腸，令人讀之欲嘔。

相傳舊本《紅樓》，末卷作襲人嫁琪官，後家道隆隆日起。襲人既享温飽，不復更憶故主。一日大雪，扶小婢出庭中賞雪，忽聞門外有誦經化齋之聲，聲音甚熟習，而一時不能記憶爲誰。遂偕小婢啓户審視，化齋者恰至門前，則門内爲襲人，門外爲寶玉，彼此相視，皆不能出一語。默對許時，二人因仆地而歿。以上所云，説甚奇特，與今本大異。

《紅樓》一書，上自廊廟宮闈，下至田園野寺，語小則爲閨房兒女之私，語大則爲朝廷家國之事。約而言之，則爲園亭姊妹詩歌風雅之場；推而盡之，即爲阿房後宮開鏡棄脂之地；隱而言之，則爲省親示孝家庭聚首之歡；顯以示之，即爲貴戚私家甲第連雲之盛；泛而論之，則爲燕妒鶯猜婦子嬉嗃之象；實而指之，即爲班去趙升小人消長之機；分而觀之，則爲弄權希寵事兼兩府之徵；合而推之，即爲信讒嬖佞政出私門之漸；曲爲喻之，則爲厭厭夜飲士女戲謔之風；直爲書之，即爲啄啄群雌流連荒亡之樂；細爲數之，則爲朝夕饔飧務竭口腹之充；統爲計之，即爲金玉糞土用如泥沙之侈。其思深，其慮遠，其詞費而隱，其意類而推。真開天闢地，絕無僅有之奇文也。

　　福善禍淫，神人之用；勸善懲惡，聖人之教。《紅樓》雖爲小說，而善惡報施，勸懲垂誡，通其說者，且與神聖同功。若徒觀其木石同居，喁喁私語；園林改造，煌煌大觀。君恩來鳳藻之歸，婢義切鵑啼之痛。花驕柳補，誄文私祭乎芙蓉；玉愛金遺，食譜新添乎蓮葉。極鳥語花香之艷，鸚鵡吟詩；披仙庖家慶之圖，鴛鴦行酒。怡紅院之燕壽，不啻瑤池；櫳翠庵之品茶，居然陸羽。玫瑰刺手，狂奴遭一掌之批；湘竹傷情，幻境作兩番之夢。此不過軟紅塵裏，景麗三春；海市蜃樓，黃粱一夢，可以得"紅樓夢"三字命名之義而已，又豈一百二十卷中深文曲筆，寓言選意之所在乎？至若以此書本爲石頭出處而記，專爲木石前緣而作，心痛絳珠之死，力鋤寶釵之奸。恕神瑛之爲僧，善能補過，詆襲人之改嫁，大快失身。誦柳絮之詞，潸然淚下；讀桃花之句，默爾神傷。以金針鴛繡爲蘅蕪苟合之時，以香芋鼠偸爲怡紅撩眼之戲，微特受癡人說夢之誚，貽紫陽如豆之譏，且左祖私偏，平情失實，亦陳壽《三國志》之覆轍也，豈有當歟？豈有當歟！

　　《易》言吉凶消長之道，《書》言福善禍淫之理，《詩》以辨邪正，《禮》以別等威，《春秋》寓褒貶，經天緯地，亘絕古今。而不意《紅樓》一書，竟能包舉而無遺也。若細繹其文，皆可通乎經義。賈氏之盛衰，互爲消長；衆人之壽夭，悉本貞淫。其中或叙淫荒，或談節烈，明邪正也；或言宮禁，或及細民，判等威也。至全書叙事或明或暗，或曲或直，無非寓褒貶之意。《紅樓》之妙，妙盡於此矣。其所以膾炙人口，不脛而飛，不翼而走者，實因其能鎪刻人心，移易性情耳。至有以太虛幻境事屬子虛，仙姑雲雨之情即神女巫山之夢。萬艷同杯，酒開色界；千紅一窟，洞入桃源。聲呼救我，原眠秦氏之床；迹尾偸尼，重算小郎之帳。珮既解乎九龍，聘或留夫雙劍。芙

· 22 ·

蓉江上，啜茗傳神；風月鑒中，空花招手。知胭脂之屢吃，口哺櫻桃；忘麝申之微籠，臂交雪藕。以此書爲秘戲之全圖，其叙事乃春光之暗泄，不幾誤煞少年？而《紅樓》一書，毋乃千古之罪人耶？此更盲人瞎馬，迷路出花。難者也，又烏可以與之語《紅樓》哉！然余意雖如是，究未識當時成此書者何心也，安得起悼紅軒中之雪芹而問之？

《紅樓夢》推演性理，闡發《學》《庸》，以《周易》演消長，以《國風》正貞淫，以《莊》《騷》寓本旨，以《春秋》示予奪，結構細密，變幻錯綜，包羅萬象，囊括無遺，盡脱小說窠臼，而別辟蹊徑，以李將軍金碧山水樓臺樹石人物之筆，描寫閨中小兒女喁喁私語，繪影繪聲，如見其人，如聞其語。《竹枝詞》所云："閑談不説《紅樓夢》，縱讀詩書也枉然。"可見一時風氣所尚，非真有所不足於此書也。其中微意所在，豈別部小説所能望其項背？

《紅樓》全書，敷華掞藻，立意遣詞，竟無一落前人窠臼。此固有目共賞，姑不具論。第觀其蘊於心而抒於手，注乎彼而寫乎此，目送手揮，旁通曲喻，似譎而正，似則而淫，如《春秋》之有微詞，史家之多曲筆，試一一讀而繹之：寫閨房則極其雍肅也，而艷冶已滿紙矣；狀閥閲則極其豐整也，而式微已盈睫矣；寫寶玉之淫而癡也，而多情善悟，不减歷下琅琊；寫黛玉之妒而尖也，而篤愛深憐，不啻桑娥石女；他如摹繪玉釵金屋，刻畫菸澤羅襦，靡靡焉幾令讀者心蕩神怡矣，而欲求其一字一句之粗鄙猥褻，不可得也。嗚呼！異矣。其殆稗官野史中之盲左腐遷乎？

書中開口便言："當日所有之女子，其行止識見，皆出我之上。"又言："閨閣中歷歷有人。"又言："亦可使閨閣昭傳。"又言："不過幾個異樣之女子。"又言："半世親見親聞這幾個女子。"可見作者之用心，全爲當日異樣諸女子作列傳耳。

《紅樓》筆法完密，有起有伏，有提有補，無一簡筆，無一漏筆，前後皆有呼應，全篇均具綫索，讀之於作文之道，獲益匪淺。然其描摹家庭社會事情，窮形盡致，絲絲入扣，讀之於世故人情當知不少。故《紅樓》一書，言情小説而實兼家庭社會之小説也。

群多稱《紅樓》爲誨淫之書，余平生最反對此種謬說。其主張此議者，蓋不知情與淫之別也。舊小說之下乘，姑不具論。即高如《西廂記》等，亦不免於苟合，此則近於誨淫者也。《紅樓》中凡值寶黛相逢，每有一片纏綿悱惻之情，與不忍辜負之苦心，而終不及於亂。《詩》之所謂好色不淫，發乎情而止乎禮，寶黛二人有焉。故情淫二字，判若霄壤也。

《紅樓》所載，雖皆閨房瑣屑，兒女私情，然其才之屈伸，可通於國家用人之理。若黛玉之孤僻，蓋汲黯戇直之流也。骨鯁之臣，既見棄於聖明，彼圓通世故者，不群以爲相度乎？英明之主，且以此爲腹心，何況昏庸者？長沙弔屈，吾讀《紅樓》，爲古今人才痛哭而不能已。

《紅樓》以言情爲宗，自以寶黛作主，餘皆陪襯物耳。而論紀事，則鳳姐又若龍之珠、獅之球。何也？蓋古今奸邪柄政，如盧杞、嚴嵩，皆受參劾於生前，獨鳳姐擅權，雖其夫亦受節制，至已敗國亡家，而太夫人猶不悔，豈非秦之趙高乎？能道其奸者，惟一趙姨娘。作者著鳳姐卒受冥誅者，所以爲警世起見也。此等處，作者頗具史識，又豈可以泛泛言情小說目之？

《紅樓》之真諦，作者不敢直標，猶恐當局知所褒譏，身受其禍。故幻之以太虛之境，玄之以大荒之山，隱之以無稽之崖，能使後人直斥爲荒誕不經，無所稽考，則作者之意在是矣。然觀其開宗明義第一章，即以賈雨村、甄士隱二人並列，而於大觀園內，即廁入一塵世獨立之妙玉。至於榮寧兩府，即首敘一齒秩兼尊之史太君。由此推之，即可知其於甄士隱，實爲真事隱去；於賈雨村，誠爲假語村言；於妙玉則爲妙喻，於史太君則爲史筆。而後推之於葫蘆廟開首，作者殆欲以葫蘆題不求甚解解之耳。能以此繹之，雖不中，不遠矣。

世祿之家，鮮克由禮。《紅樓》所記，惟一侈靡之罪，然已受抄撿之辱、軍臺之苦，其警戒後人爲何如耶？今之縉紳閥閱之家，豈僅奢侈之一端而已哉？不僅此一端，而其幸逃法網，曷若《紅樓》之堪爲殷鑒耶？

書中快文甚多，焦大醉罵而外，如李嬤嬤之罵襲人、呆霸王之罵寶釵，較陳孔璋討曹操檄、駱賓王討武氏檄，尤爲雋快，讀畢當浮一大白。

《紅樓》一書，寫寶黛如山之藴玉、水之含珠，其輝媚爲已至矣。而後之續者，必欲討個究竟，則雖使賈寶玉封侯拜相，林黛玉福壽雙全，亦寶玉所謂魚眼睛也，又何所取耶？

有人讀《紅樓》至"錦衣軍查抄寧國府"而傷心著急者，至"復世職政老沐天恩"而手舞足蹈者，可謂有情矣，而不得謂之有識。如榮寧兩府之所爲抄没黜革，固其分也，何必代爲之大罵趙全耶？然又有一種人，讀至抄家而大喜，至復職而大怒者，此亦不盡人情之人，可與考古而不可與之訂交者也。明齋主人評《紅樓》至夏金桂撒潑，拍案稱快，其識見迥非尋常，又不得以太忍爲病。

讀花人以寶玉似武陵源百姓，寶釵似漢高祖，探春似太原公子，紫鵑似李令伯，妙玉似阮始平，鳳姐似曹瞞，皆不甚確合。余謂寶玉當易爲李後主，寶釵當易爲公孫弘，探春當易爲温太真，紫鵑當易爲子家羈，鳳姐當易爲諸葛恪。至妙玉似阮始平，始平乃阮咸，阮咸不似妙玉，當是阮嗣宗耳。今再廣讀花人之意，則賈母似梁武帝，黛玉似屈原，迎春似劉璋，惜春似陳仲子，李紈似蘧伯玉。

《紅樓》一書，叙人婚姻之事，不祥者居其多數。蓋藉明專制結婚必無良好結果也。全書所列，只薛寶琴、邢岫煙二人爲得佳耦。蓋專制時代之結婚，雖無得佳耦之理，未必無得佳耦之事，亦猶專制政體中，未必無一二善政可道也。

書中最重命名之義，姓名皆具精心，其全書總名豈能漫然著筆者？世俗徒以寶玉傷情而出家，故名《情僧録》；以有通靈與金鎖，而稱《金玉緣》；以石上歷歷遍述之字迹，亦曰《石頭記》；以叙江南十二美色女子，因呼《金陵十二釵》；以太虚演曲中有"紅樓夢"三字，遂稱《紅樓夢》；以書中多談風月閑情而喪家亡身，乃名《風月寶鑒》。此世俗所解命名之義者，然究非作者關合事實，得弦外音之本義也。

（《説叢》一九一七年三月第一期）

全部《紅樓》乃演酒色財氣四字。開卷第一回,即歷叙留嚴老飯,邀賈化飲;英蓮粉玉,嬌杏儀容;饋贈衣銀,折變田產;霍啓懼通,封肅誤投。此即言酒色財氣之始也。自仁清巷達寧榮街,以及平安州知機縣,胥是物也。元旦獻屠蘇,其酒釀也;元春封鳳藻,其色正也;春祭之恩賞,其財隆也;秋捷而迷失,其氣大也。焦大太爺酩酊,酒亂鬧矣;多姑娘兒醃臢,色亂鬧矣;卜世仁家裏,使銀姐借錢,財亂鬧矣;賈天祥塾中,將金榮偏袒,氣亂鬧矣。果肴送蝌爺齋中,寶蟾炫夜色以動酒意;瓜菜倒鳳姐地下,平兒帶春色而餘酒香。紫英兩萬金之寶貨難售,賈政絀財而留酒飯;李紈十二兩之分資無著,鳳姐昧財而擾酒筵。邢大傻輸錢把盞,因悶氣而發酒言;李老貨阻玉貪杯,或賭氣而助酒興。開箱而覓緞取釵,酒後貪青衣之色悦;卧石而枕帕墜扇,酒多襲紅妝之色香。草斤忽來一帖,財苟得而蕩子色荒;竹扇何值千金,財未費而美人色笑。引用《西廂》句,淘氣則色以言挑;鈔襲《南華經》文,負氣則色可語詆。賈芸喜借十五兩三錢,鄰人醉酒而疏財異;賈化笑納五十金一裏,知己話酒而通財真。恩候妄價八百兩,未免重色而財輕;榮兒友助八十金,豈因出色而財入。孫紹祖五千兩可還,迎春氣惱守財虜;王熙鳳五百金何據,尤氏氣怯賺財人。彩霞不理有緣由,何因酒而惹同氣之怨;茜雪雖攢無過失,是使酒而尋出氣之方。蘅蕪君曲承魚水歡,情色相感而喜氣洽;芙蓉女屈受麋野謗,才色何尤而冤氣沉。得一千而畏鳳嫂,愛財兒小氣全消;打雙陸而課蘭孫,積財人正氣大發。一書繁矣,四言蔽之,此舉其大略,皆當作如是觀。

　　浮生若夢,此《紅樓》一書之所以名也。齋惟夢坡,院有怡紅,而造樓名手,總屬大觀,其大端則是。雖在在以夢點醒,而又非沾滯如癡人説。其間是夢非夢,無非是夢,即是太虛幻境也;即無非閲世人真境也,即無非本性人心境也,則又以不夢為夢矣。至於紅本炎上之色,樓有空中之象,若小紅、嫣紅、猩猩紅,以及酒香紅藥、詩艷紅梅,點染於人物時景者,不可枚舉。或色即是空,空即是色,不妨簇簇出色與,樓則空空而無居人,顧惟於藏襲家用紗羅,堆積古玩金錫等材器,與夫取几收屏之際,而偶一遥指焉,又顯寓萬物所歸之義。要知其盈萬物者，乃其空萬物者也。故取樓以名其書，夫豈盡人不好居哉？但必實以人而詳記之，失清空矣；必名以人而重稱之，乏靈空矣。位置非宜，反窒大觀。獨不見於匯芳園一登斯樓也乎？又不見於清虛觀一登斯樓也乎？然觀象古人，霓歌鳳覽，曰《還魂》，曰《南柯》，一似逢樓作戲者，而又無戲之非夢矣，樓則仍空矣。故曰名手造樓，總屬大觀。此《紅樓夢》一書之所以取名也歟？

嘗謂《紅樓》之人不一，要皆夢中人也。而無人不是夢者，又無人可有夢。有夢不一境也，佳夢甚罕，惡夢恒多。書中歷叙各夢，如寶玉夢遊太虛幻境，夢與甄寶玉相遇，夢見晴雯死後來別，夢至地府尋訪黛玉被石子打回，並甄士隱夢見僧道，甄寶玉因夢改行，黛玉因夢改行，黛玉因夢添病，湘蓮夢醒出家，香菱夢裏吟詩，小紅私情癡夢，妙玉走魔惡夢，鳳姐夢可卿勸立家業，又夢被人強奪錦匹，尤二姐夢見三姐勸斬妒婦，襲人夢見寶玉和尚冊子，茗煙説萬兒因母夢得錦匹而生，以及寶玉神遊幻境似夢而非夢，並因黛玉故後想夢而無夢。所言諸夢，皆是真夢。獨寶玉在可卿房中夢訓雲雨之事，絳芸軒中夢斥金玉之説，並屬假夢，非真夢也。是故元春之盡也，大夢同歸；熙鳳之衰也，舊夢反續。乃愈嘆人事在夢幻之中，浮生忽忽，擾攘間總屬渺茫；夢境出入情之外，魔劫層層，混沌裏別有嶮巇。則又不止《紅樓夢》中人所獨患也已，覆鹿何有，化蝶依然，矧惡夢乎哉？

人生一大夢耳，夢無不醒之時，則黛玉死矣，寶玉出家矣。由黛玉而推之，晴雯、鴛鴦、鳳姐、尤二姐、尤三姐、可卿、迎春、司棋、金釧罔不然；由寶玉而推之，惜春、紫鵑、芳官、藕官、蕊官、荳官、葵官、柳湘蓮以及寶釵、湘雲罔不然。其不醒者，獨襲人耳。然則何以處探春？曰此其福分最大，好夢正長者也。然則何以處岫煙等？曰此其心思各別，同床異夢者也。然則何以處巧姐？曰此其昏昏情思，方纔入夢者也。文至此，不已東方之既白歟？何續貂者又欲強人入夢也，豈非天下之怪夢哉！無惑乎牛鬼蛇神，紛紛囈語也。顧安得大棒棒醒之！

一部《紅樓》，全是憂傷時事之言，其敘賈氏，非不整飭家法，而家事之腐敗如故；非不約束子弟，而子弟之放縱如故。言財政則侈靡既竭，而刮削且及於錐刀；言用人則奸蠹盤踞，而斥逐乃在於柔懦。此與近日之景象何其暗合如是也！至於起衰救敝之策，彼亦言之矣。必如探春之明決，或可有濟。不得已而求一綫之延，亦非如李紈之貞固不可。雖然，亦在喪敗之後矣。若厭世之說，則大爲記者所呵，於探春之責惜春見之。

舉世滔滔，相壓以力，相詐以術，中外如是，古今亦如是。《紅樓夢》已言之矣，曰："不是東風壓倒西風，便是西風壓倒東風。"

書中所演各劇，皆有關合。如元妃所點之《離魂》，打醮所拈之《南柯夢》，爲元妃不永年之兆；寶釵所點之《山門》，爲怡紅出家之兆；鞏卿生辰所演之《升仙》，即絳珠歸位之兆；怡紅所點《醉魁獨占》，爲襲人改嫁玉函之兆。餘可類推。總之，此書所敘各事，斷無一句閑章也。

大觀園詩社，探春發起，寶玉作興，元妃提倡。元宵歸省，鳳藻成章，雁行鳴盛，嘉會著而雅懷伸，此前此所未有者也。故海棠社倚門拈韻，以十三元始；凹晶館數闌聯句，以十三元終，其意即蓋言元妃題唱也。迨其後代簡入琴，薛林唱和，是秋爽齋同調；賞花飲酒，環蘭續琴，是海棠社餘音。至探春擱筆而瀟湘焚稿，則大觀園之雅集自此已矣。

大觀園之優也，而以女爲之見。征歌選色，艷奪梨園，女戲之同乎女樂，大觀何取乎此？大觀園之女優也，而以官名之，見按部就班，彩彰薰閣。戲場之通乎官場，大觀竟至如斯，可慨也，可誡也！豈得曰觀之時義，大矣哉。於戲！才人贊善，空博雅選之名，乃費黃金，鼓歌舞，旋罷歌舞，而藕芳葵蕊莫贖蛾眉，一似燕誤堂前，悲故里無依歸之所，而夢斷春臺。豪宴仙緣，備表榮華之狀，乃光白玉，昭聲明，復斂聲明，而檀板竹枝徒班霓羽，一似鴻驚路遠，嘆誰家是飛止之鄉，而憂深夏屋。盡態極妍，或櫻口，或柳腰，既比媚狐而惑主，始也何樂乎美觀？妝醜弄鬼，爲蓬頭，爲花面，更如鳴鳥之驚人，卒之有傷乎大雅。夫豈如魯樂府之亡伶，夫豈如衛舞庭之思美？此世之顧名思義者，所以莫不深爲大觀痛惜也夫。

寧國府之石獅子，其净其乾，原爲門第狀觀，乃無端反言以嘉，竟至閨房減色。士之耽兮，柳道爺洗清石兄，不洗清府中之珍哥也。大觀園之金麒麟，或得或失，不遠家庭瑣事，乃無端傳聞又異，竟致市井謡言。盗之招也，張道士賣弄金物，遂賣弄檻外之玉人也。

《紅樓夢》一書，前寫盛後寫衰，前寫聚後寫散，前寫入夢後寫出夢，此其大旨也。而其筆下之作用，則以"意淫"二字爲題，以寶玉爲經，以寶釵、黛玉與衆美人爲緯。一經一緯，彼此皆要組織，妙在各因其人之身分地步，用畫家寫意之法，全不著迹，令閲者於言外想像得之。故正寫處或臨崖勒馬，或閃身挫步，不至漏泄春光，却又恐人不解，特於旁面映帶聯絡指點，無非再三點睛，其神妙真欲到秋毫巔矣。其組織黛玉處，雖是寫意，尚屬實寫明寫，人均看出，故有後續等書。若寶釵一面，則用虛寫暗寫，比黛玉一面，更覺無迹可尋。其實美人中，以寶黛二人爲主，其組織處，皆用雙筆對待之筆。故寶釵一面，人以爲與寶玉無情，而與黛玉扼腕，此非知《紅樓》者也。苟深讀是書者，當不以予言爲河漢云。

《紅樓》一書，評者甚多。有以爲兒女之綺語者矣，有以爲感慨之豪詞者矣，有以爲仙佛之寓言者矣，更有配以六十四卦且錯綜參伍無義不搜者矣，又有斷章擇句引詩而擬者矣，聚訟紛紛，各執一是。然余嘗細按之，此書雖可藉以發明經傳之精蘊，而實兼可因以尚論古今之人物也。

一部《紅樓》，趣事甚多，舉其犖犖大者，已足令人快意。如鳳姐臉上誤抹之蟹黄，令人撫掌；黛玉口裏戲謔之鹿脯，令人解頤；劉老老嘴邊鬧掉之鴿蛋，令人噴飯；湘雲手中比畫之鴨頭，令人醒酒；寶玉心裏想吃之鵝掌，令人很疼；寶琴意中嘗得之鹿肉，令人很愛；賈母面前贊好之雉羹，令人很喜；寶釵背後私送之燕窩，令人很感。

《書》有之：人爲萬物之靈。然往往物動於人而靈於人。其間意趣，雖有正變厚薄雅俗清濁之不同，而無一不昭昭然各具相形於人物盈虛消長之天。若夫送臘有莊頭之活野鷄，尋秋有塘面之飛仙鶴。寶二爺柳堤上偶聽蜩蟬，本無聊於夏景；傻大姐草石間閑掏蟋蟀，亦何恨乎秋聲？橋邊扇逐蝶飛，夢與鷗波並趣；臺上籠開雀戲，情偕魚水同歡。至若賈母放生買鳥，有時亦嗜鬥鵪；平兒飼畜聘貓，無日不忌投鼠。文龍烹暹國之豬魚，雲情自狀；熙鳳殺仙園之雞狗，風景特威。雞髓鵝油，頗笑味甘夫古饗，蝦鬚烏靨，翻驚采爛乎天魔。夫豈若檐牙高啄，小話鵓哥；堂額榮禧，輕飛燕子。徑拓三弓兮麀鹿伏，繭殼半掀；塘開一鑒兮鷺鷥飛，蜂腰小隔。蛙部雞窗而外，時變禽鳴；蜂房蚓壤之間，頃叢蟲語。好要子魚萍鳧藻，更饒夾岸之鶯花；破工夫蠶箔螢囊，豈擬分程於蟻磨。要之物性順自然，可無人心之刻矣。況乃天機原不已，曷仰聖嘆於時哉？亦惟鸚鵡知詩，自非矜繡虎雕龍之雅；駱駝明訓，有不商珍禽異獸之風。固不必慈心風流之雛鳳，而竟藉口月令之螻蟈也。

甚矣，嫁女之難也。儀來空鳳，元春不敢稱嫁；暴遇山狼，迎春不幸誤嫁；父視結褵，探春不忍言嫁；嫂許披緇，惜春不能勸嫁。黛玉未嫁而夭，湘雲甫嫁而寡。寶琴岫煙，紋綺姊妹，雖皆受聘名門，許字望族，然或待嫁而翁溘逝，或迨嫁而婿清貧。又且同賦摽梅，僅詳小李，而宜室宜家，已非箐纓世冑之隆，富貴繁華之舊。寶釵之嫁也，不但花燭草草，甚至冒林下風，復叨光梅香遮護。纔賡鳴雁，旋悵離鴻，幾與宮裁之鵠歌互答矣。巧姐辰逢七夕，而乃織女星野，婿鄉耕讀。甚矣哉！嫁女之難也。

題軒名以蜂逗，不言花而花香馥馥矣；顏館額以鳳儀，不言竹而竹翠森森矣。沁芳橋畔釣魚，不言樹而綠樹濃陰矣；滴翠亭邊撲蝶，不言草而碧草活色矣。白露夜寒塘鶴影，不言月而皓月溶溶矣；綠天時暑院鶴眠，不言日而烈日炎炎矣。暖香塢猩色一簾，不言雪而雪艷皚皚矣；寒翠館雁痕幾紙，不言風而風光蕩蕩矣。至中秋夜靜，一聞遙弄之笛聲，不言折柳清幽，而如聽冷露下濕桂聲矣；元夕春融，一叙亂撾之鼓響，不言傳花迅疾，而如驚明月中爆竹響矣。金釧之孽報既彰，過端午遂冷清特甚，固不得煩言夫節景，姑以薛蟠酬節添色澤，而爭粽子一戲言早有佳趣，點綴於前矣；玉琴之良緣難就，同生辰亦熱鬧非常，顧不必盡言於壽期，姑以平兒酬壽作餘波,而叩芳辰一祝帖並留雅睨,鋪張於後矣。其言柴抽雪下,已伏蘆亭一會之鴻詞矣;其言薔畫雨中,預隱梨院一臺之雀戲矣。如此筆法,曷勝枚舉?其紀事則俗情也,其著語則性靈也,其爲文章則中有造化也,徒教管中窺豹,略見一斑,豈識畫裏飛龍憑睛兩點耶?

寶玉房裏之花籌,未免是鬧酒;薛蟠廳中之雪藕,不過是娛色。俱征壽緣之浮而且濁。鳳姐壟斷之月錢,有術而積私財;黛玉剪斷之風箏,無端而放晦氣。並見福量之狹而不宏。嘗想賈府之家風,好於豐年之大雪。有庵名水月,熟於比歲之散花。以言乎酒,則春演衢樽,百瓶飭賜;秋橫野酌,一套勒嘗。以言乎色,則金陵舊册,十有二釵;珠闕新詞,一無雙玉。以言乎財,則往來義洽,甄帛或收;入出悖符,邢資孰帶。以言乎氣,則神傷檬木,册歲遺徵;面變芙蓉,百齡永感。吁嗟乎!酬賀客而酒失歡場,觸親朋而酒成禍水,有不如伏臘慰勞風味者矣;生爲出色人而竟入死地,形是絕色人而徒幻情天,有不如春秋適意花光者矣。購多珠而無財難爲智,償孫玉而無財難昭信,又有如雪見晛而次第消流者矣;花塚泣而氣傲在孤標,松埂笑而氣矜歸異派,又有如月吐雲而參差皎皓者矣。夫惟政老世奉青箱,而督學觀風,則文氣取乎深厚;賈母堂開白玉,以承家愛雪,而詩酒藉以流連。元春命補種園花,阜財後信溢薰風。中秋紀共賞,臺月山色間,聲驚桂露,是則壽夭恩蔭,福地榮華。萱堂則絲鬢雪霏,梓舍則錦心花發;財星與酒星並朗,風月同日月常新。氣宇光昌,天然仙府,豈特富貴之景色而已哉!

性情嗜好之不同,如其面焉。堯舜不能強巢許爲功名,猶巢許不能強堯舜爲隱逸也。但能各寶其寶,各玉其玉,斯不負耳。然世俗之見,往往以經濟文章爲真寶玉,而以風花雪月爲假寶玉,豈知經濟文章,不本於性情,由此便生出許多不可問不可耐之事。轉不若風花雪月,任其本色,猶得保其不雕不鑿之天然。此風花雪月之情,可與知者道,難與俗人言。故不得不仍世俗之見,而以經濟文章屬之真,以風花雪月屬之假。意其初必有一人如甄寶玉者與賈寶玉締交,其性情嗜好,大抵相同,而其後爲文章經濟所染,將本來面目一朝改盡,作出許多不可問不可耐之事,而世且艷之羨之,其爲風花雪月者乃時時爲人指摘,用爲口實。賈寶玉傷之,故將真事隱去,借假語村言,演出此書,爲自己解嘲,而亦兼哭其友也。故寫賈寶玉種種越人,而於制斷處從無褒辭,蓋自深嫌也;寫甄寶玉初用貶詞,嫌其與己同,後用褒語,明其與己異也。然則作書之意,斷可識已,而世人乃謂譏寶玉而作。夫寶玉固在所譏矣,而乃費如許獅子搏象神力,爲斯人撰一開天闢地絕無僅有之文,使斯人亦爲開天闢地絕無僅有之人。是譏之,實以壽之也,其孰不求譏於子哉?吾是以知《紅樓》之作,蓋寶玉自況也。且寶玉之院曰"怡紅",雪芹之軒曰"悼紅",由怡、悼二字詳之可以明矣。紛紛聚訟何爲者?

　　《紅樓》一書,作者既將真事隱去,而爲假語村言。既以甄士隱、賈雨村名其人,則書中之各人姓名,及各地各物之名,皆有寓意,從可知矣。兹拈出一二以質讀者,其詳則可以觸類而推矣:

　　甄英蓮者,真應憐也。神瑛者:神,通靈也;瑛,寶玉也。絳珠者,謫降仙妹也。晴雯者,情文也。馮淵者,逢冤也。秦鍾者,情所鍾也。秦氏者,情事也。秦業者,情孽也。秦顯者,情顯也。嬌杏者,僥倖也。賈政者,假正也。賈璉者,假廉也。賈琮者,假忠也。賈蓉者,假榮也。賈薔者,假祥也。賈芹者,假勤也。賈敬者,假敬也。賈赦者,假赦也。賈珍者,假真也。賈瑞者,假瑞也。湘蓮者,相憐也。妙玉者,妙喻也。畢知庵者,必知俺也。詹光者,沾光也。單聘仁者,善騙人也。卜世仁者,不是人也。吳良者,無良也。賈化者,假話也。湖州者,胡謅也。卜固羞者,不顧羞也。李紈者,守禮完人也。尤氏者,尤物也。王熙鳳者,希王鳳也。蔣玉菡者,將玉函也。錢華者,潛化也。吳新登者,無新登也。王善保者,忘善寶也。寶琴者,保情也。甄費者,真廢也。烏進孝者,不進孝也。真真國女者,真真國士也。空空道人者,空空而道也。茫茫大士者,茫茫大事也。渺渺真人者,渺渺真神也。賈者,假也。封者,風也。甄者,真也。史者,始也。趙者,造也。周者,謅也。劉者,留也。秦者,情也。青埂者,情根也。葫蘆廟者,葫蘆妙也。大觀園者,大官員也。山名大荒者,即太虚之謂也。崖名無稽者,即幻境之謂也。梟鸝裘者,無厭求也。雀金泥者,却泥金也。扇者,散也。

作《紅樓》者,才識宏博,非別部小説所能望見項背。其文則有詩、詞、歌、賦、駢體、詞曲、制藝、尺牘、燈謎、聯額、酒令、爰書;其技則有醫卜、星相、參禪、測字、構造、栽種、畜養、調鼓、針澼、烹飪、書畫、琴棋;其地則上而廊廟宫闈,下而田野荒寺;其人則有王公、侯伯、貴妃、宫監、文臣、武將、命婦、公子、閨秀、村嫗、儒師、醫生、清客、莊農、工匠、商賈、婢僕、胥役、僧道、女冠、道婆、倡優、醉漢、無賴、盜賊、拐子;其事則有忠孝、節烈、奸盗、邪淫及諸般橫死之事。真可謂無所不通,無所不備,無不形容盡致,真能囊括無遺。蓋其才大如海,包羅萬象,决非尋常稗官所能道其隻字者。

近今説部汗牛充棟,迻譯者固多,杜撰者亦不少。吾平心論之,多有不及《紅樓》者。《紅樓》有逃禪之譏,無綺語之纖,閲者宜參悟其文心,閑玩其墨妙,而不可沾滯其事實也。全書筆力心思,可謂一時無兩,人多謂其繁處不可及,而不知其簡處尤不可及也,正可與《聊齋》之文異曲而同工耳。

《紅樓》之書,余夙嗜讀。課暇研索,於今十稔,回環披誦,頗得新趣。蓋其詞雖顯,其旨甚微。文義雖明,文心極曲;陳言盡棄,新格獨標;渾灝汪洋,瑰偉奇麗。粗讀之如釋氏浮圖,玲瓏透澈;細讀之如天女散花,繽紛陸離。統而讀之,更如風虎雲龍,包羅萬象,空之又空,玄之又玄,誠天地間振奇絶妙之文字。宜乎家弦户誦,不脛而走也。稱之曰天壤間不可無一不可有二之作,其誰曰不然?

(《説叢》一九一七年三月第二期)

小説閑評

勛　哉撰

載於《時報》一九一七年三月十二日至三月十五日、三月二十八日、二十九日。作者勛哉，生平待考。本文縱論古今小說，從《三國演義》等章回小說一直談到當下正流行的小說，旁及外國翻譯小說。作者對小說的看法還大致停留在晚清"小說界革命"時期，多以小說的社會價值評價其成就，聲稱"社會之日窳，人心之日敝，小說不能辭其辜矣"。故其對《金瓶梅》《野叟曝言》等書深惡痛絕，對《三國演義》《水滸傳》《紅樓夢》等書涉及的迷信及男女情感描寫也非常不滿。在小說品第中也可見其評價標準。如其稱"近人著小說，以《孽海花》爲第一，足與《水滸》《石頭記》相抗衡"，又說"《十字軍英雄記》爲古今中外歷史小說中唯一之名作"，都是心得之言。

　　余自十二三歲，粗識文意，即樂讀小說，如耽麴蘖，枕頭厠上，亦勿相捨。計生平所閱小說舊本新譯、長篇短簡，不下五六千種。小說之學問既富，客中多暇，作《小說閑評》以遣永日。

中國舊小說，大抵非淫即盜，求其一二雅馴可列案頭者，殊不數數觀。社會之日窳，人心之日敝，小說不能辭其辜矣。

舊小說分文言、白話兩體，文言多筆記短篇，白話以章回小說爲主，如《水滸》《西遊記》《三國演義》等是也。開前有"話說"二字，末有"且聽下回分解"爲一回之起迄。每回皆有目，目爲上下聯，如

《西遊記》首回"靈根育孕源流出,心性修持大道生",是其例也。

《封神演義》雖爲章回小説,而每回回目只一句,一回二回全部相對。此爲變例。

《今古奇觀》亦爲章回小説,而實爲筆記短篇,上下回目皆相對偶,如"喬太守亂點鴛鴦譜""蔣興哥重會珍珠衫"是也。此又爲變例中之變例。

《大宋宣和遺事》似章回而非章回,《台灣外紀》似白話而非白話。此類皆非小説正格,不過遺聞軼事,足裨見聞,故人仍樂觀之也。

鼓詞爲章回小説之變體,除賈鳧西鼓詞外,或辭條過於豐蔚,或屬辭過於鄙陋,皆不足觀也。

吾國古小説家,無社會思想,無世界眼光。

吾國言情小説,以《石頭記》爲巨擘,而《石頭記》言情,確已將情字誤解(後當詳解)。

吾國舊小説中無科學小説。

舊小説中有社會思想者,厥維《儒林外史》。筆記中則《諧鐸》。

《三國演義》爲歷史小説中巨擘,貫串史事,具見慘淡經營之苦。生瑜生亮之妙談,至使碩學鴻儒妄爲引用,亦小説中佳話也。

《列國演義》蕪雜不足觀,讀此書,實不若讀《左傳》《國語》《戰國策》。

《封神演義》取題最妙,雖爲荒唐之言,然亦不盡無稽。炎晝讀之,可以破睡魔。

《西遊記》設想之奇,得未曾有。理想小説,不能不首屈一指矣。余最愛讀之,數十過不厭也。

《西遊記》豬八戒義釋猴王,"義釋"二字不通,當改爲"計激",見原文自明。或云"義釋"自有深義,以金公木母之説相非難。余笑曰:"回目不通,易生誤解,反不若淺言之也。"

《西遊記》,或以爲金丹大道,或以爲房中術,皆未爲見道。某好事竟比之《大學》《中庸》(有批印本),是不特不知《西遊記》爲何書,抑不知《大學》《中庸》爲何書矣。

《儒林外史》描寫社會情狀，如禹鼎溫犀，窮形盡相。中國社會小說，當以是書爲最首出者矣。原書經齊省堂改定，皆只五十六回，海上某書局竟足成爲六十回。原書敘沈瓊枝（即《隨園集》中之揚州女子）被捕上岸，即不再敘，續貂者必令才女爲鹽商妾媵而後快。不知是何居心？既媵之矣，又令其失節，雖有意罵鹽呆子，而唐突才女，未免罪過矣。

書中郭孝子一傳，極有生色，而甘露僧逢仇一節，似於書旨不合。

（《時報》一九一七年三月十二日）

《水滸》敘盜，純出史公《游俠傳》，讀者細細味之。

《水滸》敘戰事，聖嘆至嘆爲佳，其實不過如劇場中八門金鎖陣，看看穿插而已。中國文人不習戰事，大抵如此。

《蕩寇志》思想雖卑陋，而敘戰則出《水滸》上，以作者曾佐戎幕也。

《水滸》兩敘打虎，兩敘偷漢，聖嘆以爲才子，可笑之至。今先言武松打虎事，虎爲猛獸，豈能按頭可打？耐庵未見真虎，憑空揣想，毫無情理。李逵打虎，雖一味蠻殺，尚較有情理也。小說中敘虎者（中國小說）以《老殘遊記》中桃花山月下遇虎一回最有生色。

《水滸》武大郎傳寫潘金蓮之偷漢，有情有理，的是絶作。無怪明人節取爲《金瓶梅》藍本也。至楊雄傳，潘巧雲之偷漢，全不在情理。楊雄本武人，又爲行刑劊子，賊禿何人，敢捋虎鬚？至石秀多管閑事，尤非情理。

武松逃難改裝，必在蜈蚣嶺試一試戒刀，真真無味。

聖嘆大罵宋江，的是窮儒本色。

家庭小說以《石頭記》爲第一，以《兒女英雄傳》爲第二。《石頭記》專敘富貴，《兒女英雄傳》專敘平等人家。此其不同處也。

余嘗謂友人："飛燕唾紺碧，合德嘆爲石花，不知爲肺結核病，病已入膏肓矣。林黛玉之美，誠美矣，必令其得肺癆以死。吾爲賈寶玉，決不娶之。"友笑曰："中國古人無汝醫藥新知識也。"爲之大笑。至今當之。中國寫美人必病，無怪人稱爲病夫國也。

黛玉忌刻太甚，至於自命天上之安琪兒，當不如是。

《石頭記》寫情，已誤看情字。寶玉之濫淫，亦不足云情種也。故《石頭記》與其當寫情小說讀，毋寧作家庭小說讀。中國女子讀《石頭記》，爲林黛玉所誤者不少。欲中國強種，豈可得乎？

《石頭記》賈氏命名皆有深意。賈政輩以文，示典型猶在也。賈珠輩以玉言，皆是正合紈絝者流，瑚璉之器絶少也。賈蘭輩以草，即草莽矣。此意未經人道。

《兒女英雄傳》寫中等社會家庭，頗爲極致。惟所病在俗，名字尤不通。人恒以《石頭記》爲《金玉緣》，或病其俗。余謂當以名此書。俗書、俗名，方爲允當。

兒女英雄須何等樣人？以安驥之庸陋鄙儒，聞放烏里雅蘇臺大臣，至於雪涕。此爲英雄，則誰非英雄？至何玉鳳，特如賣解者流耳。作者竟比之英雄，亦太小看英雄矣。

（《時報》一九一七年三月十三日）

書中安水心一段高頭講章，對兒子講之，對太太講之，對舅太太講之，甚至於對不識不知之婢妾，無不講之。作者胸中之書，當只此一篇耳。甚矣，其俗其陋也。

涉及娶何玉鳳一節，作者匠心頗苦，竟愈說愈覺牽強。

《水滸傳》"急先鋒東郭爭功，青面獸北京鬥武"回目，當上下倒置，讀者自明。

近人著小說，以《孽海花》爲第一，足與《水滸》《石頭記》相抗衡。惜稿未完，續者草率成編，不足留目也。

《老殘游記》初稿，印於《繡像小說》中。桃花山一節，歸之一夢，至爲簡潔。改訂本語語皆著實，未免鈍置。

讀吳趼人《二十年目睹之怪現狀》，如觀電影戲，魚龍漫衍，不欲住手，亦佳作也。

我佛山人撰小說至多，當以《怪現狀》爲第一，《恨海》爲第二，

《劫灰》爲第三，《新石頭記》爲最劣，是故意討苦吃也。

李伯元（即南亭亭長）小說名滿天下，其實不足道。《官場現形記》一書，尤傷支離。

天笑生於近代小說家，頗有新思想。

卓呆極能造意而不善遣辭。

林琴南譯本小說至百種以外，著者寥寥，且所著多不如所譯。

琴南譯本小說，以《新天方夜譚》爲最劣，不復成話。

民國以來，琴南小說頓然減色，以譯筆率意也。

（《時報》一九一七年三月十四日）

舊小說中以《鏡花緣》設想最奇，談言微中，頗多隱諷，亦社會小說也。通篇貫串經史百家，腹儉者足資獺祭。小說而兼典料，正別開生面也。言辭雅馴。余極愛讀之。家庭中有此等小說，置之案頭，使小兒女讀之，庶不致心術變壞。

《鏡花緣》末後之四陣，極無味可談。

《燕山外史》亦爲小說中奇作。通篇用駢四儷六，相題亦好。

余最不喜看《花月痕》，尤不愛看陳陳相因之愛情小說。

自《海上花》出版，續貂者輩出，曰《繁華夢》也，《九尾龜》也。自此種書風行社會，人心遂愈趨愈下，可勝慨嘆！

《海上花》結構精嚴，後之所作，不足比也。

《九尾龜》爲吊膀子講義，蘇白教授法。

《西青散記》冰雪聰明，讀之口齒皆芬，惟不可作小說讀也。卷前一序尤含哲理。

通行社會種種白話小說，讀書之士每鄙之不屑道，如《永慶升平》《濟公傳》《彭公案》《施公案》等。不知此等書皆狀下等社會情況，讀者但以觀察社會之眼光讀之，亦足爲研究社會學及改良社會前途之一助也。

薛仁貴，盲詞作爲薛禮，楊業作爲楊繼業。《征東》《征西》寫薛家子弟之多，至薛剛打死皇親，則純自劇本《姚剛反唐》套下。薛丁山全家問斬,薛剛三上鐵丘墳,種種不經之談。不知薛仁貴與作者何仇,必令之死無葬身之地而後快？楊業父子皆死於北蕃,六郎延昭威聲遠被,又中道而殂。看戲至《金沙灘》《碰碑》《洪洋洞》等劇,每爲扼腕,其實何嘗有是事？余讀小說,於惡劣之作,亦必推考其命意之所在。《薛家將》《楊家將》二書之命意,余亦研索而得之。蓋純爲一種提倡革命、推倒專制政府之作用,作者必會黨中人無疑（如三點會、哥老會等）,傳道革命思想、布散革命種子於下等社會。雖不能推倒政府,而搖惑人心亦足快意。余因是更調查北方下等社會之思想,及對於二書之批評,大抵曰官高則主忌,與其立功萬里終致身敗名裂,何如仗其才能招兵買馬、聚草屯糧爲山寨之大王耶？不然,仗其一身之武,能作偷富濟貧之俠義,亦大快事。社會人心之理想如是,小說之力誠偉矣。現在專制政府既去,人民應另換一副眼光爲是,是則仍有賴於小說也。然今日小說出版者,譯籍無論矣,著者大抵爲無聊之言情。或稍有社會思想,亦多在中等社會上著想。讀書之人,平日與下等社會如風馬牛之不相及。欲改良社會,尤非先自下等社會入手不可。且今日之小說,文言多而白話少,一短也；賣價高,不合於下等社會生活程度,二短也；設想太高,與社會心理隔膜不通,三短也。余近頗有志作一小說,純自下等社會理想中所有者入手,令其知識及眼光,改換於不知不覺中。改良社會之前途,或可有望。然人事倥偬,至今未遑也,奈何！

近日出版小說雜誌,無論矣。以單行本言之,則言情小說多而社會小說少。近日流行之一種言情小說,最爲惡劣。滿紙皆艷體詩,充滿篇幅,一也；忽駢忽散,不成文理,二也；開口必有兩句唐宋詩詞,三也；開篇用幾句成語,如"暮春三月,江南草長,雜花生樹,群鶯亂飛"等,四也；取名之奇,非哀即苦,五也；告白之花花綠綠,如犯狂熱,不成說話,六也。端使我看小說之興致如土委地矣。

《金瓶梅》最爲惡劣,而近日有精版印行者,社會人心之趨勢可見一斑。

《野叟曝言》一書,余一見即摧燒之。近聞某筆記謂此書脫稿後,曾於乾隆南巡時,欲寫本進呈。其弟子某防因此得報,星夜以白紙本易去云云。此公未免多事。若我則坐視其進呈,若能將清代一切文字之禍、文人所身受之慘痛楚毒,皆令此獠一一嘗之,而後吾心始快。

譯籍小說,美不勝收。若一一加以評譯,則萬言亦不易罄書,至此手疲目瞀矣。

(《時報》一九一七年三月十五日)

《水滸傳》敘盜佳矣,而不如司各得《劫後英雄略》之敘洛賓荷德。曾讀此書者,當以余爲知言。

歐西全國皆兵,故軍事知識幾於人人皆具。故小說家之爲軍事小說也,不敢稍爲模糊影響之談,以貽笑當世。即其敘古代之戰事也,亦然。中國文人不習武事,如《水滸》之敘三打祝家莊,在耐庵爲極力寫出,在看者則如觀走馬燈,了不見其佳處。所以然者,亦多模糊影響之談耳。文人敘戰,好以驚心動魄之辭動人,細一按之,毫無實際。史家亦多犯此病,亦不能專責耐庵也。《左傳》敘晉師舟中之指可掬,神情如繪,一語已足。《國語》吳夫差誓師,何等生色。蓋春秋戰國之士,無不知兵。故敘戰事有如身涉其境。史公《項羽本紀》寫得如火如荼,《遊俠傳》聲情畢肖。西漢去古未遠,尚武之風尚未盡沫。迨後則文自文,武自武,乃至文人不知武,能爲何事?說者謂班超投筆從戎,何等壯快。若使班超修史,當勝孟堅,聞者以爲知言。蓋不從實地上磨煉過來,斷不能言之成理,亦匪惟軍事然也。余自讀林譯柯南達利《黑太子南征錄》,即視《水滸》爲土苴,此固非余之崇拜西人也。《南征錄》所敘之人不及十五,而勇武之概令人作氣。黑太子勇而威,張獨司勇而健,尼白爾勇而獷,珊姆梗勇而豪,約翰勇而鹵,阿林勇而媚。雖皆爲一時勇士,而各有其性習,各有其分際。讀其書,聞其人之言,不待見其人,即已知其爲誰矣。《水滸》本亦有此種能力,然人自爲傳,頗病支離破碎,不相貫屬。況百八人之多,所敘及者不過二三十人,而敘出其性習者亦不過十數人耳。《南征錄》所敘致人物,雖寥寥無幾，而已令讀者眉飛色舞，目不暇接也。書中敘三大戰事：一、海中殱盜；二、堡中拒亂；三、孤軍受圍，皆能令讀者目駭神奪，呼吸爲窒，眞絕作也。其結穴之奇，尤匪伊所思，具見其大筆如椽之力，超越等倫。吾願常有此等小説入目，亦人生之奇福也。

又，《南征錄》敘阿林爲最佳。蓋勇而武健豪俠，皆易著筆。惟所謂勇而媚者，殊令人斂手無從。顧乃能一一狀寫逼肖，又恰得其分際，使人看之，又不致疑爲女郎。蓋嫵媚與勇敢，在勢萬萬不能融合爲一。《兒女英雄傳》敘何玉鳳本女郎也，似於嫵媚二字稍易著手矣，乃寫來寫去，反不如《紅綫傳》，直成爲一賣解女耳。《蕩寇志》敘陳麗卿也，亦然。《水滸》敘燕青頗有此志，而力不能達，模糊過去，乃不若戲臺上之大名府取燕青，反稍得其一二。余自讀《南征錄》阿林傳，不禁拍案叫絕，宿症盡解。

司各得之《十字軍英雄記》爲古今中外歷史小説中唯一之名作，書中人物不過十五人，已能令讀者目眩氣噎。至其敘戰事，在中國，或太史公足與比并，餘子概無觀也。

（《時報》一九一七年三月二十八日）

《石頭記》言情純爲誤解，寶玉濫淫，豈足云情種？至林黛玉之哭天抹淚，吃醋拈酸，掂斤播兩，詎所謂絕代佳人者皆當如是耶？情之爲物，亦但作如是解耶？言情小説以歐西名家所作者爲最雅馴博正，既無猥褻敗俗之言，復不落中國兒女團圓對拜之窠臼。然佳作雖多，而愜心貴當者亦少。

以余所見，古今中外言情小説之絕作，當推却而司‧迭更司之《塊肉餘生述》。原書敘愛情、哀情、社會、家庭，無不面面俱到，極情盡致。前半言情，純以諧筆；後半言情，純以正言。能使讀者忽啼忽笑，如傀儡之牽於絲，不能自主。寫情至此，眞令人五體投地矣。

《塊肉餘生述》前半敘都於女郎天眞爛漫，一往情深，毫無城府。不特胸中無貧富之階級，并貧爲何事，亦所不知。胸中所蓄，但有愛之一字，真情種也，真天上之安琪兒也。使曹雪芹有知，亦不能不膜拜，贊嘆以爲萬萬不及矣。

余每讀《塊肉餘生述》至"小花萎矣"一句，不僅淚續續落，亦不知所以然。迨後二十娶婦，二十二即抱安仁之感。書中叙都於病時情況，與我身所經歷者，如出一轍，乃知前此讀書，感觸雪涕，亦先示之兆也。後日尋思，此心如腐矣。今歲閑居，取《塊肉餘生述》再讀之，又不禁淚落如綆，遂置不忍再觀。書之感人也，至哉！余因之愈悲余之遇矣。

一書有一書之主人翁，而極力寫之。《水滸》叙宋江，純自《遊俠傳》郭解套出。近人已有此論。《三國演義》叙關羽失之驕，叙武侯失之誕；《儒林外史》叙虞博士失之迂。在作者極力寫出而已，令看者不能十分滿意。畫家畫鬼怪易，畫人物難；畫人物易，而畫美人難；畫美人易，而畫聖賢難。畫之道如此，小說可以觀矣。

《品花寶鑒》叙社會情形，應有盡有，宏肆有過於《儒林外史》，而淫猥之辭，觸目皆是，不足留目也。即其開篇以情字起，尤爲荒謬絕倫。此而言情，無怪衣冠禽獸之日多也。

余最不愛看《花月痕》。或問以《花月痕》之壞處何哉？余亦不能作答，此或性情之不與合也。

余好讀科學小說，而佳者甚少。間自操觚，亦大抵含有科學的興味。法有迦爾威尼，英有科南達利。迦氏之《秘密海島》絕佳，科氏之《洪荒島獸記》（此爲動物化石學之小說）、《毒帶》（此爲天文學小說）皆名重一時。但願譯界君子多譯此類小說，迻譯以餉當世。促進國民物質文明之進步，其益乃百倍於言情小說也。

譯籍之家庭小說，以《小公子》爲第一，讀者自知。

市肆所售之《繪芳錄》小說，似《品花寶鑒》，又似《鏡花緣》，稍帶腐氣，惟尚雅飭耳。以余觀之，似勝《花月痕》。

吳趼人短篇小說，余最愛讀其《查學堂》一則（在《月月小說》中）。通篇皆以語言寫之，而不著實事。此小說中別開生面。余仿之爲《哭》《喜》二篇（已登之《餘興》），然比之原作，小巫大巫矣。

譯本短佳作實少，《小說月報》中惲鐵樵譯之《披蘿帶荔》及《小說脞》中之《竊賊俱樂部》，皆出人意想之外。

　　商務印書館舊日所出之《繡像小說》，出版三年即停刊。近日包天笑又撰《小說畫報》。體裁著者多而譯者少，重白話而不重文言。《繡像小說》中有自署爲憂患餘生者著《鄰女語》，專敘拳匪之變，筆力恣肆，足與《孽海花》相頡頏，而神龍見首不見尾，使人抱憾無窮，亦正相類。甚願二公足成之，以爲民國新小說界生色。

　　《繡像小說》中《學究新談》爲教育小說中佳作，今已印爲單行本。所不能令讀者滿意者，結構不見匠心耳。近代著本小說多犯此病，亦不止此一種。蓋因急欲脫稿，不假潤色之故。

(《時報》一九一七年三月二十九日)

小說談屑

瘦　鵑　撰

　　載於《新聞報》一九一七年五月四日、二十五日、二十六日、七月六日、九月七日、十五日、十月十一日、十二月七日、八日、九日、一九一八年一月十五日、十六日。作者瘦鵑，即周瘦鵑。周瘦鵑（一八九五——一九六八），原名周國賢，江蘇蘇州人。現代著名報人、作家、翻譯家。曾以一人之力創辦《紫羅蘭》，主持《申報·自由談》長達十年之久。還編譯出版過《福爾摩斯偵探案全集》和《歐美名家短篇小説叢刊》，對外國文學有較深的研究。本文主要談論《塊肉餘生述》故事與狄更斯生平的相應之處及大仲馬的成名之路，足資增廣見聞。

　　予蚤孤失學，讀書不多。比年從事小説家言，涉獵亦淺。憶舊時嘗讀《紅樓夢》，至九十八回"苦絳珠魂歸離恨天"，即掩卷不能復讀。時在二十歲之秋，秋聲在樹，落葉如潮，凍雨敲窗櫺，恍聞書中隱隱有咽泣聲也。兩年來，忙裏偷閑，每思卒讀其書，顧讀至九十八回即復罷去。吾友丁慕琴嘗笑予，曰："君終不善讀《紅樓》耳。須知九十八回以下，正大有文章。寶玉且遁入空門，爲懺悔地也。"予愀然曰："寶玉遁入空門，何與黛玉事？薄倖之罪，萬劫莫贖。雖云懺悔，而黛玉則已死矣。"

　　今德皇威廉第二好文學，酷嗜法蘭西大小説家囂俄氏之作。凡囂俄所著小説，無所不讀。曩年有羅曼尼亞女詩人某女士者，兒時嘗識囂俄。一日，覲見德皇。皇即謂之曰："馬丹，朕聞汝兒時，每值月上時候,恒在維克都囂俄家,與彼一燈相對,問字論詩。似此奇福人生,胡可多得?又聞汝嘗著說部多種,都道囂俄先生軼事。書中所記,必有可觀。汝得識此文豪,實較朕爲有幸。朕實妒汝,至於無極。蓋朕眼界加廣,獨無緣一見囂俄先生,而汝兒時乃得夜夜與彼把臂,寧不令人艷羨?爾時囂俄先生年事已高,狀貌亦憔悴否?談吐中,口齒尚清晰否?彼之言論可聞其一二否?"某女士遂撿拾囂俄故實以告皇,皇大悅,傾聽至專。聽已,即厚賚之。夫囂俄一文人耳,乃得此一代英雄之崇拜。夜臺有知,亦足自豪矣。

僕本恨人,好爲哀情之作。曩者嘗以男子口吻草《私願》一篇,復作《新情歌》八首,綴於篇末,云"阿儂有情人,情人即儂國。儂願爲國死,死後有愉色。""嗟我國無人,日蹙地百里。死無葬身土,願葬郎心裏。""多時感郎意,昨夕見郎顏。何爲定情物,贈郎鐵指環。""郎有白狼林,妾有古龍泉。殺盡誤國賊,同入崑崙山。""郎本愛國者,忍使國蒙恥。彈丸擲與郎,算妾相思子。""囑郎出塞去,努力掃胡塵。妾言郎不應,看妾白狼林。""小醜不量力,時時動邊氛。瀝儂心頭血,爲郎草檄文。""送郎從軍去,迎郎奏凱還。取彼敵人血,同醉珊瑚杯。"予本不能詩,此作但略有新意耳。

(《新聞報》一九一七年五月四日)

作小說,非難事也。多看名家之作,即登堂入室之階梯。一得好資料,便能著筆矣。吾人欲得資料,事亦匪難,但須留意社會上一切物狀、一切瑣事,略爲點染,少加穿插,則一篇脫稿,未始不成名作。故無論窮鄉僻壤,均可入小說;無論野叟村婆,均可爲小說中人物,但在吾人之善於掇拾,善於安排耳。狄根司之所以以長篇小說名者,即以善寫社會物狀故;毛柏霜之所以以短篇小說名者,亦即以善寫社會瑣事故。二子俱好浪游,故見聞亦廣。凡恒人所不經意之事,二子獨經意焉。於是嬉笑怒罵,皆成文章,而讀者之喜怒哀樂,亦受之於書而不自覺矣。予居恒好爲短篇小說,隨意杜撰。有時資料枯窘,苦思不可得,則於途中留意一切平淡尋常之事,歸後少少點綴之,便成篇幅。如近作《簷下》得之於百老匯路,《最後之銅元》得之於北火車站。故作小說時,不得資料,可於街頭隨處拾之。若效董仲舒之三年目不窺園,則難乎其爲小說家矣。

(《新聞報》一九一七年五月二十五日)

　　拿破侖喑嗚叱咤,馳騁歐洲全土,轉戰二十年,喋血千萬里。顧不知此翁於橫戈躍馬以外,復能操觚爲文。當二十歲前,固亦一小說家也。其先本科西嘉望族,頗有聲,傳至乃父王孫歌,式微矣。迨島中革命,家亦尋毀。拿破侖痛心疾首,發憤著書,冀以文學重振家聲,窮日夜之力,把筆弗輟。所著有《科西嘉小說》一卷,短篇小說若干種,又有《科西嘉歷史》一卷(按,是作凡三易稿),詩文各多首,顧文名乃寂然,初無稱之者。卒之,棄去。《科西嘉小說》稿不復付刊,惟其短篇小說偶或散見一二已。予曩年嘗於英國《庇亞生》雜誌中見其《幕面之先知》(英文 the Veiled Prophet)一篇,爲一短篇小說,文體以仿大文豪伏爾泰氏 Voltaire。著時爲一七八七年,付刊時爲一八一二年,篇幅雖短,寓意却深,一般文家僉評爲拿破侖純粹之作云。予謂拿破侖幸未成小說家耳。苟成一小說家者,則法蘭西文學史上不過多一囂俄,多一大仲馬,而一部歐洲史尚安有此如火如荼之觀耶?

　　業師孫警僧先生,博學工詞章。嘗譯《羅敷怨》説部(由業師仇蓉秋先生口述),極纏綿悱惻之致。中有詠物詩,云:"君吻兮及妾手,從今妾指兮不約瓊與玖。君吻兮在妾手。(一解)。君吻兮及妾額,從今妾髮兮不沐膏與澤。君吻兮在妾額。(二解)。君吻兮在妾唇,從今妾口兮不味錯與珍。君吻兮在妾唇。(三解)。"又有《吁嗟乃丁格行》,云:"吁嗟乃丁格,啼聲抑何婉。世上多風波,恩情中道變。男歡泣前魚,女愛勞新燕。見郎惹郎憐,何如不相見。(一解)。吁嗟乃丁格,翻飛猶如昔。曾記妾與郎,攜手樹前立。一笑傾郎心,兩手捧妾額。萬古心不移,便尼山上石(便尼爲英國最峰)。(二解)。吁嗟乃丁格,何不作鶯遷。彼美正隨郎,半臂與郎添。郎面妾不見,郎像妾心鐫。除非禁妾夢,不得到郎前。(三解)。吁嗟乃丁格,莫向枝上鳴。妾歌郎不曉,汝啼郎豈聞?郎似東山月,婦似北山雲。浮雲蔽明月,明月照何人。(四解)。"按,乃丁格即英字 nightingale,譯言夜鶯。書中蓋言一女子愛一少年,情至深摯,而少年後忽別有所眷,竟以新歡斷舊愛。女鬱伊無聊,夜深徘徊園中。聞樹上夜鶯鳴聲,故作此寄感云。諸詩纖麗哀艷,似英國擺倫詩,亦新小說中罕見者也。

(《新聞報》一九一七年五月二十六日)

卻爾司・狄根司先生為英國小說界第一作家。其所著述凡數十種,全世界之好其書者殆一萬萬人,幾欲登小說界之寶座,北面稱皇帝矣。英國之人有不知帝王之名而獨知狄根司先生者。時人尤崇拜之,每與宴同席者,輒懷其所啖蛋殼橘皮而去,什襲珍藏,以為紀念。其書多鴻篇巨著,而以《大衛・考伯菲爾》(即林譯《塊肉餘生述》)為第一意得之作。書固自述其生平,有匣劍帷燈之妙,隨地發揮,初不拘泥於一事一節,故細按全書,有與其事同者,亦有決然不同者。刻舟求劍,則非善讀此書者矣。予稽考西籍,略知先生生平,如細加詮釋,亦可作一部《塊肉餘生述》索隱也。茲擇其犖犖大者簡賅言之。

《塊肉餘生述》開卷即言失怙,其母再醮,此絕非事實。殆先生有所感而附會之者。先生之父曰約翰・狄根司,為海軍會計部書記,家貧甚,負債累累,僦居倫敦陋巷中,至不能給先生學費。先生因輟學家居,將護弟妹,並操作家事焉。後卒以債務,約翰・狄根司下獄,先生每於來復之日入獄問起居云。

《塊肉餘生述》中言大衛十歲時為苦力於酒肆中,考之原書,實為一靴墨場,初非酒肆也。先生十歲,乃翁已以負債下獄,家中困甚,無以為活。會有所親設靴墨瓶於亨格福市,招先生往,日黏招貼於靴墨瓶上。每來復得工資六先令,書中所云,皆實錄也。

《塊肉餘生述》中言大衛見惡於繼父麥得斯東,送至倫敦沙倫學堂,述學堂中腐敗狀歷歷如繪。此沙倫學堂者,實爲惠林頓書院,在海姆斯堆街。先生當十二歲時,乃父忽得一戚族遺產,償其夙逋,被釋出獄,遂送先生入此院,讀兩年始出。書中所言院事虛實蓋相半也。

先生出惠林頓書院,後即入道生氏所設學堂中。堂在白倫斯維廣場之亨利大街,堂中規則課程皆較惠林頓書院爲佳。學生咸能自治,毋待師之督責。凡有過,師必令自省其過,因之人人自愛,無敢僭越規矩,咸言人人爲學堂一分子,必力全學堂名譽,勿致爲人訾議。《塊肉餘生述》第十六章中所言之士托朗博士即爲道生氏寫照也。

《塊肉餘生述》中言大衛傾心於都拉·司本路,筆墨極濃艷,實則夫子自道也。大衛初見都拉,即私念曰:"已矣,吾之事業定矣,吾爲奴矣。一把握間,余已墜情海至於千萬重之淵。都拉非人,羽仙也。尤不能遽定之爲仙,但曰從古未經人見之美人,又爲人人欲得而終不可得之美人。"其推崇都拉可謂至矣。英國文家欲知先生果以何人影射都拉,力加研稽,紛紛聚訟,或謂都拉非他,即先生弱冠時所歡梅麗·毗特納爾。是梅麗爲一銀行家女,有殊色。初邂逅時,先生年才十八,女十九,兩相愛悅,雙心蓋交縮矣。後女遊學巴黎,有所誤會,漸疏先生。先生去書,或置弗答,或則以冷語答之。先生怒,遂與女絕,而寸心專注,猶惓惓不能忘也。後草《塊肉餘生述》,遂以都拉影女,以志眷念云。以予度之,則都拉亦頗肖其夫人堪瑟玲·霍加斯,書中極言都拉之不更事,而其夫人之不善治家,亦正如是。先生寓書其友,嘗稱夫人爲可憐之堪茆,卒以不洽,乃至離婚。書中言都拉之死,或即指離婚也。先生既與夫人脫離,家事悉由其小姨喬琪娜·霍加斯主之,溫恭婉淑,得先生歡。《塊肉餘生述》中有威克斐爾之女安尼司者,其即此姝乎(按,都拉死後,大衛即續娶安尼司)!以上諸節皆可與《塊肉餘生述》作對照,觀者率書一二,亦足以資朋輩談故也。

(《新聞報》一九一七年七月六日)

從來文人，其始也往往坎坷困頓，屈辱於荒傖，未嘗有志得意滿、不爲窮愁所困者。其人愈窮，文字亦愈工，於是幸運之神賫名利而來，叩其扃而致之，拔之於泥塗之中。吾觀於大仲馬之事，而益信吾說之匪妄矣。法蘭西產小說家最富，而占小說家名表中最高之位置者，一曰囂俄，一曰大仲馬。大仲馬著述繁富，冠絕時流，凡讀《三槍卒》《水晶島》諸名作者，無不嘖嘖稱之。當千八百二十年，大仲馬猶傭於奧連司公爵爲書記，每月所入僅一百二十法郎（合墨金約六十元）。長日汲汲顧影，走筆弗輟，入夏苦熱，汗被其額，手把筆不敢揮也。家復寒酸，奉母居巴黎陋巷中，稅二室，年三百五十法郎，其地即今之福卜聖但民街五十三號一屋也。居六月，應付彌難，因徙居他室，年僅二百五十法郎，而衣食之資時虞不足，食貧茹苦，至不能得溫飽，歷時一年半而母氏之百金亦歸烏有矣。仲馬大戚，始偷暇爲文，夜半燈影，孑然獨對，而十指鹿鹿，運筆如飛。每一稿成，投之報館，顧賣文所得，亦殊戔戔無幾。後諏一友曰羅文，因合爲著作，登書肆門求售，而十書之中，初無一書脫售者。仲馬大恚，計無得之。因乞助於文學家羅蘇。其人性疏懶，縱酒自放，平昔未嘗自著一書，而長爲人修飾文字。仲馬特以旨酒嘉肴誘致之，遂成莫逆。後此即與羅文合編《獨與戀愛》一劇就正與羅蘇，羅蘇介之阿弼古劇場，場主納之。演之日，觀者尚衆，仲馬個人所得之酬，報每日僅四法郎，並劇券二紙，亦值四法郎爾。時家中適有需，待用孔急，因向場主告貸五十法郎，其艱窘可知也。當時巴黎有杜拉、薩爾娃二夫人者，以短篇小說聞，一編才出，獵費無算。仲馬羨之，遂撰短篇三種，合之可成一卷，授十書賈，十書賈一一却之。仲馬心滋邑邑，幾於瘋發。曾有所識某婦見而憐之，因唆其夫以三百法郎刊其書。書既出版，流行頗廣，即以三百法郎酬仲馬，而其《獨與戀愛》一劇亦深得社會歡迎。阿弼古劇場中座客無夕不滿，場主大悅，復以三百法郎爲仲馬壽。仲馬初不以此資授母而授之一印書之匠，校點所作，合刊《近代小說集》一冊，書出，無過問者。譬之一人高呼於千萬人中，人皆不聞其聲。歷時良久，僅售四冊而已。仲馬大憤，益肆力於爲文，如是三年，名乃漸著。當其所編歷史劇《亨利三世》劇第一幕開場時，尚爲一無名之士，迨第五幕終而仲馬之名已滿西茵河兩岸矣。後此著脚本、說部可百種，亦益隆桂葉之冕，執法蘭西文壇牛耳。當其百年紀念時，參列盛典者數十萬人，嗚呼，盛矣！

（《新聞報》一九一七年九月七日）

　　泰西名小說家，率由大學書院中卵育而出，揮其生花之筆，發爲驚世之文。初不意縫衣場中亦有一女小說家崛起，於時正類干將出匣，光芒萬丈。書甫殺青，已駭汗驚走一世。其人匪他，則瑪宇烈德烏度 Margnerite Audoum 是已。烏度，法蘭西人，巴黎縫衣婦也。早失怙恃，爲一女修道院鞠育以長。居院中有年，略具常識。年十二，出院，初服役於農家，操作甚勤。農家夫婦憫其孤零，遇之特厚。逾年，農死，去而之保夷士，爲人補綴敝衣，藉以自活。後乃間關至巴黎，覓餬口地。舉一身所有，止半便士之銀幣三枚而已。因傭於人，勞頓如牛馬。尋得入一衣肆，日入可三便士。越數月，工作於范山納一火藥廠中，日可得二先令，心乃彌樂。爲數雖微，而在女已類貧兒暴富矣。居未久，即以所蓄自設一小衣肆，長日力作弗少怠。入晚少暇，因以生平所歷，著爲小說，名之曰《瑪麗格蘭兒》。第以幼失學，誤字絡繹行間。從事者凡十年，改削可十數次。書成，意猶未愜，尚擬細加校讎，然後問世。顧以年年壓綫，雙眸漸失其炯，而度日亦維艱，不得不速售其稿。名小說家路易菲利泊氏讀而善之，以示慈善家某伯爵夫人。夫人驚其誤字過多，不願出資付刊。旋爲戲曲家奧格太夫梅爾卜所見，詫爲不世之傑構，立刊之某雜誌中。後復親爲之序，刊單行本行世。於是舉法蘭西之人罔不知縫衣婦瑪宇烈德烏度者，文學界推爲牝獅。書出後，銷行至數十萬部，歐洲各國争相迻譯。某書館中，年酬以二百金鎊。十年心血，胥取償於此矣。嘗有人見烏度者，述其狀，曰："渠身材略肥□，髮黄。雙眸似含樂意，作蔚藍色。兩輔絳赤，時時作淺渦。"□其爲狀，適類一市上縫衣之婦，初弗類女文學家也。後此婦亦頗多述作,儼然名家之筆。舍《瑪麗格蘭兒》外,尚有《佛爾瑟蘭》《母女》《未婚妻》《狼……狼》《吾愛》諸短篇,均爲時稱道云。

(《新聞報》一九一七年九月十五日)

予於美國文學家中,獨佩華盛頓·歐文。曩時嘗譯《歸矣》《這一番花殘月缺》諸作,皆出於歐文手,輒嘆其辭懿美,有字裏飛花之致,回環雒誦,愛不忍釋。篇中妙句的的,直欲籠以碧紗也。予心坎中嘗懷歐美大文學無數,曰狄根司,曰施各德,曰囂俄,曰大仲馬、小仲馬,曰毛柏桑,曰貴推,曰希萊爾,曰托爾斯泰,曰霍桑,而據吾心坎中最高之位置者,則爲歐文。歐文傑作凡十數種,以《筆記》(Sketch-Book)一書爲尤著。所爲文,幽馨淡遠如紫羅蘭,而其輕倩飄逸處則類擲筆空中,作游龍夭矯之狀。中如《李迫樊溫格爾》《睡洞》《碎心》《惠斯明斯德大寺》諸篇,皆戛戛獨造,足以涵蓋一世文壇者。英國大文學家施各德氏嘗曰:"吾嘗讀歐文筆記矣,筆香墨妙,美乃無□。吾不知彼篇幅間斑斑者,其爲墨痕耶?抑花影耶?"大詩人擺倫之言曰:"吾嘗有一友與歐文善,吾輩偶把臂,輒道歐文。蓋歐文之著作,實吾之忘憂草、療愁花也。"大小說家狄根司氏嘗語人曰:"華盛頓·歐文,吾生平良友也。每來復中之二夕,吾不挾華盛頓歐文於臂下者,必不能登樓就寢。"(按,此二"華盛頓歐文",皆指書言。)狄根司有良友曰山格萊,亦以小說名於世。嘗讀《筆記》,至於數四,爲文以評之。曰:"歐文實爲文學新世界中第一次之大使來駐舊世者者。"其爲并世文人所推重有如是者。

《筆記》中有《碎心》篇,記愛爾蘭愛國家勞白脫哀密情史。英國大詩人擺倫嘗稱之爲全世界空前之妙文,且語人曰:"歐文,真天才也。不特有天才,且有優於天才之心。吾甚願一識此君,結爲良友。第恐年不吾假,今世無此福分耳。"嘗有美國人某徇擺倫請,讀此《碎心》之篇,於日記中記曰:"予嘗讀第一節竟,少止,謂擺倫曰:'吾讀此文,實大罪過。彼書中人,心雖寸寸而碎,無與吾事,而今則使聽者之心亦寸寸碎矣。'擺倫曰:'然。聽此文而漠然無動於中者,真哲學家及愚蠢之流耳。'迨予讀已,擺倫淚已盈睫,泫然言曰:'子嘗見吾哭矣。須知吾心痛極,不得不哭。意者歐文當日屬稿時,必以淚花墨瀋滲雜而成,吾人聽此傷心文字,安得弗哭?'已而又曰:'吾自入此世界以來,未嘗流淚。縱身被慘毒,眼淚亦未嘗迸出吾睫。惟此《碎心》之作,則博吾雪涕無數也。'"夫以大詩人如擺倫而能爲歐文一文所動,則其文字之可歌可泣,蓋可知矣。

(《新聞報》一九一七年十月十一日)

美國愛國小説中之巨擘,端推《無國之人》一書。著者爲文豪海爾氏,以一千八百二十二年生於波士頓。甫六齡,即習拉丁文。年十三,入哈佛書院,勤於讀而亦好事運動,以是體魄絕強,富膂力。越四年,即以最優等畢業,助其父從事新聞業,頗得力。後乃捨去,習神學,作牧師於瑪薩區瑟州凡十載,始歸故鄉。數年以還,主持波士頓之南會衆禮拜堂,以仁厚聞。宣道之暇,一以著述爲事。最著者爲説部《十乘一爲十》《彼之名義》二書。以一千九百零九年卒,春秋八十有七。當南北戰争起時,氏亦帶甲從軍,投身入瑪薩區瑟來福槍隊。戰中偶見一事,有觸於懷,因有《無國之人》之作。一時讀者,莫不爲之感動。世界各國迻譯殆遍,幾有家弦户誦之概。書言美國西部大軍中有少年軍官菲立泊拿蘭者,英英佳少年也,爲叛人哀朗白爾所惑,謀發難。尋爲當道所聞,立執之,以通逆罪就鞫。時法官令自白,拿蘭如中狂疾,遽發吻,大呼曰:"萬惡之合衆國,吾願後此永永不聞其名。"聞者皆駭,以爲瘋。法官商之,陪審官放拿蘭於奧連司,不許復聞合衆國之名。拿蘭即登舟,行止尚自由,惟不復聞祖國事。每值餐時,舟人亦不與彼同食,避之若浼。蓋彼或在座間,不能道及家國也。舟人後贈以外號,曰"白鈕"。拿蘭自被放後來,衣上已去軍中之鈕,易以白鈕。以其祖國合衆國已不屬之彼,故鈕上或有祖國縮書之名字及祖國軍中之徽章者,均不欲復爲彼見。舟每抵一埠,停泊數月,拿蘭獨不準登陸。舟中幽囚之光陰,彌覺悶損。舟人時或假以書籍,資彼自遣。

特書亦非經美國刊印，書中并無片言隻語道及美國。偶有他國新聞紙至，都能聽彼瀏覽，惟須先經他人檢視，凡見言行或新聞有涉及美利堅者，一一去之，不令入拿蘭之目。一日，舟人集甲板上，開讀書之會，輪及拿蘭。拿蘭隨取一英國大文豪施各德氏詩集讀之。

（《新聞報》一九一七年十二月七日）

書中有一節云："彼其人之生於世兮，似僅留其軀殼。雖呼吸之尚存兮，而靈魂早已淹汨。故吾未嘗聞其一言曰，是爲吾所有之祖國。今有人自海濱歸兮，望衡宇而言旋祖邦。苟漠然無所動於中兮，是其人者必無心腸。惟無心腸之人不可交兮，汝其志吾言而毋忘。今吾爲彼作茲歌兮，吾心實爲之忡忡。彼之爵位雖崇，望譽雖隆，凡天下之金錢與財產兮，雖可任彼取用，然其人之身兮，實爲萬惡之叢。夫叢萬惡於彼一身兮，吾不待筮而卜其終兇，吾不待筮而卜其終兇。"

拿蘭讀至是，心乃大動，氣幾塞，弗能復讀，立拋書海中，入室而處。兩月中，人乃不復見彼一面。時或聞書聲朗朗然逗窗而出，所讀非《聖經》即《莎士比亞集》。偶出，亦不與衆伍，日夕輒獨往獨來，煢煢顧影也。一日，舟與英艦遇，鏖戰於海中。司令飲彈死，舟人亦多被創。拿蘭忽投袂起，指揮殘卒禦敵，一進一退，咸中法度，卒獲勝，敵艦立逃。

（《新聞報》一九一七年十二月八日）

船長念其功，以所佩刀贈之。拿蘭得刀後，忽啜泣如嬰兒。蓋自曩年立功亞當炮臺以後，久不佩刀矣。又一日，獲一葡萄牙奴舟，拿蘭固嫻葡語，因爲通譯。群奴力求拿蘭，欲往祖國。拿蘭自顧身爲無國之人，心復大動，由是中心耿耿，時時以愛國爲念。嘗謂著者海爾氏曰："孺者志之。爾愛爾家，更當愛爾國，并愛爾祖國之徽有如至寶。苟祖國需爾者，爾必踴躍趨前。雖經地獄千層，毋許少慰。患難當前,爾其勿餒。人或諛爾毀爾,爾其勿顧。他國之旗,爾亦勿視。雙眸所注,但注爾祖國之旗。更夜夜祈禱上帝,被福此旗。孺子乎!爾其志之。爾當一德一心,效忠於祖國。爾身實屬之彼,一如屬之爾母。孺子爾必傍祖國而立,誓不他去,一如立於爾慈母之次時。"彼熱血中沸,語語皆以誠摯出之。越數載,拿蘭以病卒。臨終,目壁間所懸華盛頓像及國旗,笑語其友某君曰:"君不見乎?吾已有祖國矣。"遂一笑而絕。予曩自某讀本中譯一短篇,刊入《歐美名家短篇小說叢刻》。近得原本,知前作初非全豹。他日當擬改弦更張,足譯之也。讀此篇,可知無國之苦。顧吾國袞袞諸公,胡獨以有國爲恨而人人願厲行亡國之手段耶?

(《新聞報》一九一七年十二月九日)

　　法國小說家小仲馬爲大仲馬子,所著小說腳本凡數十種,而以《茶花女》(Camille)一書爲巨擘。書中織淚爲辭,凝血作句,天下傷心人讀之腸斷。楊蓉裳序《飲水詞》云:"淒風暗雨,涼月三星。曼聲長吟,輒復魂銷心死。"吾謂之數語亦可序《茶花女》也。畏廬老人手譯歐美名家小說可數十種,以此書爲最先之作。予嘗以英文本對照讀之,一夕而竟。時方臥病懷蘭室中,百感猬集。讀至卷末,馬克病劇,濃愁未解,骨瘦香消。恍見儂繡衾香簟,作捧心嬌顰之態,而秋柳搖風,如聞嗚咽聲矣。東園老人有《巴黎茶花女行》一章,云"天生麗質曰馬克,似此佳人再難得。少小名噪巴黎斯,一顧傾城再傾國。顛倒公卿絲竹叢(時爲某公爵、某伯爵所重),車如流水馬如龍。夜夜歌樓金菡萏,朝朝舞榭玉芙蓉(馬克簪花,每月紅者五日,白者二十五日)。百萬佛郎身價貴,纏頭無補游春費(馬克性好揮霍,喜游宴)。懊儂自是有心人,混混愛河空一葦(名公巨卿無一當意者)。女伴隔鄰呼配唐,秋風搖落感徐娘。(鄰妓有配唐者,以年長色衰,門前冷落,馬克引以爲友,多所佽助)。尊前不吝分金贈,病裏無端縱酒狂(馬克善飲,因病肺)。何來亞猛游冶子,溫柔鄉裏葡萄紫(馬克喜啖葡萄,豪貴時復以此爲贈)。一自梨園邂逅逢(亞猛遇馬克自戲園始),從此花叢蕉萃死(未幾馬克病,亞猛朝夕探問甚殷)。縱然自號太癡生,究竟難辭薄倖名。我薄著彭(亞猛氏)重眉史,始終不改舊鴛盟(馬克始終縱情亞猛)。翻手爲雲覆手雨,蠶身自縛情絲吐。可憐紫乙慣投懷,那有倉庚能療妒。玉質冰姿鐵石心,結交無用借黃金(馬克從未有以一錢累亞猛)。撇珥賣珠渾不惜,文君但誓白頭吟。"

(《新聞報》一九一八年一月十五日)

銷夏園亭(馬克賺伯爵千金,購鮑止坪爲避暑之所,由是兩人儼成伉儷)一輪月,昨夜纔圓今夜缺。宛轉勸郎隨父歸(亞猛父知其苟合,戒之不可,乃往商馬克。馬克不得已,以斂迹絕亞猛望),淚□沾袖成紅血(與亞猛父謀定後,不忍遽與決絕,日夕但以眼淚洗面,而亞猛不知也)。詭秘行蹤學李娃(與《唐代叢書·李娃傳》略同),纏綿別眼滿天涯。三生願化合歡樹,一現徒開短命花。郎心不諒妾心苦,枉結疑團尋怨府。雙棲身世識鴛鴦,一卷心經懺鸚鵡。憿憿鬼病困嬋娟(後馬克以債復爲某公爵、伯爵所眷,每逢亞猛,亞猛因愛生妒,因妒生隙,卒不釋),月暈孤錢裊藥煙。回書突遇同心結(馬克病篤,始以亞猛父語筆之書,以貽亞猛,亞猛乃悟。顧悔已晚矣),抵死猶求一面緣(馬克病中日記,時恐亞至不面)。小玉自知病不起,紅顏命薄乃如此(亞之與馬,猶李十郎之與小玉)。綠野難尋鮑止坪(此病中日記語),碧窗賴有于舒里(馬克病中賴女伴于舒里看護,于復屛當其身後事)。落落寛寛恩談街(馬克家在恩談街),燕侶鶯儔無復來。絲兒氣息絲兒命,一夜呼郎五百回(馬克臨終但呼亞猛)。絳縣赤城天咫尺,脂殘粉剩空陳迹。游客方尋海外香,美人已化山頭石。書卷飄零返寓公(《漫郎攝石戈》一卷爲馬克遺物),夕陽回首債臺空(馬克身後債甚巨鉅,悉以其閨中器物拍賣抵償)。至今青冢埋香骨(亞猛爲之重營宅穴),一片山茶濕冷紅(馬克生時最喜茶花,故墓側至今仍植茶花)。"詩頗哀艷,堪爲馬克寫恨。香魂有知,當感殺此亞東詩人也。意大利某劇場嘗以此事攝爲影戲，予於海上夏令配克影戲園中見之。飾茶花女者爲彼邦第一名女優，玉貌花容，栩栩欲活，白幔凌風微裊，若眞有彼美芳魂來格者。臨終輾轉病榻，悽楚欲絕。隔座有西方女郎，竟爲之嚶嚶泣下。予性多感，亦爲雪涕。夜闌歸車，彌覺回腸蕩氣矣。

(《新聞報》一九一八年一月十六日)

小說叢話

梅 癡撰

載於《時報》一九一七年十二月九日。作者梅癡,生平待考。本文認爲小說家應各有其風格,不可互爲軒輊。主張寫小說要留意社會,善於安排,表現出真精神。在情感趨向上,其更認同於表達激烈悲憤之情,而不是中正平和之音。

近代小說家多矣,秉質不同,文體各異。或以意境勝,或以神韻勝,或以詞藻勝,或以雄厚勝,或以高遠勝。譬若暖海冰山,淡雲濃霧,各擅其長,不能強爲軒輊。庫伯,寫虛派之傑出者也;霍爽,小說家之富於理想者也;賀衛爾,寫實派之健將也。惟漢雷則善寫人情世態,擅各家之長,於小說界闢一蹊徑焉。

歐美某小說家曰:"世無真黑白,無真方圓。真者可以見,所見者僞。"是故作小說者,貴意境,不貴文章;讀小說者,貴神會,不貴言傳。至文之不可以言傳,猶聲之不可以耳聞,色之不可以目睹也。世之說部,每有形質而無精神,有文章而無意旨,不足以發揚少年志氣,遑論其有益天下耶?

《福爾摩斯偵探案全集》,英國大小說家柯南道爾所著。情節離奇,變幻莫測,當其黑幕未啓,如墮五里霧中,一經揭破,莫不拍案叫絶,洵足開發人之智慧,增長人之閱歷,非徒供茶餘飯後之消遣已也。

《美俠錄》爲美國大文豪漢雷哲穆斯生平得意之作,中叙一俠骨烈性之美俠,有折不回,獲最後之勝利,情景離奇,令人讀而生感,不自知涕淚之何從也。

小説家周瘦鵑曰:"作小説,非難事也。多看名家之作,即登堂入室之階級,一得好資料,便能著筆矣。吾人欲得資料,事亦非難,但須留意社會上一切物狀,一切瑣事,略爲點染,少加穿插,則一篇脱稿,未始不成名作。故無論窮鄉僻壤,均可入小説。無論野叟村婆,均可爲小説中人物。但在吾人之善於綴拾,善於安排耳。"

小説所以寫人性情,寫忠君愛國之情,不若寫纏綿抑鬱之情;寫講道論學之聖賢,不若寫坎坷昂臧之壯士;寫豪華貴盛之閥閱,不若寫迍邅潦倒之窮酸。蓋一則歡愉而難工,一則愁苦而易好也。

小説有十病:曰病拙,病迂,病俗,病纖,病率,病滯,病蕪,病襲,病鄙陋,病雜亂是也。有二忌:忌胸中先具本事,而強以文就之;忌筆下先具此文,而先以事實之。

中華書局新出小説《克利米亞血戰録》,著者托爾斯泰。書敘俄法戰事,如軍官之顛頇、戰壕之談話、敵場之經營、病院之雜沓,無不描摹盡致,有聲有色,幾如身如戰場。誠近日小説中不可多得之佳作也。

吾國十年前之舊社會,大半由舊小説之勢力所鑄成者也。試思彼士人之孜孜矻矻、窮年不倦者,何爲乎?由有狀元宰相之小説以爲之誘導也。彼深於迷信,甘擲無量數之資財以獻媚於神佛者,何爲乎?由有天堂地獄諸小説以爲之誘導也。彼綠林豪客、市井武夫,殺人越貨,恬不爲怪者,何故乎?由有《水滸》《施公案》等小説以爲之誘導也。彼青年男女纏綿床笫,甚至逾墻鑽穴而曾不以爲恥者,何故乎?由有《西廂記》《紅樓夢》諸書以爲之誘導也。凡若此者,悉數難終,舉其一二,餘可類推矣。梁新會嘗曰:"今之所謂小説者,其什九則誨盜與誨淫而已,或則尖酸輕薄,毫無取義之遊戲文也。於以煽誘舉國青年子弟,使其桀黠者濡染於險詖鉤距作奸犯科,而摹擬某種偵探小説中之節目;其柔靡者浸淫於目成魂與、逾墻鑽穴,而自比某種艷情小説之主人翁。於是其思想習於污賤齷齪,其行誼習於邪曲放蕩,其言論習於詭隨尖刻。近十年來,社會風習,一落千丈,何一非所謂小說者階之厲?循此橫流,更閱數年,中國殆不陸沉焉不止也。"嗚呼!世之自命小說家者,聞其言,亦知惕然戒懼乎?

(《時報》一九一七年十二月九日)

小説雜話

秋　鏡、秋　白　撰

載於《滬江月》一九一八年第一期"雜俎"欄。《滬江月》是一九一八年短暫存在的一份月刊，辦刊宗旨是"有義"與"有趣"，刊有小説、筆記、詩話、劇評、聯話、小説話等。作者秋鏡，即朱秋鏡，創作有《糊塗偵探案》等小説。秋白，生平待考，疑爲朱秋白。本文完全是從讀者的角度談閲讀小説的益處，文辭華麗工穩，將讀小説的趣味渲染得極爲意趣盎然。同時，又將小説視爲相對諸子百家更爲"淺""易"的學問。

桃李争美，惠風和暢，春愁萬斛，惟小説可以藥之；荷香十里，火傘一天，夏暑熏人，惟小説可以消之；菊英如金，輕雲若水，秋興無涯，惟小説可以遣之；冰凝霜重，白雪寒雲，冬冷可驚，惟小説可以忘之。四時之閒情，一日之餘暇，小説，小説，誠吾一日不可缺之良友矣。

妙語解頤，諧文噴飯，此小説之趣者也；芳菲悱惻，一字一淚，此小説之哀者也；輕香軟玉，奇芬馥鬱，此小説之艷者也；禹鼎温犀，暗語明燈，此小説之旨者也；春花秋月，朝日暮雲，此小説之幽者也；時局箴言，古史軼事，此小説之益者也；黄衫紅綫，走壁飛檐，此小説之俠者也。塵世之萬事，惟小説可以舉而列之目前，誰言小説爲無益也？

吾愛小説。既愛做，更愛讀。緑窗之下，火爐之旁，一卷在手，津津有味。書中情事，仿佛得之，忽也而驚，忽也而喜，時而書聲琅琅,時而小語喃喃。不知者以爲若個兒郎何勤讀乃爾,知者則譏爲無用之學。噫!吾之愛讀小說,吾之天性也,又豈以人言而棄之,又豈以人謂爲無益而無益之。(秋鏡)

讀神怪偵探之小說,如入春婆之夢;讀詼諧滑稽之小說,如登翠羽之臺;讀哀感頑艷之小說,如有纏綿之恨;讀清風明月之小說,如多悠悠之世。

或曰:"小說一道,全屬空中臺閣。海市蜃樓,憑著作者一支禿筆,胡謅幾千百字做成一篇,或成一部。消磨閱者可貴之光陰,又何嘗有分毫益處。"噫!我當代答曰:"先生之言固當,然人非生而能行,必舉一反三,漸而使之行,又必經許多時日,始得趨走,自然也。即在其時,而迅疾趨步,則不踣者幾希。小說蓋亦猶是也。其入門之初步,使之有諸子百家之奧義深辭,豈不難哉!由淺而深,自易而難。足下達人,固非諸子百家不讀,奈何世之如足下者寡,未必人人能讀諸子百家也,惟小說可以導之。小說者,固將以供若輩而非以供足下也。或乃默然以退。"(秋白)

(《滬江月》一九一八年第一期)

小説叢話

寒　碧　撰

　　分别載於《小時報》一九一九年三月十五日、三月十六日、三月十九日。作者寒碧，生平待考。本文主要討論的是小説分類。先從"性質上"將當時的小説分爲十二類，分别是：武事小説、言情小説、社會小説、哲理小説、偵探小説、滑稽小説、神怪小説、倫理小説、冒險小説、歷史小説、科學小説、醒世小説。評述每一類小説時，作者多從社會功用角度出發，分析其産生的社會根源或民衆思想依據，討論其可能産生的社會效果，并例舉其代表作品。從"組織上"將小説分爲"自叙體、他叙體"兩種，在談到作者與叙事者的差别時説，"自叙者未必自叙，他叙者即亦未必他叙也"。從"體制上"將小説分爲筆記體、章回體兩種，認爲章回體爲佳，因爲"此類篇幅較長，多能纖悉細故，描寫靡麗，趣味較筆記者自饒"。這是從文學性角度上立論。從"文學上"將小説分爲文言體和白話體兩種，認爲若從改良社會角度出發，白話的功勞在文言之上。

　　説部浩如煙海，汗牛充棟，不可紀極。不學如予，欲言秭塵，談何容易。今日中國人心之澆漓刁獪，可謂至矣。而其最大之潛勢力，實即舊小説也。故今日欲與言社會教育也，其惟於小説再四注意，庶有豸乎。

　　據《四庫全書總目》，舊小説得分爲三派：（一）叙述雜事；（二）記録異聞；（三）綴輯瑣語。新小説從性質上得分門如下：

（一）武事小說。燕趙多慷慨之士、壯俠英雄輩，世有聞之。彼綠林豪客、市井武夫，往往一言不合，白刃相讐，殺人越貨，恬不爲怪者，皆由此類小說若《水滸》《施公案》《七俠五義》等爲之誘導也。今日中國之民風柔靡已極，長槍大戟不足以奪其緩帶輕裘之故態。酣睡漏舟之中，痛飲積焚之上，可謂危矣。再不以強健尚武之風振之，欲不爲雅典之續也，難矣。近今譯著者於此類小說甚尠，吾誠不解。惟冷血多義俠之作，《俠客譚》《催醒術》《生死之權》等。他若林紓之《撒克遜劫後英雄略》、天笑與蟠溪子所譯之《大俠錦岥客傳》、周瘦鵑所譯之《綠衣女》、商務之《大俠蘩蕗傳》、前年《天鐸報》所載之《賣菜傭馬大師》、林琴南所著之《技擊餘聞》等，皆甚佳，有班固《遊俠傳》風。

（二）言情小說。食色，性也。此類小說，最爲社會所歡迎，其長處能涵養人之德操，使日趣於高尚，且能導人以貞信純潔，至死不相背棄之美風，未始無益於風化。其流弊亦洪大，沉湎肉欲，消磨豪氣，甚至逾墻穿穴，恬不爲恥，而社會之蒙其毒害，將靡有底止，皆此類小說階之厲也。兹紀一事，以博諸君一粲，亦所以證明嗜此種小說之害也。杭州某賈人女，明艷工詩，以酷好《紅樓夢》故，致成瘵疾，當綿惙時，父母怒是書貽禍，取投之火。女在床大哭曰："奈何燒殺我寶玉！"一慟而絶。（見《庸閑齋筆記》）予又嘗於某報小說後見一附則，曰："余作《路娟傳》成，余妹丈姚漱六見之，曰：'此文誠佳，其如誨淫何？'余笑曰：'此書是小說，非《大學》《中庸》《論語》、洛閩諸子書。稗官原不入儒家，此紀文達之詩。君未之見乎？雖然，小說能害人。非小說能害人，人爲小說所害耳。嘗見親串家一兒頗慧，及閱《石頭記》，遂癡，繞室狂走，曰：'我奈何不爲寶玉？'余戲之曰：'君爲寶玉，誰爲黛玉？吾非不欲君爲寶玉，恐無以處黛玉耳。'然則余之著此書，其亦自知有罪也夫。'"下署"采蕊附記"。天下事無獨有偶，奇矣。夫小說有功世道人心，爲有識者所公認。顧在不學無術者讀之，其滋流弊如斯。嗚呼！見仁見智，是在善讀者耳。

此類小說多屬哀情，蓋其事每不能美滿，而經過千難萬劫，哀感頑艷，則又可傳，不煩禿筆紀而出之。爲人悲也少，爲己慨也多。

文人好弄狡獪，往往佚其姓氏，或出之以僞，使人迷離惝恍，如墮入五里霧中。作者固以毫濡淚而成，而閱者亦爲之陪淚不少矣。如《碎琴樓》(何畇著)、《紅礁畫槳錄》(林紓譯)、《噫有情》(平子撰)、《紅罕女郎傳》《迦茵小傳》《薄倖郎》(林紓譯)及天笑之短篇言情，皆最著者也。

（三）社會小說。此類小說有功於世道人心殊大，描寫社會種種之腐敗情形爲主，使人知所警戒，於趣味之中蘊教訓之目的。若《官場現形記》(李伯元著)、《老殘遊記》(商務出版)、《孽海花》(東亞病夫著)，皆佳構也。

（四）哲理小說。寓哲學思想於其內，而以小說體出之，使人讀之，趣味既永，不知不覺養成吾人高尚之思路。此類西洋小說爲多，如天笑生所譯之《鐵窗紅淚記》及《六號室》《冷血之心》。前年某報所登之《莽和尚之姊》、平子之《噫有情》，爲釋氏代製佛經，其伎倆不過爾爾。

（五）偵探小說。此類小說販自歐西，吾國則如折獄之類，惟散見於筆記等書，無單行本也。歐西此種小說，亦泰半文人架空而造。世之盛行《福爾摩斯探案》，爲英人高能陶爾手筆，而托於華生筆記者也。它若《合歡草》《奪嫡奇冤》《三人影》《百十三案》《八一三》等，雖事情未必盡實，然能令人心思縝密，眼光銳敏，增人探測力不淺也。人每謂中國無此類小說，予雅不爲然。《施公案》《包公案》等屬於此類之事極多，唯多不近於理耳。本吾國固有之材料，設能從事編輯，加以點綴，欲蔚爲一部偵探小說，不難也，何必讓福爾摩斯專美哉？遜庵所著之《血海孤星錄》及商務出版之《中國女偵探》等書，非以吾國之事而演以偵探小說乎？

(《小時報》一九一九年三月十五日)

（六）滑稽小說。東方滑稽，諧詠玩世，未必盡屬遊戲，使人解頤絕倒，抑有心人別有懷抱也。此類小說往往助人笑樂，每於悶時，一批閱之，則軒渠不置，袪煩滌悶，有裨衛生。若《化身奇譚》

《新法螺》《不可說》等書，以滑稽家言爲衆生說法，用意文辭皆佳。凡寓言諷世之類屬之。

（七）神怪小說。此派小說，以迎合社會好奇之心爲主義，專捏造荒誕不稽、支離不可究詰之事實，然或亦有所憑，非一味臆說者；或有所寄托，而以神怪之事迹出之。其害能長人迷信，其利能令人之心思不囿於卑近，有遠大之眼光，拓意象外之理想。今人崇拜岳飛、關公、姜太公等種種人物，信天堂地獄之說，未始非此類小說造成之也。古者神道設教，裨益於世道人心實亦不少。况近之研究鬼學者大有人在，天下事奇妙無比，在吾人肉眼不能明瞭者，遂黜爲絕無之事。吾不敢贊同也。王玉峰之三弦，可謂奇矣。設吾人不目擊之，其誰信？以爲心靈手妙，音調優美，指法純熟，止耳。七音之外，唇齒喉舌何來也？而今不然，豈非神乎？吾人鼠目寸光，究不能謂必無神怪之事也。拿翁有鬼出現矣，西人言之鑿鑿，未必《搜神》《齊諧》之不可信而詆爲野蠻語也。若林紓之《埃及金塔剖尸記》《三千年艷尸記》等言鬼神，有吴道子繪地獄之妙，言兒女私情處，亦曲繪入微，誠神手也。《聊齋志異》一書，爲說部中之筆記體。主詞華，唐人小說也。屈宋摘艷，班馬熏香，爲小說中首出之作，而紀文達指其失，曰："才人之筆，非著書之筆也。"識者允爲知言。夫蒲留仙潦倒不遇，乃發而成悲憤感慨之文章，或借以風世，或自寫其牢騷，如《素秋》一篇，即先生自述其宿忱，故名俞忱也。它若《黃英》賦菊，《葛巾》賦牡丹，此則賣弄文墨耳。作如是觀，則全書迎刃而解矣。其後若《蘭苕館外史》《夜雨秋燈錄》《夜譚隨錄》等，皆不能望其項背者也。

（八）倫理小說。此類小說，其優點在造成修身孝悌之德，必血心人爲之。惟每病於枯燥無甚興味，故當以優美之文章出之，使愛不忍釋，而不知不覺間養成其德操也。

（九）冒險小說。我國民萎靡久矣，亟當以此類小說藥之，如《羅濱森漂流記》《十二小豪傑》等，其適例也。

（十）歷史小說。此類可補史鑒之所不及，廣搜某時代之遺聞軼事，而以小說體裁出之。讀之，增人智識不少也。如《三國志》

《列國志》《清宮二年記》《清宮演義》等是也。

（十一）科學小說。物質文明不發達,科學不發達之故也。讀科學書多苦澀無味,而以小說體裁組織之,則能使人愛讀矣。如《新飛艇》《夢遊二十一世紀》等是也。理想小說屬之,如《電世界》。

（十二）醒世小說。吾國近來此類小說出書頗多,無非迎合社會之心理,真能醒世者甚少。近日出版者,所言非嫖賭之事,即忮刻罵人之文。醒世也,而適以魔世矣。誨淫、誘盜如《九尾龜》《多寶龜》等書,無所取也。然如《海上繁華夢》《巫風記》等,則亦不爲無益。

小說從性質上分類,既知上述。

今從組織上言之,則又可分爲自叙體、他叙體兩種。自叙者未必自叙,他叙者即亦未必他叙也。近日坊間所出之《玉梨魂》,其例也。今著者枕亞尚欲弄其狡獪,復有《雪鴻淚史》《短命花》之出現。嗚呼！其爲恨深矣。狄更司之《塊肉餘生述》,或亦謂狄氏自寫其身世。此種小說甚多,不勝枚舉也。大率自叙其事,必能纖屑入微,每有萬想不到者。否則,吾恐雖八斗之才,亦未易臻此。元稹之《會真記》、基鷺舒榮之《鷺連債券》,其明徵也。

（《小時報》一九一九年三月十六日）

近日如《碎琴樓》等亦屬此類,惟文人筆墨變幻無窮,故作狡獪,稍加點綴,則令人迷離惝怳耳。余讀小說,每欲考其究竟,然從各方面及他書等求之,每有所得也。近人之考《紅樓夢》,曰(上略)至謂《紅樓夢》一書爲作者自道其生平者,其說本於此書第一回"竟不如我親見親聞的幾個女子"一語。信如此說,則唐旦之《天國戲劇》,可謂無獨有偶者矣。然所謂親見親聞者,亦可自負旁觀者之口言之,未必躬爲劇中人物。如謂書中種種境界、種種人物,非局中人不能道,則是著《水滸》者必爲大盜,《三國演義》之作者必爲兵家,此又大不然之說也。(見《静庵文集》)此說予謂不然。《紅樓夢》之主人翁,決非著者所可斷言,而設著者非箇中人,吾萬不承認也。何則？此書瑣屑入微，決非可以空中樓閣。一二處不便明言，則以迷離之筆出之。著者已爲我言之矣。如秦可卿爲養女等事，設爲捏造，此等處亦何必若是之細碎也？

小說又可從體制上分類：（一）筆記體；（二）章回體。二者以後者爲佳。此類篇幅較長，多能纖悉細故，描寫靡麗，趣味較筆記者自釀。分列章回，有書明此章若何事者，有祇書第幾回者。蒙謂回目下書明事迹者，不如祇書第幾回者爲佳。常見内容甚好，筆墨極爲奇特，一個悶葫蘆，使人不能捉摸。然設一檢回目，則事迹瞭然，不言已能自明。夫小說，妙在海市蜃樓，每出意表，使人拍案叫絶。或至山窮水盡，忽而柳暗花明，或曲折離奇，疑信參半。夫文人牢騷不平，往往托諸美人香草，以寄其怨。或欲警悟世人，具廣長舌，著書以爲暮鼓晨鐘。事實雖未必征而有信，然其所叙躍然紙上，栩栩欲活，讀者似身入其中，能使色飛眉舞，視爲真事，其魔力誠不可言喻矣。

又從文學上分類，得（一）文言體（二）白話體。若第一類者，大部爲上流社會説法，於下等社會無大勢力。其中又可分爲兩派，一唐小説，主詞華，若《聊齋志異》是也；一宋小説，主説理，若《夷堅志》是也。今之作者，或沉醉浮藻，有駢儷體；或古高雄奇，直逼秦漢；或雅潔馴正，嫵媚可愛。小説本爲美術之一，使人娛樂心目，養成審美的觀念。故此類小説亦不可全非之。然欲言通俗逮下，則白話體尚矣。此體妙處在乎描寫易於入微，形容尤可盡致，不如文言體之有窒礙，常以辭害意也。今之通俗教育，言文統一之聲浪可謂高矣。蒙以爲欲改良社會，莫善於從此類小説入手，編以純粹之白話，採以種種良好之材料，其功效當不在辦學下也。

小説家言，每托於夢，如玉茗堂之四夢，其著者也。西洋小説亦有此體，如《夢遊二十一世紀》等，又若《大食故宫餘載》《驚蓮債券》等亦有入夢一節。蓋托於夢境，意義易於發揮也。

小説之開端，每有先將其事總叙一通，追數回後，再入題，始與之相聯者。如冷血之《怪人》、林紓之《薄倖郎》《賽雪兒》等皆此體也。

小說之尾聲，往往有含蓄未盡，不能知其究竟者，如餘音裊裊，不絕如縷，使人趣味彌永也。

法國小說家最享盛名者，爲大仲馬、囂俄二人。大仲馬所著多言情小說，每將法國史事參以己意編成者居多。如英之迭更司，其文浩蕩廣博，能令閱者眉飛色舞。囂俄所著，用意甚深，多憤世之作，如《哀史》《鐵窗紅淚》等是也。

(《小時報》一九一九年三月十九日)

小説贅談

夢　古　撰

　　載於《友聲日報》一九一九年十月六日至十月八日。作者夢古，生平待考。本文主要從作小説與閲小説即小説作者與讀者兩方面著手。在其看來，作小説與閲小説都有其法。首先，小説可分爲"情文兼至""徒具離奇之情節而無文以達其意者""文佳而情節率直無味者""情文俱落下乘"四個層次。小説作者"先須將古今説部一一考其得失，判其優劣，通其神髓，以爲之基礎，然後將人所不能達者，描摹而曲述之""推而遠代指掌故、近今之時勢，以及氣候山川之變遷、人事風俗志易移，無不瞭然胸中"，更要"宣泄其孤憤牢騷於規過勸善之言外者也"。夢古也就此承認小説的獨立性，反對直接扣小説以誨淫誨盜之惡名。就小説讀者而言，本文主張要"參考作者筆意"，體會小説的真精神。

　　今之能爲小説者，固已汗牛充棟、滿坑滿谷矣。夢古淺學陋識，小説之道，往而未見。今乃欲以蠡測之見測小説，得不貽蚊負莛撞之譏乎？雖然，寶光隙見，人各自明，見智見仁，羌無故實。吾贅是談，非敢强自作解人也。偶有所會，輒自筆之。癡人夢囈，聊備遺忘，非所以問世也。

　　閲小説有閲小説之法，作小説有作小説之法。閲小説易而作小説難。蓋作小説者，未有不能閲小説，而閲小説者，則非盡人能作小説者也。雖然，閲小説者，得其法則易，不得其法則亦難。一篇到手，反覆推考。其於情文兼至，有爲人人所不能道、不能演者，而彼獨能道之演之，是爲小說之佳構。徒具離奇之情節，而無文以達其意者，次之；文佳而情節率直無味者，又次之。若情文俱落下乘，則小說中之糟粕矣。閱小說者，於此等處最宜著眼力。寧取其片言之長，毋攻其纖微之病，就小疵而議大醇，雖能者亦有所不免。故當就其全部分或大一部分處評騭之，遮不致蹈偏頗也。由是觀之，非具有遠大之眼光者，決不能閱小說，而於是閱小說之一途，雖易實難矣。若夫作小說者，其筆下有小說而其心中則不可有小說。先須將古今說部一一考其得失，判其優劣，通其神髓，以爲之基礎，然後將人所不能達者，描摹而曲述之，務使一人合一人之口吻，一事合一事之情理。推而遠代之掌故、近今之時勢，以及氣候山川之變遷、人事風俗之易移，無不瞭然胸中。蓋其筆下所爲者爲小說，而作者胸中所蓄之意想觀念，實非小說，而爲極精當的社會現象與古今沿革之大勢。小說至此，始神乎化矣。此固作小說較閱小說爲難，然而得其法者，亦未嘗不以爲易易也。嗚呼！我今而後，知閱小說乃與作小說乃相等其難易矣。

(《友聲日報》一九一九年十月六日)

　　作小說者，宣泄其孤憤牢騷於規過勸善之言外者也。其落筆首貴不著迹象，次貴繪影繪聲，而小說之最難著筆者，尤莫如歷史小說。蓋史多有據，班班可考，倘據史直書，則迂腐陳舊，索然無味，便爲頭巾文字；反是而在在插以科諢，則又易於失實而落穿鑿之弊。就余言所知，歷史小說之佳者，當以《列國》《三國》等志爲最，以其能就信史演爲白話，閱者但知其爲小說而不知其固絕好之一部史書。此其運筆之純與掌故之熟有以致之，絕非盲識之夫所能道其隻字者也。

　　《水滸》一書，後人多有謂其誨盜誨奸，而誡青年子弟以勿閱者。嗚呼！過矣！夫書自書，盜自盜。書而可以誨盜，是欲世界之永久承平者，但可著一小說以了之。天下有是理乎？且作者一時興會所至，演爲小說，不過其胸中一腔塊壘，借此一枝筆以宣之耳。迷信此小說中之事實爲必有，而必歸罪作者，此其人先無閱小說之資格，他何論焉？雖然，人固有讀《水滸》而竟習於奸盜之流者，是又何說？蓋彼流於奸盜者，必其心中所欲赴之目的，先自與書中人同，因讀其書而增其感發，堅其意志，一往直前而奸矣盜矣。然則其爲奸爲盜，仍其人之自暴自棄耳，於小說乎何尤？

（《友聲日報》一九一九年十月七日）

看小說不可不知小說中之眞精神。如看《紅樓》一書，乍閱之，直是完全一部描摹兒女狀態之言情小說，其他不過襯托渲染之筆耳。自近今《紅樓夢索隱》之書出，衆始恍然知其中爲明清交替時之一段痛史。其所以描繪兒女之情私者，特以當時之文網嚴，萬不得已，始寓言以寄意而已。向使清室至今仍未推翻，則《索隱》一書即至今尚不能出世。世之人又何從而知其眞相耶？閱《紅樓》者，乃被曹先生一向瞞在鼓中。雖有一二熟悉掌故之通儒，不能指摘而道出之。無如生當專制時代，一言觸禁，莫敢輕嘗，亦惟是相率而安其緘默耳。於是曹先生一枝半假半眞、若隱若現之神筆，永無一文字知己。誰復能揭其胸中之塊壘抑鬱者？此作者九泉下所留有餘痛者也。幸而清社屋，《索隱》出，舉二百餘年之疑案，一旦大明。讀者至今始爲之踴躍三百。

堆砌詞句，最易蹈拖沓之病。故作小說之難，在白描而忌重濁。淡淡著筆，徐徐寫去，待筆意各臻其佳境，自能得神韻而盡天趣。若必斤斤以詞句之穠纖博麗爲務，則易犯附會剽襲之嫌。且文章自文章，小說自小說，欲於小說中求穠麗之文字，則何如竟購幾部六朝漢魏文讀之，寧不直捷痛快？

閱小說之難，難於參考作者之筆意。達其筆意，則一部小說妙諦盡在我掌握之中，自是高人一等。

作小說者，須善文，善畫，善詩，善書。蓋善文則筆法自能深入顯出；善畫則情景自能逼眞，勢脉靈動，令閱者如入畫裏；善詩則自能旁敲側擊，風雅而不浮靡；善書則剛柔兼妙，得氣之清，自無往而弗利矣。

(《友聲日報》一九一九年十月八日)

石頭記發微

西坡居士 撰

載於《小時報》一九二九年十月二十六日至十月二十八日，最後并附有十二月九日的《石頭記發微答客問》。作者西坡居士，生平不詳。本文實則是延續了索隱派的解紅路數，其創見是將王夢阮與蔡元培的學説融於一爐，而自成一説。"《石頭記》一書確爲清初宫廷秘事及無恥貳臣而作，兼及旗人對於清室之關係者也。"賈寶玉即影射順治皇帝，賈府的奴婢寶是指清朝皇帝的奴才等，而這個寶玉畢竟是假的，真寶玉在南方，是指曾經的南明皇帝。《紅樓夢》作者如此大布疑陣、隱藏心事的原因，是"作者希望恢復不得，深慨同志寥寥，而起視天下之士，又皆效命新朝，都是一般國賊禄蠧（"國賊禄蠧"四字，書中屢見之），絶無故國江山之思也"。故而"開宗明義，遂著'寶玉即寶玉'一語，以告世人，意謂假皇帝之河山是真皇帝之河山也"。如此，則"一把辛酸淚"就是指國破家亡之痛，而不是身世淪落之悲。

《石頭記》一書，網羅世事，而於小兒女瑣瑣碎碎之舉動，尤能刻畫入微，曲盡其妙，膾炙人口也久矣。自來談章回小説者，以《三國演義》爲首屈一指。吾以爲《石頭記》之美善，雖不能遠過之，要萬無不及之理。若夫《水滸傳》《西遊記》諸書以較此作，則直望塵嘆弗及耳。世俗流傳，皆謂作者有爲而言，誠然，誠然（甄士隱者，真事隱也。書中已自道破，故知確係有爲而言）。但所揣度逆臆者，往往不能中的。鄙人不敏，竊有所見，願爲天下後世讀此書者一道之，倘樂聞乎？

此書大概作自康熙年間，作者本希望恢復明室，目的不達（理由詳後），乃取清初事演爲此書。甄士隱答賈雨村，謂"寶玉即寶玉也。"夫寶玉，果何寶玉耶？玩其語意，人皆謂以上寶玉乃賈寶玉，下寶玉乃甄寶玉。若曰："賈寶玉即甄寶玉，一而二，二而一也。"自表面論之，此言自是如此解説。抑聞之天子之璽，以玉爲之，世稱曰寶。故知寶玉即寶玉之説，乃寶玉即天子之璽之謂，而皇帝之代名詞也（四十三回老姑子見寶玉來了，竟像天上掉下個活龍；四十六回，鴛鴦説便是寶金、寶銀、寶天王、寶皇帝云云。按，龍，天子之像也。寶皇帝，則明明指寶玉爲皇帝矣。）質言之，寶玉者，直皇帝而已。

書中所謂八公者，即清初鐵帽子八王也。攝政睿親王者，八王之一，而世祖皇帝之叔父也。寶玉於赦爲侄，於政爲子。串言之，寶玉爲赦政侄子。赦政即攝政也；攝政侄子，世祖也。故鄙人敢斷言之，曰：寶玉者，清世祖皇帝也。

世祖出家，人言鑿鑿，雖皆捕風捉影之談，究竟不爲無因。寶玉出家，即謂此也。世祖在位十八年，寶玉得歲若干，書中甚是含混，並未叙明。據賈政説，竟哄了老太太十九年，似寶玉出家之時，年正十九歲。除出家之年不計，應得十八歲，恰與世祖在位之年數相符。由是談之，寶玉之爲世祖，直無疑義矣。

寶玉生母爲王夫人，世祖太后當日頗有下嫁攝政之謠。寶玉既爲世祖，則王夫人便爲太后。王夫人之王，即攝政王之王。王夫人者，謂太后爲攝政王之夫人也。史者，失也，失德也。史太君者，失德之太君也。君與后同解，太君即太后也。太后下嫁，失德甚矣，故設史太君其人以譏之。作者直誤以謠言爲事實也，如是以觀，則書中所謂史太君、王夫人者，皆世祖太后一人之所幻化也。

《小時報》一九一九年十月二十六日

攝政既爲赦政，則赦政之尊爵査抄，是即攝政之罷追封，撤廟享，籍家產也。迹據甚明，不言可喻。

世祖自遼東入主中國。中國與遼東，由地理上觀之，一在南，一在北。故書中常以南北二字隱示界限（南北界限原由歷史遺傳，以上云云，不過就地理上言之而已）。

釵、黛、晴、襲人等，皆爲南人，互相詬忌，而皆求媚於寶玉，即指一班歸命之臣，讒事世祖，互相傾軋言也（或曰寶玉籍貫，書中固未明言，然其爲南人不言可知，而此乃謂爲清世祖，毋乃矛盾？不知此非矛盾，實作者特布此疑陣以惑人也）。其餘一切，大概述清初宮廷及攝政王邸內情形。所謂大觀園者，直大內與王邸之混合物耳。請舉所知，拉雜言之，凡以證明此說而已。

襲人歸家所著，除銀鼠襖、彩繡棉裙外，外面所穿爲灰鼠褂。鳳姐猶嫌不好，另以大毛出風皮褂與之。隨從媳婦、小丫頭各二人，大小車各一輛，有年紀跟車的四人，又吩咐小廝預備燈籠。到了花家，衆人一槪回避（五十一回）。一侍婢出門，如此威武，豈尋常人家所能然耶？王夫人語賈璉曰："你竟叫賴大把那些女人帶去，細細地問他本家有人沒有，將文書査出，花上幾十兩銀子，雇隻船，派個妥當人送到本地。一概連文書發還了，也落得無事。"（九十四回）"文書"二字，申言至再，且曰"査出"，曰"發還"，又豈尋常人家所能然耶？賈母欠安，傳請大夫（四十二回），"請"字上加一"傳"字，此豈尋常人家所敢出此耶？王夫人入內之時，叙明不敢走甬道，所著爲六品服色，點明之曰御醫。夫果尋常人家之甬道，何必不敢走耶？六品服色，朝服也，亦何必著之來耶？"御醫"二字尤明明隱以示人之意。使果尋常人家，豈有著朝服之御醫而來診視疾病者耶？書中"挑丫頭"三字屢見，不一見。四十四回中并有"那姑蘇選來的幾個姑娘"之語，曰"選"曰"挑"，斷非尋常人家之舉動。"當差"之說，實與清室內務府人供奉內廷之例相符，而奴才臣事主子，尤與內務府人之"當差"無異。至於一切華麗奢侈情形，與夫規矩之多，禮節之繁，（中缺）係各處進貢之物，鳳姐所送各處之茶葉，且更叙明是暹羅的貢的，尤作者點醒讀者之意。鄙人故謂大觀園直大內與王邸之混合物而已。其餘影射之事甚多，不能枚舉。讀者隨處留心，以當日大內與王邸情形與大觀園相印證，自可得也。此外，影射世事之處亦甚多，然不過作者隨手拈來，信筆寫去，無關本旨，不足論也。但其影射旗人處，是不可以不述。

旗人，清室所視爲干城心腹者，休戚相關。作者連類及之，理之所必至，勢之所必然者也。書中奴才對於其臣事之人，稱曰主子；旗人風俗，亦稱皇帝爲主子，自稱曰奴才。以是知書中所謂主子者，乃皇帝也。書中之主子既爲皇帝，則書中之奴才其爲旗人，也無疑矣。

奴才有有差者，有無差者。有差者，謂內務府旗人供奉內廷者也。無差者，則京內外之旗人也。至一律皆有口糧、月錢者，則統指旗人之餉米言也。

書中奴才暗分三種，一賈氏固有者，二各夫人之陪房，三甄家薦來及買來者。以此三種，按之旗人，則賈氏固有者，滿洲旗人也；各夫人之陪房，蒙古旗人也；薦來及買來者，漢軍旗人也。

旗人一方面爲皇帝之奴才，一方面又自有奴才，自爲主子，出任封疆，入爲宰輔，安富尊榮。實與賈家奴才吃穿和主子一樣（十九回），一般的也有花園子，也有泉水林木、樓台亭軒（四十七回，又百六回云奴才還有奴才），使奴喚婢，而且有身膺民社者，身分相同。故吾以爲書中描寫之奴才，是即奴才旗人之影子也。如謂此說不然，則試問自古迄今，誰家奴才有此闊綽者乎？

總以上論之，《石頭記》一書確爲清初宮廷秘事及無恥貳臣而作，兼及旗人對於清室之關係者也（按，持此項論旨，一一按之書中事實，亦有許多不可通處，讀者或將以鄙人爲穿鑿。不知我國舊小說家向來好布疑陣，必使人墮入五里霧中。且作者胸中得一材料，隨手便即捉入筆下，但求自圓其說，原不求與事實相符。吾儕讀書，只須會言外之意。若必責其與實錄針鋒相對，則迂矣）。然而作者之意，猶有不止於此者。作者希望恢復明室，前雖言之，而希望恢復之志，究竟於何見之，則未嘗言之，茲述之如次。

書中所謂寶玉者二，一甄一賈。甄者，真也；賈者，假也。此義已經作者自己道破。甄在南,賈在北。質言之,即真寶玉在南,假寶玉在北。北方是假皇帝,南方是真皇帝之意也。

真寶玉在南,假寶玉在北,一真一假,一南一北,遥遥相對,乃指福、桂、唐、魯四王先後立於南方,遥與北方之清室相對而言。作者之意,以明室爲正,以清室爲僞。故以甄即真喻明,以賈即假喻清。史太君立刻回南之説(三十三回),即假寶玉終必歸於真寶玉之意,亦即清室必歸於明室之意也。

(《小時報》一九一九年十月二十七日)

書中"明明德意外無書"一語,作者之意,直和盤托出矣。蓋上明,明之闡揚也。下明,明室也。明德,明室之德澤也。明明德,闡揚明室之德澤也。明明德以外無書,舍闡揚明室德澤外,別無話説也。且書中於甄寶玉所在之金陵,大書曰應天府。夫應天府,非他,明故都也,所謂南京也。於明故都之南京,則大書之(按,書中地名大半臆造,惟金陵及姑蘇二三處不然)。其意安在,夫豈待言?賈雨村應試入都,叙明買舟西上(按,近來翻刻本有作北上者,誤也)。雨村當日,本自姑蘇買舟,姑蘇之西,正是金陵,則作者固隱認南京爲都城。况更點明之曰應天府,其意直昭昭然矣。賈寶玉所在,似北京而非北京(薛科具呈,自稱本籍南京,寄寓西京。又十七回中,長安都中云云。所言皆非北京。按之情形,又確係北京也),令人不能確指其地,明明有意含混。於賈寶玉所在,則含混之中;於甄寶玉所在,則大書曰應天府。作者之意何居,似更不待言矣。至戴權爲大明宮太監,"大明"二字,明明白白,尤不必深長思之。曹雪芹題此書緣起,云"滿紙荒唐言,一把辛酸淚。都云作者癡,誰解其中味"。此真知作者之心者也。

賈寶玉所在,書中固有意含混,然以大概情形論之,總以北京爲近是。北京者,清都也;盛京者,清陪都也。書中賈氏兩府,一東一西,即指北京、盛京。東府者,盛京也;西府者,北京也。盛京、吉林、黑龍江,統稱曰東三省,滿洲人之故土也,位置在北京之東,故書中以東府喻盛京。柳二"東府無一好人"之說,直作者謂滿洲無一好人耳。作者希望恢復明室不得,故以此謾罵之,蓋所以泄忿也。作者希望恢復不得,深慨同志寥寥,而起視天下之士,又皆效命新朝,都是一般國賊祿蠹("國賊祿蠹"四字,書中屢見之),絕無故國江山之思也。開宗明義,遂著"寶玉即寶玉"一語,以告世人,意謂假皇帝之河山是真皇帝之河山也。仍恐世人不悟,乃更再三申明真假之旨。惜春語尤氏曰:"可知這些人都是世俗之見,那裏識得出真假?"(七十四回)太虛幻境聯云"真作假時假亦真",空空道人云"真而不真,假而不假",意若世人皆效命新朝,不啻以假皇帝爲真皇帝,誤假爲真,則假即真矣。以假皇帝爲真皇帝,則必以真皇帝爲假皇帝。誤真爲假,則真即假矣。總之,以真爲假,則假者便真;以假爲真,則真者便假。世人既不識真假,則無真而非假,無假而非真矣。所恨世人混沌不明此義,乃隱詈之曰:男人是濁物,是泥做的濁物。蠢拙,不曉事也。泥做的,無骨氣也。更詈之曰"不是建功立業之人,即係糊口謀衣之輩",謂當世之人,不爲新朝效命,便爲自己營求耳。此正作者痛極語也。

冷子興者,冷自心也。作者謀恢復不得,自己萬念都灰,乃作此書,故設爲冷子興其人以自喻。至冷子興言說榮國府一語,則正作者自謂冷心而作此書也。作此書而又不敢明言,又恐後來讀者不喻其旨,認作果是假話。故開卷即以甄士隱登場,并聲明將真事隱去,所以提醒閱者,皆作者慘淡經營處也。

書中"補天無才"四字,亦作者自道。蓋天字乃皇帝之代名詞,作者慨明室之亡,謀恢復之,而力又不足,所以著此四字,以定自己罪案。"受了他雨露之恩"一語,明明指君恩而言。所謂君恩雨露深者是也。還淚之說,乃受雨露之恩,欲報之而不得,自明其日以眼淚洗面之意。至巢、許、夷、齊一段議論(百十八回),蓋以恢復不得,聊以此自況耳,則又作者之志也。

以上所言,皆鄙人以小人之腹,度君子之心,頗自許爲有識。質之天下後世之讀此書者,不知以爲然否?然而吾固以爲雖不中,不遠矣,不暇計其他也。予久有志繼護花主人等之後,批評此書。

異日此願果償,即以此爲本,更從而發揮闡明之。預志於此,用作息壤。

(《小時報》一九一九年十月二十八日)

附:《石頭記發微答客問》

自《石頭記發微》露布後,客有知爲拙作者,紛類質問。一謂王熙鳳乃書中緊要人物,並未提及;二謂林黛玉雖提及,又病太略;三謂作者究爲何如人。客言大略如此,再草斯篇一商榷之。

王熙鳳以東府之媳而管西府之事,大權在握,威勢逼人。以其情形按之,當日攝政行爲似大相類。熙鳳爲王夫人内侄女,王夫人之王即攝政王之王,前固言之矣。王夫人之王,既爲攝政王之王,則王熙鳳之王,亦如攝政王之王。故鄙見以爲王熙鳳者,隱指睿親王言也。設熙鳳其人以喻王,而即以王姓之所以明示天下人也。王之攝政,飛揚跋扈。作者目睹,未免根觸於心,故大書特書,曰"潑辣貨"貶之也。

林黛玉本爲書中緊要人物,然以鄙見觀之,此書之作,並非爲黛玉起見,乃爲寶玉起見。如果爲黛玉起見,則黛玉死後,作者定即擱筆。惟其爲寶玉起見也,故此書之擱筆,直待至寶玉出走之後。近人多謂此書爲黛玉而作,故往往硬指黛玉爲某人。一若《石頭記》一書,專爲某人抒發悲憤而作者,誤也。鄙意林黛玉以及薛寶釵、史湘雲諸人,未必空空洞洞,毫無所指,不過偶遇一人一事,恰巧逢著機會,隨手寫來,并無成見。所以然者,緣此書爲寶玉作,非爲林等作。故《發微》篇中,不必詳,亦無從詳也。

作者定爲曹雪芹,然按之書中所叙明者,又似非曹雪芹,不知此乃曹之故弄狡獪也。曹究竟何如人,世鮮知者。以鄙意觀之,曹雪芹三字,乃作者之所假托,非其真姓名。其所以假托者,必尚別有用意,後之人不能知也。書中所述一切華麗奢侈情形,與夫上下主奴之間種種規矩禮數，非曾閱大眼界及與旗人有關係者，不能道其隻字。鄙意作者必爲漢軍旗人，且常供差內廷及攝政王府中者。何以故？滿蒙旗人，萬無作此書之理，勿庸深辯。純粹漢人，未嘗供差宮廷，不能知其秘事，且非身爲旗人者，曾不能將一切主奴狀態形容出來。書中"克什"二字，旗人謂係清語。作者既知用"克什"字樣，則必曾習清語。既習清語，則必隸屬旗籍。由前之說，則作者既非漢人，非滿蒙人矣，我故知其爲漢軍旗人也。

　　以上所言，對於作者用意，妄加揣測，以管窺天，所見僅此。尚希世之讀此書而有所得者，不以鼻嗤之，則幸甚幸甚。

　　　　　　　　　　　　　　　（《小時報》一九一九年十二月九日）

小說閑評

眷　秋　撰

載於《新聞報》一九二〇年六月七日至六月十九日、六月二十八日至七月二日、七月七日至七月二十二日、七月二十五日至八月十九日、八月二十一日至九月二十一日、九月二十三日、九月二十八日、九月三十日、十一月十六日、十一月二十一日、十一月二十三日、十一月二十四日、十一月二十六日至十一月二十八日、十一月三十日、十二月二日至十二月四日、十二月六日、十二月九日、十二月十一日、十二月十三日、十二月十四日、十二月十六日、十二月十九日、十二月二十九日、一九二一年一月五日、一月六日、一月九日至一月十一日、一月十七日至一月二十日、一月二十五日、一月三十日、二月一日至二月三日。作者眷秋，生平不詳，曾發表《小說雜評》等。作者對小說的文體界定比較明晰，"筆記、評話，今人多統名爲小說，實則筆記門類甚雜，或搜集掌故，或考訂經史，或博采風俗，皆非小說。"故文中評論的小說亦基本上都是現代意義上的小說，如《水滸傳》《紅樓夢》《蕩寇志》《兒女英雄傳》《儒林外史》《花月痕》《海上花列傳》《西遊補》《二十年目睹之怪現狀》《聊齋志異》等，并時見卓論。其認爲舊小說中最膾炙人口的當屬《水滸傳》與《紅樓夢》，就是因爲二者能集衆長而無其短，"沈痛豪放之作，其弊易流於粗獷，而《水滸》則無之。言情之作，易涉纖佻；記述社會瑣事，往往失於蕪冗；影射秘史底，面目難期吻合，遂不免割裂拘牽。《紅樓》固兼言情社會歷史而一之，獨無諸弊。"其在《水滸傳》中還看到了施耐庵改造社會的宏願，實際上也是晚清小說觀的延續。當然，作者并不純以思想價值評判小説高低。學界常不屑一顧的《蕩寇志》在這裏就得到了精細的分析與較高的評價。眷秋認爲"《蕩寇志》開拓思想處,遠不逮《水滸》,而文章呼應,結構謹嚴,則頗多可取。"在他看來,《蕩寇志》的人物刻畫、情節安排、戰場描寫等都不遜色於《紅樓夢》。在名著的續書中,本文還青睞《西遊補》,嘆其思想詭譎幽微,用心良苦而想象出塵。其他如《兒女英雄傳》《海上花》等小説,但有一日之長,本文即不吝贊賞,其甚至夸贊《兒女英雄傳》"似欲合《紅樓》《水滸》於一爐而治之,又力避誨淫誨盜之嫌",而又敏鋭地指出其消遣的特質,不同於《紅樓》《水滸》的怨憤之書,可謂慧眼獨具。作者對舊小説高度評價,在當時的新舊之爭中對新文學也常有微詞,如文中就譏諷説:"近人提倡新文學,主張用白話,謂文言藻飾失實,然觀其所著小説,反不注意談吐。老嫗或談政治,僕婦或談哲理,但求炫己之長,遂忘書中所記者爲何人。又或有不解白話者,妄意造作,支離隔塞,乃不可解。"相比而言,其對舊小説還抱有更多的温情與敬意。

少嗜小説,長遂成癖。飯餘寢後,常不釋手。偶得佳著,輒復忘寐。瀏覽既畢,則回環復誦,偶或雜然并陳,隨意所取,卷帙既亂,次第俱紊。且妍媸雅俗,不復審擇,雖販夫走卒所欣然樂道者,亦資以悦目。爲日既久,間有所得,則又拉雜彙記,自詡會心,酣嬉其中,殆不自知其可笑也。頃獨鶴囑爲筆記,即録以應命。辭賦雕刻,且爲小道。等而下之,更奚足取?亦所謂作無益之事,聊以遣有涯之生而已。

舊小説中膾炙人口者,厥惟《紅樓》《水滸》。兩者相較,則《紅樓》尤佳。小説引人入勝,在能刻繪人情,描摹口吻。兩書固皆擅此長,惟《水滸》所寫僅江湖豪俠,而《紅樓》則萬類俱包。譬之詞,稼軒豪放沈痛,等於《水滸》;《紅樓夢》則與之清真之集大成者也。

世人或以《紅樓》爲言情小説,實則言情不過一部分而已。其記述社會風俗及人情變幻,詳悉靡遺,固社會小説也。又,黍離之悲,深藴於懷,宮闈秘事,處處影射,則又歷史小説也。僅以言情稱《紅樓》,其視《紅樓》淺矣。

(《新聞報》一九二○年六月七日)

沉痛豪放之作,其弊易流爲粗獷,而《水滸》則無之。言情之作,易涉纖佻;記述社會瑣事,往往失於蕪冗;影射秘史底面,難期吻合,遂不免割裂拘牽。《紅樓》固兼言情、社會、歷史而一之者,獨無諸弊。此二書所以爲名著也。

《紅樓》開場處,乃是楔子。書中之事,始於甄士隱。故"當日地陷東南"一句,方爲全書之始。叙姑蘇事而追溯地陷東南,可謂奇絶。然作者於此,實有隱痛。思陵殉國,明社雖屋而實未亡。自南都淪陷,事乃不可爲。作者所記,乃清初之事,故以明亡爲起點。所謂地陷東南者,明其書所記爲南都陷後事也。弘光被虜,朝士之志行薄弱者,相率擇新主。清廷收取諸郡,漸成統一之業。故甄士隱之解《好了歌》,沉痛淋漓,極述興衰之感,而歸結於"反認他鄉是故鄉"數句,純是黍離麥秀之悲,並非尋常悟道語。否則,但言悟道,萬事皆空,無所謂爲人作嫁也。

(《新聞報》一九二○年六月八日)

描寫社會情狀,非熟於其事者不辦。《水滸》記江湖豪俠,性情事迹無不吻合。即監獄之黑暗、吏胥解役之陰毒險狠,亦惟妙惟肖。獨至豪貴之起居、官吏之作惡,雖極力刻畫,苦難盡致。書中寫梁中書、蔡九知府、黄文炳等,固極欲狀其奸惡,然不能躍然紙上,未如何濤、黄安、董超、薛霸等之確似有其人也。又如柴進、盧俊義皆在天罡,盧且爲梁山副魁,耐庵於此當無不力寫,然試閉目一思,總覺惝恍模糊,不知此二人究竟是何形狀。若魯智深、李逵,則但道其名，即覺有橫眉怒目之莽和尚與野蠻無禮之李大哥在目前。此非耐庵厚於魯、李而薄於盧、柴，實習與不習之別也。施耐庵之身世固無從知，就其書推測，則一江湖落拓之文人，憤官吏之貪污，乃從屠沽牧豎與夫鄉曲之輟耕隴畔者游，且筆之於書，一吐其不平之氣。耐庵之身世既如是，故山林暴客、官署吏役以及拳師、酒保、獄囚、乞丐之生活，皆所習知，而富貴生涯則未嘗見慣。蓋其人既向爲耐庵所唾棄，豈屑與之周旋？即耐庵不拒，而高堂華屋又豈肯令豪放之文人寒士厠身其間？於是耐庵之寫盧、柴，乃不得不出於想像。柴貴爲王孫，盧貴爲員外，耐庵知其非可與三阮、李、武等齊觀，乃別立一格，力避棄曰。顧雖脫去莽夫無賴之氣習，而雍容華貴，終失棄真。譬之畫龍無睛，神采索然矣。

（《新聞報》一九二〇年六月九日）

　　大刀關勝爲五虎將之一，耐庵極寫其神武從容，意在描摹儒將風度。然至今觀之，終覺似廟中神像，殊乏生意。蓋由耐庵胸中少儒將範本，其取材不外世俗所傳之關壯繆，遂至一舉一動皆近於作僞。《蕩寇志》寫雲天彪，與耐庵寫關勝，同一筆法，亦不佳，惟稍具書生氣耳。

　　寫戰陣之事，亦《水滸》長處。惟無紀律之野戰，尤爲生色，如三打祝家莊等是。至於官軍之佈置，如關勝、呼延灼之征梁山，董平、張清之守東平、東昌，皆鮮精彩，不如《蕩寇志》當行出色。固由耐庵不欲助官軍張目，亦未始非尺有所短。而賺金鈴吊掛一節，尤爲無稽。梁山去西嶽甚遠，中隔東京，何能任梁山將士從容西去。即曰去時改裝易服，既鬧華山以後，沿途關隘，豈無人注意，竟任其整旅而歸？至歸途過芒碭，則地理尤誤。

（《新聞報》一九二〇年六月十日）

《紅樓》以南方爲眞，北方爲假。觀甄賈兩姓所居之地自明。香菱出於甄氏，且眉間有朱痣，疑是朱氏之後淪落於北都者。書中記此人，皆用特筆，如幻境名册，副册中獨此一人。又全書一起一結，皆甄士隱及香菱事，亦一大關鍵。

　　《水滸》所載詩歌，皆別成一格。如五台山"九里山前"一首，一句一轉，全不相涉，而神妙絕倫。又如白秀英所歌"新鳥啾啾"一首，僅二十八字耳，乃寫盡人生。聖嘆謂句句打入雷橫心坎，實則千古傷心人同聲一哭，感動心脾者又豈止插翅虎？

　　　　　　　　　　　　　　　（《新聞報》一九二〇年六月十一日）

　　人皆知耐庵憤官吏之貪污而作《水滸》，而不知耐庵之抱負固不僅如是，實欲改革社會，別建一理想之國家也。試觀梁山之組織，因材而使，各任其職。雖秩序井然，而待遇禮節一切平等。又如侯健、孟康、蕭讓、金大堅、安道全、皇甫端、陶宗旺、曹正之流，或業裁縫，或工繕刻，或知醫理，或爲土工屠沽，各具一藝之長，皆在英雄之列。因知耐庵之意，視一切工作雜技，其身份與運籌帷幄、決勝疆場者無輕重之別。自來作小說者，但知崇拜英雄、名士、美人，於尋常人物罕有留意者，即或寫及屠沽走卒，亦必別其人於常人，寓慨嘆英雄淪落之感。若耐庵所寫之屠沽，不過尋常之人，初不必特具他長。其意蓋謂即此裁衣、造船、築城、製炮，即是英雄事業，更不必他求。書中寫宋江爲總魁，而其弟宋清僅掌筵席，正所以示山中無貴賤之別。金聖嘆謂寫小宋"惟酒食是議"，實貶宋氏，是不知耐庵苦心者也。

　　　　　　　　　　　　　　　（《新聞報》一九二〇年六月十二日）

　　《蕩寇志》一書用意與《水滸》完全相反。崇拜梁山豪傑者多斥其謬，實則時代不同，思想自異，亦未可繩以一格。施耐庵流落江湖，目睹官吏之貪污，憤不可遏，故寄斧鉞於豪客。俞仲華則參佐戎幕，深恨盜匪之縱橫，頗欲一網打盡爲快。而後世之盜匪，又恒自命，以梁山之人爲範，實則祇能學其殺人越貨，於鏟除貪暴之旨迥異。故仲華從根本救治，先取梁山一百八人，一一聲其罪而誅之，以杜好亂者之口。非與耐庵作對，實環境感觸，迫之使然。讀者自當分別觀之。

《蕩寇志》開拓思想處遠不逮《水滸》，而文章呼應，結構謹嚴，則頗多可取，如北固橋郭英賣馬一則，可謂極悲歌咏嘆之致。雖耐庵文中，亦未能多覯。

（《新聞報》一九二〇年六月十三日）

《蕩寇志》叙宋江焚掠安樂村，如火如荼，頭緒千端，而能一絲不亂。其結構似取材於《三國志》之長坂坡，然實青出於藍，而"火光中望見替天行道的杏黄旗"一語尤爲妙絕。既歷述焚掠之慘而忽綴以"替天行道"一語，盜賊之作僞畢現。今人好言國利民福，而察其所爲，莫非禍國禍民，殆亦替天行道之類歟？

（《新聞報》一九二〇年六月十四日）

《水滸》瓦官寺智深聞之詩及黄泥崗白勝所歌之詩，全用白話，大似今之新文學家。所作不特格調相似，詩旨亦然。瓦官一首，似爲女子鳴不平。在白勝所歌，如"農夫心内如湯煮，公子王孫把扇搖"二句，平淡無奇，而貧富之苦樂不均，躍然紙上。雖累千百言，未必能如此十四字刻畫之精。文字感人，其理甚微，有以少勝多者，此類是已。

（《新聞報》一九二〇年六月十五日）

《水滸》長處在描摹人物，各有其性情體態。《蕩寇志》則無甚區别，書中惟陳氏父女及劉慧娘、祝永清神采奕奕，其他則不免雷同，如張伯奮、張仲熊及鄧、辛、張、陶之類，同是一種面目，無從分別，如廟中所塑金剛及戲臺上之龍套，但覺其爲同類而已。

小說中描寫人物態度，能分別纖微之同異者，允推《紅樓》《水滸》。書中人物，雖性情相近，身世則各不同。《紅樓》諸人同處一時，區別尤難，然而全書中所寫數百人，男子惟香憐、玉愛，女子惟李紋、李綺不易區別，此外莫不類頰上三毫，栩栩欲活。雖賈薔、賈芹、麝月、秋紋等不關重要者，亦各自有其聲口，不容混淆。設想之精，直無倫匹。

（《新聞報》一九二〇年六月十六日）

人性不同，千變萬化，雖同一粗莽，亦各不相犯，如《水滸》寫魯、武、李等，蹊徑迥別。《蕩寇志》惟陳麗卿以女子之身而蠻憨不羈，尤妙在蠻憨之中復不失其武媚，可謂奇絕。其餘寫英雄憤激之狀，則無甚同異。譬如初至滬者，見印度巡捕，但覺紅頭卷髮，千篇一律，無從辨其爲甲爲乙。《水滸》中如宣贊、郝思文、韓韜、彭玘、龔旺、丁得孫、陳達、楊春、童威、童猛、杜遷、宋萬、孔明、孔亮、鄒淵、鄒潤之流，亦犯合掌之病。惟名列地煞，不甚重要。若天罡諸人，則惟解珍、解寶不易辨別，其他張橫、張順、三阮、楊雄、石秀、朱仝、雷橫等，則雖性質相類，而體態迥殊。

（《新聞報》一九二〇年六月十七日）

《蕩寇志》頗似暗射洪楊事。如洪秀全晚年失明，宋江則損其一目。向榮久圍金陵，中途而沒，曾氏繼之，始奏全功。徐槐亦先圍梁山，未破而死，叔夜及雲、陳乃收其功，事迹亦甚相類。陸建瀛督師，以事爲洪楊所挾，遂留滯中途不進，與蔡京之征梁山尤爲吻合。洪楊外郡全失，聚殲於金陵，宋江事亦然。若係偶然相合，斷無如是之奇。惟俞龍光謂其父仲華歿後數年，金田亂作。子紀父事，當無誤理。意者洪楊定後，或取仲華原作而加以改竄歟？

(《新聞報》一九二〇年六月十八日)

《蕩寇志》敘事不亞於《水滸》，如陳氏父女避難，如安樂村焚掠，如唐猛取參仙，皆能令閱者身入其境。至於寫戰陣之事，如計取沂州，玉山郎伐猿臂寨，三打兗州等，則較《水滸》且有過之而無不及。

《蕩寇志》既以斬伐賊盜爲宗旨，而又寫一猿臂寨，在仲華之意，以此示模範。然既不作盜，惟有安居守分。嘯聚山林，而自稱忠於王室，豈不奇特？至於描寫山中諸事，雖亦井井有條，然實爲官署，決非草澤英雄之生活。蓋仲華一身作幕，習見者如是，固不知山林中人作何狀也。

(《新聞報》一九二〇年六月十九日)

俞仲華著書，旨在教忠，然而矯枉過正，反令讀者不耐。如李成刺楊志，云"臣多一友，君少一臣"，自謂名言，殊形殘忍。又如高俅之惡，而困於蒙陰後，雲天彪尚謂"太尉乃朝廷大臣，蒙陰乃天子疆土"，讀之令人肌欲起粟。仲華於此，殆忘好惡拂人之戒歟？

《兒女英雄傳》描摹風俗人情，無不入妙。作者之意，似欲合《紅樓》《水滸》於一爐而治之，又力避誨淫誨盜之嫌，故別立一格，處處以天理人情爲歸。《紅樓》《水滸》作者別有感觸，欲假稗官一吐其怨毒憤激之氣；《兒女英雄傳》則文人消遣而已，故意旨迥殊，亦環境使然也。

安龍媒赴淮安途中，情景宛然北方旅况，而描摹不知世故之世家子弟，及陰狠險毒之騾夫，神情口吻，一一畢肖。其他店主店夥以及串店之流娼、售技者流，雖屬點綴，亦精細深刻。非身歷其境者，不能道隻字。

(《新聞報》一九二〇年六月二十八日)

《兒女英雄傳》之口白最佳，處處顧及書中人之身份，如安氏父子吐屬雋雅，雙鳳則聰慧流露，佟氏姑嫂儼然旗人。其他如鄧九公之粗豪、張老夫婦之村野，亦各有其聲口，絲毫不紊。小說敘述人之言語，本以肖妙爲貴。雖文言小說述及村嫗之言，亦當別於常語，如《聊齋》即是其例。吾見今人作白話小說，述車夫僕役之言，乃雜以詞藻，甚且用駢文，典麗則典麗矣，其如不合身份何？

（《新聞報》一九二〇年六月二十九日）

《兒女英雄傳》之精彩在前半部，如悅來店、能仁寺、鄧家莊、青雲山以及張金鳳之試玉郎、勸何玉鳳，皆用全副精神描寫，淋漓盡致。至成大禮以後，雖尚可觀，較前半部則精神迥異。吾頗疑此書後半部係另一手筆。蓋全書本五十三回，故一名《正眼法藏五十三參》，今存者僅四十回，顯有割裂。某氏之序，亦謂曾經刪改，正恐不僅刪改，直有易其結構者。前半部敘十三妹磊落不羈，縫紉且非所習，遑論米鹽瑣屑。後文竟能持家，相差太遠。至雙美激新郎一回，雖作者之意在針砭紈絝，確中其弊，但以豪宕雄邁之十三妹，忽變爲老學究醉心科名，殊覺不類。"人無風趣官多貴，案有圖書家必貧"，乃憤世嫉俗之詩，竟用作十三妹規勸夫婿求名之資料，殊失原詩之旨。

（《新聞報》一九二〇年六月三十日）

近人提倡新文學，主張用白話，謂文言藻飾失實，然觀其所著小說，反不注意談吐。老嫗或談政治，僕婦或談哲理，但求炫己之長，遂忘書中所記者爲何人。又或有不解白話者，妄意造作，支離隔塞，乃不可解。吾嘗見一新文學家之譯本小說，第一句即云"你是什麼了"，不禁大笑。蓋中國語言中實無此五字也。

（《新聞報》一九二〇年七月一日）

《兒女英雄傳》前後矛盾,不僅十三妹之性情態度,即安氏父子亦然。前半部寫龍媒極純謹,成大禮後,乃忽成紈絝氣習,雖有補筆,終嫌太驟。至安水心,則更顯然有別。安在河工,執正不屈,乃寫其有氣節,並非迂腐不化。試觀其鄧家莊籠絡鄧九公,青雲山勸導十三妹,是何等才智,何等胸襟,豈書癡所能爲? 而後文竟成一酸腐不可耐之學究,動輒背《四書》,似於人情世故全無感覺者然。減色多矣!

前半叙水心父子皆極謙和,故水心一見九公,即傾心揖拜。後文乃忽倨傲,褚一官向龍媒拜跪,龍媒竟受之不辭,可謂謬極。以鄧氏交誼已不應如是,況褚大娘子固水心之義女,則褚與龍媒亦郎舅之親,豈得一烏里雅蘇臺參贊大臣,遂盡忘舊事耶?

(《新聞報》一九二〇年七月二日)

《兒女英雄傳》中長姐之事龍媒,亦臨時羼入者。蓋前文叙長姐不過一尋常婢女,後欲爲作妾地步,乃時時涉及,補苴之痕迹顯然。且每及此人,必用皮裏陽秋,似深有惡於其人,假此以泄憤懣,決非作者原意。此外,叙事之文筆,前後亦多不同。前文涵蓋一切,氣象萬千;後文則近於纖巧,惟尚能可以描摹,故差可讀。若《續傳》,則不堪入目矣。

(《新聞報》一九二〇年七月七日)

《續兒女英雄傳》與《彭公案》《施公案》等同是一類,更爲陋劣。且到處抄襲,叙何玉鳳射箭,直抄《前傳》之對鏢,尤爲可笑。小說叙善射者,先以一箭射天,俟其轉落,復射一箭,使箭簇對激,頗見精彩。然諸書皆有,如《兒女英雄傳》十三妹之奪鏢、《蕩寇志》陳麗卿之教場試射、《儒林外史》蕭昊(軒)之子練習彈弓,皆用此法,正不知孰爲抄襲也。

(《新聞報》一九二〇年七月八日)

《儒林外史》可謂社會小說之祖。其他小說，如《紅樓》《水滸》亦偶記社會黑暗，然別有正旨，不過涉筆成趣，偶一爲之而已。若專記社會種種醜狀，集雜事成一篇者，則實昉於《儒林外史》。此風一開，後之踵起者，不計其數，終莫能駕而上之，其才可知矣。

《儒林外史》寫文人，怪象百出，如嚴大位之鄙吝刻薄，權勿用之矯情詭詐，匡超然之險狠，牛浦之無賴，杜慎卿、季葦蕭之放蕩不羈，周進之老而無用，燃犀鑄鼎，無微不現。尤妙者，則寫馬純上勤樸誠懇，絕無貶詞，而儼然有一腐儒在紙上。至其遊眺西湖，引《中庸》數語作贊，更爲妙到毫顛。

(《新聞報》一九二〇年七月九日)

滑稽小説不易著筆，既以發笑爲主，尤須顧及事理。否則，過於怪誕，反覺不經。《儒林外史》寫范進之岳父，爲范進醫瘋疾，既欲求其愈，又不敢打新貴，赸趄之狀，令人笑不可抑，寫盡市儈迷信、勢利之心理。昆曲有《勢僧》一折，與此用意相同，然其變幻太速，轉覺於事理不合。

《儒林外史》趣事甚夥，如某屠戶訛詐市僧，如嚴大位以雲片糕欺船戶，如牛浦郎之給牛玉圃，如匡迥自言他人供匡超人夫子之神位，如張鐵臂之人頭會，皆極淋漓盡致。尤妙者，則季葦蕭騙杜慎卿訪來霞士，及陳和尚向其岳父賴豬頭債，可謂妙絕，至今猶有撏拾其意者，沾溉後人不少。

(《新聞報》一九二〇年七月十日)

文字之優劣，所差在幾微之間，有非言語所能形容者。《儒林外史》述杜慎卿爲人改詩，於"桃花何苦紅如此"加一"問"字，易爲《賀新郎》詞句。僅加一字，遽已點鐵成金。作者於此可謂度盡金針。

《儒林外史》所紀，皆實有其人，如馬二先生爲馮粹中，權勿用爲是鏡等，前人均已指出。是鏡自命理學，規行矩步。一日遇雨，四顧無人，乃跳溝趨歸。不意橋下有避雨之童子，大呼"是先生跳溝矣"。鏡亟與以錢，禁勿告人。《外史》紀權勿用之行爲，頗與此相類。惟謂匡迥爲汪中，則未免厚誣容甫矣。

（《新聞報》一九二〇年七月十一日）

　　小說寫英雄、美人、名士以及奸惡、鄙吝之人，均易著筆，惟醇儒難生色。蓋如太羹元酒，味淡而彌永，非可以辭藻襯貼也。《儒林外史》可謂生龍活虎之筆，然其書中上等人物三人，甚難描寫。杜少卿帶名士氣，莊尚志略有謀略，尚易爲力。虞博士則直是渾金璞玉，乍讀之，似毫無長處，而作者於此費盡心力矣。

（《新聞報》一九二〇年七月十二日）

　　《儒林外史》以祭泰伯祠爲書中第一大事，此真乾嘉間經生之心理。至今視之，覺索然無味。然藉此可想見當時太平閒暇景象，今人顛沛流離，神志無一日獲安。對此，能無慨然？
　　《儒林外史》《紅樓夢》同爲影射時事之書。《外史》所紀者，皆學究名士，無所顧忌，故大略可考。《紅樓》則紀宮闈秘事，故閃爍迷離，不可捉摸。或於《紅樓》所寫諸女子，亦一一指實其人，不免穿鑿。
　　警幻仙於演唱《紅樓夢曲文》時曾言："此曲不比塵世所填之曲，必有生旦淨末之別。或咏嘆一人，或感懷一事，偶成一曲，即可譜入管弦，非個中人不知其中之妙。"全書要旨，盡此數語，後人何必強爲附會？

（《新聞報》一九二〇年七月十三日）

《紅樓》所指之事，言者不一。袁子才謂指隨園女弟子，不特掠美，時代亦異。或又因神瑛之名，謂指姜宸英在明珠府中之事，以明珠二字足對寶玉，又引《飲水詞》中"紅樓"、"瀟湘"等字面爲證，未嘗不自圓其說。然而終覺牽強，仍以指宮闈者爲近是。
　　《紅樓》之紀宮闈，不獨開卷"地陷東南"一語足爲明證，其他隱證，亦處處可尋。如賈氏一門之起居儀注，皆儼然帝室，非尋常世家所有。又如寶玉房内階級分明，竟有禁地。而黛玉别號竟稱妃子，皆故爲流露處。至襲人之名，屢用提筆，引人注目，亦是要旨。蓋襲人者，明言龍衣人耳。

（《新聞報》一九二〇年七月十四日）

　　《紅樓》所紀諸人，雖褒貶在言外，大略可知。惟李紈母子最異，竟不知是褒是貶。以書中所紀諸事論，顯爲完人，而幻境圖册題詞，則謂"如冰水好空相妒，枉被他人作笑談"，又《紅樓夢曲》中亦謂"戴珠冠，披鳳襖，也抵不了無常性命"，又謂"威赫赫爵禄高登，昏慘慘黄昏路近"，皆含有微詞，且事迹亦不類。

（《新聞報》一九二〇年七月十五日）

　　名册題詞，多不可解。如"如冰水好"一句即甚晦，又如題王熙鳳者謂"一從二令三人木"直類古讖。此外，語句雖明，而用意離奇，如"停機德"而加"可嘆"二字；又，咏元春者，忽云"二十年來辨是非"，皆令人莫名其妙。咏探春詩一云"才自清明"，又云"清明涕送"，疊用"清明"二字，亦可異，殆指所述者爲明末清初之事歟？清世祖因董鄂妃逝世，遂敝屣萬乘，近人考證甚多，殆已成信史。吴梅村《清凉山贊佛詩》既云"可憐千里草，萎落無顔色"，又云"王母携雙成，緑蓋雲中來"，切合董字，不啻明言，則《紅樓》之寶玉却塵緣，蓋係指此無疑。惟董妃是否小宛，尚爲疑問。據《影梅庵憶語》及梅村《吊董白詩》"欲吊薛濤憐夢斷，墓門深更阻侯門"，觀之小宛被劫，亦無可疑。惟順治入關，尚在齠齔，小宛已早爲南都名妓，年齡未免相差太遠。則鄂妃與小宛事，是一是二，不可知矣。

(《新聞報》一九二〇年七月十六日)

《紅樓》記黛玉自悲境遇，每以後主之眼淚洗面自況，又屢用宋太祖滅南唐諸典，亦甚可異。黛玉雖孤苦，然寄居舅家，與李後主之亡國見囚者，似不可并論。至寶釵回家度節，亦尋常事。湘雲遽謂臥榻之側不容酣睡，尤爲擬於不倫。或謂此係指香妃事，蓋香妃國亡被虜，與小周后之見侮趙氏者，境遇正同，亦未嘗無見。特時代稍覺不符耳。

(《新聞報》一九二〇年七月十七日)

《紅樓夢索隱》謂劉姥姥指劉三秀。三秀以虞山富孀，忽爲豫王多鐸所虜，竟醮爲福晉。其事甚奇，雪芹紀當時事，三秀自亦在其列，但即謂係劉姥姥，總覺不盡吻合。至謂送宮花，即係京樣手鐲，亦似過於穿鑿。

劉三秀事離合悲歡，直非人理想所及。可知人事之奇，更出小説家摹擬之上。倘以此事演爲小説，必稱奇觀。惜紀其事者，竟無佳著。《過墟志》雖係舊作，拖沓無生氣。毛對山之《孀姝奇遇記》筆墨簡潔，但篇幅太多，比之《聊齋志異》之類，可稱佳構；以小説論，則覺大材小用。

(《新聞報》一九二〇年七月十八日)

明末清初之事，可作小説資料者甚多。以小説取材，大抵記述英雄、美人、名士之軼事。其可所以動人者，或紀亡國之痛，或寫男女情感。明季之事，則數者兼備，且離合奇幻，迥出人意外也。清代文網甚密，文人恐觸忌諱，故《桃花扇》以外，小説紀述明末事者甚尠。今清鼎已革，亦竟無人爲之，則可異矣。

近人有以劉三秀事演爲《鶼鰈姻緣》，旁取錢牧齋、柳如是之事參綴其間，用意甚是，取材亦極佳，惜才氣太弱，僅就《過墟志》《墨餘錄》諸書,易爲白話,略加點竄,類於迻譯,遂致索然寡色。蓋由作者不解體裁,誤爲筆記與評話同爲小說,而不知兩者雖相類,蹊徑迥異。

(《新聞報》一九二〇年七月十九日)

筆記、評話,今人多統名爲小說。實則筆記門類甚雜,或搜集掌故,或考訂經史,或博采風俗,皆非小說。若《嫵姝奇遇記》,固是小說矣,亦迥異乎評話。蓋筆記之描寫處貴簡潔,而評話之描寫則尚烘托,精神不同,非僅文言、白話之別,亦非僅文字長短之差。又,歐美所謂短篇小說,別成一格,大抵先立警喻之旨,擇取人生習見之事,四面渲染,使讀者得一徹悟之印象。或以吾國之筆記擬之,殊不類。吾國筆記小說,惟《聊齋》短篇中間或有之,亦不多也。

(《新聞報》一九二〇年七月二十日)

善爲小說者,紀事頗費經營。或所述之事,數語可盡,一經演繹推闡,遂成長篇。或其人之事,本甚複雜,而芟節剪裁,僅取精華,初不必詳錄其實,類乎修史。《鶼鰈姻緣》紀劉三秀事,處處拘於取材之書,遂致板滯。蓋以此事作小說,於三秀忽然變節之心理,應有深刻之描寫。否則,人但取原書讀之,豈不省時,何必耗費光陰讀此演義哉?

(《新聞報》一九二〇年七月二十一日)

作小說者,自各有一定之宗旨,但須於書中之事迹及描摹之處用力,使讀者自生印象。若時時立身書外,申言作者之意,則是笨伯。譬如《水滸》因憤恨社會不平而作,《紅樓夢》紀寶黛事極言婚姻不自由之害,然作者從未自言其旨,亦從未加以論,曲曲寫來,讀者自能知其深義。若一再宣明,反成嚼蠟。

小説之宗旨,固不可特作申明,即人物臧否,亦貴含蓄。如《水滸》寫李逵,從未加以天真爛漫、直爽可愛之批評;如《紅樓夢》寫寶釵、襲人,從未加以陰險刁詐之貶詞。然而至今讀其書者,莫不知之。若在尋常小説,則必於一人出現時,先辨別其賢否。殊不知紀述事實,果能盡力,善惡自見,何必多畫一次蛇足?

(《新聞報》一九二〇年七月二十二日)

近人紀上海青樓遊冶之事者多矣,最能狀陰險詐偽之實者,莫如花也憐儂之《海上花》。然而,《海上花》於戒冶遊之旨者,從未題及一字,非如他書屢申懲儆之旨。即其所寫諸人如黃翠鳳之詐、林素芬之貪、吳雪香之嬌憨、周雙玉之深心、趙二寶之癡情,但於語言行止中自然流露,作者從不加褒貶之詞。非如他書,將寫一事,必先言遊客之如何昏愚、妓女之情如何虛詐,反覺索然無味。

(《新聞報》一九二〇年七月二十五日)

小説佳處,在描摹畢肖,務使構成之虛境引人入勝,信爲確實,然後能動人。若預言其偽,則閲者先存姑妄言之、姑妄聽之之想,何能領悟?在作者之意,或恐過於晦澀,失勸懲之旨,而不知小説妙用,貴能引起閲者之判斷。譬如偵探小説,若先將案情真相披露,有何趣味?譯《黃金血》者於書中故作疑陣處,皆一一注明其偽,是皆不解小説之妙用者也。

(《新聞報》一九二〇年七月二十六日)

《海上花》一起甚佳。叙花也憐儂墮入花海,與趙樸齋相撞,即轉入書中,絶無痕迹。以後純用此法,凡一事既了,另紀他事,必化盡斧鑿之痕,從不另起爐灶。如施瑞生將訪袁三寶,忽見另有兩人入内,接叙袁三寶回身見客,即易爲高亞白事迹。又如陳小雲至一笠園赴宴,過莊荔甫,即轉敘莊荔甫返至陸秀林處宴客。關笋之妙,能令讀者不覺轉移眼光,可謂天衣無縫。其他類此者甚多。

(《新聞報》一九二〇年七月二十七日)

《海上花》書中雖無褒貶,而回目中者頗有用意,如"洪善卿聚秀堂做媒""逞利口謝却七香車""抬轎子周少和碰和"等,皆甚明顯。其他各回目亦多有用意,不可勝數。《海上花》不特體例精嚴,即敘事寫情,亦多入微。學《紅樓》者多矣,皆但學蘭亭面者,惟花也憐儂能得其神。書中所紀不外冶遊,而神情態度,栩栩如生,且各有面目,絕不含渾,尤爲難能。

(《新聞報》一九二〇年七月二十八日)

《海上花》終篇並未結束,聞作者本擬續爲後篇,以有人與之爲難而止。蓋書中所紀洪善卿及趙樸齋兄妹,實有其人,且未更易姓名。書出版後,洪大恚,向作者要挾,謂如再繼續,當死於其門,遂中輟。書已傳世,是洪之名譽,終已毀壞,續作復何傷?市儈作梗,令佳作不得完篇,殊可懊恨。惟就書論,起於花也憐儂一夢,終於趙二寶一夢,亦可謂首尾相應,戛然而止,固也無傷。

(《新聞報》一九二〇年七月二十九日)

《海上花》所紀,多當時事。聞王蓮生爲馬枚叔,李鶴汀爲盛杏蓀,齊韻叟爲沈某,高亞白爲李芋仙,史天然爲李木齋,賴頭黿爲勒天亮,黎篆鴻爲胡雪岩,屠明珠爲胡寶玉。如陶雲甫、玉甫、朱藹人、淑人大抵言富家子弟而已。惟方蓬壺爲何人,殊不可考。或謂天南遁叟,或謂袁翔甫,兩人皆無此寒酸。或當時別有一斗方名士耳。

(《新聞報》一九二〇年七月三十日)

《海上花》所載詩詞文字雖少，然頗精。尹癡鴛之絕世奇文，真可謂別開生面。白戰酒令，尤爲神妙。小說載詩詞，偶然點綴，可助興趣。若魏子安之《花月痕》，則嫌過多。

《花月痕》與《海上花》所紀之事相類，而意旨迥不同。《海上花》乃鑄鼎象奸，《花月痕》則墜入情網，不能解脫。故所摹寫之人物事迹，一則務求近實，一則全屬理想。此由於作者境遇不同。花也憐儂姓名、身世俱不可考，以意度之，殆飽閱世態，藉小說爲消遣者。若魏子安則少年高捷，忽遭挫折，致褫奪終身，遊幕以終，憤激邑鬱之氣無可發泄，乃縱情花柳，復虛構秋痕、采秋諸人，慰其牢騷，無怪乎回腸蕩氣，不能自已也。

（《新聞報》一九二〇年七月三十一日）

《海上花》書中於所指之人，略用暗點。如王蓮生之擅英語，李鶴汀所歡之仆婦爲盛姐。又，尹癡鴛以"贊禮佳兒"屬小贊作對，對以"尚書狎客"，是暗指韻叟官階，皆書中眼目。

理想中人物，求之於世，不可得，則寄於小說，亦古今作者恒見之事。惟雖屬理想，亦不可過於虛誕。《花月痕》寫情造境，皆極用力，但細按之，終覺世無其事。文人談吐，有時固異乎流俗，但如韋、韓諸人，開口即是，未免太迂。如荷生初見采秋時，一段談話，全是駢文。如此談話，未免太費力矣。

（《新聞報》一九二〇年八月一日）

《花月痕》詩詞甚多，直是專集作者之意，殆欲藉此以傳。惟格調不甚高，作者自命玉溪學杜，實則力摹王次回，有以纖佻譏之者。惟書中所紀，既是冶遊，似不嫌過於艷麗。其大病則在千篇一律。韋、韓兩人性質既不盡同，所爲之詩宜有區別，乃竟聲口無異，未免令人生厭。至其寫情，哀痛處亦頗有佳，固未可盡沒耳。

《花月痕》寫韋、韓兩人抱負非常，然事迹無可表見。韓之戰功,已不過爾爾;韋則迂拘無能,處處黏滯,雖名士落拓,亦不應如是。近有某君評魏子安之書,謂癡珠之智能,不能制狗頭與李裁縫,遑言治國? 其言可謂譃而虐矣。

《花月痕》後半忽寫戰事,已覺非其所長。至采秋鬥法等事,尤爲妖謬。然此非作者之罪。聞此書成後,乞資於富人某爲之刊刻,而某氏嫌其枯寂,力請加入戰陣及妖法。作者傳世心切,不得已遂允改竄。明末某畫家爲奄宦作山水大幅,宦者見之,以爲缺少人物,囑於林外山間補作三英戰呂布之圖。其可笑與此相類。

(《新聞報》一九二〇年八月二日)

《花月痕》酒令甚多,如鳳字、曲文、算字、澀字等拆字,及四書重字等,皆頗有趣。鳳字酒令係由《紅樓夢》湘雲之酒令脫胎而來,然能變化翻新,且暗合書中情事,故尚可取。

小説中酒令本偶然點綴之筆,必須妙趣環生,方使閲者不厭。如《鏡花緣》之雙聲疊韻,酒令既有花鳥人物等名,又有雙聲疊韻爲限,取材復限於唐以前之古籍,用過者不得再用,而且有百條之多。以言難能,則枯窘誠達於極點,然而閲者則頭昏腦漲。蓋僅紀一夕之宴,已連綴至十餘回。雖静穆者,亦不能耐也。

(《新聞報》一九二〇年八月三日)

《鏡花緣》大旨以《山海經》爲本,設想甚奇。其幻想諸國情形,雖不免附會穿鑿,然各有用意,蓋假此以代社會各種狀況。至於醫卜星相、琴棋書畫、紙牌擲骰、投壺鬥草、射箭舞刀,以至算術、動物、植物,無不談及,尤稱精博。在小説中,可謂別開生面。惟於描摹人物,疏寫事理,不能用力,遂至瑜不掩瑕,甚可惜也。

(《新聞報》一九二〇年八月四日)

小說固有不厭其繁者，如《紅樓夢》劉老老宴大觀園，文即甚長；又如《兒女英雄傳》敘何玉鳳祭宗祠、鄧褚執柯、安水心求婚、張金鳳力說，以及過雁、奠雁，直至寶硯雕弓，完成大禮，數萬言皆一日之事，然變幻甚多，波瀾疊起。閱者方覺山陰道上，應接不暇。初不嫌其冗長，以設境奇妙，隨地皆有動人者在也。若《鏡花緣》之酒令，則沉悶無聊，雖作者極力藻飾，以趣語穿插，而大綱既索然無味，無論如何，終難生色。殆由作者僅知自炫其博，未能設身處地，代閱者作想耳。

(《新聞報》一九二〇年八月五日)

寓言亦小說中之一體。《鏡花緣》則嫌寓言太多，如孟紫芝調侃書畫家，尚有風趣；若卞奢、卞儉之事，已覺太淺。此外，書中人物談話，往往羼入寓言，且流連忘返，與當時神理完全不合，殊失本旨。

小說於人名往往用寓言。《鏡花緣》之卞奢、卞儉，《紅樓夢》之詹光、單聘仁，《兒女英雄傳》之劉住兒、白趕露、霍士端等皆是，但亦關切書中情事。惟《蕩寇志》寫召莊、召忻、高粱、花貂、金莊等，全用酒名；徐槐部下四將任森、務滋、韋楊隱、李宗湯，全用藥名。雖涉筆成趣，但長篇小說中殊不宜。

(《新聞報》一九二〇年八月六日)

《鏡花緣》長於寫科學，如算術、醫理，娓娓而談，皆能動聽。惟寫人之情態，殊無可取。唐、林、多三人，惟林之洋尚能表現憨狀，唐、多已乏精彩。至於百美，僅孟紫芝、林婉如二人，別開面目。自餘諸女子，技藝或有異同，性情神態直是千篇一律而已。

(《新聞報》一九二〇年八月七日)

小說所紀時代，務當記清。《說唐》尉遲恭之師爲李太白，坊肆之作，固不足責，而他書間亦不免。惟《鏡花緣》於所寫時代，處處不忘。酒令所引之書，固皆唐以前古籍。即書中人談話，亦甚留意。偶用識荊之典，自知錯誤，即用滑稽之筆注明，謂"再過幾十年，你就曉得了"。此等細心處，他書所無。

(《新聞報》一九二〇年八月八日)

《鏡花緣》所記地名，亦甚留意。國內地名，皆用唐制。其他小說，多未能如此。如坊肆所刊《粉妝樓》，自西安赴長安，中途經一月餘，實則在一城之內。又，自陝赴滇，而道出山東，亦無理之至。書賈誠不足語此，而小說之蹈此弊者實多。《紅樓夢》地名皆屬僞造，固當別論。《水滸》則已不免誤謬，如宋江鬧華州而歸途過芒碭；又，戴宗由潯陽往東京，而途徑梁山泊；又，楊志自大名解生辰綱赴東京，何以被劫在山東境內？皆於地理不合。前代交通不便，教育未備，猶不足怪者。近人某續《孽海花》，謂張之洞遣張彪駐兵山東，防拳匪，出豫竄鄂，是直以山東爲在河南、湖北之間，豈非怪事？

(《新聞報》一九二〇年八月九日)

《鏡花緣》所紀國外地名，雖怪誕不經，然皆依據《山海經》，非如他書之臆造。如《說唐》《說岳》，所紀外國地勢，皆係直綫形。但見一關之內，更有一關。關既攻畢，國即滅亡，此外別無疆宇，殊爲可笑。《封神傳》叙周武滅紂，但有五關，而由西岐至朝歌，乃先過潼關，後過臨潼，其位置尤奇。

(《新聞報》一九二〇年八月十日)

《封神傳》荒誕無稽，聞爲明季某學究嫁女時所作，以貧不能備妝奩，乃作此代之。其女得此刊行，竟因以致小康。蓋神怪小說本世俗所喜，而《封神》所紀，於荒誕之事，皆列爲統系，且於世俗所傳諸神，一一爲造爲根據，而妄談者始有所本。故其書至今猶傳也。

(《新聞報》一九二〇年八月十一日)

中國舊小說分兩類，一爲文人之作，一爲坊肆之作。文人之作，大抵經營數十年，積一生所見所聞，融會成篇，志在傳世，非以牟利。故小說之佳者，多屬此類。至於坊肆之作，則以利爲旨，成於倉卒，應之者亦鮮通人，故多荒謬支離，罕有可觀。文人之作，發於自動，故有一定之宗旨；坊肆之作出於被動，故但求鋪張熱鬧，引動觀者，別無深意，且多剿襲。如《永慶升平》《小五義》《施公案》《彭公案》等，皆由《七俠五義》化出；如《平山冷燕》《三生姻緣》《鴛鴦夢》等，皆由《西廂》化出；如《後列國志》《征西》等，皆由《封神傳》化出；《說唐》《飛龍傳》，皆由《三國演義》化出，結構既同，事迹亦相類，加以詞句俚俗，思想卑劣，描摹俠義則以捉賊升官爲惟一之事業，寫才子佳人則以私情密約、一夫多妻爲不可移之定例。至於叙述征戰，記載神怪，亦千篇一律。欲求佳著，豈可得哉？

(《新聞報》一九二〇年八月十二日)

以上所紀，爲以前之情形。至近數十年，印刷業發達，小說流行日廣，於是向之文人、坊肆兩派，乃合二爲一。營書業者多聘文人編輯小說，坊肆鄙陋之作，遂漸減少。自一般著作論，可謂較前進步。然逸群絕倫之名著，亦不復可得。以文人既以是爲糊口之業，則成稿務求其速，不暇詳審推敲；又酬金多寡以字數計，則凡可以鋪張點綴者，無不盡力爲之，文字乃不免繁冗之弊。欲求如古之人費一生心血僅成一編者，不可得矣。

(《新聞報》一九二〇年八月十三日)

舊時坊肆所作小說，亦可分爲兩派。一爲北方書肆所爲，如《永慶升平》《施公案》等類皆是；一爲南方書肆所爲，如《三笑姻緣》《珍珠塔》《文武香球》《百花臺》等類皆是。北方小說多京中土語，南方則多用蘇白，辨別甚易。又南方小說多爲唱白間作，蓋彈詞之類也。

（《新聞報》一九二〇年八月十四日）

小說佳處，須能道人所未道，自能動目。若剿襲成規，則神采已滅。《濟公傳》雖俗陋，然其遊戲詼諧，別創一格。如饅頭可治餓病，前胸之虱移至後心即不服水土而死等語，皆足發笑。但亦惟《前傳》爲然，若《後傳》，則詼諧處已多習見，不足稱道。至於《再續》、《三續》，以至《十續》，純是《施公案》《彭公案》之窠臼，更不足觀矣。

（《新聞報》一九二〇年八月十五日）

《濟公傳》所紀者，雖浙、蘇之事，然實北人所作，其談吐風俗皆爲北俗。最可笑者，即杭州、衢州、常州等處，食皆麵餅，卧皆熱炕，可謂固陋。然其滑稽處，頗足引人發噱。殆焦德海之類歟？

（《新聞報》一九二〇年八月十六日）

《西遊記》亦名著之一種。神怪小說往往多致力於變幻奇詭之事跡，於書中人物之性情神態或少描摹。惟《西遊記》爲二美兼備，紀行者道術及群妖魔幻，極恢詭之能事，而四衆之談吐神態，前後一致，絲毫不走。寫八戒之呆夯，開口即是尤妙。

（《新聞報》一九二〇年八月十七日）

《西遊記》雖紀取經事，然書中術語，則釋道兼用，如金公、木母、嬰兒、姹女等，皆非佛經所有。或謂此書實以遊戲之筆寓修道之旨者，言亦近是。

凡長篇小說，往往前後失於照應，遂致矛盾。如《紅樓夢》之訛誤最多，前人指出者已不少，而細加檢閱，仍有未盡。《西遊記》亦不免此弊，如二十八宿，皆孫行者常時驅遣者，而毒敵山一回，行者於昴日星官，乃忽極盡敬禮。奎木狼且化爲黄袍怪，與唐僧爲敵。尤可異者，鬧天宫時，二十八宿絕非行者之敵，而黄袍怪一人反似能頡頏。又，文殊座下之獅子，在烏鷄國假冒國王，已被文殊收伏，後文乃又與普賢之象、如來之鵬同踞山城，亦覺失於檢點。

(《新聞報》一九二〇年八月十八日)

《西遊記》最大之矛盾處，即貞觀之年數遊地獄一回，言太宗僅十三年，崔珏改生死簿，加二十年，是共爲三十三年，而書中之事迹則歷數十年。如陳光蕊中彩贅婚，乃貞觀中年之事。其後陳選官赴洪州，中途遇害，遺腹子爲唐僧。唐僧長成，乃奉命往西天取經，而啟行之時，仍爲貞觀十三年，豈不可笑？

(《新聞報》一九二〇年八月十九日)

續作小說者，往往不佳。以小說各有宗旨，强取他人爐灶，以供己用，處處窒礙。與其因人成事，何如別出機杼？故能手多不願爲，而好爲續貂者，皆庸手俗筆。惟《續西遊記》則不惡。《西遊記》叙佛法，以絢爛神奇爲貴，不免使流俗誤會。《續西遊記》即由此點著想，以取經未得真解爲要旨，闡揚净土，譏諷浮圖，確爲有功世道之作。

(《新聞報》一九二〇年八月二十一日)

《西遊記》叙八十一難，處處皆有用意。如車遲國之戒幻術，六耳獼猴之戒二心，意甚顯明。然亦有深奥晦澀、一時難以理解者。《續西遊記》則處處明言學佛要旨，如七十二塹及造化小兒之圈，設喻皆甚妙。雖渾厚不逮原書,然諷喻世人,則淺近者收效較多。

(《新聞報》一九二〇年八月二十二日)

《西遊記》叙雷音寺,極寫其莊嚴燦爛,阿難、羅漢、揭諦等分列兩班,儼若帝廷。《續西遊記》紀唐半偈至雷音寺,則殿上闃寂無人,轉至後園,始見如來趺坐樹下。兩書雖絕不同,然其用意則一。前書寫其莊嚴,冀世人敬從;後書則專爲鋪陳佛事藉端斂錢之和尚作當頭棒喝也。

(《新聞報》一九二〇年八月二十三日)

續作小說者,其難處在既不可抄襲前文,又不可盡背前書之旨。如《蕩寇志》,自不失爲佳作,然與《水滸》用意相悖太甚,愛《水滸》者讀《蕩寇志》多憤不可遏。蓋前書所寫之英雄,乃一一誅殺,不留餘地,非讀者所能堪也。如《續西遊記》,則既能別辟町畦,而大旨無背前書。相反適以相成,可稱合作。

(《新聞報》一九二〇年八月二十四日)

《西遊記補》爲董若雨所作,共十六回,於原書火焰山熄滅後、掃塔以前,加入一段,結構甚奇,文字尤奇恣突兀,不可捉摸。若雨,明末湖州人,名説,黄忠端門人。忠端殉國,若雨棄家爲僧,改名南潛,以示不事北庭。別號月涵,言爲明月所涵養也。生平著述甚多,有《豐草庵雜著》,凡十種。又有《七國考》及《易發》《運氣定論》《天宮翼》《薄鏡歌發》等,書名皆甚奇。《西遊記補》一編,專紀亡國之痛,起於火焰山熄滅,即寓朱明銷亡之義。書中隱語甚夥,蓋當時文字網密,遺民著述,固不得不爾也。

(《新聞報》一九二〇年八月二十五日)

《西遊記補》全書十六回，皆叙鯖魚擾亂。序言謂鯖者情魔，實則清也。開篇先言綠春時候，隱紀思陵殉國之時。又云"牡丹不紅，徒弟心紅"，二語沉痛之至。蓋朱紅凋零，惟徒弟之心尚不忘耳。第一回言如此"青青春野"，急欲逃去，又言"他是在家人，我是出家人。共此一條路，只要兩條心"。正作者遁入禪門之旨。既惡清室，一切青字旁之字，皆在所鄙棄。可謂耿耿孤忠，有觸即發。

（《新聞報》一九二〇年八月二十六日）

作小説者，從無獎勵殺人之理。談佛經者，更以慈悲爲要。惟《西遊記補》於孫行者打殺春男女，則極稱許。其後大聖轉念，謂不應妄殺無辜，作者反謂一念慈悲，如墮魔障。蓋當時貳臣之降清者，莫不以保全生靈爲言。即義師中，亦有不忍蹂躪地方，解甲自殉者。在作者視之，即以爲此輩青青春野之男女，不如盡數打殺。忠誠固可憫，然亦太忍矣。

（《新聞報》一九二〇年八月二十七日）

西方路幻出新唐，殆指唐王隆武。"凌霄寶殿被人偸去"一語甚奇。又云妖精用計，奪去靈霄，係兵法中以他人攻他人，殆指清室用吳三桂等漢人殺漢人也。新天子之令，異言異服者斬，雖無家無室，也要自家保個性命兒，寫盡當時罪網之密。"異服"兩字，尤注目緣。玉殿上之墨迹"唐未受命五十年，大國如斗；唐受天命五十年，山河飛而星月走。新皇帝受命萬萬年，四方唱周宣之詩"數語，可謂奇絶。一二指以前之滿洲，三四指以後之清廷。星月皆寓明字之意。五六句尤妙，周宣之詩，言中興而滅夷狄也。

（《新聞報》一九二〇年八月二十八日）

《西遊記補》中眠仙閣與珠雨樓臺兩段接寫，眠仙極淫艷，珠雨極淒涼。一則諷刺新朝，一則追思舊宮，故連寫"宮殿去了，美人去了，皇帝去了"三句，寫珠雨樓臺一望荒草，再望雲煙，鴛鴦瓦弄成千千片，日頭還有半天，井松樹邊，便有鬼火，不見歌童舞女，只有三兩杜鵑，不絶的啼春雨，淒艷絶倫。自來憑弔故宮之作，無此深刻。白香山詩"惟有中官作宮使，每年寒食一開門"，已極沉痛，但只盛衰之感，無國亡之痛切肺腑也。

(《新聞報》一九二〇年八月二十九日)

新唐天子任唐僧爲殺青掛印大將軍，當是指黄忠端。"殺青"二字，從無用爲官名者，此藉爲殺清人之義。故篇首問答特別，令人注意。行者見師父要做將軍，又驚又駭，急去尋下落，忽見數百人鑿天，從此便入青青世界。此一轉，可謂奇絶。行者見人鑿天，心中疑惑，謂"不知是天生癬疥，倩人搔背？不知是天生多骨，請外科先生刮洗？不知是要鑿假天，不知是要換新天？不知是天河漲，在此下瀉？不知是重修靈霄殿動工？不知是玉帝思凡，鑿一條路，要常常下來？"設想之奇，爲從來小說所未有。又謂"不知天血是紅是白？不知天皮是一層是兩層？鑿開天胸，不知天有心无心？不知天心是偏是正？不知是嫩天，是老天？不知是雄天是雌天？"結局則歸於"倒掛天山，鑿開天口，吞盡閻浮世界"。前數語是從"天何爲而此醉"化出。末一句則指吳三桂，天口爲吳。吞盡閻浮世界者，吳三桂引清兵入關，滅盡中國。閻浮提即南贍部洲，佛經指中國地言也。

(《新聞報》一九二〇年八月三十日)

《西遊記補》中青青世界之主爲小月王，原注謂合成一情字，實即清字。書中自言以勘破情根爲旨，然所紀者多國破家亡之變，於情無涉，不過取其音形相近耳。

(《新聞報》一九二〇年八月三十一日)

行者至萬鏡樓，遂不得出，乃指清室籠絡人心之術。清室入關，第一籠絡人心之具，即是科舉。故萬鏡樓中第一面鏡子，即是廷對秀才放榜。科舉之毒，中人甚深。明社雖屋，而應試者依然如故。嘗見明末諸生某著《爐餘錄》（匆匆閱過，書名記憶不真）紀清兵南下殺戮之慘，其兄其妻皆被殺，全家盡毀，而篇末忽云："國破家亡，本不欲偷活。惟神前問卜，有'青雲得路'之句，尚冀能得一第，故復靦顏人世。"（原文記憶不真，字句恐有誤）全家盡毀，尚不忘一第，其愚可嗤。《西遊記補》大書特書，曰："一班無耳無目無舌無鼻無手無脚無心無肺無骨無筋無血無氣之人，名曰秀才。"作者於此，殆深惡痛絕之矣。

（《新聞報》一九二〇年九月一日）

萬鏡樓第二面鏡子，是古人世界。孫大聖忽變爲虞姬，可謂奇想。此段似痛詆貳臣。故行酒令時，西施云"誰不知道我是兩個丈夫"，猶恐不明，又於行者行令時，説明"夫者，天也"。

（《新聞報》一九二〇年九月二日）

行者在古人世界中，專覓秦始皇，處處抱定此旨。以始皇之暴虐，有何可取而如此尋求？乍視之，頗覺可異；再思之，乃知其用心。蓋取始皇能築長城，拒胡人耳。故求始皇不得，又欲求女媧補天，且云："我家的天，被小月王鑿壞。"遺民微旨，不啻明言矣。

（《新聞報》一九二〇年九月三日）

項王見行者所變之虞美人，遂將真虞美人殺却，反與行者親昵，仍是寓認假爲真之意。項王拔山蓋世之雄，乃爲美人束縛，顛倒糊塗，似指吳三桂與陳圓圓事。惟所謂"五年前正月十五觀燈夜同生同死之誓，"不知何指？三桂初見圓圓，在田氏之第，吳梅村

《圓圓曲》"白皙通侯最少年，揀取花枝屢回顧。早携嬌鳥出樊籠，待約銀河幾時渡。恨煞軍書抵死催，苦留後約將人誤"。正月十五或即指其時歟？

(《新聞報》一九二〇年九月四日)

　　項王自説評話一段，結構之奇，爲從來小説所未有。其注意者，在"造化小兒也做不得主了，秦不該絶絶了，楚不該興興了"三句，極言助清滅明，非天意所許。叙諸侯跪迎，個個短了一段，駡盡當時獻城乞降諸人。子嬰投降，是暗指弘光，故項王講説甚得意，而行者則斥爲無顔話。項王問何謂無顔，行者云："説他人叫有顔話，説自己叫做無顔話。"蓋言雇人迎降則有顔，自己人迎降但覺可恥。又書中原評云："子嬰降漢祖，本非降老項，然自老項夸口，不妨假借。"是有意注明，恐閲者誤會。蓋擒弘光者，非三桂也。

(《新聞報》一九二〇年九月五日)

　　古人世界是指明朝，未來世界是指清室，未來世界以後是懵懂世界。能築長城、驅胡人之秦始皇在懵懂世界中。蓋作者以恢復爲志，而時勢已非，不能不屬望後來。然事未可知，故托於懵懂。其心甚苦，其志可悲。今清室已覆矣，而神州雲擾，殆瀕於危。瞻望來日，亦只嘆爲懵懂而已。

(《新聞報》一九二〇年九月六日)

　　從古人世界至未來世界者，須出玉門。蓋言一出玉門，即非古人之世界，其間又隔一無人世界，用意極微妙。無人世界，又有一新居士説話，尤爲奇幻。病禪謂無人世界，乃指山東言，當時江浙義旗蜂起，而北方無人。然即作爲泛指全國，亦無不可。一國之亡，去新朝之定，相距往往數十年，苟有人才，何難光復故物？其所感者,深矣。

(《新聞報》一九二〇年九月七日)

行者一入未來世界,便作閻羅。作者憤慨,一寄於此。蓋既已非古人世界,生不如死,且生時不能爲力,尤冀死後握權,一一誅戮。所謂屠門大嚼者是也。

未來世界曆本,十二月爲首。月初爲三十日,或二十九日。鈕玉樵極稱其奇,設想固奇,用意則甚顯。不過言日月倒置,一切皆倒行逆施而已。故行者一看,即驚曰"未來世界中連曆日都是逆的"。"都是"二字,正指其他各事,無一不逆也。

(《新聞報》一九二〇年九月八日)

第一案審秦檜,固是痛恨賣國賊,然秦字則亦借影射清字。故五項鬼卒,一曰刮秦,二曰除秦,三曰羞秦,四曰誅秦,五月撻秦,寓深惡痛絕之意。行者坐堂時,高豎白旗,大書"報仇雪恨",可知作者以此回爲討逆正文。堂示記明三月,不忘甲申之變,而又加"跟三月"三字,不知何解。

(《新聞報》一九二〇年九月九日)

刑訊秦檜,第一次通敵,用六百萬綉花針遍身刺到;第二次弄權,掌嘴自巳時至未時尚不止;第三次以河北人還金,即上刀山;第四次目無百官,碓成細粉;第五次目無天子,入滾油海洗浴;第六次驅逐異己,受一萬鐵鞭;第七次秦檜家宴,奏金人樂,不用宋家半件東西,即令飲膿水一罎;第八次秦檜云"後邊做秦檜的多,只管叫秦檜受苦怎的?"便令鋸解萬片;第九次挾金人以自重,以泰山壓成碎泥;第十次詔還諸將,即令化爲花馬。丞相至此,苦痛甚矣。

(《新聞報》一九二〇年九月十日)

十年刑畢,始問到岳將軍一案。秦檜此時忽化身爲百,分一百處受刑,而行者一處已有魚鱗、冰紋、雪花三種剮法。案尚未了,可謂深惡痛絕。原注謂從此一百秦檜流轉世間,爲害無已,罵盡後來賣國權臣。當時洪、吳輩見之,不知作何感想。今猶有其人,更不知何處覓得行者,一一加以毒刑也。

(《新聞報》一九二〇年九月十一日)

秦檜惟待丞相到身,判官言:"丞相有兩種,一是吃飯穿衣、娛妻弄子的臭人,一是賣國傾朝之人。"罵盡千古。今之運動高位者多矣,其前一種乎?抑後一種乎?

行者見岳武穆云:"弟子一生只有兩個師父。第一個是祖師,第二個是唐僧。今日得見師父,是我第三個師父。"武穆殆指黃忠端,作者固忠端之弟子也。

(《新聞報》一九二〇年九月十二日)

行者至山東地方,大喊臊氣。新古人答以山東是韃子隔壁。原注"南宋之後是元,故云韃子隔壁",實爲故意隱飾。直、魯接壤,山東爲韃子隔壁,直言北京爲韃子占領耳。行者困於萬鏡樓中,忽然空中來一老人,解去紅綫,行者始得脫。及詢其名,則亦曰孫悟空。行者疑是六耳獼猴復出爲祟,取棒擊之,則忽與自身合。乃知是自己真神出現,慌忙唱喏拜謝。自家對自家拜謝,奇語,可謂未經人道。作者勸人反本自救之意深矣。

(《新聞報》一九二〇年九月十三日)

沈敬南一信似通非通,妙絕尋常。通用之虛字,位置不當,即成笑柄。此種神理,作《西遊記補》者,不知如何理會得。《蕩寇志》劉信民之告示,與此可稱雙絕。

(《新聞報》一九二〇年九月十四日)

唐僧在關雎殿垂淚，小月王召隔墻花唱彈詞。書中之書，此書凡兩見。一爲項羽自講平話，一爲隔墻花之彈詞。彈詞將一部前《西遊》包括在內，極妙。至其造句古樸簡練，可與歸允恭《萬古愁曲》、賈鳧西《鼓兒詞》媲美。

（《新聞報》一九二〇年九月十五日）

行者訪秦始皇不見，却至仿古大昆池。桂王終於滇緬，則昆池一段，當是指永曆。惟黃忠端始終事唐王，《西遊記補》以紀忠端事爲大旨，故桂王事只作陪襯，數頁了却。蓋非書中主人也。

昆池老人謂秦漢當時意氣早已消釋，用意甚深。兄弟鬩墻，外禦其侮。胡人入關，同國之人亟當消釋宿嫌，協力圖救。此一義也。孫可望、李定國同握兵符，力足以匡復王室，乃以不能同心致力，遂致半壁西南亦莫能保。作者特以此紀失敗之原。此又一義也。內訌足以亡國，千古一轍，而至今有力者猶不知戒。若雨倘在，不知更作何感慨也？

（《新聞報》一九二〇年九月十六日）

翠繩娘不知是何人，篇首即見其名，直至書將畢時，其人始出現。寫翠繩娘與唐僧把別一段，極爲慘痛。唐僧既指黃忠端，作者對於師門悲悼之不暇，當非譏其兒女情長。且忠端致命遂志，一往無悔，亦無可譏。意或別有所指，則不可考矣。

（《新聞報》一九二〇年九月十七日）

唐僧臨陣，與小月王同被殺，蓋憤慨之極，乃寫其同歸於盡。又寫各色旗幟飛舞亂殺，且謂太玄旗落在黃旗隊，打殺黃旗人。則大事已去，無可如何，惟望八旗之人自相殘殺耳。

（《新聞報》一九二〇年九月十八日）

唐僧既死，鯖魚所構之幻境亦終，行者復返本原。鯖魚精又化名悟青，欲迷唐僧，卒爲行者打殺，仍是痛恨"清"字之意。鯖魚死後，大放紅光，隱寓復歸朱氏之意，與希冀八旗自殘，同爲一種幻想而已。全書結局，歸於桃花畔之好人家，與淵明作《桃花源記》同一懷抱，自言終爲遺民已耳。

(《新聞報》一九二〇年九月十九日)

神怪小説不可捉摸，似難著筆，然實易作。社會小説、言情小説，寫尋常人事情感，俯拾即是，似不甚難，然而欲成佳作，大非易事。蓋神怪之事，無人知之，可任意造想，而尋常人事，皆在目前，稍有支離，即難吻合。且小説之功用，在能動人。奇思幻想，用之於神怪，不嫌其妄，寫人事則無從用之，然而平杳無奇，又安能動人？古人謂畫鬼怪易，畫人物難，小説亦猶是耳。

(《新聞報》一九二〇年九月二十日)

《西遊記》爲神怪小説，故作續篇者，雖不能如原書之神妙，然皆尚可觀。《紅樓夢》爲言情兼社會小説，續篇最多，乃無一佳者。即此可知難易之別。《續西遊記》者，名爲續作，實則另起爐灶，一切皆可臆造，不必拘於原書。《紅樓夢》僅寫寶黛之事，若不言寶黛，何得謂之續作？既言寶黛，又豈能爲原書所拘？此其所以尤難著筆也。

(《新聞報》一九二〇年九月二十一日)

續作小説者，以翻案爲最妙。《蕩寇志》之於《水滸》，即用此法。然而《紅樓夢》則翻案甚難。續作《紅樓》者，莫不以寶黛團圓爲要旨，固是翻案之意，然而即此一端，即爲最大之難題。第一，黛玉已死，強之復生，無論如何，皆不免於乖謬也。

(《新聞報》一九二〇年九月二十二日)

凡爲《紅樓》續貂者，皆抱《反恨賦》之心理，故不獨爲寶黛撮合。寶黛以外，如晴雯、紫鵑等，亦一一使遂良緣。更由寶黛推及原書中何人抱恨者，如柳湘蓮、尤三姐等，亦爲彌補缺憾。尤以《後紅樓》（一名《鬼紅樓》）爲最甚，可謂全部翻案。寶、黛、尤、柳以外，如晴雯、紫鵑、金釧、鶯兒、柳五兒、襲人仍屬寶玉，元春、迎春、香菱、秦可卿、尤二姐、鳳姐等，無不返魂。下至芸兒、小紅、賈環、彩雲、秦鍾、智能、茗煙、卍兒，亦莫不各得其所。而史湘雲之夫重生，及張金哥、崔文秀之地下遇合，尤爲奇特。

（《新聞報》一九二〇年九月二十八日）

《後紅樓夢》，書不甚佳，然以補恨論，則可謂無所不當，而立意之厚，尤爲愚不可及。書中於各人配偶，如上所述，彌補者已甚周至，猶以爲未足，復以孔聖枕中丹遍醫諸人，於是孫紹祖化爲多情，薛蟠易爲溫雅，賈璉、賈環等莫不革新洗面。推作者之意，直欲天下無一恨事，然而以芳官等三人易一陰賊喪節之襲人，豈非又爲恨事？殆亦未之思已。

（《新聞報》一九二〇年九月三十日）

續作《紅樓》者，於平反寶黛之案，千篇一律，不外起死回生，重諧佳偶而已。至於寶黛以外諸人之處分，則各因作者性情而異。《續紅樓夢》最忠厚，敗節如可卿、襲人，頑梗如薛蟠、賈環，莫不各得其所。懲罰者惟一賈瑞。至寶釵之陰險、王夫人之庸懦，則一字不提。

最刻薄者爲《綺樓重夢》，除寶黛外，幾無一完人。湘雲、香菱皆前書上上人物，而《重夢》寫其趨炎附勢，乃至不可向邇。如湘雲欲其女備選皇妃，竟忘小玉之約，逼勒不所不至。逼勒無效，則氣急欲瘋，成何事體。至香菱爲女擇偶，情急竟如鴇婦。而後晴雯身輕賤逾於流娼。此亦可謂《紅樓》遭劫，乃遇斯人也。

（《新聞報》一九二〇年十一月十六日）

《紅樓圓夢》除晴雯外，其他諸人處置皆當。於王夫人之昏庸、寶釵之機詐、襲人之讒妒無恥，致貶尤深。蓋作此書者，專取報復主義，而於前書所寫諸人之隱微處，皆能察知，故無所蔽。假令此人折獄，必爲能手。然作小說，則此種理想，不甚適用。蓋一切皆如其分，反覺索然無味也。江文通《恨賦》傳誦千古，尤西堂之《反恨賦》則不過爾爾。偶然取快一時，未嘗不可；諷誦久之，則如嚼蠟。人之情感，不可捉摸，未必專向於順適。庸人之爲小說，必以團聚作結，殆未能知此蘊奧也。

《綺樓重夢》貶晴雯太甚，而《紅樓圓夢》則又褒揚逾分。晴雯在前書，不過黛玉之影子，因寶黛之重合而及晴雯，固題中應有之義。而《圓夢》所寫乃高出黛玉之上，雖王夫人等，且爲之下拜，無乃失當！且既寫其爲神，而復爲寶玉所睧，尤不合理。

（《新聞報》一九二〇年十一月二十一日）

《紅樓夢補》與以上兩書相反，易刻薄爲忠厚，以質樸代華縟，遂至黛玉所用印章亦爲"傳家有道惟存厚，處世無奇但率真"二語。然黛玉之爲人何等清高，忽予以白金二百萬，日逐逐於米鹽井臼，無乃太迂。《續西廂》言紅娘出自廚下，聖嘆謂："怪道紅娘滿身煙火氣。"《夢補》寫黛玉，固如是也。豈不可笑？總之，前人之小說，非有特別之原因，如《蕩寇志》者，絕不能續。若夫取法前人，則在神不在貌。義山學杜，蹊徑迥殊。《海上花》所叙之事，與《紅樓夢》極不相類，然神理則無處不以雪芹爲法。此中三昧，非庸手所能知也。

（《新聞報》一九二〇年十一月二十三日）

《兒女英雄傳》謂作《紅樓夢》者不知與賈氏有何仇，極力作踐。言雖近是，然以較之《綺樓重夢》及《紅樓復夢》，猶有霄壤之別。若《重夢》與《復夢》，真乃作踐至於極點者也。兩書所寫諸事，絕無情理。《重夢》諸女子兩三歲即著裙做詩,至十歲後,種種情感,皆如成人。《復夢》尤多怪誕不經之事。至兩書寫戰事,尤可笑。怪力亂神,固舊小說積習,而兩書之無理,則更過於他篇。《復夢》所謂狗國,將帥兵士一切皆狗,已荒誕絕倫。《重夢》倭國之將,亦只是虎豹、獅子之類,更可笑。《復夢》筆墨陋劣,不足道。《重夢》所載詩詞、謎語,雖近纖巧,頗具性靈。考證典故,尤爲博雅,亦竟如是,可怪之至。

(《新聞報》一九二〇年十一月二十四日)

吳趼人所著小說,自以《二十年目睹之怪現狀》爲最佳。自來小說中人物,必一一爲之命名。惟此書之主人翁,則竟無名,僅以一"我"字代之,而全書多至百數十回,毫無窒礙,可謂別開生面。楔子一段,虛籠全書。人世之魑魅魍魎,已覺畢具,得神之至。書中之"我",作者自命。作者家庭中,殆有難言之苦痛,故書中描寫家庭怪現狀,最爲深刻,而開首數回,叙其奔喪時,尤某之奸狡及其伯父子仁之險毒,尤如禹鼎鑄奸,蓋其隱痛深矣。

(《新聞報》一九二〇年十一月二十六日)

我佛山人著《新石頭記》,志在辟媚外者,故書中重要之人,爲東方文明。其子爲東方英、東方德,女爲東方美。又如華自立、華務本等,皆同一用意。至其譏諷西方風俗之淫靡、醫士之顢頇,雖嫌過於憤激,亦未嘗無因。又論西人奴視他種,謂彼假口文明,滅奪人國。於強權之流毒,尤再三致意,洵爲名言。按作者此書成於光緒之末,彼時雖有拾外人牙慧者,然一切根本,未嘗摧棄如今日之甚。使趼人生於今日,目睹中風狂走之象,更不知若何感憤也。

(《新聞報》一九二〇年十一月二十七日)

《新石頭記》紀寶玉與培茗遇盜，培茗偶中流矢，遂化爲石像，未免過於離奇。作者言後當述其理由，而始終未見。又書尾，寶玉將身邊之玉投至靈台方寸山斜月三星洞，化爲大石，上有字迹，即爲《新石頭記》，然須愛國者讀之，方能見媚。若外吃糞者至此，則惟見旁行斜上之蟹行書一行云云。按此似結尾尚有英文一行，今竟未見，殆與培茗化石之理由，同爲脱漏者耳。

　《二十年之怪現狀》中寫吳繼之，如陰霾之中，忽睹祥雲。其誠摯長厚，非人所能及，而處事仍有機變，非腐儒所可比。小説中寫此等人，最難著筆，非失之迂腐，即過於刻薄。如《兒女英雄傳》後半部之安水心，即覺過迂；《天雨花》之左維明，又未免刻薄寡恩。此書於吳繼之，頗能得其分，如恤陳大令之遺孤，素無交誼，慨助百金，是其長厚，而書之捐册，僅曰五兩，仍寓機變。世之號爲君子者，往往崖岸過高，即不免流於剛愎；好弄智術者，又破棄一切，僅矜其慧，遂斲元氣。若斯人者，庶可爲模範歟！

（《新聞報》一九二〇年十一月二十八日）

　《怪現狀》中之吳繼之，不知指何人。或仍係作者自命，亦未可知。人有萬感，境有萬變。小説所狀，非一人所能盡，則化身爲二三人，以盡其長，亦稗官故技，如《紅樓夢》寫釵、黛而仍以襲、晴爲影；《花月痕》寫一韋癡珠，狀作者之落拓，又寫一韓荷生，爲志得意滿之幻想。用意皆同。

　《怪現狀》所紀可分數類。如石映芝之母、符最靈之孫、焦理堂之女，皆家庭怪現狀也。某道臺之悍妻求差，言中丞之席間許婚，葉伯芬之逢迎上司，惠撫臺之雇船裝泥，車文琴之賣官鬻缺，皆官場之怪現狀也。如酒壺買米、吃燒餅寫字、大西洋紅毛國茶葉、油條鍋炸鵪鶉，皆貧人冒爲富厚之怪現狀也。如糞螞蠟充私土，死人充私貨，買珠寶付定銀，張百萬招婿求貴，皆騙子之怪現狀也。如秋菊之被賣，柳采卿之遭譖，皆妓院之怪現狀也。如符彌軒道貌盎然，滿口德孝而毆擊祖父，拐逃妓女；陳稚農服喪挾妓，致戕其生，而身後襃揚,旌爲孝子;李壯之妻因姦被殺,而建坊致祭,彰其貞烈,則又一切作僞者之怪現狀也。其他如會黨之秘密結社,世人之貪利,假名士之傖陋,兵營之紛擾,種種怪狀,無不畢肖。

(《新聞報》一九二〇年十一月三十日)

吳趼人作小說,長篇短篇,膾炙一時。然《新石頭記》殊爲盛名之累。論其結構,固甚謹嚴,思想亦極高尚,希望闡揚東方文明,罵盡媚外之倫,用心尤苦。科學小說,往往與事理不合,而此書所敍空中遊獵,海底旅行,乃能引人入勝,若身歷其境者然,可謂善於描摹。然賈寶玉三字,與非洲沙漠、南冰洋、海島等地名連屬一處。無論如何,終覺不類。而東方文明,忽爲中國皇帝,又云即係甄寶玉,又覺離奇。吾嘗謂此書若改去"石頭記"之名,不牽涉寶玉、薛蟠、培茗等,未常非一佳作,乃必如此附會,遂至拘牽乖誤,殊爲可惜。由此可知,《紅樓》實不容有續篇。不特庸手多謬,即能者爲之,亦未由見長也。

(《新聞報》一九二〇年十二月二日)

《怪現狀》全書結構皆仿《儒林外史》,逐事自成段落,但以一"我"字貫串其間。惟苟才之事,則散見各篇,與全書相終始,而種種怪現狀萃於一身。寫家庭則有悍婦肆虐,妻妾壽筵爭風,賢婦動輒得咎。寫其諱貧冒富,則親戚充僕役租衣,誤觸油團,致人索賠。寫其鑽營奔競,則獻子婦爲撫院之妾。寫其侵款營私,則被劾以後,輸資六十萬,猶以爲小事。最後更寫其逆子上蒸庶母,謀毒其父,苟才於是乎以服非其藥致斃。綜其一生之事,殆無處非罪惡。世果有其人乎?抑作者憤世之澆漓,故積謬於斯人,以寄其憤懣之感乎?不可知已。

《怪現狀》所紀,半爲事實,半爲歷來相傳之噱談,而描摹烘染,剪裁貫串,極爲流動生色。紀事不至枯澀,轉述不落舊套,洵稱能手。至"忿深怨絕頓改堅貞"一回,尤爲別開生面。自來作小說者,於所敬之女子,絕不願其敗節,而此回寫苟少奶奶,則終於再醮,而又極貞賢。用筆特異,且曲曲寫來,毫無牽強之迹,無處不合情理。作者殆故製難題,以顯其能歟?苟少奶奶哭祭其夫既畢,謂"唱一齣戲出來,也要聽戲的人懂得,那唱戲的纔有精神,有意思。戲台下坐了一班又聾又瞎的,他還盡著在臺上拼命的唱,不是個呆子麼?"數語沉痛非常,抉盡世情之苦。

(《新聞報》一九二〇年十二月三日)

《怪現狀》所寫諸人,如侯制臺爲張之洞,侯虎爲張彪,溫月江爲梁鼎芬,葉伯芬爲聶仲芳,趙嘯存爲邵小村,洪觀察爲洪述祖,華中堂爲榮祿,武香樓爲文芸閣,金姨太太爲盛氏,事大致皆可考。惟苟才竟不知爲何人,世如果有其人,齷齪卑劣至此,何必獨諱其名?且作者似深惡其人,而待遇反似優於他人。亦可異也。

(《新聞報》一九二〇年十二月四日)

筆記小說中,《聊齋志異》最爲膾炙人口,其聲價幾與《水滸》《紅樓》相等。或謂不若《閱微草堂筆記》,以文字簡潔論,紀氏誠高於蒲留仙。《閱微草堂筆記》後附紀曉嵐之子所作數則,神韻直類《聊齋》,而比之乃父,則迥不如。以此可證紀、蒲之優劣。蓋明末文字,格調本卑,留仙雖極意摹唐人雜記,終不能盡免積習。紀氏則生當雍乾學術昌明之時,既有本源,益以博覽,宜其澹雅絕倫。惟文字蒲雖不若紀,而描寫人物事迹之精神,則紀不如蒲。讀《聊齋》者,於《嬰寧》《青鳳》《仇大娘》《田七郎》等諸名篇,如身入其境,隨文字爲悲歡。讀《閱微草堂》五種,則未能如是也。

(《新聞報》一九二〇年十二月六日)

少陵"三吏""三別"諸詩，寫盡兵戈之苦，至今傳誦，感人甚深。而賈至、岑參等《早朝大明宮》諸作，雖極富麗威嚴，一覽便無餘味。人之情感，重愁嘆而輕歡愉，理殊不可解。此義不獨詩歌爲然，小說亦如是。而《閱微草堂筆記》與《聊齋志異》之不同，亦在於此。蒲留仙明經不第，一生落拓，視其自序所述可知。故凡所紀纂，深寓感慨之意，或寫名士美人之厄運，千古同情；或故作快心之言，聊抒憤懣。文格雖遜，感人則深。若紀曉嵐則生當盛時，位列卿宰。雖曾遠戍烏魯木齊，而較之寒儒，則不可同年而語。筆記不過消遣之作，但供茶餘酒後之談資而已，宜不能與蒲氏并論也。

（《新聞報》一九二〇年十二月九日）

《聊齋》所紀，大約可分數類。一寫士子不第，主司盲目，爲寒儒吐氣者，如《葉生》《賈奉雉》《于去惡》《司文郎》《素秋》《三生》《顏氏》之類是也。一寫冤獄，斥有司之昏聵者，如《胭脂》《席方平》《冤獄》《太原》諸獄是也。一寫家庭之變，如《曾友于》《仇大娘》《大男》等是也。一寫物異，如《石清虛》《鴿異》《促織》等是也。一寫貧富炎涼之態，爲窮措大揚眉，如《宮夢弼》《胡四娘》《鳳仙》等是也。一寫英雄豪舉，如《俠女》《田七郎》《崔猛》等是也。

《聊齋》紀名士美人之遇合者，居十之六七，其中又可分數類。在人則有《陳雲棲》《菱角》《王桂庵》《寄生》《宦娘》《阿繡》等，在仙則有《織成》《嫦娥》《蕙芳》《神女》《云蘿公主》《翩翩》等，在鬼則有《小謝》《湘裙》《錦瑟》《呂無病》《晚霞》《巧娘》《梅女》《伍秋月》等，在狐則有《青鳳》《嬰寧》《辛十四娘》《封三娘》《鴉頭》《紅玉》《蓮香》《鳳仙》等，花木則有《香玉》《葛巾》《黃英》《荷花三娘子》等，禽獸則有《阿英》《花姑子》《西湖主》《蓮花公主》《綠衣女》《竹青》《白秋練》等。自唐人諸傳好言此類事迹，後之效者接踵，遂蔚爲大觀，《聊齋》則尤多。大抵人生不滿意者，色財爲最，求之不可得，乃發幻想，姑作快意之談，亦屠門大嚼之意也。

（《新聞報》一九二〇年十二月十一日）

《聊齋》於上述諸段以外，尚有特別注意之兩事，即酒徒與懼內者是也。其寫酒徒如《八大王》《酒狂》等，皆用深惡痛絕之筆。自來文人多以縱酒爲雅人深致，雖不善飲者，亦裝點門面。惟留仙斥之不留餘地，可謂惡酒最甚者也。其寫懼內，尤爲淋漓酣暢，如《馬介甫》《江城》，描畫有季常之癖者，深微入骨，足供噴飯，而《邵女》《呂無病》諸篇，寫悍婦亦極得神。其他散見者亦頗多，留仙殆困於閫威者歟？

（《新聞報》一九二〇年十二月十三日）

《聊齋》始於《考城隍》一篇，不知何意。用筆雖極莊嚴，而乏精彩。所謂"一人二人，有心無心"之名語，細按之，實不可解。狄氏近刊原本，以《續黃粱》爲第一篇，且易東鄰惡少爲北鄰，謂明末清初事，較爲有意，但不知所據者爲何時刊本。金聖嘆改《水滸》，輒言古本原本，《聊齋》亦頗多刪改，不知確爲原本所無，抑後人有所去取也。

（《新聞報》一九二〇年十二月十四日）

《聊齋》於易代之感，頗有流露處，如書中之狐，多托胡姓，則狐之寓胡當無疑義。惟《蓮香》傳中云"有不害人之狐，無不害人之鬼"，則責狐較輕。或謂狐指胡人，鬼則指漢奸。胡人爲異族，故比之於獸；漢奸則本爲同類而異於人，故比之爲鬼。蓋胡人雖異族，然有時尚易與，而附外人以欺凌同族者，則無惡不作。觀之明季各筆記所載，大抵如是。此說亦甚有理也。

（《新聞報》一九二〇年十二月十六日）

小說貴能得神，雖描寫世間絕無之事，亦須設身處地，用平淡之筆寫之，庶閱者不覺其荒渺。如《聊齋·瞳人語》一則，即爲合作。目瞳化爲小人,由鼻孔出,可謂極妄誕之言,然自鼻中習習作癢,曲曲寫來,儼然實有其事。閱者至此,或覺化身如豆,出入鼻孔;或覺冥然端坐,有物在鼻中動作,絕不覺其事之妄誕。又,《畫壁》一則,朱某身入畫中,至其出畫時,其友但見朱俯首癡立壁上,呼之始下,此亦極奇誕之事用平淡之筆出之者。若《子不語》所紀怪事,極力刻畫,反覺無趣味。

《聊齋》寫狐甚多,而《青鳳》一傳爲最妙,粉飾《塗山外紀》。拍案狂呼,及狐叟化鬼來嚇,則自塗墨於面,灼灼相視,可謂寫盡狂生豪放不羈之情態。至其後,青鳳乞情時,耿生謂"卿倘死,定不相援"。鳳笑曰:"忍哉!"細膩風光之中,更能描出兩人當時情況。留仙後紀《狐夢》一則,云狐羨青鳳,因欲列名《聊齋傳》中,蓋亦自賞此篇之精美,托爲狐言以贊之也。

(《新聞報》一九二〇年十二月十九日)

頃承陳君季濤投函,釋《聊齋志異》起於《考城隍》之用意,兼及首卷諸篇。如長清僧指順治,耿生指精忠,孔生指有德等,皆前人所未發。陳君漢南宿儒,精於醫理,餘事爲此,亦極新穎。亟錄登《快活林》,以供同好。眷秋識。

《聊齋》始於《考城隍》。"一人二人,有心無心"之語,余幼時初讀,亦以爲疑。後再讀之,乃知松齡先生大有苦心。松齡先生爲康熙辛卯歲貢,是歲爲康熙五十年。以年歲計之,先生當生於順治末年,其時距明鼎革不過十餘年,所見所聞,必有甚痛心者。不然,生當盛世,又負奇才,亦何必發憤著書,而托於鬼狐耶?自序不云乎?"寄托如此,亦足悲矣"。緣清初文字之獄,周內鍛煉,爲千古所未有。惟先生能倖免者,以筆墨在有心無心之間也。《聊齋》共十六卷,首卷共十七篇。此十七篇中,爲全書之精華。一腔孤憤,寓言十九,哭烈皇之殉社稷,痛胡人之主中夏。故開宗明義,即以"考城隍"名篇。《禮》:天子大蜡八,水庸居七。水,隍也;庸,城也。殆所謂城池之神也。哭有明之錦繡城池,我漢人不能自主,爲絕大眼目也。有心無心云云者，明著書之本旨。或有心，或無心，以俟後之明眼人尋味也。無月無燈夜自明，思明也。繼之以《瞳人語》，復明也。《畫壁》而曰朱孝廉，恨宗室均作壁上觀也。《種梨》者，恨當時擁厚貲之大小臣工，當烈皇籌餉守城時，一毛不拔，李自成入都，刀鋸臨頭，則贖命不遑也。《嶗山道士》結局云"額上墳起如巨卵焉"，罵清制之頂戴也。《長清僧》者，指順治也。起句八十，結句又云八十，寓順治十八年也。一則曰"胡至此"，再則曰"胡至此"，可見也。《狐嫁女》之末段云，世家朱姓宴公，命取金杯，曰"金杯羽化矣"，寓朱氏之金湯失守也；又曰"狐能攝致而不敢終留"者，望朱氏之失而復得也。《嬌娜》首言孔生，寓孔有德也。末言吳郎家同日遭劫，一門俱歿，寓吳三桂之失敗也。"姊妹亂吾種矣"句，寓吳世璠之尚主矣。《妖術》中之紙人、土偶、木偶，寓三藩也，恨三藩如土木偶之不能成功也。《葉生》者，先生自寓也。《成仙》中之周生、成生及王成寄宿於周氏園，并儀賓字樣。接連二篇，以成、周作眼目者者。周、成，皇戚也，寓外戚不能保皇太子，不如一狐尚能恤其後也。《青鳳》言太原耿氏，寓耿精忠也。《畫皮》開口便言鬻妾朱門，寓宗室人才，美人面目，鬼怪心腸。其末句云"但覺心隱痛耳，破處痂結如錢"，謂心頭隱痛者，皆錢也。《賈兒》中有云，微啟下裳，露其假尾，曰："我輩混迹人中，但此物猶存，爲可恨耳。"寓嚴旨勒令剃髮、留髮辮也。次以董生曰："我不畏首而畏尾"，可見矣。《陸判》之朱小明，明明罵南京征歌選舞，毫無人心，恨不易以慧心，更其面目，爲烈皇討賊復仇，以驅胡虜也，故終以此刀宜贈渾也。渾之一字，回顧首篇之有心無心作章法。此先生著書之本旨，餘則如眷秋所云，名士、美人，分數類讀之，可也。

（《新聞報》一九二〇年十二月二十九日）

《聊齋》寫《嬰寧》一篇，盡脫窠臼。自來寫美人之憨者，從無如是之奇。"目灼灼似賊"一語，尚覺尋常。見子服愛花，遽謂"喚老奴折一巨捆負送"，真堪絕倒。至論及夫妻之愛，謂"不慣與生人睡",已爲妙到毫顛。乃更向其母云:"大哥欲我共寢",作者不知是何膽力。《蕩寇志》寫陳麗卿,似亦脫胎於此,然未能如此忘形也。

(《新聞報》一九二一年一月五日)

《聶小倩》一篇,用意用筆,均甚精妙,然只言財色不可貪耳。《水莽草》亦然。小説寓意過於顯明,反覺不耐咀嚼。如《鳳陽士人》雖含戒妒戒淫之意,而筆致惝恍,令讀者如墜霧中,乃覺神妙之至。撫琴一歌,尤爲絕唱。

(《新聞報》一九二一年一月六日)

《聊齋》紀《俠女》,可謂極神龍夭矯之致。俠女於顧生,似夫婦非夫婦,其情感直在恒情以外。古今小説寫男女情愛,或離或合,變化甚多,如此篇已極愛昵,而終竟漠然無涉,實爲絕無僅有。此篇所指,當實有其人,與《兒女英雄傳》之十三妹所指,似爲一人,不過事迹不同耳。吕晚村死於文字獄,吕有女習劍術,爲甘鳳池同學。《翼駉稗編》記甘與同學等七人共誅一惡僧,吕女亦與其列。其飄忽矯健,不異《聊齋》之俠女也。俠女如指吕,則所謂"鬢髪交而血模糊"者,當爲清世宗之首。蓋吕氏之仇,惟清世宗也。清世宗之殁,相傳頗奇異。鄂爾泰夜半被召,馬不及鞍而馳,其爲非常之變可知。或謂世宗殁,失其首,即吕女抉去云。

(《新聞報》一九二一年一月九日)

《聊齋》詞曲佳者,不僅"黄昏卸得殘妝罷"一曲,如《宦娘傳》中《惜餘春詞》,《彭海秋傳》中《薄倖郎曲》,皆黄絹幼婦之辭。或以體格不高譏之,實非確論。如"漫説長宵似年,儂似一年,比更猶少。過三更已是三年,更有何人不老?"及"人聲遠,馬聲杳,江天高,山月小。掉頭去不歸,庭中生白曉"等句,綺麗纏綿。雖求之名家詞集,未可多覯也。

(《新聞報》一九二一年一月十日)

《聊齋》之詩,以連瑣之"元夜淒風却倒吹,流螢惹草復黏帷"兩句爲最佳。僅十四字,覺讀之滿紙淒冷之狀。楊于畏所續兩句,但言翠袖單寒、月上之景而已。所謂幽情苦緒者,則未能寫出,迥不如原唱。《耳食錄》載某女子詩云:"棠梨花老杜鵑殘,玉磬凄凉翠袖單。不耐蕭蕭連夜雨,斷腸明月又添寒。"其情景殊不讓連瑣之作。

(《新聞報》一九二一年一月十一日)

《隨園詩話》紀某氏征詩,題爲"新婚",韻有"乖""骸""埋"等字,以爲奇特此不過韻奇耳。如《聊齋》紀公孫九娘之新婚詩"羅裳化作塵","業果""露冷楓林"等語,及"白楊風雨繞孤墳""血腥猶染舊羅裙"等句,真乃脫盡恆蹊。《聊齋》紀此篇,竟無結局,搆想亦異。贊語以"脾鬲間物,不能掬以相示"爲冤,語尤沉痛,殆別有所感者歟?

《聊齋》散文,人或以爲格調不高譏之。雖不爲無見,然實有警策語。至其四六,則甚不佳。統閱全書,僅《羅刹海市》龍女一書,尚可讀。他如《馬介甫》《黃九郎》兩篇之判語,雖極意求工,而愈形卑弱。顧此猶可謂出之遊戲,而《席方平傳》中之冥判,《胭脂傳》中之判語及末篇花神對風姨檄文,亦但見堆砌之痕,毫無名句。人各有所不能,此固不必謂留仙諱也。

(《新聞報》一九二一年一月十七日)

《聊齋·宮夢弼》一篇,寫世俗炎凉之態,與《夜譚隨錄》紀劉某事,用意結構頗相似。惟劉爲及身恢復,柳氏則在其子,又增以黃女之賢,爲略異耳。小說刺炎凉陋俗者多,即《聊齋志異》中亦不僅《宮夢弼》一事,然構局謹嚴,叙事栩栩如活,即以此篇及《胡四娘傳》爲最佳。柳和召黃氏翁媼至而辱之,雖未明言,而事前之謀,顯然如見,用筆尤妙。

狄氏刊《聊齋志異·宮夢弼》一篇,題爲《柳和》。某君謂:"此篇《宮夢弼》,不過爲柳氏家計廢興之機括。仙與不仙,俱不必論。通篇命意,全在描摹炎凉世態,標題當爲《柳和》。"此說亦頗有見地。宮在此篇中,無多事迹,而全文要旨,實重在激勵世家中落之子弟。柳和爲主,宮本爲賓,固當以狄本爲是。或謂留仙好言神仙,此篇之宮與劉海石相類,然此二者似不能并論也。

(《新聞報》一九二一年一月十八日)

袁子才負一時盛名,所著《子不語》,則沉悶無味,反不如《隨園詩話》,尚可作小說讀。《子不語》體例類於《閱微草堂筆記》,文格則遠遜,間亦有類於《聊齋志異》者。顧雖極力描摹,而終不能引人入勝,其弊由於假設之情太顯。小說事迹全係假設,然作者須認爲實有其事,描寫入微,方能動人。若作者先存一姑妄言之心,則閱者罕有穆然神往者矣。《子不語》紀麒麟訴冤一則,意在崇尚詩文而嘲諷漢學、理學。故首由麒麟控鄭康成,謂妄言郊天用麒麟,致麟族歲死其一。又謂文王后妃,無經注所言之多,且譏其以赤熛怒等爲天帝,致上界不安,於是上帝大怒,別召理學家代之。理學諸人,有自稱常惺惺者,有自稱活潑潑地者,有云太極常在目前者。又言四人共肩一稻桶,蓋由道統諧音。其刻畫譏諷,在隨園固甚用力,然而反復閱之,終覺不似小說。惟末段云仙吏常見孔子、釋迦、老子雲中相遇,一笑而過,以寓不分畛域之意,則甚微妙。蓋以前之假設,過於離奇,而此則似乎有其事也。

(《新聞報》一九二一年一月十九日)

袁子才崇尚詞章，故《子不語》漢宋并嘲。紀曉嵐爲漢學名家，故《閲微草堂筆記》獨嘲宋學。《子不語》之《麒麟訴寃》，篇幅甚長；《閲微草堂》皆短篇。然篇幅雖短，而文字遠勝於袁。諷刺之意，不必明言，自然顯露。如紀一士子，自言不畏鬼。夜虛齋中，忽窗外有撒土聲，問之，答曰："我，二氣之良能也。"士人大駭。又紀兩生假宿寺中，一宗陸王，一慕程朱。深夜辯論，至於用武。寺僧往視之，兩生忽言宜息内争，先攻異端，於是飽鑿禿頭。聞者至此未有不大笑者也。

(《新聞報》一九二一年一月二十日)

筆記自唐以後作者日多，明清以降，更有浩如煙海之感。惟其中如記述掌故風俗軼事學術之類，皆不能列於小説。然即以小説論，亦非少數。有清一代，已不下百種，惟作者雖多而佳者甚尠。《聊齋》《閲微草堂筆記》以外，如《夜譚隨録》《夜雨秋燈録》《蘭苕館外史》《諧鐸》《右臺仙館筆記》《茶餘客話》《翼駉稗編》《三異筆談》等，亦多爲人所稱道。此外，則佳著殆罕覯矣。

(《新聞報》一九二一年一月二十五日)

《虞初新志》爲筆記小説之選本，集諸家著作之精華而聚於一編，故文字絶美，如《大鐵椎傳》之英姿颯爽，《小青》之悱惻纏綿，雖求之《聊齋》中，亦不可得。他更無論。《小青》一傳，尤膾炙人口。叙事既簡潔，詩文亦佳。絶句九首，以西陵芳草、冷雨敲窗及《致某夫人絶命》三首爲最佳。《致某夫人之書》亦一往情深，能令讀者酸鼻。叙元夜看燈一節，初言角彩尋歡，纏綿徹曉，繼以風流韻事，寧復知有今日？今昔盛衰之感，不必刻意描繪，躍然自見。自叙身世一節，語皆含蓄有味。至後遠笛悲秋一段已下，直是名文，不得僅以小説目之矣。

(《新聞報》一九二一年一月三十日)

余澹心《板橋雜記》芳馨淒絕,古今記冶遊之書,當以此爲最。此書之佳,出於余氏之天才,而其時其人其事亦在在足傳。馬湘蘭、李香君、顧橫波、柳如是、卞玉京、寇白門、董小宛,任舉一人,皆足傳之千古。北里之中,曠代不可遇者,竟集於一代,豈非異數? 其人既爲靈氣所鍾,而遭遇之人,亦皆奇絕。如侯雪苑、龔芝麓、錢牧齋、吳梅村、冒辟疆,又豈士人中所恒見,洵可謂天造地設,絕非偶然者也。

(《新聞報》一九二一年二月一日)

妓奇,客亦奇,遭逢之時代又適爲兩朝嬗代之際,於是境遇亦至離奇。如香君之却權貴入教坊,橫波之受榮封奪嫡位,如是之勸殉難保遺孤,玉京之感身世作女冠,白門則挾制保國,小宛則身入宮禁,皆小說絕好資料。《桃花扇》《影梅庵憶語》《絳雲樓俊遇》、梅村之《女道士彈琴歌》僅紀其一,已膾炙人口,況集爲一編,益以澹心之才,安得不爲名作?《續板橋雜記》徒效其體格,而其人其事皆不足傳,相差奚啻霄壤?

(《新聞報》一九二一年二月二日)

橫波、小宛,雖享盛名,而以節稱者,則惟香君,然猶不如葛嫩之烈。妓能罵賊而死,殆不可多覯。孫克咸見葛嫩嚼舌抗節先死,大笑曰:"孫三今日登仙矣,"亦被殺。夫婦二人,皆於堅烈中露豪宕不羈之氣,可謂奇人其事也。

《板橋雜記》不僅紀冶遊也,黍離之悲,時復流露。如紀徐青君代人受杖事,滄桑之感,慨乎言之。又紀張魁官之簫,謂張後落拓,於途中弄簫,短茅屋中,一老婦出而笑曰:"此張魁官簫聲也。"詢之,則嫗故名妓。此與李師師白髮青裙、就檐溜濯足之事極相類。今昔盛衰之異,如此寫來,動人甚深。《桃花扇·哀江南曲》中云:"眼看他起高樓,眼看他宴賓客,眼看他樓塌了",爲千古名句。《板橋》紀事,亦殊不遜之也。

(《新聞報》一九二一年二月三日)

小說叢談

胡惠生 撰

　　載於《儉德儲蓄會月刊》一九二一年第二卷第五期、第三卷第二期、第三期、第四期、第五期、一九二二年第四卷第一期、第二期、第四期。作者胡惠生(一八九三年—?),原名道吉,別号蕙荪。安徽泾县溪头村人。南社社員,曾担任《民报》主編、国民党中央通讯社总社编辑。後參與創辦《文匯報》。本文主要從小說發展歷史、當時流行的類型小說、小說與社會關係等方面對小說進行了精深的探討,其中多有卓見。如談到小說源起時說,"小說不自虞初始也,特盛於虞初。"談到筆記體小說時,說"宋人筆記小說,亦與漢唐不同,文不如漢唐之精彩,而理論過之,殆以議論勝也。"對於晚清以來極力迎合社會心理而不顧影響的小說,稱之爲"小說界之蟊賊"。特別應當指出的是,作者對當時將傳奇、彈詞等劃入小說一類,也有別緻的解釋:"蓋小說之有章回、傳奇,亦古文之有駢散。傳奇者,小說中之駢文也。"

小說之始

　　《漢書·藝文志》曰:"小說者流,蓋出於稗官,街談巷語,道聽途說者之所造也。"當古者人君欲知閭巷風俗,故立稗官,使稱說之(如淳注)。瑣碎微細,有聞必舉,義取莊周之寓言,而以規正人君之得失。《傳》載輿人之誦詩,每詢於芻蕘。小說之始,其此時乎?

張衡《西京賦》曰："小説九百，本自虞初。考虞初《周説》九百四十三篇，漢武時方士侍郎隴黃車使者所作。"《漢書・藝文志》曾載之。其書不傳，然《漢志》所載小説家共有十五家之多。雖間有僞托，而《青史子》五十七篇，賈誼《新書》曾引之(《保傅篇》)，在虞初之前。小説不自虞初始也，特盛於虞初耳。逮及漢魏，漸次發展。或檢事摭證，或志怪搜奇。雖屬稗説，實補正史之不及。若班固之《漢武内傳》、伶玄之《飛燕外傳》、干寶之《搜神記》、吳均之《齊諧記》，文彩瞻麗，詞旨詼詭，實筆記體小説之開山祖也。

論唐宋小説

小説自漢魏而後，作者益夥，騁詞抽秘，至唐宋而愈盛。唐人小説，實主漢魏，文尚優美，詞主奇離。雖短帙札記，莫不恢奇典洽。《唐代叢書》所收，至一百六十四種之多。《太平廣記》所收尤夥，但非全帙耳。如張鷟《朝野僉載》、蘇鶚《杜陽雜編》、段成式《酉陽雜俎》，以及《虬髯客傳》《紅綫傳》《柳毅》等傳，或敘述雜事，或記錄異聞，或綴輯瑣語，皆綽有可觀。雖間有僞作，要皆文人才子之筆。逮乎有宋，而一變矣。蓋自唐以前，悉主文言，所謂筆記體也。至宋而演義體始出，混以市井俚俗之語，發爲紀述議論之文。《七修類稿》謂宋仁宗御宇，國家閑暇，朝臣日進一奇怪之事以娛之。故小説"得勝頭回"之後，即云趙宋某年云云。洎乎後世，作者如林，蔚然興起，與筆記體小説分道揚鑣，同爲小説之正宗。故當世佳作尚少，文人士子筆墨所及，仍多從事於筆記體，豈以鄙俗不足道歟？然宋人筆記小説，亦與漢唐不同，文不如漢唐之精采，而理論過之，殆以議論勝也。

(《儉德儲蓄会月刊》一九二一年第二卷第五期)

論元明清小說

元以異族入主中華，文網綦密，有志之士，不得於時。滿腔悲憤鬱悶之氣，一以遊戲之筆出之。故當時小說，最爲發達。於是傳奇體乘時而出，小說之能事備矣。《七修類稿》謂裴鉶所著，多奇異可傳，故號《傳奇》。此蓋謂其事之奇異，非傳奇體也。傳奇之作，其根據於戲曲乎？戲曲，宋時已有之，金入中國，用胡樂爲新聲，其音嘈雜淒緊，不諧南人之耳。故至元變爲南曲，別新聲而爲北曲，於是南曲北曲之名始起。北曲之佳者，爲王實甫之《西廂記》，取唐元稹之《會真記》爲藍本，稱爲千古絶調。南曲之佳者，爲高則誠之《琵琶記》，叙孝婦貞妻之行。湯若士謂其從性情上著工夫，不以詞調之倩巧見長，洵確論也。其他名著如《拜月亭》《荆釵記》《殺狗記》，亦復不少。後之作者，有明湯顯祖之《玉茗堂四夢》（即《還魂記》《南柯記》《邯鄲記》《紫釵記》）、阮大鋮之《燕子箋》、清洪思昉之《長生殿》。而孔雲亭之《桃花扇》，以明末遺老發其故國之情思，悲涼淒惋，尤足與《西廂記》相頡頏。演義體雖原始於宋，發達實肇端於元，描摩確肖，有耐庵之《水滸傳》，包羅廣博；有羅貫中之《三國演義》，同爲小說之巨擘。繼起者則明邱長春之《西游記》，假唐玄奘之求經明心性；王鳳洲之《金瓶梅》刺嚴世蕃之荒淫，演冷熱。而清初曹雪芹《石頭記》一書，描寫簪纓鉅族、兒女癡情，其金針之密，允推爲小說之首指。筆記之體，明清著作益夥。王新城外，蒲留仙之《聊齋志異》、紀曉嵐之《閱微草堂筆記》，尤爲傑作。留仙主漢唐，以文辭見長。曉嵐主宋人，以理論見長。其淵源蓋有別矣。夫小說至於明清間，可謂盛矣。巨篇厚帙，各有專作。下至猥鄙荒誕之作，如《封神榜》《施公案》《三笑》等，亦復汗牛充棟，幾家誦而户傳。故元及明清，實爲小說最昌隆之時代也。

論挽近小説

西學東漸,吾國文字上、思想上爲之一變。小説界亦趁此潮流,大爲改變。識時之士,知小説與群治有密切之關係,競起提倡,或翻譯歐美名著,或自秉筆撰述。作者如林,名家輩出,兼之印刷發達,交通便利,一紙甫出,風行全國。自有清末造,以至近今,實小説最盛行時代。清季作者,爲吳研人、李伯元、東亞病夫、洪都百煉生等輩。吳研人著作頗多,而《二十年内目睹之怪現狀》一書,尤膾炙人口。全書演述,皆本親身閱歷,而以作者爲書中主人翁,尤爲別開生面。李伯言《官場現形記》,形容確肖,實可燃犀。東亞病夫《孽海花》一書,可爲中國近三十年來掌故讀,惜乎其書未竟。洪都百煉生之《老殘遊記》,其詞旨筆法亦足與趼人、伯言齊驅。顧《怪現狀》《官場現形記》《老殘遊記》等書,雖爲巨部著作,但逐段遞寫,前後不相統屬,其結構究屬易事,求其能繼《石頭記》《水滸傳》《三國演義》之緒者,實無其人。翻譯之本,當推閩侯林氏琴南,神氣沉著,筆有餘力。其他撰譯,佳者固多,劣者亦復不少,甚且艷詞蕩語,堆滿紙上,以期迎合社會心理,實小説界之蟊賊也。提倡小説者,盍注意焉!

(《儉德儲蓄會會刊》一九二一年第三卷第二期)

小説體裁

小説體裁之區分,各有不同。宋鄭漁仲作《通志》,統謂之"説部",不分部目。清《四庫全書目録》區分爲"雜志""異聞""瑣記"三種。《續通考》因之,定爲"瑣事""瑣語"二類。此外如《古今説海》,又有"説選""説纂""説略""説淵"等部之分。《五朝小説》有"傳奇""志怪""偏録""雜傳""外乘""雜志""訓誡""藝術""記載""品藻"等家之別，莫衷一是。且此皆事實之分類，非體裁上之分類也。況僅筆記一體，而演義傳奇略焉。今人之言小說者，或分爲文言、白話，或別爲傳奇、章回，亦不能括盡小說體裁。爰以鄙見，分爲筆記、演義、傳奇、彈詞四體。

筆記體

筆記體於小說上，最爲早出。其源蓋本於紀傳之文，與雜史最易淆混。如唐人《隋唐嘉話》《闕史》《開元天寶遺事》、宋人《五國故事》等，雖爲說部，亦可入之雜史。紀曉嵐纂《四庫總目》，始爲區劃。以述朝政軍國掌故者入雜史，其參以里巷閑談、詞章細故者入小說。然當時一切文人筆墨之所入，如筆記、偶談、漫錄、雜志、記聞、瑣語、外史等，仍沿魏晉小說舊例，統入於說部。故當時筆記小說，實統括筆記、雜俎而言也。惟是質之小說本義，筆記小說與演義小說、傳奇小說，雖有文言、白話、詞曲之分，而其記載，一以人物事實爲主體，固無所間別也，非如筆記、雜俎，叢拾博收，毫無範圍也。故筆記小說與筆記、雜俎當釐爲二事，不容有混合。此類小說，在宋以前，實可代表小說之全體。凡所稱小說，均指此類小說而言也。有一篇專敘一事者，如《南柯記》《長恨歌傳》等是也。有十數篇或數十篇共一總目者，如《博異記》《述異記》是也。近代翻譯之本，以及其他著作之文言者，皆屬筆記體。

（《儉德儲蓄会月刊》一九二一年第三卷第三期）

演義體

演義體起於有宋，其體裁亦源於紀傳之文。惟筆記體小說但爲著述上事，演義則以演講爲事，不於著述上著工夫。體爲章回，文多俚俗，由來學者不取焉。故清《四庫全書》《通考》《續通考》，均未列入。近人《宋元戲曲考》引灌園耐得翁《都城紀勝》，云："說話有四種，一小說，一說經，一說參請，一說史書。"又引《武林舊事》，云："諸色技藝人中，有書會（謂說書會），有演史，有說經諢經，有小說。"案此，皆謂說小說之人，如今之說書者，非演義小說之體裁也。演義小說雖多俚俗之作，其立意取譬，奇警者亦復不少。且以通俗爲主，釁夫販卒，嫗娃童稚無不爲之歆動，雖大人先生、文人學士亦多嗜之。故能風行社會，奪筆記小說之幟而爲小說之正宗也。在今日而言，小說於文字上言，目以筆記傳奇爲主。若欲開通社會，則舍演義體莫屬也。

傳奇體

傳奇之名，雖出於裴硎，而其體實起於元之戲曲也。元人以雜劇爲傳奇，混以爲一。至明，則區雜劇之長者，別以爲傳奇。黃文暢編《曲海》分雜劇、傳奇爲二類。案雜劇與傳奇，於名義上言之，雜劇列於戲曲類，傳奇列於小說類；於實際上言之，雜劇可扮演，傳奇亦可扮演，如《燕子箋》《桃花扇》等，名雖爲二，其實一也。體有南曲北曲之別，北曲勁切沉痛，於調促處見節奏；南曲清柔曲折，於調緩處著丰神。北曲宜合唱，南曲宜獨奏，此南北曲之大別也。體盛於元際，佳著頗多。明清作者亦頗不少，選聲選色，雕琢不遺餘力，純然美術上字也。蓋小說之有章回、傳奇，亦古文之有駢散。傳奇者，小說中之駢文也。近代作者雖不乏人，而求能被之管絃者，實不多覯也。

彈詞體

彈詞體不知始於何時，遍考群書，不能得其源流，而佳本不多，除社會上流傳之《天雨花》《筆生花》《再生緣》等外，亦不多覯。體爲七言韻詩，間以白話。古有五七言古詩，絶述事實者，紀述事實者，如《木蘭詩》《長恨歌傳》等篇，意者彈詞之體，其脫胎於此乎？

辭意淺顯，可信口而唱，婦女多悅之。故亦能風行社會，爲小說之正體也。

四六傳奇　彈詞

小說體裁，筆記、演義、傳奇、彈詞之外，又有四六傳奇及鼓詞。鼓詞與彈詞稍爲區別，可附於彈詞。四六傳奇，除《燕山外史》一書外，不多見。名爲傳奇，實筆記體之駢文耳。

（《儉德儲蓄會會刊》一九二一年第三卷第四期）

小說種類

中國舊小說，素不分種類，非若歐美說部有所謂社會小說、言情小說、歷史小說、神怪小說也。然細按之，中國舊小說，雖無此種名稱，實備有各種之實。如《列國志》《三國志》之爲歷史小說，《西遊記》之爲宗教小說，《西廂記》之爲言情小說，固爲今之言小說者所共認者也。民國三、四年間，《北京通俗教育研究會審核小說標準草案》，於小說種類，共分八門。一關於教育者，二關於政治者，三關於哲學及宗教者，四關於歷史地理者，五關於實質科學者，六關於社會情況者，七寓言及諧記，八雜記。分類尚不誤，惟闕言情一門。推其所以闕之者，蓋誤爲誨淫之作。蓋通俗教育研究會就社會教育上而言，非就小說上而言也。余於小說種類，亦略區分爲八類。視《審核小說標準草案》，加入言情，刪去雜記。餘亦略有異同，列目於下：一關於社會方面者，有社會小說；二關於言情方面者，有言情小說；三關於歷史方面者，有歷史小說；四關於教育方面者，有教育小說；五關於政治方面者，有政治小說；六關於宗教哲理方面者，有宗教小說、哲理小說；七關於實質科學方面者，有科學小說；八諷刺、寓言、滑稽，有諷刺、寓言、滑稽小說。

社會小説

　　社會小説,在小説上特占重要位置。往昔已立有稗官,使説閭巷風俗事。今之通俗教育,於宣講戲曲之外,以小説爲普及社會教育之利器。所謂小説者,即指一般社會小説而言。社會小説之特點,在於描摹社會之態度。舉凡委曲瑣碎之事,有史遷之筆不能達者,社會小説能一一曲描,細寫以出之,所以受人之歡迎也。

　　作社會小説之主旨,在於"描寫確肖,形容盡致"八字。中國舊社會小説,惟《水滸》有此八字。他如《儒林外史》《彭公案》《施公案》(《彭公案》《施公案》雖不甚佳,顧於當時地方情形頗爲詳晰)近代社會小説,作者甚夥。除吴趼人《二十年内目睹之怪現狀》一書外,而其佳者實不覯也。

　　偵探小説爲社會小説之一部分,事迹奇離,能曲盡人情之機變。惟間有不近情理之處,或易啟誨盜之心也。

（《儉德儲蓄会月刊》一九二一年第三卷第五期）

言情小説

　　人之一生,飲食而外,厥惟男女之情欲。惟情欲一事,能會之於心,不能宣之於口。有代而宣之者,除古之所謂詩歌以相贈答外,今之言情小説頗能代而宣之。惟其能代而宣之,於是往往涉及私穢之事。此言情小説所以被誨淫之名而爲社會教育家所斥擯不取也。余謂中國舊時小説之關於言情,實不能脱此惡智。他無論矣。如《西廂記》,如《還魂記》,固號稱爲小説中最上乘者,亦不能免此私穢之筆。無他,情與淫不能辨别故也。歐美言情小説,只言情而不至於淫,故纏綿悱惻,終不及於亂。現代言情作者,雖嚴情淫之辨,顧多奇離不近人情之處。近日逾趨於荒謬絶倫,於社會風化大有關係。有識者曷一注意及之？

歷史小説

　　歷史小説與正史、通鑑、紀事本末、野史同一紀載歷史上之事實。正史、通鑑、紀事本末、野史，僅以供學者之研究，而歷史小説，獨能風行社會者。何也？蓋正史等枯寂，歷史小説有興味。正史等文字深奧，歷史小説詞旨淺顯，故歷史小説之盛行，反勝於正史、通鑑、紀事本末、野史也。

　　普通人之歷史智識，大半得之於小説中。薛仁貴三箭定天山，在史鑒上不過十數字之記載耳。且同薛仁貴一類之人，史鑒上甚多，而薛仁貴獨能享此盛名者，無他，《説唐》《征東傳》之功也。孔明之智、孟德之奸、關壯繆之義、岳忠武之忠，至今婦稚皆知之，絶非史鑒之功，乃《三國志演義》《説岳》《精忠傳》之功也。

　　歷史小説以取材精審、足資觀感者爲上等，事實不謬爲中等，疏誤太多或涉及猥褻者爲下等，而尤以輸灌社會歷史知識爲要旨，有志研究歷史小説者，務以此點三注意焉。

　　　　　　　　（《儉德儲蓄會會刊》一九二二年第四卷第一期）

教育小説

　　教育小説專爲學校學生所作，以爲學校教育、家庭教育之輔助品。歐美各國，或竟以爲學校課本也。其體例別爲一格，大都對於學生而言，所以資模範者也。中國舊無教育小説，現在作者當推包天笑氏《馨兒就學記》《苦兒流浪記》二書。若《埋石棄石記》，則對於教員而言，非對於學生而言也。

　　倫理小説、冒險小説，亦教育小説也。所述雖非學生之事，一則鼓勵學生之果敢，勇於冒險性質；一則納學生於禮法之中，使知倫理之要道,亦教育範圍以內之事也。作教育小說,詞旨務宜淺顯,萬勿高騖其思想,不近人情,事事要歸實踐,使學生有所借鑒,實有具模型的性質也。

政治小說

政治小說,在於輸灌國民政治常識,或發個人之政見,與國民課本同一趣旨,與普通小說、教育小說又別爲一格也。此種小說,在社會上實不多覯。余謂須當提倡,使國民稍具有政治之常識也。

宗教哲理小說

宗教小說與神怪小說,同爲言神鬼之事,而宗教小說根據於宗教,暢演其趣旨。神怪小說則妄誕不經也。

《西游記》,宗教小說也。假唐玄奘之求經以明心性。唐僧,身也。身非經無數苦難,不能造登善境,故有九九八十一難之說。悟空,心也。心之作用,最爲迅速,故有一觔斗十萬八千里之說。若《封神榜》,荒唐無稽,則純粹神怪小說也。

哲理小說與理想小說,雖同爲理想的小說,亦各有不同。哲理小說根據哲理,理想小說全憑個中空中結構也。

理想小說,多托之於一夢。或譏其雷同,不知理想本非事實。理想小說,尤多述未來世界之事實,非托之一夢,無由着筆也。

科學小說

科學小說,在吾國舊小說中不多覯。蓋吾國士子,素乏科學之研究,而一二有學識者,又不屑注意於小說。於是吾國少科學小說也。

小說之關於實質科學方面者,科學小說外,又有博物小說。《鏡花緣》一書,或有謂其滑稽小說,不知其主旨實在發揮其學識也。如解釋經義，詳證方案，以及談詩論畫，辯琴品茶，語語皆有條理，非有學識者決不能辦也。余謂吾國舊小說中，有學術之價值者，唯此一書。今論科學小說，并及之。

諷刺、寓言、滑稽小説

諷刺、寓言、滑稽三者，其趣旨雖皆以規正社會之得失，而其作用則各有不同。借影射事，諷刺小説之作用也；假物設辭，寓言小説之作用也；詼諧調笑，滑稽小説之作用也。雖不離乎社會小説之範圍，而於社會小説中別有特性也。作諷刺、寓言、滑稽小説，能使讀者有所警惕感慨，斯爲佳作也。若徒肆口詈罵，肆行譏嘲，借事生端，易染市井口吻，不獨不能使讀者有所警惕感慨，亦失作者之人格也。

（《儉德儲蓄會會刊》一九二三年第四卷第二期）

小説筆法

余前言小説結構，今將言小説筆法矣。作小説之筆，亦猶作文之筆也。作文之筆宜簡，作小説之筆亦宜簡；作文之筆宜雅，作小説之筆亦宜雅；作文之筆宜顯，作小説之筆亦宜顯。蓋不簡則拖水帶泥，不雅則鄙俚卑俗，不顯則沉晦隱悶，皆不能引起閲者之愛讀也。

具上三者之長，則有四種筆法。季叔寄塵曾言之矣。一曰襯筆，如叙一女子，只叙其侍婢之美，則此女子之美，不叙而自見；叙一拳師，只叙其弟子之藝，則此拳師之藝，不叙而自陳；又叙一人，於其未見面時極力寫之，或其人之種種事績皆從他人口中道出，至本人一登場，只寥寥數語而已。此所謂襯筆也。一曰補筆，欲逐一事，頭緒紛繁，叙之既嫌雜沓，略之又不顯豁，於是利用補筆，先叙其一二,其他則於空閒時補之,讀者終篇,自能於此事本末終始了了於胸。此所謂補筆也。一曰反筆,如并叙二人,極力描寫甲之醜,不知正所以彰乙之美;極力摹繪乙之愚,不知正所以彰甲之智。此所謂反筆也。一曰縮筆,一人一事,他人非數百言不能了者,能以數十言了之,而所叙又絲毫無遺。此所謂縮筆也。讀名家小說,輒不忍釋手,無他,以其能擅此四種筆法也。故《紅樓夢》不過叙一世家,《三國演義》不過述一代戰爭,與《紅樓夢》所叙之世家、《三國演義》所述之戰爭,古今小說亦多矣,而《紅樓夢》《三國演義》獨能得人人之歡迎者,亦以其能擅上四種筆法故也。

論小說與社會之關係

小說負改良風化之責任,下筆偶爾不慎,致貽害社會上無窮之弊害。證之以往事,拳匪之亂,其尤著者也。羅惇融《拳變餘聞》云:"義和拳稱神拳,以降神招神,號令皆神語。傳習時,令伏地焚符誦咒,令堅合上下齒,從鼻呼吸,俄而口吐白沫,呼曰神降矣,則躍起操刀而舞,力竭而止。其神則唐僧、悟空、八戒、沙僧、黃飛虎、黃三太。庚子四五月間,津民傳習殆遍,有關帝降壇文、觀音托夢詞、濟顛醉後示,皆言滅洋人。忽傳玉帝敕命,關帝爲先鋒,灌口二郎爲合後,增財神督糧,趙子龍、馬孟起、黃漢升、尉遲敬德、秦叔寶、楊繼業、李存孝、常遇春、胡大海皆來會師。其所依據,則《西遊記》《封神榜》《三國演義》《綠牡丹》《七俠五義》諸小說,北中所常演之劇也。由此觀之,八國聯軍入京之奇辱,雖由庸吏愚民有以釀成之,未始非小說之作俑也。"又,《庸閑齋筆記》云:"余冠時,讀書杭州,聞有某賈人女明艷工詩,以酷嗜《紅樓夢》故,致成瘵疾。當綿惙時,父母以是書貽禍,取投之火。女在床乃大哭,曰:'奈何燒殺我寶玉。'遂死。"即此二事,不良小說之爲害,已可見一斑。故作小說,偶爾不慎,小則禍及個人,大則波及國家,不可不慎也。

今世之士,每目説部爲小品,以謂無關緊要。此大誣也。不良之小説害於社會,較之槍炮尤爲禍烈。蓋槍炮雖凶,猶限於一時一處。若不良之小説,潛滋蔓長,深中人心,欲挽救,亦無從入手也。小説家幸注意焉。

(《儉德儲蓄會會刊》一九二三年第四卷第四期)

小説叢談

陳 鈞 撰

連載於《時報》一九二二年三月二十三日至一九二二年五月十七日、一九二二年五月二十一日至一九二二年六月二十二日。作者陳鈞，即陳汝衡。陳汝衡（一九〇〇—一九八九），江蘇揚州人，現代著名學者。早年在中央大學、暨南大學等校執教，後長期任教於上海戲劇學院。在通俗文學研究領域有突出的貢獻，著有《説書史話》等，另有《陳汝衡曲藝文選》等。本文在小説的性質、小説的寫作過程、小説的人物刻畫以及小説對話的運用等領域都表現出真知灼見。作者認爲小説家的使命即在於從瑣屑的生活中"尋出人生之原理，潤飾之，點綴之，以成不朽之小説"，而小説成就之高低，道德因素固然是一個重要的評價維度，但更重要的是"在發生讀者之同情與否也"。真正的好小説，在作者看來，是"在作者於經驗事理而後，就其觀察所及以成一種人生觀，然後製作小説，以寫其所得"。因此，作者鮮明地反對當時流行的"問題小説"，認爲其不符合小説創作規律。他對小説家的素質也有較高的要求，"小説家當具有兩種能力。其一即爲選擇，繪物言理，屬辭比事，牛溲馬勃，兼收並用。此係乎作者之眼光也。其二即爲修繕，精心結撰，工力深到，文筆則措調恢詭，情節則委婉盡致。"在涉及具體創作過程時，他認爲小説家必須經過"（一）科學的觀察（二）哲學的思索（三）藝術的發表"三階段，才能創造出好小説。正因爲其深知小説創作規律，也對"今人提倡白話文，放言平民文學，反對文學天才之成説"的觀點極爲反對。今日看來，可謂直擊當時弊病。對於翻譯小説，作者提出翻譯者必須"於中西文學素有造詣",且能"十分寢饋小説"。關於小説人物,作者提出"名家小説,其人物往往善者不必盡善,惡者不必純惡""處處須生動而有變化"。作者認爲要塑造出出色的小説人物,"小説上之人物,必具有公性(Typical Trait)及個性(Individual Trait),二者缺一不可也。"實際上就是普遍性與特殊性之間如何協調的問題。同時也對如何表現人物,提出了細緻入微的建議。本文還認爲談話在小説中作用巨大,而又不可率然爲之,故提出以下十項原則:"(一)談話必與結構相緊接(closely linkel to the slot)";"(二)談話必與人物合一,或近是";"(三)談話必相當於環境(Proper for the Setting or Occasion)";"(四)談話之自身必有興趣(Interesting in itself)";"(五)談話宜短";"(六)談話之詞宜簡潔";"(七)談話之詞宜樸素";"(八)談話宜明顯";"(九)談話宜出力寫好";"(十)談話宜具體"。足資小説寫作之參考。

吾人由感官而知人事,此一切之事實。不過零碎斷片,欲於其中悟出真理,是必賴心之作用。故恒人耳目所及,僅爲許多奇零之事實,而小説家則能於其中尋出人生之原理,潤飾之,點綴之,以成不朽之小説。蓋天下事,往往互爲因果,互爲影響。小説家目光如炬,心細如髮,能洞悉事物互相之關係。故其設一境,造一論,不能劈空而來,往往於若干章回以前,已預爲埋伏引綫,蛛絲馬迹,耐人尋味也。讀《紅樓夢》者,第知賈母阻撓寶黛婚事,不知於此事以前,作者已將賈母不滿意黛玉處預伏,如黛玉身體不健康,工愁善病,在在皆賈母所不喜也。

凡人一聞"小説"二字,以爲稗官野史,憑人杜撰而成,初無若何之價值。不知小説雖由作者心中懸想,然與虛妄不同。虛妄則背乎人生原理,小説則處處須切合人生也。

(《時報》一九二二年三月二十三日)

小說與日記不同。日記僅按日記載事實,小說於記事實而外,尤貴能將一事之來去起伏,尋其端緒,銜接無遺,使讀之者明其有因果相承之妙也。

文學之最高價值在於描摹人生。小說與詩、文、戲劇同隸文學,則其應描寫人生也,宜矣。然作一小說,往往於人生略加更易,使讀者平添若干興趣。否則,小說僅羅列事實,一切皆爲吾人經驗中所有,便味同嚼蠟矣。

英國小說大家司考脫描寫西洋中世紀人生,其所得概念多屬妄擬之詞,與事實不符合,然讀之者甚衆。

作小說貴慎。小說家每費盡心血成一巨冊,厥後有因失檢點,於微末而將全體之擬境破壞者。是故小說作者當筆際風生、十分滿意時,尤貴能將已著墨之事,無論巨細,慎加考慮,務使處處不與擬境相矛盾也。

(《時報》一九二二年三月二十四日)

小說上之事實,有爲或然者,有爲必然者。作小說者,不可不於此三致意焉。或然之事,如云一人天性不良,終日不治生業,其後此人乃轉而爲盜。此吾人意中所許可之事,十之六七逼近於真。此即或然之事也。然使其人處於生計窮蹙、饑饉薦臻時代,此人爲盜,乃爲必然之事。故一小說中之事實,若以百分計算,則百分之九十五當爲或然之事,而百分之五則爲必然之事。蓋一小說中,若盡爲必然之事,則與讀歷史、日記何異?索然寡味,無足觀矣。然使盡爲或然之事,則處之失真,使讀者不能置信,固失小說之本意,亦使讀者對於書中人物不能引起其同情也。如《紅樓夢》中黛玉之死,以及寶玉遁入空門、賈府式微等,此即必然之事,爲全書結構不可少之結局。讀《紅樓》者,雖僅讀書之大半,苟使掩卷思索,亦能推及寶黛等結束如是。此所謂人心中應許之事也。彼《紅樓》卷帙雖巨,書中若干事實有躍之於讀者心目中,覺興味無窮者,孰非或然之事乎?

(《時報》一九二二年三月二十五日)

且更有進者，小説家既拿定主張，描寫書中人物，當其一路寫來，如火如荼之際，作者反退處於無權，而書中被創造之人物，即可與作者宣布獨立。此語似覺不經，然雖作過小説者，類能言之。彼黛玉之死，以及寶玉、寶釵之結婚，作者至此不能不有此番結束，萬不可亂更情景，致使讀者斥爲荒謬。故曰：小説之人物有獨立之傾向也。

　　連貫之小説（Sequel Novel）如《續紅樓》之類，固不足比美前傳，且不能使讀者發生興味。此無他，在前傳中布景設局，已登峰極，一切已發泄無遺。續貂者不啻破壞前傳組織，牽強附會，自不能免。此讀《續紅樓》者所以讀不及數回便欲掩卷欲睡也。

（《時報》一九二二年三月二十六日）

　　《蕩寇志》，余頗喜讀之。此書雖亦爲連貫小説，繼《水滸》而作。其間描寫梁山群寇，囂張跋扈，不無與前傳有抵觸處。然全書精彩，實不能因此而没。彼忠義堂之一炬，以及一百八人各個之結束，作者係何等魄力，何等心思而克致此。且俞仲華作此書時，且特欲苦心戮力，竭盡智謀，以與前傳相頡頏。《水滸》有武松打虎一段，《蕩寇志》則繼之以唐猛打豹；《水滸》有潘金蓮、潘巧雲偸情之事，《蕩寇志》則有紀明設局，戴春、陰秀南通奸之事。而且宋江之襲安樂村，實不下於前傳之三打祝家莊。教操操兵一段，實可與前傳之劫法場並爲一談。此等大落墨處，使非作者筆力雄厚，烏克臻此？作者於宋江、吳用、林冲、關勝等人物，在前傳中赫赫於楮墨間者，無不竭力描寫，不稍遜色。其所擬入之人物如陳希真、雲天彪、陳麗卿、劉慧娘等，寫來有聲有色，真有無美不收之概焉。説者謂《蕩寇志》中之敍戰爭，實爲《水滸》所不及。蓋俞仲華早年曾事戎行，而耐庵乃門外漢，不過書生賣弄筆墨，只求紙上鬧熱而已。

（《時報》一九二二年三月二十七日）

余嗜讀《水滸》《紅樓》《西廂》等著名小說外,實嗜讀《蕩寇志》。然知此書者實鮮,且一經提及,往往與《後水滸》(又名《征四寇》)相混。《後水滸》作者爲明人羅貫中,其筆墨固遠遜《水滸》,且較《蕩寇志》亦不及。仲華之作《蕩寇志》,實有慨於當時盜賊充斥,邪說淫辭,動人心臆,未始非羅氏之罪,故憤而爲此書耳。其開卷處大書特書,即所以詔示此旨。此動機在文學價值上不甚高,然於世道人心殊有補益。環視今日,國家潢池滿地,又安得不使余思讀《蕩寇志》,冀得雲、陳、張公諸人,一掃妖氛乎?讀涵秋先生之《小說觀》,知先生亦頌揚此書不置,可謂先獲我心矣。

(《時報》一九二二年三月二十八日)

文學上之褒貶(Poetic Justice),亦爲小說作家所宜知。自來賢者蒙禍,顛沛流離;惡人安居富貴,爲幸運之赤子,本屬人生反常之事,不可挽回也。小說家描寫人生,須切合事理;其褒貶人物也,不必與賢者以幸福而臨惡人以灾禍。名家小說往往見之。蓋君子與小人遇,君子恒敗,往往受其荼毒,飲恨以没。讀小說者,於此無不哀憐君子,欽仰賢者之心於焉益盛,而其嫉惡如仇之念亦將愈形堅固也。是故文學上之褒貶,不再鋤惡扶良,而在發生讀者之同情與否也。

中國舊小說作家多不明此旨。書中所言君子,先抑而後伸,小人初得志而後受創,幾於千篇一律。然揆諸事理,天地間豈得盡有此痛快人心之事?《紅樓夢》叙述寶玉寶釵結婚,黛玉情場失敗,竟以瘵死,此《紅樓》所以爲中國第一說部也。黛玉天性抑鬱,寶釵善迎人意,其狡黠殆十倍過之,黛玉之失敗自屬事理之常,無足怪者。彼傖父不諳此理,妄加評論,以爲曹雪芹寫黛玉結束未免殘虐不仁。嗚呼!此輩何嘗知曹雪芹哉,亦何嘗知小說原理哉!

(《時報》一九二二年三月二十九日)

英國小説家高爾士密所著之《威克菲牧師傳》(林譯爲《雙駕侶》)爲十八世紀著名小説之一。書中描寫此道德純潔之牧師,始則困於疾病,繼則無辜下獄,歷嘗縲紲之苦,而又毀家失女,顛沛不堪言狀。獨彼無惡不作之桑海爾公子,坐擁名姝,長享溫柔艷福。讀是小説者,無不悲牧師之遇,而恨桑海爾公子,直欲寢其皮而食其肉也。文學上褒貶之道即在於是。

吾將更引一例以闡明之。迭更司(英國感情派小説大家)所著之《塊肉餘生傳》中寫一漁家子,其未婚妻愛密柳爲一富室公子所誘,雙宿雙飛,去如黃鶴。其後,富室公子竟拋其所愛,倦而獨返,途遇颶風,海舟吹覆,公子援桅呼救。此漁家子倉卒間未遑辨其爲仇人,獨奮然游水救之,竟以力竭,與舟俱没。蓋却爾司故用此驚人之筆,使讀者瞭然此富家公子之罪,如禹鼎鑄奸,莫可逃避。此文字褒貶,別開生面者也。

(《時報》一九二二年三月三十日)

小説固所以娛讀者,然同時亦有啓迪教化之作用。讀《儒林外史》者,覺書中描寫社會人物,窮形盡相,足堪發噱。不知吳敬梓未作此書之先,胸中實有無限抑鬱,特假此書以發洩之,意在掀開社會真相,謀社會之改革也。是故社會小説,一方面重在寫實,一方面重在啓迪,二者有脣齒相依之勢也。此不獨小説爲然,其他藝術無不如是。所謂"藝術之藝術"(Art for Art Sake)及"人生之藝術"(Art for Humanis Sake)二種爭點。吾謂真正之藝術,必能融合二者爲一爐耳。

(《時報》一九二二年三月三十一日)

讀小説者常以道德標準批評小説,意以小説中主要人物必以賢良純潔之人充之。若所寫者爲娼優盜賊、販夫走卒,則必曰此小説破壞人心,不能縱容世間,貽害子弟。不知小説上道德問題,不係諸小說材料自身，而實以作者如何措施（Treatment）之以爲斷也。法國小說家小仲馬所著《茶花女遺事》（Madaine Camellias）風行全世界，孰不推爲寫情妙手。然茶花女不過一妓，以籍隸平康，爲社會上極卑賤之人物。讀此小說者，不獨不賤視之，且富於盛情之人，往往爲書中人灑無限熱淚，一若茶花女爲一極高尙、極純潔之女子，雖求之名門淑媛而不可得者。此無他，仲馬之筆有以致之。而曰《茶花女》爲一不道德之小說，此人不將如聖嘆所云"定墮拔舌地獄"乎？

(《時報》一九二二年四月一日)

至若中國義俠小說內所載之豪傑志士，托名爲盜，殺贓吏土豪，若不經意，人亦不以是而罪之。且曰："此英雄，此大俠。"是故小說上道德問題不在小說材料自身，而在作者如何措之。彼《金瓶梅》《新齊諧》《杏花天》等誨淫誨盜，當不可與此同日語也。

且文學家評論文學道德問題，恒以其切近人生真理以爲斷。托爾斯泰輩之文學，今人且有以不道德譏之者。托爾斯泰放言農夫苦役而入天國，鋪張揚厲，於事理多所矛盾，固不能免於譏耳。

(《時報》一九二二年四月二日)

小說既不能離開人生而言，故下之三種順序，小說作者必須經驗之。

（一）科學的觀察，所以求眞也。小說不能憑空杜撰，必也作小說之先，有一番觀察，然後搜集事實，以爲小說之材料。其觀察務眞，一如科學家研究聲光化電然，雖毫釐微末之間，亦必辨析精確。此種科學的精神，小說家必備之。

（二）哲學的思索，所以求理也。材料既經搜集，此所得者，不過許多奇零之事實。小說家悉心探討，明悉事物因果相互之間關係，然後取其合於小說之材料者用之，而拒其無相關者。蓋天地間事物紛繁,不盡可入小說,是必賴小說家之精審抉擇。猶之大地上風景雖多,不盡可入畫也。故小說於搜集事實而後,尤貴能以哲學的頭腦,慎思之,明辨之,如是方能定其取捨也。

(《時報》一九二二年四月三日)

(三) 藝術的發表,所以求美也。小說家既經上述兩種順序,則全書結構已有成竹在胸,此時便可放筆爲文。然若文字平庸,敍事欠法,則與寫歷史、日記何異?讀者不啻手執一教科書,對之枯澀無趣。其較佳者,亦不過如筆記之類,僅供讀者以事實而已。是故小說家必具有藝術之手腕,出以驚人之筆。其敍一人物,則音容宛具,栩栩欲活;敍一事,或則隱微深曲,或則犀利俊快,有時且顛倒事實,故露破綻,使讀者撲朔迷離,不忍釋卷。此即藝術之發表,《易》所謂參伍錯綜也。如是,則小說臻於完美之域,嘆觀止矣。雖不欲不脛而走,可乎?

(《時報》一九二二年四月四日)

或有難余者,曰:"如子所云,則著作小說將爲天地間最難之事。以一小說作者,而兼科學家、哲學家、藝術家,此何可能?且古今小說名家,不乏其人,未聞作小說之先,有此三種經歷。子之所云,毋乃故作神奇,以眩俗而驚人乎?"則應之,曰:"文學一途,本非強人人可爲之事。有文學天才(Literary Genius)者,再濟之以模仿,便能騰放自由,發展如意。彼有小說天才者,其思想言語,以及一顰一笑,無不具有小說家之色彩。彼縱不解上所云之三種經歷,然試讀其著作,參校其結構,無不與學理若合符節。昔聖嘆評《水滸》,稱頌耐庵錦心繡口不置。夫所謂錦心繡口者,實與小說家最佳之頌詞,謂其有小說之天才,不假雕琢,便動中適合,使讀者擊節嘆賞也。"

(《時報》一九二二年四月五日)

試思學理二字,並非吾人憑空懸想而成。學理之來源,本取名家著作歸納而得,然後取此已得之學理,支配一切,以爲普遍之準繩。今人僅知若干學理,便取古人著作,謬加評論,不曰此處缺乏寫實精神,即曰彼處破壞何種規律。如此做去,豈不爲古人所笑?學理既由彼淵源,豈非班門弄斧,孔門説經乎?

天才與模仿二者,本爲文學上之争點。平心而論,則小部分係乎模仿,即貴明學理也,然大半實係作者之天才。余年幼,尚未敢作一小説以鳴世。平時研究所得,知有人於小説原理十分明悉,言之縷縷,竟不能作一小説,博當世之欣賞者。反觀小説名家,往往疏忽學理,亦能成名著而不朽,猶之碑帖鑒識家不盡能作書,善書者未必邃於考古之學,是則作者之天才固占藝術上重要位置也。

(《時報》一九二二年四月六日)

今人提倡白話文,放言平民文學,反對文學天才之成説。推彼等之意,以爲人人皆可有最佳之文字,即人人皆可爲文學家。噫!執彼等所言,從此世間將有無限曹雪芹、施耐庵矣,吾何嘗不願之?乃致馨香禱祝之。惜哉!彼輩眩世駭俗,所言多未能成事實。以平民(Democratic)一語比附文學,論者以鄙俗(Vulgar)譏之。誰曰不宜哉?

西人恒有名言,謂小説者,爲人生之蒸餾(Fiction is Life Distilled)。抽繹其意,蓋謂人生歲月綦長,經歷至繁,無慮千萬。此若干之事實,不盡可爲小説之資料。小説家之所欲得者,在取其趣味濃郁、最奪人心目之部分,猶之水經蒸餾,則所餘者自純潔無雜質,飲者便覺甘芳耳。

(《時報》一九二二年四月七日)

由是以觀,小説家當具有兩種能力。其一即爲選擇,繪物言理,屬辭比事,牛溲馬勃,兼收並用。此係乎作者之眼光也。其二即爲修繕,精心結撰,工力深到,文筆則措調詼詭,情節則委婉盡致。此係乎作者之手腕也。

小說與戲劇,固同屬作家虛構。然深究其內容,二者頗有殊異。余於討論小說之際,勢不容不兼及之讀者。諸君諒不嫌詞費也。

吾人讀小說,初不必受制於空間及時間。暇餘晷日,燈前午夜,無時不可以讀之,無地不可以讀之。然觀戲劇者,必與他人同處一地,且在同一時間內覽劇中動作,不若讀小說者之自由也。

(《時報》一九二二年四月八日)

讀小說者,對於書中情節,今日不能窺其底蘊,尚有明日;明日不能,尚有若干日以繼其後。觀戲劇者,則必有定時間內明其全體。戲劇家固不能使觀者於一劇既終,尚猶瞠目結舌、茫無所知也。

小說家於書中往往發揮己見,批評書中人物,然施之於戲劇,則大悖情理。我之一字,著作家用以表現其自身於著作中,在詩文小說上,本極許可,特戲劇作家無此特權耳。

(《時報》一九二二年四月九日)

小說篇幅冗長,所述事實至夥,而戲劇只就與劇中人物最有密切之關係者,方能入文,斷不可無故旁涉,使觀者感其支離,故有謂戲劇爲緊張的(Intensive),小說爲廣闊的(Extensive)。此誠確論耳。

然猶不僅此,小說之需要者,在有傑出之作家與聰明之讀者,則其事可傳,其書可永垂不朽。戲劇於著作者及觀劇者而外,伶人之優劣,有重大之影響焉。伶之優者,演串合體,則可使全劇生色。否則,動作乖離,言語板滯,全場且爲之掃興。彼戲劇家雖藝術手腕極高明,能產出最佳之作品。至此亦神色沮喪,徒喚奈何,欲期其劇之膾炙人口也,不亦難乎?推之登場者之服御,司幕者之敏捷,以及四圍之布景舞台,前列燈火(Bootlight)之明暗,何莫不於戲劇上占重要之位置? 明乎此,始可與言戲劇,進亦可以論小說矣。

(《時報》一九二二年四月十日)

就上之所論,則著作小説,便可信筆揮灑,不加經營。較之戲劇,似若易作矣。是又不然。小説範圍廣闊,體大思精。戲劇上所述者,只爲人生感情的思實(Emotional Events),一劇之終,所費不過數時;小説則於人生各方面無所不包,其描寫人物,則善善惡惡,千變萬化,叙述一事,則曲曲折折,刻畫盡致。小説家於著作之先,經驗事理,觀察人生,費時固至巨也。

且進一步言之,戲劇具體者也。登場之優伶,何異劇中之人物? 一切言語動作,皆能耳聞而目睹之。舞台上之布景雜陳,處處皆與觀者以正確之觀念,是故一劇既終,而觀者喜怒哀樂悉隨劇情以爲轉移,固不難暫時立現也。然讀一小説,則大異於是。名家小説,往往於書既讀罄,猶不能決定人物之優劣。必也回環諷誦,聚精會神,雖字裏行間,瑣屑細故,善讀小説者亦無不於此兢兢業業,冀有所發明。甚至聚訟紛紜,莫衷一是。此類事,吾知讀者諸君必曾經驗也。

(《時報》一九二二年四月十一日)

告曰:觀戲劇匪難,讀小説殊不易。觀戲劇者,爲社會上一般人;讀小説者,實國民中少數智識階級。此小説所以終不及戲劇之盛行而孚衆望也。彼三家村之冬烘、市上之大腹賈,非不愛讀小説且兢兢樂道之。然使竟許之曰此亦小説之讀者,吾知千古小説家當同聲呼負負矣。

(《時報》一九二二年四月十二日)

小說家思想之高尚、文筆之精英,既非等閑所可望其項背。故讀小說者,匪徒執書諷誦,記憶若幹事實,即可謂讀小說之能事已盡。讀者必設身處地,冥想虛摹,推敲其字句,默揣其情節,然後內省諸身,外察社會狀況。如是,則小說家之造意謀篇,始能瞭然胸中,不致惝恍迷離,一任其播弄也。是故以小說比喻戲劇,則讀小說者當具有想象力,以求融會貫通,即使不能了然其全體,亦必悉心研索,以期理會其部分。蓋小說上人物繁賾,所關至夥,讀小說者固可自由選擇,求其合於己之性情部分而讀之也。然彼觀戲劇者,僅稍稍注意劇中動作,便能了然全劇矣。語云,跑馬不能看三國。信矣。

(《時報》一九二二年四月十三日)

讀小說既然若是其難,則小說之受人歡迎因之遠不逮戲劇。一劇既出,則四方遐邇以爭睹爲快。舞台之前,千頭攢集,上自官紳文士,下迄農夫走卒,舉凡上、中、下三等社會,蓋無不俱是。故著作戲劇者,必迎合各種社會心理,劇情既不可過事深曲,戲文尤須明白曉暢。惟小說家則不然,小說中思想之冥妙,結構之玲瓏,用以自娛也可,用以娛人也亦可,不必汲汲皇皇取媚於群衆也。而況小說家經驗人生,費盡心力,始成小說。所期者,本非當世及身之譽,要在將來傳之久遠,爲不刊之作耳。西國名家小說無論矣,中土著名小說若《紅樓夢》《蕩寇志》《鏡花緣》,作者至費時十稔,始臻完善。噫!作小說豈易事哉!

(《時報》一九二二年四月十四日)

小說之佳者,在作者於經驗事理而後,就其觀察所及以成一種人生觀,然後製作小說,以寫其所得。斯小說之上乘也。坊間勸善小說以及出版戒煙酒之類小說,作者苦口婆心,寓意勸懲,其動機在道德良心方面,觀之當無間言。然此類小說,在文學上可謂之絕無價值。讀經一次,便厭棄不欲再入目矣。蓋此類小說,作者於著述之先,並未嘗有一番之觀察,特先由目的而後製作小說,以發揮其成見,與小說家觀察在先、著書以繼起後者,截然不同也。此類小說,作者又喜用對比法以圓其說。縱嗜欲吸煙酒者,雖其初家資巨萬,不難揮霍立盡,終成餓殍;潔身自好之徒,往往以撙節而成家,聲譽日卓,而爲社會上重要人物。此等處,小說家不惜精力,一告再告讀者,以爲相形之下,利弊顯然,讀者必有所感也。不知自論理上觀之,此種造意,不得即視爲真理。世固有沉溺煙酒而不傾家者,亦有吸煙茹酒以爲消遣法者,何得以少數特殊之情況而立原理原則耶?

(《時報》一九二二年四月十五日)

問題小說(Problem Novel)亦稱目的小說(Novel With a Purpose),從未有聲情激越、百讀不厭者。此無他,其理亦於前述無異。作此類小說者,成見在先,屬辭比事,不過爲其成見之佐證。其背逆小說原理,不足博讀者之贊賞,宜也。譬若中國都市不潔,人民不知公衆衛生,以致死亡率增長無已。苟小說家於此造意,書中假設一家庭,夫婦子女,環室而居,其樂融融,殆不可言諭。然卒以都市不潔,疫癘流行,而此美滿之家庭,無事受禍,遂致死亡相繼,不久成廢墟矣。此類事,余意小說家縱精心結撰,結構蘊藉,哀感動人,足使讀者驚心於都市衛生爲當急之務,因而群策群力,亟起圖之。雖然,此種小說吾恐不旋踵便埋沒無聞,不能發生文學上價值也。昔余嘗讀某醫學會出版之肺癆病小說,措辭遣意,非不詼詭,然書既卒讀,則束諸高閣,供蠹魚之食矣。

(《時報》一九二二年四月十六日)

稗官野史,有補於世道人心。此語誠未可厚非。然小說貴奇不貴正,宜諧不宜莊,於故意設奇之中,而復能使讀者感其入情入理,此爲最佳。否則,筆筆正義,便嫌腐氣矣。小說之用,在於言外寓勸懲之意,細微曲折之中啓發人心於不覺。一書既罄,讀者如飲瓊漿,恍然悟澈。社會上魑魅魍魎、人情險詐,一一如直涌目前,使讀者自然有嫉惡如仇、改過遷善之心也。若於書中處處大發議論,惟恐不及,曰某也賢,某也不肖,某事大背倫常,某事亟宜發揚光大。如此做去,是不啻讀一"五經演義",小說云乎哉?

(《時報》一九二二年四月十七日)

《威克菲牧師傳》,余終嫌其帶有腐氣。當牧師下獄時,對獄囚忽作長篇之宗教言說,其實不過高爾士密自身對宗教觀念本有一番之見解,特不惜筆墨,製成論文,就書中人物以爲之宣傳耳。故其所論,縱極難能而可貴,然置之小說中,則索然寡味,讀者無不反感其支離。數行甫下,便昏昏欲睡也。且尤有甚者,作者不愜意於當時監獄制度,於是就人物談言中發表之;對於文學上有一番之評論,則亦四方圖維以表其所見。不知此等處固有損小說之擬境,且支離旁涉,不足以促結構之進行也。高爾士密爲古典派作家,當時小說之發達,猶未能若十九世紀之登峰造極,良不足引以爲怪耳。

(《時報》一九二二年四月十八日)

余昔讀《兒女英雄傳》,頗感作者腐氣太甚。第一回開首作者大發宏論,已足使讀者見而生厭。何玉鳳、張金鳳規勸安公子一段,連篇累牘,笨拙不堪。其後書中忽夾入安老爺談日蝕及講《論語》兩處,傖野糊塗,真不值一笑矣。作者談日蝕而缺乏科學見解,此猶可恕。講《論語》"吾與點也"一章,作者不知具何心理,強欲多方設論,以圓其說。直謂孔子感時傷世,方欲振刷有爲,而曾皙之徒所志,不過流連山水,及時行樂,不足與共治天下之任。"吾與點也"一語,蓋孔子憤懣之詞,所以警曾皙也。噫!作者自負淵博,實成其迂腐，固矣，乃欲視孔子爲腐儒耶？曾皙胸襟開曠，此種人生觀高尚純潔，戛戛獨造，爲諸門人所不及。孔子許之，宜也。作者以爲縱論經典，有補文教，可以爲小説生色，不知功未及收，讀者已感其支離滅裂矣。

(《時報》一九二二年四月十九日)

昔曼殊大師爲文學因緣，於後序中嘗云文章構造，各自含英，有如吾粤木棉素馨，遷地弗爲良。況詩歌之美，在乎節奏長短之間，慮非譯意所能盡。夫譯詩歌難，譯小説亦何嘗云易？東西各邦，風俗習慣互異。此邦視爲平庸者，彼邦或震爲駭俗。譯小説者，謹知拘守原作，不敢稍異其詞，而讀者茫然不解矣。至若文字異形，文法殊體，辭氣之間，各自成趣，有未可強同者。西文中有極細膩旖旎，譯爲華文，則反覺餖飣瑣屑，不可卒誦。歷試者，當韙余論也。

(《時報》一九二二年四月二十日)

大抵譯小説者，不外兩途。章節之間，僅窺大意，便取其事實，點綴以爲文。在文章本有深造者，譯筆不患不能明净簡雅，入古人之室，而讀之者便不啻讀《虬髯客》《飛燕》《太真外傳》矣。然其弊往往與原作相差太遠，譯者方一意摹古，而原作精英已喪失不少。且尤有甚者，原作不甚重要之處，譯者反大放厥辭，不惜全力以出之。至其纖巧冥妙具微旨者，譯者反平平叙過，未嘗措意。如是，則譯者刻意爲古文辭耳。譯著云乎哉？

(《時報》一九二二年四月二十一日)

外此即爲直譯，一詞一旨，無不蘄與原作吻合無間。自今人提倡白話文，此風尤甚。余獨嫌其拘泥太甚，慮非譯筆之上乘也。夫所貴乎譯者,在介紹外邦名著入我中土,以嘉惠未諳西文者,使得接觸西方文學耳。今人之譯俄國小說者,往往艱澀費解,其直譯處幾於無字無句不按西文之文法結構而下。曾讀西文者已患其澆淳散樸,未習西文者直視爲天書真言,患不能解。職是以觀,則譯者自譯自娛,何嘗介紹新文學有絕大之貢獻哉?徒以新式標點符號,雜然并列於其間,遂謂新文學之價值便在斯乎?噫!愚者駭而智者笑,直文學上之疫癘(Titerarg Epidemic)耳。

(《時報》一九二二年四月二十三日)

然則譯小說之道當若何?曰:作者必於中西文學素有造詣,則措辭琢句,自能明净雅馴。既不患貽喪原作一日之長,且使讀者覺其體貼入微,其妙處則在處處確長中文,而處處仍不失西文之本色也。然竊猶以爲未足,譯小說者必十分寢饋小說,至少對於中西名家小說曾讀過十餘種,以至數十種,然後遣詞運思,則自然珠聯璧合,無格格不入之患。且其人又不僅一書癡已也,於中西社會狀況、習慣風俗,尤貴能明悉無遺。如是,則狀物惟肖,譯詞清醒,不致支離牽涉,其文亦因之沉著雄厚矣。吾觀今之譯小說者,往往損益任情。揆厥原因,實以譯者多不諳彼邦風俗習慣,數行數節看不明瞭,便一筆抹煞,殊可笑也。

(《時報》一九二二年四月二十四日)

余意譯小說,苟斟酌文言白話之間,則白話似有一日之長。曷言之?西方小說人物言語問答多離異正文,另成一節,所以鄭重書中人物,亦即使讀者於人物吐屬之間,藉以窺其性情動作也。此等處若譯以文言,則反覺文筆縟麗,嫌太遲滯矣。白話則能狀情寫聲,栩栩欲活。合之西文,頗足神似。而況小說之佳處,本不在平板堆砌,以富麗見長。簡單質樸之文,斯爲上乘。故若出之以白話,即自然美備矣。譯小說者,若能仿《紅樓夢》《儒林外史》之語體,所譯當更有可觀也。余後擬詳論之。

(《時報》一九二二年四月二十五日)

譯小說者須知自己責任重大,務必謹慎將事。名家小說,不因譯著而其名益彰。然若譯之不慎,到處湊泊,全書固爲之破壞,著作者亦無辜貽羞矣。今人有只窺譯著輒大肆批評,以爲原作蓋即如是,而後者以爲某書業經譯過,不欲加以再譯。於是,此書遂終無善本矣。是果誰之咎耶? 今日中國譯書界,頗有此種現象,又豈獨譯小說爲然哉!

(《時報》一九二二年四月二十六日)

譯作不能媲美原著,固矣。然譯者竭其心思才力,尚差可得原作之神髓。有人欲譯俄、法等文之小說,苦於不解彼國文字,乃尋其英文譯本轉譯之,於是與原作更遠矣。此最宜戒。

提倡白話文者,一意攻擊林譯小說,措辭激烈,令人不可思議。余敢爲畏盧先生作辯護士,曰:試取諸君譯著,有任何一冊堪壓倒林譯迭更司之《塊肉餘生》、哈葛德之《蠻荒記》者否? 返觀諸君之大作,則何如? 除却歐化式之文字與費解之名詞而外,尚有其他可稱者乎?

(《時報》一九二二年四月二十七日)

畏盧先生譯《威克菲牧師傳》,定名爲《雙鴛侶》,此處却鑄一大錯。高爾士密見當時風俗窳敗,婦女道德墮落,故其著書之本,旨意在擁護婦德,發揚德行佳尚,使社會人群有高尚之標準也。批評家謂高爾士密是作,具有感情派小說色彩。此語頗有見地。如以書中有威克菲牧師二女之數段情節,譯爲《雙鴛侶》,是視之爲愛情小說一例矣,不將大背本書之原旨耶? 畏盧所譯小說定名多新穎可喜,此或失於檢點。質之畏盧先生,當亦首肯。

(《時報》一九二二年四月二十八日)

今日中國之譯書界,漸臻發達矣。以小説而論,林譯者殆數十種,他家雜譯亦多不勝計。然吾怪乎十九世紀之寫實派大小説家與迭更司生同時、名相埒之沙克雷氏(W. M. Thackerg),國內淹通中西名彥,獨未獲於其小説加以譯著,介紹入我中土,寧非憾事哉?頃南高文學教授吳宓先生已起始譯沙氏之 The Newcomes,定名爲《紐康氏家傳》,登載南京《學衡》雜志,預計此書既成,文學界添一名譯,嘉惠國人不淺矣。

(《時報》一九二二年四月二十九日)

英國當十八、十九世紀,小説名家蔚然。余意 Richardson 之 Pamela Fielding 及 Tom Gones balwer 之 Rienzi, George Eliot 之 Adam Bede 及 MiddleMarch, George Meredith 之 The ordeal of Kichard Feevrel。此數種著名之小説,若能盡譯爲華文,一飽眼福,豈非人生一大快事?

自中西郵通,五洲同文。文學、哲學、科學上名著,彼此互相尋繹,增高人類智識上幸福,殆未可估量。即我中土文獻,西人非不好之。故上自五經四子、《莊》《老》《離騷》,下迄稗官雜記如《水滸》《三國》《鏡花緣》之類,或偏或全,皆有譯本可尋,此誠可謂洋洋乎大觀矣。

(《時報》一九二二年四月三十日)

譯《聊齋》者爲英人加爾慈(Prof. Giles),劍橋大學漢文教授也。曾爲寧波領事,寓中國若干年,故漢學造詣甚深。其所著之《漢英辭典》,爲空前之傑作。《大英百科全書·中國文學門》亦氏所手著。其他氏以英文發表中國文化等著作,亦多有可觀也。

余往昔讀《聊齋》,信《嬰寧》爲最佳。質之友人,亦多韙余論。英譯《聊齋》中,《嬰寧》一篇,繪影繪聲,堪與原作相伯仲。加爾慈氏譯蒲留仙自序,亦能詼奇突兀,極蒼涼悲感之致。

(《時報》一九二二年五月一日)

西方如 George Eliot, Gane Austen, Mrs Anne Redelife 等,皆以巾幗婦人而成小説名家。George Eliot 之小説,尤能寓以哲學之潛思、心理之分析爲批評家所稱頌。説者謂 George Eliot 之能有樹立,超出諸小説家之上,實以其能於陰陽兩性之天然禀賦,融會而貫通之故耳。蓋潛思熟考,博學廣聞,實男性之所長;情感敏鋭,富於同情,乃爲女性之特征。George Eliot 會合之爲一爐。此非絕尚之天才乎?

(《時報》一九二二年五月二日)

反觀中土舊小説中,成於婦女手者,殆不名一人。居恒思之,以爲厥故有二,乃勢之所必至,理之所固然也。往昔古有明訓,婦女以無才爲德,故不讀書、不識字之女子者衆。夫以蠢無所知、不諳文墨之人,何能冀其創作小説?此理固至顯也。其次,則婦女中即有少數鳳毛麟角,淹通文墨,其最高者亦不過能解吟咏而已,作小説猶以爲未可化夫。創作小説,惟賴作者觀察人生,經驗宏富。中國舊式婦女,置身家庭之内,侍翁姑,敬夫婿,提携兒女,操作家業,爲其能事。如語以社會國家,則瞠目茫無所知。是故歷稽史乘,中國婦女界簪花咏絮之才,未嘗或乏,而能創作小説表現人生者,蓋無有矣。

(《時報》一九二二年五月三日)

西方各國尊女權,男女社交平等,婦女出入社會,企謀事業,一如男子，故其所見者廣，所聞者衆。經驗既經美備，益以平等之教育、文學之天才，乃能創作小説。雖然，中國之婦女界現狀亦大放光華，不若昔之黑暗矣。青年姊妹愛智若渴，負笈遠遊，受高等教育者，實繁有徒。京滬各地，女子著作小説，投稿者有時所見。雖其間瑕瑜互見，然若教育從此日昌，則女子文學天才表現愈易。數年數十年而後，其將有 George Eliot 出現於我中土乎？吾翹足企首待之矣。

(《時報》一九二二年五月四日)

夫讀小説，至樂之事也，又至有益之事也。讀浪漫派小説，輒覺其新奇可喜，超然意表之外；寫實派小説描寫人生，洞若觀火，讀之令人瞭然社會人群之本狀，因而高尚其志趣，對於人生觀念，所見益不落凡庸矣。昔人謂慎毋讀《儒林外史》，讀之，則無處而非《儒林外史》。小説感人之深，於此可見。憶余於髫齡時，即好人講小説故事。放學歸來，余母則爲講《天雨花》《三國演義》等事實，聽之殊津津有味。既病，則母亦坐床頭講小説以慰余。今日余得寢饋東西小説，稍明小説原理，此非幼時即養成愛好小説習慣，家庭之間便已建立基礎乎？

(《時報》一九二二年五月五日)

小説家欲形容一人和藹可親，或描摹其人奸惡萬狀，不必一開首即告讀者曰某者性質若何，爲人若合。小説家往往於書中力寫其人之言語行動，使讀者自能由漸而入，明悉無遺。若在笨伯，則反矣。開首即大書特書者，以後之設境造論，便不能翻騰如意，處處如受束縛矣。

名家小説其間所叙之人物，爲善爲惡，往往使讀者於書既讀罄，猶未能遽下斷語。善讀者勢必一讀再讀，以至讀之數過，而後對於書中人物始有相當之論評。笨伯則不諳此理。每一人物出場，往往大書特書，惟恐不及。如是，則讀之如同嚼蠟矣。人第知小説之佳者，必十分耐讀，不知此實小説家善於描摹人物有以致之也。

（《時報》一九二二年五月六日）

《水滸傳》中盜魁宋江，群知其權詐小人，一以籠絡群盜，假設招安爲職志。然試思使非金人瑞發奸揭隱，於評注中不惜筆墨，一告再告讀者。吾恐世間將有無限讀《水滸》者，以爲宋江眞忠義，不視之爲賢人君子，即視若豪傑志士矣。彼羅貫中者，非明明一證乎？徒以讀書之一誤，遂欲狗尾續貂。《後水滸》中寫宋江等竭忠報國，雖粉骨碎身不顧，讀之幾令人作三日惡。由是可以知小説之不易讀矣。俞仲華著《蕩寇志》，謂耐庵用筆過曲。夫惟用筆深曲，斯顯小説家之真正才能耳。

（《時報》一九二二年五月七日）

是故名家小説，其人物往往善者不必盡善，惡者不必純惡。換言之，即善者常有失以爲德之累，惡者恒有才以濟其奸也。余以此種人物在小説上最爲得體。夫惡人有大才，操、莽之徒，可以爲證。天生惡人，使不濟之以才，何得雄飛當世？然惟惡人有才，故君子往往不敵。堅貞茹苦，久而愈芳，此所以見君子之程器也。雖然，主人入世，外而社會之惡濁，内則一己之情感，縱君子處處以仁義爲懷，道德爲鵠，然而歲月綿長，偶一不慎，則有失以爲德之累人，非聖賢孰能無過？此語固千古之確論也。小説家叙人物，使能得此中三昧，吾知其書必有令人百讀不厭者，且並不落尋常之窠臼矣。

（《時報》一九二二年五月八日）

竊以此種人物入書，其優點有二。其一則切合人生，入情入理也。吾人試閉目自思，舉世澆薄，人格日低，即有少數賢人君子，足以出類超群，不與流俗浮沉。然彼等果能如白璧之無瑕，終其身完全無咎者否？返觀今世之位高而多金者，孰非倚勢權貴、陰險狡詐、有才以濟其奸乎？此種既爲人世實況，入爲小說，便切合情理，非徒穿鑿附會者可比擬矣。其二則足使讀者油然有遷善改過之心也。夫縱才爲惡之徒，混淆黑白，顛倒綱紀，一一如燭奸鑄鼎，活現紙上，則讀者自然戒懼，不欲再蹈故轍。讀小說，至賢人之失，則往往深爲悼惜，於是恍然悟人生行事，謹慎居先，一僨事則身敗名裂，噬臍無及矣。此種言外之懲勸，一起不落恒蹊，而收效實大。今人作小說，寫善者則幾若聖賢，寫惡人則痛加詆毀，幾無完膚。如此，則讀者何得與書中人發生同情，而期其潛移默化乎？讀者曰：此聖賢也，高不可攀，吾人欲學無由；此惡人也，有理性者不若是。如是，則聖賢自聖賢，奸惡自奸惡，與讀小說者兩不相涉耳，尚何懲勸之足言哉！

（《時報》一九二二年五月九日）

小說之佳者，在能內容美備，於人生各方面無所不包。中土之《水滸》《紅樓》，西方迭更司及沙克雷之小說，頗足當之。是故小說家不欲成一佳作則已，苟欲之，則必潛心觀察人生。雖閭里巷談，街坊喧擾，當無不能狀其聲音，擬其形態，更進而社會上各種職業之人物，亦必能明瞭其生活狀況與其通用之專門名詞。如是，則範圍廣闊，情景逼真，得寫實之微旨矣。是故小說家苟欲描寫一學生，則學生之運動、遊戲、拍球、履冰，當無不知之；描寫一軍人，則軍營規律、步伐、習演，亦在宜知之列。小說家往往於晚年發表名作而垂不朽，此非由其閱歷深到、經驗豐富，故無往而非最佳之作品乎？

（《時報》一九二二年五月十日）

雖然，小說關係人生各方面，固也。然作者於普通經驗而外，尤貴能熟悉一二特殊之經驗，以寫其所長，因而標明其小說之列於何等。如作者於學生狀況知之尤審，則《留東外史》可作也；熟悉政界內幕，則《官場現形記》可作也。推之，明悉富人貴族生活者，則可作《紅樓夢》及《品花寶鑒》；明悉中等及下等社會者，則可作《名利場》(Vanity Fair)及《塊肉餘生》。曾憶美國哈佛大學文學教授美奈地爾氏之言曰："最佳之小說，必備六事。一，目的切實；二，範圍寬廣；三，結構嚴緊；四，人物生動；五，事實豐富；六，情景逼真。"學者苟於此慎加研索，其庶幾乎？

(《時報》一九二二年五月十一日)

夫經驗者，日常生活耳聞目睹，無地而非經驗，無時而非經驗。然恒人輒任其過去，未嘗措意。惟小說家一秉好奇心(Curiosity)與同情心(Sympathy)之兩種衝動而握持之，故能卓然有所建立耳。蓋好奇心為知識之母，潛思熟考，好問則裕，斯經驗有所自來也。憂人之憂，樂人之樂，不惜筆墨，不惜精力，冀有所補於世。斯經驗有所發表也。

(《時報》一九二二年五月十二日)

昔十九世紀大批評家安諾爾德有 High-seriousness(切實正大之謂)一語，為時人所盛稱。小說家觀察人生，此誠必備之才能也。夫種因者，必得其果；種樹者，必得其實。此語為千古之定理，不可更易。故苟行一事，微論成敗利鈍。其成也，要必有其所由成；其敗也，要必有其所由敗也。敗之因，不在於此，即在於彼；不係乎今時，即係乎往昔。而種因之良窳，亦由種因者己身當之。其成敗禍福，亦因之直接間接及於其身矣。是故小說家對於人生方面，欲其觀察切當，則不可不於人物之舉止行為，明其因果，求其成敗之迹。如是成為小說，則沉著雄厚，不致蹈虛空乏實之弊。《紅樓夢》中,使黛玉而身體健康,則賈母何得遽行阻婚? 黛玉之失敗,彼自啓之也。於賈母何尤!

(《時報》一九二二年五月十三日)

金聖嘆批注小說,洞中窾奥,多所發明,有功於讀者甚偉。今人倡言白話,刊行舊小說,而以新式標點符號點綴之,乃於聖嘆之評註一概抹殺。推彼等之意,以爲讀小說者當有自由意志,加入他人之評註,則囿於成見,或且墮入五里霧中,一任評注家之播弄矣。不知讀者果欲發揮己見,則隨處即可發揮,何得即受批評家之束縛? 名家評註本在增長讀者興味,其地位不啻作者之友,互相討論,互相切磋也。若曰聖嘆之評註過嫌武斷,則諸君每於一書既出,序言題跋,往往考據連篇,不將同一武斷耶?

(《時報》一九二二年五月十四日)

小說上之人物,處處須生動而有變化,否則粗野板滯,不足觀矣。大抵小說家之所欲得者,在引起讀者興致。其描寫人物,往往於人生略加更易,或稍稍加以渲染,使出於日常經驗之外,則自然趣味盎然。《三國演義》寫諸葛亮,其新奇可喜,足使吾人讀而忘倦,與正史上諸葛亮大不相同。《三國演義》上之諸葛亮,蓋超人之諸葛亮、外交家之諸葛也。若舌戰群儒、借箭、借東風、裝神諸段,作者憑空冥想,平添若干事實,而諸葛亮之人物,乃自然生動矣。《三國演義》一書,在文學上無大價值,然婦人孺子無不津津樂道之者,其以是書作者善於描寫人物也夫。

(《時報》一九二二年五月十五日)

道德高尚之人,固可以入小說,即卑瑣頑劣、惡濁不堪者,亦爲小說上最佳之人物。蓋人品無問賢愚,人格不分高下,其爲代表某種人生則一。小說最高之目的,本在描寫人生。故小說上之人物,其容止舉動,苟爲人世實況,即可用入小說。《紅樓夢》之王熙鳳,其刻薄殘忍,權詐狡黠,實全書中最不道德之人,然作者於王熙鳳則不惜全力刻畫描寫之。其用心并非欲發奸揭隱,乃欲表現一種人生也。是故人物之良否,不在道德高尚,而在能取悦於讀者與否耳。

(《時報》一九二二年五月十六日)

人物之取材,大抵不外三途。其一即描寫真正人物也。此人或爲作者自身,或爲作者之友,或爲作者目睹之人物,皆可截取其事實,點綴以入小說。其次則書報雜誌中之人物也。作者於讀書之暇,對於某書報中之人物尤爲親切有味,亦可摘取其事,易地易名而入小説。其三則作者完全恃諸理想而創造之人物也。大抵第一種全真;第二種由地方報告,只能許爲半真;第三種係作者憑空創造,可以窺作者想像力何若。此蓋最難能而可貴矣。

(《時報》一九二二年五月十七日)

按小說學原理,人物尋常分兩種。一爲動的人物(Dynamic),一爲靜的人物(slotic)。動的人物,則自書之起首以迄書末,逐漸發達者也。靜的人物,則始終如一,出入甚微。大抵小說上主要人物皆爲動的人物,如《紅樓夢》中寶玉、寶釵、黛玉諸人,作者自其幼時狀況叙起,以迄三人各自結束,無不蟬聯而下,有條不紊。其間事由簡而趨繁,人物之地位亦愈趨於重要。其逐漸發達之迹,於讀小說時可按章節尋之。靜的人物,則較動的人物爲易描寫。其作用大都陪襯主要人物,無顯著變化之可言也。

(《時報》一九二二年五月二十一日)

笨伯寫人物,往往信筆揮灑,任情增損。其究也,或則不切人生，或則前後矛盾，不知小說上之人物必須以近是（probable）及合一（consistent）二律爲之準繩。所謂近是者，即指人物之言語舉動必爲人世實況所有，其事實雖不必拘泥人生，要亦不可過事離奇，則與人生相背，使讀者斥爲荒謬矣。然猶不止此，其人物又必合於書中情景。此書中之人物，必非彼書中之人物。故同一言豪傑，《水滸》上之豪傑，絕不同於《七俠五義》之豪傑；同一言美人，《紅樓夢》之美人，絕不同於《西廂記》之美人。可知寫人物無定法，變化出入，小說家本可憶定。苟一方面既合於人生，一方面又切合原書情節，即可謂斲輪老手矣。

（《時報》一九二二年五月二十二日）

合一律者，謂一書自首至尾，其間各個人物，前後必要一致。小說家不可亂更情景，使判若兩人。如一書中，上半部寫其人粗暴成性，下半部其人忽然舉止溫雅，此即不近情理。是故事實無論長短，章節無論多寡，其間之人物，通之全書，則不可更變。《水滸傳》寫一百八人，各具特性，李逵始終李逵，不同武松、魯達；宋江始終宋江，不同吳用、朱武。而且人物每出口，讀者縱掩其上文，亦可由字裏行間摹擬其聲音，推知其爲何人。此《水滸》之所以爲名作也。然小說上之人物，亦有改變者。如敘一人由惡遷善，由君子化爲小人，此等處未爲不可。第人物改變時，必須有十分充足之理由，與細密之引綫，能使一路寫來，有不得不改變之勢。或人物業已改變而讀者猶不覺察之，此爲最佳。否則，貿然改變，其不免於支離滅裂之譏者，蓋鮮矣。

（《時報》一九二二年五月二十三日）

小說上之人物，必具有公性（Typical Trait）及個性（Individual Trait），二者缺一不可也。如小說上寫一中國人，就公性言之，則此人之性情容止，處處須與中國人切合。然他方面，此人必富有個性,以與其他中國人相別。《紅樓夢》寫侍婢,無不恰合侍婢身份,然細按之,則紫鵑不同襲人,湘雲不同雪雁。《三國演義》寫名將,則皆名將也,然趙雲異於馬超,張飛與許褚有別。由是以觀,小説上人物一方面若有公性,則切近情理;他方面又各有個性,則興趣環生。公性恒有一定,個性則可由小説家臆造之。惟不能過事離奇,否則又不合公性也。

(《時報》一九二二年五月二十四日)

公性與個性之別,既如上述,然若小説家能力薄弱,二者缺其一,則何如?曰使人物僅具個性而無顯著之公性者,則必流入寓言(Allegory)之類。寓言中之人物,其作用不過代表抽象的理論,並無公性之可言。猶憶其十五世紀之末,西洋有一種戲劇名 Morality 者,劇中之人物,則專爲代表真理、慈祥、和善等德目,而設如一人飾真理,一人飾和善,其苦澀寡趣可知也。今日坊間出版之懲勸小説,其援引人物,意在勸善懲惡,卒至個性雖存而公性不顯,正此類也。

(《時報》一九二二年五月二十六日)

其次,則人物登場,所以促成結構之進行。於人物自身,本無特殊地位之存在,因之即無個性之可言矣。如小説中叙一少年鍾情於一女郎,此少年在事實上必爲情而死,然作者信筆寫來,苦於無術可以結束之,乃假設某日少年外出途中遇盗而死。雖死則一,然加入一盗,不過促成結構。盗之人物,毫無個性可言也。又中國舊小説往往水盡山窮時,忽來意外之神仙俠客,將人物援救出險。烈風暴雨,忽變爲霽月光風。此種神仙俠客之人物,天外飛來,大都牽強附會,其缺乏個性猶其次焉者耳。此種人物在西文謂爲 Plot-ridden Characters.

(《時報》一九二二年五月二十七日)

其三，小說上之人物，如缺乏個性，則其流弊即在囿於世俗慣例，人云亦云。如描寫一貴族家庭，書中不可不有侍婢以爲點綴，於是亦刻意平添婢仆數人。然手段不高明之小說家，即不能寫出各個侍婢之個性。雖其言語行動不出侍婢範圍之外，然終不能發生興味也。所謂 Conuentional Roles 在小說上固宜戒耳。

(《時報》一九二二年五月二十八日)

其四，小說家寫人物，若徒具個性，有時刻畫過度，讀者疑其不近人情。如於同一情節之下，在常人每出之以莞爾者，而書中人物反大笑捧腹；常人對之僅覺悲酸者，而書中人物反大哭不已。此種用於戲劇上插科打諢猶可，小說須委婉曲折，切合情理。苟如此，則失真矣。感情派小說家迭更司之流，爲大雅所譏，即在於此，以其書中人物氣質過偏，個性過強，不得謂如人物，蓋流入 Caricature 一途也。

(《時報》一九二二年五月二十九日)

直接法以作者之意見爲主。既如上述用間接法，亦有四種區別。第一，用言語表現（By Speech）者，作者僅寫人物之聲音笑貌，一如其狀，絲毫不容有批評態度存乎其間。如寫一人言語時，於字裏行間，讀者覺其聲音拙澀，則知此人必庸懦；寫一人言語俊快犀利，則此人必不落凡庸，否則亦爲宵小之徒也。

第二，用動作表現（By Action）者，如寫一人殺父，則此人之爲大奸惡，可無疑義；寫一人捐資助賑，則知此人素以慈善爲懷。作者不必爲人物下注釋，則讀者由其動作即可推知其人之何若也。

(《時報》一九二二年五月三十日)

第三，用效果來表現（By Effect）者。如欲寫一將帥，即可於其士卒對之狀況求得其好人。使兵卒愛戴此將，奉若神明，則可斷定此將之賢明。苟兵卒恨之徹骨，對其命令陽奉陰違，於是知此將必爲一殘忍刻薄之人，不善治兵也。《紅樓夢》述賈府既爲公家抄没，室中婢僕即不服王熙鳳之命令；王熙鳳既退處於無權，則其平日之以力服人、不能得人之信用，於此可窺矣。

(《時報》一九二二年六月一日)

第四，用環境表現(By Environment)者。如寫一人隔離塵世，居深山中，則知此人必爲隱士。其人生觀較諸庸俗之徒，自然判若涇渭。又若入一人之室，觀其陳設之整齊、屋宇之清潔，即可推知其爲何如人。甚至作者寫一人，無一語涉及此人之品格高下，然讀者由其交游之良窳即間接知之矣。此即其例也。

(《時報》一九二二年六月二日)

小説之進化，并非一蹴而就，其間實經過若干之階級，始臻今日之完善。試以小説家寫人物能力指高下，尋其發達之迹，亦可推出小説進化之程序。其在第一階級時，小説上之人物，不過爲代表某種抽象理論而設，按之真人物，大不相類也。迨進至第二階級，小説家能力進步。其人物逼肖真人，稍有可觀。然關於此人物之事迹，甚爲簡單，誠實者始終誠實，奸惡者始終奸惡，猶未足躋於大成之域也。更進而至第三階級，斯時小説家寫人物，可謂極其能事。其錯綜變化，在不善讀者，頗不易明。如寫一誠實之人，則他方面又寫其缺乏經驗；寫一奸惡之徒，則他方面又寫其有才以濟其奸。故其需詞往往至夥也。總之，小説之進化，就人物方面言之，不外由簡單趨於複雜，由平易趨於奇險，如是而已。

(《時報》一九二二年六月三日)

表現人物，尋常不外兩途。其一爲直接法，其二爲間接法。
　　直接法者，主觀法也，演繹法也。質言之，即作者假定成見，評論在先，附麗事實於後也。間接法，客觀法也，歸納法也。質言之，即由讀者擇定意見，作者不贅一詞，事實在先，評定在後也。
　　直接法可析之爲四（一）有於人物登場，竭力寫其人之性情何若，其人生目的何若，以若干抽象理論一貫而下者。此種可謂詮釋法（By Exposition）。中國舊小説多用之。如介紹一人物於讀者時，即大書特書，曰其人性情磊落，生平好友之類是也。

（《時報》一九二二年六月四日）

　　（二）又有用抽象語氣、具體的事實敘述者，如敘述人物之容止舉動是也。作者曰此人五官端正、器宇不凡，或曰此人獐頭鼠目、行蹤不明。此兩種人孰爲君子，孰爲小人，讀者自能辨之。此法寫人物，又有兩種區別。第一種則作者往往不惜篇幅，用全力描寫一次以後，即不重復敘述。司考脱喜用之。第二種則忽此忽彼，東鱗西爪，零碎描寫之也。沙克雷之小説即常用此法。若取二法較之，則後一種似較佳。蓋前一種往往一經讀過，每易遺忘；後一種則可隨處令讀者注意，且因之明瞭其銜接處也。此種表現人物者，謂之敘述法。

（《時報》一九二二年六月五日）

　　然則若取詮釋法與敘述法，衡而論之，則又何如？曰：敘述法描寫人物之容止舉動，嫌太瑣碎；用詮釋法者，如云此人和善，此人奸惡，則寥寥數語，即可盡之。然詮釋法往往失之枯燥抽象，理論過多，讀之亦覺寡趣；敘述法則文字活潑，不致令讀者遺忘也。

（《時報》一九二二年六月七日）

有寫人物之心理而加以分析者，大女小說家 looige eliot 則以善用此法著名（前已詳言之）。如一小說中凡遇重要之事項、緊急之關頭，小說家則詳寫此人物在當時所處之心理，或詮釋之，或敘述之，務期曲盡其妙，將其人之心理一一達出。因之，其人物平時之何若，亦由此可知矣。平心而論，此法亦有利有弊。利者謂其動機完善，讀之覺親切有味；弊則在過事抽象，足以破壞小說之擬境，讀者對此心理分析，未必置信不疑，且人物當時之心理，吾人烏從而知之。此正可下一問題也。此種謂之心理分析法。（By Psychological Analysis）

（《時報》一九二二年六月八日）

有用其他人物之意見以表現一人物者，如《紅樓夢》中婢僕二人竊議王熙鳳。讀者味其論調，即可藉知王熙鳳之為人。此法不僅使作者省力，且一方面既知王熙鳳，他方面亦間接知婢僕之為人矣。英諺云：以一石而殺二鳥。此之謂也。此種稱為報告法。（By Reports of the Characters）

（《時報》一九二二年六月九日）

有小說不能無人物，有人物即不能無談話。自小說發達，而談話一途，遂占小說上重要位置。小說家欲成最佳之小說，其注重人物之談話，與注重結構人物，固無等差也。談話一字，英語概稱之為 Dialogue。其實 Dialogue 一字，義蘊甚廣。所謂講演、會話、商量（Interlocution）以及呼喊、爭辯，舉凡文法上所謂直接敘述法者，殆無不包而有之也。

（《時報》一九二二年六月十日）

由人物之談話，亦可窺小說演進之法程。第一步則小說中全無談話。作小說者，僅知鋪敘事實而已。第二步則談話雖具，然談話之範圍,僅及於兩人。迨至第三步,談話之形式既大備,其範圍亦廣,或兩人之間,或數人之間,無不有談話存焉。且談話之詞甚短,亦不若向之連篇累牘,讀之類一講演稿也。

(《時報》一九二二年六月十一日)

今試言其用途。第一,小說家苟僅知羅列事實,其弊即在故事抽象,情景板滯,不能發生讀者興味。然若佐以談話,則抽象者化爲具體,板滯者化爲活潑。且談話一途,本人類藉以傳達意見,交換智識。既爲人世實況所有,用之以入小說,寫實之旨,胥在於是矣。

第二,談話之用,所以助結構之進行。如寫兩人結怨甚深,一旦因言語爭論中,一人乃殺其他一人。故欲促成結構,小說家多有藉助於談話者。

(《時報》一九二二年六月十二日)

第三,談話之用,所以啓示人物者。夫欲知一人物,尋常不外兩途。由其所言如何(內容)而推知者,此直接法也;由其如何言之(狀態)而推知者,此間接法也。此種啓示人物之法,其作用亦有數種。有表現人物之外部關係者(External Relation),如小說中此女呼彼女爲姊,則知二女必爲姊妹;此人呼彼人爲父,則知二人爲父子。故父子、兄弟、夫婦種種親屬關係,不難由人物對語中求得之。其次,有用以表現內部關係者(Internal Relation)。如讀者揣摩二人之談話,使爲少年男女,則可推知其互相愛悅否;使爲兩男子,則可知其友情真摯否。果讀者味其字句,稍稍出以審愼,即自然領會。再次,有用以判斷人物者。人物之善惡,不必盡由作者大書特書以告讀者。人物談話之際,往往道及其他一人物之善惡,讀者因之間接知之矣。

(《時報》一九二二年六月十三日)

第四，談話之用，所以定奪一人物者。吾人之行爲，往往受支配於言語，一言而喜，一言而怒。此類證例甚多，不及枚舉。如一王欲侵伐某國，用兵即在俄頃。其後某國遣一能言之使，鼓如簧之舌，遂勸此王息兵。戰國時，蘇秦、張儀之徒，遊說諸侯，中國當日政治外交之前途，實以二人爲轉移。言語之功，固不大哉！《三國演義》以善用談話，足爲彼書之特色。如龐統一言，而曹操中連環計；王司徒一言，而貂蟬願效忠以謀呂布；呂布被囚，劉備謂曹操曰"君不見丁建陽、董卓之事乎？"而曹操殺呂布矣。以上所舉，猶其犖犖大者。要而言之，談話能阻止或促成一人之行爲也。

(《時報》一九二二年六月十四日)

第五，談話之用，所以表達事實者。小說上若干事實，係由人物談話所及，而讀者藉知之。其談話時，一若並非報告讀者，然表達事實即在其中矣。并有用間接法者，如《紅樓夢》中，薛寶釵與一婢論林黛玉，適其他一婢藏某處竊聽，遂歸告王熙鳳是也。

(《時報》一九二二年六月十五日)

談話之用途，既若是之巨，然其弊亦有足陳者，如阻礙結構之發展，即其顯而易見者。一小說中談話過多，則讀者雖讀至數頁，而結構之進行無幾，讀者見其寡趣而擲書不欲觀矣。是故小說家於談話不可濫用，用之必檢，用之必當。換言之，使非有充足之理由，不可用也。雖然，下所列之十項，作小說者不可不三致意焉。

(《時報》一九二二年六月十六日)

（一）談話必與結構相緊接(closely linkel to the slot)。《紅樓夢》寫劉姥姥之談話，即深得此中微旨。蓋談話絕不可與結構分離，而成獨立之現狀。其自身必占結構之一部，故雖一字一句，皆不可與書中任何部分相矛盾也。

（二）談話必與人物合一，或近是。合一與近是在小說上所占之意義，前已述及。此則謂談話之詞，必與談話者以及四周聽話者無不適合。至於談話之法若何，本無一定。或用歸納，或用演繹，皆無不可也。析之又得四義。第一，發話者之思想觀念，必切合其人之身份。名士自有名士之思想，庸人自有庸人之思想，即偶有更張，亦必求得其近是。懸殊太甚，良足忌也。

（《時報》一九二二年六月十七日）

第二，發話者之語法，必酷肖其人之思想。有時縱極相類，然蘊諸胸者，一經宣之於口，而雅俗自異。無論何人，其談話之語法，固各不相同。即下至村夫農婦，無論其談話內容如何，皆得目為一種語法。小說家能寫出各個人物之語法，無雷同，無因襲，其書必大有可觀矣。

第三，發話者之聲音狀態，亦必於其人身份不謀而合，聆其聲音便若目睹其人。此為最佳也。

第四，談話之方言必正確。此層不可不議。我國小說有於一書之中，雜入蘇州、上海等處方言者。此類小說，多無足觀。吾人作小說，不可拘泥人生。人物來自上海者，不必即操上海話；來自蘇州者，不必即操蘇州話。小說家之所欲得者，在取人人最易解之方言。故或用文言，或用國語，皆可。甚至專采一地方之方言入小說，亦頗有土色（Local Colour）之趣味。《廣陵潮》中，人物之談話，純用揚州之方言，即此類也。

（《時報》一九二二年六月十八日）

（三）談話必相當於環境（Proper for the Setting or Occasion）。小說家著書時，必十分審慎。凡書中假設之屋宇、園囿、器皿、什物,作者時時貫徹腦中,不可須臾忽略,然後人物值談話時,乃不致乖張滅裂。如書之前半曾敘述屋甚小,僅容膝,其後書中人物談話,忽呼僕取桌數張,供客雀戰。此即忽略環境之過也。

(《時報》一九二二年六月十九日)

(四)談話之自身必有興趣(Interesting in itself)。凡無興趣之部分,作者不妨抹殺之。是故選擇一途,實居其要。有時作者欲使談話發生興味,往往止寫談話之半而忽然截止者。
(五)談話宜短,過長則使讀者厭棄,且讀之既久,往往遺忘談話者之名,勢必至檢點前頁而後可。獨語最宜避忌,以其占篇幅固長,且一人自言自語,本非習見。用之,適破壞寫實之旨矣。
(六)談話之詞,宜簡潔,勿多字。一味堆砌,大不可也。

(《時報》一九二二年六月二十日)

(七)談話之詞宜樸素。此項含有五義。第一,談話必使一般讀者易於明瞭。若故作聰明,不惜心力,務求譏巧,小說家絕不可有此種存想,以譏巧過甚,反使讀者茫然不解,其意遂不欲讀此書矣。第二,勿以修辭學之計劃用入談話。吾人日常談話,不必循修辭途徑也。第三,勿以繁複深邃以及含有哲學之思想濫入,須知世界上並非人人皆能領略哲學。尋常談話,小說之所必需也。第四,人物心理之分析,不必用入談話。入之,足以破壞擬境。第五,凡專門職業上之名詞,宜少用。否則,阻止結構之進行矣。即不得已時用之,亦必力求簡短。《鏡花緣》爲人詬病,在談反切、談醫藥之類過多,讀之令人不快也。

(《時報》一九二二年六月二十一日)

(八)談話宜明顯。凡雙關之字句、奇異之立論,推之土語方言,不易爲讀者領略者,皆宜避。談話宜能達於表面,不事晦澀爲最佳。

（九）談話宜出力寫好。所謂寫好者,不必謂文詞美麗,處處須有文學上之意味。苟思想整理合宜,用字選擇得體,即得此中三昧矣。

（十）談話宜具體。具體者,謂其言中有物,非同一味抽象之詞,使讀者對之厭倦。故凡談話中所用之人名、地名以及事物名稱,愈求其具體,則愈佳也。

（《時報》一九二二年六月二十二日）

小説贅談

乙　廬　撰

　　分載於《大世界》一九二二年五月六日、五月七日。作者乙廬,生平待考。本文在充分肯定小説地位的基礎上,指出"造意""布局""遣詞""謀篇"在小説創作中的重要地位及如何使用。"造意"指"敷叙事物,摹寫人情","布局"則推崇"波瀾起伏,不可測度"的境界;小説的"遣詞"則要做到"卓犖是傑","不必假鴛鴦蝴蝶、草木山川等之飾辭","謀篇"是指"前後排比之次序,篇幅長短之取裁,波瀾起伏之映帶,段落鋪叙之明瞭"。在小説話中,將四者描述得如此詳盡,這還是第一次。

　　小説九百,本自虞初,其書佚矣,勿可考信。唐宋以後,厥體彌盛,卮言日出,流衍莫窮。綜其得失,大抵唐人以藻飾爲工,宋人以考據矜博,俱失附庸,無當著作。自施耐庵之《水滸傳》、曹雪芹之《紅樓夢》出,英雄兒女,眉宇如生,小説一道,遂漸爲世所重。自是厥後,作者颷興,勿可殫述,大都餖飣事物,補綴欣戚,累牘連篇,觀者思卧,風稍替矣。然而嗜痂者猶樂讀不倦也。至於近世作者尤夥,千岩競秀,萬壑争奇,興弊起衰,可謂極盛。然觀其所作,頗患才多,大抵汗漫以驚博,詼詭以炫奇,侈靡以蕩志,鄙俚以諧俗,去事甚遠。吾無取焉。

　　竊嘗論之古小説,蓋出於稗官,街談巷議,道聽途説者之所造,意在周知民隱,洞達物情,上之有益於政治,下之有益於風俗。故司馬氏有言"談言微中,亦可以解紛",孔子亦曰:"雖小道,必有可觀者焉。"是故小說雖末藝,而比事屬辭,較文章尤難。文章謀篇隨體,而描摹不逾矩,斯稱佳構焉。若夫小說,體裁廣博,幾無涯涘,大者茫無垠,細者入無間。造意不善,文境則窮;布局無當,波瀾不起。辭不修則句冗失俚矣,篇不立則末大不掉矣。此大較也。試更論之。

文章比屬,不外乎四。曰造意,曰布局,曰遣詞,曰謀篇。何爲造意?譬諸築室,自門墻以迄燕寢,若者爲梁,若者爲椽,必先忖度,乃有準繩。小說亦然。登場人物,猶之百料也。忠佞賢愚,奸善美惡,必有成竹,斯可立言。造意云者,不外敷叙事物,摹寫人情而已。宇宙之大,萬象森羅,苟欲取材,何地蔑有。顧吾嘗讀今日之報章雜志矣,有不習掌故而談秘史者焉,有不諳技擊而談遊俠者焉,有徒堆砌風雲月露之詞而談言情者焉,有安詮釋山川草木之狀而談遊記者焉。摹擬剽竊,剿說雷同,削足就履,旋踵而蹶。此種著作,今日坊肆所陳列,蓋什八九也。吾謂抄胥,遑云立意?標新立異,是所望於今日之作家者一。

(《大世界》一九二二年五月六日)

意立矣,首貴布局。又譬諸築室,相地度材,造意也,而運斧施斤,則屬於布局。造意不善,斯情節無奇;布局不當,則藻繢無色。或敲擊四隅而意在中央,或意主中央而神周四隅,波瀾起伏,不可測度,夫而後讀者身爲之移,斯布局之能事畢矣。譬諸寫一離合也,若飄風疾雨,其來無端,宿鳥不及驚飛;又如寫一悲歡也,若雲破月來,光芒四射,游魚爲之却走。一言蔽之,曰幻而已。僕竊欲之,病未能也。是所望於今日作家者又一。

賦事紀物,必資乎文。文也者,積字而成者也。劉舍人之言曰:"人之立言,因字而生句,積句而成章,積章而成篇。篇之彪炳,章無疵也;章之明靡,句無玷也;句之清英,字不妄也。振本而末從,知一而萬畢。"然則字句者,爲文之本。欲文之工,未有不先修字句者矣。吾嘗見近人之作矣,遣詞謀篇,義且未安,下筆萬言,曾無難色。初讀之,輒驚其才;及加覆閱,覺繁複累贅,味同嚼蠟矣。此其弊在於徒工飾辭不知修辭之爲害也。且小說立辭,與辭賦異焉。辭賦假物諷喻,意在渲染;小說因情立體,神在描摹。辭賦以紆徐爲妍,小說以卓犖是傑。是故善爲小說者,不必假鴛鴦蝴蝶、草木山川等之飾辭,其神躍躍紙上也;不善爲小說者,雖風雲滿紙,其義無當也。抑嘗見近之小說,言美人則曰"安琪兒",呼情人則曰"吾愛",不如意事則曰"吾心碎矣",舉主人之名則曰"翳何人,翳何人,非某某耶"?習非成是,相沿爲法。此今日作家之所當戒者一。

"謀篇與布局異乎?"曰:"不同。""何爲不同也?"曰:"布局隨意,立體謀篇。積體成勢也。布局重於設色,謀篇重於剪裁。道途山川之修短,園亭花木之景色,人物服裝之美惡,風雲事物之變幻,皆布局事也;而前後排比之次序,篇幅長短之取裁,波瀾起伏之映帶,段落鋪叙之明瞭,則屬於謀篇矣。"近人小說,有叙事至數章,未見其主人之姓氏者;有抄襲類書,昧乎其作書之宗旨者;有頭重脚輕,尾大不掉者;有破空而來,戛然而止,使人不可捉摸者。種種疵點,不能悉舉。此今日作家之所當戒者又一。

(《大世界》一九二二年五月七日)

求幸福齋小說話

何海鳴 撰

載於《良晨》一九二二年第一期、《良晨周報》一九二二年五月七日。何海鳴(一八八七—一九四四)，字一雁，自號求幸福齋主人，湖南衡陽人。早年參加辛亥革命。二次革命時，自任討袁軍總司令，宣佈獨立。失敗後開始寫小說，著有《十丈京尘》《琴嫣小传》《倡门红泪录》《朔方健兒傳》等小說，另有《求幸福齋叢話》《求幸福齋隨筆》等。抗戰期間，滯留南京，不任僞職，後在貧病中去世。本文是作者對當時小說界的看法，主要談及其佩服的新近發表的作品。其中提到的莫泊桑短篇小說的幾個譯本，頗有價值。

　　近來海上出版界中的小說定期雜誌，出得很多，内中有一兩家是外國派，主張語體歐化，其餘都還守著中國式普通的樣子。我以爲小說的好壞，絕不在那圈圈點點的形式上，但是那家"語體歐化"的《月報》，很能介紹些世界文藝消息。我們做小說的人，都應該感激他。不過，我們却另外還有一種要求，請他們把那幾篇很好的外國小說，譯顯明些。
　　《申報·自由談》近來有婆娑生所著的長篇小說《人間地獄》，的是佳作。叙薇琴在一品香不肯回牯嶺路家去一段，寫哀情，真哀得沁人心脾。叙一位呆漢開房間等候阿婉，寫滑稽尤涉筆成趣。不期於《留東外史》以外，又得見此種好文字。
　　瘦鵑說我善於描寫娼妓疾苦，其實我不如故灘簧大家林步青。

他老人家《禁小先生》的百代影片,有一段道:"我說別人做生意,關仔耐篤商董啥事體?倪耐說拐子挪別人家好男兒拐仔去,男小倌勿必說。女寶寶硬要賣到堂子裏,倪耐行情出得起,請個小先生教教倪,教得會,阿媛阿媛蠻歡喜。要是教勿會,耳光就要敲上去。格末敲兩記,還是小事體。有個挪仔六月炎天煙籤子燒紅仔,皮肉裏向戳進去。我想阿是弗該應。別人家也是爺娘十月懷胎養出,倪身體上也是肉勒皮,爲啥當倪磚頭板爛污泥。故所以禁脱小先生,但是一樁好事體。"真仁者之言也。我做《娼門之子》一篇,就套用了此段幾句。如今我這抄襲家自行檢舉了。哈哈!

(《良晨》一九二二年第一期)

莫泊三有篇小説,從前《小説月報》尚未"歐化"之時,已經有人用文言譯過,名曰《亡妻之墓》。後來《商報》附張上,又有人譯作《夜臺心影》。最近《東方雜志》第四期,又有人譯作《這還是一個夢嗎》。其他新文化里的老爺們,還很有幾個人譯過,一時記不清了。但我覺得《亡妻之墓》那篇文言,實遠出一般譯筆之上。可見譯外國好小説,似乎文言中也有好的。

我近來很佩服半梅的短篇著作。《半月》十五期上的《笑而不答》,很有些莫泊三的氣味。有好些笨人笨寫一泡,自稱爲"創作家",哪裏及得半梅萬分之一。

《北京晨報》副張上,從前載過一篇《阿Q正傳》,我們如要在"新創作派"中尋好文字,此篇可以算得。

仿唐宋筆墨做小説,最忌駁雜不純,牽扯到《聊齋》筆法上去。袁寒云的一篇《夷雉》,却純得很。我也十分佩服。

瘦鵑的小説,近來以《舊恨》一篇爲最佳。(《禮拜六》一百五十五期)

天笑的小説,近來以《一個被遺棄的婦人》爲最佳。(《星期》第二期)

(《良晨周報》一九二二年五月七日)

小說小話

張碧梧 撰

載於《良晨周報》一九二二年五月七日。作者張碧梧(一八九一——?)，江蘇儀征人，以偵探小說聞名。著有《雙雄鬥智記》《家庭偵探宋悟奇新探案》等。本文極爲簡短，但語言尖銳，頗多可觀。第一則諷刺閉門造車而不去觀察社會的小說家，第二則感嘆中國小說家地位不如西方，緣於社會不重視。第三則是談短篇小說好壞的標準不應是以字數爲限。第四則談寫文章與寫小說不同，寫小說時作者要完全融於書中。

棠君嘗說做小說的人，若真個閉門著書，就有如在房間裏拍照，拍來拍去，不過這幾件器具。這句話切極了。

外國小說家，很多享不朽之名，或且博得勛爵的，如大小仲馬、柯南達利等。中國小說家，却除計字取酬外，不談勛爵，求能享不朽之名者，能有幾人？這實由於社會不重小說之故。

我曾聽見有人說，短篇字數，若在三千字以外，不必看其內容，即可斷其爲非好小說。此言未免偏激。

做小說與做文章，有大不相同處。做文章僅憑已之理論，筆而出之，起承轉合，有條不紊。雖不必都是好文章，却也斐然可觀。至於做小說，必須先忘却我爲做書人，當信我即書中人，然後據情酌理，徐徐寫去。這篇小說，纔有可取。

(《良晨周報》一九二二年五月七日)

別號索隱

古　葉　撰

　　載於《紅雜志》一九二二年第二十六期、第二十七期。作者古葉，即顧明道。顧明道的"顧"字可拆分作"雇頁"，諧音"古葉"，故名。顧明道（一八九六——一九四四），江蘇蘇州人。現代著名小說家，以社會言情小說成名，後又作有武俠小說《荒江女俠》等。本文就許指嚴號"子年"、周瘦鵑號"蘭"、嚴獨鶴號"知我"、范煙橋號"西灶""喬本"或"幻情"、趙苕狂號"憶鳳"、吳綺緣號"憶紅"、俞牖雲號"花佛樓主"或"悟我軒主人"、張毅漢與許廑父都號"一厂"、姚民哀號"鄉下人"、顧明號"俠兒"和"梅倩女史"、鄭逸梅別號"雙梅盦主"等都做了交待，極具資料價值。

　　蘇州《星報》上刊了一篇《別號說趣》，很是有味，不覺引起我心中要說的話，於是我便要做《別號索隱》。雖然索隱行怪，聖人勿取，我想這等索隱也無傷大雅的。倘然說得錯了，還請指教。

　　許指嚴的別號很多，人家大半也知道，但是"子年"兩個字，知道的很少。去年《新聞報・快活林》上集錦小說中，有署名子年的著作，便是他。原來他本名子年，後改指嚴的。

　　周瘦鵑別署紫羅蘭庵。他對紫羅蘭很有熱烈的感情，人家說他"蘭"的一字中有一段可歌可泣的故事。數年前《遊戲雜志》上有篇哀情小說叫作《情彈》，就是做的他自己，不知道對不對。

　　嚴獨鶴的著作上，都署獨鶴的名，但是他還有一個別號叫"知我"。《新聞報·時評》上常有署名"知我"的,便是他。這是人家不大知道的。

范煙橋的取名就在"回首煙波第五橋"一句詩上,有時他署名西灶或喬本,便是"煙橋"兩字的化名。還有一個別名叫"幻情",見得很少。

趙苕狂別名憶鳳,吳綺緣別名憶紅。鳳和紅要他們憶什麼,想其中倒有一段情哩。

俞牗雲別署花佛樓主,又號悟我軒主人,總想他年紀很大,誰知道他是個英俊少年,比我還輕呢。

張毅漢別字一厂,許廑父也叫一厂。以厂名者很多,從前范君博也名戀厂。只是君博是個翩翩少年,取名戀厂,也有些名不副實,所以他早就取銷了。

惲鐵樵似乎沒有別名,只是從前《小説月報》上有個"冷風"的別署,也是他,因為不大用,所以人家也不知道了。

小説家取名,往往喜和他本名同音。如際安和霽庵、雄倡和傭僋、梅九和玫玖、無讎和毋愁。不過人家容易知道的。

(《紅雜志》一九二二年第二十七期)

姚民哀的別號多得極了,他在《新聲》雜志上還有一個"鄉下人"的別署,怪癖之至。

顧明道從前的別名很多,數年前《眉語》上有"俠兒"和"梅倩女史"的別名。因為有了梅倩女史的著作,便有一個醉紅生來向他索照這段笑話,載在《明道叢刊》上。當時《眉語》的編輯主任高劍華女士都被他瞞過,也來函索倩影呢。現在他已取銷了,不過還有一個化名叫"日月生",《學生雜志》上有個"日月生"的投稿人,便是他。

鄭逸梅別號雙梅盦主,想為是他夫人壽梅女士的芳名,所以叫雙梅了。

現在的別號有幾個人合在一起題的,更是離奇了,像嚴獨鶴、施濟群、陸澹庵三個人的別號叫鶴群庵。范煙橋和趙眠雲便叫煙雲，確也有趣。

我現在要請諸君猜我別署了"古葉"兩字作何解，我又是什麼人。如若諸君能夠猜中的，請於一個月內通函《紅雜志》。我當有一些薄酬送給他，做個遊戲神交。

（《紅雜志》一九二二年第二十八期）

小說閑話

成秋鳳 撰

載於《紅雜志》一九二二年第四十七期。作者成秋鳳,還曾在《紅雜志》上發表《嫁後的倩雲》一文,在《工商新聞》發表多篇時論,生平待考。作者深知創作之甘苦,本文談到小說家創作的苦樂。苦的是就現實而言,付出與回報不成比例,而樂的是能在小說世界中"隨意揮寫"。其對於當時流行的各大題材小說作法難易的評述,也深得其中三昧。又以嚴獨鶴的《紅》爲例,說明"布局結構,小說之至要",引證確當,極有說服力,文本分析中亦極見功力。其對題有"兒女英雄"四字的小說的介紹,對於小說史研究也有資料價值。

　　小說生涯,苦事亦樂事也。幾斗心血,換來微末酬資,苦矣!然當其握管著墨時,以人生悲歡離合事,隨意揮寫,嬉笑怒罵,皆成文章,又未始非天下之至樂也。

　　布局結構,小說之至要。往往有絕好之事實,布局一涉平庸,即漫無趣味;亦有極尋常之事實,一經點綴,立成佳構者。於此,余於獨鶴先生之《紅》一篇,尤爲心折。此篇事實本以李紅雯背盟嫁張壽石、秦默君化裝復仇爲主,而反先寫鳴鳳舞臺生意之清淡,海報之法螺,客串紅登場之盛況,張壽石、史韻山捧場之炫異,俱瑣瑣入微。此時讀者,無論具若何之眼光,但知客串紅爲一坤伶,張史二人共争客串紅,客串紅重利輕財而已,決不能度其下文也。不知於叙張壽石歷史中,已輕伏下姨太太爲女學生出身矣。至客串紅之却嫁允嫁，又力寫張壽石之種種設法運動、客串紅之百般推却，亦若本不欲嫁張壽石，爲金錢而勉強者。於要求之二條件中，驅逐以前之姨太太，又加十萬元之養家費。使讀者但以爲客串紅之故作難題，借端敲詐，張壽石之狠心糊塗而不疑有他。及至李氏得書信、照片、指甲、戒指，讀者始墮五里霧中，疑雲大起，以爲出於意外，而不知前文之早伏也。文字至此，已極離奇惝恍，其下似應明叙秦默君、李紅雯之歷史矣。乃復折而寫史韻山之自傷，得書赴約，令人又疑客串紅之敲竹杠，專爲欲嫁史韻山而設者。（按，前文雖有李氏得信哭而發抖之語，但照片上印著一個半身美男子一句，雖爲暗點前事，而讀者未經明瞭客串紅與李氏之歷史，只以爲影中人爲客串紅與李氏以前之情人，其中或有誣害作用、酸素作用，決不能知秦默君之化裝也）平野旅社驀出少年，直以爲客串雌而雄，不能知秦默君雄而雌也，其下必無波折矣。而偏有照片一曲，使前後兩照片，互相輝映，益成奇文，而秦默君、李紅雯之情史與所以化裝客串，只於秦默君口中略述，并不多費筆墨。實則虛之，虛則實之，是何等筆力，何等手段。此所謂好小說也。若使庸手爲之，必先叙秦默君、李紅雯之情史。李紅雯背之盟嫁張壽石，秦默君爲復仇而化裝客串紅。如是，雖同一造意，而味同嚼蠟矣。

著作之傳不傳，亦有幸不幸。曩年負笈都門，於琉璃廠某書肆中見抄本五册，題簽爲"兒女英雄"四字，意十三妹故事也。視之，則雖章回小說，而所叙乃明季恒王與林四娘事。其文筆之秾艷，絕似《紅樓》；而雄健深刻處，又似《水滸》與《儒林外史》。後半截寫山河破碎，王孫路泣，尤覺字字血淚，淋漓紙上，誠說苑佳品，特鉛黃狼藉，首尾不全，度必草撰未完之稿本也。卷面隸書"懶雲山人"四字。小印二，一曰"彭家屛印"，一已半缺，左之二字依稀可識爲"翰林"，右則莫辨矣，爲著者，爲藏者，不得而知也。惟紙色黯淡，蠹食如網，要非近年物耳。心好之，以京錢十吊市歸。課餘之暇，手錄副本，出示知交，無不稱善，多慫恿付梓，與某書局有成議矣，而復辟亂起，倉皇出京，僅以身免，行李書篋，悉毁於火。原副二本，同付劫灰，竟不能彰垂後世。豈文

• 188 •

人運厄，猶及身後耶！至今思之，尤有餘戀，得暇當追憶而筆之，未知能如願否？

　　社會小說，難作而易工；言情小說，易作而難工；偵探則難作而難工。蓋社會爲人所習處，事事皆耳濡目染。苟能超然物外，冷眼旁觀，則舉凡炎涼態度、卑鄙行爲以及種種不可思議之事，無一不可爲吾之小說資料，筆誅墨伐，惟吾所欲，故不難也，難在無此一副冷眼耳。至言情小說，則情之爲境，本甚狹仄，悲歡離合，四字可了。就表面觀，似極易操觚，實則境地愈狹，著筆愈難，更易落前人窠臼。況著者未必人人皆曾經歷情場，閉戶造車，終不免於隔靴搔癢，故言情之作，汗牛充棟，而佳構絶少。今之作者，復濫以辭藻堆砌，益覺不堪寓目。短篇於各小說雜志中，容或一見。長篇則《紅樓夢》而外，成絶響矣。作偵探小說，至爲吃力，不易討好。蓋設想既須精妙，理由又須充足，且必通心理、物理、化學諸科學，始可下筆，西方之《福爾摩斯》、《亞森羅頻》諸書，頗能曲盡其妙。吾國作者，就余所知，只程小青、陸澹庵二人而已。

（《紅雜志》一九二二年第四十七期）

小説雜談

石楚青 撰

載於《小時報》一九二二年七月九日至七月十四日、七月十七日、七月十八日。作者石楚青(一八九五——一九六三)，名淮，字楚青，江蘇揚州人。長期在上海務本女中、江蘇省立東海師範、江蘇省立鎮江師範等校任教。石楚青是國畫名家，以花卉畫成名，故其在本文中以"繪畫寫生風景的方法"來談短篇小説的做法，的是本色之談。其認爲好的短篇小説應有"焦點"，即作者著力之處，"每令讀者有不可稍緩之勢"。本文承認做小説者必須有天才，過度的模仿反倒會影響水平的發揮，而好的小説家的才華必定不僅限於只能寫某類小説。但是，"小説作者欲作某種小説時，不可不注意觀察及實驗"，即小説必須來源於生活。將天才論與生活論并舉，是本文的一大特色。

數月來於報端得讀涵秋師之《小説觀》及吾友陳汝衡之《小説叢談》，吉光片羽，彌足珍貴。兹不揣諵陋，就個人對於小説之感想，拉雜書之，題曰"小説叢談"，或亦就正有道之一端也。

我不知如何去作一篇短篇小説，只知應用我繪畫時寫生風景的方法，向前去做。先將對象認明，然後一筆一筆畫將出來。光强部著筆輕，光晦部著筆重，寫長堤不可無垂柳，寫秋林不可無紅葉，夕陽村落配以歸牛，江上風帆綴以沙鳥。所謂認真題旨，涉筆成趣，不旁溢，不横流。作畫如是，作小説亦如是，務使讀者第覺其真，第覺其妙。明乎此，可與言繪畫，可與論小說。

（《小時報》一九二二年七月九日）

小說種類，雖分有言情、偵探、軍事、社會等名目，然善於描寫之作者，類能有最佳之作品現於筆端。世有謂某小說家僅能作某種小說，斯言也，余未敢信。何海鳴近作之描寫娼妓痛苦諸短篇，人多謂其極描寫能事。不知彼舊作之軍事等篇如《賣歌女郎》《科學之秘密》，用筆又何嘗有弱處？周瘦鵑，人多謂其所作哀情說部佳，不知彼所作之愛國短篇如《祖國之徽》《亡國奴日記》等，偶一展閱，亦多令人心折處。總之，小說作者下筆時，須有極濃厚之情緒，方足引起讀者同情。若能再就其目睹或經歷者描寫之，其人雖非著名之小說家，亦每能發現最佳之作品。邇來吾友仲時之作，輒覺斯言之可信。

（《小時報》一九二二年七月十日）

小說體例有所謂日記體者，有寫實及理想之別，然一味敘述，每易流入缺乏興味一途。若事實簡單，作者復大事敷張，對於其筆墨，毫不經濟，使讀者浪費可貴光陰，每致手倦拋書，撩人午夢。興言及此，曷勝悵惘。

吾人常謂小說作者欲作某種小說時，不可不注意觀察及實驗。因作者若對於某種事物描寫得不確當，讀者中盡有富於研究或竟以之生活者，果作者輕輕寫過，尚無大疵，倘作者事前既未注意，臨時復大書特書，一有差跌，每易減少讀者信仰心。猶憶客歲作短篇小說《杜鵑聲時錯綜中》有游西湖一事，而某之生平輒未有西湖之游，當時遂不敢直書。非不直書也，蓋懼讀者譏我閉門造車，不能出而合轍也。

（《小時報》一九二二年七月十一日）

寫實派小說，吾不敢謂其不佳。世人有比之爲攝影機攝成之影片。此語亦良有見地，然而影片中僅有栩栩欲活之美人、婆娑弄姿之垂柳，惟視吾人取景時能否注意美的要素而定。果已注意，亦能令讀者認爲有欣賞價值。若一味的刻板文章，事實既平淡無奇，筆致又不見生動。遇此等處，作者無寧略加些浪漫色彩，結果當比較穎新。

　　名家小說，描寫時多用喻句，使讀者愈覺親切有味，有淋漓盡致之妙。此等喻句，我國古詩中每多有之。例如"瘦竹如幽人，幽花如處女""浮雲遊子意，落日故人情"等類，不勝枚舉，使讀者讀至此等語句，每佩作者心思靈敏，爲己所不及。然不可不注意者，喻句失當，雖有最佳之結構，此等處每有白圭之玷，轉莫若勿用爲上。職是之故，初學之作者，對於此點，尤不可不三致意焉。

（《小時報》一九二二年七月十二日）

　　讀短篇小說，至其近焦點處，每令讀者有不可稍緩之勢。前人詩有"群山萬壑赴荊門"句，就短篇小說論之，所謂"荊門"者，應視爲短篇小說之焦點。無論何種作者，描寫至此，莫不用彼之全力，給讀者一深刻印象。如法國都德所著之《最後一課》，有曰"忽然禮拜堂的鐘敲了十二下響，遠遠地聽得喇叭聲。普魯士的兵操演回來，踏踏踏的走過我們的學堂。漢麥先生立起身來，面色都變了。開口道：'我的朋友們，我……我……'先生的喉嚨哽住了，不能再說下去。他走下座，取了一條粉筆，在黑板上用力寫了幾個大字：'法蘭西萬歲！'他回過頭來，擺一擺手，好像說散學了，你們去罷。"彼之此篇，係托一小學生口吻，寫割地之慘，以激揚法人愛國心腸。然吾人讀至此節，實有一深刻印象而不能去懷。然則小說作者，欲作一最好小說，可知焦點在短篇作品中之重要矣。

（《小時報》一九二二年七月十三日）

吾每見小說作者一篇作品既成，尚未見其標題。詢其故，彼必答曰："吾將殫精竭思，求一最好標題，以爲吾篇生色。"此等答語，蓋非欺人之談。緣一篇之標題，與其作品關係至大。標題之字，既不可多，又須洽合內容，不落前人窠臼。猶憶前作短篇既成，標題爲"苦臉縫工"。當時頗以爲不佳，及以之示吾友牖雲，方信此種標題正如 Stockton 所標之"變像之鬼"the transferred ghost 及 Twain 所標之"跳蛙"The Jumping Frog 類似，已合有暗示趣味之條件矣，後遂用之。

(《小時報》一九二二年七月十四日)

近人論小說作者，須有創作天才。吾深信其說。若襲取前人之語句所成之作品，謂爲前人之作品，可也，其間又烏得有我？故不得不從事創作以標新異。然而只知恃天才從事創作，而不知訓練天才，每致鄙前人爲不足道，轉模仿自己，模仿同輩。極其弊也，思想退化，語言艱澀，雖號於衆曰："此某之創作，此某之創作。"其誰信之？善乎！英國大畫家勒那爾德之言曰"欲創作者，須先知古人之創作"。所謂創作，本天才當然之事。若只思創作而不知模仿，則個人天才有限，不久枯竭，終至自爲模仿，重複顛倒而已。又，大小說家司梯文孫(Stevenson)亦云："吾讀大文家之作品，輒喜模仿之。須知模仿亦無礙我之天才發展也"。由此以觀，欲思創作，須先模仿；及其成也，撇去前人，任吾筆之所之，則無往而不自得。斯時之作品，名曰創作，又誰曰不宜。近人梅光迪氏，於彼《文學概論》中特論及此。吾人實可參看也。

(《小時報》一九二二年七月十七日)

名著不厭百回讀。曾於林譯《茶花女遺事》序言中見有數語，極獲我心。其言曰"一讀再讀之不已，而至於卷帙破損；至於易，且一易再易，而至於今十七易，是豈廢哉？亦此書之足以廢。余乃今回顧案頭，覺此所謂十七易之新書，亦已翩翩作態。"斯數語也。我於《紅樓夢》《廣陵散》等書，輒有此種感想。不知彼作者筆端究具有何種魔力，能令吾人顛倒若是，言之亦頗堪發噱也。

（《小時報》一九二二年七月十八日）

歐美小説界雜談

粲　九撰

載於《新聞報》一九二二年十月十三日至十月十九日、一九二二年十一月二十一日至一九二二年十一月二十八日，一九二三年一月二十八日至三十一日。作者粲九，生平待考。本文以記録當時歐美小説界的奇聞異事爲主，頗廣見聞。間有涉及理論問題的討論，如談到短篇小説與長篇小説不可純以篇幅來劃分，美國短篇小説比英國要發達，都有一定的啓示意義。談到小説的傳世久暫時，説"大抵一部小説的傳久與否，與著書人著作所耗的時日久暫，狠有關係。那些歷世不廢、久而愈光的小説，大都不是輕易做成。著作的人，苦心經營，歷數年或十數年，始成一書。自然與那些忽促了事，只圖投趨時好、一時銷行的，大有不同"。更需要指出的是，作者對描寫男女情事的小説存在一定的偏見，認爲若過於描寫，必然會對社會產生不良影響，也不可稱爲好小説。他説："不涉瑣屑，在小説家無損於藝術，在社會者獲益無窮。彼此相權，在小説家應得屈己從人，不當以命意高尚做門面語了。故欲知小説的良否，只須看他内容是否描寫過分，有導人於惡的趨向。若無此意，便是良小説；否則，便是應與禁絶的不良文字了。"

據一家英國報紙説起，英美兩國地方，男女老少做小説登在雜誌上或印單行本的，總有好幾千人。英美二國出的各種報章，爲數不少。做小説投時好的,自然很多。英國人做了小説,不但在英國發表,還可送到美國去發表。美國人做了小説,亦是如此。作小説的人,約有百分之九十五,是希冀借此賣錢過活的。從前能做文章的人,大都就是窮餓二字的代名詞。如今時勢不同,只要能把筆爲文,投時所好,總能賴此賣文爲生。雖不十分舒服,總還可以過得去。做小説的人,既如此之多,便有人推想其中所以然的緣故。有一位名喚聖約翰・歐文的,説出一層道理來。雖不知其確否,却很可解頤。他道凡是一個人,性子太懶惰,不肯努力做事謀生,便想借著做小説,爲他謀生的捷徑。倘然運氣好,賺錢亦很可觀。若把做小説和做戲曲比較,做戲曲便覺難了。因此,惡劣的小説常見得很多,實在好的戲曲却不多見。

　　聖約翰・歐文的意見,雖是如此,但是又有一位專家韋力德,所説又有所不同。這韋力德是倫敦約翰蘭書坊的一位董事,他在《每日郵報》上發表他的意見,道:做小説的人,只有千分之一,確是借著做小説養家活命的。有名的小説家陸克,直至做了六種長篇小説以後,經約翰藍一一刊印出來,纔專以賣文爲活。不過有一件,做小説成名,總有幾分要靠著運氣。甚麼叫做碰運氣呢? 就是觸著社會的嗜好罷了。譬如陸克和却而司佳維二人,都是英國有名的小説家,將二人的著作比較起來,陸克要比佳維勝過許多,但是佳維從第一種小説出世,便得著社會的歡迎,後來陸續做的小説,共有幾十種,銷到百餘萬本。陸克却没有這般運氣,直做了六種小説以後,始有藉藉聲名。陸克今尚存在,佳維已於前數年作古了。

(《新聞報》一九二二年十月十三日)

　　要研究小説得名不得名的原因,很可作心理學家研究心理的資料。姑述一個。英國有一位赫金生先生,向日不是甚麼有名的文士。去年他印了一部小説,起的名字喚作"倘使冬天來了"。這部小説的内容,自有佳處,吾們不必管他。但是赫金生竟因此大得盛名，只怕與這部小説的名字，亦大有關係。因爲這部書的題名，很有含蓄不盡的意味。"倘使冬天來了"這幾個字，叫人見了，自然而然的生人好奇心。若使照著内中的故實，換上別的名字，就恐不甚動目，過問的就少了。赫金生這一部書，從今春出版以後，極爲風行。據説已售去三十七萬本，到如今還是每天要銷一千本。近來他又出了一部小説，喚作《這個自由》，亦復風動一時了。

　　再説一個藉小説賣錢的故事，照這個故事看來，天下名利雙收的事業，竟没有過於握管做小説的了。有一個英國人嘉德爾，本是英國中部地方一家製造廠的股東。他在三十歲的時候，和人賭東道，不意因此竟成了一個享盛名的小説家。他那合伙做股東的朋友，和他以金錢相賭，説他不能做小説。誰知嘉德爾一試小技，居然把他著手初試的第一篇小説，賣給一家雜志，不久便登了出來。後來又做了一篇長篇小説，亦被人家買去登了。從此嘉德爾便不做製造廠的股東，專心做賣小説爲生。英美二國的報紙，都有他的作品。他的第一篇長篇小説，叫作《來日去日》，是八個星期内做成的，銷到一萬本，在英國已算很可觀了，如今不但嘉德爾本人是小説家，連他的姊妹亦成了有名的戲曲家了。要做有名的小説家，看來實是容易得很，竟是解救失業問題的便法呀。

（《新聞報》一九二二年十月十四日）

　　既是做小説，便不可忽略情節。小説中的情節，究是哪里來的？真是一個大問題。新近紐約的百代圖書公司出版一本新書，便是專論這件事的。據哥倫比亞大學教授布蘭德馬太所説，小説情節的來處，從前做書的大都取材於舊有的故實。如英國最有名的莎士比亞，他做《罕姆來德》那齣悲劇，便是取用舊有的材料。其他如法國的馬利爾、德國的哥鐵所做江河不廢的曲文，都屬此類。又如英人却爾斯里德，做的一部《白謊》，大半都是用法國人麥格德劇曲中的材料。麥格德就是和大仲馬合做《俠隱記》的。可惜他的名望，全爲大仲馬所掩。却爾斯里特做的小説，借材於法國，不止一次。他的較爲重要的說部，約須二年纔成一部。同時有一安頓禮屈洛波，能在二十四個月内做小說五大部。又一次里德問屈洛波道："你那小說中的情節，怎地有這麽許多？"屈洛波答道："情節麽，吾倒不很講究。隨時隨地，都是情節呀。要是我自己找不到，有時我還借用你那小說中的情節咧。"後來里德所做的小說，亦稍稍借用了些屈洛波用過的情節。屈洛波很不謂然，把里德臭駡了一頓，這真是只許州官放火，不許百姓點燈了。黑特做的小說，往往又有從新聞紙中得來的，找着一條新聞，可作小說材料之用，他便用起來，做成一部絶好的小說。

(《新聞報》一九二二年十月十五日)

　　亦有聽着一件出奇動人的事件，打動了文家的心思，因此做成小說或詩歌的。像這種例很多。譬如美國詩家郎拂羅，一日和他學友霍桑，聽人講說亞開狄亞人被逐出國，情人分離的故事。霍桑以爲這事很可做在他的小說中，郎拂羅説不如做爲詩歌更有韻趣。霍桑便把這事讓給郎拂羅做，郎拂羅詩集中的《伊佛琪會》長詩便是紀的此事。又如馬克吐温做的《赫克爾字來芬》内中一段紀二仇族的械斗，亦是聽人說起這一類事，拿來用入小說裏面的。更有因親歷目睹的事情，引動他的思想，做成小說的。如法國巴魯塞的《馬德爾》小說，便是這一類。

　　最爲可異的小說情節，要算是做夢得來的了。英國浪漫派小說的名家斯帝文孫所做《化身奇談》，他自説是因夢中得了感觸，才拿來做成這部書的材料。又如劇曲名家惠廉亞吉做的《緑女神》。那折名劇，其中主要情節，亦是在夢中得來，當時他得了這個夢，一覺醒來，忙起身用筆墨寫成底稿，生恐延到早晨時候把情節遺忘了。這真是一段佳話。

　　照以上説來，小說的材料，無非是聽來的、看來的、讀他人小說化出來的、夢中做的四種。但是只有材料還不算甚麼小說，必須經小說家本人自抒機軸，運用他的創作之才，方纔能做成小說，自成一格。否則，只有材料，只是平鋪直敘，不能自成一家了。

上面已説過了，做小説有取材於新聞紙的。這個法子，英國高等以上學堂的文學科，竟有用爲教授材料的。倫敦的《泰晤士報》告白欄中，有一類唤作"悲痛欄"。這一類的告白，都是字數極少的短行告白。一個告白只有十幾個小字，講的都是只有兩個有關係人知道的事，別人瞧了，必然莫名其妙。但是在有才情的人，却可就此一二個小小告白，生出許多波瀾。學堂中把這種告白試驗學生的創造能力，很是有效。往往同一告白，這一人做不出甚麼來，別人却因此造成一篇好文章的。

(《新聞報》一九二二年十月十六日)

講到"悲痛欄"的告白，有只見一次的，有連見幾次的，講的話又前後別異的。如今不妨舉幾個例，好教没見過"悲痛欄"的領略此中意味。

"約翰鑒：回來罷！百事都恕你。馬麗白。"這就是"悲痛欄"告白中的一個好例。倘使這個告白，只登了一次，没有下文，便可知約翰見了這個告白，已遵囑回去，馬麗亦饒恕他了。但是這二人究竟是誰，他們是兄妹，還是夫婦麽？男的又爲着甚事和女的分離。既分離了，爲何又回去？再者約翰回去以後，馬麗當真如言饒恕他麽？或是馬麗當真饒恕了約翰，這其中情事，以後有無變化？約翰又是如何一個人物？這其中大有文章可做，一時真説不盡，全視做文章的眼光如何。因此便可顯見他創作的材能了。

再舉一個繁複些的例。兩個人的通信，内中忽雜著一個第三人，那就更爲有味了。

"安娜鑒：謝謝你的來信，真像做夢一般。吾從來没這般快活。"

"安娜鑒：親愛的人呀，謝謝你。吾需要你的愛情和信仰，暫時你不必寫信。待吾知照，你以後再説。諸惟自愛。"

上面二個告白，當然是一個男子給一個婦人看的。假如爲着這二個告白,又有下面的一個告白,便可知有第三個人在內誤會了。

"你鑒:吾心時時隨着你,此刻覺分離得可憐。那安娜的告白是你登的麼?"

照這個告白的意思,必是第三人在那裏誤聽了無綫電去,否則那有還問安娜是誰的道理呢?

再説一個小告白,這裏面的情節,更是没有窮竟了。

"伊爾惜鑒:必須再讀那部書,不要怕麥來,亦不必怕懼類乎她的人。克拉拉有一百合花要送給你。伊荻斯白。"

這一個小小告白中,有四個女子的名字,又有一部書在內,却不知是甚麼書?和四人有何關係?再者,和百合花又有甚麼關係呢?在富有思想的人瞧了,這樣一個告白必能生來許多文章。要比較各人思想的枯腴,頗可借此賭賽一番。

(《新聞報》一九二二年十月十七日)

小説家的著作,每有彼此命意相同,閉門造車而出門合轍,致後人被譏爲剿襲前人的。譬如科南達利的《福爾摩斯偵探案》有一篇和波氏所作大同小異,簡直没甚分別。因此科南達利被了剌竊之譏,究不知是否出於剿襲,還是偶爾雷同?此外,如法國的毛柏森、大仲馬,多不免此病。甚者一個節目,前後被人引用不止一次的。如韋爾克考林司的《奇床記》,其中情節先時已有麥葛德用在劇本裏,考林斯用來做了一篇小説,近來又有約瑟康勒德者,亦是有名的小説家,又把奇床的情節用在小説裏,究竟不知道此中有無勦襲,或是各用各意,不約而同。那《奇床》的大意是説,有等不肖之徒,在睡床中造成機栝。不知道的人上床睡了,床頂便漸漸下壓,把人不知不覺的壓死,真是可怕得很。這段命意,前後被幾人用過,不過彼此的結構總有不同罷了。又如哈葛德,有一次把一段豫擬的小説情節講給他的朋友安德魯蘭,問他命意可好。這安德魯蘭便是譯《天方夜談》爲英文的。他聽了哈葛德講的情節,知道先已有人做過，給他查見了，哈葛德就此擱筆未做。這算是避謗最好的法子了。

（《新聞報》一九二二年十月十八日）

小說已有情節以後，自己不做，却送給別人做的，此乃布蘭德馬太。他得了一段小說情節，大意是說有一落薄少年，在一個富豪家傭書爲活。這個商家有一個獨生女，那少年和他時常相見，不免私生愛意，却因貧富懸隔，羞於啓齒。有一天，富人和他女兒乘著遊艇，到海上去游眺，帶那書記同去。船到海中時，忽遭狂風巨浪，一行數衆，均遭沒頂之凶。那時候，這位富家女郎，方向少年說知，平時亦有相愛之意，且知少年愛慕已久，只是沒有宣露。會有天幸，這一對少年男女，居然於命在垂危之時，被人在海中救起。但是後來如何結局，馬太想不出一個滿意的解決方法，便把本意說與一位善做小說的朋友知道，做成一篇小說。

更有做小說有了題目，却做不出好小說的。美國有一位小說家，一次想了一個題目，喚做"睡中講話的鸚鵡"，却沒有適當的情節，配得上這個題目。他便把這個題目講給了別的三位小說家聽了。這三人一是斯托克登，就是做《美人歟？野獸歟？》的問題小說的；一是英國最有盛名的吉百齡；一是美國短篇小說中能手平納。這三人都說這個題目很有意味，要想試做一篇，却都不知從何入手。後來還是吉百齡說他住在印度很久，印度地方產的鸚鵡很多，也許有能在睡中講話的，就讓他擬做一篇罷，但是直至今日，吉百齡還沒把這個題目交卷哩。

（《新聞報》一九二二年十月十九日）

歐美小說向有長篇短篇的分別，其中界限分得很嚴。若說是長篇小說縮短些便是一個短篇，或是短篇小說放長些便是一個長篇，這就大謬不然了。小說家雖有長短篇兼擅其長的，但是只能長篇,不善做短篇的,盡有其人。反之,只能做短篇,不善於長篇的,亦不乏其人。譬如浪漫派的斯帝文孫、現尚健在的柯南達利等,大都俱是長短篇并擅勝場。此外,有名的小説家兼能長短篇的,指不勝屈,但是像美國的歐亨利、英國的吉百齡,却以短篇小説見長。歐・亨利生平做的小説,現在刊成十二厚册,共是二百餘的短篇,長篇小説僅有晚年所作一種,且不見甚樣出色。吉百齡久居印度,他的短篇,專以描寫東方景物風俗爲主,在文學中自成一種格調,不是他人模仿得來的,因此頗享盛名。先是借着賣文爲生,後來竟成爲面團團的富家翁了。有人計算吉百齡著書的報酬,每一個字要值到一先令。歐亨利尚未成名的時候,他的著作每十個字已值一金元。更以最近的小説家而論,著《倘若冬天來了》的赫全孫,只這一部書,已收到七萬金鎊的酬金。書的版權,還是他自己掌著,没有賣掉。馬克吐温生時,所著小説的酬金,不下二十五萬金鎊。法國的囂俄,因做《孤星淚》得一萬六千金鎊。最近德國廢帝惠廉第二,遁逃荷蘭,做了一部本人自傳,把歐戰以前及歐戰時的種種内幕都説了出來。這書被書坊買去,得四萬金鎊的酬勞。英國卸任首相勞合喬治,自見德皇自傳以後,因内中頗有與他意思各别的地方,亦自著一書,駁斥德廢帝所説如何不盡不實。這部書共是九萬字,由加瑟爾圖書公司買去,出價九萬金鎊,核算起來,竟是一個字值到一個金鎊,在歐美亦是從來所無的。不過,這書不是小説罷了。

(《新聞報》一九二二年十一月二十一日)

若以尋常小説而論,在美國一篇幾千字的短小説,售價平均一百金圓。名家著作,又當别論。至於長篇小説,只在雜誌上分期登載幾次,便須二三萬金圓,至少亦須一萬金圓。至於長短篇勢力的消長,在美國要算以短篇小説爲第一。無論那一家的小説雜誌,都是以短篇見長,少則四五篇,多則九篇、十篇。長篇小説至多只一二種。英法二國的小説界,却大大的不同。英國的月報、星期報,差不多全靠長篇小説的良惡定銷數的多寡。短篇小説不甚注重,出價亦不如美國之優。照著經濟學上供求相應的定理，短篇小說當然以美國爲最發達，在英國却還是長篇小說居上。報界大王北岩子爵初辦報紙的時候，他那《答報》《零碎報》之類，亦是把長篇小說，動人耳目。直到如今，北岩名下的各種雜志，尚是以長篇小說見長。近來英國出版界，刊行一部短篇小說匯刊，内中美國人的作品，不在少數，足見短篇小說是美國文學界的特產了。美國人且有生平只做一篇短小說，竟成大名，蜚聲於文學界的。這人是誰，便是做《無國之人》的海爾博士。這篇《無國之人》有世界第一短篇小說之稱，但是海爾博士，雖是文學界人物，却不是小說界。生平作品，並不多見。如今美國學校中的文學讀本，却没有一部不用這篇《無國之人》做教科材料的。在下記得曾在《小說大觀》里，見過周瘦鵑的譯文，可惜似乎不全。

（《新聞報》一九二二年十一月二十二日）

論及這篇《無國之人》，還有一件抄襲的故實可記，頗爲有趣。海爾博士的原作，當初只在波斯頓城出版的，《大西洋月報》中登載。過了幾年，美國有一個商店伙計，不知他從那裏找到那本舊報，把一篇《無國之人》用端端整整的楷書完全抄下，寄給紐約的《太陽報》，言明如要刊載，須賣一百金元。否則，即用附寄的郵编，將稿本寄還。《太陽報》主筆把原信給同事們瞧了，都説這位商家伙計太懵懂了。難道海爾博士那篇萬古不廢的至文，世人還有不知道的，竟勞他人抄襲嘗試麽？因此，又有説應將此人此事在報上舉發，以戒下次的。那位主筆先生，就是美國報界名人却爾斯譚那。他聽了這話，却不謂然。答説這人抄這一萬多字，楷書恭正，也很辛苦，且寄有郵票，還是還他罷。這一件抄襲他人著作的故實，數十年來，並無人知道。直至一九一七年《門賽雜志》登載《太陽報的歷史》，纔記這件往事。同時，《門賽雜志》又舉發英國小說家斯帝文孫做的那一篇《瓶鬼》，指他是抄用歐洲北部地方的古代小説，不過改頭换面，又是用的英文罷了。自這事發表以後，紐約的《斯帝文孫會》《觀察報》和《門賽雜志》很起一番爭論。但是斯帝文孫攘竊他人之作以爲己有的嫌疑,終難免掉,因此頗爲生後名譽之累。斯帝文孫的著作,實是不少,頗有幾部到如今還是傳誦不衰,不但當時風行一時而已。那些風行一時、銷場很廣的小說,在英美小說界也不是當真注重。倘不是確有價值的佳作,往往不上幾個月,就此泯沒無聞。往往有去年盛銷的小說,到次年已令人不能憶及書名的。大抵一部小說的傳久與否,與著書人著作所耗的時日久暫,很有關係。那些歷世不廢、久而愈光的小說,大都不是輕易做成。著作的人,苦心經營,歷數年或十數年,始成一書。自然與那些忽促了事,只圖投趨時好、一時銷行的,大有不同。

(《新聞報》一九二二年十一月二十三日)

譬如西班牙人率文德做的《唐開和德》是在一六零五年做起,直做了六年纔成。在這一部書中,率文德差不多把一生所經艱難、所得閱歷,和淚和血,述寫成編,因此才有譯遍萬國、傳誦不絕的價值。記得十年前上海出版的《獨立週報》中,嘗有《唐開和德》的譯本,但只有開首一二篇,以後就絕響了。又如英國人彭陽的《天國歷程》,是一部最有力的寓言小說。彭陽因事入獄,經歷鐵窗風味,十有二年,始成此絕大著作。這書雖以宗教說法,他的價值,却不因宗教臭味而稍減。又如《魯濱遜漂流記》,這更是泰西家弦戶誦的書了。狄福做這部書時,年紀已五十八歲。若没有一生閱歷,斷乎不能做成的。此外如哥爾斯密的《雙鴛侶》、德國人哥鐵的《伏士德》、意大利人但丁的《神聖喜劇》,都是晚年所成。畢生精力,都在此中。挪威伊泊生的《傀儡家庭》,成書時他已五十歲。却爾司狄根司的《塊肉餘生述》做一年又九個月。喬治伊立的《亞旦皮德》,亦歷年餘而成。霍霜的《赤字》,爲書不過二三萬言,但是腹中屬稿,歷有年歲,直至四十歲後,經其妻催促,方纔筆之於書。俄國托爾斯泰的《和戰錄》,前後三卷,共有五六十萬言。托翁做了又改,改了又做,經歷多時,其夫人代爲抄錄,易稿七次,始成完作。到如今誰不知道托翁的小說,以《和戰錄》為絕唱。又如法國囂俄的《孤星淚》,好算世界中最長的小說,亦是一切小說中位置最高的小說。囂俄作此書時,前後共歷十五年之久。哥爾斯密的《雙鴛侶》,亦有直譯作《威克斐牧師傳》的。二十年前,上海有份《教育世界報》,就有譯本,喚作《姊妹花》。後來林琴南譯登在天津一家日報上,喚做《囧囧鴛鴦》。只一本小說,在中國有三種譯本,亦可見那書原文的真價值了。那些一時知名的小說家,那有這種苦心孤詣,做的小說,只求取悅庸衆,當然不能相提並論。

(《新聞報》一九二二年十一月二十四日)

　　據一家英國雜誌的主筆所說,當代小說家能在二三月之間做一部十萬字的小說的,以彼一人所知,已有二十人。甚有六日間,可成六萬字的完滿小說的。雜誌中每月要用一百五十萬字的小說,全仗一般著述迅速的作家在那裏趕緊製造。甚有以一人之身,分擔著幾家小說。每日要一萬多字,自己練書寫多趕不及,只好自己口授,另雇善於速記的謄抄。十九世紀之末,應該有一位小說家布斯培,他的小說銷路最好。一次,有一法國文學家李吉格林去拜望他。談及做小說,問他怎樣能層出不窮,而且做得好快。布斯培答說,他正和一家書坊訂定要在十天以內做成一部六萬字的小說,一面又令李吉格林到他書室裏,指著書桌上放的三隻留聲機,道:這就是我做小說的文具,只須把要做的文章,向留聲機器口裏頭誦一過,一個完了,再換一個。誦完以後,便把留聲器交給抄寫的人,聽著機中傳出的聲音,分頭抄錄,自己不容再行過問。這個法子迅速,果然達乎極點。但是布斯培所做風行一時的小說,到如今又有那個記得叫甚名字。而且一人的思想有限,精力有限,連做不絕,每不免有江郎才盡之誚。故如吉爾般派克和惠廉勒苟等人,雖在小說界很享大名,他們的著作,卻愈做愈得精采。單靠著往日一點子聲名,還有人購閱罷了。美國大學教授李益菲爾波士嘗說道,一時銷行最盛的小說,初時如火如荼,不上幾時,即復煙消火滅,來得快,去得亦快。上面所説的威惠勒苟,亦有譯作威廉的,他做的偵探小説,實在很好,有勝於科南達爾的,而且並不都是理想鑿空之談。去年他曾代法國巴黎警局破獲一件殺人重案。

(《新聞報》一九二二年十一月二十五日)

　　當歐戰正烈的時候,他是英國秘密偵探局的重要人物,於無綫電一門,尤具特長,不是專以説部見稱的。此人原先是法國籍,他的著作却都是英文。此外,有一約瑟康拉德是波蘭人,亦是寄籍英國,所做小説都講汪洋大海中的故事,大都瑰瑋可喜。歐戰中曾在英國海軍當船長,任緝捕敵國潛艇之責。女小説家中,有一位男爵夫人亞克西,就是做《大俠紅繁露傳》的。他本是匈牙利人,自小在巴黎讀書,後來嫁給一個英國人,改用英國夫姓。英國小説界中,有此男女三位異國人,亦可算得奇聞了。英國現代小説家中,年齡最高的,要算湯未思哈狄,是八十二歲。有一位棣莫甘,於六十六歲時,始把第一部小説脱稿行世。此翁於今春去世,年八十有三。此外齒高德尊的,如霍爾開恩,六十九歲;柯南達利,六十三歲;哈葛德,六十六歲;蕭伯訥,六十六歲;威爾斯,五十六歲。這威爾斯,是科學家,又是小説家、歷史家。去年華盛頓開裁兵大會之時,專爲英美各大報擬述重要文字。小説已譯中文的,有《異晶記及地球與火星之戰争》等書。他平日著作所入,每天有數百金鎊。美國小説家中,年事以胡威爾爲最老,八十五歲。其次,亨利約谷,七十九歲。可是,他們的年事雖老,精思未衰,每年尚有新文章供人欣賞。德國小説家中,目下最稱高年碩望的,要算好德門。法國有阿南都爾佛朗西,西班牙有文山衣布納士。這兩人的小説,大都有英文譯本。衣布納士的小説,有演作影戲的。他的《四騎士》小説,即是影戲中的《兒女英雄》,但影戲與小説,二者的結構當然大相懸殊,不可誤認爲一般無二的。

(《新聞報》一九二二年十一月二十六日)

英國小說家中，蕭伯訥的著作，常招外間絕對不同的批評。有的評他極好，有的批他極壞。這好壞觀念的不同，乃因蕭伯訥的思想，常有招人議論的地方。他所做戲劇名喚《華命夫人的職業》的，初在倫敦、紐約扮演於舞台之時，都被官中禁止，目爲有傷風化，停止扮演。又如法國人陶達所做《薩復》，亦曾被當局以敗壞風俗，禁止扮演。小說以下流穢俗被控，或被圖書館禁止購閱的，亦不時常有。譬如霍爾開的《你給我的婦人》和馬克吐温的《海克爾字力芬》都是曾遭擯斥。即《黑奴吁天錄》一書，初次行世的時候，亦被美國各處流通圖書館所禁，目爲有害無益。此外如托爾斯泰的《婀娜小傳》《恨縷情絲》《復活記》等書，初亦曾遭人禁絕。至今美國許多圖書館，尚有不收《恨縷情絲》和《復活記》二書的。紐約有一個正風會，是社會上許多自命有心人所設立的。遇著新出版的小說，如有流於猥瑣不堪的地方，便提起公訴，向法庭控告。今年出版的新小說，頗有幾種，因此成爲法庭上的證物。只是一件，不良的小說，只能由他自生自滅。所謂見怪不怪，其怪自敗。若在法庭中起訴，或是登報排斥，不啻爲代爲作廣告，反使本不知道的人都知道了，銷路因此更好。故禁絕不良的小說，在歐美社會，亦是一個重要問題。究竟社會應如何自衛，不受不良小說的毒害？應當如何禁法？辦到如何地步爲止？一本小說，是否在應禁不應禁之列，說來容易，實際做去，却大爲困難。據科倫布亞大學文學教授布蘭馬太所說，有些小說不過迎合時好，並無文學上的價值，那是不待禁止，自能泯沒的。至於有才學之士做的文字，亦有不應給男女老幼大衆都見的。至於演爲戲劇，影響更大。因爲平常看戲的，哪裏注重戲劇的命意，不過瞧瞧扮演的情節而已。若是描寫之處入於卑瑣穢褻，便不應以命意自解，只看結果有何影響罷了。故藝術家不當徒以命意之佳爲解說的地步。究竟是否含有道德上的教訓，或是在不道德的範圍，但看影響於人心如何。

（《新聞報》一九二二年十一月二十七日）

托爾斯泰的小說，如上面所談《婀娜小傳》等三書，説的都是男女之情，但其餘二部都不能及到《婀娜小傳》的高妙。其中緣故，亦自易明。《婀娜小傳》并不描摹男女間不必説的情致，只就犯罪以後的情事，盡力推寫，顯明犯淫的結果，是自趨死亡，犯了罪，絕無長久的快樂。所描寫的是可怕的結果，不是當初犯罪的情形，只此已能顯出人情真理。毋容全盤托出，纔爲有道德、有價值的著作。若是淋漓盡致，把前前後後悉行宣暴，以藝術而論，是不必的；以影響於公衆而論，更覺不可。美國第一部大小説，是霍霜的《赤字》，其結構亦是如此。英國喬治依洛的《亞旦皮德》，亦復如此。這幾種書，所講都是男女私情，但是有誰目爲淫書，在應禁之列？至於下流穢褻的小説，決沒有甚麼道德教訓在内。描寫人情真理的小説，亦決不至於必須有使人心惡面熱的地方。總之，一部書的道德不道德，是一件意見各別、不能一致的問題；而穢惡不穢惡，是一件人人可見的事實。既然穢惡，便和風化有關，法律所應當問的。不涉瑣屑，在小説家無損於藝術，在社會者獲益無窮。彼此相權，在小説家應得屈己從人，不當以命意高尚做門面語了。故欲知小説的良否，只須看他内容是否描寫過分，有導人於惡的趨向。若并無此意，便是良小説；否則，便是應與禁絕的不良文字了。布蘭馬太是美國文學界的老前輩，他的議論最爲中正。像上面所説，可算是分別小説良惡趨向的指南針了。

(《新聞報》一九二二年十一月二十八日)

法京巴黎有一"根克爾文學獎金會"，每年一次，判定一年間出版界最高妙的文學作品，酬給五千佛郎的獎金。去年的文學獎金，是贈給一位極肥胖的小説家的。他的那小説的主人翁，亦是一個很肥胖的人物。最奇者，刊行這部小説的書坊主人，亦是一個肥人。得的獎金，又是很肥。因此巴黎文學界近有"四肥"之稱，説來頗堪一噱。那肥胖小説家名唤亨利貝勞，亦是一位新聞記者，身重二百三十磅。受獎金的小説，唤作《肥人殉情記》。書中的肥人，重二百六十磅。出版人巴黎書坊主人亞爾平密希爾，是巴黎十九位肥人之一。五千佛郎的獎金，雖不是極肥，但一經品題，聲價十倍，那部《肥人殉情》的小説，當然不脛而走，那位肥胖小説家的名聲，亦就此盛大。更有可稱爲美談的，是亨利貝勞所受去年的獎金，不是單爲那肥人小説，亦爲著同年先出版的別一部小説。根克爾文學獎金的辦法，成立已二十年，一年中獎及二部小説，而二部小説又是一人的作品，却是二十年來第一回纔有此事。豈非更屬美談？貝勞先生的重量，雖有二百三十磅，加上這樣一個榮譽，在理應當益發魁偉咧。還有一件，去年的文學獎金，贈給一位肥人，他做的小説，所講亦是肥人。前年的獎金，是贈與一位亞菲利加洲的黑人的。這黑人名喚勒納馬崙，受獎的小説喚作《字都烏勒》，書中所記，亦是黑種人的故事。曾憶去年的《東方雜志》和《小説日報》都有過這段記載，巴黎文學界爲著這二年贈給獎金頗有些巧合，因此有人推測今年的獎金，不知可是獎給紅毛髮的小説家，講的是紅毛國的故事兒，還是獎給美貌如花的小説家，講的是如花美眷的故事咧？

(《新聞報》一九二三年一月二十八日)

《肥人殉情》這部小説，可算是寫實派，記的是一個肥胖男子，爲著身墮情網，受盡許多苦處。閲覽此書的，只須翻閲一二頁，便知此中都是亨利貝勞的現身説法。西人著書，向有一個"題寄"的規矩，在一個書前面聲明此書題寄某人某人，表示愛懷斯人的意思。《肥人殉情記》所題寄的男女，共有十九人之多，人人都是大胖子。第一位領頭的，是霞飛上將，其餘爲市長、小説家、優伶、新聞記者、著作家、畫版家等等，没有一個不是肥人。書中主人翁最喜喝啤酒，開口第一句便説"這啤酒好得很"。這人身體雖極肥壯，却還天天喝酒，自説甚麽减肥的法子，都試過了，却没有一件中用。那些節食、運動、沐浴、减睡，等等的老法子，都是無濟於事。

(《新聞報》一九二三年一月二十九日)

在歐戰的時候，人人都熬得肉少骨多，瘦削不堪，只有自己很肥的身材，還是繼胖增肥，一天一天愈見碩大。後來因看中了一個女子，人家都極意嘲笑。無論走到那裏，没有一個人不對他發笑的。那女子被人家笑不過，不得已動身到別處去。肥人又跟著同去，把歐羅巴全洲遊了個遍。其實呢，那女子並非有情於他，且早已羅敷有夫，不過瞧著肥人模樣好笑，把他當做有趣的玩物看待罷了。一日，二人到了羅馬，肥人忽想起羅馬古代帝皇大都是肥人，和自己一樣。因此，第一天便領他意中人到皇家博物院去參觀，把許多古代帝皇的石像，一一點給意中人瞧看，口講指畫，說得津津有味。對於維得利大帝的石像，尤其說得起勁，因爲維得利大帝亦是鼓起兩頰，三重下瞧，和自己差不多。他那意中人看了多時，只下了一句批評，道"他們倒很好看，和你一般肥大呀"。後來二人遊蹤所及，到了維尼斯。彼此同遊日久，情意益發深切，但是都還是朋友之愛，如俗語所說"柏拉圖之愛"，不是甚麼男女之愛。到了最後幾時，肥人自以爲快到功力圓滿的時期，方要向意中人求婚。那女子見他可笑不過，不禁照著看影戲的人叫開司東的叫法，叫他"大塊頭"。肥人聽了"大塊頭"那個叫法，纔如夢方醒，自覺無顏，赧然而去。從此以後，二人永遠不復相見。一部小說，亦就此結束。

（《新聞報》一九二三年一月三十日）

以上只述全部書中的大意，此外好笑的地方很多。有時肥人自己覺得太肥，在倫敦、瑞典各處試了許多減肥的方法，說來都極滑稽可笑。有一天他對一個朋友訴苦道："我每逢走過飯館酒肆，腹中饞火如焚，可憐不敢進去。誰知身體還是這般有加靡已的肥大起來。"又有一次，在路上遇見一個瘦人。那瘦人見他肥碩異常，不禁吃了一嚇，向旁人吐吐舌頭，道："人家都説歐戰以後，那些海底魚雷都已收拾乾净了。誰知還有一個在此。"又有一次，肥人到一家衣鋪去買衣服，店伙把現成的大衣服給他試穿。第一件穿不上,店伙道:"先生的身材較別人大一些。"第二件又穿不上,他道:"先生身體好大。"第三件還是穿不上,店伙不禁說道:"先生正是魁偉。"穿到第四件以後,只有嘆氣的分兒,說不出甚麼來,說不定心理在那裏想到:"這寶貨肥得可怕,世間少有,好不討厭哩!"此外可笑的說話很多,不必詳記。只照上面所載,便知這部《肥人殉情記》是一種極可笑的滑稽談了。再說那個"根克爾文學獎金"的歷史。這個獎金,是法國一位有名文學家在一八九六年創立的。此人名愛德門根克爾,富有家產,生前豫立遺囑,把家產撥作文學獎金之用,特地立個獎金會,由十一人組織而成。原定每年各得勞金六千佛郎,這十一人的責任,便是把一年間法國新進文人所著的文字,評斷優劣,用投票方法,推出最上乘的著作,贈給獎金五千佛郎。不到幾時,愛德門逝世,有幾個遠親反對那張遺囑,發生訟事,後來調解了局,把評判人的勞金減少一半,所以每人僅得三千佛郎。獎金的辦法,亦延至一九零三年,方纔實行,到今年恰值二十週年。第一個得獎金的,是小說家納亞,去年得獎金的亨利·貝勞是里昂人,年紀四十歲,身體極為肥碩,上面已說過了。曾任巴黎《曼考利雜志》的戲劇評論家,常說戲劇應當創造藝術,不應專以謀利為目的,意見和別人差殊,往往因此和人爭鬧起來。現今在《小巴黎日報》辦事,這家日報,是巴黎有名的大報。他的《肥人殉情記》,初在一家雜志上登過,登完了又加添材料,印成單本,代他發行的亞爾平米希爾,亦是一位肥人。巴黎人愛讀小說,沒有一個不知這人諢名叫做大塊頭。

(《新聞報》一九二三年一月三十一日)

小說叢談

聊寄生 撰

載於《鶯湖雜志》一九二三年第一期，列於"筆記"欄。作者聊寄生，生平待考。本文對小說的作用推崇備至，認爲好的小說"實可以包羅六合之內一切事實，其範圍實既廣且博""足以補經史子集之不逮"。對小說寄寓厚望，而又有所根柢，是對歷來小說功用說的一個極大的跨越。文中肯定言情小說的意義，將何諏的《碎琴樓》與《紅樓夢》視爲言情小說的代表作，甚至認爲《碎琴樓》的寫情感染力要超過《紅樓夢》，可爲一家之言。評價林紓的譯文成就時，指出是其能將"沉著、雄渾、情婉、詼奇"的風格融於一爐，可謂別具隻眼。

莊子曰："大言炎炎，小言詹詹。"小說云者，其即莊子所謂"小言"乎？然小說之佳者，立意布局，敘事行文，實可以包羅六合之內一切事實。其範圍實既廣且博，經史子集所不能宣述者，小說足以宣述之。推其功用，足以補經史子集之不逮。由是觀小說者，似又不僅小言已也。冬烘先生每視小說爲毒蛇洪水，禁其子弟不得稍近，亦滋可怪矣。雖然，吾又不得不分別言之。小說魄力，可以感觸讀者之心理，潛移默化於無形。故小說之佳者，可以陶養性情，增進知識，其有益身心，實非淺鮮。若淫辭邪說之小說，青年讀之，受害於無形，其害有較洪水毒蛇而過之者，烏可不深惡而痛絕之耶！吾敢斷言，得千百明師益友，不如一二有益身心之小說，是在讀者之善自鑒別而已。

晚近小說作者，項背相望，而言情之作尤汗牛充棟。蓋飲食男女，人之大欲。人類呱呱墜地之初，實即挾情字俱來，於是乎言情之作遂於小說中占重要位置。然言情小說，良不易作也。描寫香艷，即易入淫靡，而悲哀之音，亦千篇一律，讀之欲睡。欲求艷而不佻、樂而不淫之作，以我所見，舊小說中惟《紅樓》，新小說中惟《碎琴樓》而已。

《碎琴樓》作者爲前清宣統間興業何諏。敘事行文，簡練樸茂，無堆砌之病。書中有雲郎者，家貧，寄食於舅氏李紳。紳有女，字瓊花，美而多才，與雲郎雅有情愫。而李紳者，橛豎小人，惡雲郎貧，勿善之。雲郎者，潔身自愛好男子，不解阿諛，被絕於紳。紳之飯，主人曰："陳文卿者，有子名銀生，紈絝子也。"紳利欲熏心，強以愛女字銀生。瓊花者，孝女也，不敢有違父命，乃碎其素所善奏之琴，哀歌數闋以志痛，並以所懷爲書，與雲郎訣。雲郎得之，痛徹心腑，未如何也。厥後，陳紳子別有所眷，絕李紳之婚，紳慚憤以死。瓊花歷盡險夷輾轉，至於一死。瓊花死，雲郎狂放，勿知所之。嗟夫！言情至於《紅樓》，雖登峰造極，猶敘富貴之言情也。蓋寶黛二人，設非鬼妒良緣，其成有情眷屬，正復易易。若《碎琴樓》則敘貧賤之言情，令人讀之，頓生炎涼之感，其情不且尤苦乎！古之名流不得志於世，往往寄歌泣於字裏行間。屈原放逐而有《離騷》，史公受腐而成《史記》。作者其殆亦古之傷心人歟！

閩侯林琴南先生以一代文豪，出其餘緒，從事譯述，不下百餘種，大概以英却而司迭更斯、哈葛德、司各德及美歐文四人之原著爲最佳。歐文氏如《拊掌錄》《旅行述異》等書，迭更氏如《塊肉餘生述》《孝女耐兒傳》《冰雪姻緣》《滑稽外史》等書，哈氏如《火山報仇錄》《紅礁畫槳錄》《玉雪留痕》《橡湖仙影》等書，司氏如《劫後英雄略》《十字軍英雄記》等書。數子者，各有所長。歐文傷心吊古，感慨欷歔，寓莊於諧，寄托遥深。迭更氏則描寫社會，幾如禹鼎燭奸，溫嶠燃犀，收五蟲萬怪，鎔冶一爐。哈氏則以言情間涉神怪，婉曲纏綿，詭異雄奇。司氏之書，英雄肝膽、美人情愫冶於一爐，叙事布局，蹊徑尤別。綜上言之，沉着、雄渾、情婉、詼奇，無美不備，而林先生能以三寸筆隨意境爲轉移,如神龍之不可方物,足令讀者身入其境,如臨勝地。而其行文之一字一句,皆從千錘百煉中來,古茂暢達,何讓班馬。嗚呼!文字至此,真足以壽名山而藏石室矣。

(《鴛湖雜志》一九二三年第一期)

言情小説談

許廑父 撰

分載於《小説日報》一九二三年二月十六、十七、十八日。作者許廑父(一八九一——一九五三),名與澄,字棄疾,又字一厂。著有《八仙得道傳》等,曾續寫蔡東藩的《民國通俗演義》。本文將當時"現在社會上風行一時的言情小説"約略分爲九類,大致加以介紹,但又疑惑如此分類到底有没有道理。針對當時社會上流行的"郎乎妹耶"式的爛套言情小説,作者認爲:"言情"兩字,範圍極廣,决乎不是一男一女,互相戀愛,互相慕悦。而且言情小説本來功用極大,不應僅限於消遣,"言情小説(專指小範圍的説)是一種極高尚純潔的小説,對於男女社交和家庭改造都有極大的關係。"

現在社會上風行一時的言情小説,大略可以分爲下列的幾種:

(一)言情小説。這一種是指普通的言情小説而言,又可作爲各種言情小説的總稱。

(二)哀情小説。這一種是專指言情小説中,男女兩方不能圓滿完聚者而言。内中的情節,要以能殼使人讀而下淚的,算是此中聖手。

(三)苦情小説。這一種大概是先分後合的言情小説。寫男女的一方或兩方,先因婚姻關係,吃盡苦楚,受盡折磨,到後來忽從意外,或因苦情的結果,雙方竟能如願以償。這就叫苦情小説。

(《小説日報》一九二三年二月十六日)

（四）艷情小說。這一種簡直沒有什麼道理可言。大概拿言情小說的底子，加上些不三不四的香艷的詞句，就加上這艷情兩字的美名。也有就男女兩方的情事，鋪排得熱鬧一點的，也叫艷情小說。這一類倒比上文所說光就詞句上設想的，理由要充分一點。

（五）慘情小說。這一種大概和哀情、苦情兩種差不多遠。不過表明他這書的情節和詞句，寫得很慘切悽楚罷了。

（六）奇情小說。這一種是專指言情小說中情節較爲奇異的而言。

（七）愛情小說。

（八）濃情小說。

（九）怡情小說。這三種坊間也常常瞧見，但一般言情小說家，却並不承認這等類別。那都不過是俗賈劣伙，標新立異，煽惑青年的一種作用罷了。

（《小說日報》一九二三年二月十七日）

以上各種統是近社會上所定言情小說的分類，是誰作俑，和類別的確當與否，我却不願辯論。但據我的愚見，以爲言情兩字，範圍極廣，決乎不是一男一女，互相戀愛，互相慕悅，就可以包括得情的界限，區分得情之性質。但凡世界上可以，或應以情相維繫者，均謂之情，便都可以做得言倩小說。父子也，兄弟也，朋友也，師生也，都靠著情字的作用相聯絡，便都有作爲言情小說資料的資格。至於男女愛好慕悅之情，雖然不能說他不是情，却也不能代表一切之情，說除此以外，旁的就不能稱爲情也。或者說情之一字，可分廣義、狹義兩種解釋。對於男女交際之情，是屬於狹義的；對於世上一切之情，是屬於廣義的。這話也有理由，但我總覺得這廣義狹義的區別，也不十分確切呢。

如今姑且丟開這等議論。專就一般人所認爲小範圍言情小說講來。究竟上文所論的種種區別，可算得確當的分類麼？他們所持的理由，有根據沒根據呢？我以爲言情小說（專指小範圍的說）

是一種極高尚純潔的小說,對於男女社交和家庭改造都有極大的關係。決計不能這般草率冒昧,胡亂讀幾句"郎乎妹耶"的爛套,就可以信手操觚。關於言情小說的本身,應否分別門類,門類應該怎樣分法,這都是極該注意的問題啊。

(《小說日報》一九二三年二月十八日)

小説派別之滑稽觀

瞻　廬撰

　　載於《紅雜志》一九二三年第一卷第十三期。作者瞻廬，即程瞻廬，見一九二五年《小説雜考》叙錄。本文有感於當時小説界熱衷於爲小説界強分派別，故以滑稽的語氣，通過小説的題目或小説的起句將小説分宗立派。雖是調侃之筆，倒也切中當時小説界已漸趨模式化的流弊。《紅雜志》的文學批評風格，於此也可見一斑。

　　就各種小説之標題可以分做四派
　　（一）一個派　此派之標題恒用"一個鄉村女子""一個人力車夫""一個嫁兩嫁的可憐女人"……等名詞。
　　（二）血淚派　此派之標題恒用"杜鵑血""血手帕""孀婦淚""征人淚"……等名詞。
　　（三）夢影派　此派之標題恒用"綠閨夢""自由夢""繡樓針影""書窗燈影"……等名詞。
　　（四）姻緣派　此派之標題恒用"金玉姻緣""鶼鰈姻緣""海外奇緣""鸞鳳奇緣"……等名詞。此外偵探小説有寶石派，言情小説有禽鳥派、花草派，不可備舉。
　　就各種小説之起句可以分做三派
　　（一）這天派　此派之起句恒言"這天正是暮秋天氣""這天正是某月某日""這天正是某某結婚的吉期""這天正是某某的斷腸日子"……

（二）疊字派　此派之起句恒言"颯颯的幾陣風""疏疏的幾點雨""淡淡的月光裏面""閃閃的燈光底下"……

（三）斜陽派　此派之起句恒言"斜陽已在柳梢頭了""夕陽如血，映入了江波""一輪赤玉也似的落日漸漸沒在地平綫下""歸鴉陣陣從夕照中撲翅飛來"……

此外還有彩霞派、明月派、一間派（指房屋）、一個派（指人物）、哈哈派、零零派（指學校鈴聲），不可備舉。

（《紅雜志》一九二三年第一卷第十三期）

著作家之暗記

趙苕狂　施濟群 撰

　　分載於《紅雜志》一九二三年第二卷第七期、一九二四年第二卷第三十六期。作者分別是趙苕狂和施濟群。趙苕狂(一八九二—一九五三)，名澤霖，字雨蒼，號苕狂，別號憶鳳樓主，吳興(今浙江湖州)人。著有《玉碎珠沉錄》《劍膽琴心錄》等小說。曾長期主編《紅雜志》《紅玫瑰》系列雜志。施濟群(一八九六—一九四六)，號冰廬，江蘇南匯(今屬上海)人。龍門師範畢業，曾任中學校長。《紅雜志》編輯之一，後參與創辦《金鋼鑽報》。本文的"著作家"，基本上就是指小說家；"暗記"則指小說中的顯著特徵。趙苕狂先後指出李涵秋、林紓、何海鳴、漱石生、周瘦鵑、徐卓呆、胡寄塵、程小青等人小說的"暗記"，如林紓是"以古文之筆法而作小說"、漱石生是"忠厚之氣"、胡寄塵是"短而峭"，等等，已涉及風格批評，具有一定的研究價值。施濟群則先後提到不肖生、海上說夢人、程瞻廬、王西神、嚴獨鶴馬二先生等人的暗記，多着眼於字面特征，顯得膚淺。

　　大凡一爿店，除了招牌之外，還有一種暗記，説得文明一點兒，就是商標。有的以天官爲記，有的以和合爲記，用來杜絕假冒。講到著作家，倒也是如此的，他的大名，就算是他的招牌。有幾個響亮一點的，竟和陸稿薦、稻香村那幾塊金字招牌差不多呢。不過他們的暗記，却真是一種暗記，并不明白宣布。凡是熟讀他們的著作的,自能辨識得來。我是一個小説迷,不論哪一位小説家的著作,都熟讀過,他們著作中的暗記,倒都有點兒知道的,如今揀幾種登在下面,其餘俟後再發表。至於講得對不對,我却不敢自必,聽諸位批評和指正罷。

李涵秋之暗記

李涵秋不大作短篇,他短篇中的暗記是什麼,我也就不去研究他。他在長篇中,最喜自加評語,差不多不到四五行,就有一個評語。還喜用虛點,而且這種虛點,總在每人説完一段話之後,別的地方倒不大見。在他是弄慣了,所以覺得自然得很。別人如果要學起來,定要弄得手忙足亂,或者還要弄錯。所以這兩種,可以説是他的暗記。

林畏廬之暗記

林畏廬以古文之筆法而作小説,此似黃祥華如意油仿單上,暗暗加有"黃祥華"三字之浮水印,非他人所得而假冒,不必再舉其他暗記。不過,他尚有兩個很顯明的暗記,就是"外史氏曰""讀吾書者"。

何海鳴之暗記

講到何海鳴之暗記,有人説就是"倡門"二字。我説不對,這是一種説明書,不是暗記。而且他如今也不大做這一類的小説了。他的暗記,我倒知道的。你瞧:他著作中,不是常有"説到這……"一句麼,此是與衆不同處,也是他的暗記啊。

漱石生之暗記

漱石生是小説界中的老前輩,人又是很忠厚的。所以他的小説中，總帶些兒忠厚之氣。這忠厚之氣，可以說是他的暗記。此外，還有一種明記，就是他的每篇小說開場，十有八九，總帶些形容聲音的字眼，不是搭搭搭，就是鏗鏗鏗呢。

周瘦鵑之暗記

周瘦鵑之小說，屬於哀情的為多，每篇總逃不了一"哭"字，所以常有"香淚""珠淚"這一類的字。又有人說"斜陽如血"一句，可以說是他的暗記。他每一篇小說起首，常喜用這一句的。這個我倒不敢十分決定。

徐卓呆之暗記

徐卓呆的小說題目，常喜用兩個字。他的句法，別具古茂之致，不加一點修飾，體格常變，與衆不同。結尾處往往出人意外，突然而止，而餘韻悠然。這種却可以算得是他的暗記。還有他，題目上，常喜橫寫"小說"兩字，有時編輯者不注意，沒有把這兩字抹去，就刊了出來。可是，給那熟讀他原稿的一看，倒可知道篇確是他的真作，不是贋本呢。此外，他每喜寫這個"確"字，不知道卓呆瞧見了，也以為這句話"確"不"確"啊。

胡寄塵之暗記

短而峭，就是胡寄塵的暗記。這個大家都已知道，不用我說了。此外他每喜用甲乙丙丁、ABCD這種代名詞，別人雖也有用的，但沒有他這樣的常用。所以，這也算得是他的一種暗記啊。

程小青之暗記

程小青之暗記是什麼呢？這個不用說得，就是"霍桑探案"四字了。有人聽了笑道：這是大家都已知道，還用你說麼？我道：我今日做這篇著作家之暗記，別人家的暗記，或者還可以不說，他的暗記，一定不可抛置了不說的。因爲他自己已把這種暗記，在《半月》中宣布過了，簡直可以說得是一種立案過、公布過的商標，怎可漏了不說啊？此外還有獨鶴、天笑……等等大著作家，他們也各有各的暗記，如今我且暫時賣個關子，等下次有空的時候再講罷。

我正把這篇稿子寫完，有一朋友問我道：你說了人家半天，你自己的暗記又是什麼呢？我笑道：我是文壇中一個小卒，算不得什麼著作家。這好似一副小擔子，連招牌都沒有，還有什麼暗記呢？不過你既逼着問我，我就老着臉皮答道：有的，就是"就是了"三個字。記得有一次夜中趕做一篇稿子，做好了，就寄了出去。等到登出後一覆看，不到半頁，竟用了十個"就是了"，連自己看了，都笑了起來。這不是大大的笑話麼？咳！這算得什麼著作，說得什麼暗記？

（《紅雜志》一九二三年第二卷第七期）

本雜志第二卷第七期，趙苕狂做了篇《著作家之暗記》，很有趣味，不過他只說了八位著作家，末後說"其餘的，等下次有了空再說"。豈知到現在已有半年多了，竟無隻字提起，大約他因爲要緊同夫人製造小苕狂的緣故，所以沒有空罷。古人說："貂不足，狗尾續。"他既没空再做，鄙人這幾天正有餘閑，就不妨做個續貂的狗尾，替他加上幾段咧。（此段以下爲施濟群著）

不肖生之暗記

從前做長篇小說最出風頭的，要算李涵秋。自從涵秋作古之後，起而代之的，要算不肖生了。苕狂說涵秋的暗記，是自加評語同點虛點。現在不肖生的小說，鄙人看得不少，覺得也有幾種暗記，就是"這們""那們""打哈哈""邊說邊走"等幾個。列位如其不信,只須把他的小說披讀一回。這種暗記,一定會發現好幾個呢。

海上說夢人之暗記

海上說夢人的《歇浦潮》一百回,膾炙人口,現在本雜志刊的《新歇浦潮》賡續前作,也很有精彩。他小說中最顯明的暗記,就是"爭風""吃醋""吊膀子""軋姘頭",以及許多上海土語如"坍台""膀胱氣"等。有一會有個北京的讀者寫信來問我,說"膀胱氣"什麼解,吾便答他說這是上海土語,就是旁邊人代爲憤憤不平的意思。現在聽說嚴芙孫正在編本《上海俗語字典》,將來出版之後,外省人讀《歇浦潮》的,正可把他作爲參考之用咧。

程瞻廬之暗記

程瞻廬的小說,無論長篇、短篇,都用全力寫去,真所謂獅子搏象用全力,搏兔也用全力哩。所以,他的小說篇篇精警有味,而運用俗語詩句,歷歷如數家珍。這就是他的暗記了。

王西神之暗記

王西神是詞章大家,駢四儷六之文,搖筆即來。所以,他的小說也脫不了詞章氣味,而且每篇小說的開頭更喜歡發一段議論,一定要洋洋數千言,才說到"浮文剪斷,書歸正傳"。這大約也就是他的暗記了。

嚴獨鶴之暗記

吾常說,小說家同唱書先生,本是一而二,二而一的。唱書先生大致可以分爲"唱小書"同"說大書"兩派。唱小書的上臺之後,先彈一套琵琶弦子，或是唱一齣開篇做個開場白。說大書的却不然，上臺之後，把醒木一拍，便滔滔滾滾的正書開場了。現在許多小說家當中，我把周瘦鵑比做唱小書的，因爲他的小說一定先寫一番景致，然後徐入正文，猶之唱小書的先唱開篇一般。嚴獨鶴却是說大書的了，他的小說十篇有九篇一開場，便是某某人怎樣怎樣地說了下去，這也是暗記的一種啊。

馬二先生之暗記

馬二先生的小說，西洋化很重，不要說別的，單看他叙述小說中人說話的地方，一定要用引號來標明白，稿尾還一定注明月日，如一二、九、二〇等類，張舍我和馬二先生有同一的暗記，不過稿尾不標明年月日罷咧。

（《紅雜志》一九二四年第二卷第三十六期）

小說碎話

劍　魁　撰

　　載於《小報》一九二三年第八期。作者劍魁，生平待考。本文主要談論小說的寫作過程。可以看出，作者主張小說一定要求新，無論是思想還是資料，都要有所新意。正是以"新"爲標準，所以不能以小說家的身份來衡量小說的優劣。其最喜歡徐枕亞的《玉梨魂》，很大程度上也是因爲其開創了新的小說體裁與風格。

　　作小說第一要思想新穎，切不可步人後塵。否則，千篇一律，讀起來就沒有價值了。

　　小說資料，不可和別人家的作品雷同。倘是一時找不到什麽好資料，寧可擱筆不做。

　　作小說命題最難，有時自己作品的題目，會於無意中和別人的相同，但這是無獨有偶，不能算是抄襲。

　　做小說做得太多，必定失了精彩。倘少做些，自然有佳作。

　　批評小說的優劣，不要先看著者的署名。

　　哀情小說，哀艷動人（指好的小說）。在下最喜歡讀徐枕亞先生著的《玉梨魂》。

小說小說

劉恨我 撰

載於《青友旬刊》一九二三年第十一期。作者劉恨我，廣東人，當時活躍的通俗小說作家，在《禮拜六》等刊物上發表小說多種。本文部分條目與其《小說一得》（載於《半月》一九二三年一月二十四日第四卷第四期）雷同，可見其對這篇文字還是很滿意的。全文要言不煩，切中肯綮，對各類小說的寫作都有獨到的心得體會。其中談到"往年小說大都駢儷四六雜以歌賦詩詞，今則盛行白話與歐化式體裁"，涉及當時的小說生態變遷；又云"周報與旬報等皆不宜刊登長篇小說，因出版期太遠，讀者每易遺忘"，不是對報載文學別有心得者，不能發此語。

言情小說行文宜細膩纏綿，動作、寫景方面須盡力描摹，襯及書中主人，使閱者讀之，覺躍然紙上，如此方有精神。

往年小說，大都駢儷四六雜以歌賦詩詞，今則盛行白話暨歐化式體裁。

哀情小說大多無痛呻吟，矯揉造作。欲矯此弊，良非易易。

周報與旬報等皆不宜刊登長篇小說，因出版期太遠，讀者每易遺忘。

一篇小說，能不落恆蹊，別出心裁，道人所未道，方是佳構。

偵探小說之結局，為全篇之最有精彩處，須將書中疑陣層層揭出，布置有條，宛如剝蕉抽繭，令閱者拍案叫絕。苟去頭削足，東湊西補，不堪寓目矣。

（《青友旬刊》一九二三年第十一期）

談談《紅雜志》之撰述者

光磊室主 撰

　　載於《紅雜志》一九二三年第二卷第十二期。作者光磊室主,生平待考。因所談的都是曾在《紅雜志》上撰稿的小説家,故本文若不是熱心讀者的來信,便是刊物的自我推銷手段。本文對提到的小説家都是褒揚,毫無訾議,甚至有夸張過分之處,但總體上還是反映了諸位小説家的風格,亦可見《紅雜志》的實力與影響力。

　　獨鶴之短篇以社會見長,布局命意,語重心長,裨益世道人心匪淺。時下之作社會短篇者,莫足與京。
　　瞻廬之小説,才大心細,句法甚美,尤以描寫舊家庭之生活最佳。
　　海鳴與不肖生兩君,才兼文武,一以短篇勝,一以長篇著。
　　海上説夢人之社會長篇,消息之靈通,事迹之翔實,無有逾之者。
　　卓呆可稱滑稽之雄。
　　寄塵思想高超,不同凡響。
　　禹鐘工詩嗜曲,所作短篇,簡潔可喜。
　　西神爲詞章專家,故其文無論新舊,總覺有語皆香,無詞不艷。讀之,如坐對妙曼女神,没處不討人歡喜。
　　明道亦嫵媚,亦活潑。
　　馬二先生文筆超脱,亦正不弱。

民哀文字饒有豪氣。

海上漱石生爲小説界老前輩,文言白話,諧文雜作,靡所不能。

舍我、碧梧之小説,一以造意勝,一以真切著,各極其妙。

茗狂能莊能諧。

澹盦之偵探小説有獨到處。

濟群除擔任《新聞報》點將小説外,作品甚少。讀《紅雜志》者,頗望其有所見飧也。

(《紅雜志》一九二三年第二卷第十二期)

麐塵客譚

王薇子 撰

　　載於《紅雜志》一九二三年第十七、十八、二十期。作者王薇子，生平待考。作者應具有豐富的西方文學知識，文中處處以西方小說界現狀來反觀中國文壇。如其呼吁重視批評家，介紹西方的稿酬制度，推崇狄更斯、大仲馬、小仲馬等人的小說成就，試圖給國內小說家以啓迪。在翻譯問題上，反對直譯，認爲直譯是畏難行爲。正確的翻譯方式在其看來，應是"中外行文之法不同，譯者需深知其命意，細察其布局，曲曲傳狀，第一要義即在不失原旨。自非中外文俱有根柢而心思綿密不爲功"。

　　壬戌春三月，北上任職交通大學，退食餘閑，輒集朋儕，劇談爲樂。談鋒既縱，不知所屆，有涉及中西説部者，爰刺取一二，筆之於篇。北方多蠅，小坐花間，輒覺營營耳際，取人厭惡，乃各以麐尾自隨，不絶麐拂。麐拂愈力，蠅死愈多，談鋒亦彌健也。
　　泰西小説即文學，未嘗判然兩途。我國文章之士不爲稗官家言，誠固執之可笑者。然歷來所傳盡多精警之作，雖不入文學正統，後之人亦且瓣香尊美之。蓋由傑出之士，獨能打破此關。小説遂以不廢，且成絶世之作。顧畢世所成，亦只一部。施耐庵之有《水滸》也，曹雪芹之有《紅樓》也，俱復不聞有他。一生精力所注，其爲絶世之作，宜也。雖然，小説與文學設並爲一途，吾知施耐庵、曹雪芹一世所成，必不僅僅乎止此也。僅僅乎此，所以見其可貴，知其精且盡也。嘗見近人之作，汗牛充棟，何以不能凌駕古人而上之？則知好多務博，實足爲害也。世之小説家，其亦韙吾説乎？

批評家，泰西亦屬專門，與著作家并重。明其派別，審其精惡，萬不可少。我國則一書有詳評，逐段作解説，其精彩真理因之而顯著，猶盲者之有明杖，不負作者之苦心。固矣，然不得僅明其運典之出處，或但爲膚淺之説也。每見小説夾評，某人叩問之下輒屢入"我也要問"，及既説明，復注"原來如此"等蛇足句。試問有何意味，而批評家搖筆即來，初不厭複，費光陰，污楮墨，直是何苦？

日者閲李涵秋之《廣陵潮》，是書爲李氏成名之作，用筆至深刻。中寫頑固人物及窮酸秀才，莫不頰上添毫，栩栩欲活。他若下流社會販夫走卒，齷齪氣繚繞筆頭，殊有得心應手之妙。此書以二、三、四三集为恰到好處，入後不免鬆懈。推其故，其初當係精心結撰，迨陸續刊布報端，遂多黄門急就章，不免坐鬆泛之失矣。近日各日報多載涵秋長篇，俱未能通篇一致。夫左右逢源，手揮目送，世不一見者也，以責李氏，豈才力之不逮，亦盛名之下難乎爲繼，況惟日不足，自又不得不雜湊字數者乎！

泰西著作名家，一篇脱稿，即約由書局印行，而抽其售價之幾成，亦以售出之册數爲准的。故能傳其著作權於子孫，猶家産之承襲。然我國除自印外，大抵論字出讓。林畏廬氏千字近售六元，蓋已爲近日小説界之巨擘矣。

（《紅雜志》一九二三年第十七期）

譯書非易事也。中外行文之法不同，譯者須深知其命意，細察其布局，曲曲傳狀，第一要義即在不失原旨。自非中外文俱有根柢而心思綿密不爲功，於是務新之士畏其艱深，創爲直譯之説，照原文依次用填字之法。初不問其費解也，是烏貴乎有譯？

泰西文字，每名詞之下可以連貫用無數之形容詞，譯時至感困難。若直譯之，不獨非常礙目，亦且不成文理，舍之又有不可，則惟融會運用，不必求字面個個可以對照，但問不失原意可也。

法國文學院爲舉國所榮稱,額限四十人,必俟中有死亡而後推補,然積久不免弊生。縱負文名,亦仗夤緣之術,否則無望也。十九世紀之囂俄,文名蓋代,而身有傲骨,曾五受推薦,始得隷名其中。蓋爲同院所嫉,力加排擠,終以盛名所歸,未容久拒勿納。是以傾軋之習,蔑地勿然,固中外所同慨者也。

　　各地有各地之土音,迻譯外國文字,關於地名人名,其音遂不能準確。譬如法國之囂俄,原文爲 Victor Hugo,譯音若"未到猶哥",而迻譯家譯作囂俄,亦且沿用之"俄"字可謂爲"猶哥"之混合音,若"囂"字者則不知爲何地音矣。

　　法國莫伯桑,世稱短篇小説之王。精嫻法文者稱其文筆至美,設想亦高超,其人憤世嫉俗,終以狂疾卒。每爲文,好居舟中,徜徉煙水,固足啓發文思,而莫氏之命意,實謂居水上則不觸軟紅塵,無異脱離五濁世界耳。

　　小説界好用別號,泰西亦有用之者。大抵所作善否,未能自信,故標假名以問世,其名竟傳,則此後又不能不因襲而用之。亦有所作恐不足以勸世,因假古作者名以布之者,則我國古文章之士及近時書賈亦有用以欺世者矣。

　　　　　　　　　　(《紅雜志》一九二三年第十八期)

　　法國大仲馬,著作等身,好取史事,演爲小説。雖其事實非可征信,而行文則浩如煙海,極詼奇之致,讀之如身入其境。喜怒哀樂,動爲牽率,無復自主之能力,則其筆墨之酣暢爲如何耶!顧其文筆宜於通俗,若以高超論,似不逮其子小仲馬。小仲馬之文,都含哲理,然風行不如乃父也。

　　小仲馬之《茶花女遺事》,用筆至深刻。若女死後,亞猛移葬之,發榼驗屍,則已腐臭不可向邇。讀書至此,何等感喟,此蓋深一層寫法也。每見吾國小説,好爲屍久不敗之謬説。無中生有,復何感想之有。此俗手也,不足與言小説。

　　英國却而司迭更司,白描聖手也。竹頭木屑,皆資爲用。尋常一事物，先生葫蘆依樣，取以入書，陡覺化腐朽爲神奇，在引人入勝，初不見其平衍莊文。多長篇，讀之，每恐其盡，一字一句，必加細味。讀其書，未有不眉飛色舞者。好小説之魔力，有如是夫！

迭更司之書，林琴南先生曾譯多種，如《塊肉餘生述》《滑稽外史》《孝女耐兒傳》《賊史》《冰雪姻緣》，譯筆不弱原作，余俱不厭數數讀也。

《冰雪姻緣》有一節寫禿齒（人名）。禿齒者，願人也，誤稱船主克忒爾爲船主吉爾司，歷久不能變。此雖細節，足見禿齒之爲願人，真性情流露於不自覺也。

迭更司之小説，可比吾國詩家之白樂天。樂天之詩，老嫗都解。顧含蓄至深，每得弦外意。

法朗斯，近世法國小説名家也。年屆古稀，始與所歡結婚，俾身後資財可傳其婦，否則不爲法律所許也。所著書在數十版以上，可見風行一時。用筆深入顯出，命意不爲膚淺。如寫一修道者見妓女作裸體跳舞，跳舞愈沉酣，修道者刺擊愈甚。行文之間，針針見血。名家著述，誠屬卓爾不群。

（《紅雜志》一九二三年第二〇期）

外行小説談

鵑　雲撰

　　分載於《小説旬報》一九二三年七月十二日、七月二十四日、八月三日、八月十二日。作者鵑雲，生平待考。作者自稱"外行"，實際上對小説的看法頗有可採之處。首先，其肯定小説的價值，認爲其能"冶陶人之性情"，不應被輕視，而又以"思想新穎、入情入理者爲佳"，這反映了一般小説愛好者的心聲。作者反對以消遣的態度看小説，在其看來，小説的作用甚至還要超過《四書》等"大説"。"小説之爲益於吾人，誠有勝於大説者。夫小説一門，有易風俗、改造社會之偉力。"所以，其要求小説家及小説雜志要自愛自重，要注意小説的格調以及社會價值觀的引導功能。這樣的觀點雖然古來有之，但在任何輕視小説的時代都不會過時。

　　小説，所以冶陶人之性情者也。西人最爲注重，吾國則輕視之。如《紅樓夢》《西廂》等，指爲淫詞，讀之有害，初不知其佳處何在也。

　　近幾年來，小説事業，日漸風行，如《小説新報》《小説月報》《禮拜六》等，皆風行一時。今之雜志，乃大發達，可謂之全盛時代。

　　余愛讀小説，然譯文則雅不願領教。蓋翻譯者，多咬牙嚙齒之文，終不如自著之痛快。惟偵探小説，則以譯者爲佳，而譯者又以能仿其意而重作者爲佳。

　　蓋中西語迥爲不同，如以字面譯之，西語之解，華文往往有引以爲不通者。至於其結構，固貴乎離奇，然惟顧離奇而不問情理之有無，則成無稽之談矣。總之，小説以思想新穎、入情入理者爲佳。

愚意如是，質之諸小説内家，以爲然否？

(《小説旬報》一九二三年七月十二日)

縱觀夫都會村市，商店之伙友、村塾之冬烘，凡一知半解之徒，皆曰："小説者不過用以於無聊時作消遣耳。學子方專事於學課，奚可抛却寶貴之光陰，而閲此無益之小説？"甚矣！斯言也。夫小説者，說之小者也。小爲大之母，千百實一二集成之也。是豈可以小而輕之乎？或曰："人之所以鄙之者，實以淫邪小説致之。"余曰："小説豈盡淫邪者耶？如以有言世人之惡者多，而曰世無善人，則大謬矣。小説猶然，如《四書》之所謂大説者。所言無非仁義道德，力導人之入正耳。然讀者每苦於無味，而不與卒讀。如小説則藉書中人之善惡，而褒貶之，使世人感於無形之中。故閲小説者，非獨無害，實有益焉。如閲偵探小説，則易開人思想；閲社會小説，則能洞悉世情；閲家庭小説，則能爲家庭教育之助；讀俠義小説，可引人入仁義之涂。他如滑稽，則詼諧百出，能增人之興趣；愛國，則讀之慷慨悲歌，發男兒愛國之熱腸。綜上觀之，小説之爲益於吾人，誠有勝於大説者。夫小説一門，有易風俗、改造社會之偉力。其所爲利害者，在作者之志趣如何，及讀者之心理如何耳。"

(《小説旬報》一九二三年七月二十四日)

小説在今代文學上，固占有重要之位置矣，而讀小説者，能明小説之爲文學者，猶寥如晨星也。不觀夫今之所能受社會歡迎者，非爲淫邪及滑稽耶？讀者之心理如是，而一般趨時之小説家，皆依讀者之心理，而專作淫邪、滑稽之小説。小説之於文學上，乃因之不能存立。此小説之所以益爲人蔑視者也。今觀某書局所刊之小説雜志，如偵探諸篇，皆以滑稽爲上，且雜以五更調、蘇州景開篇等。噫！小説之尚有價值可言乎？蓋若輩但以金錢計，本不顧及小説之價值也。夫偵探小説，所以啓人之腦智，使讀者得偵探之常識。今一旦加之以滑稽，則偵探之價值失矣。滑稽小説，僅可助人之餘興。設專以滑稽眩人，則小説之本意既失，亦可武斷之曰：不必有小説。如小説中雜以五更調，則尤爲識者所不齒也。吾願讀者、作者，其細味余言。

(《小説旬報》一九二三年八月三日)

　　小説雜志爲妓女作廣告，此余極端反對者。夫小説乃文學上之一種，將此等照片列入，顧視小説之價值既失，而作者之身價資格亦無不因之而失。夫小説，所以改造社會、易却惡俗者。今加入此萬惡之煙花，小説之聲譽掃地矣。夫插圖甚多，以中國之大，風景之多，無不可插入小説中，而獨加以妓女之照片，真不知若輩之用意何居也。至於伶人，則亦藝術界一份子，固亦不妨載之入小説中，益美術界之光。余作斯言，非有意反對此等書局，實質之良心，不得不言。余非獨不願見其倩影於小説中，更不欲見彼等妓女於社會也。

(《小説旬報》一九二三年八月十二日)

小說碎話

釋　雲撰

　　載於《小說旬報》一九二三年七月十四日。作者釋雲，即錢釋雲(一九〇三——一九八四)，現代小說家，著有小說《紅波》等。本文是作者對小說界各種現象的斷想。值得一提的是，其認識到短篇小說不應是長篇小說的一節，而有其鮮明的特質。作者對李涵秋的小說頗有微詞，一是稱其消遣性強，二是批評其短篇小說不合規範。

　　現在社會上能夠看小說的人，大多是將小說當消遣品的。看了熱鬧有趣，便是篇好小說。所以李涵秋的小說集很受一輩人的歡迎。

　　作者明心理，能夠將金錢兩字置在腦後。他的小說纔有好作品出來。

　　做短篇小說，和做長篇小說完全不同。

　　李涵秋的短篇小說，不過是長篇小說中的一段落。

　　文言短篇小說，吾最歡喜朱鴛雛和羅韋士的作品。可惜兩人現在都已死了。從此他們的小說，再也不能看見咧。

(《小說旬報》一九二三年七月十四日)

想到便寫

胡亞光 撰

　　載於《小說旬報》一九二三年八月二十二日。作者胡亞光（一九〇一——一九八六），名文球，字亞光，一字芝園，號夢蝶樓主，又號安定居士，浙江杭州人，胡雪光曾孫，著名畫家。一九二二年，與施蟄存、戴望舒、阿英等人成立蘭社，從事新文學運動。一九二三年成立亞光繪畫研究所，培養美術青年。歷任浙江美術學會會長、中國工商業美術作家協會監事兼杭州分會理事長等。抗戰勝利後移居上海，任《新聞報》"每日漫話"專欄特約作者。新中國成立後，任上海文史館館員，出版過多種畫集。本文純粹是作者記錄其對於小說的隨想，無體系可尋。作者在文中談論到當時流行的各類小說，評判的著眼點在於其社會功用，希望能通過小說來改變國家與人民的命運。本質上還是清末"小說界革命"觀念的延續，這也說明小說在近現代一直被賦予着嚴肅的期待。

　　作小說須有見地，須有借托，未可向壁虛構。空中樓閣，每多缺點。

　　小說亦藝術之一，描寫盡致者爲寫實派，感人最深，而易動目。彼浪漫派、未來派等等，如繪畫然，能得社會之同情，當非其時也。

　　愛國小說最有深義，望海內作家多多撰之，以救此垂危之國，而一醒睡獅也。

偵探小說與武俠小說，一能增思想，一能鼓尚武，均有裨益於社會。

社會小說宜多述惡人惡報，及流連風月之結果等等，作燃犀之燭、照妖之鏡。余亦云然。

言情小說專寫兒女之情，爲余不取。能專注父子之情、愛國之情，就"情"之一字，光而大之。其收效較學校教育、家庭教育爲速。若兒女之情，偶一寫之，須有所借，亦未始不可耳。

（《小説旬報》一九二三年八月二十二日）

小説碎話

童慘沮 撰

載於《小説旬報》一九二三年九月一日。作者童慘沮,生平待考。本文主要談論作小説的方法。題目應在小説寫完後再擬,小説家寫作時要常有作小説的狀態。

余友羅獨清云,作小説不必先定題目,只需胸中有一事,便即自然寫去,俟寫成后再定題目。當代小説家以爲何如?

初學小説者,目所見,耳所聞,當以小説眼光視之。設作成小説,如何佈置,如何描寫,時時練習。待作小説時,自不難矣。

看小説看到妙處,當閉目一思,想他如何寫法,妙處在何處。假使我作,便如何寫法。兩者相較,高低見矣。如是研究,自有進步。

(《小説旬報》一九二三年九月一日)

文人百趣

黃轉陶 撰

分載於《最小》一九二三年第三卷第七十二期、第七十四期、《紅雜志》一九二三年第五十六期、《月亮》一九二四年第二期。作者黃轉陶，民國通俗小說家，星社成員，著有《荒乎其唐》等小說。本文從"趣"字入手，記錄趙眠雲、尤半狂、程瞻廬、范煙橋、姚賡夔、周瘦鵑、張丹斧小說家們的珍聞軼事，頗能見當時通俗文壇的趣味。

　　碧波是個瘦子，他的食量却超人一等。五香豆是他的性命，西瓜子倒不甚歡喜。便是他自己也拜菊高同我的下風。他吃起饅頭來，一口一個，一轉眼便盤裏空了。停一回，他又要吃肉餅咧。
　　賡夔是喜打彈子的，有時候竟打得廢寢忘食。他打起彈子來，別具一種趣態。他身軀很藐小，打彈的棒兒，比他高有一個頭。
　　逸梅的鴉字，半狂的蟹字，堪稱雙絕。
　　碧波在吳苑吃茶，有一只自辦的美杯。畫的是碧綠的波，題的是"碧影"二字。下面有行小字道"紅雨樓主自珍"。他吃茶的地方，恰巧在樓上。樓名叫"話雨樓"。一杯一樓，都有一個雨字，無怪吃茶總遇雨呢。
　　逸梅寫給我的信稱小說家，起初很奇怪，後來知道他不是稱我一個。稱家兄蓬圓叫詞人，稱半狂叫公子，不知稱枕綠寫什麼。（枕綠道：記得是先生罷。）

（《最小》一九二三年第三卷第七十二期）

馮壯公是歡喜喝酒的,但是量不宏。三杯到肚,便閒話多了飯。

龐獨笑是北里的熟客,吃花酒是最起勁。他輯報紙的時候,編輯室裏常有妓女來會他。

王大覺的文才,甚麼人都知道他好。談話也是個健者。冬天夜裏,常常不睡。同他兄弟二癡,狂談一夜。

朱雲光是個恂恂儒雅,交際也不會,猜拳却超人一等。

陳去病同顧明道,同是不良於行,湊成一對。

(《最小》一九二三年第三卷第七十四期)

我每次看見眠雲的時候,覺著總有一種特殊點,兀是不明白什麼道理。後來我知道了,原來他的頭太小。好在他的身體也不算大。不然,恐怕人家都要稱他爲小頭鬼咧。

半狂的模樣兒,終脱不掉貴族式。他一副架子,一望而知是公子哥兒。但也是種種配合就的,矮矮的身材,胖胖的身體,面龐且是團團的。近來他吃著一根長長的香煙嘴,手裏總握著司的克,搖搖擺擺,誰不說他是貴族公子呢。只可惜他年紀輕,不然唇上綴一撇八字鬚。那末,更加好看了。

文人的字迹有趣的,要算柳亞子。他寫給人家的信,真是使人難堪,原來他信上的字,哪里是字,簡直是畫的一條條蚯蚓呢!他寫字只寫半個,個個字不完全,一張信箋上,亂畫一陣花罷了,叫收信的人如何讀法。恐怕連他自己寫出了,也認不清楚咧。他是個口吃的,說起閒話來,期期艾艾,一句話要說好久。他寫起信來,倒這樣簡單。難道他的字,也像說話一般寫不清楚,故意寫得這樣神秘麼。

逸梅,大家說他的眼睛,生得與尋常人兩樣,其實他的面龐眉毛,也和人家兩樣一些的。

煙橋講起話來,真是滔滔不絕。他的兄弟佩萸、菊高,都不歡喜講話的。他們三弟兄,勻一勻才好。

瞻廬是個謙和長者,他説起閒話來,倒也很能引人笑。不但他説話可以引人笑,便是他的模樣,也可以使人不由得不笑了。他頭部上半段是没有頭髪的,他的面龐胖胖的,戴著羅克眼鏡,另有一種趣態。他笑起來,那一種神氣,不笑的人看了,恐怕也忍不住笑了。

程小青是歡喜吃五香豆的,徐碧波也是歡喜吃五香豆的,范菊高一日不吃五香豆過不過的,何以文人都與五香豆結不解緣呢?

我猜施濟群的模樣是胖子。半狂對我說,濟群是瘦子。并且還對我說,他瘦的原因是……

賡夔身軀是很嬌小的,所以大家都叫他女郎。就是他日常的用品,和他的性情,也很合女性。像他熱天用的一柄團扇,扇面上寫著簪花妙格,是用紫墨水寫的,顔色既艷麗,字迹又娟秀,其實是他自己寫的。他偏落著賡夔吾哥,下面署著曼雲女士的款。他用的信封信箋,都是顔色很美麗的,而且邊上還有一圈紅邊。據他自己說,這種信箋信封,是寫情書用的。

有人說丹斧的年紀很大了,吾想總是像程瞻廬模樣的。哪知民哀對我說,丹斧是肌膚雪白,風采麗都的。我的理想竟完全不對,怪不得又有說他是半老徐娘啊。

民哀是出名小脚的,便是他自己也直認不諱,但是江紅蕉的脚,似乎也很小,不知與民哀比較如何?紅蕉的長短,與范君博恰巧相等,可稱爲一對矮人。

明道是不良於行的,現在他正在求凰時代,我看見他的時候,時常想起從前《民國日報》裏附送的兩報上,總有男女兩個相親,男的坐在車子裏,女的把手巾按了嘴。後來結婚時候纔勿知男是跛足,女是缺脣。明道現在時常坐車子,或者就爲這層,但是要留心按嘴的女郎纔好。

寫怪字的要推枕緑,他的字簡直像畫花。其次是逸梅,逸梅的字,像老鴨。還有半狂的字,也很奇怪的,粗而且大,驟然一瞧,仿佛一只只横行的蟹。

胡石予是個忠厚長者,與人談話,也怐怐謙謙。他穿的衣服,更是樸素。穿綢緞的時候,實在很少。最奇不過的,他四季衣服不常更換。盛暑時候,偶然穿上一件竹布長衫,春秋冬三季,服色似乎不換。就是一雙玄色老布鞋，也終年穿著。

　　陳去病的跛足、王大覺的長指甲、葉小鳳的赤鼻、柳亞子的口吃，張丹斧的環佩叮噹（丹斧臂上都戴金屬環鐲，甚至手指上，亦滿戴戒指）、嚴獨鶴的揮談（眠雲言獨鶴談時，手常揮，每當此時，談風大盛，便不容他人插嘴，）都是文人的特趣。

（《紅雜志》一九二三年第五十六期）

　　李涵秋去世了，追念他的人著實不少，便是我偶然翻出《半月》追悼涵秋的特號來瞧著，那張遺像也平添了許多悵惘。那張遺像真是一個岸然道貌的長者，就是嘴唇邊的于思也著實不少。看他的年紀，一定在五十開外了。誰知翻開《消閒》月刊來一看，印著他的玉照，穿著西裝，把頭髮分在兩邊，眼上架著夾鼻的托力克眼鏡。那種翩翩的丰韻，還有人疑他是小白臉哩。但是把兩張照片一起比較起來，真是說不出的有趣。一老一少，粗看竟辨不出是一個人。

　　龐獨笑是個北里的熟客。他無論到那一處地方一混幾個月，北里情形都在他的眼底了。故而他撰文之餘，總是借著征歌消閒，他尤其好做聯送給妓女。這乃是他擅長的。所以獨笑的贈妓聯，恐怕連他自己都不知有多少了。他在蘇州編輯《新江蘇報》的時候，編輯室裏常有妓女來會他。許指嚴的生前，也很歡喜遊北里。有一次到蘇州來，眠雲伴著他逍遙章臺。他喝醉了酒，當場且撰且寫，一起手寫，寫十幾副聯，分送妓女。如今吟香樓校書的妝閣裏，還掛著他的手迹。

　　我們星社掛各有各的神態，都是別人所摹仿不來的。像瞻廬的冷雋，眠雲的瀟灑，紅蕉的清逸，煙橋的雄岸，小青的敏捷，逸梅的誠摯，佩英的自然，明道的恬靜，吟秋的寡默，菊高的沉陰，賡夔的嬌態，碧波的流利，聞天的滑稽，都是一種特殊的趣態。

　　陳去病是不良於行的。顧明道也是不良於行的。趙苕狂是矮子。姚民哀也是矮子。周瘦鵑帶些女性。姚賡夔也帶些女小生，范煙橋是紅臉。戴夢鷗也是紅臉。有了柳亞子口吃，還有嚴芙孫也是口吃。有了尤半狂的蟹字，還有鄭逸梅的鴉字。有了龐鶴盦長，還有金季鶴也長。也可說是文人的無獨有偶。

徐卓呆生就的一副滑稽相，兩隻一霎一霎的眼睛，看了真叫人笑出來。記得他前次到蘇州來白相，到了拙政園，他講起兒時吊在荷池裏的一段趣事。他現在是個滑稽的小說家，料想他小時一定是個頑皮的孩子。

徐碧波是專門講情的。朋友中有甚麼情事，他都知道。賡夔對於這一類的事情最多，往往還要無中生有，故意鬧出事來，講得駭人聽聞，但是碧波都知道他是真是假。所以佩萸要把他情場大偵探的徽號贈他。

賡夔最歡喜化名女士。他起初叫曼雲，現在叫蘇鳳。這兩個名字多麼香艷！明道也曾化名女士投稿。在幾年前的《眉語》雜誌上，菊高有時叫雯珠，碧波常化作綠漪。還有什麼綠柳，什麼舜，都是含有女性的，那知還敵不過王天恨的化名。他叫紅綃，比曼雲、綠漪尤其來得嫵媚可愛了。但是他們都是鬚眉男子，何以這麼甘居巾幗呢？知道了，或者帶些懷春的作用吧。

范佩萸是歡喜穿華麗而淺色的服色的。施青萍也有這個癖性。記得他去年夏間到蘇州來會我們，穿的是深湖色的華絲葛單衫。年輕的人穿些美艷的衣服，還不算奇。最奇怪的便是他穿著一雙品藍閃緞的鞋子。其實他一副神情也似乎帶著女性的，加了這種很惹眼的服色，愈其來得三分像男，七分像女了。但是陳小蝶也是青萍的同志，因爲小蝶穿的顏色，還要勝過青萍。他去年冬裏同瘦鵑、丁悚一起到蘇州來，好像穿的紅縷條子閃色的塔副綢，圍著藍白間色的絲圍巾，面龐上隱約還有些狼藉的粉痕咧。

文人中最精明強幹的要算俞天憤了。他歡喜撰偵探小說，所以自己也歡喜親自嘗試當偵探的況味。近來他故鄉出了一樁竊案，失去的古玩約有幾萬元之多。他遂親自去偵探，結果竟被他操著勝券。他非常得意，逢人便講，還打算做部實事偵探小說咧。所以常熟地方都很器重他，說他任俠送他一個綽號叫俞戇。

張丹斧同范君博都是怪人物。丹斧是著名玩世不恭的,終年不曾見他穿著馬褂,總是著一個背心。便是他的字,像劈蘭葉般的別出心裁。喜歡他書法的人,求不到他的法書。我家隔壁目不識丁的成衣鋪裏倒掛著他八言聯,據說是他自己送的哩。君博身材非常矮小,但是穿的衣服故意做得古派。瓜皮小帽上總鑲著一個紅珊瑚頂兒,冬天帶著皮帽。我今年春天三月裏,在途上碰見了他,那頂皮帽去還好端端的戴著。

(《月亮》一九二四年第二期)

小説碎話

陳于德 撰

載於《小説旬報》一九二三年九月十一日。作者陳于德，浙江紹興人，曾就讀於紹興第五中學、復旦大學，主辦過復旦通訊社，曾在《學生文藝叢刊》中發表詩歌多篇。後長期從事文史資料整理工作。本文內容簡單，都是對當時小説界重要現象的直觀描述，也側面反映了當時普通讀者對於小説的看法。

優美的小説，能够啓人知識。
小説的結構，前後最宜貫通。
譯外國小説，要十分細心。
撰淫穢小説者，是小説界裏的大罪人。
多讀小説的人，思想總發達的。
現代的小説刊物，仿佛春笋抽芽一般。

（《小説旬報》一九二三年九月十一日）

小説小譚

劉恨我 撰

　　載於《小説旬報》一九二三年九月二十一日。作者劉恨我，見一九二三年《小説小説》叙録。本文從作者與讀者兩方面談小説。就作者而言，寫小説（偵探小説除外），不可過度求險求奇；而讀者閲讀小説時，也要秉持一顆公允的心，"宜論其內容佳否爲定評"，不可鶩名失實。值得注意的是，這裏特意提到了"做小説話尤難"，表明小説話這一概念在當時的文人群體中已被接受。

　　作小説難，做小説話尤難。因一語一字，皆從經驗得來。否則，信口開河。不過欲欺一般盲目讀者耳。偶閲本報六期，刊有孩柳君之《我之小説談》，內有一節，略云"小説之開場筆墨，切不可用平淡之意寫來，宜用奇特，或是險境，須如平空霹靂，使人驚疑……"閲後不禁大疑。予以管見所及，此種題材，不過用於偵探小説方面，豈種種小説作法，俱如此乎？孩柳未免武斷矣。書此與孩柳一商榷，并質老友松廬，以資研究。若謂予有意吹毛，則吾豈敢？
　　老友錢子釋雲，嘗與予論小説。予曰："凡讀一篇小説，宜論其內容佳否爲定評。初不可以作者是否名家，則其小説必勝他人爲標準。若閲者胸中，能除去此種思想，然後可看小説。否則，人云亦云，直一盲目閲者耳。"此論釋雲聞之，亦爲首肯。

　　　　　　　　　　（《小説旬報》一九二三年九月二十一日）

小說閑評

大　可撰

　　載於《新聞報》一九二三年十一月二十三日、二十九日、十二月十八日、一九二四年一月七日。作者大可，即朱奇。朱奇（一八八八—一九七九），字大可，號蓮坨、攜李情農、蒲石居士等，室名有蒲石居、風生雲樓，浙江嘉興人。參與創辦《金鋼鑽報》《小說新報》等，也曾供職於《申報》館，一度任《新申報》主編。曾於上海務本女中、正始中學等執教。一九四九年後，任華東師範大學教授。一九五八年退休。本文即以點將的形式做小説話，即在每篇的末句嵌入某人的名字，下期即由該人來撰寫。這裏選取的是朱大可所撰的《小説閑評》。本文主要討論的是唐人小説，并對其成就推崇備至，更能溯其源，追其流，探索其在中國文學史上的地位與影響，更能在題材相近的篇幅里發現其中幽微的區別，還不時在文中融入哲理感悟，可讀性極强。

　　吾國小説，起於戰國，衍於漢魏，而盛於唐宋。大抵情致委婉，文字濃郁，上之可以備史乘之采擇，下之亦可以供藝苑之掆摭，固與今之小説家高揭輔助教育、改良社會之櫫者，殊涂而異軌也。不佞嗜小説，尤嗜唐人小説，嘗以前人搜輯未備，擬從唐人文集及《太平廣記》《説郛》等書，重行抄撮，成《唐説薈補》一書。顧兹事體大，尚病未能。爰就平日瀏覽所及，略加評騭，見仁見智，未必盡當，或亦愈乎飽食終日、無所用心者爾。

《虬髯客傳》自是唐人小説中第一篇文字。近自伶人程硯秋、黃玉麟編爲劇本,益爲時流所重(明人張伯起已有《紅拂記傳奇》,然是昆曲,而非京劇)。然人徒知此傳爲傳虬髯客與衛公、紅拂,而不知此傳實傳唐文皇也。先賢論文,有手揮目送之格。試思傳中,紅拂目衛公爲英雄,而衛公復謂文皇爲眞人。其傳紅拂、衛公者,非傳文皇耶?虬髯客生龍活虎,不可捉摸,而一見文皇,遽爲心死。其傳虬髯客者,又非傳文皇耶?至傳文皇,一則曰不衫不履,裼裘而來,神氣揚揚,貌與常異;再者曰精彩驚人,神氣清朗,滿坐風生,顧盼煒如,著墨不多,傳神阿堵。不佞嘗謂小説家狀才子易,狀佳人易,狀奇人、俠士亦易,惟狀英爽之人主難。太史公之狀高祖,僅用"豁達大度"四字,此傳用"不衫不履,裼裘而來"八字,庶亦足追腐遷者歟?

《李娃傳》,明人院本曾演其事,所謂《繡襦記》是也(按,《繡襦記》,明鄭虛舟作)。傳中情節惝恍曲折,而作者隨筆寫來,不蔓不枝。昔人所謂不欲極其才思,而才思亦無不極者也。其叙榮陽生之入院,與娃母之設局,居然能近似近日所謂黑幕小説,可怪也。鬥歌一段,侯朝宗《馬伶傳》即從此出,誰謂小説非古文,古文非小説哉?

《柳毅傳》事雖荒唐,文實瑰奇。其叙龍女之憔悴、柳生之義憤、洞庭之長厚、錢唐之激昂,皆有繪聲繪影之妙。蒲留仙《聊齋志異》竊取其義,衍爲《羅刹海市》,文意綿密雖過之,而辭采壯烈遠不逮矣。姚勁秋姻丈語余:"今人崇拜《聊齋志異》,不知《聊齋》十七八皆有所本。"余嘗取魏晉唐宋以來小説勘之,果如所言。我友芙孫近屬余搜輯成書,付渠刊之。人事忽忽,尚未暇也。(乙組第七篇請芙孫作)

(《新聞報》一九二三年十一月二十二日)

《杜子春傳》寫其能忘喜怒哀懼惡欲,而不能忘愛,小説而進乎哲理者也。然余以爲天地之所以不致傾覆,人類之所以不致澌滅,實在愛之不忘耳。仁民之政,始於親親。大人之心,不失赤子。苟皆離絕親故，刬除戀愛，上仙可成，世界已毀矣。至傳中筆墨，簡净可喜。尤佳者，叙述子春得錢以後，不復治生，僅以"去馬而驢，去驢而徒"二語寫之，其由富家而中人，中人而赤貧，歷歷可想，是真能以少許勝多許者。

《馮燕傳》與《楊娟傳》，一叙市井之蕩子，一叙煙花之淫娃，然其後皆能爲常人之所不能爲，不得以其曾爲蕩子與淫娃而薄之也。近日小說家，多爲蕩子淫娃寫照，然流連忘返，不知所裁。勸一懲百，猶虞不可，况懲一而勸百乎？作俑之罪，《馮燕》《楊娟》二傳不能辭其咎矣。

《南柯記》與《枕中記》，湯若士取之以入"臨川四夢"者也。《南柯記》叙述甚爲平衍，惟穿插點綴，則殊佳妙。如叙淳于棼入贅，插入華陽姑諸女嘲謔一段；叙領南柯郡，插入表薦周弁、田子華一段，無中生有，令人色喜。余嘗謂小說之佳，理想爲上，情節次之，穿插點綴又次之，而辭采不與也。蒲留仙《聊齋志異》理想不及《閱微草堂筆記》，情節不及《諧鐸》，而獨於穿插點綴，奄有衆長，蓋深有得於唐人也。

《枕中記》，《聊齋·續黃粱》所本，歷叙官階，似嫌太直，不似《聊齋》之委婉有致。惟《枕中記》叙至盧生之卒，戛然即止，《續黃粱》則又增出曾孝廉陰魂投胎等事。文固痛快，義反糾葛。蓋人世富貴，有如一夢，一旦醒豁，公侯將相如土芥耳，又何必親歷地獄諸苦，始得憬然覺悟耶？（乙組第二篇請豁公作）

（《新聞報》一九二三年十一月二十八日）

《霍小玉傳》與《李娃傳》，皆爲唐人言情小說，惟《李娃》爲奇情，而《霍小玉》爲哀情。常人讀至小玉重會李生，舉杯酹地曰"我爲女子，薄命如斯。君是丈夫，負心若此。韶顔稚齒，飲恨而終。慈母在堂，不能供養。綺羅弦管，從此永休。徹痛黃泉，皆君所致"數語，以爲寫情沉痛，不能復加。然余以爲最哀摯者，當在小玉餞別李生之時。所謂"妾年始十八，君纔二十有二。迨君壯室之秋，猶有八歲。一生歡愛,願畢此期。然後妙選高門,以求秦晉,亦未爲晚"云云。此數語,苟細辨之,實無一字不真摯,無一語不悱惻,且"我爲女子"云云,人人筆下所有,而"妾年十八"云云,人人腕底所無。作小說者,尤爭此一著也。

《劉無雙傳》與《章台柳傳》亦有相似,惟許虞侯之取柳氏,尚近人情,而古押衙之盜無雙,則出人意外矣。茅山道士之藥,服之立死,三日却活,已覺可怪。抽刀斷塞鴻之頭,更屬駭人。古生爲王仙客自刎,何必強斷他人之頭?然此等文章,皆從《史記·信陵君傳》侯嬴一段化出。

《謝小娥傳》,李公佐撰,觀其叙事曲折,下語鄭重,似非向壁虛造者。然"車中猴,門東草","禾中走,一日夫"等謎,今三尺童子亦能解之,何至廣求智者,歷年不能得耶?且報仇殺盜,何等慎重,而謂憑此夢中數語,可以索得盜者主名。其誰信之乎?嗚呼!此謝小娥之所以傳歟!

前人小說,雖極荒唐,皆托事實。其明示人以子虛烏有者,牛思黯之《周秦行紀》是也。思黯此紀所叙薄太后、戚夫人、王嬙、楊貴妃、潘淑妃等,或爲先代帝后,或爲本朝妃嬪。思黯一秀才,安得引身其間,唐突至此?其爲荒謬,不辨可知。或曰李贊皇門人韋瓘所撰,而嫁其名於思黯者。良然良然!然其書雖不足觀,以視情節不緊湊、詞意不顯豁、公然灾梨禍棗者,固尚勝一籌也。(乙組第四篇請谿公作)

(《新聞報》一九二三年十二月十八日)

唐人小說,言人事者十居三四,言鬼魅者十居六七。良以敷述人事,或局於聞見;恣言鬼魅,可逞其胸臆也。然説鬼之中,亦自殊途,有僅主述其事者,有兼及行文者。前者隨手摭拾,漫無剪裁,如《集異志》《稽神錄》等是。後者悉心經營,饒有文采,如《才鬼記》《靈鬼志》等是。蓋《才鬼》《靈鬼》,爲《聊齋志》之藍本,而《集異》《稽神》,則《新齊諧》之樣册也。

《才鬼記》情事幽婉，文詞斐亹，自是唐人上乘文字。余尤愛其《王敬伯》《劉諷》兩則，著墨不多，逸趣橫溢。蒲留仙脫胎在此等處最多。又，《盧充》一則，敘兩小兒拍浮水面，亦《聊齋·羅刹海市》之所本也。

《靈鬼志》，《韓重》《嵇康》各則皆佳，至《劉導》一則之叙西施、夷光，《顏濬》一則之敘張貴妃、沈貴嬪，以哀艷之妙墨，發思古之幽情，尤爲曲盡文人能事。明清以來，執筆墨爲神異小說者，無一能軼唐人範圍。吁！亦奇矣。

《集異記》，亦佳構也。徐佐卿化鶴，王積薪聽棋，張茂先博物，後人詩文屢引用之。至蕭穎士遇盗，狄梁公賭裘，王維彈琵琶，王昌齡、高適、王之渙畫壁等則，其文固妙，其事則不異，不知何以亦入此集也。

此外佳文，散見各書者，更僕難舉。約略言之，則《白猿傳》之詼諧，《袁氏傳》之沉摯、《人虎傳》之警惕、《蚍蜉傳》之滑稽，皆不失爲工妙之作。大抵唐人小說，恰如其詩，色澤濃麗，聲韻鏗鏘，是其所長。意境膠黏，文詞堆砌，是其所短。然後人學之者，其工處固不易到，即拙處亦未能幾及也。曩年曾於某報獲見某君擬唐人小說數則，每則大半皆爲惡詩。聞某君語人曰："吾仿《步非煙傳》也。"嗚呼！唐人風調，狂者故不易與言也。（乙組第三篇請調狂作）

（《新聞報》一九二四年一月七日）

小說小說

張寄仙 撰

載於《紅雨》一九二四年第一期。其中第一、三則又見於作者同名《小說小說》(《人生》一九二九年九月十九日)。張寄仙,浙江嘉興人,早期中國共產黨黨員。本文主要談其喜愛的小說,并談到其對當時小說界的初步觀察。舊小說中最愛《紅樓夢》與《西廂記》。而當時的短篇小說皆無再讀之價值。"新文化家"們的作品也比不上《紅樓》《水滸》等經典。

　　余於新舊小說無不喜讀,而獨傾倒於《紅樓夢》與《西廂記》二書,朝夕相對,寢饋不離,雖百讀亦不覺其厭也。

　　自短篇小說盛行後,作者如林,其間佳構固多,然均僅具一讀再讀之魔力,可以百讀者未之見也。

　　新文化家輒盛稱《紅樓》《水滸》之佳,打倒一切文言小說,奉爲白話文之圭臬。顧彼輩創作非特無一二如《紅樓》《水滸》者,且多神秘不可索解,不知何故?

(《紅雨》一九二四年第一期)

稗官談屑

蓮　坨　撰

　　分載於《金鋼鑽報》一九二四年二月五日、二月二十一日、二月二十四日、三月六日、三月九日。作者蓮坨，即朱大可，見一九二三年《小說閑評》叙錄。本文以小說史的眼光審視當時的小說創作面貌，說"小說之盛，至今日而已極；小說之衰，亦至今日而已極"。作者認爲，《紅樓》《水滸》以前的小說爲"記傳"或"筆記"體裁，不可稱爲"小說"。當時小說界受西方影響，創作極其繁榮，而小說家的寫作能力與寫作態度已不能與往昔相比，小說質量也遠遜於前。考察小說變遷史，本文總結出"小說由筆記而章回，是由簡而趨繁，由長篇而短篇，又由博而返約"的演變規律。同時，值得注意的是，對於一般批評家訾議的《野叟曝言》，本文也給予了較高的評價，因爲其中對涉及的學問無一不做內行語。這也實際上構成了對當時小說家學識淺隘的反諷。

　　小說之盛，至今日而已極；小說之衰，亦至今日而已極。我國小說，發源甚早，班固《漢書·藝文志》已列小說於儒道之末。漢魏以來，作者甚尠，今所傳者，不過班固《漢武》、伶玄《飛燕》、張華《博物》、干寶《搜神》數種而已。唐宋而下，作者漸夥，惟皆屬於記傳體裁。且爾時之所謂小說者，僅爲好事文人，出其餘緒，詼奇詭譎，自娛娛人，既不欲以小說名家，人亦無以小說家尊之。自施耐庵《水滸》、曹雪芹《紅樓》章回小說盛行以後，於是小說始由附庸而成大國。蓋古人之與小說,一則惟求典雅,一則不厭俚俗;一則多紀士夫,一則旁及閭冗也。然當時之小說家,猶為積學文人,博物君子,懷抱利器,窮愁著書,遂不覺其支離誕謾,一至於是。是故律以文章家言,則其見微知著者,易之幾也;發情止禮者,《禮》之教也;居今稽古者,《書》之典也;好色不淫者,《詩》之旨也;褒貶善惡者,《春秋》之意也。乃至汪洋恣肆,蒙莊之遺;纏綿悱惻,靈均所逸,莫不可以捃摭入之。故一書之成,窮老盡氣,一字之下,聚精會神。觀乎施耐庵、曹雪芹兩人,其餘著作,只字不存,可以知矣。此豈今之小說家,朝方屬稿,暮已殺青者,所可相提而並論耶?

(《金鋼鑽報》一九二四年二月五日)

二十年來,一般學者,震於西方莎士比亞、迭更司、大小仲馬、歐文諸人之名,以為西方無文學家。所謂文學家者,皆小說家耳。於是競舍其詩古文辭,而從事於小說。或獨抒胸臆,自成馨逸;或籀譯著作,別饒趣味。前者吳趼人、李伯元、曾孟樸、孫漱石堪以成家,後者林琴南亦堪名世。今吳、李已矣,孟樸一行作吏,此事都廢。其老壽康疆,著述不輟者,南惟漱石,北惟琴南。然風氣既開,作者輩出,操觚之士,為小說者十人而八九,為詩古文辭者十人而一二。良以為小說者,屬詞比事,稍有可觀,即可鬻諸報章,投稿雜志,生活所需,不虞缺乏。至詩古文辭,則當今之世,解人甚希,雖有李、杜、韓、柳之才,除為學校講師而外,直無一席啖飯地,故耽之者絕無僅有也。惟天下之事,盛極必衰,蓄極則泄。一般小說家,心思才力,究屬有限,朝成一著,耗其若干,夕脫一稿,耗其若干,久而久之,耗費淨盡,而欲其再搜索枯腸,左宜右有,不致為江郎才盡者,其誰信之?是以海上小說家,始則腸肥腦滿,繼且精竭髓空,終且奄奄一息,毫無生氣。此無他,皆才盡之故也。

(《金鋼鑽報》一九二四年二月二十一日)

古之所謂小說者，筆記而已。自施耐庵《水滸》、毛宗崗《三國》、曹雪芹《紅樓》等書盛行以後，於是筆記與小說，截然兩途，不可合并。嗜筆記者，或嗤小說爲粗鄙；嗜小說者，亦詆筆記爲沉悶。究之筆記與小說，體例雖殊，旨趣則一，是丹非素，實屬無謂。及至清季，譯學大盛，琴南林氏，獨喜翻譯歐美小說。林氏深於古文筆法，而所譯者，又爲歐美名家原本。二難既並，自易風行。於是章回小說以外，又多一種章節小說，其爲長篇巨製則一。惟晚近世界，人事日繁，長篇小說，易生厭倦，又有創爲短篇小說者，其所叙述，或僅一人，或止一事，事實簡單，篇幅狹短，讀者可以一目了然。然此種小說，有時又或失之太簡，以致讀者不知所云。天虛我生嘗語余曰："作小說者，人物須有來歷，事實須有本末。今之所謂短篇小說者，但求文字之簡潔，不顧情節之忽略。如觀戲然，但睹其中之一幕，又安從知其起源結果？"真小說家之金鍼也。總之小說，由筆記而章回，是由簡而趨繁；由長篇而短篇，又由博而返約。大《易》之理，窮則變，變則通。凡事皆然，豈獨小說也哉！

（《金鋼鑽報》一九二四年二月二十四日）

近日小說家，於舊小說，各有所嗜。以余所知，天虛我生嗜《紅樓夢》，小鳳嗜《水滸》，駕雛嗜《儒林外史》。故其所作，亦有似處。蓋童而習之，壯而爲之。詩文皆然，不獨小說也。余十一二齡，從塾師讀，每苦文義不甚充暢。有徐君者，塾師之友，寄居塾中，顧與余善。徐嗜小說，盈笥滿篋，皆《三國》《水滸》《蕩寇》《岳傳》《彭公》《施公》《今古奇觀》等書。余偶假其《三國》讀之，自覺文思汩汩，迥異從前。塾師視余所作，詢得其故，遂恣余所爲，不復禁阻。余乃盡取徐君篋中之書讀之，顧爾時之所好者，率在戰爭、武俠一派。有某君者，語余《紅樓夢》之妙，余翻閱之，至林黛玉進寧國府見賈寶玉一段，刻意叙述兩人衣飾，絮絮不已，不解擲書而起，不欲復觀。蓋童子時代，腦府純潔，好觀慷慨激昂之事，而不耐聞纏綿宛轉之語也。比十六七，再取讀之，則又大爲嘆賞，不忍釋卷。由是而《品花寶鑒》,而《花月痕》,幾非言情之作不讀。向之所欣,皆土苴矣。噫!此余之進步耶?墮抑落耶?世有明哲,當能辨之。

(《金鋼鑽報》一九二四年三月六日)

舊小說中,《三國》之談兵法,《水滸》之談技擊,《野叟曝言》之談文藝,皆有真實本領可取;《紅樓》《花月痕》之詩,雖爲一般讀者所稱,然《紅樓》之詩失之甜熟,《花月痕》之詩又失之扭捏,皆詩家下乘材也。《野叟曝言》開卷即爲崔顥《黃鶴樓》詩下注,雖其所説主觀太深,然已難能而可貴矣。其餘論政治,論兵法,論理學,論詞章,論醫卜星相,無一不作内行家語。著者懷才不遇,發奮著書,罄其所學,以爲小説,其事可愚,其志亦可悲也。近人每謂小説當求真實,不必徒以才語向人,若文素臣之允文允武,韋痴珠之或泣或歌,皆決無其事者,其説亦能持之有故。然余以爲小説之作,有如戲劇,有以寫實爲貴者,亦有以浪漫爲貴者。《世説新語》描寫魏晉間人嶔崎可笑,而後人嗜之。不嫌其僞,若必人人酷肖,事事逼真,則新劇何以失敗,舊劇何以興隆,以彼例此,可思其故已。

(《金鋼鑽報》一九二四年三月九日)

小說閑話

天　受撰

載於《嘯聲》一九二四年第十期。作者天受，即韓天受，曾創辦《小日報》。本文主要介紹朱鴛雛最後一部小説《癡鳳血》的出版經過和丹翁沒有完篇的《雌魔窟》彈詞，聊備資料。

己未春作客海上，曾與丹翁、小隱、塵因諸友編印《小説日報》。故友朱鴛雛特爲著一長篇，曰《癡鳳血》，譯自法籍（初名《宫闈瑣語》）。第一章甫脱稿，持來報社。未及登載，報因事停版，予亦返里。後交新民國書館單印行世。鴛雛時執某校教鞭，勞形課讀，顏色憔悴，病根已伏。書售未久，翌年秋即長逝。回憶往事，安得起故人於九泉耶！噫！

丹翁昔年有《女拆白黨》彈詞之作，頗膾炙人口，重版數次。不知其尚著有《雌魔窟》彈詞，刊《神州報》。一時文友牽入書上者甚夥，惜未完篇。

（《嘯聲》一九二四年第十期）

舊小説雜談

范菊高 撰

　　載於《時報》一九二四年七月十九日至七月二十四日，逐日登載。范菊高，本名范鏐(一九〇六—?)，范煙橋之弟，江蘇吴江人。有短篇小説集《甜心》等。本文討論了《七俠五義》《施公案》《三笑》《鏡花緣》《薛家將》《楊家將》《西遊記》《封神榜》《岳傳》等"舊小説"。在民國初年的小説評論話語中，"舊小説"一詞本就帶有貶義色彩，常被視爲誤國愚民的罪魁。本文一方面同樣地認爲某種"舊小説"曾造就某種社會惡習，如《封神榜》等塑造國民迷信心理等。但更多的是能對"舊小説"做出理性的、公正的剖斷，將其視爲一個正常的文學文本加以評價。對於其缺點毫不留情地加以指出，如批評"家將系列"小説的過於拼湊，批評《七俠五義》等小説的情節過於離奇等；對於"舊小説"的優點也不吝褒揚，如其評《三笑》的滑稽程度可超越西方小説，贊賞《施公案》有超過《水滸傳》的地方。本文還談到某些理論觀點，在對理想小説的看法上，就説"我以爲做理想小説，應當細看社會的環境，而對於將來加以謹慎的推測，不可爲了他叫理想，而只是依我的理想亂説亂道"。就很有指導意義。

　　舊小説在我國現在的小説界裏仍占著很大的勢力，銷場也比新出的雜誌好。因爲有三個大的原因。一、舊小説和戲劇有關，常有許多戲劇根據。舊小説的戲劇能普遍，所以舊小説也跟了普遍了。二、舊小說的價值非常便宜，大都用小字石印，薄薄的幾本，劣紙裝訂，只需幾個銅元，最貴的也不過幾角。新小說裝潢果是華美，但看小說的並不在乎封面裝潢和紙良。新小說一本，起碼要一角錢，甚至好幾塊洋錢也有，自然買的人都歡迎舊小說了。三、舊小說的結場大都很美滿的。開頭雖是也許有苦事，但苦盡甘來，看的終很贊成。新小說却有哀情的，令人不但不能消遣，反而更悶損了。在我國現在讀小說的人，畢竟抱消遣主義，誰爲了他能感化人心而去買的呢？我做這篇東西，是批評的，是尋疵的，是要指導喜讀小說的人們知道舊小說的優劣。

《七俠五義》

這部書是經過俞曲園先生的斧鑿，所以文筆還不見得惡劣。上海現在流行的戲劇《狸貓換太子》，便是根據此書。此書中有許多引用機關的，如襄陽王的冲霄樓，現在戲中的《狸貓換太子》，處處加添了機關。這不是把情節賣錢，是以補景作幌子了。雖受觀者歡迎，但越顯觀者的無程度。要知機關並非不可用，却不可常用。《七俠五義》講仙法的很少，只有二三妖僧，用一個木傀儡刻著包公的生辰，暗害包公的性命。包公不知，竟生起病來。這一段實在毫無價值，並且也見得多了。還有狐狸精報包公的恩，在作者呢，以爲借此勸民爲善，誰知善爲惡事的刁民那會恐懼，反令無知的良民增了一重迷信。劉妃要害李后，火燒冷宮，幸虧太監假扮李后，便逃出宮門，到鄉間落難。這一段在《狸貓換太子》里演起來，却畫蛇添足了。火燒冷宮，李后并不由太監代替，却給忠死的宮娥寇承御救去。煙霧迷漫中，李后從空中雲端出去。這又是靠著神仙，使人歡迎，荒謬極了。還有一處劇中，穿插而不合的地方，就是劉妃用狸貓換了太子，把太子放在合盤里，喚寇承御去拋在水裏。寇承御忠心耿耿，不肯溺死這太子，在路上逢著太監陳琳。陳琳却巧送桃子給南清宮八賢王，也帶著一個合盤，寇承御便把太子放在陳琳盤里教他送給八賢王和狄王妃。陳琳在《七俠五義》中並沒有撞著郭槐,戲中却撞見了郭槐(郭槐是奸太監)郭槐問他盤中是什麼,陳琳説是桃子。郭槐硬要他開開來,陳琳起初不肯,後來逼不得已,值得暗求蒼天。把蓋一開,中間只有幾隻桃子。郭槐便深信不疑地去了。陳琳心中奇怪怎的,太子不見了。重新開蓋,太子赫然在盤裏。這一段加得也不妥,却是拿變幻術來引人了。其餘相差,還不止這許多咧!此書提倡武術,除奸揚善,宗旨純正。描寫武術方面,雖有些形容過甚,然而無傷。《七俠五義》到白玉堂陣亡銅網陣爲止,下面有《小五義》《續小五義》等書,却文筆沒有前書清通,敘事也不好,大約未經曲園老人筆削了。仿《七俠五義》而成的有許多種,什麼《七劍十三俠》啊,《施公案》啊,《彭公案》啊。其中以《七劍十三俠》最沒聊,專寫劍仙。《施公案》和《彭公案》多寫響馬賊。讀了覺得遍地荆棘,有行路難之感,很配現在我國的情形。敘事和情節比《七劍十三俠》似乎好些,還算有可采的地方。所以我也要討論一下。

(《時報》一九二四年七月十九日)

《施公案》

該書計十集,有三十餘册之多,有三個大漏洞。(甲)奇怪事太多,有的麻雀告狀,有的烏鴉領路。破獲案子,不像現在的用偵探,却都靠着怪異。(乙)刺客太多了,而且刺客的本領,一個勝似一個。在施公的部下,倘單獨去抵禦,決拿不住強盜,處處依着人多。強盜寡不敵衆,自然遭敗了。我想倘強盜聚了有本領的許多人在一起,施公方面不是就要失敗,而要被刺中了嗎?並且刺施公的時候,常在刀將斫下的時候,手上中了暗器。千處一律,故作危筆,未免太多了。(丙)常常要盜皇帝的東西,常常有採花大盜。但也難怪,幾百萬言的書,怎能避却重複呢?該書作者雖也許是沒有好學問的,却情節不甚惡劣。八蠟廟、連環套、落馬湖、盜御馬等,好久演成了戲,説來都很精彩。倘由名家删掉怪異的地,添補漏洞,便不亞於《七俠五義》了。這十集書中,以第一集最不好。因爲一回的字數太短,只有幾百字,並且怪事也愈多。字少,常使描寫不詳細、不生動。其餘九集,較爲可觀。然而過了一二回,便有一樁奇怪的案子,真太枯窘了。此書最有害的人們的地方,就是有許多害人的方法,像許多謀殺親夫的方法。在現在,識字的漸漸兒多了,世道人心也漸漸兒低下了,恐怕許多喜惡的人見了,反當作參考書,照此實習而不顧到作者的用意是勸人爲善啊。戲中的情節,和小說中相差的也有,就如落馬湖的盜魁喚做猴兒李配,戲中却纔是猴兒李佩。要知李佩另有其人,是在《彭公案》中助彭公的。他的老兄李環曾經爲了牧羊陣而死的。李佩的本領,遠不及李配,怎能混而爲一?《落馬湖》戲中老英雄褚標對黃天霸說"我有一位朋友喚做萬君兆的,正在生病。"黃天霸說:"他是我的金蘭之交",書中却不如此說。萬君兆是李配的女婿,和黃天霸未曾見面,也沒曾生病,這是一個相差的地方。黃天霸遇到一個落馬湖的內應,喚做張才,是曾受黃天霸的恩的。戲中却也是姓李,說是李配因他同姓,認他作繼子了。這是第二個相差的地方。《施公案》中許多地方抄襲《七俠五義》的,而加以變化,倒令人不易看出,並且兩相比較,反是他改變得好些。這大約是所謂擷精取華罷。《施公案》中劫法場只有一次,就是活閻王李天壽救吳成的一段,極有價值的。《水滸傳》中却反是多用,似乎不該。《彭公案》是《施公案》的開場書,楊香武三盜九龍杯,情節曲折,非常動人。黃三太標打竇二墩,三太年老,看時常爲他危險,後來標打了竇二墩,才化憂爲樂。竇二墩失敗之後,壯志俱消,後來遇著假竇二墩,是抄《水滸》上李逵遇假李逵的。共抄了許多段,不加改變,是作者沒有《施公案》作者聰明了。《施公案》一書,不曾遇過《彭公案》的人,見了有時候要丈二和尚摸不著頭腦,不能自立,似覺不妥。《施公案》中寫強盜,可算得猖獗之至。但是看現在的中國,竟有孫美瑤搶火車、趙媽媽女強盜、大刀會攻下六安縣,有過之無不及呢。

(《時報》一九二四年七月二十日)

《三笑》

　　這部書是我國滑稽小說的巨著，共分三集。第一集爲《八美圖》，第二集爲《三笑》，第三集爲《換空箱》。體裁用彈詞式說白，多爲蘇白。別處人見了，恐怕要莫名其土地堂。第一集《八美圖》與別種才子佳人式的老小說不同，另倡一格。唐伯虎的八個老婆，大都是騙來的。有幾段描寫得很令人發笑。第二集《三笑》比較，又好一些。寫華大、華二之愚笨，眞所謂噴飯。唐伯虎屢次的想秋香，好像釣魚翁把香餌放在鉤子上，綫雖常動，然終是釣個空。這嬌俏的秋香，不能釣得。後來奉上太師之命，纔點取了。點秋香時，描寫別個丫環等之醜狀，無往而不使人笑。文筆雖不甚修飾，然而這許多有趣的情節，正是虧作者想得出來。第三集《換空箱》更有滑稽了。祝枝山和唐伯虎賭看夫人一幕，計策之妙，誰也想不到。我敢說一句，外國的滑稽小說，沒有一部能及到這部三集。像《海外軒渠錄》(《小人國、大人國遊記》)在外國已是算很滑稽、很有意思的小說，可是還在我國《鏡花緣》下啊。《三笑》一書編成戲劇，只合於新劇和說書。舊劇却不能表演，因爲舊劇重唱不重做，咿咿呀呀，誰聽得出唱句發笑不發笑。全書的精采，全在言語中、動作中啊。尋常小說和彈詞終不免有仙人、征番、落難等千篇雷同的情節，此書却一律沒有，不是人云亦云，不拾人家牙慧。這也是他的好處，書中穢淫的地方，也稍有些。然而像《水滸》這部才子書，對於這種穢事，也要極力描寫，何況他講到才子風流呢？好在他仍舊夾有滑稽，這白璧的瑕點，還算得顏色不深。

　　　　　　　　　　　　(《時報》一九二四年七月二十一日)

《鏡花緣》

這書可算是我國諷刺小説的上乘了,幾乎處處有譏罵人的。一鳥之名,一國之名,都是罵人,委實如禹鼎鑄奸。他的罵人方法,不是街頭潑婦式的罵,也不是茶肆老塾師式的罵,兜圈子、轉彎罵人的。粗看呢,不大覺得;仔細地看,便覺得惡毒極了。這位作者如此的專事罵人,大約他也是憤時嫉俗的人罷。全書最有趣的地方,是講林之洋到女子國,去給群雌粥粥逼著裹小脚。該國男女顛倒,有鬚的是女,要裹足、穿裙、無鬚的是男,做各種官職,大約是説武則天的做天皇帝。還有一段講酒保出口之乎者也,我看了不禁拍案叫絶,好像有一個腐敗腦筋的老塾師站在我面前的,和他一樣,嘴裏兀自之乎者也、孟子孔子。挖苦吝嗇的富翁也很深刻,説他們只吃些失味的東西,等到穿過了肚子排泄出來,然後再吃。如此者十二月,不必買小菜。這一段,倘若那吝嗇鬼見了,一定要羞愧交并,在深冷的冬天,也要出汗呢。書中林之洋是一個丑角,仿佛《三笑》里的祝枝山,雖不通文墨,説出話來,却最是挖苦而詼諧。多九公起初老氣橫秋,後來給人難倒,足見"人不可以貌相"這句話不是胡説。他從此受了教訓,改了行。林之洋第一次到各國去,是全書的精華。以後重去繁而趣味小,我也屢次想看而屢次不能卒讀。此書從表面上看,果是專談神説怪,然研究其作意和文筆,簡直都是很好的。寓言這種作法是很好的,現在的小説界中,學他的也不多。天笑先生的《新西遊記》登在已停的《遊戲世界》,倒也做得有趣。胡寄塵君對於這書,大約已看過不止一次。他是個滑稽角兒,很可效他做一篇巨著呢。

(《時報》一九二四年七月二十二日)

《薛家將》《呼家將》《楊家將》《五虎平南》

　　《薛家將》《呼家將》《楊家將》《五虎平南》等這許多舊小說，都是寫舊式戰事的小說，都是忠奸爭鬥的小說，都是打平外國的小說，都是利用法寶的小說。沒有一部是真確的，沒有一部有價值的，但是戲台上却採用他做劇本，非常之多，而人們的腦海中也深印著。你去問那無知的人，薛仁貴、楊老令公怎樣，差不多大家知道。在正史上考起來，薛仁貴、楊業和狄青確有其人，不過所作的事業，並不如這小說上所云。《薛仁貴》中有奸臣張士貴，《楊家將》中有奸臣潘仁美，《五虎平西南》和《呼家將》中有奸臣龐文。《薛仁貴》有各種妖仙，其他各種也有。足見做這幾部書的人，程度很淺，只知道東抄西襲，改頭換面，沒有什麼別出心裁的。最不通的，要算《呼家將》了，呼延複姓，此書中，呼延贊的子孫，却有喚著呼守用、呼守信，不是笑話嗎？各書中的奸臣，專是謀害忠良，私通外國，而奸臣的女兒一定是皇帝的妃子，所以屢次勝利。這幾部書，除了《薛家將》，其餘都是宋朝仁宗時、包公時的事。倘仔細核對，仁宗和包公一定要活到百歲以外了。薛家中的薛剛因為鬧花燈，踢死太子，嚇死皇帝，正是罪莫大矣，滅族本是應當。那知他不但不服，反而出去招軍買馬的反叛。後來教他滅武則天，雖屬有功，然而有弑君之罪，不能封他王位，拋却前仇啊。在讀者呢，一定要贊聖明寬德，但按之古法，覺得太不通妥了。《呼家將》實是完全戲弄讀者的小說，什麼小小的呼延慶，不到十歲，已能力大如牛。雷公投胎的呼延平，只有五六歲，却比大人還強。可笑，可笑！我想他還可以說，有一個人在娘胎里產出來，便搶了一支大刀，把番兵打個落花流水，後來竟給他平伏，匍匐金殿受封時，只有一歲零四個月。那末，讀者不是更要驚嘆嗎？《楊家將》比較稍為好些，然而也不能看。總之一句話，這許多書，仙氣太重了。

（《時報》一九二四年七月二十三日）

《西遊記》《封神榜》

　　《封神榜》是仙怪小說的罪魁禍首，是專事附會迷信的小說。周文王滅商確是仁義之師，百姓歡迎，不曾多用刀兵，便滅亡商紂的。此書中却佈置了許多難關，添設了許多妖陣。忽而什麽妖人來助商，經姜太公請了什麽仙人來打破。如此者不勝枚舉，所述的妖怪，皆是荒誕異常。是這部書出版以來，反而增進了人們的迷信，莫怪人家的門上"姜太公在此，百無禁忌"的字紙，仍是很多主張破除迷信的應當先驅除這書。《西遊記》和他却是一對。吳諺有云"胡說《西遊記》，瞎話《封神榜》"，的是確論。《西遊記》唐僧赴西和姜太公的征商，如出一轍，都是有妖怪阻礙的。孫行者一個筋斗雲有十萬八千里路，實比空中的飛行艇、地上的摩托車還要利害上幾百倍。有人說《西遊記》和《封神榜》可說是理想小說。理想小說是應當怪誕的嗎？亂說也要有分寸。理想小說是有實行的一日。譬如日本地震，倘在以前，有人做在小說里，便實驗了。像《西遊記》和《封神榜》，要到實驗，恐怕早已地球和行星相撞了。我以爲做理想小說，應當細看社會的環境，而對於將來加以謹慎的推測，不可爲了他叫理想，而只是依我的理想亂說亂道，敷衍篇幅。《西遊記》和《封神榜》在社會上既無益，而有害於人們的腦筋，所以我勸人們對於這種書不可看。其餘還有《東遊記》《南遊記》《北遊記》，也是相仿的。

《岳傳》

　　前半部《岳傳》做得很好，後半部就和《薛家將》《呼家將》等同一荒謬。大約作者爲愛護忠良後代起見，所以寫得美滿結果。前半部作者寫得很有力量，奸臣的誤國能使人怒，忠臣的遭害能使人哭。讀者的喜怒哀樂，都能隨作者的筆墨而因之轉移。風波亭一段，岳飛受害，誰是鐵石人兒，也要一掬傷心之淚。此書對於世道人心,有很大的功力。岳飛,至今我國人民還都紀念,西湖岳王廟崇拜謁見的人,四時不絕。秦檜、王氏的刁惡,比五月九日的國恥更是深深地印在腦中不忘。此書寫武術的地方,也不討厭。王佐斷臂說陸文龍一節,雖未必有此事,然寫來自是逼真。書中述岳飛打敗金兀术的計策,都合著兵法。其餘文筆也不惡。倘把後半部除掉,至風波亭盡忠爲止,便可以在我國的舊小說立一個很高的位置。

舊小說不止千余種,我倘使一個腦兒說起來,不要說本報篇幅不夠,就是我的手腕也實在熬不住呢。幾部才子書,我也不述,因爲述的太多了。以後有暇當找一部有價值的單獨介紹,似乎比現在簡單拉雜的好些。

(《時報》一九二四年七月二十四日)

文心釵影錄

焦 二 撰

載於《紅玫瑰》一九二五年第一卷第三十、三十一、三十二、三十六期。作者焦二，生平待考。本文是遊戲之作，將當時文壇名人與《紅樓夢》中的女子一一做比擬，"求其兩兩相似"，饒有趣味。其比擬的角度不執一端，或從體態、或憑小說風格、或依小說家性格，體現出當時的文人趣味。

文心釵影錄(一)

前此《紅雜志》中，曾有仿效《東林點將錄》《乾嘉詩壇點將錄》而作《文壇點將錄》者，頗喜其能翻陳出新。今余復變其例，以《石頭記》中陰性人物與說苑群英相比擬，而有是篇之作，蓋亦同一遊戲三昧耳。惟《石頭記》中有金釵、副釵之分，復有主婢之別。此則無分軒輊於其間，並有本非金釵中人物而亦取以為擬者，要但求其兩兩相似而已。區區之意如是，幸諸同文弗以為嫌，且隨筆寫來，不分先後，更望諸同文弗罪焉。

薛寶釵　嚴獨鶴君

蘅蕪豐腴，同承衣鉢。檳芳館中，十分快活。

君文以富麗勝，膾炙於人口。主《新聞報·快活林》筆政且十年，可謂久於其事矣。檳芳館，其自署之館名，亦伉儷雙棲之地也。

林黛玉　周瘦鵑君

辛酸滿紙，淚滴銀屏。黛也鵑也，塗轍同經。

君工哀情，小說賺人眼淚不少。所輯《紫羅蘭花片》，乃有寄而作。每集輒有手輯之《銀屏詞》列其中，朱書燦爛，鐫印絕精。銀屏銀屏，殆與君有夙緣耶！

（《紅玫瑰》一九二五年第一卷第三十期）

文心釵影錄（二）

王熙鳳　包天笑君

少日文臺譽滿，老來說部名騰。同奶奶之行二，曰小姐而異稱。

君在小說界中資格絕老，亦如熙鳳之在大觀園中諸姊妹群以二嫂子呼之矣。主持《時報》筆政有年，與陳君冷血同負盛名，時人並稱之曰"冷""笑"。旋以事舍去，往來於京津間。今則倦遊歸來，專致力於小說。所制長短篇，皆精絕，彌爲人所稱道。年已非壯，顧猶喜作北里遊。以其行二，個中人戲呼之曰"二小姐"。君亦欣然允之，不以爲忤焉。

平兒　江紅蕉君

既英英而露爽，亦脉脉而含情。聯深歡於郎舅，不啻鳳之與平。

君長言情小說，品其文格，有如十七八好女郎，饒具秀逸之致，有潔癖，雅善修飾，出時衣冠常整整，望之如神仙中人。與天笑君爲郎舅至戚，在滬時，輒主天笑家，談文論藝，相得殊歡。

（《紅玫瑰》一九二五年第一卷第三十一期）

文心鈒影録(三)

賈探春　畢倚虹君

肆應才獨絶,長吟事最諧。翳何人也,是探三,亦柯三。

君操律師業,具肆應才。凡有一面之雅者,無不稱其雅雋謙沖,面面俱到。及來海上,裘馬翩翩,嘯友呼朋,經過趙李。所著《人間地獄》説部,即强半自寫其影事,書中主人翁柯蓮生柯三,蓋自謂也。實事實寫,宜得人之擊節稱賞矣。其他長短諸篇,亦皆雋妙,尤工吟咏。

香菱　施濟群君

憨同袁寶,匹呆霸王。碼頭之上,大作文章。

君性厚,待人接物,處處出之以誠。朋儕咸交稱之。文宗桐城,顧不喜多作,然每作輒有精義。《快活林》作小説點將會,君亦加入,文興頗高。嘗以事赴浦左,歸來已晏,恐不及交卷,即在碼頭上草一文以應徵,一時傳爲佳話。或曰:"君之床頭人,夙有瘋疾。"所謂呆霸王者,殆指此而言。是則戲謔之詞,有傷忠厚矣。

(《紅玫瑰》一九二五年第一卷第三十二期)

文心鈒影録(四)

賈惜春　胡寄塵君

梵唄袈裟,人堪入畫。藕榭高風,斯其嫡派。

君人淡如菊,沉默寡言,爲短篇小説,得冷雋訣,有《最短之短篇小説集》行世。性喜吟咏,格調甚高。亦嘗爲新詩,有《大江集》

而自標曰新派詩,蓋別於胡適之之新體詩而言也。年來一意長齋,語多禪悦,出世之想,與日俱增,駸駸乎殆不可掩矣。

多姑娘　　王錦南君

風騷絕世,膩語銷魂。一臠妙割,疇爲賈璉。

君資格絕老,歷主文明、大東等書局出版部事。天笑主編《小説大觀》,鷯雛主編《春聲》時,君已與其事。一切排式,君爲其所規畫。其後瘦鵑主任之《半月》,苔狂主任之《遊戲世界》、天笑主任之《星期》亦皆經其手。蓋閲人殊多矣。閑時喜爲小説,《遊戲世界》《小説世界》皆嘗載其稿,見之者莫不稱其天才之俊妙。篤於伉儷之情,羈旅凄涼,寒燈獨對,輒有思内之詞,且當其思之極,念之深,時有"色情狂"之徵象露於外,同事者因群諡之曰騷。君亦笑承之,不與辨焉。

（《紅玫瑰》一九二五年第一卷第三十六期）

説　董

稗史氏 撰

　　分載於《紅玫瑰》一九二五年第一卷第三十三、四十、四十一、四十二、四十七、四十九期、第二卷第四、六、九、十五期。作者稗史氏，生平待考，疑爲《紅玫瑰》編輯人員。從作者提出的"董字有二義"來看，其雖謙虛地説"説董"之意爲談古小説，實則亦有所説皆爲信史的意思。本文除了談論小説及小説家的珍聞軼事之外，還對一些重要的小説現象有獨到的見解。如其分析《官場現形記》等小説這種實則由短篇連綴而成的文體形式時説，"此種體裁，實始於《儒林外史》而於近代極盛，易於着筆，故人爭效之。且今日在日報或雜志上發表之長篇小説，做一回，登一回，尤非用此法不能辦也。"從物質文化的角度來探測小説文體的成因，實有眼光。他還由清末某些小説由流行到無人問津的變化歷程出發，認爲真正的好小説，"還當超出時間之外"，可謂的見。還有一些提法顯示出明顯的小説史意識，如其認爲林琴南是司馬遷以後第一人，《鏡花緣》是中國版的《格列佛遊記》，以《賣油郎獨占花魁》爲最早的娼門小説，儘管觀點還可商榷，但都彰顯出古今貫通的意識與國際視角，都是頗有史斷的。

　　董字有二義，一爲古董之董，謂舊貨也；二爲董狐之董，謂信史也。後者吾不敢居，前者吾竊取焉。

中國之《格列佛遊記》

外國小説有所謂《格列佛遊記》者，中國譯本曰《海外軒渠錄》，所記即大人國、小人國事也。余嘗以爲《鏡花緣》即中國之《格列佛遊記》。且《鏡花緣》所載奇奇怪怪，不僅大人、小人而已，其變化比《格列佛》尤多。

西文翻譯之中國小説戲曲

中國著名之舊小説，如《紅樓夢》《聊齋》等，西文皆有譯本，其翻譯不知確在何時，大概在清之中葉以後耳。翻譯小説，不及翻譯戲曲爲早。《元曲選》一書，共收元曲一百種，在一千六百十二年時，已被西人譯出多種（王國維《宋元戲曲史》所言）。《元曲選》在中國并無人注意及之，其書頗不易見，近自商務印書館重印以後，始易購取耳。然外人則重視之。蓋中國舊習慣，視戲曲比小説爲尤輕，而外人則以戲曲爲重。彼此觀念不同，故譯戲曲尤早於小説也。

林琴南翻譯之字數

林琴南之翻譯事業，有毀之者，有譽之者，至今未有定論。即以予個人主觀而論之，亦非一二言所能盡。蓋所謂問題之中，又有問題也。惟其翻譯品之多，則可斷爲前無古人，亦不易有來者。三年前有人爲之計算，共有一百五十六種，約一千餘萬字，三年來新譯者，猶不在此數内也。

趼人，研人之誤稱

我佛山人，本字趼人，趼字從石，紀偃切，平聲，胝也，見《莊子》。又音研，謂獸蹄平正也，見《爾雅》。其時人多不識，彼亦漫應之，至今誤書者猶比比皆是也。趼人之先世爲廣東佛山人。佛山，鎮名也，"佛山人"三字亦可連讀，然一般人亦不知，以"山人"二字連讀之，此稱呼吾不知吳趼人承認否也。吳趼人有筆記數種，其中一種，乃他人所作，而假托趼人之名者。

（《紅玫瑰》一九二五年第一卷第三十三期）

《老殘遊記》著者小史

《老殘遊記》爲說部名著，人皆知之，惟著者之姓名及事略，則知者甚少。據羅振玉《五日夢痕錄》所載，作者姓劉名鶚，字鐵雲，書中所謂姓鐵名英，乃托名也。江蘇丹徒人。前清季年，研究治河工程，曾任鄭州河工事，又曾遊山東巡撫張曜幕，作《治河七策》。厥後山東巡撫福潤保其以知府叙用。居京師二年，上書請築津鎮鐵路，不成。按所謂津鎮鐵路者，由天津至鎮江，即今之津浦鐵路與滬寧鐵路之一小段也。又嘗遊山西巡撫幕，與英人訂約，開採山西之礦。彼時，人曾目爲漢奸云。《遊記》所寫，多官場中事，大抵皆其所親歷。其書初不甚著名，以其中有"北拳南革"一語，民國以來，人多指爲預言。北拳者，拳匪也；南革者，革命黨也。人因其爲預言而爭重之，於是傳誦一時矣。劉鐵雲於文學以外，復工算學，及喜研究龜甲文字云。

林琴南譯《聖經》未成

耶教之《聖經》，中文譯本共有多種，所謂官話本（即普通白話）及方言本均有之。然譯筆皆極劣，使讀者不能終卷而即欲睡。彼教中人曾擬聘林琴南譯爲文言，以林索價過巨而罷，是不可謂非《聖經》之不幸也。按西人傳教，不惜巨費，獨於此根本問題，乃因惜費而中止，是可怪也。今雖欲續前議，而無處覓琴南矣。

惲鐵樵托名黃山民

　　文人托名，常常有之，隨手而題，久之或亦不能自記矣，況乎他人？民國三、四年之際，惲鐵樵主任《小說月報》，同時編《小說海》。《小說海》者，由中國圖書公司出版（彼時該公司已為商務之附屬品）而由鐵樵兼辦者也。惲之托名，當系隨手而題，至今不特無人記憶，恐惲先生亦因久離說界，早已忘之矣。

《孽海花》著者與小鳳仙

　　已故偉人蔡松坡所眷之小鳳仙，固無人不知者也。《孽海花》說部著者某氏，亦無人不知者也。誰知是二人者乃有密切之關係乎？茲有友人言其軼事，足稱珍聞。余爰為述之於此，或亦讀者所樂聞歟！小鳳仙幼時，嘗為某氏家使女，聰明解人意。某氏絕愛憐之。稍長，愈嫵媚。人孰無情？誰能遣此？顧某氏之夫人忌之甚，遂逐使女去，乃漸墮入煙花。某氏亦與之往來。某氏嘗勸其嫁人，答曰："吾當俟一人死而後嫁。"此言外之意，固不待智者而即知之也。漂泊京滬間有年。蔡在京時，某氏亦官京師，而當年之使女則變而為今日八埠之名花小鳳仙矣。蔡聞小鳳仙名，欲見之，乃乞某氏為介紹。小鳳仙與蔡情殊泛泛，不若與某氏之深。世所傳松坡與鳳仙事，不無誤會，非真相也。按，言此軼事者，為某氏之同鄉，所言或不至無稽也。

姚鵷雛之赤足散步

　　姚鵷雛近已不多作小說。回憶民國四、五年時，固上海小說界重要角色之一也。姚君性甚疏懶，不修邊幅，嗜酒及煙，煙卷終日不去手。當其寓大吉路時，嘗赤足著鞋，在黃家闕一帶散步，傲然自得，目中若無人也。

抄襲者之笑話

有某君者，近著一書曰《小説學》，自命爲研究小説者也。著成，遍請名人題詞，而胡君寄塵，亦題詞中一人。胡君以其屢次請托，不便固拒，即題一絶與之。其書之内容，固未遑細覽也，及既出版，寄一册贈胡君。胡君偶一翻覽，則中有一節乃謾駡胡懷琛者也。蓋編者由新文化之日報抄來，而又未知懷琛與寄塵爲一人。故既駡之，又復請其題詞，遂鬧成此笑話云。此事聞諸胡君友人，當非虚語云。

（《紅玫瑰》一九二五年第一卷第四十一期）

林琴南爲司馬遷後第一人

胡適之創造新文學，嘗力詆林琴南。然有時亦譽之，認爲有相當之價值，非若其他新文學家將其長處一筆抹去也。胡君所撰《五十年來中國之文學》，載《申報五十年紀念册》中，其中有數語云："林紓譯小仲馬的《茶花女》，用古文叙事寫景，也算是一種嘗試。自有古文以來，不曾有這樣長篇的叙事寫情的文章。《茶花女》的成績，還替古文開闢一個新殖民地。"又云："林紓居然用古文譯了一百多種長篇小説，還使許多學他的人也用古文譯了許多篇長篇小説。古文裏很少滑稽的風味，林紓居然用古文譯了歐文與迭更司的作品。古文不長於寫情，林紓居然用古文譯了《茶花女》及《迦茵小傳》等書。古文的應用，從司馬遷以來，從没有這樣的大成績。"他在最後雖然説林紓的小説終歸失敗，但究竟失敗不失敗，至今還不能决定哩。

林琴南少年時的軼事

　　林氏自號冷紅生，人多知之，有自撰《冷紅生傳》，即自傳也。中有一節，述其少年時軼事。謂讀書蒼霞洲上，洲左右皆妓寮。有莊氏者，色技絶一時，貪緣求見，生卒不許。鄰妓謝氏笑之，偵生他出，潛投珍餌，館僮聚食之盡，生漠然不聞知。一日，群飲江樓，座客皆謝舊昵。謝亦以生既受餌矣，或當有情，逼而見之。生逡巡遁去。客咸駭笑，以爲詭僻不可近。生聞而嘆曰："吾非反情爲仇也，顧吾褊狹善妒，一有所狎，至死不易志，人又未必能諒之，故寧早自脱也。"觀此，則知林先生固非木然無情者，而傳中所言，亦在情理之中，不當作寓言觀也。

吴趼人爲南亭亭長作傳

　　南亭亭長李伯元，以《官場現形記》一書著名。顧其事迹，人少知之。今見吴趼人所作《李伯元傳》，言之甚詳。此傳甚可珍貴，不特李君之生平藉以傳，即趼人之遺墨，亦可寶也。其傳大略云，君夙抱大志，俯仰不凡，懷匡救之才，而耻於趨附，故當世無知者。遂以痛哭流涕之筆，寫嬉笑怒駡之文，創爲《遊戲報》，爲我國報界辟一別裁。踵起而效顰者，無慮十數家，均望塵不及也。君笑曰："一何步趨而不知變哉？"又別爲一格，創《繁華報》。光緒辛亥（按，應爲辛丑），朝廷開特科，征經濟之士，湘鄉曾慕濤侍郎以君薦，君謝曰："使予而欲仕，不及今日矣。"辭不赴。會臺諫中有忌君者，竟以列諸彈章。君笑曰："是乃真知我者。"自是乃肆力於小説。撰《庚子國變彈詞》《官場現形記》《中國現在記》《文明小史》《活地獄》等書，以憤世嫉俗之故，年四十即鬱鬱以終。生於同治丁卯，卒於光緒丙午。名寶嘉，字伯元，號南亭亭長，武進人。

民國以前小說之派別

民國以前上海出版之小說，大約分爲三派。其一爲譯本，即無創作之能力，但以翻譯爲事者。其二爲描寫社會現狀之章回小說，其結構及描寫法，全從舊體之章回小說脫胎而出，如最著名之《二十年目睹怪現狀》一書，尚不出《儒林外史》之範圍。其三爲短篇小說，大概如筆記直書其事，與今日之短篇小說相去甚遠，與古文相去較近，佳者爲古文中之傳記，或如《聊齋》之類，是可想見。當時人尚缺乏創作之能力也，至今日則漸漸能創作。其佳者且可與歐美名著頡頏矣，不可謂非小說界之進步也。

（《紅玫瑰》一九二五年第一卷第四十二期）

書 麗

《今古奇觀》爲明人所著小說之一，其序中敘述當時諸說部，有句云："……《金瓶》書麗，貽譏於誨淫；《西遊》《西洋》逞臆於畫鬼……"按，《金瓶》《西遊》兩書至今流傳人口，《西洋》則知者鮮矣。《西洋》者，叙三寶太監下西洋事，名曰《西洋記》，與《西遊》略相似。三寶太監者，鄭和也。當日之西洋，即今日之南洋。書中所叙，即鄭和出使於今日之南洋群島事，又夾以神仙鬼怪，故曰與《西遊》略相似也。其書初亦不甚行，清之季年，《申報》有鉛印本。最近兩三年，某書局有石印本，商務印書館有鉛印本。因出現不久，一般喜讀小說者仍未之知也。比之《金瓶梅》《西遊記》，一傳一否，或因文字有優劣歟？抑遭遇有幸不幸歟？至於"書麗"二字，不知是書名與否？觀其與《金瓶》《西遊》《西洋》並舉，似是書名，然則此書之逸已久矣。且據此類推，則元明人所作演義小說，失傳者當不知凡幾，豈僅書麗而已哉？

《繪真記》

偶於舊攤，購得《繪真記》一部，乃彈詞之類。著者自署邀月樓主人，作序者自稱雲間朱素仙女史，作凡例者自稱板橋女子李繡虎。凡例中有一則云："……此書傳係閨人所作……"則所謂邀月樓主人者亦女士也。余翻閱一過，覺其與通行之《天雨花》《來生福》等彈詞絶不相同，雅俗相去，不啻天壤。每卷開場一詞，尤時有佳句。今爲摘録數首於此，即作詞讀，不作小說讀可，也。"（旦唱《如夢令》）曉日綠窗初透，門掩重關時候。庭院悄無人，花壓欄杆如繡。消受，消受。啼鳥一聲清晝。""（净唱《醉落魄》）虬髯如許，半生知己嗟難遇，一腔碧血空留貯。搔首蒼天，欲問是何處。劍光拼向歐爐鑄，幾時破壁來風雨。窮途誰恤英雄路，枝上啼鵑，還勸我歸去。""（生唱《桂枝香》）快帆如箭，揚舲似電，涌波濤數點。江豚聽極浦，一聲蘆雁，且中流扣舷。中流扣舷，金焦橫眼，海門飛綫。望無邊，破浪虛懷慇，乘楂欲並鶱。""（旦唱《蒼梧謠》）蓋，一曲琵琶度玉喉，無人處，遠岫壓眉頭。""（旦唱《清平樂》）西風庭院，獸炭回春暖。對鏡纔知眉半斂，又被檀郎低唤。繡衾昨夜生寒，雪痕凍壓琅玕。生怕梅花消瘦，曉來慵倚欄杆。""（旦唱《鵲橋仙》）衾裯慵抱，三五明星光小。綠衣嬌襯舊青衫，這福分，幾身修到。畫簾春曉，推衾悄起。生怕驚郎夢覺。妝臺輕步對菱花，訝口角胭脂紅少。""（武旦唱《杏花天》）快刀不斷長河水，被小艇，載人行矣。莫問世間如願事，只合閑騎雙衛。"以上諸詞，並皆可誦，尤妙能逼肖各人口吻矣。

最早之娼門小説

近日何海鳴作小説，喜紀娼門事。其悲天憫人之意，見於言外，比《繁華夢》《九尾龜》爲高。即其描寫入微處，亦非門外人所能妄擬。時人以其所紀多娼門事，乃錫以娼門小説之名。然余以爲小説中寫娼門中事，能逼肖娼家口吻者，當以《今古奇觀》中《賣油郎獨占花魁》一回爲最早。其寫刻四媽之花言巧語，初勸王美娘接客，繼勸王九媽許美娘嫁人，使聞其言者，不得不信。其魔力之大，可以想見，而文筆恰能婉曲描出，是可謂娼門小説之能手也。惟王美娘與秦重之爲人，在今日風月場中已不可復見。是古今人情厚薄之不同歟？抑作小説者全憑理想，不如今日作者之注意寫實歟？此非我所得而知也，安得起作者於九原而一問之？

（《紅玫瑰》一九二五年第一卷第四十七期）

得勝頭回

演義小説始於宋人。宋人之作，今已不可得見。當時書中，往往有"得勝頭回"語。《今古奇觀》，明人學宋人之體者也，其中亦有"得勝頭回"之語。大概此語與"話説""且聽下回分解"等句，同爲小説中之套話，惟"得勝頭回"四字，殊不易解。今人能知其意者鮮矣。按，當時演義小説，乃演講之稿本（如今日説書者然），非供人閲，乃演與人聽者也。聽者多係不識字之粗俗人，曰"得勝"者，取其吉利也。頭即指前一回也。此外別無他意。

傳　奇

今人通稱曲本爲傳奇，如《桃花扇傳奇》是也。傳奇者，所以傳述奇異之事也。唐人記奇聞異事之散文，通稱傳奇。以傳奇爲曲本之專稱，大抵始於明人。

自傳之佳作

小説中自傳之文，以明末冒辟疆之《影梅庵憶語》爲佳。此書載《虞初新志》中，近亦有單行本。此後有《浮生六記》，前清沈三白著，曾載於《雁來紅》雜誌中，今亦有加新標點之單行本。最近有程君善之《倦雲憶語》，可與前二書鼎足而三。程君書於民國元年載《中華民報》，後亦印單行本。然今日無處購買矣。本書分四章，一曰"趨庭"，二曰"墮歡"，三曰"師友"，四曰"雜記"，事皆實事，情爲真情。此種體裁，本甚佳妙，況其文筆又足以副之乎！惜乎其流傳之不廣也。

《新新小說》

中國之有小說雜誌，始於梁任公在日本所辦之《新小說》，此人人所知者也。繼其後者，人皆稱我佛山人所編之《月月小說》。殊不知在此二者之間，再有《新新小說》一種，但出版未久，即停刊，故知者少耳。其中重要作者爲冷血、天笑諸人。今冷血之《俠客談》（單行本），余猶依稀在《新新小說》中見過也。

（《紅玫瑰》一九二五年第一卷第四十九期）

古代之小說大觀

今日之白話小說，始於宋時。宋以前之小說，皆短篇文言，近人所謂筆記小說是也。此類小說，大抵存在《漢魏叢書》及《唐代叢書》之中，然不及《太平廣記》所收爲多。《太平廣記》實可謂爲古代之《小說大觀》也。按，《廣記》係宋朝太平興國二年（西曆九百七十七年）李昉等人奉敕所編，計五百卷。內分五十五部，所採錄之書，有三百四十五種，其中有原書久已逸失，賴《廣記》所采，得存其一鱗一爪者。喜讀古代之小說者，不可不備此書也。其書今有石印本。若夫《廣記》以後，則有《宋稗類鈔》《清稗類鈔》，亦可稱大觀。

中國逸書之存於日本

　　有小說曰《遊仙窟》，唐武后時張文成所撰也。其書在中國不傳，乃流傳日本，至今有之。按，文成名鷟，《唐書》本傳稱其"下筆成文，浮艷少理致"。又謂"新羅、日本使至，必出金寶購其文"。證諸日本所流傳之《遊仙窟》，《唐書》所言非虛語矣。按，《遊仙窟》所記，係自敘奉使河源，道中投宿一大宅，逢二女，曰五娘、十娘，宴飲調笑等情，其文似四六而非四六，淺陋無足取也。又按，中國古代有以所謂古文賣錢者，未聞以小說賣錢者。張文成之他文不甚著名，而其小說獨流傳異域。所謂《遊仙窟》，或即當時日本人以錢買去，則張文成實賣小說之第一人矣。（當時尚無刻書之法，有云買者，當是買稿本也。）

（《紅玫瑰》一九二五年第二卷第四期）

《西廂記》之源流

　　今日通行之《西廂記》，王實甫據董解元《西廂記》而改作者也。故除通行本之《西廂》而外，又有董解元《西廂》。其書初不多見，今則翻印者甚多矣。董解元，不知其名，金元時人，其《西廂》體裁，略如今日之彈詞。後之彈詞，亦即發端乎此也。《董西廂》本謂之《西廂搊彈詞》，惟後世刪除搊字，徑稱彈詞耳。然在《董西廂》之前，又有宋人趙德鄰用《蝶戀花》詞十首敘張君瑞、崔鶯鶯故事，是又《董西廂》之初祖也。

紅學與經學

　　前清時，有所謂紅學者。喜讀《紅樓夢》者視治此書爲一莫大事業，相號爲紅學云。有一學究問某君曰："君何置經學不治而治紅學？"某君答曰："吾亦治經學也，不過吾之經學與汝之經學不同耳。"學究曰："不同在何處？"某君曰："吾之經學，比汝之經學，少一畫三曲也。"聞者爲之絕倒。蓋"經"字棄其左邊上端一畫三曲即"紅"字也。

講　史

白話長篇小説始於宋時，其時有講史之名。所謂講史者，即以白話演歷史，亦即白話歷史小説也。如《三國演義》《東周列國》《隋唐演義》及《二十四史通俗演義》，並新出之《秦漢演義》《前漢演義》《清史演義》等等，皆當日講史之體也。余竊以爲此等小説，與其名之爲小説，不如仍名之曰講史。

(《紅玫瑰》一九二五年第二卷第六期)

叶楚伧评论当代作家

近人喜作小説短論，品評當代小説作家。然此事甚易得罪於作者，故評者每多褒之而少貶之也。猶憶民國六年冬間，葉楚傖先生嘗於《民國報》發表小説評論，品評一時作家，褒貶皆甚得當，真公論也。其後葉先生集其發稿，刊成《小鳳雜俎》及《簫引樓稗鈔》二書，獨將此論刪而不載，疏爲可惜。或者葉先生亦恐得罪他人，故刪去之。然讀者則引爲憾事矣。

余當時曾將此稿逐日剪下，藏之數年，至今猶存篋中。終懼其久而散失也，因撮其大要，記之如下，刪其貶語，而存其褒語，或亦葉先生之所許可，並附己意，互相發明云爾，不敢自居於批評之列也。

其評姚鵷雛云，如絕世美人，亂頭粗服，皆異凡姿，被文繡以登華堂，自足令分司御史醉吟狂句。

其評天笑生云，如簪花新婦，娟艷非常，又如神女弄珠，儀態萬狀。

其評冷紅生云，文治桐城，詩則北宋，故其爲小説也，峻峭高古，拔地千仞。有時峰回谷轉，亦有奇花異卉，映帶上下之妙，以古文辭爲小説者，此老尤爲健者矣。按稱其以古文辭爲小説云云，是亦褒中之貶，意在言外也。

其評李涵秋云，口齒清俊，爲時下作白話小説者所弗及。《廣陵潮》一書，實有大過人處。又謂涵秋傷於刻薄。然刻薄尖利是白話小説中不可無之筆墨也。

其評徐半梅云，爲滑稽家言，迥非他人所及。又云半梅得意處，實雋永靜默，澗然有韻。夫雋永已難，靜穆尤豈人所易及耶。

其評蘇曼殊云，以禪理爲小説，好寫美人。讀其書，如入雲棲道上，修篁萬個中，時露紅裳一角，不自覺而起學道之心也。

其評陸秋心云，能譯能作，不假繪綵，自然婉妙。

其評王蓴農云，如桐花初開，偶來翠羽，虀蕪繞砌，微綻紅蕤，是於緇塵中別開清艷境者（按王蓴農即王西神也。）

其評胡寄塵云，如鄴中七子之王仲宣《登樓》諸賦，楊班之流，惟簪恨佩愁，氣體弗及。今則格局宏博，幾無弗能。乃兄樸安走萬里，敵百人，治樸學，爲周秦之文，如生龍活虎，而弟則嫻雅清麗，別成一格，如眉山兄弟也。按，葉先生評寄塵而兼及其令兄，亦有深意。

其評東亞病夫云，《孽海花》羅舉光緒間京華名流舊事，有典有則，而又搜採至精，迥非時下拉扯比附者可比。

其評漱六山房云，《九尾龜》就書論書，不失爲佳作。其文每於中間小段落，插入駢文數句，其恰好處殊見精彩。

按葉先生爲此論時，在今七八年前，論中所舉十一人，三人已作古，冷紅生、曼殊、涵秋是也。其有在今日卓然名家，在當日尚不以小説著稱者，共若干人，故葉先生亦未論及。而於李定夷、周瘦鵑、楊塵因三人作一起論，褒貶參半，持論亦平。

惟其中陸秋心一人，在今日固久不有所作矣，即在當日亦所作不多，且亦未有驚人之筆。而葉先生乃推重之，得毋太過乎。

竊謂今日如欲續評，可加入者，有畢倚虹、嚴獨鶴、江紅蕉、張枕綠、趙苕狂、向愷然、何海鳴、朱瘦菊諸人。而在當日已自名家，而葉先生所未論及者，尚有陳冷血也。

至於許指嚴之歷史小說，葉先生亦未嘗提及一字，然觀其論東亞病夫之言，則所謂"時下拉扯比附者"，或即指許氏而言，是則許指嚴已在不評而評之列矣。

至於葉先生之自評，亦極滑稽可喜。其言曰，拔開筆頭，老實說話，先從我起。氣概不小，脫略太多，如工廠放氣，有放無收。吾人今日讀之，猶可想見其下筆時之神態也。

（《紅玫瑰》一九二五年第二卷第九期）

《儒林外史》與近代小說

近代之長篇小說，如《老殘遊記》，如《二十年目睹之怪現狀》，如《官場現形記》，大抵每回所敘事，皆不相聯貫，全書毫無結構，與《三國》《水滸》《紅樓夢》等不相同，故讀者有散漫之譏。此種體裁，實始於《儒林外史》，而於近代極盛，易於著筆，故人爭效之。且今日在日報或雜志上發表之長篇小說，做一回，登一回，尤非用此法不能辦也。《儒林外史》作者，實爲今人開便利之門矣。

我佛山人之贋品

市上流行我佛山人之書，有所謂《筆記四種》者，係民國二、三年之間出世，去我佛山人之死，已四五年矣。其書爲汪君某某所刊行，汪君即與山人辦《月月小說》者也。書前有汪君序，敘其書之來歷，實則四種之中有三種前已刊行，今復搜集於一冊耳。再有一種,乃假托也。原爲一小册子,名曰《胡寶玉》,出自另一人之手筆,雖以名妓胡寶玉題名,然書中所包之事甚廣,可作上海三十年花史讀。汪君乃倩人修改其稿,而另題一書名,混入三種之中,冒爲山人遺稿,一般讀者皆未之知,故吾不得不發其覆也。

清末之《小説世界》

今日之《小説世界》,人皆知之。清末光緒時,亦有《小説世界》,但係單張,而非册子,係日刊,而非周刊也。其篇幅略如今日之小報,其發行地點爲四馬路惠福里(故址并入今巡捕房)。其體例如小説外,再有詩、詞、小品等雜作。其常作文者有署名小青,其人但不知是否今日之程小青。每日第一篇登一短篇社會小説,頗雋妙。吾猶記其一篇,爲諷刺醫生而作也。

清末之小小説

今日盛行小小説,作者如林,然在清末,已開其端,即上文所述《小説世界》上所載短篇是也。惟與今日之小小説相較,自覺後來居上,此亦足徵中國小説之進步也。

清末革命小説

自日俄戰爭以後,中國人鑒於弱者之不能自存,力圖振作,而振作之第一步,即爲革命。故當時革命之潮澎湃全國,而莫之能禦。一時報章雜志,在東洋出版而運之上海者,皆爲鼓吹革命之文字。其中小説、詩歌,亦多含革命意味,在當時有無上之價值,但在今日已成明日黄花而無人顧問矣。吾知凡文學作品之含有時代性者,時過境遷,其作品之價值亦隨之而消滅也。真正永久不消滅之文學作品,還當超出時間以外耳。質諸同好,以爲何如?

論《魯濱遜漂流記》

　　《魯濱遜漂流記》一書,在外國家弦户誦,而譯成中文近二十年矣,流行猶未甚廣也。在七、八年前,余論此書,謂能讀林譯之文字者,必不喜讀此等少年所讀書,而少年及平民喜讀此等書者,又不能讀林譯之文字,此其所以不能流行也,故非改譯爲白話不可。然前三、四年,已見有改譯爲白話者矣,而其流行反不及林譯本爲廣,幾乎無人知有此書,此又何也?余嘗思之,苟非白話譯筆之不佳,則必此等冒險小説與中國人心理相去太遠也,然乎否乎?還以質諸好讀小説者。

　　　　　　　　　　(《紅玫瑰》一九二五年第二卷第十五期)

小説雜考

程瞻廬 撰

　　分別載於《紅玫瑰》一九二五年第一卷第四十三期、第一卷第四十五期、一九二五年第二卷第七期。程瞻廬（一八七九—一九四三），名文梭，字觀欽，號瞻廬，又號南園，室名望雲居、松竹廬。江蘇蘇州人。民國時期著名小説家，著有《茶寮小史》《衆醉獨醒》《湖海英雄傳》《唐祝文周四傑傳》等。本文對當時流傳的一些"小説家言"做了追根溯源的探索，指出其來源，引證嚴謹，論證細密。對於理解小説的源與流、本事與文本的關係，都有一定的意義。

劉伯温得天書

　　劉伯温得天書雖係小説家言，然其事不盡無稽。明都穆《談纂》云："誠意伯劉基，元末在燕京時，書肆有天文書一部，久無售者。基至，手其書不置。次日往肆中，老翁叩昨所觀，則已成誦矣。翁乃以書授之，且爲語其奥。基歸復往，則翁已閉肆，不知所之。"明黃伯生所撰《誠意伯行狀》云："公在燕京時，閲書肆有天文書一帙，因閲之，翌日即背誦如流。其人大驚，欲以書授公。公曰：'已在吾胸中矣，無事於書。'"又，張時徹所撰《誠意伯神道碑銘》述公閲肆中天文書事，與《行狀》同。《行狀》又云："公未薨前數日，乃以天文書授璉（伯温子名璉，字孟藻）使伺服闋進，且戒之曰：'勿令後人習也。'"明吳同善所撰《參政劉公（璉）墓碑銘》云："誠意伯薨之又明年夏,監察御史李鐸以上(指明太祖)旨來取其觀象玩占諸書。孟藻即日出書石室中,橐從李御史赴闕,奏曰:'臣先臣基臨終屬臣以書,戒之曰慎勿泄也。喪葬畢,其上之。臣未及上,重煩使者來取,臣罪當萬死。今悉送官矣。唯陛下哀矜。'上慰諭之曰:'忠孝哉!其留服事朕。'孟藻頓首,乞賜歸持服。賜寶鈔三十貫遣之。"按《行狀》《墓志》之言,當較私家記載爲翔實。伯溫得書,由於默識。既已成誦,自可無事於書。《談纂》乃云老翁以書授之,且爲語其奧衍,基復訪之,老翁已渺,未免過甚其詞,襲黃石公授書舊調,不足信也。至於孟藻所獻之書,當系伯溫手錄稿本。伯溫臨終遺囑,不許子孫傳習。伯溫殆有鑒於太祖之性多猜忌耶!

施不全之來歷

《施公案》中之施不全,確有其人,惟不悉其本名。清龔煒《巢林筆談》云:"漕憲施公貌奇醜,人號爲缺不全。初仕縣尹,謁上官,上官或掩口而笑。公正色曰:'公以某貌醜耶?人面獸心,可惡耳。若某,獸面人心,何害焉?'"按,"人面獸心","獸面人心",二語爽快絕倫。施公自是可人。惟《筆談》不載其名,無從考證其政績,爲可惜耳。

(《紅玫瑰》一九二五年第一卷第四十三期)

施不全即施世綸

《巢林雜記》僅言施公諱名缺不全,而未詳其本名。以時考之,當係施世綸。按,世綸係施襄壯公(綟)之仲子。康熙二十四年,由任子授泰州知州,有惠政,官至漕運總督,與《巢林雜記》所載符合。惟未嘗爲縣尹,《巢林雜記》所謂初仕縣尹,當係知州之誤。清陳康祺《郎潛紀聞》云:"少時聞鄉里父老言施世綸爲清官。入都後,則聞盲詞院曲有演唱其政績者。蓋由小說中刊有《施公案》一書，比公爲宋之包拯、明之海忠介也。"然則施公政績之流傳人口，由來久矣。

雙漸趕蘇卿

《水滸傳》白秀英所唱之"豫章城雙漸趕蘇卿"，未悉其本事。元人劇本有《雙漸趕蘇卿》一曲，劇本久佚，難言其詳。明人《隔簾花影》載有"雙漸趕蘇卿"之酒令，云："有一個好令，是雙生起茶船會蘇卿的故事。用四個骰子。那蘇卿是個美人，算一個紅四雙；生是個才子，算一個六點。兩人對擲，有了四六，便算趕上了，湊成多少點數。如沒有紅綠，也是一杯；有了趕不上點數，也是輸。只要趕上了數纔罷了。"艷事流衍爲酒令，此元人劇本之效力也。今則"雙漸"二字尚見於昔人筆記中。(《明道雜志》載縣令雙漸事，即其人也。)而蘇卿之事，則無可考矣。

(《紅玫瑰》一九二五年第一卷第四十五期)

三保太監下西洋

三保太監下西洋，爲明永樂間事。三保，一作三寶。明人說部有《三寶太監西洋記通俗演義》，係二南里人編次，支離怪誕，與《西遊記》相伯仲。余考昔人筆記，關於三寶太監下西洋故事，說殊不一，略舉如左：

永樂丁亥，命太監鄭和、王景弘、侯顯三人，往東南亞諸國賞賜宣諭。鄭和舊名三保，故云三保太監下西洋。(《七修類稿》)

三保太監，雲南人也。相傳下海時，一人忽癩，乃棄於岸側。其人夜見大蛇下岸飲水，恐爲所傷，削竹置所經處，蛇裂腹死。因饑，斫樹爲柴，烹蛇而食。其柴每煙起，則九鷺飛翔，遂藏之不焚，癩亦因食蛇而愈。蛇潰，得珠數斛，中有夜明珠。後太監回，其人呼與共載,乃獻夜明珠、九鷺香,并太監所得一寶,共爲三寶云。
(《碣石剩談》)

宣德間,三寶太監乘海船數十艘,往東南諸番采異寶。松江道士徐宗盛隨往,既歸,云:"一日泊舟海島,舟中數人登陸而遊,見林莽間蹊徑,疑有人家,遂躡其蹤覓之。見一獸,面似人,長丈餘,飛來掖一人頭啖之。衆驚走,獸拔藤穿人口腮間,若貫魚狀,以大石壓藤兩頭而去。衆折藤急走。甫下舟,獸三五俱來,在山頂以手招之。"又云:"往某國,山上多獸。舟中善獵者,持毒矢往,遇一獸,甚巨,逐群象來。其人懼,急緣大樹避之。獸攫一象,食飽卧,群象亦莫敢去。其人視之熟,發一矢,驚哮,知其可毒。更速發三矢,避樹間。獸大哮,山谷震動。猶噬他象二三,須臾死。人疑其爲象虎。"
(《景船齋雜記》)

以上三説,惟《七修類稿》所載尚近情理,《碣石剩談》只言三寶太監而未言其姓名,不知與鄭和是一是二。《景船齋雜記》謂係宣德間事,與永樂丁亥(即永樂五年)相去約二十年,則未免失考矣。

《西洋記》係小説家言,支離怪誕,不足病。近坊間亦有刊本,余所見者係大字古本,標題《出像西洋記》(舊本小説凡有繡像者,均云出像。余曾見醉耕堂《水滸傳》亦題曰《出像水滸傳》)每回之中,插以兩圖,亦頗工。按照上下回目分繪,每圖又各有題聯,如第七回之上下回目,係"姜金定請下仙師,羊角仙計安前部。"上回目圖之題聯曰:"洞府春飛,天半寶花飄閬道;法師駕出,月中仙子落仙家。"下回目圖之題聯曰:"脱去凡胎,芝草暖霞浮露采;化成兵仗,藕絲秋水拂霜痕。"此在回圖小説中可云別開生面。全書之宗旨,頗似《西遊記》,而筆墨則遠遜之。好用排偶之筆,通篇皆然,如"把只左手來接,直見筆簌一聲響,左邊肋肢窩裏撑出一隻手來;把只右手來接,直見筆簌一聲響,右邊肋肢窩裏撑出一隻手來。"又如"藍面鬼走過左,左邊划得凶;藍面鬼走過右,右邊打得凶。"此等筆法未免過於呆板,殊不足以引起讀者興趣也。

(《紅玫瑰》一九二五年第二卷第七期)

小說話

煙 橋撰

載於《商旅週報》一九二五年第二十期,又被收入大東書局一九二六年出版的《小說叢談》。作者煙橋,即范煙橋(一八九四——一九六七),名鏞,號煙橋,江蘇吳縣人,早年參加南社,曾任縣教育會會長。新中國成立後任江蘇省政協委員、蘇州市文化局長、博物館館長。有《范煙橋說集》《中國小說史》《民國舊派小說史略》等。在民國文人中,范煙橋是一位頗具小說史頭腦的學者。本文將二十世紀前二十年的小說發展史分爲四個時期,各個時期自有其特色,凸顯其小說史的眼光。針對當時的新舊文學激烈爭論的情形,本文主張小說的好壞"不在文體而在內容"。本文還對當時流行的各大類型小說,如社會小說、滑稽小說、教育小說、歷史小說、言情小說、軍事小說、科學小說、政治小說等,指出其特點、功用、難易程度以及代表性的作家作品,在當時小說界有指南意義。在長篇小說與短篇小說之間,本文認爲短篇小說"結構密,背景足",合乎時代要求,而長篇小說層出不窮的原因,是報社出於出版發行的考慮。

我國小說,雖濫觴於虞初,實發揚於北宋,惟思想不及今人之深透。故其上者爲野史之屬,次者則筆記,最下乃陳腐舊套之狀元團圓體小說也。泖東一蟹撰《小說考證》,於從來小說之考據,甚爲詳備,亦稗官記室之上乘也。

維新以來，小說蜂起，二十年間，盛衰之迹有足述者，而其文體亦前後迥乎不同。第一時期，其體似從東瀛來，開手往往作驚嘆之詞，或諧其聲，或狀其象，當日《時報》中多載之。其思想之範圍，多數以政治不良爲其對象。第二時期，喜以詞采作引子，每節之首，駢四儷六，至爲華美，展初年之《小說月報》，可以見之矣。第三時期重詞章點染。時海上雜志風起雲涌，大有旌旗蔽空之槪。一時載筆，爭奇鬥勝，各炫其才富，於是一時之作，典實纍綴，不厭餖飣。第四時期，則三年來小說界之趨勢矣。

　　十二齡之《小說月報》，今以語體文歐化爲倡。於是小說界別開生面矣，以自然主義爲幟，故其背景並不加以深濃之烘染，在讀者之細味，與四圍小說大異其的。人有毀譽之論，余則以爲不在文體而在内容，猶之道德高尚、學問深邃者，馬褂長袍無妨也，呢冠革靴亦無不可耳。

　　社會小説，最難大氣包舉。涵秋足以繼南亭、佛山而有餘，其他則娑婆生、海上說夢人（漱石）、瞻廬也。然而《留東外史》移其觀察於國外，益見其獨具隻眼，炯炯有神，爲中國社會小說中之異軍蒼頭矣。

　　滑稽小說，卓呆頗稱擅長。蓋渠於新劇，亦有語妙天下之目，發人大噱，須俗不傷雅，謔而不虐，斯爲美矣。

　　教育小說，天笑可以占首席。其所著《馨兒就學記》，尤爲天趣横生，描寫如畫。中間形容頑童之頑，令人忍俊不禁。即《童子偵探隊》，譯筆亦足以融和中西文學之美，而無配合之渣滓者也。此等小說最足以感動人心，青年讀之，勝受三年教師之教訓矣。

　　歷史小說，允推指嚴。其恣談掌故，有羚羊掛角之妙，惟有時或病其奇詭過常情耳。當日東亞病夫有《孽海花》，僅出初集，如曇花一現即逝。若假指嚴以時日，羅列五十年來筆記、野乘，供其寢饋，於是續而完之，其功不在清史館長下也。

　　言情小說，作者如林，而西方乘舶而來者，亦以此類爲最夥。平心論之，西方作者於個性觀察甚詳，故刻畫入情理，且西方愛情神聖，戀愛自由，其男女間交際方式至多，非若我國之千篇一律也。

因此我國之工言情者，前者以詞采爲工，近則以悲苦相尚。欲高尚純潔之作，須於譯本中求之矣。彼於情之一字，細針密縷，用十二分心思筆力者也。

軍事小說、科學小說、政治小說，皆不易著。筆者蓋非有宏通之學識不可。苟有宏通之學識於軍事、科學、政治之舞臺，必有還旋之分，則誰復肯討生活於故紙堆中乎！今世惟求幸福齋主人爲軍事、政治之過來人，方倦於是，欲以文字問世，則正可爲此等不易著筆之工作。顧主人以信陵自許，寧以盾墨畫眉尖矣。惜哉！

長篇小說似不甚切合時代之要求，故短篇小說爲近代文學家所風尚，猶之劇本尚獨幕也。惟其短也，結構密，背景足，其興奮性亦倍有力，若欲多所描畫，則分節爲之。自爲起迄，中間以綫索貫之，然至多亦不宜逾十萬言耳。今之日報上所載長篇者，取其有訂定之稿件，不至饑荒也。

(《商旅周報》一九二五年第二十期)

小説閑語

藏拙齋主人 撰

　　載於《夏之花小説季刊》一九二六年第一期，又載《工商新聞》一九二三年十一月十日、一九二三年十一月十七日、一九二三年十一月二十四日、一九二三年十二月一日、一九二三年十二月八日、一九二三年十二月二十二日、一九二四年一月一日、一九二四年一月五日、一九二四年一月十二日、一九二四年一月十九日、一九二四年一月二十六日、一九二四年二月九日。作者藏拙齋主人，生平不詳。本文重視小説的作用，認爲小説的意義不可忽視，小説的魔力感人至深，但也没有僅從社會功用方面肯定小説的意義，還從純文學的角度品評古今小説。如其提出"作小説無他，亦曰繪影繪聲而已"，小説有法而無定法，小説家無派別而有派別，皆是創見。作者在談論古代小説的缺陷時，往往直擊要害，指出其中不合情理或有礙文理之處。正是對文學性的看重，也極爲反對從索隱的角度來解讀經典小説。本文還提出"作小説不可無是非之心，而不可有人我之見"，對於小説家的素質及寫作心理都有獨到的看法。

　　作小説無他，亦曰繪影繪聲而已。斯二者，雖絕大名家，不能無誤。然繪影之誤，其破綻易露，讀者容或知之。而繪聲之誤，則讀者往往因賞其詞藻之典麗而不之察焉。如《紅樓夢》寶玉看寶釵做兜肚，裏面縫好而繡花未完，此繪影之誤也。讀者所已知也。如《聊齋志異·寄生》篇，媒媪與容生對答，有曰："醫果良也，求和而緩至,可矣。"夫醫和、醫緩,典出《左傳》。讀書者不得注解,或尚未知,何物老嫗,而博雅乃爾! 此繪聲之誤也。讀者所未察也。然則如之何而後可? 曰:必求如《紅樓夢》劉老老對鳳姐言:"你們拔一根寒毛,比我們的腰還壯呢。"行酒令則"花兒落了,結成一個大倭瓜。"按頭制帽,恰如其分,然後繪聲之能事畢矣。

作文章有法乎? 曰:無法。能斐然成章,即法矣。所謂起承轉合云者,特完篇後裁度之耳。若逐層逐句,必研究文法而後下筆,則文章死矣。作小說有派別乎? 曰:無派別。能描寫穿插,不背情理,即派別矣。所謂毛伯桑、小仲馬云者,特脫稿後引以爲證耳。若先存一派別於胸中,然後下筆,則小說死矣。

社會小說最易作,亦最難作。潑婦罵街,醉漢當路,俯拾即是,層出不窮,所以易也。人不過智愚、賢不肖,事不過離合悲歡,縱使禹鼎鑄奸、溫犀燭怪,亦不過使之盡顯原形而已。不聞於現形之外,復有若何之解剖也。數千年來,言忠者必曰龍逢、比干,言奸者必曰操、莽。舉其一二,其餘可以推類。今以三五神奸巨蠹、迂腐險詐之徒爲標本,甲寫之,乙亦寫之,丙、丁、戊、己亦無不寫之。筆墨無窮,而人事有限,欲求其不疊床架屋,陳陳相因,其可得乎? 此其所以難也。

小說家持三寸管,操生殺權,愛之欲其生,惡之欲其死。若不憑良心裁判,勢必至僭賞濫刑,慎之哉!

小說之作,古人難,今人易;古人窮,今人達;古人少,今人多。然則今人果勝於古人歟? 曰:非也。古人窮老盡氣,而書乃成,往往終其身不獲親見付梓,必俟其子若孫或門生故吏爲之醵貲付剞,然後得行世焉。此其所以難,所以窮,所以少也。然而滄桑百劫,花樣日新,而其書之聲價不因之而少貶。雖有毀者,亦如蚍蜉撼樹,莫能動其毫末。今人則不然,朝脫稿,夕可付刊,計字售錢,坐收名利。易矣,達矣,多矣。然其單行本之印,纔排廉價部,已虛左以待,閱者不及終卷,即並其書名而忘之矣,然後嘆古人真不可及也。

小說本空中樓閣,然不可示人以假。譬諸魔術然,如開演之前,先將各種機關手法示人,則所謂拆穿西洋鏡,不值一錢,而觀者亦索然無味矣。近時之點將小說、小說比賽等作,乃自拆西洋鏡者也。《紅樓夢索隱》《聊齋抉微》等書,拆人之西洋鏡者也。二者皆小說界之蟊賊也。

吾讀《西遊記》,但覺其有一又蠢又笨又呆又滑稽之猪八戒活現紙上,一言一動,俱足供吾噴飯。至於是演五行云云,不欲問也。吾讀《紅樓夢》,但覺其有一無事忙、纏綿多情之賈寶玉活現紙上。至其果爲頑石與否,不欲問也。吾讀《聊齋》,但覺狐鬼仙妹,爭妍鬥艷,令人神迷心醉而已。至謂種族思想、狐皆言胡云云,不欲問也。然則今之小說家,自索其小說之隱者,其亦可以已乎?

昔人謂讀了一部《儒林外史》,覺涉足人世,無處不是《儒林外史》。斯言也,予深信然。試以腐儒例之,在李涵秋未作《廣陵潮》之前,吾目中所見之何其甫已無數輩,及吾既讀《廣陵潮》之後,又覺之乎者也之流,無處不有何其甫在也。事貴率真,畫八仙至鐵拐李必跛之,豈仙人之不能自醫其脚乎? 文章亦然,韓集不刪《三上宰相書》,此昌黎之所以爲昌黎也。今之作小說者,好以自己居書中主人翁地位,文過飾非,揚長諱短,甚或風流自賞,蹂躪女權,自以爲以三寸管占盡人世便宜,而不知人之視己,如見其肺肝然。先生休矣!

小說狀人工架身段而能維妙維肖者,文言首推《聊齋》。其《畫壁》篇寫金甲神將,曰"左手挈鎚,右手縮鎖",一"挈"字,一"縮"字,通體出神。瞑目思之,儼有一金甲神將立在目前。任易兩字,則神采索然矣。白話首推《水滸》。其寫武松之上獅子樓也,曰"右手持刃,左手擸開五指"。一"擸"字,其疾如風,將武松通身解數,活畫出來。此之謂寫生妙手。(《九尾龜》寫章秋穀客串武松殺嫂舞刀一場,有後臺鼓板打得如疾風驟雨一般云云,亦深得個中三昧者。)

不通地輿學者,不可以爲小說。《西廂》,曲詞耳。其張生登場之時,寫黃河也,曰"帶齊梁,分秦晉,隘幽燕"。試攤地理闡證之,有一毫舛錯乎? 其他《三國演義》等書,寫宴饗用兵,各地亦都有根據。惟《西遊記》《鏡花緣》，一則仙佛之境，本屬縹緲虛無；一則莊列寓言，盡可別開世界，不在其例。

作小說不可無是非之心，而不可有人我之見。誅奸賞善，用筆精嚴，此是非之心也。借嬉笑怒罵以排斥異己，此人我之見也。今之小說家，一篇甫出，反響即來。甚或良朋至戚，因之成仇，爲之太息不置。

普通人讀小說心理，有於世道人心最有益者，有於世道人心最有害者。如讀《三國》，當蜀勝則喜，魏勝則憂。吳與魏較，則祖吳；吳與蜀較，則又祖蜀。此即所謂是非之心。於人心世道最有益者也，如讀《西廂》，至鬧簡則喜，見張生則羨之垂涎，見鄭恒則恨之刺骨。此無他，蓋讀者已自擬張生，即所謂人我之見也。此於世道人心最有害者也。噫！此讀者之過歟？抑作者之過歟？

貢少芹索《廣陵潮》之隱，謂涵秋自況雲麟，而處處寫其不諳世故，立言得體，以視《九尾龜》自捧太高，真有天淵之別，斯言確當，無以復加矣。然吾以爲涵秋之難，不難於肯認雲麟不諳世故，而難於肯出色寫富玉鸞也。人孰不好勝？玉鸞出，而雲麟相形見絀，自慚形穢矣。雖能奪明似珠之愛於柳春，不轉瞬又爲玉鸞所奪。其寫伍淑儀也，於己雖未免有情，然於玉鸞亦死生不變其節。人我之見，幾乎化除，於以見作者宅心忠厚。若《九尾龜》之章秋谷，以一人占盡天下便宜，甚至老友之靴腰，亦必割之而後快，吾不知作者是何居心也。（《紅樓夢》齡官之於賈薔，尤三姐之於柳湘蓮，亦作者不欲寶玉有壟斷之譏也。寶玉且然，況其下者乎？）

《玉蒲團》，淫書也。於未央生登場時，謂其風流倜儻，不端婦女見之，無不愛慕云云。"不端"兩字保全女界不少。又寫未央生之妻之活現形，令人不堪回首。又，未央生自謂也曾當過龍陽。凡此種種，皆使人不敢學未央生也。故其書雖淫，其心術尚未盡壞。至若《野叟曝言》之文素臣，處處寫其拒色，即處處引人入邪。作者之居心，與《九尾龜》可謂無獨有偶。

長篇轉筆交代，作者必要插科，或用"按下……不提……再說……"或用"話分兩頭"云云，似甚陳腐。童時讀《鏡花緣》，喜其於轉筆交代處不用插科。其法如甲與乙談及丙事，乘勢即入丙之本傳，既而丙與丁又牽及甲事，則甲又登場，可謂不落陳套矣。及今思之，人有賓主之分，事有先後之別，強爲牽合，終覺矯揉。近人吳趼人交代插科最妙，如寫至甲乙二人行路，他則曰："路遠呢，隨他們慢慢地走，我却偷閑來寫那一邊的事。"如寫至甲有病，他則曰："病人是要靜養的，任他在床上躺躺，我却將乙的事情提他一提。"忽而深入書中，忽而跳出書外，可謂盡以文爲戲之能事矣。李涵秋交代另是一法，往往於上回懸案不决，而下回奇峰突起，逮至萬轉千回，乃復與上回接合。筆力千鈞，莫可端倪。

予讀涵秋《魅鏡》，至盧魁吊膀子被人吊打解下時，下回突接鮑超雄一段艷史。嘗笑曰："若使我佛山人寫此，則盧魁必不肯遽行釋放。"他必又插科曰："像盧魁這種混賬東西，任他多吊些時不打緊，讓我偷空來叙一叙袁傑與鮑超雄前頭的一段艷史吧。"文字雖較滑稽，然而盧大哥苦矣。

詩有別才，非關學也，小説亦然。《聊齋志異》膾炙人口，讀其文集，味同嚼蠟。隨園詩文邁越前代，然以《新齊諧》與《聊齋》較，則瞠乎後矣。

《隨園詩話》謂金聖嘆好批小説，人多輕之，而《古寺題壁》一詩殊清絶，錄之，云："獨坐覺岑寂，蟲於佛面飛。半窗關夜影，四壁掛僧衣。"予謂聖嘆至今日所以能遍傳衆口者，好批小説之力耳。否則，湮没無聞，幾何不與草木同腐？欲借詩話中區區二十字以傳聖嘆，難矣哉！

凡人精一藝，皆可不朽。羿之射、僚之丸、秋之奕、公輸子之斧，其尤著者也。况小説者，乃文人心血合腦汁構造而成，安可以其小而忽之哉？

詩固無關學問，然非讀破萬卷，下筆非俗則淺。小説亦無關學問，然非博覽載籍，易成市井俚詞。曩讀畢倚虹《告當代小説家》一文，謂宜多讀書，少撰作。旨哉言乎！

或疑《水滸》《西廂》皆爲聖嘆自撰者，聞者嗤爲神經過敏。予曰："確有贓證在，非風影之談也。試觀《水滸》施耐庵自序一篇，與聖嘆《慟哭古人》《留贈後人》，有小異乎？借曰聖嘆與耐庵孿生，亦難酷肖若此。此一贓證也。再觀《西廂》，'梵王宮殿月輪高'七字，在善讀者亦不過謂其寫張生早起耳，寫月耳。一經聖嘆層層批註，謂佛殿如何方向，月爲十幾之月，月又如何轉出殿角。然後知月輪之所以高，張生之所以心急如火夜未半即起也。噫！聖嘆曾夢見王實甫口授之歟？不然，聖嘆並不在實甫肚子裏居住，安知其下筆時有如此千曲萬折之思想耶？此又一贓證也。"

《西廂》若非聖嘆自作，則其中批評，亦頗有穿鑿附會處。如"玉宇無塵，銀河瀉影。月色橫空，花陰滿庭。羅袂生寒，芳心自警"數句，評曰"妙月妙人"足矣，乃聖嘆必以爲張生窮思極算，算至夜深鶯鶯之袂必寒，袂寒而鶯鶯之心必動，心動則悟燒香太遲云云。凡此皆神經過敏之過也。

聖嘆批杜詩，分前後二解。當時曾有人問曰："杜詩何罪，腰斬了耶？"其批小説之武斷，與此正同。

人各有所能，各有所不能。降神搗鬼般般會，捉怪拿妖樣樣能者，惟茅山道士爲然耳。短評妙語，獨鶴無變；社會小説，涵秋絶代。他若鈍根之滑稽，栩園之典雅，各有千秋，莫或相混。或曰："然則專以打油、寶塔等詩在報紙雜志上占篇幅者，君亦許之乎？"笑應之曰："此則不過具茅山道士之一體耳，以文字許之，則吾豈敢？"

梁任公譏袁、蔣、趙三家，謂不可向邇。此苛論也。三家者，或短於小説耳（蔣氏《藏園九種曲》與李笠翁齊名，似亦不弱。）。以云文章，蔣、趙吾不敢知。若袁子才，直可與宋賢爭席，非任公所能企及矣。

嘗怪王漁洋詩名蓋世，何至欲以百千市《聊齋》之稿，與寒士爭名？及今思之，漁洋之名，讀書者知之耳。執工商之流而問之，則瞠目不能答者，比比然也。至於《聊齋》，則婦人孺子，罔不知之。是小説之流傳，廣於詩文萬萬，阮亭早見及此。人老則思傳，可悲也夫。

紀曉嵐總成《四庫全書》，而其得名却在《閲微草堂筆記》。此是文人最無聊處，亦是文人最狡獪處。觀政於朝，觀俗於野。政與俗，小説之所必觀者也。不登廟堂，不知朝會之威儀；不老江湖，安識閭閻之狀況？使富貴人執筆寫寒士貧苦，終覺隔靴搔癢。然則宫閫小説家云者，其篋中果有秘本乎？九原可作，吾欲起指嚴而問之。

昔予偶成《咏史》四絶，一秦始皇，二韓信，三王衍，四楊妃，刊諸《遊戲雜志》。咏王衍詩云："道尚清談冀息争，斯人誰信誤蒼生。可憐塵拂揮纔罷，胡虜弓刀已上城。"自顧膚淺，無甚深意，而同事十數人争問此首指誰，其他三首則一一猜出無錯，豈彼等讀《史記》《唐書》而不能讀《晉史》乎？王衍之名，不見於小説故也。

某甲目不識字，而聽平話逾二十年。嘗謂予友邱君曰："子勿以秀才驕我。古時人從君問，苟不能答，願罰東道。如答之十條以上者，東道屬君矣。"邱乃舉散宜生、南宮适、張良、韓信、郭子儀、李光弼、王承恩、魏忠賢等問之，甲先指朝代，後證事實，上下數千年，灑灑如貫珠，邱窘甚。予附耳使問兩人，甲果茫然不知所答，摇首曰："未曾聽過。"兩人爲誰，王導、謝安是也。熟小説者，每爲晉人所窘，誠怪事。

文人結習，每好裝點門面。詩必學杜，文必學韓，至其得力於近代諸家，往往不肖實説。曾文正少時酷嗜方望溪文，中年以後，别有所崇尚。其家人欲晉方入鄉賢祠，曾嚴詞拒絶之。（見《曾文正家書》）梁任公少時心醉《龔定盦集》，近忽厭之。（見梁任公、胡適之合刻《研究國學書目》）夫既嗜其文，必受其益。既受其益，何以厭爲？此種夜郎自大之心理，直等於得魚忘筌。其人雖賢，不可爲訓。今夫能執筆爲普通文字之人，吾敢斷其得小説之力者居十之七，得古書之力者僅十之三。然而問諸其人，大都諱莫如深，不肯承認。看《三國演義》者，必曰讀陳壽《三國志》；看《列國志》者，必曰讀《左傳》《國語》；仿《聊齋》叙事體者，必曰取法龍門；對人則非三代兩漢之書不敢觀，背人則《水滸》《西廂》極力摹擬。其實上列各小説，亦何負於人？又何必陰得其力而陽避其名耶？此無他，蓋亦夜郎自大、裝點門面之心理也。

少時聞老人言,《三國》一書,看到老,學到老,輒嗤其妄。及今思之,其言確有見地。予初看《三國》,在十二三歲時,所得者某人勇過某人,某人與某人能戰多少回合不分勝負而已。至十七八歲再看,漸明順逆之理,知曹操之不可不討,孫劉之不可不合,服魯肅之識見果在乎周瑜之上也。及乎二十五、六歲再看,始知群雄角逐,端賴地盤,長江形勢,爲古今用兵者所必争。覺着眼處,在此而不在彼,回憶昔日專看大戰三百合時,不禁啞然失笑矣。

舊小説往往於本回之末,用驚人之筆,使人急看下回。及看下回却又無聲無臭,將上回驚人之語輕輕賴過。此蓋作者當日預爲説書先生賣一滑頭廣告,使聽客次日不得不來聽下回分解。按諸筆法,甚覺無謂。如《三國》第十回末段,曹操以大軍壓徐州,陶謙欲自縛往曹營以救百姓時。忽有一人進言曰:"某雖不才,願施小策,教曹操死無葬身之地"云云,奇險極矣。及觀下回,則獻策者乃糜竺也。其策維何?不過謂向孔融、田楷兩處取救兵,兩處兵來,曹兵必退,如斯而已,非有濮陽之燒、潼關之逼,果可使老奸喪膽也。然則"死無葬身之地"云者,又從何處討照會?糜竺老實人,作者乃强派其吹牛,寧不寃哉?

傳《儒林外史》衣鉢者,前有李伯元之《官場現形記》,後有李涵秋之《廣陵潮》。或惜李涵秋死,社會小説亦隨之俱死者。予曰不然。蓋《廣陵潮》一書,業已探驪得珠,其餘諸作,盡屬鱗甲無用。涵秋死而有知,當引予爲知言也。

畫鬼魅易,畫人物難。作小説,愈離奇則著筆愈易,愈平淡則設想愈難。人物最難寫者,莫如《野叟曝言》之文素臣,但求樣樣天字第一號,支離附會,在所不恤。最難寫者,莫如《儒林外史》之虞博士,既須表爲書中之第一人,又不許有半句驚人駭俗之語,斯真難能可貴。蓋彼則世上無此種人,此則世上有此種人也。

小説有大家、名家之分,大家如長江大河,洪濤萬頃,極世界之奇觀,然有時挾泥沙並下,亦不自擇。如《列國志》《三國志》《封神傳》《西遊記》《水滸》《儒林外史》《紅樓夢》《七俠五義》《廣陵潮》等書是也。名家如卅里西泠,明湖一鑒,纖塵不染,風景宜人,如《聊齋志異》《閱微草堂筆記》《子不語》《諧鐸》《夜雨秋燈錄》等書是也。抑歐美小說名家多而大家少,《莊諧選錄》載拿破崙第一愛讀《水滸》,有以哉!

予讀小說墮淚者兩次。一次讀《恨海》,至陳伯和病篤在廣肇醫院,彌留時對張棣華説道:"姐姐,我辜負汝了。"不覺泣數行下。一次讀《黑奴吁天錄》至湯姆被主人遠賣,與家人訣別時,入視三子皆熟睡,湯面榻大哭。予急掩卷不忍觀,而淚已涔涔下矣。小說感人之深,有如是耶!

《封神》荒唐,《西遊》怪誕,略有新思想者,罔不疵之。其實此兩種書能獨往獨來於天地間,不傍他人門户,其勢力之大,遠過《兒女英雄傳》《品花寶鑒》諸書,未容輕議也。

小説愈鄙俚者,其流傳愈廣。看《緑牡丹》《彭公案》《飛龍傳》《楊家將》等書之人,終較看《紅樓夢》《儒林外史》之人爲多。此無他,説書與戲劇之力也。

姓名見於歷史,其人傳矣,然知之者萬人中得一人焉;見於文集,千人中得一人焉;見於小説,則書之雅者,百人中得一人焉,俗者十人中得一人焉;惟見於戲劇,則幾於無人不知之矣,甚至其人本子虚烏有,其名則擲地有聲,如鮑士安、黄天霸之流。僅圖其形,以示村氓,亦能指出無誤,怪哉!

有以"叔寶無心肝論"題課士者,一士文曰:"賣馬當鐧,窮斯濫矣,非無心肝而何?"一時傳爲笑柄。然亦可見風流艷絶之胭脂井,終不敵店主東黄驃馬之易傳衆口也。

漢《雜事秘辛》,筆墨奇艷,讀之者無不心旌動摇。幸吴姁爲女子,以雌觀雌,尚可少殺一般青年之癡想。否則,作者之造孽,當比《西廂記》《牡丹亭》罪加一等矣。

相傳人世演《牡丹亭》一日,湯若士地下必受罪一次。吾謂若果有地獄,則筆端造孽而受罪者,必不止湯若士一人。

《牡丹亭》艷曲與《西廂》並稱,白且過之。然吾讀《玉茗堂尺牘》,覺甚平淡,無精采。才之不能兼長也,如是乎?

俞曲園,經學家也,著述甚富,其名本不必借小説以傳,而乃亦不憚煩,修改《七俠五義》,曉曉然於顏查散、顏春敏之辯,其果於王阮亭、紀曉嵐有同情與否? 吾不敢知,然而小說之魔力大矣。

葉小鳳謂科學冒險小說,有利而無弊。予謂科學小說,其弊有二,種種殺人利器,多由科學研究出來,與偵探小說同其草菅人命,弊一;欲寫某種異質,苦無試驗之場,往往強事實而就科學,逆情背理,在所不恤,弊二。惟冒險小說,或排空馭氣,上出重霄,或鑿險追幽,下臨絕地,讀者毛髮森豎,而作者却履險如夷,斯真有利而無弊者矣。吾願世之小說家,注意及之。

蘇黃,宋之名家也。讀其書牘,終不及隨園措辭之妙。段成式,唐之小說家也,讀其《酉陽雜俎》,終不及《閱微草堂》運筆之工。其他《飛燕外傳》《霍小玉傳》《會真記》等作,雖亦一時佳構,吾讀之,終覺其描寫處不若《聊齋》之細膩熨帖。似又不能迷信古人,將今人盡行抹煞也。

一月耳,或曰其大如盤,或曰如盌,或曰僅如杯口,此人之眼光不同,非月之果有大小也;一小說耳,或指爲導邪,或辯爲衛道,或許爲教忠教孝,或攻爲誨盜誨淫,此亦人之眼光不同。所謂仁者見仁,智者見智也。九原不作,安能如小說迷魂遊地府云云,與作者三曹對案也哉?

《紅樓夢總評》謂北靜王爲玉哥生平第一知己,言中有刺,吾不知以寶玉自命者,讀之當作若何感想也? 譯本多自述體,開口說話者,即書中之主人翁,天虛我生每喜效之。予頗不謂然,蓋自述者必自捧,抑人揚己,勢使然也。然譯本如《魯賓遜漂流記》,栩園如《玉田恨史》等書,則又舍此體無從著筆矣。至於舊小說,《浮生六記》亦用此體。然其書直爲私家日記一類,不得以小說論也。

吾非美人,安知美人之心,則言情小說可以不作。吾非盜賊,安知盜賊之志,則武俠小說可以不作。寫什麽便像什麽云者,特讀者與作者同。此門外漢漫說如是我聞云爾,持以問之,所謂什麽之原,人必搖首,曰:"不像不像!"

坊本描寫人物最可笑者,爲頭大如斗,眼似銅鈴,身長丈二,腰闊十圍,其尺寸支配,矛盾極矣。試以此例法繪一圖像示人,見者必曰:非人也,妖也。"

袁隨園論文,謂舉六朝不成,不過如紈綺子,熏香剃面,絕無風骨,止矣。學八家不成,必至村嫗絮語,呶呶萬言,不令人生厭不止。予謂文言、白話小説之利弊,亦正類此。

昔之白話小説,作者難,讀者易,故其書傳。今之白話小説,作者易而讀者反難,故其書不傳。試觀《紅樓》《水滸》等書,作者何一非學富五車,胸羅萬卷?故能深入淺出,下筆標新,使讀者開門見山,咸曰"易看易看",又豈知作者當日之鏤肝鈢腎,以博此"易看"兩字也。反觀今之作白話小説者,或於國學毫無根柢,僅掯摭"哪""啊""呢""哩""咧""啦"等幾個虛字,"吾愛""密士忒""沙發""雪茄"等幾個新名詞,以及","、"!"、"?"等幾個新符號,便忍俊不禁。率爾操觚,頃刻滿紙,以觀文言,真所謂事半功倍矣。然讀者往往對卷茫然,如逢生客。此難易之相反也。欲其書之傳,得乎?

吾人每見三十年前婦女之照片,觀其衣裙,輒欲失笑,曰:"似此老古董,只應陳列於博物院中供人參考耳。"然有圖秦宮漢苑之裝束,以示吾人者,則但覺其飄飄欲仙,而又不覺其老古董。何也?蓋彼當日定此種衣服制度時,已立於永遠不敗之地步。非若後世,忽而寬衣,忽而窄袖,忽而長裙拖地,忽而革履當先。時髦爭趨,在去年爲新,至今年已舊;在今年爲新,至明年而已又舊。年復一年,欲其不居於老古董之列,其可得乎?吾人每觀近人小説,輒曰此民六、民八之作品也,今已爲過時之物矣。然見元明以前之數種名著,則但覺其佳,又從無以明日黃花議之者,何也?蓋其當日下筆作此書時,已立定永遠不敗之地步。非若今人,忽重言情,忽重偵探,忽以新名詞矜博,忽以新符號炫人,鬥勝爭奇,不入正軌,欲支持其書至五年之久,不戛戛乎其難哉?

昔者吾友王君鴻儒嘗問予曰:"子讀《三國演義》乎?"對曰:"然。""子果全部閱遍一字不遺乎?"對曰:"然。"王君笑曰:"子欺我也。木牛流馬之尺寸制法,子必不曾細閱。"予唯唯稱是。而鄰居迂儒房某聞之,故神其説,謂全部《三國演義》精彩在此,安可忽讀?乃檢書,按其尺度,命木匠如法炮製,竟至損失數十金。其愚真不可及也。

　　朱竹垞不刪《風懷二百韻》,道學家惜之,慮其身後難享兩廡特豚,此固迂腐之見,不值識者一笑。故吾輩當下筆撰爲自身寫照的言情小説時,亦須爲晚年少留餘地。若一時忍俊不禁,形容盡致,逮夫才人老去,當日之鶯鶯燕燕,都成鶴髮雞皮,而子孫或猶覓得當年艷史讀之,口角津津然。吾不知其對於其祖若父,宜作若何鬼臉也?

　　　　　　　　　　(《夏之花小説季刊》一九二六年第一期)

小說漫論

隱　塵　撰

載於《大世界》一九二六年六月二十八日至七月六日,又載《金鋼鑽月刊》一九三四年第一卷第十一期。作者隱塵,生平待考。本文的宗旨是提倡"小說之教育",將小說視爲改造風俗的工具。本文詳細地分析了小說與民衆心理的關係,認爲二者互爲作用。我國數千年來民智不開,迷信思想盛行,專制制度牢固,都可部分歸因於小說。爲了改造國民性,作者主張小說須用白話,以推進小說之普及。本文觀點相對陳舊,但論證過程更爲細密。

嗚呼!中國小說之不普及,所由來者漸矣。《漢志》九家,除小說家外,其餘皆非婦孺所能知之事。班氏謂其流蓋出於古之稗官(如淳注,引《九章》"細米爲稗"。王者欲知里巷風俗,故立稗官使稱說之)而且與八家鼎峙,則小說之重可知。小說視爲官書,則通行於朝野可知。觀於師箴矇誦,爲後世盲詞之濫觴。其實古之經筵,即今之盲詞也。雖以君相之所講求,亦不外婦孺所能與知之事,故君心易以啓沃,而小說之爲用廣也。後世若《太平御覽》,若《宣和遺事》,猶存稗官之意。元重詞曲,至以之取士,則其宮廷之間,小說當不盡廢。自明世經筵,專講經史,於是陳義過高,獲益轉淺。自此以後,小說流行之區域,盛於民間。士大夫拘文牽義,禁子弟閱看小說。陸桴亭至目爲動火導欲之物。蓋上不以是爲重,則事不歸官,而無知妄作之徒,暢所欲言,靡所顧忌。諷勸之意少,而蠱惑之意多。荒唐乖謬之詞，連篇累牘，不一而足。無宗旨、無根據，而小說乃毫無價值之可言。然以今日而言小說，則誠絶有價值。何以言之？文化日進，思潮日高，群知小說之效果，捷於演說報章，不視爲遣情之具，而視爲開通民智之津梁、涵養民德之要素。故政治也，科學也，實業也，寫情也，偵探也，分門別派，實爲新小說之創例。此其所以絶有價值也。況言論自由，爲各國之通例；見仁見智，亦先哲之名言。苟知此例，則願作小説者，不論作何種小説，可也；願閱小説者，亦不論閱何種小説，可也。

（《大世界》一九二六年六月二十八日）

莊言正論，不足以動人，號爲讀書之士，尚至束閣經史。往往有聖賢千言萬語所不能入者，引一俗諺相譬解，而其人即能恍然於言下。口耳相傳，經無數自然之刪削，乃有此美玉精金之片詞隻語，與經史並存。世界不毁，則其言亦不毁。此一釋也。有釋奴小説之作，而後美洲大陸創闢一新天地；有革命小說之作，而後歐洲政治特闢一新紀元。以視吾國，北人之敢死喜亂，不啻活演一《水滸傳》；南人之醉生夢死，不啻實做一《石頭記》。小説勢力之偉大，幾乎能造成世界矣。此一説也。官場之現形，奇奇怪怪；學校之風潮，滔滔汩汩。人心險於山川，世路盡爲荆棘。則其餘之實行奸盜淫邪與夫詐僞撞騙者，更不足論矣。耳所聞，目所見，舉世皆小説之資料也。此又一説也。總而言之，小道可觀。其蕴蓄於内者，有小説與世界心理之關係，哲學家所謂内籒是也。其表見於外者，有小説與世界歷史風俗之關係，哲學家所謂外籒是也。夫爲中國數千年之惡俗而又最牢不可破者，厥惟鬼神。鬼神之中，又有神仙鬼狐道佛妖魅之分。小説家於此，描寫鬼神之情狀，不啻描寫吾民心理之情狀。說者謂其惑根之不可拔，幾乎原於胎教。蓋吾國之迷信鬼神者，以婦女爲最多，因而及於大多數之國民。近日識時君子，恒以吾民無母教爲憂，詎知其腦筋中自然而受之母教，鬼神實占其大部分？此皆言鬼神之小説爲之也。顧昔日以小説而愈堅其鬼神之信，今宜即以小說而力破其鬼神之迷。不見夫通常社會中之行爲，實鬼事多而人事少乎？此固無可爲識者諱也。故欲灌輸以文明之幸福，非先奪其腦筋中大部分之所據，而痛加以棒喝，以收夫廓清摧陷之功，不可得也。

（《大世界》一九二六年六月二十九日）

其次則爲男女。其行爲不正之男女，則必有果報。其行爲雖不正，而可以附會於今日自由結婚之男女，則必有團圓。最奇者，尚有非男非女，而亦居然有男女之事。蓋以男女爲其因，而萬事皆從此一因而起。夸説功名，則平蠻封王而爲駙馬也；艷稱富貴，則狀元及第而爲贅婿也。其先無不貧困之極，其後無不豪華之極。由是驕奢淫逸而爲紈袴，爲劣紳，爲勢惡土豪，爲敗家子，皆從此派而生。使觀其書者，如天花亂墜，而目爲之迷，神爲之炫。此小説中普通之體例，然實即代表民俗普通之心理也。

凡觀小説者，無端歌哭，無限低徊，而感情最濃者，其在興亡之際乎？借漁樵之話，揮滄桑之淚，痛定思痛，句中有句。忌諱既多，埋没遂易，其有大書特書者，出之雖後，至可寶矣。中國數千年來，有君史，無民史，其關係於此種之小説，可作民史讀也。夫有興亡之事，則有一切擾亂戰爭之事，然其時之罹於鋒鏑與後之重見天日，必有一番堯桀之渲染。雖其説半不足據，而當時政府之對待民間，爲仁爲暴，猶可爲萬一之揣測。況專制時代，萬事莫不以君主爲重心，由小説而播於演劇，而演劇更足爲重心所在之證者，則俗語所謂十曲九皇帝是也，皇帝爲獨一無二、富貴無比之稱號。其狂妄不軌之徒竊以自娱者，無論矣。即至童豎戲言，亦往往以此稱號自擬，而聊快其無意識之歆羨，而不知擾攘之種子，即隱含於此。故興亡儼如轉燭，平添無數小説之材料，演劇則爲其試驗場也，平話則爲其演説場也（平話，俗謂之説書），而世界遂隨而涌現於此時矣。

（《大世界》一九二六年六月三十日）

其他若官吏,若紳衿,若士庶人,合而成一大社會,分之則各有一小社會,皆依附此重心以爲轉移。官吏、紳衿、士庶既隨此重心爲轉移,則官吏、紳衿、士庶所爲之事,形容其事者爲世態,而有炎涼之分。左右其事者爲世情,而有冷暖之異,皆所以點綴此世界者也。然非小說不足以傳之,傳之而善者以勸,惡者以懲,清者以揚,濁者以激。總而言之,凡世界所有之事,小說中無不備有之。即世界所無之事,小說中亦無不包有之。忽而大千世界,忽而須彌世界,忽而文明世界,忽而黑暗世界,忽而強權不制世界,忽而公理大明世界。種種世界,無不可由小說造;種種世界,無不可由小說毀。過去之世界,以小說挽留之;現在之世界,以小說發表之;未來之世界,以小說喚起之。政治也,社會也,偵探也,冒險也,艷情也,科學與理想也。有新世界乃有新小說,有新小說乃有新世界。傳播文明之利器在是,企圖教育之普及亦在是。主唯物論者,謂有世界而無思想;主唯心論者,謂有思想而無世界。三者相衡,後說近是。蓋世界之所有者,固爲思想之所能到;即世界之所無者,亦不定爲思想之所不能到。故思想可以造世界,而世界不可以造思想。曷言之?世界之始闢也,準生物進化之例,最下等之動物,則初生;最高貴之動物,則最後生。猿化爲人,未離猿性。故原人之時代,獉獉狂狂,懵騰之社會,渾渾噩噩,饑則思食,寒則思衣,健則思動,疲則思卧,以嬉以遊,玩歲送日,一切器具未備也,一切制度未備也。

(《大世界》一九二六年七月一日)

洎乎賢智代作,殫精竭慮,興耒耜,植桑麻,治宮室,作舟車,惡者思美,窳者思精,缺者思全,拙者思巧,而未已也。養生之事備,而衛生之事起。疾病思療治,患難思扶持,異類相擾,同類相殘,則思有以抵抗之,調和之。數千百年之組織,遞衍遞進,乃始由樸而華,由簡而繁,由野蠻而文明,以有此今日之世界。向使圓顱方趾之儔,長此不識不知,無思無慮,任天行以終古,則荆棘滿道路,禽獸遍中國,人類之滅絶久矣。何世界之有哉!吾故曰,思想者,所以造世界者也。雖然,炊沙不可以成飯,磨石不可以成針。思想猶光綫也,無數之光綫,範以聚光鏡,則匯於一點。若以粗劣之質承之,則散漫而無所歸宿。科學者,思想之聚光鏡也。一鍋水之沸騰,經瓦特之積思,而成汽機之宏用。一蘋果之墮地,經奈端之積思,而得月離之真數。一寺燈之懸擺,經加利之積思,而獲時計之妙用。循公例,明界說,精誠所至,金石可開。否則,以好奇之心,發爲不規則之謬想,橫溢無際,泛濫無歸,如我國舊小說之所述者,誠不足當格致之士一噱也。且天下之事,其成也有自,其來也有漸。造何種因,結何種果,有斷然者。民之初生,智識蒙稚,少見多怪。途逢橐駝,謂馬腫背。世間形形色色,莫明其故,則驚爲神奇,而一切衆生,又罔不貪生而惡死。聖人乃因勢利導,假神道以設教,謂臨之在上,質之在旁者,實操賞善罰惡之權,以警愚頑,以補政刑之所不及,而多神之教,由是浸成風俗。秦漢以降,佛老踵興,凡燒丹煉汞、白日飛升之術,與夫天堂地獄、輪回果報之說,於神權專制之時代,入襞積未深之腦膜,其力自足使人信奉之,崇拜之,如一幅白縑,染以顏色,則深印不磨,而其間之影響於社會,最爲醞釀深沉。具絕大之魔力者,則莫如各種小說。

(《大世界》一九二六年七月二日)

聞古之王者,欲知里巷風俗,則立稗官以稱說之。是小說者,紀實也。自文人好奇,喜借荒唐之事,顯幽怪之情,子虛烏有,概屬寓言。是以東方朔之《十洲記》、郭憲之《洞冥記》、魏伯陽之《參同契》、葛洪之《神仙傳》、干寶之《搜神記》、王嘉之《拾遺記》,類皆縋幽鑿險,多未經人道之語,以驚世而駭俗。唐宋之後,著作益多,搜奇錄怪者,更不一而足。讀《杜陽雜編》,則知羅浮先生之有分身術;讀《幻異志》,則知殷七子之有留聲法。《水滸傳》之寫戴宗,則夸其兩足之神行;《西遊記》之演孫悟空也,則稱其有七十二般變化。至如冷於冰之發掌心雷,左痂師之作五里霧,哪吒太子之風火輪,土行孫之遁走地中,則見之於《綠野仙蹤》及《平妖傳》《封神榜》

等書,離奇怪誕,莫可究詰,而豆棚聚話之村農、鄉塾教書之學究,方且奉爲秘本,言者鑿鑿,聽者津津。噫!一般社會之迷信,大略可知矣。不寧唯是,明明爲天空之閃電也,而《酉陽雜俎》則以爲介休王之旗旛十八葉,《述異記》則以爲撞石鼓於八方之荒,而雷公電母之謷談無論矣;明明爲環繞地球之衛星也,又必虛構一廣寒宮,而姮娥竊藥、吳剛折桂之説,則散見於各稗史矣;明明爲無數恒星聚成此星團也,則稱之曰星河,而有牽牛織女架橋渡河之附會矣;明明爲日光折入雨點對映而成虹矣,則以爲龍玉投水所致矣;明明爲海水化汽而成雨,空氣衝突而成風,則誣指爲雨師所司,風伯所掌矣;明明爲七十二原質以化合此肉體也,則稱之爲黃土搏人矣。嗚呼!物理學之不明,生理學之不講,心理學之不研究,乃長留此荒謬之思想於莽莽大地、芸芸群生間,其爲思想之阻力也無疑。

(《大世界》一九二六年七月三日)

雖然,共和成而專制廢,科學進而宗教衰,以彼耶、佛、回、祆各教,多創立於科學未明之世,而又必歸功於一尊,故萬不能不藉此各種謬想,以錮蔽人之聰明。彼著小説者,適墮其術中,而爲各教之功臣。惟科學與此等謬想爲大敵,實有不容並立之勢。如代數式之一正一負,彼此相消,負數多者消後得負,正數多者消後得正。今試舉一二事以證之。物理學家之論物質,有不相入之公性,而俗夸遁甲術者,謂人能入地奔馳。夫地面無户,地中無隧道,而曰奔馳,是兩物同時并在一處,何以解於物性不相入之理。又物體之重,少於同容積之氣體則浮於空中,與俗稱龍爲神物,能騰行空間,往來自如,然世所繪龍象,則又蛇身四足,無兩翼以鼓氣,是龍亦筋肉體,必較重於空氣,何以解於物體輕於氣體則浮之理。準此推之,以真理詰幻狀,以實驗擣虛情,雖舉國若狂,萬人同夢,而迎刃以解,渙然冰消。是故科學不發達則已,科學而發達,則一切無根據之思想,有不如風掃籜,如湯沃雪者哉?且吾嘗涉獵歐洲史,而嘆路德、哥白尼、達爾文、哥倫布諸大思想家未出現以前,一黑暗之世界；既出現之後，一光明之世界也。蓋思想雖可以造世界，而世界之光明與黑暗，全視其出入於各科學爲比例差。

(《大世界》一九二六年七月四日)

故同此思想之能力，在我國人所貽笑荒謬者，苟以科學之理求之，亦終有可達之目的。輕氣球之升於空中，儼然哪吒太子之踏風火輪也；汽車之迅馳於大道，儼然戴宗之神行法也；偵探家之易面改裝，雖家人父子不能辨認，儼然羅浮先生之分身術，孫悟空之七十二般變化也；海底旅行、地底旅行之新發明，儼然土行孫之遁地法也；紀聲蠟丸之轉機出聲，儼然殷七子之留聲術也。使他日者，磁電氣候兩學新理日出，則將如譚瀏陽所云，減輕月球之離心力，使與地球相切近，雖明皇夜遊月宮之讕言，亦將可以實行矣。科學之不可思議如此！嗚呼！讀周末諸子之書，多有與今之科學暗合者。一經秦皇漢武之排斥百家，鉗制士類，而如川決防，轉令一切迷惘之識，悠謬之談，流毒於人間。然自十字軍東征，亞之文明輸於歐；自各國開商戰於東大陸，則歐之文明復輸於亞。而今而後，倘科學大進，思想自由，得以改良小說者改良風俗，則將合四萬萬同胞，鼓舞歡欣於二十世紀之新中國也。余日望之矣。

(《大世界》一九二六年七月五日)

有專門之教育，有普通之教育，而總之皆於愚民無與也，則必須有至淺極易之教育。然天下尚不能盡立學校也，即能盡立學校，吾知天下之人，亦必不能盡入學校。蓋語言文字不相合，一也；礙於職業，二也；正言說理，格格而不入，三也；有窟宅其腦筋之迷信，非補習半日之功所能奪，四也；以道聽途說爲習慣，見校舍如囚牢，五也。然則欲使其人不入學校，而如入學校，使其人所居之地，雖無學校而有學校，舍小說其莫由矣。雖然，小說流行之區域，今日非不多且廣；小說組織之機關，今日非不完且備，而總之仍於愚民無與也。何哉？是蓋小說之心思。炫小說文章筆力，而皆非小說之教育。小說之教育，則必須以白話。天下有不能識字之人，必無不能說話之人。出之以白話，則吾國所最難通之文理，先去障礙矣。或曰，能說話者，究未必借能識字，然使十人之中，苟有一人識字，則其餘九人，即不難因此一人而知其事。況君民恒性，每閱小說，最喜於人前講述，則識字者固得神遊之樂，不識字者亦叨耳食之功。惟自來小說惑人者多，益人者寡，非奸盜邪淫之縱惡，即神仙鬼怪之荒唐。下流社會中，雖不能讀經史等書，未有不讀小說者，即有不讀小說，未有不知小說中著名之故事者。一言以蔽之，易於動人而已。惟其易於動人，故即將其法正用之，則昔以惑人者，今可以之益人矣。昔人謂吾民無知，既受二氏之毒，又受小說之毒，則吾民固素以小說爲教育也。今請得而正用之，演以白話，仍以小說謀教育之普及，而謂爲小說之教育，可也。

（《大世界》一九二六年七月六日）

小說雜話

慧　劍撰

　　載於《時報》一九二六年十一月十日、十一月十一日、十二月十二日、十二月十三日、一九二七年四月二十七日、二十八日、五月九日、五月十七日。作者慧劍，即張慧劍（一九〇六——一九七〇），安徽石埭（今安徽石台）人。著名報人、作家。著有《辰子說林》《賽金花故事編年》《馬斯河的哀怨》《明清江蘇文人年表》等。本文討論的小說，多是名家未被人注意到的作品，如葉小鳳的《撫州之一夜》《午夜角》、畢倚虹的《青衣紅淚記》，或是非名家的作品，如洪慘佛的《莽和尚之姊》、波蘭羅琛女士《戀愛與義務》等。著力表彰其中的好處。對於名家名作，評論往往也能不同凡流。如認爲"《官場現形記》，太散漫，殊弗若《文明小史》之神完氣足"，也遜色於《二十年目睹之怪現狀》。本文中還提到了魯迅，認爲其與諷刺家尚有一層之隔，《呐喊》各篇風格雷同，但"能露骨地爲低等社會張目""未可厚非"。

　　小說中有一人，其創作有時至凝謐神妙，而不甚爲時賢所稱許者，曰葉勁風。勁風前後共爲《午夜角聲》《時代之花》兩小說集。《午夜角聲》中，佳作較多。《撫州之一夜》，係紀念其小友蔡樂月而作，描寫一小孩病白喉至死之狀，文至淒戾。富有情感者讀此篇，殆無不爲之掩袂。蓋寫其親身經歷之一事，無論如何，終較架空臆構之文，更易動人情感。予六年前移寓城西，鄰叟有小女，極明慧，讀書寧一女師之附屬小學,見者皆愛之。十歲時,亦以傳染病沒。死之前與瀕死之三四小時內,凄寂之空氣絕釀。予每思摭其事演為小說,以感情馭筆,成績必不甚惡。自讀勁風此篇,乃不能不感喟擱筆也。

勁風有《午夜角聲》一篇,亦一感人之作也。寫一少年孀婦,挈子女數輩,際兵亂時所受之種種恐怖。起筆甚遒,惟束筆太直率。又有《犧牲者誰》一篇,紀青年夫婦以一時感情之衝動而離婚,因力寫其子女失母之淒寞,中多微旨,一結尤饒神味。以我眼光批評之,勁風可謂一能努力於小說創作之人。成功之作品,雖僅《撫州之一夜》等三二篇,然自立其筆墨之神分頗高。惜篇中常雜引《聖經》語句,有時且列《聖經》條文於篇首。此種做法偶一為之,固甚別致。時時為之,良不能免教徒式宣傳之誚矣。

世有以射他耳家 satirist(譯意為諷刺家)尊吳稚暉者,又以射他耳家譽周魯迅者。吳稚暉是否可為射他耳家,故勿論。就魯迅所表現之藝術言之,但有熱烈之抒寫、深刻之描狀,似與射他耳家之冷雋工夫,尚隔一層。《吶喊》一集,自首至尾,但隨意取一篇讀之,即可代表其全體,不必挨篇地讀下去。惟其人能露骨地為低等社會張目,與郁達夫發揮性欲之作品,同有一種精神,固未可厚非也。

(《時報》一九二六年十一月十日)

倚虹死後,滬上書局有集其舊小說若干篇,編為遺集者。此中採擇,固非極純,然求其於一書之中,包含三四篇以上能代表倚虹作風之作品,舍此書外亦不多見矣。集中最佳之數篇,為《離婚後之三封信》《青衣紅淚記》《第一夢》等,一、三兩篇,譽者甚眾。惟《青衣紅淚記》,則不甚見有好評。此篇事實雖極平常,第主婢間之愛戀,殊不易著筆。倚虹寫之,脫盡火氣,是即其能。往予嘗言倚虹小說,善述疾苦生活,尤三致意於弱者及處弱者地位者之痛苦。今益信吾說之非誣矣。

洪慘佛《莽和尚之姊》一篇,乃一絕好之佛學小說(載《民權素》

中,著者署名天醉生,實即慘佛)。筆墨既高古,意藴尤深閎。慘佛自謂雖謝客房相爲釋氏代製佛經,其伎倆亦不過爾爾,誠不易之論。篇中言一少年山行遇盜,盜爲一莽和尚,劫之居其寺中,崇以師禮,請爲解佛經。和尚有姊通佛學,薰修超謐,少年極傾倒之。後少年釋歸,得和尚之姊一書,縱談佛理,圓融廣漢,極易□誦。不必讀其小説全篇,僅誦此一書,已足令讀者感念不忘矣。其尤妙者,則篇中處處言莽和尚之姊,而和尚之姊,乃始終未嘗出面,但安放一和尚、一老僕、一婢以爲映帶。結構之嚴,一望而知爲古文家之手筆。古文家肄餘力爲小説,別有一種滋味。《碎琴樓》《緑波傳》等,其顯證也。

(《時報》一九二六年十一月十一日)

　　波蘭羅琛女士《戀愛與義務》一作,對於中國社會所下之論調,可謂極切。非充分了解中國社會之表裏情形者,設想必不能如此之圓妙。行文於複沓中饒條暢之趣,即置其布局造意於不論,僅言其文字之趣,亦語體文中之俊品,足爲一般作小説者之範本。篇首載蔡孑民一序,謂其叙事純用自然派作法,準個人適應環境之能力,而寫其因果之不爽,不謬也。予意此篇之楊乃凡,實我國甫受教育之大部分子女的縮影。其應付戀愛之一因一果,尤切合我國現下之情狀。出之異國人筆下,此其所以可貴。(文中有調侃新聞記者處,亦甚新妙)。聞此作尚有英文單行本,較中文本尤佳。惜無機會讀之。

　　我國之創作小説,近年來愈趨衰敗。商務印書館出版之《小説世界》,自經胡寄塵接編,乃略有幾篇好作品可看,如黄葉之《謎》、陳道希之《琳》及《微笑》、聞野鶴之《窗隙》,意境均不凡猥。然比之前幾年之佳作源出(包括文言語體而言),已大覺蕭寥矣。我有甲乙二友,皆善爲小説。甲君爲北方人,其長篇作品,有《閲墻記》(未完成)、《劫後良緣》諸篇,於燕京之風物人情,頗多描寫,運用京話尤流利。予極愛讀之,然其文名終不能越江南一步。乙君則生長安徽,好摭皖中之民間逸事,演爲短篇小說,而參以哲學語,風致頗近列子。《嫁》及《循環谷》二作,可謂爲絶好之問題小說。兩君雖於小說戛戛獨造,而力避小說家之名。其作品署名無一定,故知者甚鮮。

(《時報》一九二六年十一月十二日)

予於日本小説家中,加藤武雄、江馬修而外,最喜讀武者小路實篤氏之作品。其人偏於玄想派,善用深入淺出之筆。張資平譯之《不幸之男子》與周作人譯之《一日裏的一休和尚》,頗可代表其作風。《不幸之男子》篇,予前已於本報"文壇白話"中評之。《一日裏的一休和尚》,則一獨幕劇,言一僧因餒極,迫而爲盜,最終乃痛論以生活壓迫致陷於罪惡之境。雖爲惡亦自有可諒之價值,意恉甚佳。武者小路係日本貴族,而極崇拜托爾斯泰。故每一作品出,常挾有托氏人道主義之若干成分。《一日裏的一休和尚》篇中,包含之意味固不深晦,一讀可瞭然也。日本小説家中,又有石川琢木者,予嘗於《東方雜志》讀其《兩條血痕》一篇(亦周作人譯),寫一人之童年篇段情史,神妙無比。自小學校中初識此女伴起,至此女伴死於水車輪下止,筆筆蘊藉,篇末復穿插一女乞丐之死,令人兩兩比較之,得不少感想。聞此君本一小學教員,月薪僅八元。後改業爲新聞記者,常作小說及詩,投登各報,文名甚宏。顧一生窮愁潦倒,死後始有人爲之印行文集。此一點乃甚似我國之小説家也。

林畏廬先生之《技擊餘聞》,說者多許爲結構精嚴。其書狀一人,則神態動作,俱逐此人而異。所記武士在五十人之上,而無一人一事相重複者,真名筆也。顧亦有一二不經意之處,如《大腹盜》之一節云,大腹行竊,悉揮霍無復孑遺,則埋其餘贓於九仙山紫清宮階級下。夫豈言揮霍無復孑遺,則安從得所謂餘贓? 此其爲語病,彰明昭著。特文中介以一"則"字,筆不留滯,人遂輕忽讀過耳。

(《時報》一九二六年十一月十三日)

人言俄國小說家乞訶夫之作品，特別富於滑稽色彩，十篇中差不多有九篇是諷寫人們之虛偽心理，而取材又極平常，殆爲人人眼前所見之事，爲人人心中欲發之言。如《饞謗》一篇，及最近由唐小圃君譯出之《倒霉的音樂家》《演說家》等數篇（均發於《小說世界》），淺按之但爲一種打諢文字，無甚深意；細玩之，則於人情實有極刻之諷刺。蓋此君馭其悲天憫人之筆，以玩笑出之，不作莊論恫人，而自能令人低徊於其弦外之音，不能已已，亦特長也。

十年前，有正書局出有單行本小說多種。包天笑君譯之《六號室》即乞訶夫之作品也。書中言一世家子弟伊文迦羅孟，以罪犯即當過市，疑已亦將因罪而入獄，大悸，行動間遂時時有精神病之徵象顯露，卒被收入瘋人院，所居爲六號室。院醫恩特蘭愛梅以好爲玄想，且喜研究瘋人心理，浸與伊文迦羅孟成爲密切之朋友，常至六號室中與之縱談。於是院人爭謂恩特蘭愛梅亦瘋，恩不能辯，解職他去。後以受種種刺激，神智大變，乃亦收入瘋人院，居六號室中。至是始知昔之目瘋人院爲無甚患苦者，己身嘗歷，亦覺其難堪萬狀。全文頗長，約二萬字，筆墨甚冷雋。包君譯時，於乞訶夫文字之滑稽風采，未能一一表出。若譯爲語體，原文之神致或較可表現的充分也。

讀此篇盡，可得一感想，即瘋人生活是否全無理性？瘋人之玄想與一般抱超人見解者有時相同，而瘋人之想像乃不能成立一種價值，何故？此皆爲可研究之問題，而宜於文字外玩索之者。

描寫瘋人心理之小說，此篇外，予喜讀英人麥達克 The China Dog 一篇（劉半農君譯爲《磁狗》者，載《新青年》）。若《呐喊集》中之《瘋人日記》，雖亦淋漓盡致，而持旨稍褊淺，讀之令人起不快之感，無大意味也。

（《時報》一九二七年四月二十七日）

譯自西洋之言情小說，應推《茶花女遺事》第一，《婀娜小史》第二。《茶花女》寫得極凄膩，而《婀娜小史》曲折之趣味，有夏雲奇峰之妙。言譯筆，與琴南先生用筆之剛柔，能各如其分。《茶花女》一篇，尤密洽入情。二陳（陳家麟、陳大鐙譯《婀娜小史》）文筆，高古疏秀，自成一軍，亦不在琴南先生下。

人謂蘇曼殊小說不如詩，詩不如畫。我謂曼殊畫不如詩，詩不如小說。小說中《斷鴻零雁》一記，優於《碎簪記》諸作。而《碎簪》一記，亦極名雋，爲文言中之龍眠聖手。惟《悲慘世界》甚不佳妙。

李南亭之《官場現形記》，太散漫，殊弗若《文明小史》之神完氣足。復園嘗言吳趼人與李氏齊名，而《二十年目睹之怪現狀》一書，價值實在《官場現形記》之上。此說予甚是之。

有《夢裏的微笑》者，爲一種小說集。著者何人，忘。其書寫景處絕佳，覺筆筆皆包有詩意。友人陳君仲國所作小說，有時甚有雋味，且富於刺激性，而以作品鮮少，讀者不甚注意之。儕輩亦常加嘲笑，謂仲回小說，除描寫妻子與賭博外，無文章意。

（《時報》一九二七年四月二十八日）

莫泊桑之小說，獨闢蹊徑，造意時極奇雋，而籀譯其蘊義，殆俱不外描寫醜惡之人生。於人生之醜惡，尤側重於兩性間參差之愛之描寫。耿匡譯之《兄妹》（亦有譯爲《商埠》一篇者）。言一兄爲水手，流浪海外多年，乃歸大陸，縱飲於妓院，眷一妓。此妓實爲其妹，而兩不相識。後既恍然於兩者之關係，大受刺激，互抱痛哭。設想之奇，可謂想入非非。比□讀其《父》一篇，含義更深，於兩性締交後求滿足性欲之渴望，有極顯著之發揮。蓋兩性既因接觸而滋生愛念，則最終終不能避免此一種不自克之行爲。篇中寫弗朗沙台西（男）與路意司（女）同作郊遊。初思極力自制，不及於亂，後卒不能忍。久鬱之情欲，遂一泄無餘。用筆輕靈而深刻，頗足表現莫泊桑此類筆墨之特長也。

吾友陳靄麓、胡貞如二君，均極服膺莫氏小說。貞如所作，神味尤與莫氏爲近。前年予以南京文學研究會之約，編一《文學研究》雜志。貞如以一說稿見惠，名《循環谷》，自謂係刻畫莫氏之作。

予讀之大驚服，有國士而不能識，其予之謂矣。茲篇大意，係言一人臨死，剖出其遺產之一部，令其子持往畀其外妾。子如命往，此妾百計勾引此人之子，浸與有私。而篇終一結，則此妾非有愛於此子，特以遺產故，牢籠之，使勿反悔而已。如此著筆，寓意蓋至深刻。貞如謂甚似莫氏《奧島父子》一篇，而自謙云筆致太戟露，不能如《奧島父子》之蘊藉。予亦謂然，第貞如說才，究不可及。二千字以下之短雋作品，尤有天馬行空之妙。予嘗勸其將作物發表，而貞如意頗不屬。《循環谷》原稿，以《文學研究》停刊，至今尚留藏予篋中，稍緩擬爲付本報一刊也。

（《時報》一九二七年五月九日）

俄國近代小說家柯洛連克，有《盲童》一篇（李秉之譯，載《俄羅斯名著》中），言一盲童常至野外吹簫，自度其孤寂之生活。忽有一女孩亦至其地遊玩，盲童甚惡之。以女孩之來，實侵犯其寂靜之尊嚴也。然不久亦漸覺此小女伴之可愛，而女孩初尚不知童之目已盲。迨察覺時，不自禁而大哭。此後兩童遂相友好。造意甚簡，第運筆則極空靈之致。模仿盲童口吻，妙肖自然。每作一語，必予人以許多有味之感想。予讀之深受感動。李秉之介紹柯氏之楔子文，有云，柯氏對於人生滿懷感慨之情，而與以愛之慰藉。此意正可於《盲童》一篇驗之。

《戀愛與義務》之作者羅琛女士，波蘭人也，而觀察中國社會之眼光，乃不弱於我國人。近復有《心文》一書出版。胡寄塵君昨轉贈一冊，內包短文十篇。原文實爲英、法、德、俄四國文字，經女士稿砧華通齋君譯爲華文。其痛論中國女子隔膜、淡漠種種惡習，大足爲今日國中之婦女界藥。中有《英雄末路》一篇，大贊郭松齡夫人之儉德，并言及徐又錚周遊列國事。弦外之意，頗不以徐之任性揮霍爲然。篇中於敘事外，又兼以評論貫串其間，層次大似一小說，不類他種評論文。讀之但令人感覺枯燥沉悶。篇首揭一通告，謂女士另有一小說名《她》者，不日亦將出版。不知此《她》與女士新付《小說世界》發表之《他與她》，是否爲一篇作品也？

我友仲回編《商報》附張，頗注重新文藝。有查白波君，常以小説寄投之。白波似諳日文，所作大有日本小説家之風趣。予極愛讀之。蓋其文筆不迂滯，而長於心理分析，靈活處如日本新小説家菊池寬之作品。如《夜深時》一篇，描寫學生在校舍之生活，筆筆凌空，寓意似淺實深。《岡野先生》一篇，尤佳。記同文書院一學生，因其日文教師回國，特往與話別。寫師生真性情流露處，大足感人。餘如《夢遊病者》等篇，亦各有其命意。此君信説界之一雋才也。

（《時報》一九二七年五月十七日）

小説閑話

王任叔 撰

載於《立報》一九二七年一月三十一日。作者王任叔(一九〇一——一九七二),名運鏜,字任叔,號愚庵,筆名巴人。浙江奉化人。現代著名作家。早年加入文學研究會,屬於新文學的陣營。本文主要談小説寫作不能運用散文化的創作方法,而當時文壇除魯迅、茅盾兩人外,這是普遍現象。實則散文化不能創作出好的小説,這樣的人"大半是藝術至上主義者"。可見,作者已具備了鮮明的文體意識。

日本出版的文學雜誌《文學案内》一月號裏,載有一篇高冲陽造著的《新年的期望》,其中有一段説:

"擁護散文精神的人們中間,以爲散文精神是跟小説的起源一同起來的,這樣的見解,怕不是證明對於文學歷史的美學的認識的欠缺嗎?十八世紀的福爾廷克、狄福,十九世紀的巴爾扎克、斯湯達之創作精神與方法,不是散文化的,寧可説是叙事詩化的。典型的散文化的創作方法,寧可説是由左拉與莫泊桑開始的。"

對於小説的散文化的創作方法,我是反對的,但作者謂左拉也是用的散文化的創作方法,我却不同意。我以爲莫泊桑是典型的散文化的創作方法的開始者。

在中國,除魯迅與茅盾兩人外,在小説里運用散文化的創作方法,可説非常普遍。現在正在一天天發展起來,作者不管所處理的人物與事件應如何寫出,一味以安排詞句而從事寫作。有時,寫上了一大篇漂亮、圓熟的字眼——但每每是不着邊際的——而讀者還是不明白其真意何在,其人物之性格何若。雖然,讀者有時也能跟著作者的筆,投入一種空靈的境地,但一拋掉書本,却又叫人一無所得。以散文化的創作方法來寫小說的人,在我看來大半是藝術至上主義者。

在此,我記起新作家中吳組緗的可貴了。

(《立報》一九二七年一月三十一日)

稗說閑話

王淚痕 撰

載於《紫羅蘭》一九二七年第二卷第十三期。作者王淚痕，生平待考。本文部分內容襲用自解弢的《小說話》。如文中對文人關於美人情思的奚落，對《新齊諧》的評論，都出自解弢《小說話》。"昔人曰"是指解弢的言論。就連作者自述其"生平最愛讀者厥唯《紅樓夢》《水滸傳》《儒林外史》三書"也是與解弢擬定的甲等小說一致。作者提出了"今古稗說足爲史乘之外編"之說，頗有價值。

金陵爲六朝佳麗地，紙醉金迷，甲於天下，而明季鼎革之交，等諸阿房一炬。後世好事文人，感念滄桑，追紀板橋，於是鶯歌燕語聲、絲竹檀板聲、金戈鐵馬聲、凄風苦雨聲、黍離麥秀聲、子夜杜鵑聲，胥收紙上，繪影繪聲，演爲妙文，使讀者只覺聲聲心碎，聲聲魂銷，聲聲嗚咽，聲聲酸楚。予讀《桃花扇》覺有爾許聲，此所以今古稗說足爲史乘之外編也。

予髫齡即負笈他鄉，稍壯又爲衣食奔走，每於旅店無聊時，輒手稗說一卷，以伴岑寂，而生平最愛讀者，厥唯《紅樓夢》《水滸傳》《儒林外史》三書。

予讀《紅樓》喜其情致纏綿，讀《水滸》喜其英俊豪邁，讀《儒林外史》喜其體貼溫存，各辟蹊徑，無一落入窠臼者。

昔人有云《水滸》如燕市屠狗，慷慨悲歌；《紅樓》如紅燈綠酒，女郎譚禪；《封神》如倚劍高峰，海天長嘯；《聊齋》如梧桐疏雨，蟋蟀吟秋；《桃花扇》如流水高山，漁樵閑話；《七俠五義》如五陵裘馬，馳騁康莊；《儒林外史》如板橋霜迹，茅店雞聲；《茶花女》如巫峽哀猿，三聲淚下；《品花寶鑒》，如玉壺春醉，曉院聽鶯；《新齊諧》如劇場三花，插科打諢。

筆記小說，浩如煙海。章回小說，可傳者僅寥寥十餘種，體大難工，不其然歟？

文章能令雅俗共賞，誠非易事。若《紅樓夢》一書，可謂能盡其長，上至碩儒不敢加以鄙詞，下至響販亦不嫌其高深，幾至人人能讀此書。至《儒林外史》，則非俗人所能讀，故流衍亦少。

美人歸沙叱利與大腹賈，千古文人，莫不悼惜其不幸。不知虎幄牙帳之中，夏屋氍毹之上，方琵琶丁東，尋歡覓笑，而寒窗燈爐，苦意吟哦，自托風流之才人。使美人見之，寧不嗤之以鼻邪？

《孽海花》紀德后之言曰："天地間最可寶貴者，是權詐的英雄與放誕的美人。"嗚乎！夫放誕美人、權詐英雄，換言之，即女倡班首、男盜宗魁，爲淫殺之領袖也。落拓文人乃醉其色，慕其勢，譽之曰英雄美人。殆亦慕淫殺而不得者歟？

《金瓶梅》一書，官廳厲禁，以其爲誨淫之書，不知《金瓶梅》意尚在懲戒。若《新齊諧》一書，意乃在闡發，而官廳不之禁，抑何可笑。

"案上紅燈，窗前皓月，錦繡叢中，繁華世界。"寫賞心樂事，無過此十六字者，而置於寫黛玉死之一回，則覺燈愈紅而淚愈冷，月愈皓而神愈愴，錦繡愈麗而心愈摧傷，繁華愈盛而身愈孤零，反不若沉沉泉路、颯颯陰風之有生氣也。使一般讀者怳若化此身爲寶玉，不禁嗚咽長吁，與之同聲一哭。宜乎人讀《紅樓》能致癡，予讀抵此，則至隕淚爲止。

（《紫羅蘭》一九二七年第二卷第十三期）

翻譯小說雜談

露　明撰

載於《一般(上海一九二六)》一九二七年第三卷第四期。作者露明，疑爲趙景深。趙景深在翻譯理論和實踐上都取得過成績，曾有筆名曰露明女士。本文主要談翻譯中的"零碎的意見"，頗有指導價值。

我時常拿起英文的小說來翻譯，頗有些零碎的意見要說。例如英文的形容詞倘同時有兩個以上是形容一個名詞的，必把"量"放在前面，而"質"放在後面。在中文則相反。所以在英文是"一朵小的美麗的花"，最好是譯作"一朵美麗的小花"。這樣既合中國口語，又不失原意。

在小說中常有人物外形的描寫，最好是像舊小說般，用"面如冠玉、唇若涂朱"的四字句來譯。但如描寫得太長，那還是直譯得好，免得弄巧成拙。

譯小說最不宜用長句。如果原文包孕句太多的，應該很巧妙地分成幾句。至於如何分法，那惟有神而明之了。最要緊的是合乎情理，不背原意。

(《一般(上海一九二六)》一九二七年第三卷第四期)

小說漫談

廖國芳 撰

載於《紅玫瑰》一九二七年第三卷第四十五期。作者廖國芳，生平待考。本文寫作的初衷是調和新舊兩派的爭端，建議"用一個折衷的手段，採長捨短，另開一個新局面"。具體辦法是，在小說"結構""背景""描寫""標點和字句"各方面比較新舊小說積習的優劣，再擇善而從。作者清醒地認識到，一個新的小說時代即將到來，要做好這一準備，就要"對於舊的好處，自然不可一概抹殺，對於新的好處，更要儘量其容納它、融化它，但也不可太於盲從，爭奇鬥巧"。

这个题目實在太廣義了。我現在所討論的，只限於片段的。現在國內的小說已經截然分爲新舊兩派了。新派的主張，把中國的舊小說根本推翻，從新建築歐化式的壁壘；舊派却要保存固有的國粹，兩派都未免走了極端。究之，舊式小說固然是腐化了，但也不能説毫無可取；新式小說固然是改進了，但也不可説是毫無缺憾。我們應當用一個折衷的手段，採長捨短，另開一個新局面。但是，要如何纔能夠呢？現在先論其

結　構：

舊小說的結構，缺乏藝術性，不能引起讀者的興味，我們自然是根本不贊成，而歡迎西洋的短篇小説的，但是像寫實主義的作

品,處處深刻描寫,易使全篇成立水平面,沒有精彩的部分,也不能引起讀者單純的感想;這是我們要改正的。現在再論其

背　景：

利用背景以烘托作中的人物和情節,這是西洋小說的成功。我們應當捨棄舊時干枯乏味的直覺敘述,而採用背景化的,但如寫實主義的作品,只知把實地的景物,用寫生法毫無遺漏的描寫起來,不加以作者的態度和剪裁改變的工夫。比方他們在描寫"春之花園",往往會在百花旖旎、綠草綿芊當中,插入一隻煞風景的貓或狗,因爲這時大概有一隻狗或貓正在園中的緣故;或是新浪漫主義的作品,必定要把它改作一隻嬌小玲瓏的黃鶯或百靈鳥,使這幅背景格外生色。所以背景一層,我們是要採用新浪漫主義的,現在再論其

描　寫：

舊派小說只知道用主觀描寫,易使作品流於器械的,新派的客觀描寫,最能引起讀者的情感,而信作中的事實是真實的。近代的名家英國亞倫坡是善用第一身——"我"——敘述故事而成功;這是我們應該仿效的。

復次,舊派小說的描寫,多半用些陳腐不堪的字眼或成語來形容它,比喻它,就是稍爲帶些新色彩的小說,也常常犯著這個毛病;比方描寫一個美女,總不外什麼"櫻桃似的小口,蘋果似的臉兒……"實在令人肉麻,自然主義的形容刻畫的微細是其優點,——尤其是"比喻",必重創作,不去抄襲老調兒;這也是我們應當採用的,現在再論其

標點和字句：

這大概是訟的焦點了。舊派的眼光，以爲用"標點"，徒然把激發通靈的中國文字弄得僵死了，固然。但是"標點"之中，却有許多能使讀者醒眼而減省腦力的，比如"……"——之類，都有很大的效力，而其最好的，要算表反意或疑義的(？)了。

句法一層，舊派必痛斥歐化式的累贅的長句，說它不順口，不流利，固然。但是有些句子，有時因爲多用幾個"的"字，便覺得語氣加重了好多，這也未始不可仿效的，但不可太于堆琢了。

語法一層，舊派多反對歐化的"以夏變夷"的。但是現今世界交通，中國人同外國人接觸的機會很多，世界漸有趨向大同之勢，世界語發明家某博士，曾採取各國語言文字，混合造成世界語。我們應該不要固執一隅之見，把自己特有的語法，保守得同財庫一般，趁早兒多吸收些西洋的色采，使它漸漸接近大同主義。所以像"某人說：'我要去了'。"這句話，便改爲"'我要去了'。某人說。"也未嘗不是一句很好的文字呵。

還有用字一層，一般人主張用普通的白話的字眼的，有如《紅樓夢》中所用的；切不可在白話之中又雜些文體字眼，弄得文不文，話不話，固然。但是這也看作品的如何。比方在普通報章的副刊上的小說，自然要用普通的白話，因爲報章的目的是普及的、平民化的。若是定期刊物中的作品，讀者多半屬於知識階級。他們天天談話之中，本來都有些文言的字眼在內，所以他們也喜歡看白話夾雜文言字眼的小說，以適合他們的日常生活。於是我們的作品，自然也可以採用些文體字眼了。不過有些太于矯同作異的作家，不屑用淺顯的字眼，却要故意用些費解的字眼，以炫人耳目，那就失了小說的本旨了。

末了我概括的說一句：現在中國的小說，已經到"臨蓐"之時了，將來新產出的小說，還不知像爹像娘。但是由它去孕化，蛻變，我們總應當拿著一定的態度，去奮勇努力——對於舊的好處，自然不可一概抹殺。對於新的好處，更要盡量其容納它，融化它，但也不可太于盲從，爭奇鬥巧。這樣做去，或者可以找到一條新的出路吧！

(《紅玫瑰》一九二七年第三卷第四十五期)

紅學之點滴

哀　梨　撰

　　分載於《世界日報》一九二七年九月三、六、七、八、十二、十三、十四、十五、十七日。作者哀梨，生平待考。本文主要討論《紅樓夢》八十回後的故事。作者高度評價了高鶚續書的成就，因爲其能與前八十回融和無痕，且"猜透曹雪芹的意思，打破中國小説團圓的舊套"。當然，作者據前八十回的綫索推測後四十回的故事，與高鶚續書頗有不同。如認爲湘雲的"才貌仙郎"可能是寶玉，寶釵不會以偷偷摸摸的方式嫁給寶玉，寶玉出家的情形也不可能如高鶚續書所述。對於曹雪芹著書的動因，作者則認爲是"在無聊的歲月裏，借此以泄一腔懷才不遇的孤憤了"。

　　談《紅樓夢》，叫作"紅學"，這是百餘年來的老話了。自從白話文興盛以來，《紅樓夢》一躍成了文壇上的上客，談紅學的就越發大張旗鼓的干了。

　　因爲這個原故，《紅樓夢索隱》《石頭記索影》《紅樓夢考證》，紛紛的出世。等到有了胡氏的一篇《考證》，又把一件紅學的考據家打倒，把一個續後四十回的高蘭墅，從礦山裏挖出來，重現於人世。胡氏爲人，盡多謬妄之處。這一件大功，值得凌煙閣上標名。我並不因爲我向來不信任胡氏的學説（他的《哲學史大綱》，就不如這一篇《考證》靠得住），抹煞他這一點。

　　我們既信任後四十回是高蘭墅所作的，我們且另辟紅學蹊徑，一先談一談高氏的續作。自然,高氏作這四十回書,比曹雪芹自己作上八十回,還要難上幾倍。因爲他要體貼曹氏的原作,根據他下的綫索,造一個結果。在這一層,先要把那八十回讀得滾瓜爛熟,把各人的性情舉止,都放在腦海,然後隨手掬來就是。靠著這點,既不容易,更無論其他了。

上八十回的文筆,和下四十回的文筆,溶化得没一點痕迹。我們若不是知道這書是兩個人做的,決不會疑心是兩種筆墨,這也是自古有續書者以來不常見的事。這些好處,都不必去細説。而第一件,就是高氏能猜透曹雪芹的意思,打破中國小説團圓的舊套,用悲劇來作終局。因爲這樣,惹了天下癡心兒女不少的眼淚,抬高《紅樓夢》不少的價值。

(《世界日報》一九二七年九月三日)

史湘雲既没有嫁,難道嫁了寶玉嗎?這一個答案,在胡氏的《紅樓夢考證》裏,他很有疑問。他以爲曹雪芹若就是賈寶玉,那末,曹雪芹的夫人,也許是薛寶釵,也許是史湘雲。但是在我個人的揣測,史湘雲或者是嫁了賈寶玉,或者并没有嫁,許了另一才貌雙全的少年,只是放了聘,湘雲就死了。這也是曹雪芹的戀人,我相信他不忍把史湘雲嫁出去的。

這我并不是空話,我是根據第五回寶玉遊太虛幻境、看册聽曲兩段事實來作綫索而下判斷的。無論是誰,他一定相信第五回是全書的總綱。細目已經失了,我們只好在總綱上去找下落了。第五回寶玉看册一段,書上説:"後面又畫幾縷飛雲,一灣逝水。其詞曰:富貴又何爲,繈褓之間父母違。展眼吊斜暉,湘江水逝楚雲飛。"這明明是説史湘雲了。所謂斜暉,所謂水逝雲飛,似乎是指史湘雲走了。這其中却並没有提到婚姻。我們再看仙女唱的《紅樓夢曲·樂中悲》:"繈褓中,父母嘆雙亡。縱居那綺羅叢,誰知嬌養?幸生來英豪闊大寬宏量,從未將兒女私情縈心上。好一似霽月光風耀玉堂。厮配得才貌仙郎,博得個地久天長,准折得幼年時坎坷形狀。終久是雲散高唐,水涸湘江。這是塵寰中消長數應當,何必枉悲傷!"這也是說史湘雲無疑的。與畫册不同的,却是提到了婚姻。而且那婚姻,在史湘雲認爲是很美貌,而結果是雲散高唐。

(《世界日報》一九二七年九月六日)

我們看了這支曲子,第一要解決之點,就是曹雪芹預先給下一個暗示。所謂才貌仙郎是誰?在《紅樓夢》裏面,俊秀如北靜王,還免不了林妹妹罵聲臭男人。而今有個郎既才且貌,還把一個仙字去形容,這人真不易得了。除了賈寶玉而外,我疑心別人沒有這樣的資格。

既然如此,我們姑且説史湘雲嫁了寶玉如何?那末,高蘭墅後四十回,竟續得大錯特錯了。我先前那一陣恭維,豈不是胡說?我想高先生當日從"占旺相四美釣遊魚"續起,他於《紅樓夢》那支曲子,恐怕也不止揣摸了幾百十回,寶玉究竟娶誰,他不能不籌畫一番的。所以寶玉娶寶釵,那是定局。不過怎樣娶法,娶之前後,是否不牽涉到史湘雲,這難斷定。而高先生的筆頭,儘管注意寶黛釵三人,就把史湘雲忘了。這也是作萬言長篇者,應有的現象,不足爲怪。

寶玉之娶寶釵,我怎敢説是定局?我們請看《紅樓夢曲·終身誤》那一段:"都道是金玉良緣,俺只念木石前盟。空對着山中高士晶瑩雪,終不忘世外仙姝寂寞林。嘆人間美中不足今方信。縱然是齊眉舉案,到底意難平。"這是咏薛寶釵的。所謂"齊眉舉案","金玉良緣","對着山中高士晶瑩雪",都是玉釵已結婚的鐵證。

(《世界日報》一九二七年九月七日)

賈寶玉既然是娶薛寶釵,林黛玉要如何安置,我們又值得研究研究。於此,我們先把畫册和《紅樓夢曲》關於影射黛玉的先舉出證據來,然後再說。寶玉遊太虛幻境,看畫一段文字如下:

寶玉看了又不解，又去取正册看。只見頭一頁上，便畫著兩株枯木，木上懸著一圍玉帶。又有一堆雪，雪下一股金簪。也有四句詩道："可嘆停機德，誰憐詠絮才。金釵埋雪裏，玉帶掛林隈。"《紅樓夢曲·引子》如下：

開闢鴻濛，誰爲情種，都只爲風月情濃。奈何天，傷懷日，寂寞時，試遣愚衷。因此上演出這悲金悼玉的《紅樓夢》。

《枉凝眉》一段曲子如下：

一個是閬苑仙葩，一個是美玉無瑕。若説没奇緣，今生偏又遇著他。若説有奇緣，如何心事終虛話。一個枉自嗟呀，一個空勞牽掛。一個是水中月，一個是鏡中花。想眼中有多少淚珠兒，怎經得秋流到冬，春流到夏？

上面一畫一詩兩段曲子，預告林妹妹的身世，那是很詳細了。第一，兩株枯木，懸著一圍玉帶。這當然不是好現象。但不知何故，這一幅却是與薛寶釵合并的。所以林下雪埋一股金釵，照圖上説，寶釵之不祥，還在黛玉之上啦。那詩説金釵埋雪裏，似乎寶釵也死在冬天。玉帶掛林隈，林黛玉竟是自縊了。

（《世界日報》一九二七年九月八日）

我有什麽綫索呢？自然還是那支《紅樓夢曲子》，那《終身誤》一段裏，不是説"空對著山中高士晶瑩雪，終不忘世外仙姝寂寞林"嗎？仔細玩味這兩句的意思，似乎寶玉對著寶釵之時，黛玉去世已久。不然，這"終不忘"三個字，豈非没有根據？那曲子又説："都道金玉良緣，俺只念木石前盟。"這又似乎許多人勸過寶玉娶寶釵似的，不至於是在病中偷娶過來的。

説到這一點，我們不能不談賈薛兩家的門第和寶釵之爲人。

當寶玉娶親之日，賈氏雖已中落，尚不至窮得辦不起喜事。況且寶玉是賈政的嫡子，是賈母的愛孫，他的婚姻大事，豈能像高作說的，那樣潦草塞責？我們再反過來看看薛家。薛家雖不是貴宦，頗有幾個錢。二姨媽就是這個愛女。雖然愛賈家有錢有勢，愛寶玉是個俊俏兒郎，但也不至於將寶釵偷偷摸摸的送到賈家去，任人播弄。就是寶釵自己，平常最講面子，生怕人說閑話。而今倒低心下首，冒充黛玉去騙寶玉，我想這是寶釵萬萬不肯做的事。因爲這樣，高蘭墅又把雪雁去扶寶釵行禮，做一個幌子，弄得讀《紅樓夢》的人，都說雪雁是林家的丫頭，反不如賈家的紫鵑，倒是真忠於黛玉。雪雁如果有其人，豈不冤哉？

由上面一個很簡單的理由想來，我相信寶釵不是暗娶的。不是暗娶，當然得了寶玉的同意。但是黛玉沒死，寶玉那裏能說得"我娶寶姐姐"一句話出來呢？所以高蘭墅猜寶黛釵的結果，却不很離曹雪芹的意思。可是那種經過，就大大不對了。

(《世界日報》一九二七年九月十二日)

這一層寶釵黛玉的糾葛，我個人的觀察如此，認爲有相當的理由。回過頭來，我們再談談寶玉。要研究寶玉，我們先得留心查一查，《紅樓夢》裏的賈寶玉是否就是曹雪芹自述。若賈寶玉的行動，完全是曹雪芹，那末，曹窮到賣刀買酒的日子，或者說出一部分，亦未可知。只是他作了八十回，就死了。我們後人，不是他肚子裏一條混世蟲，怎能知道他自己如何結束自己？況且這半部（《紅樓夢》），他就做了若干年，若要做完，又不免要若干年。在這一個很長的時期中，他又困在窮愁潦倒的境遇裏，他憤是憤到極點了。他先有心說賈寶玉出家，後來變更計畫，說係死了，也未可知的。所以結果是難於斷定。

可惜《紅樓夢》那支曲子，對於寶玉的身世，却是一點也沒有安下伏綫，我們實在難猜寶玉如何終結。不過據大概說來，高蘭墅說到賈寶玉出家，那是無大錯誤。自然，高蘭墅不是曹雪芹，怎知曹雪芹的意思？我哀梨又不是高蘭墅，也不能知道高蘭墅是根據那條綫索下的筆。現在我還是說我的話。

中國人作文章，講究首尾互應。尤其是作長篇小説，萬難逃出這個例子。《紅樓夢》以前，長篇小説很多。曹雪芹既然動手做這樣驚天動地的大文章，對於中國小説的體裁，不能沒有一番研究的工夫。既有研究的工夫，他的原稿佈局法，一定是影射結局的。萬一後來變更結局，那末，開卷第一回就得重改了。現在我們看不到曹撰《紅樓夢》的結局。就可以假定《紅樓夢》一直做到八十回還是承襲第一回那個系統來的。換一句話説，我們要知道《紅樓夢》最後一頁的情形如何，我們還要在最先一頁裏面去尋找。

(《世界日報》一九二七年九月十三日)

《紅樓夢》開宗明義，他就說作者自云："曾歷過一番夢幻之後，故將真事隱去……當此日欲將已往所賴天恩祖德、錦衣紈袴之時、飫甘饜肥之日，背父母教育之恩，負師友規訓之德，以致今日，一技無成，半生潦倒之罪，編述一集，以告天下。"你瞧！這是曹雪芹的自述，而和賈寶玉的身世，竟分不出來是一是二，那末，説《紅樓夢》是曹雪芹的自傳，竟無不可了。

這裏面有兩句話，是非常露骨。就是"以致今日一技無成，半生潦倒之罪"云云，連下"以告夫下"一口氣讀了，似乎曹雪芹後來之窮困，都已寫在書裏似的。他又説："故當此蓬牖茅椽，繩床瓦灶，未足防我襟懷。"這裏又明明點出作書時的境況。我們若認定了賈寶玉是曹雪芹，現在所讀的八十回，就是曹錦衣紈袴、飫甘饜肥之時。那不曾作出來的若干回，就是蓬牖茅椽、繩床瓦灶之日了。這是我們就文論文，實實在在推衍出來的，不能認為是理想。高蘭墅後續的四十回，他雖然寫賈家頹敗，可是賈政還依然作官，賈寶玉還依然飫甘饜肥，我想這或者有失曹雪芹的原意。曹雪芹作《紅樓夢》，我以為他有三種用意，其一是深惡痛絕富貴人家，驕奢淫佚。其二，如他在第一回所云："閨閣中歷歷有人，萬不可因我之不肖,自護己短,一并使其埋沒也。"其三,就是在無聊的歲月裏,借此以泄一腔懷才不遇的孤憤了。

(《世界日報》一九二七年九月十四日)

話既如此說,然則曹雪芹不會寫得賈寶玉出家嗎?在事實上,這話我不敢斷定。但根據第一回推測,賈寶玉是會出家的。不過出家之時,不是像高蘭墅所說,出了考場,一擠就沒了,一定是弄得家破人亡,憤而出走的。

那第一回曾說:"因有個空空道人從這大荒山無稽崖青埂峰下經過,忽見一塊大石上面,字迹分明,編述歷歷。空空道人乃從頭一看,原來是無才補天,幻形入世,被那茫茫大士,渺渺真人,攜入紅塵,引登彼岸的一塊頑石。"這裏分明說了一僧一道將寶玉前身,送入紅塵,又把他引登彼岸。彼岸者,紅塵以外,那自然是出家了。曹雪芹在第一回裏引出僧道仙子,造成一場公案。到了結局,依我上述的小說體裁說,當然還是這幾個人來結局。寶玉不出家,何以會和這些人聯到一處去哩?況且開卷說了,將真事隱去,借通靈說出來,所以叫甄士隱。那末,甄士隱是不能和賈寶玉毫無關係的。甄士隱因爲受了刺激,遇到一僧一道,坦然跟去出家。一個全書開場人物,却是這樣扮演,作者命意如何,也可概見。甄士隱對《好了歌》,曾有一篇注解。他說:"陋室空堂,當年笏滿床。衰草枯楊,曾爲歌舞場……",也句句說得是賈家。不必是賈寶玉的影子,恐怕也是曹雪芹有意借他來隱射後文的了。

(《世界日報》一九二七年九月十五日)

由甄士隱出家這一點,向寶玉出家一方面推論,似乎這第一回,就是其他小說的楔子,甄士隱正是寶玉的引子。不然憑空夾雜一段甄士隱出家的事,放在第一回,不是太沒來由嗎?不過曹雪芹在書裏面雖然一再的主張看破紅塵。但是他,是個佛學的門外漢。

所以處處談禪，處處弄到談道，因之太虛幻境那一段，完全是從道家的學說裏蛻化來的，決計不是佛學。這在道家，降爲符咒一派，已經別於莊老之門。在佛家看來，就是魔境了。

又如風月寶鑒一段文字，一面是美人，一面是骷髏，是讀者所賞識的。然而那還是取材於《莊子》的骷髏，并不是佛學。在莊老所認爲虛，佛家認爲無，虛與無，相差很遠啦。這雖不是本篇所能詳，但是我們要知寶玉如何結果，不能不研究曹雪芹覺悟的程度如何。現在我們既可信曹雪芹是把釋道之學合爲一談的，相信寶玉的出家，當是帶一點道家結茅雲外的氣味，決不是蒲團打坐那一種辦法的。（中國許多小說家，總把仙佛並論，實在外行。只有《綠野仙蹤》，却是專說道家的）

除了第一回外，寶玉表示傾慕方外之處也很多。最明顯的，要算二十一、二十二兩回。那個時候，正是寶玉花團錦簇的時代。偏偏於二十一回裏大談其《莊子》，二十二回裏又大談禪機。這是作書人的伏筆，我們一看就知道的。

（《世界日報》一九二七年九月十七日）

小説雜話

傑　民　撰

　　分載於《益世報》一九二七年九月二十九日、九月三十日、十月一日、十月三日、十月四日。作者傑民，生平待考，其在文中討論小説時，喜以戲劇作爲例證，可見其是一位資深戲迷。本文非常重視小説的文學性，認爲"小説在文學的藝術上是一門新穎工巧的作品"，不是因爲其描寫了事件，而是因爲筆尖體現出的藝術。他提倡小説家創作時要體現出人物的風采，不能採用新聞報道式的寫法，更要做到自然，"作小説能作到那妙的地方，而那妙的地方，又出以自然，顯不出半點矜情作意的樣子來。"

　　鄙人不是一個小説家，更不是一個文學家，不過是借著這東塗西抹的小伎倆，在出版界裏邊充充數兒罷咧。照這麽説起來，鄙人對於這"小説"兩個字，的的確確是一個門外漢了。既是一個的確的門外漢，還要拿筆來批評小説，豈不令人可笑？話雖是這樣説，到底鄙人這管筆，是一管東塗西抹的筆，所以没有一點限制。今天説這個，明天就許説那個，於人的非笑訾議，我是一概不顧的。

　　在我未作這篇稿子以前，不知是怎麽一股子勁，要將小説來批評批評。雖然覺得手腕發懶，不願意去寫這類文字，但是我這管筆，未免技癢起來，大有躍躍欲試的光景，是我逼不得已，才有這一篇《小説雜話》出現。因爲鄙人自知對於小説上工夫不純，所以用這"雜話"兩個字標題。

(《益世報》一九二七年九月二十九日)

我們願意知道一種小說的優劣,必須先帶得一雙批評優劣的眼光。展卷以後,便可以覺出這一種小說的優點是在什麼地方;那一種小說的劣點是在什麼地方。最要緊的,我們該知道這小說在文學的藝術上是一門新穎工巧的作品,並不是因爲他能拿筆把這一種事情寫出來,就算得小說了。是因爲他能拿他對於文學上所有的藝術,借著小說,描寫一件事情。無論是苦是悲,是哀是怨,全能夠從筆尖上取出來,放在紙上,令人放眼看去,都覺得有聲有色,惟妙惟肖,有栩栩欲活、呼之欲出的光景。再用一個比方說罷,我們往劇場里去觀劇,先看那名伶演的是那一處,扮的是什麼角,唱的是怎麼樣。過一半天,我們再去看那次一等的優伶。雖然是所演的戲,所扮的角,和那名伶一樣,到底他倆的優劣,就大有不同了。不是扮的同樣的人嗎?不是唱的同樣的戲嗎?怎麼就如此懸隔呢?不是別的緣故,是他們對於藝術上的造詣,有深有淺罷咧!

(《益世報》一九二七年九月三十日)

小說在藝術上,也何嘗不是如此?最可惡的,是那一般淺見短識、自作聰明的人,往往拿一種看新聞紙的眼光去看小說。我以爲這是絕大的錯誤。新聞紙叙說一件事情,只要是言簡意賅,首尾詳盡,便算是很好不錯的了。這小說的作法,雖然也含有新聞的性質,到底看那精神,和新聞可就大大不同。所以在小說上,描寫一個人,就得有一個人的性情、一個人的丰姿、一個人的態度。至於那一舉一動、一顰一笑,也必須各有不同。看看小說的人,拿起他這種小說來一看,只覺得他要將所寫的人物,都一一地活現在眼前了,這才算得是有價值的小說。若是他那小說,但只寫出許多的人名地名,對於文章的藝術上,沒有甚麼可取的地方,他那小說便是和新聞紙一樣,我們倒不如看新聞紙了。從前金聖嘆批評小說,常罵那一般不會讀書的人。我乍一看,似乎過一點兒火,趕到細一思想,他所罵的那些話,倒也有很對的地方。現在有一般人,看見一種小說載著許多的人名地方,便不問青紅皂白,硬說是好小說。若使金聖嘆生在這時候,還不知他是怎樣地罵呢?

(《益世報》一九二七年十月一日)

作小說能作到那妙的地方,而那妙的地方,又出以自然,顯不出半點矜情作意的樣子來。譬如那名伶演劇,演到那令人可泣可歌的地方,使一般看的人,忍不住喝一聲彩,可是在那名伶一方面說,必係出於自然,像似有意,又像似無意,決不是先存了一段求好的念頭,故意作勢裝腔,求那看者的歡心。我說這作小說的人,作到妙的地方,出以自然,也就和這名伶演劇一樣。古人說"文章本天成,妙手偶得之",明代的方正學先生說"天下之事,出於智巧之所及者,皆其淺者也。寂然無爲,沛然無窮,發於智之所不及知,成於巧之所不能爲。非幾乎神者,其孰能與於斯乎?"祝枝山先生也說"爲文作字,初無意於必佳,乃佳。凡是皆然,不但文字也"。我們照著以上這幾句話細細地思想思想,再拿過小說來留神去觀察一番,就知道鄙人所說"小說作到妙的地方,出於自然",並不是妄談了。

(《益世報》一九二七年十月三日)

寫到這裏,我忽然想起清人的一段筆記來,很可以作研究小說的資料。他那筆記上說:"有一個優伶,名噪當時。登壇演劇,見者或以爲真。或問其術,曰'吾身在場中,不自知其爲男子。故爲貞女,雖偶然談笑,而不失莊重之容;爲淫女,雖故意矜持,而時露冶蕩之態;爲富家女,則不假修飾,而衣履之間,自具華美之氣;爲貧賤家女,雖極意梳掠,而行動之頃,不免羞澀之形。'"我們看了以上這段筆記,便知道藝術作到妙的地方,沒有不出於自然的。不過這自然兩個字,我們最不容易做到。就按小說說罷,裏邊所寫的人物,所演的事情,千變萬化,一會兒寫一段苦事,一會兒寫一段樂事,一會兒要寫一位正人君子,一會兒要寫一個奸猾小人,一會兒寫一個衰翁老嫗,一會兒寫一個妒態怨女,都敘寫得十分逼肖。如有一分的不像,便不能有自然的妙處。所以以上這優伶所說的話,真是得著研究藝術的個中三昧了。

(《益世報》一九二七年十月四日)

小説浪漫譚

姚民哀 撰

載於《紅玫瑰》一九二八年第五卷第六期。作者姚民哀（一八九三——一九三八），江蘇常熟人。現代著名小説家，"北派"武俠小説的開創者之一，以善寫會黨内幕而聞名於世。著有《山東響馬傳》《四海群龍記》《江湖豪俠傳》《箬帽山王》《龍駒走血記》等。抗戰爆發後，姚民哀大節有虧，擔任日僞職務，被國民黨游擊隊處決。本文主要談論小説技法問題。作者主張小説寫作"最忌筆頭呆直"，强調從"曲"處下功夫，但不排斥"據實直書"。總之，要以彰顯精神爲旨歸。就讀小説而言，"小説中之細小零碎，枝枝節節，善作善讀者，都不肯輕易放過"。如是，方能領會小説之妙諦。

無論作長短説部，最忌筆頭呆直，須如武夷九曲，迤邐寫來，如珠走盤，使讀者目光閃爍不定。落筆時，當存我文第一，要顛倒後世才人心思，遮瞞後世才人眼目。簸弄蓋覆，全係乎字裏行間。於是處處要求讀者思，故有時示以隙；又恐讀者過思，復宜彌縫其隙。此乃作小説第一門檻。性近願學者，不可不知之。

筆頭呆直，固屬作小説之大忌，然有時據實直書，能引起讀者興會，則亦毋庸過分雕琢。所謂奇文不外乎實理，妙境即生於至情。作者亦不可不知此義。每寫至長篇回末，當以己身作爲讀者，掩卷默猜，此後當該是何等文字，其間行文補逗，脉動筋搖，似是而非，迷離惝怳，暗埋迹象，明乏綫痕，務使讀者有枉費十日尋思仍頭緒未曾揣正之感。諺所謂真裁縫滅盡針綫迹,庶探得驪龍頷下珠矣。

此處閑逗一筆,到後來便從這一筆上生出無數花團錦簇文字來。萬緒千頭,藉兹數字爲綱領,是方爲寫生妙手。儻庸人爲此,說了這橛再述那橛,文氣散漫不足道也。

學作小說,於死活靈蠢關頭,尤當注意。文若不鈎聯回互,則死而不活;若不宛轉關合,則蠢而不靈。不則,毫釐之失,謬以千里矣。

回末起波瀾,皮相者謂作者故作驚人之筆,以戀閱者耳目。其實沈宋優劣定於結句,錢起湘靈鼓瑟之詩,烏可概目爲不穿魯縞之弩末?如僧繇畫龍於雲氣蒼茫中,偶露片鱗寸爪,振全圖之勢,餘勇可賈。鼓下回之神,精光奕奕,擅此勝者,定必馳騁藝林,播名說界也。

寫男女戀情至最後五分鐘,勢必及神女高唐之夢。蓋情鍾則愛,愛則憐,任爾衣冠釵飾,肅雍相對,不涉憐愛則已,苟涉是途,難逃斯穴。譬如演劇者,前數十齣極盡悲歡離合之致,令人可泣可歌,及至末幕團圓,則皆視爲可有可無之事矣。然習俗使然,明知其可有可無而必甘冒蛇足之嫌而演之。夫優伶演劇,必至團圓後已,猶男女憐愛會合,必至雲雨巫山而後已。其實雲雨之可有可無,正如演劇之團圓末幕。若非深於情者,將文字幾經錘煉,不敢放膽寫去。不則,欲鬼誨淫,入目生刺,在作者已覺煞費匠心,爲之不易,而讀者非但味同嚼蠟,直掩卷欲嘔矣。好作言情小說者,此理不可不知也。

作小說宜以禪家迷偈之法爲法,始而糊塗鶻突,令人茫然不知其所指。臨末以一索貫串,使讀者恍然大悟,拍掌稱快,譬之國手佈局,東下一子,西下一子,似乎了不相涉,卒之兩兩呼應,奕奕有神,乃成勝局。化工繪物,大抵如是。

描寫小說中人物,非學問經驗兩俱深富者,不可造次。下筆須具擒龍縛虎之手,攝魂追魄之筆,心靈腕敏,身入個中,寫才子即肖才子,寫美人即肖美人,寫英雄即肖英雄,寫鄙夫即肖鄙夫。要使讀者生出欽、憐、敬、恨種種心腸於不知不覺中。自古迄今,舍宋施、清吳二人之外,其他作手雖有寸長,終遜二子。

小說中之細小零碎,枝枝節節,善作善讀者,都不肯輕易放過。所謂前有來龍,後有去路,方可與造化參合,成爲兩間至文。倘以其閑而去之忽之,則人之有頭,何以必聯屬於頸,有口又何必附著於頰,有骨有肉何必包之以皮,束之以筋,四肢百骸,各各不連,廿指千髮,節節俱斷,焉得復爲人。故不論一事一段,或全部通篇,當觀其針綫之密不密,筋節之靈不靈。是稗官之優劣,即判於是。小說有做結解結之法,層層扣縮,處處抖鬆,自做自解,令讀者錯亂顛倒,急辨正路,愈覺神雋味永。不過所做所解之結,須在人情恒理之中,應如何如何結上去,怎麼怎麼解下來。要世界實有其事,實有其理,實有其情,此方是人巧極而天工錯。倘所做所解之結,超越出恒人情理者,便不足奇。蓋天地,情府也。生人,情種也。其間節制以禮,故不至縱情滅性;導引以仁,故不至矯情亂性。如其想入非非,誘人入奸邪狡詐歧途,彼愚夫貪戀,荒士昏迷,縱不知檢,狂人登木,益不可收束,其爲社會禍患,等於橫流洪水也。

(《紅玫瑰》一九二八年第五卷第六期)

小説叢話

凌霄漢閣 撰

　　載於《時報》一九二八年五月二十五日、二十六日、二十八日、二十九日、五月三十日、六月四日至六日、七月七日、七月十八日、八月八日、十三日、十五日、八月二十日。作者凌霄漢閣，即徐凌霄。徐凌霄（一八八二—一九六一），原名仁錦，字雲甫，號簡齋。筆名彬彬、凌霄漢閣、凌霄、老凌、霄、閣等。徐一士之弟。江蘇宜興人。京師大學堂土木工程科畢業，曾任農林部主事、北平大學藝術學院戲劇講師、平民大學新聞文學教授等。參與創辦《京報》，與黃遠生、邵飄萍合稱"清末民初三大記者"。徐凌霄對小説、戲曲都有心得，曾發表各類劇評數百篇。本文即其談其在小説上的見解，作者品第舊小説的優劣時多能獨出心裁，其中對明清小説經典的點評也能搔到癢處。在其看來，小説的首要目的是要描寫"一種理想狀態或事實"，與戲劇"皆是社會的、客觀的文學"。好的小説與戲劇相同，"不可雜以絲毫之我的本相或觀念於其間"。"小説家如能將書中事實人物寫得逼真，即是小説家之才能之正當表現，無須特別賣弄也。"《紅樓夢》《水滸》《儒林外史》等小説能够成功，全在於"作者能置身於書外，完全毋我"。而如《野叟曝言》《九尾龜》等小説"將書中之主角説得無所不能，無所不精，神通廣大，而實則非情非理，本意在借作自己之標榜，而實不啻將自己説成一個牛鬼蛇神的怪物"。對於當時所謂的新舊文學之爭，作者的態度也頗爲通達全面。他認爲通俗小説的格調不可過低，而新文學亦不可自負，因其中還没産生如"紅樓""水滸"那樣的傑作。此外，其對於小説中的人物語言、翻譯小説等問題的看法也頗有意義。

前新文學運動時代,盛行歐體短篇小説,近則章回體之小説又復大興。即新式之日報雜志,亦以章回體之社會、家庭、男女等類相號召。蓋章回體確有組織之優點、整齊之美性也。就舊小説中分别評判,則《紅樓夢》《三國演義》之章法最爲大而能密,首尾整飭,秩序井然;次則《兒女英雄傳》《緑野仙蹤》《醒世姻緣傳》《金瓶梅》,亦能一氣貫注。此只就章法言也。

《水滸》自是煞費匠心之一部大書。其筆意精靈處,絶非《三國》所能及。即全文之組織,梁山諸人人各一傳,包容穿插,遞相吸引,脉絡分明,又極融洽,無愧與《史記》并列才子。但後半部大遜於前,雖筆力遒健特色具在,而以章法論,則不及《三國》之始終不慌不忙,班部如一也。

聖嘆謂《西遊記》如放煙火,一陣又一陣,此論甚確。然《西遊記》以西行取經始,以得經東歸終。開首以孫行者(喻心)明爲全書主人。章法自係預定,惟中間要將八十一難具體寫盡,故一陣一陣之煙火,遂不能免,要非散漫無統、信筆寫下者所得共論也。《儒林外史》則一回一回,各人各事,雖連貫而下,而前後段落,各無呼應。試將其各人各事截分之,則可以成爲各個獨立之小回目。朕嘗比之頂牛式的文字,如"西北有高樓,樓高面面見青山,山中一夜雨,雨後有人耕緑野,野曠天低樹,樹杪百重泉,泉聲咽危石,石不能言自可人,人迹板橋霜,霜葉紅於二月花,花落知多少……"如此,聯貫而下,自亦不能預知其止境,不能與律詩、歌行之有組織、有脉絡、呼應一氣者共論。故《儒林外史》雖章回體,而章法則不及《三國》,并不及《水滸》《西遊》。惟其筆致清俊,語氣明净,足與《水滸》頡頏,更非其他之太文太土者所能及。此亦以筆勝而不以文勝者。

《官場現形記》,脱胎於《儒林外史》,體裁亦是頂牛式,以甲人甲事,遞入乙人乙式,更遞入丙、丁、戊、己。前叙之人物,如過眼雲煙，永不再見；後來者層續不斷，可以一續再續，至於無窮。惟筆墨遜於《儒林外史》之雅潔清靈，其酣暢淋漓處亦有優點，到底不是有文學藝術的結構之小說耳。

《水滸》之好漢，到處皆是五七斤牛羊、幾大碗燒酒、多少斤餅麵，而《封神演義》則無論是仙是人，鮮有吃飯飲水者，故曰脹死《水滸》，餓死《封神》。（《封神》馬元之吃人，羽翼仙之化齋，皆以寫其凶惡，及道術之勝負，當別論。）

《水滸》一百八人，歷數百戰而無一死傷，有議其不近情理者，誠不得謂非疵點。《蕩寇志》筆墨章法均不及《水滸》，雲、陳部下王天霸、李成、胡瓊及徐槐、任森之智勇，皆不免於陣亡，則頗能力矯《水滸》之弊也。

（《時報》一九二八年五月二十五日）

《紅樓夢》只是寫大家貴族之家庭黑幕，其謂影射明珠或順治者，皆似是而非，胥爲主觀的揣測，不足爲據。

《紅樓夢》脫胎於《金瓶梅》而青勝於藍，可謂善用前人者，此人所共見。惟世人讀《紅樓》而誤以寶玉爲多情種子，甚有頌爲情聖者。此則爲作者之隱約的筆法所誤。作者之寫寶玉，蓋萃淫亂、殘忍、卑鄙、狡猾之罪惡於一身，此拆白之鼻祖、獸行之實踐家也。《金瓶梅》之西門慶穢惡不堪矣，然所淫者妓、婢、僕、媼及他人婦女，不似寶玉之姐妹親戚、長嫂侄媳，除其祖母、母、姨外，幾於無倫不亂也。昔聞清初某名士有言："我生者不淫，生我者不淫。此外皆在可淫之列。"《紅樓》之"只有石獅子是乾净的"，亦是此意。

寶玉之粗俗，雖不明寫，然時時露出一二以見一斑。如罵晴雯、踢襲人之口吻行動，自是西門慶混混行徑之嫡派。但《紅樓》之筆墨用雲遮月法，固不能如《金瓶》之十分露骨。又，寶玉與西門慶之身份須有分別耳。然謂寶玉如何溫雅，則亦大可不必矣。其"專在女人身上用工夫"，非抽象的"十分光"乎？其以《西廂》淫詞戲黛玉，非輕薄乎？金釧、尤三姐之死，皆以寶玉故，而寶玉之以女子爲犧牲也如故。黛玉算是他惟一之愛人，而藉"候芳魂"又與柳五兒勾搭矣，此與西門慶之"守孤靈"一段尤酷肖。若鬧書房之穢亂，及以秦鍾爲男色，而又獻身爲北静王之男色，直兼北京之韓潭人物與上海之拆白黨人之能事。就事實略加觀察，即可以洞見其眞形，而無如腦簡目短者多，并此亦看不出，此材鄙怯勇之事一也。

《三國演義》，有人顏曰"第一才子"，亦有聖嘆外書、聖嘆夾批如《水滸》之方式，然不是"遥遥相對"，就是"預爲張本"，呆呆板板，一望便知爲僞造。且聖嘆於《水滸》"讀法"中已明言"《三國》人物事體說話太多了。筆下拖不動，蹱不轉，分明如官府傳話奴才，只是把小人聲口替得這句出來。其實何曾自敢增減一字。"聖嘆之非薄《三國》如是，且聖嘆之評定六部才子書《史記》《莊子》《離騷》《杜詩》《水滸》《西厢》，何嘗有《三國》在内？乃冒牌者大膽仿造，盲目者即信而不疑，甚有因而譽聖嘆筆法之善變者，何不取《水滸》之聖嘆弁語一寓目乎？此可怪之事二也。

《三國演義》之筆致，神韻活潑精悍處確不如《水滸》，更非聖嘆之天才家性之所近。然《三國》之章法始終不懈，亦自有爲《水滸》所不及處，又不能專以聖嘆爲憑。

《聊齋》之文，工力數倍於《閱微草堂》，然喜《閱微草堂》者多於《聊齋》。此無他，《聊齋》做的費力，看的人也費力耳，猶之工筆畫之吸力不及寫意畫也。

《封神演義》之好處，全在想入非非，熱鬧非常。即其法寶、法術之名目，作一統計表，已爲大觀。此書亦有其特性，別有天地，正不得以人生習見習聞之事實道理作根據，以斥其荒唐。本是神怪小說之大觀，不爲人生事實而設也。其以封神爲主，自有結構。筆法之狂肆，則體裁自是如此。最奇者，李耳周人，孔子同時，周室開國時，已以八景宮大老爺之資格興周來紂，此所謂"明版《康熙字典》"之一類歟？

（《時報》一九二八年五月二十六日）

《老殘遊記》爲近代小説中之佳著。鼎革以後，聲譽益隆。因有黃龍子論"北拳南革"一段，應合辛亥之事，世人遂以未卜先知相驚歎。新文化家有斥爲誕妄偶合者，此姑不必置論。但論筆墨，則寫景紀事，不失爲清超俊拔一流也。

　　全書係章回體，累累萬言，然只是筆記式的小説，以其信筆寫去，初無結構、脉絡與全部章法之呼應、各個部分之分寫與總結，如《紅樓》《水滸》《兒女英雄》之規模。即《二十世紀怪現狀》《蘇州新年》《文明小史》等等，亦復如是。無論其篇幅長短若何，既是隨筆抒寫，不從系統的組織入手，即應歸入筆記小説之一類。

　　書中寫官場情形、社會疾苦，都能傳寫真實，有一部分的歷史價值。惟兩寫酷吏（一毓賢，一剛弼）備極深刻，固足使一般治人階級、秉權執法者知所鑒戒，而在事實則有過分處。如毓賢之爲曹州府，治盜嚴厲，人志共悉。然曹爲盜藪，數百年來文武官吏罔不以"治亂國用重典"爲金科玉律，不止毓賢一人。殺戮多則冤誣在所難免。陸建章爲曹州鎮，有屠户名，所誅倍於是毓。二人皆不善終。世俗相傳官曹州者鮮有良果，未必有心爲惡，煞氣重也。然歟？否歟？若老殘所記毓氏誣殺于家禮，放走真盜犯，則不但酷厲，且以誣良縱盜爲事，則紂惡殆不若是之甚也。毓在曹府任，懸重賞捕某盜魁。一日，忽於大堂上發見一紙，大書曰："獲毓賢者賞銀萬兩，獲毛征者賞五千兩（毛爲曹府附郭首邑菏澤縣令），獲總兵某者賞五百兩（此以譏武職大員無能，有心揶揄也）。"毓以是坐卧不安，一夕數易寢處。魯人至今猶能樂道其事，以爲談助焉。

　　寫毓賢之不已，又寫一剛弼，似亦實有其人（所云齊河縣王子謹即王敬勛，任齊河令甚久）。賈家命案寫來歷歷如繪，亦似非無因，然結局乃有所謂"千日醉""反魂香"，十三個死人多日復活一事，則怪誕離奇，出乎情理之外，并此案情事亦近於杜撰矣。

　　書中白子壽對剛弼云："清廉人原是最令人佩服的，只有脾氣不好。他總覺得天下人都是小人，只他一個人是君子。這個念頭最害事的。天下事不知害了多少。"語甚警切，可爲偏重主觀、感情用事當頭之棒喝。所惜者，書中於清廉人之寫狀，幾無完人。毓、剛之外，并李鑒堂（秉衡）亦連帶挖苦幾句（即所謂呂諫堂），豈清廉人皆必爲害耶？書中老殘之自狀，可謂清高已極，而據沃邱仲子所爲《近代名人傳》云："胡聘之爲山西巡撫，與英人福公司定晉礦合同者，即聘之主政，任劉鐵雲之所爲。鐵雲即著《老殘遊記》者也。至今晉人猶有餘痛。"信如所説，則與《遊記》中搖串鈴賣醫藥、却聘辭官、浮雲富貴、解厄救生之老殘，判若兩人。斯可異已。

（《時報》一九二八年五月二十八日）

"語體"與"文言"之區別，只能指其公共之概要。若從細處考究，則同一語體，亦每因知識階級、習慣、地域、時代之不同而各有其不能一貫之處。文士式的社會，彼此尋常談話，即有文言式的名詞或成語詞，信口習用，爲普通下級社會所不能喻解。而下級社會或村落派之語言，其習語又往往爲文士所不能了然。小説中之《兒女英雄傳》，全書用通俗的主體，而著者實富於文學技術之人物。書中之古文、八股、詩詞、箴銘，皆斐然可觀，而於各地方言、下級社會之習語，尤爲注意。其描寫文士的語體不能通喻於非知識的社會者，如安學海赴山東，路過涿州，與旅店店伙交談一段：

安老爺聽得燒香拜佛的事，便丟開不往下談。又問他説："此地可還有甚麼'名勝'？"安老爺説話只管這等字斟句酌，再想不到一個跑堂的可曉得甚麼叫做"名勝"。只見他聽了這話忙接口道："我的老爺好説話咧！大嚇人不唎的。一個天齊廟，也有没有聖靈兒的！回來你老打了尖，就打那廟裏白瞧瞧，那廟裏燒香的有多少。中間兒是大高五間天齊殿，接著寢宮。兩邊是財神殿、娘娘殿，後層兒是文昌閣。周圍七十二司……"老爺覺著他所答非所問。

著書人所云安老爺只管這等字斟句酌，其實此類字斟句酌，乃習慣成自然。因文人終日朗朗上口之文言甚多，不覺信口而出矣。其十四回中，有一段寫鄉土的語體，不能通於學者：

安老爺上了小車，伸腿坐在那一邊。那邊開上行李，前頭一個拉,後頭一個推。安老爺從不曾坐過這個東西,果然坐不慣,纔走幾步,兩條腿早就溜下去,險些兒不曾閃下來,那推小車子的先説道:"這不行啊!不,我把你老'薩杭'罷。"老爺不懂這句話,問:"怎麼叫'薩杭'?"戴勤道:"攏住點兒,他們就叫'煞上'。"老爺説:"很好。你就把我'薩杭'試試。"只見他把車放下,解下車底下拴的那個灣柳子來。望老爺身傍一搭,把中間灣弓兒的地方向車梁上一攀。老爺將身往後一靠,果覺坐得安穩。

按,"薩杭"一語,經戴勤一訂其音爲"煞上",再解其義爲"攏住點兒",而安學海纔得明。蓋"煞"字與"殺"同,即《禮記》"不豐不殺"之"殺",減縮之謂也。如云"其勢稍殺"則爲文言,必賴文士而後入耳即喻。若以語諸鄉下人或非知識者,勢必瞪目,而不知此"殺"字,即鄉下人"薩行"之"薩"原是一字,其"殺上"之變爲"薩行"者,山東東昌、濟寧一帶之土音也。魯人以繩繫物於車(或其他之裝載具)而銜勒之,使鬆動龐大者得以縮結而牢固者曰"煞"。凡用強刺之拘束或壓迫而受者陡然感受一刺激者亦曰"煞"。是故土人之土語,與文士之文言,所用詞每出一源,本係一體,然而往往彼此不相通。爲之説明源委,則豁然一貫矣。

(《時報》一九二八年五月二十九日)

安學海之言談,在書中惟代表紳士式、文人式的語體。"名勝"二字,遂使店夥不懂。車夫之"薩杭",有使上中社會不懂之可能。三十四回,對程師爺云"我看先生是個'村'我的意思"。"村"即北方之土語,乃"奚落""使人露窘"之意。不加注,則不易驟解,故語體雖因階級或各別的習慣而分,然文人之語體亦有時用土語。鄉下之土語,亦有時通於文言,不能爲嚴格之區畫。故今之所謂語體者,亦只能各從其相與的社會自爲風氣。例如習慣於歐式之語體者,其語體文多用歐文之文法層序,爲不習歐文文法所難解。此雖洋式語體,亦可説是新式文言,以其僅爲一部分人所能一望瞭然耳。

第三十四回安龍媒進了貢院內磚門，"見那班侍衛們正談得熱鬧，只聽得這個叫那個道：喂，老塔呀！明兒沒咱們的事，是個便宜……明兒那個新章京來的'噶'，你有本事給他'擱下'他。在上頭就把你'幹下來'。公子聽了這話，一個字不懂"。"忽聽那老頭兒說道：'罷了，不必解衣裳了。這道門的搜檢，不過是奉行公令一樁事。到了貢院門還得搜檢一次呢。一定是這等處處的苛求起來，殊非朝廷養士求賢之意。趁著人鬆動，順著走罷。'公子應了一聲連忙就走。心下暗道：'怎的這位侍衛公的話，我聽著又會懂呢。'"

此兩番言語，入文人式的安龍媒耳，有懂有不懂，因前者是京中小官僚的一種社會之習語。"噶"即"尷尬"之"尷"字，"擱下"即"延誤"，"幹下來"即參揭舉發。在彼同行（同一社會）彼此相習者自然相通，否則難解。此亦可云一種"行話"。而後者老頭兒所語，即係通用文言式的語體。故文人式的人一聽即瞭然。此亦可見通習之文言，在中上社會，自有相通之便利，未必文言便是障礙，俗語便都易通解也。

朕是以謂文言語體之區別，與相互之關係之證例周詳，可資參考者，莫如《兒女英雄》一書。

（《時報》一九二八年五月三十日）

章回體之小說，就廣義言之，則凡長篇巨帙分清段落、各繫回目者皆是。就狹義言之，則必有組織，有系統，先有通盤之計劃而後下筆，不是隨筆寫下者，故如《儒林外史》《官場現形記》《老殘遊記》，皆爲隨筆之體。時下賣小說於報館，賣一段做一段，今天寫某事，明日將寫些什麼，連自己也沒有預算者，雖亦列有回目，非嚴格之章回體也。

舊小說中有章回體之模範，自推《三國》《紅樓》《兒女英雄》。全書有一貫之章法，每段有整齊之回目，對仗解明，脉絡細密。《水滸》《西遊》《醒世姻緣》皆爲佳品，此爲第一類。《今古奇觀》一書，一回有一回之起結，各不相謀，而每兩回之回目亦成對仗。"俞伯牙摔琴謝知音，莊子休鼓盆成大道"，截然兩事，文亦不聯屬，若未見內容，先見卷首之回目者，頗似一部貫穿之大書，而其實則各回皆獨立的。雖是各回獨立，而或述友誼，如"羊角哀舍命全交"；或述兄弟之愛，如"三孝廉讓產立高名"；或述師生，如"老門生三世報恩"，或述夫妻，惡者如莊子休，美者如蘇小妹；或述男女悲歡，如花魁女、杜十娘。要不離乎遺聞軼事之關係舊道德、社會歷史之有趣味者。綜而觀之，自有其類聚群分之系統。文筆亦鍊要精沉，無敗筆可指，自是章回上品。但與《三國》《紅樓》之體有不同，故可別爲第二類。

外國小說亦有分清段落，每段之前，用數行簡要語扼要提醒，或引動目光，如所謂 Heading，Subheading 者。然求其如中國小說之對仗的回目，則不可能。以中國字方體單音，易於成雙作對，西文則長短不一，猶之以西文作對聯爲不可能之事也。

章回體小說對仗回目之優點，綜舉之，則有（一）綜括一回之意義（二）揭舉一回之最主要或最精彩之事實（三）用富於包孕力或傳寫力之文詞以增力量（四）用美的文詞，以增興味。

傳奇小說另是一類，其組織回目之大體，與第一、二類同。惟用詞曲，其回目亦只兩字，往往不能盡意。例如《三國演義》"關雲長單刀赴會"，"單刀赴會"四字把關雲長之威勇行爲活現紙上。若改爲傳奇，則是昆莊"刀會"二字，意義嫌其不完，亦不知何人之事矣。然傳奇之回目又決不能用七八言之長句，各有體裁也。故可別爲第三類。

章回體的回目，以七言對、八言對爲最多。《水滸》《紅樓夢》《三國演義》皆是。大概一句中都是一個人名、一個地名，再加上一兩個字的動詞，則（一）甚麼人（二）甚麼事（三）在甚麼地方幾種要素完備，這一回的情事就可包括而顯明了。如"冷子興（人）演説（事）寧國府（地名）""荆州城（地）公子（人）三求計（事）"，皆其例也。然亦有有人名而無地名，如"伏皇后爲國捐生"之類，各有適宜，原不拘定。惟《西遊記》之回目或四字對，或五字對，或六字對，或七字對,最爲活潑不拘。其字句亦多有全體抽象,不拘章句中之字面形跡,如"心猿識得丹頭,姹女歸還本性""二心攪亂大乾坤,一體同歸真寂滅",則回目所標舉者,乃書中事實所寓之理性。因《西遊記》乃哲理小説——寫心理作用,故書之内容實爲假托之事實,而回目則逕揭其旨趣,驟視若兩不相干焉。章回標題,以此格爲最高矣。要之,無論句法長短,其涵項若何,必完成一意義,備足句法中 subject and predicate 之兩要素,則無疑也。

(《時報》一九二八年六月四日)

中國之傳奇體的小説甚夥,而最膾炙人口者,莫如《西廂》。張生、崔鶯鶯之戀愛佳話,幾成才子佳人之模型。以傳奇體,得列於聖嘆才子書者,僅一《西廂》,加以聖嘆之妙筆批解,倍見生色(聖嘆之批,多重主觀,只可謂之美術的煊染,而不得謂之正式的批評。蓋隨思之所及,筆之所至,揮灑自如,而未必即是書中真義也。)然就事實而論,張珙未必實有其人,崔鶯有其人而無待月西廂之事。全係元稹一味拈酸,滿腔醋意,作爲《會真》一記藉暢私懷。即以現代之眼光論之,男女戀愛,事本平常,然亦斷不能以自己之片面的念頭,強將別人婦女任意編排,太無道理,適成其無行文人之自身的人格問題。前聞友人述在西省發見之古墓碑文爲"鄭恒妻崔鶯"數字,則崔氏自是鄭家婦。其與張珙之如何云云,全係元氏子杜撰。後人雖有許多《西廂》劇本,如《董西廂》《北西廂》《南西廂》《鶯鶯牡丹記》《錦西廂》待,錦上添花,爭爲煊染。惟《不了緣》一本,以鶯鶯與鄭恒成婚,尚不違事實。其以張崔之戀愛不終,爲不了之緣,則仍爲微之所誤耳。昔王阮亭爲選取詩料,平空將老孀紀阿男扯入秦淮一詠如詠妓者,致受詰難,尚係文人筆下之失檢。若元微之之罪惡,視此十倍矣。

後之文人考訂本事,亦有證其謬者,然總不如市場中唱盲詞之鼓娘所唱之"奇文小段"名《拆西廂》者最爲痛快而多奇趣。《拆西廂》亦有兩本。其一爲:

一輪明月照西歪,崔鶯鶯坐在繡房手托腮。悶坐香閨心思想:"是何人編出《西廂》來? 我本是宋朝的鶯鶯女,唐朝出了個張秀才。粉壁牆寄在南窗外,(按,壁與窗分離,不相干也。)桃杏花的樹兒望兩下裏栽。宋朝女子唐朝客,編出《西廂》叫六才。我的爹爹亡故早,欺狎奴家該不該?(按,大有訴諸人道之概)聽說是外邊把我講,又說是拷打紅娘來,又說是張生把牆跳,門前跪倒地塵埃。又說是小奴我得了病,又說是我叫紅娘去請張生來。是怎麼說是張生長的俊,又說是書童長的乖。(按,幾個"又說是",確是一腔疑慮,積久悶生之口吻)我本是未出閨閣千金體,鬧出這些閑言閑語我不明白。到明日我把親娘問一問,再問紅娘小乖乖。"

鶯鶯思想多一會,叫聲"紅娘! 你快來"。小紅娘聞聽不怠慢,款動金蓮進房來。進了繡房留神看:"姑娘! 你今日爲何盡發呆? 莫不是老夫人合你生了氣? 莫不是又那閑話把你編排? 莫不是吃食不合口? 莫不是有病? 爲何眉不開? 莫不是丫鬟得罪你? 小姐你只管拿鞭子來排。你倒底爲何事把眉頭皺? 倒教小奴解不開。"

崔鶯鶯聞此言面帶笑,說道是:"好一個聰明伶俐的小裙釵。我心中不爲別的事,老院子街上買了書來,買的這本書叫做甚麼《六才子》,又叫做《西廂》,又叫《六才》。小丫鬟你把此書看一看,這編書的他要顯奇才。是何人寺廟裏把香降? 老夫人多怎(按,"多怎",北語言"何時")打過你來? 那一個大膽把牆跳? 誰人哀告紅娘來? 又編出個白馬大元帥,無故的作害女裙釵。只顧顯他的文才好,作踐奴家該不該? 欺狎你家爺爺亡故早,膽大的人兒胡賣乖。"

紅娘聞言哈哈笑:"好一個不明白的姑奶奶。我早聽見的人講,我年紀雖小,可記在心懷。我要說,又怕姑娘你生悶氣,又怕夫人老太太。今日我只得不說罷,不裝伶俐,只願裝呆。"紅娘說到此處不言語,故意的假裝有氣鼓著腮。

(《時報》一九二八年六月五日)

崔鶯鶯聞聽姑娘這句話，不由她把笑臉又擺開。"紅娘你只管放心講，說出來叫我好明白。說甚麼話兒都不怪你，誰拿你當過外人來。你我好像一娘所養，好似那一母生下兩個胎。說了罷來！說了罷！我的心中好快哉！你要不說真情話，別說姑娘要起毛包來。"紅娘聞聽抿嘴笑："姑娘啊！有個燈謎你猜一猜（按，小姐如此著急，丫頭還要打個啞謎，可謂急鶯鳳遇著慢郎中），眼目之目加兩點。你猜一猜，猜著了，我再說明白。你若是猜不著這個字，叫我說也說不來。"

鶯鶯聞聽不言語，刁惡的丫鬟悶我來。"是了！紅娘啊，是個'賀'字對不對？"喜得紅娘把手拍。"小姐呀！我還有這麼一個字，還得姑娘猜一猜。有個'貝'字欠兩點，你可別當目字猜。"鶯鶯說："好個眼大的紅娘女，拿個'資'字探我來。"

小紅娘聞聽抿嘴笑，你聽我來把《西廂》拆一拆。咱家老爺當年做過大主考，他本是一個刁秀才。我家老爺將他趕出貢院外，這是他的筆頭歪。他編了一部《西廂》名叫六才子，叫人作踐小姐女裙釵。

鶯鶯聞聽點頭道好，"好個伶俐女裙釵，今日我纔明白了。幸得你把《西廂》拆，從今後再不把《西廂》看，傳出去好叫外人也明白。"

那位崔鶯鶯悶坐在小回廊手托著腮，叫了一聲"得用的丫鬟，紅娘！你過來。那個張君瑞，他本事唐朝贅門客。我們主僕，宋世年間女裙釵。唐宋相隔，千有餘載。這一部情義的佳書，何處演來？"小紅娘未曾開言面帶笑，尊一聲"小姐，你聽開懷。記得那年咱們老爺放主考，屈了舉子好文才。他們三場已罷沒有事，坐在書房巧編排。好在是，真是真來假是假，黑是黑來白是白。"好一個聰明伶俐的紅娘女，把一部《西廂》被她解開。

一部言愛的《西廂》說得一片老謠，拆個稀爛，正與《四聲猿》《情天補恨》適相反對。以俗言道真情，視《貶真記》更多逸趣。

兩本相較，前本詳而失之冗（將編書人之姓名韓玘舉出，為後本所無），後本雖簡，而遣詞命意，都雋拔有神韻，以少許勝人多許。

前本指編書人爲"刁秀才",罪坐韓玘。後本則云"屈没舉子好文才",有責備老爺之意。惟崔鶯、鄭恒確爲唐人,兩本皆以崔作宋人,則以作者本意爲崔鳴不平,故作唐宋易代之詞,以顯其謬。雖涉杜撰,無妨正旨,更見其趣耳。

又,夢天云,西省發現墓碑爲"鄭君德配崔夫人之墓",且稱"四德具備",而元微之誨侄詩自稱生長京城,朋從不少,然未嘗識倡優之門,一似道德十分可靠者。然自述之詞,未足爲據也。

(《時報》一九二八年六月六日)

小說中氣象闊大,筆致安閑,章法完密,涵義新警,自以《紅樓》爲首屈一指。打破金榜題名、洞房花燭、才子佳人、團圓封贈之濫套。其章法亦勝於《水滸》之後路臃腫。論者以不獲聖嘆一批爲憾,實則聖嘆之批,在彼時自是出類拔萃,而偏重個人主觀,自抒情意,思之所至,筆之所揮。雖具權奇倜儻之觀,而不盡合於書之本相者甚多,只是才子的文學的筆調。書自是書,批自是批,以近代批評家出,嚴格衡之,諸有未合。朕嘗有志於此,苦爲日常筆債所累,未由挪出整個之工力與時間以從事耳。

《紅樓夢》只作描寫大家庭黑幕觀最好,不必攀扯政治,在索其隱。謂之影射順治出家、明珠枋國、多爾袞攝政,皆似是而非,徒亂人意。朕則嘗以數年之國會怪現象比喩《紅樓夢》,以參、衆兩院喩榮、寧兩府,以議院中之飛墨盒、擲手杖喩茗煙鬧書房,以釵黛之爭寶玉喩某某之爭總統,插入當時通信中,讀者頗許爲新趣。是則不但可以索前人之隱,并可作後來之預言觀矣。然與本書又何嘗相干耶。

書之有"續",十九皆是惡札,《紅樓》之有《續夢》《圓夢》《重夢》,已令人作嘔矣。《兒女英雄續傳》則將《蕩寇志》等書整段抄襲,尤不堪入目。《水滸》之續有多種,較佳者爲《蕩寇志》(因有可節取處,另論之),又有《征四寇》,則迂腐與《蕩寇志》同而筆墨更不逮(説宋江是真忠義,受朝廷招安立功,遭害。既失之沽滯。説梁山上是假忠義、真盜賊,該殺,亦屬迂拘。)近見有新式標點之一百回全本《水滸》出現,偶過書肆,略一翻覽,則所後三十回者即以《征四寇》湊成,且將前七十回之回目略爲變換,以掩其跡。此射利之新法,想上當者已不少矣。

書亦有入後轉佳,續本勝前者。如《三俠五義》《小五義》是,蓋例外也。《三俠五義》(俞曲園改爲《七俠五義》),開首數回不過龍圖公案之故套,入後則衍爲綠林之寫真。不但文字熱鬧,亦能代表一部分社會之情形。《小五義》《續小五義》再接再厲,極有勇氣。雖不足爲上等完美之作品,而能打破始勤終怠之通病,故不失其可稱之特性。

書有恨其不續者。如《李公案》一書,寫庚子殉難之李秉衡幼時豪俠之事,及其初爲縣令時期之治績。筆墨明淨,敘事錯綜聯貫,文與筆俱佳。惜只出首集三十四回遽爾截止。著者自云將有二集刊行,而迄不見續出。此書并非知名之巨著,與朕同此賞鑒,恐無多人耳。

(《時報》一九二八年七月七日)

小説與戲劇之文學,皆是社會的、客觀的文學。編劇人或演劇人當以劇中事實人物爲本位,不可雜以絲毫之我的本相或觀念於其間。演員如能將劇中人之性情動作傳寫盡致,則演員之本領自見,名譽自隆。小説家如能將書中事實人物寫得逼真,即是小説家之才能之正當表現,無須特別賣弄也。

我國小説中如《紅樓夢》《水滸》《儒林外史》,所以不失其歷史價值,以作者能置身於書外,完全"毋我",而其書之價值,莫非作者之價值也。其有心賣弄者,

一、將書中之主角説得無所不能,無所不精,神通廣大,而實則非情非理,本意在借作自己之標榜,而實不啻將自己説成一個牛鬼蛇神的怪物,如《野叟曝言》之文素臣,令人作嘔。《九尾龜》之章秋谷,亦犯此病,以善嫖自鳴,亦屬無味。惟尚不至如文素臣

之裝神弄鬼,荒天下之大唐耳。《老殘遊記》之老殘,自己寫得仙乎仙乎。惟筆記小說,不算純客觀的文學,尚無大礙。《二十世紀目睹之怪現狀》之"我",僅作書人為綫絡,切合題目中之"目睹"二字。書中於自己無自榜之嫌,雖將作書人入書,乃體裁如是,故為可諒。

二、賣弄自己之知識、才能、才藻者,如《鏡花緣》,恍如百貨公司,諸類并陳,東一堆,西一垛,連篇累牘,叨叨不休,令人厭倦。但其書本是百貨公司之體,不賣弄則其書根本不成立,故無可修改,而實無興味。又如《花月痕》,滿紙攤藻,幾令人疑為詩集而兼詞賦大全者。論其詞藻,確在《紅樓夢》中詩詞之上。然《紅樓夢》之詩,乃恰合於閨閣中兒女之程度,是即為客觀描寫之正格。否則,杜聖、李仙、郊寒、島瘦,盡以入書,亦何當於事實,只成為惡札矣。如《兒女英雄傳》中八股便是八股,古文便是古文,詩詞便是詩詞,白話便是白話。鄧九公致安學海一書,確是識字部督導、勉強寫信之手筆。即其人其境,而各如其分。具此本領,方可以作包羅萬有之小說,而因應咸宜。彼《花月痕》者,正如今之編戲名流,除拈酸弄彩外,不知藝術為何事也,而恰為海上蝴蝶文學家之所祖。觀上海出版之言情小說,膚詞濫調,去《花月痕》又萬丈以下。林琴南尚有些許古雅氣息,宜其巍然稱尊矣。

《蕩寇志》作者俞仲華,乃精於岐黄、性耽黄老之人,故寫安道全一段,將病理、藥劑細為說明,於庸醫殺人,尤三致意焉。此不嫌其賣弄,以與書中安道全之身分相合。此外並無強捉不相干之人,或不相干之情境,而一味說醫,刺刺不休之處。是故作書人而欲一暴其長,原不妨於適當之機會,試其身手。如俞仲華之寫安道全是也。其寫白瓦爾罕之西洋製造、水底潛行以及劉慧娘之神工鬼斧,則肉麻而且無理。宋代有入華參戰之歐人,可謂大奇。仲華不過炫其通曉洋務耳,其如時代事實之去題萬里何!雲天彪著《春秋大論》,宋天子大加褒獎,謂可收入《四庫》,此亦甚趣。清初就前明《永樂大典》輯補增收,分類而成《四庫》,集歷代文書之大成,為清世獨擅之駿業。如《蕩寇志》所言,宋帝已創先例,第不知宋之《四庫》,貯者何類,編者何人。一笑。

　　書中寫陳希真亦近乎妖道一流,此舊小説之通病。《三國》寫諸葛亮亦復如是,不足怪也。其末回"辟邪巷麗卿悟道"一節,頗有哲理,爲小説中所罕見。原文云:

　　希真居中趺坐,便問麗卿道:"此地是何處?"麗卿道:"是箭廳上。何須問?"希真道:"你那年割高衙内的耳朵在何處?"麗卿驚道:"爹爹怎的健忘?"一面指着亭子説道:"就是這裏。"希真道:"你殺魏景、王耀在何處?"麗卿笑道:"爹爹幫孩兒在廊下動手。今日好道醉了,都不記得。"希真道:"我自不醉。我因坐在此地,不見游廊,故問你。你既説游廊,游廊在何處?"麗卿大笑道:"爹爹既不看見,孩兒領了你去。"希真道:"飛龍嶺、冷艷山、風雲莊、猿臂寨等處,我同你在此地都不看見,你可領了我去看。"麗卿道:"此刻飛也到不得。"希真道:"爲何説游廊要領我去?"麗卿道:"路近。"希真道:"路近爲何同飛龍嶺等處一般看不見?"麗卿道:"我的爹,擺在眼前,自然看見;隔了一層,自然没處看。我們此刻都到游廊下,便連這箭廳亭子都不見,豈不是一樣?"希真道:"却又來,你此地不見游廊,同到那游廊不見此地一般,然則與飛龍嶺同一不見,何故去分他遠近? 你們二人方才説話,忽想到猿臂寨就在你眼前,你何不由猿臂寨想到此地?"麗卿道:"我的老爹,怎地這般纏不清! 身子到的所在是真的,想的所在是假的,想到那裏都在眼前,分他什麽遠近?"希真喝道:"倘没有你的身子,何處是真的?"

　　按,此唯心論哲學之妙諦也。地之遠近、物之真假之所以分者,惟此身、惟此心爲之標準。身滅心寂,則何者遠,何者近,何者真,何者假乎? 自身且無,何有於物,此就"空間"説也。其下論"眨眨眼我們都不知歸於何處"一段,則就"時間"立論。所謂"殤子爲壽而彭祖爲夭",同一理也。夫就人神之眼前爲準,有遠近真假,有老少壽夭。若就宇宙爲準,則空間 space 爲無限的,以"咫尺"與"無限"比,其比例爲"零";即以"萬里"與"無限"比,其比例亦只"零"耳。以時間 time 爲無盡的,以"瞬息"與"無盡"比爲"零",即以"百年"與"無盡"比,亦"零"而已矣。此中自有正確之數理,非泛浪之玄談。雖心理哲學家之演講,其深切著明,婉而能達,恐亦無以過焉。

(《時報》一九二八年七月十八日)

　　從來中國小說中寫到女子,不離乎良妻賢母、絕代佳人,配個風流才子,無充分舒寫女子之個性者。有之,則《三國》之於貂嬋是矣。寫月下私嘆及對王允述志一段,幽靜淒婉,直不下於《戰蒲關》中之徐艷貞。以一身回旋董卓、吕布之間,機警沉毅,卒使其自相殘殺,以不負王允之托。她看得"失身""二主",全不算一回事,以完成任務爲專務。其大德,尤在"無我"。蓋出力寫一奇女子也。《三國演義》於貂嬋迄無貶辭,即下邳城中,以兒女之私,誤吕布者,亦是布之正妻嚴氏(於貂嬋僅著一語)。操斬布後,命將布妻女送許都,而貂嬋遂不知所終,如此而已。然在戲劇《白門樓》,則將吕布酒色歸於貂嬋一人。吕布又在曹操帳前把貂嬋大罵一陣,已屬節外生枝。又有《斬貂嬋》一劇,情節亦《演義》所無。大致是曹操把貂嬋送與關羽,關羽斬之於月下,并以誅董卓一事爲罪狀,詰問:"國家大事與你婦人何干?"令人噴飯。説來説去,無非爲她曾與兩個男人發生過肉體關係。在舊式觀念中,一個女子,只有貞操爲惟一之責任。否則,無論有何志願,成何功績,都是該死。可謂荒謬絶倫也。

　　《蕩寇志》之寫陳麗卿,亦小説中之破天荒。寫婦女者,大多以小足爲美的要素,陳則一雙大脚,不害其爲美人。女人無不羨慕男子,陳則以一向喬裝男子爲氣悶,只樂其本來,絶無性別同異厚薄之觀念。舊女子以婚姻自主、男女交友爲羞恥,陳則與其未婚夫先作了多時朋友,全無掛礙。其他如沂州之役,喬裝妓女,東京對付高衙内,均能忍辱負重,入塵不染,浩浩落落,行所無事,非其他之舊小説所能夢見。此《蕩寇志》一書獨擅之特色也。

　　寫劉慧娘則又甚肉麻,學武侯造機械,與寫雲天彪之"雲長變相"同屬無味。(《水滸》之寫關勝已大無意思)《蕩寇志》寫陳麗卿初會雲龍故作疑筆,使讀者信爲將成夫婦,後竟不然,確能擺脫舊套。然此書大病,在極力要與《水滸》比賽。《水滸》寫關勝,必寫一雲天彪;《水滸》寫打虎,必又寫一打豹;《水滸》寫二潘,必寫陰秀蘭;都覺過於沾滯,且甚費力。故《蕩寇志》盡多可以節取之處,而疵謬甚多,要當分別論之耳。

(《時報》一九二八年八月八日)

小說之章回,必與全書之組織相準。若無預定之計畫,而隨寫隨續,正如金聖嘆所云"元宵煙火,放了一陣又一陣",又如跳龍燈,不管頭尾大小、全身輕重,而一節一節拖長數里,不成一格矣。是分載日報之小說,常有可觀,而合爲專籍,輒形支離,尚不如不用駢對之回目爲愈。蓋章回之對偶取其整飭,全局不能整飭,何取乎章回之形式。報紙登載原不能以專門著作嚴格相衡,正以章回小說如《紅樓》《三國》《水滸》《兒女英雄》爲可貴,不宜以有章回而無組織者魚目混珠,寧避在不用耳。

傳奇之章回,幾折幾折也,每以兩字爲題。筆記之章回,幾則幾則也,如《聊齋》之題,一字、二字、三字、四字無定。《閱微草堂》分則而不著題。此皆非嚴格之章回也。

且章回之體,亦殊不易。回目須對偶,各章各回須有不相懸殊之篇幅,必才力心思善於支配,工於剪裁,方能編製盡善。一回兩句或一句,每句包含一小節目之事實,此通例也。然循此通例,不知貫串,則形式板滯,而精神事實亦受拘束矣。如《三國》之章回,則甚有匠心者也,開篇以"三結義""斬黃巾"爲一回,叙劉關張三人合傳,猶未盡也,而此回之篇幅已不能再長,再長則與全局及以下之回目不稱矣。是以鞭督郵之事,截歸第二回。第二回劉備棄官,三義之事已告一段落,就此住手,則篇幅又太短,則逶遞入何國舅誅宦豎。是一回所不能盡者,不妨分歸下回。每回各有餘幅者,亦不妨逶接他事。若關羽土山約歸曹,至斬蔡陽兄弟重會一段大節目,則衍至三四回,亦無妨也。有有題而無文者,如《蕩寇志》"金成英避難去他邦"是也;有有文而題中不著者,如《三國》"吳國太佛寺看新郎,劉玄德洞房續佳偶",開首有魯肅討荆州一大段文字,不爲之立題,亦不受何等拘束。是知章回支配之要義有二:(一)每回篇幅不宜過於參差,致損及整齊美滿之精神。(二)一回之事實繁複者,宜分別賓主,擇其主要精彩之部分爲立題之根據。

　　章回之句法亦須斟酌,以其爲引人注意内容之先鋒,或渾括要義,或摘取要點,一爲抽象,一爲具體。前者如《三國》之"張遼威震逍遥津"、《水滸》之"武松威鎮安平寨",乃渾寫張遼、武松。後者如《三國》之"甘寧百騎劫魏營"、《水滸》之"花和尚倒拔垂楊柳",則寫甘寧、魯達之勇,并其勇之事蹟而詳之矣。

　　《金瓶梅》筆墨雖穢,亦是一部大書,其每回題目固是七八言之常例,乃從此七八言中摘取兩字,另成傳奇式之題句以冠其首,亦一創格。故《紅樓》有千金一笑,《金瓶》亦有"千金""一笑",兩句所摘與《紅樓》之半句同,可謂巧合。此小説而近於傳奇之加上也。《四聲猿》是傳奇,而題目又近於小説。蓋每整齣分四折或五折,每折有兩字小題,每齣又有一總題,如"狂鼓吏"其下接"漁陽三弄"四字,此與其他傳奇又有別例。

　　　　　　　　　　　(《時報》一九二八年八月十三日)

　　文學與語言、圖畫,均爲傳神、寫景、狀物、抒情之工具,各有其長,各有所短。小説者,包羅萬象之文字也。文字之中,無真情景、語言、動作之可現,如何使情景、人物諸般聲色飛騰之上,呼之欲出? 則爲執筆者之技術問題。昔人所謂詩中有畫、畫中有詩,所謂繪花繪影、繪水繪聲,即此理也。是故文之顯闡力,貴有兼擅圖畫、語言、動作之功能,不論文言白話,其兼擅力愈大,其價值愈高。

　　小説寫夏景者,如《水滸》第十五回之黄泥崗,《蕩寇志》九十八回之清涼界,皆極傳寫之能事,皆以行人之口渴,形容炎威之可謂,遂使讀者恍如身入其境矣。寫秋景如《兒女英雄傳》之安龍媒在貢院之中秋景況，澄明素净，其"正是秋風初動，耳輪中但聽得明遠橋上四角高挑的那面朱紅月藍旗兒被風吹得旗角招搖，向半天拍喇喇作響"數語，真有繪影繪聲之妙。寫冬景者，自以《水滸》之風雪山神廟爲極品，而《老殘遊記》黃河冰凍及曹州店中、桃花山各節，則寫嚴寒凛冽之狀，亦不愧白描高手。惟《紅樓夢》之春景，回目雖多，而太偏於人物，如瀟湘春困一節，只重黛玉個人之情態，於春期景物，不甚注意。而四時之中，亦以寫春景爲最難，因須有盎然之生氣也。

小說以傳寫一種理想狀態或事實爲主，人物次之，景物又次之。故寫景亦不可忘却相當之分際，合人的情緒、物的現象，及事實的需要，以參酌之。斯爲善於小說寫景者。

《蕩寇志》之安樂村一回，脫胎於《三國》之長坂坡，而青出於藍矣。陳希真、劉廣與梁山之混戰，用明寫。而沂州官兵鄉勇之參戰，則用暗寫。只於緊要處點染，得戲劇用暗場之法，極經濟，亦極自然。其寫混戰情形，如火如荼，中於各人之個性、心事，仍是有條有理，不慌不忙。左氏寫五大戰所未逮也，直是史公狀垓下圍以後有數文字。

（《時報》一九二八年八月十五日）

自新文學派勃興，小說局面亦復大變，歐體短篇風行一時。其中佳作，最大之優點在以整潔優良之文字，寫一種狀態，或理性，或情感，非有幾分社會學、人生哲學之素養者不能辦。以最高之文學爲出發點，遂與頹廢文人所撰判然迥別。蓋小說在舊時與戲劇并爲世俗所輕視，目爲小道，專供開心消遣之用。其下者乃藉以敲詐金錢，挑逗男女，而小說之"小"字乃愈降而愈下。朕前者主持《京報》小說周刊，大聲疾呼，以爲"小說"應作"大說"解。從前之八股先生、古文好手，雖輕視小說，小說家却不可不亟圖自振。吾人雖不必自於道學面孔、風化大家，亦斷不能默認俚語淫詞之卑視爲正當。否則，非只唾面自乾，且於他人唾面之後，更往自己臉上抹些糞，以證實他人之卑視爲不謬矣。無論何事，無論何人，對於他人之侮辱，未有不圖對抗者。奈何不但不抵抗，且認爲當然耶？"頹廢文人"、"文丐"、"鴛鴦蝴蝶"皆新文學家贈與舊小說家之佳徽，雖未必盡爲定評，而"認定了小說不離小道"者，未嘗不可藉以自警焉。

新文學家之小說，雖能提高地位，撰作優秀峻整之短篇，然亦不必過於自負。何也？以如《紅樓》《水滸》之偉大著作，求之新小說中，竟無有也。而如前人之畢生致力於一事，嘔心脫腕於一書者，新小說家亦豈有其人？然則無論其短篇作品如何優美，不過小聰明小格局，遂而高視闊步，亦是忘其所以。

作小說者，多在上海成名，此由海上風氣較先，出版業最盛。如李伯元、吳趼人、包天笑、劉鐵雲，皆爲上選。最不可解者爲享小說家之名數十年之林琴南氏。朕於此公久抱懷疑，不待新文學家之掊擊也。惟於其賣文食力到老不衰之風格，有相憐同病之同情。是以在當時不願多所批評，以傷忠厚。近其人逝已數年，無復"壞人飯碗"之可慮，是以不妨大略一說。

一、小說家是"做小說的"，乃極明淺之一種前提。林氏所著皆稗販西洋，到處見許多"林譯""林譯"之廣告，只憑翻譯他人著作即算專家，毋乃太便宜乎？其翻譯又非直接。先之以魏易之譯稿，而一再轉簡，原義已喪失不少，并一"譯"字亦不到家，乃以小說家名於世，豈非怪談？

二、小說文學是小說文學，不是做古文，不是做詞賦。小說中固可容納各種文詞，而斷不能謂有幾句詞藻，就可以做小說。此種理由，在前評《花月痕》《紅樓夢》已詳之矣。自己一點材料都不預備，專門翻譯他作即成名家，縱使文詞斐然，亦不過魏易個人之改文章的老夫子，與小說何涉？況林之文詞，有表而無裏，在桐城姚、馬諸人已視爲野狐參禪。朕亦不再深論。舉其概略，則恰如其畫之有韻而無味，有采而無章。驟視之則明淨韻秀，亦似宜人；細審之，則山石部位，全無結構，呆滯平板，有如磁刻，一覽無餘，所謂"搶看而不耐看"。其文亦復如是，確有幾分漢魏筆法，而只得皮毛，以是稱雄海上，遂使膚詞濫調，爭相摹擬，紅紅綠綠、我我卿卿者，充棟汗牛，愈趨愈下，不得謂非林氏之誤盡蒼生也。

　　林氏亦間有自撰小說一兩種，則手忙脚亂，不知所云，轉不如翻譯之較可藏拙，且非世人所注意，可置弗論。又有《滑稽外史》一種，以爲仿自《史記·滑稽列傳》也，乃内容並非滑稽人物可笑事實之專紀，不過自以滑稽筆墨記各類雜事耳。此與"外史"兩字，又有何干？可見其於體系條例，全不了了也。

　　　　　　　　　　　　（《時報》一九二八年八月二十日）

愛看不愛看

蘊　若　撰

　　載於《益世報》一九二八年八月五日。作者蘊若，疑爲劉雲若。劉雲若(一九〇三——一九五〇)，現代著名小說家，北方通俗文學的代表人物之一。以社會言情小說見長，著有《紅杏出墻記》《歌舞江山》《情海歸帆》《舊巷斜陽》《粉墨箏琶》等。本文從讀者的角度談其閱讀興趣，可見本文作者具有豐富的閱讀體驗與文藝修養。其主張小說要有真、新等特性，寫人要能"一一逼肖，令讀者如或見之"。反對陳腐、虛假，更反對小說創作襲用舊小說中的內容。

　　寫奸滑險惡之小人，能窮形盡相，頰上添毫，而又不尖刻，不刻薄。這種小說，我愛看。
　　從腐爛的筆記里，節抄幾段，演成小說；或是拿別人的短篇小說，當作藍本，展成長篇。這種小說，我不愛看。
　　生面獨開，已經超脫，令人披覽之下，恍若身處異境。這種小說，我愛看。
　　從古人的舊小說里，摘錄幾段，換面改頭，神離貌似，而才子佳人，劍俠義士，鬥個不休。這種小說，我不愛看。
　　寫老翁，寫老嫗，寫少年，寫邵女，寫書生，寫村農，寫市儈，寫勞工，全能一一逼肖，令讀者如或見之。這種小說，我愛看。
　　寫明清年間人的言語，用現在的名詞；寫南方人的俗諺，用北方的話頭；寫名門閨秀，不像名門閨秀；寫愚婦村姑，不像愚婦村姑。這種小說,我不愛看。

含著"真"、"新"、"靈"、"秀"、"俊"、"拔"的筆法。這種小說,我愛看。

帶著"僞"、"腐"、"板"、"俗"、"丑"、"鄙"的詞句。這種小說,我不愛看。

(《益世報》一九二八年八月五日)

小説雜談

白石猴 撰

　　載於《益世報》一九二八年八月五日。作者白石猴，生平待考。本文評價古代小説，推崇"美感"，認爲小説中最重要的是要表達出一種情境。他也以此爲標準去評價古代小説的得失，如評價《野叟曝言》爲"小説中之荒謬絶倫者，無復過此"，評價《浮生六記》爲"自述的小説之最漂亮者"，顯示出很好的文學修養。故而其能高度評價金聖嘆的成就，推崇俞平伯而不是胡適爲《紅樓夢》的批評功臣。

　　中國小説之寓有暗托性者多，若《孽海花》也，《文明小史》也……偶涉及政朝，寓言十九，使讀者常猜笨迷，足見專制之下，民衆言論之不得暢發。此等小説家之刻苦運用靈轉筆尖，以擺脱當局之諱，故於小説史不得不謂爲功臣焉。今也社會進化，民衆言論已解除束縛，寓隱小説，已無價值可言，可以説是把小説一往的假面具撕破了。局部開放，最宜拿出一種真面目，因小説之貴乎"忠實性"也。質之讀者，當不河漢斯言。

　　批評小説者，莫有過於金聖嘆。概聖嘆爲十八世紀之怪傑、文場中之魔鬼，善評《水滸》《西廂》，嚮導於後世文學者，功匪淺鮮。自胡適之出，力言其非，殊不知聖嘆之腦筋，尚不失二十世紀科學的時代之腦筋，以其思想之新、見識之博，不愧一文學革命家。吾輩後人，終不可厚非之也。而胡適之批評各小説，實有追蹤於聖嘆者。其批評之法，恒賴諸各歷史書籍，用考據之方，加以革新的論調之調節。即以《水滸》《紅樓》二部觀之,皆難脱此窠臼。且《紅樓夢》一書之批評功臣,當首推俞平伯氏,胡適尚其次焉,以胡適只偏重考據,而俞氏之評解多創見也。

《桃花扇》一書,作亡國狀態下之歌唱,哀艷沉痛,爲寫情不可多得之作品也。而尤其詩詞之美妙絶倫,偶一讀之,可歌可泣。

《鏡花緣》爲李松石所著。開端自敬業起兵,寫至情局,備勢用意,洋洋乎大觀。惟其描寫婦女權之發揚,鄭重其事。就時代之觀察,恐爲著者杜撰。而胡適氏之批評該書,竟大張其詞,謂爲"這是男女平權時代的作品",考諸實際,真不合胡氏之歷史的眼光也。

《野叟曝言》一書,就其字面看,寫得生龍活虎一般。細閲之,則其真理矛盾,實有令人噴飯者。顯神托鬼,光怪陸離,似《西遊記》而又含有事實之真相在,有《聊齋》味而無《聊齋》之筆,漫無限制,越説越奇。小説中之荒謬絶倫者,無復過此。而以讀者之衆,或爲領略其熱鬧也歟?

自述的小説之最漂亮者,惟推《浮生六記》。其記叙體之美,一在能用文言將作者的身世、環境、情感,整個地表現出來。其記述之忠實,遍觀一切自述小説,無出其右者。《浮生六記》爲沈復所作,字三白,蘇州人,善事繪畫,生於一七六三,卒年不可考。《浮生六記》全書共六篇,即"閨房記樂"、"閑情記趣"、"坎坷記愁"、"浪遊記快"、"中山記歷"、"養生記道"是也。今後二篇已無存,經俞平伯君搜羅,前四篇始刊行問世,就中尤以"閨房記樂"、"坎坷記愁"二篇爲最得色,用傳神妙筆,活畫出夫妻間之情趣,寫到快活處,令人神往發喜;寫到悲哀處,能使讀者同情而哭。

描寫小説最重要的是怎樣一種環境或場合明白表現在人們的眼前,這纔能誘引讀者的情感和書裏面的人物相調節,而共同的起一種感化的作用。換言之,即所謂企發讀者美感者是也。許多小説,常發現掉頭不顧的狀態,只顧了狀人物,而忘了寫景緻,不能使人物景緻隨時相調和,小説之美的生命即已宣告破產。這簡直成了一種通病了。故録者深望小説家有以審擇之。

吾人讀小説者,亦當用一種藝術的眼光以相領略。最要者,從字裏行間要看出來作者對於小說事實上的態度，若灰冷也，若同情也，若諷刺也……能使吾人了解其根本的意義。是爲讀小説者不可不注意及之者也。

(《益世報》一九二八年八月五日)

小說拾零

芙 萍 撰

載於《益世報》一九二八年八月五日。作者芙萍，生平待考。本文提出小說就是要寫出"真善美"，"小說之最可貴處，即在怎樣把一種任務貼合景致，而活現在人們的眼前，使讀者如身歷其境。"主張小說語言要合於當時的語言進化實際，才能展現其生命力。語體小說要實現"平民化"，"務求人物景致顯現紙上，用筆要吻合那種真切的現狀"，《兒女英雄傳》和老舍的小說達到了這一境界。基於這樣的標準，作者認爲魯迅、郁達夫等小說仍呈現著貴族的氣氛，不能直接影響民族的環境。這也是其對新小說的普遍看法。

小説之最可貴處，即在怎樣把一種任務貼合景緻，而活現在人們的眼前，使讀者如身歷其境。此種定義，尚與外國文學之信條相吻合，即"真美善"是也。描寫人物景致，加以白描的筆墨，不容有一些虛意混雜其中，純粹是一種寫真的態度。美者，文筆之運用，無論怎樣一種情景，都能寫得明白透徹，表現得出來，而企發讀者的美感。善者，爲小說魔力之要素，如銀幕上之善目表情，他叫讀者哭，讀者就不能不哭；他叫讀者笑，讀者就不能不笑。這三種聯貫到一起，這才叫小說的藝術手腕。遍觀中國小說，合於"真美善"者，實屬鳳毛麟角焉。

文學是隨著時代語言的進化而變遷的，而小說是一種。就近世看，許多名著，如《紅樓夢》也，《鏡花緣》也，《水滸傳》也，《孽海花》也……皆已與現時語言不相吻合。故小說地位應立在語言進化上,方能使世人領略這種新而純正的藝術。概因此種小說之精神,能直接影響及民衆的環境也。不過一種名著,揆諸進化之原理,也應當保持他果有的真髓。

郁達夫與魯迅兩派小說,皆以語體得名,惟其用筆之冷雋,敘事之平鋪,布局之死板,寫景之缺乏,整個的表示是一種貴族式的小說,難怪其不如舊派之《水滸》《紅樓》之一般民衆化也。而此兩派小說,所以在新文壇上能站得住脚者,只在領略他們文學的筆腕而已(郁達夫的小說在紙上還稍爲活動一些)。

語體小說非不值錢也,而其要義只在怎樣能夠平民化。他比較舊派小說是一種靈活的藝術,務求人物景致顯現紙上,用筆要吻合那種真切的現狀,以此搜諸印本,不可多得。近睹《小說月報》之《老張的哲學》《趙子曰》二作品,著者"老舍",皆爲描寫北平近年來社會里面之作。其材料之新鮮、觀察之獨到、文筆之明快(語體的),寫情寫景之深刻、語氣之自然、批評之得當,恰與"真美善"之要義相合,蔚爲現時下新體小說之霸王。概其風格美麗,可稱空前。故一般讀者皆愛之手不釋卷,實以其藝術之表現名貴不可多求,諒愛讀小說者,當早有明鑒也。

過去小說之最通俗者,《兒女英雄傳》當首屈一指。吾人且勿在其局部著眼,即其細瑣叙述下級社會之裏面,遠超其他小說之上。喪禮中之抬棺、棺夫所結者爲何種繩扣,此等細小部分,竟皆有精微之觀察,備述其詳,此真不愧小說家之"到民間去"四字。作者若非從事下等社會生活,決難臻此。故《兒女英雄傳》可稱唯一之通俗小說也。

冒險小說,發人意志最強之作品也,而我國獨付闕如。雖有《西遊記》,然其荒誕妖怪,而《鏡花緣》亦談神談鬼,光怪陸離,皆不足爲取。惟有劉鐵雲之《老殘遊記》,尚足蔚爲大觀,然以其叙事近性見聞,較諸外國探險小說(如《魯濱遜漂流記》),則瞠乎後矣。

《二十年目睹之怪現狀》,局部與《老殘遊記》相同,然其作者(吴趼人)見聞之廣博,寫景之範圍,中國地土,幾得全睹,且文風美脆,允稱他書所不及。小説家之重於試驗,可見一斑。

寫小説,材料一缺,文筆一敗,最易涉及小説作者自身之事端,而落所謂"自述傳"的窠臼,混雜成堆,是爲小説之最不值錢處。寫某一種人事,貴乎近情近理,全始全終。主觀客觀,二者兼具,是爲最美之作品。惟寫自身時,最好寫曰自述。《二十年目睹之怪現狀》,"我"作本身,是爲可貴。因小説固爲吾人痛苦之呼聲、失敗之歷史、忏悔之供狀也。

(《益世報》一九二八年八月五日)

小説偶談

息 盦 撰

載於《金鋼鑽報》一九三二年九月二十日。作者息盦，生平待考。本文就鄭逸梅所著的小説話而發，指出《品花寶鑒》與《花月痕》皆爲佳作，不應厚此薄彼。《老殘遊記》與《孽海花》是近代小説中的佼佼者。觀點無甚出彩之處。

前期本報，逸梅曾言舊小説之最著者數種，同文中各有專嗜，而逸梅則獨嗜《花月痕》。此與鄙人乃有同嗜。其中佳作，在曩時余皆能背誦，今亦尚十得七八。執事既好《花月痕》，度亦必好《品花寶鑒》，何以未曾言及？《花月痕》有多處由《品花》脱胎而出，細玩可見也。惟略有不慊者，此書末後采秋作女都督兩回筆墨，與《水滸》盧俊義上山數回筆墨，同爲瑜不掩瑕，雖亦極力摹寫，終覺其有江郎才盡之概。而《三國》《紅樓》《西遊》《品花》則無此弊也。鄙意如此，未知高見以爲何若？

又近人小説，其不堪再讀與不堪卒讀者無論，然亦未嘗無佳者。鄙人所愜心者，厥爲《老殘遊記》與《孽海花》二書，未知表同情否？

（《金鋼鑽報》一九三二年九月二十日）

說部卮言·水滸

澹 庵 撰

　　載於《金鋼鑽報》一九三二年四月九日至八月二十日間。作者澹庵，即陸澹庵（一八九四—一九八〇），名衍文，字劍寒，江蘇吳县人。原名澹盦，后改爲澹庵，最后改爲澹安。歷任同濟大學、上海商學院、上海醫學院等校教授，并兼任上海廣益書局、世界書局編輯，參與創辦《偵探月刊》。現代著名通俗小説家，著有《李飛探案集》等，並有《小説辭語匯釋》《戲曲詞語彙釋》《古劇備檢》等學術論著。一九五四年，以"何心"爲筆名，出版《〈水滸〉研究》一書。本文主要列舉了《水滸傳》在史實、地理、叙事時間以及情節不符常理等方面的瑕疵，並將《水滸傳》做了詳細的編年，對相關人物的綽號、稱謂及各類社會現象也進行了細緻探求。這些都對於深入研究此書有着重要的意義。其中對某些情節不合情理之處的剖明，見人所不能道。如其指出書中"叙盧俊義上山後云，宋江命大設筵席，……對於曾頭市一事，絶無一語提及，一若晁蓋之仇，宋江早已置之度外者。書中既極寫江之忠義，則此處似有未合"就頗有見地，實質上是對金聖嘆的"獨惡宋江"説的一個有利補充。類似這樣的例子還所在多有。但是必須説明的是，作者過於强調《水滸傳》的情節是否符合情理，而忽視了對小説藝術特質的探求。事實上，小説叙事中常有犧牲事實的現象，這不是"舊小説"的特例。就宏觀而言，作者認爲《水滸傳》原本爲羅貫中所作，流傳之百十五回本《水滸傳》即出自羅氏之手。施耐庵"截取其前半，大加潤飾，自爲起迄，即今所傳七十回之《水滸傳》是也"，其後則可别爲《征四寇》，是爲羅貫中原本。

七十回本《水滸傳》又可分爲"十有七節"。如是等等,的是一家之言。

《水滸傳》七十回,元東都施耐庵作,或曰本元人羅貫中筆也。顧貫中所著《後水滸征四寇》者,文殊拙陋,與茲絕不類。或謂《水滸》所述,大抵宋元民間故事,托爲梁山諸人者,羅貫中綴之成書,都百數十回。耐庵更截取其前半,大加潤飾,自爲起迄,即今所傳七十回之《水滸傳》是也。其七十回以後,則別刊爲《後水滸征四寇》,一仍羅氏之舊。故《征四寇》首回,即接敘梁山諸人入東京事,顧與《水滸》又絕不連貫,殆以此也。

宋元民間敘梁山故事,不盡爲《水滸傳》中所收入者,尤以李逵之事爲最多。金聖嘆《水滸傳讀法》中云:"近世不知何人,節出李逵事來,另作一册,題曰《壽張文集》,可謂咬人屎橛,不是好狗。"余意此《壽張文集》,殆即搜集梁山故事之涉李逵者,別編一書,初非節取《水滸傳》語也。但名之《壽張文集》,不知何所取義,殊覺可怪,恨不得取此書一披覽之。今《京劇》中有《丁甲山》《花田錯》《打漁殺家》諸折,均屬梁山故事,間爲元人雜劇所固有,而《水滸傳》則均未收入。可見《水滸》以外,梁山之故事甚多,特無人爲之筆述,致強半已歸湮沒,爲可惜耳。

今世刊行之《水滸傳》號貫華堂古本者,爲清金人瑞聖嘆評本。或謂聖嘆復將此書小加修改,凡其所謂古本如何如何者,實即聖嘆擅爲修改也。

(《金鋼鑽報》一九三二年四月九日)

聖嘆未評本,近頃已無從覓得。卷首有《耐庵自叙》一篇,或云亦聖嘆僞托。味其筆墨,固雅近聖嘆之作,殆不誣也。

《水滸傳》開首,有楔子一回。楔子開場,有七律一章,云係邵康節先生作,詩云:"紛紛五代亂離間,一旦雲開復見天。草木百年新雨露,車書萬里舊江山。尋常巷陌陳羅綺,幾處樓臺奏管弦。人樂太平無事日,鶯花無限日高眠。"此詩末二句,重一"無"字,又重一"日"字,且一詩中兼押"删""先"兩韻。删、先雖可通轉,但律詩中似不宜假借,豈邵康節先生真有此妙詩耶?

又,楔子收束處,亦有一七律云:"萬姓熙熙化育中,三登之世樂無窮。豈知禮樂笙鏞治,變作兵戈劍戟叢。水滸寨中屯節俠,梁山泊內聚英雄。細推治亂興亡數,盡屬陰陽造化功。"此詩佳否故不論,但一首中連用三"中"字,曰"熙熙化育中",曰"水滸寨中",曰"陰陽造化中",殊屬創見。而第一句云"化育中",末一句云"造化中",重床疊被,尤覺可笑。此等處聖嘆不爲修削,乃反稱之爲好詩,何耶?

楔子云:"仁宗皇帝在位四十二年,改了九個年號。自天聖元年癸亥登基,至天聖九年,(中略)這九年謂之一登。自明道元年至皇祐三年,這九年謂之二登;自皇祐四年至嘉祐二年,這九年謂之三登。"

(《金鋼鑽報》一九三二年四月十二日)

余按《宋史》,仁宗在位四十二年,用年號凡九。天聖九年,明道兩年,景祐四年,寶元兩年,康定一年,慶曆八年,皇祐五年,至和兩年,嘉祐八年。自明道元年至皇祐三年,應有二十年,《水滸傳》謂爲九年者,誤也;自皇祐四年至嘉祐二年,只有六年耳,《水滸傳》又謂爲九年者,亦誤也。

楔子謂仁宗登殿,宰相趙哲、參政文彥博出班奏道云云。查仁宗一朝,相臣更遷雖多,顧始終無有名趙哲者。當是時,大臣之著名者不少,盡可隨意牽扯,乃必杜撰一趙哲,何耶?

楔子謂仁宗嘉祐三年,天下瘟疫盛行,參知政事范仲淹奏謂宜召張天師臨朝,修證三千六百分羅天大醮,以禳瘟疫云云。按,范仲淹歿於仁宗皇祐四年,屈指計之,至嘉祐三年時,歿已六年,墓木拱矣，尚安能臨朝奏事耶？且希文平生，肆志聖賢之學，而《水滸傳》乃謂其崇尚異端，厚誣古人，似不可以不辨也。

今《水滸》之楔子，即羅貫中原本之第一回也（余已覓得羅貫中原本《水滸》，故可持以印證。）回目相同，內容亦大致相似。古本第一回之前，雖另有文字一段，以一詞起，以一詩結，但並無"楔子"之名目。其開首一詞，爲今本所無。茲特摘錄於後。

（《金鋼鑽報》一九三二年四月十五日）

詞曰："人秉陰陽二氣，仁義禮智天設，浩然沛乎塞滄溟，可托六尺孤，能寄百里命。閑閱《水滸全傳》，論天罡地煞威名，逢場何辨僞與真。赤心當報國，忠義實堪欽。"此詞之後，即托爲邵康節先生所作之律詩，詩於今本亦微有出入，茲不贅。

今本《水滸》開首之詩，云係故宋神宗天子朝中名儒邵堯夫康節先生所作（按邵康節先生應在宋仁宗時。史稱仁宗嘉祐四年十一月，召河南處士邵雍不至。謂爲神宗朝，誤矣）。余初讀而疑之，以爲此書開場，從五代紛亂、太祖得國講起，何以乃提及神宗朝處士之詩，時代相距不太遠耶？今閱古本，則云此詩係太祖時名儒邵堯夫所作，始恍然大悟，蓋作者誤以邵康節爲太祖時人。故借其詩以引起太祖之得國。嗣後耐庵察其誤，乃將太祖改爲神宗，至於時代之相距太遠，則不暇計及矣。苟無古本印證，安知此中變遷曲折。甚矣，古本之不可不看也。

古本《水滸》，每一回開首，必有一詩。如第二回詩云："千古幽扃一旦開，天罡地煞出泉臺。自來無事多生事，本爲禳災却惹灾。社稷從今云擾擾，兵戈到處鬧垓核。高俅奸佞雖堪恨，洪信從今釀禍胎。"今《水滸》則完全無之。大約耐庵因各詩似通非通，潤飾不易，故一從并刪去之耳。

（《金鋼鑽報》一九三二年四月十八日）

曩謂舊小說，如《西游記》《封神榜》等書，每一回中常有如通非通之律絕詩及小賦摻雜其間。《三國演義》有詩而無賦，《水滸》則詩賦俱無，頗以爲異。今讀《水滸》原本，始知書中固有詩賦甚多，均爲施耐庵氏所刪去耳。譬如第一回（即今《水滸》之楔子）敘仁宗登殿，云："三月三日，駕坐紫宸殿，受百官朝賀。但見：祥雲迷鳳閣，瑞氣罩龍樓。含煙御柳拂旌旗，帶露宮花迎劍戟。天香影裏，玉簪珠履聚丹墀；仙樂聲中，繡襖錦衣扶御駕。珍珠簾卷，黃金殿上現金輿；鳳尾扇開，白玉階前停寶輦。隱隱淨鞭三下響，層層文武兩班齊。""但見"以下，今《水滸傳》均無之。又如第三回（即今《水滸》之第二回）敘魯達、史進、李忠三人同飲酒家云："三人到橋下潘家酒店。正是：李白點頭便飲，淵明招手回來。有詩爲證：風拂煙籠錦旆揚，太平時節日初長。能添壯士英雄膽，善解佳人愁悶腸。三尺曉垂楊柳外，一竿斜插杏花傍。男兒未遂平生志，且樂高歌入醉鄉。""正是"以下，今《水滸傳》均無之。此種短賦及小詩，被耐庵刪去者，全書有數百篇之多。可知今本《水滸》，面目完全變易，持較羅氏原本，截然不同者多矣。

　　《三國演義》出羅貫中手，人所共知。書中敘述一人講話，輒云"某某曰"，今本《水滸傳》敘人講話，則云"某某曰"。

　　　　　　　　（《金鋼鑽報》一九三二年四月二十一日）

　　余昔嘗疑之，以爲兩書既同屬羅氏所撰，似不應一書用"曰"，一書用"道"。今讀《水滸》原本，始知其人講話處，亦用"曰"字，亦用"道"字，蓋爲耐庵所改。然則《水滸》《三國》之幷出羅氏手，益無疑矣。

　　《水滸》之第一回，敘徽宗即位事，云："哲宗皇帝晏駕，無有太子。文武百官商議，冊立端王爲天子，立帝號曰徽宗。"按，徽宗爲帝薨後所上之廟號，非即位時所立之名稱也。羅貫中能操觚爲小說，乃無此常識，奇甚。耐庵不爲修改，尤奇甚。

　　第二回敘魯達殺鄭屠後逃走事，云："魯達心慌搶路，正不知投那裏去的是。一迷地行了半月之上，却走到代州雁門縣。"而第三回魯達向金老云："鄭屠那廝，被灑家三拳打死了。因此上在逃，一到處撞了四五十日。"究竟半月之上，抑四五十日耶？前後似有不符。查《水滸》原本，則無"一到處撞了四五十日"語也。

金翠父女與魯達同日逃走，雖一以清晨行，一以午後行，其間相去不過半日而已。魯達心慌速搶路，其行走應較金氏父女爲速，乃魯達至雁門縣，金氏父女已先至，翠蓮已嫁趙員外爲外室，毋乃太快！

佛家法名，咸列字輩，師徒尊卑，不稍紊亂。

（《金鋼鑽報》一九三二年四月二十四日）

魯智深拜智真長老爲師，長老名曰智深，一若與之爲弟兄行，似有未合。

第一回史進以八月中秋拒捕登少華山，在山數日即行，行半月而至渭州，獲交魯達，是九月上旬事也。魯達殺鄭屠，逃至雁門，途中歷時半月，其遇趙員外，當在九月下旬。又五七日而登五臺山爲僧，是十月初矣。在五臺再過四五個月，則應爲第二年之二三月中，乃書中第三回云"在五臺山寺中，不覺攪了四五個月。時遇初冬天氣，智深久靜思動"云云。屈指計之，時令似有未合。

第四回叙魯達毆周通事云："魯智深把右手捏起拳頭，罵一聲：'直娘賊！'連耳根帶脖子只一拳。那大王叫一聲：'做甚麼便打老公。'"余以爲智深既破口大罵，則周通當不致更誤爲劉太公女兒。打老公云云，語雖甚趣，情理殊不可通，似非《水滸傳》中所應有也。

第五回魯智深在瓦棺寺，被崔道成、丘小乙殺敗逃出，崔、丘坐寺前石橋欄上，不再追趕。迨魯達遇史進，飽餐之後，再來寺前，崔、丘仍坐石欄之上，遂爲魯達、史進所殺。按魯達第一次入方丈時，崔、丘正在飲酒，尚未吃飯，然則魯達殺敗逃出後，崔、丘似當回至方丈，繼續飲酒吃飯，不當枯坐橋上，靜候魯達之復返也。

（《金鋼鑽報》一九三二年四月二十七日）

又，老和尚見智深殺敗逃出，恐崔、丘回寺殺彼，因相率自縊而死。此固不尚在情理之中。至於彼被擄之婦人，早已順從崔、丘。彼且未知崔、丘已在廟外被殺，乃亦無端投井而死。抑又何耶？

第五回魯達任大相國寺菜頭，廨宇上縣一庫司榜文，云："大相國寺仰委管菜園僧人魯智深前來住持，自明日爲始掌管，并不許閑雜人等入園攪擾"云云。按庫司榜文，但舉智深之法名可矣，不當再冠以俗家之姓也。"魯"字似宜刪去。

第六回魯達與林冲結義後，魯達仍稱林冲爲教頭，直至野猪林相救之時，始改呼爲兄弟，似有未合。蓋魯達直性人，與林冲結義之後，便當兄弟相稱，不應仍呼爲教頭也。

第六回陸謙安慰高衙內，云："衙內且寬心，只在小人兩個身上。好歹要共那人完聚，只除他自縊死了便罷。""自縊"二字，似爲後文林冲娘子縊死之預兆，但此處總覺下得太突兀。《水滸》原本，本無此語，不如刪去爲是。

第七回林冲所寫休書，開首即稱東京八十萬禁軍教頭林冲如何如何云云。林冲此時已爲囚徒，何以更舉出從前之職銜？且休書之上，正亦不宜如此寫法也。余意此"東京八十萬禁軍教頭"九字，似當刪去。

（《金鋼鑽報》一九三二年四月三十日）

《水滸》原本謂林冲之妻至酒店訣別後，回家即自縊而死。時林冲尚未動身，聞耗大哭，以致暈絕。今本則將此節刪去。謂其縊死在林冲發配之後。此亦古今兩本之不同處。

《水滸》原本謂高衙內乃高俅叔伯兄弟高三郎之子，今本則云係高俅阿叔之子。此殆耐庵所改，欲寫小人之不明倫理耳。然螟蛉叔伯兄弟爲子，究屬古今罕聞。就情理言，仍似以原本爲合。

《水滸傳》寫林冲之爲人，極精細、極堅忍，與魯達、李逵輩截然不同。但第九回林冲殺陸謙等三人後，逃至柴氏東莊，忽因細故與莊客衝突，又因飲酒逾量而醉倒雪地。如此粗疏倡狂，似與林武師之個性不合。就情理言，倉皇逃命之時，當亦無此閒心緒與人衝突也。

第七回林冲發配時，命酒保尋一寫文書人來，代寫休書，是林冲自己固不能寫字也。迨至第九回林冲雪夜上梁山時，在朱貴酒店內，忽然又能題詩壁上，豈非前後自相矛盾耶？原本《水滸》謂休書乃林冲自己所寫，似視今本爲合。

林冲在朱貴店中所題之詩，原本乃七絕一首，今本改爲五律，此亦古今兩本不同處。

（《金鋼鑽報》一九三二年五月三日）

第十回朱貴引林冲上梁山，天尚未明。比至聚義廳上，王倫等已端坐以待。黎明即起，強盜亦正未易爲也。閲之可發一噱。

宋江既負天下大名，四方豪俊，聞聲傾倒。吳用與宋江同里，乃轉未謀一面，似於情理不合。

第十九回叙梁山諸人敗官軍後之慶功筵，云："殺牛宰馬，山寨裏筵會，自釀的好酒，水泊裏出的新鮮蓮藕並鮮魚，山南樹上自有新的桃、杏、梅、李、枇杷、山棗、柿、栗之類。"按，其時當在六七月間。柿、栗與蓮藕同登盤飱，似與時令不合。

晁蓋等智取生辰綱，爲六月初四日事。事泄而投梁山爲盜，是六月底七月初事矣。因晁蓋等之屢敗官軍，而引起濟州行文鄆城縣防備。因行文鄆城縣防備，而引起宋江之納閻婆惜。然則宋、閻之合，應爲是年七月間事。嗣後又隔數月，始叙及宋江夜遇劉唐事，而書中乃謂宋江遇劉唐之夜，乃爲八月十五。屈指計之，時日似有未合。

羅貫中原本叙劉唐携金酬宋江，乃緊接在晁蓋等落草之後，確視今本爲合。但原本謂宋江之納閻婆惜，乃在遇劉唐之後。事隔數月，晁蓋之書信尚留囊中，以致發生變故，論情理則似又有未合。

（《金鋼鑽報》一九三二年五月六日）

第二十九回寫張都監之害武松,大覺紆徐曲折,轉與當時情勢不合。蓋武松一囚徒耳,即施恩父子,亦非大有力而須顧忌者。張都監欲害武松,易如反掌。何必太繞圈子,敷衍至數月之久,始敢下手耶?

張都監害武松之計策,亦極尋常。初不必定在中秋夜下手,亦不必定在武松醉後方下手耶。然則陷害前之種種敷衍交歡,均可不必,似應刪去。

武松被張都監陷害,一經屈打,即自誣承作賊,似與武松向日倔強之個性不合。讀者試將此節與武松初至安平寨一節對照,即可知其描寫有不符處。

十字坡與孟州相距不遠。武松至孟州數月,張青夫婦竟絕未前往探望,乃至武松被害下獄、發配等事,亦一概不知,似於情理未合。

武松蜈蚣嶺一節,與魯智深瓦官寺一節相似;又其孔家莊被擒一節,則與林冲柴家莊被擒一節亦相似。此節《水滸》用筆極拙劣處,而聖嘆尚稱其善犯,何也?

鄭天壽號白面郎君,在《水滸》百八人中,最爲白淨俊俏,其籍貫則固浙西之蘇州人也。余因此覺有可笑者二端:百八強盜中居然有一蘇州人,一可笑也;蘇州人以白淨俊俏著名,蓋自宋已然矣,二可笑也。

(《金鋼鑽報》一九三二年五月九日)

宋江、花榮,在先均無落草爲盜之心,更不必糾合他人爲盜,事理固甚明也。然則第三十三回秦明被擒之後,既自願回青州向慕容知府申辯。花榮應不必迫其一同入伙矣。乃竟暗施毒計,殺其妻子,似亦軼出常情之外。

第三十八回戴宗往東京送禮,適落在朱貴店内。雖較省事,似嫌太巧。又,朱貴所設之酒店,既爲梁山作耳目,似不應更兼黑店生涯,逢人便施蒙汗藥酒也。

蔡太師生日，書中云係六月十五日。故蔡九知府遣戴宗往東京送禮，應在六月十五日之前無疑。第三十八回蔡九語黃文炳云："此人（指戴宗）逕往京師，只消旬日，可以往回。"第三十九回又云："戴宗扣著日期，回到江州。"然則戴宗自梁山返江州，至遲不過六月二十左右而已。又過十二日而被黃文炳揭破，應仍是六月下旬之事。乃書中謂黃孔目欲少延戴宗性命，稟蔡九知府云："明日是個國家忌日，後日又是七月十五中元之節，皆不可行刑。"屈指計其時日，似有未合。

玄女所贈天書，當在宋江受招安後始用之。今本割截後半，以致還道村受天書一節，毫無意義，似可刪去。聖嘆評此節爲謂宋江作僞，則尤屬神經過敏之談也。

（《金鋼鑽報》一九三二年五月十二日）

李逵始遇宋江時，一獄卒耳，初無大名，嗣後在江州劫法場，始嶄然露頭角。第四十二回叙李逵回家取母事，時李逵尚初入梁山爲盜，在江湖上應無籍籍名，而謂李鬼遽已假其名行劫，似有未合。

第二回魯達在雁門縣聽人讀榜，被金老攔腰抱住，亦呼爲張大哥。第四十二回李逵在沂水縣聽人讀榜，被朱貴攔腰抱住，亦呼爲張大哥。雙方叙述，幾乎一字不易。《水滸》於此等細微處，往往不甚經意，任其雷同重複，毫無變化，殊可怪也。

第四十二回李鬼回家語其妻云："（上略）原來正是那真黑旋風，倒吃他一樸刀搠翻在地，（中略）饒了我性命，又與我一錠銀子，我恐怕他省悟了趕將來，且離了那林子裏，僻靜處睡了一回，從山後走回家來。"按，書中因李鬼歸來，李逵已先在其家，故特爲此語以解釋之耳。但李鬼腿上既被李逵搠傷，懷中又藏有一大錠銀子，豈有不回家而反在僻靜處高臥之理，衡以常情，似終不能自圓其說也。

第四十二回朱貴兄弟救李逵，用蒙汗藥將李雲等迷倒，始克成功。書中謂蒙汗藥乃朱貴包裹中帶來，但朱貴此次返沂水，專爲打探李逵消息，不知囊中携帶蒙汗藥何用，殊可怪也。

（《金鋼鑽報》一九三二年五月十五日）

第三十九回江州劫法場，是七月十九日事。其後宋江因托身水泊，乃秦往鄆城迎太公。因宋江之迎太公，引出公孫勝之回家探母，此八月初事矣。公孫勝臨行，以百日爲期，逾期不返，宋江乃遣戴宗往薊州覓之。因戴宗之至薊州，引出楊雄、石秀二人，然則石秀與楊雄結交，至早當在是年十一月半後；再過兩月有餘，則應在第二年正月半後矣，乃書中第四十三回云："不覺光陰迅速，又早過了兩個月有餘，時值秋殘冬到。"屈指計之，時日似有未合。

《水滸》原本謂欒廷玉死於亂軍之中，今本則對於廷玉之生死存亡，並無交代。大約施耐庵頗愛惜此人，不忍其死於亂軍之中，故刪改之也。

扈太公全家爲宋江所殺（雖曰李逵殺之，猶宋江殺之也），扈三娘乃反拜宋太公爲義父，以致失身王英，甘心作賊，此女可謂叔寶無心肝者。余甚惡之。《水滸》百八人，都具至性，能孝事其親者尤衆，不知何以必列此靦顔事仇之一丈青也。

第五十三回戴宗、李逵至薊州邀請公孫勝，時宋江正爲高廉所敗，堅守不出，盼公孫勝之來甚亟。戴宗既有神行法，可携帶他人，何以獨自先行，不與公孫勝同往？殊覺於情理不合。

（《金鋼鑽報》一九三二年五月十八日）

第五十九回，晁蓋被曾頭市一箭射死後，宋江自應立即發兵，爲晁蓋報仇，劍及屨及，在理決無暇顧及他事也。乃書中謂宋江偶聞大圓和尚談及盧俊義，即竭力欲設法招之入伙，對於這晁天王報仇一事，反暫擱置不問。一若盧員外之入伙，較之攻打曾頭市尤爲重要。揆之情理，殊不可通。按今評話之說《水滸傳》者，謂盧俊義與史文恭同爲周侗弟子，史文恭武藝卓絕，梁山諸人，無能敵者，惟盧俊義藝尤勝史，獨能制之，是欲擒史文恭，非先使盧俊義入夥不可。（京劇中演曾頭市擒史文恭事，其說亦與評話相似）如此斗合，確較原本爲勝。恨不提起施耐庵於地下，使之再作，度精密之修改也。

《水滸》寫盧俊義事，笨極拙極，真如聖嘆所云，譬如駱駝，雖是龐然大物，到底覺得不俊。至寫其聽吳用之言，遠出避災，致墜詭計，則直是鄉村中老婆子見解。英雄員外，應如是耶？盧俊義爲梁山副賊，視他人爲重要，而書中描寫其英雄氣概，乃轉不如武松、林冲、魯達、李逵諸人之奕奕生色，抑又何也？大抵《水滸》自五十回以後，已有江郎才盡之概，而盧俊義一傳，敗筆尤多。原本結構不佳，由雖以耐庵之妙筆，亦無從爲之修削刪改耳。

（《金鋼鑽報》一九三二年五月二十一日）

第五十八回寫魯智深在華州被擒一節，用筆簡陋之極，以視其他諸段之細膩詳明，似出兩手。又，賀太守在轎中見智深欲進不進，遽命虞侯誘之入衙，橫加被捕，論情理亦不可通。聖嘆謂"俗本寫魯智深救史進一段，鄙惡至不可讀，每怪耐庵胡爲亦有如是敗筆。及得古本，始服原文之妙如此。"其實耐庵對於此節，僅將古本之鄙惡者刪去，亦未加以精密之修改，以致今所通行之本，仍覺簡陋而不合情理。聖嘆盛稱其妙，似未免阿私所好也。

宿太尉奉旨出京，往華山進香，一路之上，聲勢煊赫，沿途地方官吏，理當供應，迎送不遑，豈有在渭河口被盜劫去，而華州太守尚瞢然不知，以致誤中詭計，喪身失地。揆之情理，似終不能自圓其說也。

第五十九回謂曾頭市長者乃大金國人。此時金與宋尚隔一遼，一切都未同化，乃謂金人已久居宋地，改用漢人姓名，并自願爲宋帝出力捕盜耶？就當時情形論，未免太覺突兀。即有此事，似亦應略述曾氏歸化之經過，心釋閱者之惑。

第五十九回吳用爲盧俊義推命，謂盧之年庚，甲子年乙丑月丙寅日丁卯時，絕無此理，似太滑稽。

（《金鋼鑽報》一九三二年五月二十四日）

第六十回、六十一回寫吳用賺盧俊義上山，非但計極平庸，抑且有許多牽強不合情理處。吳用以血光之災，聳動俊義，勸其出門暫避。然安知其去後之無人攔阻耶？當是時，李固阻之，燕青阻之，賈氏又阻之。假令三人之言得行，俊義閉門不出，則吳用之計，豈不完全失敗？此其謀之不臧者一也。吳用教盧俊義題反詩於壁，詩用藏頭法，極易看出，而第三句藏一義字，尤生硬惹人注目。盧俊義初非愚鈍無識者流，假令被其識破，不特計劃完全失敗，吳用與李逵，且不免有縲紲之危。此謀之不臧者二也。吳用放李固下山，以牆上反詩告之，唆令到官出首。李固固為昧良背主之小人，但不知吳用又何以能知之而利用之（京劇演全本《玉麒麟》，謂吳用先遣時遷入盧俊義家鬧鬼，目睹賈氏與李固有私，歸告吳用。吳用因施此計，似較書中所敘為合理）。假令盧俊義所信之管家，易李固為燕青，則吳用之計，必不得行。盧俊義安然返家，吳用一場辛苦，豈不毫無結果？此其謀之不臧者三也。盧俊義下山之後，吳用既知李固之必出首，又知盧俊義之必被捕，何以不暗遣弟兄，妥為保護，以致盧俊義險為董超、薛霸所害？假令無燕青之相救，則楊雄、石秀到時，俊義已身死途中久矣。此其謀之不臧者四也。

（《金鋼鑽報》一九三二年五月二十七日）

盧俊義第二次被擒，業已綁赴法場，苟非石秀跳樓相救，早已身首異處。吳用才遣傾山人馬攻大名，亦無及矣。此其謀之不臧者五也。石秀劫法場不成，與盧俊義一同被擒。假令當時梁中書不受恫嚇，立將二人斬首，則不特盧員外束手就戮，抑且反陷以一拼命三郎。吳用遠在梁山，試問更有何術以相救？此其謀之不臧者六也。要之，吳用此次設策，弊病百出，更僕難數。充其極，僅足以破盧俊義之家而誅戮其身。以言賺之上山，似覺文不對題。故余以爲《水滸》寫盧俊義一節，在全傳中實屬敗筆。雖有良匠，亦無法爲之修削刪改也。

《三國演義》寫諸葛亮、曹操、周瑜、司馬懿諸人之用兵，勾心鬥角，詭變百出，其中確有令人值得稱賞處。《水滸》則不然。其寫吳用雖號稱智多星，處山寨軍師地位，但行軍用兵，初無奇計。諸如破高唐，破華州，破祝家莊，破曾頭市，用計均極平庸，而鬧江州及大名府二役，甚且弄巧成拙，反致僨事。以觀《三國》諸人，相去奚啻天壤至於號稱神機軍師之朱武，尤卑卑無所建白。大抵耐庵一枝筆，長於寫心直口快之好漢英雄，不善寫運籌帷幄之謀臣軍士。人各有能有不能，此亦無可如何者也。（或謂《三國》《水滸》同出羅貫中手，就此點觀，則二書筆致，又不同也。）

（《金鋼鑽報》一九三二年五月三十日）

第六十回燕青勸阻盧俊義時，將吳用來意，完全猜破，甚至直指其爲梁山歹人所改裝。雖欲以顯出小乙之乖覺，但余意終嫌其太著痕迹，殊非《水滸傳》所應有也。

李固爲盧氏都總管，事無巨細，宜無弗預聞矣，乃第六十回謂盧俊義行至水泊附近，在衣箱中取出白絹大旗四面。李固見之，始叫苦不迭。一若此四旗之制，盧俊義甚深秘之，雖親如李固，亦未知悉。俊義何以詭秘若此？殊令人無從索解。

盧俊義之漫遊山東，爲避灾耶，爲作賈耶，抑爲向梁山泊群盜尋釁來耶？就其預製四絹旗以觀，則是避灾、作賈，均屬托詞。其處心積慮，實欲與梁山諸劇盜一決雌雄。然盧俊義爲河北巨室子，安富尊榮，豐衣足食，宜可與世無爭，與人無忤矣，何以好勇鬥狠，以一人之力，無端向梁山諸盜尋釁？揆之情理，似終不可通也。

燕青與楊雄、石秀，並不相識。第六十一回謂三人在途中相遇，燕青被楊雄一棒打倒，石秀拔刀欲殺之，見其手腕上刺有花繡，始知其爲盧俊義家之燕青云云。按，北宋時江湖豪俠，多刺花繡，即梁山之人，刺花繡者亦不少。以手腕上刺有花繡，即識其爲燕青，似甚牽強也。

（《金鋼鑽報》一九三二年六月三日）

自梁山至大名府，爲程決非一日可達。第六十五回吳用發兵攻大名，期以元宵破城。顧所有派往城中作內應諸人，正月初即已依次下山進發，此其明證也。第六十一回盧俊義二次被捕，燕青往梁山求救，中途巧遇楊雄、石秀，石秀自往大名府打探，楊雄與燕青則同返梁山請兵。石秀至大名府之翌日，即跳樓劫法場，因而被捕。其次日，城中即發現沒頭帖子，對於大名府官吏，備致恫嚇之詞。書中謂此項沒頭帖子，乃吳用聞燕青、楊雄報信後，又遣戴宗探得石秀、盧俊義被捕，因虛寫告示，携往城中張貼，欲以保全盧俊義、石秀二人性命者。余按燕青之遇楊雄、石秀，與大名府城中之發現沒頭帖子，其間相去不過兩日而已。乃謂燕青之趕到梁山，吳用之遣戴宗往來打探，戴宗歸報後之遣人往大名府張貼沒頭帖子，均爲此兩日內之事。然則梁山與大名府，似又相距不遠，是以兩日之間，可以往還數次。以此節與六十五回對照，似未免自相矛盾。

第六十三回寫關勝傳，粗疏簡略，毫無精采。其中如水軍劫寨、呼延灼詐降諸節，均極草率，直類兒戲。以視武松、魯達、林冲諸傳，相去奚啻天壤。關勝亦梁山重要人物，而書中叙諸其行事僅僅如此，真令人不能不疑著者之江郎才盡也。

（《金鋼鑽報》一九三二年六月六日）

第六十六回云："盧俊義自離北京，是五月的話，不覺在梁山泊早過兩個多月，但見金風淅淅，玉露泠泠，早是深秋時分。"從五月中算起，再加上兩個多月，則至遲不過七月底八月初，謂爲深秋時分，似有未合。（盧俊義自大名至梁山，爲程不過數日。閱六十回自明。即再加上此途中之數日，即至遲亦不過中秋左右，決不能謂爲深秋時分也。）

　　盧俊義、石秀在大名府被捕，大概爲八九月間事，及至吳用三打大名，將二人救出，則已下一年之元宵節矣。梁中書捕得梁山大盜後，既不就地處決，又不解京訊問，乃徒錮之獄中達三四個月之久，一若靜候梁山諸人之前來劫取者。就其情理，似不可通。

　　自晁蓋之死以至大名府之陷落，其間歷時垂一年矣。此一年之中，梁山未曾以一矢加曾頭市，是猶得謂大名未破，盧俊義未救出，故無暇及曾頭市也。及至大名已破、盧俊義已上山，則一切無顧忌，宋江應立即興師攻曾頭市矣。乃第六十六回敘盧俊義上山後云，宋江命大設筵席，犒賞馬、步、水三軍。忠義堂上，連日設宴慶賀，衆頭領相謙相讓，飮酒作樂，對於曾頭市一事，絕無一語提及，一若晁蓋之仇，宋江早已置之度外者。書中既極寫江之忠義，則此處似有未合。

　　　　　　　　　　　　　　（《金鋼鑽報》一九三二年六月九日）

　　昨謂《水滸》極寫宋江忠義，或有疑余言之非確者。此則深中聖嘆毒耳，非真能知《水滸》者也。《水滸》原著，一本《宣和遺事》，確有宋江受招安及征討方臘等事，因命曰《忠義水滸傳》。迨至聖嘆評七十回本，始標新立異，强作解人，指宋江爲奸雄，而以書中描寫宋江忠義處舉目爲著者之皮裏陽秋。此種胸有成見之批評，適足以失却著書者本意。徒以其言甚辯，後人不察，易爲所惑，殊可憾也。大抵聖嘆生帝制時代，無論其見解如何超脫，顧心目中將以彼百八人之反抗朝廷爲不合，故特深文周納，歸其罪於宋江一人，是以《讀法》中有云"《水滸傳》獨惡宋江，亦是殲厥巨魁之意，其餘便饒恕了。"其實此非《水滸》作者之意，乃聖嘆之意也。胡適之君作《水滸考證》，論此亦與余合。時代不同，見解各異。平心論之，似亦不能爲聖嘆病。特我人讀《水滸》，當自有我人獨立之見解，正不宜囿於聖嘆之說更從而牽合而附會之耳。

　　第六十六回李逵殺韓伯龍一節，與破凌州本文毫無關係，似屬贅疣。書中謂韓伯龍本欲投梁山入伙，朱貴擬與引見，因宋江多忙少閑，不曾見得。宋江一強盜大王耳，欲與會晤，尚其難若此，又何怪當世貴人之不易見面耶？讀此足發一噱。

（《金鋼鑽報》一九三二年六月十二日）

凌州二將，一水一火，世豈真有此巧合事耶？神火雖小試其技，聖水則一籌未展。蓋火攻易寫，決水殊不易寫也。著者既欲藏拙，更奚事巧立此聖水之名？凡此胥屬《水滸》敗筆，固不第此一節之貽譏蛇足也。

曾頭市之破，視祝家莊更凌亂草率。史文恭及曾氏五虎，在先寫得太強，入後又寫得太弱，破莊時則直如摧枯拉朽，不值梁山諸人之一擊矣。（祝家莊亦然）前後不符，此是小說家一大病。《水滸》寫軍旅事，都未能使人滿意，不特遠遜《三國演義》而已，即持較俞仲華所續之《蕩寇志》，亦有愧色也。

第六十八回史進在東平府失陷後，顧大嫂入城探監，約於月盡夜越獄爲内應。嗣因誤以廿九日爲月盡，先期發動，致被困獄中。迨梁山大軍破城而入，兩人始得脱險。按，當時史進、顧大嫂困獄中時，直如甕中之鱉，欲出不得，官兵若破户而入，則兩人必束手就縶無疑。乃書中謂二人在獄抗拒歷一晝夜，卒未被捕。探之情理，似不可通。又，董平鏖戰之後，入城休息，絕未問及獄中之事，亦似失檢。

董平爲梁山五虎將之一，張清亦屬重要人物，而出場均極晚，未嘗立功，則梁山又何貴有此兩人哉？迨閱《水滸》原本，始知二人在招安後，均建殊勳，今本截去後半，致兩人無所施其才技耳。

（《金鋼鑽報》一九三二年六月十五日）

今七十回本《水滸傳》，結束處有七律兩首，其一云："忠義堂前作道場，敬申丹煙上虛皇。驚神感得天書降，鳳篆龍章仔細詳。"其二云:"月明風冷醮壇深,鸞鶴空中送好音。地煞天罡排姓氏,軒昂忠義一生心。"

兒時講《水滸前後傳》,亦嘗惑於聖嘆之説,以七十回本之《前傳》爲施耐庵作,《征四寇後傳》爲羅貫中作。顧竊怪羅氏既欲撰兹《後傳》,何以不從盧俊義夢醒之後,賡續而下,乃必另起爐灶?第一回即叙宋江私往東京看花燈事,與《前傳》截然無關,令人殊難索解。且《征四寇》第一回開首即云:"宋江與柴進一路,史進與穆弘一路,魯智深與武松一路,朱仝與劉唐一路……"語氣異常突兀。因知此第一回之前,必尚有若干文字被人割去。全豹難窺,深以爲憾,嗣後細加研究,知前後《水滸》,實出一手。七十回本乃後人説删改,則盧俊義之一夢當然爲原本所無,但若截去噩夢一節,與在《征四寇》之第一回,仍不能連貫,可知《水滸》第七十回與《征四寇》第一回中間,尚有被人割去者一二回。胡適之君作《水滸考證》,亦言其中至少當割去一回,則余意正復相同。迨今年購得百十五回《水滸》原本,翻閲一過,始知其中所闕者,僅一小節,殊非吾儕始料所及。兹將此節摘録於後。

(《金鋼鑽報》一九三二年六月十八日)

却説山中有人來報,拿得萊州解燈上東京一行人在關外聽候。宋江曰:"只留下這碗九華燈在此,其餘的仍解去罷。"這燈點在晁天王孝堂内,次日對衆頭領曰:"聞知聖上大張燈火,與民同樂。我今要與幾個兄弟去看燈。"吳用曰:"不可。倘有疏失怎了。"宋江曰:"日間廟里藏身,夜晚入城看燈。何足慮哉!"且聽下回分解。

此乃《水滸》原本第六十六回之末一節,以下即直接《征四寇》之第一回矣。(《征四寇》之第一回,即《水滸》原本之第六十七回)數十年疑團,一旦得釋,何快如之。甚矣!《水滸》原本之不可不看也。

董授經先生所著之《書舶庸譚》,紀日本内閣藏書中,有《水滸傳》三種。一,《忠義水滸傳》一百回,明李贄批評;二,《英雄譜》二十卷,目録、圖像各一卷,明熊飛編,李贄批評(此書僅記卷數記回數,其實爲一百十五回也);三,《水滸全書》一百二十回,明李贄撰。由此可知當時通行之《水滸傳》,共有三種。一、一百回本之《忠義水滸傳》;二、一百十五回本之《英雄譜》;三,一百二十回本之《水滸全傳》。余今僅購得《英雄譜》一種,其他百回及百二十回本,均無法購得,不知與此百十五回本,有何異同。容當叩之曾見此三書之董授經先生,以廣見聞也。

(《金鋼鑽報》一九三二年六月二十一日)

周亮工《書影》云:"故老傳聞,羅氏《水滸傳》一百回,各以妖異冠其首。嘉靖間,郭武定重刻其書,削其叙語,獨存本傳。"又明人沈德符《野獲編》云:"武定侯郭勛,在世宗朝,號好文多藝。今新安所刻《水滸傳》善本,即其家所傳,前有汪大函序,托名天都外臣者。"由此二書觀之,可知明時《水滸傳》版本不一,而以郭氏所刻一百二十回之《忠義水滸傳》,最爲完善。更就日本內閣所藏《水滸傳》三種推測之,大抵最先原本,爲百二十回之《水滸全傳》。其後經人修改,變百十五回之《英雄譜》,已而又經人修改,乃變爲郭武定所刻一百回之《忠義水滸傳》。在明末清初時,一百回本之《忠義水滸傳》,最爲流行。其他百二十回本與百十五回本,亦同時通行民間,初未絕迹。迨聖嘆所批之七十回本出,始將以前所有三種《水滸傳》,完全打倒。今兹所尚流傳而可購得者,僅割截剽半之《征四寇》一書而已。《水滸》沿革,大率如是。當世博雅君子,或別有發明。甚盼示我,俾廣聞見也。

日本內閣所藏《水滸傳》三種均李卓吾評,余意李氏無同時批評三種《水滸傳》之理。按卓吾所著《李氏焚書》中,有《忠義水滸傳序》一篇,因知其所評者或即郭刻之一百回本。至其他二本,雖有李評,均重刻時剽竊得之耳。又知明時流行之三種《水滸傳》,回數雖有差別,內容當無甚變動也。

(《金鋼鑽報》一九三二年六月二十四日)

金聖嘆評《水滸傳》，自言得有貫華堂七十回古本，顧無一人能爲之證明，以是有人疑此七十回本即聖嘆所改。胡適之君作《水滸考證》，力爲聖嘆辯護，謂明時確有此七十回本。但胡君所見之《水滸傳》，似僅有聖嘆所評七十回本一種。至其他百回本、百十五回，則均未寓目。故其所論《水滸》沿革，完全爲臆測之辭。證之事實，多有未合。究覺此種七十回本之《水滸傳》，是否爲聖嘆所改，余雖不能堅決斷定，但聖嘆則確有重大之嫌疑。所謂貫華堂古本者，實未能令人深信。茲將余意以爲可疑者數點，臚列於下。

　　（一）假令果有此七十回之貫華堂古本《水滸傳》，何以除聖嘆之外，并無一人見過，亦無一人齒及？就文辭言，此七十回本之描寫藝術，既遠勝其他三本，然則其他三本必視七十回本尤古。（拙者古，巧者新。此自然之理。）何以其他三本，當世尚有留傳，而聖嘆所謂貫華堂之七十回本，則反絕跡人間，不可復得？

　　（二）貫華堂七十回本《水滸傳》，有施耐庵自序一篇。此序爲聖嘆所僞托，人所共知。假令彼七十回本果爲施耐庵原著，則聖嘆何必撰一僞序於上，致啓人疑？序既僞托，益足顯其書之非真也。

（《金鋼鑽報》一九三二年六月二十七日）

　　（一）胡適之先生謂七十回本當在新百回本（即郭刻之《忠義水滸傳》）之前，新百回本乃合七十回古本及《征四寇》兩書而成，其意蓋欲以此間接證明聖嘆確有七十回古本，此大誤也。按七十回本與《征四寇》，文筆工拙懸殊，斷不能合而爲一，即勉强湊之，亦斷不能如《野獲篇》所云稱爲《水滸》善本。即誠如胡先生之言，《征四寇》乃原百十回之後半，新百回本已將四十九回改爲三十回，文筆較《征四寇》工致，故能與七十回本合刊。然則何以彼文筆極幼稚之四十九回本《征四寇》，今尚能流傳不減，而文筆較工致之三十回本《征四寇》，一經聖嘆割截，反從此絕跡人間，不可復得？（董授經先生嘗見日內閣所藏《忠義水滸傳》。其前半與今聖嘆所評之七十回本，是否相同，當可證明也。）余意郭刻之《忠義水滸傳》，乃刪改百二十回之《水滸全傳》或百十五回之《英雄譜》而成。文筆雖較工致，但與聖嘆所評之七十回本，截然不同。無論如何，七十回本應當發現於《忠義水滸傳》之後，決不能發現於《忠義水滸傳》之前。縱使非聖嘆所刪改，亦必爲明末人所修削。但此書苟非聖嘆所改，則聖嘆何必强指爲施耐庵原本？欲持以排除其他各本之《水滸》。由此言之，昔人指七十回本乃聖嘆自己所修改，固不爲無見也。

（《金鋼鑽報》一九三二年六月三十日）

（一）余所得百十五回本《水滸傳》，其中詩歌之類，工拙不一。間有四句絶詩，三句尚佳，一句則似通非通，幾令人無從索解。今聖嘆所評之七十回本，則大加修飾，較之原本，工致多多，且其筆墨之空靈俏皮，與聖嘆所作絶相類。如四十五回裴如海被殺後之小曲，六十回盧俊義旗上之一絶句，七十回結束處之兩律詩，則一望而知爲聖嘆所作。而聖嘆尚謂施耐庵原本如是，人其誰信之哉！

（一）聖嘆治古文，極有根柢。今七十回本《水滸傳》，其中遣詞琢句，饒有古意，至如以"嘗"爲"常"，以"繇"爲"由"之類，尤不一而足。此皆古文中習用字，而《水滸傳》居然用之。顧余所藏百十五回本，又絶不如是。孰爲潤飾？殊不能令人無疑於聖嘆也。

（一）聖嘆喜亂改古書，胡適之先生已自言之。顧胡先生又以聖嘆不删《西廂》後四折爲證，代爲辯護。此亦不然。《西廂》後四折，篇幅不多，存之無傷。至於《水滸傳》則七十回之後，尚有四五十回。彼號稱古本者，既以一夢作結，則當然不必將已割去之四五十回。附刊於後。且《後水滸》篇幅太長，聖嘆雖欲如《西廂》後四折之加以醜詆，亦苦於罵不勝罵。故不如一并删却之爲乾净爽快也。

（《金鋼鑽報》一九三二年七月三日）

综上述各节目观之，可见圣叹实有删改《水浒传》嫌疑。其所谓七十回之贯华堂古本，是否确有此书，殊无法为之证明。又，《金瓶梅》开首叙潘金莲在武大家事，与今七十回本《水浒传》中之二十三至二十五回，大半雷同。究竟《金瓶梅》剽袭《水浒传》耶？抑《水浒传》剽袭《金瓶梅》耶？此亦一大可研究之问题也。就常情论，《金瓶梅》既根据《水浒传》而产生，则当然系《金瓶梅》剽袭《水浒传》，决不能谓《水浒传》剽袭《金瓶梅》。但《金瓶梅》系明嘉靖时人所著，而嘉靖以前所通行之《水浒传》，其叙述金莲戏叔、王婆诱奸各节，远不如《金瓶梅》之工致细腻（王婆所说之十分光，《水浒》原本即无之，其他简略尚多，不胜备举）。由此可知《金瓶梅》说叙潘金莲在武大家事，虽取材《水浒》，而其极细腻淫艳之描写文字，则完全系著者所自撰，初非向《水浒传》剽窃得来。嗣后有人修改《水浒》（此人即圣叹所崇拜之施耐庵，或即圣叹本人），爱《金瓶梅》文字之工致，乃稍加整理，插入《水浒传》中。是以就事实论，乃《水浒传》剽袭《金瓶梅》，非《金瓶梅》剽袭《水浒传》也。（余尝将《水浒传》之念三、四、五回，与《金瓶梅》之二、三、四回细细对照，《金瓶梅》间有拖沓累赘以及遣词下字不甚切当处，《水浒传》则较为简洁老当。若《金瓶梅》剽袭《水浒》，则决不致反较《水浒》为拙，可见此一节之原文实出《金瓶梅》，非罗贯中、施耐庵辈所得掠美也。）

（《金钢钻报》一九三二年七月六日）

胡适之先生谓《征四寇》中之王庆，即《水浒传》第一回之王进。又谓新百回本之下半部，已将征田虎、征王庆之二十回书删去，故四寇只存二寇，四十九回只存二十九回。合之今通行之七十回及中间删去之一回，恰为百回。又谓征田虎事何以删去，殊不可解。至于王庆则因已变成王进，移至全书之第一回，则后半不能存在云云。凡此皆胡先生神经过敏之谈。证之古本，完全不合。余所得之百十五回本《水浒传》中，既有王进，又有王庆，可知王庆自王庆，王进自王进，断不能将两人合为一谈。又，今通行之七十回本《水浒传》，在百十五回本中，只占四十六回，合之《征四寇》四十九回，恰爲百十五回。(《征四寇》之第一回，即百十五回本之第四十七回，其第四十六回中，僅刪去一小節，余於前文已言之矣。)可知《征四寇》乃係百二十回本或百十五回本之下半部。假令百二十回本最後之四十九回，與《征四寇》完全相同，則其前半部只有五十一回，較之今七十回本，相差至十九回之多。揆之情理，又決不如是。凡此均擬請曾見各種古本《水滸傳》之董授經先生詳加指示，方能破此啞謎也。

(《金鋼鑽報》一九三二年七月九日)

就今通行之七十回本《水滸傳》，細加分析。除楔子本屬獨立外，凡得十有七節，今總述之如下。(一)第一回至第二回之上半回，爲王進、史進師徒合傳；(二)第二回下半回至第六回之上半回，爲魯達傳；(三)第六回之下半回至第十一回之上半回，爲林冲傳；(四)第十一回之下半回至第十二回，爲楊志傳；(五)第十三回至第十九回之上半回，爲晁蓋、吳用等七人合傳；(六)第十九回之下半回至第二十二回上半回，爲宋江傳；(七)第二十二回下半回至第三十一回之上半回，爲武松傳；(八)第三十一回之下半回至第三十三回，爲花榮、秦明等合傳；(九)第三十四回至第四十二回，爲宋江、李逵、戴宗等合傳；(十)第四十六回至第四十九回，爲三打祝家莊事，其中第四十八回爲孫立、孫新諸人合傳；(十一)第五十回爲朱仝、雷橫合傳；(十二)第五十一回至第五十三回，爲李逵、柴進合傳；(十三)第五十四回至第五十八回，爲呼延灼、徐寧、時遷諸人合傳；(十四)第五十九回至第六十七回，爲三打曾頭市事，其中又包括四段(一)第六十回、第六十一回、第六十五回爲盧俊義、燕青等傳；(二)第六十二回至第六十三回，爲關勝傳；(三)第六十四回爲安道全傳；(四)第六十六回爲水火二將傳；(十五)第六十八回爲董平傳；(十六)第六十九回爲張清傳；(十七)第七十回爲總結。

(《金鋼鑽報》一九三二年七月十二日)

梁山百八人之落草，其原因不一，除本屬山寇如陳達、楊春、杜遷、宋萬等以及因劫盜案發落草者如吳用、公孫勝、劉唐、三阮等不計外，約可區別爲若干類。有因人陷害而落草者，如林冲、柴進、解珍、解寶、孔明、孔亮等是也；有因報仇泄忿而落草者，如武松、雷橫、楊雄、石秀之類是也；有因戚友牽累而落草者，如花榮、戴宗、孫立、孫新等是也；有因官司逼迫而落草者，如宋江、史進、楊志等是也；有因喪師失地而落草者，如關勝、呼延灼、張清、董平等是也；有因強被牽率而落草者，如秦明、李應、徐寧、朱仝、盧俊義等是也。至於路見不平，拔刀相助，殺人亡命，馴至落草爲山寇者，則百八人中，惟花和尚魯智深一人而已。百八人號稱江湖豪俠，而真能行俠仗義，爲他人鳴不平者，全書僅得此一人，寧非怪事耶？

　　正史紀宋江事，謂江以三十六人橫行河朔；《宣和遺事》紀梁山事，亦只三十六人。不知《水滸傳》作者，何以必增加七十二地煞？按其實，則《水滸傳》中所著意描寫者，在天罡中亦僅武松、林冲、魯智深、李逵、宋江等十餘人。即此十餘人中，如盧俊義、關勝、呼延灼輩，作者縱極力渲染，仍未能使讀者滿意。至於彼七十二地煞，則直可謂毫無描寫之餘暇及能力。然則當時作者若不圖熱鬧，專寫此三十六人，其成績必更優美也。

（《金鋼鑽報》一九三二年七月十五日）

　　今通行之七十回本《水滸傳》，以年月計之，凡歷八年又四個月。茲爲詳細分列於下：
　　第一年
　　正月初（王進奉母避禍，自東京出走）
　　二月上旬（王進投宿史家莊）
　　二月半左右（史進拜王進爲師）
　　八月下旬（八月下旬王進離史家莊，奉母往延安府投老种經略相公。）

第二年

二月半左右（史太公物故）

六月中旬（李吉向史進報告少華山盜蹤）（史進與少華山三盜結交）

八月半（史進因拒捕登少華山）

八月下旬（史進離少華山，往投王進）

九月半左右（史進至渭州，遇魯達、李忠）（魯達毆殺鄭屠）

十月初（魯達亡命至雁門縣，匿趙員外家）（魯達投五台山文殊院爲僧）（魯達第一次醉鬧五台山）

（附注）書中謂魯達第一次醉鬧五台山，在剃頭後四五個月，時爲初冬天氣，但魯達之至雁門，已是十月間事，然則書中所云誤了四五個月者，誤也。此節余曩已言之，茲復爲附識於此。

第三年

二月初（魯達因第二次醉酒大鬧，爲長老遣往東京）

二月下旬（魯達道出桃花莊，毆打周通）

三月上旬（魯達火燒瓦官寺）

三月二十餘日（魯達至東京大相國寺）

（《金鋼鑽報》一九三二年七月十八日）

三月二十八日（魯達與林冲相遇，高衙内調戲林冲妻張氏）

四月上旬（林冲誤入白虎堂，被陷入獄）

六月中（林冲發配滄州，棒打洪教頭）

九、十月之間（林冲遇李小二）

十一月中（火燒草料場，林冲殺陸謙、富安等）

十二月初（林冲投奔梁山爲盜）

十二月下旬（楊志賣刀，殺牛二）

第四年

二月中（楊志發配至大名府，以比武充提轄使）

五月初（劉唐至東溪村，七星聚義）

五月下旬(梁中書遣楊志押生辰綱赴東京)

六月初四日(晁蓋等智劫生辰綱)

自六月上旬至八月上旬(楊志、魯達奪二龍山)(宋江私放晁蓋)(晁蓋等投奔梁山爲盜)(林冲火幷王倫)

八月半(劉唐寄書,宋江殺閻婆惜)

九月下旬(朱仝義釋宋江,宋江奔滄州,遇武松於柴進莊)

十月中(武松打虎景陽岡,遇武大於陽穀縣)

十二月初(潘金蓮調戲武松)

十二月半左右(武松奉命往東京公干)

十二月下旬(潘金蓮私識西門慶)

第五年

正月半左右(武大捉奸被殺)

正月二十一日(潘金蓮毒死武大)

三月初八日(武松回家)

三月初十日(武松殺潘金蓮及西門慶)

六月初(武松發配)

六月半後(武松過十字坡,遇張青、孫二娘)

(《金鋼鑽報》一九三二年七月二十一日)

七月初(武松奪快活林,醉打蔣門神)

七月下旬(武松入張都監家)

八月半(武松被誣入獄)

十月半(武松發配,大鬧飛雲浦,血濺鴛鴦樓)

十月下旬(武松夜走蜈蚣嶺,殺王道人)

十一月中(武松遇宋江於孔家莊)

十一月下旬(武松投二龍山爲盜)(宋江過清風鎭,識燕順、王矮虎等)

十二月初(宋江至清風寨花榮家)

第六年

正月半（宋江觀燈被補，花榮與劉高反目）

正月十六日至正月底（宋江二次被補）（黃信計擒花榮）（燕順等劫取囚車）（秦明攻清風寨，中計被擒）（秦明黃信入夥爲寇）

正月底（清風寨衆寇歸梁山）（對影山收呂郭）（石勇寄書）（宋江回家）（花榮梁山射箭）

二月初（宋江抵家被補）

四月上旬（宋江發配）

四月下旬（宋江至潯陽江，遇李俊、張橫、穆弘兄弟）

四月底（宋江至江州）

五月半（宋江遇戴宗、李逵）（李逵搶魚）（宋江遇張順）

五月下旬（宋江題詩潯陽樓，被補下獄）

六月初（戴宗往梁山送信）

七月十二日（戴宗返江州）

七月十三日（黃文炳識破假信，戴宗被補）

七月十九日（劫法場大鬧江州）

七月二十日至八月上旬（宋江取無爲軍，殺黃文炳）（宋江投梁山爲寇）（宋江潛歸接太公，玄女廟受天書三卷）（公孫勝回家）（李逵回家接母）

（《金鋼鑽報》一九三二年七月二十四日）

（李逵殺虎被補，朱富、朱貴救之）（戴宗往薊州尋公孫勝，遇楊雄、石秀）

十月初（潘巧雲爲王押司做佛事，石秀窺破潘裴之私）

十一月半至翌年二月中（楊雄殺潘巧雲）（時遷盜鷄被擒）（李、祝失和）（初打祝家莊）（二打祝家莊）（解珍、解寶越獄）（三打祝家莊）

第七年

二月下旬（雷橫打死白秀英）

四月下旬(雷橫發配)(朱仝義釋雷橫)

六月下旬(朱仝發配至滄州)

七月十五日(李逵殺死小衙內,朱仝投梁山爲寇)

八月下旬(柴進、李逵往高唐州)

九月中(李逵打死殷天錫)(柴進入獄)(梁山發兵攻高唐州)(戴宗、李逵尋公孫勝)

十月下旬(破高唐州)

十一月中(呼延灼率師攻梁山)

十二月初(時遷盜甲)(徐寧上山)

十二月中(大破連環馬,呼延灼奔青州)

第八年

正月初至四月底(三山會攻青州)(宋江破青州,呼延灼被擒,降梁山爲寇)(史進、魯達陷華陰獄)(吳用賺金鈴吊掛,宋江破華陰)(芒碭山收樊瑞等)(晁蓋攻曾頭市,中箭死)

五月初(吳用往北京賺盧俊義)(盧俊義出游被擒)

八月下旬至十月初(盧俊義回家被捕)(俊義發配,燕青救主)(石秀跳樓劫法場)(吳用攻大名府)

十月半左右(關勝率師攻梁山,被擒降寇)

(《金鋼鑽報》一九三二年七月二十七日)

十一月初(吳用二攻大名府,索超被擒降寇)(宋江疽發於背,收兵回山)(張順往建康府請安道全)

第九年

正月十五日(破大名府,董平降寇)

四月初(破東昌府,張清降寇)(梁山建醮,發現石碣)(盧俊義一夢,結束全書)

由上述所分析者觀察之,則七十回《水滸傳》共歷時八年又四個月,彰彰明甚。書中雖有前後所述時日不甚吻合者,但所誤無多,大體尚不致混亂。《宣和遺事》謂晁蓋等劫生辰綱乃宣和二年五月事，在《水滸傳》中則爲第三年六月事，由此可知今七十回之《水滸傳》，應開始於徽宗重和元年，截止於宋欽宗靖康元年。但《水滸全傳》絕未提及徽宗禪位欽宗事，而《征四寇》第一回謂宋江往東京觀燈，遇徽宗於李師師家，可知作者之意，以爲《全傳》皆徽宗時事，而證之正史，則此中似又有未合。又正史謂張叔夜擊降宋江，乃宣和三年二月事；童貫破方臘，乃定宣和三年四月事，距江之降，不過二月耳，若劫生辰綱果爲宣和二年事，則全部《水滸傳》歷時應不足四年，全部《征四寇》歷時應不過兩月。試以兩書所敍各事計算之，又決不能符合。此則殊無法爲之修正者也。

(《金鋼鑽報》一九三二年七月三十日)

史稱宋江以三十六人橫行齊魏，顧除宋江外，擧不著其姓名。迨《宣和遺事》出，始列擧三十六人之姓名諢號，然其中亦有自相矛盾處。按天書中所擧三十六將，爲智多星吳加亮、玉麒麟李進義、青面獸楊志、混江龍李海、九紋龍史進、入雲龍公孫勝、浪裏白條張順、霹靂火秦明、活閻羅阮小七、立地太歲阮小五、短命二郎阮進、大刀關必勝、豹子頭林沖、黑旋風李逵、小旋風柴進、金槍手徐寧、撲天雕李應、赤髮鬼劉唐、一撞直董平、插翅虎雷橫、美髯公朱同、神行太保戴宗、賽關索王雄、病尉遲孫立、小李廣花榮、沒羽箭張青、沒遮攔穆橫、浪子燕青、花和尚魯智深、行者武松、鐵鞭呼延綽、急先鋒索超、拼命三郎石秀、火船工張岑、摸著雲杜千、鐵天王晁蓋。就以上所列者觀之，則晁蓋屬三十六人之一，但書中講宋江落草時，晁蓋已死，故嗣後宋江所統率之三十六人，晁蓋幷不在內，此其自相矛盾者一也。又，書中先於宋江而落草者有吳加亮等二十四人，後宋江而落草者有呼延灼等二人，與宋江同時落草者有朱仝等九人，但余就天書中所列三十六人幷觀之，則除先落草之二十四人及後落草之二人外(天書中無張橫，故不列入)與宋江同時落草者應有十人，朱仝、雷橫、李逵、戴宗、李海、史進、公孫勝、張順、武松、石秀。此其自相矛盾者二也。

（《金鋼鑽報》一九三二年八月一日）

又，書中謂"寨內原有二十四人，死了晁蓋一節，只有二十三人。又有宋江領至九人，便成三十二人，把天書點明，只少了四人"。而宋江向吳加亮云："今會中只少了三人，那三人是花和尚魯智深、一丈青張橫、鐵鞭呼延綽。"前云少四人，後云少三人，此其自相矛盾者三也。

天書三十六將中，並無一丈青張橫其人，此其自相矛盾者四也。

又，天書中以呼保義宋江爲帥，不在三十六人之數，顧嗣後又將宋江本人亦計算在內（先上山者二十四人，除去晁蓋，尚剩二十三人，加以宋江所帶之九人，再加以魯智深等三人，共只三十五人，必須將宋江加入，方足三十六人之數。若云與宋江一同上山者，應有十人，則張橫又不在三十六人之內，似應除去。是仍只三十五人，非將宋江本人加入，不能足數也。）此其自相矛盾者五也。

就上述矛盾者五端觀之，可知彼三十六人之姓名，即在《宣和遺事》中，亦根本未能清楚。嗣後周密（宋末元初人）所著《癸辛雜識》，載有龔聖與之《三十六人贊》，其所書諸人姓名，與《宣和遺事》所載，大同小異。如吳加亮改爲吳用，李進義改爲盧俊義，阮進改爲阮小二，李海改爲李俊，王雄改爲楊雄，公孫勝、林冲、張岑、杜千四人，則易以宋江、張橫、解珍、解寶四人。此其不同者也。

（《金鋼鑽報》一九三二年八月二日）

以《水滸》之三十六天罡，與《宣和遺事》所叙之三十六人相對照，亦小有不同。天罡中有解珍、解寶，《宣和遺事》中無之；張橫在《水滸傳》中列名天罡，而《宣和遺事》之天書中則並無其人（後雖云此人與呼延綽一同落草，但是否在三十六人中，並未言明，可參閱前述各條。）《宣和遺事》之三十六人中，有火船工張岑、摸著雲杜千、病尉遲孫立三人。張岑之名，不見《水滸》；杜千(《水滸》作摸著天杜遷)、孫立，則地煞而非天罡也。他若托塔天王之作鐵天王，吳用之作吳加亮(《水滸傳》謂加亮乃吳用之字，《宣和遺事》則徑稱吳加亮，未嘗言其名吳用也)，盧俊義之作李進義，李俊之作李海，浪裏白條之作浪裏白跳(余所藏百十五回《水滸傳》亦作白跳，非白條也)，阮小二之作阮進，阮小五之作阮通，關勝之作關必勝，雙槍將董平之作一直撞董平，病關索楊雄之作賽關索王雄，沒羽箭張清之作沒羽箭張青，穆弘之作穆橫，雙鞭呼延灼之作鐵鞭呼延綽，船火兒張橫之作一丈青張橫，此皆二書之所不同者。龔聖與之作《三十六人贊》，其姓名諢號，與《水滸傳》較爲接近，但亦有不盡吻合處，茲不贅述。

《水滸傳》將火船工張岑與一丈青張橫，合爲一人，爲改其諢號曰船火兒張橫，別將一丈青之諢名屬之扈三娘。此《水滸傳》中所以無張岑也。

(《金鋼鑽報》一九三二年八月三日)

水滸百八人之諢號，間有不易索解或足資研究者，茲爲抉出於後，當世博雅君子，苟有見解，甚盼賜教也。

一、呼保義。宋江之諢號有二，一曰及時雨，一曰呼保義。及時雨可解，呼保義殊不可解。"保義郎"爲宋之官名，此所謂"保義"者，不知是否即"保義郎"之簡稱，但"保義郎"之上，加一"呼"字，是何取義，亦殊令人無從索解也。

一、黑旋風小旋風。此二諢號，本易索解，但尚有足資研究者。余頗疑"旋風"二字乃一種代名詞，如人名或人之諢號或物之別名等類，非真旋轉之謂也。假如"旋風"爲人名或人之諢名，則"黑旋風"、"小旋風"者，即"病尉遲"、"小尉遲"之類，非黑色之旋風與微細之旋風也。若旋風真作旋轉之風解，則李逵黑而矯健，謂之"黑旋風"，尚覺恰當。若柴進則貴介公子，溫文爾雅，何以亦廁之李大哥之列，名之曰"小旋風"，未免擬之不倫，令人費解。故"旋風"云云，余終疑其非旋轉之風。獨惜宋時是否有人諢號旋風或物別名旋風,一時殊無從考查,致余説終不能得一確證爲可憾(聖嘆評《水滸》第十回,有小旋風與黑旋之解釋一節,牽強附會,余殊不取也。)

(《金鋼鑽報》一九三二年八月四日)

一、立地太歲與短命二郎。今《水滸傳》謂阮小二諢號立地太歲,阮小五諢號短命二郎。余昔嘗疑之,阮小五明明行五,何以諢號乃呼之爲"二郎"。論理,"短命二郎"之諢號,本屬阮小二,不應屬之阮小五也。嗣閲《宣和遺事》,始知"短命二郎"之諢號,本屬阮小二(《宣和遺事》作阮進),而阮小五(《宣和遺事》或作阮進)則諢號"立地太歲"。不知《水滸傳》作者,何以必將彼弟兄二人之諢號,互易一過,殊不可解也。聖嘆評《水滸傳》第十四回,謂"小七是七,小二小五合爲七,小五唤做二郎,又獨自成七,三人離合,凡得三個七焉。三七二十一,爲少陽之數"云云。以《易》理釋之,牽強附會,視論旋風爲尤可笑矣。或又語余,"短命二郎"之"二郎",乃"二郎神"之"二郎",非排行第二之意。故阮小五雖排行第五,其諢號正不妨爲"短命二郎"也。此説貌似較聖嘆爲辯。但《宣和遺事》既以"短命二郎"之諢號,屬之阮小二,則《水滸傳》當然錯誤,正不必強爲文飾也。

一、船火兒。夥計或稱伙計,或稱伙伴,亦有簡稱火伴者。"船火兒"之諢號,不知是否即船上火伴之意?按"船火兒"疑即《宣和遺事》中之"火舡工",而"火舡工"是否作船上之伙伴解,亦堪研究也。

(《金鋼鑽報》一九三二年八月五日)

一、浪裏白條。"浪裏白條"或作"浪裏白跳"(《宣和遺事》及古本《水滸傳》,均作"白跳"。惟今七十回本則作"白條"。)"白條"不知何物,或謂白條即白鰷魚名也,顧亦不能詳其出處。又,"白跳"與"白條",是否同一物名,亦堪研究也。

一、天目將軍。天目,山名也,是否尚有別解,殊苦無從查考。

若即作天目山解，則與"將軍"二字，又萬不能連貫。不知"天目將軍"之諢號，書中究作何解也。

一、病關索。關索爲關羽第三子，見《三國演義》。《演義》謂孔明南征孟時，關公第三子關索入軍求見，自云荆州失陷，養病鮑家莊，每欲赴川見先主，以創痕未合，不能起行。近病已痊愈，聞仇人均已誅戮，逐來西川見帝。適在中途遇南征之兵，因來投謁云云。"病關索"之諢號，殆即根據此節。（《宣和遺事》作"賽關索"，則又不涉鮑家莊養病事矣）所可疑者，關索在《三國演義》中，乃一無足輕重之人物，不知當時爲宋江等三十六人取諢號者，不知何以忽垂青此人。真令人無從索解也。

一、活閃婆。活閃婆，古本《水滸傳》作活閻婆。閃婆殆即可閃電之女神。活閃婆者，喻其身手之矯捷也。古本作活閻婆，不知當作何解，豈閻羅天子之老婆耶？一笑。

（《金鋼鑽報》一九三二年八月六日）

《水滸》之作，必後於《三國演義》，故百八人之諢號，有根據《三國演義》者，如"病關索""小温侯"是也（或謂温侯吕布，見於正史，小温侯之諢號，未必根據《三國演義》。不知温侯用戟，正史所無，惟《演義》中乃累寫之耳。《水滸》以吕方使戟，乃錫以"小温侯"之諢號，此非根據《演義》而何？）又，其寫關勝之舉止談吐，處處效學《三國演義》之寫關羽。而五臺山下鐵匠語魯智深，謂關王大刀重八十一斤，亦根據《三國演義》。凡此皆《水滸傳》後於《三國演義》之明證也。

《水滸傳》之作，必後於《封神榜》《西游記》，故項充諢號八臂哪吒，李袞諢號飛天大聖。或謂哪吒之名出之佛經，未必根據《封神榜》。然哪吒之上加以"八臂"二字，其爲根據《封神榜》無疑矣。

《水滸傳》之作，必後於《説唐》《征東》諸演義，故百八人之諢號中，有"病尉遲""小尉遲""賽仁貴"等名目。尉遲恭、薛仁貴二人，雖并見於正史，但尉遲恭用鞭，仁貴用戟，均正史所無。《水滸》以孫立使鞭，名曰"賽尉遲"；郭盛使戟，名曰"賽仁貴"。此皆根據演義無疑。

《三國演義》《封神榜》《西游記》《說唐》《征東》諸書，強半出於明人手筆。《水滸傳》之成，猶在其後。然則謂《水滸傳》爲元人所作，其謬妄正不待辯也。

(《金鋼鑽報》一九三二年八月七日)

《水滸傳》第一回謂史家莊上有莊客名王四者，頗能答應官府，口舌利便，滿莊人稱之爲"賽伯當"。此伯當不知何許人，殊苦無從查考，古豈有長於辭令之人名伯當者耶？此人生於何朝，見於何書，世有知者，甚盼見教也。

今人每言王婆，幾無不知爲潘金蓮與西門慶之撮合山。吳俗詈老婦人之凶悍者，輒曰王婆，殆即根據於此。其實《水滸傳》中之王婆，共有三人。除潘金蓮之乾娘外，其一爲林冲家間壁之鄰人（見第六回），其一爲閻婆惜家間壁之媒婆（見第十九回）。大約當時凡鄰近老婦人之不詳其姓氏者，輒呼之曰"王婆"，實則其人未必姓王也。（中國人王姓者最多，故凡姓氏之不詳者，往往以王姓代之。如今當鋪之當票上，輒書當物之人姓王，即此意也）《水滸傳》中三王婆，餘二人均無不道德行爲。然則王婆初非一惡名詞，今人以王婆詈老婦人，已失當時漫呼王婆之本意矣。

今人對人自謙，輒稱鄙人。宋元間則直稱小人。《水滸傳》諸人，對人稍謙抑者，都自稱小人。如第一回王進向史太公言："小人姓張，原是京師人……"云云是也。又，宋元時小輩對長輩，亦間稱小人，如第七回林冲向丈人張教頭言："令愛嫁事小人，已經三載，亦無半點兒差池……"云云是也。

(《金鋼鑽報》一九三二年八月八日)

今人但知妻對夫可稱"官人"，故戲劇中每以"官人"與"娘子"對稱，不知宋元間人尊稱他人，輒呼"官人"。故《水滸傳》中之鄭屠，人稱鄭大官人；西門慶，人稱西門大官人。"官人"而稱"大"，殆尊而又尊之意。他若酒保家，對於顧客，往往尊稱官人，如第二回酒保向魯提轄云："官人吃甚下飯？"又如第六十回店小二向盧俊義云："好教官人得知，離小人店不到二十里，正打梁山泊口子前過去……"云云，皆是也。又，當時婢僕對主人，亦可稱官人。如第六回林冲家使女錦兒向林冲云："官人休要坐地，娘子在廟中和人合口"是也。今人無輕易稱人爲官人。惟吾鄉老嫗，間呼男孩子曰"小官人"，此官人即"小少爺"之意。至於"小官人"爲丈夫之代名詞，則全國通行；而"大官人"三字，反久已無人引用。此亦可謂稱呼上之一大變遷也。

《水滸傳》第六回富安向高衙內云："……小閑尋思得一計，使衙內能够得他。"又云："小閑使去他家，對林冲娘子道……小閑這一計如何？""小閑"二字，殊屬創見。即《水滸傳》中，亦僅僅一人而已。按富安爲高氏幫閑，所謂"小閑"者，殆即"小幫閑"之簡稱，但門客決無自稱"小幫閑"之理。然則"小閑"之稱，其意義究何若，似尚堪一研究之也。

（《金鋼鑽報》一九三二年八月九日）

"相公"之稱，自昔所尊，唐宋時貴爲宰輔，亦稱"相公"。故《水滸傳》中之官吏，自縣令以上，屬下均稱之爲相公。如第二十二回武松向陽穀縣言："小人托賴相公的福蔭，偶然僥倖，打死了這個大蟲……"又如第三十八回黃文炳向蔡九知府言："相公在上，不敢拜問。不知近日尊府太師恩相，曾使人來否"云云皆是也。其較尊崇而恭敬者，或稱"恩相"。如第六回陸虞侯向高俅云："恩相在上，只除如此如此得。""恩相"之"相"，即"相公"之簡稱。降及明清，"相公"之稱漸廢，"大人""老爺"乃起而代之。科舉時代，惟秀才仍稱"相公"。今則"相公"已爲明視公專有之代名詞，若貿然呼人爲"相公",受者幾無不怒之以目。一稱謂之微,其經過之變遷且如此。不有稗史,安從稽索耶?

今人但知剃頭者爲"待詔",不知宋元間人呼手藝匠人,均可稱"待詔"。《水滸傳》第三回云:"魯智深走到鐵匠鋪前看時,見三個人打鐵,智深便問道:'兀那待詔,有好鋼鐵麽?⋯⋯'那待詔住了手道:'師父請坐,要打甚麽生活?'"此即鐵匠可稱待詔,但待詔決非鐵匠專有之名詞。大約即今人所稱"司務"之意。(今人稱手藝匠人,輒曰司務,如木匠司務、鐵匠司務之類)。其出處則待考。

(《金鋼鑽報》一九三二年八月十日)

《水滸傳》第三回金老向魯達云:"我女兒常對他孤老説提轄大恩⋯⋯。"又,第十二回唐牛兒向街坊云:"我喉急了,要尋孤老,一地里不見他。"由上兩節觀之,則"孤老"之稱,乃"出錢照顧者"之意,即今俗諺所謂"財東"是也,但何以名之曰"孤老",殊不可解。(今滬上之下流社會人,每稱女人曰"寡老",此與"孤老"極相類,而其義亦不可解,下流人口吻,大率詭秘難測,欲爲考證,殊不易也。)

今人祖父爲顯宦者,則稱"公子",或稱"少爺"。《水滸傳》中,獨稱"衙内"。如高俅之子爲高衙内是也。"衙内"之稱,他書殊少見,大約惟宋元時獨有之耳。

宋元時人稱道士爲"先生"。《水滸傳》中第十四回,公孫勝往訪晁蓋,莊客報晁蓋云:"門前有個先生,要見保正化齋糧。"又,第三十回敘武松過蜈蚣嶺云:"⋯⋯一個先生摟著一個婦人,在那窗前看月戲笑。"此"先生"皆是道士也。今人雖亦稱黄冠爲"道士先生",但無有單稱爲"先生"者矣。

今人稱所狎之妓曰"相好",宋元時則稱"表子",道士爲先生。第二十一回云"張三説宋江殺了他的表子。"又,五十回云:"知縣恨雷横打死了他的表子。"此"表子"之意義,與今稱妓女之爲"表子"

者略異。

(《金鋼鑽報》一九三二年八月十一日)

《水滸傳》中往往稱小孩子爲"猴子"。如二十一回云："一個婆子跪左邊,一個猴子跪在右邊。"此"猴子"指唐牛兒也。又,如第二十三回云："這小猴子提了籃兒,一直望紫石街走來。"此"猴子"指鄆哥也。"猴子"之稱,大約爲當時齊魯間土語。或謂今江淮以北,亦有稱孩子爲"猴子"者,則未之聞也。尚待考。

今人但知"娘子"爲妻之代名詞,其實不然。"娘子"者,婦人之尊稱,與男子之稱"官人"略同。古來妻稱夫曰"官人",夫稱妻爲"娘子"者,此蓋互相尊敬之稱,與"丈夫""賢妻"之專屬夫婦者不同,是以無論何人對婦人均可稱"娘子"。如《水滸傳》第二十三回西門慶向潘金蓮云："不妨事,娘子閃了手。"又,如第六回林冲家使女錦兒向林冲云："官人休要坐地,娘子在廟中和人合口。"是使女對主婦,亦可稱"娘子"也。今則"娘子"之稱,乃專屬之妻。若貿然呼他家婦女爲"娘子",鮮有不被人呵叱詬詈矣。

今下流社會通行之切口,或稱夫曰"蓋老",稱妻曰"底老"。不意此種切口,宋元時民間社會已有之。《水滸傳》第二十三回王婆向西門慶云："他的蓋老,便是街上賣炊餅的武大郎。"可見"蓋老"之稱,由來已久。至其意義若何,曰蓋曰底,吾人可以想像得之矣。

(《金鋼鑽報》一九三二年八月十二日)

今人每以"粉頭"爲娼之別名,其實不然。顧名思義,凡婦女之修飾者,均可呼之爲"粉頭"。《水滸傳》第二十三回云："那婆子謝了官人,起身睃這粉頭時,一鐘酒下肚,哄動春心……"此粉頭指潘金蓮。金蓮雖淫賤,但終不得以娼妓目之。可見粉頭非娼妓專有之代名詞。惟此二字似含有輕薄鄙賤之意,殊不宜施之端莊幽嫻之婦女耳。

在《水滸傳》第二十三回中,有特別名詞三(一)影射鈎(王婆向西門慶云:"我又不是影射鈎。")疑是私娼。(二)刷子(王婆云:"這個刷子甚得緊!你看我著些甜糖抹在這厮鼻子上。"又云:"這刷子當敗!且把銀兩來藏了")疑即浮浪子弟(三)馬泊六(王婆云:"……也曾說風情,也曾做馬泊六。")疑即男女幽會之撮合山。但其意義出處,均苦無從考證。大約此乃宋元時齊魯間通行之下流口吻,即當時人亦未必能知其意義之所在也。

今人妻妾有不貞者,人每呼之爲"龜"。唐宋時人則曰"鴨",不曰"龜"也。《水滸傳》第二十四回武大向鄆哥云:"我的老婆又不偷漢子,我如何是鴨。"可見古人之惡人呼鴨,猶今人之惡人呼龜也。但元緒公之取鴨而代之,不知始於何時。得暇尚當一考查之耳。

(《金鋼鑽報》一九三二年八月十三日)

《水滸傳》第二十六回張青向武松云:"俺這個渾家姓孫,全學得他父親本事。"妻稱渾家,不知是何意義,亦不知有何典故。中國方言,大率無從考證,誠憾事也。

宋元時妓女之能説評話、唱戲曲者,謂之"行院"。"行院"者,即流走江湖歌唱院本之意。(宋元人稱曲本曰行本。)其所奏技,分"打散"、"戲舞"、"吹彈"、"歌唱"等若干種。院本則又有"笑樂院本"、"鼓兒院本"等分別。至其演講故事,又分兩種,有且説且唱者,有只説不唱者。此與今流行之評話彈詞大旨相似。而一回説畢,持盤子向客索錢,則又酷肖北方之落子館。以上情形,均得之《水滸傳》第五十回所寫白秀英鶯歌一節。由是觀之,説部之有裨於考古,殊非經也。

第二十八回叙快活林酒店云:"里面坐著一個年紀小的婦人,正是蔣門神初來孟州新娶的妾,原是西瓦子里唱説諸宫調的頂老。""瓦子"也,"宫調"也,"頂老"也,均在可解不可解之間。以意度之,"瓦子"即今北方所謂"窑子",妓院也;"宫調"即小曲之代名詞;"頂老"則娼之負大名也。

又,第二十八回云:"這幾個火家搗子,打得屁滾尿流。""火家"即夥計,"搗子"不知何解。他處殊少見也。

(《金鋼鑽報》一九三二年八月十四日)

郎中,官名也。今南方人稱醫生曰"郎中",不知始於何時。宋元人稱武官之親隨(如今馬弁之類)亦曰"郎中"。《水滸傳》第二十九回,施恩向武松云:"兄長,這幾位郎中是張都監相公處差來取你。"此"郎中"之稱,知者絕少,在《水滸傳》中亦僅一面而已。

第二十九回敘武松在張都監家事,云:"張都監著丫環、養娘相勸一杯兩盞。""丫環"與"養娘",不知有何分別。或云:"丫環"屬於雇傭性質,"養娘"則賣身之婢,自幼撫養長大者。此說初無考證,殊未敢信其必然也。

宋元人稱強盜或曰"紅頭子"。《水滸傳》第三十三回慕容知府向秦明云:"城上衆人,明明地見你指撥紅頭子殺人放火。""紅頭子"者,大約即古"紅巾"之意。

"道人"之稱,今屬羽士,宋元時則頭陀亦稱"道人"。《水滸傳》第四十四回裴如海所雇傭報曉之頭陀,名曰胡道。"胡道"者,胡姓之道人也。故胡道向裴如海自稱小道。惟第五回與崔道成同據瓦官寺之邱小乙,亦屬道人,而書中謂其頭戴皂巾,身穿布衫,腰繫雜色縧。其裝束又殊不類頭陀,未識何故。(或謂道人即今之香伙,乃和尚所雇之侍者。顧書中明明謂胡道乃一頭陀,非侍者也。)

(《金鋼鑽報》一九三二年八月十五日)

今戲園中之捧角者,每於伶人登臺之日,釀送匾額、鏡框、銀盾、花籃等物,以資點綴。不知此風實始於宋元時,《水滸傳》第五十回敘白秀英鶯歌事,云:"門首掛著許多金字帳額,旗桿吊著等身靠背。"此許多金字帳額，大約即捧場者所送，但不知旗桿上所懸掛之"等身靠背"，究爲何物耳。

　　白秀英所唱之《豫章城雙漸趕蘇卿》，不知是何故事。聖嘆且云未見其書，吾人更無從爲之考證矣。但我知宋元民間，當確有此一種人人皆知之風流故事，如《孟姜女》《梁山伯》之類，決非《水滸》作者所杜撰。所惜此事不傳於今，爲可憾耳。

　　妓女別稱"花娘"，爲宋元時說通行者。《水滸傳》五十回云："那花娘見父親被雷橫打了，叫一乘轎子，逕到知縣衙內。"花娘指白秀英也。聖嘆以爲李賀詩有"花面丫頭"四字，即"花娘"之所本，似屬附會。

　　婢稱"梅香"，由來已久。《水滸傳》第五十五回云："兩個梅香一日伏侍到晚，精神困倦。"可見元時已有此稱，今則惟戲劇及小曲中偶用之耳。

　　員外，官名也。今小說及戲劇中，凡曾任官職而退居林下者，都稱"員外"。《水滸傳》稱員外者，僅盧俊義一人而已。

（《金鋼鑽報》一九三二年八月十六日）

　　斷髮文身，古蠻俗也。春秋時吳爲蠻地，故其人多喜文身。嗣後此風流入中土，文身者日多。降及宋季，人民喜刺花繡於胸背兩臂間，詡爲美觀。故《水滸》百八人之中，刻花背甚多，如九紋龍史進（第一回云"史太公又請高手匠人，與他刺了這身花繡，肩膀胸膛總有幾條龍。"）花和尚魯智深（第十六回敘楊志遇魯智深云："只見一個胖大和尚，脫得赤條條的，背上刺著花繡。"又，魯智深向楊志云："人見灑家背上有花繡，都叫俺做花和尚。"）短命二郎阮小五（第十四回敘阮小五云："披著一領舊布衫，露出胸前刺著的青鬱鬱一個豹子來。"）病關索楊雄（第四十三回敘楊雄云："那人生得好一表人才，露出蘭靛般一身花紋"）雙尾蝎解寶（第四十八回敘解寶云："兩雙腿上，刺著兩個飛天夜叉。"）浪子燕青（第六十回敘燕青云："盧員外叫一個高手匠人與他刺了這一身遍體花繡，却似玉亭柱上鋪著軟翠。")花頭虎龔旺(第六十九回敘龔旺云:"渾身上刺著虎旺,額項上吞著虎頭。")書中均謂其身刺有花繡。且當時竟有高手匠人,專以替人刺花繡爲職業,亦可見一時風行之盛。今則工人多有刺花兩臂者,而江湖豪俠,尤喜以刺花自示其壯健。惟遍體花繡,殊不多見耳。(外國水手亦有刺花臂上者,其意義雅與中土不同,當別論之。)

(《金鋼鑽報》一九三二年八月十七日)

踢毬之戲,興於唐,盛於宋,唐玄宗風流自賞,精於雜記,在宮中每與内侍輩蹴毬爲樂。所謂"三郎沉醉打毬回"者是也。《水滸傳》謂宋徽宗善踢氣毬,以配明皇,可謂無獨有偶。而高俅以委巷細民,亦工踢毬。可知此戲當時已盛行民間,自帝皇以至閭巷鄙夫,莫不以踢毬爲消遣。按,古時之毬,大都以皮裹毛羽等爲之,有彈性,雖曰氣毬,與今機器打氣者不同。至其踢法與勝負之區別,因已失傳,無從詳考。大率以兩人或數人分立場中,往復蹴毬,不使落地,技高者並可顯出種種身段及姿勢,以博觀者稱賞。其制與今通行之英國式、美國式足毬,完全不同。惜乎中國古時,對於此種具有運動性質之遊藝,視爲玩物喪志,不屑詳爲記載,以致制度法則,日就湮滅。降至今日,雖此種遊戲小道,亦必取法乎歐美,甚至數典忘祖,謂中國本無踢毬等遊戲。偶讀《水滸》,輒爲嘆息也。

《水滸傳》作者爲女人取名,喜用"蓮"字。武松之嫂曰"潘金蓮",鄭屠所霸占之賣唱女子曰"金翠蓮",李逵在琵琶亭所點傷之賣唱女子曰"宋玉蓮"。又,其所寫四淫婦,潘金蓮、潘巧雲、閻婆惜、賈氏,已却有一雙姓潘。不知作者何憾於"潘"姓,可發一噱也。

宋時無剃頭店,却有篦頭鋪,見《水滸傳》第十九回。

(《金鋼鑽報》一九三二年八月十八日)

宋時有擔桶賣酒者,如《水滸傳》第三回魯智深所遇及第十五回白勝所假扮者是也。今則飲酒胥赴酒家,更無沿街叫賣者矣。

　　第二十回云:"鄆城縣一個賣糟醃的唐二哥,叫作唐牛兒。"賣糟醃者,大約乃專賣糟醃食物之小販,如今薰桶擔、牛肉擔是也。

　　第二十回又云:"宋江從縣前過,見一碗燈明。看時,却是賣湯藥的王公,來到縣前趕早市。"由此可知,宋時有專賣湯藥之小販。今則無之,或云今粵人有售藥茶者,即古賣湯藥之遺意,不識確否?

　　第二十三回云:"王婆出來道:'大官人吃個梅湯。'西門慶道:'最好多加些酸。'"又云:"王婆道:'大官人,吃個和合湯如何?'西門慶道:'最好,乾娘放甜些。'"又云:"王婆道:'連日少見,且請坐。'便濃濃的點兩盞薑茶,放在桌子上。"由此可知,宋時的茶坊中,兼售梅湯、和合湯、薑茶等等,甜酸苦辣,各色俱備。此近今茶肆中之所未有也。

　　近人但知出門時費用曰"盤纏",不知宋人謂家中之費用,亦曰"盤纏"。《水滸傳》第二十三回武松向武大云:"你不做買賣也罷,只在家裏坐地,盤纏兄弟自送將來。"此盤纏謂家用也。

　　宋諺謂"打抽豐"曰"掛鈎子",見《水滸傳》第二十四回。

　　　　　　　　　　　(《金鋼鑽報》一九三二年八月十九日)

　　古說部於地理多不甚講究,往往謬誤百出,遭人指摘。蓋昔時道途阻塞,旅遊不便,著書者大都足迹未出里閈,向壁虛構,遂多譌誤,即號稱佳小說如《水滸》《三國》等書,亦所不免。其他更無論矣。《水滸傳》第五十四回叙梁山發兵攻華州事,梁山在山東,華州在山西,相隔可千數百里,非能朝發而夕至者也。且自梁山至華州,必須穿越河南省或直隸省,各處當然均有官兵防守。不知梁山大隊人馬,何以能越境往返,毫無阻攔。揆之情理,殊不可通。又,陸甸孫先生謂余,自東京至西嶽華山,初不必經過渭河。《水滸傳》謂宿太尉在渭河中被宋江等截劫者,亦誤也。

自梁山至江州及大名府,爲程均非旦夕可達。《水滸傳》寫梁山諸人之攻江州,破大名,大隊往返,如入無人之境。就情理論,似均未合。其他闇於地理上之謬誤尚多,茲不贅。

(《金鋼鑽報》一九三二年八月二十日)

舊小説研究・紅樓夢

澹　庵撰

　　載於《金剛鑽報》一九三二年八月二十一日至十月二十七日，十月二十九日至十一月二十九日。作者澹庵，即爲陸澹庵，見一九三二年《説部卮言・水滸》叙録。本文對《紅樓夢》全書瑕疵的指摘主要從叙事時間上的訛誤出發，發現許多前人未曾注意的問題，頗有參考價值。同時，作者對《紅樓夢》詩詞不合章法之處的疑問，也很有見地。作者在細微處指出《紅樓夢》瑕疵的同時，也在宏觀上准確地審視出其在小説史上的重要地位。作者將《紅樓夢》與《水滸傳》《金瓶梅》等小説相比較，極力强調《紅樓夢》的獨特之處，凸顯其思想意義及小説技巧。作者雖然在小處不停質疑，但從根本上反對從細枝末節處出發來結構《紅樓夢》的大旨，反對以鑽牛角尖的方式來索隱《紅樓》人物，"疑心這部書中的賈寶玉，便是曹雪芹寫他自己"。另外，作者將舊小説的人物命名特色分爲兩派："一派是隨意命名，毫無取義；一派却用諧音或會意，隱蔽指出那人的品性行爲來。"相較而言，"當然以隨意題名的較爲象真。"至於用諧聲格或會意格題名，"最大的弊病，便是教讀者容易感覺得這故事並不是真的，於是對於書中人喜怒哀樂的情感，頓時便减却了不少。"

　　《紅樓夢》這部小説，研究的人實在太多了，有許多博古通今的老先生們，簡直把研究《紅樓夢》當做一種專門學問，孜孜兀兀，下著死工夫去替他做考據,所以一時竟有"紅學""紅社"等種種名稱發現。在向來看不起小說的中國,這部書居然能得到一部分學者的注重和研究,不能不算是中國小說書中享著唯一的榮譽者了。

　　研究《紅樓夢》的書籍,書坊中不知出版過若干種,討論《紅樓夢》的文章,報紙上不知登載過若干篇。凡是可以考據的地方,大家都已旁徵博引,很精密的研究過了,對於考據學一點沒有下過工夫的我,怎麼再敢大膽的做《〈紅樓夢〉的研究》呢?這似乎太覺得不自量力了吧。其實不然,我這部《〈紅樓夢〉的研究》,和別家的書籍文章,根本上有些不同的地方。從前各家的研究《紅樓夢》,大概都偏重在考據方面。有人說:"《紅樓夢》是影射清初國事的小說,寶玉就是順治帝,黛玉就是董小宛";有人說:"《紅樓夢》是影射乾嘉時各名士的軼事,黛玉就是朱竹垞,寶釵就是高澹人";有人說:"《紅樓夢》影射清權相明珠家內的事情,寶玉就是納蘭成德";有人說:"《紅樓夢》是記曹雪芹自己家中的事情,寶玉就是隨園,十二金釵都是他的女弟子",此外還有人以《大學》《中庸》來解釋《紅樓夢》,以《易經》卦象來解釋《紅樓夢》,各人有各人的證據,各人有各人的理由,聚訟紛紜,莫衷一是。這種研究,我非但不能做,而且也不願做。我不敢說以上各家的考據,完全是牽強附會、捕風捉影之談,但是我有個脾氣,最反對人家做小說的索隱。

（《金剛鑽報》一九三二年八月二十一日）

　　因為做小說的人,多半是偶然興至,憑空結撰,未必一定有所影射,而後來讀小說的人,偏要強作解人,代為索隱,硬說某人是影射某人,某事是影射某事,橫牽豎扯,說出許多的證據來,自以為別有心得,這真是出乎當時著書人意料之外。譬如拿《紅樓夢》來說,究竟內中是否有所影射,寶玉是誰,黛玉是誰,惟有原著作人曹雪芹心裏明白,我們要確實知道內中的隱情,非得向曹雪芹本人請教不可。但是曹雪芹死了幾百年了,這已是不可能的事。所以,我們在幾百年後讀《紅樓夢》的人,對於書中影射何人,有何秘密,正不必瞎費了許多心思去猜度他。現在研究"紅學"的諸位先生，雖然發表了許多著作和文章，各人有各人的意見，各人有各人的理由，但是爽快的說一句，我對於許多理論却沒有一種能深信不疑的。因爲他們所發表的意見，所提出的證據，大概都是就書中門面立論，假使要一樁樁的印證起來，却總有許多不能自圓其說的地方。所以，我以爲研究《紅樓夢》而一定要在考據上下死功夫，似乎沒有什麼意思。至於那幾位以《大學》《中庸》《易經》卦象來解釋《紅樓夢》的老先生，却更覺得迂腐而滑稽了。假使當時曹雪芹真是這樣做法，我可以斷定他無論如何做不出這部《紅樓夢》來。況且曹雪芹既然有這種研究經書的學識和興趣，盡可以做一部正正經經的書，發揮他的心得，何必定要包含在小說中間，教人家去胡猜亂想呢？所以這種解釋，根本不能成立。

（《金剛鑽報》一九三二年八月二十二日）

我們假如要研究《紅樓夢》，第一要知道《紅樓夢》無論做得如何佳妙，畢竟是一部小說，並不是講究學術的書，也不是考證史事的書。倘然以研究學術的眼光來研究《紅樓夢》，以考據史事的功夫來考據《紅樓夢》，那真是隔靴搔癢，自己鑽到牛角尖裏去了。所以我的意思，我們研究《紅樓夢》，不必把眼光放得太高了，只要就書論書，把研究小說的眼光，來將它研究一下。至於書中所叙述的事情，是真是假，是虛是實，還有那寶玉、黛玉、寶釵諸人究竟是否有所影射，我們可以完全不必去問它。這部《（紅樓夢）的研究》我便是抱著這個宗旨胡亂地寫出來的，說得不對的地方，很希望讀者加以指教。

一部洋洋灑灑數十萬言的《紅樓夢》，事情太繁碎了，人物太複雜了，到底應當打從哪里着手去研究它，這的確是個難題目。我向來有個脾氣，是喜歡捉人家小說裏的漏洞，如今不妨先把《紅樓夢》這部書中疏漏脫節的地方，一樁樁的替它捉出來，這似乎比較的還有一點興趣。

第一回說甄士隱有一天做了一夢，夢見一僧一道，正在談論絳珠仙草和補天頑石的風流因果。照他們所說的話看起來,似乎寶、黛二人,尚未降生人世。但是那時英蓮已經三歲了,依此推算,英蓮至少應當比寶玉大三歲(黛玉比寶玉還年輕,英蓮當然更不止比她大三歲了),但是後文寫香菱(就是英蓮)的年紀,似乎並不見得比寶、黛大到三歲以上。所以,第一回"年方三歲"的一句話,依我說,還是刪去爲妙。

(《金剛鑽報》一九三二年八月二十三日)

第二回冷子興道:"這政老的夫人王氏,……第二胎生了一位小姐,生在大年初一,就奇了。不想次年又生了一位公子,說來更奇,一落胞胎,嘴裏便銜下一塊五彩晶瑩的玉來。"依這樣說,元春和寶玉只差一歲,寶玉這一年是七歲,那末元春應當只有八歲,但是他後文又說道:"政老爺之長女名元春,因賢德選入宮做女史去了。"八歲的女孩子,便可以選進宮作女史嗎?一回之中,自相矛盾至此,真是怪事。有人說作者有意如此矛盾錯亂,令讀者無從捉摸,但是就做小說的規格論,似乎不應當有這種錯誤。

第二回冷子興道:"若問那赦公也有二子,次名賈璉,今已二十來往了。"賈璉既然是次子,應當還有個長子哩。那長子叫什麼名字,是活著還是死了,書中絕不提起。這似乎是個缺漏。

第二回中賈雨村道:"去歲我到金陵,因欲遊覽六朝遺迹,那日進了石頭城,從他老宅門前經過,街東是寧國府,街西是榮國府,二宅相連,竟將大半條街占了。"照他這樣說,榮、寧二府明明是在南京城内了,但是以後書中叙述榮、寧二府的地址,似乎決不是在南京城内,種種證據,不勝枚舉。榮、寧二府究竟在何處,迷離惝怳,簡直無法可以指出。這大概是作者有意如此,並不是錯誤,但是就做小說的規格論,似乎也是不合的。又寧國府在街東,榮國府在街西,兩宅如何可以接連?這"二宅相連"一句話,也是奇談。

(《金剛鑽報》一九三二年八月二十四日)

第三回說賈雨村說："題奏之日，謀了一個復職，不上二月，便選了金陵應天府。"第二回說他升了本縣太爺，明明是個知縣罷了，後來起復原職，應當仍做知縣才是。與本回所說官職不合。

　　第三回敘林黛玉到賈府的事道："忽見街北蹲著兩個大石獅子，三間獸頭大門，……正門之上有一匾，匾上大書敕造寧國府五個大字，……又往西不遠，照樣也是三間大門，方是榮國府。"照此看來，榮寧二府是面南背北，東西并列的。第二回說"街東是寧國府，街西是榮國府，二宅相連"，這却完全與本回矛盾了。

　　第五回寶玉在太虛幻境所見的金陵十二釵正冊，每頁各有詩或詞一首。這種詩詞，非但句子做得不高明，而且有幾首連韻都押錯了。如咏李紈的一首道："桃李春風結子完，到頭誰是一盆蘭？如冰水好空相妒，枉與他人作笑談。""完"字與"蘭"字是上平聲十四寒，"談"字却是下平聲十三覃，怎麼可以押在一首詩裏呢？還有總結的一首道："情天情海幻情深，情既相逢必主淫。漫言不肖皆榮出，造釁開端實在寧。""深"字與"淫"字是十二侵，"寧"字是九青，怎麼也可以押在一首詩裏呢？還有那又副册上咏襲人的一首六言詩道："枉自溫柔和順，空云似桂如蘭。堪羨優伶有福，誰知公子無緣。""蘭"字是上平聲十四寒，"緣"字是下平聲一先，怎麼也可以押在一首詩裏呢？至於那一首咏晴雯的長短句，更是糟不可言。不知到底押的什麼韻？曹雪芹並不是個不會做詩的，為何這幾首詩詞弄得如此支離錯誤？真令人莫名其妙。

　　　　　　　　　　　　（《金剛鑽報》一九三二年八月二十五日）

　　第七回周瑞的女兒向周瑞家的道："你女婿因前多吃了幾杯酒，和人分爭起來，不知怎的被人放了一把邪火，說他來歷不明，告到衙門裏，要遞解還鄉。"而後文又道："原來周瑞家的女婿，便是雨村的好友冷子興，近日因賣古董，和人打官司"。究竟冷子興的吃官司，為了賣古董呢，還是為了來歷不明？若說為賣古董而起的，那末他的女人來討情分，似乎不必把實在的原因瞞起來。若說是因爲來歷不明,那末這四個字依法不能成爲罪案,也不是無論何人可以到衙門裏去告發的,怎麼衙門裏會糊裏糊塗的要把他遞解還鄉呢?況且冷子興既然是榮府大管家周瑞的女婿,決不是無來歷的人,别人怎敢把"來歷不明"四個字,到衙門裏去告他?所以無論如何,這中間一定有些錯誤,似乎應當修改一下。

第六回劉老老初次進榮國府,説是這年的秋盡冬初。隔了兩天,寶玉到薛姨媽處探望寶釵,天氣已經冷得下雪了。十月初下雪,似乎太早一點。雖然《紅樓夢》好像是描寫北京的事,但是據久居北京的朋友説,那邊雖然比南方冷得早些,可是十月初下雪,也是很少見的。

(《金剛鑽報》一九三二年八月二十六日)

從第三回黛玉進京起到第八回寶玉在薛姨媽處飲酒遇雪止,完全是一年中的事,那一年黛玉六歲,寶玉比黛玉大一歲,應當是七歲。但是書中所叙寶玉的言語舉止,却像是個十餘歲的少年,絶對不像個七八歲的孩子了。況且第六回中還說他與襲人偷試雲雨情,難道七歲的孩子,已懂得這個玩意了嗎?總而言之,《紅樓夢》記寶玉的年紀,忽大忽小,簡直無從推算,這大約是作者有意如此。我們只能當他癡人説夢,不必一一替他指出了。

第七回寶玉向秦鍾道:"我因上年業師回家去了,現也荒廢着。"按,寶玉與秦鍾相遇,時已初冬,是寶玉不讀書快一年了。但是第九回寶玉進家塾的第一天,往書房中見賈政,賈政問李貴道:"你們成日家跟他上學,他到底念了些什麼書。"按此語氣來看,好像寶玉又天天在那裏讀書,並未荒廢過一年之久。兩兩對照,似乎有些矛盾。

(《金剛鑽報》一九三二年八月二十七日)

第十一回鳳姐向平兒説,九月裏在寧國府園子裏見賈瑞。按賈瑞第一次調戲鳳姐，在賈敬生日的那一天。由此可知賈敬的生日，是在九月裏。又第十回金氏為了茗煙鬧學的事，往見尤氏和賈珍。金氏去後，賈珍向尤氏道："後日又是太爺的壽日，到底怎麼辦法？"由此又可知茗煙鬧學的事，也是發生在九月裏。但是寶玉和秦鍾入家塾讀書，時在冬天，而鬧學已在九月。照此計算，是秦、寶二人在家塾中已經讀了九、十個月了。這九、十個月，似乎過得太快一點吧。

（《金剛鑽報》一九三二年八月二十八日）

第十回張友士論秦可卿病源道："大奶奶這個症候，可是衆位耽擱了，要在初次行經時，就用藥治起，只怕此時已愈了。"這"初次行經"四個字，似乎是個大錯誤。按可卿臥病未久，在她初次行經時，人還康強無病，怎麼就要用藥治起來呢？假使說她的病根早伏在初次行經時候，那末她當時年紀還輕，尚未嫁到賈家來，怎麼可以怪其餘的太醫給她耽擱呢？無論如何，這幾句話有些講不通。

賈敬的生日在九月裏，上文已經證明過了。第十一回寧府替賈敬做生日，賈母未去，鳳姐向賈珍夫婦道："老太太昨日還說要來呢。因為晚上看見寶玉兄弟吃桃兒，他老人家又嘴饞了，吃了有大半個，……"九月裏怕不是吃桃的時候吧。我可沒有到過北京，不知道北京九月裏是否有桃子吃。這倒要請久居北京的朋友，賜教一下。

（《金剛鑽報》一九三二年八月二十九日）

榮國府中房屋深峻，路徑曲折，家人婢媼，往來不絕，決不是任何人所能任意溜出溜進的。賈瑞雖是賈家的族人，却並不是榮府的嫡系子弟，貪夜闖進榮府，豈有無人盤詰之理？乃書中第十二回說，賈瑞受鳳姐之欺，兩次在黑地裏溜進賈府，簡直無人遇見，這似乎不合情理。

王熙鳳第一次設相思局，是十二月初二日。過了兩日，又設第二次相思局，當然也是十二月上旬的事。此後賈瑞害病，書中説他"……下溺遺精、咳嗽帶血，如此諸症，不上一年都添全了"，又説他"臘盡春回，這病更覺沉重"。照此看來，賈瑞從發病以至身死，已經過了一年多了。及至賈瑞死後，書中又説："這年冬底，林如海因爲身染重病，寫書來接林黛玉回去。"那末從王熙鳳毒設相思局起，至林黛玉出京赴揚州止，其中已相隔兩年之久，而可卿之死，尚在黛玉出京之後，難道他的病也淹纏到兩年多嗎？有人説，書中對於賈瑞的事情，另立一傳，所以年月也是倒寫的。其實林黛玉出京的冬天，便是王熙鳳設相思局的冬天。這麼一算，似乎比較的來得合情理些。但是書中十分含混，並不詳細表明，似乎也是缺點。

（《金剛鑽報》一九三二年八月三十日）

史湘雲是十二金釵之一，在《紅樓夢》中亦屬重要人物，書中似乎應當把他的來歷鄭重叙明。但第十二回之前，對他隻字未曾提及，及至第十三回秦可卿喪中，忠靖侯史鼎夫人來吊，湘雲忽然跟著王夫人、邢夫人、鳳姐等一同才出來迎接，這似乎太突兀了。我很疑心現在通行的《紅樓夢》，有許多是抄寫翻刻之訛，原本也許並不是這樣的。可惜我没福見到原本，不能替他考證一下，真是憾事。

王熙鳳是王夫人的内侄女，賈珍是王夫人的堂侄子，在鳳姐未嫁賈璉之前，和賈家雖是老親，與賈珍確實很疏遠的。第十三回賈珍請鳳姐主持喪務，稱他"大妹妹"，又説"從小兒大妹妹玩笑時，就有殺伐決斷"。照這句話看來，好像鳳姐從小就和賈珍十分親熱似的，這未免有些不合吧。

（《金剛鑽報》一九三二年八月三十一日）

第十三回説："誰知這年冬底，林如海因爲身染重病，寫信來接林黛玉回去。"是賈璉送黛玉回揚州，應當在這一年的臘月裏。第十三回秦可卿死的那一夜，書中說鳳姐和平兒"擁爐倦繡，濃薰繡被，二人睡下，屈指算行程該到何處"，仍是這一年冬底事也。第十四回鳳姐到寧府主持喪務，應當是下一年的正月間事，而書中說跟賈璉的昭兒打從蘇州回京，禀鳳姐道："林姑老爺是九月初三日巳時沒的，二爺帶了林姑娘，同送林姑老爺的靈柩到蘇州，大約趕年底就回來。"林如海既然是冬底染病，而此時尚是第二年的春初，怎麼又說他是九月初三巳時沒的呢？又賈璉和黛玉既然春初已到蘇州，爲何要年底才能趕回來？這兩層都是前後自相矛盾的。

第十回昭兒又道："二爺打發小的來報個信……叫把大毛衣服帶幾件去"，賈璉和黛玉是冬底動身往揚州的，大毛衣服早應帶去，何以這時又打發昭兒來取大毛衣服呢？這幾句話，也是和上文不能吻合的。

（《金剛鑽報》一九三二年九月一日）

第十回張友士論秦可卿的脉息，講得十分詳細，的確是内家之言。但是對於人身最緊要的尺脉，却一字不提，不知是何緣故？他又說："或以爲這個是喜脉，則小弟不敢聞命矣。"女人家是喜是病，也要診著尺脉才分得出。如今對於尺脉決口不談，不知他是從那裏辨別出來的。這一節恐怕多少總有些缺漏吧。還有那張方子上，只有藥名，没有重量，這也是個缺點。因爲這是小說，不是方書，重量似乎也應當給註明的。

第十四回鳳姐料理秦可卿的喪事，以及第十六回元春的封妃，黛玉、賈璉的進京、秦鍾的夭逝，似乎都是這一年正、二月的事。（第十四回昭兒雖說黛玉、賈璉趕年底回京，但是照十六回看來，又決不是年底了。）此後榮寧二府建造省親別墅，工程浩大，又決不是十天半月所能告竣的。而第十七回大觀園落成之後，賈政帶著寳玉等去擬對額，在稻香村看見幾百株杏花，如噴火蒸霞一般。照這一層看來，那時節似乎仍在二三月間。若說就是這一年的春天吧，園子似乎造得太快了。若說又是一年的春天吧,這時間又似乎隔得太久了。無論如何,與上文總覺得不甚吻合。

(《金剛鑽報》一九三二年九月二日)

第十七回賈政和寶玉等在園中擬對額,是春天的事,上文已說明了。但是賈政因帳幔簾子不全,叫賈璉來問,賈璉道:"每樣得了一半,也不過秋天都全了。"做一半帳幔簾子,要歷時半年之久,似乎做得太慢了些吧。假使未成的一半要做半年,那末已成的一半一定也做了半年了,這更可證明園子的落成,決不在春天。稻香村的幾百株杏花,似乎又不合時令了。

(《金剛鑽報》一九三二年九月三日)

第十七回的回目云"大觀園試才題對額,榮國府歸省慶元宵",但是這一回所叙的事,差不多完全是寶玉試才題對額。至於元春元宵歸省的事,都在十八回中,這一回完全沒有提及,回目與內容不合,似乎應當要刪改一下。

第十八回元春歸省,賈政等接駕的時候,一個太監向賈政道:"早多著哩,未初用晚膳,未正還要到靈寶宮拜佛。"按未初是現在下午一點多鐘,應當用中膳,不應當用晚膳。難道皇帝宮中的晚膳用得這麼早?這恐怕也是作者筆下的錯誤吧。

(《金剛鑽報》一九三二年九月四日)

第十八回道:"只緣當日這賈妃未入宮時,自幼亦係賈母教養。後來添了寶玉,賈妃乃長姊,寶玉為幼弟,賈妃念母年將邁,始得此弟,是以獨愛憐之,同侍賈母,刻未相離。那寶玉未入學之先,三四歲時,已得賈妃口傳授受,教了幾本書,識了數千字在腹中,雖為姊弟,有如母子。"照這番話看來,是元春與寶玉的年紀,相差得很多。

但是第二回冷子興向賈雨村道:"一位小姐生在大年初一就奇了,不想次年又生一位公子,説來更奇,一落胞胎,嘴裏含下一塊美玉。"照他説來,是寶玉比元春又只小一歲,兩兩對照,矛盾可笑。

　　第十六回賈璉講給趙嬷嬷聽道:"……故啓奏上皇太后,每月逢二十六日期,准其椒房眷屬入宮請候省親。"既然當時的定制,椒房眷屬,每月可以進宮,那末見面很容易的了。爲何第十八回元春又向賈母等説道:"一會子我去了,又不知多早晚才能一見呢。"這話與賈璉的話,似乎有些矛盾。

(《金剛鑽報》一九三二年九月五日)

　　第十八回元春又道:"如今天恩浩蕩,一月許進内省親一次。"這也是與賈璉所説矛盾的。

　　第十七回中已説起用請帖去請妙玉的事,是妙玉早已搬進大觀園了。本回元春遊園,到山環佛寺拜佛,妙玉理應出來接駕,書中却絶不提及,似屬漏筆。

　　寶玉的年紀,雖然書中恍惚其詞,很難推算,但是第十八回元春歸省時,把他携手攬入懷中,又撫他的頭頂,那末至多不過十二三歲罷了。寶玉奶媽李嬷嬷的年紀,書中雖然没有表明,但是由寶玉的年紀推算起來,她至多不過五十歲左右,而第十九回却説她拄著拐杖進來請安,這似乎太寫得龍鐘一點了。

(《金剛鑽報》一九三二年九月六日)

　　第二十回叙賈環擲骰子的事,道:"若擲個七點便贏,若擲個六點亦該贏,擲三點就輸了。因拿起骰子來,狠命一擲,一個坐定了五,一個亂轉,鶯兒拍著手叫么,賈環便瞪著眼,六七八亂叫,偏生轉出么來。賈環急了,伸手抓起骰子,然後就拿錢,説是個六點。鶯兒便説分明是個么。"既然上文説六點該是賈環贏的,一個已坐定了五,那末鶯兒不應當希望另一個轉出么來,因爲轉出么來是六點,該賈環贏了。天下賭錢的人,決無希望他人贏而自己輸之理。所以鶯兒的拍手呼么,以及與賈環争説是么,都是書中的矛盾。又六七點既然都該賈環贏的,一個已坐定了五,那末賈環對於這正在旋轉的一個,應當希望他轉出么或二來,不應當亂呼六七八也。既然轉出么來,當然是賈環贏了,何必又要搶錢,又何必與鶯兒争説是六,這也是書中的矛盾。又這種兩個骰子的賭法,是何名目,如何分得出輸贏來,我都不解,不知讀《紅樓夢》者亦有解人否?

第二十回説寶玉"親姊妹有元春,叔伯的有迎春、惜春,親戚中又有史湘雲、林黛玉、薛寶釵等人。"元春之下,似乎脱落了"探春"二字。

(《金剛鑽報》一九三二年九月七日)

第三回説林黛玉初到賈府時,"帶著一個奶娘王嬤嬤,一個小丫頭雪雁,賈母見雪雁太小,王嬤嬤太老,將自己身邊一個二等丫頭名唤鸚哥的與了黛玉。"是黛玉處只有兩個丫頭,一個鸚哥、一個雪雁是也。就後文觀之,紫鵑似乎即鸚哥所改名,但是書中並未説明,未免是個缺點。又奶娘王嬤嬤以後並無交代,是否黛玉在林如海病時帶回揚州去了?書中絶不提及,也是漏筆。

從十八回元春省親起,至二十一回巧姐出痘止,都是這一年正月半以後的事。第二十一回説巧姐毒盡癍回,十二日後,送了娘娘,是賈璉之搬回内室已是二月中事。第二十二回鳳姐向賈璉道:"二十一是薛妹妹的生日,到底怎麼樣?"此二十一便當然是二月二十一了。但是寶釵做生日那一天,寶玉向湘雲賭咒,湘雲道:"大正月裏,少信口胡説。"那末寶釵的生日,似乎又是正月二十一日了,這中間定有錯誤,應當修改。

(《金剛鑽報》一九三二年九月八日)

第二十二回猜燈謎一節,個人所制的燈謎,除了寶玉一條尚可觀外，其餘都極膚淺。這因爲作者存心要把各人的口氣，隱伏各人的終身結果，所以對於燈謎的本身上反隨便了。寶釵的一條，定是竹夫人。書中又說"賈政朝罷，見賈母高興，況在節間，晚上也來承歡取樂"。按其時已在寶釵生日之後，正月底並無何種佳節，"節間"二字似屬錯誤。第二十二回鳳姐道"聽說薛大妹妹今年十五歲"，第二十三回道"當時有一等勢利人，見是榮國府十二三歲的公子做的"。照此看來，寶玉比寶釵小兩三歲，黛玉却只有十一二歲了，證之前文，均覺不合。此書所敘寶、黛、釵三人年紀，均極含糊，而有時偏要點清，不知何故。

第二十四回寶玉因賈赦偶感風寒，前去請安，忽然有個賈琮來問寶玉好，邢夫人罵他道："那裏找活猴兒去？你那奶媽子死絕了，也不收拾收拾，弄得你烏眉烏嘴，那裏還像個大家子讀書的孩子。"看這樣子，賈琮好像是賈赦庶出之子。賈璉既稱二爺，賈赦應當還有個長子，但是書中却從未提起。賈琮年紀比賈璉輕，當然不是賈赦的長子了。又賈琮既然向寶玉問好，應當是寶玉之兄。但是照邢夫人那番說話看來，好像又是個小孩子，這也是有些矛盾的。

（《金剛鑽報》一九三二年九月九日）

第二十五回賈環抄寫《金剛經》咒時，明明叫彩雲倒茶，嗣後又說"只有彩霞還和他合得來，倒了茶與他"。前後不符，彩雲恐是彩霞之誤。

第二十四回鳳姐送了兩小瓶上用新茶給黛玉，直至第二十五回兩人在怡紅院遇見時，鳳姐方問黛玉道："我前日打發人送兩瓶茶葉與姑娘，可還好嗎？"照這兩句話看來，似乎鳳姐送茶之後，尚未見過黛玉。但是自從送茶以至在怡紅院遇見，中間已隔了好幾天了。難道同在一個宅子裏的人，竟有好幾天不曾見面嗎？這似乎也有些不妥吧？

第二十四回黛玉到怡紅院去，李紈、鳳姐、寶釵都先在了，後來又來了趙姨娘和周姨娘。及至走的時候,只說"李宮裁同著鳳姐兒走了,趙、周兩人也辭了出去。"而寶玉所留住的又只有黛玉一人,那末寶釵是什麼時候走的,何以並不提及,似是漏筆。

第二十回說,寶玉的奶娘李嬷嬷,早已告老出去,並不在寶玉初伺候了。但是第二十六回小紅在沁芳亭畔遇李嬷嬷,李嬷嬷將手一拍,道:"你說好好的又看上了那個雲哥兒、雨哥兒的,這會子逼著我叫了他來。明兒上房聽見,可又是不好。"伺候寶玉的人甚多,何以定要逼著那早已告退的李嬷嬷去叫賈蕓,令人不解。這似乎也是個錯誤吧。

(《金剛鑽報》一九三二年九月十日)

第二十六回薛蟠向寶玉云:"只因明兒五月初三日,是我的生日。"然則當日爲五月初二日無疑。但是第二十七回又云:"次日乃是四月二十六日,這日未時交芒種節。"究竟寶玉與薛蟠一同飲酒的下一天是五月初三呢,還是四月二十六?前後矛盾,必有錯誤。

第二十六回說林黛玉那一天晚飯之後去看寶玉,"走過沁芳橋,見各色水禽盡都在池中浴水,也認不出名色來,一個個文彩閃灼,好看異常。"既然在晚飯之後,天色一定很昏黑了(晴雯那時正在抱怨寶釵,說他三更半夜的鬧得人不能睡覺,可見時候已不早了),況且那一夜是四月二十五日的晚上,並無月色,黛玉怎能看得出橋下池中的水禽來,而且還能看得出一個個文彩閃灼,豈不可怪?又水禽在深夜裏大都各自覓地安睡,決不會成群結隊的在池中浴水,這似乎也寫得不對。

(《金剛鑽報》一九三二年九月十一日)

第二十五回說彩霞和賈環合得來,第三十回金釧又向寶玉道:"你向東小院子裏拿環哥兒和彩雲去。"彩霞、彩雲二人,時時纏誤,不知何故。

第三十回寶玉看齡官畫薔,是五月初四的事(本回云:"明日是端陽節,那文官等十二個女孩子都放了學,進園來各處玩耍。"故知是日爲五月初四)。但是又說"伏中陰晴不定,片雲可以致雨"。難道端陽節已在大伏中嗎?這似乎也是少有的事。

第三十二回襲人向史湘雲道:"你可記得十年前僧們在西邊暖閣上住著,晚上你和我說的話兒。那會子不害臊,這會子怎麽又臊了?"就此一節上下文觀之,大概湘雲當時和襲人所談的,乃是婚姻之事。一個女孩子能夠發這種大議論,至少也應當有八九歲了。那末現在的湘雲和襲人,都應該快二十歲,寶玉的年紀,比湘雲更大,難道已是二十多歲嗎? 真是夢囈。

(《金剛鑽報》一九三二年九月十二日)

第三十四回寶玉打發襲人往寶釵處借書,寶釵不在園內,往他母親那裏去了,襲人不便空手回來,等至二更,寶釵方回。但此後即接叙寶釵與薛蟠之交涉,襲人之書是否借得,何時回去,均未提及,似屬漏筆。

第三十五回收束處云:"只聽黛玉在院内說話,寶玉忙叫快請。"但是第三十六回開首就說:"賈母自王夫人處回來,見寶玉一日好一日,心中自是歡喜"云云,與三十五回並不連貫,中間似有漏筆。

第三十六回寶釵往怡紅院,見襲人正在做針綫,"做的是白綾紅裏的兜肚,上面扎著鴛鴦戲蓮的花樣,紅蓮綠葉,五色鴛鴦。"這兜肚已經裝上紅色的裏子,那末上面所繡的鴛鴦戲蓮,一定早已完工的了(凡繡件不完工者,不能裝裏子)。爲何後來襲人出外,寶釵還要替她代繡,而回目上又有"繡鴛鴦"三字,這似乎有些不合理吧。

(《金剛鑽報》一九三二年九月十三日)

第三十七回云"賈政奉了旨,擇於八月二十日起身",又云:"寶玉自從賈政起身之後每日在園中任意縱性遊蕩,真把光陰虛度、歲月空添。"以下方接敘探春發起組織海棠詩社事。照以上所敘的看來,從賈政出京以至組織詩社,似乎已經能夠隔了好多天了,但是從日子上推算,探春組織詩社,却是八月二十五日的事(第四十二回說巧姐發熱,是八月二十五日起的病。依此倒縮推算,寶玉命焙茗往尋美女廟,二十四日事也。史湘雲請賈母等吃螃蟹,二十三日事也。賈母接湘雲至賈府,二十二日事也。探春組織海棠詩社,二十一日事也)。是又在賈政出京的下一天了,這似乎也有些不對吧。

(《金剛鑽報》一九三二年九月十四日)

探春組織詩社是八月二十一日的事,而其致寶玉箋中,乃有"兼有鮮荔,並真卿墨迹見賜"一語,後來襲人查究瑪瑙碟子,晴雯說是給三姑娘送荔枝去的,八月下旬怎能有鮮荔枝,這似乎與時令不合。

第三十九回劉姥姥道:"這樣螃蟹,今年就值五分一斤。十斤五錢,五五二兩五,三五一十五,再搭上酒菜,一共倒有二十多兩銀子。"又周瑞家的道:"這麼三大簍,想是有七八十斤呢。"按五分一斤之螃蟹,即以八十斤計算,亦不過四兩銀子。劉姥姥所云:"五五二兩五,三五一十五",不知是何算法。又四兩銀子之螃蟹,搭上酒菜,似乎也不消二十多兩銀子,究不知書中如何計算也。

(《金剛鑽報》一九三二年九月十五日)

第四十三回賈母等湊份子替鳳姐慶壽,據說共湊了一百五十兩有餘,但是照他們各人所出的分子合算起來,其實也不止此數(賈母、薛姨媽各二十兩,邢、王二夫人各十六兩,尤氏、李紈各十二兩,賴大母親等四個老媽各十二兩,趙、週二姨各二兩,平兒、鶯鶯彩雲各二兩，書中所表明者已有一百五十四兩，其他尚有寶玉、黛玉、寶釵諸姐妹以及管事媳婦、丫頭、婆子等，每人至少一兩，故合湊起來決不止一百五十餘兩也)，似應修改。

第四十四回李紈等往約鳳姐加入詩社，臨行時只説帶了姐妹們就走，並未提及寶玉。又鳳姐説，"這些事再沒別人，都是寶玉生出來的。"當場亦無寶玉與之申辯，可見寶玉並未同往，但是後來賴嬤嬤進來見鳳姐，又説他指著寶玉教訓一頓。這似乎有些矛盾。

第四十七回賈母責邢夫人道："如今你們也是孫子兒子滿眼了，你還怕他使性子？"賈赦與邢夫人並無孫子，似有語病。

(《金剛鑽報》一九三二年九月十六日)

第四十八回薛蟠跟張德輝出門經商是十月十四日動身的，嗣後香菱搬入大觀園從黛玉學詩，經過了好幾天方才學會，而寶琴、薛蝌等到京又在香菱學詩之後，那末決不是薛蟠動身的下一天了。但是第四十九回寶琴等到賈府後，寶玉笑道："明兒十六，咱們可該起社了。"照此看來，薛蝌、寶琴們到京的那一天，似乎又是十月十五，屈指算來，這日子一定是錯誤了。

第四十九回云："邢夫人的嫂子，帶了女兒岫煙進京來投邢夫人，可巧鳳姐之兄王仁也正進京，兩親家一處搭幫來了。"按邢、王兩家，都是賈府的親戚，邢夫人的嫂子與王熙鳳的哥哥，連親戚都算不上。書中説他們是"兩親家"，似乎也是個錯誤。

(《金剛鑽報》一九三二年九月十七日)

第四十九回薛蝌、王仁、寶琴、岫煙、李紋、李綺等一同進京，大家會齊了到賈府訪投各人親戚。又説寶玉和諸姊妹來至王夫人上房，只見黑壓壓地站了一地。試問當時除寶琴、岫煙等諸女客外，王仁、薛蝌二人，是否亦在王夫人上房？若説不在，何以後來寶玉回到怡紅院，向襲人等笑道："你們還不看去，誰知寶姐姐的親哥哥是那個樣子。他這叔伯兄弟，形容舉止，另是個樣子，倒像是寶姐姐同胞的兄弟似的。"寶玉當天並未出外，既然他已經見過薛蝌，那末薛蝌一定也在王夫人上房了，但是薛蝌是薛姨媽的堂姪子，對於賈府十分疏遠，簡直不能算親戚。怎麼這樣一個年輕男子，也可以亂直入王夫人的上房，而且還和黛玉、探春等諸姊妹混在一室，這似乎太不像大人家的規矩排場了吧？至於王仁是鳳姐的哥哥，王夫人、薛姨媽的內姪，比較薛蝌親近得多，也許有直入上房的可能，所以又當別論了。

(《金剛鑽報》一九三二年九月十八日)

第五十一回給太醫轎馬錢時，描寫寶玉、麝月不知銀子之輕重，似乎太火。麝月按月有月規錢可領，豈有不知銀錠之大小輕重？便是寶玉雖然是個公子哥兒，銀子的輕重，也應當知道。因為他並不是個沒有使過錢的人，決不會糊塗到這步田地也。

第四十九回平兒在吃鹿肉時失去鐲子一隻，第五十二回說是怡紅院的小丫頭墜兒偷的。按，平兒失鐲是在蘆雪亭，當時並未說有墜兒在場。墜兒既然是怡紅院的人，應當在怡紅院，此後決不會無端跑到蘆雪亭來，而且寶玉這一天到蘆雪亭，並未帶什麼丫頭，怎麼這鐲子會被墜兒偷了呢？這件案子，似乎寫得不十分清楚我以為四十九回中應當把墜兒提起一句，以後破案，纔不突兀。

(《金剛鑽報》一九三二年九月十九日)

第十三回賈珍稱王熙鳳為大妹妹，又說從小一起玩笑，第五十回鳳姐又向薛姨媽說道："外頭只有一位珍大哥哥，我們還是論哥哥妹妹，從小兒一處淘氣，淘了這麼大。"這話似乎和十三回賈珍的話相呼應。但是鳳姐是王夫人的內姪女，賈珍是王夫人的堂姪，雙方十分疏遠，何以從小兒能在一處淘氣？真是怪事。書中並未說明原委，雖能前後呼應，終覺不合情理。

第五十回說賈母向黛玉等說道："有做詩的，不如做些燈謎兒，大家正月裏好頑。"入後李紈又說昨日老太太只叫做燈謎兒，但是第五十三回榮國府慶賀元宵，樣樣都敘得很詳細，惟有燈謎却一字不提。這不是賈母把他忘記，恐怕是作者把他忘記了吧。

第五十七回云："如今薛姨媽既定了邢岫煙爲媳，合宅皆知。""媳"字上似乎缺個"侄"字。

第五十七回邢岫煙向寶釵道："前日我悄悄的把綿衣服叫人當了幾吊錢盤纏。"按，岫煙住在大觀園中，只帶着一個小丫頭篆兒。主僕二人，當然不會出去當東西，他又未必肯支使賈府的人去當，叫人笑話。那末，這綿衣服究竟是那一個替他拿去當掉的呢？又當票上的字，最難辨認，寶釵見湘雲拿了張當票來，接過一看，何以便能決定是岫煙的票子？似乎也有些牽強的。

（《金剛鑽報》一九三二年九月二十日）

第五十八回云："誰知上文所表的那位老太妃已薨。"上文並未表過老太妃之事，不知此話從何而來。

第五十八回遣散諸女伶時，鍾情賈薔之齡官，何以絕不提及？似屬漏筆。

第五十五回云："時屆季春，黛玉又犯了咳嗽。"是那時已經三月裏了。此後探春除弊、紫鵑試玉，又各經過了若干日。第五十八回方接敘老太妃之喪，又說："二十一日後，方請靈入先陵。"那末屈指算來，送靈之日，無論如何，應當在四月裏了。但是第五十九回賈母等去送靈之後，又說"一日清曉，寶釵春困已醒……"云云，好像這時候仍是三月裏，這也是錯誤的。

（《金剛鑽報》一九三二年九月二十一日）

第六十二回敘寶玉生日之禮物云："王子騰那邊，仍是一套衣服、一雙鞋襪、一百壽桃、一百束上用銀絲掛麵，薛姨媽處減一半。"

所云薛姨媽處減一半，不知如何減法，因爲壽桃掛麵，可以減半，衣服只有一套，鞋襪只有一雙，決不能減爲半套衣服與半雙鞋襪也。這話似乎太含混了。

第六十二回敘寶玉生日云："雖衆人要行禮，也不曾受，回至房中，襲人等只都來説一聲就是了。王夫人有言，不令年輕人受禮，恐折了福壽，故此皆不磕頭。"而後文又云："平兒便拜下去，寶玉作揖不迭，平兒便跪下去，寶玉也忙還跪下。"難道王夫人吩咐的話，大家都知道，惟有平兒一個人不知道嗎？這似乎也説不過去。

第六十二回探春談各人的生日道："……過了燈節，就是老太太和寶姐姐，他們娘兒兩個過得巧。"按寶釵的生日，是正月二十一日，在第二十二回中已提過了。那時寶釵做生日，並未提起賈母的壽誕，可見賈母決不是與寶釵同生日的。後來第七十一回説明賈母的生日是八月初三，更可證明探春的話是錯誤了。探春無論如何善忘，決不致將祖母之生日從八月搬到正月。這當然是作者筆下的錯誤吧。

（《金剛鑽報》一九三二年九月二十二日）

第六十二回有黛玉與寶玉説家中應當要省儉些，寶玉笑道："憑他怎麼後手不按，也不短了咱們四個人的。"何以要説四個人，甚爲蹊蹺。有人説，還有兩人便是襲人和紫鵑。但是書中沒説明，我總不敢相信，無論如何，這"四"字下得太突兀了。

妙玉也是紅樓十二釵之一，他的年紀，當然和寶黛相差不遠，只看他和寶玉那種若即若離的情分，以及後來的入魔被劫，可知他一定還是個妙齡女郎，決不是個半老姑子，但是第六十回岫煙向寶玉道："我和他做過十年的鄰居，只一牆之隔，無事到他廟裏去作伴。我所認得的字，都是承他説授。"在十年之前，妙玉已經出家，已經能做岫煙的先生，那末這時候妙玉的年紀，至少應當有二三十歲了，這似乎也有些不對。

第六十三回平兒還席，尤氏帶了佩鳳、偕鸞二妾到大觀園遊玩,入後寧府家人報說賈敬去世,尤氏慌忙坐車帶了賴升一干老家媳婦出城。其同來之鳳、鴛二妾,如何回去,並未交代,似屬漏筆。

(《金剛鑽報》一九三二年九月二十三日)

惜春是賈敬的女兒,賈敬死後,惜春應常在寧國府守孝,決不能再住到榮國府去了。但是書中第六十回賈母等送了老太妃之喪回來,李紈、鳳姐、寶釵、黛玉、迎春、探春等到中堂迎接。惜春居然亦在其内,似乎不妥。

賈璉與尤二姐勾搭是七月裏的事,娶尤二姐做二房是八月初三的事,以後又過了兩個多月(第六十五回云:"當下十來個人倒也過起日子來,十分豐足,眼見已是兩月光景。"),賈赦纔打發他到平安州去,那末賈璉到平安州,已是十月中的事了。但是第六十六回云:"賈璉一日到了平安州,見了節度,完了公事,因又囑咐他十月前後務要還來一次。"是書中又以爲這時候並非十月。這也是前後矛盾的。

(《金剛鑽報》一九三二年九月二十四日)

賈璉之往平安州應當是十月中事,上文已說過了。柳湘蓮和賈璉是在平安州路上遇見的,那末以後柳湘蓮的進京,應當是十月之後的事了。但是第六十回云"誰知八月内湘蓮方進了京",這也是前後不符合的。

第四十八回薛蟠跟張德輝出門經商,是十月十四日動身的。第六十六回説薛蟠回京,已是下一年的八月裏了。照此計算,薛蟠在外,已有十個月,但是薛姨媽又向薛蟠説道:"⋯⋯人家陪著你走了二三千里的路程,受了四五個月的辛苦。"四五個月不知是何演算法,恐怕有些不對吧。

(《金剛鑽報》一九三二年九月二十五日)

第六十四回黛玉題《五美吟》是七月裏的事，此後接敍尤氏姐妹事已歷數月。及至第六十七回襲人往鳳姐處，見鳳姐發怒，查明賈璉偷娶尤二姐事，其時至早當在秋末冬初了。但是第六十七回云："襲人來到沁芳橋畔，那時正是夏末秋初，池中蓮藕，新殘相間，紅綠相披。"此"夏末秋初"四字，不知作者如何演算法。若說是下一年的夏末秋初，時光似乎過得太快。若說是本年的夏末秋初，那末光陰簡直在那裏倒縮回去了，豈非笑話？

（《金剛鑽報》一九三二年九月二十六日）

第六十九回賈璉向天文生道："竟是七日，因家叔家兄皆在外，小喪不敢久停。"此家兄不知所指何人，論理賈璉既稱二爺，當然尚有一兄，但是書上却從未提及。若說所指者即是賈珍，那末賈珍當時明明在家，何以又說他在外，這話似乎說得太含糊了。

第七十回敍尤二姐之葬事云："那日送殯，只不過族中人與王姓夫婦。"此王姓夫婦，不知何人，突如其來，甚爲可怪。

第六十六回尤三姐自盡時，尤老娘尚與尤二姐同居，及至第六十八回鳳姐將尤二姐賺入大觀園時，尤老娘忽然不見，以後亦絕不提及，似屬漏筆。

（《金剛鑽報》一九三二年九月二十七日）

第七十回云："……接著過年過節許多雜事，竟將詩社擱起。如今仲春天氣，雖得了工夫，爭奈寶玉因柳湘蓮遁迹空門……"嗣後黛玉等又向寶玉說道："咱們的詩社散了一年，也沒有一個人作興作興。如今正是初春時節，萬物更新，正該鼓舞另立起來才好。"嗣後又云："大家議定明日是三月初二日就起社。"在一節之中，忽云"仲春"，忽云"初春"，忽云"明日是三月初一"，到底是什麼日子，眞迷離惝恍極了，作者似乎不應當在一節中自相矛盾至此，豈非怪事？

第七十一回云："今歲八月初三日，乃賈母八旬大慶。"前第六十二回探春云："過了燈節，就是老太太和寶姐姐。"此處又云："八月初三是賈母壽辰。"這當然是大錯誤。

（《金剛鑽報》一九三二年九月二十八日）

又第三十九回，劉老老道："我今年七十五。"賈母道："比我大好幾歲。"是賈母當時尚不到七十五歲。從三十九回至七十一回，歷時不滿兩年，賈母忽然做八旬大慶，真是怪事。

大觀園中有一榮禧堂，這是省親時說過的。第七十一回云："茶畢更衣，方出至榮慶堂上。"這榮慶堂發現得很突兀，恐是榮禧堂之誤。

第七十一回賈母壽辰，坐席之時，書中說邢夫人、王夫人帶領尤氏、鳳姐並族中幾個媳婦，兩溜雁翅，站在賈母身後侍立。其中何以無李紈，似屬漏筆。

第七十二回鳳姐向賈璉道："我因爲想著後日是尤二姐的周年。"按此時方在八月中，而尤二姐之死，乃在上年的冬天。後日周年之說，真是夢話。

（《金剛鑽報》一九三二年九月二十九日）

第七十一回云："賈母處兩個大丫頭匆匆忙忙來找寶玉，口裏說道：'二爺快跟著我們走罷，老爺家來了。'寶玉聽了，又喜又悲。"玩其語氣，賈政之回家，寶玉似乎尚未知道。但是後面又云："原來賈政回京覆命，因是學差，故不敢先到家中，珍、璉、寶玉頭一天並迎出一站去接見了。"照這幾句話說來，賈政之回京，寶玉又早已知道，而且早已見過的了。一小節之中，矛盾若此，直是怪事。又寶玉聽說賈政回來，又喜又悲。這"悲"字下得太奇怪了。兒子聽說父親回來，喜之不暇，有何可悲？若說寶玉怕他父親回來查問功課，那末"悲"字似乎應當換個"驚"字才對呢。

（《金剛鑽報》一九三二年九月三十日）

第七十五回賈珍中秋夜往賈母處拜節，賈母道："你昨日送來的月餅好，西瓜看看倒好，打開也罷了。"中秋節尚吃西瓜，似乎也是很少見的事。

第七十六回賈母向尤氏道："可憐你公公已死了二年多了。"按賈敬死於上一年的夏天，算到這時候，才不過一年多哩，賈母說二年多，這當然是錯誤的。

第七十六回晴雯將貼身穿著的一件紅綾小襖兒脫下，遞給寶玉，寶玉穿在身上，用外面衣服掩了。後來回到怡紅院，告訴襲人，只說是薛姨媽家去的，當時固然掩飾過了。但是晚上襲人服侍他睡的時候，豈有不見此紅綾小襖之理？而且晴雯身上的小襖子，襲人應當認得出來。即見襖子，當然要盤問他白天的事了。而書中乃絕不提及，好像襲人並未窺破似的，恐怕有些不合情理吧。

（《金剛鑽報》一九三二年十月一日）

第七十五、七十六回敘榮寧二府賞中秋事，已把節令給點明了。此後第七十七回之晴雯被逐、第七十八回之寶玉作《姽嫿詞》《芙蓉誄》，都是八月裏的事。第七十九回敘寶玉害病云："一日兩次帶進醫生來診脉下藥，一月之後，方纔漸漸的痊癒，好生保養過百日，方許動葷腥油面，方可出門行走。這百日内院門皆不許到。"如此說來，是寶玉從起病至病愈出門，已過了三四個月了。從八月裏算起，加上三四個月，已是年底。第八十回云："此時寶玉已過了百日，出門行走。"是寶玉到天齊廟還願，已是年底的事。但是第八十一回四美釣魚一節以及八十二回黛玉咯血一節所寫的氣候風景，依然是秋天的樣子。而八十七回探春又道："林姐姐終不脫南邊人的話，這大九月裏，那哪裏還有桂花呢？"是八十七回之前，似乎都是八九月的事。若說是下一年的秋天吧，日子未免過得太快；若說就是這一年的秋天吧，那末寶玉卧病的一百天，又到哪裏去了？豈非笑話！

（《金剛鑽報》一九三二年十月二日）

第八十三回王大夫替林黛玉開的藥方,脉案寫得很詳細,但中有寸關而無尺脉,與第十回張友士論秦可卿的脉息,一樣缺漏。作者談醫,極有見地,顧獨不喜提及尺脉,不知何故？真可怪也。

第八十四回賈母和賈政在議論寶玉,小丫頭進來告訴鴛鴦,請示老太太,晚飯伺候下了。賈母命大家出去吃飯。賈政回到王夫人那裏,吃過飯後,將寶玉叫到內書房盤問功課。這時候明明已是黃昏時候了。後來寶玉聽說薛姨媽來了,再赶到賈母院中,說了不多幾句話,忽然又擺上飯來。這頓飯吃得很奇怪,難道賈母一天要吃兩次晚飯嗎？有人以為這頓飯便是小丫頭進來說已經伺候下的晚飯,並非另有一次,但是寶玉到內書房試文,決不是三五分鐘的事,難道賈母房中的一頓晚飯還沒有擺上嗎？論時刻也覺不對。況且前一次晚飯時,賈母明明留著鳳姐、尤氏二人一同吃,而薛姨媽來後所開之飯,陪坐者却多一探春,少一尤氏,人數也不符合。後文又說賈政聽因王爾調替寶玉做媒,回到裏邊,想和王夫人商議,誰知王夫人陪了薛姨媽到鳳姐那邊看巧姐去了。那天已經掌燈時候,薛姨媽去了,王夫人纔回來云云。以上都是一天的事,既然薛姨媽是掌燈時候去的,那末他和賈母吃的一頓飯,似乎又不是晚飯了。支離惝恍,真令人莫名其妙。若說作者健忘,一回之中,何致矛盾錯誤如此,豈非怪事？

(《金剛鑽報》一九三二年十月三日)

第三回林黛玉初進榮國府,巧姐早已在奶媽提抱之中了。從第三回至第八十四回,其中已相隔若干年頭,而八十二回叙巧姐驚風,說他仍在奶媽提抱之中,真是夢話。

第八十五回說賈政升任工部郎中,家中慶賀的日子,便是林黛玉的生日。就這一回的上下文觀之,此時應當在八九月間。但是第六十二回說黛玉與襲人同一生日,襲人是花朝日生的,那末黛玉的生日,應當也是花朝,不應當在八九月間。這恐怕是作者錯誤了吧。

元妃抱病，召賈母等入宮省視，這是第八十三回的事。從八十三回至八十六回，其中所歷，至多不過十二月。而第八十六回薛姨媽向薛蝌道："元妃上年原病過一次，也就好了。這回又沒聽見有什麼病。"把元妃抱恙算做上年的事，光陰未免過得太快了。仔細計算，定有錯誤。

（《金剛鑽報》一九三二年十月四日）

第八十五回榮國府慶賀賈政升任工部郎中，其敘內眷酒席坐位云："上首薛姨媽一桌，是王夫人、寶琴陪著；對面老太太一桌，是邢夫人、岫煙陪著。"可見邢岫煙、薛姨媽，並不避面。但是第九十二回敘十一月初一之消寒會云："邢岫煙知道薛姨媽在坐，所以不來。"是岫煙好像又與薛姨媽避面的。兩回對照，似有矛盾。

第八十六回寶釵云："元妃的八字，是甲申年丙寅月乙卯日辛巳時。"第九十五回云："是年甲寅年十二月十八日立春，元妃薨日，是十二月十九日，已交卯年寅月，存年四十三歲。"按元妃既生於甲申年，存年四十三歲，那末應當死於丙寅年，不應當死於甲寅年。若說他死在甲寅年是不差的，那末他應當生在壬申年，不應當生在甲申年。這兩回中的話，總有一邊是不對的。又，第八十六回云："元妃的命，只怕遇著寅年卯月"，而九十五回云："十二月十九日，已交卯年寅月。"這也有些前後不符。又，前第三回云，元妃與寶玉只差一歲，而九十五回云"元妃存年四十三歲"，那麼寶玉此時已經四十二歲嗎？豈非笑話？

（《金剛鑽報》一九三二年十月五日）

第八十九回云："那時已到十月中旬，寶玉起來，要往學堂中去，覺得天氣陡寒。"嗣後接敘黛玉因疑生病，蓄意自戕。第八十九回云："從此一天一天的減到半月之後，腸胃日薄一日，果然粥都不能吃了。"又云："一日竟是絕粒，粥也不喝。"可見黛玉之病，至少已歷二十多天。從黛玉病愈之後，再談到鳳姐常到園中照料，再談到岫煙之丟失衣服，再談到薛蝌之感慨吟詩，再談到寶蟾送酒、調戲薛蝌，其中至少也有十日半月的光景。那末在寶蟾調戲薛蝌的時候，屈指算來，應當已是十一月底十二月初了。但是第九十一回叙寶蟾第二天早上到薛蝌房中取家伙的妝束云："……下面並未穿裙，正露著石榴紅灑花夾褲。"十一月、十二月之間，寶蟾尚穿著夾褲嗎？他的時髦，簡直可以與現在的摩登女郎相媲美，閱之可發一噱。

寶蟾送酒應是十一月底十二月初的故事，上文已説過了。而第九十二回賈母等作消寒會，尚在寶蟾送酒之後，書中説是十一月初一日，這日子似乎也是不對的。

（《金剛鑽報》一九三二年十月六日）

第九十一回夏金桂向夏三道："今天可是過了明路的了，省得我們二爺查考你。"看這語氣，夏三到薛家來，好像不止一次了，但是薛姨媽何以從未見過，夏三又何以能瞞過薛姨媽而直入夏金桂房中？薛氏雖然中落，究竟不比尋常小户人家，這似乎也有些不合情理吧。

第九十二回説司棋之表兄潘又安在外頭發了財，打懷中掏出一匣子金珠首飾來。按潘又安之逃走，不過是數月前事，一個年輕的小厮，從主人家裏逃出去，何以不到一年，忽然能發了財回來？又何以懷中能掏出一匣子金珠首飾？未免説得太突兀而奇怪了。

第九十二回賈政向馮紫英道："説也話長，他（指賈雨村）原籍是浙江湖州府人，流寓到蘇州，甚不得意。有個甄士隱和他相好，時常周濟他。以後中了進士，得了榜下知縣，便娶了甄家的丫頭。如今的太太，不是正配。"按賈政之爲人，素以道學自命，決不肯貧嘴薄舌，在背後揭發他人之隱私。

（《金剛鑽報》一九三二年十月七日）

這一番話，似乎不應當出之賈政之口。且馮紫英並未問及雨村之太太，賈政何以必將雨村娶嬌杏事和盤托出？似乎也有些突兀，我以爲這幾句話應當刪去才是。

九十三回叙水月庵事云："這時當十月中旬，賈芹給庵中那些人領了月例銀子，便想起法兒來。"按九十二回賈母辦消寒會，已是十一月初一日事。水月庵揭帖之發作，明明在消寒會之後，何以又說是十月中旬，光陰忽然能倒縮回去，豈非奇談？

第九十三回結束處云："賈芹想了一想，忽然想起一個人來，未知是誰，且看下回分解。"但是第九十四回開首云："話說賴大帶了賈芹出來，一宿無話。"竟將上一回賈芹所想起之人，完全忘却，絕不提及，似乎有些脱節。

（《金剛鑽報》一九三二年十月八日）

林黛玉初進榮國府的時候，賈母因爲他帶來的雪雁年紀太小，所以把自己房間裏一個二等丫頭叫鸚哥的給了黛玉。但是後來林黛玉身邊只有紫鵑，並無鸚哥，似乎紫鵑就是鸚哥所改名。而且書中屢次説紫鵑並非黛玉帶來的，更可證明紫鵑即是鸚哥。但是第九十七回林黛玉病重時，又説紫鵑同雪雁和鸚哥幾個小丫頭好容易熬了一夜，是鸚哥又別有其人，紫鵑並非鸚哥所改名。迷離惝怳，真令人莫名其妙。

林黛玉初進榮國府時，雪雁年紀還小，嗣後經過數年，黛玉等均已長成，雪雁也應當不是個小孩子了。但是第九十七回云："原來雪雁因這幾日嫌他小孩子家懂得什麽，便也把心冷淡了。"照此看來，黛玉死時，雪雁依舊是個小孩子，此人何以永遠不會長大？豈不可怪？

（《金剛鑽報》一九三二年十月九日）

第九十六回賈政云："貴妃的事，雖不禁婚嫁，寶玉應照已出嫁的姊妹，有九個月的功服，此時也難娶親。"賈母道："待寶玉好了，過了功服，然後再擺席請人。"按九十五回說元春是甲寅年十二月十九日死的，寶玉的九個月功服，應當要到乙卯年九月十八日纔滿足。第九十七回寶玉娶寶釵，是乙卯年正月裏的事。第九十八回賈母向薛姨媽道："如今寶玉調養百日，身體復舊，又過了娘娘的功服，正好圓房。"從正月裏算起，調養百日，不過四五月之間，距服滿之期尚遠，怎說已過了娘娘功服？豈非夢話！

第九十九回賈母命鳳姐擇了吉日，重新擺酒唱戲，請親友，替寶玉、寶釵圓房，是此時已是乙卯年九月下旬了。但是後文又說："現今天氣，一天熱似一天，園裏尚可住得，等到秋天再搬。"照此看來，這時候似乎又在春夏之交，豈非更是夢話？

（《金剛鑽報》一九三二年十月十日）

巧姐在書中極不肯長大，上文已說過了。第九十二回寶玉與巧姐講《列女傳》事，那時巧姐似乎已長大了好多。但是第一百零一回又云："只聽那邊大姐兒哭了，李媽便在夢裏驚醒，只得狠命拍了幾下，口中都噥噥的罵道，……一面說，一面咬牙，便向那孩子身上擰了一把，那孩子哇的一聲，大哭起來了。鳳姐聽見，說了不得，……把妞妞抱過來。"照這一節看來，似乎巧姐依舊還在提抱之中。忽小忽大，真令人莫名其妙。

王子騰是王夫人之兄，即王熙鳳之伯父。第一百零一回賈璉稱他大舅太爺，可見其排行最長，乃王熙鳳之大伯父也。王子騰有一兄弟，名叫王子勝，賈璉、鳳姐都稱他二叔（見一百零一回），是王子勝乃鳳姐之叔父，但是既稱二叔，當然排行第二。鳳姐與其兄王仁，既不是王子騰所生，而王子騰與王子勝之間，又並無別的弟兄，然則鳳姐與王仁，究竟是那一個養的？其父排行第幾？恨不得起作者而一問之。（若說鳳姐之父排行最長，則王子騰不應當稱大舅太爺；若說是鳳姐之父排行第二，則鳳姐對王子勝應當稱三叔，不應當稱二叔；若說鳳姐之父排行最幼，則鳳姐應當稱王子勝為二伯,也不應當稱二叔。作者無論如何,必不能自圓其說也。)

(《金剛鑽報》一九三二年十月十一日)

　　第一百零一回鳳姐在散花寺求籤,詩云:"去國離家二十年,於今衣錦返家園。蜂采百花成蜜後,爲誰辛苦爲誰甜?"非但韻脚不對(年是一先,園是十三元,甜是十四鹽,一首詩押了三個韻,真是"妙文"!),而且平仄不調。這首詩既然很有些靈驗,當然不是存心要形容那籤詩的拙陋,何以竟做得這樣惡劣? 真是怪事。

　　第一百零一回鳳姐在園中遇鬼之前,先被一條狗嚇了一跳,這時候鳳姐單身一人,並無丫頭僕婦在側,事後鳳姐又恃强好勝,絕不肯把自己受驚之事告訴他人。是園中之事除鳳姐外,應當不會有人知道的了。但是第一百零二回賈珍向賈蓉道:"還記得你二嬸娘到園裏去,回來就病了,他雖沒有見什麽,後來那些丫頭老婆們都說是山子上一個毛烘烘的東西,眼睛有燈籠大,會說話,把他二奶奶趕了回來,唬出一場病來。"丫頭老婆的話,何從而來,與一百零一回對照,似乎有些矛盾。

(《金剛鑽報》一九三二年十月十二日)

　　第一百零四回收束處云:"只聞外面傳進話來,說衆親朋因老爺回來,都要送戲接風。老爺再四推辭,……於是定了後日,擺席請人,所以進來告訴。不知所請何人,且看下回分解。"是請酒尚是後日事也。而第一百零五回開首云:"話說賈政正在那裏會客,及見賴大急忙走上榮禧堂來,……"兩回似乎並不銜接,這中間恐怕有些缺漏吧。

　　第一百零五回查抄榮國府財産的賬單上,有元狐帽檐十副、倭刀帽檐十二副、貂帽檐二副。這種皮帽檐分明是清朝滿洲人的裝束,所以很多人指《紅樓夢》是清朝的事。但是那賬單上還有宮妝衣裙八套、脂玉圍帶一條,難道也是清朝人的裝束嗎? 總而言之,

《紅樓夢》中各人的裝束，忽明忽清，時時矛盾，也不止賬單上這一端呢。此等處真教看書者迷離惝恍，莫名其妙。若定欲證明他是清朝的事，真是笨伯了。

（《金剛鑽報》一九三二年十月十三日）

第一百零七回北静王傳旨道："……賈珍從寬革去世職，派往海疆效力贖罪。賈蓉年幼無干，省釋。"按這時候的賈蓉，至少也有二十多歲了，還能算年幼嗎？"幼"字改個"輕"字，似乎還稍能説得過去。

第一百零八回寶玉瀟湘館聞鬼哭，是正月二十日事（前書説寶釵是正月廿一日生的，這一日是寶釵生日的前一天，所以是正月二十日），距離寶玉的結婚，已經一年多了。至於寶玉之失玉得病、搬出大觀園，尚在結婚之前，當然也有一年多了。但是一百零八回云："寶玉一想，説我病時出園，住在後面，一連幾個月，不准我到這裏……"幾個月云云，當然是錯誤的。

（《金剛鑽報》一九三二年十月十四日）

第一百零九回云："於是當晚襲人果然挪出去。寶玉因心中愧悔，寶釵欲籠絡寶玉之心。自過門至今日，方纔如魚得水，恩愛纏綿。所謂二五之精妙合而凝的了。"按寶玉與寶釵結婚，已經一年多了，書中關照他們圓房之日，距此也有半年多了。豈有同床共衾尚未好合之理？作者大約又忘記了經過的日子了。

大觀園自從黛玉夭亡，諸姊妹紛紛搬出之後，已成一片荒蕪。嗣後兩次鬧鬼，連丫頭婆子也不敢進去了。第一百零八回管園的婆子向寶玉道："這小門天天是不開的，今天預備老太太要用園裏的果子，故開著門等著。"照此説來，院子早已全部空閒著，平時簡直沒人進去了，而攏翠庵的妙玉，獨依然住在園內，並不搬出，賈家諸人，也絶不顧問，好像攏翠庵並不在園內一般，豈非怪事？

（《金剛鑽報》一九三二年十月十五日）

第一百十二回賈政向賈璉道："我想老太太死的幾天，誰忍得動他那一項銀子。"照此看來，賈母所留出的結果銀子，仍在賈母上房，以致被何三勾引強盜搶去。銀子既在上房，鴛鴦豈有不知之理？何以第一百十回又云："鴛鴦只道已將這項銀子交了出去了，故見鳳姐掣肘如此，便疑爲不肯用心？"前後參照，似乎有些矛盾。

第一百十二回云："妙玉一個人在蒲團上打坐，歇了一會，便唉聲嘆氣的說道'我自元墓到京，原想博個名的，爲這裏請來，不能又棲他處。昨日好心去瞧四姑娘，反受了這蠢人的氣，夜裏又受了大驚。今日回來，那蒲團再坐不穩，只覺肉跳心驚。'因素常一個打坐的，今日又不肯叫人相伴。豈知到了五更，寒顫起來。⋯⋯"既然是妙玉唉聲嘆氣的說道，那末"道"字以下，應當都是妙玉的說話了。但是此一節除了前面的六句之外，忽然都變做了作者的叙述。說話與叙述，界限不分。這似乎也是不合的。

（《金剛鑽報》一九三二年十月十六日）

第一百十三回劉姥姥向鳳姐道："我的奶奶，怎麼這幾個月不見，就病到這個分兒。"嗣後又向巧姐道："巧姑娘，我一年多不來，你還認得我麼？"同在一回之中，又二次進榮國府，屈指計之，已在兩三年之前。此所云"數月"和"一年多"其實都是不對的。作者對於書中年月，往往弄得迷離惝恍，不知何故。

第一百十四回王仁向巧姐道："如今你娘死了，諸事要聽我舅舅的話，你母親娘家的親戚，就是我和你二舅舅了。"按鳳姐之兄，書中所提及者，只有王仁一人，此處又突然出現一二舅舅。此二舅舅是否王仁之胞弟、鳳姐之胞兄，書中並未說明，以後亦並未提及，殊可怪也。

（《金剛鑽報》一九三二年十月十七日）

第一百十四回，賈政向甄應嘉道："弟那年在江西糧道任時，將小女許配與統制少君，結褵已經三載。"按探春之出嫁，乃是去年秋冬間事。此處云結褵已經三載，也是夢話。

第一百十五回叙賈政見甄寶玉事云："本來賈政席地而坐，要讓甄寶玉在椅子上坐。甄寶玉因是晚輩，不敢上坐，就在地下鋪下了褥子坐下。"賈政因在服中，所以見客時應當席地而坐。但是第一百十四回見甄應嘉時明明說他們分賓主坐下，並未說是席地而坐，難道見其子應當守禮，見其父就可以不必守禮嗎？前後對照，似有矛盾。

第一百十五回王夫人與甄夫人談甄寶玉的親事道："我家有四個姑娘，那三個都不用説，死的死、嫁的嫁了。還有我們珍大侄兒的妹子，只是年紀過小幾歲，恐怕難配。"按惜春此時應當也不小了，而書中仍説他過小，亦似未合。《紅樓夢》寫惜春，也與巧姐一般，歷時許久仍不肯長大，真可怪也。

（《金剛鑽報》一九三二年十月十八日）

王夫人身邊丫頭之鍾情賈環者，在前半部書中，忽爲彩霞，忽爲彩雲，讀者固已莫名其妙矣。後來王夫人將彩霞打發出去，來旺家倚仗鳳姐的勢力，强迫訂婚，趙姨娘雖然慫恿賈環向王夫人索取彩霞，賈環却始終不敢啓齒。從此王夫人身邊，只有彩雲，没有彩霞。至於彩霞後來畢竟如何，書中却絶不提起了。但是鍾情賈環者，當然是彩霞無疑。不料第一百十七回又云："那賈環爲他父親不在家，趙姨娘已死，王夫人不大理會，他便入了賈薔一路，倒是彩雲時常規勸，反被賈環辱駡。"照此看來，鍾情賈環者又變做彩雲了。忽雲忽霞，糊塗到底。此種小事，無故布疑陣之必要。若云作者錯誤，又決不致再三矛盾，一至於此，真令人無從索解也。

（《金剛鑽報》一九三二年十月十九日）

第一百二十四回又云："賈政扶賈母靈柩，賈蓉送了秦氏、鳳姐、鴛鴦的棺本,到了金陵,先安了葬。賈蓉又送黛玉的靈柩,也去安葬。"按,賈敬死在京裏,靈柩並未運送回籍,這一次似乎也應當帶回來安葬。還有趙姨娘雖然是個側室,但是他已經生了賈環,時候也應當歸葬先塋。這一次並未提及,也是漏筆。

第一百二十回賈政追寶玉時所聞之歌云:"我所居兮,青埂之峰;我所遊兮,鴻蒙太空。誰與我遊兮,吾誰與從。渺渺茫茫兮,歸彼大荒。"前三句之"峰""空""從"俱叶韻,末一句之"荒"字,忽不叶韻,不知何故。

(《金剛鑽報》一九三二年十月二十日)

第一百二十回云:"雖然事有前定,無可奈何,但孽子孤臣,義夫節婦,這"不得已"三字,也不是一概推諉得的。此襲人所以又副册也。"照此説來,册之分正副、又副,乃是含著褒貶的意思。但是晴雯並無失德,爲何與襲人同列又副册中? 這似乎太不公道了吧。

《紅樓夢》是一部講戀愛的小説,而且是一部講三角戀愛的小説。寶玉、黛玉、寶釵三人互相戀愛,以致造出許多悲歡離合的事情來,這是全部書的大旨。其餘枝枝節節,都是從這本幹上發生出來的。中國的語體小説,在《紅樓夢》之前,可説没有一部講愛情的。

(《金剛鑽報》一九三二年十月二十一日)

《金瓶梅》雖然專寫家庭瑣事,但是西門慶這種人當然夠不上談愛情,所以《金瓶梅》只能歸入社會小説的一類,不能算是言情小説。惟有曹雪芹寫的這部《紅樓夢》,的確是中國言情小説的創作。中國人對於小説,向來很輕視的,文人做小説,算是玩物喪志的一種,在一班頭腦冬烘的老先生們看來簡直是不正常的事情。至於做小説而專寫男女兩性的私情戀愛,那更是不正當中的不正當了。

所以從前的文人，非但沒有寫言情小說的思想，而且還沒有寫言情小說的勇敢。惟有這位曹雪芹先生，居然能打破一切的舊見解，不顧道學先生們的譙呵，很大膽的寫出這一部洋洋數十萬言的《紅樓夢》來，不必論這書的好壞，他的勇敢和毅力，也是夠使我們傾倒佩服了。

（一九三三年十月二十二日）

做長篇小說，結構當然很要緊。《紅樓夢》的結構很不差，他寫寶玉、黛玉、寶釵三人的三角戀愛，結果完全不能如願，這已經比一切團圓結束的小說高明得多。做小說和唱戲一般，唱悲劇比較唱喜劇容易討好，曹雪芹便是很明白這個訣竅的。所以他把寶玉和黛玉的愛情雖然寫得十分熱烈，但是結果却絕不讓他們成為夫婦，存心教讀者回腸盪氣，不能自已。這便是作書者十分狡獪處。這部書寫到寶玉出家，戛然而止。如此收束，可謂恰到好處。有人說，一百二十回的《紅樓夢》並非一人所作，曹雪芹只做了三四十回，以後都是別人替他續下去的。但是全書結構很緊湊，中間也並無什麼斧鑿痕跡，究竟是否有人續做，非有確鑿的證據，似乎很不容易教人相信的。

（《金剛鑽報》一九三二年十月二十三日）

又有人說，古本《紅樓夢》的結束處，與現在通行本不同，古本有賈家衰敗、寶玉落魄以及史湘雲與寶玉結成夫婦等事，並且引"因麒麟伏白首雙星"的回目作為證據。這種古本《紅樓夢》，非但我沒有見過，請教了許多見多識廣的朋友，也都說沒有見過。我不敢說這種古本是一定沒有的，即使真有這本子，據我看來，比較現在通行的《紅樓夢》也未必高明。史湘雲在《紅樓夢》中，不過是個重要的陪客罷了，決不是書中的主人翁，何以寶玉後來忽然與她結成夫婦，這豈不是太突兀了嗎？至於《紅樓夢》這部書，雖然大談盛衰消長的道理，但是也要適可而止，不能説得太過分了。賈家何必定要寫得他一敗塗地，寶玉何必定要寫得他潦倒落魄？這似乎很没有理由的。假使古本的作者真是這種寫法，非但好惡拂人之性，而且結構上也太不高明，以視今本之縝密緊凑，真不可同年而語了。

（《金剛鑽報》一九三二年十月二十四日）

《紅樓夢》的第一回、第二回，借甄士隱、賈雨村二人，引出全書，這一段與《水滸傳》的楔子一般。但是《水滸》的楔子只是引出一百零八人罷了，其餘都好没關聯。《紅樓夢》的甄、賈二人，却與正書頗有牽連，而且第一百二十回最後結束的一段，與一二回能前後呼應，這也是《水滸傳》所無。所以就布局結構論，《紅樓夢》似乎要比《水滸傳》更勝一籌了。

就第一回的第一段看來，曹雪芹寫這部《紅樓夢》，明明是紀述他自己的事情，與別人毫不相干。賈寶玉大約就是雪芹本人，所以書中描寫寶玉的人品性情，表面上雖然説他不通世務、懶讀文章，似乎常有不滿他的意思。其實骨子裏却非常抬高他，暗暗的寫他志行高潔、不慕榮利，其見解之超脱，非流俗人所知。而且在從前科舉時代，一班落拓不羈的名士，往往以不治括帖爲高尚，曹雪芹大約也是這一類人，是所以他把寶玉寫成個最最厭惡科舉的人物，其實就是在那裏寫他自己的高尚見解罷了。

（《金剛鑽報》一九三二年十月二十五日）

至於第三回批評寶玉的兩首《西江月》，表面上雖似埋怨他的荒唐，其實句子中仍帶著些牢騷憤鬱的口氣，孤芳自賞，不同流俗，很像作者藉以自況的樣子，所以我很疑心這部書中的賈寶玉，便是曹雪芹寫他自己（古今小説中的主人翁，往往偏是作者藉以自況，曹先生也許不能免俗吧）。我這種見解，在一班研究紅學的老先生看來，一定要笑我太膚淺幼稚了。其實看書的眼光，雖然不能放得太淺了，也不能放得太深。雖然不能放得太低，也不能放得太高。一定要説《紅樓夢》是隱射史事或是演述易理，這似乎眼光放得太高深了。即便自己鑽到了牛角尖裏去，對於作者的本意，却完全未能吻合，所以我寧冒膚淺幼稚之譏，决不敢作牽强附會、艱深晦澀的議論也。

(《金剛鑽報》一九三二年十月二十六日)

第一回甄士隱聽了跛足道人的《好了歌》後，另作了一歌，作爲注解。那一只歌，通篇押的是七陽韻，惟有三句押著仄聲。第一句是"緑紗今又糊在蓬窗上"，第二句是"轉眼乞丐人皆謗"，第三句是"誰承望流落在煙花巷"。這三句何以忽然要押仄聲，真有些莫名其妙。

第五回寶玉夢中被引至太虚幻境，得見金陵十二釵正册、副册及又副册。正册十二人，書中雖未説明，但就其十一幅圖畫及題詞觀察之，當然爲黛玉、寶釵、元春、探春、迎春、惜春、湘雲、妙玉、熙鳳、李紈、巧姐、可卿十二人。黛玉、寶釵是書中主人翁，不必説了。湘雲、迎春、探春、惜春、李紈、熙鳳六人，是重要的陪客，列入金釵，是應當的。妙玉是個出家人，也把她拉入裏邊，已覺擬於不倫。至於元春、巧姐、可卿三人，元春早入宫闈，除省親一段外，著墨不多；巧姐一向是個小孩子；可卿曇花一現，毫無事迹。這三人在書中的地位，遠不及寶琴、岫煙、李紋、李綺諸人，何以寶琴等反在册外，而此三人反列入十二金釵，豈不可怪？

(《金剛鑽報》一九三二年十月二十七日)

有人説，十二金釵都隸屬於太虚幻境的薄命司中，寶琴、岫煙、李紋、李綺諸人，不能算薄命，所以不在十二金釵之列。這話似乎頗有理由，其實仔細研究一下，覺得也有些不對。就十二金釵論，第一個元春就不能算薄命，身入掖庭，貴爲妃子，榮華富貴達於極點,死的時候已經四十多歲,又不能說是夭壽,這種的身世結局,還能算是薄命女子嗎?第二個探春也不能算薄命,她出閣之後,境況很好,雖說遠嫁他方,但是不久便回到京師,與家人團聚,更說不上"薄命"二字。還有鳳姐、巧姐母女,也不能算薄命,鳳姐憂傷懊恨而死,這是自作孽,不是薄命;巧姐嫁於田舍郞,並無不如意事,當然也不能算薄命。所以十二人之中,真是薄命者,只有黛玉、寶釵等八人。由此看來,若説一定要薄命女子方能入得十二金釵的册子,這句話實在也有些靠不住。

(《金剛鑽報》一九三二年十月二十九日)

　　據我看來,這十二個人的列入十二金釵正冊,却另外有個緣故。書中的賈寶玉,即是作者本人,所以他把自己最親近或有關係的十二個女人,算做十二金釵。元、迎、探、惜四春是作者的姊妹,黛玉、寶釵、湘雲三人是作者的表姊妹,李紈、鳳姐是作者的嫂子,巧姐是作者的侄女,可卿和作者發生過關係,妙玉雖是個出家人却很有情於作者。所以作者把這十二個女子胡亂扯來,列入十二金釵的正冊。至於寶琴、岫煙、李紋、李綺這幾個人,與作者比較的疏遠些,所以不能入選。照此說來,薄命與否,簡直是毫不相干。讀者倘然定要把十二金釵都算做薄命人,那真是膠柱鼓瑟,完全被作者所瞞過了。

　　十二金釵副册,書中所指出者,只有香菱一人。其餘爲誰,頗費揣測。據我看來,似乎只有鴛鴦、紫鵑、平兒三人,可以及格。其餘八人,却實在不容易找得出來了。晴雯孤高慧黠,似乎應當列入副册,今乃屈居又副,與失寵恩之襲人並列,這是讀者大家都替她抱不平的。

(《金剛鑽報》一九三二年十月三十日)

　　舊小說除了有關史事者之外,其餘凡是完全出之杜撰者,對於書中的角色的姓名，約分兩派：一派是隨意命名，毫無取義；一派却用諧音或會意，隱蔽指出那人的品性行爲來。就這兩派而論，當然以隨意題名的較爲象真。至於用諧聲格或會意格題名，在社會小説及諷刺小説中，也許可用；若是用在言情小説或武俠小説中，便覺得不甚適當。因爲這一派的題名，最大的弊病，便是教讀者容易感覺得這故事並不是真的，於是對於書中人喜怒哀樂的情感，頓時便減却了不少。譬如清人俞仲華所著的《後水滸蕩寇志》，筆墨總算不壞，但是書中所寫邵莊一段，完全用酒類來借做人名（邵忻者，紹興也；高粱者，高粱也；史穀恭者，史國公也；花雕金莊者，花雕京莊也），似乎太滑稽了，而且與全書上下文莊諧不稱，真是惡劄，不可爲訓。

（《金剛鑽報》一九三二年十月三十一日）

《紅樓夢》各人的姓名，一部分是有意義的，一部分是沒有意義的。這種做法，倒也別致。其中有意義的一部分，除了甄士隱、賈雨村二人，作者早已說明外，其餘最顯明而容易使人領悟的，如"英蓮"就是"應憐"，"秦鍾"就是"情種"，"賈環"就是"賈頑"，"柳湘蓮"就是"柳相憐"，"詹光"就是"沾光"，"單聘仁"就是"善騙人"，"卜世人"就是"不是人"，"王仁"就是"妄人"，"吳貴"就是"烏龜"，"吳良"就是"無良"，"佳蕙"就是"佳會"，"襲人"就是"賤人"。又，"攻其不備曰襲"，襲人暗施謀略，將黛玉、晴雯害死，所以叫作"襲人"。以上都是借著諧聲來取名字的。此外，還有黛玉善哭，所以他的婢女紫鵑；賈赦得罪之後，又逢恩宥，所以取名"赦"字。尤氏姊妹都是尤物，所以叫她姓"尤"。諸如此類，不一而足。讀者大概都可以意會得之，不必累累贅贅的完全舉出來了。有人説，《紅樓夢》中的人名個個都有意義，於是牽強附會，硬替他逐個解釋出來，這却大可不必，還不如省一點精神研究別的罷。

（《金剛鑽報》一九三二年十一月一日）

評《水滸傳》的人，說作者很不滿意於宋江；評《金瓶梅》的人，說作者很不滿意於月娘。他們自以爲別具見解，能深知作者之皮裏陽秋，其實這都是深文周内、捕風捉影之談，對於作者的本意，可說是完全不合。惟有這一部《紅樓夢》，作者描寫林、薛兩家，的確是右林而左薛。譬如拿兩家家世來講，林氏是世禄之家、書香之族，薛氏却是碩腹巨賈、銅臭熏人。又林黛玉之進京，是賈家特地去迎接來的；薛寶釵之進京，確實待選才人贊善而來。一方來得堂皇冠冕，一方却來得不倫不類。即此兩端，已可見薛不如林了。又書中寫寶釵、襲人兩人，均熟於世故，城府甚深，結果則襲人竟琵琶別抱、晚節不終以去，釵與襲既爲一類人物，則其心術之不足取，亦可概見。作者借襲以譏釵，此真所謂皮裏陽秋，不滿意於寶釵者甚矣。而清人王雪香氏評《紅樓夢》，反處處右釵而左黛，此與《水滸傳》《金瓶梅》過分深刻之評，恰巧成一反比例，真是可笑極了。

（《金剛鑽報》一九三二年十一月二日）

關於金陵十二釵正册、副册、又副册之分，我已經發表過兩次疑問了。今天偶然再把《紅樓夢》翻閱一下，忽地恍然大悟起來，原來他這三種册子，是按照著各人的階級來分拆的，主人在正册，姜媵在副册，婢女在又副册。香菱是薛蟠之妾，所以在副册；襲人和寶玉發生過關係，應當也列入副册，但是她的晚節不終，在賈家只能算是個婢女，所以把她列入又副册。依此説來，第一百二十回作者所云："此襲人所以在又副册也"一句話，並不是説她人格不佳，因此降謫，乃是説她在賈家的階級，只能列入又副册。但是讀者倘然連著上文看下來，往往發生誤會，到今天纔明白作者的用意。可見看書真不容易，粗心一點，見解便完全錯誤了。

（《金剛鑽報》一九三二年十一月三日）

金陵十二釵正册圖十一幅，一爲釵、黛二人，二爲元春，三爲探春,四爲湘雲,五爲妙玉,六爲迎春,七爲惜春,八爲熙鳳,九爲巧姐,十爲李紈,十一爲可卿,這是很容易分辨得出的,但是那十一幅圖畫詩句之中,也有極不容易索解的地方。譬如咏元春的詩第一句道"二十年來辨是非",這"辨是非"三個字,就很不容易解釋。又咏探春的詩第二句道"生於末世運偏消",這句話也很費解,若說"末世運消"云云,乃是嘆息她生在榮府衰敗的時候,那末可嘆者當不止探春一人,何以獨獨在她的題詞上,忽然著此一語?又咏王熙鳳詩第三句云:"一從二令三人木","二令"是個"冷"字,"三人木"是個"來"字,"冷來"二字,大概是"日趨衰敗"的意思,但是覺得太晦澀了,而且稚氣得很,簡直像是《推背圖》上的句子,可發一笑。又可卿之圖,畫的是一座高樓,上有一美人,懸梁自盡。按可卿明明是患弱症而死,何以圖中說她懸梁自盡?而後文鴛鴦自縊時,又看見可卿前來指引她。如此説來,可卿之死,似乎懸梁自盡的了。至於可卿因何要自盡,這也是一個值得研究的疑問。

(《金剛鑽報》一九三二年十一月四日)

有人研究《紅樓夢》數十年,自以爲瑣屑之事,無所不知。我偶然問他,王夫人與薛姨媽二人,誰是姊姊,誰是妹子,他竟瞠目不能回答。其實薛姨媽是姊、王夫人是妹,書中雖未替他們説明,但是我却另外找得個證據,可以證明出來。第六回劉姥姥向狗兒道:"想當初我和女兒還去過一遭,他家的二小姐,著實爽快,會待人的,倒不拿大。如今現是榮國府賈二老爺的夫人。"又道:"只怕二姑奶奶還認得咱們,你何不去走動走動。"劉姥姥口中所説的"二小姐姐"和"二姑奶奶",便是指著王夫人。王夫人既然稱"二小姐"和"二姑奶奶",那末"大小姐"和"大姑奶奶"當然是薛姨媽了(書中並未説王夫人與薛姨媽另有姊妹,故薛姨媽爲"大小姐"或"大姑奶奶"無疑)。

(《金剛鑽報》一九三二年十一月五日)

第二十二回各人所制的燈謎一節，除了寶玉一條尚可觀外，其餘都極膚淺。這因爲作者存心要把各人的口氣，隱伏各人的終身結果，所以對於燈謎的本身上反隨便了。寶釵的一條，定是竹夫人。

　　第五十回、五十一回亦有燈謎十八條，已揭破者五條、未揭破者十三條。就已揭破的五條看來，也極膚淺。可見作者制謎的本領，並不十分高明。湘雲所制猴兒一條，空泛極了，書中倘不揭破，後人簡直無法可猜。因此可知其餘未揭破的十三條，也不十分貼切。讀者要猜破它，倒不是容易的事。有人説寶釵的一條是"松球"，寶玉的一條是"鷫鞭"（即風箏上所掛之琴弦，俗名鷫鞭），又有人説是吹火筒，我以爲鷫鞭比出火筒來得相像。黛玉的一條是"走馬燈"。至於薛寶琴的《懷古十絶》，有人説《赤壁懷古》是"法船"，《交趾懷古》是"洋琴"，又有人説是"喇叭"，《鐘山懷古》是"耍猴"，《淮陰懷古》是"打狗棒"，《廣陵懷古》是"雪柳"，又有人説是"柳絮"，《桃葉渡懷古》是"撥燈棒"，《青塚懷古》是"墨斗"，《馬嵬懷古》是"肥皂"，《蒲東寺懷古》是"鞋拔"，又有人説"紅天燈"，《梅花觀懷古》是"泥塑兔兒爺"，又有人説是"紈扇"。據我看來，除却"墨斗""肥皂""紈扇"三條，猜得稍有意思外，其餘都不十分相像。我也是個很愛猜謎的人，但是對於這十首懷古詩，却只有敬謝不敏，決不敢強作解人也。

（《金剛鑽報》一九三二年十一月六日）

　　《紅樓夢》叙家庭瑣屑以及社會情形，的確有取法《金瓶梅》的地方。但是《金瓶梅》寫男女床笫間事，窮形盡相，實在是太穢褻了，在著《金瓶梅》的人，也許是別有用意（世傳《金瓶梅》出王元美手，元美父爲嚴嵩父子害死，圖復仇，知世蕃愛閱淫書，又喜以指沾唾涎、翻書疾讀，因著《金瓶梅》説部，備極淫穢，以砒霜漬書角，使人獻之世蕃，世蕃中毒輕，卒得不死。元美一代大儒，度未必行險若此，齊東野語，殊未敢以爲信也），但是有了這一種疵點，究竟不能登入大雅之堂，所以很細膩的一部小說，終於列入了禁書，真是可惜。《紅樓夢》這部書，明明寫得很淫褻，便是作者自己，也不諱言之，但是用筆，却比《金瓶梅》高妙得多了。凡是淫褻之處，表面上都寫得很大方，一點不著痕迹，譬如賈珍與可卿的關係、可卿與寶玉的關係、鳳姐與賈蓉、賈薔的關係，這都是亂倫的事，比較《金瓶梅》所叙，應當更不堪入目，但是作者却只在字裏行間，淡淡的露出一筆兩筆，能使讀者個個都明白內中的黑幕，這是何等的力量，何等的工夫？真教人不能不佩服也。

（《金剛鑽報》一九三二年十一月七日）

《紅樓夢》是專寫缺陷的書。凡是天下有情人，都不讓他們成爲眷屬，所以書中一切鍾情的男女，簡直沒有一雙能圓滿解決的。除却寶、黛二人之外，譬如寶玉之於晴雯、金釧、五兒，賈芸之於小紅，賈薔之於齡官，柳湘蓮之於尤三姐，秦鍾之於智能，潘又安之於司棋，張金哥之於未婚夫，其結果大概都不能團圓。如此做法，讀者固然盪氣回腸，作者未免狠心辣手，但是不如此不能成好小說，我們讀此書之後，再讀其他結局圓滿的小說，真覺味同嚼蠟，毫無意思了。

第二十二回賈寶玉續《莊子·胠篋》篇後，黛玉題一絕云："無端弄筆欲何云，剿襲南華莊子文。不悔自家無見識，却將醜語詆他人。""云"與"文"是一韻，"人"字又是一韻，雖然"真""文"二韻，古詩可通，但是絕句中似乎不應當通融吧。《紅樓夢》中各近體詩，往往不守詩韻之範圍，真可怪也。

（《金剛鑽報》一九三二年十一月八日）

王熙鳳的父親，與王子騰、王子勝孰長孰幼，書中並未交代清楚，這一層我已經討論過了。但是後來仔細的檢查一下，方知鳳姐的父親，排行最長。第五回叙劉老老初進榮國府一節，說狗兒的祖父與鳳姐通譜時,只有王夫人的父親與長兄(就是鳳姐的父親)二人在京,知道此事。由此可知鳳姐的父親是王夫人的長兄。王子騰應當排行第二、王子勝應當排行第三,至於後來賈璉稱王子勝爲大舅太爺,這却弄錯了。

第十四回秦氏喪中,叙鳳姐料理各事,異常麻煩。內中有幾句道:"又有胞兄王仁連家眷回南,一面寫家信禀叩父母。"由此看來,鳳姐的父母都在南方,並未亡故,但是後來却絕不提起,未免也是個缺漏。

(《金剛鑽報》一九三二年十一月九日)

第十四回叙秦氏之喪,中有一節云:"這日伴宿之夕,裏邊兩班小戲,並耍百戲的,與親朋等伴宿。"按喪中唱戲與耍百戲,似乎也是件很特別的事。賈珍父子,雖極荒唐,但是榮、寧二府,究是詩禮之家,況且還有賈敬、賈政等在上,對於衆目昭彰的地方,當然不敢顯違禮教。照此看來,大約喪中唱戲,當時確有此風氣,並非寧府創舉,但是究竟按照著什麼禮節和規矩,這倒也是很值得研究的事。有人說《紅樓夢》是講旗人的事,這恐怕也是旗人的風氣,中國喪禮中却從來沒有的。容當博訪之熟於旗人禮節風尚者,再爲討論也。

第十三回秦可卿死後,有一個小丫鬟名寶珠的,因秦氏無出,願爲義女,請任摔喪駕靈之任。

(《金剛鑽報》一九三二年十一月十日)

第十五回秦氏靈柩停放到鐵檻寺後,寶珠執意不肯回家,賈珍只得另派婦女相伴,後來此人乃並無下落。秦氏靈柩運回南方時,亦未提及此人一字,似是缺筆。(鐵檻寺乃和尚廟,非姑子庵也。寶珠與相伴之婦女久住廟中,於理亦有未合。)

第十六回秦鍾死時,忽然插入鬼話一小節,中間寫判官聞寶玉之名，先就唬慌，是見鬼物十分勢利，調侃世人，閱之可發一噱。《紅樓夢》作者對於世態炎涼，忿慨甚深，故書中隨時加以諷刺，不僅此一端也。但就小說之結局而論，則《紅樓夢》並非滑稽寓言小說，著此一端，終是惡札。此與《蕩寇志》之邵莊相似，不如割愛之爲愈也。

"趕圍棋"是用骰子賭博的一種，《紅樓夢》中諸人往往以此爲戲。第十九回云："因此寶玉只和眾丫頭們投骰子趕圍棋作戲。"第二十回云："賈琮也過來玩，正遇見寶釵、香菱、鶯兒三個趕圍棋作耍。"又，黛玉向湘雲道："回來趕圍棋兒，又該你鬧麼愛三了。"可見，"趕圍棋"這種遊戲，當時是非常通行的。究竟如何賭法，可惜現在竟無從查考了。

(《金剛鑽報》一九三二年十一月十一日)

第二十六回薛蟠向寶玉云："只因明兒五月初三日，是我的生日。誰知古董行的程日興，他不知那裏尋了來的這麼粗這麼長粉脆的鮮藕、這麼大的西瓜、這麼長這麼大一個暹羅國進貢的靈柏香薰的暹羅豬魚，你説這四樣禮物，可難得不難得？"以上所述，明明只有三樣，卻説是四樣禮物，不知何故。難道作者故意要形容薛蟠的説話顛頇嗎？暹羅豬魚，不知是否魚之一類？除《紅樓夢》外，別的書中，從未見過，目下不知可有這東西否？五月初三之前，似乎不應當有極大之西瓜，北方氣候冷，四月底決計找不出西瓜來的。程日興是賈家的門客，第十六回建築省親別墅時，他也在園中安插擺佈。薛蟠説他是古董行裏的，大約是古董行主人而兼做賈府門客者也。書中不爲之説明，便容易教人疑心是兩個人了。

第二十六回，薛蟠將唐寅誤作庚黃，雖甚滑稽卻嫌過火。有人以此爲《紅樓夢》妙處，是真不知小説之好壞者也。

(《金剛鑽報》一九三二年十一月十二日)

昨天到老友德醫陳一龍君那裏去，蒙他指教我兩件事，都是與《紅樓夢》的研究很有關係的。現在把他記在下面。

（一）第一零四二號本報所登《紅樓夢的研究》四十二節，對於第七十五回所述賈母中秋吃西瓜事，有些懷疑。據陳君說，北方人每逢中秋節，的確都用西瓜和月餅供月。不過是取他形狀團圞的意思，所以夏天吃的西瓜，家家都留著幾個到中秋節。這是北方的一種風氣，不足爲奇。但是我們南方人却沒有這種風俗的。

（《金剛鑽報》一九三二年十一月十三日）

（二）第一零八二號本報所登《紅樓夢的研究》第八十一節，對於第十回秦氏喪中的唱戲，有些懷疑。據陳君說，北方有錢的人家，喪中的確要唱戲的，而且每一次喪事，要唱戲三台。伴靈時唱一台，出喪時唱一台，到了墳墓上，或停靈柩的地方，再唱一台。非但唱戲而已，一路上還要叫人扮著許多的羅漢，舞蹈作耍，這也是北方的風俗，不足爲奇。陳君在北方的時候，親眼看見過這種戲，當時他同鄉中有一位姓丁的，自己是個票友，能編新戲，曾經編過一齣《七擒孟獲》，切末都是自己定製的，做得比上海舞台上所用的，還要講究。後來這姓丁的死了，家人便召集了一班唱戲的，在他靈前大唱《七擒孟獲》，鑼鼓喧天，異常熱鬧。鄉人傾巷來觀，簡直可算得是吊者大悅。至於北方爲什麼有這種奇怪的風俗，這却連陳也都不知道了。

以上兩節，因爲我沒有到過北方，所用不知道，承蒙陳君指教我，當然非常感激，同時我很希望讀者能隨時指教我，因爲我不明白的事情還很多呢。

（《金剛鑽報》一九三二年十一月十四日）

第十五回云："原來這饅頭庵就是水月庵，因他廟裏做的饅頭好，就起了這個諢名。"可知饅頭庵與水月庵，名異實同，並非兩處廟宇。但是第九十三回平兒向鳳姐道："是我頭裏聽錯了是饅頭庵,後來聽見不是饅頭庵是水月庵,我剛才說溜了嘴,說成饅頭庵了。"鳳姐也道："我就知道是水月庵,那饅頭庵與我什麼相干。"照着這番話看來,好像饅頭庵與水月庵,又並不是一處。究竟是一是二,真令人莫名其妙。第十五回鳳姐破壞張金哥婚事是在饅頭庵中發生的,第九十三回云:"鳳姐因那一夜不好,懨懨的總沒精神,正是惦記鐵檻寺的事情",鐵檻寺似應改作饅頭庵。第二十三回敘賈家處置小沙彌、小道士事云:"賈芹……喚出二十四個人來,坐上車子,一徑往城外鐵檻寺去了。"可知賈芹所管者爲小沙彌、小道士,而沙彌、道士所安置者,乃是鐵檻寺。但是第九十三回匿名揭帖云:"西貝草斤年紀輕,水月庵裏管尼僧,……"是賈芹所管者,一變而爲尼僧,而鐵檻寺又一變而爲水月庵。不知作者何以健忘若是,真可怪也。

(《金剛鑽報》一九三二年十一月十五日)

第二十八回薛蟠行酒令,說"悲""喜""愁""樂"四字。第三句云:"女兒喜,洞房花燭朝慵起",按傻霸王既是個胸無點墨的人物,無論如何,決計說不出這句句子來。作者也自知有些不合情理,所以急忙加著些衆人詫異的話,聊自掩飾。其實不管如何掩飾,這"朝慵起"三個字,決不是薛蟠腹中所有。作者何以定要加入這樣的一句,真可怪也(在作者之意,大約欲故作波瀾,以示其筆致之活變,但雅俗相去懸殊,便覺得不甚合情理了)。

第三十一回之回目云"撕扇子作千金一笑,因麒麟伏白首雙星"上聯可解,下聯殊不可解。"白首雙星"四字,不知所指何人,且讀至終卷,亦並無與此回相呼應者。"伏"字未免下得突兀。或謂《紅樓夢》原本,有寶玉、湘雲成夫婦事,所以這一回的回目,如此云云。此說我上文已討論過,覺得未敢深信,但是這奇怪的回目,究竟何所取義,真令人無從索解也。

(《金剛鑽報》一九三二年十一月十六日)

第四十七回叙賈母等鬥牌一節,云:"洗牌告么,五人起牌,鬥了一回,鴛鴦見賈母的牌已十成,只等一張二餅……"這一種牌,既不是挖花,又不是麻雀,不知叫做什麼名目。據吾想來,賈母等所鬥者,大概是紙牌中的一種。因爲竹骨等牌,只能四人共鬥,惟有紙牌却可以不限人數的,而且南北各省各地,往往各有一種特製的紙牌,花色、名目、鬥法、規則,各各不同。除却本地人之外,外鄉人看來,簡直是莫名其妙。賈母等所鬥的一種,不知屬於那一省的,大約也有一個特別的名目,但不知目下這一種紙牌可還存在否。據書中說,牌內有一張叫"二餅",這似乎與目下最通行的麻雀牌很相像了,但是決不是麻雀牌。倘若有人知道這種牌的名目和鬥法,賜函指教,那是我說竭誠歡迎的。"告么"兩字,大約是鬥牌時的一種特別名稱,究竟是何意義,亦殊費解也。

(《金剛鑽報》一九三二年十一月十七日)

第五十三回寫烏進孝莊頭所送來的年貨單子内道:"……暹豬二十個,湯豬二十個,龍豬二十個……家湯羊二十個,家風羊二十個……野雞野貓各二百對。""暹豬"、"湯豬"、"龍豬",大約都是豬的一種,"家湯羊"、"家鳳羊",大約都是羊的一種,但是這種名目,現在却不通行了。究竟都是些什麼豬羊,倒也值得考查一下。還有那"野貓",難道也可以充作食品的嗎?這非但沒吃過,簡直連聽都沒有聽見過,而且野貓何以也像野雞一樣,要一對一對的計數,更是奇聞。

金貴銀賤,在現時代真相差得太厲害了。滿清中葉,一兩金子,只值十多兩銀子,所以本回賈蓉道:"……就是賞也不過一百金子,才值一千多兩銀子……"。當時的金價於此可見一斑。

(《金剛鑽報》一九三二年十一月十八日)

第六十三回的回目云:"壽怡紅群芳開夜宴,死金丹獨艷理親喪",既然說是理親喪,那末這個"獨艷"一定是指惜春了。但是書中敘賈敬死後,家中得信,只有尤氏一人,出城主持喪務,對於惜春却絕不提及。後來第六十四回賈璉回轉榮國府,惜春跟著李紈、鳳姐、寶釵、黛玉等一同在中堂守候,是賈珍之喪,惜春並未回寧國府守孝。"理親喪"三字,當然更談不到了。倘然說"獨艷"是指尤氏,那末徐娘半老,似乎不應當稱"艷"字。所以這一聯的回目,無論如何,總覺得有些說不通的。

射覆是一種很古的遊戲,《漢書·東方朔傳》和《三國志·魏志·管輅傳》中,都有談及射覆事。後來唐宋人把這種遊戲用在酒令裏,面目早已變過,並不是古時的射覆了。但是現在連這酒令中所用的射覆,也已失傳。《紅樓夢》第六十二回中,有寶玉等行射覆令一節,他所說的射覆法是否唐宋人之舊,一時殊苦無從查考。世有知者,尚乞不吝見教。

(《金剛鑽報》一九三二年十一月十九日)

第九十回薛蝌吟詩一絕云:"蛟龍失水似枯魚,兩地情懷感索居。同在泥塗多受苦,不知何日向清虛。"此詩粗俗之至,直類初學詩者所塗鴉。按書中寫薛蝌之爲人,非但端方誠實,亦且溫文爾雅,決不是個不讀書的人。又其人乃邢岫煙之丈夫,岫煙清高絕俗,兼具詩才,更不應使其配以不學無術之丈夫。這一首詩,本來做得毫無道理,依我之意,不如刪去爲妙。

(《金剛鑽報》一九三二年十一月二十日)

書中寫寶釵之陰險,最露骨處要算第六十七回送土儀一節,只看她送黛玉的東西,比別人不同,且又加厚一倍,是明明有意使黛玉睹物思鄉,傷心戕體,而表面上好像對待黛玉格外的親熱知己。這種地方何等陰險,何等奸詐!作者用了深文曲筆刻意描摹,又怕讀者不明白自己的意思,所以借紫鵑勸黛玉的一番話中,完全揭破。後來黛玉去看寶釵,寶釵又說道:"妹妹知道,這就是俗話說的'物離鄉貴'。"寶玉聽了,覺得正對黛玉的心事,急忙把話岔開。按寶玉向來是個無心人,尚且知道這話不能向黛玉說,而寶釵平日出言吐語,何等鄭重,豈有此處反不覺察之理?其爲有意使黛玉傷心,亦可概見。後人評《紅樓夢》,偏又極力替寶釵辯護,真傻瓜也。

(《金剛鑽報》一九三二年十一月二十一日)

第五回云寶玉在太虛幻境所見的金陵十二釵正册,每頁各有詩或詞一首,這種詩詞,非但句子做得不高明,而且有幾首連韻都押錯了。如咏李紈的一首道:"桃李春風結子完,到頭誰是一盆蘭?如冰水好空相妒,枉與他人作笑談。""完"字與"蘭"字是上平聲十四寒,"談"字却是下平聲十三覃,怎麼可以押在一首詩裏呢?還有總結的一首道:"情天情海幻情深,情既相逢必主淫。漫言不肖皆榮出,造釁開端實在寧。""深"字與"淫"字是十二侵,"寧"字是九青,怎麼也可以押在一首詩裏呢?還有那又副册上咏襲人的一首六言詩道:"枉自溫柔和順,空云似桂如蘭。堪羨優伶有福,誰知公子無緣。""蘭"字是上平聲十四寒,"緣"字是下平聲一先,怎麼也可以押在一首詩裏呢?至於那一首咏晴雯的長短句,更是糟不可言。不知到底押的什麼韻?曹雪芹並不是個不會做詩的,爲何這幾首詩詞弄得如此支離錯誤?真令人莫名其妙。

紅樓夢所叙年月,支離模糊,最難計算,除第一二兩回所叙甄士隱、賈雨村事不計外,從第三回林黛玉進榮國府起,其中可考之年月,兹以鄙意爲之分析如下:

第一年賈雨村伴送林黛玉進京,黛玉寄居榮國府,與賈寶玉初次相見,薛寶釵隨母兄進京,寄居榮國府之梨香院(以上各事,其月日不可考)。冬,寶玉夢遊太虛幻境,劉老老初進榮國府(此事應在寶玉神遊太虛之前,因書中云係秋盡冬初事也),寶玉飲於梨香院,初識金鎖。

第二年春,寶玉、秦鍾入賈氏家塾讀書,茗煙鬧學。秋,賈璉送黛玉返揚州(書中云係冬底事,但林如海以九月初三日死,則黛玉之返揚州應是秋天事也)。九月初三,林如海死。九月中,賈敬做生日,賈瑞調戲鳳姐。冬十一月,秦可卿病重,鳳姐設相思局。十二月,可卿死。

(《金剛鑽報》一九三二年十一月二十二日)

第三年春,鳳姐治秦氏喪,元春選入鳳藻宮,黛玉由揚州回京,榮府建造省親別墅。冬十月,省親別墅落成。

第四年元宵,元妃省親。正月半後,巧姐出痘(書中云巧姐之出痘,歷時凡十餘日,但其事在元妃省親之後,寶釵做生日之前。從元宵至正月廿一日,其中僅五日耳。云十餘日者,乃書中錯誤,前已檢出矣)。正月二十一日,寶釵做生日。二月二十二日,寶玉與諸姊妹遷入大觀園。三月中,黛玉葬花,寶玉觀《會真記》,馬道婆施魘魔法,寶玉、鳳姐逢五鬼。四月二十六日芒種節,寶釵撲蝶,黛玉作葬花詞,寶玉飲於馮紫英家,遇蔣玉函。五月初一日,清虛觀打醮。初三日,薛蟠做生日。初四日,王夫人逐金釧,齡官畫薔。端午節,晴雯撕扇。初六日,史湘雲至榮府,金釧投井死,賈政痛責寶玉。八月二十日,賈政以學差出京。二十一日,探春發起結海棠社。二十二日,湘雲至榮府,加入海棠詩社。二十三日,湘雲請吃螃蟹,劉老老二次進榮國府。二十四日,寶玉遣焙茗尋若玉小姐祠堂。二十五日,賈母宴大觀園,爲湘雲還席。九月初二日,賈母等攢金爲鳳姐做生日,賈璉與鳳姐勃籍。九月十四日,賈母等至賴大家宴飲,柳湘蓮痛毆薛蟠。十月十四日,薛蟠出外經商。十月下旬,寶琴岫煙等進京,寄寓大觀園。歲底,寶琴等觀寧府祭宗祠。

(《金剛鑽報》一九三二年十一月二十三日)

第五年正月十五日,賈母等大擺筵席,慶賀元宵。三月,李紈、探春、寶釵三人合理榮府事。四月,寶玉、寶琴、岫煙、平兒同做生日,賈敬死。七月,黛玉作《五美吟》。八月初三日,賈璉私娶尤二姐。八月下旬,尤三姐自到。九月十五日,尤二姐被賺入榮府。

冬，尤二姐吞金自盡。

第六年三月初二日，林黛玉等重建桃花社。三月三日，探春做生日。七月，賈政回京。八月初三日，賈母八旬大慶。八月上旬，因繡春囊事抄檢大觀園。八月十五日，賈母等設席凸碧山莊，慶賞中秋。八月下旬，晴雯死。九月，迎春嫁孫紹祖、薛蟠娶夏金桂，寶玉二次入家塾讀書，賈政升任郎中，薛蟠毆殺張三入獄。十月中旬，黛玉因疑成病。十一月初一日，賈母辦消寒會，司棋死。十一月中，賈母等賞花妓，寶玉失蹤。十二月十九日，元妃薨。十二月下旬，寶玉訂婚，黛玉病。

第七年春，寶玉娶寶釵，黛玉死，賈政出為江西糧道。秋，探春遠嫁江南。冬，賈政被參回京，錦衣軍查抄寧國府。

第八年迎春死，湘雲嫁，賈母壽終，鴛鴦殉主，妙玉被劫，鳳姐病歿，惜春出家，賈寶玉遇甄寶玉，寶玉二次神遊太虛，巧姐避禍，寶玉失蹤。（以上月日皆無可考）

（《金剛鑽報》一九三二年十一月二十四日）

照以上所分析的看來，《紅樓夢》本文，一共經過了八個年頭。書中說元春薨於甲寅年十二月十九日，這是《紅樓夢》本文的第六年。依此推算，是全書所敘賈家的事情，始於己酉、終於丙辰。聽說從前有一位研究紅學的人，居然替寶玉編起年譜來，不知道他的編年紀月，可還有什麼新發明嗎？

寶玉的年譜，據我看來，無論如何是編不成的。因為書中寫寶玉的年紀，忽大忽小，迷離惝恍，簡直教人無從捉摸。譬如第三回黛玉進京那一年（便是《紅樓夢》本文的第一年），書中說她才六歲，寶玉比黛玉大一歲，那末應當是七歲了。此後經過七年寶玉乃逃禪而去，照此計算，寶玉與寶釵結婚時才只十三歲，其出家為僧，才只十四歲。就書中情事觀之，豈不荒唐之至？總而言之，這是作者有意播弄的玄虛，我們定要與他算一個清楚，便是笨伯了。

非但寶玉的年紀，不能推算，便是其餘各人的年紀，也完全無法推算。譬如黛玉進京時纔六歲,在賈府經過六年而死,那末她死時難道只有十二歲嗎?還有第二十二回寶釵做生日,書中說她是十五歲,其後再過三年而嫁,是嫁時已十八歲了?難道她比寶玉大五歲嗎?其餘荒唐的地方尚多,一時難以盡述。所以《紅樓夢》諸人的年紀,無論如何,沒法推算,研究此書者,正不必枉費心思也。

(《金剛鑽報》一九三二年十一月二十五日)

按照上述所分析的年月看來,賈母的八旬大慶在書中本文的第六年甲寅,而賈母的壽終在第八年丙辰。其中相去兩年,是賈母應當享壽八十二歲,但是書中說他壽八十三歲,這也是錯誤的。

第六十二回探春談各人的生日道:"……二月沒人。"襲人道:"二月十二日林姑娘,怎麼沒人?只不是咱家的人。"是黛玉之生日,固明明為二月十二日也。但是第八十五回榮府慶賀賈政升任郎中時,王夫人道:"可是呢,後日還是外甥女兒的好日子呢。"按其時乃在九月裏,與襲人所說的話,完全矛盾。這是作者的健忘,決不是故弄玄虛也。

第六十二回敘寶玉等四人做生日事,書中說:"王夫人不在家,也不曾像往年熱鬧。"按前一年的四月裏,寶玉正在大病,生日亦未提起,有何熱鬧可言?作者隨意下筆,大約早已忘記了去年的事情了。

(《金剛鑽報》一九三二年十一月二十六日)

元明人做小說,在每回開首處,往往加上一詩或一詞。目下所通行的舊小說中,尚有好好幾種是這樣格式的。原本《水滸傳》,每回開首,也有詩詞,但是現在通行的七十回本卻沒有了,這是金聖嘆修改時把它刪去的,古本並不如是。這種開首的詩詞,與戲曲中的定場詩一般,因為元明人所寫的長篇小說,都是預備給說評話者做脚本用的。每書一回,供一天的演講,大凡說評話的人,剛開講時,醒木一拍,必須先念一詩或一詞,然後開講正文。這種格式,至今未變,所以每一回之前,定要替他謅上一詩或一詞也。但是這種詩詞,大半似通非通,且與本文並無關係,所以金聖嘆便主張把它刪掉了。《紅樓夢》每回的開首處,都很直截了當,並無詩詞等類。這是因爲曹雪芹生在金聖嘆之後,習見現在通行之七十回本《水滸》,所以也與它同化了。元明人作品與清人的作品,面目顯有不同,這似乎也是可以區別的一種。

(《金剛鑽報》一九三二年十一月二十七日)

《紅樓夢》的回目,工拙不一。有極工者,如第十九回之"情切切良宵花解語,意綿綿靜日玉生香"是也;有極不工者,如第五十三回之"寧國府除夕祭宗祠,榮國府元宵開夜宴"是也。以"寧國府"對"榮國府",其拙極矣,與十九回一較,似非出一手者,真可怪也。

寶玉與秦可卿的苟且,書中明白寫出,讀者個個都知道了。便是鳳姐與賈蓉、賈薔的苟且,賈珍與秦氏的亂倫,讀者也很容易看得出來。惟有寶玉與鳳姐的關係書中寫得最暗,所以竟有人還十分相信。但是第七回焦大醉後罵道:"爬灰的爬灰,養小叔子的養小叔子,我什麼不知道……"第二十回賈璉向平兒道:"他不論小叔子侄兒、大的小的,説説笑笑,就不怕我吃醋了"所云養小叔子,除却寶玉尚有何人?可見鳳姐與寶玉之發生苟且,榮、寧兩府均有所聞,而後人尚不信其有關係,何也?

(《金剛鑽報》一九三二年十一月二十八日)

從前木板的《紅樓夢》,也有人加以評語,但是著墨不多,不知何人所批。及至前清光緒年間,方有兩種增評加注的《紅樓夢》出現。一種是太平閑人所批,一種是護花主人所批(護花主人爲吳縣王雪香別署,太平閑人待考)。這兩種都是效法金聖嘆之評《水滸傳》,每句每段各有小評。論兩種的眼光,太平閑人比較的透澈得多，雖然有幾處不免深文周内，但是作者所有含蓄不露的意思，都能一條條替他揭破出來，這也是很難得的了。可惜這一位先生，神經未免過敏，他硬要把一部《易經》的卦義，鷄零狗碎的附會到《紅樓夢》上去，分明鑽到了牛角尖裏。他却還得意非常，自以爲能發人所未發，這却是非常可厭的。護花主人的批評，膚淺之至，幼稚之至，腐儒見解，更不值識者一盼。但是目下所流行的《紅樓夢》，却要算護花主人的評本最多，太平閑人評本次之。其他還有明齋主人、大某山民等也曾加以批評，但是因爲没有逐句逐段的小評，所以不能獨立，現在都附刊於這兩種評本之後。論眼光則大某山民似甚鋭利，勝彼護花主人多多也。

《紅樓夢》的續作，非常之多，有《後紅樓夢》《紅樓圓夢》《紅樓再夢》《紅樓夢補》等六七種，但是狗尾續貂，可觀者極少，以後當逐部加以研究，現在却不去評論他們了。

(《金鋼鑽報》一九三二年十一月二十九日)

舊小説研究・三國演義

澹　庵　撰

　　載於《金鋼鑽報》一九三三年一月二日至一月二十一日、一月二十六日至三月五日。作者澹庵見一九三二年《説部卮言・水滸》叙録。其中部分内容被《三國演義雜談》（署名大弓，載於《北洋畫報》一九三七年第三十一卷第一五〇、一五二、一五一三、一五一七期）襲用。本文主要指摘《三國演義》的失誤之處，由於《三國演義》中有大量虛構或改變史實的地方，故而作者在開篇時特意指出本文是以"研究小説的眼光"來指出書中的錯誤。"完全把各樁故事的來源，丟開不談，只是就書論書，看作者運用故事和剪裁故事的手段如何，再看書中結構渲染描寫襯托的工夫如何？是否有闕漏、矛盾及應當修改之處？"所以，作者完全以是否合乎情理的角度來看《三國演義》。如"第十六回呂布轅門射戟，替劉、袁兩家解圍，雖是一樁佳話，其實却不合情理"。實際上，之所以出現這種局面，完全是受民間文化的影響，其他如借東風、八陣圖等描寫皆是如此。《三國演義》根植於民間，這是其擺脱不掉的基因，不必過於指摘。文中還經常説道漏掉某筆，使得前後銜接不上，如曹操本被任命爲濟南相，而出現在董卓謀逆的朝堂上時，"他的官職已改爲典軍校尉，究竟何時內調，書中並未叙明，亦似欠細。"實際上，《三國演義》主要關注軍事政治大事，若如此事都筆筆交待，也太嫌瑣屑。這正是羅貫中筆力宏大的表現。可以看出，陸澹庵做這番辨誤，實則是以精英文化對有著濃厚民間文化屬性的《三國演義》的一次改造。本文另外還討論《三國演義》的情節與詩詞。在其看來，"一部《三國演義》，其最精彩處，只是赤壁鏖兵一段"，而至諸葛亮病逝後，全書已不值一讀。全書精華集中於赤壁鏖兵一節的原因爲"一來事實所限，無可生色；二來作者精力有限，在一部書中，只能出力寫上一段或兩段，決不能自始至終，精神貫注"。大部分小說都有此種毛病，《水滸傳》也是前工後拙。本文認爲《三國演義》中的詩詞極爲鄙俚可笑，多有不合詩法之處，令人莫名其妙。

在本文没有發表之前，我先要向讀者聲明一句，這一編《三國演義》的研究，我只是用研究小說的眼光，胡亂地寫將出來，並不是考證《三國演義》中所有的故事，因爲《三國演義》乃是一部歷史小說，與《水滸傳》《紅樓夢》等憑空結撰者不同，内中所叙述的故事，多半是從正史上及稗官野史上搜集而來，假使我們要一樁樁的替它考證起來，實在是考不勝考，寫不勝寫。一來這樣的研究，與小說的本身可説是毫無關係；二來在我之前，已經有好多人把這書考證過了。從前還有人做了一本《〈三國演義〉考證》刊印行世，我又何必很無聊的再去做這一番工作呢？所以我這一編《〈三國演義〉的研究》，完全把各樁故事的來源，丟開不談，只是就書論書，看作者運用故事和剪裁故事的手段如何，再看書中結構渲染描寫襯托的工夫如何，是否有闕漏、矛盾及應當修改之處。這便是我和讀者諸君研究這部書的宗旨。

(《金鋼鑽報》一九三三年一月二日)

第一回叙黄巾作亂事道："時鉅鹿郡有兄弟三人，一名張角，一名張寶，名張梁，那張角本是個不第秀才。"按"秀才"這名目，起於唐朝，唐以前却没有的。漢時只有"茂才"，並無"秀才"，况且東漢光武帝名叫劉秀，"秀"字應當避諱，所以無論如何，在東漢一朝決没有"秀才"的名词，這是似乎應當要修改的。

第一回説十常侍乃張讓、趙忠、封諝、段珪、曹節、侯覽、蹇碩、程曠、夏惲、郭勝十人。又説："張角遣其黨馬元義暗齎金帛，結交中涓封諝以爲内應，……帝召大將軍何進調兵擒馬元義，斬之，次收封諝等一千人下獄。"那末十常侍應當只有九人了，但是第二回劉陶請誅宦官時，仍是十人並舉，又陳耽奏靈帝道："天下人民，欲食十常侍之肉，陛下敬之如父母，身無寸功，皆封列侯。况封諝等結連黄巾，欲爲内亂，……"照此看來，封諝似乎早已出獄了，謀叛重犯，何以輕易便能出獄？書中並未叙明，似屬缺筆。

（《金鋼鑽報》一九三三年一月三日）

陳耽諫靈帝，説他敬十常侍如父母，此言大不敬，决不是臣子所應出，也不是臣子所敢出。父母二字，似應修改。

第二回道："曹操亦以有功除濟南相，即日將班師赴任。"但是後來何進議誅宦官時，曹操忽在座上，而且他的官職已改爲典軍校尉。究竟何時内調，書中並未叙明，亦似欠細。

第二回道："袁紹入宫收蹇碩，碩慌走入御園花陰下，爲中常侍郭勝所殺。"按蹇碩與郭勝，同屬十常侍，向來同惡相濟，何以這時候忽然自相殘殺起來？書中並未叙明緣由，讀者遂覺十分突兀。

"十常侍"三字，並非固定名詞，蹇碩死後，十常侍已不足數，但是書中每讓等事，仍稱"十常侍"，似嫌不合，亦應修改。

（《金鋼鑽報》一九三三年一月四日）

第三回叙温明會議事道："卓怒，遂掣佩劍，欲斬丁原。時李儒見丁原背後一人，生得器宇軒昂，威風凛凛，手持方天畫戟，怒目而視。"按董卓此次召集會議，所請的都是朝廷大臣、公卿百官，吕布並無一官半職，當然不能參此會。若説他是丁原的衛士，也只能遠遠的侍立堂下，决無手持畫戟跟隨登堂之理。此處似有未合。

第三回謂温明會議時，董卓與丁原因廢立問題，發生口角。次日，丁原即帶領人馬，在城外搦戰。按丁原乃是荆州刺史，其時何以在京，又何以竟帶著兵馬而來？書中均未敘明，似嫌突兀。（何進召外兵時，所召者只董卓一人，故丁原之率衆來京，殊不可考）

　　第三回敘董卓與丁原交戰事云："呂布飛馬直殺過來，董卓慌走，建陽率軍掩殺，卓兵大敗，退三十餘里下寨。"按董卓既是背城迎戰，則大敗之後，應當逃入城中，決不能倒退三十餘里，此處亦有未合。

　　第五回華雄斬潘鳳後，袁紹道："可惜吾上將顏良、文醜未至。得一人在此，何懼華雄？"可見袁紹此次出兵，顏良、文醜均未隨往。但是第六回敘袁紹、孫堅口角時道："紹背後顏良、文醜皆拔劍出鞘。"是二將又均在袁紹麾下，與第五回對照，似有矛盾。

（《金鋼鑽報》一九三三年一月五日）

　　第九回敘王允誅董卓事，書中説道："車進至相府，呂布入賀……就帳前歇宿。是夜有數十小兒於郊外作歌，風吹歌聲入帳，……卓問李肅曰，帝謠主何吉凶？……"按董卓此次進京，並非出兵打仗，爲何到了相府，並不住宿，却反去宿在郊外營帳之中？這似乎有些不合情理吧。

　　第十一回曹操攻徐州，那時劉備正在做平原相，因爲孔融的勸駕，引兵去救陶謙。後來曹兵撤退，陶謙把他留在小沛，從此劉備便不再回平原了。我以爲此一節有幾層不妥：第一、劉備興兵往徐州時，平原守地，交與何人？難道隨隨便便的把它放棄了嗎？第二、劉備做平原相，乃公孫所表薦，當然是朝廷命官。此時無端把官職拋棄，並不表奏朝廷，似乎與劉備平日尊崇朝廷的宗旨不合。第三、劉備屈居下沛，毫無名目，反無端把他已有的地盤和官職完全拋棄，似乎有些不合情理。依我説，無論如何，書中應當把劉備何以情願放棄平原相而屈居下沛的緣故，細細的説明一下，方不致使讀者有所懷疑。

（《金鋼鑽報》一九三三年一月六日）

第十回曹操起兵攻徐州時，書中說道："遂留荀彧、程昱總領軍三萬，守鄄城、范縣、東阿三縣，其餘盡殺奔徐州來。"照此看來，曹操此次出兵，除了荀、程二人之外，並無別將留守，這是很明白的了。但是第十一回呂布襲兗州時，書中說道："張邈大喜，便令呂布襲破兗州，隨據濮陽，止有鄄城、范縣、東阿三縣，被荀彧、程昱設計死守得全，其餘俱破，曹仁屢戰皆不能勝。"荀、程二人之外，忽然又多了一個曹仁出來，與上文對照，似乎有些未合。

第十四回劉備發兵攻袁術時，書中說道："孫乾曰：'可先定守城之人。'玄德曰：'二弟之中，誰人可守？'關公曰：'弟願守此城。'玄德曰：'吾早晚欲與爾議事，豈可相離？'張飛曰：'小弟願守此城。'玄德曰：'你守不得此城。你一者酒後剛強，鞭撻士卒；二者作事輕易，不從人諫。'"既然劉備之意，兩人皆不宜守城，為何又問二弟之中，誰人可守？這"二弟之中"四個字，似乎應當刪去。

（《金鋼鑽報》一九三三年一月七日）

第十六回呂布轅門射戟，替劉、袁兩家解圍，雖是一樁佳話，其實卻不合情理。兩家興師動衆，洶洶欲鬥，豈能因呂布的一箭，就此偃旗息鼓、斂手而退？倘然真有此事，未免把軍事看得太兒戲了。這大約也是當時民間傳說的一樁故事，作者因為比較的尚有風趣，不忍割愛，所以把它寫入書中。至於合理不合理，卻不去仔細地考慮它了。

曹操好色，也許有之，分香賣履，便是明證。但是演義第十六回寫其與張濟妻鄒氏苟且一事，似乎與曹操的個性不合。書中雖要醜詆曹操，但是照他的身份和地位，而且正在帶兵出征的時候，似乎決不能做出那種急色兒荒唐的行為來，況且曹操發兵討張繡時，深恐呂布來侵許都，張繡既降，應當立即班師才是。但是書中說道："操引兵入宛城屯紮，餘軍分電城外，寨柵聯絡十餘里，一住數日。"因此纔鬧出鄒氏的這樁醜事來，試問曹操久住宛城，意欲何爲？而後文又道："操每日與鄒氏取樂，不想歸期。"這非但與曹操平時的性情不合，便是情理上也覺得很說不過去的。

(《金鋼鑽報》一九三三年一月八日)

第十六回張繡欲攻曹操，與偏將胡車兒商議，胡車兒獻計道："典韋之可畏者，雙鐵戟耳。主公明日可請他來吃酒，使醉而歸。那時，某便混入他跟來軍士數内，偷入帳房，先盜其戟，此人不足畏矣。"按典韋既肯應張繡之召前來吃酒，張繡何不用毒藥下在酒内將他毒死，豈不直捷爽快？又胡車兒既能混入帳房，何不便將典韋刺死，也免得盜戟之後，再與他惡鬥。若能乘機將曹操刺死，豈不更覺直截了當？所以胡車兒這條計策，論情理似乎有些講不通。況且兵器因人而發生效用，人不可畏，倒是兵器可畏。這話似乎也有些勉强的。

第十八回曹操約劉備同攻呂布時，書中說道："一日，陳宮帶領數騎去小沛地面圍獵解悶，忽見官道上一騎驛馬飛奔前去，宮疑之，棄了圍場，引從騎從小路趕上，……搜其身，得玄德回答曹操密書一封。"如此泄漏，似乎太湊巧了。況且官道上驛騎馳過，這是很平常的事。陳宮何以便要生疑，也有些說不過去的。

(《金鋼鑽報》一九三三年一月九日)

第十九回劉備在小沛兵敗，尋小路投奔許都，所過之處，百姓聞劉豫州名，爭進飲食。一日，投宿獵户劉安家，劉安供食不及，竟把自己的妻子殺了，請劉備飽餐一頓。按書中著此一節，不過要表明劉玄德之深得民心罷了，但是無端殺妻宴客，寫得實在太殘忍了。無論如何，此種慘無人道的行爲，人情道德法律上均所不許。

張巡守睢陽，殺妾犒軍，後來尚有人加以非議。劉安的處境，與張巡不同，殺妻並非萬不得已，其罪尤不可逭。書中要表明劉備之得民心，方法甚多，何必定要寫此慘無人道之事，令人讀之不歡？依我之意，不如刪去爲妙。

第二十回張遼被擒，辱駡曹操時，書中說道："操大怒曰：'敗將安敢辱我？'拔劍在手，親自來殺張遼。"按曹操身爲主帥，高坐堂皇，無論如何忿怒，決無親自殺人之理。依我說，不如命刀斧手推出爲合，便是劉備亦不必攀住臂膊，關公亦不必屈身下跪也。

（《金鋼鑽報》一九三三年一月十日）

第二十回劉備跟隨曹操至許昌，獻帝拜爲左將軍宜城亭侯，但是關、張二人，却並無一官半職，只能算是劉備手下的隨員罷了。後來曹操請獻帝往許田射獵，隨行的人，當然都是名公巨卿，朝廷大臣，劉備扈駕前往，固不足怪。至於關、張二人既無官爵，豈能同行？但是書中說道："玄德與關、張各彎弓插箭，內穿掩心甲，各持兵器，引數十騎隨駕出許昌。"後來曹操迎受呼賀時，書中又道："玄德背後雲長大怒，剔起卧蠶眉，睜開丹鳳眼，提刀拍馬便出，要斬曹操。"照此看來，似乎關、張二人跟著劉備，都在獻帝左右，這一層恐怕也有些說不通吧。

第二十回獻帝與伏后談論許田射獵事，書中說道："言未畢，忽一人自外而入曰：'帝后休憂，吾舉一人，可除國害。'帝視之，乃伏皇后之父伏完也。"按伏完雖是國丈，決不能不俟通報貿然闖入宮中，竊聽帝后之議論。此一層似亦不通。

（《金鋼鑽報》一九三三年一月十一日）

第二十回叙衣帶詔事，書中說道："承回家仔細反覆看了，並無一物，良久倦甚，正欲伏幾而寢，忽然燈花落於帶上，燒著襯裏，承驚拭之，已燒破處，微露素絹，急急取過，拆開視之，乃天子手書血字密詔也。"我以爲如此發現血詔,似乎覺得太巧。假使燈花不落在帶上,那末獻帝的血詔將永遠不會有發現的日子嗎?依我説,不如獻帝在賜帶時,向董承説幾句隱語,董承回家,參破其中寓意,方將血詔拆出,似乎比較的自然一點。

第二十一回曹操與劉備煮酒論英雄時,書中説道:"天雨方住,見兩個人撞入後園,手提寶刀,突至亭前。"按曹操相府之中,當然警衛森嚴,豈能容關、張二人提刀直入,撞至後園?更無此理。難道相府中簡直是無人之境?這一節似乎也寫得不近情理。

(《金鋼鑽報》一九三三年一月十二日)

第二十三回曹操、袁紹兩方遣使招安張繡時,書中説道:"賈詡問袁紹使曰:'近日興兵破曹操,勝負何如?'使曰:'隆冬寒月,權且罷兵。'"可知張繡投降曹操,時在隆冬,此後曹操命張繡作書招安劉表,以及荀彧薦孔融爲使者,孔融又轉薦禰衡與曹操,這應當都是那一年隆冬時事。但是後來禰衡擊鼓罵曹操時,書中又説道:"……左右喝曰:'何不更衣?'衡當面脱下舊破衣服,裸身而立,渾身盡露。……"禰衡在隆冬時,居然能裸體而立,毫不怕冷。其人真是硬漢,可發一噱也。

第二十四回曹操攻徐州,劉備使孫乾求救於袁紹,紹曰:"吾生五子,唯最幼者極快吾意。今患疥瘡,命已垂絶,吾有何心更論他事乎?"按疥瘡乃皮膚病,未必便能致命,何以袁紹竟慌張若此?殊不可解。作者的用意要極端形容袁紹的顢頇罷了,但是癬疥之疾,似乎究竟説得太輕了些。

(《金鋼鑽報》一九三三年一月十三日)

第二十五回關公降曹操時,曹操道:"素慕雲長忠義,今日幸得相見,足平生之望。"照這三句話看來,似乎曹操與關公尚是初次相見。但是細查以前二十四回中,關、曹相見,不止一次,遠者如温酒新華雄,近者如煮酒論英雄,兩人均曾覿面談話。所以此種措詞,似乎與上文矛盾,應當修改一下。

第二十五回敘關公錦囊護髯事,書中說道:"次日早朝見帝,帝見關公紗錦囊垂於胸次,帝問之。"按關公此時官居偏將軍,職位尚卑,未必能近侍帝側,而朝堂之上,談此瑣事,似乎有些不合體統。

第二十五回敘曹操贈馬事,書中說道:"忽一日,操請關公宴,臨散,送公出庭,見公馬瘦。"按關公至相府宴飲,未必能乘馬直達堂下,散席之時,也未必能在庭中上馬,曹操送至庭前,豈能見公馬之肥瘦?此處似亦小有不合。

(《金鋼鑽報》一九三三年一月十四日)

第二十六回有書劄三封:一、劉備寫給關公的;二、關公覆劉備的;三、關公留謝曹操的。這三封信,文筆很平,都不像漢魏人口吻。倘能替他改得古雅些,豈不更增精彩?

第二十八回敘關、張古城相會事,書中說道:"關公往汝南進發,行了數日,遙見一座山城。公問土人:'此何處也?'土人曰:'此名古城。數月前,有一將軍姓張名飛,引數十騎到此,將縣官逐去,占住古城。'"按古城既在滑州和汝南的中間,當然是曹操所轄地界,張飛逐去縣官,占住古城,地方官定要稟察報曹操,何以荏苒數月月?曹操竟任令盤踞此城,置之不問,豈不可怪?又書中道:"張飛在芒碭山中住了月餘,因出外探聽玄德消息,偶遇古城,……因就逐去縣官,奪了縣印,占住城池。"照此說來,古城應當在徐州及芒碭山附近,關公從滑州往汝南,為何要經過徐州附近?路徑似有不合。

(《金鋼鑽報》一九三三年一月十五日)

第二十九回敘孫策斬于吉事,書中說道:"左右皆曰:'此人姓于名吉,寓居東方,往來吳會,普施符水,救人萬病,無有不驗。'"既然於吉能以符水治病,非常靈驗,為何孫策受傷之後,左右不薦此人醫治，反去請教華佗的徒弟？似乎有些説不過去。又於吉求雨時向衆人道："吾求三尺甘霖，以救萬民，然我終不免一死，……氣數至此，恐不能逃。"既然他自己知道氣數至此，應當死在孫策之手，爲何後來又向孫策索命？這也是不合情理的。

第三十四回蔡瑁要害劉備，在館舍的壁上，題反詩一首，然後往告劉表，説是劉備所題。劉表親往觀之，見詩大怒，拔劍言曰："誓殺此無義之徒。"按二劉相處已久，劉備的筆迹，劉表豈有看不出之理？況且此詩四句，只是説自己困居不遇，並無反抗劉表之意，劉表何必拔劍大怒，責劉備之無義？此處似乎也有些不合。

（《金鋼鑽報》一九三三年一月十六日）

第三十五回叙劉備南漳遇水鏡先生事，書中説道："牧童曰：'我本不知，因常侍師父，有客到日，多曾説有一劉玄德，身長七尺五寸，垂手過膝，目能自顧其耳，乃當世之英雄。'今觀將軍如此模樣，想必是也。"照此説來，牧童所以能認識劉備，因爲有以下三種條件：一、身長七尺五寸；二、垂手過膝；三、目能自顧其耳。但是我們倘然仔細研究一下，便知道劉備當時騎在馬上，身長若干，兩手是否過膝，牧童一定看不出來。至於目能自顧其耳，更不是別人所能知道的。所以這三種條件，在書中以爲是牧童認出劉備的原因，其實説來全不合理，似應修改。

第三十六回言曹仁率兵攻新野，擺八門金鎖陣，徐庶命趙雲攻陣，從東南角生門殺入，由正西方景門殺出，曹仁軍大亂云云。此種帶著迷信色彩的擺陣破陣，在小説中最是惡劄，不如刪去爲妙。

（《金鋼鑽報》一九三三年一月十七日）

第三十七回劉備初次訪孔明時，書中説道："玄德同關、張並從人等來隆中，遙望山畔數人，荷鋤耕於田間。"過了數日，二次訪孔明時，書中又説道"時值隆冬，天氣嚴寒。"兩次訪孔明，相隔不過數日,所叙時令,似有未合。

第三十七回劉備三次訪孔明時,書中説道:"乃命卜者操蓍選擇吉期,齋戒三日,熏沐更衣,再往卧龍岡謁孔明。"按訪賢須卜選吉期,已覺不近情理了。至於齋戒熏沐,那是古人敬神之道,如何可用之於訪賢? 在著者之意,不過欲寫出劉備之恭敬罷了,但是如此形容,讀之轉令人可發一笑。

(《金鋼鑽報》一九三三年一月十八日)

第三十八回劉備三次訪孔明時,書中説道:"孔明吟罷,翻身問童子曰:有俗客來否?"開口便稱他人爲俗客,似乎把孔明寫得太狂妄了。既然自居爲雅人,便不應有俗客臨門,即使有俗客,又何勞雅人掛之齒頰? 所以這俗字還是改去爲妙。

第三十八回劉備三訪孔明,孔明與他談天下大勢,一段議論,直抄陳壽《三國志》原傳。但是後文又道:"亮夜觀天象,劉表不久人世……"在作者之意,只是要寫孔明能上知天文異了。但是觀星辰而知人生死,似乎寫得太神奇了,當然爲事理之所必無。《三國演義》寫諸葛孔明,有好多地方,寫得過分神奇(如後文祭東風及借壽之類),實是惡劣。倘能删去,豈不大妙?

徐庶的母親被曹操計賺,以致懸梁自盡,是徐母之死,明明曹操殺之。曹操既是徐庶的殺母仇人,徐庶即使不能殺操以爲母復仇,亦豈能靦顏事仇,做曹操的部屬? 在徐母剛死時,徐庶因爲母柩葬於許昌南原,居喪守墓,不能即去,這是可以原諒的。及至第三十九回曹操派夏侯惇攻新野時,距離徐母之死,已經不止三年了。爲何徐庶仍在曹操部下依違不去? 元直號稱賢士,似乎不應當如此吧。

(《金鋼鑽報》一九三三年一月十九日)

第四十一回,劉備從襄陽奔江陵時,書中説道:"玄德擁著百姓,緩緩而行。孔明曰:'追兵不久即至,可遣雲長往江夏,求救於公子劉琦,教他速起兵乘船會於江陵。'玄德從之,即修書令雲長同孫乾領五百軍往江夏求救。"後文又道:"劉備帶領百姓,日行止十數里,計程只有三百餘里,孔明曰'雲長往江夏去了,絕無回音,不知若何。'"按劉備日行十數里,歷程三百餘里,是已經走了一個月了。雲長往江夏求救時,情勢正極急迫,豈有去了一月,竟絕無回音之理?此處似有未合。

第四十一回趙雲長坂坡救主時,書中說道:"曹操在景山頂上,望見一將,所到之處,威不可當,急問左右是誰。曹洪飛馬下山,大叫曰:'軍中戰將,可留姓名?'雲應聲曰:'吾乃常山趙子龍也。'"按趙雲正在亂軍中廝殺,曹洪下山大叫,子龍怎能聽得清楚?這似乎也有些不合情理的。

(《金鋼鑽報》一九三三年一月二十日)

第四十二回叙張飛守長坂橋事,書中說道:"乃挺矛又喝曰:'戰又不戰,退又不退,却是何故?'喊聲未絕,曹操身邊夏侯傑驚得肝膽碎裂,倒撞於馬下,操便回馬而走。於是諸軍衆將,一齊望西奔走,……曹操冠簪盡落,披髮奔逃。"一喝之威,竟能如此,似乎形容得太過分了。便算夏侯傑是個特別膽小的人,受不住張飛的一喝,那曹操却是個久經大敵的人,老奸巨猾,何至亡魂喪膽若此?無論如何,不合情理。

第四十四回孔明與周瑜議事時,特地把曹植的《銅雀臺賦》改了兩句,說曹操欲得江東二喬,借此激怒周瑜。依我說,這也是不合情理的。世上好色之人,無論如何坦白,決不會把他的心事講給兒子聽。另一方面說,即使曹植知道乃父的心事,也決不會老老實實做在文章裏。所以孔明這種說法,稍有見識的人,一定知道是他捏造出來的。周瑜是何等聰明人,書中說他一聞此言,頓時勃然大怒,未免把個周郎寫得太顢預了。

(《金鋼鑽報》一九三三年一月二十一日)

第四十六回孔明識破周瑜的反間計後，周瑜欲殺孔明，假意命孔明監造十萬枝箭，以爲應敵之具，我覺得這一層也有些講不通。孔明在東吳，立於賓客地位，當然不受周瑜的指揮，況且周瑜留孔明在軍中，只能請他參贊軍機而已。監工小事，豈能煩勞貴客？至於孔明對於此種任務，亦並無接受之必要，故周瑜以此爲陷害孔明之妙計，似乎不甚高明。

第四十七回叙蔣幹二次過江遇龐統事，書中説道："左右取馬與蔣幹乘坐，送到西山背後小庵歇息，……龐統答曰：'周瑜自恃才高，不能容物，吾故隱居於此。'"按西山乃是東吳大軍駐紮之處，在當時已成戰事區域，豈是高士隱居之地？況且龐統既不爲周瑜所容，便早該飄然遠去了，逗留西山是何用意？曹操向來多疑，對於龐統這種很支離的説詞，反能相信，似不合理。又蔣幹、龐統逃走時云："……於是與幹連夜下山至江邊，尋著原來船只，飛棹投江北。"按戰時期間，江邊豈無巡邏之人？在周瑜却是故示疏漏，放其逃走，但曹操多智，對此何以毫不起疑，似亦小有未合。

（《金鋼鑽報》一九三三年一月二十六日）

第四十八回龐統遇徐庶時，徐庶説道："吾感劉皇叔厚恩，未嘗忘報。曹操逼死吾母，吾已説過，終身不設一謀，今安肯破兄良策？只是吾隨軍在此兵敗之後，玉石不分，豈能免難？君當教我脱身之術，吾自緘口遠避矣。"按徐庶既念念不忘殺母之仇，何以跟隨曹操，久久不去？論情理似不可通。又，徐庶的學識智謀，未必遜於龐統，何以自己竟想不出一種脱身之術，定要懇求龐統教他？而龐統教他的方法，又很平淡無奇，論理徐庶决不至於想不出來，所以求計一節，似可删去。

（《金鋼鑽報》一九三三年一月二十七日）

第四十九回叙諸葛亮借東風事，寫得詭異極了。呼風唤雨，爲情理之所必無。正正當當的歷史小說中,似乎不應當把這種荒唐無稽的故事搜羅在內。有人說,諸葛祭風,本是搗鬼。其實他預知某日至某日有東南風,所以借此欺騙周郎,以爲自己脫身之計。但是預知某日有東南風,在目下研究得很精深的天文臺上,恐怕也未必便能斷定。所以,祭風一節,無論如何,總是講不通的。

　　第四十九回孔明發兵擋曹操時,明知關公義氣深重,定要將曹操釋放,何以不遣張飛、趙雲守華容道,偏偏將此重任付與關公?這好像孔明存心不要把曹操拿住,所以故意這般佈置。論情理,這當然是極不通的。作者也自知其不合情理,所以後文加一節道:"亮夜觀天象,操賊未合身亡,留著人情教雲長做了,亦是美事。"這種歸之天象的解釋,當然荒誕無稽,不可憑信。倘然樣樣都能在天象上看得出來,則三分鼎足,早已註定。孔明之六出祁山,鞠躬盡瘁,明知其不必爲而爲之,豈非太多事了嗎?我以爲華容道義釋曹操,自是千古佳話。若寫作孔明以此重任付關公時,初不料關公竟將曹操釋放,入後關公回來交令,孔明大怒,欲將關公按軍法處斬,賴劉備解救得免,則似乎比原文合情理些。不知世之閱此書者以爲何如?

　　　　　　　(《金鋼鑽報》一九三三年一月二十八日)

　　第五十回關公從華容道回城交令時,書中說道:"孔明正與玄德道賀,忽報雲長至。孔明忙離坐席,執杯相迎曰:'且喜將軍立此蓋世之功,除普天下之大害,合宜遠接慶賀。'雲長默然,孔明曰:'將軍莫非因吾等不曾遠接,故爾不樂?'回顧左右曰:'汝等緣何不先報?'雲長曰:'關某特來請死。'孔明曰:'莫非曹操不曾投華容道上來,……既有軍令狀在此,不得不按軍法。遂叱武士推出斬之。'"按孔明既明知關公定要將曹操釋放,何以交令之時又如此十分做作?且將關公一再揶揄,好像他二人素有嫌隙,所以存心與關公開玩笑的樣子。如此寫法,似乎與孔明的性格身分不合。又劉備既經孔明說明,心中早已了然,何以也幫著孔明一同與關公玩笑？直至孔明要把關公推出斬首，方才假意起來說情。這種寫法，與玄德的身分性格也有不合。所以這一段雖甚俏皮，實是惡劃，毫不足取也。

（《金鋼鑽報》一九三三年一月二十九日）

第五十四回劉琦死後，魯肅過江討荊州，却托名吊劉琦之喪，後來甘夫人死後，孫權派呂範過江做媒，似乎也應當托名吊喪，才不突兀。況且劉琦之死，東吳既去吊奠，則甘夫人之死，東吳更不應不吊，書中但言做媒，不言吊奠，實是缺點。

第五十四回周瑜以入贅爲名，將劉備騙至南徐，其本意只是要把他幽禁罷了，那麼劉備既到南徐，東吳目的已達，應當立即將他幽囚起來才是。何以遷延觀望，並不下手？既任令劉備安居館驛，又任令劉備拜謁喬國老，又任令劉備帶來的兵士入城購物，到處傳說，以致預定計畫，突然生變，此一節寫來似不合理。（劉備一到南徐，東吳倘立即下手，則孔明之三個錦囊完全無用。由此觀之，過江入贅，實是冒險，劉備之得不被囚者，幸耳。孔明之策，安得云萬全耶？）

（《金鋼鑽報》一九三三年一月三十日）

第五十四回叙吳國太佛寺看新郎事，書中說道："呂範曰：'何不令賈華帶領三百刀斧手伏於兩廊。若國太不喜時，一聲號舉，兩邊齊出，將他拿下。'權遂喚賈華，吩咐預先準備，只看國太舉動。"按孫權欲把劉備幽禁，其心既然如是急迫，則劉備一抵東吳，即可下手。何以遷延不發，以致敗事？至於佛寺看新郎時，劉備固已身入網羅，插翅難逃。即使太后不喜，盡可緩緩將其囚禁，何必預伏刀斧手當場拿下？此種布置，均嫌未合。

第五十五回孫夫人呵斥徐盛、丁奉時，書中說道："徐盛、丁奉自思，我等是下人，安敢與夫人違拗？""夫人"二字，應改"郡主"。

第五十六回曹操大宴銅雀臺，命諸將比試弓箭，徐晃與許褚因爭奪錦袍，互相揪打。按曹操治軍，素稱嚴肅，徐、許二將，豈能如此胡鬧？寫來似乎不甚合理。

（《金鋼鑽報》一九三三年一月三十一日）

第五十六回顧雍向孫權獻計道："爲今之計，莫若使人赴許都，表劉備爲荆州牧。曹操知之，則懼而不敢加兵於東南，且使劉備不恨於主公。然後使心腹用反間之計，令曹、劉相攻，吾乘隙而圖之，斯爲得耳。……權大喜，即遣華歆齎表赴許都。"按孫、曹兩方，自從赤壁交戰之後，未曾通使來往，孫權此時忽然派人齎表赴許都，似乎太突兀了吧。況且曹操挾天子以令諸侯，赤壁之戰，孫權實際上雖是擊破曹操，表面上却算抗拒王師。所以朝廷與東吳，早已立於反對地位，孫權何以忽然能表薦劉備爲荆州牧，豈非怪事？我以爲這種關節，書中均應細細表明，免得讀者莫名其妙。

第五十七回孔明寫信給周瑜，自稱"漢軍師中郎將"，此時昭烈尚未正位，孔明"中郎將"之職，不知何人所予，亦一疑問。

（《金鋼鑽報》一九三三年二月一日）

第五十七回寫龐統事，有極不通的數端，揭出如下：

（一）周瑜赤壁破曹操時，龐統已在東吳，且曾親往曹營獻連環計，立一大功。周瑜、魯肅既深知龐統之賢，何以事過之後竟置之不問，亦並不將他薦給吳侯。直至時隔許久，魯肅繼任爲大都督，方才舊事重提，突然將他保舉起來。這一層似乎說不通。

（二）第三十五回水鏡先生向劉備云："伏龍、鳳雛，得一可安天下。"所以劉備聘孔明時，三顧草廬，十分恭敬，可見他對於伏龍、鳳雛二人，早已私心向慕，亟欲收爲己用。既然如此，龐統到荆州投奔劉備，劉備應當倒屣相迎，十二分的恭敬才是，何以一見他面貌醜陋，心中便覺不快，而且屈之下僚，不願重用。這一層似乎也說不通。

（三）書中寫張飛乃是一介武夫，十分粗魯，當然不懂政事的了。既然如此，龐統在耒陽縣不理政事，劉備何以派張飛前去究問？這一層似乎也説不通。（此事固非演義所杜撰，但演義寫張飛太粗，則此處便覺不合情理矣）

（《金鋼鑽報》一九三三年二月二日）

第五十八回馬岱剛到西凉，荆州送書人亦至，似嫌太快。又曹操既殺馬騰，馬超當然要興兵報仇。孔明的計策，劉備的下書，均覺多此一舉，似可不必。

第六十一回孫夫人被賺過江，直至趙雲、張飛將阿斗奪回，方見孔明引大隊船隻追來，似乎把他寫得太顢頇了。孔明一生謹慎，不應疏忽至此。倘照第五十七回寫法，説孔明此時正按察四郡未回，把他撇開，似較合理。

第六十五回關公遣關平至成都，謝所賜金帛，並上書言馬超武藝過人，欲入川與之比試。玄德大驚，孔明亟覆書止之。按關公奉命守荆州，責任何等重大，豈能因比試小事，擅離汛地？《演義》寫關公熟讀《春秋》，深知大義，何以此處又寫起好勇鬥狠，一至於此？似乎與關公平日身份不合。

（《金鋼鑽報》一九三三年二月三日）

第二十回董承受衣帶詔，劉備、馬騰，均是同盟，且劉備之加入，乃馬騰所介紹。可見劉、馬二家，交誼甚深。第五十八回馬騰被曹操所殺害，劉備又曾寫信給馬超，促其興兵雪恨，是馬超與劉備亦有相當聯絡，非毫無關係者可比。及至第六十五回馬超率兵攻葭萌關，與張飛連戰數日。當時劉備亦在軍中，理應與馬超論及舊事，動以情誼，勸其歸降，何以玄德竟絶不提起？直至孔明用計，馬超進退維谷，然後遣李恢前往勸降，似乎太遲了些吧。

第六十六回叙穆順遞書事，書中說道："操喝左右遍搜身上，並無夾帶，便令放行。忽然風吹落其帽，操又喚回，取帽視之。"按風吹落帽，其風之力大可知。當時穆順與曹操，同在宮門口，平地之上，何以忽然有此大風？似乎也有些說不通。（孟嘉落帽乃在高處，宮門口固不能與龍山嶺比也。）

(《金鋼鑽報》一九三三年二月四日)

第七十一回曹操率兵往漢中，中間夾叙蔡邕題曹娥碑事，此碑以"黃絹幼婦外孫虀臼"八字，隱"絕妙好辭"四字，寓意十分淺陋，其實並不難猜。近世文人，有燈謎之戲。此碑八字，可算是燈謎始創者。但是近人所制迷語，鈎心鬥角，佳者極多，與這八個字比較起來，不知還要勝上幾倍。蔡邕在東漢一朝，也算是個文學家，想不到他所制的謎語，竟如此淺陋。但是書中說此碑八字，除楊修之外，衆謀士都不能解，曹操雖是個絕頂聰明人，也要上馬行三里之後，方纔省悟，似乎把這班人寫得太笨了些。

第六十九回管輅替曹操所卜卦辭，說得非常明顯。何以直至第七十回夏侯淵陣亡之後，曹操方纔省悟？阿瞞素來聰明，此處又似乎寫得太笨了些。

(《金鋼鑽報》一九三三年二月五日)

第七十一回叙黃忠北山劫糧事，書中說道："當夜黃忠領人馬在前，張著在後，偷過漢水，直到北山之下，東方日出，見糧積如山，有些少軍士看守，見蜀兵到，盡棄而走。"按糧草為軍中命脉，北山既是屯糧之處，曹操豈有不派重兵防守之理？書中寫得如此疏忽，似有未合。又曹兵既將黃忠殺退，對於屯糧之北山，當然更要嚴密防備了。何以後文劉封、孟達一支兵，居然又能放火燒糧？也很突兀。

第七十三回敘關公攻樊城事，書中說道："雲長問曰：'漢中王封我何爵？'費詩曰：'五虎大將之首。'雲長問那五虎將，詩曰：'關、張、趙、馬、黃。'雲長怒曰：'翼德吾弟也，孟起世代名家，子龍久隨吾兄，即吾弟也，位與吾相並可也。黃忠何等人，敢與吾同列？大丈夫終不與老卒爲伍！'遂不肯受印。"按關公雖驕傲好勝，似乎不應當如此勢利。況且第五十三回關公取長沙時，對於老將黃忠，早已十分佩服，何以此時又斥爲老卒，羞與爲伍？前後也有矛盾。

（《金鋼鑽報》一九三三年二月六日）

第七十三回敘關公攻樊城事，書中說道："曹仁急差人求救，使命星夜至長安，將書呈上曹操。""長安"諒是"許都"之誤。（昔人詩文中，固有以"長安"代"帝都"者，但用之於此，殊不得當。）

第七十七回關公顯聖活捉吕蒙後，孫權既是十分害怕，現應將關公屍首棺歛埋葬纔是，何以又聽張昭之計，將首級送往曹操處？寫來似不合情理。

第七十七回敘劉備接荆州噩耗事，書中說道："孔明、許靖正勸解之間，忽近侍奏曰：'馬良、伊籍至。'玄德急召入問之，二人具說荆州已失，關公兵敗求救。……侍臣又奏荆州廖化至，玄德急召入，化哭拜於地，細奏劉封、孟達不發救兵之事。……未及天明，一連數次報說，關公夜走臨沮，爲吳將所獲，義不屈節，父子歸神。"按馬良、伊籍與廖化，並非同日出發，何以同日到川？似有未合。又廖化剛到成都，關公之噩耗即至，亦似太快，於情理未合。

（《金鋼鑽報》一九三三年二月七日）

第七十九回曹丕埋怨曹植道："吾與汝情雖兄弟，義屬君臣，汝安敢恃才蔑禮？"按曹丕此時尚未篡位，對於曹植，怎能說義屬君臣？此數語似不合理、應加修改。

又曹丕限曹植七步吟詩時，書中說道："時殿下懸一水墨畫，畫著兩只牛,鬥於土牆之下,一牛墜井而亡。"按魏王殿上,何以懸此毫無意義的水墨畫,豈不奇怪?若說是曹丕故意掛在那裏的,我想他決不肯以牛自喻,便是要想殺害兄弟,也決不肯在畫中把意思流露出來。無論如何,這幅畫有些講不通。

又曹植吟詩畢,書中說道:"其母卞氏從殿后出曰:'兄何逼弟之甚耶?'丕慌忙離坐告曰:'國法不可廢耳。'"按曹丕此時自稱國法,亦嫌太早,且罰令吟詩,也不能算國法。這一句話似乎說不通。

(《金鋼鑽報》一九三三年二月八日)

第八十一回寫張飛遇害事,有不易索解者幾端。抉出如下:

(一)書中說張飛性如烈火,急於報仇,下令軍中先三日内製辦白旗白甲,三軍掛孝伐吳。按關公被害,已隔多日。張飛既然非常性急,爲何接到關公噩耗後,並不督促劉備發兵?直至此時,方急欲伐吳報仇,書中寫來,似乎與張飛的個性不合。

(二)關公死已多日,張飛既然志切報仇,則白旗白甲等類,應當早已預備,何以要等發兵時方纔限日趕製?

(三)書中說:"張飛叱武士將范疆、張達縛於樹上,各鞭五十。"後文又說,"打得二人滿口出血。"既云"各鞭五十",當然不是"掌嘴",何以二人滿口出血,亦是不解?

(四)張飛鎮守閬中,也有衙門及公館,此時尚未發兵,何以要住宿在營帳之内?

(五)范疆、張達刺殺張飛時,帳中何以除了張飛之外別無一人?事成之後,帶了首級逃走,營中也絶無一人覺察。寫得似乎太容易了。

(《金鋼鑽報》一九三三年二月九日)

第八十四回叙陸遜入八陣圖事,有詭異而不可解者數端,抉出如下:

（一）亂石八九十堆中，何以殺氣迎天而起？

（二）從死門入陣，何以迷路不能出？

（三）陸遜進石陣後，何以一霎時狂風大作，飛沙走石？

（四）黃承彥何從而來？（書中言江邊只有亂石八九十堆，並無人物，則黃承彥之來，殊爲突兀）

（五）黃承彥何以要將陸遜放出？以上五端，實在太離奇突兀了。《三國演義》寫諸葛亮，往往把他寫得像個神仙鬼怪一般，看了真教人十分討厭。後人做小說，偏偏學他這種離奇怪誕的地方，也要大擺陣圖，也要大談遁甲，這真是聖嘆所云"嚼人屎橛，不是好狗"了。（八陣圖固然不是《三國演義》作者所杜撰，但是《演義》中却寫得更覺離奇怪誕了）

（《金鋼鑽報》一九三三年二月十日）

第八十五回諸葛亮安居平五路，書中說他托病不出，弄得後主及滿朝文武十分惶惑。後來孔明向後主說，因爲兵法要使人不測，不可洩漏，所以如此，但是細考他退五路的計策，除了李嚴一封信之外，其餘皆不必秘密。書中寫得孔明如此做作，似乎毫無意思。

第八十六回叙鄧芝使吳事，書中說道："張昭曰：'此又是諸葛亮退兵之計，遣鄧芝爲說客也。'權曰：'當何以答之？'昭曰："先於殿前立一大鼎，貯油數百斤，下用炭燒，待其油沸，可選身長面大武士一千人，各執刀在手，從宮門前直擺至殿上，却喚芝入見。休等此人開言下說詞，責以食其說齊故事，效此例烹之。看其人如何對答。"按鄧芝雖是來做說客，聽不聽却在孫權，何必如此將他恐嚇？張昭教孫權這種辦法，似乎太沒有意思了。

（《金鋼鑽報》一九三三年二月十一日）

第八十七回孔明破金環三結等，書中說他用激將之法，激動趙雲、魏延二人，始得成功。但是孔明向王平、馬忠道："今蠻兵三路而來,吾欲令子龍、文長去,此二人不識地理,未敢用之。"又喚張嶷吩咐道:"汝二人同領一軍,往中路迎敵,……吾欲令子龍、文長去取,奈二人不識地理,故未敢用之。"這兩節話,都是以趙、魏二將不識地理爲言,但是王平、馬忠、張嶷、張翼四人也是跟著孔明一起來的,對於南方地理,當然也不熟悉,何以趙、魏二人不可用,王平等四人却又可用呢?假使趙、魏二將,以此話責問孔明,不知孔明又將何以自解?又趙、魏二將向不偷懶,孔明欲用則用之可矣,何必又用激將法,故弄狡猾?倘趙、魏二將被激之後,竟不出戰,則王平、馬忠等深入險地,豈不反有敗績之虞?總而言之,此書寫孔明遣將出戰,時常用激將之法,似嫌雷同。即以此回而論,趙、魏二人並無激將之必要,何以孔明無端又用激將法?真覺寫得太無意思了。

(《金鋼鑽報》一九三三年二月十二日)

第八十九回孟節告孔明道:"此間蠻方多毒蛇惡蠍,柳花飄入溪泉之間,水不可飲,但掘地爲泉,汲水飲之方可。"但是後文又云:"孔明回到大寨之中,令軍士掘地取水,掘下二十餘丈,並無滴水。凡掘十餘處,皆是如此。"按孟節乃是蠻方土著,豈有不知當地土性之理?既然掘地十餘處並無滴水,何以孟節又勸孔明掘地汲水?前後似有矛盾。

第九十三回敘假姜維攻天水事,書中説道:"火光中見姜維在城下挺槍勒馬大叫曰:'請夏侯都督答話!'夏侯楙與馬遵等皆到城上,見姜維耀武揚威大叫曰:'我爲都督而降,都督何背前言?……言訖驅兵打城,至曉便退。"按假姜維雖形貌相似,決不能言語舉止吻合,且馬遵與姜維相處已久。二人在城上下答話,豈有毫無破綻之理?《水滸》敘假秦明攻青州事,只是有人在火光中看見,並未與他人答話,似乎比此書講得合理。

(《金鋼鑽報》一九三三年二月十三日)

第九十七回敘趙雲病歿事，道："孔明設宴大會諸將，計議出師，忽一陣大風，自東北角上而起，把庭前松樹吹折，衆皆大驚。"按松樹體質很堅，無論風力怎樣猛烈，只有將它吹倒或拔起，決無將它吹折之理。況且庭前的風力，未必十分猛烈，倘然松樹能吹折，那末房屋一定也要吹倒了，所以這一句話，似乎不合情理。

第九十七回諸葛亮二次伐魏，書中把《後出師表》全篇抄錄在內，但是這表中所引證的事，有許多都是《演義》中未曾提及的（如曹操……困於南陽，險於烏桓，危於祁連，逼於黎陽……五攻昌霸不下，四越巢湖不成，任用李服而李服圖之……）。以上各事，《演義》中完全沒有，還有表中所舉蜀將，如陽群、馬玉、閻芝、丁立、白壽、劉郃、鄧銅等，《演義》中亦均未提及。教人看了，真是莫名其妙。我以爲書中既要把《後出師表》列入，那末表中所有的人和事必須預先提及一下，此時方不突兀。

（《金鋼鑽報》一九三三年二月十四日）

第九十九回孔明伏兵破司馬懿時，書中說道："是夜孔明喚衆將商議曰：'今魏兵來追，必然死戰，汝等須以一當十。吾以爲伏兵截止其後，非智勇之將不可當此任。'言畢，以目視魏延，延低頭不語。王平出曰：'某願當之。'……孔明嘆曰：'王平肯捨身，親冒矢石，真忠臣也。……平縱然智勇，只可當一頭，豈能分身兩處？須再得一將同去爲妙，怎奈軍中再無舍死當先之人？'"按照此一節看來，可知孔明又在那裏激魏延了，我以爲後文定有重用魏延之處，所以如此。不料閱至下文，竟絕不提起魏延二字，是此次交兵，非但並未重用魏延，而且魏延並未出戰。既然如此，孔明激他，有何意思？又孔明身爲主將，要用魏延，直截了當的使喚他便了，何以定要用激將之法？而魏延低頭不語，孔明便不再用他，是何道理？這都有些說不通。

（《金鋼鑽報》一九三三年二月十五日）

第一百回敘孔明與司馬懿鬥陣事，書中說道："張虎在前，樂琳在後，……二人殺入蜀陣，……陣中重重疊疊，都有門户，那裏分東西南北，二將不能相顧，只管亂撞，但見愁雲漠漠，慘霧濛濛，喊聲起處，魏軍一個個皆被縛了。"此一段寫得神奇怪誕，簡直與《封神榜》相似。按古來行軍列陣，雖然變化百出，其實不過是軍事學的一種，毫不足奇。即使對方不能破陣，當然也有他不能攻破的理由，決不是談幾句五行相克，以及"愁雲漠漠，慘霧蒙蒙"的神秘話，就可以圇圇吞棗，敷衍了事。《三國演義》的作者，紙上談兵，頭頭是道，似乎對於軍事學也頗有研究，為何一提到擺陣攻陣等事，便寫得離奇怪誕，毫無意思？真令人莫名其妙。

（《金鋼鑽報》一九三三年二月十六日）

第一百零一回敘孔明隴上裝神事，書中說道："魏兵領命，一齊追趕，孔明見魏兵趕來，便教回車，遥望蜀營，緩緩而行。魏兵皆驟馬追趕，但見陰風習習，冷霧漫漫，盡力趕了一程，追之不上。"此一節把個大政治家的諸葛亮寫得和妖魔鬼怪一般。很好的一部歷史小說，為何偏要去學《西遊記》《封神榜》，真是怪事。

第一百零二回敘孔明計斬秦朗事，書中說道："孔明仗劍步罡，禱祝已畢，……是夜初更，風清月朗，將及二更時分，忽然陰風四合，黑氣漫空，對面不見，……三更以後，天複清朗，……原來二更時時陰雲暗黑，乃孔明用遁甲之法，後收兵已了，天復清朗，乃孔明驅六丁六甲掃蕩浮雲也。"按此段寫孔明的搗鬼，比較赤壁的借風、隴上的裝神，更無意思。因為這一次交戰，並無借重法術之必要，無端又把孔明寫得神頭鬼臉，真是何苦。

（《金鋼鑽報》一九三三年二月十七日）

第四十九回孔明命關公守華容道時，書中說道："孔明曰：'亮夜觀乾象，操賊未合身亡。留這人情給雲長做了，亦是美事。'"照此説來，孔明對於敵人的生死，夜觀乾象，便能斷定。既然如此，第一百零三回要將司馬懿父子燒死在上方谷內時，孔明何以不夜觀乾象，預先斷定一下？若説司馬懿命不該絶，孔明早已知道，那末上方谷中的佈置，豈不是多此一舉？無論如何，把四十九回與一百零三回對照，終覺得前後矛盾，決不能自圓其説了。

第一百零五回敍馬岱斬魏延事，據書云云，乃是孔明臨死時留下的錦囊妙計。但是我以爲孔明要教馬岱殺魏延，似乎隨時可以下手，何必定要在兩軍陣前，又何必定要教魏延喊了一聲，然後將他殺死？如此故弄狡獪，其實形同兒戲，不合情理。

（《金鋼鑽報》一九三三年二月十八日）

第一百零四回孔明臨死，尚書李福傳後主命，問繼任之人，孔明首舉蔣公琰。所以孔明死後，後主便依其遺言，加蔣琬爲丞相大將軍、録尚書事。就《演義》言，蔣琬在蜀，並非要角，一向庸庸碌碌，書中敍及處極少，何以孔明忽垂青此人，居然教他獨掌政治、軍事兩大權？似乎太突兀了吧。就小説之結構論，蔣琬即是孔明的後任，在一百零四回之前，似乎也應當時時提及（至少如前半部書中糜芳、伊籍之流），將他身份抬高，然後教他繼孔明之任，便不突兀了。（此時就小説結構立論，閱者幸勿持陳壽《三國志》爲作者辨）

第一百零六回敍司馬懿破公孫淵事，書中説道："後孫權遣張彌、許晏資金寶珍玉赴遼東，封淵爲燕王，淵懼中原，乃斬張、許二人，送首與曹叡"，但是後文又道："淵自號爲燕王，改元紹漢元年，……令大將軍卑衍爲元帥，楊祚爲先鋒，起遼兵十五萬，殺奔中原來。"按公孫淵既然畏懼中原，殺了吳使，何以後來非但不懼，反要興兵殺奔中原來？前後似有矛盾。

（《金鋼鑽報》一九三三年二月十九日）

魏延、楊儀，都是武侯的部下。書中説武侯預知魏延必反，故留下錦囊，命馬岱斬之，是武侯知人之明，洵非他人所及。楊儀是武侯臨終付托大事的人，似乎應當很靠得住了，但是第一百零五回道："楊儀自以爲年宦先於蔣琬，而位出琬下，且自恃功高，未有重賞，口口出怨言，謂費禕曰：'昔日丞相初亡，吾若將全師投魏，寧當寂寞如此耶？'"照此看來，楊儀的人格品性，與魏延也不相上下，孔明既能識魏延，何以獨不能識楊儀？假使楊儀在孔明死後果然全師投魏，非但蜀漢有亡國之憂，即孔明之屍骨亦未必能安然回蜀。孔明將身後大事付托此人，豈不十分危險？《演義》寫孔明一生作事審慎周詳，算無遺策，獨於臨死時却寫他不識楊儀，所托非人（楊儀當時固未負孔明之托，但觀其日後議論，則此人之心正未可知，其當時不降魏者，蜀之幸耳。不能謂孔明所托之得人也），似乎太對不起諸葛孔明了。

(《金鋼鑽報》一九三三年二月二十日)

第一百零七回叙姜維一伐中原事，書中説道："是年秋八月，先差蜀將句安、李歆同引一萬五千兵，往麴山前連築二城。"是姜維之發兵，在仲秋八月。其後麴山被魏兵包圍，斷絕水道，李歆殺出重圍，親向姜維求救，書中又説道："是夜北風大起，陰雲布合，天降大雪，因此城内蜀兵，分糧化雪而食。"是那時已在嚴冬時候了。從秋到冬，歷時很久，何以姜維大軍尚遲遲未到麴山？

麴山既是個很重要的地方，姜維似乎不應當疏忽至此，雖後文姜維向李歆解釋道："吾非救遲，爲聚羌兵未到，因此誤了。"但是姜維何以定要羌兵到後才能發兵救麴山？這理由似乎也説不通。

第一百零八回叙孫權病歿事，云："太和元年秋八月初一日，忽起大風，吳王先陵所種松柏盡皆拔起，直飛到建業城南門外，權因此受驚成病。"按以上所叙各災異，孫權深居宫中，決無受驚之理。書中説他因驚成病，似乎把孫權寫得太膽小了。

(《金鋼鑽報》一九三三年二月二十一日)

第一百零八回叙丁奉雪中破魏兵事，書中説道："胡遵與衆將設席高會,忽報水上有三千只戰船來到,遵出寨視之,見船將次傍岸,每船上約有百人,遂還帳中,謂諸將曰:'不過三千人耳,何足懼哉?''只令部將哨探,仍前飲酒。'"按胡遵既目睹敵舟將次傍岸,何以不命營中放箭,乃任令丁奉率兵登岸,冲入寨中?似乎天下無此情理。

第一百十七回叙諸葛瞻戰綿竹事,書中説道:"只見蜀兵列成八陣,三鼕鼓罷,門旗兩分,數十員將簇擁一輛四輪車,車上端坐一人,綸巾羽扇,鶴氅方裾,車傍展開一面黃旗,上書漢丞相諸葛武侯,嚇得師、鄧二人汗流遍身回顧軍士曰:'原來孔明尚在,我等休矣。'令人哨探,回説:'……車上坐者乃木刻孔明遺像也。'"按諸葛瞻出軍禦敵,何必將乃父木像帶去,裝神弄鬼,似乎太無意思。又孔明死已多年,師、鄧二人,當然都知道,何以一見木像便疑心孔明尚在人世?這也是不合情理的。

(《金鋼鑽報》一九三三年二月二十二日)

第一百十九回叙衛瓘收鄧艾事,書中説道:"遂先發檄文二三十道,隨備檻車兩乘,星夜望成都而來。比及雞鳴,艾部將見檄文者,皆來拜於衛瓘馬前。時鄧艾在府中未起,瓘引數十人突入,大呼曰:'奉詔收鄧艾父子。'艾大驚,滾下床來,瓘叱武士縛於車中,府中將吏大驚,欲待動手搶奪,早望見塵頭大起,哨馬報説鍾司徒大兵到了,衆各四散奔走。"此一段吾以爲有不合情理者數端:

(一)衛瓘往成都收鄧艾,本是一樁極危險的事。他既然知道很危險,何以反先發檄文二三十道,打草驚蛇,使鄧艾早有準備?萬一鄧艾見了檄文,知道衛瓘這一回到成都來,於己不利,使反過臉來,勒兵以待,等候衛瓘到成都,將他拿住殺死,這是很容易的事。那末衛瓘的二三十道檄文,豈不反做了他自己的催命符嗎?(或謂瓘之發檄文,乃欲先散其衆,然後圖之,其實瓘只引數十人往成都,艾欲殺瓘,一舉手之勞耳。初不必乞助於他將,先散其衆,果何益耶?)

(《金鋼鑽報》一九三三年二月二十三日)

（二）衛瓘所發檄文，鄧艾部下諸將，大家都已收到，何以鄧艾父子却毫無所知？未免把他寫得太顢頇了。

（三）鄧艾滅蜀之後，威權甚盛，何以他府中却毫無守備，以致衛瓘率兵衝入，居然能直抵牀前？鄧艾號稱名將，似乎不應當疏忽至此？

（四）鍾會大兵趕到，塵頭大起，鄧艾府中的將史，在屋中怎能望見？説得似乎太隨便了。

第一百十九回叙鍾會欲殺諸將事，書中説道："維曰：'我見諸將不服，請坑之。'會曰：'我已令宮中掘一坑，置大棒數十，如不從者，打死坑之。'"按鍾會欲殺諸將，十分容易，何以定要置了大棒數十，將他們一個個打死，這也出乎情理之外。又書中説道：'次日，會、維二人，請諸將宴飲會，乃困諸將於宮中。'但是後文又道："胡淵大驚，遂遍示諸營知之，衆將大怒。"按胡淵既然也是領兵將士之一，何以鍾會並不將他囚起來？又，諸將既被鍾會困在宮中，何以後文又能幫了胡淵去攻鍾會？前後似乎有些矛盾。

（《金鋼鑽報》一九三三年二月二十五日）

一部《三國演義》，其最精彩處，只是赤壁鏖兵一段，即三十四至五十六回是也。此二十三回中，赤壁本文，只有八回（即四十三回至五十回）。其餘如"徐庶走馬薦諸葛"、"劉備三顧茅廬"、"孔明火燒新野"、"趙雲長坂坡教主"、"張飛獨擋灞陵橋"以及"劉皇叔東吳招親"、"孔明三氣周瑜"等事，均與赤壁鏖兵有關，所以寫得也格外細膩工致。單就這二十三回而論，真可算是歷史小説最好的模範。可惜三十四回之前，與五十六回之後，剪裁描寫的工夫，都遠不及赤壁鏖兵這一段。這也有個原因：一來事實所限，無可生色；二來作者精力有限，在一部書中，只能出力寫上一段或兩段，決不能自始至終，精神貫注。各種小説多數如此，這大概也是無可奈何的事情吧。

（《金鋼鑽報》一九三三年二月二十六日）

在赤壁鏖兵之前，比較的稍能動目者，只有關公降曹以至過五關斬六將一節，即書中第二十五回至二十八回是也。但是過五關仍嫌寫得太草率，遠不及赤壁鏖兵的細緻。此外如第八回、第九回之"王司徒巧使連環計"就情節論，委婉曲折，非常佳妙，而且有一個愛國美人貂蟬穿插其間，當格外動人心目。但是書中寫此一節，平平敘過，並無十二分精彩，這似乎太覺得可惜了。

　　在赤壁鏖兵之後，比較的寫得有精彩者，只有武侯與司馬懿鬥智數節，即書中第九十五回至一百零三回是也。雖然紙上談兵，可以任意虛構，但是鈎心鬥角，詭變百出，作者下筆時，的確煞費心思。在小說中，寫行軍用兵的事情，當然要推此書首屈一指。《水滸傳》雖是名小說，但是所寫祝家莊、曾頭市戰事，十分草率，毫無意味，和這部書比較，其巧拙真不可以道里計了。

（《金鋼鑽報》一九三三年二月二十七日）

　　《三國演義》的大節目，除了赤壁鏖兵之外，尚有七擒孟獲、六出祁山、九伐中原等等，七擒孟獲一節，似乎寫得很熱鬧了，但是孟獲的七擒七縱，其實都很平易草率，毫無出奇的地方。六出祁山一大段，除了孔明與司馬懿鬥智的幾小節外，其餘也寫得太簡單。至於姜維的九伐中原，那簡直是敷衍了事，潦草之至。我常聽人說，看《三國演義》，看到五丈原孔明去世之後，一下便不必看了。這大概有兩種緣故：一來諸葛亮是全書第一重要人物，主角一死，閱者的精神自然渙散；二來也因為這部書的最後十幾回，寫得支離雜亂，毫無精彩，實在提不起閱者的興味來。施耐庵《水滸傳》，前半與後半，工拙懸殊。《三國演義》與《水滸》犯了同樣的毛病。這難道是作者江郎才盡，強弩之末，就不能不這樣的敷衍完事了嗎？

（《金鋼鑽報》一九三三年二月二十八日）

　　今通行本《三國演義》之前，有凡例云："敘事之中，夾帶詩詞，本是文章極妙處,而俗本每至後人有詩嘆曰,便處處是周靜軒先生,而其詩又甚俚鄙可笑,今此編悉取唐宋名人作以實之,與俗本大不相同。"但是我細檢書中所有各詩,鄙俚可笑者仍不一而足。如第五回咏關公溫酒斬華雄云:"威鎮乾坤第一功,轅門畫鼓響冬冬。雲長停盞施英勇,酒尚溫時斬華雄。"非但平仄不調,第三句簡直不成文理。又,第十回咏曹嵩等被殺事云:"曹操奸雄世所夸,曾將呂氏殺全家。如今闔戶逢人殺,天理回圈報不差。"二三兩句,竟連用兩殺字,三句殊費解,不像詩也。又,第四十回孔明燒新野云:"奸雄曹操守中原,九月南征到漢川。風伯怒臨新野縣,祝融飛下焰摩天。"一、三兩句,鄙俚之至。

(《金鋼鑽報》一九三三年三月一日)

又第四十回嘆劉表詩云:"昔聞袁氏居河朔,又見劉君霸漢陽。總爲牝晨致家累,可憐不久盡銷亡。""牝晨"二字,大約就是"牝鷄司晨"的縮寫,如此用典,實所罕見。又,第四十一回咏趙雲長坂救主詩云:"紅光罩體困龍飛,征馬衝開長坂圍。四十二年真命主,將軍因得顯神威。"二四兩句不知怎生連得起來?又,第四十六回咏孔明借箭事云:"一天濃霧滿長江,遠近難分水渺茫。驟雨飛蝗來戰艦,孔明今日伏周郎。""驟雨飛蝗"四字,便可以當作亂箭用嗎?還有"伏周郎"三字,也不甚可解。又,第四十九回咏孔明祭東風詩云:"七星壇上臥龍登,一夜東風江水勝。不是孔明施妙計,周郎安得逞才能。"第二句簡直無從索解。又,第六十一回咏趙雲截江奪阿斗詩云:"昔年救主在當陽,今日飛身向大江。船上吳兵皆膽裂,子龍英勇世無雙。"第二句也有些莫名其妙。

(《金鋼鑽報》一九三三年三月二日)

就以上所舉出的幾首詩看來,俚鄙可笑,已見一斑,其他也不必一一贅述了。此極不通的詩詞,已經與俗本大不相同,那末俗本的詩詞，更不知荒謬到如何地步，可惜我們却没法見到了。元明人所著章回小説，最喜在中間夾七夾八的來一首詩詞，而詩詞又大半似通非通，俚鄙可笑。古本《水滸傳》，也是如此。目下通行的七十回本，經金聖嘆修改時，把它完全删掉，一掃而空，爽快之至，於净之至，似這等處，吾又不能不佩服金聖嘆。《三國演義》與《水滸》《紅樓》，雖同是長篇章回小説，但是文辭上却大不相同。《水滸》《紅樓》，完全是土語白話（《水滸》是齊魯土語，《紅樓》則完全北京語也），《三國》却大半是文言，白話只占其中一小部分，所以《三國演義》中各人的説話，都是"某某曰"，與《水滸》《紅樓》中的"某某道"不同，這也是文言白話分別的一種。

（《金鋼鑽報》一九三三年三月四日）

《水滸》《紅樓》《三國》這三部書，每一回結束的地方，各各不同。《水滸傳》往往用幾聯駢四儷六的句子，然後接上"欲知後事如何，且聽下回分解"的結論。《紅樓夢》直捷爽快，每一回結束時，只安上兩句老套話就算了，並無別種花樣。《三國演義》除了第一回是一首七絶外，其餘一百十九回都是用兩句聯語，然後結束。這兩句聯語，也有對仗得很工致的，如第十三回云："前番兩賊分爲二，今番三賊合爲一。"又，第二十六回云："欲離萬丈蛟龍穴，又遇三千狼虎兵。"又，第三十一回云："纔向汝南鳴戰鼓，又從冀北動征鼙。"又第三十四回云："躍去龍駒能救主，追來虎將欲誅仇。"又，第四十八回云："一時忽笑又忽叫，難使南軍破北軍。"又，第九十九回云："魏兵縱使能埋伏，漢相原來不肯追。"工拙不一，未識何故。

（《金鋼鑽報》一九三三年三月五日）

舊小説研究・儒林外史

澹　庵撰

載於《金鋼鑽報》一九三三年五月十一日至七月十三日。作者澹庵，見一九三二年《説部卮言・水滸》叙録。本文首先肯定《儒林外史》高超的藝術成就與小説史地位，另外還認爲書中多有可商榷之處。總的來説，作者從叙述時間、情節設置、篇章安排三個方面指出吴敬梓行文欠妥的地方。《儒林外史》的前後叙事時間銜接不上，對人物年歲的安排與實際情况不符或相互矛盾，作者心細如髮，都一一指出，很有必要。當然，作者也不是存心吹毛求疵，對於《儒林外史》的"小瑕"，他有這樣的看法："丟開那邊、叙述這邊，筆致異常靈活，這正是《儒林外史》的長處。在作者已是煞費經營，雖然有些小疵，我們讀者當然也不必太苛求了。"對於《儒林外史》的整體謀篇佈局，本文也有精到的論述，如其説"《儒林外史》的好處，本不在事實的離奇變幻，憑他那一枝生花妙筆，只要把人人心目中所常有的事很忠實地描寫出來，便足够教人拊掌稱快，拍案叫絶。"所以其認爲從三十八回到四十回的這三回内容毫無精彩。對於《儒林外史》的整體缺陷，也能切中要處，如其認爲書中較少伏筆，"做小説應當有伏筆，但是伏筆要在有意無意之間，使人不覺得這是伏筆，方爲最妙。《儒林外史》的叙事，隨筆牽扯，並無結構，所以伏筆也很少見。"在人物描寫方面，其認爲《儒林外史》不屑儒生去寫俠士、將軍等完全是示人以拙。"此書寫括帖腐儒、斗方名士，真覺繪聲繪影，有入木三分之妙。惟寫武士則粗疏簡略，毫無動人之處，以視《水滸傳》，相去殆若天壤。"都是精當之談。惟其對《儒林外史》故事情節的質疑，還有不够切當之處。如其認爲婁二公子黎明請客，不合常情，殊不知這正是婁二公子欣賞的名士風度；再如其認爲范進不知蘇軾，是書中描寫太過火之處，而不知這也是有本事來源的。

中國章回體的社會小説，當然以《金瓶梅》爲第一部。《金瓶梅》描寫家庭瑣事、市井小人口吻，細膩工致，維妙維肖，的確算得中國小説界的一種創作(《水滸傳》寫王婆説風情一節，亦非常工致，似乎施耐庵也是社會小説能手。但是我把《金瓶梅》與《水滸傳》對照，方知《水滸》這一節，乃是直抄《金瓶梅》，並非耐庵自己手筆。從前我做《水滸傳》研究的時候，已經很詳細的説過了)。可惜這部書有許多地方，寫得太穢褻了，因此列入禁書，爲正人君子所不道，便把它許多可取的地方埋没了，真是可惜。除却《金瓶梅》之外，談到中國的社會小説，當然衆口同聲，一致推崇《儒林外史》。的確，論筆墨的尖刻與生動，這部《儒林外史》，似乎還在《金瓶梅》之上。

(《金鋼鑽報》一九三三年五月十日)

近年來所出版的社會小説，汗牛充棟，多至不可勝數，其中最膾炙人口的幾部，大概都在那裏學《儒林外史》。亡友李涵秋，十年前以社會小説著名，他所著的《廣陵潮》風行一時，博得閲者同聲贊美，其實涵秋只是刻意模仿《儒林外史》罷了。但是此書也很不易學，學得不像，不是太平，便是過火。如李涵秋的筆墨，尖利固然是尖利了，但是總覺得火氣太重，沒有回味，而且因爲竭力求其尖刻，所以描寫一樁事情，往往出乎情理之外，教人讀了之后，不信世間真有這種人物，真有這種事情。這便是做社會小説的一樁大病，但是《儒林外史》却不然，他所描寫的没有一樁不在情理之内，教人家讀了之後似乎都是自身所經歷過的。這是何等力量，何等本領！怎能教人不佩服他呢？

（《金鋼鑽報》一九三三年五月十一日）

《儒林外史》所敘的事情，大概十之七八都是當時實事，作者耳所聞、目所見，振筆直書，無須藻飾，所以我們讀了之後，便覺得事事都在情理之中。近人所作社會小說，十之七八都是向壁虛構，作者無論說得如何天花亂墜，讀的人總覺得支離牽強、不着痛癢，這大概也是古今人不相及的一種原因。《儒林外史》是把許多毫不相關的故事，聯綴銜接而成，寫一樁，丟一樁，隨手拉來、隨手丟開，當然談不到什麼佈局結構。有人說，這種做法最容易，所以近人做社會小說，完全效學此書，簡直把結構佈局都不講究了。其實《儒林外史》雖然沒有很工致的布局結構，但是作者下筆揮寫的時候，仍能前後顧到，處處貫穿，所以自始至終，一氣呵成，使人讀了之後，並不覺得他支離雜碎。照這種做法，我以爲比較預先想好了一個結構的更不容易。

（《金鋼鑽報》一九三三年五月十二日）

《儒林外史》所敘的一切，大概都是清乾嘉間事，即書中人物也各有隱射，並非杜撰。據上元金和跋語云，杜少卿即此書作者吳敬梓，散財、移居、辭薦、建詞等等，均是實事。清朝人做小說，專喜把自己本人寫在書裏，而且把自己作爲書中的主人翁，如《紅樓夢》《野叟曝言》《花月痕》等書，都是一樣（《紅樓夢》中的寶玉，究竟隱射何人，聚訟紛紜，莫衷一是，但是我以爲却是曹雪芹寫他本人。這一層意思，從前在《紅樓夢》研究中已經說過了）。至於元明人所做的小說，却並無這種風氣，不信請看《水滸》《三國》《金瓶梅》等書，哪一部有作者本人在內？這也是古今作家風氣不同的一種。

《儒林外史》明明講的是清乾嘉時事，但是書中却偏要說是明朝神宗時事,這是因爲寫的都是實事,作者恐怕得罪人,所以不能不這樣地掩飾一下。

(《金鋼鑽報》一九三三年五月十三日)

《儒林外史》第一回楔子,把王冕一傳引起全書。這種佈局,完全是學施耐庵《水滸傳》。《水滸傳》以石碣走魔引出水泊群盜,此書却把天上墜星引出幽榜諸人。如此學法,我嫌他似乎太著痕迹了。但是這一回書,却寫得可愛之至。雖然取材於王冕本傳,却並不拘泥呆板,中插三鄉曲議論一節,語語妙絕,簡直可以代表全書諸人。我們倘把王冕本傳,與這一回對照,自然可以知道他的筆端靈活,真有教人不能不佩服的地方。

近人做文章,很提倡幽默,但是有許多幽默的著作,好像靴子裏脚指頭動,教人家讀了之後,簡直莫名其妙。試問這種幽默,有何趣味可言?像《儒林外史》的文字,真是雋妙之至、有趣之至。似這種著作,方可算得幽默。今人要做幽默文字,爲什麽不學《儒林外史》呢?

(《金鋼鑽報》一九三三年五月十四日)

《儒林外史》雖然寫得非常細緻,但是也有可以商榷的地方。
第三回,周進問范進多少年紀,范進道:"童生册上三十歲,實年五十四歲。"范進既然已經五十四歲了,那末他丈人胡屠户的年紀,至少也有六七十歲(有人說,丈人的年紀,未必一定比女婿大多少,甚而至於比女婿小的也有。但是胡屠户却不然,第三回范進中舉後,胡屠户向衆鄰居道:"想著先年我小女在家裏,長到三十多歲,多少有錢的富户,要和我結親,……"可見胡屠户的女兒嫁給范進,已是三十多歲了,嫁後又經過好幾年,這時至少也有四十開外,那末胡屠户的年紀,當然有六十多歲,這是可以間接證明的)。但是書中寫胡屠户的舉止態度,很不像個六七十歲的老者。雖然做屠户的本是粗人，但是老年人總有些老年人的樣子，作者只圖寫得爽快，似乎並未顧到這一點。

(《金鋼鑽報》一九三三年五月十五日)

　　第三回，范進中舉之後，素不相識的張靜齋竟送他賀儀五十兩、三進三間房子一宅。書中又説："自此以後，果然有許多人來奉承他，有送田產的，有送店房的……不到兩三個月，范進家奴僕丫鬟都有了，錢米是不消説得。"難道當時讀書人中了個舉人，大家便把他奉承到這種樣子嗎？雖然説明代風氣也許如此，但是在兩三個月中，范進靠著眾人的餽贈，竟然一躍而爲富家巨室。這似乎寫得過火一點了。
　　第四回，張靜齋向湯知縣講洪武毒死劉青田事，吾儕不必問其事之有無。太祖縱有此事，亦必諱莫如深，豈能容臣下胡亂談論？張靜齋生在明季，曾任官職，居然在湯知縣席上揭發太祖的隱私。似乎無此情理。

(《金鋼鑽報》一九三三年五月十六日)

　　第三回范老太太去世，是十月中旬的事。第四回老太太七終之後，張靜齋來訪范進，范進談起他母親安葬的事，説道："今年山向不利，只好來春舉行……"接著張靜齋便勸范進到高要縣去打秋風，所以范進和張靜齋動身往高要縣，應當是那一年十二月裏的事。范、張二人到了高要縣，縣裏便發生回教徒的罷市鬧縣，這當然也是十二月裏的事了。但是書中叙柳責老師父道："天氣又暖，枷到第二日，牛肉生蛆，第三日嗚呼死了。"廣東雖是熱地，若説十二月裏天氣還暖，甚至枷上的牛肉，第二天便生蛆。這似乎説得過分一點，與時令不大吻合。

(《金鋼鑽報》一九三三年五月十七日)

第四回范進與張靜齋到高要縣打秋風,便是范進中舉那一年的殘冬。第五回嚴貢生因訟事避往省城,以及嚴監生家的王氏病歿、趙氏扶正,這都是第二年春天的事。後來嚴監生除夕家宴,發現王氏私蓄銀子,這是第二年除夕的事。但是趙氏在家宴席上,談起王氏私蓄的利銀,他便說道:"……依我爲意思,這銀子也不必用掉了,到開年替奶奶多做幾回好事。剩下的銀子,明年是科舉年,就送與兩位舅爺做盤費,也是該的。"按從前科舉時代,照例三年一考(恩科乃是例外),明清兩朝,都是一樣。趙氏口中的明年,屈指計之,與范進的中舉,相隔只有一年,應當不是科舉的年頭,這中間似乎有些錯誤。

(《金鋼鑽報》一九三三年五月十八日)

就第五回與第六回仔細推算,可知嚴監生的逝世,乃在嚴貢生因訟事避往省城的下一年(嚴貢生是春天避往省城的,此後即接王氏逝世,趙氏扶正,嚴監生除夕發現王氏藏鋜,這都是一年中事。至於嚴監生的逝世,却在第二年的中秋以後,這是書中說得很明白的)。後來第六回嚴貢生從省城回家,已在乃弟頭七過後的三四天,可見嚴貢生的離家,至少已有一年半了。但是書中第六回王德向嚴貢生道:"大先生在省,將有大半年了。"這大半年不知如何演算法,似乎有一點錯誤吧。

(《金鋼鑽報》一九三三年五月十九日)

第六回嚴貢生向王氏弟兄道:"因前任學臺周宗師,舉了弟的優行,又替弟考出了貢,……"可知嚴致中的拔貢,是在周進放學道的時候,便是范進登第的那一年。又第五回王氏弟兄議論嚴致中時,王仁道:"想起還是前年出貢,豎棋杆,在他家擾過一席……"但是仔細計算,這時候乃是范進登第的下一年,也就是嚴致中拔貢的下一年,王仁說是前年出貢,似乎有些錯誤。

第七回范進找尋荀玫試卷的時候,幕客蘧景玉説了一椿笑話。范進愁著眉道:"蘇軾既文章不好,查不著也罷了。這荀玫是老師要提拔的人,查不著不好意思的。"照此看來,蘇軾是個什麼人,大概連范進也没有弄清楚。這似乎寫得過火一點。

(《金鋼鑽報》一九三三年五月二十日)

第八回王惠送給蘧公孫的殘書數本,内有一本是高青邱親筆繕寫的詩話。據蘧太守云:"這本書多年藏之大内,數十年來,多少才人求見一面不能,天下並没有第二本。你今無心得了此書,真乃天幸,須是收藏好了。"按這本書既然是大内之物,怎麼會無端落在王惠手中? 這一層似乎有些説不通(大内之物,非經國變,決不致流落人間。明武宗以前,天下太平,非鼎革之時所可比也)。

(《金鋼鑽報》一九三三年五月二十一日)

第七回寫陳和甫扶乩的事,我不知作者對於扶乩,究竟算是相信的,還是不相信的? 若説是相信的,那麼關雲長居然也能填《西江月》詞,這不是存心在那裏挖苦他們嗎? 若説是不相信的,爲何乩筆判語,居然又寫得一一應驗? 有人説,這種似假似真、疑有疑無的寫法,正是作者得意之筆。但是我却不敢恭維,依我説,若能把乩詞做得再含糊一點,後來王惠雖然隨處附會,極力稱其靈驗,但是讀者看來,却一點没有可以附會的地方。如此寫來,豈不更妙?

(《金鋼鑽報》一九三三年五月二十二日)

第九回婁家兩公子叫了一只小船,往新市鎮訪楊執中。書中明明説是秋末冬初的事,但是後來兩公子回去的時候,書中又説道:"行了有幾里路,一個賣菱的船,船上一個小孩子摇近船來,那孩子手扶著船窗,口裏説道:'賣菱那,賣菱那!'船家把繩子拴了船,且秤菱角"，按秋末冬初的時候，似乎不會有這種賣菱角的小船吧。

第十回蘧公孫入贅魯府，是十二月初八日事。第十一回云："但贅進門來十多日，香房裏滿架都是文章，公孫却全不在意……"又道："又過了幾日，見公孫回房，袖裏籠了一本詩來……"屈指計算，這時已是年底年頭了，接著又叙魯小姐的試公孫，魯編修的試公孫，這應當已是新年的事。而後文又說"看看過了殘冬，新年正月……"云云，日子似有未合。

（《金鋼鑽報》一九三三年五月二十三日）

第十一回蘧公孫入贅的那一晚，連寫兩椿不吉利的事。書中又說："魯編修自覺得此事不甚吉利，懊惱了一回，又不好說……"可見這是作者存心寫兩個不吉利的預兆，並不是一種滑稽的穿插。吾看到這裏，以爲蘧公孫與魯小姐的婚姻，以後也許有什麼不好的結果，所以如此。誰知看到後文，對於蘧公孫夫婦却毫無關係，只是魯編修得病而死罷了。既然是魯編修的圖兆，似乎不應當發生在蘧公孫入贅的時候。雖然沒有什麼大關係，但是看《儒林外史》的人，幾乎沒有一個不發生這種誤會的。

（《金鋼鑽報》一九三三年五月二十四日）

第十二回寫一個假俠客張鐵臂，書中叙他的舞劍道："張鐵臂一上一下一左一右，舞出多少身分來，舞到那酣暢的時候，只見冷森森一片寒光，如萬道銀蛇亂掣，並不見個人在那裏，但見陰風襲人，令看者毛髮皆豎。權勿用又在幾上取了一個銅盤，叫管家滿貯了水，用手蘸著酒，一點也不得入。"又後文騙到了五百兩銀子後，書中說道："叫一聲多謝，騰身而起，上了房檐，行步如飛，只聽得一片瓦響，無影無蹤去了……"就以上兩節看來，張鐵臂雖是個假俠客，但是他既工舞劍，又善騰躍，的確算得個武術專家。照這樣子的騙錢，騙子也很不容易做了，二公子的五百兩銀子，還算值得。

依吾說，這種寫法，都可不必。假使把他寫得完全虛僞，一無本領，豈不較原文更妙？

（《金鋼鑽報》一九三三年五月二十五日）

第十二回張鐵臂手提革囊，闖進婁公子的內書房，那是晚上二更半後的事。第十三回道："三公子聽了，到天明盼咐辦下酒席，把牛布衣、陳和甫、蘧公孫都請到。家裏住的三個客，是不消說，只說小飲，且不必言其所以然。等了三四個時辰，不見來，直等到日中，還不來……"按天色黎明的時候，無緣無故的請人家吃酒，這真是天下古今少有的事。楊執中和權勿用，本來住在婁家，倒不必說了。至於牛布衣、陳和甫、蘧公孫三人，巴巴的把他們從家中請來（說不定還是在床上拉起來的呢。因爲客人齊集的時候，約在清晨寅卯之間，所以等了三四個時辰，還只是日中午刻），却只說是小飲，並無理由，豈不敎人疑心兩公子在那裏發神經病嗎？這一節似乎勉強。

（《金鋼鑽報》一九三三年五月二十六日）

第十三回往蘧公孫家奸拐丫頭雙紅的小廝宦成，乃是婁府家人晉爵的兒子。晉爵乃是婁家兩位公子最親近的家人，而蘧公孫却是兩位婁公子的表侄。蘧、婁二家，向來十分親近，那麼宦成犯了這奸拐的案子，蘧公孫應當報告兩位婁公子，請他們用家法處置才是，決無徑報秀水縣，出批文將其拿回之理。俗語云："打狗須看主人面。"宦成既是婁府大管家的兒子，奸拐小事，蘧公孫看在兩位婁公子面上，似乎決不致驚官動府，硬要將他治罪。至於宦成一方面，既然他父親晉爵在婁府很有面子，此案發生之後，豈有不請二婁向蘧公孫乞情之理？（蘧公孫久居婁府，晉爵素所認識，即直接向之乞情亦可）而書中對於蘧、婁二家的關係，乃絕不提及，似乎是個大缺點。

（《金鋼鑽報》一九三三年五月二十七日）

第十四回馬二先生爲了蘧公孫的事，墊出九十二兩銀子。後來蘧公孫回家，馬二先生向他説明後，恰巧第二天馬二要往杭州遊玩，蘧公孫便封了二百兩銀子，備了些熏肉小菜，親自到文海樓送行。可見那九十二兩銀子，蘧公孫早已加倍奉還馬二了。但是後文馬二先生遊西湖，書中説道："望著湖堤上，接連著幾個酒店，掛著透肥的羊肉……馬二先生没有錢買了吃，喉嚨裏咽唾沫。"第十五回馬二先生向洪憨仙道："晚學在嘉興選了一部文章送了幾十金，却爲一個朋友的事，墊用去了……寓處盤費已盡，心裏納悶，出來閑走走……"照此語氣看來，似乎他所墊的九十二兩銀子，蘧公孫並未還他。那末臨行時所送上的二百兩銀子，究竟到哪里去了？前後對照，似乎有些矛盾。

　　　　　　　　　(《金鋼鑽報》一九三三年五月二十八日)

　　第十六回寫樂清縣李縣令把名帖致意匡超人事，書中説道："保正帽子裏取出一個單帖來遞與他，上寫'侍生李本瑛拜'。匡超人看見是本縣縣主的帖子，嚇了一跳……"按匡超人鄉曲鄙夫，素不結交官吏，縣主的名字，他如何能夠知道？依我説，不如由潘保正向他説明，似乎比原文來得合理些。

　　匡超人父親死後，尚未終七，就因爲李縣令的牽累，避往杭州，在杭住了一個多月，更遇見潘三，幫他做種種犯法的事情。又過了半年，因爲替金東崖兒子做槍手，拿到二百兩銀子，潘三才替他做媒，娶了鄭老爺的女兒。從匡超人父親的去世，算到他的娶親，其中不到一年。而第十九回潘三給他二百兩銀子筆資的時候，却説他服已滿了。屈指算來，年月似乎有些錯誤。

　　　　　　　　　(《金鋼鑽報》一九三三年五月二十九日)

　　第二十回牛布衣向匡超人説："小弟不去，要到江上邊蕪湖縣地方，尋訪幾個朋友。"後來書中又説："牛布衣日間出去尋訪朋友，晚間點了一盞燈，吟哦些甚麽詩詞之類。"可知牛布衣在蕪湖，也有好幾個朋友。但是後來他死的時候，又好像是孤身一人，並無親朋，甚至死後買棺成殮的事，都要廟裏的老和尚替他辦理，就似乎有些矛盾。

　　本回說牛布衣住在甘露庵内，日間出外訪友，晚間在燈下吟哦些甚麽詩詞之類。可知牛布衣行囊中，除却銀子、衣服之外，還有書籍若干本（並不是自己的詩集）。但是後來牛布衣臨死的時候，把遺物交給老和尚，却絶不提起書籍，便是第二十一回牛浦郎偷詩集的時候，也並未發現別種詩詞集，似乎有些缺漏。

（《金鋼鑽報》一九三三年五月三十日）

　　第二十一回叙卜老爹臨終時，忽然大談鬼話，此一段與《紅樓夢》秦鍾死時相仿佛，實在毫無意思，大可删去。
　　第二十一回甘露庵老和尚應九門提督齊大人之招，往京裏報國寺做方丈。據和尚向牛浦郎說："我本不願去，因前日有個朋友死在這裏。他却有個朋友，到京會試去了，我今借這個便到京，尋著他的朋友，把他的喪奔了回去，也了我這一番心願。"既然如此，老和尚到了京裏，當然把牛布衣的凶耗，報告了馮琢庵了。但是第二十三回董瑛由安東縣任上回京，與馮琢庵談起了牛布衣的事，馮琢庵却並未知道他的死耗，似乎老和尚並未到京。這恐怕是一個漏洞。

（《金鋼鑽報》一九三三年五月三十一日）

　　牛布衣死在甘露庵，牛浦郎當然知道得很明白（第二十一回甘露庵老和尚臨走的時候，也曾與牛浦郎談及，決無不知之理）。那末第二十四回牛奶奶向他吵鬧時，他盡可以向牛奶奶說道："你丈夫病死在甘露寺，靈柩現在庵裏，我與你丈夫同名同姓，其實毫無關係，何故與我吵鬧？"這麽一說，牛奶奶也不一定要與牛浦郎打官司了。爲何牛浦郎堅不說明,反願意與牛奶奶涉訟公庭?這似乎有些不合人情。

第二十五回叙鮑廷璽事道:"到十八歲上,倪老爹去世了,鮑文卿又拿出銀子來,替他料理後事。"但是後來鮑文卿帶了鮑廷璽去見向知府的時候,向知府問鮑廷璽幾歲,鮑廷璽道:"小的今年十七歲了。"怎麼十八歲的人,忽然退縮到十七歲,豈不奇怪?

(《金鋼鑽報》一九三三年六月一日)

鮑廷璽過繼給鮑文卿,那時年十六歲(見第二十五回倪霜峰所立過繼文書)。後來向知府替他做媒時,向鮑文卿道:"我家總管姓王的,他有一個小女兒,生得甚是乖巧,老妻著實疼愛他,帶在房裏,梳頭裹脚,都是老妻親手打扮。今年十七歲了,和你令郎是同年……"可見鮑廷璽娶親時,是十七歲。但是他生身父親倪霜峰的去世,還在鮑氏父子遇見向知府之前,那時鮑廷璽不是十六歲,便是十七歲(書中說是十八歲,大誤,前已辯之)。無論如何,他娶親的時候,父喪未滿,有服在身,這似乎是不應該的吧(死後,未必不准廷璽穿孝,況且向知府和鮑文卿,都是最講禮節的君子。廷璽生父才死,決不能貿然叫他娶婦的)。

(《金鋼鑽報》一九三三年六月二日)

第二十五回收束處,寫向知府被委赴寧國府摘印事。憑空加這一小段,與前後文毫無關係,似乎應當删去。(按書中著此一段,只是爲二十五回收束處作一驚人之波瀾耳。但憑空加入太不自然,不如删去之爲愈也)

第二十八回鮑廷璽由南京趁船,往蘇州尋他的哥哥。書中說道:"鮑廷璽收拾要到蘇州尋他大哥去。上了蘇州船,那日風不順,船家蕩在江北,走了一夜,到了儀征,船住在黃泥灘,風更大,過不得江。"按南京在江南,蘇州也在江南,由南京到蘇州,船家爲何要把船蕩到江北去，又何以要住在儀征的黃泥灘？看了真教人十分奇怪。難道當時南京到蘇州，的確要打從儀征走嗎？假使有人能知道這緣故，不吝賜教，十分歡迎。

(《金鋼鑽報》一九三三年六月三日)

第二十八回叙季恬逸速的事道："這季恬逸因爲缺少盤纏，沒處尋寓所住，每日裏拿著八個錢，買四個吊桶底燒餅，作兩頓吃，晚間在刻字店一個案板上睡覺。"這家刻字店，究竟是哪一個開的？與季恬逸有何關係？怎麼能讓他在案板上睡？書中都未說明，似太含糊。

第二十八回叙諸葛佑選刻文章事，以二三百兩銀子的事情，貿貿然去托個向不相識的季恬逸，似乎有些不合情理。

(《金鋼鑽報》一九三三年六月四日)

第二十九回金東崖向郭書辦道："我因近來賠累的事，不成話說，所以決意返舍到家，小兒僥倖進了一個學，不想反惹一場是非，雖然真的假不得，却也丟了幾兩銀子……"按匡超人替金東崖的兒子做槍手，是第十九回的事。

從十九回算到二十九回，其中相隔，至少有二十年了（由匡超人引出牛布衣，由牛布衣引出牛浦郎，由牛浦郎引出向鼎及鮑文卿父子。在向鼎初次認識鮑文卿以至後來在南京重遇，其中已隔十餘年。所以第二十九回向鼎向鮑文卿說道："文卿，自同你別後，不覺已是十餘年，我如今老了，你的鬍子却也白了許多。"後來由鮑廷璽引出季葦蕭、季恬逸等人，然後纔說道金東崖，可見其中至少有二十年了）。而書中說是近來的事，豈非夢話？

(《金鋼鑽報》一九三三年六月五日)

第三十一回寫杜慎卿對待父親恭敬之至,那末婁煥文在杜家生病,慎卿應當請個名醫替他診治纔是,但是書中却説請的是張俊民。那張俊民向韋四太爺説:"熟讀王叔和,不如臨症多。不瞞太爺説,晚生在江湖上,不曾讀甚麼醫書,却是看得症候不少……"照此看來,簡直是個不學無術的江湖醫生罷了。杜慎卿在此書中,也算是個學者,爲何却信任這樣一個江湖醫生,豈非怪事?

(《金鋼鑽報》一九三三年六月六日)

第二十四回鮑文卿任安東縣與向鼎初次相識,與第二十五回兩人在南京二次相遇,其中相隔有十餘年之久,這是向鼎向鮑文卿説話可以證明的。所以在第二十四回前所寫的人物事迹,到了第二十五回以後,已是相隔有二十年左右了。但是作者似乎已忘却了這一種關係,除了金東崖兒子的事,屈指算來,已經隔著二十年左右了。但是書中寫來,似乎不過是數年以前的事,這是前後不符合的。

(《金鋼鑽報》一九三三年六月七日)

第三十四回寫蕭昊軒路遇强人一節,我嫌他筆下太不賣力了。作者既要寫一武士,便應當寫得有聲有色,教人看了之後眉飛色舞,如見其人,那纔不愧爲名小説。要像這一節的草率而没有精彩,倒不如不寫爲妙,況且在莊紹光進京的路上,忽然夾入這一節,本來没有意思,便把它删掉了也毫無關係。又,蕭昊軒的彈弓,既然是自己日常所用的兵器,當然十分寶貴,刻不離身,店中怎能將他弄壞?書中並不説明,似太含糊。此書寫括帖腐儒、斗方名士,真覺繪聲繪影,有入木三分之妙。惟寫武士則粗疏簡略,毫無動人之處,以視《水滸傳》,相去殆若天壤,豈人各有不能耶?

(《金鋼鑽報》一九三三年六月八日)

潘心伊君來函，與我討論《儒林外史》的錯誤，這是我所最歡迎的。現在把他所提出的幾種問題，錄在下面，並且與他研究一下。

（一）潘君函云：〝第十回蘧公孫入贅魯府，書中說婁府張燈結綵，還有婁府一門的官銜燈籠，和蘧太守家自己的燈籠，足足擺了三四條街，我想蘧公孫雖然在婁府結婚，究竟不是婁家的人，加上婁府的官銜燈籠，似乎不通。〞據我看來，蘧公孫是婁府的表侄，這婚事又是二位婁公子替他主辦，結婚的時候，借婁府燈籠一用，以裝門面，似乎還在情理之中，不能算他不通。

（《金鋼鑽報》一九三三年六月九日）

（二）潘君又說：〝第二十二回牛浦郎在船上遇見牛玉圃，玉圃既問他的姓氏，爲何又不問他的名字？至於牛浦郎既然冒頂牛布衣的名字，當然恨不得人人知曉。爲什麽對於玉圃，反不自承爲牛布衣呢？〞這一層的確有可以研究的地方，但是我的意思，又與潘君不同。潘君以爲牛玉圃對於牛浦郎問姓不問名，乃是漏筆。其實這倒不必苛責作者，雙方既然認做叔祖與侄孫。侄孫的名字，叔祖哪有不知之理。況且牛玉圃還要帶他去見東家，當然更要問得明明白白，即使玉圃不問，浦郎也要告訴他的。不過我有一個疑問，牛浦郎向牛玉圃通名的時候，究竟說的是真名字呢，還是說的假名字？

（《金鋼鑽報》一九三三年六月十日）

若說真名字吧，爲何他對於牛玉圃，却不敢冒頂牛布衣的名字？若說是假名字吧，牛布衣三字，名望很大，牛玉圃怎敢屈他做個侄孫子？無論如何，總有些解釋不通（照書上的情形看來，牛浦郎對於牛玉圃，決不曾說自己是牛布衣，但是爲何不說，這理由却不可知）。

（三）潘君又說：〝牛玉圃一見牛浦郎，便把他認做侄孫，用意何在？〞按這一層的確是個疑問。牛玉圃並不是慷慨君子，他無端把個同舟的少年認做侄孫，當然要想把他利用一下。至於後來反吃了牛浦郎的虧,這是出乎意外的事,並非他始料所及。究竟他要把牛湘郎怎樣利用,書中並未說明。這的確是個缺點。

(《金鋼鑽報》一九三三年六月十一日)

第三十八回郭孝子到陝西同官縣,寄居在海月禪林,遇見一位老和尚那和尚說:"當年住在蕪湖甘露庵,後在京師甘露寺做方丈,因厭熱鬧,所以又到這裏來住。"照此說來,那老和尚便是替牛布衣辦後事的甘露僧了。第二十一回那和尚動身赴京的時候,曾向牛浦郎說,本不願到北京去,實在因爲牛布衣的事,想去找馮琢庵,了却一樁心願。既然如此,爲何到了北京,又不去找馮琢庵呢?事隔二十餘年,和尚由北京到陝西,牛布衣的靈柩永久擱在甘露庵內。他家娘子,永遠不知道牛布衣的下落。這和尚非但未了心願,簡直大大的誤事。照那老和尚的行爲看來,似乎不應當荒謬至此,這恐怕還是作者的遺漏吧。

(《金鋼鑽報》一九三三年六月十二日)

第三十八、第三十九、第四十三回,瑣碎繁雜,是全書最没勁道處。此書叙事,本是隨筆閑扯,並無一定佈局。但三十八回以前,因爲作者描寫的藝術非常高明,能令讀者悠然神往,所以盡他如何胡牽亂扯、節外生枝,我們却並不覺得討厭。至於這三十八回至四十回,事情太多,描寫的功夫却差得多了,任你說得如何奇怪,如何危險,閱者終覺得瑣瑣屑屑,毫無意味。要知《儒林外史》的好處,本不在事實的離奇變幻,憑他那一枝生花妙筆,只要把人人心目中所常有的事很忠實地描寫出來,便足夠教人拊掌稱快,拍案叫絕了。至於郭孝子、蕭雲仙兩傳,事實雖較爲緊張,描寫却未免鬆懈,用違所長,當然没有寫匡超人、牛浦郎諸人的精彩,而且顧名思義,《儒林外史》中似乎也用不著寫此兩節,正所謂畫蛇添足,反見減色。

(《金鋼鑽報》一九三三年六月十三日)

第三十八、三十九兩回，叙蕭雲仙搭救老和尚的事，有極不可通的幾層。摘出如下：

（一）蕭雲仙在明月嶺練習彈弓，預備鋤滅凶僧，這當然是很秘密的事。既然很秘密，那末酒店裏的老婦人怎麼又能知道？他是蕭雲仙的什麼人？書中何以並不說明？

（二）老和尚含著眼淚，跪在蕭雲仙面前，蕭雲仙說道："老師父，你快起來。你的來意，我知道了。我在此學彈子，正爲此事……"和尚含淚跪地，蕭雲仙怎能知道是凶僧要殺他？書中並未說明，看來十分突兀。

（《金鋼鑽報》一九三三年六月十四日）

（三）蕭雲仙將老和尚救至四十里外的店中，遇見郭孝子。郭孝子說道："清平世界，蕩蕩乾坤，把彈子打瞎人的眼睛，却來這店裏坐的安穩。"蕭雲仙所做的事，郭孝子邂逅相逢，怎能知道？書中並不說明，令人莫名其妙。

以上三節，把那郭孝子、蕭雲仙以及酒店的婦人，都寫得離奇惝恍，簡直好像是未卜先知的仙人一般。《儒林外史》中，似乎不應當有這種筆法。

第三十九回叙蕭雲仙平番事，奪椅子山，破青楓城，粗疏簡略、直類兒戲，大概作者對於軍旅之事本不擅長，勉強寫此一節，所以毫無精彩。小說中鋪叙軍事，當以《三國演義》爲最佳。施耐庵的《水滸傳》，凡用兵處，已覺不甚佳妙。至於這部書的描寫軍事，似乎比《水滸傳》更覺幼稚。《儒林外史》中，本不必談軍旅之事，用違所長，殊嫌蛇足。

（《金鋼鑽報》一九三三年六月十五日）

第四十回叙沈瓊枝事，有不合情理者數端。摘出如下：
（一）沈大年既是把女兒嫁給宋爲富做正室，爲何沒有媒人？

（二）沈瓊枝既曉得宋爲富存心將她做側室，爲何竟坐了轎子到宋家去，親自投入虎口？

（三）宋爲富家財萬貫，姬妾成群，便是再要添一個小老婆，也很容易。爲何巴巴的到常州去騙沈貢生的女兒，自尋煩惱？

（四）宋爲富不放沈瓊枝回去，沈瓊枝何以很馴伏地住在他家，並不吵鬧？

（五）宋爲富家的房屋，當然很深邃，婢僕當然很多。沈瓊枝幽禁在內，怎麼買通了個使女，便能安然逃出？

（六）沈瓊枝尚未嫁給宋爲富，宋爲富決不會把金珠細軟交她收藏。怎麼她逃走的時候，居然能把金銀珠寶一起帶走？總而言之，這一段寫得太粗疏簡略了，所以教人讀過之後，有許多地方，簡直是莫名其妙。

（《金鋼鑽報》一九三三年六月十六日）

第四十一回道："國子監的武書，是四月盡間生辰。"在那一天，杜少卿請他遊河，後文叙河中的景致道："過了一回，回頭看見一輪明月升上來，照得滿河雪亮。"月盡的日子，哪里會有一輪明月升上來？前後矛盾，觀之可笑。

第四十一回說沈瓊枝逃到南京，居然貼起招牌，出賣顧繡詩扇。按沈瓊枝從宋爲富家出來，在南京住了半年不到，非但不回家去，連他父親處都不去通知。究竟飄蕩在外是何居心？論情理似乎有些說不通。又，揚州與南京，一江之隔，沈瓊枝住在南京，大貼招牌，而江都縣直到半年後纔移文去拿她，似乎也隔得太久了。

（《金鋼鑽報》一九三三年六月十七日）

第四十六回叙萬、宋兩家造花園的事，其中有一節道："又轉到藏書樓上，三面列架，萬軸牙籤，亦仿《四庫》甲乙丙丁分貯之法，幕賓看那頭一庫的標籤，寫著《貿易通志》《授時通考》《諏吉通書》。

因說道：'嘗聽人談三通四史，這可就是三通麼'……遂看那一架上頭，一部是《開闢演義》，一直到本朝的《雲合奇蹤》。歷代無關帝王如《水滸》《粉妝樓》《綠牡丹》之類，都是全的。外還有《神仙通鑒》《草木春秋》等書"。這一節似乎形容得過火了。萬雪齋夫婦，算他是最不通的，但是還有個沈瓊枝在那裏，他怎能讓他們弄了這許多不相干的書，擺在藏書樓上，究竟有些說不通。

(《金鋼鑽報》一九三三年六月十八日)

第四十六回叙沈瓊枝追薦宋爲富事，把個張天師寫得真能召神驅鬼。這似乎太無聊了。《儒林外史》的作者，很有學識，很有見解，怎能也會被張道陵子孫所惑？在一部很好的小說上，插上這一段，真是可惜。

就張天師作水陸大會的一節看來，也有矛盾不可解的地方。譬如那法官查出了沈瓊枝秘密的時候，忽然作步虛聲道："女子從夫不良，權宜生個好兒郎。佈施若有銀十兩，再不逢人道短長。"照這四名詩看來，簡直是敲竹杠的意思。既然天師法官，神通廣大，其結果只是向沈瓊枝敲了一千兩銀子的竹杠，真是滑稽極了。若說作者存心揶揄張天師，又不應當把他說得如此靈驗。無論如何，這一段總是全書敗筆，恨不得起金聖嘆於地下，替他一改，纔覺爽快。

(《金鋼鑽報》一九三三年六月十九日)

第四十九回叙余氏兄弟事，余特在無爲州遇賊，案子發作，無爲州向五河縣提人，那文書上對於遇賊的情形，寫得十分詳細，可見無爲州那邊，已經調查得明明白白。既然如此，怎麼會把個名字給弄錯了呢？"特"字與"持"字，雖然只差得一筆，但是放在嘴裏念起來，聲音却大不相同。在這種重要的案卷上，竟然會弄錯，似乎有些不合情理。

余持向五河縣分辨之後，知縣問禮房，縣裏可另有個余持貢生？禮房書辦禀道，他余家就有貢生，却没有個余持。按禮房既知余家有貢生，當然可以知道貢生的名字，叫做余特。怎麼不禀明知縣，似乎有意袒護余大先生的樣子。其實余二先生並未運動他，他也並未向余二先生要求酬謝，書辦中恐怕没有這種好人吧。

（《金鋼鑽報》一九三三年六月二十日）

第四十九回寫余敷、余殷二人談堪輿事，窮形盡相，荒誕絶倫，閲之可發笑。至於余特、余持二弟兄，既是粹然儒者，不信風水，爲何葬他父親的時候，也要去請教風水張雲峰？可見作者對於破除風水的主見，還是不能十分徹底。習俗囿人，一至於此。在我們看來，覺得余特弟兄的對於余敷弟兄，也只是五十步與一百步罷了。

第四十九回有一節云："隨即一個蘇州人在這裏開糟坊的，打發人來，請他弟兄兩個到糟坊裏去洗澡。"按請人洗澡，雖是常事，但是請人家到自己店裏洗澡，在目下却是少有的。（糟坊並非浴堂，無緣無故的請人家來洗澡，終覺得是一樁奇事）難道當時的確有這風俗？倘有知道的，不吝賜教，十分歡迎。

（《金鋼鑽報》一九三三年六月二十一日）

第五十回虞華軒與成老爹開玩笑，書中説道："虞華軒在書房裏，擺著桌子，同唐三痰、姚老五和自己兩個本家，擺著五六碗滾熱的肴饌，正吃在快活處"。按這時候余大先生已經在虞家坐館多日了，怎麼吃飯的時候座中却没有他？這似乎是作者的漏筆（五十二回開首即云："余大先生在虞家坐館早去晚歸，習以爲常。"可知他的午飯，一定在虞華軒家吃的）。

（《金鋼鑽報》一九三三年六月二十二日）

第五十四回叙鳳鳴岐救萬中書事。萬中書在席上拿去,是否冤枉,大家都不得而知。鳳鳴岐與他不過一面之識,無端便要出死力去救他,這似乎太突兀了。古來俠義英雄,雖然愛管閑事,但是總要這件事有人受了冤屈或欺侮,他纔肯路見不平、拔刀相助。倘然不論是非,遇事即管,那又不成其爲俠義英雄了。至於後來在船上幫助絲客人以及替陳正公討債兩事,爽快之極。

(《金鋼鑽報》一九三三年六月二十三日)

第五十五回,叙鳳鳴岐懲局騙事,云:"只有萬中書、風四老爹同那絲客人在船裏推了窗子,憑舷玩月。那小船靠近了來,前頭撑篙的,是一個四十多歲的瘦漢。後面火艙裏是一個十八九歲的婦人,在裏邊拿舵。一眼看見船這邊三個男人看月,就掩身下艙裏去了。"由此看來,風四老爹與那小船上婦人,早已見過一面的了。那末後來,風四老爹去引誘那婦人,難道那婦人就不認識鳳四的面貌了嗎?便是那一條船,婦人也應當能認得出來,怎麼還上風四的大當?這似乎有些説不通。

(《金鋼鑽報》一九三三年六月二十四日)

第五十六回陳正公向毛鬍子道:"我已經帶來的絲,等行主人代賣。這項銀子,本打算回湖州再買一回絲……"照這句話看來,陳正公的販絲,是在湖州買進,運到南京賣出,事實是很明白的。但是同一回中,那陳蝦子向陳正公説道:"阿叔在這裏賣絲,爽利該把銀子交與行主人做絲。揀頭水好絲買了,就當在典鋪裏;當出銀子,又趕著買絲;買了又當著。當鋪的利錢微薄,像這樣套了去,一千兩本錢,可以做得兩千兩的生意……"照這幾句話看來,似乎陳正公的做絲,又在南京買進。前後參觀,豈不矛盾?

(《金鋼鑽報》一九三三年六月二十五日)

第五十六回叙毛鬍子誆騙陳正公事，書中説道："一日毛二胡子向陳正公道：'我昨日聽得一個朋友説，這裏胭脂巷有一位中書秦老爺，要上北京補官……借一千兩銀子……何不秤出二百一十兩借給他？三個月就拿回三百兩……'陳正公依言，借了出去。到三個月上，毛二胡子替他把這一筆銀子討回……又一日，毛二胡子向陳正公道：'我昨日會見一個朋友是個賣人參的客人。他説：……陳四老爺一時銀子不凑手，就托他情願對扣借一百兩銀子，限兩個月就拿二百兩銀子……'陳正公又拿出一百兩銀子……兩個月討回，足足二百兩……"由此看來，從陳蝦子到南京以至陳正公搭船回家，其中已相隔半年，難道賣絲的銀子，要半年後方能收齊嗎？又風四老爹在杭州，無端也等候了他們半年。這似乎更説不通。

(《金鋼鑽報》一九三三年六月二十六日)

第五十八回説陳四老爺是國公府徐九公子的表兄，世家子弟，身份十分高貴。至於陳思阮和丁言志，都是走江湖測字的人，每日只尋得幾十分錢度日。論理這兩人和陳四先生，決不能結交朋友。便算是陳木南不拿身份，居然與這兩人結交，那末對於他們的稱呼，當然也用不著十分尊崇。但是書中説丁、陳二人争吵時候，陳木南替他們排解，向二人説道："……其實丁言老也不該説思老冒認父親，這却是言老的不是。"對此二人，尊稱曰"老"，這似乎太客氣了吧。

(《金鋼鑽報》一九三三年六月二十七日)

第五十九回叙季遐年寫字的事道："但凡人要請他寫字時，他三日前就要齋戒一日，第二日磨一天墨，却又不許別人替磨……"作者的意思，不過要竭力描寫他用墨的講究罷了。其實，凡是書家寫字，所用的墨，一定要當場磨起來的。隔夜所磨的墨，斷不可用。

作者如此寫法，可知他對於臨池，完全是門外漢。

（《金鋼鑽報》一九三三年六月二十八日）

《〈儒林外史〉的研究》第四十三節，我對於第四十九回所述槽坊裏請余特兄弟洗澡一時，有些不解。前天王小逸君來談，據他說，這倒是實事實情。鄉下槽坊裏，釀酒的時候，往往有許多熱水餘剩下來，棄之可惜，所以便請幾個相熟的人，到作場裏洗澡。這也算得是廢物利用，惠而不費。目下浦東各鄉鎮上，仍有這種風氣，其實毫不足怪云云。我是生長在都市中間的，對於這種情形，的確完全不知。經小逸君一說，方才恍然大悟，所以趕緊把他寫出來，並且對於小逸君的指教，表示感謝。

（《金鋼鑽報》一九三三年六月二十九日）

《儒林外史》中對人的稱呼，最普通的，要算"老爺"二字。這種稱呼，在別種小說中，很是少見。上海人稱祖父，叫作老爺，但是與《儒林外史》又截然不同。我細察此書中所稱"老爺"其界限極廣，除了士大夫之外，無論農工商各界年紀稍長者，均稱"老爺"。大約在前清乾嘉時代，這種稱呼，非常通行，但是現在早已取消了。

洋行中的華經理，目下通稱"買辦"。其實"買辦"這名目，在明朝早已有了。《儒林外史》第一回說："秦老的親家姓翟，是諸暨縣頭役，又是買辦。"所以後文稱翟頭役的地方，通稱"翟買辦"。可見買辦便是頭役的一種，這意義，近人知道的卻很少了。

（《金鋼鑽報》一九三三年六月三十日）

《儒林外史》第二回說："就如女兒嫁人的，嫁時稱為新娘，後來稱呼奶奶太太，就不叫新娘了。若是嫁與人家做妾，就到頭髮白了，還要喚作新娘。"按目下妾的稱呼，大概都叫"姨娘"。所以尊稱别人家的妾，叫作"姨太太"。至於"新娘"之稱，似乎早已取消了，這也是稱謂上的一種變遷。

古時的"食盒"，大概就是現在擺食品的木提盤。《儒林外史》中時常提起"食盒"二字，可見前清乾嘉時代，"食盒"之名，還是很流行的。又，第二回申祥甫背地裏向衆人道："周先生看見我們這集上，只有荀家有幾個錢，圖他個逢時遇節，多送兩個盒子……"可見古時候送禮，多用盒子。我鄉把送禮叫作送盤，大約也就是這個意思。

（《金鋼鑽報》一九三三年七月一日）

第四回叙嚴貢生結交范進、張靜齋事。按書中所述，似乎說范、張二人在關帝廟小坐，嚴貢生偶然闖進去，大家不期而遇。既然如此，爲何後文又說："嚴家家人，掇了一個食盒來，又提了一瓶酒，桌子中間放下，揭開盒蓋，九個碟子，都是鷄、魚、火腿之類。"難道嚴貢生預先知道范、張二人要到關帝廟來，所以特地預備了酒菜，請他們小酌一回嗎？照這麼說，當然不合情理。我看作者的意思，大概是說嚴貢生專愛結交官府，偶然聽說關帝廟內坐著兩個縣官的世交，一心要想巴結他們，所以特地命家中預備酒菜，送到廟裏來的。照這麼說，便比較的合乎情理了。但是書中少交待了幾句，所以弄得閱者都莫名其妙。

（《金鋼鑽報》一九三三年七月二日）

第五回嚴貢生強關貼鄰王小二家一口豬，這事在范進初會嚴貢生時，早已提及。第四回嚴貢生與范、張二位正在談天，一個小使來說："早上關的那口豬，那人來討了，在家裏吵哩。"當然就是這一件事，但是王小二的出頭控告，却遠在回教鬧事平靜之後，似乎中間相隔得太久了。但是從這樣的說到嚴家兄弟身上，丟開那邊、叙述這邊，筆致異常靈活，這正是《儒林外史》的長處。在作者已是煞費經營，雖然有些小疵，我們讀者當然也不必太苛求了。

（《金鋼鑽報》一九三三年七月三日）

《儒林外史》中有許多寫別的字，譬如"衙役"他都寫作"夜役"，大約因爲"衙""夜"二字，在北方人嘴裏，聲音很相像，所以便弄錯了。這的確是作者所寫別字，決不是刻版的人所刻錯的。還有第九回鄒志甫向二婁說："陳洪武爺手裏過日子，各樣都好，二斗米做酒，足有二十斤酒娘子，……"這"酒娘子"當然是"酒釀子"的誤，其餘的別字，一時却記不起來了。

第十一回楊執中向鄒志甫道："今日恰好沒有早飯米，所以方才在此摩弄這爐，消遣日子……"而後文又云："楊執中定睛看時，便是他第二個兒子楊老六，在鎮上賭輸了，又噇了幾杯燒酒，噇得爛醉，想著來家向母親要錢。"楊執中家既然窮得連早飯米都沒有，他兒子又怎能在鎮上賭錢？前後看來，似有矛盾。

（《金鋼鑽報》一九三三年七月四日）

做小說應當有伏筆，但是伏筆要在有意無意之間，使人不覺得這是伏筆，方爲最妙。《儒林外史》的敘事，隨筆牽扯，並無結構，所以伏筆也很少見。第十二回宦成奉二婁之命，往蕭山請權勿用，在路上有一節道："只見對面來了一只船，船上坐著兩個姑娘，好像魯老爺家采蘋姐妹兩個，嚇了一跳，連忙伸出頭來看，原來不相干。"這一小節，分明是伏筆，作者預先埋伏下第十三回宦成誘拐雙紅的事，就小說作法論，當然很好。但是我嫌他這一節寫得太突兀了。況且單提采蘋，不是雙紅，教人很易滑過，並不知道他是伏筆。我第一次看《儒林外史》，看到這一節，還以爲後文有采蘋的事，所以不注意到雙紅身上，恐怕凡是讀《儒林外史》的人，大家都有這一種誤會吧。

（《金鋼鑽報》一九三三年七月五日）

第十六回叙馬二先生遊西湖道:"望著湖沿上,接連著幾個酒店,掛著透肥的羊肉,櫃檯上盤子裏盛著滾熱的蹄子、海參、糟鴨、鮮魚,鍋裏煮著餛飩,蒸籠上蒸著極大的饅頭……"從這一節看來,可知古時候的酒店,都兼賣點心,與目下的情形略有不同(目下酒店雖也有兼售點心的,這是特殊的情形,大多數都分開了)。還有羊肉這樣東西,如今另有殺羊作坊和羊肉店(酒店帶賣羊肉粥的,也有羊肉掛著,這却也是特殊的情形)。但是從前却都是酒店裏帶賣,没有專賣羊肉的店家,這不但是《儒林外史》,別種小説上也可以看得出來的。

十六回又道:"又買了兩個錢處片嚼嚼,倒覺得有些滋味……""處片"是什麽東西,目下可有得買?很希望讀者能告訴吾。

(《金鋼鑽報》一九三三年七月六日)

本回叙馬二先生遊西湖,其中有一節道:"看見西湖沿上,柳陰下系著兩只船,那船上女客,在那裏换衣裳,一個脱去元色外套,换了一件水田披風;一個脱去了天青外套,换了一件玉色繡的八團衣服;一個中年的脱去寶藍緞衫,换了一件天青緞二色金的繡衫;那些跟從的女客,十幾個人,也都换了衣裳。這三位女客,一位跟前一個丫鬟,手持黑紗團香扇,替他遮著日頭,緩步上岸。那頭上珍珠的白光,直射多遠,裙上環珮叮叮噹噹的響。馬二先生低著頭,走了過去,不曾仰視。"既説是低著頭走了過去,不曾仰視,那末上文所云看見許多女客换衣裳,究竟是哪一個看見的?前後六七行之間,説話已有矛盾,閲之可發一噱。

(《金鋼鑽報》一九三三年七月七日)

第十四回叙馬二先生遊西湖事,内中有一節道:"這三位女客,一位跟前一個丫鬟,手持黑紗團香扇,替他遮著日頭。"但是第十五回又説:"馬二先生取出十兩一封銀子,又尋了一件舊棉襖、一雙鞋,都遞與匡超人道,這銀子你拿家去,這鞋和衣服,恐怕路上冷,早晚穿穿。"按十四回和十五回的事,相去不過數日,怎麼一邊拿著扇子,一邊却要穿棉襖?雙方對照,時令似乎不合。

(《金鋼鑽報》一九三三年七月八日)

第十四回說:"到次日,公孫封了二百兩銀子,備了些熏肉小菜,親自到文海樓來送行。"是馬二先生替蘧公孫所墊的二百兩銀子,蘧公孫早已還他了。但是第十五回,馬二先生向洪憨仙道:"不瞞老先生說,晚學今年在嘉興,選了一部文章,送了幾十金,却爲一個朋友的事,墊用去了。如今來到此處,雖住在書坊裏,却沒有甚麼文章選。寓處盤費已盡,心裏納悶,出來閑走走。……"照此說來,蘧公孫的銀子,又沒有還他。假使以前的二百兩你銀子,馬二先生沒有收,這也應當說明一下,免得前後矛盾。

(《金鋼鑽報》一九三三年七月九日)

第十七回叙匡大與人爭吵事,道:"忽聽門外一片聲打的響,一個凶神的人,趕著他大兒子打了來,說在集上趕集,占了他擺攤子的窩子。匡大又不服氣,紅著眼,向那人亂叫。那人把匡大擔子奪了下來,那些零零碎碎東西撒了一地……"由此看來,匡大與人爭吵,分明在趕集的地方,後來纔一路打到匡家。但是下文又說:"……正鬧著,潘保正走來了,把那人說了幾聲,那人嘴纔軟了。保正又道:匡大哥,你還不把你的東西拾在擔子裏,拿回家去哩。……"照這一節看來,似乎匡大和那人爭吵,却在匡家門外。前後對照,顯有矛盾。

(《金鋼鑽報》一九三三年七月十日)

第二十回牛布衣寄居的甘露庵,就書中看來,庵中似乎只有老和尚一人。第廿一回老和尚應九門提督齊大人之聘,往京師報國寺做方丈。臨走的時候,恰巧牛浦郎順路到庵裏去,老和尚便托他照應一切。假使牛浦郎不去,老和尚又當如何?難道把那甘露庵空閑著一切不管嗎?這一層似乎説不通。

　　第二十三回萬雪齋請牛玉圃飲酒,頭一碗上的是冬蟲夏草,有一位先生在書上批著道:"這是藥,却當菜吃,鹽呆好奇之過。"(余所閲之《儒林外史》,有總評及眉批,不知出何人手。)其實這位先生乃是少見多怪,冬蟲夏草出在川、滇等省,那邊的人,的確把它做菜吃,不足爲奇。我在雲南,也曾吃過,但是江浙人却認做藥品,沒有人當菜吃的,所以那位先生覺得很詫異了。

　　　　　　　　　　　　(《金鋼鑽報》一九三三年七月十一日)

　　第二十四回寫石老鼠敲詐牛浦郎事,憑空插入,毫無意義,又石老鼠何以知道牛浦郎在安東縣黄家入贅,書中並未説明,也是缺筆。

　　我們到廣東宵夜館吃東西,知道他們對於各種肴饌,以分量的多寡,有一賣、半賣等名目,我起先以爲是廣東的土語罷了。後來看《儒林外史》,方知從前各處菜館酒店,都有這種叫法,並不限於廣東一省。《儒林外史》第二十五回叙鮑文卿與倪霜峰飲酒事,道:"鮑文卿道:'便碟不恭。'因叫堂管先拿賣鴨子來吃酒,再焰肉片帶飯來。堂管應下去了,須臾捧著一賣鴨子兩壺酒上來。"可見在南京也叫一賣半賣,但是如今却不用了。

　　　　　　　　　　　　(《金鋼鑽報》一九三三年七月十二日)

　　第三十五回説盧信侯家中收《高青邱文集》,被人告發,幾乎遭殺身之禍。但是蘧公孫從前曾經把《高青邱詩話》鋟版印行,其罪豈不更大?雖然换上自己的名字,究竟是非常危險的事。蘧太守老成持重,何以並不阻止,豈非怪事?

《高青邱文集》，大約是影射《吳梅村詩集》。清初文字之獄在《儒林外史》中，也就可見一斑。

　　《儒林外史》中以虞博士爲第一流人物，第三十六回回目稱爲"真儒"，可見作者對於這一位先生，實在是五體投地，不勝欽佩。但是三十六回叙述他生平的事情，其中有一節道："過了些時，果然祁太公來説，這村上有個姓鄭的人家，請他去看墳地。虞果行帶了羅盤去，用心用意的替他看了地。"虞博士居然還會做風水先生，替人家看墳地，這難道也是儒家應有的學問嗎？雖然今昔時代不同，但是在我們看來，總覺得十分可笑。

　　　　　　　　　　（《金鋼鑽報》一九三三年七月十三日）

説　話

説話人 撰

　　連載於《珊瑚》一九三三年第二卷一期至第十二期,第三卷一、二、三、四、七、八、十期。作者署名説話人,即是小説家之意,爲避免"小説家"中潜在的貶義,故署此名。其生平待考,就行文語氣來看,應爲《珊瑚》編輯人員。本篇小説話最大的文本特徵是,以説話人爲主體,同時還登載了讀者對小説的看法,其中有呼應,有商榷,顯示出民國小説話的開放性特徵。本文不少筆墨都在闡述其對"新""舊"小説論爭的看法,其態度可稱平允,如其所説"不管什麼'正統文學',什麼'鴛鴦蝴蝶派',什麼'革命',什麼'不革命',什麼'破鑼',什麼'破鼓'等等,我以爲有一點好處,足以引起我的同情的,應該褒他一下;我以爲有一點破處,足以引起我的反感的,貶他一下。"評判的標準就是是否具有文學性。故其對沈雁冰等新文學批評家對"舊小説"的批評相當不滿,對新文學的毛病也毫不客氣地指出。其中不乏公允之言,如新文學派將章回小説的流行歸咎爲舊思想的存在,本文則從文學角度上指出:"章回小説所以歷六七百年而不廢,就是因爲他的特點,能夠把書中的人物個性、從對話動作等處,描寫得'栩栩欲活',背景完全合於現實生活的情狀。"言外之意,"新"小説還没有趕上章回小説的成就,無怪其不如後者受讀者歡迎。本文別出心裁地提出了"作者、讀者、出版者,是成三角式'循環律'的"觀點,故其對小説的作者與讀者都提出了要求。小説作者在題材選擇、語體使用上都應注意,而好的讀者亦不可只關心小説情節,只將小説作爲消遣之物。

詩有話，稱詩話；詞有話，稱詞話；曲有話，稱曲話；謎有話，稱謎話……小説也應該有話，説小説的話，應稱"説話"。不過"説話"兩個字，在實際是一種雜耍的名詞，方弗現在的"説書"。我不是這們的家數，只是對"小説"胡説亂道而已。

　　常有人説我是小説家，我聽了十分不安。小説家的稱謂，出於《漢書·藝文志》，以後的史家，雖也依樣葫蘆列著一門小説，在書目的子部裏，但是從來沒有見過某人被稱爲小説家。難道以前的小説作者不配稱小説家？現在的小説作者纔配麽？況且我更感這種稱呼，含有一點輕視意味，似呼我只配稱小説家，小説以外，什麽都不懂了；除掉小説，什麽都不會幹了。因此我每逢茶餘酒後，被人家稱爲小説家時，非常的不安，所以我自稱説話人。

　　我在落筆寫"説話"以前，充滿了一腔子的批評興味，並且抱定宗旨，立於主觀地位，對於中國已經流行和正在流行的小説，一一批評。不管什麽"正統文學"，什麽"鴛鴦蝴蝶派"什麽"自由主義"，什麽"革命"，什麽"不革命"，什麽"破鑼"，什麽"破鼓"，等等。我以爲有一點好處，足以引起我的同情的，應該褒他一下；我以爲有一點壞處，足以引起我的反感的，貶他一下。自問彎曲了批評意義，沒落了批評的價值，缺乏了批評的態度，但是我是我，我有我的眼、腦、手，不能不如此看，不能不能此想，不能不如此寫。

　　同時我也歡迎愛讀小説者，也來説話。並且不妨批評我所批評者，説我的"説話"，我不敢説虛心，或者也是我們求知的原理，應該如此的。

　　在前幾年中國的短篇小説，非常之多，雖然有"新文學派"與"禮拜六派"的不同，但是各有特長。新文學派裏，確有當得起"新"、够得上"文學"的作品。"禮拜六派"裏，也有極"新"極"文學"的作品。曾幾何時，風流雲散了。仔細觀察，却是各在努力於脚帶式的長篇小説了。不論"回"，不論"章"，一概是求其"洋洋"巨觀而已。

　　上海的《晨報》有一篇《紅棉襖》，作者是吻雲。我不知道他姓甚名誰，看了一個多月，覺得這位小説家的體認社會，確有別具隻眼之處。因爲有許多事情，淺陋如我，實在沒有見聞過，足以增加我不少非人生生活的常識。尤其描寫女性，常用全力去形容"乳"、"臀"、"腿"，這也可以説是吻雲先生的三部曲了。覺得他的描寫藝術，比毫不幽默的《性史》之類，高明得多了。但是女性們看了，作什麽感想？我不知道！

吻雲先生還在《時代日報》做一篇小説。索性赤裸裸地題著"一條腿"了。好萊塢的電影，也是熱衷在"乳""臀""腿"的三部曲，吻雲先生可算是好萊塢的忠實信徒了。不過我的筆下，又起了一陣酸氣，以爲現代的青年，已經受够了肉的誘惑。求求"寫性聖手"的小説作者，筆下留情，少陶醉幾個有用的青年罷！

(《珊瑚》一九三三年第二卷第一期)

施耐庵作《水滸》後，有陳忱的《後水滸》，俞仲華的《蕩寇志》。曹雪芹作《紅接夢》後，續也，反也，前也，補也，不一而足。其實都是無聊，既然有此筆墨、思緒，何不勇起爐竈，別尋蹊徑！

平心而論，《後水滸》《蕩寇志》還算能够各抒懷抱，筆墨也很超脱，本有獨立一軍的可能。至於寫《紅樓夢》之續的，幾無一佳作，無論他不能"繼武前修"，就是要推陳出新，聊且快意，也有所不能，真是"狗尾"了！

近來作翻案小説的，有漱六山房的《反倭袍》、周大荒的《反三國志》、程瞻廬的《唐祝文周四傑傳》。論筆墨，都有一讀價值；論意義，似程作較勝。因爲倭袍的故事，本爲空中樓閣。王文是否有佻闥之行？刁南樓是否冤遭慘殺？都是無關宏旨。現在推翻成説，替王文、刁氏伸冤，未必能挽回一般人對於《倭袍》所暗示的心理。至於《反三國志》有啼鵑君一文，説得平允公恕，特爲介紹於讀者。

讀《反三國志》後
啼 鵑

《反三國志》爲湘人周大荒所著，共六十回。書中情節則寫蜀漢滅魏平吳，還於一統。一反前案，大快人心。此所謂《反三國志》也。

楔子中指摘諸葛武侯處，議論雖苛，亦能一反前人之語。其實亦借湘綺老人一詩而生發者。至於論武侯將略之疏，王船山已先言之矣。

書中寫戰功，偏重趙雲、馬超，為古人吐氣也。但寫曹操與司馬懿，則遠不及《三國演義》。且蜀兵到處如摧枯拉朽，戰無不勝，魏、吳二國幾無招架之力。雖使觀者快意，為蜀漢一雪前恨，然終覺索然無味耳。

地理十分熟悉，而形勢亦瞭若指掌，確乎不易，而兵法亦井井有條。但描寫戰陣形景，不及俞仲華《蕩寇志》之熱鬧耳。

寫武侯平南蠻一段，簡略無奇，輕輕提過，殆《三國演義》寫得太熱鬧，作者自知不能遠勝，故不如藏拙也。全書從"徐庶走馬薦諸葛"寫起，其間寫關羽亦不能出色，蓋關羽軼事已為《演義》寫盡，有聲有色，後人亦難勝過矣。

結束則論功行賞，衣錦還鄉，愈讀至後，愈覺無味，蓋一切悉如人意，反覺無可讀也。以"曹子建悲歌行絕塞"作結，稍有弦外之意。然惜寥寥數語即盡也。

綜觀全書，作者筆法甚佳，而文情欠妙，亦只有一讀之價值，總比不過《演義》之精彩滿布。惟作者意在非戰，宗旨甚正耳。

"唐祝文周"這個名詞，出於說話人。唐、祝、文，都實有其人，獨是周托為周文彬，甚是可異。或說："周為仇十洲"，或說"沈周"。其實都不是的。仇雖為畫家，沒有甚麼風流放誕的事績，並且和唐、祝、文沒甚來往，看三人的詩文集就可證明了。沈是前輩，更不宜闌入。程作以為是張夢晉（靈）的影子，頗有見地。因為張的言行，和唐相近。《梅花夢彈詞》就詳寫他的生平，在虎丘化裝乞丐唱蓮花落，和在杭州喬裝村娃逛燈，同一無賴。或者張在當時更為社會所厭惡，所以不直書其名，而祝允明以"一本正經"的書生，廁身其間,也很不倫不類,不知道何由見惡於説話人?科諢至於如此其極。

我以爲此書若根據"正史""野乘"立柱,把過挖苦誣蔑的删去,矯正讀者對於《三笑彈詞》的傳統觀念,其偉大實同於史官。

聞有某書賈,請顧明道撰《反啼笑因緣》,顧堅拒説:"反得好,不過和《啼笑因緣》並駕齊驅,倘然反得不好呢?"此論極妙。老話説"秀才造反,三年不成",不料"民國秀才"竟大"造"其"反"的小説。

(《珊瑚》一九三三年第二卷第二期)

在這個年頭,無論那一個門户,都是壁壘森嚴,比"天下第一關"還要把守得堅些。一月四日的《時代日報新年增刊》,有一篇《文藝與民族的關係》,把中華民國二十一年的"新(?)文壇"清算一下。他的"檢閲台"上揭櫫的"關於九一八及一二八的作品",小説有矛盾的《林家鋪子》等十二篇。他(作者豈凡)對於同樣以國難爲背景的徐卓呆的《往那裏逃》,非但擯之"壇"外,並且説"他缺乏正確的意識,而且缺乏熱情,便是缺少文學的嚴重性"。《林家鋪子》確是"一篇觀察極深刻的小説",但是《往哪裏逃》和他的姊妹篇《食指短》,實在是一二八背景下很有意義的寫實小説。我們似乎不應當因著他署名"卓呆"而不拉上新文壇去。否則這個"新"字,不過是一層面幕,還有她的廬山真面在裏面呢。

我也在這們想,小説作者本來正愁著没有資料,只是在亭子間裏幻想。現在放著許多資料,爲什麽不屑一顧呢?尤其是那些有通俗效用的章回小説,還在那裏寫上海的黑幕,翻陳年宿古董的案。只有顧明道的《國難家仇》,總算能够抓住了時代,明知他寫情愛的淡約而真摯,不及寫性聖手來得動人;寫義勇的合理而周密,不及飛檐走壁的熱鬧,到底不是毫無意思的小説罷。

最近《世界晨報》有鍾吉宇《平倭傳》,是把明代禦倭寇的史事來做張本的。雖是近乎夸張自大,但是這件事在一般民衆的腦海裏，還都留有波紋，借此吹起一些浪來，比較的容易同情。雖然尚在開始，還沒有知道他結構如何，描寫如何，我很希望吉宇先生善用這個好資料，使他成爲"講史書""英雄傳記"中一部有地位的作品。

白薇的《敵同志》（是獨幕劇）和《林家鋪子》有異曲同工之妙，但是《敵同志》更有"熱情"。他能寫到最複雜、最秘密的工人團體的裏面，是很不容易的一件事。雖是有許多口吻，仍是"文章"，不是"説話"，已經能從多方面使工人的立體活躍出紙面了。中間的人物，也分配得很適當，倘然實現在舞臺上，大概也不至有什麽窒礙罷。尤其是結果，是善意的，正誼的暗示，合於現代舞臺的環境。顧嬸娘對蘇大姐的一段話，和後來蘇大姐對阮妹的一段話，同樣是《石壕吏》式的訴苦，前者似乎可以省去了，因多少覺得不自然些。

《晶報》有曼妙的短篇小説《國難》，用諷刺的筆墨，寫國難期間的首都公務員生活，真有"啼笑皆非"之感。倘然他再費一些筆墨，再大膽一些，把鏡頭旋轉得廣大一些，成了一個更深刻的"長期抵抗者的寫真"，也是我們所需求的。

（《珊瑚》一九三三年第二卷第三期）

我時常説，小説和"社會史"很有關系。在《醒世姻緣傳》裏，看到明代"罰紙"的刑法，已經足補史乘之缺了。近來買到一部平淡無奇的《風月夢》，裏面又發見兩個奇績：（一）揚州當時（這書是道光戊申年出版的）有"放火債"的事，説是"九折加二，八折加一"本錢現扣九折，却要每月加二的利錢，現扣八折，每月要加一的利錢。這比我們熟聞的"加一鈿"更凶了。（二）西皮二黄在那時已盛行了。他説，"……某相公西皮二黄唱得好"，和佟晶心的《戲曲之研究》所説，八十年前已有了皮簧的腔調，可以相互證明了。（四三頁）（道光戊申爲西曆一八四八，佟書西曆一九二六年出版）

關於西皮二黄的起源。張蔭人的《移風簃劇話》（本刊第十二期）已經説得很清楚，只是没有考證出一個時期來。《風月夢》的偶然寫到,倒給我們一點考證的基礎了。第七回月香唱二黃説,"忙喊污師拉坐在席傍,拉起提琴。月香取過琵琶,將弦對準。"那麽西皮二黃在初時,不是把胡琴作"主樂"的。提琴大概就是月琴。佟晶心也説:西皮二黃到了北京纔配上胡琴,胡琴所以稱京胡,大概也是發源於北京的原故。還有現在稱拉胡琴的爲烏師,這個烏字本來不明白他的意義,如今稱污師,更不知道是那一個字來的當。月香所唱的二黃是:林黛玉,悶懨懨,心中愁悶。聽窗外,風弄竹,無限凄涼。喚紫鵑,推他窗,且把心散……

"三、三、四"一句法的構造,和現在流行的京劇的二黃句法,一般無二。覺得詞藻方面,昔勝於今,或者已經過文人的修飾了。

前幾天看見報上登了一則廣告,標點了一部舊小説《醒世姻緣傳》,並且標明是蒲留仙的原著。這部書一名《惡因緣》,我在前幾年就疑心過是山東才子的手筆,因爲揣摩各色人等的口吻很靈活真實,不是能手辦不到。而且結構也不象尋常才子佳人書的率直而無曲折。事實又是以山東爲背景的,他的背景的描寫,又不是虛擬而有隔膜。所以不敢斷定,爲了没有確實的證據。如今有人把他穿上了西裝,並且還有"聖嘆外書"式的胡適之序,自然得到相當的證明了。這也是件快事,不過原價一元多的一部書,現在要賣三元多,令我"望報興嘆",大概爲了金貴銀賤,西裝也受了影響了。

(《珊瑚》一九三三年第二卷第四期)

汪仲賢的長篇小説,不敢恭維,可是短篇小説,非常精警。《煙犯》和《江山萬里圖》,都算得一九三二年的可著録的作品。他雖慣過都市生活,並且和紛華的社會時常接觸,有時深入其中,但這兩篇描寫市集中没落者的生活,也能逼真,不是一件奇事麽。據説他在某年爲了養病,住過木瀆三個月,所以他觀察這一個畸形社會,十分深切。就是那篇《藏拙》也寫得靜穆到極點。説句"摩登"話,這種小説,纔配稱"幽默"。

《煙犯》篇的結尾,小王對穆修德説:"下次你們再來遊玩,不必住旅館,可以住在我哥哥局子裏,他那裏充公貨很多,只要我寫一封介紹信,你們儘管去好了。"

《江山萬里圖》的結尾說:"大牛(出賣古董的阿恕的兒子)和幾個小弟兄呢,也知道瞞着父母,偷些破舊衣物出來換糖果吃。"

這種結束,雖有些"太史公曰"的論贊意味,因爲很有諷刺的力量,所以反覺得"餘音繞梁",但叙事的曲折,都不及《藏拙》。因爲《藏拙》可以算是中篇小說了。(中篇小說的結構和描寫,都和短篇小說不同,當然不是在字數多少上分別的。)

他還有一種特長,就是各個人的口吻,完全切合各個人的地位,並不專靠"他媽的""放屁"這一類的下流粗話來形容。因爲他是會演"話劇"的,話劇的話,當然要真實,所以他於各個人的"神情風度",都可以借極成熟極流利的"術語"來襯托。如"滑頭東西""一寸水""西貝""格局""此地的老調勿靈",倘然給京滬滬杭路一帶的人看,更覺得"此中有人,呼之欲出"。

和他作風最近的是徐卓呆,不過是卓呆的作品,多數是含有滑稽性的,因此有人稱他"笑匠",可是笑是工作的圍墻,裏面的建築物,却充滿著諷刺意味。因爲滑稽的本質,本來應當含有這種分子。中國的老話"主文譎諫","譎"是滑稽,"諫"是諷刺,所以一方面引人哈哈大笑,一方面要使人有一種縐眉頭仰下顎的回味。不過他的滑稽長篇小說,並無特色,像他新近在《萬歲雜志》上寫的《非嫁同盟會》,遠不如《往那裏逃》與《食指短》的精采。

還有一位擅長用滑稽的方式寄托諷刺的作家胡寄塵,可惜他近來不做小說了,專門致力於小說史的研究。大概爲了他在大學做小說學教授,不能不改走這一條路罷。不過他的研究小說,也和人家不同,常有獨到之處。像看出《搜神記》是一部古代民間傳説的記述。《桃花源記》也有悠遠的濫觴,都未經人道過。

《文藝雜志》是一部分留美學生的出版物。所以他們所寫的小說,都用美國的背景。最近出版的第四期,有羅皚風的《小迷姐》,和中國古典所謂"蘆衣之痛",十分相像,寫得很幽默。借一個怕晚娘的女孩子,發出失業者之呼聲。妙在小孩子天真爛漫,一切呼聲,仍是出自旁觀者之口。最後一位女記者說了許多爲失業而造成的罪惡,接著說:"這女孩子的繼母,爲甚麼天天喝酒? 天天虐待她? 因爲……"紅鼻子的同伴大聲的回答:"因爲失業。"那時全屋的人都笑了,小迷姐卻是"聽不懂他們笑的是甚麼? 但也跟著笑。因爲她面前擺著熱騰騰、香噴噴的咖啡和麵包夾雞肉。並且想到以後不再回家,挨繼母的打,她小心裏不由得不高興了。"

這種極自然的描寫,一點不像出自久浸在歐風美雨中者之手。或者也是我的眼睛有些毛病,理解力太低能,總覺得生硬累墜的句法,好比"六月裏的豬頭肉""不凍""不懂"。我記得皚風還做過好些短篇,都是看透美國夾層裏的作品。

還有一點,皚風的作風,和卓呆、仲賢有許多相像的地方,因爲他們最值得稱揚的一點,就是"對話自然而經濟"。

(《珊瑚》一九三三年第二卷第五期)

新文學派送給舊文學派(這個名詞,是我杜撰的,其實也不甚妥當,爲了便利申說起見,擬一下這個相對的稱謂)的"鴛鴦蝴蝶派"的頭銜,很有許多人不明白他的解釋,魯迅的《上海文藝之一瞥》裏,有下面的幾句:

> ……這時新的才子加佳人小說,便又流行起來,但佳人已是良家女子,和才子相悅相戀,分拆不開,柳陰花下,像一對蝴蝶、一雙鴛鴦一樣。但有時因爲嚴親,或者因爲薄命,也竟至於偶見悲劇的結局,不再都成神仙了——這實在不能不說是一個大進步……

這種舉一隅以反三隅的斷論,是否確切,姑且不論。可是他下文接著寫:

> 到了近來是在製造兼可擦臉的牙粉了的天虛我生先生所

编的月刊雜志《眉語》出現的時候，是這鴛鴦蝴蝶式文字的極盛時期……

　　却成了勞萊哈臺所演的滑稽劇《錯盡錯絶》了。因爲《眉語》是搖身一變爲新文學忠實信徒的許嘯天先生和他的夫人高劍華合編的，和陳栩園先生真是風馬牛不相關。在積非成是的今日之下，盡著人把張的帽子戴到李的頭上去，誰也不去徹底問一個訊了。栩園先生的小説，確有幾部以"才子佳人"爲主角的文藝，但是不能把一切紅色文藝都推到陳獨秀身上去，是同樣的例子。

　　才子穿了西裝，佳人剪了頭髮，放到小説裹就不算蝴蝶鴛鴦了。把自殺做結局，就算文藝的至上者了。這種觀念，我們也得轉變些。總而言之，我的臆見，無論如何，一篇小説，能夠給讀者受到最熱烈的同情，或是反感，纔配贊他一聲"好"。要是嚕裹嚕蘇，記些新式簿記，或是舊式流水帳，都不配稱他爲好小説。我們不算舊帳，單就這一兩年來講，兩派（即指上面所説新文學與舊文學兩派，但是實際上派中有派，巧妙不同，這裹恕不細説）都有好小説，公正的讀者，大概承認這句話罷。

　　我自從徵求讀者説話以後，只收到了兩封信，一封是啼鵑的《讀反三國志後》，已經納入第二次説話。一封是佐藤的《喜怒哀樂觀》，現在錄在下面。

喜怒哀樂觀　佐藤

　　報紙上大幅的廣告，和四位小説家的大名，使我很熱烈的闖向書坊裹去，把那部《喜怒哀樂》買回來，看個究竟。在未看的時候，滿肚子想過：無論如何，這是一部值得看的小説，一九三二年好小説之一。因爲這四位大名鼎鼎的小説家，在過去的文壇上，都曾經留下不少的成績。可是看了之後，竟大失所望。

　　《喜怒哀樂》是包含四部長篇小説。第一部"喜"，胡寄塵先生做的，是帶著滑稽諷刺的理想小説。所以他筆下所描寫的，大多是非現實的故事。胡先生的作品，素來是很幽默的，這兒也還是像從前那樣幽默；胡先生的作品，素來是很深刻的，這兒也還是像從前那樣深刻。……但是，胡先生對於小說的作法，素有研究，而這兒却還是一部記帳式的長篇小説。

《怒》是何海鳴先生做的，當然，又是所謂倡門小説。他用着全力，寫軍人、政客和妓女三種人物，意思在揭穿個中的黑幕，但是和書名"怒"字，相差很遠，使讀者有"莫名其妙"的感想。

《哀》是包天笑先生的大筆，一篇哀情小説，從描寫的技巧上看去，不愧是斵輪老手，不過這種"三角戀愛"的小説，似乎已是没落了的作品。包老先生何必同張資平爭競呢！

《樂》是徐卓呆先生做的滑稽小説，寫一個俠義的乞丐，使不滿意不快樂的人，結果都能够滿意，能够快活，情節很是特别有趣，只是把主人翁寫得好像"濟公活佛"，根本上不是現實人生了。

總之，這四部小説，是被書名束縛而勉强產生的小説，所以，無疑的是失敗了。

（《珊瑚》一九三三年第二卷第六期）

小説雖是"空中樓閣"，但是中間人物、背景，要能描寫得真實。章回小説所以歷六七百年而不廢，就是因爲他的特點，能够把書中的人物個性，從對話動作等處，描寫得"栩栩欲活"，背景完全合於現實生活的情狀，不是在亭子間裏幻想勞動階級，一派哲理話的隔膜。

關於章回體小説所以歷六七百年而不廢的原因，沈雁冰用詛咒式的口吻，目爲"封建的小市民文藝"（見《東方雜志》新第八號）。同時又有林庚白的《孑樓隨筆》，有下面的一段話。

五四運動以來，中國之文化，一新壁壘，自是而語體詩及散文、小説，日益不脛而走，然浸淫十餘年，舊派章回體之小説，猶屹然不爲少撼，此其癥結所在，實與整個的社會相爲聯繫。蓋中國之新教育，初未嘗普及，而受新教育之"洗禮"者，又顯然分爲左右二派。左派文藝不僅"推陳出新"，且一蹴而幾於"普羅文學"之域。其停滯於右派者，則並語體而排斥之，矧社會之制度、習慣。暨一切事物，類皆新舊並存。更廣而言之，中國之社會組織及其經濟之關係，因襲於封建社會之遺者，什猶居其六七，故所謂"封建社會性"，其流毒於人心根深蒂固，猶未可忽視。能識字讀小説者流，蓋什之七八，具有"封建社會性"者，致力之程，既有等差，其興趣宜相懸殊，重以鬻書報爲業者，不願效忠於革新，惟求其營業之有利。章回體小説，至今風靡，有自來矣。

都是對於章回體小説加以抨擊的。我很佩服他們兩人所探尋的"癥結""不謀而合"。可是我總以爲估定小説的價值，決不是從體裁上著眼的。沈雁冰所説的"武俠狂"確是出版界的惡現象，不過這幾年來武俠小説以外，未嘗没有其他性質的章回體小説，並且武俠小説也不全是"劍俠放飛劍"一類的故事。再退一百步説，武俠小説的結果，不過使極少數意志薄弱的學徒，"離鄉背井入深山訪求異人學道"，比那寫兩性多角愛的"西裝肉蒲團"，似乎爲害較少。

自從我們徵求讀者對於小説的批評以後；只有三五人賜教，我們是很失望的。現在把一篇批評《反倭袍》的來稿，披露在下面，希望其他的讀者，不要放棄應有的權利，儘量大膽地來説幾句話。

《反倭袍》是漱六山房最近所作的長篇小説，把舊時流傳的彈詞《果報録》的情節，考證改正，編成一部章回小説，他做這部書的動機和意識，只在平反刁劉氏的冤枉。在文學的立場上，是否有價值，現在不去討論它，單談談它的内容。

第一集的描寫手腕，不弱於作者的舊著《九尾龜》，有幾處寫青年男女的風情，很像脫胎於《紅樓夢》的。以後漸漸鬆懈下來，到了末集，竟使讀者覺得嚼蠟無味了。這一點，大約是害了勉強敷衍完滿篇幅的流弊。

書中各人的個性，有許多未用全力去寫，所以不甚明白，尤其王文的妻子，給刁南樓霸占了去，要寫成她一個懦婦，偏沒有精采，不能得到讀者的注意和同情。

情節方面，把梅龍鎮的帝王艷史、虎丘山的文人風流，以及唐伯虎、祝枝山等等的事情，硬行插入，毫無意思。我覺得照這樣做，凡是正德年間的事情，都可以塞進去的，不成了《正德演義》麼？怎麼好叫《反倭袍》呢！

此外寫唐太師入獄、唐賽金落草等事，都和下流的舊小說一樣，也迹近蛇足。

落雁　杭州

（《珊瑚》一九三三年第二卷第七期）

偵探小説確是小説中別具風格的，白露對於偵探小説大概有深切的認識，所以他寫了一篇批評程小青《霍桑探案》的文來，現在披露在下面：

偵探小説自從《福爾摩斯》和《亞森羅蘋》兩部全集出版以後，我們的文壇，也曾熱鬧過一回。可是偵探小説，第一要有謹嚴的結構，用科學的理智，來解決書中的迷陣。結構固然比別的小説來得困難，而讀者假使是個看慣大刀闊斧的武俠小説的人，對於這需用腦筋的讀物，誰也不會歡迎的。因此偵探小説，到了這個年頭，除了程小青的《霍桑探案》外，只有朱羽的《楊芷芳探案》，和柳村任的《梁培雲探案》，還在那裏挣扎。

小青的《霍桑探案》，二十年中，撰述了六十多篇。他在前年整理了一部分編成《霍桑探案彙刊》，近又編成《霍桑探案外集》和《霍桑探案彙刊二集》。《霍桑探案外集》，共計《江南燕》

《霍桑的童年》等長短作品十六篇。

《江南燕》和《無頭案》是兩篇文言的作品。《江南燕》叙述一個奸僕謀生的案件,够得上"曲折"和"謹嚴"。末用一封真"江南燕"道謝的信結束,很有餘味。《無頭案》是對於不良婚姻加以掊擊的作品,結束是情侶慘死,那一對溺愛的母子,也變成了瘋人。《黑面團》《窗》《白紗巾》《灰衣人》《紫信箋》《兩粒珠》《輪痕與血迹》,十二篇長篇。《紫信箋》的結構,像波濤一般,層層翻騰。《兩粒珠》把兩件案子,互相糾結,極爲騰拏。《白紗巾》,也詭奇可喜。其他都有相當的功力和火候。

《霍桑探案》,有一個特點,他的背景,完全是眼前景物,竭力避去"歐美化"。

現代世界文壇上最有名的偵探小説,當然要推美國范達痕 S. S. Vandine 著的裴洛凡士 Philo Vance 探案了。他共寫了六篇血案,不但風行歐美,並且大都攝成了影片。聽説程小青正在努力翻譯,已出版了《貝森血案》《姊妹花》《金絲雀》三篇。還有三部,也在繼續逐譯中。凡士探案,有一個特點,是不著重事實的證據,注意心理的分析,定要到了水窮山盡的當兒纔來一套心理推測,去探明案中的癥結、案中的佈局,精密極了,大可當得"剥蠒抽絲"的考語。並且集中對於美學、力學各種科學,也有巧好的運用。不過情緒方面,因著過於冗長,未見得十分緊張。

柳村任確是個有希望的新作家,在本刊發表的《南方雁》很够味,在上海某中學讀書,今年只有十七歲。

(《白露》)

他的話,很有許多説得很中肯的,他還有批評張恨水作品的文也介紹給讀者和張先生:

章回小説作家,現代(?)最紅的角兒,要推北平的張恨水了。他在上海的報紙上，擔任的長篇小説，除了《申報》的《東北四連長》，《新聞報》的《太平花》，《晨報》的《歡喜冤家》以外，還《明星日報》《社會日報》，……大大小小，竟有七八種之多。他的小説，大都寫三角或四角的戀愛。因爲他久居北平，小説中的背景，大都是故都風物。書中的人物，也是些"北地胭脂"和"燕趙慷慨悲歌之士"，——雖有時也夾寫些故都宦海中的丑末角兒。觀察得親切，所以描寫得生動。

他成名的作品，當然是《啼笑因緣》。這書内涵著愛情、俠義以及社會的各方面，並且有"入情入理"的描寫。在那看厭了黑幕社會小説，和荒唐武俠小説當兒，確是一部"別有風味"的作品。更經了嚴獨鶴再三揄揚，舞臺銀幕四處宣傳就成了文壇上最有權威的作品。

因着《啼笑因緣》的風行，書賈未免紅眼。於是東也來一部《啼笑因緣外集》，西也來一部《啼嘯因緣》，爭相"續貂"的工作。這種作品，憑你做得好，不過是一條狗尾，何况又都是無聊文人的急就章。因此恨水不願他的作品給人家塗上污泥，（這是他《續集》自序中的説話）取銷他前集中"不可續，不能續"的説話，來一本《啼笑因緣續續集》。

全書共十回，在無可著筆中，把那青年軍人沈國英，做了書中的賓中之主。寫他因得不到何麗娜的愛，顧盼到發狂的沈鳳喜身上，把伊來充何麗娜的替身。因此釀成"樊何訂婚雙出國"，在"無可續"中，另尋一條途徑，情節的欠强，當然是不容諱言的。後半部寫關秀姑重來北平，沈國英毀家從戎，樊家伉儷，學成歸國，沈鳳喜心碎而死，接着再虛寫關秀姑父女，和沈國英們一家爲國犧牲。結束寫樊氏夫婦遙祭壯士，加了些"時代的辣醬油"，也算"啼笑救國"罷？全書主角，除了樊、何外，都一死了事，使別人要想再續，無從著筆，很是狡獪！

（《珊瑚》一九三三年第二卷第八期）

在章回的武俠，創作的多角戀愛交流中間，讀到一部輕清淡遠的小說，是何等滿意的事！誰當得起輕清淡遠的美評呢？就我的主觀說，要算《新中華》第五、六期所刊的《妻的藝術》了。這篇小說的好處並不矯揉造作，無論"說明""對話""描寫"，都是純任自然，一點不用炫人耳目的文字來裝點，尤其是能夠"經濟"。在情節還是脫不掉"三角"，不過寫得宛約，所以不討厭。能從小事物、小動作上，顯出"個性""情緒""思想"。我總以為是一篇成熟的作品。

　　《東方雜志》的三月號，有魯彥的《興化大炮》，把民間傳說來做小說資料，很合平民讀物的條件。紙不過中間有一個人一名"阿毣"，這"毣"字，查遍字書，不得其解，並且連字音也讀不出。不知魯彥從那裏發現的？或是他的創造，不知道何所取義？中間還夾雜一句謾罵的土話"狗養的"，雖說"寫實"，畢竟看了很刺目。我時常說"難道除了謾罵以外，不能象徵一個低級人物的個性了麼？我不信！"

　　又有一個讀者，寫了一篇批評《荒江女俠三集》的話來，也說得很公允，我就介紹過來：

　　"自從平江不肖生把《江湖奇俠傳》寫得荒唐怪誕，自成一派之後，經了明星公司十八集的《火燒紅蓮寺》，陸續映上銀幕，於是峨眉派的呂宣良、崆峒派的紅雲老祖，簡實成了最有權威的劍仙。潮流所到，武俠小說，就一變而為《封神榜》《西遊記》一類的神怪小說，作者只顧情節驚奇，不問情理如何。思想的退化，是無可諱言的。就中《荒江女俠》，比較的'合理化'。初集已重版十次，二集重版三次，三集現在也出版了。全書共十四回，作者竭力避去神聖，可是《荒江女俠》首續兩集，早已鑄就了一個大錯，在集中無論如何逃不出神怪的範圍，所以充其量也不過《施公案》的流亞而已。

　　明道的作品，哀情確乎比武俠好得多。《啼鵑錄》《哀鶼記》，都有一點文藝價值，可是'無可奈何'之下，明道竟成了武俠小說家"。

依我的意見，《哀鵜記》的價值，還在《啼鵑錄》之上。雖然前者是長篇，後者是短篇，各有不同的立場，但從内容説，《哀鵜記》是有歷史底根據的。並且這故事在文學上已有相當的地位，把他演繹成爲小説，可以把"文人故事"普遍到一般的讀者。較單調的哀情小説，當然有意義些。

作者、讀者、出版者，是成三角式"循環律"的。在文藝以金錢爲代價的現代，不能完全責備作者的不長進，因爲出版者總是默察讀者的心理。爲了適應讀者的需求，便向作者徵求某種性質的作品。作者爲了"生意經"，不能不遷就。所以要使小説進步，全在讀者的鑒別，有"不盲從""不標榜"嚴正的批評，使出版者有所取捨，作者亦不至隨波逐流。但我很太息，現在的所謂批評者，不盲從不標榜的，能有幾人？

(《珊瑚》一九三三年第二卷第九期)

"人老珠黄不值錢"的老話，是人生的唯一定律，所以白樂天的《琵琶行》也把這個定律作爲中心思想。在小説寫出這種理論的並不多，就是有，也不精采。記得幾年前，有何海鳴《老琴師》，借《老琴師》經驗的感覺，現出對方面——歌女——的"美人遲暮"。比江州司馬所謂"同是天涯淪落人"更進一步。記得周瘦鵑也有一篇小説，寫孫菊仙的死，題目已模糊了，似乎是《老伶工》，也非常沉痛。范煙橋也寫過一個在蘇州街頭巷口自拉自唱的老歌女的身世之感。可惜他們的思想給什麼羈絆着，跳不開，没有向社會上去找些較爲特別的落伍者來發揮。我就覺得賈克倫敦的《老拳師》，實在不惡(《新中華》第七期)。因爲他的中心思想，也是"青春難再"，也是替"人老珠黄不值錢"那老話作注脚，但是他的材料，採取得精采，描寫也真實。他著力在一塊豬排的不可得，把拳鬥的失敗，歸咎於没有吃豬排。其實何嘗與豬排有關？不過在這件事上，可以格外顯出時代的落伍者，到處受人奚落。倘然奮著八股的調頭，做《老拳師書後》來，不妨説："豬排云乎哉！青春而已矣！"

又有一讀者,對於《唐祝文周四傑傳》有所批評了,似乎比前本欄所說的更詳盡,所以再給他披露在下面:

"長篇小説,總不離喜怒哀樂,悲歡離合。唯有程瞻廬的《唐祝文周四傑傳》,却是一部純粹的喜劇的小説。雖是只把《三笑姻緣》《换空箱》兩部彈詞改造,但能把唐伯虎因不願依附寧王,醇酒婦人以自隱的苦心,曲曲寫出,替前賢洗白了。

這個年頭還要宣傳九美團圓的故事,作者也知道違背潮流,所以在唐寅追舟的時候,借那好説話的米田共——船家——當面向唐寅詛咒,表示這種事不是合理舉動。《换空箱》一段,是作者竭力替文衡山反案的。寫他與杜月芳和許壽姑的婚姻,發乎情,止乎禮,固然和彈詞的猥褻絕對不同。那换空箱一節,也曲折入情,和彈詞中笨賊偷箱,也巧拙不同。不過寫祝枝山杭州和徐子建大鬧明倫堂一段,作者雖竭力的寫,却總没有彈詞的通俗滑稽。

瞻廬的小説,原是長於滑稽,這部純粹的喜劇的小説,當然是他的拿手。全書八十回,處處都充滿著幽默的笑料。雖然有些地方近於猥褻,并且作者的舊文學,原有深遠的根基。書中的詩詞,當然都是香艷清麗,替書中人物生色不少。

張資平的《時代與愛的歧路》現在是半途停刊了,這固然是《自由談》編輯部的手段太辣,然而那篇大作,我也不敢恭維。這種見一個愛一個、愛不著换一個的性的衝動,目的不過是解决性欲,當然不是正當的戀愛的教訓。在這國難嚴重的時代,寫這種頹廢而有誘惑性的作品,也有些不合。

老實說,現在的人們多數在苦悶中,掙扎著尋出路。然而'觸處荆棘',出路在那裏呢?解答這個的,有許多似是而非的電影和小説了,像《新中華》雜誌一卷八期的《號外》,就是這一類的作品。寫一個没有職業的青年,因常常在咖啡店中消磨他沉悶的光陰,就和店裏的女侍,發生了情愛。有一天,有兩個日本水兵,喝醉了酒,調戲女侍,那少年爲了保護他的愛,把日本兵打倒，同時鼓勵食客，一同起來，唱著'打倒日本帝國主義'的老調。是的，日本是我們世仇，凡是有血氣的男子，那個不想打倒日本帝國主義？然而假使只憑幾對空拳，一時高興的烏合之衆，想去打倒處心積慮的日本，恐怕是癡人說夢罷！但除此以外，還有什麼辦法去發抒悶氣？更談不到所謂'出路'，只好'新武俠主義'來慰藉了。"

（《珊瑚》一九三三年第二卷第十期）

《晨報》的《子樓隨筆》二二，有一節關於章回體的批評，可當得"不偏不倚"，和我的主張"以藝術爲中心，不分新舊"多少有些吻合的。因之摘錄在下面。

"章回體小說，與新派之小說，等是語體，而章回體較爲通俗化，讀之者易於瞭解。此固無可厚非。然嗜爲章回體小說者，其現代知識，類極比較缺乏，簡言之，則大都常識不足，故其描寫及結構，頗少是處。蓋於現代社會之動亂，及一切事物與人的解剖則不甚了了，而強以刻畫舊社會一切者爲其脉絡，'畫虎刻鵠'，至爲可笑。余曩讀《春明外史》，間有描寫徐志摩、陸小曼、王賡之處。此數君者，本自尋常。然志摩、小曼、賡三人，即各有其特殊之個性，志摩號稱純粹'資本社會化'之浪漫詩人，而仍有其什一之'封建社會性'，小曼則什之二三，賡則什之四五焉。如《春明外史》所描寫，直一封建社會之才子佳人、公子小姐，可謂全然不似。"

我還感到在過去的四五年中，上海風行黑幕小說，如平襟亞的《人海潮》、駱無涯《荒唐》、拂雲生的《十里鶯花夢》、張秋蟲的《海市鶯花》等，先慮十數種，名爲揭穿秘密，實在暗示"門檻"。偶一爲之，還不覺討厭，爭相摹仿，便成四馬路上之"春宮"。《人海潮》在脫稿時，先給我看過；我十分同情，以爲這種描寫半村半郭的小資産階級才子佳人的新生活，還點綴著土豪劣紳在過渡時代的異動，以前未曾有過。但是看到第十回以後，覺得描寫愈見著力，意味愈見平淡了。其餘作品，更是自檜以下。

現在變本加厲了，像《時代日報》上的《王公館》、《世界晨報》上的《歪嘴吹燈錄》，更寫得窮形極相，因爲他們又學得一種富有熱情的描寫法，比以前用的"雙關""隱射"徹底多，然而其如讀者之風魔何！

《萬歲雜志》很有些流風餘韻，像那BB女士的《天花亂墜》，描寫現代女子的心理，微妙極了。每章先寫一封男子自暴醜態的情書，然後再叙述當時的事實。末了，來幾句幽默的批評。就結構論，很別致。但採取人生片段的標準，太低能了。

(《珊瑚》一九三三年第二卷第十一期)

前天遇見周瘦鵑先生，他說那篇《老伶工》的主角，不是孫菊仙，乃是雙處。雙處雖有很好的"劇藝"，可是遭際太不興了。孫菊仙比他好得太咧。單就唱片收音說，他的作品也很少。這一點也見的他不能成爲時代的幸運者。

聽說顧明道先生答應了本刊寫一種哀情長篇小說了，我便去向范煙橋先生說："你不是反對愛情小說的麼？怎的去請他寫久不寫的哀情小說呢？"他說："正爲了他久不寫哀情的緣故。明道是寫哀情出名的，一部《啼鵑錄》不知道風魔了幾千萬人。各地讀者寫信表同情的，供給資料的，贈照片表示敬慕的，在最初的一二年，差不多每一個禮拜有一次的。在這幾年中間給'武俠'鬧得烏煙瘴氣，他也願把他擅長的藝術，再貢獻一次於文壇。我所以反對'哀情'，爲了太蕭瑟，人生觀太狹仄。但，看到現在的兩性間的苦痛，覺得應當給人們一種暗示。所以他這回預備替本刊寫的《秋水伊人》，是借一個不肯濫用情愛者的失戀，來反映現時代的，或者不是無病呻吟罷"。

林庚白《子樓隨筆》有一節關於《花月痕》作者魏子安的考證，

很有小説史料的價值。特轉録在下面:

> 閩孝廉魏子安,於清代道光中葉,與左宗棠同學,子安有"驚才絶艷"之目,而宗棠以"豪放不群"稱,交甚密。迨後宗棠因曾國藩之辟,成"儒將",號"名臣",子安則侘傺以終。坊間風行之《花月痕》小説,蓋即子安所作。書中之韓荷生,隱指宗棠,而韋癡珠則自况也。此可供今人從事於舊小説考證之一助。又子安撰有《紅樓夢後序》,用駢儷,"哀感頑艷",雖風格不甚高,較諸吴園茨、章豈績,殆無愧色!"膾炙人口"之《桃花扇序》,則直是"瞠乎其後"。

本刊第二十二期的《看影戲去》,寫得很幽默,我想一定有許多讀者引爲同情的,覺得"結婚是愛情的墳墓"一句話,確乎有些價值。

説起小説批評家,李贄(卓吾)金喟(聖嘆)兩位先生可以尊爲"不祧之祖"了。可惜現在流行的小説,托名李贄批評的,不是僅有空名,便是略而不詳。據董康的《書舶庸譚》説,日本内閣文庫所藏李贄所批評的小説有《忠義水滸傳》一百卷、《龍圖公案》十卷、《英雄譜》二十卷、《西遊真詮》一百回,不知道中國有没有這幾種書?他的批評是怎樣面目?無從推測。我有一部《殘唐五代傳》,是有他的批評的。但,他的批評的藝術太幼稚了,和《御批通鑑輯覽》一般,只是就事議論,一點没有文學的觀念,遠不如金喟的有價值。依我説,《聖嘆外書》,也不及書中的細批。據説《水滸》中的細批,有許多是劉駪山的話,可知駪山也是一位小説批評家。王漁洋在《聊齋志異》上也有幾則批評,還是老先生看窗課的眼光和口吻。

(《珊瑚》一九三三年第二卷第十二期)

寫小説要身體意會,這是天經地義。單就我所認得的幾個小説作家,他們的成功作品裏,幾處最出色的描寫,都是作家最深刻的經驗。葉聖陶的《倪煥之》,前半是他小學教師生活中的印象,後半是他商務印書館編輯時期的憧憬。張恨水的《啼笑因緣》寫天橋最詳盡,《歡喜冤家》寫後臺最真實,因爲他的如夫人是一個女伶。所以我要勸勸許多作家,抽出一些時間,到社會中間去觀察觀察,不要坐在寫字臺邊,一味幻想。空虛的幻想,好像"頂了石臼做戲",吃力不討好。

中國的群衆心理,真難測驗。在這個年頭,還有彈詞的立足之地,不是可以驚異的一回事麼?!無綫電裏播送陳年宿古董的彈詞不算,新編成的有陸淡庵的《啼笑因緣彈詞》、程瞻廬的《歡喜冤家彈詞》,説不定以後還有生意經。這是什麼現象!我總以爲還是有閑階級在那裏作祟,這和長篇章回小説的風行,是同一理由的。但,既然有了這種現象,一時又不容易打破,正好因勢利導,把善意的暗示,放在作品裏,使聽衆得到一點好印象。倘然迎合社會心理,不敢違背舊時才子佳人應當配合的信條,那麼不可爲訓了。

《不可思議》完了,雖只八萬多字,結構非常謹嚴,比冗長數十萬言的什麼潮,什麼夢,什麼傳,經濟而有力。尤其是前後脉絡貫通,而又處處作驚人之筆,真使人有"不可思議"之嘆。但,我總以爲他描寫桑哭齋最有趣,也因爲作者和這類的人接觸的機會最多,那部《茶寮小史》大半是有影子的,所以這一點又可以替我上面所説的證明了。

聽慣南方話、看慣南方人寫的假北方話的書的人們,偶然看了真北方話的書,在靈感上也覺得新鮮有味些,並且北方人的生活和南方人,有許多不同的地方,雖未必見駱駝便呼腫背,究竟也足資談助。所以張恨水的小説,攻入南方小説的壁壘,大有撥趙幟易漢幟之概。但,因爲粗製濫造,生産過剩,市面銷路,漸見停滯,和繪著後期象徵畫的封面的新體小説,同樣受著不景氣的打擊,大概讀者的心理又在那裏轉變了。轉變到那一方面去,這是一個謎!

(《珊瑚》一九三三年第二卷第一期)

英國的施各德說，批評有五種意義：（一）指摘，（二）贊揚，（三）判斷，（四）比較及分類，（五）評賞。雖是他的"一家之言"，但比較別的批評家已經廣大得多了。尤其是中國的批評家，幾乎除掉指摘和贊揚以外，沒有話了，這種偏狹的批評，如何能使作者進步呢？我雖不學無術，却絶對不肯做法官，對著作品老是對著當事人一般態度。同時也不肯做宣傳工作，盡鼓吹的義務。只本著良心說話，說得對不對？另一問題，但總是經過我一番忠實的檢閱而寫出來的。

孫玉笙（海上漱石生）的確是小說家的老前輩了。記得我十三四歲看了《水滸》《七俠五義》《三國演義》以後，就看他的《海上繁華夢》了。不知道是不是我脾胃不合？關於"花業"太少興昧？（至今還是如此）所以他的成名作，竟還不如《水滸》《七俠五義》《三國演義》永留有很深的印象，但孫老先生的《退醒廬著書譚》說，他著《海上繁華夢》，"概用實地寫真法出之"。甚至抱著"我不入地獄，誰入地獄"的精神，去巡視花煙間。可惜中國人看小說，和《紅樓夢》中賈瑞一般，只看"風月寶鑒"的反面，所以作者儘管說，揭穿黑幕，目的在"警世"。實際上只是啓示讀者許多"門檻"，引誘他們去嘗試。這一點果然原因複雜，不能專責作者。但章回小說擅長在寫得入情入理，他的啓示，往往到結束時纔逗出。並且啓示的描寫，總不及反面的描寫來得熱烈，讀者意旨薄弱，自然高興看反面了。

孫老先生和《海上花列傳》的作者韓子雲，是同時的。當時《海上花列傳》定名《花國春秋》，和《海上繁華夢》的含義是相同的，但我覺得《海上花列傳》比《海上繁華夢》有幾點好處：（一）情節不敷衍冗長，（二）對話純熟流利，（三）能用方言，（四）不是呆板地描寫黑幕，（五）穿插不陳腐，（六）個性有顯露的刻畫。不過這種書，只可有一，不可有二的。所以有了《海上花列傳》，孫老先生就可以不必再作《海上繁華夢》了。還有一點，很佩服韓子雲的創造精神，"勥"字、"覅"字、"俫"字、"唔"字，造得都有意思，比劉半儂的"她"一字，來得有價值，因爲他能夠把言文溝通。

自從《時報》登了陳冷血、包天笑的小說以後，上海的報紙没有不登小說的了。章回小說作者的鋒芒，也於焉大露而特露。自從小報風靡以後，也爭著登小說，並且也是章回小說居多。這麼多量的章回小說，如何有許多空閑工夫去看呢？我想這其間也有理由，爲著看小說的，只是消遣，不問藝術是什麼，文學是什麼，只問某甲給某乙打敗了，如何應付！某丙和某丁的婚姻問題，畢竟如何？某戊的計策如何靈驗？所以有十篇章回小說，也"應接得暇"的，但，作者却"應接不暇"了。這們粗製濫造的作品，自然也只能在情節上注意其排列。那裏還有功夫注意到作品的文學意味和藝術價值呢。

（《珊瑚》一九三三年第三卷第二期）

龍居士本來是一個愛看小說者，但近來因了業務關係，久與小說絕緣。自從《珊瑚》出世後，居然又引起他的小說癖。前天寫一封信來，要說話人和他討論，說得很有趣，現在抄錄過來，再發表我個人的意見。

在《珊瑚》未出版前，弟已久不看小說，今見近體之中，無一篇能脫Ａ先生、Ｂ女士、Ｃ學校、Ｄ城諸名詞。潮流既易，作風當變，然而中國文學，是否必須夾著西洋字母，方足以表現一種新體裁？甚可疑！再則近來作家，聚處於都市或往來於都市者多，所作文字，頗不能以客觀心理，顧全國讀者的興趣與見解。尤其是上海文豪，下筆即來"神秘之街""兆豐花園""年紅燈"，"考而夫"，"甘地落姆"，諸如此類帶譯名、帶綽號的"海景"。是否配全國人的胃口？亦屬疑問。若謂此等小說，專備時髦人看，似乎所望太淺。若謂以此啓發內地人知識，試問懂得"密司Ａ，由神密之街，跳上無軌電車，到兆豐花園附近聖愛娜，在許多年紅燈之舞場中，聽'推而尤挨買善'的歌聲，又打了一日考而夫"。一段情景，又有什麼益處？與其如此，則寫紐約景而多用些譯名，也何嘗不可！弟以爲在物質交通不是真發達而僅僅郵政尚可以專銷報章雜志的中國,報志的內容便不該如此。弟雖過的"類華僑生活",而天天不止用二國文字說話的人,猶嫌其討厭,而況他人?今夕忽閒,不覺多話,幸與說話人一討論之。龍居士

龍居士的話,可以歸納成三點。(一)中國文學是否夾著西洋字母方足以表現一種新體裁?(二)專寫都市生活,是否配全國胃口?(三)寫"海景"的小說,於內地讀者,有什麼益處?就他的詞意推意,這三個問題,龍居士都否認的,似乎不必絮聒。但,這三個問題,確是現在小說界很普遍的現象,而顯現其弱點,應該放在文壇上討論一番的。就我的意見,文字不在形式,盡他 ABCD 也好,甲乙丙丁也好,只要內容有意識,有思想,有情感,有主義。龍居士厭惡 ABCD,不過是吃慣了西餐,想吃中餐,穿慣了西裝,想穿中裝,一般的心理,那些沒有吃過西餐的,沒有穿過西裝,正眼巴巴地希望有朝一日到上海,搖身一變而成摩登人物,大穿西裝而大吃西餐。那麼這摩登玩意兒的摩登名詞,正是內地人的"會考指南"呢。

我們再回過頭去,向社會一瞧,更可明白,原來"小說者,社會之反映也"。青天白日,要穿皮鞋,或者還要拖出一截西裝褲腳管。只有中國人光顧的商店,招牌上都要做上幾行外國字。打電話,先要喊上"哈羅"。劉半儂要禁止女學生稱"密斯",何必當初提倡"她"字。走到公司裏去買東西,要先問"是不是來路貨"。儘管是國學系教授講中國文學,也得搬幾個外國文學家來穿插。諸如此類,不勝枚舉,或者就是大同的朕兆麼?呵呵!

《珊瑚》的小說,依我看去,還算不象龍居士所說的一味"海景"。無如青年作家所投寄的小說,却十之七八是專在海景裏翻筋斗。當然,偌大中國,那裏會全配他們的胃口,不過能抓著一部分的讀者,已算能達一部分目的了。近來有許多人嚷著"普羅",同時也爭著寫農村了。但,所寫的是否真實,能否引起人們改進農村的興會,於農村本身有什麼益處?又生了問題。總而言之,統而言之,在好新鶩奇的中國人,自然有這種現象。龍居士不必牢騷,世

代儒醫，也在方紙上注一百零幾度呢。

(《珊瑚》一九三三年第三卷第三期)

我在三卷二號，批評《海上花列傳》有幾種好處，並且批評作者有創造精神，有一位讀者丁先生寫了一段更正的話來，我很慚愧，沒有看過《蘇州府志》，不曉得石蘊玉先生已經搜羅到蘇州俗字，韓子雲不過採用而已。現在把原文錄下：

讀廿六期《說話》，稱贊撰《海上花列傳》的韓子雲有創造精神。"覅"字、"嚮"字……造得都有意思，其實均非韓子雲所造。蘇州數百年以前，久有此等字，試翻《蘇州府志》，所載均極詳明。且亦不止此兩字，尚有許多字典所無之字，《海上花列傳》一書，在非蘇州人讀之，以為蘇州方言；自蘇州人讀之，則有許多非蘇州方言。經胡適之一批評，似乎增長價值。其實對於蘇州話，胡適之即是外行，他不肯虛心研究，自以為是，這是他的一生毛病。用蘇州方言之小說，《海上花列傳》以後尚有《九尾龜》，其實都不是純粹的蘇州話。(丁)

純粹的蘇州話，十分難寫，並且葑門和閶門相隔只有數里，也有不同之處，即如"我"字，閶門人讀作"吾"，葑門便讀作"奴"的去聲。其他諺語，更多有音無字。但，自有小說以來，像《海上花列傳》一類的蘇州話，已是空前，自當推許。我想蘇州產生了許多小說家，像包天笑、江紅蕉、尤半狂、程瞻廬、顧明道諸位先生，都是純粹的蘇州人，並且能說純粹的蘇州話，為什麼不寫成一篇純粹蘇州話的小說來，作"破鑼"文學的應聲呢？

小說用方言，能夠顯出地方色采來，並且人物個性，也容易使他立體化。但方言的難寫，凡是曾經寫過的一定感到。現在小說界流行的，一種是北方的國語，一種是南方的國語，前者比後者通俗一點，因為寫南方國語的小說作者，有的連江蘇省境都沒有出過,如何能寫北方國語呢？

常在《珊瑚》上寫短篇小說的舊燕先生,大概是生長在北方的,或者常在北方工作,所以《二一添作五》篇裏,寫北方話狠活躍,就是在第一卷寫的旗人和太監的生活,也可以算得社會史的好資料,素描的典型文字了。

(《珊瑚》一九三三年第三卷第四期)

以前看小說,只問情節如何？現在看小說,要兼及文筆、思想,不能不算是進步。但,情節的欣賞,還是重於文筆、思想。我們聽人口頭批評小說,總是說着某甲和某乙的遇合如何奇特,某丙和某丁的因緣如何挫折,某戊的結果太便宜了,某己的遭遇太苦惱了等等,這種下意識的欣賞。不僅是喜歡聽故事的婦孺如此,連高智識的一般中大學生,也多如此。所以某大學的某生說,"中國人看小說,只問情節,或者是傳統意識"。這句話很有價值,我以為不單是中國,凡是注意文筆、思想的,不過屬於文學研究的一部分學者。否則《天方夜譚》為什麼風魔全球,直到十八世紀(？)有了文學批評等,纔把小說不看成"戲劇說明書"？可以斷言,一定還有許多人,在那裏欣賞新小說的情節。

所以要引人入勝,還是不能放鬆情節。現在許多喜歡做小說的青年作者,太偏向文筆思想,情節看得太輕忽,因此覺得過於空虛了。或者說,照這樣說法,不是開倒車麼？非也！非也！凡是一篇小說的構成,情節也是重大的元素,我們使用情節,要使讀者在欣賞情節以外,得到一種文筆的涵泳和思想的浸淫。那麼,情節就不居重大位置了。

陸淡庵先生看《水滸》《紅樓》《三國》,總算熟極而流,別有會心了。可惜多數的心思,用在情節。日本人看《水滸》,竟藉以宣傳他的侵略野心、謾罵慣技。像森鷗外批評《水滸》說,《水滸》所含的分子,現在還顯現在中國。他對中國的惡意,顯而易見,看了自然令人氣惱。但中國批評家,只會把外國貨販來騙人,或是脫胎換骨欺人,或是剪貼瞞人。一般青年,也是和長衫下面露出西裝褲脚管一樣心理,以爲記得高爾基、屠格涅夫幾個名詞,至少可使聽的人悚然起敬。這種現象,也不能完全歸於青年,實在中國的政治經濟種種,莫不皆然。從用夏變夷的排外,經過不可小覷的懼外,而至唯命是聽的媚外,國民性自然也隨著轉變,那麼代表國民性的文藝,如何能衆醉獨醒!因之只有"外國貨好"在播音,絕少看見有指摘外國貨的毛病的批評。

(《珊瑚》一九三三年第三卷第七期)

民十一,海上小說作者的集團,始自"青社"。第一回在大西洋酒樓聚餐,並有《長青週刊》之刊行,不數期即輟。當時入社之資格極嚴,須著有長篇小說數種,並經全體社員通過。所以社員二十一人,爲包天笑、王鈍根、周瘦鵑、李涵秋、畢倚虹、何海鳴、胡寄塵、王西神、嚴獨鶴、江紅蕉、范煙橋、沈禹鐘、程小青、張枕綠、徐卓呆、程瞻廬、趙苕狂、許廑父、朱瘦菊、張碧梧、嚴芙蓀。後來因了《快活雜誌》稿費問題,引起軒然大波,青社也無形渙散。隔了兩年,袁寒雲又發起組織"文藝協會",似乎只開過幾次籌備會,沒有正式成立。小說作者的沒有團結力,於此可見。但另一方面却壁壘森嚴,很有組織,很有主義。像以前的"文學研究會"和現在的"左翼聯盟",隱然成了文藝界的政黨。這點也可以象徵中國現社會各個階級裏的新舊勢力的消長。

論理,文藝這東西和"政見"不同。在作者,有思想的自由,在讀者,有同情和異感的自由,不必拉攏,不必排斥。但,爲了"領導欲",就不能不標榜。這幾年文藝上的派系,任何人不能說個一清二楚。各種集團,此起彼僕,朝出暮止,比蟪蛄的壽命,還要短些,所以要談談中國近二十年的小說史,真不是一件容易的事。

我在《越縵堂日記》,見引錢思元《吳門補乘》,《方言》條云:婦人曰女客,打曰敲,刺曰擉,相連曰連牽,亦曰牽連,折花曰拗花,逞獨見而多忤曰奊□(音如列的,見《漢書》)無所可否而多笑貌者曰墨尿（音如迷痴，見《列子》）胸次耿耿，曰怡儻（因如熾膩，見《司馬相如賦》）無用曰不中用，聆言不省曰耳邊風，有病曰不耐煩，人之愚者曰不知蕭董（今多誤爲丁東），習氣曰毛病，物不潔曰麄糟，戲擾不已曰嬲（音如嫋去聲），小食曰點心，憎人而不與接曰不采（見《北齋書》），以網兜物曰檯兜（檯音如海平聲），誘人爲惡曰擹掇，疾速曰飛風，問人曰陸顧（吳中陸、顧兩姓最著，故以爲問），移曰挏（他總切），言某人及某人、某物及某物曰打（丁晉公詩"赤洪崖打白洪崖"，俗作入聲，讀如笪。）事在兩難曰尷尬。其間已有變易，如叏□讀如"列切"，墨尿讀如迷妻，爲"近視"的別名，怡儻今讀如注膩。凡是從支字得聲的齒音，多數要讀成齒唇音的，如猪讀朱，癡讀忰，尿讀書等等。飛風兩字今已不用，陸顧亦只昆劇及灘簧中有之，實際都說"啥人"了。

（《珊瑚》一九三三年第三卷第八期）

蘇州話問題，現在愈討論，愈到實際地步了。丁君最近又寫了一篇關於"我"字的別音，和"陸顧"的轉變，很有意思，便披露在下面：

> 廿八期《說話》中，曾言"蘇州話中之'我'字，閶門人讀作悟，葑門人讀作奴"云云，其實細考之，亦不如此。余親戚家兄弟五人，俱住閶門，而其中有三人說話作"悟"音者，二人說話作"奴"音者，未識何故？做"悟"之與"奴"，以閶門、葑門作涇渭之分，殊不確切。若勉強分之，似乎女子作"奴"音，較男子爲多。但僅亦爲多寡之分，非女子概作"奴"，男子盡作"悟"也。再強分之，則蟄居本鄉者，每多"奴"音；遊處他方者，作"奴"音較少。鄉下人"奴"音較多，城裏人"奴"音較少也。（丁）
>
> 三十二期越堂嘗日記引吳門方言有多條，如"問人曰陸顧，因吳中陸、顧兩姓最著。故以爲問"。他書亦屢載之。余以爲此說近附會。陸顧當作"落個"即"那個"之轉音。吳語凡

"那"字都轉成"落"字音，譬如"那裏"轉成"落裏"，不能強作陸、李兩姓解也。又如稱婦人曰女客，現已普及，不能謂吳語獨異。不過，北方稱婦女曰堂客，稱男子曰官客。在蘇州人聞之，堂客爲罵人之詞，官客又專指丈夫而言，歌見方言小説之不易也。（丁）

論方言小説，南方人描摩北方人口吻，大都是新劇化。到底讓北方人自己描摩，來得真些。像《水滸》《金瓶梅》《醒世姻緣》，何等流利活躍。甚至《兒女英雄傳》也有這麼多很熱溜的對話。依我看去，大概南方人所寫的社會小説，夾雜文言和成語很多，顯然和北方人所寫的小説不同。

近來寫新體小説的，頗注意對話，但對話的涵義太深，在文學家看去自然很耐咀嚼，可以和詩、散文同價。倘從一般讀者看去，似乎遠不及章回體小説的容易明白。我常聽見人説"新體小説看不懂"，不過我想，要不是多染歐化、喜含哲理，一定能漸得讀者同情。因爲現在還是一端没落，一端尚未抬頭的過渡時間，再過幾十年，讀者程度提高以後，也許不再厭惡新體小説了。不過新體小説的作者要是仍步著時代後塵而隨波逐流，不走向時代的前面去，縱非禮拜六未必能禮拜八罷。

（《珊瑚》一九三三年第三卷第十期）

說海一涔

韋蘭史 撰

載於《金鋼鑽月刊》一九三四年第一卷第七期。作者韋蘭史,生平待考。本文主要圍繞江陰一地談了施耐庵與夏敬渠兩位小說家的傳說。文中提到施耐庵曾到江陰爲私塾先生,因江陰民風強悍,遂受此影響而作《水滸傳》,而《水滸傳》的山川形勢都能在江陰找到影子。作者認爲"《水滸》之事,或非盡誣,況山澤丘岡諸名,皆與書中符契,且又盡在十里之內,則此說或竟可信"。實則這種傳聞,大半不可盡信。關於夏敬渠的描述,主要根據許指嚴的筆記,談其試圖獻書的經過,并認爲其中多爲"不經"。

《水滸》一書,近人多有考證,至作者伊誰,世固傳爲江都施耐庵。此蓋由於金聖嘆之評校,定爲是説,而坊間流傳,率係金本,故遂傳爲施氏手筆。聖嘆文才,固豪放未可羈絆,而其謂是書七十回前係出施手,後則羅貫中氏所續,痛詆不遺餘力。夫七十回後,文筆大有徑庭,固非出自一手。第謂前七十回確出施手,則未陳左證,或不免有無端之譏。胡適之探賾索隱,考證尤爲精博,搜羅古今板本,有七十回、八十回、百回、百二十回等數種,以供其獺祭。推論爲明代隱人,以元曲敷陳演義。其虛心治學,胸無成見,良足尚已。至其謂作者姓名如羅貫中者,則確有其人,而時代不符。施耐庵則并其人而無之。謂必作者不欲以文字干名,出於假托。此則理固可通,事猶未免臆測也。

憶幼遊江陰，同學輒詈邑人爲江陰強盜。當或以爲江陰雖地處江南，而民風強悍，迥異鄰邑，故有是稱。閑嘗以詢某公。公，邑之東鄉人，曰："江陰強盜，非屬詈人之辭。蓋邑人自昔固多好勇鬥狠者，故也。《水滸》中一百單八人，千萬嘍囉，何莫不爲江陰人寫照？"奇其言，詢之，曰："宋江等三十六人，不嘗見諸史籍者耶？"曰："是固稗官家目送手揮之技也。今所傳施耐庵者實史姓，或謂其史姓亦係僞托。江都人，負奇才，暮年猶未青一衿，佗儜無聊，落魄澄江。會邑中徐公方爲顯宦，奇其才，悲其遇，羅致家中，課其二子。史亦深感知遇，老其身，不復他去。江邑民情強悍，每屆秋穫農事畢後，輒延聘技擊之士，設場傳習。至春初田事將忙始罷，血氣方剛者，遂各藉身手爲械鬥黨爭。迄於今，此風弗衰。史氏行萬里路，讀萬卷書，鑄史熔經，以史籍所載爲綱領，以元曲所傳爲張本，而以村氓之呼嘯聚散爲寫實。蓋徐公所居宅邸，名大閘，四水回環，儼然天塹，岡丘起伏，無異山陵，此即所爲水滸梁山泊也。今徐氏巨宅，猶有存者。南三里許爲祝塘鎮，即所謂祝家莊也。東里有十字壩，乃西涇河之所經，即所謂十字坡也。更有南膠山者，俗名南高山，而原名則爲翠屏山。雖俗傳轉訛，然父老猶能知之。鄰近復有惡狗村，村中豢巨獒，人無或敢侮，村後有岡，厥名涇陽，蓋在涇水之北也。人之經過斯岡者，咸惴惴然有戒心，而獒又數出爲患。鄰村銜之，思所以報。一日乃爲一醉漢所屠，獒患始平，一時稱快。史氏遂鋪張揚厲，敷爲打虎。茲事迄今鄉之人猶引爲軒渠，然亦未免近於附會。"顧祝塘、大閘、十字壩、翠屏山及涇陽岡諸地，固按圖可索者也。其他地址，或已滄桑變易，或已禾黍離離，且《徐氏宗譜》亦載史氏傳記逸事，更足爲之鐵證。及後余至祝塘，躬涉十字壩、翠屏山諸地，絮絮問其地名，皆無一訛，而徐氏子孫，則皆已從事稼穡，無復有知書識字者，未能索其宗譜一觀爲憾也。夫江陰強項之風，吳中人類類多知之。且明社既屋，江南諸邑，悉已歸清，蓉城猶孤城死守，卒至餉絕城屠，稱爲忠義之邦，是尤史冊昭然者也。至其技擊故實，彼邦父老猶嘖嘖稱道弗衰，抑今優不無碩果僅存者在焉！則施氏《水滸》之事，或非盡誣，況山澤丘岡諸名，皆与书中符契，且又尽在十里之内，则此说或竟可信。会当求《徐氏宗谱》一阅，始能为定论耳。

治掌故笔记者，贵循事实，有所疑贰，宁缺毋滥，非若小说家言之街谈巷语、道听途说，尽可笔之于书也。撰述家武进许指严先生，著作绝富，所为掌故笔记尤夥，而亦闲坐是弊。若《南巡秘记》一书，述清高宗南巡掌故，广志博文，诚多道人所未道。余少不更事，余事未敢谬加訾病，而其于百年前事，纤屑刻画，若亲目击，已令人滋疑，难为信史。至其中载《野叟曝言》全稿一节，则与余所见闻，尤相径庭矣。是书作者江阴籍，余处江阴久，且是书卷帙浩繁，书中又未免闲有诲淫处，故著者殁后，始付剞劂，特行世未广。数十年后，其亲友为集资刊行，余大父亦助钱若干千。书为洋纸石印，蝇头细字，都二十四卷。此其第二次刻也。盖作者泛滥百家，寝馈古籍，上迨道、法、兵、农、阴、阳、纵横诸家，下至医卜星象、奇门遁甲之术，罔不精研极博。书中虽有一二诲淫之处，瑕终不能掩瑜，故余大父乐成其事。则余之所知，虽系传闻之大父，或亦未有左证，要足于指严先生之纪并存，而就正有道者也。

《野叟曝言》著者夏姓，余健忘，名不复记。考之当不难也。其裔孙今方驻某国公使署，则《南巡秘记》谓之缪先生者，已根本差误。著者怀才久困，潦倒场屋，晚年绝意功名，致志述作，慨当局之謟媚谀颂、鄙恶无耻，故牢骚佯狂，自拟于当世之至圣。书首一联云："奋武揆文，天下无双正士；镕经铸史，人间第一奇书。"其自负如此。故书中主人公文素臣其人，夫子自道也。以为孔子者文素王，吾岂为文素臣乎？抑夏字简笔作草书，与文字差近，犹匡无外、水夫人诸名之同为隐语一也。书中诸人，邑父老尤能为之索隐，且今夏氏族裔衍昌，仅事隔百载，其家世当所瞭然。《南巡秘记》谓缪先生阖家止一女蘅娘，又谓缪先生积数十年之力，终身成兹一书。金兰甫慫恿之，乘高宗南巡投献，以为压制之报，卒赖蘅娘与其姨表殿玉筹思营救，以无字天书临献，作偷天换日，以免于难。缪先生遂郁郁以终，而蘅娘与殿玉遂由患难而成伉俪。历历摹绘，冗及万言，纤屑隐秘，罗列无遗。孰知著者有母汪氏，即书中水夫人是。

年又未逾五旬，即窮愁以歿。平生述作稗史，凡十餘種，固非僅《野叟曝言》一書也。惟率多誨淫，描寫復迥異世俗諸説，且又未迨《野叟曝言》之經心巨制。生前寒澀，均未及災棗梨。臨歿以遺稿凡數百篋付老母，母感其子伯道無兒，顏回早逝，雖五車學富，而一衿未青，未始非造業之報，因以遺稿，悉付丙丁，而《野叟曝言》一書已不脛走矣。至於呈獻高宗、天書偷換之事，尤爲不經。蓋傳謂清高宗博覽廣窺，於《野叟曝言》多所激賞，數擬實之四庫，終以誨淫，又未可爲之刪節，乃罷，時著者之墓草衰矣。此或輾轉傳訛，因成南巡獻書之説歟？憶數年前偕友鄭子逸梅，晤許指嚴先生於昌亭旅邸，輒欲請爲指剖，以燈紅酒緑之中，未遑爲書生腐語。今先生已歸道山，復欲問之伊誰。余夙欽先生，尤未忍名著之，遂以先生掌故轉滋疑誤也，因志之如此。若謂余求疵，則余豈敢？抑又有説，著者侘傺一生，雖未必定食誨淫之報，而竭其一生心血，盡注蕩褻之文，或非正士之宜也。蓋天理詎許蕩褻之文壽世，詎許爲蕩褻之文者昌達耶？脱高宗欲實之四庫之説果確，則吾又爲著者悲，悲其胡爲不磨此白圭之玷而見擯於四庫也？

（《金鋼鑽月刊》一九三四年第一卷第七期）

小説雜談

張夢悟 撰

載於《金鋼鑽月刊》一九三四年第一卷第十一期。作者張夢悟,生平待考。本文認爲小說的最高境界是能令讀者"神遊其中,顛倒而不自覺",如此方可稱爲"至文"。雖然本文中也提到小説可"挽回人心,整飭風俗",在這裏又爲有此效用的小説做了個限定,"惟繪聲繪形之小説"方能如此。不能不說是晚清小說觀在民國的一個重要的發展。

小説文字,大都向壁虛構,以無爲有,隨筆點染,然亦須描寫入神,而尤貴乎妙造自然,不露痕迹,方爲上乘。使人讀之,神遊其中,顛倒而不自覺,此文章之極則也。吾國名小説,如《三國志》,使人讀之,覺諸葛亮之八陣圖、關雲長之美髯,歷歷如在目前,油然而生敬畏之心。閱《紅樓》者,類皆以賈寶玉自居;若《水滸》,則又恍見忠義堂之大會;讀《花月痕》,覺劉秋痕之悱惻纏綿,酸人心脾。凡此種種,不勝枚舉,是皆天地之靈氣,蘊藏於胸中,發爲文章,神興氣合,故徒見其描寫之工,毫無牽強之態。雖曰小説,至文也。

小説之功能,挽回人心,整飭風俗。晚近以來,社會日趨腐敗,欺詐拐騙之事,層出不窮;綁人勒贖之風,日見其盛。雖以刑律之威,不能繩之使正;宗教之慈,不能導之爲善。惟繪聲繪形之小説,轉能使閲者激發天良,有愧於中,而自返於正。然吾國民智未開,小説之功,似僅能及於上中社會。其下也者,字且不識,遑論其他。且近來書賈,遇有稍有價值之長篇小説,其定價非數元不售。試問中下社會，能購是種書籍乎？故吾謂以今日現狀之需要，文字益淺顯，則閱者自多；篇幅益簡短，則售價自輕。描寫事實，尤須以若輩心理痛下針砭，使知爲善爲惡，結果不同。目觀其書，而心惕所作，必自悔過而改善，是則小說之功，果不僅以文字見長也。

讀紅樓夢筆記

介弓子 撰

載於《廣東省立九中校刊》一九三四年第二期。作者介弓子,即朱振基。朱振基(一八八二——一九五一),字介弓,廣東茂名人。清末舉人,光緒三十年(一九〇四),到福建擔任知縣一職。文中提到的哭庵,即清末著名詩人易順鼎,朱振基於宣統二年前後與其在京交往密切。袁世凱稱帝后,朱振基還鄉,任教於高州中學、茂名中學等學校。七七事變后,在家鄉任白土小學校長。作爲深受儒家傳統影響的朱振基,在文中毫無對小說的偏見,對《紅樓夢》評價極高,譽之爲白話聖手,認爲成就甚至遠高於《水滸傳》。就整個中國文學而言,"文言之《左》《史》、白話之《紅樓》"可並駕齊驅。作者認爲,《紅樓夢》在技藝上有逼似《史記》之處,却是自出機杼;而其思想,更是有《莊子》風範。這一切,都決定了《紅樓夢》在白話小說中的至上地位。

(一)

古今文章,不必後人摩仿前人也,然往往相合,此例不勝枚舉。而評選家每見後人文章與前人機括相同者,必爲之附會,曰:"學前人某章某筆。"此誠欲顯其博耳,殊覺無謂。譬如日本人記一《義俠鶴》,與杜甫《義鶻行》同一機杼,必曰日本人仿《義鶻行》,豈不穿鑒？即如人之行事，與前人暗合者何多，亦豈可謂相仿乎？

《紅樓夢》出於曹雪芹。其中白話文與文言之《史記》有同一精神者，余隨手批閱，已見數處。如叙王熙鳳寧府治喪，便儼然有司馬遷叙項梁以兵法部律賓客意味。叙寶玉失去通靈寶玉，合府倉皇，經十數搜查，每搜查不起，末語必著一句"毫無影響"。此種筆墨，即如《史記·信陵君傳》中，每過一段，必曰"公子在趙"，連書疊見，不厭其煩。蓋文章傳神在此，即須如此。史遷之學《春秋》與否（《春秋》亦每年書"公在乾時"，後來《朱子綱目》又仿《春秋》每年必書"帝在房州"，則有意仿《春秋》，不知史遷已先之矣）不可知，而《紅樓夢》非仿遷，可無疑也。又若叙黛玉與寶玉替著雪帽一段，黛玉者與羅蘭夫人嚙舌自忍，至忍不得乃現之言行者又同，又可得謂相仿乎？

吾意曹雪芹拈毫弄墨時，不過會逢其邊，機括偶與前人相同；必不是着意仿效前人某章某筆也。

（二）

客："《紅樓夢》一書俊否？"

答曰："《水滸》《紅樓》，白話之聖，前人有定論。某生平不喜於前人論定之事與物再來饒舌，或故意翻案，則比於'左丘明恥之'之例。"

客曰："然則謂史遷乃文豪，非良史，非翻案而何！"

答曰："生平不敢僭擬孔子，偏又一件似某也幸。苟有過，人知之，止此一端，被君捉了馬脚。然却不同。因馬遷之史，關係太大，從不能不明正之。若其他可以贊成無害，則贊成罷了。切實說，則《紅樓》我許為白話聖耳，《水滸》尚未也。觀其魯智深食狗肉一段，實已累贅了數筆。若在《紅樓》，則無此病矣。大抵《紅樓》無處不佳，即區區一婢子談天說閒話，亦是作者苦心經營之處。看來不過天趣而已，實則千錘百煉而成。隨意舉兩段。如賈寶玉與黛玉談寶玉不看寶釵之病一段，倒牽入絕大禪機裏頭。觸起我前在北平與易哭庵書，內有數語謂哭庵曰：'公以爲人自人而我自我，內人非人而我非我，人即我而我亦即人，豪矣而不自以爲豪，放矣而不自以爲放。'數語於莊周之道已了了指下。今黛玉説寶玉'寶姊姊和你好你怎樣？和你不好你怎樣？前兒和你好今兒不好又怎樣？今兒好（省語）後不好又怎樣？你好（省語）他不好又怎樣？你不和他好，他偏要和你好又怎樣？'是此十數説，禪機已盡露，何必定翻譯甚麽法言奧典，始爲佛法？天下惟用情語來談佛，且用平常語談之，更覺妙。又黛玉前則説寶姊姊極不體諒人，及寶玉自悔禮教之疏，則又未知解脱。於寶釵嫁寶玉不成事實，看透之下，而言語平正如此，無一毫小人妒忌，愈見黛玉爲君子，顯出寶釵爲奸雄，無非精心縷血之筆。下文'禪心已作沾泥絮，莫向東風舞鷓鴣'一聯，不過點睛耳。點睛語反爲糟粕，而精神皆在上文。吾人學文能如是，何患不佳？其他濃者、淡者、正者、奇者隨處皆化工。文言之《左》《史》，白話之《紅樓》，真可替身。《水滸》者有著相太甚之處，比不上也。"

（《廣東省立九中校刊》一九三四年第二期）

小説話

龍　友　撰

載於《天津商報畫刊》一九三五年第十三卷第三十七期。作者龍友，疑爲近代名醫蕭龍友，待考。本文主要談讀舊小説的感想。其中多有精到之言，文中爲小説下一定義："凡以文章作寓言者，皆可謂之小説。"可備一説。

凡以文章作寓言者，皆可謂之小説，類如《山海經》《穆天子傳》皆是也，而戰國諸子，亦一小説流亞。莊子自著，寓言十之八九，故莊子亦可爲小説家之祖。

《西遊記》，與阿拉伯之《天方夜談》，同一體例。若必認爲邱真人傳道之書，則失之也已。

《花月痕》，略似《品花寶鑒》，詞章多於事實，均非説部當行。然至今謂小説者，亦不見有逾於《花月痕》與《品花寶鑒》者。

《桃花扇傳奇》，僅傳李香君、侯雪苑之逸事，宜其無大關係，乃今人讀之，多覺有一種蒼涼感慨不可言説之處。此其故，以多故國江山，舊時風月，有以動人流連耳。

《水滸傳》，自係説部妙手，別有寄托。我初不解，獨潘氏之子，描寫不遺餘力，若深惡痛絕者再，何也？

《鏡花緣》，人謂此書係出諸當時幕僚之章，蓋以其無人不罵，獨於蓮花幕中一未涉及。有以擬之。予不敢謂然，但其犀利筆鋒，犀刻言語，有甚似申韓家言，不可謂非奇特。

《紅樓夢》，并傳釵黛，而人於黛多惜，於釵多惡，而吾於黛亦不说其狭,於釵亦不謂其寬。若鳳姐之明艷豪放,吾亦愛其如玫瑰之花,香而多刺,不若湘雲之斌媚天成也。

(《天津商報畫刊》一九三五年第十三卷第三十七期)

紅樓新語

陸顛僧 撰

載於《金鋼鑽月刊》一九三六年第一卷第三期。作者陸顛僧，爲陸澹安，見一九三二年《説部卮言·水滸》叙錄。本文由"題詞""弁端""述舊聞""鄙論""附錄"五部分組成，其中"鄙論"是全文的核心。作者自陳其寫作本文的根由是，"《紅樓》一書，亦復諸説紛歧，而余以作者之心，不過取盛衰相因、禍福倚伏之義，勸人及時遷善改過而已。蓋借言情之筆，爲化導之資耳。"由是，挖掘《紅樓》中的社會意義就是本文的大旨所在了。文中所談，多是福善禍淫之説。其中有許多看法相當陳腐，不值一提。但亦有兩處長處值得表彰。第一，善於從分析人物間的關係，在關係的動態考察中闡釋人物的性格及命運，往往別具慧眼。如其分析林黛玉致死之由、薛寶釵之奸、王熙鳳之毒，皆能發微抉隱；第二，常將《紅樓夢》中的事件與晚清政局做對比，而又不流於索隱，只做一番道理的比擬。《紅樓夢》包羅萬象的風格，於此可見一斑。另外，其對"半畝營園"有大觀園影子的説法，亦可聊備一説。

題　詞

病裏無聊憶舊編，偶成新語一篇篇。伯牙琴理孫登嘯，不遇知音只惘然。

弁　端

　　張衡《西京賦》稱"小説九百，肇自虞初。"今已不可考。莊列之怪誕，與《拾遺記》托於神仙，豈獨嗜痂成癖？亦寓言十九。蓋蒙叟當列國爭雄之際，子年值逢群胡擾攘之秋，欲假微言以感民上，冀使蚩蚩者稍息肩耳，如佛圖澄以釋家言開化石虎，而中原之民得以免役者百萬。此小説異聞之鼻祖，而其用意則拯民於水火，與聖賢殊途而同歸者也。厥後章回體興，雖何時肇始，莫之可證，大要南宋爲盛。所謂"身後是非誰管得，滿村聽唱蔡中郎"是已。然章回體不過小説之一種，其間事實，以言歷史者爲多數。次則曲本，始於元代。又次則彈詞。二者未免落小家數矣，然亦有有爲而作者。如《三笑》爲華秋岳事，而嫁名六如居士以自况。院本之《兒孫福》，則譏徐健庵昆仲，蓋仿唐人《白猿傳》之譏歐陽率更，明人《黑白傳》之刺香光尚書也。《描金鳳》爲哀某詞林而作。某爲徐健庵尚書子，以在都作詩怨望，爲御史錢某所糾，而獄成於刑部司員楊景震之手。書内所稱馬藩王蓋反襯楊某，錢知節則明指錢某也。《雙金錠》爲趙秋谷而作。先時太倉州牧黄某，以行取入都。秋谷方負時譽，黄以幣獻，且膽詩稿。秋谷戲書謝束，有"謹領土儀，奉璧大稿"之語，黄大慍。既而黄爲吏科給事中，適秋谷國喪觀劇，黄遂疏糾，獄具，遣戍所。所云太倉黄吏部者以此。夫彈詞，至卑卑者，且可因之追求故實，則其他萬萬不可輕加唾棄矣。然歷史小説，作者往往檢尋陳迹，卷籍浩繁，不能遍閱，或記憶參差，遂成亥豕，如《三國演義》，固膾炙人口者，而其間之罅漏，非讀正史，幾不能解，轉不如《水滸傳》《西遊記》《紅樓夢》，事出鑿空，文反逎美。《水滸》一書，或稱羅貫中，或稱施耐庵。今則二人之書，各自流傳，事迹雖多雷同，而旨趣自異。蓋羅在南宋之季，文臣貪墨，武臣畏縮，故極褒宋江輩智勇仁愛，以愧當世。至東村施耐庵之名，不見他書，僅聖嘆批語及之，以意揣測，即聖嘆取羅書而删改之，托施之名耳。聖嘆當明季之末，目睹吳三桂禽弑桂王，故於晁蓋之死，極貶宋江以擬之。或者又謂宋人最善談《易》，《水滸》乃宋時制藝家離合卦象以成文，如阮氏三雄，乾元三陽之意；三女盜，影擬三陰；宋江，訟卦，人事起於訟，故以爲首，天水訟，故號及時雨；時遷，離卦也，諢號鼓上蚤，鼓中虛而上下實，即離中虛也，蚤色赤，屬火，遷出處率以縱火爲事，又離爲火之證也。《西遊》一書，乃明代制藝家之不得志，取《大學章句》，衍而成篇，故其官職名稱，如五城兵馬司之類，悉取明代而尋其義旨，均可默會。至邱長春《西遊記》，爲元主召赴和林之作，乃記其所經道里風土及對御等事。今書尚在，與章回之《西遊記》迥然不侔。注者以書名偶同，且未見邱公原書，遂以此爲長春子所作，而以丹旨擬之。如悟一子輩所批，不但語多牽强，抑亦不考之甚矣。《紅樓》一書，亦復諸說紛歧，而余以作者之心，不過取盛衰相因、禍福倚伏之義，勸人及時遷善改過而已。蓋借言情之筆，爲化導之資耳。今取斯旨，用撰新評，不敢拾前人之所有爲己有，並將見於小說，及聞之故老之說，列於舊聞。首錄之，以相印證。

述舊聞

　　《紅樓》一書，或者以爲記前清故相明珠家事。按明有子數人，長成德，早故，有能文名。次成器，字容若，行止不羈，而詞章頗佳，著有《側帽詞》。度其爲人，實有如書中賈寶玉者。書内稱賈珠早喪，似亦相類，而其叙賈氏，不過鋪張舊家閥閱。竊意明得君二十餘年，揆其家中狀況，當十倍於書中所云。至曹雪芹爲江寧織造曹楝亭之子，籍漢軍旗。楝亭以虧空敗職，監追而死。明珠亦以怙寵貪墨削籍，籍没而死。其子弟寄食親友，不能自存。書中於賈氏荒淫不能訓誨子弟，不能約束家人，實爲明相寫照。而於賈雨村之媚上剝下，致遭參劾，則隱爲其父致慟焉。此一說也。（容若果舉孝廉，曾見前人說部。惜忘其書名矣，俟再考。）

　　或又以《紅樓》所載，乃記當日雍正奪嫡之事。以寶玉爲寶位，賈母比天聰后，黛玉比允禵，寶釵比四阿哥（即雍正帝），焦大爲年羹堯，包勇比岳鍾琪，王熙鳳爲王氏姪女，而隆科多爲孝懿皇后之弟，隱以相擬也。然允禵之廢，雖爲雍正之隱謀，而助其成者，實即阿其奴、塞思黑輩（雍正帝之昆季），故於蜂腰橋撲蝶，稱寶釵聞小紅之語，即佯呼顰兒，使小紅不疑己，而轉疑黛玉，即顯著寶釵之陰謀移禍。其後即寫小紅之歸熙鳳，則暗中媒孽，雖不明敘，已可推測而知。但雍正紹繼未久，旋即上賓，故於寶釵寶玉成婚後，顯稱懷孕中舉之事，以明點其得意，而寶玉於是時棄家遁迹，以見人謀之空費，徒懷心術，不能久享，亦何益哉！又寶釵之預鑄金鎖以誑賈母，即雍正帝之暗換殿匾中名字事也。此又一說也。（康熙帝以當立人名藏正大光明殿匾中）

又按《續閱微草堂筆記》，稱此書在乾隆時僅存八十餘回。當時名士屢思續成，終以不敢下筆而止。又云成容若家敗後，至爲擊柝，值史湘雲之夫亦故，其家產爲族人侵占，湘雲流落京畿，容若亦鰥，遂爲夫婦，故於賈母作打醮時，後一回回目有"撕扇子作千金一笑，因麒麟伏白首雙星"之語。蓋湘雲有金麒麟，而張道士又送金麒麟於寶玉，指此事也云云。是則《紅樓夢》一書，已爲不全之本，今之一百念回者，不知誰所續也。此又一說也。

《隨園詩話》云，曹雪芹公子所撰《紅樓夢》，稱書中大觀園即指隨園。然證之《隨園記》及《鴻雪因緣》所載，隨園雖幽窈有餘，無大觀園之壯麗。且隨園之交遊雖盛，安有王公勛戚之姻婭耶？即以女弟子而指爲十二金釵，亦覺擬不以倫，無怪趙甌北以人妖控之。此又一說也。

總上四說而觀之，一二兩說似各有一句，且此書既出雍正朝，又書中節目雖後人推闡，指爲意淫，然較之《金瓶梅》《玉蒲團》等大有上下床之別，而何以滿清時代禁之若是其力，則其用意之所在，未免啓人疑竇。第三說不過如宋儒解經，就書中意義，而揣測之，恐亦非倫也。若袁子才所云，尤爲牽強無稽，或者後人羼入，非隨園本意然耳。

鄙　論

　　人之處世，最忌盈滿。名高者遭忌，財多者遭劫，富則多事，壽則多辱，多男子則多憂，位高則危，藏厚則溢。胡忠定公詩云："美酒飲教微醉後，好花看到半開時。"是已。

　　中國之孔子厄於陳蔡，困於桓魋，周遊列國，卒無遇合，迨至身後，尊爲萬世師表，澤流後裔，至今未艾。又如耶穌死時，慘毒倍至，而及於今日，中外崇拜，名著環球。即如佛經稱釋迦以肉飼鳥獸，則揆其當日，亦未必善終牖下。此外，前古忠臣義士，屈於一時，而伸於千載者，豈有限哉？

　　又如長樂老、秦檜之輩，生前之享受，固爲人所艷羨，然千古惡名，終不能免。孟子曰："雖有孝子慈孫，百世不能改也。"縱曰："公道自在人心"，亦足爲天忌盈滿之一證。

　　觀賈氏之享用作爲，盈滿極矣，雖欲不籍没遣戍，不身敗名裂，安可得歟！

　　人當無可奈何之際，情欲糾纏，不能擺脱之頃，直欲身殉情人。否則抛棄室家，寄迹空門。然或遇士君子一言之引渡，反覆回思，或固老親在堂，或家事未了，或祖宗之窀穸未安，強爲抑制，而耿耿此心，情難自已，於是不能不委之前緣，不能不推及因果。故《紅樓》之初，先提甄士隱者，真事隱也。托諸夢寐，以黛玉爲仙草，寶玉爲頑石，或作者心事有難言之隱，所以不能不委之前緣，歸之因果也。

　　寶玉之與可卿，賈蓉之與熙鳳，各有難言之隱。鳳姐之作難賈瑞，不使他人，而使賈蓉；寶玉臥秦氏房中，但聞其頻喚可卿，而不明言其事。特秦氏死後，著出賈珍之痛媳，不見賈蓉之悼亡；惟稱寶玉吐血，不寫賈蓉流淚，已屬顯著。熙鳳之拒賈瑞，非表其貞潔，正以著其意別有在焉。

　　秦氏之喪，寫熙鳳之經理有條，非著其能幹，正以著其揮霍。俗語有"有錢使得鬼推磨"，作者蓋本此意。觀日後賈母之喪，有錢不湊手，家人呼喚不靈之語，可以證矣。

王雪香氏以寶釵之金鎖，乃預鑄以求合寶玉者，然書中明稱薛姨媽爲忠厚誠實之人，寶釵雖有深心，究係閨女。未入賈府之先，老子所謂不見可欲之時，未必遽存是念。是蓋熙鳳造意以迎合王夫人者。熙鳳之所以爲是者，蓋在黛玉初入門時，寶玉問妹妹有玉沒有，黛玉無玉而寶玉即欲將玉砸碎。熙鳳生心造意，殆始於此時歟！

王雪香於賈璉之"何處再發二三百萬財"之一語，而推及林如海之宦囊，悉爲璉、鳳乾沒，且有置死黛玉之心。此不過就一而言之，猶未能盡發其蘊也。論其終，則黛玉不死，寶玉決不能忘情。且其性剛決，又謂賈母外孫，一朝得志，必勾稽家務，安能保璉、鳳不遭驅斥？若寶釵，則性雖陰險而柔惡，且由己而進，苟爲賈氏之媳，必不奪吾之權，而己可長保。不料黛玉甫亡，賈氏旋敗，歷年盤剝所得，均歸籍沒，身亦旋喪。《漢書》稱道家忘陰謀，其熙鳳之謂矣。

寶釵金鎖之字，與通靈適合者。非適合也，蓋王夫人與熙鳳之綫索耳。王夫人愎而自用，偏重母家。如以家政托鳳姐，而卒致破家；以寶釵爲能相夫宜家，而適以逼寶玉之出家。無識婦人作事，其害如此。

元妃省親，雖曰曠典，然賈氏亦何必鋪張揚厲若是？以兩府之宅第，稍加改作，即可合用，詎非有意爲之，迹類招搖？但此議發自賈珍，和之者賈赦，茲二人，皆紈絝兒，不明事理，而賈母、家政，何不知之？殆亦爲熙鳳簧鼓所致。後來抄沒之後，賈政對賈母稱兩庫金銀已空，各處莊田寅年借卯年的糧云。但自黛玉入京，及元妃省親之後，即提賈璉與鴛鴦私取賈母不用之飾物當銀一節，足見造園一役，費至巨萬。雖有兩庫金銀，及林家遺資，尚不能支，而究其實，豈涓滴歸公哉？由璉、鳳之任用私人，收受孝敬，而辦事者乃敢肆然舞弊。所謂捐其一取其十，固小人之常態。我前謂璉、鳳非能幹事，徒善揮霍，於此益可見矣。作者著此，爲富家不知事公子，痛下針砭，垂戒頗深。

閱前清邸報,德宗時(即光緒帝,此事大約在卅一年)慈禧太后於祀社日分致各公使湯圓,及頒賞各大臣。各使署每盒八枚,各大臣每盒四枚。以市價論,每枚僅數文錢。宮中之物,縱曰天家珍品,度其值,每枚以市價十倍計之,至矣。以萬枚核算,所費亦屬有限,乃聞内宮報銷銀二千四百餘兩之多。又慈禧倩西國女畫師寫照,旋建佛照樓供之,聞費銀一百六十萬,而究其實,則工料之價,僅十之一,餘皆浮冒中飽。書中於賈璉、熙鳳之受請託,則明點,而於賈芹輩之侵冒,則絕不之及,特於後文水月庵及賈璉向鴛鴦商借當息時,輕輕描出,實文家畫龍點睛手段。(按,經理此佛照樓工程者即曹汝霖)

賴大家中既有小小家業,子又名列仕版,而己則依舊栖身賈氏,殊不可解。殆賈府之所入,較牧令更優耶?抑藉以依草附木,肆其招搖欺騙耶?而爲之解者,曰:賣絕奴僕,固非雇工之比。然賈氏既許其自置產業,又許其子冒入仕途,安見不允其贖身耶?其故可知矣。

國家之敗,由官邪也;世禄之家,鮮克由禮者。狡奴惡僕,導主爲非,藉以漁利。賈氏子弟之不肖,實基於此。故珍、璉之荒淫,賈環之比匪,較寶玉指僅僅情癡者,尤爲可殺。

清廷慶親王奕劻以懿親柱國,而貪婪不已。醇邸則子爲天子,更有何求?乃引用張南皮,效奕劻之所爲,變本加厲,政以賄成,官以貨取。如徐世昌督東三省,麋帑千萬。醇邸方攝政,撤其任,召之京,將詰其實。乃徐遽以儳來物爲運動,並饋醇邸以名馬高車。非但不問前失,反畀以郵部之權,旋登揆席。用人行政,顛倒若此,安得不亂?未幾而武漢事起,宣統遜位,貪墨者其念哉!比之王熙鳳引用群小以自輔,而賈氏旋敗,心計雖工,多見其不知盈虛消息之理,然使後人哀之而不自戒,則亦安能保己不復爲後人哀乎?

王熙鳳一生作事,不外乎奸詭譎詐。如造作金鎖,以欺賈母;奉迎賈母,以制邢氏。家庭之間且然,其下無論矣,則弄權鐵檻寺及盤剥重利諸事,豈足責哉?然鐵檻寺一案,死者二人。既殺尤二姐,又使人追殺張華,心狠手辣,一至於此。視人命不如土芥,則黛玉之死，又安能動其心哉？固秦氏顯魂而責，而仍不知悛，始終怙惡，終致顯報。財既收沒，身亦旋殞，可謂報施不爽。

賈璉之娶尤二姐，雖由賈璉之著魔，實亦由於賈珍父子之擯掇。蓋賈珍與二姐日久生厭，二姐既走，乃可並力於三姐。故賈珍者，賈璉之曹瞞。珍、璉之性情如一丘之貉，故既得秋桐，即與三姐漸淡。是賈璉者，二姐之劉表；秋桐者，鳳姐之黃祖也。

熙鳳一身作事，有萬惡而無一善。惟有二事，尚具恕道。故其善雖小，亦食其報。孰謂天無眼耶？後漢先主詔後主曰："勿以善小而不爲，勿以惡小而爲之"，誠至言也。二事云何？則以性雖至妒，然待平兒尚有恩禮。雖平兒之能，然亦不能不謂爲熙鳳生平之一件小小善事。次則劉老老到門，忽起慈心，後又與之同見賈母，臨去又稱其所欲而止。其後劉氏之進賈府，雖未頻提，已可概見。觀日後巧姐之避禍其家，使果仍前之蓬門蓽戶，巧姐亦安能一日居之？殆藉賈府之力，老老亦已小康矣。鳳姐生平僅此二事，乃身殁之後，煢煢弱息，卒賴二人之力，得以保全，不致流落匪人之手。夫鳳姐之大惡，天則非獨報之，且令其親耳聞之，俾死有餘愧，而所積小善，亦不之遺。所謂神目如電者，非歟？

當赦、珍事敗，抄沒遣戍，賈母出其私蓄，分給珍、赦，並及尤、邢。不偏不倚，推本親親，公而無私，卒迓天和。賈政復得襲職，所謂作善降祥者，非耶？

近日急功言利之徒，以不畏天理爲破除迷信，以不恤人言爲任勞任怨，乃觀王熙鳳之言曰："我不信這種把戲"，又曰："等他只管怨我，我只不理"云云。彼急功言利之徒，殆亦奉熙鳳之心法者耶？

傻大姐拾得繡香囊，如王夫人爲有識有學之人，即當暗囑鳳姐密加察訪。乃以小事爲大事，致啓王善保家之迎合，搜索全園，若求大盜，不祥孰甚！則是賈氏後日之禍，肇之者，雖曰熙鳳，而成之者，實王氏耳。

搜檢大觀園，自是一樁大事，乃事後不聞賈母之責言，殆竟被王夫人、鳳姐兒瞞過矣。

書中屢提黛玉量狹嘴快，今觀搜園一事，於寶釵則尊爲親戚，而獨免於黛玉，則下同衆人。乃事後黛玉並未在賈母處一言及之，其度量之寬爲何如？言語之慎爲何如？所云量狹嘴快，其爲讒間之口無疑。

王善保家進搜檢園之説，其意上人則在黛玉，下人則在晴雯，乃不意繡香囊竟爲己之甥女情人所贈。害人自害，天理昭昭。

古今英明之主，喜於自用者，每爲權奸蠱惑。如陳後主之於孔範，唐玄宗之於李林甫，宋徽宗之於蔡京，高宗之於黄潛善、汪伯彦、秦檜、張俊。蓋既喜其巽順，又能先意承志，如王夫人之於襲人亦然。古語云"兼聽則明，偏聽則蔽"，豈不信哉！

襲人之遣嫁，雖曰未曾走過明路，不能自明，然紫鵑之出家，有誰阻之？襲人縱不能效鴛兒，獨不能法紫鵑乎？乃知襲人之嫁蔣伶，非不能自明，直淫根未斷，淫性難除耳。

寶釵咏蟹詩云："皮裏春秋有黑黄"，説者指爲駡世，實則不啻自爲寫照。所謂言爲心聲。

寶玉之狎比優伶，責之固宜。然賈環之圖賣巧姐，不聞賈政回來之譴責，抑何故歟？

寶玉之與姊妹耳鬢廝磨日久，然未嘗狎及優伶。自薛蟠之來，馮紫英等誘引，乃成此禍，則追原禍始，亦由王氏謀娶寶釵一念所致。天幸寶玉不死，使竟死於此，不知王氏亦追悔及此否？

榮寧二府荒淫種種，即無祖宗之悲嘯、神鬼之太息，冷眼旁觀者，早已知其必敗。乃尤氏、鳳姐輩，目見耳聞，尚不覺悟，不知婉勸其夫，酣嬉如故，又安得免？古稱高明之家，鬼瞰其室，豈不然哉！

賈母當家世全盛之時，身膺誥贈，兒孫繞膝，朱紫盈前，孫女爲皇子妃，乃能以溫顏接一鄉里老嫗，無一毫自尊自大之色，可爲難矣。非賢人君子，安能若是？且於焦大，則令子孫念其前功，曲恕狂妄。其宅心仁厚，有可想見。故我於賈政之復職，而思賈母之遺澤；於賈蘭之發科，知天慰李紈之苦節。政老、王氏不涉也。

教訓子弟，宜以漸，不宜以暴；宜以恒，不宜以間。賈政之訓寶玉，嚴於一時，而不持之以恒。施以強暴，無循循善誘之風，但憑夏楚之威，不能令其心悦誠服，而欲其感悟啓發，難矣。寶玉且然，若賈環，更不足問矣。

趙姨娘似不甚爲賈政所寵愛，乃竟亦乘機進讒，搬弄是非。其弟之死，則索恤銀於常例之外，妄作妄爲，一若有恃無恐者。惟女子小人爲難養也，聖人之訓，炳如日月。爲家主者，豈可不思歟？

賈府之敗，由雨村脅取書畫扇而起，乃竟以此爲人參劾，卒致籍没。《傳》曰："蜂蠆有毒"，誠哉是言也，恃勢凌人者念之。《黑心符》云："娶妻不賢，如附骨之疽。"今觀呆霸王平日之胡天胡帝，而一遇夏金桂，束手無計，至出門避之，亦至可憐。即砸死酒保，大約一時無聊，意忿所致，而其禍根，總由夏氏也。昔夏姬，《春秋》稱其妖，子南亡陳國，爲天下不祥之物。金桂，豈其苗裔耶？

薛蟠犯罪，已有確耗。薛姨媽悲慘啼哭，而金桂視若無睹，反思誘致薛蝌，以圖歡樂，可謂全無心肝。雖天地戾氣，生此惡婦，然不入別家，偏與薛蟠作合，詎非平日暴戾行爲有傷天地之和？兩相感召，成此孽因。即寶釵之處心積慮，日以中傷黛玉爲事，未嘗不損害天和，招此敗征也。

金桂欲害香菱，適以自害。天道神明，可爲鑒誡。薛蟠之辱香菱，正以成金桂之驕。日後之撒潑，由此日成之也。

爲丈夫者，處妻妾之間，萬萬不可偏向，使浸潤之讒言一旦得售，必致蹈間抵隙，日至而不已。家庭之內，自茲多事矣。《書》曰："爲人上者，奈何弗敬？"豈獨帝王爲然？爲家主者，何莫不然？

"內作色荒，外作禽荒。有一於此，未或不亡。"賈珍輩內則妻妾姬婢，外則狎客奴僕。所見若此，不聞近一正人，交一賢士。雖欲不破家，得乎？

情之一字，世多誤解，不知父子主孝，君臣主敬，兄弟雍睦，夫婦唱隨者，情之正也。今人專以情字從女色解，謬矣。

寶玉之言曰："不如早早死了，趁衆人未散，憑各人眼淚，將尸漂至東洋大海。"然使寶玉當玉釧未死之時而死，豈獨盡得衆姊妹及嬌婢之淚，并可得祖母二親之眼淚。惜乎！其不死也。

死有得其所者，殤亡勝於彭籛。我於民國光復時，得一人焉。一人爲誰？鎭江都督林述慶也。林在金陵未下之時，扼守鎭江，會師進攻，遂取金陵。殆南北調和，首先自請取銷都督，輕身至北京，未幾歿於京邸。至今議者稱之。然使林不死，則二次革命之日，不附和則背盟負友，附和之則亦遁逃海外而已。孰若早死之愈也！

寶玉見齡官之寫薔字，乃慨人生各有分定，一人止能得一人之眼淚，不能盡得衆人之眼淚。以見死之不早，恐諸姊妹一散，更無眼淚可得。雖曰癡人語，然古來賢豪，晚節不終，未必非不早死誤之也。昔人咏魏武帝云：“周公恐懼流言日，王莽謙恭下士時。若是當年身早死，一身真僞有誰知。”明末之洪承疇、宋末之陳宜中亦然，袁世凱稱帝亦然。

余於前淸之季，見享高壽、膺厚禄而不早死，以致身敗名裂者有二人。一爲慈禧太后，一爲合肥相國。相國於髮捻之亂，立殊勳，膺上賞。暨辦天津交涉案，適法人新爲普敗，遂以結案，而當時乃稱其善辦外交，推崇備至。洎乎晚歲，任用僉壬，如與定安查閱邊防，則力保衛汝貴，折中有“盛字一軍，足當數萬之用”之語。

不意明年，適值中東事起，兵抵平壤。其首先退敗者，即所稱“足當數萬之盛軍”也，致左寶貴以孤立無援而陣亡，衛汝貴亦即伏法。其弟衛汝成之軍，潰於旅順，死於詔獄。又丁汝昌等，均合肥所指爲北洋之干城健將者也，至是不啻圖窮匕首現。中國國威既因是大損，而合肥之名譽亦掃地矣。使合肥在甲午一役之前早已辭世，則中日之役，必有思念不置者，豈非后死之不幸歟？

平定髮捻之亂，外之臣，漢人以曾公爲首，滿人以官公爲首，而能信任諸公者，軍機大臣則恭王，宮中則慈安太后也。乃亂定未幾，慈安遽崩，於是謳歌頌德，悉歸之慈禧。宮中亦居之不疑，大肆奢華，甚至寵任内豎，賣官鬻爵，以厚自封植。二次垂簾，又擅立端王之子爲大阿哥，幽拘光緒帝，終致播遷之禍。使於初次歸政後，早從慈安於地下，豈不美哉？

男婚女嫁，雖宜擇門戶之相當，然亦須分別人品之高下。若徒羨富貴,率意授繫,以勢合者,勢敗則離;以財結者,財盡則散。賈赦以迎春嫁孫姓,正坐是病,故迎春日後,終至失所,爲父母者鑒之。

物禁太盛,聚必有散,事之常理。寶玉一癡人,亦一達人。其言:"再過數年,死的死,去的去,剩我一人,不如早死。"瘋話,亦達話也。當元妃省親后,諸姊妹分居園中,賈母生辰,宮廷賜壽,乃大觀園極盛時代。然以意測之,榮寧兩府,縱無被參抄沒之事,而數年後園中之蕭索,亦可預卜。何歟?蓋王夫人與熙鳳,宿心必欲娶寶釵,而屛黛玉,則黛玉安有不死之理?及至湘雲、迎、探二春既嫁,岫煙、寶琴、李紋、李綺輩各自成家,則園中人物,已十去其九。賈母、鳳姐相繼去世,主持內政者,必在李紈、寶釵。至惜春、紫鵑,亦已皈佛,而一班女伶,早入空門。所剩者,僅襲人、鶯兒諸人。偌大園林,亦太寂寞。雖欲不遷出大觀園,亦不可得矣。故知大觀園不數年間,兩府雖不衰敗,寶玉雖不出家,而園中之蕭索,可預卜者,此也。

賈政當大觀園題對之時,撚斷吟髭,則其胸中亦可知矣。乃簡命典學而不辭,可謂無自知之明。後之被劾,雖曰家人舞弊,抑亦咎由自取也。

前清時,胥台吳清卿中丞,以文學博古見稱於時。中日之役,忽發奇想,請出關自效。以烏合未經訓練之衆,欲抵禦方張之敵。兵未交接,卒伍已潰。是亦可已而不已,與賈政之視學,迹雖異而債事則同。

又日本、朝鮮,初次搆難,滿員續燕甫(昌)與吳公同膺使命,與日人立約。中有"朝鮮爲獨立國,如中國欲用兵於朝鮮,須先與日人酌議定妥,不得擅自進行"之語。甲午之役,禍始於此。

千金論病,有五勞六極之名。五勞者,心肝脾肺腎;六極,謂精氣骨血筋肉也。犯者病入膏肓、不起之候也。今觀賈赦、賈珍勞心於酒色玩好,王熙鳳勞心於盤剝重利,寶玉之勞心於留神裙帶,襲人之勞心於暗排異己,王夫人之勞心於偏袒母家。此賈氏五勞也。

六極則元妃省親，炫耀之極；賈母賜壽，尊榮之極；鳳姐弄權，草菅人命，凶狠之極；宰鹿烹蟹，結社聯吟，口腹之極；紅梅白雪，親探禪關，渲染之極。可謂五勞具、六極并，膏肓疾作，無藥可治矣。道家忌盈滿，亦此類夫。兩府之中，邢氏、尤氏、王氏、趙姨娘、賈環，此主人也。下則賴大、來興、來旺夫婦與王善保家等茲十數人者，乃疤疽瘡瘍蘚之疾。然既有五勞六極，又益以皮膜諸疾，内外并病，縱遇和扁，亦安能爲治哉？

榮寧二公薨後，賈母以一身兼操内外，教子訓侄，嫁女婚男，家聲不墜，資産充裕，且能睦親恤族，敬老憐貧，可謂德智兼備。乃晚年以神志衰耗，不理家政。聽王氏之言，專任鳳姐，以圖頤養，卒釀破家之禍。詎非始勤終怠之所致乎？

清慈禧太后，當慈安之初崩，獨自聽政，委任醇賢親王及閻文節（敬銘）等，雖有越南之釁，而當日辦外交者如曾惠敏（紀澤）等，籌邊事者如岑忠襄（毓英），參樞議者尚有左文襄，戰將如楊玉科、鮑超、黃翼升，故雖有畏葸之李合肥，尚不致大損國體。洎諸公凋謝，合肥秉國，慈禧亦久而生怠，傳宣出納之柄，悉授之李蓮英，狐假虎威，肆其播弄。恭王奕訢既歿，又委政於貪墨無職之奕劻、茅塞厥心之載漪及不學無術之剛毅，致兆西狩之禍，賠款之四百兆，而前此甲午之役不預焉。至宫府寶器，損失尚不計，乃苛斂商民，以資挹注，而億兆離心矣。故辛亥之秋，白旄一舉，天下景附者，亦由於是。師尚父之教武王，曰："敬勝怠則吉，怠勝敬者滅。"其斯之謂歟！

前清慈禧后六旬萬壽，特啓恩科，合肥相國爲北闈監臨。有皖人王某，以太學生獲雋。既而爲人告詰，非獨在科場有舞弊情節，其父現爲李合肥院子。於是特派欽使，查勘得實，某及其父所保州倅職，一并革斥，合肥亦遭吏議云。又明嚴嵩當國時，家人嚴年者，有卿貳撫藩與之結爲兄弟，呼之爲鶴山先生，御史林潤揭中稱其家資億萬云（鶴山，嚴年之字）。

讓清和珅既敗，查出家人劉全等輩，各有家資二十餘萬，及捐有雜職。事見梁茞林中丞《歸田瑣記》。

《紅樓夢》中賴大夫婦，尚在寧國府服役，而其子竟肆然捐職臨官，爲民父母。雖賢否不可知，而玷辱衣冠，已屬罪不可逭。王雪鄉氏謂當時必實有其人，故書中言之鑿鑿，不知此等事古所恒有。權奸秉國，何所不至？奚必强指一人，轉添蛇足哉！

《明皇雜錄》載楊國忠之子暄舉明經，禮部侍郎達奚珣考之，不及格，將黜落，懼國忠，未敢定。時駕在華清宮，珣子撫爲會昌尉。珣遂示撫，使報國忠。撫至國忠私第，則已五鼓。國忠之門，列火如城，將趨朝矣（《唐遺事》稱宰相至朝門，百官火炬皆息，惟宰相獨秉炬，謂之火城云）撫趨謁燭下，國忠意其子已入選，在輿中微笑。撫進白："奉父命，相公之子，試不中程，然不敢黜。"國忠變色駡曰："我兒何處不致富貴？豈必藉一名第爲鼠輩持短長耶？"不顧而行。撫惶駭，使人告其父："國忠怙勢倨貴，使人之慘，出於咄嗟，奈何與之校曲直，論文章耶？"珣不得已，致暄上第。既珣由禮部轉吏部侍郎，時暄已爲戶部侍郎，與珣同列，而暄與寮寀叙話，反謂珣遷轉捷速，己之仕途淹滯云。

又《朝野遺紀》載宋程敦厚字子山，爲中舍時，秦檜善之。一日呼入內閣，坐候終日，獨案上有紫綾標一册，書"聖人以日星爲紀賦"，末有"類貢進士學生秦塤。"塤即檜孫也。子山坐久無憀，乃翻覆展玩，竟自成誦。及晚，檜竟不出，乃退，子山叵測也。及數日後，差知貢舉，子山即悟。即以檜室中所見命題，塤果首選。合以上各事觀之，權臣當國，亦復何所顧忌？況此區區縣令，安足道哉？

小沙彌明知雨村之功名從賈府得來，故於薛蟠一案，力爲斡旋，雨村心亦悟其故，隨以糊塗了之。日後小沙彌之充發，雖爲雨村之刻薄，安知此輩小人，不因恃功之故，另有攬權納賄之事，有以致禍，未必盡雨村之故也？

寫黛玉死狀之慘，非獨叙黛玉之情癡，正以見賈氏情薄與璉、鳳之蒙蔽。黛玉以孤女寄人門下，一若孑然此身，渺渺無長物者然。然書中明言林如海爲鹽運司，終於任所。度其弱息，斷不至如岫煙輩之清貧如洗，大約其財産於賈璉往接黛玉時，被其吞侵。賈母既不之知，黛玉亦不之言。使賈母早知黛玉有此資財，存於賈府，必當預爲區所矣。然如寶釵有此，斷不默然也。

元妃之分賜諸姊妹，獨厚寶釵。非喜其才貌，重其品格也，蓋亦爲王夫人之甥女故也。於何見之？則於評詩時見之。如寶玉詩中，以黛玉代筆一首，爲四詩之冠，不以"綠蠟"一詩爲最。此作書者於釵黛二人之文字優劣，不用明寫，而暗爲逗出，使明眼者自解。

甄家被抄，賈政代爲吃驚，是尚知戒懼者，故及身猶克保其家，以承祖先之蔭，乃賈赦則稱我家必無其事。雖爲作書之伏脉綫索，借以逗動下文之彈劾抄没，而愈見其不知猛省，則後日之禍，實由自召，非偶然矣。

人家子弟，甫經墜地，莫不視如拱璧。迨及長大，則賢不肖攸分矣。克家子弟，固可謂真寶玉；而敗家子弟，則頑石之不如。故賈寶玉本爲青梗峰下頑石也。書中寫包勇口中言甄寶玉一夢警醒，即專事讀書。竊意甄寶玉之覺悟，不在夢警，而在抄没。此時甄氏家無立錐，幸而子能勤讀，上達可期，亢宗子弟，乃人家真寶玉。若如賈寶玉之一味情癡，則非寶玉，而實頑石，所以爲假也。

秦之爲言情也，寫秦氏之能持家，得人心。事翁姑以孝，處妯娌以和，言得情之正。荒淫色欲，情之邪也。餘情不盡，兆夢於鳳姐，顯魂於園内，一靈不泯，正見情之不盡。温飛卿《達摩支曲》曰："搗麝成塵香不滅，拗蓮作寸絲難絶。"其情之謂也。

賈氏將衰之兆，非獨秦氏之示兆鳳姐，元妃則見夢賈母。然賈母衰老，雖知鳳姐傷於太刻，但其心中，恃有王氏之鎮柱。不料王氏之剛愎不回，不但不能有所糾正，且適以助成熙鳳之惡。由王氏勇於自信，不肯認錯，專以文過飾非爲，故兩府抄没。鳳姐過惡，底里盡露，仍無一言之歸咎。雖曰鳳姐抱病，或自知平日過信鳳姐，一經謫譴，恐人腹非，故爲緘默，以鉗衆口歟？

《明史》世宗既黜嚴嵩，其子世蕃以驕橫伏誅。巡按御史張橫以嵩雖罷去，世蕃亦正國典，而首先發摘嵩奸諸臣，未蒙旌録。世宗怒，緹騎逮問，下於理，杖六十，斥爲民。徐華亭（階）於世蕃一案，獨不肯提楊、沈二公事，謂今上英明，豈肯認過？所謂英明，乃專制時代臣子尊奉之詞，其實不過剛愎自是之代名詞耳。然正見華亭之得君獨深,能窺其微。

寫園内諸人之禮遇寶釵,冷落黛玉,非謂寶釵之品格溫厚,能服衆人,正以見衆人之趨炎。蓋以爲王氏之甥,又屬家門豪富,且見寶釵之權術,能籠絡上下。如花中之玫瑰,既爲人人所愛,而其中棘刺滿布,與孤高坦白者,迥乎不同也。

賈母之遊園,非直寫賈氏之全盛、賈母之仁慈、鳳姐之得志,且見黛玉之失歡、賈母之受蠱、寶釵之駸駸享用。寫蘅蕪之樸質,正如奸臣用假面具迎合人主之心法。《明史》載世宗以香葉冠賜夏言、嚴嵩,言以非人臣法服,受而不用;嵩則迎合上意,戴冠於内,外罩輕紗。世宗遂喜嵩而逐言,於此相類。又唐小説載宇文士及侍食,以餅潔手。太宗顧而目之,士及以餅納口中,亦此類也。

宋時蔡攸朝回於第中,忽謂其父京曰:"大人得毋體中不豫乎?"旋退歸己第。座中不解。京嘆息謂諸客曰:"是兒新得君,欲使老夫以病謝權耳。"未幾,果有旨以京爲太乙宮使,罷知政事。七十二回寫王鳳姐諱疾,非贊其勤幹,乃譏其盤踞當路,恐一旦以病告,則或致失權。與蔡氏事雖不同,而患得患失之心則一也。

來旺之子不肖,已在賈璉口中説出。夫人至爲賈璉不齒,尚有何言?賈璉且知白糟蹋人家好兒女,而鳳姐决意不從,必强賈璉依己而後已。寫出鳳姐恃勢弄權,敢作敢爲,到十二分地步,以反襯後日破家,全由今日之惡因。弗謂天道夢夢也!

岫煙爲邢氏之侄,既在園中,不早爲之所。直至今日,方始送給寒衣,非寫鳳姐之周至,正叙其刁滑,並見邢夫人之不恤其親,鄙吝若是,安能善其厚乎!孔子曰:"如有周公之才之美,使驕且吝,其餘不足觀也已。"周公且然,况如邢氏之愚黯者哉!

水月庵一重公案,成之者亦屬熙鳳。即使平兒口中,不致誤述饅頭庵,鳳姐已關心隱,何况更憶及十五回事耶?豈獨空穴來風,洞户來巢?亦張金哥怨忿節烈之氣,實有不可泯没者。詎云神衰鬼弄,盡爲虛渺乎?

恶奴纠盗抢劫主人一事，更可见贾府下人，平日进款之丰。至此时，两府之蓄积既空，奴仆之入不敷出，遂生盗念。凤姐平日之挥霍浪费，纵容家人，於此益彰矣。

当贾氏全盛之时，孰知其有後日之落寞哉？然如王夫人之苛待黛玉，不顾亲亲，不恤孤弱，偏袒母党，夭死晴雯、司棋辈，无一时不伤天地之和。故海棠即在此时枯死，以示将败之兆；后之复荣，正以兆贾政之袭爵，兰儿之及第。是知前之枯，乃咎征；而後之荣，亦朕兆也。

贾母待人有恩，乃死殉主人者，只一鸳鸯女婢。尸骨未寒，即有纠盗夥劫之恶仆，而藉以护主者，转在新进之包勇。《三国·蜀志》载夏侯霸、姜维以旅寄客将，犯难殒身，而劝後主舆榇衔璧者乃谯周。人顾可以新旧歧视耶？

妙玉以如是人才，如是孤僻，又有如许器玩，虽曰超然物外，观其以梅花枝上陈雪水煮茗，若是享用，久居贾氏门墙，於诸姊妹独於黛玉相投。岫烟虽有渊源，未见十分亲热。且折梅时既亲交宝玉，又称其见宝玉眼圈一红，且写与宝玉同行，欲其领道。形形色色，则妙玉之坐禅著魔。度其实，亦如黛玉之情缘为累，未能摆脱耳。

宝钗庆寿，虽是贾母之意，然在宝钗，已事事遂意。所不然者，则薛、贾两家已大不如前，且宝玉忽迷忽悟，为最可悲之事。足见人生各有定分，富贵不可强求。所谓徒用心计命不安者，非此之谓欤？

黛玉之死，岂独为宝玉哉？平日之种种难受，更有甚於情痴者。况其慧质灵心，岂以一死而遽泯？故潇湘馆之哭，不独宝玉闻之，即婢媪亦闻之。至宝玉求梦不成，後之无意入梦，虽见黛玉而竟无一言，则黛玉之埋香黄土，岂特为锺情宝玉一事哉？

贾母丧事，凤姐茫然无处置，受鸳鸯之唠叨。夫诸事既已委之凤姐一人，安得云无权？不过钱源已竭，无可周转，乃相形见绌耳。

贾政已调内任，终日在家。贾母已亡，赵姨娘不死，必定惹是生非，不如使之同赴冥冥。既於临终话出种种果报，使贾政感悟，且免却日後多少口舌。可見神鬼非誣,賈氏祖宗有靈。

鳳姐將死,方知財勢不可恃,叮囑劉老老,願將巧姐與莊家結姻。所謂人之將死,其言也善。

惜春境遇,類於黛玉。黛玉一身,除賈母外,無一人可以告語。惜春兄嫂,雖有如無,況兄又荷戈遠戍,刀環何日?他日即聯姻眷,安能保不作迎春第二耶?故其披剃之心早定,與妙玉迥乎不同。以見聖賢仙佛,本是人爲,惟觀其修持如何耳。

妙玉被劫,佛婆既未目見,如果爲盜劫,一切古玩豈能携盡?事後理應由賈府暫爲收管,乃書中曾不提及。此蓋作者故留疑竇,使讀者意會。又恐未必盡能參透,特於一百十五回地藏庵老尼口中,逗出"妙玉跟了人去了"一語,以相印證,用銅山西傾、洛鐘東應之法。

王仁、賈薔、賈環聚飲謔浪一回,乃作者於全書將結一時,不肯草草表過,別生波瀾,可稱文章能事,并於諸人所説酒令戲語,借用市井常言,以見狐群狗黨,一丘之貉,且使後文圖賣巧姐,不致突然,正是妙手。

賈政於環兒行事,雖似稍恕,獨於文字則不然。而賈赦則獨賞賈環,且謂我輩世禄之家,只須略通翰墨,已屬足用,將來承襲,帶礪公侯云云。畫出自尊自大,盈滿之狀可掬。正是長白山人本色。

寫賈代儒之循循善誘,與賈政之一味暴戾相反。

賈赦對賈環之言,雖似無心,竟成讖語。如日後賈赦失職,賈政襲爵,寶玉出家,獨剩賈環,書中稱之爲惡子獨承家。然賈珠嫡長,賈蘭已中秋闈,且長房嫡孫,則將來承襲者,在蘭而不在環矣。此正理也。賈赦之言,可見胸無分曉。

總之,一部《紅樓夢》,始述其祖宗立殊勳,封上公,賞延後嗣者,記其始也。元妃入選,賈政出差,叙其漸見興盛。省親賜壽,乃盛之極焉。烏進孝進見,年終以所入之餘,分給宗族,寫從前祖宗立法之善。借賈珍口中,説入不敷出,各處打饑荒,賈蓉接説璉二叔向鴛鴦借老太太東西,當銀使用,賈珍又稱府里雖窮,尚不至此。諱莫如深,已微露盛極而衰之象。此後即當歷叙種種不祥,以爲敗家先兆。又嫌文勢太迳,恐無趣味,故補述園中姊妹之盛,及風流餘韻,寶黛情癡,已如畫家之應有盡有。又以稔惡未盈,遽攖慘報,未足以厭人心,故於榮寧兩府,特書珍赦之荒淫酒色,恃勢橫行,但賈母仁厚,賈政迂拘,何至同爐一炬?則借一王熙鳳,先寫其弄權鐵檻寺,后則逼死鮑二家、尤二姐,盤剝重利,爲來旺之子逼勒成婚。王夫人之待下寡恩、陰謀慘刻,趙姨娘之搬弄是非,亦均有傷天和,以示敗征。

又叙祖宗之勞苦功高,爲朝廷軫念勛舊,俾澤流後裔。上人之積善本深,終能逢凶化吉、遇難成祥。此外如馬道婆,趙姨娘之陰惡必報,王鳳姐小善獲蔭,無一漏略,以見天道神明。《易》所云"作善,降之百祥;作不善,降之百殃"。誠有捷如桴鼓者。而末叙寶玉指出家,究因黛玉而起,使姻緣果就,不致禍變如斯。總言無識婦人,只知偏向母黨,其爲害又如此者。

附　　錄

道光時,無錫慧山女冠王韻香工吟咏,善書畫,名噪一時,與胥臺某公子最昵,密訂終身。一日,某公子誑之曰:"聞汝近有他好,我將與爾斷絕矣。"韻香信爲真,遂效楊妃故事。公子知之,大悔。韻香存日,曾於明末白門妓女卞玉京墓側植梅百本(玉京於明亡後,亦入道爲女冠),自言歿當葬其旁。公子乃爲備喪儀,如其志焉。此事與妙玉有相類者,故附錄之。

案,麟見亭河帥《鴻雪因緣圖記》"半畝營園"一則云:"園在北京内城禁城外東北隅三弦胡同延禧觀,對門爲國初賈膠侯中丞宅園也。"又云:"憶昔在嘉慶辛未,曾小飲南城韓家潭,芥子園園主章翁稱園中假山爲李笠翁所疊。"清初都中邸第連雲,競侈締造,率以翁爲上客。凡一丘一壑,經翁點綴,别有會心,而以内城半畝園爲最。河帥時官紫薇,聞而神往。至道光辛丑,爲河帥長公子崇實購歸修整云云。按,河帥係出完顏,入清後,以閥閱世其家。即其近世而論,高祖白衣保爲御史,曾祖期成額爲兵侍兼參贊大臣,祖完顏岱官河南藩司，其父廷璐官山東糧道。河帥自宮允出守，擢河道，遷臬轉藩，由湖南巡撫，督治南河，權兩江，筦鹽政。其在南河任也，時際升平，官署多暇，大江南北，名園勝地，遊覽殆遍。使泛泛園林第宅，豈能邀其一盼？而於此園則稱結想在卅年前，則其景物之佈置爲何如？又考記載園中勝處，爲五福堂、雲蔭堂、福壽廳、拜石軒、曝畫廊、近光閣、退思齋、賞春亭、凝香室、小平台，此則爲河帥重修而改題者。其舊有者，爲瑯嬛妙境、海棠吟社、玲瓏池館、瀟湘小影、雲容石態、罨秀山房諸景。愚按此園既爲賈氏故第，又海棠吟社之名與書中秋爽齋偶結海棠社合，瀟湘小影又與瀟湘館相似。此外則園經數主，名稱屢易，舊時景物，已難一一摸索。但賈氏則實有其人，而此園建築之佳，亦爲都中私第巨擘。假名大觀，誠非溢美。特書中事實抑系言情？抑系諷刺？抑借盛衰爲勸懲？事在百餘年之前，既無故老可詢，雖有陳編，均無確證。附錄數則，以資談助。

《清史・貳臣傳・賈漢復傳》（膠侯，漢復字也）

賈漢復，山西曲沃人，明副將。順治三年入清，隸正藍旗漢軍，由佐領調都察院理事，官管京畿道，擢兵部侍郎，巡撫河南，授雲騎尉世職，加兵部尚書銜，又加太子太保。順治十八年，以曾饋內監銀事覺，撤巡撫任，革世職。康熙元年，復授陝西巡撫。七年，召至京，未及授官，卒。賜祭葬如例。

愚謂賈氏以一武夫，會逢鼎革，際遇風雲，內躋卿貳，外總封疆，煊赫一時，志得意滿，可云已達乎泰巔華頂。乃於生而官則詭得詭失，歿後嗣裔不振，園第悉屬他姓，已可慨嘆。迨今則滿清之宗社已墟，彼完顏氏之世故，亦不可知矣。

（《金鋼鑽月刊》一九三六年第一卷第三期）

小說雜談

李薰風 撰

載於《實報半月刊》一九三六年第七期。作者李薰風，民國時期著名報人、小說家，活躍於北方文壇。著有《隔簾花影》《春城花絮》《弦外餘音》等小說。本文內容可分爲兩部分。其一談小說寫作問題，主要指出小說的開頭至關重要，小說對話不可過於冗長與深奧，寫小說宜處鄉村而不宜處都市；其二則談其與張恨水的交往及對坊間流行的《金瓶梅》版本的看法，頗有參考價值。

　　名電影導演侯曜著《電影劇本作法》，引用成語"萬事起頭難"及西諺"良好的開始，即是一半的成功"，爲寫電影劇本之金科玉律。其實，何獨電影劇本爲然，寫小說，亦莫不如此！吾人執筆欲寫某一事件，至少須先有一全篇腹稿，方得形諸紙上。而形諸紙上時，又至少須千斟萬酌，決定從何方面寫起的爲最相宜，方得下筆。起始之設計，須特別乾淨利落，能以區區千百，引動全部後文，斯爲上品。如是，則良好的開始，業已成功一半，何愁沒有好的後文可寫？又何愁不抓住讀者的心靈呢！

　　嘗讀歐美及日本小說，其間對話一節，至爲單簡。直可曰非至不以書中人言語，不足以發揮書中情節時，不輕見有書中人之對話。即有之，亦皆凈潔可讀，無牽絲扳筋、纏綿無已之弊。吾國之《水滸》《三國》等才子書亦然，對話莫不力求單純，決無此問彼答，彼答此問，糾紛至不可止之時。近人寫小說，則有通篇非某某道，即某某說，專以對話見長者，其描寫之方式，等於一個話劇，而又不能如話者；其描寫之方式，等於一個話劇，而又不能如話劇對話之深奧，幽默可喜，斯可謂之曰：「文明戲化的小説。」

民國廿二年，予結婚於北平，張恨水先生爲填詞曰：「菡萏香深展瓣遲，北平小姐嫁人時。薰風高折蕊宮枝，除是文禽誰得似。催粧有書勝題詩，餘音弦外只君知。」並由恨水先生令弟牧野先生爲繪水彩畫《鴛鴦圖》，一詞一畫，相得益彰，懸諸禮堂，陳諸客室，來賓莫不交相稱贊。其尤難得者，詞內除「薰風」爲賤名外，並將拙著《北平小姐》《弦外餘音》二書名填入，妙手渾成，不露一些痕跡。名家作品，自是不凡。時爲恨水自滬返平之二日，行裝甫卸，即趕來參加典禮，可見此詞此畫尤爲難得可貴了。

寫小説不宜居都市，最好隱身山村，闢静室爲之。所謂「閉户著書」者，極相宜於小説家。不然，亦必隱藏於都市之另一角落，謝絶親友來往，方可平心静氣的，構思執筆。張恨水先生家有密室，專爲撰稿，雖其夫人亦不得越雷池一步，其目的，無非避免情緒之擾亂。陳慎言先生亦然，斗室孤燈，嘗漏夜工作，其工作時間，亦無一定之限制，此爲便利情緒之故。凡我文人，誰非如此？或有人謂：「境由心造，善爲文者，不拘其環境如何，仍可從容構思。」是則爲一句空言，有寫稿之經驗者，當然知道那是不容易出品精良的。

坊間有出售《古本金瓶梅》爲召者，及購閲之，全書之精華，皆爲刪去。所謂《金瓶梅》之精華，正係負風化責任者所欲禁止之標的。今去其標的，負風化責任者，可以無須禁止了；然而精華已失，索然無味！真正是「古本云乎哉」了！其中最無道理者，爲回目之擅改，若「打貓兒金蓮品玉，鬥葉子敬濟輸金」，豈不可笑！又坊間多有鉛印報紙舊小説出售，且以新式標點爲宣傳，減售至一折，如定價四元，則售四角之類。此類小説，極不可靠，内容既多妄加改刪，其附帶之批評，如《水滸》金聖嘆之批，一概刪除。甚而不甚相干之回目，校閲者興之所至，亦隨筆爲之更易。總而言之，非復其本來面目就是了！這種出版家的用心，誠然莫名其妙，但是這種校閲人，也太以聖人自居了！

（《實報半月刊》一九三六年第七期）

小説類話

詰 簃 撰

　　分載於《天津商報畫刊》一九三五年第十六卷第七、九、十、十一、十二、十三、十四、十五、十六期、一九三六年第十六卷第二十三、二十五、二十六、二十八、三十期。作者詰簃，生平待考。本文對編撰小説的"數難"的叙述，頗知作小説之甘苦，有"不易自出機軸""不易聯絡穿插""只圖文采富麗""不易完全成篇""不明地理形勢""不明各階級社會情狀"等。每一項，皆引相關小説加以論證，實際上是古典小説的"指瑕錄"。本文更重點指出《封神榜》之"愚民"，《三國演義》之二十二處"不可信"即與史傳不符之處，《野叟曝言》之"近於誨淫""邪氣太甚""結果太好"等大缺陷。《紅樓夢》在作者看來也不是純金美玉，如其詩歌不如《儒林外史》，《兒女英雄傳》的前半部分成就也在《紅樓夢》之上。

　　小説家，《漢書・藝文志》列於九流，一般中下流社會多以歷史視之。其善者多奉以爲師，其惡者以爲鑒。近來講學家，視小説社會教育之補助品，良有以焉。自新聞紙末張，多附載小説，而小説之名，遂層見迭出，非特不能遍閱，即知其書名，亦覺萬分困難，可謂小説之極盛時代矣。然能在社會中，稍博聲譽，可以至再版三版者，千百種無一二，其餘則用以爲裹物品之包皮、燒火爐之引柴。朝付棗梨，夕委塵土者，比比而皆是，其故何哉？蓋編撰小説，有數難焉。

一曰不易自出機軸。小說之種類雖多，要而言之，不外數事，曰歷史，曰社會，曰家庭，曰言情，曰警世，曰遊俠，曰寓言，曰文藝，其範圍不出於此而已矣。稍可採取之安章佈局，多爲前人占盡，我縱搜索枯腸，不能脫前人之窠臼。不過取舊小說之事迹，東拉西湊，改換書中之人名、地名與時代，遂據以爲己有焉。此種小說，首兩回或尚有人細閱，三四回以後，發見其偸竊之真相，遂覺一文不值。有一人作俑於前，閱者幾疑種種小說同出一律，不肯以有用之工夫，擲諸無用之地。故除販夫走卒，皆視小說爲無足重輕。諺曰：前人揚沙，迷後人眼。此之謂也。

一曰不易聯絡穿插。作數十萬字之小說，每須首尾貫串，有始有終，而每回之中且各有精采之處，始能使人百讀不厭。否則，支支節節爲之，必生以下數弊。只圖易於脫稿，並無真目的、真局勢。今日寫千八百字，即付剞劂。來日說何話，叙何事，尚未記及。明日落筆之時，又復如此。過十數日之後，自己渾忘兩回以前所說爲何話，更無論前後呼應，弊一也。貪圖說得熱鬧，把許多事故，接續說來，其間毫無綫索，幾同於將無數札記小說，寫於一處。章目小說，宜如是也耶？

（《天津商報畫刊》一九三五年第十六卷第七期）

舊小說中之《水滸傳》《儒林外史》，記事多矣。然《水滸傳》之末回，借一石碣，將百八人姓名，統說數遍。《儒林外史》之末回，借一幽榜、一祭文，將書中人姓名，通說數遍。且中間由甲之事說到乙之事，必借甲與乙無意會面，或借丙之口中，述說乙之爲人，然後置甲而專說乙，端不將甲乙分爲兩截。前數年，商務印書館出版之《文明小史》，共六十回，純倣《水滸傳》及《儒林外史》，然兩事分說，絕不關顧。前回之收束處，曰：“欲知以後尚有何事，且看下回分解”；後回之開端，曰：“話說某某地方，有一個甚麼人。”其末一回，亦未將前五十九回之人，略爲提及。是名曰倣《水滸傳》《儒林外史》，其實與兩書相去甚遠。《文明小史》無人翻版，其故即由於不能聯絡穿插，弊二也。故必須去此兩弊，然後可以說長篇小說。

一曰只圖文采富麗。作小說人，作了幾首古今體詩，多偏於言情。刊於專集，恐人譏其爲輕薄文人，其詩斷不能傳於世，於是假托君瑞、雙文之名，以寫其美人香草之句。甚可把自己所作的八股文、試貼詩，刊入其內，作爲某名士落第之卷，用以寫己之牢騷；或作爲某名士登科之卷，用以慰己之科舉夢。出版之後，使人夸一句真才子，於願足矣。又恐小說中之文與詩，不能盡顯己之文學，故自開卷至卷終，亦多用文言敍事，甚或用駢體敍事，必自以爲出於尋常小說上矣。然小說乃爲通俗閱覽而設，用文言終不如用白話，即有時不肯過於鄙俚，亦須用《唐代叢書》之體裁爲之。否則，非僅明珠暗投，且易使名小說，譏爲腐舊，譏爲外行焉。蒲松齡用文言作《聊齋志異》，享二百年之大名，亦云幸矣，然亦由迎合一般中下流社會之心理耳。在一般通人之目中，視其價值，且不能與曹雪芹之《石頭記》比，更無論紀文達公之《閱微草堂筆記》五種矣。

前數年有人著《燕山外史》，全卷用四六體裁，曾受一般老學究歡迎，然今已無人過問矣。

《花月痕》之駢體文及律詩，在文言小說中，可謂獨樹一幟。故余幼年時，每樂讀之。近復披閱，始覺其可爲文學之補助品，不可爲小說之消遣品，小說豈易哉？

一曰不易完全成篇。凡愛閱小說人，皆有作小說之興會，故對於時事，或自己家庭可喜可悲之事，往往假托姓名，用以寫自己心中之意緒。然因有正事催迫，無暇執筆，或因時過境遷，不欲執筆。故除札記小說易於完章以外，其作章回小說，能於成數十萬言，或百萬言之巨制，而不興盡中輟者，無一二。否則，前半精神團聚，後半勉強湊成，文字不能一律，往往有之。《兒女英雄傳》自十三妹出閣以後，說勸安驥用功，說到安驥高捷，是一種敷衍塞責筆墨，與前半之悅來店、能仁寺較，相去不可以里計。《啼笑姻緣》之樊家樹曰"不願作後半截之十三妹"，洵爲卓論。豈燕北閑人，有江郎才盡之慨乎？抑文人筆墨，寫憂患易，寫富貴難乎？

（《天津商報畫刊》一九三五年第十六卷第九期）

臆爲度之，始至安水心父子歸京以後，燕北閑人已無作小説之閑心，又不肯使之有首無尾。興趣不如前此之浩蕩，故筆墨亦遜一等焉。

《孽海花》記同光年事，頗負重名，惟未能觀成。後雖有續作，然精采遜前多矣。

前三十年，有叙拳匪之小説，命名曰《鄰女語》，甚有意趣，惜亦有頭無尾。

膾炙人口之《老殘遊記》，名曰完璧，而觀其末一回，並非收束口吻。臆爲度之，殆刻板時，强爲結束，非作者自謂爲至斯而止也。豈非以編輯小説，不易有閑工夫歟？近來在報館賣稿之小説，一萬字有一萬字之報酬，一千字有一千字之報酬，惟利是視，不顧其後，自更不易有良結果也。

一曰不明地理形勢。作小説必假托一地名。落筆之時，一村一鎮，一山一水，雖不必如專門地理家加以測量工夫，然亦不可東西易向，險夷易形。作者只圖使海内外地名，供我驅策，而於某地有山，某地有水，某地有南，某地在北，毫不計及。故興兵之時，破了潼關，破了虎牢關，破了雁門關，至三關之是否相連，不問也；登山之時，游了天目山，游了嵩山，又游了西嶽華山，至各山之能否同時游，不問也。《水滸傳》爲最著名之小説，而宋江由鄆城發配江州，路過揭陽嶺；《包公案》亦爲最古之小説，而由汴梁赴陳州放糧，路過趙州橋；薛仁貴三箭定天山，此天山在中國西北部，而小説竟謂爲征高麗所過之地，何怪爲閲者齒冷乎？故作小説者，如能認明地理，自可措置裕如。否則，莫如出於寓言，如《鏡花緣》，以酉水、巴刀、才貝、無火四關，隱含酒色財氣四字，并假設海外君子、女兒、黑齒、翼民等國，用以爲嬉笑怒駡之資焉。

一曰不明各階級社會情狀。一部小説，不能專説上級社會，亦不能專說下級社會人,而各級人有各級人之心理、各級人之官語、各級人之習慣。作小說之人,既通文字,斷非極下等之人,然非曾與下等人接近,描寫其說奸謀,施毒計,能於惟妙惟肖乎?而於各級人之口吻,尤難著筆。例如《六才子》之紅娘,乃一不識字之點婢。王實甫填詞十六齣,作君瑞、雙文之唱詞也易,作紅娘之唱詞也難。因不可說得太文雅,又不可說得太無情趣也。金聖嘆之批評,雖未免以批八股之眼光批小說,然亦煞費苦心。若囫圇吞棗,謂君瑞、雙文之唱詞,亦可作爲紅娘之唱詞,則忽於小說之三昧焉。

傳奇小說,首推元人。就詞章華麗而言,咏懷堂各傳奇、蔣心餘各傳奇,有時出於元人之上,而終不能奪元人之席者,以元人善於運用俗語,元以後之人不能也。

蔣心餘九種曲之《香祖樓》,固宜首屈一指,而余則最愛李蚓、邱氏夫婦對唱之一齣,以其純係村俗人之語氣也。使惟冀行文之便利,而不計及我爲何種人說話,可乎哉?

(《天津商報畫刊》一九三五年第十六卷第十期)

能參透上列各作小說之難處,自不敢輕於着筆,急於完章,兹將新舊各類小說,分別品評如下,是耶否耶? 不計及也。

《封神榜》爲商末周初之事,在小說界,所占之時代最古,其措詞過於迷信,足爲文化進步之阻礙,而其禍中國實爲甚大,迷信僅其一也。周文武爲古聖人,與堯舜同,該小說竟謂紂之納妲己,由文王爲之居間,又謂武王爲争天下,甘冒大險,陷紅沙陣中,借符籙保身而不死。太公牧野鷹揚,本爲王者之師,該小說偏謂太公毫無韜略,全恃元始天尊十二家大弟子相扶助。且略"壹戎衣而天下定"之實事,謂三十六路伐西岐,及征商過五關,殺人如麻,不可以數計,是爲誣聖,禍一也。天神地示人鬼,各有定祀,而偏謂皆爲太公所封,不論周將商將,好人惡人,以及山妖野怪,只要榜上有名,遇害慘死,即封以相當之位置,使受人間之香火,不分良莠,有賞無罰,豈爲情理之平？況武王伐紂以前,天已有列星也,地自有五嶽也,太公未封神以前,其神爲誰,豈周以前無神,自太公始設斯缺耶？抑舊有各神,太公有所封授,故新舊交替耶？在此等處實不能自説自解,是爲背理,禍二也。古帝王借神道設教,多建廟宇,小民不知道教釋教之所謂神,各有經典,誤以《封神榜》爲信史,稱東嶽天齊曰黄飛虎,稱灶王曰澠池張奎,非特不知聖經賢傳之祀典,且並不知神仙菩薩指出於何書,異點安在,是爲愚民,禍三也。人人心目中,有一部《封神榜》之印象,故謂各神之威力,出於古聖先賢之上,有人毀廟建學,則以爲必受惡報,稍有不如意事,力呼神示之助己,釀成義和團扶清滅清之謬説。使無《封神榜》小説,能招致八國聯軍之亂乎？是曰殃國,禍四也。故該小説,應急焚其版,火其書,不可使一册遺留,爲小説界之污點焉。

《三國演義》在小説界,極負盛名。有清初葉,譯爲滿洲文,遍賜滿籍武臣,使用以爲兵法。嗣有人假托金聖嘆之名,加以批點,名之曰《第一才子書》,非過譽也。國家社會既加以提倡,故《三國演義》之勢力,遠出於陳壽《三國志》之上。使《三國演義》所記各事,皆與《三國志》同,則雖一爲文言,一爲白話,而閲兩書之效力同,無可説也。乃查《三國演義》記事,多出於向壁虛造,與《三國志》出入甚多,非即其要點述明,不幾以僞亂真乎？

(《天津商報畫刊》一九三五年第十六卷第十一期)

《三國演義》開端,首曰桃園三結義。關張之侍昭烈,雖君臣誼同手足,并無結義之事,更無所謂桃園。且據某考查,關之年歲,長於昭烈,更不能謂關公行二,其不可信者一。貂蟬之事,史傳無稽,因董卓有戲皇甫規妻之事,遂謂王允離間董卓、吕布,純用貂蟬之美人計,其不可信者二。曹操殺吕伯奢家事,在見中牟縣令以先,而中牟令亦未言即陳宫,《演義》竟顛倒其次序,貽陳宫以目不識人之罪,其不可信者三。漢兖州刺史劉岱,與擊劉備之曹操長史劉岱,同名異人,《演義》竟誤爲一人,其不可信者四。爲曹操斬顔良者關公,其誅文醜者,則非關公,《演義》同作爲關公之功,其不可信者五。關公保劉備之二夫人,離曹歸備,曹以其不忘故主,來去分明,故釋而不追,《演義》謂曹明聽關去,實則令各關阻之,致有過五關斬六將、古城會、斬蔡陽等事,其不可信者六。劉備聽徐庶之言,三顧隆中,聘請諸葛,其時徐庶尚在新野,並未歸曹,而《演義》竟謂徐庶走馬薦諸葛,其不可信者七。劉備當陽敗后,徐庶母始陷入曹軍,庶爲尋母歸曹,庶母亦無有自殺之事,《演義》竟故意顛倒其詞,使與實事不合,使庶母果因庶去備歸曹而死,庶肯爲曹用乎?其不可信者八。諸葛亮一生謹慎,初不肯炫其才,而《演義》竟謂入吳有舌戰群雄之事,其不可信者九。風雨在天,安能一人力借之。周瑜赤壁燒兵,乃適遇東南風耳,《演義》竟謂諸葛亮借東風,其不可信者十。關公頗明忠義,斷不能顧私恩而忘國仇,《演義》謂關有華容釋曹之事,名曰重關,實則輕關。其不可信者十一。蔣幹説周瑜,《三國志·周瑜列傳》實有其事,不過在赤壁之戰以後,而《演義》誤謂在赤壁之戰以前,且謂曹殺蔡殺張允,由於蔣幹盜書,其不可信者十二。孫權妹爲劉備繼室,乃由於孫權之情願,劉備夫妻歸荊州,雖留書辭權,並未面别。權雖追之,置酒餞别,並未誥責,而《演義》謂偏爲孫權、周瑜之美人計,賴吳國太、喬閣老從中作主,始成就孫權之婚姻,視孫權毫無度量,惟周瑜言之是聽,且劉視備過於怯懦,夫豈爲開國人君之所宜出,其不可信者十三。

(《天津商報畫刊》一九三五年第十六卷第十二期)

馬超、韓遂之攻潼關,乃因曹操欲攻漢中,使夏侯淵會關中督軍鍾繇,致生關西諸侯之疑,曹聞超叛,始將超之父馬騰下獄。待超叛后,始將馬騰全家殺死,而《演義》謂曹冤殺馬騰全家,超乃興兵報仇,其不可信者十四。龐統攻雒城中流矢而死,並非死於張任手,更非死於落鳳坡,故王漁洋有落鳳坡弔龐士元詩,識者笑之,《演義》竟捏造殪龐統之人名、地名,其不可信者十五。劉備娶孫夫人,籩豆同牢,七年主祭,而劉備畏之,閨中儼若敵國,及劉備得益州,孫夫人還吳,《三國志》不言其故,王曇《蛟磯孫夫人廟碑》,謂因法正已進劉璋兄瑁妻吳氏,故孫夫人見幾而作,《演義》謂備因孫夫人歸吳,始納瑁妻,時期未免前後顛倒。至趙雲截江奪阿斗,更有可疑之點。阿斗即後主劉禪,禪爲甘夫人所生,長板之役,禪方周歲,適爲糜夫人所抱,糜將禪交雲,投井死事雖見《演義》,不見正史,而既與正史不相衝突,無妨信以爲實。孫夫人與備,爲七年伉儷,則斯時禪已十幾歲矣,雖猶有童心,豈能毫無主意,隨人左右?孫夫人命之出則出,趙雲命之歸則歸耶? 又按《魏略》,禪年數歲,竄匿,隨人西入漢中,爲人所賣。及建安十六年,關中破亂,扶風人劉括,避亂入漢中,買得禪,聞知其爲良家子,與娶婦生一子,初禪與父相失時,識其父字玄德。比舍人有姓簡者,及備得益州,而簡爲將軍。備遣簡到漢中,舍郡邸,禪乃詣簡,簡相檢訊,事皆符驗。簡喜,以語張魯。魯乃洗浴送詣益州,備乃立爲太子。使《魏略》之言信,則禪並未受孫夫人扶養,安能携之歸吳?《演義》竟詡爲趙雲莫大之功,其不可信者十六。獻帝之董貴人遇害後,伏皇后内不自安,嘗與父完手書,數操罪惡,乞完伺隙密圖,完雖授職輔國將軍,却是性甘恬退,不願與曹操爭權,所以接得后書,始終未發。至操爲魏公,伏完已死三四年,而伏后致父書,竟被伏家怨僕,偷獻曹操,操迫帝廢后,且由華歆破壁牽后入暴室,與所生二子,同鴆死,此當時之實事也。《演義》謂后書爲宦官穆順不謹所泄露,且謂伏完尚生,爲操所殺,與實事大相徑庭,其不可信者十七。

(《天津商報畫刊》一九三五年第十六卷第十三期)

關平爲關公子,《演義》謂爲養子。關公雖後世奉以爲帝號,而歸神之時,《三國志》並未書有種種靈異。《演義》謂有玉泉山顯聖、活捉呂蒙、活捉潘璋等事,不知何所據而云然。其不可信者十八。按諸史傳,黃忠没於建安二十五年,其時劉備尚未稱帝;《演義》征吳之時,忠中箭而亡。張飛之長子苞早卒,飛殁,由次子紹襲爵,《演義》張苞與關興同輔劉備征吳。其不可信者十九。諸葛五月渡瀘，深入不毛，對於孟獲，七擒七縱，冀其有南人不復反之心，然後可以一意北征，無後顧憂，《演義》竟造出啞泉等險地，及木鹿大王與藤甲兵等似人似怪之敵人，筆墨幾與《封神榜》之遊記同。諸葛征南之軍，既同於售技者之變戲法，又同於鄉曲人之爭意氣。其不可信者二十。梨園盛傳之空城計，據《三國志》，乃王平整軍而退，一時之權宜，而《演義》竟歸功於諸葛。其不可信者二十一。諸葛之木牛流馬，乃所造成險道之便利器械，用以運糧，如秦始皇飛芻挽粟之類，並非真具牛馬之形，名之曰牛馬，乃强名之，猶今之名汽車曰市虎，名自由車曰洋驢子之類也；《演義》謂其長短大小，尺寸分明，且謂牛馬舌中有機關，旋轉乖方，則不能動，用以騙魏營之軍糧，幾疑諸葛之技巧，遠出於現今專門工學家之上。其不可信者二十二。有此種種與史傳不合之事，而竟信以為真，未免貽誤後人不少。至其寫諸葛未免過於狡詐，寫關公未免過於驕矜，寫昭烈未免過於無能，寫周瑜未免過於量狹，皆與真事不合。是文字亦非極端佳妙。故《三國演義》，乃瑕瑜參半之小說也。

《野叟曝言》，又名《興替金鑒》。共以二十字，分為奮武揆文，天下無雙正士；鎔經鑄史，人間第一奇書。二十卷，乃章回小說中文字最多者。而文人學士，多不肯道。其間實有故存。一曰與正史不合。明孝宗弘治，僅十八年。是書於成化十年以後，作為太子監國之年；下移武宗之年，歸於孝宗，使弘治凡三十三年。

（《天津商報畫刊》一九三五年第十六卷第十四期）

且使謝遷、劉健一代名臣，為文素臣之附屬品，未免不足以傳信焉。

一曰闢佛老過當。凡有一種宗教，必有可以使人信仰之理。須稍加研究，明其教旨之所在，始從而排之闢之，自可使彼心服口服。若一味謾罵，同於俗人村嫗之斗口角，未有能不為彼駁倒者。袁子才謂人人學佛，五十年後，非天下無人類盡禽獸不止。以佛教之不娶妻，不殺牛也，可謂片言居要。惟名之曰異端，而不明異端爲害之所以然。雖著書傳後，如韓退之之《原道》，如顏習齋之《存人》，亦不過爲文學界添幾篇好文章而已，於世道究何與乎？是書謂和尚道士無一好人，且謂助景王及靳仁爲叛者，非黃冠即緇流，恐不足服和尚道士之心焉。

一曰迹近於誨淫。飲食男女，人之大欲。淫奔載於《詩》注，構精詳於《周易》。雖爲聖人之所不廢，然不過稍點即過，斷不能極力描寫。是書第三十一回，小姑娘看淫書津津講學，老夫婦吃熱藥狠狠團春；第六十七回，十六姜奉先生烏龜面目，三百遍打貞姬强盜心腸；第一百三十三回，奚天使死成歡喜佛，木倭奴生作净光王。其明明寫淫穢者，無庸論矣。即如第九十六回孔雀峒石女發身，第九十七回一掌破天荒死户翻成生户，第一百五回雲妃代尼僧摩頂舊日恩情，第一百二十八回八齡女子雲相思，皆爲貞靜女及血氣未定之青年不堪寓目之言，恐非垂教之意焉。

一曰邪氣太甚。道教固有唉火造冰之術，然亦不可說得太離奇，致近於迷信。是書第一百七回，水火無情，久出炎涼之界；蛆蟲可畏，不污清白之身。種種幻象奇談，遠出於《封神榜》《西遊記》之上。素臣雖主張是邪不能侵正，而所言禦之云法，未免不能自圓其說。其他如易面色之妙藥，愈奇疾之良方，皆與情理不符，不過徒快口舌而已。

一曰結果太好。文人之結果好者，曰王曾；武臣之結果好者，曰郭汾陽。然不過多福多壽多男而已，其子孫之起家。

（《天津商報畫刊》一九三五年第十六卷第十五期）

皆由於以蔭，非由科第武功也。素臣則母逾百歲，子孫至千人。且其後裔，皆少年登甲第，封公侯，尚公主，立功於域外，而部將幹僕，亦均列五等之封，受專城之任，使人望而知爲寓言焉。此外可以指摘之處甚多，不能枚舉。然即全書而論，究好處多，壞處少。讀小說者，宜節取之，不可因有不當之處，即一筆抹煞。兹就鄙見所及之佳處，要略言之如下。司馬温公生於北宋，宋之傳統由五代，與曹丕之代漢同，故帝魏。朱文公生於南宋，偏安一隅，與昭烈之入蜀同，故帝蜀。此盡人之所知也。至陳壽《三國志》，明明係帝魏不帝蜀，而是書獨謂陳壽帝蜀不帝魏，舉出二十四個證據，說的明明白白。且云習鑿齒之《漢晉春秋》，其帝蜀與壽同意，而才思筆力，迥不及壽。使其生當陳壽之時，付以史事，既不敢明抑魏武，以干時議，復不能陰尊蜀漢，以俟後人，必至敗壞決裂，而欲如壽之嘔心瀝血，出鬼入神，以成此千古無偶、萬世不磨之大文，斷不能矣。人皆謂《三國志》對於諸葛多微詞，是書縱錯《三國志·諸葛亮列傳》中各語，淘淘汨汨，積千餘言，謂其前比伊尹，后比周公旦，皆頌諸葛，非毀諸葛。持此應策論場考試，定能發必命中，無堅不破，此所謂長於論辯。千古冤屈之事，讀歷史者，無多感嘆，甚或欲起古人於地下，拔刀相助，爲作不平之鳴，此《反離騷》《反恨賦》所以獨絕千古也。是書第七十三回謂戴劉二人所編樂府，共二十四回，皆是翻案文字，用代古人泄憤。其目曰：齊小白殺兄墮厠，衛宣公好色忘身。吳壽夢魂譏季札，漢蔡邕鬼責司徒。晁錯興師平七國，伍員提劍定三吳。燕樂毅驅回騎刼，宋岳飛繳轉金牌。郭巨埋兒邁疾，樂羊啖子亡身。范亞父毒罵劉邦，習鑿齒痛責陳壽。檄世民建德興師，黜光義德昭復位。唐賀蘭生生作齉，齊管仲世世爲娼。司馬公千慮一失，汾陽王白璧微瑕。東坡怕死巧寄哀詩，居易苦遷甘同老妓。施全生啖秦檜，鄭俠碎剮荆公。三教堂雷神劈主，五通廟火德驅邪。

（《天津商報畫刊》一九三五年第十六卷第十六期）

素臣贊之曰："翻盡古今賬簿，別開天地爐錘。"洵爲定論。此所謂妙於思想也。作小說者，因多借以傳自己之詩詞，故必設法填入，然而得好詩難，故作不通之詩亦難。批評古人之詩，能發古人所未發，其事尤難。是書開宗明義，以唐崔題黃鶴詩引起，解釋此詩之意，謂係言神仙之事，子虛烏有，全不可信。字梳節櫛，將通首五十六字，一一揭出神髓，皆所以闢異端，掃俗套，故青蓮爲之擱筆。全篇大意，銜起無遺，非徒以善讀古人詩見長。至摩仿不通人之詩，幼年讀《綠野仙蹤》中風花雪月四詩，輒覺笑不可仰，而對於"媳釵削矣兒書廢，哥罐開焉嫂棒傷"兩句，更笑得連話也説不出來。以爲摩仿不通詩，至斯無以復加矣。今書七十四回、七十五回之交，金成之與七個不通的假名士，讀書分拈麻、刪、歌、元、灰、魚、陽、東八個韻，各賦梅花律詩一首。七個不通人的詩，第一首用麻韻，收句云"月下朦朧驚我眼，如何空剩老丫叉"，已不禁噴飯。其下，首首有如此之句。及第七首陽韻詩，云"少小之時喜七陽，七陽到手蟹爬床。未分題目肉癢癢，拿起花箋心皇皇。俗人只愛小桃臉，高士共欣老梅裝。我意不如人者意，絲棉朵朵萬條桑。"閲者至此，尚不能忍而不笑，吾不信也。其下叙金成之七律八首，各步原韻，均覺神味淡遠，復引出成之往日各詩，如入山陰道上，有令人目不暇給之勢，豈非奇極？第一百三十九回、一百四十回之上壽詩詞，無甚佳者，然亦字句穩妥。惟其壽聯，有兩聯極可稱頌。其一曰："五玉躬桓信穀蒲，列五百冕疏，五幅筵中圖百壽；一堂子孫曾玄耳，萃一千眷屬，一人膝下頌千春。"其一曰："兄弟叔侄孫曾雲初，爵分五等，更無數儀賓駙馬宰相尚書，真種引内公卿府；子午卯酉辰戌丑未，名占三元，兼許多經魁傳臚探花榜眼，洵是人間科甲林。"臚列許多名詞，絶不見堆砌痕迹，非特小説中無此精品，即名人集中亦所罕見。《蘭花夢》中挽松寶殊各聯，世多傳述，與此二聯較，有愧色矣。此所謂精於詞章也。中國舊算法，幾成絶學，一則以科舉時代。

（《天津商報畫刊》一九三六年第十六卷第二十三期）

人人注意於制義、試貼、律賦、小楷，無暇漸及於此。再則以近來歐學東漸，人人注意於泰西之三角、代數、幾何、微積分。舊有之盈朒、方程、少廣等法，皆視之爲陳腐，故等諸自鄶以下也。此書對於《周髀經》及勾股術，言之甚詳，用之傳於其妻與姑，且將算理説得透徹，不同大言欺人。醫者能視氣色，知人病之深淺，且於無可療治之中，求得米經人用之妙方。除扁鵲、華佗之外，彼之者鮮矣。素蛾以一女子，竟能破除小節，安心治文素臣，而素臣又明醫學，互相切磋，皆非門外漢所能通曉，作者寫之裕如。他如講兵法，講劍術，講星相，講卜筮，講口才，無不各有至理。所謂通於雜學也。素臣與東方僑講性命，因僑不講符籙練氣，故即老莊開列，與望道不同之處，一指定，其言曰："聖人之主靜以敬，戒慎及恐懼，其靜也常惺；老莊之主靜以妄，去知離形，其靜也常槁。聖人之燕欲，一私不擾，而萬善咸歸；老莊之無欲，一念不起，而四端俱滅。聖人之主靜惟常惺，故喜怒哀樂，發爲禮樂兵刑，位天地，育萬物，故能立人極；老莊則槁矣，方且遺世獨立，而何與於聖人之無欲。惟萬善咸歸，故仁義禮智，即通於元亨利貞。先弗達，後奉若，故能見天心。老莊則四端俱滅矣，方且坐井觀天，六天安得而見，與釋氏且以佛爲障，乃一而二，二而一者。"因東方僑講學之人，故陳義甚高。婢秋香云："佛老把父母棄去，尋別人做師父，良心不是喪盡了嗎？"又云："佛說升天，到極樂世界。天是一般氣，見到那裏，掉下來不跌作肉醬麽？"又云："人死則肉消骨化，有何牙可敲？何舌可拔？地獄又在甚麽地方？佛未入中國以去，何以無人要入地獄？"這是爲下等人說法，故陳義甚顯。素臣對和光闢佛，說拓跋魏道武帝、宇文周武帝及唐武宗，極力毀廟誅僧，不聞佛法之報復。印度爲佛教發源之地，不能保印度之長興，足見佛法之無靈。對於崇奉佛教之法人說法，故具言也切而直。第一百三十六回"舌戰朝中除二氏"，對於入手稽查僧道之法，訂一十二條，不厭其煩。復於安置僧道，訂出十五條，不使三寶庋侍三清之人。

（《天津商報畫刊》一九三六年第十六卷第二十五期）

還俗以後，或陽奉陰違，或流離失所，此關於國計民生、萬事太平之至計，故其制也周密。雖對於老聃、釋迦牟尼之真正學理，未能詞明，而衛聖道之苦心，曲曲傳出。且對何等人說法，何等時立言，均能對病下藥。所謂專於希望也。水夫人恪守姑婦遺訓，對於子媳僕婢，不肯過於嚴厲，亦不能一味縱容。將自己及文真、文白二子，阮氏、田氏、劉氏、沈氏、任氏各媳，皆定有日課，把一日分作三分，或分作五分，或分作六分，作事看書，並不偏廢。且對於飲食男女，各有限制。所謂善於治家也。文龍批案牘，字字如牛鐵鑄成，無可移易。文甲言百壽，令將四書中、五經中之壽字，一一舉出，而對於有壽旁之字，亦說得毫無遺漏。比查字典，更爲詳細。非學問極淵博者，斷不能辦。因憶與友聚話，謂四書中一妖二怪三女子，八龍九虎十先生，思想逾十餘分鐘，始能舉出。又云，於口字家兩筆，可以得若干字，惟不許穿口。歷一小時，方舉出可、叮、加、召、另、句、叶、古、右、石、只、叵等十餘。後查字典，方知遺漏尚多，可見兹事之難。所謂強於記憶也。外如志苗蠻之風俗，志各處之地理，可以節改之處甚多，不能一一胃數。故梁啓超甚取斯書，與《紅樓》要同，且欲自己爲文素臣（見《飲冰室文集》），原非過譽。近有人將此書人之姓名改易，另起書名，混人耳目，以期出版謀利，并將書中之佳妙處刪去者，成一種無頭無尾、非驢非馬之抄襲品，甚無味焉。閱者即斯書詳爲評定，謂其價值在《紅樓夢》《儒林外史》之下，吾不信也。

　　《紅樓夢》爲嗜小說人家弦户誦之書，近且多節取其中之一段，作爲國文課本，其價值可以想見。推原其故，本文固極佳妙，而各人之贊語，純仿史遷，非粗通文字人所能學，且非其所能解。各像後之七絶，亦皆各有神韻，絶非《聊齋志異圖咏》專就體面敷衍。《三國演義題像詩》

（《天津商報畫刊》一九三六年第十六卷第二十六期）

　　各處搜集，無則以老將說黄忠各俚語塞責所可同日而語。其各人之繡像，及此回之兩圖，亦均出於錢慧安、費曉樓諸名筆。所謂好花得緑葉配也。近來翻印之《紅樓夢》，將詩、文、畫一概删去，對是書添許多考據。或曰暗指明珠之子成德，寶玉即成德，十二釵即成德各貴客；或曰暗指清世祖，寶玉即清世祖，林黛玉即董小宛；

甚或謂含有革命之意趣。此等測度之詞，與謂《琵琶記》係譏王四、《牡丹亭》係譏曇陽子，同一無稽，且屬無味。是書之享大名，以人讀之，愛不釋手，含有麻醉性也。我輩但用以遣興而已，若因他人理想之詞，費一番考證工夫，不幾擲精神於無用之地乎？是書之批註家甚夥，余以爲佳者有兩種。一前數年商務印書館出印之洋裝本，一點石齋出印之十六册本。批註人之姓名，今已不復記憶。即强爲評論，亦不能出其範圍，致成蛇足。故取其他佳小說，與《紅樓夢》比較之。

　　《儒林外史》與《紅樓夢》齊名，而二書互有短長。以余觀之，《儒林外史》逾於《紅樓夢》，實有數點。兩書均版於科舉時代，對科場自不能不叙及，制義亦不能不叙及。《紅樓夢》中，賈代儒爲寶玉講《四書》，及爲寶玉所改三個破題，自均屬内行話。惟寶玉出場即迷失，係出頭場乎？抑係出三場乎？未說明白。寶玉、賈蘭，不過一個舉人，焉能夠得上大臣問話？賈蘭就是聽座師傳說，也不過適逢其會，何所謂待朝臣散後？此等處未免外行。《儒林外史》說湯由、湯實進場出場，說馬純上、匡超人選文，說魯編修、高翰林、衛體善談八股，均適如其分。此優於《紅樓夢》者一也。《紅樓夢》各詩均不甚佳，其《桃花吟》《風雨詞》《葬花行》《姽嫿夫人詞》，亦不過與唐伯虎、祝枝山各詩相比，斷不能步武唐人。即各七律詩，亦不過先有各詩，擇其佳者，與林黛玉而已。香菱學詩處之論詩，亦只爲初學說法，並無精粹處。《儒林外史》詩無多，然楊允中詩云"不敢妄爲些子事，只因曾讀數行書。嚴霜烈日皆經過，次第春風到草廬"，是何等神味！

（《天津商報畫刊》一九三六年第十六卷第二十八期）

　　試問《紅樓夢》中詩，有一首及此乎？謂桃花何事紅如許，是詞不是詩，更爲獨具雙眼。至形容不能詩者之竊名，如趙醫生，如萬七太太，更能繪聲繪影。此優於《紅樓夢》者二也。《紅樓夢》第五十三回，寧國府除夕祭宗祠，由薛寶琴眼中看出賈府諸人，分了昭穆，排班立定，賈敬主祭，賈赦陪祭，賈珍獻爵，賈璉、賈琮獻帛，寶玉捧香，賈菖、賈菱屏拜墊，守焚池，青衣奏樂。三獻爵，興拜畢，焚帛奠酒。禮畢，樂止，退出，可謂極細矣。而《儒林外史》說祭泰伯祠，某主祭，某亞獻，某三獻，某引，某贊，某司麾，某司祝，某司尊，某司玉，某司帛，某司稷，某司饌，與夫某司酉、司琴、司瑟、司管、司鼗、司柷、司敔、司鐘、司笙、司鏞、司編鐘、司編磬，及佾舞童子的人數，均寫得明白。且把三獻之時，各人如何行動，立於何處，各叙了三遍，不嫌其複，且覺愈複愈妙。堂哉皇哉！侯其禕！而視寧國府之家祭，渺乎小矣。此優於《紅樓夢》者三也。《紅樓夢》善於模仿人之口吻，故林黛玉之說話，與薛寶釵絕不同；王熙鳳之說話，與史湘雲絕不同。然不過閨閣中語氣耳。寫男子之口氣，則極其簡略矣。《儒林外史》，馬純上之說話，純粹是腐儒口氣；杜少卿之說話，純是名士口氣；嚴貢生之說話，純粹是劣紳口氣；范進之說話，純粹是迂儒口氣；婁公子之說話，純粹是闊公子口氣；鳳鳴岐之說話，純粹是豪傑口氣；匡超人之說話，純粹是小人口氣。其他各人，亦莫各效其人。此優於《紅樓夢》者四也。惟《儒林外史》，所叙之人與事太多，不能一一照顧，非有沒後之陰榜，幾乎不能收拾。視《紅樓夢》之叙賈家事，一綫到底，不可一概而論。吾故曰：兩書各有優絀也。

《兒女英雄傳》，人皆謂其仿效《紅樓夢》，實則《兒女英雄傳》之前半，遠出於《紅樓夢》之上。蓋《紅樓夢》所叙之人若事，兒女而已，無所謂英雄也，讀之適足以使兒女情長，英雄氣短，於國家及社會之事無要也。《兒女英雄傳》，十三妹出場，聽騾夫之言，本欲取得安龍媒橐中之銀，無所謂救安也。

（《天津商報畫刊》一九三六年第十六卷第三十期）

小説漫談

任　情　撰

連載於《盛京時報》一九三七年五月二十三日至一九三七年六月一日、一九三七年六月三日至一九三七年六月七日。《盛京時報》是由日本人出資創辦的一份報紙，始於一九零六年十月十八日，終於一九四四年九月四日，在東北地區影響巨大。作者任情，真實姓名與生平事迹不詳，其在文中提到"大同元年""建國"等，可見其是僞滿文人。本文對從古代到近代的小説多有點評，涉及《三國演義》《水滸傳》《紅樓夢》等古典小説名著和當時南北方的小説名家。其評價小説中的人物形象多能體貼入微、不同流俗。如對潘金蓮、潘巧雲、閻婆惜三位"淫婦"的評判，認爲她們雖行迹相似，但"而賣淫之原因及經過，亦實無絲毫相同之處也"。其他諸如推定龐統爲"有名者未必皆有實"之人，認爲"寶釵之心最爲陰險，或較熙鳳有過之而無不及"等觀點都在當時令人耳目一新。任情對民國北方小説名家如儒丐、翠羽、趙焕亭、劉雲若、李薰風等人都有貼切的評價，這正是當時南方小説話作家中很少提到的。在對待新小説方面，任情雖反對新小説中生造字詞、排斥章回小説等現象，但也不是對其一味否定，尤其欣賞魯迅、茅盾等人的作品，因爲此二人的小説"雖以新體出之，非均無舊文學根底者"。他還認爲要寫出一部成功的小説，小説家須有文學根底，有社會經驗，有寫小説之秘訣，有空間與時間之助緣，還須要"心身退逸而有所惑於衷"，更要兼以毅力，諸項條件缺一不可。

小說漫談

（一）

小說在文學中有相當價值，不僅爲有閑階級人們作茶餘飯後消遣品而已也。現在小說的銷路日見其廣，大有駸駸乎駕在任何書籍而上之勢。現代人士雖在高喊世界經濟不景氣的聲裏，而對於小說購買的支出費，却是不肯吝嗇。如果加以精確統計的話，一定要有很值得驚人的數字。

宋江、賈寶玉、關雲長諸位古人大名，幾乎是家傳戶誦，婦孺皆知。這當然是由於《水滸》《紅樓》《三國演義》三大說部的精彩動人、流傳普及所致。其價值與勢力將歷千古而不磨，與地球相終始矣。就是樊家樹、沈鳳喜的名字，也可以時常聽到一班人士的口講指畫、念念不絕的。聽說，還有小說迷的青年，特意到北平天橋的書館裏去找沈鳳喜。那麼，一部《啼笑因緣》小說的魔力之大，也就可想而知了。

當我在兒童時代，常聽鄉間父老有這麼兩句傳言，是"老不看《三國》，少不看《水滸》"。後來又聽他們解釋著這兩句說"老看《三國》更要奸猾，少看《水滸》好打架"。當時我不知道《三國》和《水滸》是什麼書，又因爲什麼看了這兩部書就會老的奸猾，少的打架。直到年齡漸長，看過《三國》《水滸》之後，才恍然大悟。他們所謂"奸猾"、"打架"，不外指《三國》之曹操、司馬懿篡位奪國和諸葛亮的用兵如神，及《水滸》一百八人之綠林事迹、處處鬥爭而已。偉大絕倫的小說，竟被他們認作"奸猾"、"打架"之書，豈不冤哉！然鄉老見識，亦只好如此耳。

（《盛京時報》，一九三七年五月二十三日）

（二）

　　三大部舊小說，因有社會小說（《水滸》）、言情小說（《紅樓》）、歷史小說（《三國》）之分，其立意命筆固各有獨特之處，迥不相侔，但同爲膾炙人口之書，則無大軒輊，而詳細咀嚼，當以《水滸》爲首。書中之百零八人，不獨言語、行動、性格、身份各具特異之點，即文法之層次，亦如詭雲變幻，清風徐來，於匪夷所思中而入情入理。所謂爐火純青，直入化境，能使讀者心書相合，恍如親見書中人物一一現於目前之勢。如宋江爲一黑而且短、其貌不揚之人，武松則係一氣宇軒昂長身壯士，吳用是一白而黑鬚、儒雅先生等是。只於心理方面，石秀、林冲同爲忍人，林冲是處處出於被動不得不忍，石秀皆爲自動，纔是天生忍人。金蓮、巧雲、婆惜同爲淫婦，其性格又自不同。有人謂施耐庵善於描寫男性而拙於描寫女性者，意指武松殺嫂、石秀殺嫂、宋江殺樓之三女角，有許多重複雷同者。余以爲此亦不善讀《水滸》者。夫三人之出身不同，環境亦異，其淫蕩之性，亦大有差別。金蓮出身爲婢女，常在富貴之家，當然眼大心肥，偏將她配於一貧而且醜的三寸丁、谷樹皮武大，實在難得其滿意。初見武二，羨其"恁般長大，想必能有好氣力"，此乃性欲衝動，爲久處於苦寂生活下的青年女子通病，金蓮或不例外。及樓窗棍誤墜西門頭，王婆子説十分光與急色兒定下牢籠計，此時即玉潔冰清者，亦恐難脱圈套，何況一婢女出身而久困於金錢、性欲兩不滿足之潘金蓮乎？其謀害武大時，一因武大已被西門慶踢傷病危，恐武二回家不肯干休；二因西門慶、王婆之頻頻催促，不得已始下毒手。然當其砒毒武大時，竟手顫體戰，雖因婦人膽小，然而其中仍有良心作用也。

　　　　　　　　　　　（《盛京時報》一九三七年五月二十四日）

（三）

　　至潘巧雲身爲差人楊雄之妻，身邊既能蓄婢，家資當然富有。其私通海闍黎，純屬愛俏心腸，俗所謂"飽暖生淫欲"者是也。辦願齋，看佛牙，一切具出巧雲自動，並非環境所促成，與金蓮事無絲毫相同處也。閻婆惜本有流浪妓，生涯潦倒，父死無棺，遇宋江之周恤。閻婆子見宋江多金，借報恩之名，以女充宋江外室，母女心目中只有金錢勢力，固無有愛於宋江也。故張三郎得以乘隙而入，倒鳳顛鸞。婆惜既得所歡，覺宋江之愈爲可厭。此本歌女之慣技，以現在一班棄舊迎新的歌女心證之，足見《水滸》作者確係白描能手也。

　　若金蓮，若巧雲，若婆惜，爲婢女，爲再醮婦，爲歌女，其出身如彼；一見殺於夫弟，有見殺於夫友，有見殺於姘夫；其結果如此。而賣淫之原因及經過，亦實無絲毫相同之處也。

　　聖嘆謂："武松爲上上人物，宋江爲下下人物。"自是千古定評。武松之獅子樓殺西門慶，是爲兄復仇；在鴛鴦樓殺張都監，是爲朋友雪恨。在武松心裏，只要打倒天下好漢，殺盡天下不明道理的人，絕無一點爲自己的私念存乎其間。至十字坡遇張青，忽然心中感激而至掉淚，則武二之豪俠心腸、英雄氣概，已活躍紙上，誠非處處虛僞、委瑣不堪之宋江可望其項背於萬一也。人云武松居柴進莊時，因酒醉毆人，致見鄙於小旋風爲缺陷。此種月旦，似於武松、柴進性格身份尚未認識清楚。按，聖嘆之評柴進云："柴進除好客外無長處。"柴進乃周世宗嫡系子孫，雖爲金枝玉葉，亦不脫紈綺習氣，除結交綠林豪客外，即與莊客采獵而已。公子哥兒之好客，多有重名不重實的心理，所以武松之來，初亦未必重視，武松自然心中不快，酒後動武，乃爲莊客所讒，又以病故，不得去而之他。若武松在景陽岡打虎後再遇柴進，想絕不如此相待矣。

（《盛京時報》一九三七年五月二十五日）

（四）

　　《水滸》雖不著力寫景，而景反特別顯著。黃泥岡劫生辰綱時，想見烈日當空，一絲涼風都無，使讀者頓感遍體如被蒸籠；寫風雪山神廟時，天氣之酷寒，風雪之凛冽，使讀者周身無一絲暖氣；寫奔快活林一路，於綠柳白楊間飄出幾面酒旗，不惟風景如畫，且使嗜杯中物者，不覺垂涎三尺矣。

　　劉知寨的老婆見救於宋江，而恩將仇報，確是婊子心腸。孫二娘恁般美麗，却作殺人放火的勾當，真是香粉夜叉。梁中書夫人挾貴而驕，將太師爺的大小姐身份表現十足，要丈夫處處仰承自己鼻息，足使攀權門而附婚姻者知難而退矣。作者呼孫二娘爲母夜叉，呼顧大嫂爲母大蟲，呼扈三娘爲一丈青（按，一丈青系蛇名）。劉知寨的老婆和梁中書的夫人，雖不曾加以綽號，而弦外餘音，殆較毒蛇猛獸等而下之。作者如此痛惡女人，或已先身受涂毒者歟？

（《盛京時報》一九三七年五月二十六日）

（五）

　　人無生而願爲盜者。有之，不爲饑寒所迫，即爲情勢所逼。梁山雖高樹替天行道之旗，特懸忠義堂之匾，觀所行事，則打家劫舍，攻城陷鎮，無一不是強盜行動。夫爲盜者，孰不以除暴安良偷富濟貧爲號召者？然國家自有法律，焉用盜者代庖？故梁山好漢，雖不自認爲盜，不可得也。然楊志非欲爲盜者，其"我楊某但願一刀一槍博得封妻蔭子"之語，何等氣概，何等忠直，而一失花石綱，再失生辰綱，至側身一望，四海無家，遂不得不入二龍山矣。林冲，禁軍教頭也，爲高俅之一逼再逼，終亦不得不落草梁山矣。是楊志、林冲之爲盜，實蔡太師、高太尉之促成也。至關勝、呼延灼乃率兵捕盜者，捕盜未成，終亦降盜，准"兵敗則死""有斷頭將軍，無降將軍"之說，則關勝、呼延灼之歸水泊，與楊志、林沖等，似又當別作論斷矣。

晁蓋雖不預一百八人之數，然梁山盜業，乃彼造成，故晁蓋實盜之魁也。充保正時，則結交匪類，及黃泥岡劫生辰綱，竟公然為盜矣。宋江，縣押司也；朱仝、雷橫，縣都頭也，皆與晁蓋互通聲氣者。人必有盜心，然後有盜行。即無李逵劈殺小衙內，不有枷梢打死白秀英等事，朱、雷恐亦難免為盜。至宋江之潯陽江上酒樓題詩，其久蓄盜心，情見乎詞，固無可諱也。夫晁、宋、朱、雷諸人，同為地方官吏，非有饑寒之迫，非為環境所逼，早即同氣相求，或真生而即願為盜者矣。

王望如之評關勝曰："關氏有降曹子孫耶？吾不信。吾不信。"聖嘆批之："陳壽《三國志》，鄧艾入蜀，屠盡關氏子孫。"意謂關勝非關帝之裔也。然舜之父有瞽瞍，堯之子有丹朱，父子之賢不肖也且如此，況後漢至宋千有餘年，宗系相傳十數餘代，子孫安能悉若其祖？"盡信書，則不如無書。"史乘所載，未必盡實。小說豈少附會？讀者似不必過於膠柱鼓瑟也。

（《盛京時報》一九三七年五月二十七日）

（六）

《水滸》全書人物如許衆多，情節如許複雜，寫來層次如彼清晰，結構如彼緊湊，固無論已。其用字之巧，尤匪夷所思。如李逵隨戴宗訪公孫勝時，腿上縛了甲馬，有"但見樹木莊村都一層一排價從眼前刷過去"。只此一個"刷"字，便將神行之速，形容得盡致無餘。再如宋江酒店遇石勇，知太公病故，頓足大哭。石勇勸曰："天下無不死父母"，只將"天下無不是父母"之"是"字，輕輕換一"死"字，不但毫無痕迹，且極妙不可言。誠非施耐庵不能寫出，非金聖嘆不能點出也。故聖嘆贊《水滸》一書不僅是千古第一部小說，亦千古之第一部大文章也。

幼讀《三字經》，見有寫"魏蜀吳，爭漢鼎"者，有寫"蜀魏吳，爭漢鼎"者，疑而請教於塾師。師冬烘也，莫能解釋，告以此印刷之誤而已。後覽書漸多，始悟寫"魏蜀吳"者，根據史乘也；寫"蜀魏吳"者，或書坊之所易耳。然三國勢爲鼎足，究應以誰爲正統，至今尤有爲此聚訟者焉。持地勢論者，主中原者即爲正統，例如宋都汴梁，彼時之南唐、西蜀，皆不得與宋爭正統也。蜀都四川，竊稱帝號，與宋代之孟昶無以異也，故不得以爲正統。持姓氏論者，謂昭烈，漢之宗室也，且曾拜受獻帝之衣帶詔，聞曹氏篡劉，始自稱帝以繼漢統，不得以非正論也。顧今人皆指魏爲篡，呼操曰賊，千古下殆無可更易，未嘗非一部《三國演義》小說之力也。

讀過《三國演義》者，莫不恨曹而祖劉，以操乃神奸巨慝，備真仁義長者也。然備數倚曹操，操明知備當世人傑，於青梅煮酒時，一口道出矣，不惟無意殺備，且優禮遇之。白門樓呂布遭擒，操問於備曰："何如？"備曰："董卓、丁建陽之事可鑒也。"操遂殺布。夫備之進言殺布，非有憎於布，懼布爲操用耳，故布大呼曰："大耳兒忘却轅門射戟耶？"兩兩之相較，阿瞞之襟度，頗有可欽處也。

（《盛京時報》一九三七年五月二十八日）

（七）

讀《三國演義》至華容道義釋曹操處，莫不頓足，以爲關公何不殺曹操絕患，反縱之使去也。余以爲此終殆有因果在焉。公居曹營，備受優渥待遇，固無論矣。其單騎出走，千里尋兄，過五關，渡黃河，未必皆公一人一馬一刀之力也。或爲操之故縱使去，亦未可知。故華容之釋操，非僅爲報贈馬之惠，或亦有兼報縱還之恩耳。故非孟德不能如此待雲長，亦惟雲長方能釋孟德也。

曹操不僅爲軍事家、政治家，且爲一時之文學家，其釃酒臨江，橫槊賦詩，於戎馬倥偬之際，不忘吟咏。宴銅雀台時，令武將比射，文官爲文，風雅亦自可喜。如《孟德新書》見傳於後世，其價值當亦不在孫、吳二子之下。子建詩文絕代，其始未嘗非乃父親傳有以致之也。

今人之斥篡逆者，輒以操、莽爲喻，然獻帝一困於董卓，再厄於李傕、郭汜，漢室之危，朝不保夕，非操之先有矯詔討賊，後有迎駕幸許，則漢室覆亡，固不待數十年後也。操雖專恣跋扈，而終身不親行篡逆，視王莽實差強一籌。惜其不爲伊吕，乃期期自比文王，所以能見譏於後世也宜矣。

馬跳檀溪之後，劉備遇司馬德操，聞"伏龍、鳳雛得一，可安天下"之言，竟致夜不成寐，後果並得之。諸葛出廬時，備方倚居劉表，寄身新野小縣，兵不滿千，將亦只關、張、趙三人而已，而能燒博望，敗夏侯。其後，操大舉而來，蔡氏以荊州獻，備勢窮力危，有當陽之敗，奔夏口，倚劉琦。諸葛入吳，與周瑜合作，大破曹兵於赤壁，趁機取荊州四郡，勢漸增大，收東西兩川，成劉氏帝業。迨昭烈駕崩白帝城，受托孤重命，平蠻討魏，六出祁山，以至命殞五丈原。雖不得平吳滅魏，使劉漢一統，然其三代下第一人矣。反觀龐統之隨備入川也，寸功未立，先喪命於落鳳坡前，智謀迨遜於張任，何有擬於卧龍？且時疑諸葛之言，爲有意忌功，局度抑何其窄！是鳳雛之視卧龍，殆有天淵之別，使備在新野時先得鳳雛，不但無以成鼎足之業，即備之性命，早已不知如何矣。有名者未必皆有實，若龐統鳳雛者，其亦馬幼常之類歟？

（《盛京時報》一九三七年五月二十九日）

（八）

劉備收東西兩川後，自立漢中王，封關、張、趙、馬、黃爲五虎上將。關方鎭荊州，聞之怒曰："翼德吾弟也，孟起世之虎將，子龍猶吾弟也。黄忠何人？亦預五虎上將之列。吾誓不與老卒爲伍。"然當雲長取長沙時，忠箭射盔纓，示報墜馬不殺之德，是其義也。魏延殺韓玄以城降，忠閉門不出，是其忠也。定軍山斬夏侯，是其勇也。至馬超雖勇，失西涼，投張魯，以不得魯女爲妻故，與楊松交惡。降蜀後，不見有特殊功績。雖羌人畏之如虎，要亦多藉乃父馬騰餘威耳。超爲一頭腦簡單之人，與呂布有相似處。五虎將中，當以超居末，而雲長獨不喜漢升，此亦令人難解也。

《水滸》中人物，有與《三國》人物相似者。宋江馭下似劉備，吳用智謀似孔明，關勝神態似雲長，而劉備能成帝業，宋江不免遭擒，此雖時勢有不同，要亦在所立之目標爲如何耳。劉以興漢討賊爲心，部下皆忠義之士，故爲天下人所同情。宋以作賊爲事，爪牙多山林暴客，結果自歸失敗。得道者多助，失道者寡助，成敗雖不足以論英雄，而正遵順逆因果之理，殆無可更易也。

《三國演義》一書，以筆墨之靈活、描寫之深刻處論之，似較《水滸》稍遜一籌，然在歷史小説中，誠爲首屈一指者。若《兩漢》、《兩晉》、《隋唐》諸演義小説，不失之簡略，則失之玄虛，其詞意亦多使人生厭。好書不厭百回讀，歷史小説中，獨於三國爲然。

《紅樓夢》，一名《石頭記》，描寫金粉世家之驕奢淫逸與閨中兒女之言語形態，刻畫入微，惟妙惟肖，自非小説聖手不辦。其原著人已多斷定爲曹雪芹，惟對於書中之背景，則人言言殊。有謂金陵十二釵乃爲明珠事者，有謂隨園即大觀舊址，賈寶玉乃曹之自況者。又有謂賈府之被抄，抄單所開各項，多與和珅之抄單相同，爲和珅事者。

(《盛京時報》一九三七年五月三十日)

(九)

據老友螢庵談，當其負笈京師時，北平研究《紅樓》之風正盛。

各茶社中,日聚多人,名曰紅社,有時因各執一説、互爭不下而致動武。吾以爲一大部小説之作,固未必皆是憑空撰作,亦未必盡有背景。小説若盡根據事實一家中,安有如許奇異變幻事實可爲？只要爲世界情理之所有,而不本書之本旨時,盡可摘拾寫入。況小説須穿插渲染,方可臻於靈活美麗。不可因書中與某人某事偶有似是而非之暗合處,即曰此即是影射某人某事也。讀小説者,只求其在事理人情中不相背謬,而能賞心悦目,使人悠然神往者,斯亦足已。當真事看可,當虛構看亦無不可。若必膠柱鼓瑟,期期以求背景,恐確實之背景終不可得,且先受小説之所苦,殊爲不值。吾愛讀小説,而素昧於考據,畏其苦也。

《紅樓夢》中女性之最淫者,莫過於熙鳳。作者雖不明書其如何淫蕩,而讀者自知賈蓉、賈寶玉均爲熙鳳入幕之賓,賈芹、賈芸或亦其中面首也。至其貪狠毒辣之性,亦迥異常人。賈瑞、尤二姐,皆熙鳳死之也。賈府之被罪,亦熙鳳有以致之。其自己則爲所欲爲,對於丈夫,則束縛備至。璉二之掄刀動杖,實在高壓下無可如何之際,始一要龜錘耳。熙鳳之死於月經病者,莫非淫惡之兩報？熙鳳之才,誠爲一般婦女所不及;其貪淫毒狠,亦爲一般婦女所難能。女子無才便是德,觀熙鳳始信。

(《盛京時報》一九三七年五月三十一日)

(十)

李宮裁是忠厚,尤氏是庸愚,王夫人是糊塗,此均顯而易見者。薛寶釵表面頗似大量君子,賈府中人莫不覺其可親,實則寶釵之心最爲陰險,或較熙鳳有過之而無不及。隨時隨地爲黛玉樹敵,反時時與黛玉親近,不但闔府人墜其術中,即黛玉自己亦漫無覺察。手段之高,心思之密,可稱老奸巨猾,令人有防不勝防之慨。然金玉諧合未久,鴛鴦竟致分離。讀《紅樓》者有謂,寶釵之生殆較黛玉之死爲尤苦。吾以爲天之所報如所施，無足爲寶釵惜也。

"滿紙荒唐言，一把辛酸淚。只云作者癡，誰解其中味？"此誠《紅樓》作者之傷心語也。據聞曹雪芹爲江南世家子弟，及著《紅樓》時，已至一貧如洗矣。惟其當初作過繁華之夢，始能寫出榮、寧兩府當時一般富貴繁華、驕奢淫逸情況。惟其居茅舍繩床之時，才能寫出工整華麗、頑艷悱惻小說。情發於心，文字所以抒情，名小說多爲有感而作，不獨曹雪芹一人爲然。

小說中之最幽默者，莫過於《儒林外史》。寫婁公子載客游湖時，何等風雅。至權勿用被關回籍，張俠士猪頭騙金，讀者未有不啞然失笑者也。寫蘧公孫恁般文雅風流，而向馬純上有合刻文選之請，人格殆不堪問。寫匡超人如何大孝事親，結果乃是忘恩負義之徒。寫季葦蕭詭語招親，寫牛布衣是頂名冒替，一切皆用反擊之法出之。所謂譽之愈高，始覺毀之愈重也。今之老舍以幽默小說家稱，實則老舍之作，只可謂之滑稽，而不能謂之幽默。現在幽默文字類爲人所歡迎，有志於斯者，不可不先一讀《儒林外史》也。

(《盛京時報》一九三七年六月一日)

(十一)

《老殘遊記》書名甚晦，驟視之，殆認爲係一種遊覽筆記，而不知乃一部名貴小說也。全書十回，結構頗爲精彩，筆墨亦簡潔可喜。寫大明湖說書，情景逼真，宛如黑白二姑娘之歌聲妙態，畢現於讀者目前者然。今之鼓姬多有以黑白二字爲名者，殆有所本也。寫桃花山下遇虎，筆勢甚急，令人有驚駭屏息之狀。及入山莊，則另換天地，幾疑置身神仙洞府。至於黃龍子知國家興衰之理，干支往復之數，作者蓋所以賣弄所學也。寫曹州府之殘酷，白太尊之折獄前後相映，以形容臨民上者之賢與不肖也。煞尾道人風雪返魂一段，則明言世路崎嶇，難以直道處世也。作者以老殘行醫爲題，取良相治國、良醫治病之義耳。

《西遊記》《封神演義》同爲一種神話小説，流傳雖普遍於民間，而文字、意義均無甚可取，只好看其熱鬧而已。

《鏡花緣》作者，頗長於博物，舉凡詩詞歌賦、醫卜星相、琴棋書畫、鳥獸蟲魚、山川草木，無不盡入書中。至飛車雖係當時作者由想像所出，而不啻爲現代之飛機作業草圖焉，是作者不僅爲博物家，且亦是亦發明家也。惟筆墨不甚流暢，結構亦只平常，流傳性乃漸趨寞落耳。

《花月痕》中之詩殊勝《紅樓》，而小説之筆法則遠遜於《紅樓》。或謂"此書係以詩爲主，其結構與文法，則不必苛求"，是矣。

《水滸》之後有《水滸》（即《蕩寇志》），《紅樓》之後有《後紅樓》《續紅樓》《新紅樓》。作者雖竭力模仿先者筆意，非牽強過甚，即怪誕不經，殊無足取者。

武俠小説以《七俠五義》爲佳。結構穿插熱鬧而不煩絮，描寫個人特性，亦不雷同。書中兼寫才子佳人故事，以調劑書中之乾燥，不似《三俠劍》之一味蠻打，令人一讀便厭也。此書經俞曲園太史評點，頗有流傳之價值，書中有顔眘敏其人者，"眘"即古"慎"字，取敏言慎行之義。古本均作"眘"字，今本或訛爲"春"字。余因常聽人讀作春敏，特正之。

舊小説有評話、鼓詞、詞曲、筆記之分。評話即白話，如《水滸》《紅樓》者是。鼓詞乃便於説唱者，如鼓詞《三國》、《隋唐傳》等是。詞曲亦爲演唱者，如《西廂記》《牡丹亭》等是。筆記乃隨筆記事，如《聊齋志異》《夜雨秋燈錄》等是。至駢體小説，《燕山外史》外，尚不恒見。大抵評話分章回，詞曲分折數，筆記分段，落鼓詞則説了又唱、唱了又説，首尾相接，然亦有以章回出之者。其中以評話可雅俗共賞，故流傳亦最爲普遍也。

（《盛京時報》一九三七年六月三日）

（十二）

　　近十餘年來，世人嗜讀小說之風益甚。舊小說雖種類繁多，不乏名作，而厭故喜新，乃人之恒情。有求則必有供，新小說家遂應時而出，遍於大江南北，南方小說家如李涵秋、徐枕亞、周瘦鵑、張春帆、徐卓呆、不肖生等，皆享名一時。北方小說家如張恨水、劉雲若、李薰風、趙煥亭等，亦爲人所盛道。

　　徐枕亞善寫哀情小說，所著《玉梨魂》及《雪鴻淚史》，尤能賺人眼淚。閨閣中人竟有因讀《玉梨魂》而自殺及抱獨身主義者。魔力之大，感人之深，已可想見。其小說爲別一體裁，不論回而分章，文言中兼采語體，呼爲鴛鴦蝴蝶派。十年前此派小說最爲摩登，如蘇曼殊、程小青等，亦皆此派之健者也。

　　其後，有《紅玫瑰》《紫羅蘭》小說雜志出，小說文法爲之一變，棄文言而純用白話，呼之謂禮拜六派。"禮拜六"三字之義，余至今尚未詳所從出。趙苕狂、周瘦鵑、徐卓呆，皆此派中人也。自禮拜六派小說興，鴛鴦蝴蝶派即漸歸落寞矣。

　　平江不肖生，以著劍俠小說知名，所著《江湖奇俠傳》《玉玦金環録》，均大受半知識分子所歡迎，然只求篇幅之長、叙事之多，則不免東拉西扯，帶水拖泥，甚至言人頭割下，尚能説話（見《玉玦金環録》胡魁事），勿乃過於荒謬！殊爲識者所不取。惟所著《留東外史》及《留東新史》，雖不免罵世太甚，然結構與文法，均屬不惡，尚不失却社會小說之價值也。

　　人云，李涵秋門前常設一小箱，專爲收集揭人隱事私函之用，彼則作爲小說材料。人畏其筆法苛毒，則以重金收買其稿而毁之。余以爲此説未必是實。讀者以其筆墨太損，而有此種揣測之談耳。余曾一讀其《近十年目睹之怪現像》一書，雖不知背景爲誰，確屬罵人太甚。

（《盛京時報》一九三七年六月四日）

（十三）

　　大同元年，閑居奉垣，過書肆，順便購《九尾龜》一部讀之，三日讀竟。書爲張春帆著，對話盡用蘇白，據聞書中所謂之九尾龜，乃指某遺臣者。至書中之章秋谷及貢春樹，皆春帆之自況者。將章秋穀寫得精明強干，倜儻風流，無所不知，無所不能，幾乎天上少有，地下難尋，即諸葛復生，亦無能加而上之。惜吾不一見春帆之面，覘其究竟爲何如人也。

　　北方小說家名頭最高而又能以小說致富者，無人不知爲皖潛張恨水也。恨水十年來著有小說二十餘種，余所知者爲《春明外史》《春明新史》《啼笑因緣》及續集《天上人間》《似水流年》（原名《黃金時代》）《落霞孤鶩》《金粉世家》《美人恩》《滿江紅》《歡喜冤家》《鐵血紅絲》《鏡花水月》《現代青年》《摩登小姐》《夜深沉》等。書名均爲美麗名目，回目皆用九字而成，對仗尤工穩高雅可喜，小說詞意多別出心裁，不落前人窠臼。江南小說家皆競致其稿，登載後，或刊書，或搬上銀幕，致凡讀小說者，無不爭欲一先睹爲快。恨水小說中，以《啼笑因緣》最爲風行。然以愚意窺之，《啼笑因緣》誠爲佳矣，而《春明外史》尤在《啼笑因緣》之上。至《金粉世家》，部頭既大，結構頗似《紅樓》，寫時亦較《啼笑因緣》爲吃力也。

　　恨水小說中以言情社會占多數，其寫社會，寫言情，嫻熟而細膩，爲一般小說家所不及。惟寫武俠小說，則腕力稍弱，不及趙煥亭遠甚矣。

（《盛京時報》一九三七年六月五日）

（十四）

聞北平名小説家，除張恨水外，其次則爲劉雲若，其次爲李薰風。薰風所著之《弦外餘音》，曾刊《大亞公報》，的屬名著。而雲若之《碧海青天》，未免造作過甚，稍存匠氣，内容與電影之《道德寶鑒》有雷同處。余因劉之小説與明星之影片不知孰先孰後，未便妄加月旦，但余認爲薰風作品似在雲若之上。此或個人主觀之不同耳。

趙焕亭字紱章，直隸玉田人，所寫小説多爲武俠兼社會，如《驚人奇俠傳》《奇俠精忠傳》《英雄走國記》《不堪回首》等，筆法頗矯健而扎實，書中人個性與動作亦盡其形容之能事。對於武術之門徑，尤有心得，非似《江湖奇俠傳》之荒謬絶倫也。趙之小説售價極貴，每部非六七圓不辦，其稿向直售與上海各大書局，不在新聞紙上發表，故名頭不及恨水之高，然名小説自有其價值存在也。

滿洲小説家最著者，有儒丐、翠羽二人，然均籍隸北平。儒丐居奉已久，著述亦多，初在本報發表之小説，爲《梅蘭芳》，其後有《毒蛇罇》《香粉夜叉》《同命鴛鴦》《北京》《徐生自傳》《一個生了子的妾》《栗子》等，意譯有《哀史》《嚴窟島伯爵》（按，儒丐之小説或不止此，以上乃余所知者）其中有出書者，有未出書者。余所最愛讀者，則爲《香粉夜叉》與《哀史》也。君之著述，自在讀者心目中，固無待余之盛贊也。

報紙上發表之翠羽作品，恒有"自北平寄"字樣，致一般讀者，多疑翠羽乃北平之小説家，而不知其在滿久矣。翠羽即子君蓮客之别署，其人則温文爾雅、多才多藝，書畫並臻佳妙，所著小説亦俊雅妙曼，文如其人。《大亞公報》刊載之《平分秋色》，乃君傑作之一耳。滿洲小説家能與儒丐互相伯仲者，僅翠羽而已。

十年前刊載於本報之小説，尚有冷佛之《桃花煞》《珍珠樓》、蕱福之《廿載春夢》，亦均膾炙人口。蕱福魯人，數年前早已回籍。冷福於建國後出宰花封，許久不見寫作矣。

純滿洲人之專攻小説者,只一《大亞公報》記者陳蕉影氏,現亦棄華墨生涯,出而作吏去了。

　　寫小説難,寫長篇小説更難。文學無根底者,固不能寫小説。有文學根底,無社會人情之經驗者,亦不能寫小説,寫之,則必如學生文藝之狹隘空洞。有社會人情經驗,不得小説之秘訣,亦不能寫小説,寫之,必成平鋪直叙之記帳式矣。有文學根底矣,有社會人情之經驗矣,得小説之秘訣矣,無空間與時間之助緣,則亦不得而寫之,寫之,則必前拖後節,或重複堆累。精神於最興奮時、最頹敗時均不能寫小説,寫之,非超越人情之外,即庸俗不堪,必當心身遐逸而有所惑於衷者,然後爲之方可。而毅力不充,中途而輟者,尚有難言焉。視此,則小説之不易作,可知矣。

(《盛京時報》一九三七年六月六日)

(十六)

　　自直譯體小説興,有所謂新文藝小説家出現,魯迅、茅盾、巴金、老舍、張天翼、穆時英等,皆此中之佼佼者。諸人之作品,余有見者,有未見者,大抵中篇者多,長篇者少。其中以魯迅之《子夜》及茅盾之《三人行》爲佳。現代青年以新文藝家自命者,莫不盛道以上諸人作品,而對於舊小説則大有視爲腐化品而不屑一盼之意。余曾親見一新文藝家,竟不知舊小説中之某某説道之"道"字作何解,亦可笑矣。夫魯迅、茅盾,其小説雖以新體出之,非均無舊文學根底者。今但謀其毛皮而忽略其實學,則文字雖作到如何華麗,骨子裏則終不免空虛也。

　　小説中俗語、方言,皆有現成者可資採取,非僅音同即足,必須多讀前人小説,方能隨用隨出,不致提筆忘字。今之新文藝家,動則自造新字,任意書之。排印者在字盤中尋索不得,即臨時刻之,致愈造愈多,愈多愈訛,如此則人人皆成倉頡。十年後之字典,將大費增補工夫矣。

　　各新聞紙所辟之文藝專刊，章回小説向不曾刊入。吾曾以"章回小説何以不稱文藝"之言，就詢於個中人，然亦不能道其所以。知者其有以教我爲幸。

　　　　　　　　　　（《盛京時報》，一九三七年六月七日）

小説雜談

劍　峰　撰

　　分載於《金剛鑽報》一九三七年五月二十七日至三十日、六月三日、六月四日、六月八日、六月九日、六月十三日、六月十四日。作者劍峰，生平待考。本文主要討論當時流行的小説家及小説界現象，對著名小説家的風格每有獨到的理解。其稱張恨水小説爲"清潤流利，細膩熨帖"，稱程瞻廬小説"突梯滑稽"，稱王小逸小説"深刻生動"，都頗有見地。對於當時流行的偵探小説，作者不人云亦云，即使當時最有名的《福爾摩斯探案集》，也批評其"太重理論，往往不免於枯燥耳"，可謂發人所未發。其對程小青、陸澹庵等人所著偵探小説的理解，也很有見地。在歷史小説的取材方面，作者主張在重大事件中，"選其中之較精彩者，聚精會神，加以渲染"，是破解歷史小説寫作困局的一個路數。另外，其對《留東外史》《留芳記》等小説的推崇，都可供參考。

　　生平最好讀小説，對於今日之小説家，最服膺者爲張恨水、程瞻廬、王小逸三君。張君之小説，名震遐邇，盡人皆知。予猶好讀其《落霞孤鶩》《滿江紅》二書。其文筆之清潤流利，細膩熨帖，直脱盡人間煙火氣。惟筆調過於傷感，未免消磨青年人之志氣。近張君亦已改變作風，往往於兒女私情中，雜以國難嚴重。若《滿城風雨》《太平花》等，可謂善於應時矣。程瞻廬君之突梯滑稽，往往匪夷所思。《四傑傳》一書，自始至終，笑料不絶，雖以幽默味標榜之老舍、林語堂，對之亦將有愧色焉。至於王小逸君之作品，深刻生動，爽利潑剌，讀之胸襟爲之一爽，而寫情處樂而不淫，更非淺學輩所能望其項背。所惜者，王君作品不多，所讀者僅《衆生相》與《春水微波》二書。本報錦浪生之《無遮大會》，筆調頗似王君，未悉是否爲王君筆耳？（編者按，錦浪生姓金，非姓王）

（《金剛鑽報》一九三七年五月二十七日）

李涵秋氏之作品，雖爲人所稱賞，惟描寫往往過火，致與情理不合。《廣陵潮》一書，疵謬百出，即可知已。《戰地鶯花錄》與《俠義奇緣》二書中，尊外國人如神明，幾如馬路上黄包車夫對洋大人之心理，洵可哂已。其作品之似已將爲讀者所淡忘，即明證也。

談武俠小說，當首推寫《江湖奇俠傳》之不肖生向愷然。惟其作品之荒誕不經，且甚於《西遊記》《封神榜》，而其結構散漫，更爲其大病。予意寫武俠小說之最佳者，當推趙焕亭氏。其文章之生動活潑，簡直如見其人，如聞其聲。《奇俠精忠傳》一書，使人不忍釋卷，非待盡讀後始已。惟趙之魄力，於結束時往往草草終事，與開場時之氣象萬千，迥不相同，致貽人以虎頭蛇尾之譏。且材料不當，内容往往雷同。看過《奇俠精忠傳》而再讀其所著之《北方奇俠傳》《雙劍奇俠傳》，便覺味同嚼蠟矣。

泗水漁隱之《血海潮》《血崑崙》，效《水滸》筆法，頗有似處。猶妙者，在乎不越情理之外。予最愛讀其所撰之《雙雛記》《艷塔記》。按二書係續不肖生之《半夜飛頭記》而作，倘是書即由不肖生續作，吾知其成績亦決不能如此也。

（《金剛鑽報》一九三七年五月二十八日）

青年人好讀偵探小說，良以其刺激興奮，適合少年之個性耳。偵探小說中之最負盛名者，當推柯南道爾氏所撰之《福爾摩斯探案》。顧太重理論，往往不免於枯燥耳。至勒白朗氏之《亞森羅蘋盜案》，雖情節離奇，引人入勝，然往往過於荒誕，致越乎常情之外。至於近來震動文壇之裴洛凡士探案，情節既曲折奧妙，佈局復精密細膩，而不越情理，尤爲難能可貴。惟《凡士探案》均係長篇，讀時非一鼓作氣，不能領會其妙趣。時間方面，未免過於耗費，若能多撰短篇，當更十全十美矣。

中國偵探小說作家，當然須推程小青君爲祭酒。其所作之《霍桑探案》，幾乎家傳户誦，享名之盛，固不弱於福爾摩斯也。君復善於譯述，其所譯之《世界名偵探小說集》《福爾摩斯探案全集》及《斐洛凡士諸探案》，譯筆輕盈流利，言簡而意盡，無隔膜難解之弊。君誠中國偵探小說之唯一人材也。

（《金剛鑽報》一九三七年五月二十九日）

陸澹庵君之《李飛偵探案》結構佈局，不弱於《霍桑探案》，而文筆之老練，尤爲其特長。每篇仿李飛夫人口吻，加以記述，更覺親切耐味，頗具巧思。惟作品不多，總計不過八九短篇，未免令讀者不能過癮耳。至於以俠盜爲主角，若法國之《亞森羅蘋盜案》，有孫了紅及何樸齋二君。二人作品，均以魯平爲主角，所作多刊於十餘年前世界書局出版之《偵探世界》半月刊內。二人比較，以孫了紅君爲佳。予最愛讀其《傀儡劇》一案，綫索密佈，層出不窮，雖勒白朗之亞森羅蘋亦無機警周密。今久未見孫君作品矣，甚望有知其近況者告我，以慰予年來之渴望也。

（《金剛鑽報》一九三七年五月三十日）

太平天國之被寫入小說者甚多，如徐哲身君之《曾左彭》、張恂子君之《紅羊豪俠傳》、陸士諤君之《劍聲花影》等。予以爲太平天國，頭緒紛繁，殊不合於撰成説部，不若選其中之較精彩者，聚精會神，加以渲染。雖只一鱗半爪，反覺耐人尋味。若陸士諤君之《劍聲花影》，述女俠韓寶英救翼王石達開故事，雖僅二三萬言，而慷慨悲歌，令人爲之拍案叫絕。若《曾左彭》《紅羊豪俠傳》，卷帙浩繁，出場人物，多至數百，非記憶力強者，未終卷已將卷首忘却矣，當然不能引起興味。寫小說而以歷史爲背景，最宜握住主點，引起讀者注意。觀此益覺信然。

不肖生之武俠小說，雖荒誕不足道，然其《留東外史》一書，無論佈局結構、叙事描寫，莫不登峰造極，嘆觀止矣。大概其時不肖生不以賣文爲生，故待細加修飾。至《江湖奇俠傳》問世，聲名大振，索稿者踵趾相接，不肖生亦賴賣文度活，爲多得稿費計，遂致粗製濫造。故除《留東外史》外，其他作品，莫不空虛無聊，不值一觀。盛名累人，可不懼哉！

（《金剛鑽報》一九三七年六月四日）

曾孟樸之《孽海花》以賽金花爲主角，旁及清末朝野之遺聞軼事，傳誦一時。賽金花雖名傾中外，然迄今數十年，不爲國人所淡忘，未嘗非《孽海花》一書之力也。當曾撰《孽海花》，包天笑君亦仿《孽海花》體裁，以名伶梅蘭芳爲主角，撰《留芳記》說部若干言。其文筆結構，并不遜於《孽海花》，即梅蘭芳在今日之聲名煊赫，猶遠勝乎賽金花，而《留芳記》一書，鮮聞人道及。此豈亦有幸有不幸耶？

讀武俠小說者，每謂武俠小說之風行一時，作俑於不肖生之《江湖奇俠傳》。其實以予所知，陸士諤君撰《八大劍俠》《血滴子》，似遠在《江湖奇俠傳》之前，嗣以此類小說，大得讀者歡迎。陸君遂續撰《七劍八俠》《七劍三俠》《小劍俠》等書，終於補撰《紅白黑俠》及《三劍客》，而成《劍俠全書》。陸君筆墨，流利生動，而取材復新穎可喜，深爲予所愛閱。惟年內陸君以忙於醫務，輟筆久矣，未免令人爲之懷念不止也。

（《金剛鑽報》一九三七年六月八日）

近聞汪優遊君病臥醫院，深爲企念。予與汪君雖半面之交（我認識他，他不認識我），然對汪君演劇藝術，深爲欽佩。昔年汪君隸新舞台時，予因時爲座上客也。及讀汪君所作小說，因知汪君并善小說家言。所作《歌場冶史》一書，寫歌唱中之悲歡離合，令人爲之回腸蕩氣，誠寫生妙手也。然予則愛閱其刊載×報之《風懷怪傑》，書中寫上海低級社會，若黃包車夫、癟三流氓之日常生活，均爲外人所不知者。不僅以其突梯滑稽，可作談助，亦可作社會學家研究之名貴材料也。惟不知何故，中途輟刊。尚望汪君病愈後，將該書另出單行本，俾予得飽享眼福也。本報嘗登過之《惱人春色》，佈局亦極出色。聞不久有出版單本之說，未知然否？（編者按，此書確已排好，月內可以出版）

姚民哀君於黨會甚熟稔，故其所作如《江湖豪俠傳》《四海群龍記》《箬帽山王》等，對黨會內幕歷歷如數家珍，殊名貴也。按，姚君即名彈詞家朱蘭庵，以《西廂記》一書著於世。去歲膺東方書場之聘，來滬奏藝。予以企慕已久，亟赴東方，因得瞻仰豐采，始知姚君雖博學多能，儀表殊不見佳，蓋一身不滿五尺之侏儒也。俗諺云"矮子肚裏貨色多"，證之姚君而益信矣。一笑。

（《金剛鑽報》一九三七年六月九日）

嘗讀拂雲生之《十里鶯花夢》，全書自始至終，清潤流利，幽默雋妙，爲社會小說中之稀有妙品。雖漱六山房之《九尾龜》，與之相較，亦瞠乎其後焉。惜乎拂雲生改變作風，其第二次所作之《黃熟梅子》，已另換一副面目。今則已久不見此君作品，未悉其近狀如何也。

小說之最能轟動一時者，厥惟張恨水之《啼笑因緣》，不僅編爲戲劇，攝成影片，甚且譜成彈詞，風頭之健，無與倫比。然其內容殊不及張君所作《滿江紅》《落霞孤鶩》之雋妙、《滿城風雨》《太平花》之雄壯、《歡喜冤家》《美人恩》之合乎情理。可見世事無公理，所持者運氣耳,觀夫《啼笑因緣》而益信。

(《金剛鑽報》一九三七年六月十三日)

嘗見市上有××所著之《啼笑姻緣續集》,內容粗鄙惡劣,讀之作三日嘔。此輩投機取巧之徒,其人格之卑鄙,行爲之低賤,等於鍾雪琴輩,誠小說界中之敗類也。近見市上復有冒牌之《唐祝文周四傑傳》出現,且變本加厲,知程瞻廬君有續撰《小四傑傳》之舉,由無聊文人,撰成狗屁不通之冒牌《小四傑傳》,先行問世。文人行同世儈,可鄙極矣。

漱六山房張春帆氏之《九尾龜》,名重一時。晚年忽改變作風,專寫武俠小說,若《風塵劍俠》《球龍》《大刀王五》《天王老子》等甚多。予意張君作品,以《大刀王五》爲最佳。蓋是書以晚清朝野軼聞爲穿插,以張氏經驗之富,宜乎其寫來,歷歷如數家珍,使人不忍釋卷。惜乎其刊於《社會日報》,並未另出單行本。至其餘品,以張君不諳武技,強作解人,實事倍功半。僅賴其讀書甚多,以書中之遺聞軼事,加以附會,并利用其靈活之筆法加以渲染耳。然《風塵劍俠》一書,仍多落人舊套。因知小說固不易作也,賢如張氏,尚難得佳構,何況碌碌餘子耶?

生平愛讀新小說,蓋以其內容,千篇一律,終不脫三角戀愛、失業自殺這一套也。近來頗努力於提倡國防文學,然鮮有佳構問世。人或有譏予見識不廣,頭腦冬烘。然予於市上小說,覽閱幾遍,固由衷之言也。讀者亦有同感乎?

(《金剛鑽報》一九三七年六月十四日)

説海微漚録

范煙橋 撰

分載於《玫瑰》一九三九年第一卷第一期、第二期、第四期、第二卷第一期、第三期。作者范煙橋,見一九二五年《小説話》叙録。本文對張恨水、包天笑、顧明道、周瘦鵑、徐卓呆、葉小鳳、胡寄塵等人的小説活動及小説作品都做了扼要介紹,贊賞之情溢於言表。這其中也寄寓著對新文學極度排斥通俗文學的不滿。在個案描述外,本文對小説發展大勢也有高遠的分析。其敏鋭地意識到當時小説報刊蜂擁而出,實爲"中國近三十年來文學史上之大波瀾也",更指出中國古代小説中藴含著武俠成分。

民初,小説雜志,風起雲涌,一時稱盛。商務印書館有《小説月報》《小説世界》,中華書局有《中華小説界》,大東書局有《半月》《星期》《遊戲世界》,世界書局有《紅雜志》《快活》《偵探世界》。其他書肆,亦各羅致名流,主輯刊物。迨五四運動起,新文化如狂潮泛濫,讀者對於小説之欣賞,大變其旨趣。此林林總總者,乃漸歸掩息。稗海滄桑,亦中國近三十年來文學史上之大波瀾也。

在此新文學瀰漫空間之會,能依然擁有廣大讀者,抑且益見其孤軍奮鬥、倍見其精神者,厥惟張君恨水耳。其最負盛名之作曰《啼笑因緣》,幾於婦孺皆知。因其普及於社會各階層,故利用其題材,以作各種遊藝者無慮十數種,如電影,如話劇,如彈詞,如越劇,如連環圖畫,如畫紙等。而以電影之《啼笑因緣》,掀起極大風波,尤爲藝壇之怪事。明星公司之中落，未嘗不緣於此，因糾紛而消耗既巨，復以攝製之成本過大，營業不能相稱。當時咸以"啼笑皆非"相誚，而恨水不啻爲禍水也。恨水南來，世界書局居爲奇貨，專刊其著作，千字酬八金，爲小說界之新紀錄。然極盛難繼，不久亦由絢爛而歸於平淡矣。或論恨水小說，描寫女伶，最擅勝場，其次則半新半舊之青年男女，所謂新才子佳人也。

享名最久，至今垂老而猶不減其洛陽紙貴之盛者，包天笑也。天笑始撰小說，爲清末之《時報》。長篇《空谷圖》《梅花落》，與後之《啼笑因緣》相輝映，兩書皆以日本說部爲藍本，而使其風土人情合於中國。此蓋當時翻譯界之一貫作風，亦即中學爲體、西學爲用之餘沫也。其爲《教育雜志》撰小說《馨兒就學記》，學校每引爲教本，其書亦譯諸日籍，而原本爲美人亞米契斯所著、即後之夏丏尊譯爲《愛的教育》者也。其生平主輯小說雜志至夥，如《小說時報》《小說大觀》《星期》《小說畫報》，各具新姿，不襲陳套。蓋其思想，與年俱進，而平日瀏覽新書，至爲廣漠，時有新鮮之滋養，故稱老少年也。戰後惟君文興不衰，近復爲《申報》撰《雨過天青》，則爲一預言體之小說。梁任公謂老年人恒思既往，少年人恒思將來，包君得非返老還童歟？復有兩事，可征永壽。所作文稿，自始至終，一筆不苟，且絕少塗改，可知其精神貫注，好整以暇也，此其一。雖已周花甲，而朗朗如玉山照人，安詳舒泰，絕無衰態，此其二。近頗耽昆劇，仙霓社在東方書場奏演時，君每晚輒往顧曲。座間多耆老，於接談之頃，採取小說資料。《斷指女郎》之作，即於此得腹稿焉。中國新型之歷史小說，以《孽海花》稱最。君曾作《碧血幕》，以秋瑾爲主角；作《留芳記》，以梅蘭芳爲主角，皆杰品也。惜皆神龍見首不見尾耳。

(《玫瑰》一九三九年創刊號)

顧明道先生以《荒江女俠》傳名，家喻户曉之盛，不減《啼笑因緣》也。然其初期所撰小說，多爲哀情。短篇彙刊之《啼鵑錄》，不知賺多少癡兒女之陪淚矣。其後忽轉而爲武俠，以迄今日。有以撰著小說請者，大都爲武俠焉。然八一三之前曾爲《新聞報》撰《惜分飛》小說，則又恨綺愁羅之作，爲多數讀者所傾倒也。明道之爲小說，必先有成竹在胸，決不臨時拉扯，如一般爲報章副刊之長篇小說者，能延長至數月而未已，即中途結束，亦無傷大體也。且其取材，大率以歷史上素有地位之人物爲主角，然後旁搜博採，以爲穿插，如《海上英雄》之鄭成功、《黃袍國王》之鄭昭，其尤著者。戰事既作，即移家海上，以刊物悉告停頓，乃設國學補習所於其寓所，從學者甚衆，且皆潜心媚學，沆瀣一氣，故爲時雖促，造就甚宏。前年病足，幾至殘廢，今猶不良於行。然每有嘉會，必命駕以赴，蓋蟄居既久，以出門爲樂也。《荒江女俠》已續至六集，晚近小說續書之多，《九尾龜》外，當推是書矣。其所以能不脛而走，使人百讀不厭者，凡所敷陳，悉中情理，非過事夸張，近於《封神》《西遊》也。

中國小說之含有武俠成分，而爲民衆多喜，由來已久。《水滸》《三國》，故爲此中眉目。即今茲所傳宋元評話，如《五代史》及相傳爲羅貫中所撰之《隋唐演義》《粉妝樓》等，莫不以英雄故事爲其幹楨，良以中國小說與戲劇、說書及其他遊藝，嚮有聯繫。凡爲英雄故事，易於獲得觀衆之同情。明初雜劇，亦多取材於此，一脉相傳，至今弗廢。觀夫抗戰史績，齊民亦浴血奮鬥，足以媲美古英雄之所爲。而游擊之士，出沒於山陬海隅、村落河墅之間，義不帝秦，未嘗非武俠□□□障，別有其責任所在，未可一筆抹煞也。

民國十年前後，與包天笑先生同握小說雜誌界權威者，周瘦鵑先生也。最先爲中華書局譯《歐美名家短篇小說集》，彼時已介紹弱小民族之著名小說，影響於後來之新思想甚巨。其後與王鈍根編輯《禮拜六》，風行一時。五四運動起，新文學派竭力抨擊，歸納一般作者爲"禮拜六派"。平心論之，當時作者緊隨時代，描寫社會，批評社會，未嘗不力，雖其寫法不與歐美接近，然亦自成中國小說風格。瘦鵑先生執事大東書局，輯《半月》《紫羅蘭》，賡續四五年之久。今之作家如戴望舒（舊名夢鷗）、張天翼（舊名無諍）皆於此中露頭角焉。在近十年中，渠已不作小說家言。抗戰以後，刺激更深,尋常文字,亦厭棄不爲。惟在流離中,詩境大進,黟縣半載,作詩二三百絕,亦意外之收穫也。一般詆諆民國前期小說者恒以"禮拜六"□□□

就體裁言,如徐枕亞、李定夷諸先生之小說,恒以駢句或韻語作爲每節之"引子",於鴛鴦蝴蝶派之義尚合。至於就內容言,何嘗無人生精彩片段?有時體念功夫,過於一般新小說之專尚辭藻矣。故以是爲標榜門戶之名詞則可,以是爲當時小說作風之定論則不可。

(《玫瑰》一九三九年第一卷第二期)

民初觀話劇於民鳴社,見滑稽之雄曰徐半梅,演鄧南遮之《遺囑》,爲之忍俊不禁。其後話劇流行於東南城市,輒以"遺囑"爲號召,然罕有及半梅之恰到好處也。半梅治小說家言,則易名卓呆。卓呆者,半梅之隱謎也。所爲小說,亦好作淳于、東方之語,往往匪夷所思。顧其主輯之《新上海》,則一本正經,可知其莊諧兼長,左右逢源矣。戰後忽創《現世報》,以《吃豆腐》揭櫫,於文體別具一格,其間頗多諷刺之作,俗所謂"豆腐裏有骨頭"者近是,而所署於作品之筆名爲李阿毛。李阿毛以《晨報》所附《信箱》,及《新聞夜報》所附《無綫電話》,膾炙人口,以寥寥數語應答讀者之間,信手拈來,都成妙諦。其靈心妙思,殊不可及。觀於《現世報》之《信箱》,專答男女戀愛婚姻問題,尤多指示迷津之談。蓋彼涉世深,更事多,故能決人生極尷尬疙瘩之問題,有應付裕如之概也。一般讀者必以爲其人滑稽突梯,難與之交也,不知此公爲人謀,固忠信之至者,凡有所商,無不盡其心力以爲助。余與君往還垂二十年,始終無間,冲淡如水,殆有合於君子之交焉。

文人每苦其技之國於筆札,塗抹以外無所能。若徐君者,獨能兼善數長,論其所事,幾於僂指難盡。其東渡所攻之學爲體育,通日文,於電影創開心影片公司,於電台播滑稽談片,留於話匣者有《半夜敲門》《調查戶口》等。一言以蔽之,舉凡海上文藝之新潮,君無不涉獵其間,故儕輩恒戲語之曰"君端不至餓死",蓋隨處可噉飯也。

(《玫瑰》一九三九年第一卷第四期)

偶見《文華報》載養和山人記《古戍寒笳記》作者葉小鳳先生事,乃憶及是書。余雖爲作序,蓋比小鳳於吴漢槎先生之《秋笳集》,實則書中出戍寧古塔者,即漢槎之影子也。是書描寫,别具一格,久爲民初有數之説部。而書中人之神態,頗有鑄鼎燃犀之力。惟中間屢入董小宛,仍摭拾流言,未及矯正,未免厚誣美人。顧以小説家言,本不能與孟心史先生之考據文章等量齊觀也。余於戰前,曾爲明星公司寫成電影劇本,後以事未果。戰後復删去泰半,雜以己意,另成一機杼,由國華公司攝爲電影,改名《亂世英雄》。雖大體尚能保留什一,而原作宗旨,已有所更易。良以原作寫清初軼事,若搬上銀幕,勢必參用滿洲服制,殊不雅觀,故提前數百年,托爲宋末元初也。劇本中對白,均有回味,尚是參用原作風格。余嘗謂一般武俠小説,總不能脱盡神怪蹊徑。此中人物,雖亦有過人之技,却無出乎情理之動作,而前後伏綫,反正烘染。小鳳先生之手法極佳,余僅能得其輪廓,斯爲愧耳。

小鳳本非以小説名者,然其所爲小説,無不戞戞獨造,自有其地位。尤擅長以文言寫社會瑣碎,運用成語、故事,妙造自然,絶無餖飣之病。余最喜其《金閶三月記》,與《板橋雜記》異曲同工,而綺麗風犀,有過無不及。其記伴娘一事,可與《聊齋》《觚賸》媲美。新文化人痛斥鴛鴦蝴蝶之作,平情論之,在民初説壇之盛,與作品之傳誦廣被,承先啓後,亦不無微功足録也。

(《玫瑰》一九四〇年第二卷第一期)

小説的起源,其説不一,而研究這種學問,還是始於五四運動。以前看小説的,稱作"閑書",雖然金聖嘆、李卓吾、劉弽山、馮夢龍這輩子，在二百多年前，已經竭力提高它的地位，差不多當它聖經賢傳一般看法，但是也只限於《水滸》《三國》《西厢》《琵琶》諸書，其他還是不甚見重。到了清末，梁任公大張旗鼓，爲小說張目，並且寫過《施耐庵傳》，對於小說作者也有了評論。但是把小說作有系統的研究和著述，還在近十幾年裏呢。

於此想著了故友胡寄塵先生了，他的研究功夫和所用的方法，實在不差，真所謂"讀書得間"。

他主編《小說世界》的時候，特辟一欄，專門記載關於小說的考證和史料的。後來他寫成了一部書，名爲《中國小說的起源與演變》，起初在我主編的《珊瑚》上發表，後來由正中書局發行單行本。三部書裏面，都有新發見。並且他把小說的起源，分爲"傳記""史事""神話""寓言"四種，極有見地，和魯迅先生的《中國小說史略》有異曲同工之妙。我也寫過一部《中國小說史》，比魯迅的爲詳，但是對於材料，並未加以嚴密的甄別。寄塵說太蕪雜，這是我承認的。爲了便利在幾個大學裏教授之用，草草出版，他屢次勸我再加一番整理工夫。後來陸續發見了許多史料，頗想著手改編。可是爲衣食所驅，時間所拘，始終沒有做，很羞愧對故人。我想到了不能教書的時候，把這椿工作完成，動手不開口，或者可能吧。

寄塵的小說，也是戞戞獨造的，曾寫過《新鏡花緣》，借古人搬演新事，莊子寓言，極有趣味。他並不泥古，也不醉心歐化，是個折衷派，並且是個脚踏實地的學者，對於中國小說從實際上下一番鑽研功夫。他說干寶的《搜神記》採取了不少西方傳說，還說《譬喻經》是極好的通俗小說，這些都是未經人道處。可惜他在抗戰軍興以後，憂心忡忡，至於脫塵而去。那時我還在故鄉，難得隔了好久。纔得見上海的報紙，在廣告裏瞥見訃告，不能撫棺一慟，不要說最後的一訣了。在我失了一個諍友，在中國小說界失了一員健將。現在是逝世兩周年了，寫此作爲我的追悼之文罷。

(《玫瑰》一九四○年第二卷第三期)

民族小説話

鄒　嘯、勺　君　撰

　　分載於《申報》一九三九年一月二十五日、二十七日、二十九日，二月一日、五日、九日、十五日，三月一日、六日、七日、十三日、二十一日。作者鄒嘯，即著名學者趙景深。因"趙"字可拆作"走肖"，諧音爲"鄒嘯"，故名。趙景深（一九〇二——一九八五），祖籍四川宜賓，生於浙江麗水。小説、戲曲研究專家。一九四九年後長期擔任復旦大學教授。著有《中國小説叢考》等。勺君，即葉德均（一九一一——一九五六），字子振，江蘇淮安人，畢業於復旦大學，曾任教於湖南大學、雲南大學等。著名戲劇、小説與民間文學研究家。著有《戲曲小説叢考》等。本文作於抗戰最激烈的年代，當時抗日救亡成爲壓倒一切的時代主題，挖掘文藝作品中的"民族"性質，是當時文藝救國的一種常見作法。本文所列舉的小説，除了《水滸傳》外，多是少爲人知的二三流作品。作者加以介紹的目的，不是從"文藝的觀點"出發，而是側重於其中的史料價值。更確切地説，是討論小説中歷代反抗外族侵略成敗的經驗教訓。所以，其選取小説時，傾向於"民族"性強的小説。對於内容龐雜的小説，也極力挖掘其中的"民族"性。如《水滸傳》，就證明其與民族革命的關係；《綠野仙蹤》，就詳細討論東南平倭的故事。通過發掘小説中的民族性，一方面是爲了鼓舞國人的抗戰士氣，另一方面也證明了小説的地位與價值無論在何時都不容輕視。在這裏，小説話的社會性功能也得到了最大程度的發揮。

七峰遺編

勺　君

收在《虞陽說苑》甲編裏的《七峰遺編》，最近纔有單行本可讀。書是七峰樵道人撰，書前有自序，於著者事迹並無所發明。全書雖有六十回，但每回僅有數百字，最短者只有二百字，如第三回，最長的如十回、五三、五四幾回，也不過一千多字。這和通常章回長篇頗不同，而書中涉及的範圍頗爲廣泛，但又缺少組織，看起來頗像雜記似的。據孫楷第《中國通俗小說書目補正》中說"與另一本文言記事之《海角遺編》同。"書中以常熟、福山兩地反抗清人薙髮和組織民軍的始末爲主，間亦敘及南京弘光朝事迹（第一二回）和鄰縣蘇州江陰因同一事件所激起的民變（十五至十七、四十九諸回）。《遺編》中所叙述的範圍頗廣，地域有都會、城市、鄉鎭、村莊，而人物也上至皇帝、親王、官僚、軍人以及漢奸、大小走狗、市井無賴，記出混亂時各方的醜態，而記述較詳的都是當時鄉間的情況，這大約是撰者所親歷的吧。

就全書論，寫得實在平平，雖找不出多大的缺點，但優點也一個找不到。除了乾燥無味的記事外，連對話都很少，從文藝的觀點說，更是什麼都談不到。然而這書是不能當小說般看待，而是應當作爲史料理解的，這樣，纔不會誤解他歷史的意義。如書內記清軍的搜劫子女玉帛，獸性的屠殺，都是寶貴的文獻。三十五回記陳汝揚慘死說："城破，家僮奔報，不能行走，夫妻惟對泣而已。被兵丁綁在陸貽吉家旗竿上，其妻則槍戳死於家中床下。第三日，兵去後，里人見之，以刀斷其縛，而喉中尚有餘氣作聲。"這種絕滅人性的暴行，無論誰見了也會感憤的。然而有誰想到在二百餘年後的今日，還遭到比這更慘的待遇呢。

書中也曾指出當時抗戰失敗的諸因素，如官軍將領的毫無鬥志，擁兵自衛，一經失敗，便慌亂逃走，第四回的胡來貢便是這一類的典型人物。甚至於仗義兵名義，虛張聲勢，專以搜刮錢糧、打劫民財爲事,如二十、二十一、二十三諸回所記。而民軍方面除了嚴栻部下以外,大都是乘亂時借兵報仇,以致紀律毫無,甚至互相殘殺(四十回至四十三回所記)。一遇戰事反而按兵不動,或紛紛散去,如胡龍光無心守城,坐視清兵攻城而一矢不發(二十八回);時子求部下,一聞城陷消息便全部星散(三十一回)。而主其事者或書生談兵,毫無準備,如金鑛援救江陰,事先既無聯絡,戰時又無計畫(十八回)。或乘機擁兵,並無國族認識,如二十六回所記時子求,四十二回所記之凌四。而當時官吏、縉紳又不惜靦顏降敵,爲虎作倀,如錢謙益、蕭世恩、馬縣丞之流,都先後爲敵所用。即守土有責者,如曹元芳等在城陷之前便隻身先逃。民衆方面,除苟全性命以外,對於國族安危也毫不關心。而最可痛心的是,民軍中竟有甘心爲敵作嚮導的漢奸趙伯韜,蓋亦當時的王八妹、陳鴻發之類。這些雖是歷史上的陳迹,但沉痛的教訓也會使生在二百餘年後的我們感憤的!

　　全書似以嚴栻起鄉兵爲主幹,但因人物衆多,頭緒紛繁,反把主要人物的地位削減了許多,記嚴氏的事僅不過五六回,寫他用兵的前後又只有兩次,顯然是失掉了全書的統一性。又如閻典史的抗戰,和江陰全城人民的壯烈犧牲,都是極好的題材,作者全沒有好好地運用,只有輕描淡寫的幾句敷衍過去,反而努力地去寫鄉間人民的私鬥和死中逃生的故事,占了全書的四分之一(如二十二、二十八、三十、三十四至三十六、三十八、四十至四十三、五十、五十一、五十三、五十四,共十五回),不免輕重倒置了。作者是目睹清兵屠殺的,對於鄉兵按理有一點好感才對,然而他並不,反認爲那是多事,如二十二回叙陳孟立遇事感言,謂"常熟彈丸之地,清朝勢大,只宜著人講和,觀其動靜。若遽起兵,是運螳臂擋車也。"而三十七回作者本人居然站出來說:"俱是竹槍木棍,白布裹頭。要與清朝厮殺,真螳臂擋車也。"這和現在的"惟武器論"者真是一鼻孔出氣了。作者是明人,對於明之亡國,也應有故國黍離之思,如五十五回記改滿裝的文字,至少要有一點感慨之類,可是除了"而風俗亦一大變更矣",什麼也沒說。而最後又頌揚著異族的統治者及其功過:"自此揚總兵之威名日盛,海上兵(指明義陽王兵)莫敢犯境,百姓重享太平之福矣。"幾個月前瘋狂的大屠殺,被作者完全忘掉了!像七峰樵道人這樣苟安健忘的人,在現在未必很少,也許會拉他去認爲二百多年前的知己吧。要避免這惡影響,是決定於讀者的分寸的。這書在同一叢書內,其價值要次於《痛史》好幾倍。

(《申報》一九三九年一月二十五日)

水滸與民族革命

鄒 嘯

《水滸傳》與民族革命有很密切的關係,約舉起來,有下列五點:

第一,是晚宋龔聖與的《水滸人物像贊》。高如李嵩畫了像,他就寫像贊。聖與是明季程敏政《宋遺民錄》中的人物。他這樣地稱許水滸英雄,可見他是怎樣熱烈地希望有草澤英雄起而恢復宋室,把元人逐出漢域了。

第二,是元朝羅貫中的《水滸》,多合史實。如董平,是楚南的強盜。如關勝,曾屢拒金兵,見《宋史》和《金史》的《劉豫傳》。又有大刀魏勝在紹興三十一年率領山東的忠義軍,與金人作戰,見《宋史》卷三六八。如張順、張貴可相當於浪裏白條張順和船火兒張橫。《水滸》有一回"涌金門張順歸神",在《宋史》上,張順確是死在江中的,不過是長江,不是之江,而所抵抗的是元朝的降將呂文煥。如河北王友直疑是玉麒麟盧俊義的影子,他們倆都是大名府的,並且王友直所統領的忠義軍是最大的一股,計兵數萬。友道又是朝廷方面的統制,與普通強盜不同,所以《水滸傳》列他於第二位以示尊敬(以上論證引用《逸經》第一期謝興堯《水滸傳人物考》)這情形與現在各地興起游擊隊頗爲相似,羅貫中親受元代統治下的痛苦,大約也不無有感慨?

第三，是明代嘉靖間郭勛府的本子，加入征遼一事。這是頗有深意的。當時有庵答屢次入寇，南有倭寇時常騷擾，郭勛府中人頗想有像《水滸》一樣的英雄去防禦外侮，所以才加入征遼一事，以思古人。

第四，是明末張岱《陶庵夢憶》，想要挽回明代的傾頹，他稱贊梁山上的人物"英雄忠義之氣，積於筆墨間"，可見他是怎樣嚮往於這些抗戰的志士，希望晚明也有這樣人來和滿清抗戰了。

第五，是清季天地會的利用《水滸傳》。天地會即以天爲父，以地爲母之意，由於引用《水滸》"指天地作父母"而來。四海一家，與後來賽珍珠（pearl buck）譯《水滸》爲"all are brothers"暗合。因此，康熙現例中有"禁拜兄弟"條。後來天地會（即三合會或紅幫）加入孫中山的興中會，對於推翻滿清這一業績上起了不少的力。

以上五點就是《水滸》與民族革命的關係，我們現在也應該讀《水滸傳》，各地民衆都起來作自衛戰和游擊戰。

（《申報》一九三九年一月二十七日）

胡少保平倭戰功

郳　嘯

明季周清原的《西湖二集》最後一卷之三十四，就是《胡少保平倭戰功》，并附《要緊海防》的方法於後，大約有深意存在裏面吧？否則爲什麼要把平倭的故事作爲壓卷，並且再三的把防倭的方法告訴讀者呢？

這一回短篇小說大部份是根據茅坤的《紀剿除徐海本末》，好些地方只是文言改白話，并稍加描寫罷了。

其中有一節王翠翹的故事，寫妓女誘徐海投降，害死徐海，頗爲動人。其行爲有類明末的費宮人。昆曲《刺虎》，既是舞臺上常演的名劇，王翠翹該是極好的戲劇題材了。

關於王翠翹，明佚名的《嘉靖東南平倭通錄》簡直不曾提起。明朱九德的《倭變事略》也只有這樣幾句："嘉靖三十五年八月十九日，海知危在旦夕。漏二鼓，遣親密護送二愛姬出巢逃遁。"所謂二愛姬，就是王翠翹和綠姝。

　　王翠翹的本事如下："王翠翹，臨溜妓也。倭寇江南，掠翠翹去。寨主徐海絕愛幸之，尊爲夫人。凡一切計劃，皆翹指使，乃翹亦陽暱之，實陰幸其敗事。會督府遣華老人招海降。海將殺之，翹解其縛而贈之金。歸告督府，乃更遣羅中軍詣海說，而益市金珠寶玉以陰賄翹。翹日在帳中從容言大事必不可成，不如降也。海計遂決。督府大整兵，佯稱逆降。迫海寨，海信翹言不爲備。官兵突入，斬海首，而生致翹，倭人殲焉。督府以翹賜永順酋長。翹去，渡錢塘，嘆曰：'明山遇我厚，我以國事誘殺之。殺一酋，更屬一酋，何面目生乎？'夜半投江死。"（節茅坤《紀剿除徐海本末》）

　　歐陽予倩想將此事編爲新皮黃，以他寫《梁紅玉》的技巧，來寫王翠翹離間葉麻陳東，必有一番雋言妙語。惟本事中"市金珠寶玉以陰賄翹"，稽翥青《中日歷代戰史》面三二六也說"數遣諜持簪珥璣翠遺海兩侍女，日夜說海"，未免降低了王翠翹的身份和志願。照上下文看來，則王翠翹前既"陽暱之，實陰幸其敗事"，後又自言"以國事誘殺之"，可見在未受賄前，其志早決，并且明言是爲了國事，豈是金珠寶玉所能說動的呢？我希望將來予倩寫此劇時，能夠強調王翠翹爲國事殺徐海這一點。

　　徐海本是華人，助紂爲虐。這使我們想起"八一三"滬戰時，我國石洞口的漁夫，領導敵人深入，以致失去了羅店。蘇南亦因漁夫做了漢奸，以致蘇州、無錫、江陰一帶，很快的失去。以今證古，如出一轍。予倩在《梁紅玉》既已活畫出王智來，那末像徐海那樣的大漢奸，一定也能夠給我們一張"謔畫"吧。

　　　　　　　　　　（《申報》一九三九年一月二十九日）

江陰義民別傳

鄔　嘯

關於這本《江陰義民別傳》（胡山源作，共十六個短篇，世界書局版，四角）的思想，楊非在《紅茶》第八期上已經介紹過，現在我想試一試探究這本書的技巧或藝術。

作者所根據的材料，都收在附錄，可以讓我們對照著看，明白作者所曾經下過的苦功。比較簡單的似乎是用明祝純嘏的《江陰後錄》和清計六奇的"黃波祺起兵竹塘"來寫《黃毓祺》，用《天香閣隨筆》來寫《胡志學》《徐五》和《李介立》，用《虞初新志》來寫《戚三郎》。較費工夫的就從清韓菼的《江陰城守紀》、清許重熙的《江陰城守後紀》以及清沈濤的《江上遺聞》等篇來寫《許用》《季氏兄弟》《程璧》《王華》《湯三老兒》《陳憲欽》《徐玉揚》等篇，大約側重點如下：六月初十二日（許用及季氏兄弟）、十五日（程璧）、七月十二日及二十九日（湯三老兒），二十至二十七日（徐玉揚）、八月初二日（王華）、初八日（徐憲欽）。不過湯三老兒和湯姓童子不一定就是父子，扭合在一起，更為有趣，這是作者大膽而且聰明的地方，因為小說究竟不是信史，是不必斤斤較量的。《許用》篇中所加的五更嘆、勸降歌及答歌雖是作者代擬，卻比一語帶過有趣得多。

最複雜的大約是《黃明江》《何氏兄弟》以及《陳二郎》這三篇。黃明江這名字是得自傳說的，所以言人人殊，《江陰城守紀》和《江上遺聞》寫作黃明江，《後紀》和《鹿樵紀略》則作黃雲江，《天香閣隨筆》又作王雲岡，三個字完全不同。作者斟酌其間，把這五種文字穿織在一起，並且很有趣的作唱句式的對白，是煞費了一番苦心的。何氏兄弟即何常、何泰，作者把《明季南略》裏的"兄弟二人"就拉來裝在何氏弟兄頭上了，這也是頗為巧妙的。《陳二郎》雖是"明清兩代軼聞大觀"，卻把城破以後的許多軼事巧妙地組織在一起。開端引用了《難民口述》中的佛殿藏人一節，中段又借陳二郎的遊玩,插進幾件悲慘的事實,女屍影和裸□□箭,均見《大香閣隨筆》,就算是陳二郎眼裏看出來的,也頗費匠心。

依我這個人的私見,認爲下列四篇,當爲全書壓卷,就是《湯三老兒》《陳憲欽》《何氏兄弟》以及《陳二郎》,一方面固然是故事本身刺激性最大,一方面也出於作者的技巧純屬。《湯三老兒》寫得如火如荼,像讀《水滸》《三國》一樣的有趣。《陳憲欽》一結,故弄狡獪,雖未明言水底刺客是誰,但讀者已經無有不知此即陳憲欽的了。並且,按照野史,這刺客不一定是陳憲欽,作者這樣隱約的寫,倒恰好與野史不悖了。《何氏兄弟》幾乎全篇以錢莊術語比擬,對清兵作戰,語妙絕倫,確是一篇難得的好文章。九歲的陳二郎又寫得極可愛,宛如小孩動作和口吻,阿裏遠不知人與人之間的樂趣,也刻畫入微。

所引爲遺憾的,就是閻典史。這江陰城守的支持者倒不曾有一篇小說,雖然他是典史,究竟也是江陰義民,不能因爲做了官,就把做百姓的資格取消。況且,他本已歸隱,做典史不過爲民衆所推戴罷了。還有,沒有女性的抗戰者。比方說,黃毓祺的妻子屢次自殺就是絕好的材料,但還未免是求全責備了。

(《申報》一九三九年二月一日)

緑野仙蹤

鄒　嘯

《緑野仙蹤》乃清李百川所撰,燕京大學藏有舊抄本,載作者自序。他本僅有乾隆二十九年陶序及乾隆三十六年侯序。今僅知百川爲江南人,名未詳(見孫楷第《通俗小說書目》第二四九)。

此書第五十四回到第五十九回這六回是寫浙江平倭的。歷史人物有俞大猷、林潤、張經、嚴嵩、胡文華、胡宗憲、海瑞等,捏造的人物也有朱文煒、林岱等。事實大約是一真九假,這一分真實的地方，書中大都特別提出。如海瑞上疏諫君，見《明史》卷二二六。第五十六回寫文華進酒一節，則本之《明史》卷三百八《趙文華本傳》："文華欲自結於帝，進百花仙酒，詭曰：'臣師嵩服之而壽。'帝飲甘之，勑問嵩。嵩驚曰：'文華安得爲此？'乃宛轉奏曰：'臣生平不近藥餌。犬馬之壽，臣不知其何以然。'嵩恨文華不先自己，召至所詈責之。文華跪泣，久不敢起。徐階、李本見之，爲解，乃令去。嵩休沐歸，九卿進謁。嵩猶怒文華，令從吏扶出之。文華大窘，厚賂嵩妻，爲之解。文華即出拜，嵩乃待之如初。"

《小説小話》云："平倭一節，詆胡梅林不留餘地，不知何意？梅林將業，雖不足觀，然功過尚足相掩。在當時節鎮中，不可謂非佼佼者，正未容一筆抹殺也。"猜想起來，大約胡宗憲與嚴嵩敷衍，被認爲嚴黨，"小説中每痛毁之"，即出於此。但胡宗憲能用戚繼光和俞大猷，也可説是知人善任的了。

"剿倭寇三帥成偉績"一回，大率捏造。此回叙林岱在江寧城外率百餘將士在倭寇五六萬軍中殺死夷目妙美、徐海、汪真等，顯與事實不符。所謂三帥，即指俞大猷、林岱和朱文煒。按《明史·俞大猷傳》："新倭三十餘艘，敗南京都督周幹德兵。"如此説來，死守南京的陸鳳儀總督也有些靠不住了。

但是這六回平倭故事，大致是不錯的，如張經蒙冤、林潤彈劾嚴嵩，都是有名的史實。

書中寫趙文華賄倭寇六十萬金，要他們佯敗，藉此邀功，可説是把這奸賊罵哭了。而寫三帥掃蕩倭寇一節，也極爲痛快："倭寇被官軍殺得七零八落，又跑了五六里，見追兵漸遠，一個個尋至江邊，止有二十多只海船，衆賊爭渡，自相殘殺。啼哭之聲，驚天動地。人多船重，又沉了幾只。賊腹中饑餒，沿路倒斃，或不能行動者，盡被官軍斬絕，何止四五千！天明追兵又至，四處搜拿。船內賊衆正走間，忽聽得江聲震撼，一聲大炮，滿江都是戰船；大炮、火箭，雨點一般打來。倭寇中箭炮者，傷損幾盡，十喪其九。到焦山又被大猷火炮連船打的粉碎。水路中端的未走脱一船，生全一人。各處海口，大猷俱有埋伏，斬殺逃賊亦極多。"（節引第五十九回）倭奴大敗，真無異曹阿瞞在赤壁大敗一樣的使人興奮。

(《申報》一九三九年二月五日)

臺灣外紀
鄒嘯

此書乃清初江日升所作，寫的是鄭成功及其子孫的始末。首列康熙甲申岷源陳祈永的序和《鄭氏世次》。有求無不獲齋原刊本、上海《申報》館排印本以及文明書局石印《筆記小説大觀》本。計三十卷。每卷都繫以七字聯，可見是以一卷當作一回的。《筆記小説大觀》所收章回小説，僅此一種。但嚴格説來，此書如果除去七字聯的回目，與普通的文言筆記《竊憤錄》就沒有什麼分別了。

因爲這是清初的作品，或者爲了不願落入文網起見，寫序的人不免有偏袒異族之嫌："鄭成功以隆武賜姓，逃竄海外，奉閏運故朔三十有七年，仗義守節，庶幾田橫之遺。然以我朝視之，則固勝國游魂，海隅窮魄，律以犯邊梗化，夫復何辭！敬惟我皇上神功聖烈，度越千古，而鄭氏叛則討之，服則撫之，又仰見皇仁浩蕩，格外矜宥，聿成中外一統之治，億萬年丕基定於此矣。"我以爲即使在環境壓迫之下，像上面這樣的話究竟是逾越了容忍的範圍。好像這幾句話並非不得已纔説的，頗有阿諛討好的成份在內。這樣説來，我們即使爲陳祈永迴護，也無從説起了。

江日升是福建人，以福建人來寫福建的事，當然有許多材料是他省人所不知道的。近日余宗信的《明延平王臺灣海國記》就曾採用本書作爲重要的材料之一。

此書以鄭成功及其子孫爲經，另外還以明末的動亂爲緯。著名的如卷四寫崇禎帝吊死煤山，卷五爲"黃道周南京死節"之灶。

鄭成功的部分，僅卷六到卷十二。在這七卷中又只有卷十至十二是比較緊張的。因爲是用文言寫的，想像不豐富，所以頗少成功之處。描寫得比較出力的甘輝也不能顯示他的個性。但此書比之《七峰遺編》，似乎還要好一點。

江日升的態度與作序的人一樣，如卷六云"成功統領習山、甘輝等犯同安"，"賊勢浩大"。稱鄭成功爲賊，成功想要恢復失地便算是寇兵犯境。卷十云："梁化鳳因海寇直入瓜鎮，隨繞道至江南。"即第三人稱的旁觀者的口氣，也仍然稱鄭成功爲海寇，未免是一個遺憾。但作者對於鄭成功尚無過分侮蔑之處。有人還說作者"寓悲觀之微意"，還是稍足安慰的。

（《申報》一九三九年二月九日）

三臺夢迹

鄒 嘯

明英宗和景宗時，也先入寇，正是現今敵人的影子。屢次索賄，從無厭足，輕視中國，以爲一戰可取。等到于謙在京師抗戰，纔知道中國實未可侮，大大的碰了一個釘子。《西湖佳話》卷八之《三臺夢迹》就是專寫于謙生平的。所述大部分根據《明史》卷一百七十本傳，惟開端敘于謙幼時軼事，則取之傳說。連泥塑的神也怕于謙，被派任嶺南充軍也就害怕，被命令屈膝就只得依從，這種故事是我們常在林閒所輯的《朱洪武故事》裏所能看到的。至於出口成章，屬對敏捷，那又在林蘭所輯的《趣聯的故事》裏常看到的。至於專與和尚屬對談話，那只是爲了本傳上有這樣兩句話"有僧奇之曰：'他日救時宰相也。'"在《三臺夢迹》裏便是："那和尚道：'諸君莫笑，此子骨格不凡，出口成章，他日撥亂宰相也！'"

關於于謙守京師禦也先之事，《明史》本傳與《西湖遊覽志餘》卷八都有記載。《明史》較好，不像《志餘》那樣的迂闊。寫戰爭場面，亦以《明史》爲較有聲色，不像《志餘》那樣的有氣無力。時爲景泰元年十月，《明史》云："也先挾上皇破紫荆關，直入，窺京師。石亨議斂兵堅壁老之，謙不可，曰：'奈何示弱，使敵益輕我！'亟分遣諸將率師二十二萬，列陣九門外。悉閉諸城門，身自督戰。下令，臨陣將不顧軍先退者，斬其將。軍不顧將先退者，後隊斬前隊。於是將士知必死，皆用命。初，也先深入，視京城可旦夕下。及見官軍嚴陣待，意稍沮。叛閹喜寧嗾使邀大臣迎駕，索金帛以萬萬計。帝不許，也先氣益沮。庚申，寇窺德勝門。謙令亨設伏空舍，遣數騎誘敵。敵以萬騎來薄，副總兵范廣發火器，伏起齊擊之。也先弟中槍死。彰義門寇逐至土城。居民升屋號呼，投磚石擊寇，嘩聲動天。援至，寇乃却。相持五日，也先邀請既不應，戰又不利，知終弗可得志，遂擁上皇西去。謙調諸將追擊，至關而還。論功，加謙少保，總督軍務。"（節）至於《三臺夢迹》的本文，我想可以不必在此繁引了。

上面引文有兩點可以注意，第一，也先"視京師旦夕可下"，此與敵人之估計臺兒莊一樣，及至受挫以後，方才嘆了一口氣說："想不到小小的臺兒莊，這樣的困難！"第二，民眾升屋以磚石抗戰，獲得成功，於此更足見民眾武裝之必要。倘若全國皆兵，處處可戰，那敵人將防不勝防，終至於崩潰了。

于謙的愛國，可於《志餘》卷八見之。"景泰時，北伐南征，軍務旁午。公常一日而平章者數端，夜分乃罷，輒撫膺曰：'一腔熱血竟灑何地。'"

他的詩在《明詩紀事》乙籤卷十一，中有□□□□□□。如咏蘇武云"富貴倘來君莫問，丹心報國是男兒"。又云："蕭瑟行囊君莫笑，獨留長劍倚晴天。"均可以知其孤介絕俗之操和忠直之氣。

明人追念于謙的詩，較著名的有黃鳳翔的《謁于少保祠》，云"九邊堅如山，邊塵靜著卷。"又，楊焯的《拜于忠肅公墳》云"憶昔景泰年間事，只手扶天助天討。司馬門前鐵騎寒，居庸關外剗槍掃。"

某君所作《五千年來中華民族魂》（？）以于謙為四中樞之一，與謝安、李綱、虞允文並列，足見推崇之至。

寫于謙的小說，尚有明孫高亮得《于少保萃忠全傳》十卷四十傳，還有一種明人的《正統傳》，是罵于謙的。前者存而後者已佚，足見"公道自在人心"了。

(《申報》一九三九年二月十五日)

李廣世號飛將軍

鄔　嘯

　　前幾年故馬廉所發現的《秋窗欹枕集》裏有一篇《李廣世號飛將軍》,差不多完全根據《史記》卷一百九《李將軍列傳》和《前漢書》卷五十四《李廣蘇建傳》。這的確是很好的悲劇性的故事。李廣防禦匈奴,數奇,屢次無功,即使有功,也只能將功折罪。他隨周亞夫平了吳楚,因爲不當背將軍印,不曾得賞。他大敗匈奴於沙溪,因爲觀戰的中貴被匈奴射死,又算是他的罪,只能功罪相抵。他在雁門擊匈奴,爲匈奴所得,雖曾逃出,却又被朝廷貶爲庶人。以上都是《漢》《史》中所有的。

　　小説爲了要強調其悲劇性,於是再替李廣增加了兩層波折。李廣受霸陵尉的屈辱,夜行被拘,復官時便斬了霸陵尉。《漢書》説是先斬後奏,漢帝嘉許,並録有詔令的原文。小説却説李廣大敗匈奴,"帝欲加官,霸陵尉家人詣闕告廣起挾仇報,無非斬尉,帝怒,將功折罪,再爲閑人。"這是其一。《漢書》上只説:"廣軍自當,亡賞。"意思是説,李廣"爲虜所得,又能得虜,功過相當"。但小説上却説他"乘左賢王車,意圖不仁,下廷尉問罪",結果張騫説情,又是"將功折罪,廢爲庶人"。這是其二。最後就是史漢上所説的李廣隨衛青、霍去病出擊匈奴,迷路失期,自刎而死。

　　正史上四次"數奇",小説則增爲六次。這使我想起《薛仁貴征東演義》,薛仁貴功爲張士貴所奪,屈居火頭軍,也是悲劇性的,使讀者爲之憤惋,爲之不平,更增加了同情心。我又想起俞大猷,他曾屢勝倭寇,都被趙文華把功勞搶去,反要將他問罪。最有名的便是岳飛被秦檜害死在風波亭。

但是，現今却不需要這樣悲劇性的故事。因爲現今是政治清明、軍紀嚴肅的時代，賞罰分明。只要看韓復榘和王皋南的槍斃，汪精衛的開除黨籍以及閻海文、姚子青的紀念等等，都可以看出全國的團結一致，共同禦侮。李廣、嶽飛、俞大猷的冤抑將不復見於今日了。因此，我們現在以歷史的題材來作章回小說或皮黃劇，應該採取積極性的題材，如《江頭碧血》之類。田漢在《抗戰與戲劇》中也曾表示過同樣的意見，並曾在上海救亡戲劇座談會上有過同樣的表示。

（《申報》一九三九年三月一日）

雙鳳奇緣

郢　嘯

《雙鳳奇緣》是以昭君和番爲題材的小說。關於昭君的文藝實在太多了，即以胡丹鳳所編的《青塚志》而論，咏王昭君的詩就有四百多首。變文方面有《明妃傳》，戲劇方面也有元雜劇四種：馬致遠的《漢宮秋》、關漢卿的《哭昭君》、張時起的《昭君出塞》以及吳昌齡的《月夜走昭君》。可惜除了《漢宮秋》以外，已經全佚了。明清傳奇則有《和戎記》和《青塚記》，以及閻文泉的《琵琶語》。明清雜劇則有陳與郊的《昭君出塞》（收入《盛明雜劇初集》者實爲《昭君出塞》，張弓的《王昭君》誤以爲《和戎記》，見《嶺南學報》二卷二期）尤侗的《吊琵琶》和薛旦的《昭君夢》。後二種收入《雜劇新編》，振鐸在前年曾發現《新編》全帙。以上各種戲劇都曾經張壽林的《王昭君故事演變之點點滴滴》（《燕京大學文學年報》第一期）、黃肇琇的《王昭君故事的演變》（《廣州中山大學民俗周刊》第一二一期）列舉過，惟晚出的《雙鳳緣》傳奇似爲諸家所未舉。這種傳奇，玉霜簃有藏抄本。《劇學月刊》上杜穎陶的《記玉霜簃所藏鈔本戲曲》云："雙鳳緣，一冊，不分卷，未錄作者姓名，演王昭君事，與坊間通行之《雙鳳奇緣》小說同。原共上下二卷，此本只存上卷，共二十出，至李陵抄斬毛延壽家屬而止，下卷缺。"大約此劇是《雙鳳奇緣》以後所續成的了。

小說方面似僅《雙鳳奇緣》一種，孫楷第的《中國通俗小說目》失載，凡八十回，張壽林以爲當刊於清季中葉，有通行本。此書多取《漢宮秋》《和戎記》以及《青塚記》而略加更改。

如《漢宮秋》寫昭君自彈琵琶，爲元帝聽見，因此得寵。小說則改爲被林皇后聽見，再由皇后告訴元帝，多添一層波折。《漢宮秋》唱句云："點得這一寸秋波玉有瑕。"小說則云"每張畫圖眼下點了芝麻大小一粒黑痣"。

《和戎記》說昭君自己畫像，小說同。《和戎記》說宮人蕭善音代昭君出嫁，小說同，惟無宮人名字。《和戎記》寫昭君死後托夢，要元帝討她的妹妹王秀貞，小說亦同，只是把王秀貞的名字改成賽昭君罷了。

《青塚記》僅存出塞、送昭君兩出，最近仙霓社朱傳茗和華傳浩還表演過好幾次，舞姿甚好。此劇有御弟王龍送昭君，小說也因襲了這種說法，只是把王龍改成了劉文龍（與小說上墳主角同名）罷了。

如此說來，《雙鳳奇緣》這部小說可說是集傳說的大成了。

(《申報》一九三九年三月六日)

木蘭從軍

郇　嘯

木蘭的故事，最早的記載當然是《木蘭詩》，見《樂府詩集》卷二十五。關於這首詩的時代，聚訟紛紜，十年前徐中舒等在《東方雜誌》上曾經有過幾次熱烈的討論，直到前年，還有曲漢生繼續的研討。徐中舒斷定《木蘭詩》是初唐與盛唐之間的作品，姚大榮則以爲應爲隋末唐初。這兩種説法都與後倆小説的説法相同。

接著便是唐代韋元甫的續詩，《樂府詩集》云："浙江西道觀察使兼御史中丞韋元甫續，附入。"中有警句云"親戚持酒賀父母，始知生女與子同"。

此後咏木蘭的詩想來不少，惟戲劇方面似乎到了明代，纔有徐文長寫過一種雜劇《雌木蘭》，多據原詩敷衍，想象分子甚少。

直到清初，纔有褚人獲的《隋唐演義》插寫一個木蘭，第五十六回爲"代從軍木蘭孝父"，第五十九回爲"奇女子鳳閣沾恩"。另外添出一個妹妹花又蘭，與羅成相戀，寫來頗爲旖旎，似比花木蘭寫得更爲成功。

清光緒十九年纔有品文堂刊本的《忠孝勇烈奇女傳》四卷三十二回，這也是本文所要説的《木蘭從軍》了。《木蘭從軍》是坊間代改的書名。此書文白夾雜，故事純爲捏造。稱《木蘭詩》爲李靖作，又夾雜了許多道士成仙的話，極爲可哂。中間穿插隋唐間韓擒虎、竇建德、尉遲恭、褚遂良等事，直到第八回朱木蘭方纔降生。據修慶氏原序所説，則是根據《後唐書》的。此書不曾見過，但查新、舊《唐書》，則既無木蘭，亦無朱木蘭，大約是作者隨意捏造故事，再捏造書名引以自重的吧。

清末劉申叔（《中古文學史》著者）作亂彈《木蘭從軍》，最近《閑書》雜志曾重刊一次，增出木蘭的堂兄，不敢打仗，於是木蘭挺身願往，故意拿懦切來襯托勇敢。唱句甚好，惟過於文雅，似非一般人所能瞭解，且因無經驗之故，故造句多生拗難以上扣，反不及梅蘭芳所演的那一本。

梅蘭芳的《木蘭從軍》收入《戲考》第二十九册。據北平國劇學會圖書館書目面二二，云此劇爲齊如山所作。差不多完全根據《木蘭詩》原作，引子與下場詩甚至巧妙的引用原句。如木蘭云"萬里赴戎機，關山度若飛。朔氣侵雙鬢，寒光照鐵衣"，僅改三字。又云"歸來見天子，天子坐明堂"，木蘭弟云"磨刀霍霍向猪羊"。警句亦多，如木蘭之母阻其夫花弧從軍，花弧云"我想當兵，乃人人應盡義務。如果大家存了個怕死的心，只圖安樂，不救國難，國家要這百姓何用！我雖然上了些年紀，自問還能一戰，就是戰死沙場，也留下一個好男兒的榜樣，何怕之有！"後來木蘭之母又阻止木蘭，木蘭也說："我想為國分憂，男女都是一樣。倘然一國之中，都要靠男子，女子豈不是廢物？況且照歷史看來，古今女子領兵殺賊的，也多得很呢。"最後又云："女子若肯立志，也同男子一樣。"

是的，女子也同男子一樣。最近不是廣西、陝西都有女子從軍末？文人如謝冰瑩、胡蘭畦、胡萍、黎明健等輩，不也是出入於戰場而有報告文藝的寫作麼？

（《申報》一九三九年三月七日）

洪秀全演義

郁　嘯

《洪秀全演義》二集二十九回，燕京大學藏有石印本，番禺黃小配撰。首丙午（光緒三十二年）章炳麟序，又自序，題"黃帝紀元四千六百零六年"，可見此最初的二十九回原作是宣統元年寫的，這時離武昌起義只有兩年。章炳麟又是提倡革命甚烈的，那末，此書的民族意識，不看也就知道是正確的了。記得民國肇建，我在蕪湖，那時只有十歲，看見街坊上盛行著一種三十六開狹長的油光紙的本子，假西裝，就是現今通行的平裝，封面是綠色的薄紙，畫三個圓圈，上端大書"洪秀全"三字，畫三個圓圈印黑色，除字外，下面還有一張綫條的圓畫。每本薄薄的二三十頁，好像至少有初、二集。

但是，現在的通行本改稱《洪楊豪俠傳》，已經增至一百四十回，把原書延長為四倍了。我想，這後加的一百十一回，從五十五回起，該是遜清遺老所加的，如第七十八回，回目有"洪逆君臣全斃命，曾家兄弟沐恩榮"，這是多刺目的字眼！洪秀全則稱為逆，曾國藩等則稱為沐恩，真可說是顛倒黑白。我讀過以後，覺得就是文字上，也是前五十四回較好。如寫李秀成的戰術，極為巧妙而有興趣。且有書卷氣，如第三十回的"石達開詩退曾國藩"，即用石達開的原信和原詩五首，這是可以與毛宗崗在《三國演義》上所加的名人詩句媲美的。阿英的《晚清小說史》云"黃小配的《洪秀全演義》，惜乎做到五十四回就中止了，且出版期已載清社覆滅以後"。

這部小說仔細考證起來，不但篇幅不允許，我也沒有這樣的餘暇和能力。大約簡又文與謝興堯是最能勝任的，因爲他們倆是太平天國研究的專家。簡又文著有《太平天國雜記》，謝興堯著有《太平天國史事論叢》。此外的參考材料有李秀成的《供狀》、石達開的《日記》、《太平天國詩文鈔》、《太平天國有趣文件》（劉復編）《太平天國外紀》《太平天國野史》等等，真是數都數不盡，至少可以消磨研究者好幾年的光陰。在創作方面，除了《洪秀全演義》以外，近人陳白塵是最喜歡取材於此的。我曾介紹他去見過簡、謝二專家。他的《金田村》，一名《太平天國》，曾經得到舞臺上的成功。《石達開之死》似乎還不曾上演過，也許是爲了悲劇的氣氛較重，不合於積極抗戰的現時代吧。電影和平劇都也用過太平天國的史事作爲題材。我希望將來能有詳細研討的機會。

（《申報》一九三九年三月十三日）

江陰城守記及其他

鄒　嘯

據《小說小話》云："《江陰城守記》即《荆駞遺史》中之一種，而易爲通俗小說。"孫楷第《中國通俗小說總目》錄入，并注明"未見"。按，"遺"字當爲"逸"字之誤。《小說小話》又云："書中四王八將，皆有姓氏，而稽之別種紀載，幾若亡是公。且國初王之陣亡者，僅有尼堪與孔有德，事在滇粵，不在江陰也。大約所謂王者，係軍中綽號。蘇郡之變，有所謂八大王者，亦其倫也。"

《小說小話》的作者曾見過《七峰遺編》，因爲該書第十五回爲

"爲剃髮激反姑蘇郡,詐拈香襲殺八大王",所以纔引"八大王"來作例證。殊不知就在通俗小說本所根據的文言的《江陰城守記》(清韓菼作)裏,就有下列的記載:"損去三王千八將""(八月)十一日,大清兵攻北門,七王死之。""十二日,大清兵仍攻北門,二都督死之。""十四日,江陰詐降,薛王死之。""十二九日,大清佯攻南城,十王死之。"據《江上孤忠錄》所云,則另有所謂八王者,於八月十二日,觸銃而死。其他諸王之死,與《江陰城守記》記載相同。《小說小話》的作者於此似稍嫌忽略。

《小說小話》別行的《雙忠記》(以抵抗元兵的張順、張貴爲主人翁)、《雪窖冰天錄》(《阿計替》《南渡錄》的改編)以及《采石戰記》(以虞允文戰功爲主)與《江陰城守記》一樣,都是我所嚮往而亟欲一讀的小說,可惜似乎都已失傳了。

因講到江陰城失守之便,使我想起《江陰義民別傳》。我有一位朋友讀過《別傳》以後說道:"只要百姓人人都肯抵抗,國家絕對不會亡於異族之手!人人都肯抵抗,則政治的腐敗不會發生,任何邪說都成不入耳之談。當然不會有漢奸,並且格外會引起國際間的同情而獲得援助。百姓的力量是大的,遠超出任何力量之上。不信,我們就可以看明末江陰百姓的抵抗滿清,他們以彈丸之地、烏合之衆,抵抗滿清數十萬大兵,至八十三天之久,而予以重創。不信,我們也可以看看現在山西和河北一帶遊擊戰的成績,他們究竟給了日軍以怎樣的打擊!"

"我希望閱讀本書的人,有這樣一個想像:清兵和韃子就是今天的什麼?劉良佐就是傀儡政府的漢奸,七王和二都督之流就是什麼井、什麼川等,而抵抗他們的江陰是國內任何縣市,許用是我們學校裏的學生,高瑞和徐玉揚是我們目前的鄉農,黃明江和湯三老兒是我們日常所見的機匠和小工,程璧和何氏兄弟是我們都市間作著一般買賣商人。書里所寫的一切戰爭,就是現代的戰爭。X人的兇殘、我們的奮鬥,也都是眼前的事實。我希望我們同胞,人人有作許用以至陳二郎和黃毓祺的決心,而我們的賢明長官,人人會有閻、陳二典史的智勇和忠烈。從前江陰的終於失敗,不足爲奇,因爲那時并沒有第二個江陰。現在我們處處都是那時的江陰,我們決不會失敗。因此,我們自不必因從前江陰的失敗而喪氣,却反要因其失敗而激發我們的同仇之心。這樣,我們便一定會成功,來報我們的國仇。"

因爲他的話是很警辟,所以抄在這裏,以便讀者參閱。

(《申報》一九三九年三月二十一日)

説林掌故録

鄭逸梅 撰

　　分載於《上海生活》一九四〇年第四卷第一期至第三期、第五期至第十二期,《萬歲》一九四三年第二期、第五期。鄭逸梅(一八九五——一九九二),本姓鞠,被外祖父收爲己孫,改姓鄭,名願宗,學名際雲,號逸梅,別署鄭留、鳩拙等等。江蘇吴縣(今蘇州)人。上世紀二十年代起,先後主編過《遊戲新報》《消閑月刊》《秋聲》《金剛鑽報》《永安月刊》等期刊與多種小説集。後加入南社。一九七七年加入農工民主黨。爲著名作家、文史掌故家,著作宏富,人稱"補白大王"。本文兩部分叙述的内容與風格大體相同。惟載於《上海生活》的部分在每件事前加上標題,而載於《萬歲》者則没有,故將其合爲一編。鄭逸梅是民國通俗文壇的親歷者,是當之無愧的"掌故"大家。本文即是其在上海淪陷時期談論小説界中逝去的人與事,或莊或諧,稱之爲民國通俗小説界的"世説新語",亦不爲過分。鄭逸梅還不時提及自己與當事人的交往,頗有"白頭宫女在,閑坐説玄宗"的風味,也增添了資料的可信度,提供了一份可信的當代通俗文學的記録册。另外,字裏行間有抬高通俗小説的意味,如稱"胡寄塵爲短篇小説之聖手",標舉包天笑之《甲子絮談》、胡寄塵之《東南劫灰録》等書堪稱"詩史"。不可否認的是,文中對一些文人的低級趣味津津樂道,也惟有此,才可照見民國通俗小説界的真實面貌。

黎黃陂致謝貢少芹

民初的小説家,以蘇派、揚派最占勢力。蘇派人才濟濟,包朗翁天笑,尤爲此中巨擘。揚派除李涵秋外,當推貢少芹。貢名璧,別署天懺生,個性堅執。有一次他寄稿上海某報,適爲緑衣郵使所誤,他以爲被編輯所摒棄,大爲恚憤,便誓不再爲某報執筆,不和該編輯通問。我曾和他見過一面。如今他已謝世了,我的篋衍中,尚留存著他寄給我的通信札,和一幀印著他的小影的名片。偶然翻見著,不勝人琴之慟哩!他曾爲某書局著《黎元洪傳》,記叙周詳,推崇得體。黃陂秘書饒宓僧瞧到了,獻給黃陂,黃陂親覽之餘,大加贊賞,便修書致謝,并送他一百金。這時,貢境況很窘,有難以卒歲之虞。得了意外之資,就去買了魚肉,和妻孥家人大嚼一頓。他的兒子芹孫,也是擅小説家言的,有貢家父子兵之稱。

姚鵷鶵家中不備筆

雲間姚鵷鶵,他是林琴南的得意弟子,可是他行文風華瀟灑,却不像他老師那麽的謹嚴。他的頭特別的大,任何帽肆,都配不著他適當的帽兒,因有姚大頭之號。他和已故小説家胡寄塵很友善,在滬上西門外白雲觀附近比鄰而居。姚因有詩云:"兩家清絶白雲邊,門掩疏花晚悄然。記得耐庵蕭瑟語,但娛朋好不須傳。"寄塵曾有一則記他們鄰居時的概况:"鵷鶵性情疏懶,不修邊幅,比我更甚。那時候,他常赤脚,不著襪,只著了一雙鞋子,同我往黃家闕一帶馬路上去散步。我覺得這樣情形,在上海是少見的。他又常常被人家逼迫不過,伸紙磨墨來做小説,四處尋覓,却找不著,臨時差娘姨或小孩子往我家裏來借。"這雖是極小的事,然很可以看出他的性情習慣了。文人之筆和俠士之劍,是同一不容或離的,而臨文向人家借筆,真奇談。

陳蝶仙三十八字之小説

陳蝶仙,別署天虛我生,生平所著小説,約有一百多種,確是説界老前輩。曩年他和小蝶、瘦鵑、慕琴、常覺來蘇,作天平山之遊,我曾陪侍杖履。今已多年不見了,聞説精神很矍鑠,可是,不再從事稗官了。他的一部《淚珠緣》長篇小説,累數十萬言,沒有撰完,他也沒有心緒補傳全篇了。昔時,他在某雜志上,戲爲三十八字之小説。一爲寫情小説,名《一行書》,其文云:"海麗得情人書,遂赴約,詎爲奸人所紿。鬻爲娼,覓死弗得。後遇情人,卒成眷屬。奸人以誘略受處分。"自謂編成長篇,可作十四章,化爲三萬八千言。一爲社會小説,名《天網》,其文云:"某令以資得官出宰,盡括脂膏,幕友亦驟富,各置田産,納妻妾,合室而居,恣淫樂。猝遇光復,均被殺。"附注謂演爲長篇,亦可得二三十章,凡屬《官場現形記》中材料,均可插入。若編新劇,可保賣座三日。今特大勉强,做三十八字云。經濟如此,可謂絶無僅有呢!

李涵秋不識電梯

和張丹斧、貢少芹稱爲揚州三傑的李涵秋,他是局處里閈,不喜歡出門的,所以他的小説裏面的事物,都是寫的老學究、舊官僚。至於摩登人士、新興事業,他夢也没有做過呢,毋怪他無從著筆了。有一年,他因《時報》館之聘,居然一肩行李,隨著一個僕人,到上海來了。下車後,他就投宿東亞旅館。館役把他的行李搬上電梯間,預備在三樓卸下。可是他老人家誤以爲這間便是他們主僕二人的下榻處,便對著館役説:"這間窄狹得很,我們怎能住得下呢?"引得館役笑了,背著他説:"這真是天字第一號的阿木林哩。"

許指嚴吃十一方

僧徒賴著檀越布施，因有吃十方之號，可是也有風雅的釋子，愛慕文人墨客，供伊蒲饌，佐遊山屐，勾留數月或半載，不須破費半毫文的，那麼可算是吃十一方了。許指嚴生前，文名動大江南北，他又能詩善畫，才思敏捷，對客揮毫，越發受人景羨。有一年夏天，炎熱逼人，他深苦海市塵擾。正思暫遁，便一舸赴杭，把西湖一勺，權當清凉世界。南山净慈寺的主持，留他下榻寺中。晶窗一盦，恰對雷峰塔。雜樹蒙茸，緑侵几案，加之香積廚供，清脾真樸，仿佛把俗塵凡腸，洗滌了一下。指嚴快活的很，耽擱了多天。那理安寺的主僧又邀他去住，并陪他遊九溪十八澗，訪龍井、楊梅煙霞石屋諸名勝。晚間下榻處，逼近岩泉，泉聲滴瀝，清入夢寐。直至金風送爽，才返上海，寫了《湖艇漫筆》《湖艇再筆》，各數千言，在報上發表。我們讀了，爲之艷羨不置呢。

朱鴛雛被南社除名

南社社長柳亞子，他的詩派是宗唐的。可是社員朱鴛雛，他的詩派是宗宋的，於是互相齟齬起來。亞子稱宋詩的現代宗師陳散原、鄭海藏爲同光體，痛罵了一頓。聞野鶴不識相，在《民國日報》却盛稱同光體的好處。亞子還敬了他一下，野鶴却只不作聲了。朱鴛雛不服氣，借《中華新報》，掛仗義執言的旗幟，向柳下攻擊令，甚至謂反對同光體的，是執蝘蜓以嘲龜龍。亞子氣得怒髮衝冠，一面在《民國日報》上駡朱鴛雛，一面在南社社集上發表緊急佈告："兹有附名本社松江人朱璽，號鴛雛，又號孼兒者，妄肆雌黄，腥聞昭著，業已驅逐出社。特此佈告天下，咸使聞之。中華民國六年八月一日。南社主任柳其疾白。"并附《斥朱璽》一則："七月三十一日《中華新報》有署名朱鴛雛所謂《論詩斥柳亞子》者，詞既惡俗，旨尤鄙倍。語云：蟾蜍吐糞，不啻若自其口出，璽之謂矣。陳三立、鄭孝胥之門徒,乃下劣至此,亦閩派將衰之兆也。獨惜僕以太丘道廣,憒於知人,致令委巷小夫,闌入盟社。雖加竄逐,猶爲壇坫之污,所當自劾,以謝天下耳。嗟嗟！楊錫章門下之弄兒,周維新幕中之契弟,下流所歸,君子不齒。善鉗而口,勿令舐癰;善補而袴,勿令後穿。斯已矣。何狺狺狂吠?"這樣一來,大動公憤,溫野鶴、陳舍我等都紛紛離社,直把一個好好的南社拆掉了。事後,柳亞子很覺懊悔,認爲自己少年氣死,肝火太旺。鴛雛死了,他願替鴛雛營弄。鴛雛的小說,除《紅鹽繭集》外,其餘如《桃李因緣》《玉樓蛛網》等,都散佚了。

戚飯牛的疝氣

　　戚飯牛是小說界的丑角,詼諧百出,玩世不恭,在滬上某中學擔任教務,學生都歡迎他。他講的高興,滔滔汩汩,無所不談,甚至有一回竟在教室中,編著一支《五更調》,引吭唱著,學生哄堂大笑,認爲有趣。至今教育界中人,猶有引以爲談助的。他是余姚人,可是流寓吳門,把吳門當作第二故鄉。蘇滬往返,月必一二次。有一回,他由蘇來滬,抵北站。這時,滬上嚴查販運煙土,他老人家蹣跚而行,袴間有如累贅之物。警士大爲懷疑,把他喝住,要加查抄,問他袴間藏的什麼東西。他老實向他們說是患的疝氣。警士不信,他便很爽快的當衆脫袴,警士纔一笑放走。可是那些婦女們見了,無不紅暈於頰哩。

(《上海生活》一九四〇年第四卷第一期)

林琴南到處碰壁

　　林琴南用古文譯了一百多種長篇小說,作爲介紹西洋近世文學的第一人。直到他死後,尚有三十餘種,沒有排印,庋藏在商務印書館涵芬樓中,遭一・二八的兵燹,付諸一炬,那是誰都代他惋惜。他生前被人嫉忌,到處碰壁。胡適之罵的最厲害,凌霄漢閣主也斥責他爲迂謬的舊文學家。蔡元培更詆毀他"譯有《茶花女》《迦因小傳》《紅礁畫槳錄》等小説,以此等小説體裁講文學,以挾妓通奸爭有夫之婦講倫理,寧値一笑?"革新派反對他,尚在意料之中。豈知舊文學家方面,如揚州李審言也不慊於林氏。曾説:"觀林氏所譯小説,重在言情,纖穠巧靡,淫思古意。三十年來,胥天下後生,盡驅入猥薄無行,終以亡國。昔人言王何之罪,浮於桀紂;畏廬之罪,應科何律?畏廬既以此得名,可以已矣;而又強論文章,因擇舉世所宗,又爲時貴倒嚮,遂復附和其説,張之無已,氣矜之隆,浸至不可向邇。畏廬本佳人,而入迷途。其初多文爲富,炫鬻自媒,致敗風俗。後又出其緒餘,高論文章,取其究韓柳文法,復起桐城之焰,鼓以爐韛,勢令海内學子,從風而靡,一與其小説等,而其富厚之願始畢。此僕七十老公,所謂不平而欲義形於色者也。"林氏因受新舊攻擊,大爲憤懣,便銳志於丹青,藉遣悶懷。所作山水,商務印書館曾製版印成爲《畏廬畫集》,藝林珍爲懷寶哩。

孫漱石的嫖賭門檻

魯殿靈光之説界耆宿孫漱石,於金戈鐵馬中悄然逝世了!他的成名作,當然要推《海上繁華夢》。他少年時風流自賞,很喜涉足花叢,先後所擲纏頭,代價約在萬金以上,故在《繁華夢》所揭花叢弊害,較任何小説爲詳實。猶慮曲苑中有秘不告人之處,萬難出於意想,他就把天香院主娶了回來,金屋藏嬌,玉樓偎影,在溫柔鄉中消受艷福。於是知無不言,言無不盡。他著書時才得鞭辟入裏,大之如院中之一切弊害,小之則一切忌諱、一切規例,都從天香院主那裏得來。他的《繁華夢》材料,既以花叢爲主,不能不兼及雉妓院,然此等齷齪不堪之地,實屬難於厕足,可是他抱佛家"我不入地獄,誰入地獄"主旨。某晚,他故意徘徊於雉妓院前,希望那些鳩盤塗來拉他去。不料雉妓所拉的是些短衣勞工之輩,見他衣冠楚楚,模樣斯文中人,便望而却步。他沒有法想,托他車夫招了個江北人王大六子來。因爲王大六子是個花煙間的老嫖客,經驗是很豐富的。他款以酒食,並給他兩塊錢,大六子滔滔汩汩,把個中情形盡行告述。所以《繁華夢》中有錢守愚迷戀煙花一段,就是得力於大六子的講演哩。他在少年時曾誤交損友,新年多暇,做方城之戲,不料損友暗招賭棍入局,致雀戰必負,牌九更所負不貲。後幸賭棍因他案被人在公共公廨告發,他纔知道當日實大上其當,也想附訴控追。那賭棍懇人竭力調停,願還洋五百元了事。他以《繁華夢》中,正需痛揭賭場弊害,便允許他,囑其直陳黃牌九之種種作僞,和種種手術、種種切口。一一記出,大多信而有征。毋怪《繁華夢》一書,銷行數十萬部之多。

陳蓮卿控驢成病

著歷史小說的陳蓮痕,已多年不動筆了。曩爲春明寓公,有一年初夏,他的友人楊南萊,忽發驢背詩思的雅興,約他爲伴侶。每當晨曦初上,相携驅車驢市,策蹇就道,總要薄暮始肯還來。這樣半個月,當爲日常的功課。雖風沙蔽天,赤日炙空,也不間輟。凡都門附郭名勝的所在,都印遍蹄痕了。北平的驢兒,大半從齊魯間來,性較柔馴,但控它也很費力。初他勉強登程,後來兩條腿麻木不仁,有如失掉一般,腰也酸痛得很,一臥經旬,幾乎病廢,從此不敢再坐吾家的鄭綮了。他做寓公時,曾撰過一部《京華春夢錄》,把北平的掌故軼事,以及冶例、雅遊、香奩、麗品、諧趣等等,足足寫成數萬言,由某書局出版。現在坊間已不見,恐已絕版了。

曾孟樸喜栽月季花

東亞病夫曾孟樸所著《孽海花》,把名妓賽金花作爲書中主人,綴以時事社會之描寫,林琴南稱道此書,嘆爲觀止,可知此書之價値了。孟樸,常熟人,名所居曰"虛霩",隙地上親摘月季花,名種計數百,花盛開時,常宴客其中。孟樸於民國二十四年歸道山,我友范煙橋有"虛霩園中秋草宿,逍遙遊畔夕陽斜"之句,就是追悼他老人家哩。他於盛夏,常穿著短葛衣,戴著笠帽,親自灌溉清泉,芟除蕪草。所以他家的月季,較任何爲豐茂美艷。

海上説夢人有一丈青的諢名

海上説夢人是朱瘦菊的別署,他的最負盛名的作品,要算《歇浦潮》了。又有一部《殘粉剩脂録》,似乎影射某巨家的閨閣秘事,也是很好的。他長身玉立,小説界中人都稱他一丈青扈三娘。他的長度,可想而知了。他後來廢棄小説家言,從事電影導演。自從大中華百合影片公司停止業務後,他却長袖善舞,做鋼鐵生意,現在不知怎麽樣了。

胡寄塵咏司的克

寄塵在小説界有短篇聖手之號,他的作品大多含有諷刺性。詩文雜作也很精當。有一次,他説是司的克爲時髦人的必需品,可惜没有人把它入詩,他就費了一小時的光陰,做成一首司的克的詩。人家稱他爲二十世紀的李太白,他却笑著説不敢當,不敢當。詩録入下:"手中司的克,一擲化爲龍。我便乘之去,泠然禦長風。瞬息幾萬里,已至滄溟東。滄溟觀日出,天地皆殷紅。須臾天地判,長空青濛濛。净雲净渣滓,白日懸空中。耳邊無綫電,琴瑟聲玲瓏。眼底展銀幕,來往人憧憧。聲色豈真有,聞見亦非空。此理妙難説,譬解余已窮。再擲司的克,又化爲長虹。我乃據其背,直趨廣寒宫。嫦娥不可見,余懷誰與同。四顧白灝灝,摘星墜吾胸。權之五銖重,其質何玲瓏。佩之當寶石,歸來傲王公。"我謂此詩,大有莊子《逍遥遊》的意味。

天虛我生的文字知己

天虛我生陳蝶仙,著作等身,可是不自珍惜,往往隨作隨棄,尤其應酬作品,更不留存。不料他有一位文字知己周拜花,深慕他的詩文,蝶仙有所作,輒錄存於冊。即應酬作品,也完全抄錄,不使或遺。某年,蝶仙的哲嗣小蝶有《醉靈軒叢書》之輯,拜花就把所錄的輯爲一集,名爲《栩園詩剩》,並作序文於卷首,謂:"夫詩,所以達志言情。僕之所好,好其能適我性情。凡我欲言而不能言者,每得托詩以寫,而積憂隱悶賴以泄焉。蝶仙之詩,又不啻句句從我心坎中爬剔而出。凡我之不能言者,乃已一一成爲蝶仙之韻語,豈不奇歟?"相契相印有如此,真是塵世難得哩。

俞天憤晚年學佛

俞天憤他是喜歡做偵探小說的。他在某雜誌上發表幾件偵探案,都附著照片。原來他特地用拍攝電影的方法,雇了人扮演的,但是用費太大,稿兒又賣不起錢,後來就不再進行了。他有一回把一篇短作品請人譯爲英文,再請另一人把英文迻譯爲漢文,再有漢文轉譯爲英文,又從英文回覆爲漢文。經了很多人的手,那篇短作品不但原意盡失,且不成其爲作品了。他晚年患了頸疽,把整個的心,收束到梵經佛典上去。門以外的聲,一概不管,後來居然痊愈了。所以他終年茹素學佛,曾做了那部關於禪理的書,殺青後,寄給我一本。可惜我這本書已遺失,並書名都不記了!他的父親是名士金門先生。金門先生臨死,遺囑天憤,不再做小說,所以他就絕筆於稗官家言了。他的單本長篇,有《鏡中人》《薄命碑》,却是言情之作。現在他已故世了。

(《上海生活》一九四〇年第四卷第二期)

張丹翁代人吃官司

　　玩世不恭的張丹翁，於事變中死在吴門。他是揚州人，揚州有家庭，蘇州另組一個家庭，上海也有個臨時家庭。人家説他是狡兔三窟，他却付諸一笑。尤其他在上海的家庭，在八仙橋野鷄窠中，粉白黛緑，粥粥群雌，都是他的芳鄰，真所謂名重鷄林了。人家又把他的別署尋開心，説丹者赤也，翁者老也，丹翁者赤老也。他也默認著。因時尚語體，索性自把署名譯爲語體式："通紅的老頭子。"他曩年曾輯《大共和日報》，該報附刊上載着朱天目的《情海歸槎記》，内容稍涉穢褻。那時捕房立刻拘捉主筆，張丹翁代人受過，吃了一夜的官司，直至明晨纔得釋出，大呼晦氣不已。

吴雙熱愛好小脚

　　吴雙熱是鴛鴦蝴蝶派中的巨擘，和徐枕亞齊名。可是他死在徐枕亞之前。他生前鬪佛是很力的，不料臨死前大念其佛。戴季陶和他是《民權報》同志，兩人交誼是很好的。雙熱死了，季陶很爲惋惜，送了一筆很重的恤金，并選聯哀挽他。他愛好小脚，雖在盛行天足的時代，他在小説中兀自是描寫着婦女的小脚。如《無邊風月傳》云："李棣直入阿玉閨中，摸索阿玉之蓮鈎，纖纖入握，就在床下盗得一雙紅繡鞋，納於袖，疾引身而退。歸就枕上，出蓮舄而把玩之，楚楚雙翹，製絶工巧。試起量之以尺，寸恰盈三，不知與慧鸚相較，長短何如。癡然握舄，復就枕反復諦視，不覺睡去。必醒而舄猶在握，兀自啞然。"又《鵑娘香史》有云："妹妹真嬌媚煞，不長不短身材兒，鵝卵臉兒，金蓮足兒，脱狹路相逢，端疑是天上安琪兒之遊戲人間者。"又，《香國春秋》有云："女郎稍稍前，自裙底引一蓮鈎，蹴生之跗曰'賊！直恁看人，男女不親授受，望援手耶？'"《豆腐西施》云："母曰：'小姐必束足，蓮鈎纖纖不盈握。'阿寶奮然曰：'然則儂亦欲束足，蓮鈎纖纖不盈握，儂便是個小姐。'"對於小脚，歌頌備至。愛好之深,於此可見了。

蘇曼殊的秘密皮包

　　蘇曼殊的身世是可憐的,他的《斷鴻零雁記》小說,就是他的自述。現在這部書已有英文譯本,流傳歐土了。其他小說尚有《焚劍記》《絳紗記》《慘世界》幾種,都是極有價值的。他很喜飲冰,某年在日本,一日飲冰五六斤,及晚身不能動,人家以為他死了,但是探驗他尚有些氣,明天復飲冰如故。曼殊才豐不壽,死時年只三十五,是死在金神甫路廣慈醫院的。他病故前,有一秘密皮包,寄存在虹口某旅館中。曼殊死,沒有人知道該旅館的招牌,皮包便不可復得。據人猜想,這個皮包中一定藏著許多紀念品,或者有些桃色關係哩。

徐卓呆的《不知所云集》

　　從五四運動後,新文化潮流,澎湃洶湧,瀰漫全國。一般新詩人,紛紛刊行著新體詩集。因為新體詩不受韻腳、平仄的限制,容易胡謅,所以大家都模仿起來。張三出一本什麼詩集,李四也出一本什麼詩集,弄得烏煙瘴氣,不成其局。那時笑匠徐卓呆便把吃豆腐主義,大尋其開心,仿著詩體裁,刊行一本《不知所云集》。在書的襯頁上自題"粗俗不堪"四字。一篇序書,完全虛的點子,不着一字,署名無名氏。底頁上加著四句"稱贊嘲罵,一律歡迎。將文翻版,恕不答應。"代替着"版權所有"的陳套。出版后,居然風行一時,把一切不成熟的新體詩集完全打倒。原來他的《不知所云集》,確乎詼諧有趣,使人笑口大開,如今抄錄一二首在下面。《臭乳腐》云:"吃得過,臭乳腐。臭雖臭,其味勝如魚翅燕窩。問問他的價錢,更覺得便宜貨。買了一百文,六口之家吃了兩天多。倘使全地球的食品來開一個博覽會,我想著臭乳腐,必定當選萬國食品的鼻祖。美味哉!臭乳腐,宜葷宜素。如果有人不明白他的真假,盡不妨去打聽打聽幾位老太婆。"又,《長人》云:"長人,我抬起頭來看你,覺得你這身體,非常有趣。同是一人,爲何你我有高低?你真不愧頂天立地。你若生了三頭六臂,倒可以供你在廟裏。你最得意的是看戲,你不得意的是電燈常常撞痛頭皮。你若與印度阿三拜兄弟,他只嫌你皮膚太白,身體太細。你躺在普通的床上,伸不直脚,到底不很適意。你與平常人做了夫妻,少不得要凑了頭來脚不齊。你若一朝搬去了腦袋,我一定可以與你比比,或者反比你高些。崇明蘆粟,電綫木頭,城隍廟里的皂隸,與你都是一類東西。棺材店的老闆,一見你就回避。他説,將來情願不做你這一筆生意。"其他尚有《天曉得》《贈叫化阿二》《紙扎店裏老闆娘娘》《身體上的記號》,都是很好玩的。

周瘦鵑願化女兒身

素性愛美的周瘦鵑,他自謂:"居恒抱一癡願,願化作女子身。具絶世姿,或爲才子婦,或爲名士妻,或爲大英雄、大俠士執其帚,侍巾櫛;或則交盡天下有才有貌之佳人,握手言歡,作閨中膩友。"可是他癡願難償,便異想天開,向著幾位做新劇的朋友,借了中西女服,喬裝爲嬰嬰宛宛者流,攝成《願天速變作女兒圖》。中裝的稍涉矜持,没有西裝的活潑。西裝的坐在藤椅上,豐致很好,自題其上云:"黄崇嘏云:願天速變作男兒。而瘦鵑則不欲爲男,願天速變作女兒。自慨枉爲男兒二十年,無聲無臭,負却好頭顱,日向毛錐硯田間討生活。且復歌離吊夢,不如意事常八九,跼天蹐地,惻惻寡歡,作男兒倦矣。頗欲化身作女兒,倏而爲浣沙溪畔之西子,倏而爲臨邛市上之文君,使大千世界衆生,悉墮入銷魂獄裏,一一爲吾顛倒,一一爲吾死,不强似寂寂作男兒耶?春光老去,落花如夢,小窗枯坐,陡發癡想。因長笑入攝影館,而有《願天速變作女兒》之圖。"這圖曾鑄版刊印在他的《香艷叢話》中。此次事變,他抛棄了故鄉的紫蘭小築,和程小青一同到黟縣山中去避難。後來又從黟縣到上海,爲遣悶計,仍喜栽護卉木。上届西人的莳花會,他也有盆景出品，居然得到錦標，認爲很光榮的。近來他很喜搜羅前人的畫梅小幅，正和癯仙結著不解緣哩。

樊樊山學做小説

樊樊山一代詩伯，遺詩三萬篇，爲從來詩人所未有。識者稱他的詩，如美女簪花，高僧説法，無不可用之典，無不能達之意。我最愛他的聯句，如"鞦韆幾架酴醾雪，款段一鞭楊柳風""井桃澹白清明雨，水柳輕黃上巳天""窗臨鴨綠三篙水，門掩來禽一樹花"，琢句之工，措詞之麗，是值得欽佩的。他於民初，有鑒於小説盛行，也學做小説，成《琴樓夢》一書，文字謹嚴，近晚唐人筆墨。姚鵷鶵很贊賞它，《小説雜咏》有云："夢覺春明剩劫灰，殷頑身世亦堪哀。琴樓焚髻分明在，華管當真割席來。"焚髻指《焚髻記》而言，是海藏所做的，也是小説家言。

蔣箸超怕野鷄

蔣箸超是古越的名士，主《民權報》和《民權素》筆政，著有《蝶花劫》《琵琶淚》《兒女金鑒》等説部，在民初是很紅的。刊物停止，他掌教浦東中學，鬱鬱不得志，不久便逝世了。他初到上海時，穿著竹布長衫，脚著布鞋，未免有些土頭土腦。行經四馬路一帶，那些山梁雌雉，實行拉夫，他想脱身而走。不料被一個雉妓搶去瓜皮帽，他要去奪取，便被她們擁進雉窠。他窘得面紅耳赤，好容易纔得解圍。他既回寓，因仿古題作《逐雌雉》以泄忿。句云："雌雉雌雉，復我邦土。爾有巢穴，實逼我處。我財我產，爾奪而取。復不我恤，日牽我裾。昊天哀我，念我靡家。言將譴汝，戮之黃沙。"後來他把這詩收入他的《蔽廬非詩話》中。

梁任公小說中的黄克强

新會梁任公博學多能，一部《飲冰室文集》，在學術界中很占著重要地位，影響到現在。報紙上的論文，尚都是他的流派哩。他在早年也喜從事小說家言，做過一篇政治小說《未來的中國》，完全是托空的預言。書中人物有一個叫作黄克强的，學問識略，處處高人一等，很做了些建國工作。其時和孫中山、黎黄陂號稱民國三傑的黄克强，尚默默無聞。梁任公的小説，恰巧與之暗合。後來黄花崗一役，黄克强大大的露了頭角。任公和人述及國事，輒自詡談言微中，他的預言真不錯哩！

（《上海生活》一九四〇年第四卷第三期）

白送稿子給平襟亞

報上征婚的廣告，現在是司空見慣了。在十多年前，平襟亞曾因此玩了一回把戲，是很足開人笑口的。那時，朱鴛雛正在襟亞所設的小型出版社裏當著編輯。襟亞倩鴛雛撰一個無中生有的廣告，標題是"吳門馬玉簫女士征求佳婿"。下文云"玉簫吳籍，幼通國學。長慕歐風，嘗謂我國禮俗，兒女婚姻，權操父母，以致烏鴉匹鳳，時有所聞。玉簫身非弱絮，豈肯隨波；心似春蕉，常思捲雨。乃蒙堂上，既予全權，爰布報端，廣征良偶。凡應征者，不限年齡，不限籍貫，但須親作一求婚小箋，叙明自身履歷及求婚宗旨。辭尚華贍，意求綿麗。於見報半個月内郵寄敝處，俾鄙人親加選閱。如能附以著述，尤爲歡迎。選中後自可直接通函，訂期面晤也。"這個啓事刊登出來，那些色星高照、想吃天鵝肉的朋友，以爲玉簫女士是吳門人，一定軟語似鶯，美顔如玉，加之才清如此，不讓道韞當年。若得雀屏中選，擁得嬋娟，那温柔鄉的艷福，真不知幾生修到哩。

因此咬文嚼字,大掉其書袋,并不惜犧牲郵資,掛號寄給那玉簫女士,襟亞、鴛雛倆兀自在那裏暗笑。過了旬日,一齊總算,一共收到四千七百餘通。兩人就中剔去那些無意味的,選存一百通,編成一部《乞婚尺牘》。且在報上再登一個啓事,道:"玉簫曩承慈命,求婿當世。蒙諸君子不棄,以玉簫爲可教,珠玉齊頒,瓊瑶競下,皇皇裔裔,不下四千餘通。獎荷既深,私衷實愧,豈以玉簫之不才,乃足齒及當世士君子乎?來書殷切,或約玉簫以歌臺,或期玉簫於餐館,或假遊園之名,或藉品花之會。大世界,新世界,小世界,天花亂墜;大舞臺,新舞台,小舞台,巧語如簧。或請馳摩托以兜風,或乞打德律風而密語;或投照片,或咏詩篇,函電紛紛於檄文,懇邀切於請願。何其盛也!玉簫子身,何能饗衆,是以重負群情,以免此厚彼薄之譏。然諸君子大文,要皆不可泯没,靈蛇在握,隋珠自珍,尤足增儂閱歷,廣儂心目。或以文詞見長,或以心意自顯。悲歌慷慨,雖荆聶輸其昂藏;書記翩翩,雖元瑜遜兹風雅。凄艷如司馬琴弦,幽咽如夜鵑呼侣。若乃滑稽詼怪,卑鄙形容,密語諂言,肉麻心痛,更令玉簫捧腹噴飯、毛髪俱悚者矣。今選兹百通,不加損削,略附評騭,以爲諸君傳盛文,供同情者飽眼福。殆亦尺牘之別裁,而求婚之笑史也。"啓事下面就登著該書的價目和出版處,没有多時,初版完全銷罄,重行再版。襟亞和鴛雛打哈哈,深喜那一注意外利市哩!

徐枕亞大罵沈東訥

誰都知道徐枕亞是位好好先生。他嗜酒如命,飲了數斗醹醕,大有事大如天醉亦休之概。可是有一回,爲了《小説叢報》社事,和同事沈東訥、胡儀鄅輩大起齟齬。他一憤之餘,便宣告脱離報社。另行創設清華書局於交通路畔,發行《小説季報》,於弁言上大發牢騷,直把沈東訥輩罵得狗血噴頭,如云"鄙人不敏,以無聊文字,與諸君相見者,六七年於兹矣。曩輯某報,頗荷社會贊許,初亦聚精會神,貫徹最初目的,爲社會教育之一助,竭我駑鈍,宏啓士林。而共事者意見紛歧，以文字生涯，爲利名淵藪，忌克之深，轉爲傾軋，知非同志，能不灰心？一再因循，徒留得敷衍之成績，自知深負閱者，然不得已也。丈夫不能負長槍大戟，爲國家干城；又不能著書立說，以經世有用之文章，先覺覺後覺。徒恃此雕蟲小技，與天下相見，已自可羞。而況居心穢濁，見利忘義，覥爲文人，而行爲之卑污苟賤，有爲市儈所不屑爲者。此中國人心之所以不可問也。《季報》之輯，蓋以答我多數閱者殷殷屬望之意，贖我數年來憊懶惰馳之過，而爲普天下文人，留一本來真面目，勿令彼盜名欺世之陰謀家，污我儒林一片土也。清者自清，濁者自濁，世多巨眼，自能識之。余何贅焉！"那《小說季報》出了四集，因定價過貴，銷數不盛，便停止了。枕亞又復染著煙霞癖，一榻橫陳，吞吐作樂，從此憚與管城子爲緣。書局沒有新書出版，漸漸不能維持，直至前年，他把一切版權和存書，廉價盤給某書局，料理清楚，退隱琴川。於此番干戈擾攘中，患病失於醫藥而死。一代才人，風流消歇，和他相知的沒有個不十分痛惋呢。

張默君的《一百十三案》

張默君是湘鄉名士張伯純先生的次女，家學淵源，詩古文辭，在南社中很有地位。後來他嫁了邵元冲，夫唱婦隨，極伉儷之樂。詎意好事多磨，良緣天妒。在西安事變中，元冲不幸飲彈而死。默君哀慟欲絕，曾寫了許多作品紀念著哩。她在早年也喜從事小說家言，前清光緒間，徐念慈發行《小說林》雜志，他和陳鴻碧女士，合譯《一百十三案》，計二十萬言，是很偉大的。其他又有小說《薛蕙霞》，也是很好的譯稿。

許廑父敏捷萬言

蕭山許廑父，在十數年前，也是小說界中的一頭雄獅。他寫小說，喜把倡門做背景，什麼《武林秋》咧，《滬江風月傳》咧，《情海風花録》咧,都是玉笑珠香、鶯啼燕語的作品。那時,徐枕亞和他很爲莫逆,枕亞筆政過忙,便請他庖代。據說枕亞的哀情長篇《刻骨相思記》,上集確是枕亞手筆,下集便是廑父代撰的。他思想敏捷,運筆似飛,每晚五六個小時中,能寫文言小說一萬字,所以人家都稱他爲許一萬,爲任何人所辦不到的。他在八一三前,編輯杭州《東南日報》的附刊"小築",取材精嚴,資料豐富,深獲讀者的贊美。鄙人見獵心喜,常川擔任撰述。一自烽火徒起,日報停刊,那個大名鼎鼎的許一萬不知到那兒去了,鄙人兀是懷念哩。

程瞻廬表揚張夢晉

玩了數十年筆桿的程瞻廬,可謂婦孺都曉、著作等身的了。他最得意的長篇小說,有《茶寮小史》和《衆醉獨醒》,可是流傳並不普遍,却有一部他認爲下里巴音的《唐祝文周四傑傳》,而行銷獨暢,口碑載道。相傳唐爲唐六如,祝爲祝允明,文爲文徵明,周爲周文賓。聽過《三笑》故事的,沒有個不知道。但瞻廬先加以考證,說唐、祝、文是實有其人,周文賓無非影射張夢晉。夢晉名靈,他誕生時,父親夢見周朝王子晉來謁,所以取字夢晉。他年少才高,和唐、祝、文三人訂交,一時有唐、祝、文、張四才子之稱。《唐解元全集》中,也說曾與張夢晉沽酒痛飲野寺中,酒酣耳熱,道一句"此樂恨不令太白見之"。所以周文賓是位烏有先生,實在都是張夢晉的事迹。這種議論,很是奇闢,誰都佩服他。有一回,我們和他同桌吃飯,一位老畫師樊少雲先生,生平很崇拜岳武穆,說岳武穆是一位民族大英雄,遠在關壯繆之上,無奈一部《岳傳》,叙述的方法和技巧,不及《三國演義》,那就未免掩沒了岳的長處,深願瞻廬先生一揮如椽大筆,把《岳傳》重行撰述一過,成爲一部極有價值的稗史。他老人家頷著首,并笑吟吟的說:"俟環境變遷,重見天日,屆時當鼓看興,把這位民族大英雄,大大的渲染一下呢。"

陶報癖的蓮史

　　湘中老小說家陶報癖，於數年前物故了。他是陶宮保的後人，喜收蓄報章，在他的白鶴山莊中，特闢"報海"一室，作爲儲藏之所，因此他署名報癖。其實他不但癖報，并兼癖蓮，著有《蓮史》，專述婦女之蓮鈎。據瞧見這書的稱道："陶曾費三載功夫，征文若干省，纔得成此巨作。歷舉産蓮之地，有晉之大同、湘之益陽、粤之東莞、秦之蘭州、豫之洛陽、蘇之揚州。金蓮之纖美的，有漢口蓮橋、狀元童憐卿、粤妓細嬌、河南西屋太太、滬妓愛梅樓等。好嗅小脚的，有胡雪岩、孫慕韓、趙㑺人、辜鴻銘、閻百川、一峰和尚等。"書的封面，畫有標準的金蓮，朱色爛然，上有"蓮史""長沙陶報癖手編"等字，并附名姬照像多幅。是書再版九次，銷數很多，可是鄙人没有寓目，深惜當時和他通訊時，未曾知道這本書，否則。向他索取一册，不是很好的紀念品嗎？報癖和上海陳衡三很投契，原來衡三也是嗜蓮若命的。彼此去雁來鴻，對於裙下雙蓮，互作縝密之研究。衡三有一友和杭州胡雪岩家有葭莩誼，撰有《金屋蓮花記》，對於胡家姬妾之足，言之歷歷。衡三把這寄給報癖，報癖付諸《心聲》雜誌，刊布問世。

顧明道化名梅倩女史

　　顧明道的一枝生龍活虎之筆，善狀俠士鬚眉，英雄肝膽，所以他的武俠作品，很博得社會人士的歡迎。在一般讀者的想象中，總以爲他體幹健硬和關西漢子般，豈知事實却大大的不然。他身既瘦弱，又不良於行。夜晚常患失眠，精神很是委頓（編者戲按：雀戰廿圈，他倒是不叫饒的）。凡我朋儕見了，没有個不憐惜他。他寫小說是很早的，距今十多年吧。那時許嘯天、高劍華夫婦倆，發行《眉語》雜誌。《眉語》中所載的大都是香艷小品和婦女作品。明道忽然高興，化名梅倩女史，寄一篇稿兒到雜誌社去，果然在下一期中揭載出來。不料一個色情狂的讀者，醉心那個梅倩女史，以爲她才既清麗，態貌一定也是很秀美的。好不容易探聽得了她的住址，便致書表著欽慕之誠。明道接讀了，就戲用梅倩的名答覆他。這樣一來，直把那個讀者風魔了，從此接一連二的寄來肉麻不出的情書。明道沒有這種胃口，直截痛快地揭穿了給他一信。那個讀者纔大大的失望，便斷絕了魚雁。

(《上海生活》一九四〇年第四卷第四期)

程小青痛失名畫

東方柯南道爾程小青，他的偵探小說，可稱名滿全國、婦孺都知的了。他生平沒有嗜好，惟愛國畫成癖，自己也能繪幾筆花卉蔬果，著墨不多，而雅韻溢於楮素。朋好得他寸縑尺幅，莫不珍如拱璧。他寓居吳門，喜收羅小册頁。凡屬當代畫家，他都求得作品。有山水，有人物，有花卉，有翎毛，有蟲魚，有走獸，付諸裝池，成册頁三十多部，爲精神上唯一的安慰。此次事變，他携著妻孥，避氛黟縣山中。册頁本想帶走，奈因夾板裝潢，非常笨重，沒有辦法，只得寄存在他任課的東吳大學中。東吳大學爲西人所創辦，如有簿册，或得倖免，所以他就硬著頭皮而去。豈止不到半個月，蘇地吃緊，那無情的鐵鳥，下蛋數百枚，頓時把一座閶闠古城，炸得危樓斷壁，不成樣子，東吳大學也就遭著池魚之殃。那寄存的三十多部册頁，一股攏兒化爲灰燼。小青從黟縣山中逃到上海，纔知道這個消息，宛如晴天霹靂，使他目定口呆。後來他對我們說，這種精神上的大損失，痛定思痛，不知幾時始得釋然哩。

鄒容的《海國春秋》

"鄒容我小弟，披髮下瀛洲。"這是章太炎送鄒容遊學扶桑的詩。章和鄒爲革命同志，感情很爲融洽，後來兩人合編《蘇報》。鄒撰《革命軍》長篇説部，遭清吏的憤怒，把他縲紲下獄，并罰作苦役。他身體孱弱，不久便瘐死獄中。聽説鄒除撰《革命軍》外，尚有軍事小説《海國春秋》一書，所述都屬革命同志的事迹。當時化名蜉蝣生，無非因顧忌所致。惜乎這書没有刊爲單本，如今無從購讀了。

不肖生無端受譏

著《江湖奇俠傳》的不肖生，爲向愷然的化名。他是湖南平江人，數年前他到上海來，和鄙人有一面之緣。他本來有煙霞癖的，這時他已戒除，容光焕發，神采奕然，至今腦幕中猶留有那副英俊拔俗的印象哩。他對於武術，確有相當研究。當時有一書賈，發行《國技大觀》一書，因不肖生紅極一時，且又諳於武術，便貿然列著不肖生的名，書中詆那太極拳的單鞭無實用。豈知其時有一位陳志進的，對於國術也有相當研究，瞧了大不爲然，便致書不肖生，謂《國技大觀》之作，以内容言之，名不副實，似不足稱爲大觀也。且對於太極拳，尤不免門外漢之議論，恐爲識者所笑。孔子曰："知之爲知之，不知爲不知，是知也。"何必强不知爲知，作一知半解之言，而貽笑大方。太極拳練柔以至剛，防身之法，莫善於太極拳。而君所知者，只爲單鞭，可云陋矣。蓋用拳之道，與用藥無二。藥無論貴賤，貴於用得其當。拳亦如之。單鞭自有單鞭之用，不能因太極拳有單鞭，遂以爲其他手法亦單鞭之類，則誤矣。中國拳術之不發達，由於學之者，學此而輕彼，學彼而輕此，未窺門徑，即露輕視之態；略知梗概，未知深奧，輒議論其短長，多見其不自量也。不肖生立致一覆書，説明《國技大觀》與彼無涉，并責陳不應冒昧相誚。彼此魚雁往還，大開筆戰。結果二人成莫逆之交，同主湖南國術分館事，是真不打不成相識了。

惲鐵樵揣摩彈詞

惲鐵樵曾主商務印書館的《小説月報》，他撰著小説，嚴於格律，人家戲稱他爲"大説"，他却付諸一笑。那時程瞻廬前輩，著成《蔡蕙彈詞》，借稗官口吻，爲勸孝之言，寄刊《月報》。惲大加贊賞，致書瞻老，謂："尊者《蔡蕙彈詞》，每一次捧讀，輒深一次神往。此種妙文，直當不朽，不止百讀不厭。弟悉心揣摩，已略知作法。然珠玉在前，總不願爲東施。明年一號《月報》，能更撰一篇見惠否？"如此推崇，具見惲之虚心。鄙人喜收羅名人手札，這信蒙瞻老見贈，鄙人甚爲珍視哩。

聞野鶴稿費請客

雲間聞野鶴，他在文壇上享名很早。民初，刊行《野鶴零墨》一書，什麽《恤篆三筆》咧，《黄孀餘札》咧，《南天眉影録》咧，《鴛瓦餘馨志》咧，都是古茂典雅、老氣横秋的作品。驟讀其文，總以爲他是一位五六十歲的老作家，豈知他那時只有王子安滕王作序之年哩。有一回，他在某報館收得稿費一元幾角，徘徊於四馬路畔。恰巧遇到一位朋友，他就對朋友説："我們久違了，今天是難得的機會。況且我領得一注稿費，可作一小小的東道。我們大家到酒家樓去喝三杯罷。"那位朋友便欣然同去。到了酒家樓，他就大點起菜，肥魚大肉，白鷄醬鴨，滿碗盈碟，排列的案無餘隙。那位朋友就向他説："我們老朋友，何必如此大破其鈔。你究屬收到幾多稿費？"他直捷的回答："領到一塊幾毛。"朋友説："那麽怎够付賬呢？"他説："缺少的只得請你凑數了。"朋友連呼糟糕，原來身邊也是空空如也，没有辦法，朋友就請他稍坐一會，俾得回去取了錢再來。朋友的夫人閫威素著，限制丈夫的用度。再三懇求，僅給兩塊多錢。那位朋友便很迅速地趕到酒樓，不料野鶴因等的不耐煩，又添上幾色餚饌正在大嚼。朋友責他不當如此。他説："不吃則罷，吃須吃得痛快。"於是馬上喚堂倌來算賬,幸而那時物價便宜,連小賬一共三塊幾錢。兩人罄其所有,總算恰如其數。野鶴走到門前,和他的朋友分道,猶對他的朋友説:"我們下次再叙罷。"

張舍我水門汀上尋夫人

問題小説家張舍我,他和張碧梧、張枕綠素有小説界三張之號。坊間有《張舍我説集》,是他著作的結晶品。後來他忽地棄儒爲商,做著人壽保險的生意。既而又復搖身一變,掛起大律師的招牌,天天跑法院替人辯護,并任多處的法律顧問,生涯頗不惡哩。他成家室甚遲,人家替他作伐。很好的對象,他總嫌瘦弱。且向人家説:"我們收入不多,怎能娶那病妻,醫藥等費,那裏負擔得起呢?"這話傳到笑匠徐卓呆耳裏,便戲著他説:"能够當選張舍我夫人資格的女士,必須在水門汀重重的摔上三摔而不貼傷膏藥的,方能合格。"又作一歌謡,有"張舍我水門汀上尋夫人"等句。一時説界傳爲笑料。

沈禹鐘是火車上的老客人

林琴南派的小説家沈禹鐘,數年前是很健筆的,什麽月刊、日報,都有他古茂淵深的文言作品。他也擅寫語體小説,發表很多。如今他任某公司文牘,除偶或吟詩作書外,不再從事小説家言了。他是浙江嘉善人,從前在商務印書館供職時,因家中常有事故,所以每個月必須返里三次或四次。滬嘉往還,當然趁著火車。那笑匠卓呆又爲他編一支小歌:"沈禹鐘,心弗定,火車上的老客人。"此次事變,他的故鄉損失很重。他現已全家移申,骨肉團聚,不須僕僕風塵了。

范煙橋和曹蘧庵女士唱和

星社的中堅分子范煙橋，多才多藝，同社沒有不佩服他的。他是吳江桐花里人，可是軀幹魁梧，發聲宏亮，仿佛關西漢子。他編有《中國小說史》，各大學都把它充做教材。他在故里時，喜作詩詞，有位曹蘧庵女士，是他的文墨知交，彼此唱和，月必數次。曹習《靈飛經》，妙得神髓。他很是愛好，把前後所貽書札詩詞，裝成四大册。此番毀於兵燹中，煙橋很爲痛惜。和他的《鷗夷釀詩圖題咏》，付諸劫灰，認爲精神上的兩大損失。

張丹斧拋紅豆

張丹斧是很有風趣的，他生平不穿馬褂，不攝影。有一回，他的朋友黃梅生約他到兆豐花園去逛，乘其不備，偷偷地攝了一個影，鑄版刊登《上海畫報》。他頓時窘得了不得。那時他住在八仙橋畔，鄙人常去閑談，他那兒總有幾個坤伶和他厮纏者。原來都是他的義女哩。聽說他少年時，鄰家有個妙姑娘，不但體態娉婷，又復通達翰墨。他真個似他家老祖宗張解元般的風魔了，拈著紅豆子，一顆顆的拋過隔墻去。那妙姑娘有沒有什麽回報，鄙人却不得而知了。

（《上海生活》一九四〇年第四卷第五期）

包天笑的三愛主義

說界泰斗包天笑他是吳門人，可是爲海上寓公，已有數十年之久了。他初至滬上，住在愛文義路，後來搬至近北火車站的愛而近路。這時江君紅蕉，纔得謁見了他老人家。近則他的府邸在法租界愛麥虞限路。人家因稱他爲三愛主義,他却付諸一笑哩。(編者按:包先生自即期起,爲本刊撰《恨仇綺羅》長篇,十分名貴,希讀者注意。)

鄧糞翁的短篇小說

凡愛好金石書畫的,莫不知鄧糞翁其人。他天才橫軼,造詣高深,那又是誰都欽佩的。他早年本名鈍鐵,又署老鐵,(編者按:翁又有署居士山人。)喜撰短篇小說。曩曾讀過他的技擊小說《棋子鐵》,滑稽小說《一千三百號》,不論文言語體,都很精妙。記得鄙人輯某月刊,他寄來一短篇《文學家》,把當世負文學盛名的臭罵了一頓,罵得很是痛快,直可比諸陳琳之檄哩。

林琴南詩的潤格

林琴南任北大教授,被新文化諸子所排擠,便憤而辭職,專以譯書作畫,維持生計。他的畫室中,設有兩案,一案高將及肋,可以立而作畫,一案如常,就以著述,左案畢即就右案,忙的不得了。所以他的友人陳石遺,戲呼他的畫室爲造幣廠。他作畫的潤格上,刊有一詩很有風趣。如云:"親舊孤孀待哺多,山人無計奈他何,不增畫潤分何潤,坐聽饑寒作甚麼。"

徐天嘯長聯挽妻

天嘯是徐枕亞的老兄,他們昆弟倆除爲小說家言外,均擅書法,曾訂有《海虞二徐書約》。如今枕亞已故世,天嘯本在監察院供職,一自事變發生,茲亦不知去向了。他夫婦感情極厚,曩年,他擔任某鄉村學校教務,離家凡百日,撰《湖上百日記》,清輝玉臂,寄其思懷,誦之增人伉儷之情。後來他的夫人遽爾玉殞,他悲慟欲絕,作一長聯爲挽,以抒其哀云:"上有姑,下無兒,七載中糊糊塗塗,大好姻緣,竟輸其葉底鴛鴦,花間鶯燕,憔悴生涯卿薄命,只爲我年年潦倒,負負狂呼,嘆息遇人真不淑;纔生離,旋死別,一星期來來去去,可憐光景,只博得肝腸寸斷,妻女雙亡,凄涼身世我何堪,翻羨卿夢醒瑤臺,魂歸離恨,晨昏有女伴無聊。"他的夫人名吟秋,爲紀念夫人,額其居舍曰秋魂室。

朱大可的得意女弟子

隨園牧紅妝弟子,這是騷台艷稱的。朱大可也有女弟子,却是後來居上,遠勝隨園。因爲隨園女弟子,如金纖纖、吳瓊仙輩,不過吟幾首詩,繡幾幅畫,嬰嬰宛宛,静静雅雅,做一個掃眉才子而已。大可的女弟子,那就大不相同,不但名噪南北,且能增進國際的榮光,你道是那一位? 就是飛行世界各國的李霞卿。在下近喜搜羅名人手札,承大可見貽李霞卿手書一通,其書有云:"夫子大人函丈,敬禀者:受業等於日昨回滬,曠課多時,亟待補習,懇於下星期一惠臨蓬門,俾受訓益,肅此禀緘,恭叩誨安。受業李旦旦率妹再拜。十九,五,卅。"原來那時李霞卿尚稱李旦旦,度著銀燈膠片生活,在民新影片公司充當演員,於《西廂記》中飾紅娘,《花木蘭》中飾木蘭,很博得觀衆的贊美。後來民新輟業,旦旦便脱離影界,學習開駛飛機,改名李霞卿。天風冷冷,作橫渡大西洋的壯舉。這種得意女弟子,若隨園再世,定必自嘆弗如呢!

吳聞天肆談厠所

星社小説家中,到過歐西,吸收新空氣的,要算吳大頭聞天了。他還國后,撰《歐風錄》,有《厠所中的副業》一則,最爲有趣! 如云:"中國人喜歡意淫,看見婦女的月經布,視爲神秘,論到風流如意套,便算荒唐。所以買賣這兩件東西的時候,都有些鬼鬼祟祟的神氣,其實月經帶和如意套,有什麽神秘和荒唐呢? 像西方各國,女厠所裏,便高懸一隻長方匣子上面標明價目。你倘然如數投入,便有一條月經帶自動的出來。不過男廁所裏，有同樣的長方匣子出賣如意套呢，好像只有德國了。"聞天服務實業廳，自事變後，他便隨著袞袞諸公入蜀，已好久沒有通訊了。

天虛我生以澄泥硯贈女

目前遇到奚燕子，偶然談著當年國魂九子。他說國魂九子先後歸道山，存世的只有他和天虛我生兩人了。豈知這話沒有多時，天虛我生也捐館了！猶記曩年其愛女翠娜出嫁，他老人家出其十餘年鬻文所用之澄泥硯爲贈，於硯眉題一詩云："新詞合寫金花紙，舊稿添鈔玉茗詞。從此翠樓吟不倦，詩成都在畫眉時。"又倩顧青瑤女士鐫識語於盒面，云："筆耕墨耨，迄今又十五年，硯凹竟深寸許，吾因視爲杜氏寶田，即以贈嫁，藉供畫眉之用何如。"按，翠娜嫁湯藝仙文孫長孺，也很工於翰墨哩。

黃若玄尊重女性

曾做過大律師的黃覺，他字若玄，詩文小說，都是很精擅的，他和我同過學，年齡似乎比我要小著一二歲，可是他老氣橫秋，不可一世，吳中諸前輩金鶴望費仲深等，組織的九九消寒會，吟咏嘯傲，他也參加其中。海上南社雅集，他又是老社友時常出席，因平日接近耆宿故，所以他的詩文，很有幾分道學氣。他自謂過涉男女關係的文字，總是竭力抬高女子身份，從未有一語侮辱，所以他的香奩詩，也多語出雅訓，有《關雎》不淫之概。見有摭拾私事、輕蔑女性的詩詞，痛惡的了不得，幾乎要把他付諸祖龍一炬。他在十餘年前，有某女士溫靜婉好，曾有人和他作伐，後因他種關係，未諧好事。女士嫁某氏子，某雖翩翩，但不解溫存，他很爲女士惜，遂有《雲英八律》，最艷的句，如："杏量欲舒新碧柳，蘭吹空逗小紅櫻"，誦之深覺此中有人呼之欲出。此次事變，他蟄居吳中，不越雷池一步。不料他家附近，鐵鳥下著一枚炸彈，頓時爆發。他雖沒有受伤，但是因驚成病，在風聲鶴唳之中，失於醫藥，乃一瞑不視，間接爲戰事而犧牲。這是很痛惜的。

汪仲賢不吃魚

汪仲賢的小説得《儒林外史》的神髓，尤善寫低級社會的狀況，爲任何人所不及。曩年他在《晶報》上，署名戲子，痛駡一般評劇家。張丹翁推波助瀾，替戲子張目。那時的姚民哀參加評劇團體。和戲子大開筆戰，民哀把唱戲的什麽人吃官司，什麽人坐監牢，列入一表，在報上披露出來，於是引起伶界的公憤，非要把民哀挖去眼睛不可，結果民哀至梨園公所磕頭纔得罷休。我和仲賢曾同事過一年，每餐進膳，他總不出魚，無論鮮的醃的，大的小的，黄河的鯉，富春江的鰣，雲間的四腮鱸，都擯不下箸。我問他什麽原因，他笑著説：“從小習慣使然，説不出理由來。”還記得我在主輯某報時，他給我一篇滑稽小説《僵先生》，那時陸士諤讀的很得意，待他做完了，繼續一篇，把個僵先生説得否極泰來，一洗寒酸之氣。仲賢再續一篇，又把僵先生弄得大僵特僵，一僵到底。至今印象，猶在讀者的腦幕哩。

(《上海生活》一九四〇年第四卷第六期)

俞天憤的《反玉梨魂》

常熟俞天憤，他和著《玉梨魂》的徐枕亞，是有著戚誼的。有一回，他酒酣耳熱，告訴鄙人，《玉梨魂》的主人何夢霞，當然是夫子自道。就是梨娘，也確有其人。他曾到過那家，見著婷婷倩影，深悉其中的實在情形，便撰一部《反玉梨魂》。奈被枕亞竭力勸阻，贖回已成的稿本，付之一炬，因此只得作罷了。

奚燕子避暑味蓴園

奚燕子最近物故了，耆舊凋零，那是很可悼惜的。大約在他逝世的上一個月吧，我和他在跑馬廳畔不期而遇。這時天適下雨，我們倆擎蓋立談，他抄錄了我的通訊處，說有許多撰的很愜意的聯語，要寫給我，并囑我收入筆記小品中。豈知沒有多時，他竟離此濁世而去。所謂聯語等等，不及寫給我瞧了。

他生前和飯牛翁很莫逆，訂有金蘭之契，曾和飯牛翁同輯《銷魂語》，撰了些艷情小說，很博青年男女的歡迎。飯牛翁小叢書中，涉及燕子處很多。原來他是南匯召稼村人，諱囊，字生白，因有"前身我是李長吉，剩有傳家破錦囊"之句，把他的諱嵌入其中。曾有咏燕詞調寄《一斛珠》云："玳梁來去，舊時王謝今何處，烏衣巷口斜陽駐！春社年年，憐煞差池羽。綠水人家須記取，雙雙玉剪拋紅雨，芹泥覓得商量補。隔斷珠簾，花底喁喁語"，人家都呼他爲奚燕子，媲美賀鑄的賀梅子。某年六月，他賃著張氏味蓴園的藕花榭三椽，月出番佛百尊爲代價，藉以避暑，并邀著飯牛翁同榻，剪燭西窗，敲詩話雨，儕輩莫不羨爲神仙中人。燕子生平著述，不自珍惜，遺稿散失殆盡，猶憶其佳句，如"三月新巢營繡户，十年舊夢記紅樓"；又，"風寒畫檻鸚初睡，月滿瑤階鶴未歸"；又，"紅葉亂山樵子徑，白雲古樹野人家"；又，"明月未來先捲幕，梅花落盡罷熏衣"；又，"茶鼎吟縈煙篆碧，硯屏深護夜燈紅"。某歲秋，他和飯牛翁同登群玉坊玉憐香眉史妝閣，深惜鏡臺旁缺少點綴，便以"雙飛蝴蝶楚憐香"七字爲下聯，倩飯牛翁爲對，飯牛翁得"一曲鳳凰秦弄玉"句。二人大得其意，立喚龜奴置冷金牋，寫之補壁。見者都稱嘆不置哩。

陳蝶仙食品入詩

食品入詩，誦之未免令人饞涎欲滴。記得《兩般秋雨庵》載一詩，有："無錫鯉魚彭澤酒，宣州栗子霍山茶"句；又，先師介生先生云："鱖魚上時桃花浪，蓴菜初肥柳絮天"；又，"綠酒至甘人易醉，碧茶能淡味初佳"；又，"碧玉寒齏堪佐酒，黃金甘菊代煎茶。"故詞人陳蝶仙也有"鵪鶉出骨煎雙脆，蘿蔔連皮漬五香。豆乳牛茶調味素，菜花雞粥伴流黃"等句。他曩時食量頗宏，爲狼虎會一員健將，常和周瘦鵑、丁慕琴、嚴獨鶴、楊清馨、李常覺輩，飛觴食肉，爲興甚豪呢。

蔣吟秋嚇退同學

蔣吟秋和我比鄰而居，晨夕過從，甚爲密切，亂離中得此良伴，很是難得哩。他曩年在白門高等師範肄業，恰和校長同姓。校長治校，是取嚴格主義的。學生們見了，莫不肅然敬畏。吟秋的體態行動，又和校長差不多，學生們往往有虎賁中郎之誤。某日，他所御的衣服，尤酷類校長。會某級同學在教室中和師長滋鬧，正在不得開交的時候，吟秋適因無課，徘徊廊下。同學在玻璃窗內窺見，驚爲校長到臨，便寂然不敢做聲。不一會，鐘鳴下課，吟秋尚在那兒徘徊。一經審視，始知誤認，不覺相與大笑。

江山淵悉明清野史

廣東廉江的江山淵，他是位小說界的老前輩。當惲鐵樵編輯《小說月報》時，他常把明清野史演爲小說，寄給鐵樵，在《月報》上披露。和掌故小說家許指嚴，稱一時瑜亮。那時，胡寄塵和他訂交，曾贈他一首詩，道："談經嶺海稱家學，說稗江湖算異才。別有傷心來塵底，大明舊事劫灰餘。"原來他對於經學，也是很有研究的。他曾做過國會議員，後來在北平故世。

談善吾剃半個頭

鼓吹革命最力的《民立報》，那時的附刊小說版，由談善吾主持其事。他的筆名爲老談，著作是很多的。其時尚在民國之前，他住在報館裏面。有一回，他招了個剃頭匠來，正在爲他奏刀伐毛之際，忽地報館不戒於火，頓時煙焰迷漫。他只剃好了半個頭，鬆鬆濯濯，判若鴻溝。但這時候，也顧不得許多，便倉皇出走。路人見了他，莫不掩口胡盧。後來《民立報》劫後復刊，出了一張畫報。錢病鶴把老談當時一副狼狽情形，赤裸裸的繪畫出來。讀者見了，也爲之軒渠不置哩。

趙眠雲毅然焚扇

趙眠雲搜羅當代名人的書畫扇，約有千件左右。他起初是普通的征求，無論大江南北那一個書畫家，他都征得一二幅。可是很熱誠的去求，結果所獲的却大大的失望。原來盜虛聲的多，作品簡直有不堪入目的。眠雲頗以碔砆亂玉爲憾，便嚴格的揀選了若干件精品外，其他把上款改抹了贈人。尚有許多，却毅然決然地，付諸祖龍一炬。

張春帆商攝《九尾龜》影片

《九尾龜》是武進張春帆的傑作，所謂漱六山房，便是他的筆名。當時袁寒雲很贊譽他，說："前以李伯元、吳趼人稱野史之雄，后則李涵秋、張春帆負譾諫之望。"全書用語體描寫，而於妓女白口作吳儂軟語，別稱一格，把三四十年前的上海情形，什麼四大金剛咧，味蒓園咧，愚園咧，赤裸裸的寫出。書中主人章秋谷，便是作者自況。說得章秋谷其人，才貌超雋，文武兼長，幾乎同《野叟曝言》中的文素臣一般。但凡認識張君的，都要指摘他這一點未免太不忠實。原來他是一個大胖子，說話微帶口吃，很是平庸，不過才思確乎是很敏捷的。曩年他在上海做寓公，住在大世界附近的育仁里內，和步林屋同處一里。林屋辦刊物《大報》，他也辦《平報》藉以遣興。稿荒的時候，他每天寫稿四五篇，仍餘勇可賈。助手採訪了什麼社會趣聞、伶妓艷史，都嫌著助手運筆遲鈍，太費時間，便囑他們索性把事實報告出來，由他老人家一揮而就。當時蒙他老不棄，特約鄙人擔任撰述，鄙人因此常去拜訪他。他蓄著一妾，總是囑他愛妾親斟一茶，和自己家人般無話不談。那時鄙人適在上海影戲公司任編劇和撰字幕之職，他說《九尾龜》中頗多離奇情節，可作銀幕資料，托鄙人把這部書介紹給但導演杜宇。杜宇早已閱過這書，印象很佳，無奈其時電影審查會對於以娼妓作中心的劇本通不過，只得作為罷論。近來聽說某影片公司正在攝製《九尾龜》，不日公映，深惜張君已作古人，不能親見他的作品搬上銀幕了。

袁寒雲題簽上當

洹上公子袁寒雲寫一手好書法，所以什麼報，什麼雜志，什麼長篇小説出版，都要請他大筆一揮，他也樂此不疲，大家稱他好好先生。有一次，某書局刊印《民國艷史》，托人請他封面題簽，他立刻拂箋拈毫，寫成塞責。豈知沒有多時，那書出版，當然送他一部。他不看猶可，一看內容却大呼上當。原來書中把乃翁袁慰亭罵得狗血噴頭。從此以後，有人請他題簽，他就存著戒心了。

江紅蕉善於佈景

同社諸友，富於審美觀念而善於佈置家庭的，周瘦鵑外，當推江紅蕉了。他家庭裏的器具，常常調換方式，色調又配的很好，沒有個見了不贊美他。其時，徐卓呆和汪仲賢合辦蠟燭影片公司（這個名稱是卓呆想出來的，當開幕時，有個促狹鬼送一對巨型蠟燭來作為賀儀，算是替他們點大蠟燭），便請他擔任佈景。他對於這玩意兒很感興趣，天天到公司監督木匠搭造和租借器具，自己裝燈、掛畫、鋪地毯，不辭勞瘁地幹著。所以那本《三啞奇聞》影片裏的佈景，較任何為雅緻新穎。原來都是他的成績呢。

向愷然拒絕沈知方

沈知方爲書賈中之佼佼者，現在已物故了。某年，他願出重金，索向愷然的武俠長篇。可是向的習性很懶，非金盡裘敝，不肯晨鈔暝寫以作說稿。那時向尚裕如，便拒絕沈之請求，并手捫其錢囊，厥聲鏗然，說道："大爺有錢，俟囊澀，再寫稿吧。"沈君大窘，赧然而去。

曾啖暹羅蜜橘十萬八千枚的周瘦鵑

周瘦鵑愛花嗜果，真是我道中具有情致雅懷的人物。他喜啖荔枝，說荔枝是當年楊玉環的愛物，又喜啖暹羅蜜橘。某年暹羅蜜橘大熟，價值很賤，他就大啖而特啖。恰巧其時越人王錦南，每飯必進鷄，在《遊戲世界》撰稿，自署"曾食越鷄一萬九千八百六十七羽客"；瘦鵑明知錦南夸言不實，也仿著自署"曾啖暹羅蜜橘十萬八千枚客"，數目大大的超過，爲一與十之比。錦南自認吃癟，相與大笑。鄙人因此聯想到趙撝叔有"仰視千七百二十九鶴齋"，自謂因病夢見群鶴翔舞，羽翼蔽天，爲數一千七百二十有九。不要管他有否這個夢，就是有，那麼一千數百隻的鶴，一時那裏數的清，點的明？何況又在飛翔。這明明是在開玩笑，報虛賬。又如我友倪高風"萬紅豆館"，也不過是要壓倒"雙紅豆館""四紅豆館"，便大大的夸耀。說穿了，也是報虛賬，吹牛皮而已。

(《上海生活》一九四〇年第四卷第七期)

程瞻廬夜夜酒一壺

我們星社中的老人星，當然要推程瞻廬了。他老人家真是好大的福份,生活既已解決,又復了却向平之願,一個兒逍遙海上。雖任著某女校的教務,可是事很簡單,每一天只上一、二課,便得溜之大吉。不是聽聽書,就是喝喝酒,什麽書壇掌故、酒國春秋,他都熟悉的很。尤其每晚必赴酒家,和一二老友,淺斟低酌。有人問他:"你那裏有電話嗎?什麽號碼?"他說:"我是夜夜酒一壺的,所以電話號碼却也名副其實,一一九一五,不是夜夜酒一壺的諧音嗎?"聽的人都笑了。前晚,朱君慰元宴客,鄙人和瞻老都在被邀之列。既而,名律師張一鵬也來了。張是蘇州人,和瞻廬是一向相熟的。兩人趁著酒興,大談其詩和巧對,後來又談到吳諺上去。張說:"十二生肖能否配上十二句吳諺,每句七言?"瞻老:"說那很便當。子屬鼠,不是老鼠躲在書箱裏嗎?丑屬牛,可配牯牛身上拔根毛。寅爲虎,老虎頭上拍蒼蠅。卯爲兔,兔子誤吃階邊草。辰爲龍,困龍也有上天時。巳爲蛇,打蛇打在七寸裏。午爲馬,死馬當作活馬醫。未爲羊,羊毛出在羊身上。申爲猴,猢猻戴帽笑殺人。酉爲鷄,偷鷄勿著蝕把米。戌爲狗,打狗要看主人面。亥爲猪,人怕出名猪怕壯。"他背說詩,灑灑如貫珠,可見他老人家風趣的一斑。

胡寄塵的百瓶花齋

胡寄塵是不修邊幅的名士,暑天的汗衫,穿的似潑翻了醬油。一頂草帽,不知戴了若干年,可入古物陳列所。人家笑他,他却毫不爲意。他的書室,署名百瓶花齋,自謂:"昔有人號其齋曰百盆花齋(按,高太遲號百盆花齋主),意謂滬上人煙稠密,居室湫隘,無地栽花,只得種盆花以供賞玩也。然余之居室,更爲逼仄,雖欲置百盆花而亦苦無地,只得易盆爲瓶,置之案頭,則所占地位更少也。吾將號吾齋曰百瓶花齋。於是先聚一百瓶,材料或銅,或磁,或瓦,或玻璃;色澤或白,或綠,或朱砂;式樣或圓,或方,或葫蘆;產地或宜興,或景德,或西洋,或日本;時代或今或古,必使百瓶無一重複者。現方從事收羅,所得雖不少,然尚未滿一百之數。大約再閱一年半載,必可告成矣。"他才思很敏捷,做聯又多巧思。曾見他挽陳巢南云"飲酒可五六年,落書高一二尺;行路過八九省,革命歷四十年"。挽余天遂云"浮生若夢君先覺,世事如棋我獨觀"。挽李涵秋云:"自陶淵明乞食以來,看他許多人,有幾個亮節高風,堪稱文丐;願李長吉修文之暇,憑你一枝筆,將那些邪神野鬼,寫入君書。"鄙人認識他很遲,不久他就故世了,並一函一札的紀念品都沒有,那是鄙人很以爲遺憾哩(如蒙同文以寄塵遺札見惠,無任歡迎。接到後當以其他名札爲報。請寄勞勃生路養和村八號鄙人收)。

蘇曼殊不解世事

曼殊和尚有一天路遇胡樸安,樸安問他:"到那兒去?"曼蘇答稱:"赴友人酒約。"問:"什麽餚館?"答:"不知。""什麽人招請?"又答:"不知。"復問:"樸安何往?"樸安答:"也是赴友宴會。"曼殊説:"那麽同行吧。"到了那兒,就肆意大嚼,不問主人爲誰。實則樸安的友,并沒有招曼殊,招曼殊的另有其人。他的不解世事,往往類是。他還有段笑史。他少時,父爲聘女。到了壯年,貧窶的很,所御服裝,在僧俗間,聘女就和他斷絶。欲更娶,没有人肯給他。没有法想,跑入娼家樓痛哭。其時美利堅肥女重四百斤,脛大如甕,欲求瘦人爲偶,曼殊却毛遂自薦,説:"我體很瘦,就做你的配偶吧。"

徐卓呆的罵人術

笑匠徐卓呆他不喜歡罵人,可是人家惹了他,他仗著筆桿,罵起人來,却能使你啼笑皆非,很是難受。有一回,某甲得罪了他,他就施著報復手腕,在某刊物上列著一表:某年認識鄭正秋,某年認識畢倚虹;他如袁寒雲咧,許指嚴咧,鄭鷓鴣咧,一一地詳列著,其末便是某甲。表面上看似乎並没有罵人的意義,其實以上所列的,都是逝世之輩,將某甲列入,便是認他是個赤老。那是多麽藴藉啊!又有某乙借了卓呆的錢,屢索不償。卓呆知道某乙東借西挪,負累的不僅他一處。他便趁著航空獎券開彩的時候，發著一條小新聞給各報刊載，說某乙中了航空券頭獎。原來某也是社會上著名人物，明天各報都揭布出來。這麼一下不打緊，可是一般債主，都以爲某乙發了財，紛紛來向他索取前欠，弄得某乙窘極不堪，逃往故鄉。不久，各報上又載著某乙徵求丹方的小消息，謂某乙夫人在小腹上生了人面瘡，痛不能忍，且又羞於就醫。如有治療丹方，往寄某處，當有重酬。於是某乙家中郵片如雪，綠衣即日必數至。某乙見了，連呼觸霉頭。原來其夫人好好的，並沒有患病，更何來人面瘡。某乙也沒有徵求過什麼丹方，那都是卓呆弄得玄虛哩！

宋癡萍的氣量

梁溪宋癡萍，和鄙人同爲雲社社友。雲社組織，無非詩酒聯歡。其時尚有沈蜀癡其人，亦參加社籍。沈是高陽酒徒，麴糵沉湎，大有事大如天醉亦之概。其次社友酒叙，沈意興飆舉，徵得曲院名花，前來侑酒。某校書蕩佚飛揚，不可一世，對客態度，又非常傲慢，沈迷醉其色，毫不介意。及某校書去，宋勸其後勿再征召侑觴，此等紅倌人架子，殊難受領哩。其時沈已酩酊，聽了却大發脾氣，當著衆人之面，直把宋罵的一佛出世二佛涅槃。宋付諸一笑，說："直率之言，請你不要動怒。我來敬一杯酒吧。"那時我們都佩服宋的氣量爲不可及。如今宋與沈二人墓木都已拱抱了。王右軍所謂"俯仰之間，已爲陳迹"寫到這兒，安得不令人嘆興懷感慨嗎？

李涵秋不離水煙袋

李涵秋起居服御，很是守舊。當時人家震他的大名，以爲他不知是怎樣一個人物，可是見了面，却是十足道地的老學究，真出於意料之外。他喜歡吸煙，紙煙和雪茄吸不慣，總是吸著水煙。某年他膺著時報館之聘，便帶了水煙袋到上海來，住在東亞旅館，一天到晚不出門，躲在房間裏，不是寫小說，便是抽水煙。住了幾天，把旅館房間裏的紅漆地板，燒出許多焦痕，原來都是他煙袋中吹下來的煙炭。茶房見了，嘖有煩言。他住的不安，不久就遷地爲良了。

許瘦蝶隱於市廛

許瘦蝶是騷壇的一員宿將，從前有什麼《消閑錄》咧，《著作林》咧，《國魂報》咧，《遊戲雜志》咧，都有他的詩文小説，和故天虛我生是數十年的老友。所以瘦蝶刊《蝶衣金粉》，天虛我生便爲他草一長序，叙述二人的交誼始末。不知的總以爲他是個恂恂儒人，豈知他持籌握算，老是供職於太倉城內某綢莊。原來是爲市隱哩！一自事變發生，不知他老人家行蹤所在了。

徐吁公捧小翠花

崇明才子徐吁公，在若干年前，也是鼎鼎大名的小説家。他很喜歡顧曲，對於小翠花，傾倒的程度，殊不亞於柳亞子之於馮春舫。那時亞子不做詩則已，做詩便把春舫爲題材。同時姚鵷鶵贊譽梅畹華，誓於十天內成詩百首。吁公也不甘示弱，每觀小翠花一劇，誓作一詞爲酬，披露於報紙上，很是忘形得意哩。

天台山農賣橘

清道人後，以北魏書稱於時的，當然要推天臺山農了。他姓劉，諱介玉，形狀魁梧，有似執鐵綽板銅琵琶唱大江東去的關西漢子。據説，曩年莊思緘代理程雪樓爲江蘇都督，忽然蘇地兵變，將金閶煙花之藪，蹂躪得不堪設想。那時，山農在軍正處供職，捕獲叛兵數十，他親自開槍，把他們正法。他也常作小説家言，《新聞報》的附刊"快活林"中時，有他的作品。鄙人輯《消閑月刊》，他給我小説一篇《橘中樂》，其中有一段道："近歲予種橘天台山下，七年大熟。遄返自滬，適當其時。金丸累累，碧葉間之，宛仙果園中，瓊殊塵境。若夫曉露乍晞，晚霞映帶，閑吟徐步，小憩林間，不知此身之著於何處？何論人世哀樂。少焉，奇芬郁郁，微風度入鼻觀，心神蕩漾，翛然羽化。旋見斜照明滅，光入葉底，顆顆作圓湛金黃色。因思有此奇境，當綴以奇人奇事，爲吾橘林生色，不禁發攄遐思，仙眞耶？俠士耶？抑清奇古怪不可思議之人耶？予正馳思間，文禽翠羽啁啾若相答和，林外炊煙縷縷，則灌園人方謀晚膳，薄霧壓壓，氤氳滿前，幾不能辨數武外之光影。余喜極欲狂，以爲此乃趙師雄之羅浮夢，而兼黃山雲海之奇觀也。"種橘的樂趣，於此可見一斑。橘熟了，他就帶到上海來賣，因此天台山橘的名，沒有個不知道，生涯爲之大盛。他餽橘袁寒雲，寒雲成《饋橘詩》示步林屋，林屋讀而稱工。寒雲道："君若以橘餽吾，吾詩當更工於此。"林屋果眞以橘爲贈，附詩代柬，乞以瑤章。詩云："吾聞天台橘，種自採藥仙。以彼桃李贈，獲子琳琅篇。我得橘實如瓜大，投諸海客居奇貨。金錢萬鎰致千頭，玉塵百斛輸一個。不信試取昆刀破，中有柬山老人坐。若枉雲漢分天章，願割此寶貢君堂，清吟聯佐紫霞觴。"如今山農已物故，天台山橘仍充斥於果肆。朋好啖食之，不禁爲之感愴不置呢。

（《上海生活》一九四〇年第四卷第八期）

林琴南上爛柯山樵的當

孔二先生説得好，"君子可欺以其方"，不怪林琴南要上人家的當。原來爛柯山樵在上海設一大規模的文藝函授部，羅致名宿如林琴南、樊樊山、易實甫、吳東園、蔣箸超輩爲教授。其實林琴南在北平鬻畫鬻小説，特地繪一極工緻的畫幅《著書廬圖》，贈給爛柯山樵，並有題識云"爛柯視余爲天涯知己，書問不絕。然其著書之志，則與予同也。爲作是圖寄之滬上，繫之以詩：萬疊松濤百眼窗，二分秋氣逼銀江。那知中有丹鉛手，絶代銷魂劉錦江"。劉錦江就是爛柯山樵的姓字，結果爛柯山樵大撒爛污，一走了事。函授學子紛紛的馳書責問琴翁。琴翁對於教授云云，非但不名一錢，並且還代人受過，因此他的《賣畫詩》有："往日西湖補柳翁，不因人熱不書空。老來賣畫長安市，笑罵由他耳半聾。"可謂滿腹牢騷哩。

海上漱石生珍藏李伯元遺印

海上漱石生孫玉聲，於事變後作古。他藏有李伯元遺印一方，承蒙他鈐印見示，并題識於旁云"此章爲毗陵南亭亭長李伯元君所鐫贈，石旁尚有邊款，云不談此調，三載於茲。茲偶爾奏刀，知不值方家一粲也。光緒庚子麥秋節伯元識。余珍藏敝篋將四十年，臨文時每一蓋用，輒追念故人不置。蓋伯元君長於鐵筆，而中年後不復從事，絕少流傳，以是彌足珍貴也。民國二十六年荷夏孫玉聲跋，時年七十有五。"石章爲陰文，很古拙得體。

范煙橋刻集代壽

星社的祭酒，當然要推范煙橋了。煙橋生平不喜歡做壽，却歡喜刻集。記得他三十初度，刻一本《煙絲》，開卷就是他的三十造象，內容多雜著，較長的有《新華夢傳奇》《屐痕小識》等。四十初度，就刻一本《茶煙歇》，開卷就是他的四十造象，內容完全爲筆記，較《煙絲》尤爲充實。今年他四十七歲，預料他五十初度，有一本極雋美的集子，以供我們欣賞哩。

蔣吟秋山居避難

好靜不好動的蔣吟秋，在鐵屋下彈時，不得不脫離危城，往洞庭山避難。山居很是寂寞，他便在山中拾得一較方正的石片，琢以代硯，大做其山居詞，調寄《望江南》，云：

"山居好，幽僻絕塵緣。靜掩柴扉聊謝客，閒翻經卷欲逃禪。俗慮已全捐。

山居好，鎮日靜無嘩。茶味愛嘗青橄欖，粉香新炒黑芝麻。風味自堪誇。

山居好，點綴歲寒姿。白石盆栽紅杞子，紫沙瓶插綠梅枝。夙好未能移。

山居好，風日喜晴和。一曲樵歌迎夕照，數聲漁唱蕩煙波。畫稿不嫌多。

山居好，斗室且苟安。枕上尋詩詩意暖，床前對月月光寒。一夢地天寬。

山居好，夢覺日初升。野老上街量赤豆，村童到處賣烏菱。早起訪山僧。

山居好，閒裏討生涯。一角小樓晨讀畫，數弓隙地晚澆花。到處便爲家。

山居好，雪意滿荒江。試取殘爐烘凍硯，閒裁廢紙補寒窗。獨坐對銀缸。

山居好，寂寞動幽情。山下雞啼天欲曙，林間鳥語雨初晴。詩意自然生。

山居好，几净小窗明。離亂不聞心曠達，窮通由命氣和平。何必與人爭。"

他的《山居好》，共有一百闋，這兒不過摘錄百分之十。尚有《山居苦》，也有百闋之多。一從樂觀方面述寫，一從悲觀方面述寫，很足耐人咀嚼哩。

徐碧波之五香豆癖

徐碧波有豆王之號。原來他嗜食五香豆，所以同文就上他這麼一個尊號。可是他嗜食五香豆，確實帶著地方性。因爲他嗜食的是家鄉蘇州吳苑茶室裏所賣的五香豆。他從前家居蘇州，差不多是天天到吳苑茶室，嚼著豆，品著茗，認爲人生唯一樂事。後來他到上海服務，公餘之暇，往往想著家鄉，並想著家鄉的五香豆，大有張翰秋風起思蒓鱸的樣子。不得已，就托人從家鄉吳苑購買了許多五香豆，由信局中寄來，聊以解悶。一自家鄉淪陷，他的家鄉觀念，便沒有以前那麼的殷切，吳苑的五香豆也不想再嘗了。

嚴獨鶴和真假印光

這大概是嚴獨鶴的命宮磨蝎吧。獨鶴的爲人，誰都信任的，寬和隨俗，人家對於他只有好感，從沒有些兒怨仇憎嫉，不料却有一個瘋人要用一柄剑刀刺害他。這個消息傳播之下，我們同文大多很驚詫的去慰問。這事發生後數天，獨鶴忽地接到蘇州印光法師的函札，説獨鶴和這瘋人，有著前世的冤孽，當爲設法解除。獨鶴接到這信，大爲詫異，因爲印法卓錫吳中，是一位很有名的高僧，決不願參與這種閒雜的事，但這函札又明明是印光的具名。這真使人如墮入五里霧中了。後來獨鶴爲求明真相起見，把這印光的信寄給程小青。這時小青住在吳中，由小青就近去探尋印光，豈知印光全沒有知道這回事。原來真假印光，鬧著雙包案哩。

壺社中之王小逸

王小逸的飲酒，大有淳于髡一斗醉一石亦醉的豪概。他和幾位朋友組織一個壺社。那壺包括茶壺、酒壺、鼻煙壺，當然有這三種癖好的，都有入社的資格。這三種壺中，又以酒壺最占勢力，當然人數也最多。他們許多酒友，有感酒格之不可不有規定，擬定九品："一神品，酒拳高於一切；二逸品，乘興而來，盡興而返，惟酒無量不及亂；三妙品，善於使酒，慣以拳豪，衆人皆醉，唯我獨醒；四高品，吐屬幽默，低酌淺斟，能獨樂亦能衆樂；五雅品，把酒清談，聯吟助興；六豪品，酒如鯨飲，拳起風生，談吐驚四座；七能品，能進能退，能行能止，能急能緩，無往不利；八濁品，斤斤較量，處處投機；

九下品,爛醉狂昧,行爲不檢。"許多酒友,推吳景蘧爲逸品,張建屛爲妙品,朱蓉鏡爲雅品,顧旭侯爲豪品,陳績熙爲能品,王小逸爲高品,仿模範軍人之稱,名小逸爲模範酒人。

陳小蝶的文字知己楊士猷

陳蝶仙和陳小蝶父子倆,真是前世修來的福分,都能遇到唯一的文字知己。蝶仙的知己是周拜花,蝶仙所有的詩文,隨作隨棄,都由拜花代他保存起來。小蝶每作畫,隨意題寫,從不留草,楊士猷深愛小蝶的詩,往往寫錄成集。按,楊名嗣栖,士猷其字,杭州人,工書善畫。秀水蒲作英弟子。曩年他和錢雲鶴同居滬北,我去訪雲鶴,雲鶴適外出,便由士猷招待我,很是殷勤。如今士猷已歸道山了。

許廑父唱《逍遥津》

許廑父不愧名士風流,羈迹海上,以尋花問柳、惜玉憐香爲其日常功課。後來倦遊赴杭,任《東南日報》附刊"小築"的編輯。這時他却喜哼兩句京調,組織某某票房,時常彩排。彩排時,那壓軸戲總是由他擔任。某次戲目過多,等到他唱壓軸戲,時候已甚晚,一點多鐘,看戲的多紛紛做鳥獸散。這天的壓軸戲是《逍遥津》,他自以爲生平唯一拿手傑作。看客少了,未免大掃其興,不得已把《東南日報》的工役茶房招來,叫他們捧場,並許他們明天吃老酒。

徐枕亞權術離婚

家庭中的隱痛,最是使人難堪,而徐枕亞的隱痛爲尤甚。因爲他的太夫人,患著歇司底里病,愛憎無常,喜怒莫測。枕亞的夫人蔡蕊珠,是很賢德的,雖曲意奉承,仍不得她姑的歡心。後來竟硬逼枕亞和蕊珠離婚,枕亞是很守孝道的。母親之命,無可違背。可是他們伉儷感情是很篤的，一旦硬生生地作離鸞別鵠之舉，那麼情何以堪！沒有辦法，只得陽為離婚，陰則好合如常。然不久被他太夫人偵悉，趕到上海來，為嚴密的監視。那時，枕亞賃屋寧波路為雙棲之所，從此就不准枕亞到寧波路去。沒有多時，蕊珠憂傷憔悴，又復產後失調，竟至香消玉殞。枕亞悲慟的了不得，寫了一篇《亡妻蕊珠事略》和《雜憶三十首》，印成一本小冊子，贈送同文。那《雜憶》非常沉痛，如云："小喬初嫁憶從前，玉鏡臺高人比肩。蜜樣光陰纔一月，淚花生活十三年。"注云："余於庚戌年就婚岳氏，彌月後攜蕊珠回虞，從此無展眉之日。""兒女恩情生已斷，夫妻名義死猶疑。模糊一段傷心史，說與旁人總不知。"注云："余遭家變，經親友調停，曾經兩度用權術離婚。長女可貞，年十一。幼子無咎，方六歲，均由祖母撫養，視生母如陌路然。""水晶簾下說風流，此福今生休復休。入握青絲兩行淚，一回珍重替梳頭。"注云："蕊珠遺蛻在床，余與其弟建宇為之熏沐易衣履，最後欲覓一梳頭者不可得。女戚托言不諳此技，袖手作壁上觀。余憤甚，含淚親為梳理，卒不能成。別倩梳傭畢其事焉。""身外豈無親骨肉，世間竟有鐵心肝。翻教鄰媼憑棺慟，欲得餘人眼淚難。"注云："殮時，家人多不在，惟一新雇之鄰媼，先夕得悉死者身世，為之老淚縱橫。此外，無哭聲焉。"當時枕亞擬把夫人的影事，撰一部長篇小說，名《蕊碎珠沉錄》，結果沒有完成。

（《上海生活》一九四〇年第四卷第九期）

程小青捉強盜和賣橄欖

十多年前，吳中星社同文，幾乎每人出一刊物。如范煙橋的《星報》、范菊高的《芳草》、姚蘇鳳的《諍友》、黃若玄的《癸亥》、尤半狂的《戲劇周刊》、徐碧波的《波光》，和鄙人的《秋聲》，都是刊物中的小型者。其時風起雲涌，采烈興高。那東方柯南道爾程小青，異軍蒼頭,輯一刊物曰《太湖》。除登載他的偵探小說外,又羅致了許多名貴的作品。太湖爲三萬六千頃的巨浸,東西兩洞庭,蠢浮其中。一般詩人,謂爲"水晶盤裏雙青螺",真是絕妙的比喻。可是煙水浩淼,蘆荻叢雜,許多暴行之流,出没其間,俗稱太湖强盜,是殺人越貨,無所不爲的,所以官方時常要派兵捕捉。小青所輯的,既名太湖,我們在席間遇見了他,總要向他尋開心,問道"近來捉强盜,捉得怎樣了?"去年他又和徐碧波合輯一單本刊,名曰《橄欖》,其中有集錦小説、筆記、雜札,而那些懸賞徵求,又很有趣,頗能博得社會的好評。我們幾個慣開玩笑的見了他,却要又問著賣橄欖生意好不好?他却含笑的答道:"近來價大,就是這種小生意,也很難做哩。"

李定夷自評小説

民元之際,多産作家當然要推李定夷。什麼《賈玉怨》咧,《紅粉劫》咧,《鴛湖潮》咧,《美人福》咧,《潘郎怨》咧,《廿年苦節記》咧。長篇約十餘種,銷數以《美人福》爲第一。《廿年苦節記》不很受社會歡迎,可是定夷却謂《廿年苦節記》一書,爲煞費經營之作,一字一句,皆從至性至情中流出,處處體貼入微,是淚是血,可泣可歌,一氣呵成,未嘗或有鬆懈。且小説家言,多屬信口開河,是書却不然,有事實爲之範圍,縱使參以理想,爲之點綴;而處處推原烈婦之心理,不瀆烈婦之人格。作小説脱不了情理二字,是書則更不能一字一句軼出情理也。雖區區萬言,而所耗之腦力,所費之時長,曾倍蓰而不足。惜乎世風不古,道德淪亡,"節義"二字,人皆視爲腐儒迂論。節義小説之不受社會歡迎,顧當然之事也。

陳蝶仙的釣詩鈎

陳老先生蝶仙,詩才是很敏捷的,可是吟咏之際,必須乞靈於卷煙。煙一支一支地吸著,詩酒一首一首的由筆尖絡續而成。所以他自己稱卷煙爲"釣詩鈎"，但煙吸的過多，於身體是有妨害的。他便特製一種玲瓏煙盒，僅容三十枝，爲一日之限量。有一次，他忽然高興，把卷煙成《慶春澤》詞一闋，云："金谷詩成，玉樓宴罷，記曾分與親嘗。吹氣如蘭，薄魂銷盡王昌。春風笑展櫻桃顆，裊晴絲嘘向檀郎。細評量，説與檳榔，一樣芬芳。沈檀小炷琉璃盞，似鵝笙象管，初炙銀簧。細盒開時，玉葱還比纖長。香奩詩韻分籌記，替花枝一度飛觴。費平章，雪白梅香，都在奚囊。"詠物如此，那是多麼蘊藉啊。

王小逸嗜進粢飯

市間有一種極平民化的食品，就是把糯米蒸熟了，中間裹油條或白糖，俗名粢飯。價既較廉，吃了又很耐饑，所以一般神聖勞工，都喜進啖。不料那壺社中的健子王小逸，對於粢飯也很有緣。他每天晨間的點心便是粢飯，寫稿到了半夜，覺的肚子餓了，又買些粢飯來果腹。那是他卜居滬南何家支衖，和謝閑鷗同居。小逸住在樓上，閑鷗住在樓下。閑鷗作畫，也往往要到夜半。閑鷗每夜聽到樓梯聲，便知道小逸買粢飯了。閑鷗心想小逸天天吃粢飯，從不討厭，大概其味無窮，不可不加以嘗試，也仿他買些來當半夜點心，豈知不吃猶可，吃了明天肚子不大舒服，直痛了幾天。原來粢飯不宜消化，滯積作祟，進了藥才得痊可。從此，閑鷗對於小逸甘拜下風，不敢"邯鄲學步"了！

惲鐵樵誓不再做小說

陽湖文風，素稱極盛。惲子居主持文壇，和桐城劉大櫆、姚姬傳相對壘。那文風扇蕩，直至清季民初，猶未消歇。惲鐵樵便是子居的後人，長於古文辭，撰小説，頗有法度，在他主編的《小説月報》（商務印書館出版）上，連篇累牘地發表著。海内讀者，沒有個人不傾佩的。後來他忽地行醫，終日和病家爲緣，鮮有暇晷從事稗官家言。可是各雜誌創刊，總要請他撰述，在廣告上不毋增加號召的力量，他却不過情，就應酬一短篇。某次，《快活》旬刊的編者一再登門索稿。他老人家破了些功夫，成了一篇很精心的作品，題名也取得很是雅雋。不料那編者爲求通俗起見，把那題名擅加改易，爲"快活之王"。一經出版，他老人家認爲大不滿意，但木已成舟，沒有辦法，所以宣言從此誓不再做小說。且事實方面，也不容許他再做小說。原來他關於醫學著作，很是忙瘁呢！

包天笑老於證婚

包天笑前輩，温然其貌，藹然其容，所以人家沒有個不愛敬他。逢到歡聯秦晉，總要請他做證婚人。記得去歲劉襄亭的公子和吳子鼎的令媛佩瑜女士結婚，我們去道賀，又見他老人家站在證婚人席上，笑眯眯的進著善頌善禱的詞，簡潔得體。來賓掌聲，有似春雷之勃起。據聞他老人家所證的婚，都是姻緣美滿，一索得男，無怪他的證婚生意特別興隆發達了。有一次，人家請他證婚，他在匆忙中忘攜圖章。臨到蓋章的時候，探索不得，沒有法想，只得向主人借了一閑章鈐用著。不料這章不鈐猶可，鈐了引得來賓哄堂大笑。原來這閑章鎸著"樂此不疲"四字。一個滑稽朋友，便高聲報告道："天笑先生對於證婚，樂此不疲。以後如有人家需要證婚，請同座諸位廣爲介紹吧！"

周瘦鵑家中的巨大石像

這事尚在十年前吧！那時美術家但杜宇私人設立一個影戲公司，在閘北天通庵路攝影場的旁邊，置列著一座巨大的石像。那石像爲一裸女，雙乳隆然，抱花做羞態，雕琢得很是工細。那高度等於真人，重量却有數百千斤。若要移動位置，非要五丁力士不爲功。杜宇覺的有些討厭了，這時恰恰周瘦鵑前來參觀。瘦鵑素來愛好美術品的，瞧見了這尊石像，認爲出於某名家的傑作，很是賞識它。杜宇説:"物投所好,這尊石像就送給你,爲紫羅蘭庵的點綴吧!"這時瘦鵑在吳中建有紫蘭小築,種竹養魚,藝花植木。那隙地數弓,正少一個石像爲司花之神,於是便謝了杜宇的厚贈。越日,雇了工人,把石像送到一個俄國人處加以修飾,並髹金漆。好像吳六奇運縐雲石一般,化了很大的運費,帶到蘇州。如今這尊石像,雖經事變,兀自黯然無語地立在斜陽暮靄中,而杜宇的攝影場,却早於"一二八"之役,炸爲平地。那石像歷劫不磨,別來無恙,所以瘦鵑在他所住的《園居雜記》中特地提著,視爲唯一的紀念物哩。

陳靈犀不贊成男女同學

先生閣主陳靈犀近來不做小説,從事小品雜寫了。他曾刊印過一册挺厚的《雜寫集》,從現實中找出生活經驗問題來,親切有味,固屬毋待贅言。不過他有些道學頭腦,這是有事實可以證明的。去年七夕,我們幾個同志在滬西主持一個中學。校園較爲寬廣,便備了些酒肴,邀請幾位星社同文,前來叙述契闊。蒙靈犀不棄,居然大駕光臨。席間,他忽然對著別人道:"我有個長女,擬送到貴校來讀書,不知道貴校是否男女同學?"鄙人説爲適應潮流起見,當然男女不能歧視。靈犀説:"男女同學,未免有那個,靠不住,靠不住。那麽只得作罷了。"旁座的某君,聽著便説笑道:"看不出靈犀倒是具著十足道地的道學頭腦呢!"

(《上海生活》一九四〇年第四卷第一〇期)

劉半農以吳儂軟語譯詩

劉半農曩年和程小青合譯小説,發表在《小説大觀》上,現在已成陳迹了。有一天,他讀《詩經》"野有死麕"章:"舒而脱脱兮,無感我帨兮,無使尨也吠。"他便用吳儂軟語翻譯出來,道:"儂慢慢能嘘,勁拉的絹頭嘘!傺聽嘘!狗勒浪叫哉!"瞧見的無不認爲把古董詩化做了活龍活現的眼前語,可稱翻譯的聖手。

林屋山人開診行醫

林屋山人步章五,詩文小說,俱稱妙品,他初來海上,居於貝勒路天臺山農寓,開診行醫。天臺山農和吳昌碩、袁寒雲、王一亭、伊峻齋輩爲之介紹。其介紹詞有云:"林屋山人,道德文章,當世景仰。山人於遜清丁酉拔貢,癸卯舉人,由直隸知縣擢知府,民國簡道尹,歷長蘆巡署秘書,及公府秘書。軍書之暇,輒好治仲景、思邈遺書,研思殫精,意與古會。戚友有疑難症,群醫僉束手,得山人症,無不霍然。嘗治河間夫人疾,應手而愈。於是群知山人雖不以醫名,三折肱者,亦無以過也。比年不樂仕宦,寓公海上,隱於詩酒,雅不欲以醫自鳴,然踵門求診者,户限爲穿。數年以來,活人無算。同人等慫恿再三,始允於今春三月三日懸壺問世焉。以山人之譽重一時,學傳十世,原無藉於揄揚,因恐有疾者無從問津,爰敢一言爲介。"這篇介紹辭,便是天臺山農的手筆。果然,開診後,門庭若市。後來他移居西藏路育仁里,依然懸壺問世。可是他老人家很喜歡聽歌顧曲,足迹常至梨園,又常在自辦的實爲小型而却夸爲"大報"的刊物上,大大的捧場。於是一般嬰嬰宛宛的坤伶,紛紛拜他爲乾爹。他却來者不拒,兼收並蓄,大有"老子婆娑,此興不淺"之概。結果,義女達一百多名。義女生的病,乾爹當代爲診治,更屬義不容辭。從此他的診所,不是王蘭芬來看經期腹痛,便是張菊芳來求治赤白帶下。他老人家雖很忙,但仍樂此不疲哩。

劉蟄叟允文能武

小說界中有個威震苗蠻的特殊人才,他就是劉豁公的長兄劉蟄叟。他是前清的優貢,民國陸軍少將,在貴州當兵備道總辦,把無數頑悍不服從命令的苗子,征的馴順如羊,没有個不說他是七擒七縱的武侯再世。有時高興玩着筆桿，做幾篇文言小說，古茂沉著，却又能和林琴南相伯仲，最有名的要算那篇《慧劫》，是商務印書館刊行的。他又擅寫北碑，曾見他爲某君作一楹聯"清譚如晉人足矣，美酒以《漢書》下之"。筆姿仿佛清道人，署名劉澤沛。原來澤沛就是他的大名。

戚飯牛的小菜

戚飯牛是餘姚人，蘇州確實他的第二故鄉。那時，他爲地方小報擔任特約撰稿，每天做一篇小文章。他因地方小報經濟信用不很可靠，就抱現錢現拿主義，每晨差遣女傭送稿去，向報館會計處領洋三角。女傭就把這三角錢買些小菜回去。好在這時物價很低，什麽魚咧，肉咧，青菜咧，蘿蔔咧，三角錢已樣樣有的買了。

陳蛻盦之三生因

革命詩人陳蛻盦死了，他的朋友柳亞子、汪蘭臯、史采崖、傅屯艮輩，爲印蛻翁詩詞文，刊成兩厚册，可是没有説稿。讀者尚以爲搜羅未盡。據在下所知，他老人家偶然也寫小説。記得有一篇《三生因》，稱爲言情實録，用風華典麗的文言寫悱惻纏綿的事實，載在《心聲》雜志上。原來是他的至好金百書，檢得了交雜志社發刊的。蛻盦其人很有風趣，能畫幾筆梅花和墨蘭，但不輕示。熟讀《紅樓夢》，有《憶夢樓石頭記泛論》，又慕紅拂之慧眼，識英雄與風塵之中，願瘞魂於醴陵西山紅拂墓側。他喜啖水麵餅，水麵餅爲常地的特殊點心，但不易製得匀薄。他有時想到了，未免饞涎欲滴，便向他的舅嫂乞取，且形諸吟咏，原來他的舅嫂是擅製這種餅兒的。

林畏廬的兒童文學

林畏廬用桐城派古文小説，壁壘森嚴，旗幟鮮著，似乎和現今的所謂兒童文學,不能相提並論。豈知他老人家却也深悉兒童心理。當時呂近溪、呂新吾父子倆合著《小兒語》,畏盧爲之詳加推闡,撰成《小兒語述議》,在民元出版。小學校且有採之爲修身教材哩。

孫漱石晚上寫稿的樂趣

孫漱石年七十餘,没有蓄鬚,自號無鬚老人。他是黃磋玖的秘書,又兼《大世界報》編輯。這時,有位徐行素做他的助手,兩人相得益彰。那張《大世界報》確乎編得精彩異常,如天臺山農、陸澹庵、徐枕亞、王梅癯、陸律西、潁川秋水等都爲該報紙執筆,真可謂盛極一時。他日間擔任職務,並朋好酬應,到了晚上,便運筆如飛地寫小説。他的《退醒廬著書譚》中,曾述及晚上寫稿的情形。現在把它摘了一段如下:"余作小説,必在晚間。自八九時起,至十二時後止。遇興酣或至夜半二三時,寒暑皆然,寒則室中置小火爐,夜分自添獸炭,并熱茶潤渴。今易以點火爐,而另備熱水瓶貯水。暑時玻璃窗四開,夜深習習生凉。今更有電風扇,益無酷熱之慮。家人則皆早入睡鄉,惟留一狸奴作伴,以余性愛貓,行文時恒撫摩以爲樂,幾不可一夕無也。案頭置小食品,并茗盞香煙,饑則食,渴則飲。又徐吸芬芳之煙味,殊怡然自得。有時更於几上列盤梅、盤菊、盤蘭、月季諸花。或於膽瓶插丁香、梔子、薔薇、木樨、臘梅之類,入晚花香滿室,尤足助我文思。以是數十年如一日,未嘗以終歲埋頭爲苦。"

陸澹庵的《説部卮言》

陸澹庵在小説界資格是很老的。早年他很寫偵探一類的小説。所以他的《李飛探案》,在當時也是家喻户曉的。又仿龍門史筆,寫《百奇人傳》,由名畫家謝閑鷗繪圖,擬出版行世。他目光鋭利,任何什麽書,一經閱覽,他便能抉出這書的精義和謬訛的所在。

人家所絕不注意的，他必須加以透徹的研究。《說部卮言》便是幾部舊小說的詳細批評，如《三國演義》咧，《紅樓夢》咧，《水滸傳》咧，《儒林外史》咧，直把著書的破綻漏洞完全揭發出來，道人所未道，言人所未言。雖起著者於地下，也當爲之折服。他在十年前即到過昆明，曾寫一部長篇小說《落花流水》，登載某刊物上。這部小說把滇南做背景，很是有聲有色。惜乎他擔任學校教務很忙，沒有撰寫完全，讀者未免引爲遺憾哩。

劉豁公拒絕納妾

人家都知道劉豁公是位評劇家，因爲他的《哀梨室劇評》，是很膾炙人口的。其實他對於小說，也很有淵源。曩年曾編輯過《心聲半月刊》《春之花》《夏之花》季刊、《甲子花》《乙丑花》《丙寅花》年刊。長篇有《滄桑記》《拆白僞人傳》等幾種，都是他精心傑作。他的老兄蟄叟做貴州兵備道總辦時，某甲想要謀一個差缺，托豁公設法，願把自己的妹子嫁給豁公。後來探知豁公使君有婦，某甲竟願把妹子贈給豁公做妾，當時豁公復信回絕他，略云："厚贈可感，尊事弟爲代謀，薪數亦微，足下得不償失，未免太不合算。足下既有此現成贈品，盍贈彭帥（彭係貴撫），則家兄之職，足下可取而代也。厚贈愧不敢當，專此申謝。"

（《上海生活》一九四〇年第四卷第一一期）

不肖生的善談武俠朋友

不肖生自己説："我生平就喜歡結交有任俠性、和會談武俠世界的朋友。桃源人蕭齋是我朋輩中最健談武俠世界的一個。他本來是一個博學多聞的文章能手，更長於口才。凡武俠事迹，經他口中說出，假使旁邊有個速記生，真能照他所說的，一字不遺，記將出來，便是一片絕妙的武俠小說。其中穿插佈局，不能移前置後，亦不能移後置前。應伏綫的地方有伏綫，應照應的地方有照應，起承轉合，莫不恰到好處。我是個歡喜做武俠小說的人，因此我很和他說得來。民國二、三年之間，我和他總是在一塊住着，得他的益處，確是不少。甲寅年以後，他我都各自幹各自的事情了。"觀此可知不肖生的武俠資料，有很多事蕭齋供給他的。蕭齋自己也刊有《蕭齋說集》，小說凡四種，一《夢遊桃花源記》，二《石室仙人記》，三《小廊半日記》，四《一夜之地獄》。理想的超軼，才氣的瑰宏，確是很有一讀的價值。

蘇曼殊狡獪作畫

蘇曼殊作畫，流傳不多，人們視爲拱璧。某索其畫，不應。一日，被逼作一小幅。曼殊不得已，便於紙的左角，繪一小船，右角著一小人物，爲背縴狀，而以一綫橫貫其中，上題"縴絲扳藤"四字。某大窘迫，挾之而遁。

王梅癯名號忌諱

文人畫士，喜取雅雋的名號，然未免帶些蕭颯氣。結果窮愁潦倒，便怪着名號的不祥。如袁寒雲、錢病鶴鬱鬱不得志，以爲"寒"字"病"字取壞了，於是寒雲改署抱存，病鶴改署雲鶴。小說家王梅癯，抱才不遇，也以"癯"字爲不祥，改爲梅璩。那時《申報》的《自由談》中多有梅癯的作品，我和他相識，他尚沒有改署。所以他給我的信，都是寫著王梅癯。他侏儒而貌寢，然實美於才藝。曩時的《小說海》《小說月報》刊載他的著作很多。晚年落拓海上，以舌耕糊口。蒙曹夢魚介紹，纔得相識。可是他折節下交，一見如故。這時我正輯著《小說家言》，梅癯惠一序文，有云："鄭子逸梅，僅一謀面，沉靜寡言，與世無競。雖在宴衍之際，絕無浮囂之態，而罜然高望，穆然深思，其浩然不可遏之奔氣，盡攝於安閑淵默中，真當時之奇士也。"雖獎借逾分，然可見他契我之深。惜乎在民十七之際，他即歸道山，從此天人兩隔了。

程瞻廬吟妙打油詩

我們星社裏的二程夫子，便是程瞻廬和程小青。他們都是教書的，夫子的名稱，却又當之無愧哩。某年，他們倆同到無錫去吃喜酒，車抵目的地。小青的眼鏡被肩荷行李的工役，撞碎一晶片，小青甚爲懊喪！瞻廬便吟成打油詩一首，道："羅克玻璃兩個圓，忽然撞碎剩半圈。小青此後休惆悵，萬事何妨片面觀。"既趣且達，小青爲之解慍。及舉行婚禮，小青任司儀。禮畢，便覓脫下之呢帽不得，原來早被人順手牽羊地牽去了。瞻廬又成打油詩一首："提起嗓兒喊鞠躬，人頭擠擠禮堂中。如何未到重陽日，驀地吹來落帽風。"

袁寒雲雋雅潤例

袁寒雲一度在海上鬻字，他的例言很是雋雅。如云"二月南遊，羈遲海上。一樓寂處，囊橐蕭然。已笑典裘，更愁易米。拙書可鬻，阿堵儻來。用自遣懷，聊將苟活。嗜痂逐臭，或有其人。廿日爲期，過兹行矣。彼來求者，立待可爲"。他這時窮的不得了，甚至斷炊，購糕餌以充飢。原來他的尊人慰廷下世，遺下很大的財產。當時請徐東海親家來分家，弟兄十幾位，姊妹又十幾位，寒雲行二，當然分得一注巨款。可是他的夫人梅真，以寒雲視金錢如糞土，揮霍太厲害了，就把這筆巨款掌管著，爲子女教育之費，致寒雲無從享受。好得他多才多藝，鬻字收入，很不差呢。

童愛樓的技巧

大約在二十年前吧，這時《新聞報》的附刊上，很多童愛樓的諧著和小説,且曾刊印單本《愛樓遊戲文》,是很出風頭的。直至鄙人編輯某報,蒙他不棄,撰些小品文而以光篇幅。可是迄今已多年不通音訊,不知他狀况如何?很是懷念哩。他能作畫,尤擅山水。聽説我佛山人自運機心,造成雛形輪船,能行駛數里外。他也創製轆轆小艇,用手一推,進退自如,瞧見的莫不嘆爲神奇哩。

畢倚虹的未完長篇小説

幾庵畢倚虹的小説,當時有小説界中無敵手之號。他年僅三十多歲,便赴玉樓之招。有人説,他的不壽,可在他作品中看出來。他寫長篇小説,往往有始無終。如載《家庭雜誌》的《苦惱家庭》,載《上海夜報》的《春江花月夜》,載《銀燈雜誌》的《紅粉金戈記》,都是若干回即輟。他如《黑暗上海》,由江紅蕉續成;《人間地獄》和《極樂世界》,由包天笑續成。據説袁寒雲也犯著這毛病,所有的作品,什九半途而廢,所以年只四十二便逝世了。

朱大可金魚被攫

秀水朱大可近來從事音韻之學,詩已好久不做。他在十餘年前,和澹庵、濟群們做集錦小説,也很高興,如今此調不彈了。他很喜歡蓄飼金魚。曩年和鄭正秋、陳渚深輩組織一個金魚研究社,月必聚餐一次,很是有趣味的。他金魚蓄有十多缸,什麼絨球、水泡眼、珍珠、五花、堆玉,色色都有。他住在蒲石路,曬臺上,庭除中,都排列著他的金魚缸。可是陷於地步,很好的魚種,不能兼收並蓄衛,未免以爲遺憾。後來他想出一個法來。他日常任課的某中學校園很是寬敞,他便把校園作爲他的金魚殖民地,一缸缸的移殖過去。不料八一三事起,學子弦誦當然停輟,校園暫爲某國兵的駐防地。這麽一來,他的金魚全部被攫。大可經著這遭的打擊,對於蓄魚,大大的灰心。連曬臺上、庭除中所需蓄的,一古攏兒贈給人家,不再玩賞那碧藻紅鱗了。

張枕綠打短局麻將

小説家三張有兩種説法。一種是指張恨水、張慧劍、張秋蟲而言。還有一説,三張便是張舍我、張碧梧和張枕綠。張枕綠是江蘇寶山人。他的人軀幹很短小,又擅短篇小説。有時高興,和人打麻雀牌,也是短局,往往打了四圈,就要歇手,説明天再來。它的字別成一體,牽牽連連,仿佛他家天師畫的符,很不容易認識。他組織良晨好友社,如今這塊牌號,猶高揭在北京路上呢。

李涵秋小説中的外國人

數年前,《時報》上有署名紅屋的批評李涵秋,很是正確。他説:"涵秋的長篇小説,每逢不得收場時,總有一個外國人出來搭救,好像舊小説中的神仙一般。他的《俠鳳奇緣》《戰地鶯花錄》《好青年》,多免不了這一下子。這是他的短處。他是揚州人,所以他無論描寫哪一省的人,總有一些揚虛子的神氣。"他的代表作,當然要推《廣陵潮》。張岱杉讀了《廣陵潮》,嘆賞得了不得。曾由都函聘,要他入幕。他深感知己,奮然欲往。適閩潮掀起,沒有成行。

林琴南的師生情感

介紹西洋文字的唯一功臣林琴南,他爲人富於情感。十歲從薛則柯學,則柯讀《禮記・檀弓》至"防墓崩",即掩卷大哭。他侍立在側,見了也嚶嚶地飲泣。則柯賞其慧解,因授以歐文、杜詩。則柯家很貧,夏日嘗不舉火,琴南歸家就食。度師未炊,便裝儲許多米於襪統中,用以餉師。

戚飯牛珍藏沈萬三百寶樓石片

戚飯牛生前，很喜搜羅吉金樂石，雖限於資力，然在冷攤上購得一二可愛的文玩，他寧節衣縮食購買回來，列置他的紅樹樓頭。茶煙既歇，欣賞一番，認爲人生唯一樂事。有一次獲得相城沈萬三百寶石片，上鎸小鳳凰作回翔態，精妙異常。他便把它配作小屏風一座，甚爲珍視。甲子江浙之戰，他遷家滬上，石屏風失去，他很是痛惜哩。

蔣吟秋整理滄浪名勝

滄浪亭是吳中的勝迹，可是日久荒圮，已非舊觀。蔣吟秋任圖書館館長，每日彷徨其間，頗有整理滄浪亭的志願。吳子深、顏文樑輩欣然贊同，組織滄浪亭整理委員會，請求省款，已得省方允許。正在鳩工修葺，而事變遽起，不能成爲事實。據吟秋見告，滄浪亭的側面，有屋數十楹，附近學校的師生，賃爲宿舍。臨水植蓮，晨起開窗，清香襲人，真是讀書修養的好所在。從前做《浮生六記》的沈三白，即住在那兒呢。

李常覺的長脚諢號

和天虛我生、小蝶同譯小説的李常覺，他原是位數學家，在滬南某中學擔任三角幾何、代數等課。學生們因他脚很長，暗地裏呼他"李長脚"。後來被他知道了，索性取諧聲"常覺"，實則他號"新甫"。如今天虛我生逝世，所有事業，都由他繼續辦理。

（《上海生活》一九四二年第四卷第一二期）

《紅礁畫槳錄》，琴南翁之名譯也。聞瘦鵑稱其纏綿哀愴，工力悉敵,日斜鎮定時讀之,大足令人腸回也。朱鴛雛生前愛誦是書,題以詩云:"浪裏鴛鴦墮恨天,礁鐘槳鼓自年年。亞東兒女應憐取,鵑血啼乾爲女權。"鴛雛既死,其所誦之《紅礁畫槳錄》遺存某友處,末有鴛雛手書"民國十年三月鴛雛三讀"十字。蓋鴛雛私淑琴南翁,故不覺傾倒備至也。鴛雛埋骨雲間公墓,以李冷、姚鵷鶵、吳遇春、沈受百諸子之力爲多。當時葉楚傖爲撰一短雋之墓志,有錄以見示者。如云:"朱君鴛雛,華亭人也,幼孤貧,不甚讀書,而特穎悟,十餘歲能爲詩詞,見賞於里宿學楊先生錫章,誘掖稱譽,遂以著名。先是,吳江陳去病、柳棄疾、金山高天梅諸君,結南社吳中,以文學鼓吹種族革命,江南北從者如雲。言詩宗盛唐,尤喜龔定庵氏,摘集排比,幾於人手一編。鴛雛獨與姚鵷鶵遊,學爲南北宋淒清枯澀之音。雖介以入社,社中人勿善也。鴛雛既不得意,走海上,以鬻文自給,亦嘗爲教師。未幾,則棄去,貧困憔悴,無以自瘳,遂病肺,猶日爲小說家言,資薪米。娶於許,奉其母居外家,若爲贅婿。年二十四卒,逾數月,其妻亦死,遺子一女一。卒後將十年,柩停未舉。其友李冷,來宰松江,始爲醵資合葬於邑之公墓,而屬楚傖爲之銘。銘曰:睢其才,嗇其壽。息於斯,名不朽。"鴛雛一生之行誼,盡於此文中矣。

"成佛肯居靈運後,學書直到永和前。"此西神殘客自書補壁之楹帖也。西神善八法,工詞章,襟懷吐屬,雅有六朝煙水氣,爲予生平服膺之一人。刊有《西神小說集》,凡九篇,曰《杏花春雨記》《雪浪春痕》《秋蕤閣》《針樓艷憶》《一枝桃》《龍舟艷影》《陌上花飛》《新舊夫妻》《猩紅劫》,皆悱惻纏綿之作。而字裏飛花,行間蝶舞,誦之不覺令人翛然意遠也。曩時商務印書館爲刊《燃脂餘韻》,今已絕版,不可得購。若干年前,予主持中孚書局輯政,曾趨秋平雲室,索其散記小品。西神乃以刊載《新聞報·快活林》及《申報·自由談》之雜作,交予整理。予乃彙付鉛槧,名曰《雲外朱樓集》,分正編、附編兩厚冊,而西神自序,謂宣統之季,爲《民立報》《時事新報》等撰稿,民元遊南洋群島,草《南洋竹枝詞》百首,及雜曲、散套、遊記等作,自慚蕪陋,都無出存稿,則已散佚無從收拾矣。及《雲外朱樓集》印竣待裝，其高足沈癡雲又集得西神作品數十篇，然已不克收入。當時予擬爲刊續集之需，詎料中孚主人以虧負債項，致興訟事，書局旋即停輟。稿留予處，恐遭蟲雕鼠牙之阨，遂捆束而歸趙璧。詎知西神瘁於黌舍事，始終未謀剞劂，今且下世作古人，不知此數十篇作品流落何處？則又深悔當時之亟於檢還，否則保存之責，予當盡之。或有梓行之機緣，未可知也。

佛陀姬氏，若干年前，曾發一願，擬斥資征求一長篇小說稿。謂《康熙字典》所收之字，約四萬有奇，而尋常所用者，只六七千字，此長篇小說，須將《康熙字典》所有之字，悉數用盡，使讀者藉此得識奇僻之字。惜乎未成事實，否則亦別開生面之作也。

曩時《遊戲雜志》撰述之中堅分子，瘦鵑、鈍根、蝶仙外，尚有了青、率公、瘦蝶、夢犢生等。了青已下世。率公汪姓，寓居吳中侍其巷，曾有數面緣，茲亦歸道山矣。夢犢生不知何許人。瘦蝶許姓，一署太和，擅小說雜作，刊有《蝶衣金粉》一書。彼供職太倉某綢莊，蓋隱於市廛者，與予魚雁往還，月必一二次。予輯拙作刊印單行本，瘦蝶輒爲題詞。一自事變後，音訊杳然，不知故人尚無恙否？鸞棲何處？殊可念也。

說界前輩有笑與冷者，時而分撰，時而合作，其小說作品，大都刊載於《時報》及有正書局所發行之雜志上。所謂笑者，包天笑也；冷者，陳冷血也。二君皆健在，天笑仍以稗史遣興，冷血則已不事筆墨生涯，予於高恩路枝黃園一再晤之。蓋寄情花木，嘯傲泉石，胸懷殊淡遠也。所著小說，有《福爾摩斯來華偵探案》《俠客談》等書。冷血曾任《申報》館總編輯，兼主《自由談》筆政。時《申報》新屋落成，內容亦隨之煥然一新。其時刊一長篇小說，極有精彩，但已不憶其名目矣。冷血字景韓，故有時署名，只作一景字。

天南遯叟善著筆記小說，未刊而散佚者，有《三恨緣》《臺事竊憤錄》《老饕贅語》，無以寓目，甚可惜也。又我友陸澹庵曩曾於冷攤上購得遯叟手抄本《蘅華館日記》，交施濟群揭刊《新聲》雜志，不料印刷所不戒於火，致付祖龍一炬，抑何不幸乃爾耶？

《小說叢報》時代之健將吳綺緣，善以冶艷之筆，寫難狀之情，所著有《冷紅日記》《芙蓉娘》《反聊齋》諸書。君喜收藏雜志及小説，蔚爲大觀，且其收藏也，必置雙份，一以庋存，一以閲覽，並供朋好見假。書藏毗陵青果巷寓所，不料毁於事變中，并其自著之小説，亦一無所留，言之尚慨惜不已。年來賃居海上。去歲，予之侄女梨涓出嫁毗陵沈氏，君任蹇修，與予數度把晤，交誼益臻厚篤矣。

（《萬歲》一九四三年第二期）

　　胡適之謂中國報紙登載小説，以徐家匯所出之《匯報》爲最早，但均爲聊齋式之怪異小説，後來彙刻爲《蘭苕館外史》。予年來任教徐匯公學，學校圖書館藏有《匯報》全份，按月裝訂成册。暇當一檢之，藉以考證也。

　　胡寄塵爲短篇小説之聖手，善撰所謂小小説。著筆不多，而人情物態，籠孕無遺。一自物故，我人無復有此眼福矣。君嗜蟹，黄花時節，輒以尖團下酒，以佐文思。某次，姚鵷鶵請其啖蟹，君適抱病，家人謂病中不宜進此，囑其婉謝。君曰："諺有拼死吃河豚之説，明知要死，尚拼命一吃。况病中吃蟹，説不定要死，説不定還可以不死，何妨冒險一嘗？"毅然赴約，連啖數枚肥碩者，竟無恙。寄塵曾主輯一種雜志，名曰《白相朋友》，小説、筆記、詩詞、文虎，應有盡有，由廣益書局發行。

　　世所誦漱六山房主人專寫花史之《九尾龜》，不知其尚有述政潮之《政海》，精警動人，殊不讓李伯元之《官場現形記》。主人生前曾謂予以《政海》一書，得罪當局要人不少，幾遭暗算云。

　　每過福煦路，時見張碧梧，蓋碧梧卜居其間也。碧梧與張舍我、張枕綠有小説界三張之號，善著偵探小説，有《白室記》《雙雄鬥智記》《宋悟奇家庭偵探案》《貝克偵探案》等書，頗膾炙人口。兹者碧梧跳出筆墨圈，從事電影事業。舍我治律，出入公庭。枕綠戀遷有道，亦不復爲計字論值之苦生涯。於是又有張恨水、張慧劍、張秋蟲三張起而代之。説海滚滚，前浪後波，轉瞬之間，已成陳迹矣。

囊時有點將小說,嵌名殊不易,然亦有因難而見巧妙。如禹鐘點陳達哉,嵌云:"酒香四達,哉生明之夕,無此樂也。"卓呆點王西神,嵌云:"什麼東西,神氣活現。"獨鶴點陸律西,嵌云:"和音協律,西方之妙奏也。"天雷點天虛我生,嵌云:"棘地荊天,虛我生平無窮之希望。"天虛我生點嚴諤聲,嵌云:"言詞謇諤,聲色俱厲。"諤聲點徐枕亞,嵌云:"以手支枕,亞字闌幹外,薔薇花放。"浩然點許指嚴,嵌云:"亟囑其妻將約指嚴守密藏。"浩然點獨鶴,嵌云:"山境幽獨,鶴淚空林。"雙熱點鄭逸梅,嵌云:"照幽逸梅花,一片冷香清光,令人愛戀。"指嚴點趙眠雲,嵌云:"倚枕而眠,雲鬟亦解。"逸梅點吳雙熱,嵌云:"日以生鴿卵一雙,熱水調服之。"瑞瑛點范冷芳,嵌云:"一溪紅雨冷,芳信斷春風。"其時予有一友名天白,因戲謂之曰:"若作點將小說,當嵌尊名:'包你三天,白濁全愈。'"天白呼予促狹不置。

近來治偵探小說者,除程小青、孫了紅外,寥若晨星矣。當民初之際,從事撰偵探者大有其人。據予記憶所得,如陸澹庵有《李飛偵探案》,更有《金蓮花》《紅手套》等譯本;又楊塵因有《蒙面女俠盜》,悟癡生有《女強盜》,周瘦鵑譯有《聶卡脫探案》《南森孚探案》《白來克探案》;又王天恨有《康卜森探案》,張蔓孫有《紅雪娘》,何樸齋與孫了紅有《羅平探案》,張碧梧有《宋悟奇家庭偵探案》,胡儀鄉有《假幣案》,俞天憤有《中國新偵探案》,此皆單本行世者。至於散刊雜志報章,有徐恥痕之《連環黨》、徐卓呆之《紅珠》、胡寄塵之《怪病人》、沈禹鐘之《碼頭竊案》,皆離奇出人意料者也。

甲子江浙之戰,人民無不備受軍閥之禍,流離失所者不知若干人。以戰事為背景,而成說部詩史者,有包天笑之《甲子絮談》,凡二冊;胡寄塵之《東南劫灰錄》及《續錄》。又《半月》雜志有"非戰小說"專號,亦目睹浩劫而加以描寫者也。

不肖生之成名,在《留東外史》一書。是書刊行於民國五年,凡十集,共一百六十章,自"說源流不肖生嘵舌,勾蕩婦無賴子銷魂"始,至"圓子得所遙結前書,周撰被逐遂完續集"止,洋洋灑灑,都一百數十萬言,每章由跛子批點。跛子者,張冥飛也。厥後又有《留東外史補》,凡二册,包天笑爲之逐節加評,可謂珠聯璧合。曾幾何時,書皆絕版矣。

(《萬歲》一九四三年第五期)

小説叢話

鄭逸梅 撰

　　載於《萬象》一九四一年第一卷第四期至第六期、一九四二年第一卷第七期至第十二期、一九四二年第二卷第二期、第三期。作者鄭逸梅見上文叙録。本文介紹葉小鳳、朱鴛雛、李涵秋、王大覺、姚鵷鶵、李定夷、王鍾麒、陸秋心、張冥飛、許指嚴、丁悟癡、天虚我生、何諏、不肖生、畢倚虹等人的小説特點。或從大處概括，或從細節生發，或評論藝術特色，或紹介生平軼事。既有資料價值，也可作藝術參考。

　　李涵秋死於民國十二年之秋，各書局紛紛出版其遺作長篇説部。甚至未完篇者，亦倩人賡續，草草成書，而付梓以圖利。涵秋之弟鏡安，曾致書某報，謂"《怪現狀》一書，僅撰至三十七回止。是書以四十回結束，其餘三回，係他人所爲而利用先兄名義者。又，《新廣陵潮》，生前只撰成第一回，約八千字，便已逝世，此回以下，不但無片詞隻語，且并目録而無之。兹所刊印之單行本，亦係僞托"云云。據予所知，涵秋之《鏡中人影》，則由程瞻廬繼續而成，書中間有罅漏，瞻廬一一爲之彌補。出版時，涵秋、瞻廬同列爲著作者。《廣陵潮》與《鏡中人影》二書，爲涵秋享譽之作。故涵秋作古，包天笑挽聯即嵌書名以爲之，曰："廣陵潮已成廣陵散，鏡中影空幻鏡中花。"

　　林琴南不諳西文，假第二手譯歐美小説至一百二十三種之多，亦云偉已。林於小説外，兼撰筆記，如《畏廬漫録》《畏廬瑣記》《蠡叟叢談》《畏廬雜錄》，均以桐城筆法爲之者，頗可誦也。

《茶花女遺事》，法國小仲馬作，我國譯本不下十種，然無如林畏廬之佳者。蘇曼殊生前曾發願重譯《茶花女遺事》，然因循未成事實。若果譯成，則曼殊之作，當壓倒畏廬矣。

蘇白入小說，以《九尾龜》爲最著。不知《九尾龜》前，尚有韓子雲之《海上花列傳》。韓別署花也憐儂，嘗擔任《申報》撰述，與主筆錢忻伯、何桂笙相莫逆。書共六十回，前清光緒二十年出版。書中趙樸齋以無賴得志，擁資巨萬，方墮落時，至鬻其妹於青樓中，韓嘗救濟之。迨其盛時，而韓僑居窘苦，向借百金，不可得，故憤而作此以譏之也。此書卒被趙揮巨金購而焚之。後人畏事，未敢翻刻。直至民國十年左右，始復印行無忌。書中人物，均有所指，如黎篆鴻爲胡雪巖，高亞白爲李芋仙，李鶴汀爲盛杏蓀，史天然爲李木齋，方蓬壺爲袁翔甫，齊韻叟爲沈仲馥，王蓮生爲馬眉叔，小柳兒爲楊猴子，李實夫爲盛樸人。諸如此類，不勝枚舉也。

《廣陵潮》以揚州爲背景，《歇浦潮》以上海爲背景。作者海上說夢人，即一度從事電影事業之朱瘦菊也。朱師事名宿武樗瘦，故《歇浦潮》首五回，均由武加注。後因排版加注費事，完全將注語取消。

笑匠徐卓呆，某次在公共汽車上被竊皮夾，損失數十圓，甚爲懊喪，乃爲燭奸秘計，於《新夜報》撰《肮篋博士》小說，每天刊一節，種種偷法，愈寫愈奇，加之筆調滑稽，尤足引人入勝。讀者認爲此種賊小說，的是生面別開。結果所獲稿酬，倍蓰於所失。卓呆因以"塞翁失馬，焉知非福"自慰。

李涵秋不喜《野叟曝言》，嘗謂："文素臣何人？凡爲女子者，無不以一親其肌膚爲幸，已堪噴飯。任湘靈之相思，與謝紅豆之繾綣，覺一讀之，一度肉麻。此種云言情文字，奚啻萬里？入後尤支離怪誕，不可逼視。"其言亦自有理。

（《萬象》一九四一年第一卷第四期）

葉小鳳之長篇，如《古戍寒笳記》《壬癸風花夢》《蒙邊鳴筑》《如此京華》，負有盛名。其他尚有短篇若干種，刊成兩專書，一《小鳳雜著》，有《愛約》《遺恨》《梵聲》等篇；一《簫引樓稗鈔》，有《蠻女咬兒》《伴娘》《獄中人語》等篇。二書均發行於民國八年，茲已絕版矣。小鳳於舊說部中，最愛《花月痕》之別具一格，謂《花月痕》白話中每插入文言，極爲精妙，如韋、韓、歐、洪愉園小飲一段，幾乎無語不典，而神采突奕，逼真懷才未遇、紆衡當世口吻。偶一學之，亦不覺其甚難，且苟擇語相稱，自有風流跌宕、顧盼生姿之概。但擇辭之道，殊不易易，譬如說，"蒼生憔悴，便要你做個出山謝傅呢"自然是一句瀏亮雋拔之語。若無東山絲竹一事，爲之掩映生輝，則此語有何韻致？此其難一也。此種句法，於名士英雄爲宜，而名士英雄自有其俯仰低徊之致，若說："你不是個東山謝傅，便是個漢子。"其語氣不幾成一秀才出身之強盜耶？此其難二也。然亦正惟其難，斯有精彩可取耳。非於斯道三折肱者，不能道隻字。

《紅蠶繭集》，華亭朱鴛雛之短篇小說彙刊本也。周子瘦鵑收之爲《紫羅蘭盦小叢書》之七，每篇均以某某記名之，如《畫心記》《墜玉記》《珰匌記》，蓋仿唐人小說爲之也。初散刊於申報《自由談》，瘦鵑乃編集成書以爲紀念。固時徐碧波服膺鴛雛筆墨甚，《自由談》所載悉剪存之，且藏有《紅蠶繭集》之集外遺珠，都若干篇。碧波爲文言小說，筆致亦雅近鴛雛，刊有《流水集》一書。銀簫絕響，竟有嗣音，鴛雛有知，定必喜慰於地下。

予囊輯《小說素》一書，皆短篇小說也，由孫漱石設立之上海圖書館出版。據予所憶，有天笑、紅蕉合撰之《無法投遞》、瘦鵑之《我想蘇州》、小鳳之《棲鳳生》、天臺山農之《橘中樂》、小青之《精神病》、卓呆之《古井》、煙橋之《歸來》、吟秋之《女兒貌》、綺緣之《試金石》、指嚴之《邊荒恨迹》、枕亞之《願作鴛鴦不羨仙》、明道之《某富豪之家庭》，共約十餘萬言。一自上海圖書館閉歇，此書無復可購，而予亦未嘗寶藏之，真可惜也。

（《萬象》一九四一年第一卷第五期）

民國十一年間，青島問題，喧傳社會人士之口。其時李涵秋爲某報撰《愛克司光録》小説。第三回一節中，有翁私其媳者，於床笫狎媟時，就其媳之嬌軀，繪我國土以解釋青島形勢，其事其文，頗足資人噴嚔。顧以粲花妙筆，未免過事描摹，遂坐登載穢褻文字罪，爲捕房所控。編者某至公廨，乃受奇窘。蓋中文英譯，實較冗長，語意亦明顯，不似中文雖褻，而猶能含蓄不吐也。原告捕曼聲而讀，每讀一句，顧堂上，復顧編者，堂上下皆忍俊不禁。編者手原報靜聽，如立針氈，既不能中止其言，加以剖辨，亦惟冀其速讀，而得脱離窘境。捕讀良久始竟，編者汗漬重衫，聞者爲之軒渠不置。

　　柳亞子有《題〈莽男兒〉説部爲巢南作》，云：「功罪何當付蓋棺，紛紛謡諑總無端。秦人倘識苻生枉，蜀老能爲葛相寬。敗寇成王誰定論，恩牛怨李此旁觀。荒墳鬼哭鵂鶹叫，一卷叢殘帶淚看。」可知陳去病撰有《莽男兒》説部，予未之見，引爲憾事。

　　民元之際，曾有《帶印奇寃》説部之刊行，凡五十有二回，作者署名也是道人，實出於孝廉郭泰祺手筆。郭歷宰皖地州縣，後因事革職，並縲絏入獄，此書即作於獄中。書中將馮夢華影射爲馮大蔡，朱家寶影射爲猪家寶，沈子培影射爲沈不清，汪麟昌影射爲八萬官，詆毀殊甚。惟筆墨不佳，流傳未廣。

　　胡寄塵謂：「《西廂記》之佳句爲『月明如水浸樓臺』，用一『浸』字，所寫境界爲立體者。若改爲『滿地月明如水』，便屬平面。又可以説『滿地月明如水』是繪畫，而『月明如水浸樓臺』，却是雕刻。」

　　《牡丹亭》第二十一齣，有所謂「番鬼」者，不知何所指。據胡寄塵考證，謂"《牡丹亭》作者爲明人，而此故事却爲南宋。在唐宋之末，我國已與阿剌伯人及波斯人通商，而廣州亦商埠之一。所謂『番鬼』，蓋指波斯人或阿剌伯人言也。"

（《萬象》一九四一年第一卷第六期）

　　南社詞人王鍾麒先生，別署天僇生，著有説部名《恨海鵑聲譜》。篇中叙一瑞士女子，身蹈情網，百折千回，卒以身殉。情節既極奇變,文筆尤悱惻動人,計五萬言,凡二十章。間叙普法戰事,形容入妙。當時由民權出版部發行,兹早絕版矣。

由民權出版部發行者,尚有海門陸秋心所譯之《葡萄劫》,書中叙希臘志士,不堪土耳其之侵虐,揭竿革命,光復故土。緯以兒女之情愛,英雄兒女,鐵馬金戈,直使讀者有入山陰道上應接不暇之樂。斯文曾載《民立報》第一篇小説欄,綿亘三年之久,都二十萬言,譯筆典雅,頗爲士林所推重。秋心尚有《秋心説部》之刊行,内容爲小説四種:一,《刺虎盟鴛記》;二,《鐵血紅絲》;三,《蛛絲怨》;四,《蘭因》,均屬文言。

姚鹓雛之長篇説部,如《燕蹴筝弦録》《風颭芙蓉記》《夕陽紅檻録》《檐曝餘聞録》等,皆疏蕩名雋,最爲予所愛誦。鹓雛生平,却最心折《儒林外史》一書,謂"《儒林外史》,爲社會小説之初祖,描畫曲到,而含毫邈然,妙有藴蓄,我佛山人學之便稍奔放矣,然尚耐咀嚼,以辭無支蔓也。《儒林外史》妙在不著斷語,而反正瞭然,便人自悟。《怪現狀》却喜略加議論,自明用意。文氣厚薄之分,蓋在説盡與不説盡之間也。然體物瀏亮,《怪現狀》一書足以當之,故已不可多得矣。"

小説中予頗愛誦《花月痕》,聞有墨涙詞人者,有《花月痕傳奇》之作,載二十餘年前之《婦女雜志》。

(《萬象》一九四二年第一卷第七期)

《十五度春秋》,亡友張冥飛作。書中叙男女二人,以未婚夫婦之愛情,男爲女義,女爲男貞,身冒百險,瀕死者屢,經十五年之久,始得結縭,賡偕老焉。情感之深,恩義之篤,讀之使人增伉儷之重。至描寫瑣屑微渺處,無不設身處地,達以深入顯出之筆。而詞華之麗則,文筆之爽朗,是又以《騷》、《選》之腴,運以歐、蘇之氣者,都十萬言。同時有署名海漚所著之《珠樹重行録》,亦稱一時傑作,書爲言情,都十萬餘言。海漚,淮南人,間寫短篇,如《流雲斷月》《愛國鴛鴦記》,披露於《民權素》雜志,均美妙可喜。

《紅羊佚聞》，蓋摭取洪楊史迹，經許指嚴、胡儀鄮、徐枕亞等演成之短篇小説也。共三卷，卷上爲《戰血餘腥録》，卷中爲《天京秘録》，卷下爲《從軍速記》。《從軍速記》原名《粵軍瑣記》，爲海虞嵇問阱遺著，當紅羊之役，嵇年僅十七，爲承天義周昌宗所得，留之軍中，使司筆牘，飄蕩數年，轉徙萬里，速記一稿，即屬於倉皇戎馬之間。前清時格於禁令，未能刊布，後由其子苣孫出以問世，當時頗轟動，兹已絕版。又有《明季佚聞》，係嵇氏上祖在史可法部下時所著，情節離奇，文辭雅潔非尋常稗史也。

人謂指嚴死，掌故小説與之俱死。指嚴許姓，別署硯耕廬主，其掌故小説最著名者，爲《南巡秘記》正補編。蓋乾隆下游江南，當滿清極盛時代，鋪張揚厲，備極奢侈。當日習於歌頌聖明，記載者率多隱諱其遺迹。作者幼嗜異聞，其祖父愛孫甚，輒以一二故事述之，以爲含飴之樂，因積久而成結習，乃記録而成書。内容凡三十二篇，如《水劇場》《幻桃》《一夜之喇嘛塔》《孔雀翎》《青芝岫小史》《幌子僧》《無髮國母》《西湖畫稿》《黑牡丹詩》《盜玉馬》《無遮大會》《黄角蜂》等，趣味秾鬱，書賈獲之，以爲奇貨。尚有《泣路記》，紀康熙間朱三太子案，哀慘俠義，可泣可歌，凡八萬餘言。又有《三海秘録》，初刊載於《春聲日報》，後印成單本，分甲、乙、丙三編，自滿洲建國起，迄於東海文治時代止。以三海之盛衰，見國勢之隆替，意含誅伐，非尋常稗史可比也。如《銅人淚》《四春宴》《瀛臺幽帝始末》《萬壽辰》等，記述均極縝密。

(《萬象》一九四二年第一卷第八期)

劉半農收藏金聖批改貫華堂原本《水滸傳》，上有人物圖像，爲有明杜堇所繪，并有葉德輝跋語。半農死於民國廿四年，在臨死前一星期，作一《水滸》序文，可謂最後絕筆。其略云"《水滸傳》的本子很多，有一百二十四回本，有一百二十回本，有一百十五回本，有一百回本。最通行的是金聖嘆批改的七十一回本。就文學上的價值説，最好的也是這七十一回本。其餘諸本，只是學者們考究《水滸》學史有些用處。爲一般讀者及文學家的閱讀與欣賞計,有了金聖嘆的七十一回本,也就很夠了。前年冬季,聽説北平圖書館藏有金聖嘆貫華堂原刻本一部,我連忙去借看,果然是原刻。可是這部書已經半身不遂,甚而至於可以説是全身不遂的了。因爲全書的紙張已酥了,脆了,簡直不能閲看了。可是到了去年三月,琉璃廠松筠閣書店,居然替我找到一部完整的。廿載尋求,得於一旦。這一樂真是非同小可。"其時半農寓居北平,聞曾交某書局影印傳世。

胡寄塵好讀《水滸傳》,曾有詩云:"山歌每見真情性,《水滸》能醫我老衰。"蓋謂《水滸傳》尚俠好義,大可振作吾人之精神。若中年以往人,血氣既衰,惜錢怕死,正宜以此書爲救治之藥。

《後西游記》,雖不甚佳,然有一節頗有意義,足以警世,如謂"孫悟空過五行山三界洞,山主爲造化小兒,專以圈子套人,名色甚多,有名圈、利圈、酒色財氣圈,及忿怒圈、嫉妒圈共數十種。尋常人到此山,人人爲圈所套,絶少脱然無累者。悟空一日過山,造化小兒在山頂擲圈來套,不料皆不能近孫悟空之身。所有之圈已盡,只剩一圈,若仍不能套住,只有放他過去。迨此圈丢下,竟將悟空套住,原來此圈名爲好勝圈。蓋悟空凡心皆盡,僅此好勝之心,尚未能消除,故仍不免受此造化小兒之圈套也。"

有署名新樓者,評小説頗有見地,謂"或云《紅樓夢》原書止八十回,後四十回爲他人所續者,此言余不敢信。第八十回爲'美香菱屈受貪夫棒,王道士胡謅妒婦方'。觀此回目,豈是一書結束之處?況'苦絳珠魂歸離恨天',尚在九十八回,此豈後人所能續者?即一百回後,亦無斷續之迹。雖文字稍有蕭索之氣,亦書中情節使然。且末回仍歸結至甄士隱、賈雨村二人,與開卷有首尾相應、針鋒相對之妙,又豈他人手筆所能哉?不過此書更名甚多,因又啓後人之疑耳。實則雪芹披閲十載,增删五次之語,似爲可信。若謂書出兩人,則余不敢附和也。"又謂:"或評《水滸傳》武松打虎一節,云虎爲軟骨動物與貓同,豈有按之於地,爪牙遂不能動,只能掘地成坎之理?蓋中國人之著述,凡事皆凌虚,而不能征實,此其一大病也。余謂《水滸傳》非動物學教科書,不過小説家描寫之技耳。若必征實，則耐庵必須有如武松之力，至景陽岡覓一大蟲，如法試驗，幸而不爲大蟲所食，方可歸而執筆。否則，打虎一段，聖嘆評爲有聲有色，人是神人，虎是怒虎者，將何從著筆耶？故善讀小說者，須隨書之時代性而變換其目光，不可執今之學說，以與古人辯也。"

我友許息庵謂："《西廂記》借廂折之心窩裏早癢癢，'請宴'折之你早則不冷冷，'鬧簡'折之你好懶懶。凡疊字，聖嘆皆強分之爲二句，其實北方語言，本是如此。元人雜劇入以北地俗語者極多，若北方小兒每言身上冷冷，身上癢癢，至今猶然。又如《紅樓夢》鳳姐斥賈環曰'你哥哥因爲你不長進，恨得牙癢癢'，皆可爲證。聖嘆吳人，當時未身歷北地，故有此小誤也。"

《蟫史》，予知其名而未之見，據息庵謂"爲江陰屠紳所撰，章回小說而以駢體出之，小說之別開生面者也。其取材與遣詞皆不落凡近，偶語亦胎息醇古，而回目尤古樸可喜。近人劉鐵雲之《老殘遊記》，其回目造句即頗仿之。此書原板有圖約二十餘，冠以著者小象，科頭白袷坐石上，旁題曰磊砢山房主人。舊版已不多見，光緒中申報館仿聚珍板所印各書中有此，惟無圖耳。"

昔虞山黃摩西論《水滸傳》《石頭記》，謂："創社會主義，闡色情哲學，托草澤以下民賊奴隸之砭，假蘭芍以塞黍離荊棘之悲。"目光銳利，宜其所見卓軼也。

《福爾摩斯探案》我國最初譯本，爲商務印書館所刊行之《歇洛克探案》開場，是案爲福爾摩斯第一次試手，顯其驚人之絶技。厥後各書坊紛刊其探案，要以我友程小青所輯之《福爾摩斯探案大全集》爲最完備。

瀨江濁物，不知阿誰化名？著有《刀光血影録》一書，敘江寧烈女黃淑華，丁紅羊之劫，全白璧之身，爲湘勇申儔扶梁所掠，以一孱弱女子，遭逢強暴，迭歷危厄，卒能智斃二賊，報全家之仇，著堅貞之節，題詩自述，從容就義。當時南天半壁，盡入三湘人勢力範圍，珥筆之士，懼犯忌諱，不敢闡揚，作者特爲表彰，由李定夷加評。此外又有《破鏡圓》，爲俠情小說。

前清湘陰左立父以勛爵後裔，筮仕遼陽，政聲所播，爭頌甘棠。

顧名士風流，聽政之餘，輒怡情詩酒，一時大吏，莫不交口稱譽。鼎革後，寄居海上，無復宦遊之志，著《瓊花劫》説部以自娛，蓋借香草美人之意，寓經綸宏濟之才，凡十萬言。

李定夷著《潘郎怨》，按期刊諸《小説叢報》。既而定夷脱離《叢報》，將《潘郎怨》未完稿賡續編成二十回，易名《曇花影》。其時風尚文言，而此書却爲白話。

有丁悟癡其人者，著有《蝴蝶兒傳》，書叙前清山東女俠蝴蝶兒，因其情人無辜陷獄，設法營救，演出種種駭人聽聞之事，而前清官場之齷齪，亦得於是書窺見之。蓋合《兒女英雄傳》《官場現形記》爲一書者，分三十二回，用袖珍本印，予尚藏有一册。

（《萬象》一九四二年第一卷第九期）

曹鵠雛編有《清代小説選》一書，將《雁樓集》之《汪十四傳》、《四照堂集》之《湯琵琶傳》、《笠翁一家言》之《秦淮健兒傳》、《壯悔堂集》之《李姬傳》、《澄江集》之《費宫人傳》、《北墅緒言》之《圓圓傳》、《漁洋文略》之《劍俠傳》、《邵村雜記》之《武風子傳》、《青門集》之《閹典史傳》、《觚賸》之《記吴六奇將軍事》、《奇器目略》之《黄履莊小傳》、《懸榻編》之《奇女子傳》、《山齋客譚》之《聯貴賈禍》、《公案偶紀》之《兄弟訟田》、《小倉山房文集》之《書麻城獄》《書魯亮儕》、《齊實齋文鈔》之《孝豐知縣李夢登事》、《柽花館文集》之《四不倫先生》、《游梁瑣記》之《王天冲》、《諧鐸》之《蟻螂城》、《崔東壁遺書》之《漳南俠士傳》、《右臺仙館筆記》之《粤中李氏女》等，彙爲一編，并加註釋。彼莘莘學子得之，不但可增興趣，且可爲行文之一助也。

世人以著《牡丹亭傳奇》之湯顯祖，喻爲中國之莎士比亞，其偉大可知。據錢牧齋《列朝詩集》謂"湯窮老蹭蹬，所居玉茗堂，文史狼藉，賓朋雜坐，鷄塒豕圈，接迹庭户，蕭閑咏歌，俯仰自得。"身後享盛名，固非始料之所及也。故吴霜崖有詩云："一事平生差得意，案頭七種《牡丹亭》。"《牡丹亭》有如許之多，足見霜崖搜羅之博。

天虛我生所著小說，常署栩園，或蝶仙。晚年撰《桃源夢》小說，署名默翁，則僅此一見。殆以世變方亟，欲爲金人之三緘歟？

星海不知何許人，著有奇情長篇《換巢鸞鳳》，書敘辛亥革命之際某軍官之艷史，離奇曲折，變幻不可思議，而文筆亦極風華婉約，予曾窺見一斑，惜未讀竟其書也。

周亮工《書影》云：「葉文通名畫，無錫人，多讀書，有才情，留心二氏之學，故爲詭異之行。或自稱錦翁，或自稱葉五葉，或自稱葉不夜，最後名梁無知，謂梁溪無人知也。當溫陵《藏書》《焚書》盛行時，坊間種種借溫陵之名以行者，如四子第一評、第二評、《水滸傳》《拜月亭》諸評，皆出文通手。」葉文通之《水滸》評，未知坊間有存否？頗欲一讀以爲快也。

（《萬象》一九四二年第一卷第十期）

曾孟樸與其公子虛白，設立眞美善書店，刊行小說多種，單行本如《囂俄戲曲全集》中有《歐那尼》《呂克蘭斯鮑夏》《呂伯蘭》，莫里哀之《夫人學堂》，大都在天津《庸報》上發表過，受北方人士熱烈歡迎。又有半月刊《眞美善》雜誌，短篇如《愛的歷劫》，用象眞之筆墨，描寫人類純潔之愛情，背景分春夏秋冬四節，各有色彩，發人美感。長篇則《孽海花》《魯男子》兩篇爲主幹。《魯男子》爲孟樸氏夫子之作，述其從幼至衰老，處處爲環境所驅迫，而成種種不同之人物，全書分戀、婚、樂、議、宦、戰六集，可分可合。至於《孽海花》，最先刊載《小說林》。《眞美善》所載，乃其重撰本也。

《孽海花》開端謂：「愛自由者一面說，東亞病夫一面寫。正是三十年舊事，寫來都是血痕。」東亞病夫爲曾孟樸自謂，愛自由者，吳江金松岑是。書中以名妓賽金花爲主人。日前謁晤松岑先生於光華學舍，談及賽金花，謂爲吳中松鶴板場過駕橋頭老虎灶水役陳松之女，既長，入勾闌，妖冶多姿，洪文卿殿撰喜而納之爲小星。賽金花多面首，被棄，復爲倡，標艷幟於北平。松岑先生作燕、趙游，朋好約於某日走馬章臺，一睹尤物。詎意屆期雨阻未果，而松岑先生旋即南歸矣。又聞人談，洪文卿未登第前，邂逅某校書，校書慧眼，能識士於風塵之外，知文卿赴京應試，絀於資斧，立斥私蓄數金助之。文卿既顯達，不復拾墮歡而溫舊夢，某校書乃憤而投水死。越十有六載，而始識賽金花。賽貌仿佛某校書中篝之羞，騰於朝野。蓋賽乃某校書所轉世，所以報其前生見遺之怨也。則語涉因果，姑妄言之，亦姑妄聽之而已。

（《萬象》一九四二年第一卷第十一期）

　　魯迅以《阿Q正傳》享盛名，其初刊載於《北平晨報·副鐫》上，每星期日發表一次，署名巴人，閱者咸不知巴人爲誰。其時有蒲伯英者，撰稿較多，人且疑巴人爲蒲之化名。有以《正傳》嘲我國農民過甚，加以抨擊，而蒲乃代人受過。厥後《正傳》作風轉變，抨擊始息。今者魯迅墓木已拱，而此《正傳》則趁譯數國文字，傳誦異域，固非魯迅始料之所及也。

　　南社王大覺物故有年。一昨偶過冷攤，購得《琅琊碎錦》一册，皆大覺之短篇小說也。凡十五篇，如《銀棠閣話月》《雙簫塚》《瓊娘》《妒德》《劉一姐》《法螺家言》《畢竟靠不住》《馮小娥》等，文言占十之三。語體占十之七。首有紫琅侯奇玉序，蓋白門朱壽江輯存者也。

　　姚鵷雛論小說，目光銳利，能中肯要，爲予所深佩，曾謂小說有十弊。典章氣太重其病拙，兒女氣太重其病纖，名士氣太重其病迂，市井氣太重其病俗，堆垛之過其病滯，綺麗之過其病褻，淺易之過其病率，妝點之過其病蕪，胸中有書則病雜亂，胸中無書則病鄙陋，能手寫朝章國故能不拙，寫采蘭贈芍能不纖，寫酒龍詩虎能不迂，寫閫闈瑣事能不俗，樓臺七寶、金蓮橫空而能不滯，盛道裙裾、昌言閨閣而能不褻，輕敍淺縐、水到渠成而能不率，博士賣驢、書券三紙而能不蕪，白戰則寸鐵不持，使典則六轡在手，並擅勝場者，未之有見，得其一臠，已爲至味。

　　天笑翁之《留芳記》，以民國史迹爲背景，撰成二十回，爲單行本。其時有《薔薇》月刊者,索稿於翁,翁乃續撰《留芳記》,第二十一回爲"簪纓門閥狂士運陰謀,冠蓋京華偉人談實業。"惜薔薇一現而萎,《留芳記》至今猶不了而了,閲者引爲憾事。

或謂由《山海經》脱胎而爲《穆天子傳》《漢武内傳》,浸淫而神話小説昌熾於世,爲科學之障礙。溯其源,《山海經》,固始作俑者。

(《萬象》一九四二年第一卷第十二期)

説部之負盛名者,往往演之於紅氍毹上。我佛山人之《恨海》,已故名伶馮春航曾以之賣座。陳去病《恨海序》有云:"屈指數歌場悲劇,《血淚碑》而外,疇不曰《恨海》?《恨海》本事,詳見我佛山人所撰説部,其加以粉墨,而當場搬演者,疑自王鐘聲始。予嘗於劇故,未能稽焉。昔在壬子冬仲,予方牢愁無俚,扶病游海上,欲觀春航《血淚碑》不果,乃睹其演《恨海》,一時幽怨之情,瀰漫於紅氍毹上。同座朱天一,今之傷心人也,幾於反袂掩泣。予贈春航詩,所謂'何處重尋血淚碑,游龍矢矯去難追。美人意氣渾無恙,恨海情波一曲悲'者,殆謂此矣。"兹者美人已逝,恨海難填,不禁感慨係之矣。

《血淚碑》由戲劇而演爲小説。演之者,明州石窗山民童愛樓也。凡十有六回。愛樓以戲劇與記事少有不同,乃於範圍之内,增損一二,然大致不甚懸殊也。愛樓尚有説部數種,曰《天堂世界》,曰《覆轍鑒》,曰《天國維新記》,曰《雙報父仇》。

《百子全書》中,有《燕丹子》,記荆軻刺秦皇故事。説者認是書爲武俠小説之始祖。

(《萬象》一九四一年第二卷第二期)

曾孟樸譯有《銀山女王》一書,不署原作者姓氏,爲一俠義小説。或謂爲歐化之《七俠五義》。筆墨靈活,有神龍騰踔、偶見鱗爪之妙。惟見二集,未曾譯全。有疑爲曾氏創作而托爲迻譯者,不審究竟如何也。

寫伉儷間瑣事,極脂香粉艷之致者,咸推李定夷之《伉儷福》《美人福》二書,不知其前尚有包朗翁所譯之《鏡臺寫影》,樂而不淫,尤具風人之旨。此書刊行已久,坊間絕版矣。

我友張慧劍喜誦《碎琴樓》。《碎琴樓》曾刊載於《東方雜誌》,後印單本問世,影星蝴蝶曾演之於銀幕上,亦頗博得佳譽者也。慧劍謂世間佳文. 從修短上爲之區別,大致可分爲二種,一種爲一甚繁之事實,命庸手爲之,常冗蔓不能自約,需二十萬字罄其事者,乃至不能縮去百字;而一遘名手,輒類奔馬遇良御,進進止止,悉如作者意,需二十萬字者,未始不可以二萬字、二千字了之。又一種則事材簡短,人僅數千百字即盡其致,名手每縱筆恣其描狀,而修柔委曲之中,不枝不煩。譬之飲食,雖溢出其量,飲者初不以過厭爲病,如《碎琴樓》即此類是。又謂《碎琴樓》之筆墨,與林譯同其價值,其小有不同者,則林譯如炮風烹麟,滋味雖好,手續亦繁重。《碎琴樓》似清炖鯽魚,是人人家中可備之饌,特出諸妙手,遂覺其味之雋,而窮其流源,同爲得力於《史》《漢》。慧劍又力繩蘇曼殊《碎簪記》之妙,與《碎琴樓》稱爲各具風格之"二碎"。謂《碎簪記》簡雋動人,在《斷鴻零雁記》之上。《斷鴻零雁記》描寫過於簡率,每將一段極好之素材,囫圇吞過,以致讀者誦之,未能發出深切之感情。《悲慘世界》,則自鄶而下矣。

民初,吳門賈靚芬女士輯有《女聊齋》一書,凡女界之遺聞軼事,搜采靡遺。或言情,或紀艷,或志俠,或述貞烈,令人可泣可歌,筆墨亦秾麗雋永,真足追步留仙。每部凡四本,再版數次。

當民國十四年之秋,津報忽載李涵秋掌珠墮落新聞一則,略謂,"有落難女子東方羅蘭者,投函津埠備機關銀行公司名人等。自稱爲李涵秋之生女,其父亡已三載,家無恒產,日益式微。今春隨母上京探親,以致流落津地,竟以潔白之身,投入勾欄云云。人訪之,則謂其父著小說,筆端未免造孽,此殆報應所致耳。"涵秋弟鏡安知之,立斥其妄,謂先兄生二子三女,三女均適人,住居揚州。東方羅蘭冒稱先兄之女,污蔑身後清名,甚爲可惡。並托涵秋之弟子任誠向天津員警所查究，始知東方羅蘭確爲維揚產，父亦李姓，授蒙爲業，母焦氏，曾與涵秋比鄰而居，故能略知涵秋之家世。事既揭破，東方羅蘭即遁藏無蹤。

從來小說回目最多者，爲《閩都別記》，長四百回，用福建語寫成，無異《海上花列傳》之用吳儂軟語。惟是書未曾寓目，不知內容何若，作者爲誰。聞此外尚有用粵語寫成之長篇小說，則並名目亦失憶矣。

以電影界爲背景，而演成長篇說部，著名者如天笑翁之《照海銀燈》，有張光宇之插圖，曾刊單行本。百花同日生之《水銀燈》，有沈延哲之插圖，刊登《電影月報》，只七回，隨《月報》而停輟。又《銀海新潮》刊於上海畫報，俏皮尖刻，被影射者有啼笑皆非之概，由國學書室出版。

《玉玦金環錄》，不肖生之傑作也，共三十四萬言，初登《新聞報》副刊《快活林》。分十有四章，回目悉具，而分量不勻。既而刊印單行本，則分四十回，重定回目，則范煙橋所整理也。

煙橋讀李涵秋所著《瑤瑟夫人》，謂："本事似取材於西文，然風俗習慣，仍如中土爲多，似是而非處，更觸目皆是。如旅館稱大享棧，碧玉圈上嵌成鴛鴦各一字，西崽訣爲細崽，車站有棧房接客，有寫票司事，劇院中有桌子等等。畢竟林琴翁不可及，因能不露馬腳，而運化文字，不爲文字所拘也。"

拂雲生撰《十里鶯花夢》，凡二十回，寫海上風月，而以輕逸婉約之筆出之，書中涉及遺少劉公魯，尤覺躍然紙上。用連史紙精印，加以細行格。驟視之幾疑爲詩文集，是亦新穎小說中之別開生面者。

《人間地獄》，畢倚虹撰至六十回，以不了了之。倚虹輯《上海畫報》，撰《極樂世界》，爲理想小說。後倚虹遭母喪，《極樂世界》輟筆，別撰《新人間地獄》，凡二回。倚虹旋病，稿復中止。天笑翁續《人間地獄》二十回，則緊接六十回而爲之，與《新人間地獄》絕不相涉。故孫東吳極愛誦是書，謂廿年來唯一好小說，當推《人間地獄》，予亦云然。

雲間朱鴛雛,清才短命,人咸惜之。鴛雛生平,有知己凡四人:一平襟亞,鴛雛落拓不偶,襟亞招以佐筆墨事,如是者數年,殊相得也。一周瘦鵑,愛鴛雛之記事文,爲之連續揭刊於《申報》附刊《自由談》。鴛雛死,且爲彙刊其遺作曰《紅蠶繭集》。一袁寒雲,鴛雛逝世後,曾登一啓事於某報云:"松江朱鴛雛先生,少年多才,不幸蚤死。長吉嘔心,千古同悲。其夫人許蟾仙女士,一慟而殉,哀哉嘉耦,天竟摧折。文雖未識面,却已聞聲,傷其遭際,謀以永之。瘦鵑古道,已輯其遺著。惟其言行,尚多可稱,望與先生有素者,錄其逸事以見告,或並及其詩文,愈多愈善,庶其成編,梓之梨棗,永其傳焉。寒雲啓。"深惜未成事實,否則說林添一佳話矣。一徐碧波,碧波極推崇鴛雛,曾著有《流水集》,仿其筆墨,極肖似也。凡鴛雛所作,見必剪存,頗多《紅蠶繭集》之遺珠。碧波在蘇,於其所輯《波光》旬刊上,特出來"鴛雛專號",予贈以鴛雛遺劄一通,碧波以環寶視之,製版揭布焉。

(《萬象》一九四二年第二卷第四期)

小説冗話

葉　遷撰

　　載於《西北文化月刊》一九四二年第三—四期、第五期、第八期、第九期。作者葉遷，生平待考。本文先後對《紅樓夢》《水滸傳》《儒林外史》《西遊記》《金瓶梅》《唐人説薈》《聊齋志異》《蕩寇志》《復活》等中外經典小説加以評論，而每能令人耳目一新。在其看來，"《紅樓夢》在思想上是寄寓佛家的思想的"，無論是索隱，還是考證，均無法理解此書的真意。在《水滸傳》闡釋史上，金聖嘆的意義，在於使其"由通俗之文本確爲文士讀物"；《水滸傳》之所以廣受歡迎，"實在因爲它捉住了吾人赤裸、天真，純然以感情來判别世間一切之是非，用直率、干脆的手段來解決心所惡者的一面事物的原故"；《儒林外史》的人物可分爲四類，"一種是熱衷名利的，一種是假作清高的，一種是清狂援俗的，一種是敦厚儒雅的。"《西遊記》是"純粹運用作者之想象結構成絕對超現實之境界的巨著"，"主旨則在宣揚佛家之大道理，以新名詞言之，實爲一象征派之作品。以唐僧取經事象征吾人追求人生之真義，以極樂世界爲追求之目標"；《金瓶梅》不應該因其題材而被否定，其"值實遠遜《紅樓夢》《水滸》等，因其中既未溶入何種思想，此所把捉者又是人間之弱點"。如是等等，均可謂真知灼見。即使放在今天，也有其學術價值。

《紅樓夢》

《紅樓夢》是迷醉了中國所有能讀小說的人的作品，渲染出一時代貴族階級的生活狀態，又烘托出當時一般社會之世故人情，也指出一種人生之哲理。不僅是中國文學上的巨作，也算是世界上炳耀千古的奇書。龐然大著，結構嚴整，雖然後半部是第二人續成的，但繼承原作者的筆調，並未破壞其完整的章法。以寧榮二府及大觀園爲中心，輻射出多少情節，而復以寶玉、寶釵、黛玉三個人的三角戀愛爲主幹，復寫出多少男女之情愛與糾紛。故人恒稱《紅樓夢》是言情之作。然《紅樓夢》實是破情之作，寓情於理，以理破情，當是原作者之原意。很多學者爲推崇《紅樓夢》而作《紅樓夢索隱》《紅樓夢考證》等書，費了很大的力氣，研究這作品和作者的生平，乃至成了"紅學"。作者曹雪芹，初生於富貴之家，後跌入清寒之境，窮愁潦倒，悟人世之無常，信佛家之真諦，以文學慰其孤寂之生涯，復抒發其懺悔之情感，所以《紅樓夢》在思想上是寄寓佛家的思想的。所謂全盤故事，由太虛幻境來，復歸太虛幻境去。人生經歷，諸般苦惱，原是空中之實，雖實而空，紅塵原是一夢。此夢原有覺醒之時，也就是消失之時。

《紅樓夢》爲細膩柔軟的作品，故讀《紅樓夢》之青年，每未能把握其全書思想，僅受其段落之影響，成了寶黛式的多情人。《紅樓夢》又爲喚醒人的作品，富貴者讀之，當悟富貴亦有消失時，勿過於迷戀；潦倒者讀之，亦可悟富貴猶如《紅樓》之夢，勿因羨妒而革人之命。《紅樓夢》亦爲討論戀愛的作品，使熱戀者預防失戀之苦，使不知戀愛者明瞭戀愛是如此如此。然《紅樓夢》對於革命者誠不合宜，因愛讀《紅樓夢》者，將漸喪失其個人的集團的鬥爭的意志力。愛讀《紅樓夢》及受其影響者，必不齒於英雄好漢也。

《水滸》

"年青看不得《水滸》,老來看不得《三國》",這是江南一帶的俗話。意思是因爲《三國》中講的是勾心鬥角,任用權謀,老頭子深思遠慮,看了《三國》會格外暮氣沉沉。《水滸傳》里的人物,好勇鬥狠,血氣方剛的青年,看了會到處闖禍。這話無異說明了《三國》和《水滸》的影響於人,有如此魔力。但《三國》爲歷史演義,且所見有偏,未長工描寫,不能列於文學之林。而以《宣和遺事》爲藍本、竭盡作者創造力的《水滸》,也是中國小說中的一部偉著。

作者自稱東都施耐庵,序文之作者,便已跌宕豪勁,似文而豪、窮而不酸之輩,惜乎證者亦未能考得其爲元代何樣人。清初文怪金聖嘆用其灼見注釋《水滸》,使由通俗之本確爲文士讀物,從此《水滸》既流行於民間大衆,亦復供於士林之書齋。其所以能得如許讀者之擁護,實在因爲它捉住了吾人赤裸、天真,純然以感情來判別世間一切之是非,用直率、干脆的手段來解決心所惡者的一面事物的原故。

《水滸傳》之價值,在能提高人們赤子之心的美感。所以熱中《水滸傳》的青年,會陷入想做好漢的魔道,遇見自身當前的苦悶,會不顧一切複雜的利害關係而衝過去再說,對於別人的受冤屈,也會任用拔刀相助的意氣。《水滸傳》實有煽動受壓迫者向其對方施行性命相搏的力量、強烈地賦有革命的意識。但《水滸傳》,與其説是故事感人,毋寧説是人物寫得動人,而《水滸》中藝術手法之高明,則在屢次相類的故事,而絕不見重複刻板的所在。如兩個潘姓女人的偷人、武松和李逵二人的殺虎等。以夢起,以夢結,用種種辦法使一百八人上梁山而大聚義。這樣的結構,如車輻之湊輪軸,確是如椽之筆寫成的作品。用硬性的筆法寫人物個性,純用語言和動作,使每人活躍紙上。這是作者最大的本領。

相傳施耐庵作《水滸傳》,繪一百八人於壁,復從而模寫之,且於寫打虎時嘗閉門自作虎躍之狀。這說法是夸張的,也實是人們過分崇拜其描寫力的表現。《水滸》的思想，是代表著社會下層人的思想的，像贊美下層人的暴動。《水滸》是元代之作，元代是吾國受異族侵略的時代，文質彬彬的士大夫和君子之流，都已逃亡、隱居和軟化，起而復國的意識猶飄動在下層階級。《水滸》作者的原意，或者想假《宣和遺事》，宣傳復興民族的使命的吧？試看明太祖起於民間，其起義之朋輩，實無異《水滸傳》中之人物。果如是，則《水滸》不僅為文學名著，且在民族革命史上，盡了很大的功勞了。

《儒林外史》

　　《儒林外史》是明代吳敬梓所作，以當時大江南北一代的知識分子為題材，寄寓作者之感慨。完全以現實的人物為對象，刻畫其生活狀態及心理，得以表現一個時代中的一個社會的作品，在中國小說中，當以《儒林外史》為開始。後來中國多少描繪社會人物的小說，是或多或少的模仿《儒林外史》的作法的。結構是用許多短篇故事連綴而成，所以開首的人物到後來便不在書中出現。關於南京的描寫特別多，以南京為人物活動的中心，因為南京是明代故都，許多文人聚居於此的原故。文章輕清，句法靈動，能以簡單的動作的描寫，刻畫出人的深刻的心理，深帶濃厚的諷刺色彩及幽默味，是中國小說名作中獨樹一幟之作品。

　　吳敬梓博學多才，恥於應試，豪於飲，憤世嫉俗，復揮金如土，有求必應，家產蕩盡，晚年貧寠困頓，幾難得醉。《儒林外史》篇末有作者自悼"從今后獨禮空王"之句，窮愁潦倒時想亦以佛家思想自慰，可見其落寞之生平。《儒林外史》中的人物便是當時儒林中人物，作者將當時儒林分為四類來描寫，一種是熱衷名利的，一種是假作清高的，一種是清狂援俗的，一種是敦厚儒雅，以先賢祠結束全篇人物，而於結束之後復添上幾個市井之徒之生活，重作一番金陵之淡寫，有夕陽西下中，使人悠然追懷往昔之感懷，讀者幾亦成明末金陵城裏人。此是一種把握時代作品的特殊技法，中國小說中惟《儒林外史》創有之。

《儒林外史》是諷刺一個社會的作品,作者抱冷眼看世人之態度,乃愈激成憤世嫉俗之心理。《儒林外史》是這種心理的反映。對於當時一部分猥褻之儒者更是可憐可笑,而對一部分清超與敦雅者亦覺無聊。君子之流,已被囚於名利禮法甚至清雅儒厚之中,失去人生之意義,翻不若幾個市井小人,得自然之趣,享清雅之樂。所以作者於全篇結束後,特寫幾個人物以回顧全文,其用意當在此處。那末,《儒林外史》作者之思想,顯然傾於老莊思想了。對世間純然冷眼旁觀的人,會造成冷淡落寞而愈見其矛盾的心理。《儒林外史》的作者是這樣一種苦惱人,但讀《儒林外史》的,也有將今日之儒林當做《儒林外史》來賞玩的人嗎?

(《西北文化月刊》一九四二年第三—四期)

《西遊記》

　　小說中純粹運用作者之想象結構成絕對超現實之境界的巨著,當推《西遊記》。作者署名悟真子。這是一修道者,人鮮知其生平。以唐高僧玄奘法師奉詔向天竺拜佛求經爲骨幹,連貫"花果山"聚義、大鬧"天宮"、"西天路上的一切魔境","西天佛國"四大想象之境界而成結構,是極有組織的佈局。想象力之磅礴,可謂通天入地,而於九九八十一難之寫法,誠有移山搗海的魄力。人物取材於動物,而賦予人性,更是化工之筆。

　　《西遊記》中故事光怪陸離,有如童話,故從來不若《紅樓夢》《水滸傳》《儒林外史》等之被世人重視,徒爲村漢婦孺談笑之資。但《西遊記》實是談道之書,故事雖屬不經,主旨則在宣揚佛家之大道理,以新名詞言之,實爲一象征派之作品。以唐僧取經事象征吾人追求人生之真義,以極樂世界爲追求之目標,以唐僧代人,以孫猴子代吾人活潑聰明而原來好盲動的本性,以豬八戒代性欲,以沙和尚代吾人本性愚癡之一面,以龍馬代意志力,以觀世音之緊箍咒與指示爲求道之方針,唐僧乃假緊箍咒控住吾人聰明的本性之孫悟空,復使此本性控制性欲之猪八戒與愚癡之沙和尚,經種種魔難的阻礙,終於騎着意志之力的龍馬,不折不撓而抵西天,得經典而回,即以此大道傳諸人間,使人人得知如何可抵極樂世界,如何可以完成完美的人格。簡言之,作者原意蓋想昭示吾人當如何克服困難而完成大事的道理。世間修大道成大業的巨人,亦莫不如唐僧之取經,歷種種苦厄而終達目的。則《西遊記》之作者以小說之風來談修行佛道之理,雖寓言亦猶論文,雖小說亦可當作經典看。所以探諸般動物爲題材而賦予人性者,即無異說明人性中固有神性,亦有獸性,而人能克服獸性而發揚神性,抑惡揚善,乃成完人。作者署名悟真子,亦自夸作者已悟人生之真義耳。

《金瓶梅》

《金瓶梅》素來列爲禁書,因其中多寫淫穢事,將貽誤青年讀者,然雖多淫穢之篇章,因其中描寫的是奸商、滑吏、地痞、流氓、市井小人的生活和意識,提供出一個社會階層的寫照,故亦被世人視爲奇書。今日流行之古本《金瓶梅》,實是刪去淫穢之部的新書,大可當作刻畫一個社會的作品看。相傳《金瓶梅》是明王世貞所作,以奉權奸嚴世藩,世藩閱書有蘸口沫拈書癖,於書頁染毒思以害世藩,則《金瓶梅》之寫淫,實爲以淫書害淫人,所謂以毒攻毒者。原書中雖多寫淫事,但全書原是以故事說明淫亂之足以亡身破家,則作者未嘗主淫,而此書用以奉世藩之說,或亦有之,其中固含有深意也。

《金瓶梅》之結構,是以《水滸傳》中西門慶與潘金蓮相悅事爲全篇綫索,而貫以西門慶之多納姬妾與結交臭友,撰寫世態和人間隱諱事,寫盡女子小人之生活與言論。多叙瑣事,文章過於繁碎,如所謂寫實主義然。最後叙西門慶因淫穢喪生,妻妾友朋,亦蕭條而星散,使人警惕處當在此處。今日社會上一部分人惟利是圖,亦不知悔悟,可一讀《金瓶梅》。是古之《金瓶梅》雖可目爲淫書,此書實可爲專務官能生活之淫賤者戒。況今之古本《金瓶梅》,已非真古本，其間淫穢之處，都以刪去者乎？

然《金瓶梅》之價值實遠遜《紅樓夢》《水滸》等，因其中既未能溶入何種思想，其所把捉者又是人間之弱點。文學作品爲美文，當超過現實而造成美的境界。《金瓶梅》之淫穢處，固寫盡人間之醜事，而其餘之境界亦是現實世界之醜態，人生醜惡之現實界本欲藉美文中之美境以爲慰。《金瓶梅》以美文寫醜事，雖亦可觀，終覺生厭，當然事也。

《唐人説薈》

中國短篇小説，漢代已具雛形，惟完成之時，始於唐代，後人將唐人小説，彙集成書，曰《唐人説薈》。讀者於此得見唐人小説之全豹，洋洋大觀，實不亞唐代之詩，爲文學史上放一異彩，開後人小説之先河。後代許多傳奇、戲曲，如《西廂記》《牡丹亭》《長生殿》等，且悉以此爲藍本，亦可見唐人小説極一時之盛。其文字章法，動人深矣。

今《唐人説薈》中所集者，除去一部分零碎札記外，要皆完整之短篇故事，如《紅綫傳》《虬髯客傳》《太真外傳》《長恨歌傳》《會真記》《南柯夢》等，文筆綺麗，情緒盎然，讀之欲醉。雖小説，亦猶詩也。作者姓名都不傳，然大率文情浩蕩，不徒記故事，亦抒發思想與情感。於此等小説中，吾人可在唐代正統文章與詩賦外，窺見多少唐人之思想與生活狀態。且可於此等作品中，知吾國固有文化，唐代已達高潮，後代之進步，不過據此而漸科學化之演進。如《紅綫傳》寫藩鎮間之曖昧事，劍客紅綫，寫來有聲有色。《虬髯客》，寫虬髯客與唐太宗兩個英雄，神情涌現。《太真外傳》可作楊貴妃小傳看。《長恨歌傳》，據詩人白居易之《長恨歌》而作傳，寫玄宗與貴妃之兩情繾綣。《會真記》寫詩人元稹事，後人據此作《西廂記》。《南柯夢》以人生作夢境寫。若如此類，吾人於篇章之後，再體味之，皆含深意。政治觀點、社會狀態、人生哲學、男女問題，亦不亞於近代之複雜。在正統之儒家思想外，道家與佛家之思想，流蕩於一般社會。此三種思想,錯綜雜合,糾紛變化,乃造成了東洋絢爛之文化,令人如看萬花筒也。

(《西北文化月刊》一九四二年第五期)

《聊齋志異》

吾國自明清以降,筆記小說甚多,見於今日者,不下數百種。要皆文人消遣歲月,遊戲筆墨,然多侈談妖怪,或言果報。其有不執鬼神之見,純以文學之態度出之者,當推元明間蒲松齡所作之《聊齋志異》。其中不乏鋪叙故事,首尾完整,而把捉幾個人物,使活現於讀者之前,實良美之短篇小說也。

《聊齋志異》中大部分談鬼狐,寫情愛,而於狐鬼賦予人性,讀者覺此等人物非徒不似狐鬼,其鍾情多義,且遠勝於人,使人發幽思,涉遐想,破人妖之界限,有寧舍人間而取狐鬼之意。《聊齋志異》中於寫人間事,多寫其人情詭譎,猶如狐鬼;而於狐鬼,則多寫其一往情深,義烈可風。則作者亦一憤世嫉俗者,覺人間實如鬼域,乃假狐鬼以諷人間。此中主旨,當不難推測。

《聊齋志異》之文筆亦甚美,古樸而復精麗,質實而亦具華彩,非博學多才不逮,誠上乘之作品也。

《蕩寇志》

《蕩寇志》謂為蕩平梁山賊寇之記載,純粹模仿《水滸》之筆法,繼《水滸傳》之末回,續寫另一部分英雄好漢,憤梁山之賊焰,代世人與朝廷抱不平,平梁山,蕩水泊,殲一百八人。作者以稚嫩之心胸、老練之筆法,作苦心之結構,亦可謂其志可嘉者矣。以技術言之,《蕩寇志》不失為好小說;以文學言之,《蕩寇志》實是劣等貨。作者憤《水滸》之誨盜,乃作此書思以糾正人心。然而,紙上談兵,用書中人殺書中人，殲一百八人而大快。此情此意，作者其書呆子乎？

（《西北文化月刊》一九四二年第八期）

《復活》

　　貴族南格留道夫，青年時污一姑母家之使女，始憐之而終棄之。被棄後之使女瑪司洛娃淪爲娼妓而犯殺人嫌疑，將判處死刑。時南格留道夫，已屆中年，充陪審官，識瑪司洛娃爲其所棄之女，良心懺悔，决心營救而娶之。然瑪司洛娃之心已如死灰，不知世間復有光明與正義，然南格留道夫懺悔之心愈深，救之之心益堅，乃變其財產，隻身伴瑪司洛娃流配至西伯利亞，營克苦生活，終感動瑪司洛娃業已硬化之心，伴下悲傷之淚。於是南格留道夫生命上的罪惡洗去，瑪司洛娃靈魂中之黑暗滌除，頓覺天地光明，而二人之良心乃藉如此懺悔而復活，如是云云，是《復活》全篇小說的情節。

　　《復活》爲馳名世界、震動一代人心之偉作，作者托爾斯泰被推爲世界文豪。托氏爲俄之貴族，擁巨產，青年時歷行伍，度放蕩生活，更憤人類自相殘殺之慘酷，晚年崇奉基督教，究其教義，以文學宣傳福音，反對帝俄時代之專制，同情被迫之貧農，克情欲，行素食，竟至效工人生活，製皮鞋，學農奴耕種，欲捨家財。而其妻蘇菲亞，則爲一年僅十八之女郎，夫妻而如父女，家庭乃如修道院，最後終以八十高齡，欲學苦行托鉢僧之行動，棄家出走，卒於旅邸。托氏一生，追求至高無上之道德，求言行一致，其爲人之態度亦可謂誠摯矣。

　　《復活》蓋即托氏傳道之作品，文筆流利，描寫深刻，而以振發人良心爲主意。因篇中多寫及帝俄時官場人物，攻擊當時政治之黑暗，曾被政府删去許多情節。故今人所見者並非全璧，然亦無損於全篇故事之深沉動人。主人公南格留道夫,頗似托氏自身影子。文學者以自身經歷,加以穿插變化,成佳美作品,中外同然。而托氏與其作品,特如巍然巨塔,矗立世界上、歷史上者,其道德之魄力使之然也。

托氏巨作於《復活》外尚有《戰爭與和平》《安娜》及攻擊當時歐洲文學藝術之藝術論,復有許多爲農奴所作之通俗短篇小說。縱觀托氏之作品,托氏不徒一文豪,亦一宗教家、一思想家、一學問家。吾人稱托氏爲俄國之聖人,亦無不可。

(《西北文化月刊》一九四二年第九期)

小說瑣話

趙景深 撰

　　分載於《小說月報》一九四二年第十七期、《宇宙風乙刊》一九四二年第二十七、二十八、三十三、四十一、四十三、五十二、五十三期。作者見一九三九年《民族小說話》叙錄。本文的內容亦被收入一九四六年出版之《銀字集》。相較初次發表，其次序及文字已有所更易。本文是以鄭重的態度討論關於古典小說研究的學術問題。每篇文字皆有新材料、新觀點，都富有開闢小說研究新領域的意味。小說話於此，已體現出向專題論文合流的趨勢。儘管於此，全文還是呈現出小說話輕快、活潑、自由的文體優勢。在文中，可以看出作者的研究過程，可以知悉學者間往來信札中的學術討論。讀者不僅可以獲得小說方面的知識，更易獲得研究小說的方法。

《孔氏志怪》輯逸

　　魯迅《古小說鈎沉》錄有《孔氏志怪》，僅輯十條。偶檢《事類賦》，發現其中所載五條，魯迅悉未采輯。按，魯迅輯錄裴子《語林》等，均採及《事類賦注》。此書當所不廢。謹將所見五條輯逸如次：
　　一、晉袁無忌權住田舍，夜見一婦人來户前，綵衣白妝，頭上有花插及銀釵象牙梳。逐之。繞屋走而倒，花插之屬皆墮。悉拾之。仍出門，南走，入井中。遂壞井，得一楸棺，已朽，遷葬之。
　　二、長孫紹祖行陳蔡間，日暮，有人家，呼宿。房内聞彈箜篌聲。窺之,見一少女明燭獨處。微調之,女亦欣然,因與會合。將昵,揮淚與別,贈以金縷小合之。出門百餘步,顧視,乃小墳也。

三、晉武帝每聞手巾箱中有鼓吹鞞角響,於是請僧齋會。夜見一臂,長三丈餘,手長數尺,來摹經案。

四、董氏女病邪時,索酒飲,作胡旋舞。云常有一女子來相伴,如夢寐中。家人後於厨中得一勸酒女,疑其祟,焚之。女自是愈。

五、有吏人女病邪,召巫治之,結壇鳴鼓禁咒之。次有乘船者偶泊門前。忽見陰溝中一蟾蜍,如碗大,朱眼毛脚,隨鼓聲作舞。乃將篙撥得,問其女,叫曰:"何故縛我?"婿乃語其主,以油熬之。翌日病瘥。

以上,第一、三條開端的"晉"字當爲《事類賦》編者所加。惜《事類賦》所引文字,每多删節不全。他日如覓得他書相同的故事,當取互校也。

桂員外途窮懺悔

《剪燈新話》和《餘話》由華通書局和生活書店的《世界文庫》從東瀛倒輸入到中國來。不知中國原有木刻本,題作《秋燈叢話》,王槭編,同治十年春文盛堂版。附《剪燈》二種,只是次序不同,材料不及東瀛本子多。但後面還附了一種《覓燈因話》,却是比較少數的。小引云:"萬曆壬辰,自好子讀書遙青閣。案旁有《剪燈新話》一編,客過見之,閱至夜分始罷。已抵足矣,客因爲道耳目睹,古今奇秘,累累數千言……自好子深有動於其衷。呼童舉火,與客擇而錄之……自好子景詹邵氏識。"此書不稱著書,而於卷端稱爲"遥青閣纂錄",完全是托名借重藉以傳世的意思。很明顯的,這是邵景詹的著作。萬曆壬辰是萬曆二十年,亦即西曆一五九二年。

《覓燈因話》凡兩卷,僅八篇。卷之一爲:《桂遷夢感錄》《姚公子傳》《孫恭人傳》《貞烈墓記》(故事與《雙烈記》傳奇完全相同)《翠娥語錄》等五篇。卷之二爲《唐義士傳》《卧法師入定錄》《丁縣丞傳》等三篇。《卧法師入定錄》影響《拍案驚奇》第三十二卷《喬兌換鬍子宣淫，顯報施卧師入定》，已經孫楷第指出。《姚公子傳》是警惕敗子的。姚公子胡亂使錢，家財蕩然，以至想賣妻子，翁"先令人許之，己而陰迎其女，養之別室"。後來只好賣他自己，做他妻子的門役，"終身不敢一面"，敗子終於不會得到好的結果，雖然已經回頭。這與《警世通言》第三十一卷《趙春兒重旺曹家莊》同一機杼，但結局不同。《通言》是以愉快結束的，曹可成終於做了官。《貞烈墓記》寫："雉貞年十七，嫁旗卒，姿色甚麗。本衛千夫長李奇見之，心慕焉，遂遣卒行。郭氏獨居，李日至卒家百計調之，郭氏毅然莫犯。一日，李復來，卒故匿床下，聽其語涉戲。大怒，持刃出，而李脫走。李訴於縣，議持刃殺本部官，罪該死，桎於囹圄中。獄卒葉姓復有意於郭氏，欲以情感之，乃顧視卒，情若手足。將斬前，卒便叫郭氏嫁葉姓。郭不肯，竟先赴仙人渡河水中，危坐而死。"《唐義士傳》是寫唐玨的。《孫恭人傳》寫的是花雲的侍妾撫孤的故事："孫抱三歲兒而逃，爲漢軍所獲。孫自度年少動人，一死非難，其奈兒何。乃斷髮髣面目，自毀其容，雜處乞兒中，以故得免。隨軍至九江軍中，惡小兒啼，將索收之，孫乃夜半出走，至江路窮，鞠兒於漁舟。漁舟翁無子，孫氏抱兒至。翁喜，遂留視如己子。未幾漢敗，翁將謀奪其兒。孫氏覺之，故斂衣囊簪珥，囑翁爲守，抱兒浴於河津。翁以其留囊橐，不疑也。而孫竟竊兒去，夜宿陶穴中。天曙，渡江遇漢潰卒，倉皇奪舟。舟中之人或死或溺，次將及孫，孫抱兒大號，躍入水，曰：'吾寧與兒俱死矣。'波中偶有斷木，附之，其行如飛，若有神運者。頃之，入蘆渚中。渚有蓮實，孫氏取以兒啖。凡七日，無一人語聲。四圍水繞，無由得渡。孫日夜號泣，祝天曰：'死難之臣，惟此一息。皇天忍絶之乎？'忽夜半有人掉舟來，急呼之，逢老父號雷老。孫氏泣語之故，老父憐而載之，得赴太祖行在。太祖置兒於膝，視之，泣曰：'吾嘗謂爾父黑面驍勇，不意其赤心忠義如此！城陷之日，盡傳一門死節，吾深痛之，以爲安得彼有子遺，盡力圖報，而孰知天卒存其孤也。兒子將種，酷肖其形，此天生爾以纘爾父之功也！孫氏貞賢，必重報之。然老父亦宜受賞。'急召雷老,雷老却走。使者追之不及,已忽不見。乃封孫氏爲恭人。三歲兒襲父爵東丘侯。"此事《英烈傳》小說記錄亦甚詳。

但我所最注意的却是《桂遷夢感錄》,這篇影響到《警世通言》第二十五卷《桂員外途窮懺悔》,是孫楷第氏所不曾注意到的。情節幾乎全同,大意敘施濟周濟桂遷銀二十錠,且贈以田十畝,桑棗數十株。但桂遷掘到施家祖藏的銀窖,竟不通施濟。施濟死後,別遷而去。施濟妻及子往索舊欠數次,僅與銀二錠。後桂遷謀官,爲劉某所騙。夜夢爲施家之犬,因大感悟,就把女兒嫁給窮施生。但《通言》却增出一支德。且後來施濟子自己也發掘了藏金,桂遷所得,不過是一小部分。並且,支德女已嫁與施濟子,結果桂遷女只做了側室。文字一一符合,幾乎是文白對譯。文長,姑錄幾段在下面:

"母與子謀曰:'爾父在日,施德於桂生。桂生似長者。今聞其富於會稽,盍與爾歸焉。上者可冀厚償,而次亦不失故值,諒不虛此行也。'乃買舟自吴抵越。母止旅店,其子先往。"

"比至桂生家,則門庭奕然,非復囊時田舍翁氣象矣。施子驟喜,以爲得所依也。遂投刺,閽者數輩,引入東廂,楹桷嚴整,扁題曰'知稼',蓋楊鐵崖筆也。候久不出。俄履聲自内聞,乃逡巡却立,再整衣冠,而桂生未遽見也。憩中庭,處分童僕,呼諾語刺刺不可了。又久之,始出,心知爲施氏子也,故爲不識。施子備道其顛末,且云老母在旅次。桂乃延之西齋,留一飯。吐詞簡重,矜色尊嚴,徐問曰:'子今年幾何?'對曰:'昔先生垂吊時,不肖方三齡。今別先生十五年矣。'桂頷之,别無他語。飯已,更不問其母及家事。施子計窮,因微露其意。桂即變色曰'吾知爾之來也!顧吾力亦能辦此。爾毋多言,令他人聞之爲吾辱'。施唯唯而退。初,施母以桂必迎己也,倚間而望。及聞狀,不覺大慟曰:'桂生,而忘栖十畝時耶?'其子遽勸之曰:'姑待之。彼何物贛癡而悖眊若是!蓋彼勢壓村中,習爲驕慢,見我貧寠,不欲禮爲上賓,而又諱言前負,故落落如是耳。犬馬之盟,言猶在耳,而矧今已赫赫乎!豈有負人桂叔?'子母意稍釋。"

"過數日,施子以晨往候,日亭午而竟弗達。施不勝慚忿,攘袂直趨大言曰：'我施生，寧求人者？爲人求我，而特取宿值耳。胡爲其窘辱我？'頃之，其長男自外入，施整衣向前揖曰：'某姑蘇施生也……'言未竟，長男曰：'然則故人矣。門下不識耳。昨家君備道足下來意，正在措置，而足下遽發大怒。豈數十年之久，而不能待數日耶？然此亦不難，明且可無負矣。'言訖竟去。施子方悔己之失言，又怨彼之無禮，涕泣而歸。其母復勸之曰：'吾與爾數百里投人，分宜謙下。若得原直二十錠，意望亦完，不必過爲悲憤也。'"

"明旦戒行，母復囑之曰：'慎毋英銳，坐失事機，以勞我心。'於是施子鞠躬屏氣，再候於桂之門下。久之，曰：'宿酒未醒也！'乃求見其長男，且曰：'得見長公足矣，無煩主翁也。'又久之，則曰：'已往東莊催租矣。'問其次男，則曰：'已於西堂陪館賓矣。'施子怒氣塡胸，羞顏滿面，然無可奈何。頃之桂生乘騾而出，則就謁於馬首甚恭。桂漫不爲禮，曰：'爾施生耶？'顧一僕以金二錠償之。施子視償，僅什一也，大駭。方欲一言白，而桂飄然已去，且使人來數曰：'爾昨何淺暴爲是？本欲從容從厚，今不能矣。然猶念爾年幼遠來，故纖毫不缺。可速歸。'施子大失望而不敢見於辭色，求賂閽者，通問於其妻。妻又令人數曰'曩先公以爲德，而子今以爲負也。幸吾主翁長者，償之如數，夫復何言。無已，可歸取券來，雖百錠不負也。'施無以對，歸以語母。母鬱抑不堪，遂抱疾還家，竟不起。而日所取償於桂生者，曾不足爲道途喪葬之費。吁！亦悲矣夫！"

記陳汝衡先生

陳汝衡先生雖只編過一本《說書小史》（中華），但因這是前無古人的草創著作，所以常常使人記起他的名字。我因顧仲彝兄的介紹，得與他相識。

關於南宋說話人四家，他向我說起。光緒三十二年張心泰的《宦海浮沉錄》所分與他相同。又，該書述及《墨子·耕柱》篇裏面有"説書"二字:"能談辨者談辨,能説書者説書。"

　　他藏有八才子《花箋記》,題作以"文堂正字,省城學院前富桂堂藏板",是廣東木魚書的一類。又有英漢對照本的《好逑傳》(The Fortunate Union),乃 F. W. Baller 所注,宣統三年即一九一一年由 American Presbyterian Mission Press 出版,大約是作爲外國人的官話教科書用的。另外,他送我一本《李汧公》(Li Duke of Ch'ien)即譯《今古奇觀》中的一回,亦英漢對照,中文却用的是北京官話,甚爲別緻。英譯者是 J. A. Jackson,中譯者是金國璞。

　　他還藏有抄本《馬如飛開篇》,如秋字句、漁樵對談等,均甚雅。另外有《天官送子》《二十四節氣并戲文名》《酒醉美女》《尼姑》《過新年》《參風流禪》《記夢思夫》《半孤美婦》《茶葉名》《新婚小夫妻》《悼亡妻唱句》《千字文》《斷弦》《假才子虛多情》《望良人歸集棹歌唱句》《香煙名》等。《二十四節氣》可舉一例"立秋向日葵花放"即暗藏《葵花記》戲文名。

　　他又藏有掃葉山房的明版《皇明英烈傳》,題作"石渠閣精訂",有東山主人序。按,今本《英烈傳》回目爲兩句,較古者實僅一句,且均在雙回押韻。例如:"八郭光卿起義滁陽,一〇定滁和神武威揚,一二孫德崖計敗身亡,一四常遇春采石擒王,一六定金陵黎庶安康。"凑上去的一聯每不相對。例如"一四常遇春采石擒王,陶安紫氣星降生。"三二二對了二三二,極爲隨便。甚至有事迹在前,回目反在後的。例如"二八誅壽輝友諒稱王,清水塘余闕自刎",前一事應在後,後一事應在前。掃葉本却是對的"元臣死難,池郡遭圍"類此的情形,都是掃葉本較好:"三七忠武援膠,濟陽詭漢;五〇水陸探敵,妖法禍人;五一妖不救奸,威以剿叛;五九賺取無錫,兩破姑蘇;六〇地易志公,冢全忠孝。"今本又有些是只有一兩句話也凑上一個題目的,例如第二十三回"胡大海活捉吳終,華雲龍攻廣德州。"後者僅二句"又遇華雲龍領一支兵,攻廣德州得勝而回"。掃葉本自然比較妥當:"二八刑虔劫虜,困取毗陵"。類此的情形,也都是掃葉本較好:"四四禮服天瑞,威擊僞周;四五草誑九將,激刎張虬"又,今本第三十六回"韓成將義死鄱陽,假太祖投水喪命。"韓成即假太祖，實爲一事。第七十九回"劉伯温辭官隱逸，鐵道士雲中取陣"前一事實爲第七十八回中者。這兩回也是掃葉本較好"三六鄱陽血戰，牛宿代溺；七九蠻兵驅象，仙釋顯靈。"

（載於《小說月報》一九四二年第十七期）

　　本刊原是散文的專刊，但近幾期來，有一部分的材料，竟不約而同的集中於中國小說的研究，例如謝迪克的《老殘遊記》的印象、周黎庵的《談清代織造世家曹氏》、柳存仁的《封神演義作者陸西星》、賽珍珠的《論中國小說》等，供給研究中國小說史者不少重要的材料，其中尤以劉大紳的《關於老殘遊記》爲最有價值，使我們對於劉鶚有更一步的認識。但遺詩似乎發表得太少，只有補白中的《太原返京道中宿明月店》《憶丙子歲二十六韻》《登太原西城》這三首，另外只有京堂一條筆記。我希望劉先生能夠把抱殘守缺齋遺詩全部刊印出來。《老殘遊記》續集有十四卷，《良友》僅刊行六卷。劉先生散佚的六卷，不知天津河北公元圖書館曾否藏有當時的《天津日日新聞》，天津方面不知有無一二有心人保存著，希望也能一并刊印出來，以供同好。倘若材料漸多起來，那末，寫起《劉鶚年譜》來，或許是比較方便多了吧？我認爲劉鶚後裔有發揚先人遺著，使之永垂後世的責任。同時爲了中國學術史、文學史以及小說史的材料提供，也該早日慎重地發表。我懷著一顆熱烈的心這樣地期望著。

　　柳存仁證明《封神傳》的作者是陸西星，這是中國小說史上的大發現。最大的證據就是《傳奇匯考》或《曲海總目提要》的"順天時"條說："按，《封神傳》係元時道士陸長庚所作。"元乃明之誤，長庚乃是西星之字。《封神》中特重陸壓，也很有道理。這猶之羅貫中在《粉妝樓》中要表彰羅琨、羅燦一樣。不過劉先生特地找出陸西星的朋友宗臣的詩句來證明《封神》中的兩句，"我本將心托明月，誰知明月照溝渠"是受宗臣的影響，這就未免上了楊雲史的當了。楊先生從前在《逸經》上寫了一篇《曼殊詩出於封神榜考》，就因爲曼殊的印章上刻有這兩句，恰好看見《封神傳》上也有這兩句，便寫了那末一篇文章。其實這兩句話不過是相傳的諺語，未免在許多通俗文藝書上都可以遇到。就拿傳奇來說，張鳳翼的《灌園記》第二十齣"園中幽會"和單本的《蕉帕記》第二十九齣"陷差"便都有這兩句，並且一字不差。袁於令的《西樓記》第十九齣"凌窘"下場詩也是這二句，只將"本"字改爲"倒"字。《釵釧記》也有此二句，只將"我"字改爲"你"字。

爲了查閱陸西星的詩，翻遍了《明詩綜》和《明詩紀事》也找不到，但無意間却在《明詩紀事》辛籤卷十四上找到《水滸後傳》作者陳忱的詩二十四首。這數量不能算不多，因爲在胡適的《胡適文存二集》裏有一篇《水滸續集兩種序》，其中說到顧頡剛替他在汪曰楨的《南潯鎮志》裏所尋到的陳忱詩只有三首。現在所發現的確有汪志的八倍。兩書完全沒有重複，所以現在我們所知道的陳忱詩一共有二十七首。汪志書作"陳忱敬夫"，頡剛因謂："據此可知其字爲敬夫"，這大約是汪志弄錯了，因爲《明詩紀事》中分明有一首陳忱的《香穀上人投詩敬夫，清新可讀，因同過訪》，這當然是説香穀上人投詩給敬夫，被陳忱看見，覺得清新可讀，因生欽慕，就與敬夫一同去訪問香穀上人。倘若敬夫解釋作陳忱自己，那末陳忱又"同"誰去訪問呢？所以我認爲敬夫當是另一人。

《水滸後傳》以漁人李俊爲主，平劇《打漁殺家》或《討魚稅》即從此蛻化而出。這是一個很有意義的故事，所以馬彥祥才會改編話劇，最近田漢大哥纔會改編爲良平劇。說不定李俊就是陳忱的夫子自道，至少他曾親嘗土豪劣紳的欺凌。如《訪倪羽飛》云："長吟放漁艇，把楫還讀書……魚蔬存古致，醉後將何如？"又如《南溪秋泛》云："幽禽鳴兩岸，漁家日成市。停午理清楫，晴波作煙雨。"這兩個斷片可見作者過的是漁家生活，又如《春日田居》有云："豈不念饑寒，所得在閑散。租吏急呼追，我獨忘憂患。"是的，"租吏急追呼"，因此產生了《水滸後傳》中打土豪劣紳的快人快事。

陳忱是明朝的遺民，所以詩中常有國破家亡之感，如《九歌》之一"江南半壁已崩裂，處小朝廷尚求活。錢塘不至三日潮，仙霞嶺上烽煙撤。拋戈解甲誰適謀，南人頸試北人鐵。青苔白骨没野蒿，檻猿籠鳥何所逃。"又《九歌》之四云"孤城晝閉黑雲壓，搏人當路嗥豺狼。丈夫生死安足計，但求一寸乾净地。"又《康王寺》云："南渡鑾輿駐蹕多，只今疏磬出煙蘿。遺民不識中興主，猶喚康王是九哥。"處於這樣的時代，當然極端苦悶，希望能有大英雄出來旋轉乾坤。故《九歌》之三云："荆軻入秦何足多，遂令白虹能貫日。抱膝長吟環堵中，草澤自有真英雄。"大約因此《水滸後傳》裏便有了李俊在海外做國王的故事，據說李俊就是影射鄭成功的。又有一首《咏詩》云："鐵騎空殘石晉家，豈能一日戀中華？不知當日馮書記，曾到湖林哭帝豝。"

據《舊五代史》卷十《晉少帝紀》："辛卯，契丹制降帝爲光禄大夫，帝與皇太后李氏、皇太妃安氏俱北行，從行馮玉。嘗一日，帝與太后不能得食，乃殺畜而啖之。"像這樣"族行萬里，身老窮荒"，很像徽欽二帝的遭遇。馮玉乃尚書，故詩中稱爲馮書記，豝即幹肉之意。想來《水滸後傳》中特寫燕青送黄柑給道君皇帝，當與此詩同一感慨。

前幾天郭箴一女士送我一部《中國小說史》，乃商務中國文化史叢書之一，盛意很可感謝。郭女士是復旦大學新聞學系畢業的，湖北人，曾在現代書局出過一本《少女之春》。還有一本書，簡體的小說《火化的詩塵》，已在商務排好，以她自己不願出版而罷。他在寫小說史之前，曾要我開一個小說史的參考書目。此書在戰前即已寫好，三四年後方才出版。內容甚爲豐富，差不多胡適、鄭振鐸諸家對於小說的研究成績，都已擇要採入。很榮幸的，我的論文也被采入了好幾篇。從來不曾研究過小說史的看這本書極爲方便，因爲有了這書，便可無須另買別的許多參考書了。但學術的研究是日新月異的，即如本刊，就有許多新的小說史材料可以加入。此外如李家瑞的《從〈龍圖公案〉到〈三俠五義〉》、容肇祖的《〈花月痕〉的作者魏秀仁傳》、阿英的《晚清小說史》、孫楷第的《關於〈兒女英雄傳〉》、魯迅的《古小說鈎沉》等等，都是近幾年來的新材料，希望將來能够擇要編進去。又，此書的現代小說部分甚詳，也是一個特色。作者自己是一個女小說家,以她來論現代小說,當更親切有味吧。

(《宇宙風(乙刊)》一九四二年第二十七期)

《虬髯客傳》的來源

新近金祖同得到一册原刊本的明凌初成《北紅拂》,已付影印。這本雜劇也被收於《盛明雜劇二集》,內容差得極多。我們一向以爲紅拂的戲劇都源於杜光庭的《虬髯客傳》,不知更早的來源却是范高平的《過庭錄》。此書的意在亭主人(孫子京)序云"嘗讀范高平《過庭錄》,謂藥師竊一富室女,逆旅遇黃鬚,疑爲追者,乃黃鬚導致見真主,且囑善事之,遂別去,四十五年而王於海。乃虞初微變其目爲張堅,復釁處道以自重。"可見原來的傳說只是富室的女兒,並非楊素的歌妓;黃鬚也不是虬髯;是虬髯導李靖見李世民,並非李靖原來就認識李世民,約虬髯去相會的。

凌初成大約是個不得意的人,似乎在女人方面也有一個知己,故孫序又云:"吾友凌初成天賦特異,而知者絕少,即知者復與藥師微時所遇類。——說者謂此初成自道。"即空觀主人凌波(即凌初成)的自序也說:"嗟乎!世有具眼,毋致有血氣者徒索鍾期於此輩,今明眸皓齒,直登賞鑒之堂,却笑鬚眉男子不得其門而入也!"所以曲文中第一齣紅拂云"也無可我意的人,也無知我心的人。"全劇結尾紅拂唱道:"枉鬚眉不識人,却被俺女娘們笑破口。"

凌氏對於張鳳翼的《紅拂記》讓虬髯客稱臣唐室,甚致不滿,他在序中所說,極有風趣:"髯客耻居第二流,故棄此九仞,自王扶余。既得事矣,乃謂其協禽高麗,重踏中土,稱臣唐室。操此心於初時,豈不能亦隨徐、李輩博一侯王封,何必自爲夜郎耶?剖劂圖像,有大冠修髯而隨隊拜跪者,髯客有靈,定爲掩面。"

沈泰《盛明雜劇二集》所收本,虬髯公也唱新水令;現在的《北紅拂》却是旦本，由紅拂一直唱到底的。且前者有征高麗事，後者却没有；前者有紅拂識李靖的楔子和私奔的第一曲，後者却又有之；分曲的情形也不同，約如下表：

情節	盛	北
衛公獻策	無	楔子
紅拂更妝	無	一
逆旅逢客	一	二
棋枰驚異	二	三
傾家贈友	三	三
蹈海國土	四	四

那末，沈泰所收的本子究竟是僞本呢，還是凌氏的初稿呢？據《劇說》卷四，于荔軒也作有《紅拂》，似雜南曲，且有蘇白，沈泰所收，當不會是於本，似以後說凌氏初稿爲近。這只好待質高明了。

話本研究的大發現

最近得到友人來信，報告一個極大的發現，對於話本研究和小說起源極有關係，那就是宋版《醉翁談錄》的發見，不是適園本。題廬陵羅燁編，分十集，每集二卷，甲集卷一《舌耕叙引》，分煙粉、靈怪、傳奇、公案、樸刀、杆棒、妖術、神仙各種，題目一一開示，種類與《都城紀勝》《夢粱錄》《武林舊事》諸書所記相合，惟妖術、神仙二類則前未之聞。餘十九卷都是各題目的梗概。這真是近來的一件快事。我希望此書也能早日影印出版，以供學術界共同研討。

關於《蟫史》

清屠紳《蟫史》用文言寫作，魯迅《中國小說史略》曾經叙及。此書作者，《小說小話》謂爲舒位，《天咫偶聞》謂爲王曇，均不可靠。

單是書名就奇怪。其得名之故,可看杜陵男子的序:"子獨不見夫蟬乎?墜粉殘編之内者,蛻魚也;含靈積卷之中者,脉望也。常則覓生活於故紙,變則化腐臭爲神奇。子安得執其常以擬其變乎?"又小停道人序云:"化蟲爲蟬,恣其游泳。"

《客窗偶筆》説屠紳乾隆壬午十九捷鄉薦,《江陰縣志》卷十四《選舉表》也説他乾隆二十七年壬午鄉舉。既然乾隆二十七年是十九歲,那末生當爲乾隆九年,即甲子年,即西曆一七四四年,所以書中桑蠋生自云:"予,甲子生也。"

《粟香隨筆》卷二説到屠紳,"庚申亂後,迄未見其詩集也。余《雜憶鄉居》詩云:'州守風流憶往時,忽焉舊澤鮮留遺。《瑣言》《蟬史》猶傳遍,不見文魚紅藥詩。'"那末卒年大約是庚申後一年,即嘉慶六年,亦即西曆一八零一年,並見《鶊亭詩話》附錄。乾隆凡六十年,故屠紳壽五十八歲。

《蟬史》中猥褻的描寫不少,作者本人就是一個好色的。《鶊亭詩話》附錄説他"好内,姬侍衆多"。《北江詩話》也説:"生平好色,正室至四五娶,妾媵仍不在此數,卒以此得暴病卒。"

此書背景,甘肅即傅鼐,曾於乾隆六十年平苗。木蘭即龍公妹,"上馬一雙金齒屐,乘鸞十八玉腰奴",即爲龍公妹妹。英和《恩福堂筆記》説傅鼐"夙精奇門術",所以書中所叙,全都是妖異之事。

屠紳的作風,是"貌淵奧而實平易……然筆致逋峭可惜"(汪瑔序《鶊亭詩話》)這話也可以移用於《蟬史》,也就是魯迅所説的"雖華艷而乏天趣,徒奇崛而無深意"。陸祈生哀廣州通判屠君紳詩也説"遊戲文章都奧衍"。至其所以奧衍之故,則因所讀古書很多,給了他很大影響的,據《小説小話》所説,則爲《莊子》《列子》《竹書紀年》《路史》《易林》《太玄》《山海經》《神異經》等。

屠紳的小傳是:字賢書,號笏岩,十三歲入邑庠,二十歲成進士,尋授雲南師宗縣知縣,遷尋甸州知州。五校鄉闈,頗稱得士。後爲廣州同知。嘉慶六年以候補在北京暴疾卒於客舍。

《兒女英雄傳》中的大鼓史料

　　《兒女英雄傳》有雍正乾隆年間的序,實皆假托,書當成於道光中。從第四回中的大鼓史料也可以得到一個旁證:"不多一會,只聽得外面嚷將起來他嚷的是:'聽書罷?聽段兒罷?《羅成賣絨綫兒》《大破壽州城》《寧武關》《胡迪罵閻王》《婆子罵鷄》《小大姐兒罵他姥姥》。'公子說:'這怎麼個講法?'跟著便聽得弦子聲兒噔楞噔楞的彈著,走進院子來。看了看,原來是一溜串兒瞎子,前面一個拿著一擔柴木弦子,中間兒那個拿著個破八角鼓兒,後頭的那個身上背著一個洋琴,手裏打著一付紮板兒,噔咚紮咭的就奔了東配房一帶來。"後來又進來兩個小姑娘,抱著琵琶,一個"唱的是甚麼青柳兒青,清晨早起丢了一枚針。"一個要唱小倆口兒爭被窩。

　　據李家瑞的《北平俗曲略》,則在同治時的《都門紀略》,有一首咏大鼓的詩"彈弦打鼓走街坊,小唱閑書急口章。若遇春秋消永晝,勝他蕩落女紅妝。"《兒女英雄傳》所記得情形正復相同,唱大鼓的是男人(女人是唱小調的),並且是"走街坊"的。所舉的幾種大鼓都是"段兒"書,足見與所謂長篇的"鼓兒詞"是有分別的。大約道光到同治年間,唱大鼓以"走街坊"爲多,在臺上唱黑驢段,那已是光緒間的事了。

　　《兒女英雄傳》中也是提到鼓兒詞,如第十一回云:"他說的却不是'留下買路錢再走'的那句鼓兒詞。"第九回十三妹說:"我的少爺,你這可是看鼓兒詞看邪了,你大概就把這個叫作'臨陣收妻'。"

　　此外提到花、雅部戲劇的也不少,但都無甚用處。如第八回提到《鎖雲囊》裏的梅花娘。(此劇乾隆年間即已演唱。乾隆五十年西湖安樂山樵《幽蘭小譜》卷二咏彭萬官云:'黑袷紅氍粉面妝,逾恒巧護鎖雲囊。綠林俠骨真堪美,誰識人間窈窕娘。'注云'演《鎖雲囊》女賊甚佳。'大約這是《新安驛》一類的戲吧。由小說可知女主角的梅花娘。)第二十三回提到整本的《孽海記》《玉簪記》(大概這是隨便插科的,整本的《玉簪記》很普通,整本的《孽海記》却不曾見過。第三十二回提到蝴蝶裏的説親回話)。

記一位彈詞收藏家

有一次,一位彈詞收藏家王味辛來看我。戰前他是在南京做事的,南京失陷後,收藏各種彈詞,均未携出,連目錄也不曾取出,甚爲可惜。他談起在南京時,常與李家瑞(雲南人,夫人爲蘇州人,俗文學的研究者)會面,又談起得到一部珍本《螭虎釧彈詞》二十四册,惜缺第二十册;又談起潘尊行藏有《六鎮圖》手卷,云爲唐伯虎所繪,其中有説書的場面;又談起他所買到的開封木刻的四本鼓詞甚多;又談起他還藏有繼志齋的《西廂》,曾經吳梅評點;但這一切,現在也許都化爲雲煙了吧?言之不勝浩嘆!

(《宇宙風乙刊》一九四二年第二十八期)

關於石玉昆

本刊二十九期,如晦兄談起他所新得到的金梯雲抄本子弟書,其中有一篇《嘆石玉昆》,述説石玉昆説書的情形甚詳。其實,石玉昆的生平,李家瑞早已寫過一篇《從石玉昆的〈龍圖公案〉説到〈三俠五義〉》(刊在《文學季刊》一卷二號上)做過介紹了。李家瑞所根據的材料是子弟書《平昆論》,又叫作《石玉昆》,這就是如晦兄所見的《嘆石玉昆》。因爲家瑞所引的詩句與如晦所引的全同,只是"眉顰"作"歌唇","宋朝"作"宋代",用字微有不同而已。但家瑞只據原詞叙述,不曾抄録原詞;如晦把原詞抄了出來,這是應該感謝的。當時,石玉昆的《三俠五義》叫作《包公案》,是唱本,不是話本。史語所藏有此種唱本五十本,就是《中國俗曲總目》上所特列的一類"石派書"。這些書在當時是樂善堂發賣的抄本,下有注云"按段抄賣,另有目録,要者定寫"。因此每本都自成段落。例如《長橋》《拷御》《救主》《盤盒》《七裏村》《九頭案》《小包村》《包丞相》《苗家集》《相國寺》《范仲禹》《烏盆記》《訪玉貓》等都是。

家瑞另據《非厂筆記》說："石玉昆字振之，天津人，因爲他久在北京賣唱，所以有人誤爲北京人。咸豐、同治時候嘗以唱單弦轟動一時。"但如晦却因他所得到的抄本是道光二十三、五年的，便說石玉昆"是道光時說書人"，藉此糾正魯迅在《中國小說史略》上所說的石玉昆"是咸豐時說書人"。究竟石玉昆生在什麼時候，我們還不能斷定，那末，只有等材料多些的時候纔能斷定這個懸案了。

石玉昆的唱腔也許是與衆不同，像彈詞中馬調、俞調那樣的吧？牌子曲中就有以"石玉昆"作曲牌名的（參看拙著《大鼓研究》，面五八）。例如《紅鸞禧棒打薄情郎》中就有一段"石玉昆"：

舉目看，花燭輝煌照如白晝，見上面端整整坐著個女多姣。真果是風流俊俏無比賽，恰好似月殿嫦娥下雲霄。芙蓉面，顏色姣，杏核眼，柳葉眉毛，朱唇一點賽櫻桃，白森森牙排碎玉口内含著。楊柳腰，細條條，白玉腕，手兒小，指甲長，天然俏。往下看，小小金蓮怕站不牢。戴鳳冠，霞光繞，鑲珠翠，放光毫，紫金鐲，無價寶；顫巍巍，八寶金環在耳飄。穿一件，霞帔襖繡團花，真伶巧；百幅裙，繫在腰，分五色，能工造；星點點，紅繡花鞋做的高。莫司户一時看罷心詫異，不覺得大叫小嚎。

從所錄的上段看來，三字句很多，也許這就是石派書的特點之一吧。

韓小窗的子弟書

韓小窗的子弟書，我在《大鼓研究》上說起，約有《長坂坡》《得鈔傲妻》《賈寶玉問病》《林黛玉悲秋》《徐母罵曹》《托孤》《千鍾祿》《寧武關》《周西坡》《數羅漢》這十種。大約因"悲秋只是揣測之辭"，《數羅漢》未註明小窗字樣，故如晦未舉。《徐母罵曹》許是如晦所漏舉的。他新得的小窗作品，又增《嘆子弟頑票》《齊陳相罵》《刺虎》三種。這三種中，前二種極少見，後一種則甚普通。《刺虎》四回，見《文明大鼓書詞》第四冊。第一回人辰轍，第二回言前轍，第三回中東轍，第四回灰堆轍。寶文堂也有此種單行彩本，字句與《文明大鼓書詞》全同。惟與如晦藏抄本略有不同。但如晦以前所藏的舊抄本《地覆天翻日月昏》，却極罕見。現在把拙藏本"貞娥準備動手"的一節也抄一點在下面，不同者以黑點為記：

忙脫下罩金龍氅，又把羅衫扣鬆，只穿一件貼身襖。一低頭把那窄小的弓鞋登了又登，勒緊了湘裙，把紅袖兒挽。一伸手就拿起賊人的刀雁翎。好烈女，手挽紅絨搖玉柄，刷啦啦刀出金鞘似龍鳴。這佳人不住的回頭怕賊醒，只聽得帳中不住的打呼聲。這心細的佳人恐刀不快，燈光之下看分明，見鋒芒閃閃凝秋水，兩面斑斑血點紅。佳人嘆氣將頭點，說不知此刀傷害了多少生靈。幸喜今還甚快，這就是蒼天扶助我功成。這佳人奔到床前眉直豎，立從燈下眼圓睜。好烈女，玉腕高揚把鋼刀倒控，向前去輕輕揭起暖帳梅紅。

兩本互有短長，各擇其善者，庶幾可以成為定本吧？如晦本"上"似"下"之誤，"廠"乃"氅"之誤，"香"乃"湘"之誤，"鵲"乃"龍"之誤；此本則"登"乃"蹬"之誤。如晦本"默默我成功"，似不及"扶助我功成"，"雙橫"似不及"圓睜"，但此本"兩而"也不及"霜刃"，"高揚"倒並不一定比"低垂"好。因為此時還未刺，連帳子都還不曾揭開呢！

除上述十三種外，我新近又發現了韓小窗的另外四種子弟書：《千金全德》《樊金定罵城》《一入榮府》《二入榮府》。後二種見《中國俗曲總目》中所引的詩句。《千金全德》共八回。第一回"觀榜"首句云"韓小窗閑墨造幽情"，第八回"榮歸"末句云"小窗氏閑墨痕寫全德，激勵那千古的仁慈俠烈腸。"《樊金定罵城》第七、八回云"小窗氏在梨園觀演西唐傳，歸來時閑筆燈前寫罵城。"這樣說來，現今所知的小窗子弟書已經一共有十七種了。

戴望舒的工作

我在《文人剪影》上說"望舒忙著剪貼《小説叢考》和《小説考證》,是我所親見的。他談起在茶館裏與書賈磋商書價,翻閲新得到的珍本秘籍,最是起勁。"最近由黎庵兄轉到望舒兄來信,方知他有暇仍從事小説研究的工作。他進一步從各種筆記上搜集小説舊聞,已逾四萬字,都是前人未曾採録的。他預備搜輯到十萬字以後方纔出書。他的信中提起有關小説研究的重要幾點:

一、清平山堂所刊話本,計有六集,曰《雨窗》《長燈》《隨航》《欹枕》《解閑》《醒夢》。每集十篇,共六十篇,見顧刻《書目匯刊·六家小説》,這是連故馬廉也不知道的珍貴的消息。《雨窗》《欹枕》已被發見一部分,我們希望其餘埋没的各篇都能完全被發現,到那時,平話研究,就將另開一新局面了。

二、《歡喜冤家》的來源二則:第七回"陳之美巧計騙多嬌"源出莊季裕《鷄肋集》卷下。高文虎《蓼花洲間録》所記全同。第八回"鐵念三激怒誅淫婦"源出祝允明《野記》。《前聞記》"床下義氣"條同。又,吳歌三支均見《山歌》。

三、我在《小説閑話》上説,《拍案驚奇》卷十七"西山觀設箓度亡魂,開封府備棺追活命"的來源有《國史異纂》《大唐新語》《折獄龜鑒》等。現在望舒又發現張讝《朝野僉載》卷五也有相同的故事。

四、説話人有砌詞一類。《録鬼簿》"施惠"條下有"古今砌話,亦成一集"云云。按,劉昌詩《蘆浦筆記》"打字"條有云"街市戲墨,有打砌、打調之類"。不知此所謂"砌詞"者,是否也是市人小説之類? 施惠有即施耐庵之説(吳梅?)如能因砌詞而作一證明,那倒又是一個大發現了。

五、關於合生。望舒又找到三條解釋。其中一條是張齊賢《洛陽搢紳舊聞記》卷一"少師佯狂"條載談歌婦人楊苧羅事,云"善合生,雜嘲"。此條知者極少。其他二條却常見,耐得翁的話我已在《南宋説話人四家》開端引過。惟《夷堅志》爲我所漏引:"江浙間路歧女,有慧黠,知文墨,能於席上指物題咏。應命輒成者,謂之合生。其滑稽含頑諷者,謂之喬合生。蓋京都遺風也。"但望舒又引明李翊的《戒庵漫筆》云"《醉翁談錄》引之言'小說者,或名演義,或謂合生,或稱舌耕,或稱挑閃'"果如《醉翁談錄》所說,那末,小說、演史、合生都是一事異名,却真令人茫然不知何所適從,只好等待《醉翁談錄》影印出版以後再說了。

《雜纂》摘抄

鲁迅《中国小说史略》第十篇提到《杂纂》及其续书,并略举例。后来川岛便编辑《雜纂四种》刊行,此书现已绝版。因觅得木刻本《说郛》,择录比较有趣的例。《義山雜纂》云:

(必不來)醉客逃席　把棒呼狗　窮措大喚妓女
(不相稱)瘦人相撲　先生不識字　屠家念經　老翁入娼家
(羞不出)尼姑懷孕　相撲人面腫
(不嫌)饑得粗食　徒行得劣馬　渴飲冷漿
(不得已)流汗行禮　爲妻罵愛寵

王銍《雜纂續》云:

(冷淡)念曲子　說雜劇
(好笑)長人著短衣　口吃人相罵
(阻興)訪妓有客　賞花聞鄰家哭聲
(又愛又怕)狗吃熱油　小兒放紙炮　新婚女子　村夫看官過
(不濟事)無錢後斷賭　臨死許修善　斷決後赦到　落解後試官說文好　酒盡伶人來
(暗歡喜)丈夫遠行歸　賣棺聞人病重

（不自量）低棋要與人下子　老漢嫌妻醜
　　（愛便宜）共被把自家被在上　騎別人馬遠出

所謂蘇軾的《雜纂二續》云：

　　（不快活）步行著窄鞋　赴尊官筵席　入試逢酷暑　小兒初入學堂
　　（未足信）賣物人索價説咒　和尚不吃酒肉　媒人夸好兒女　妓別慟哭如不欲生
　　（改不得）謬漢好作文章　口吃人多説話

大鼓的韻（略）

（《宇宙風乙刊》一九四二第三三期）

姚燮的《紅樓夢類索》

　　最近魏友棐把咸丰年間鎮海姚燮的《讀紅樓夢綱領》三卷改名《紅樓夢類索》印了出來，在珠林書店出版。這是一本有趣的小書。卷一爲人索，列舉《紅樓夢》中的人物如賈氏本族、王公勛爵、親屬、門客、家人、僮僕、雜流人品、賈氏内屬、賈氏姻眷、乳娘、僕婦、妾婢、女伶、女冠等等。《紅樓夢》中究竟一共有多少人物，從來沒有精確的統計，明齋主人和姜季南的核算都嫌疏略。姚燮統計爲男二八二，女二三七，一共五一九。我們雖不曾覆算，但至少已比明齋主人多了九十八人，比姜季南多了七十一人。那末，我們可以説至少已經算是比較精密的了。這裏面僅妾婢一項，已有八十三人，賈府之繁榮可知。
　　卷二爲事索，記年代、都邑、第宅、器物、藝文等。藝文中"方言諧諺"一項,從兩個字到五十個字都有,可供語文學者、新文字研究者及民俗學者的參考,極爲重要。《紅樓夢》有一個時期幾乎成爲官話教科書,凡是官迷的人或官太太之流都非看不可,當然其中北平話的成分是極多的了。"戲劇"一項,大部分是普通的崑曲,但神怪戲却是可注意的。如《黃伯英大擺陰魂陣》《孫行者大鬧天宮》《姜太公斬將封神》等,以此與清宮升平署所演的對比,倒是極有趣的。

卷三爲餘索,有叢說、糾疑、諸家撰述提要等。最後一節尤爲重要,可補孫楷第《中國通俗小說書目》之不足。姚作提要比孫作詳細,稍有内容説明和批評。且姚所舉之海圃主人的《續紅樓夢》,即爲孫所未知。提要云:"《續紅樓夢》四十卷,海圃主人著,嘉慶十年乙丑刻,亦翻前案,而喜爲官場熱中之説。"又《紅樓圓夢》孫目僅題"未見",而姚燮生當其時,却是及身見到的。提要云:"《紅樓圓夢》三十卷,夢夢先生著,嘉慶甲戌紅薔閣刻本。接前書,立言詞尚近理,但才力不甚厚,未免有一覽無餘之病。"又《紅樓復夢》,孫所見者爲坊刊本和上海申報館排印本,但姚所見者却是"嘉慶四年己未蓉竹山房刻本"。以上三點,均足補孫目。且孫目云"蛟川大某山民加評《紅樓夢》"。不知此大某山民即大梅山民,亦即擅畫梅花的姚梅伯燮。魏友棐《紅樓夢類索序》云:"先生好讀《紅樓夢》說部。今坊間有大某山人手批《紅樓夢》本,即出先生手筆。"

《類索》首附《鎮海縣志·姚梅伯傳》,並附著録書目,不甚完備。其中列有已由北京大學影印本的《今樂考證》和鄭振鐸《佝僂集》中專篇論及的《今樂府選》五百卷,却不曾列有他自己創作的傳奇。《墨林今話》説起他"有《褪紅衫》《梅沁雪》傳奇兩種"。馬裕藻《今樂考證跋》亦曾提及。錢南揚在《北平圖書館館刊》上發表過一篇《姚復莊著述考》,大約那是最詳細的了。又,《苦海航樂府》一卷,凡《沁園春》一百零八闋,《栗香二筆》引之,亦爲《縣志》所失收。大約這是有意的。詞曲是小道或綺語孽障,不配或不願收進去。但爲什麽又要收《今樂府選》《今樂考證》呢?這真有些不可解了。

《金瓶梅詞話》與曲子

《金瓶梅詞話》裏面有許多小曲、小令、套數、雜劇和傳奇,足爲曲史資料;已經有兩篇重要的文章在這一方面作過探索,下面各加批評和補證:

第一篇是吳晗的《〈金瓶梅〉的著作時代及其社會背景》,刊《文學季刊》創刊號。其中一節云:

> 《金瓶梅詞話》中所載小令極多,約計不下六十種。内中最流行的是山坡羊,綜計書中所載在二十次以上,次爲寄生草、駐雲飛、鎖南枝、耍孩兒、醉太平、傍妝臺、鬧五更、羅江怨,其他如綿搭絮、落梅風、朝天子、折桂令、梁州序、畫眉序、錦堂月、新水令、桂枝香、柳搖金、一江風、三臺令、貨郎兒、水仙子、荼蘼香、集賢賓、一見嬌羞、端正好、宜春令、六娘子——散列書中,與沈氏所記恰合。在另一方面,沈氏所記萬曆末期最流行的打棗竿、掛枝兒二曲,却又不見於詞話。這可見詞話是萬曆中期以前的作品。詞話作者比《野獲編》的作者時代早一輩,所以他不能記載到沈德符時代所流行的小曲。

從上面所記的看來,可見吳晗是把小曲和小令混而爲一的。同時,他把套數裏的牌子也拆來看當作小令了。例如,醉太平就是第五十二回花藥欄套數裏的醉太平煞尾。鬧五更就是第七十三回的玉交枝套數,也就是金字經和玉交枝的子母調,最後加上後庭花、柳葉兒和尾聲,即總名爲鬧五更,並非小令。他如梁州序、新水令、三臺令、貨郎兒、集賢賓、端正好、宜春令等,也都是套數裏的,並非獨立的小令。甚至畫眉序是《玉環記》傳奇裏的。山坡羊也沒有二十次,只有十六次,其中還有四次是帶步步嬌的。至於說"桂枝兒不見於詞話",亦不甚細檢。按,第七十四回末申二姐說:"我唱個十二月兒掛真兒與大妗子和娘兒們聽罷",於是她唱道:"正月十五鬧元宵,滿把焚香天地也燒"一套。

因此,吳晗的統計應該重加釐訂如下:

小曲中有鎖南枝(六一)傍妝臺(四四,四四)山坡羊(一,八,八,三三,三三,五〇,五〇,五九,五九,六一,六一,九一)山坡羊帶步步嬌(八九,八九,八九,八九)耍孩兒(三九,四四)駐雲飛(一一)寄生草(八,八二,八三,八三)羅江怨(六一)等。牌名下的號碼指回數。第三十九回裏的耍孩兒還是說因果裏的。鎖南枝影響霓裳續譜卷六的平岔。第八回與第八十三回的寄生草則與元無名氏所作大略相同。以上計小曲二十七支。

小令有棉搭絮(八,八,八,八)落梅風(一二)朝天子(一二,一五,一五)折桂令(一九,三五,五二)錦堂月(三六)桂枝香(四四)柳搖金(四五,四五)一江風(四六)水仙子(八二,八二)荼蘼香(五四)一見嬌羞(六八,六八,六八,六八)六娘子(八二,八三)以上曾經吳晗列舉,惟未注明回數。沉醉東風(四)兩頭南(六)錦橙梅(五三)降黃龍滾(五三)玉芙蓉(四九,四九,四九,四九三五,三五,三五,三五)青杏兒(五四)小梁州(五四)黃鶯兒(五六)清江引(六〇,六〇)普天樂(六五,九九)駐馬聽(六七,六七,七九,七九)江兒水(七五)紅繡鞋(八二,八三,八五)醉扶歸(八二)雁兒落(八三,八三)四塊金(九四)四換頭(八三)漁家傲(四九)以上均為吳晗所未舉。第十九回的折桂令影響《霓裳續譜》卷一的憶多情。第八十五回的紅繡鞋乃元無名氏作。醉扶歸大半與王和卿無題相同。第六十五回的普天樂實是從張鳴善《咏世》套數截取的。第七十四回"更深靜悄"重頭四支,第四十九回的皂羅袍也重頭四支,不曾算在裏面。以上計小令五十九支。

詞也有西江月、踏莎行等八首,不備舉。

套數共二十套,列舉如下,並與《雍熙樂府》對照相同者。雜劇也算在套數裏面。

梁州序二七:向晚來雨過南軒
朝元歌三六:花邊柳邊
鬥鵪鶉四一:翡翠窗紗(兩世姻緣第三折)(一三;六〇)

新水令四二：鳳城佳節賞元宵（燈詞一一：三）
南曲四三：繁花滿月開
醉花陰四六：雪月風花共裁剪（思憶一：二〇）
好事近四六：東野翠煙消
下山虎四九：中秋將至
伊州三臺令五二：思量你好辜恩
花藥欄五二：新旅池邊（送別二：三七）
新水令五五：小園昨夜放江梅
一枝花六一：紫陌紅徑（失約一六：一一）
端正好七〇：享富貴受皇恩（武臣享福三：二）
端正好七一：水晶宮殿鮫綃帳（風雲會第三折二：三）
新水令七二：翠簾深小
集賢賓七三：憶吹簫玉人何處也（陳鐸《秋懷》一四：九）
玉交枝七三：彤雲密佈
宜春令七四：第一來爲壓驚
青衲襖七七：想多嬌情性兒標（別思重會九：七八）
粉蝶兒九三九：臘深冬雪漫天

此外僅引唱了一套云云，沒有錄全曲的，不計。（凡三十種三十三見。）

第二篇是澀齋的《金瓶梅詞話裏的戲劇史料》，刊《劇學月刊》。此文分五節。

第一节叙院本，引第三十一回的《王勃院本》，此本與朱有燉《呂洞賓花月神仙會》中所錄的院本同爲元明院本之僅存者。但《詞話》中的角色有一"外"，而副末副淨簡稱末淨，與金元院本不同。

第二节叙"折唱"云："戲劇不演全本，僅摘除其中三數折來唱，在《詞話》時已經有了。"據吳晗考定，《詞話》是萬曆年間的作品。但他只舉三十二回的四折韓湘子升仙記，其實例是很多的。我在《小說戲曲新考》上刊有一篇《〈金瓶梅詞話〉隨錄》引第四十八回云："堂前戲文扮了四大折。"又引第六十五回云："當筵扮演的是裴晉公《還帶記》,一折下去。"第七十八回云:"戲文扮的是小天香半夜朝元記,唱了兩折下來。"

第三节叙堂會,第四節叙戲衣箱,都無可補充。第五節叙十番,以爲燈詞畫眉序"是一個很可寶貴的材料"還把全文抄下來。其實這在《雍熙樂府》卷十一頁三裏早已有了。(見前套數表)

《中國小説史略》讀法

研究一個人的著作,最好是把那個人其他相關的著作一并取來看。每每在任何工具書中所找不到的難解的詞語,在本人其他的著作中很容易地可以找到。因此,研究魯迅的《中國小説史略》,最好把他的同類的著作也一并取來看。

《中國小説史略》是同類書中最好的一部,可説是權威的著作。作者在這方面的確用過不少的工夫。其他同類的單行著作就是《古小説鈎沉》《唐宋傳奇集》以及《小説舊聞鈔》。《古小説鈎沉》是前七篇的參考書,《唐宋傳奇集》是中四篇的參考書,《小説舊聞鈔》是後十七篇的參考書。全書二十八篇,必須順次採取這三部著作來作參考。

此外,魯迅的單篇著作,也是必須加以注意的。我個人檢查的結果,只有七篇,即《且介亭雜文二集》上的《六朝小説和唐代傳奇文有怎樣的區別》,這是爲《文學百題》而寫的;《集外集拾遺》上的《遊仙窟序》,這是爲川島的標點本而作的:這兩篇可供《史略》第八篇唐之傳奇文的參考。《墳》上有《宋民間之所爲小説及其後來》,《二心集》上有《關於〈三藏取經詩話〉的版本》,《華蓋集續編》上有《關於〈三藏取經記〉》等;這三篇可供《史略》第十二、三篇宋話本的參考。此外就是《且介亭雜文二集》上的《中國小説史略》日本譯本序和《語絲》上登過的《小説目錄》二件。

川島因《中國小説史略》的指示,刊行了《遊仙窟》,又刊行了《雜纂》四種。我在本刊第三十三期上曾説到《雜纂》四種已經絕版,但無意間却得到一部。川島的序裏曾引魯迅給他的信,其中重要的一節云:"《唐人説薈》裏的《義山雜纂》,也很不好。我又從明抄本《説郛》(刻本《説郛》也是假的)抄出來的一卷,好得多,内有唐人俗語,明人不解將他改正,可是改錯了。如要印,不如用我的一本。後面宋人續的兩種,可惜我没有鈔,如也印入,我以爲可以從刻本《説郛》抄來,因爲宋人的話,易懂,明人或不至於大改。"

因此我想到,如果把魯迅的日記和書簡全部整理出來,或者還可以找到不少小説史略互相參證的資料吧?

馮沅君擬作《宋元戲曲史疏證》,我也有意作《中國小説史疏證》,但這只是一個願望罷了。

(《宇宙風乙刊》一九四二年第四十一期)

葉德均的工作

葉德均先生對於中國小説和戲曲,極肯用心研究,也極有成績。他寫給我的信中,有關於小説的,摘要如次:

《古小説鉤沉》 戴祚《甄異傳》有《龍威秘書》本,祖台之《志怪》有《古今説部叢書》本,《幽明録》有《琳瑯密室叢書》本。其間或不無偽作,然其真者亦可作爲比勘之用。

陶真 陶真即彈詞。《西湖二集》卷十七云:"那陶真本子上道:'太平之時嫌官小,離亂之時怕出征。'"與《七修類稿》并讀,可知陶真即明代彈詞。惟李家瑞發現的明刊本《陶真選粹》却是傳奇一流,秦淮墨客(大約即紀振倫)選,杭州刊。李氏聞現著手寫《彈詞總目提要》。

《青樓夢》 阿英的《上海掌故談》説起《青樓夢》作者俞達著有《奇聞新編》,甚可注意。惟鄒弢《三借廬筆談》謂俞氏卒於光緒十年,而《掌故談》却説十四年尚編有《新聞裏新聞》。按,鄒弢與俞氏有舊,其言似可信。故疑十四年刊之書,乃托名俞氏者(因俞氏有《奇聞新編》)。

《蕩寇志》 據《蕩寇志緣起》云:"仲華十有三齡居京師。"二夢則嘉慶十一年，考出俞萬春生於乾隆五十九年（一七九四），卒於道光二十九年（一八四九）元旦，享年五十六，已寫成一略傳。惜未見俞瑛識語及湖南、廣東《通志》，否則，當可作一詳細年譜也。

《鏡花緣》 李汝珍《鏡花緣》成書年代與胡適所考證者有出入。我以爲乃嘉慶十五年（一八一〇）至末年之作（胡説太遲）。其證有二：（一）《夢華瑣簿》："嘉慶間新出"；（二）又謂："《韻鶴軒筆談》亟稱之。"按，《筆談》乃附於道光元年所刊之《皆大歡喜》中。又，李氏有文集，見八十回總批。孫佳訊也斷定《鏡花緣》出於嘉慶間。但楊掌生之言，可靠與否，則不敢必。因彼叙《品花寶鑒》成書年代，與自序不合。此亦應加注意者也。

《品花寶鑒》 《梅花夢》，除陳森之著作外，尚有張道一本，咸同間作，以小青故事爲題材。《寶鑒》中之人物考，除《聊羅延室隨筆》外，我尚見梁溪坐觀老人《清代野記》一書。該書卷下"滿洲老名士"條，亦據炳成之言述《寶鑒》中某人爲影射某某，與《隨筆》悉合，而文字亦相似。僅多"蕭静宜者，或曰江慎修也"。《野記》書中叙炳成之處甚多，頗疑《隨筆》之作者即坐觀老人也。

《花月痕》 容肇祖所作《〈花月痕〉作者魏子安傳》見《歷史語言研究所集刊》第四本第二分。容氏未見《餘、續錄》，不詳魏氏入秦及考訂石經年代。據弟考證，魏氏入秦當在咸豐三、四年（一八五三—四）也。又，《花月痕》成書年代，詳細考訂，可以容氏之作與《續錄》對照觀察即得。

《剪燈》二種 此書對於小説戲曲的影響，除《小説閑話》所舉者外，尚有以下各種，都是戲曲。《新話》：《渭塘奇遇記》——也是園無名氏雜劇《王文秀渭塘奇遇記》；《金鳳釵記》——沈璟《墜釵記》（《一種情》）；《緑衣人傳》——周朝俊《紅梅記》；《翠翠傳》——袁聲《頭領書》。《餘話》：《還魂記》——梅孝己《灑雪堂》（馮夢龍）；《鶯鶯傳》——柳穎戲文；《月夜彈琴記》——朱良卿《血影石》；《鞦韆會記》——謝宗錫《玉樓春》。對於小説的影響，則爲《餘話·還魂記》影響《西湖二集》卷二十七"灑雪堂巧結良緣"。

《醒世恒言》 讀明徐應秋《玉芝堂談薈》卷十一"女扮男裝"條

有叙劉方、劉奇事,謂出"小説",即《恒言》"劉小官雌雄兄弟",似與《恒言》同本《燕居筆記》中之《劉方三義傳》。以年代論,徐氏所見之"小説"乃筆記中者,非馮氏之作。又,《西諦善本書目》中有《八義雙盃記》一種,似亦叙張廷秀事。

《今古奇聞》 其中劉孀妹得遇奇緣,它的娘家雖没有找到,但綫索却已有了。即《小説考證續編》"鶼鰈因緣"條(p.五一〇—五一四)所述本事與《奇聞》合悉,惟"三秀"作"三季"。最後説"黄劉顛末,康熙間墅西逸叟之《過墟》紀之最詳。前青浦錢君静方譯《鶼鰈因緣》小説,亦衍其事。"(引蔣氏自撰《花朝生筆記》)《鶼鰈因緣》刊《小説月報》五卷五期至六卷四期,署泖東一蟹。卷首云"本書根據《孀妹奇遇》(大約即《奇聞》本)《過墟志》《沙溪妖亂志》《東華録》。"大約《奇聞》本《過墟志》,當無大疑問。(按,《過墟志》有《香艷叢書》本、《紀載彙編》本)

《中山狼傳》 關於《中山狼傳》的作者問題,大約一般見解,都以馬中錫之説爲是。對宋謝良之説,是後人的妄題,正如《唐代叢書》等以《海山記》《迷樓記》托於韓偓的情形一樣。《觚剩》《曲海總目》又據不可考的本子,本辯證非馮氏之作,以致現在有宋、明兩説。偶檢王漁洋《池北偶談》,發現《談藝編》中有《中山狼傳》一條,其中也和一般的刺李説相同,引康對山詩,斷爲"此傳爲馮刺空同之作無疑。"最後説"今入《唐人小説》,亦如《天禄閣外史》之類",頗值得注意。根據此説,不但有托於宋人,還有托於唐人的,足爲反對謝作有力的例證。按,《天禄閣外史》一書舊題"後漢黄憲(字叔度)著"。其中大抵述漢代黨錮之事。據明徐應雷《黄叔度二誣辨》,謂《外史》乃嘉靖之季昆山王舜華(名逢年)著,托於叔度以自鳴(其所謂'二誣'者,謂一誣於王氏之書,二誣於李卓吾之論)。這樣看來,王漁洋把《中山狼傳》和《外史》比擬,並非是不類的。

《廣笑府》 樣本説是八卷,原書印出却是十三卷。上加一"廣"字,亦可疑。似爲清翻刻本。與《苦茶庵笑話選》對照,同的有一百三十多則;標題和文字不同,而故事相同的有兩則。偏駁類拂去鬚上被及風懷虔婆,即《笑話選》的鏡子(面六一)和藁薦(面六三）。又和尚氣類好古自困與周選好古（面八〇），文字亦有差異。又，周選本有三十五、六則，不見原書。

《野叟曝言》與夏氏宗譜

我在《小說戲曲新考》（世界版）上寫過一篇《夏二銘年譜》，該文引用《江陰夏氏宗譜》之處頗多，惟均割裂，分配在《年譜》各年中，爲體例所拘，不得不然。完整的原文，世間還不曾見過。戴望舒輯《小說舊聞》已達十二萬字，因抄錄源遠堂《江陰夏氏宗譜》卷八頁十四第十一世"夏敬渠"條全文，作爲望舒《野叟曝言》部分的材料：

敬渠字懋修。邑庠生。英敏果毅，正直不阿，權貴無所干避。崇正學，力辟二氏。通諸經、歷代史志，旁及諸子詩賦、禮、樂、兵、刑、錢、穀、醫、算之屬，無不淹貫。以冠軍詠芹。壯遊京師，有某王聞而致焉。攝布衣，抗首座。王即席講論，議偶未合，直斥其非，折以正義。席貴皆縮頸。王爲動容加禮。越日托款密者傳意，延爲館賓，引古外交戒力却之。平生足迹，幾遍宇內，所交必賢豪。巨公名卿，尤見推重。七秩稱慶，怡親王遙祝以額，曰："天驚耆英。"丁酉恩綸有云："秉心醇樸，飭行端方。"人謂雖屬通詞，其當此無愧者，惟公庶幾。著有《綱目舉正》《經史餘論》《全史約編》《學古編》《亦吾吟》《浣玉軒文集》《唐詩臆解》請書。

又，同書卷四頁二"敬渠"條云："宗泗次子，字懋修，號二銘，邑庠生。賜封登仕郎，直隸保安州吏目。康熙四十四年乙酉五月初九日亥時生，乾隆五十二年丁未三月二十二日亥時終。葬留龍岡莊後父塋昭穴丁山，癸向，兼午子。著有《綱目舉正》《全史約編》《浣玉軒文集》《浣玉軒詩集》《唐詩臆解》《醫學發蒙》。配朱氏，邑庠增生禹臣公諱作霖女。繼配黃氏，青旸邑庠廩生於崗公長女。子一，祖焞，繼配出。女一，適虹橋太學生。"

關於牌子曲

香港《星島日報》每逢星期六出"俗文學周刊",由戴望舒主編。我已見到二期。第一期爲容肇祖約《院本與雜劇的分別》和羅燁的《醉翁談錄·舌耕叙引》。第二期爲王虹的《閑話牌子曲》。此外還約有魏如晦、向達、孫楷第、吴苐、柳存仁、譚正璧等。

王虹的文章,所引《揚州畫舫録》爲我的《大鼓研究》所不載,牌子曲目也比我所統計的多兩倍。

我在《大鼓研究》上所收牌子曲凡三十八種,近知除《文明大鼓書詞》外,單行彩本尚有《胡全搶親》和《窮大奶奶逛壽寺》,合共四十種,似尚能唱。其餘恐大多已經失傳。梆子腔、梆子佛、西派、快數兒諸牌子似爲王虹所未收。《窮大奶奶逛壽寺》中有喝喝腔,亦可補王虹曲目。

蒲松齡的《幸雲曲》(見《聊齋全集》)第一回開端"耍孩兒"叙小曲興替,云:"世事若見循環,如今人不似前。世事若見回圈,如今人不似前,一曲一年一遭換。銀紐絲兒才丢下,後來興起打棗杆(即竿)。瑣南枝半插羅江怨,又興起正德嫖院,耍孩兒異樣新鮮。"此節可見清初小曲的情形。嘉慶間南方妓院已以小曲代昆曲侑觴。個中生《吴門畫舫續録》卷下云"謂開讌時,先唱昆曲一二齣。合以絲竹打鼓板,五音和協。……客有善歌者,或亦善繼起聲。不失其爲雅會。今則略唱昆曲,隨繼以馬頭調、倒板槳諸小曲。且以此爲格外殷勤,醉客斷不能少,聽者亦每樂而忘返。雖繁弦急管,靡靡動人,而風斯下矣。"

到了道光年間,昆曲遂被抛棄,小曲益爲盛行。二石生《十洲春語》云"院中競尚小曲。其著者有軟顰、淮黄、離京、凄涼、四平、四喜、杭調、滿江紅、劈破玉、湘江浪、剪靛花、五更月、繡荷包、九連環、武鮮花、倒板槳、鬧五更、四季相思、金銀交絲、七十二心諸調,和以絲竹,如裊風花軟,狎雨鶯柔,頗覺曼回蕩志。"

以上所記雖是南北小曲的興替,但所唱的各種小曲如銀紐絲、打棗竿、羅江怨、耍孩兒、馬頭調、倒板槳、離京（即利津調）、滿江紅、劈破玉等，均爲牌子曲所採用，倒是南北通行的。

柴堆三國

魏如晦《晚清小型報紀略》之六，記光緒二十三年《笑報》中的一則云："曰《柴堆三國》者，乃鄉人農隙之時，三五成群，身倚柴堆所談之《三國》也。如……周倉不服關公，自謂己之武藝勝於關公。關公乃指地下之蟻，令周倉拳擊之，蟻仍未死。關公用指一點，蟻即糜爛。又令周倉持稻柴數根，擲往對岸。詎周倉用力一擲，不過數武，即行落下。關公持柴一束，直擲至對岸，方落於地。周倉方始心服，遂肯投降關公。此《柴堆三國》中之語也。"

這故事的確是民間相傳的，簡直把關公寫成一個狡滑的人，毫無一點正氣了。對方也有稱爲黃忠的，大約是繼續箭射盔纓的故事的吧，北新版的民間故事集《呆黃忠》就是記的這件事。關公也有稱作徐文長的，見商務版的《初小國語》第七册"徐文長和勇士比武"，情節全同。

這故事不僅中國流傳甚盛，德國也有類似的故事。《格林童話集》中的裁縫就是德國的關公，巨人就是德國的周倉。大意云：巨人捏碎石頭成粉，裁縫却能捏欄乳酪成水；巨人能擲石向天，裁縫却能擲鳥一去不回；巨人負面積甚小之樹幹，裁縫負面積極大之樹頂，樹枝及葉極多，俟巨人負樹幹時，裁縫即躍登於樹枝，吟唱甚樂，視若無事。巨人喘息甚苦，既至，裁縫方躍下作負樹狀。

他如瑞典有卡佛裏亞斯（Cavallius）的記錄，挪威則有著名的阿斯般生（Asbjornson）的記錄，丹麥則有愛特拉（Etlar）的記錄，荷蘭則有馬樂（Marot）的記錄。英國有著名的《殺巨人的傑克》。俄國有民謠。波斯也有類似的故事。俄國白海（White Sea）半島也有一個故事云：巨人欲與其僕比武。先試撞頭於樹。僕在一樹上預挖孔，以樹皮遮之。巨人僅撞破樹皮，其僕則頭陷於樹內。再比擲斧於天，巨人擲斧，其小如蠅；僕方覓何天可入，巨人恐失其斧,乃求免。晚間巨人持斧殺其僕,僕預知之,早已避開。翌晨僕向巨人説,他昨晚覺得有幾點碎屑落在他的臉上。巨人大駭,乃遣之去。

(《宇宙風乙刊》一九四二年第四十三期)

四十卷本《拍案驚奇》發現

普通所看見的《拍案驚奇》,如世界文庫本、中央書店本,都是三十六卷本。即各圖書館與私人所藏善本,也都是三十六卷本。但據凌濛初《二刻拍案驚奇》序所云:"同儕過從者,索閲一篇竟,必拍案曰:'奇哉所聞乎。'爲書賈所偵,因以梓傳請,遂爲鈔撮成編,得四十種。"可見初刻原書的確是四十卷。現在,這明刊尚友堂本已經發現了。此書有凡例五條,末署"崇禎戊辰初冬即空觀主人識"。按此年即崇禎元年(一六二八),當爲該書著作或刊行之年。

四十卷本中吾人所未曾見過的四卷是:第三十七卷《屈突仲任酷殺衆,鄆州司馬冥全内侄》,與《太平廣記》卷百所引《屈突仲任》條粗同。第三十八卷《占家財狠婿妒侄,延親脉孝女藏兒》,結構與元曲武漢臣《散家財天賜老生兒》同,這是最值得注意和重視的一卷。我們知道《今古奇觀》是從"三言二拍"裏選出來的,差不多每一卷都能找出它的娘家,可以製成一表,但《今古奇觀》第三十回《念親恩孝女藏兒》却不知所出。"三言二拍"裏都找不到相同的文字。直到如今,這問題方才解決,原來這一篇是《拍案驚奇》初刻四十卷本中第三十八卷裏的。可見這一卷的發現,我們是怎樣的快慰!第三十九卷《喬勢天師禳早魃,秉誠縣令召甘霖》,這一卷是根據《劇談録》中的"狄惟謙"條而作的。狄惟謙是名臣狄仁傑的子孫。第四十卷《華陰道獨逢異客,江陵郡三拆仙書》,這一卷是根據《逸史》的"李君"條。

《醉醒石》與笑話

在貽白兄處借了一部明東魯古狂生的《醉醒石》來看。只看書名，就知道這是《石點頭》的一類，完全意在勸懲的。於是，我就打定主意，採取研究的態度，硬著頭皮，非把這部書看完不可。結果竟出我意料之外，也許因爲先有"一定沉悶"之感吧，看了以後，覺得比《石點頭》輕鬆得多，雖也免不了迂腐與道學，文筆到底活潑，因此，我並不曾吃多的苦。這十五回小說中，一般人所知道來源的是第六回《高才生憤世失形，義氣友念孤分俸》，這是從唐人小說裏來的。《太平廣記》卷四百二十七有"李微"條，云出《宣室志》，作李徵而不作李微，且後段節略之處極多。《古今說海》巳集《人虎傳》則作李微，且無省略，與《醉醒石》全合。此書之所以活潑，一半當歸功於採用說書者的口吻，且常穿插一些笑話。如第四回中嘲新娘云：轎夫正抬著新娘，忽然轎底壞了，轎夫就想中止，新娘說："不消！你們外邊抬，我在裏面走吧。"又如第十四回嘲塾師云："都都平丈我，方保橐中盈。"也許這是一般人都知道的笑話吧，所以作者不再說明"都都平丈我"是"郁郁乎文哉"五字的別讀。

《青瑣高議》的重要

曩日振鐸欲編《中國小說研究》一書，由中國文化服務社刊行，後因事未果。但目錄却已刊布，實爲小說史的體裁，其中有一節名爲《青瑣高議的重要》。的確，宋劉斧的此書是重要的，單就各篇題目來說，如卷五的《流紅記》《紅葉題詩娶韓氏》，上題還是傳奇體，下題便是章回體了，類此者極多。大約此書可說是從傳奇體到章回體小說的橋梁吧？

更重要的，此書多被後世取爲小說戲劇的材料，可說是故事的寶庫。例如，錢南揚《宋元南戲百一錄》就曾徵引過此書中的《陳叔文》與元代戲文《陳叔文》互參。又，《警世通言》卷二十九《宿香亭張浩遇鶯鶯》也就是從《青瑣高議別集》卷四《張浩花下與李氏結婚》裏來的。他如後集卷一《大姆記因食龍肉陷巢湖》是一則從《搜神記》《述異記》以來就盛傳的民間故事。劉之遴的《神錄》(《太平寰宇記》卷二十二引)裏面也載有類似的傳說。又,《類林雜説》中亦有之,與《述異記》大半相同。《流紅記》爲後來許多傳所取材,自不必説。還有前集卷一《許真君‧斬蛟龍白日上升》、卷三《李誕女‧李誕女以計斬蛇》、卷六《貴妃襪事‧老僧贖得貴妃襪》、卷八《希夷先生‧真宗召趙問謝表》等,似爲《許仙鐵樹記》《童女斬蛇》《長生殿》以及《古今小説》第十四卷《陳希夷四辭朝命》所本。

其中最重要的就是《別集》卷三錢希伯内翰所作的《越娘記‧夢托楊舜俞改葬》。我們知道元代有戲文《鳳凰坡越娘背燈》,惜已隻字無存。我們又知道元代有尚仲賢的雜劇《鳳凰坡越娘背燈》,也僅存"雙調太清歌"一支。天一閣舊藏的《錄鬼簿》《越娘背燈》的題目正名是"虎榜楊生點額,鳳凰坡越娘背燈"。《錄鬼簿》中的楊生當即《越娘記》中的楊舜俞。《越娘記》大意云:"楊舜俞,少苦學,頗有才,家貧,久客都下。念鄉人有客蔡者,將往省焉。中道於野店,居人曰'前去乃鳳樓坡也。其中多怪,不若宿於此。'舜俞方乘醉,曰:'何怪之有?'鞭馭而去。行二十里,忽遠道有火光,舜俞望火而去。又若行十餘里,方至一家。惟茅屋一間,四壁闃無鄰里。叩户久,方有一婦人出曰:'某獨居此,屋又隘小,無待客之所。'舜俞干浼憩休,乃邀入室。了無他物,惟土榻而已。視婦人衣裙襤褸,燈青而不光,婦人又面壁坐不語。舜俞召婦人共火,推托久方就坐,熟視乃絶色也。舜俞驚喜問曰:'子何故居此?'婦人云:'妾本越州人于氏,家初豐足。良人作使越地,妾私慕之,從伊歸中國。妾乃後唐少主時人也。良人爲偏將,死於兵。時天下喪亂,妾爲武人奪而有之。武人又兵死,妾乃髡髮,以泥塗面目,自壞其形,欲竄回故鄉,晝行夜伏。至此,又爲群盜脅入林中,執爨補衣。數日,妾不忍群盜見欺,乃自縊於古木,群盜乃哀而埋之於此。'舜俞愛其敏慧,作詩挑之。婦人曰:'款曲俟他日,今夕願不及亂。君他日復回安葬,羈魂永當依附。'相對終夕,不可以非語犯。將曉,舜俞回顧,人與屋俱不見，乃結草聚土，記其地而去。遊蔡復回，乃掘其地，深三尺，乃得骨一具，舜俞以衣裹之，置於篋中，於都西買高地葬焉。三日，舜俞宿於邸中，一更後有人款扉而入，乃越娘也。衣服鮮明，梳掠艷麗，愈於疇昔。是夕宿舜俞處，相得歡意，終身未已。將曉，別舜俞曰：'後夜再約焉。'舜俞備酒果待之，如期而來。越娘曰：'此來欲別郎也。妾陰君陽，在妾無損，於君有傷，請從此別。'越娘見舜俞不諾，又宿邸中。舜俞申約，至是每夕至矣。數月日，舜俞臥病，越娘晝隱去，夜則來侍湯劑，且曰：'君不相悉，至有此苦。'越娘多泣涕。後舜俞稍安。一夕，越娘曰：'我本陰物，固有管轄。事苟發露，永墮幽獄，君反欲累之，向之德不爲德矣。妾不再至。'至此杳不再來。舜俞日夕望之既久，一日，至越娘墓下大慟曰：'但得一見，即亡恨矣。'是夕宿於墓側，終不可得。留園中三夕，神思都喪，寢食不舉，忿恨至切，乃顧彼伐墓。有道士過，止其事曰：'吾爲君辱之。'乃爲符。俄見越娘五木披身，數卒守而箠撻之，血流至足。舜俞乃再拜道士，求改其過，方令去，乃不見。後舜俞反復至念。一夕夢中見越娘云：'子幾陷我。蒙君曲喚，重有故情。幽冥之間，寧不感戀。千萬珍重。'舜俞亦昌言於人，人多知之。"

從這故事的節略看來，可見鳳樓坡就是鳳凰坡，所謂背燈就是"燈青而不光，婦人又面壁坐"的意思，那末背燈該解釋做用背向著燈，不肯轉過臉兒來。錢南揚《宋元南戲百一錄》面七二云："背燈系溫州風俗，女兒八字敗母家者，出嫁時須遵行背燈之俗，此風清代猶然，詳見《且甌歌》。《武林舊事》宋官本雜劇有《越娘道人歡》。"錢氏又在《嶺南學報》一卷二期上作過短文《越娘背燈》，對《且甌歌》介紹甚詳，他把原歌譯義爲白話云；"原來女子的八字利夫家而不利於母家的，到出嫁的時候，背燈就是解禳的方法。那時家人走避，也不款待賓客，內外滅燭，人聲寂然。新娘穿了布衣服，撐著傘，到另外一所草屋裏去，然後裝扮起來，坐了花轎到男家來。過了百日之後，始與家人通音訊，於是別夫歸寧。初到家時，家人們仍舊不和新娘招呼的，須俟新娘親手煮湯圓給家人們吃了，然後大家歡聚談笑。"這《且甌歌》是清末光緒初年石方洛的著作。上距元代，已差不多五六百年了。我覺得這風俗與元代雜劇和傳奇《越娘背燈》的關係，遠不及《青瑣高議·越娘記》來得密切。錢氏自己，也無法解釋"鳳凰坡"三字，更不用說是"楊生"了。但《越娘記》中也不曾提到楊生中舉或龍虎榜點額。

我想，元雜劇的情節該有不少更動吧？中舉固爲增飾之端，結局恐怕也不甚同。《越娘記》末段未免大殺風景，憑空添出一個道士來（我們雖然可以勉把曲牌名《道人歡》附會成雙關語，因爲劇中有道人，便用了《道人歡》這曲牌名來寫劇本）像法海和尚似的，使得善良的好心女鬼受罪，頗使讀者爲之不快。大約劇作者也有此感想，結局便說越娘因楊舜俞的超度而升天，在天上仍思念楊生不已，所以僅存的佚曲才會這樣說："伴著瑤池會上西王母，講盡道德陰符。常恨玉簫聲，吹的來鳳隻鸞孤。""呵，素娥仙仗紅蓮府，怎捱他急煎煎玉兔金烏。我向下方遥望著你那住處，把我這一口兒氣長呼。"說不定越娘竟會變成幫助董永的織女，或幫助農夫的田螺女，到了姻緣分滿，便回到天上去了。可惜這一次脉望館百餘種元曲中也沒有這種《鳳凰坡越娘背燈》發現。那末，我也終於只好胡亂猜測而無從證實了吧？

(《宇宙風乙刊》一九四二年第五十二、五十三期)

説海脞譚

顧明道 撰

　　分載於《大衆》一九四三年第四期、第二十期。本文署名爲"顧明道遺著"。顧明道,本名顧景程(一八九七—一九四四),曾用正誼齋主、梅倩女史、虎頭書生、石破天驚室主等筆名。江蘇蘇州人。星社成員,作品有《奈何天》《蓬門紅淚》《花萼恨》《草莽奇人傳》《紅妝俠影》《國難家仇》等社會言情小説與武俠小説,尤以《荒江女俠》著稱。本文非徒列説海逸聞者可比,談到的多是小説界的宏大話體。作者雖爲"舊派"文人,但思想不囿於一端,本文的觀點頗多可觀者。關於新文學對"鴛鴦蝴蝶派"的譏諷,其提出"鴛鴦蝴蝶派"興起,有其社會原因,而一切文學之流行都源於切近社會,新文學也概莫能外。再如,其認爲做小説者必須有文學根底,而"文學家則亦非皆能爲小説者也",就是肯定小説的文體特殊性。在直譯與意譯間,其以林紓所譯《茶花女》與新文學家所譯者相比較後,主張意譯,"讀直譯之文終嫌生硬塞澀,不及意譯之文流利自然也"。另外,文中提到北方小説家與南方小説家的區别,因物價上漲小説家生活窘迫等,都有其認識價值。

　　小説有三品,上焉者命意佈局,俱能戛戛獨造,不落尋常恒蹊,千回百折,引人入勝,所謂"山窮水盡疑無路,柳暗花明又一村"者是也。故能使人讀後,如啖諫果,津津然有回味,讀之又讀,誠有好書不嚴百回讀之概。書中主人翁之個性躍躍如在紙上,最精彩處令人不忘。次焉者讀一遍而已，不欲重閱一過也。雖無惡劣之印象，亦無佳處可言。至於下焉者則讀未終卷，昏昏欲睡，或情節前後矛盾，或佈局雜亂無序，鄙俚之句充滿紙上，荒誕之語不近人情，斯則品之下矣。

握管作小說者，不可不有文學根底，否則不論其所寫者爲文言或語體，鄙俗之氣必不能免，比事屬辭必不能精，故文學上之修養必不可少，豈可率爾操觚乎？雖然，作小說必先諳文學，而文學家則亦非皆能爲小說者也。往往有鎔經鑄史，下筆千言之徒，令其試作小說，則又沉沉無生氣矣。

今之作小說者於新文學則習覽頗博，浸淫頗深，而於古書則常感不足。竊以爲《左傳》《史記》《戰國策》之書，不可不讀。蓋小說皆叙事，而吾國歷代叙事之文可稱超之元箸者，舍此三書，又誰屬耶？

以古文爲小說者，當推閩縣林琴南氏。商務印書館昔日所出之林譯說部叢書是也。叢書約有百數十種，皆譯自海外名小說家之傑作。在民國初年風行一時，青年學子尤嗜讀之，無異於後來之魯迅氏爲人所愛重也。余曾讀其《紅礁畫槳錄》《吟邊燕語》《迦茵小傳》《撒克遜劫後英雄略》《巴黎茶花女遺事》《古史鈎沉錄》等書，皆其尤者。叙事行文俱有古文氣息，而原著適皆爲歐美文學名家，誠所謂美具難並，當行出色者也。讀此等小說不但可供酒後茶餘之消遣，而於文學上亦不無裨益。且佳句絡繹，妙語如珠，寫景狀物，傳神阿堵，在在可使讀者領略行文之妙處也。蓋讀古書而嫌晦澀，不如讀文學小說之益於進步耳。

林琴南氏譯小說皆用林紓之名，又稱畏廬老人，別號冷紅生，嘗作《冷紅生傳》，則夫子自道也。每譯一小說，輒於卷首冠之以序，文辭樸茂冷雋，尤爲余所喜讀者。顧林氏本不諳蟹行文，所譯之書皆先賴他人口頭譯述，然後經氏寫成文章。相傳氏必俟其人口譯一節，瞑目靜聽，然後下筆，故祇能意譯而不以直譯，其後遂爲新文學家所詬病。助其譯者有陳家麟、魏易諸子，但名皆不重於藝林，悉爲林氏文名所掩耳。林氏自身既不諳西文，而以意譯，故所譯之書間有捍格不入者。新文學家痛斥之，如《茶花女》等書皆有重譯，但余讀之反不如林氏所譯者爲佳。蓋譯文藝之作，不似譯科學之書，何必處處直譯，一字不改，次序不易乎？是以讀直譯之文終嫌生硬蹇澀，不及意譯之文流利自然也。又有以"拂袖而起"等譯句譏評林氏者，以爲西人服西裝，何能拂袖？此則小疵，不足爲全文累，固無關重要者耳。

林氏既爲新文學家所痛斥，而又爲古文學家所誹議，以爲林氏既擅古文辭，當專其心力於古文，以訓後進，何必以古文辭爲小說，自墮魔道，陷於率易之病乎？是亦由於揚子雲所云"雕蟲小技，壯夫不爲"，而遂輕視小說。然虞初三百，由來久矣。魏晉唐宋之筆記小說，以及《虞初新志》《續志》等書，皆爲文人所嗜，操觚者固類皆爲古文家也。況《楚辭》之行文已有小說之氣味，《洛神賦》《長恨歌》，何莫非絕妙小說耶？焉可以道聽途說，而等之齊東野語，啓輕視之心乎？若輩亦成見太深耳。歐美文藝名家反多以小說聞者，中土趨譯之，新文學家遂尊之如天上日星、人間河嶽，適相反矣。平心論之，小說固不得遽稱爲古文，而通俗之小說若以古文辭寫之，則亦不宜。至於文藝之林，則林氏之小說固自有其地位矣，不得以此非之，且彼時已可稱爲高價。林氏又爲人寫墓誌、傳狀、序跋等文，則得酬較高。又能書，顧不常作。聞林氏嗜雀戰，往往以賣文所得耗於此。能行古道，嘗慨助故人之子求學海外，俾卒其業，以至於成人。

林氏在北京大學主教國學，一時桐城派文字頗爲莘莘學子所景從。厥後胡適博士返國，掌教校中時，胡氏提倡新文學，以文學革命自任，遂極力排斥林氏，打倒古文。林氏亦嚴詞反駁，雙方大起筆戰。校中學生因之亦分兩派，一派擁護胡氏，一派擁護林氏，幾如水火焉。然以時代關係，胡氏一派得占優勢，而校長蔡元培氏亦左袒胡氏，亦以林氏之古文派不合潮流，嘗書論非之，於是林氏不得不去矣。

林譯說部叢書出版已久，今商務印書館亦已售罄，後人欲讀者非求之於圖書館不可。但一般圖書館，於新文藝叢書則盡力搜羅，此書亦恐無有矣。聞林譯之書尚有十數種未刊，因受新文化影響而中止出版耳。其後曾遭兵灾，悉化灰燼矣。

林氏行文頗得《史記》筆法，可稱說宛之子長。惟什九皆爲譯述，創作絕尠。余僅見其所著《冤海靈光》一書，亦由商務出版者，情節雖平庸，而用筆則甚佳，如誦《史記》也。

與林氏同以古文筆法寫小說者，厥惟何諏之《碎琴樓》、蘇曼殊之《斷鴻零雁記》，悱惻芳聲，筆挾秋霜。李涵秋氏所作小說，什九皆語體，而有《雙花記》一書，不過二三萬言，然行文有類《檀弓》，簡樸而語雋，今恐絕版矣。但若以時代言之，則此種文字猶古裝之美人耳，與今人之目光不合矣。

（《大衆》一九四三年第四期）

説海胜譚（二）

畢倚虹嘗作小說曰《黑暗上海》，刊登《時報》，描寫上海之黑幕，故冠以"黑暗"二字。今者上海舉行防空演習，燈火管制，夜間全市燈火掩蔽，屋外不露微光，有如一團漆黑。謔者遂曰："此真黑暗上海，終成讖語矣！"

古人云："讀萬卷書，行萬里路。"故學問豐富者亦貴有經驗，庶幾表裏均全，學稱淹博。故作小說者亦須明地理。《水滸》一書，行文佳矣，後人安得有此？然其所寫關於地理上之形勢者，往往隔閡，不免有誤。陸澹盦社兄曾著《水滸質疑》之筆記訂正其舛訛。故張恨水作《燕歸來》小說，曾親自出遊，寶地考察，始以風土人情寫入其小說，可謂鄭重。當然所寫者皆確實無誤，然情節則不及其所著別種之佳矣。

今日顧冷觀編之《小說月報》，融新舊文藝於一爐，亦由於今日之環境而產生者。不知昔日商務印書館亦有《小說月報》，發行甚久。初爲惲鐵樵主編，其中多載古文派之小說，長篇即由林琴南氏執筆。且於短篇文言小說中加以評語，評論行文筆法，旁加圈點，精警處加以重複之圈，以顯其優，今日則可謂絕無矣。其後王西神繼之，一貫作風。及新文化興，《小說月報》改由沈雁冰主編，則大加改革，一換面目，注重翻譯，提倡語體，向日寫稿之人盡數易去，撰譯者盡爲新文化運動中之健將，壁壘一新矣。顧其時商務又別出《小說世界》周刊，由葉勁風主編，則新舊作家皆爲搜羅，而往日執筆者又重爲馮婦。即此小說刊物，亦可視時代潮流之演變也。

小說既曰海市蜃樓，則書中之人名當然皆爲子虛烏有之流，然亦有影射一時代之文物者，識者尚不難按圖索驥，玩索而得之，如《孽海花》《留芳記》等皆是也。但有可笑者，則尚憶吾友尤君，前在滬主編《小日報》時，刊載一種長篇小說，所述情節爲暴露一酒肆主人之荒誕罪狀，以及中菶之醜，頗有穢褻之處，描寫盡致。不意竟引起某酒肆之主人，延律師控告誹謗行爲，將置編者、著者於罪。報館方面亦亟延律師出庭辯護，以爲小說非新聞可比，書中人物悉非真名，與某酒肆主人何與，豈能妄告人罪？若此而失敗，則他日將無人敢執筆爲小說矣！恐受無妄之災、不測之禍也。故其後即告和解，而寢其事。

寫作者分新舊二派，民國初年一般作小說者輒被新派譏之爲鴛鴦蝴蝶派，因其所寫之文字類多妃青儷白，月露風雲，而書中之事實則又啼珠泣玉，言情靡靡也。然詆之者亦殊有門户之見，彼一時，此一時，時代不同，環境亦異，故其思想體裁在今日視之，未免陳舊不合時耳，實則在彼時何嘗不風行宇内？最著者如虞山徐枕亞、吳雙熱、昆陵李定夷是也。徐之《玉梨魂》一書盛銷海内，紙貴洛陽，時有人譏議其書中之詩有非己作者，徐乃憤而別撰《雪鴻淚史》，自傳說海。文辭多詩詞體裁，尚排偶，至於情節則殊空洞，百十言可盡耳。定夷所作亦多。今徐、吳二子俱已化爲異物，早絕音響，而定夷則久已不彈此調，退出說界。聞在内地某大銀行任秘書之職，較之賣文生活爲優也。又有許指嚴者，亦常州人，擅寫歷史小說，曾教授前交通大學國文，又爲商務印書館編輯，與定夷先後主編《小說新報》，頗能受讀者之歡迎也。

天下萬事萬物俱受時代之支配，不能違反潮流，作小說亦何莫不然？在前清末葉，執筆之士鑒於政治之腐敗、外交之失策，故發爲愛國之辭，充滿革命思想。民國初年，言情哀情體之小說風起雲涌，則以打倒買賣式婚姻、女子解放、男女平權等爲主體。迨新文藝興，則以抨擊社會、排除封建思想爲主。如茅盾之《子夜》、巴金之《家》與《春》《秋》等三部曲皆是也。而左翼作家一時驕驕乎尤有獨霸文壇之勢，惟今則皆爲過去雲煙，徒留痕迹矣。

　　寫歷史小說，以古代人事爲中心，則其所寫服制、語言、稱謂、風俗等一切，不可不求合當時情形，斷不能以現代化文字羼入其中也。張恨水嘗爲新聞報紙撰《水滸新傳》，欲學宋元人語，冀與施耐庵口味相合。作者自言於此，頗費心力，但何能悉合？豈免瑕疵？誠難博得好評也。

　　作小說最要火力盤旋，一氣呵成，始終精神飽滿，無懈可擊。但作者之通病，初起時全神貫注，精警有力，然寫至後來，往往有竭厥之象，非草草了事，即精神散佚。即如《水滸》一書，用筆行文可謂佳矣，今日安得有此？然而初寫林冲、魯達、武松諸水泊英雄，有聲有色，活力彌滿，使讀者如親睹其人，爲之贊嘆。及寫石秀，則已不及武二之酣暢。而寫至盧員外及關大刀，則身份雖高而少出色。若至末段，寫張清、董平二人，則又如泥塑木雕，全無生氣。且細玩行文，又覺出之以雜湊，前後如出兩手矣。故作者欲免此病，不亦戛戛乎其難與？至於《兒女英雄傳》，則僅可讀能仁寺、悦來店數段，餘則味同嚼蠟，令人昏昏欲睡矣。

　　舊小說《七俠五義》，體卑更無足觀，但其書中描寫白玉堂事，則亦稍覺有生氣，惜以如此英俊人才而死於非命，讀者無不惋惜之。其後續者有《小五義》《續小五義》等書，則自鄶以下，無譏焉。然余嘗見有《續七俠五義》一書，忽寫白玉堂未死，復在書中出現，大破銅綱陣，此則由於翻案而寫，亦無甚意義。但作者爲一女子，若果出之閨閣手筆，尚屬難能，特不知是否狡獪文人僞托而然耳。

　　爲古人翻案之小說，尚有《反三國志》及《反倭袍》二書，一則爲蜀漢吐氣，一則爲文士伸冤，然皆不及原書之佳耳。

小說之受大衆歡迎者往往有續集之出版，此皆書賈因銷路大盛，故強請作者續寫也。然而續集十九不及正集之佳美，可知力量亦自有限，未可強爲也。張恨水曩作《啼笑因緣》一書，頗得讀者歡迎。張氏初不主寫續集，然坊間爲牟利計，紛紛競出《反啼笑因緣》等書，於是張氏乃不得不續矣。然其續集又烏能媲美初著哉？他人之作更無論矣。

一部小說往往非一人所成而爲他人所續者。舊小說無論矣，即新小說中如《廣陵潮》，李涵秋所作也，而程瞻廬繼之作《新廣陵潮》，此尚爲前後集耳。然李涵秋昔爲《新聞報》副刊撰《鏡中人影》小說，撰至末後，涵秋忽歸道山，終成絶筆。有書賈鈕某向《新聞報》館購得是書版權，倩程瞻廬續成之，使讀者得窺全豹。《人間地獄》，畢倚虹所作也，而其後之二十回乃爲包天笑續成之。《江湖奇俠傳》，不肖生所作也，而第四集即由走肖生續之。所謂走肖生者，即趙苕狂也。

凡作長篇小說者，先寫本事，次事佈局，然後一貫寫去，中間小節目自可由作者隨意變更之。但至環境所不許時，亦不得不改弦易轍。張恨水前爲《新聞報》寫《太平花》小說，所以痛詆中國之內戰也。後因有多數讀者不以其意爲然，嘖嘖有言，於是恨水不得不棄其厭戰主義而寫尚武之雄風矣。

近日南方之長篇小說作家殊有才難之嘆，已成名者多爲雜志報章撰稿，專爲書局撰單行本者少，故書肆間類多劉雲若、還珠樓主等說部。出租小說之書肆主人，亦謂彼等今日大半賴北方小說家所出之書以應市面耳。若南方作者則反如鳳毛麟角，不可多得矣，言下頗有憾於南方之說家也。說者謂北派南下，南方若不競起，難免日趨衰弱之勢矣。

近年各物價漲，突飛猛進，一日千里，而小說之稿費竟如牛步化，出版者不能不多增加。今日雜志之出千字一百者尚屬少數，而排字之費，千字亦已至二百餘元。譴者謂作者尚不如排字工人，則何必多絞腦汁，不如逕爲排字工人爲愈也。昔日之稿費普通每千字三至六元，若以今日物價之比例言之，則至少爲五十倍或一百倍,則千字亦當以一百五十元至六百元爲報酬矣。嗚呼!此今日執筆桿者之所以困苦萬狀,而有投筆習商者矣。某作家寫小說一部,可十五萬言,售與書局,每千字稿費爲五十元,得七千五百元。歸而嘆曰:"此區區之數,尚不足購白 X 兩担。若以昔日之稿費計之,至少可得九百元,時每担 X 價爲十二元,則可購 X 七十担而有餘矣。文士安得不窮乎?"噫!亂世文章不值錢,其斯之謂乎?

(《大衆》一九四三年第二十期)

小説鈎沉

楊世驥 撰

　　載於《天下文章》一九四三年第一卷第五期。楊世驥（一九一三—一九六八），湖南長沙人，上海暨南大學銀行會計系畢業，長期在國民政府中央銀行系統任職。建國後參與籌建中國科學院湖南歷史考古研究所，任近代組組長。楊世驥在公務之餘，對近代文學保持着濃厚的興趣，并取得了相當的成績，特別是在晚清小説的批評與研究方面，具有拓荒之意義。本文擷取晚清有代表性的小説家、小説作品等小説現象，加以評論研究，體現了很深的學術功力。儘管其評論的多是個案，却能以文學史的眼光貫注其中，以寬廣的學術視野來觀照單個的小説現象。正因如此，其能準確評價晚清小説理論的成就，如其認爲胡適對小説的認識没有脱離徐念慈的《余之小説觀》之範圍，認爲梁啓超在《小説叢話》中關於文言、白話的議論可作爲胡適《白話文學史》的綱領。對於小説家或小説作品，也能在歷史的坐標系中給予準確定位。如其評論李寶嘉，"這種冲淡如白開水似的描寫，往復曲折，正是李寶嘉的特長。前人小説中的驚險場面如此傳神者，恐怕只有《水滸》裏景陽岡打虎一段差足比擬了。"本文還善於總結晚清小説創作現象，并試圖做出解釋，見人所未見，如其討論晚清譴責小説中無色情描寫時，認爲其根源可上溯至丁日昌厲禁淫詞小説，討論晚清歷史小説"没有一部特別生色的作品。"其"主要的原因就是太注意情節的真實性，缺乏剪裁或點染，這當是受了沃堯《歷史小説總序》一文的影響罷"。都可謂別具隻眼。由於楊世驥以研究者的姿態來討論晚清小説，故其對《丁未年小説界發行書目調查表》《英國近三十年中最著名小説家表》等有學術史價值的材料再三致意。同時，楊世驥在本文中也體現出對於國家、社會的深刻的見解，故能對精粗雜陳的晚清小説保持清醒的批判態度。如《驂遊記》著力批判警察與新軍的黑幕，本文却認爲不可因噎廢食，説道："作者有意要揭發當時新軍和警察兩大新政的内幕，但是本身的見解也很迂腐，他對於一種事理，只看到表面的未曾成熟的現象，就否定這種事理的存在。清末的新政雖然是假的，不值得同情，然而不能因此就説該守舊。"其他對於迷信、義和團等方便的議論，也多能切中肯綮。

一

東海覺我，原名徐念慈。江蘇昭文人。與東亞病夫曾樸同編《小説林》雜志。能創作，也能翻譯，可惜他死的太早，否則他在文學上的成就一定不亞於曾樸的。他輯有《丁未年小説界發行書目調查表》，給予我們的用處太大，使我們了然於晚清小説最發達的那一年的整個面貌，不啻是一部小説年鑒。要是當時每年有位做這工作的人，我們今日搜羅晚清小説，也就不會如此可遇不可求了！他又作有《余之小説觀》一文，論小説與人生之關係，見解比梁啓超輩視小説爲改良社會工具者，殆不可同日而語。"五四"前後，胡適諸人對於小説的認識，也没有超出他所論斷的範圍。他當時看到我國小説界的趨勢，認爲一種厄運，他説："默觀年來，更有痛心者，則小説銷數之類别是也。他肆我不知，及小説林社之書計之。記偵探者最佳，約十之七八；記艷情者次之，約十之五六；記社會態度，記滑稽事實者又次之，約十之三四；而寫軍事、冒險、科學、立志諸書爲最下，十僅得一二也！"這是當時小説銷路的狀況。這種狀況預示了鴛鴦蝴蝶派之即將形成。小説一天天離開了文學，成爲了消遣的東西。《小說林》以後的刊物，像《新世小說》《新世界小說社報》《滬濱小說》《小說智珠》《小說月報》《中華小說界》《小說時報》《小說新報》《小說叢報》等，內容每況愈下，無非契合讀者的嗜好。我們慨嘆沒一位像那樣眼光如炬的人了。

二

梁啓超於光緒壬寅（一九〇二）在日本橫濱創刊《新小說》，這是我國最早的小說雜誌，後來又移到上海出版。凡二卷而止。其封面係以黑色或藍色爲底，略繪花草，很覺別致。也有幾期再版沒有封面畫的。卷前附載插圖，或爲外國小說及名優的肖像，或爲風景片。內容則十之七八爲長篇章回小說，翻譯、創作俱備，其餘之二三如短篇小說、傳奇、粤曲、"小說叢話"等。最值得注意的是"小說叢話"一欄，每期期刊載一人或二人對於小說的雜感。啓超更撰序文一篇，其辭曰："談話體之文學尚矣。此體近二三年來益發達，即最乾燥之考據學、金石學，往往用此體出之，趣味轉增焉。至如詩話、文話、詞話等，更汗牛充棟矣。乃至四六話、制藝話、聯話，亦有作者。人人知其無用，然猶有一過目之價值，不可誣也。惟小說尚闕如，雖由學士大夫鄙棄不道，抑亦此學幼稚之征證也。余今春航海時，篋中挾《桃花扇》一部，藉以消遣，偶有所觸，輒筆記十餘條。一昨平子、蛻厂、璱齋、慧庵、均歷、曼殊，集余寓所，示之，僉曰：'是小說叢話也！盍多爲數十條，成一秩焉！'談次，因相語縱論小說，各述其心得之微言大義，無一不足解頤者。余曰：'各筆之，便一帙。'衆曰：'善。'遂命紙筆，一夕而得百數十條，畀新小說社，次第刊之。此後有所發明，賡續當未已也。抑海內有同嗜者，東鱗西爪，時以相貽，亦談興之一助歟！編次不有體例，惟著者之名分著焉，無責任之責任，亦各負其也！"此文不曾輯入《飲冰室文集》，其意小說之有"叢話"，殆以渠等之作爲矯始，實則唐宋以來即不乏此類著錄。不過，啓超等見解較爲新穎，又有意推崇小說的地位，要把小說列入文學正宗，甚至認爲小說是改良政治和社會的利器。這是前人所不曾有過的。

三

我們承認陳獨秀、胡適爲白話文學衝鋒陷陣的人,而梁啓超在陳、胡十年以前已經看清楚了文學的趨勢。他知道白話文學的必然起來,但不會提出"革命"的口號。《小説叢話》有一則説:"文學之進化有一關鍵,即由古語之文學,變爲俗語之文學是也!各國文學史之開展,靡不循此軌道。中國先秦之文,殆皆用俗語。觀《公羊傳》《楚辭》《墨子》《莊子》,其間各國方言錯出者不少,可爲佐證。故先秦文界之光明數千年,稱最焉。尋常論者,多謂宋元以降,爲中國文學退化時代,余曰:不然!夫六朝之文,靡靡不足道矣!即如唐代,韓柳諸賢,自謂起八代之衰,要其文能在文學史上有價值者幾何?昌黎謂非三代兩漢之書不敢觀。余以爲此即其受病之源也。自宋以後,實爲祖國文學之大進化。何以故?俗語文學大發達故!宋後,俗文學有兩大派:其一則儒家、禪家之語錄;其二則小説也。小説者,決非以古語之文體而能工者也!本朝以來,考據學盛,俗語文體生一頓挫,第一派是中絶矣。苟欲思想之普及,則此體非徒小説家當採用而已,凡百文章,莫不有然。雖然,自古語言文字,相去愈遠。今欲爲此,誠非易易。吾曾試驗,吾最知之。"固就小説立言,而啓超全部文學進化觀念皆具備於是。在他所有長篇巨著中尚未見如此透闢者。我們讀了胡適的《白話文學史》,無疑地要想到此文可作該書的一個綱領。然而啓超當時飽經挫折,他謂"今欲如此,誠非易易",我想他當時要是更堅決一點,白話文學基礎的奠定必不會等到民國八年以後纔能成功的。後輩小子也不會説"梁任公跟著我們跑"了!他的《飲冰室文集》没有收録《小説叢話》,實在是一個重大的缺憾!

四

梁啓超曾撰《新中國未來記》，按期發表於《新小說》，把他理想的中國社會，一一宣達出來，此書沒有讀完，內容並無可取。其先一年庚子，他的友人孔厂（不知名，即自署捫虱談虎客者），也欲以同一題目寫作小說。康有爲曾以詩云："我遊上海考書肆，問書何者銷最多？經史不及八股盛，八股無如小說何！鄭聲不倦雅樂睡，人情所好聖不呵！（中略）聞君董狐托小說，以敵八股功最深。袨纓市井皆快睹，上達下達真妙音。方今大地此學盛，欲爭六藝爲七岑。去年卓如欲述作，茌苒不成失靈感。或托樂府或稗官，或述前事或後覺。擬出一治更一亂，普問人心果何樂？庶俾四萬萬人民，茶餘睡醒用戲謔。以君妙筆爲寫生，海潮大聲起木鐸。乞放靈光照大千，五日爲期連畫諾。"啓超謂：詩也就是他們的《中國未來記》的"影事"。詩中可以看到小說在當時已經贏得了廣大的讀者階層，甚至超過了八股的勢力。康有爲對於小說的認識却還是一種藉"消遣"來"教化人心"的態度。

五

光緒癸卯（一九〇三）梁啓超統計當時世界各國出版小說書目共計約八千種至一萬種，其中美國約二千種，英國約一千五百種，俄國約一千種，法國約六百種，伊大利、西班牙各約五百種，日本約四百五十種，印度、叙利亞約四百種。這時，周桂笙叙述他所讀過的小說，云："吾嘗自謂平生最好讀小說，然自束髮至今，二十年來所讀中國小說，合筆記、演義、傳奇、彈詞，一切計之，不過二百餘。舊時譯新著小說，亦百餘種。外國小說，吾只通英法二國之文，他國未及知也。統計自購與友人交換者，所見亦不過三百餘種。所讀美國小說，亦不下二百種。其餘短篇之散見諸雜志日報中者，亦數百種。蓋都不過千餘種耳！"他恐怕是當時唯一的小說迷了！他又輯有《英國近三十年中最著名小說家表》，收狄更始以次凡十七人（見《新庵筆記》）。由於他們介紹這些小說家方纔第一次爲中國所認識，當時介紹小說對作者名字翻譯多不一致，此表因係英漢對照，頗足供研究晚清翻譯小說者的參考的。

六

李葭榮，字懷霜，與吳沃堯文誼至篤。沃堯卒後，爲撰《我佛山人傳》，這一代小說（家）的生平，始爲我們所詳悉。在上海時曾見《葭榮筆記》稿本一册，係周桂笙所收藏者，中有一段記述他和沃堯交換《金瓶梅》的故事。云："明人王鳳洲著《金瓶梅》小說，所以深詆嚴嵩父子，爲有名之傑作。余夙未之見，蓋以其導淫之故，爲官吏所禁，物色之不易易。光緒末，始以《十三經》一部，向我佛山人易得之。山人笑曰：'使他人知之，我與子之賢不肖，於是乎定。'余曰：'有是哉？子之迂也！《金瓶梅》人以爲淫，我讀之但覺其森森有鬼氣；且《金瓶梅》即淫，猶如真小人，使人一望而知，故政府有禁，家庭有禁，其爲害未甚也。《十三經》雖未必皆淫，僞君子也！僞君子不易識，遂若洪水猛獸之禍人。爲進化前途計，禁讀《金瓶梅》，何如禁讀《十三經》之收效爲大？《金瓶梅》與《十三經》價值之低昂，尚屬未定，我與子之賢不肖遽定乎？'山人語塞。山（人）爲國粹家，未必能即心折余言，惟一時難於置答耳！"晚清士夫視《金瓶梅》爲淫書，即沃堯亦未能例外。然當時亦有以另一眼光去讀《金瓶梅》的人，《小說從話》內有平子的一則，云："《金瓶梅》一書，作者抱無窮冤抑，無限深痛，而又處黑暗之時代，無可與言，無從發泄，不得已藉小說以鳴之……其中可征當時小人女子之情狀、人心思想之程度。真正一社會小說，不得以常書目之！"又有俠人的一則，云："《金瓶梅》之聲價，當不下於《水滸》《紅樓》，此論小說者聽語爲淫書之祖也。余昔讀之，盡數卷覺毫無趣味，心竊惑之。後乃改其法，認爲一種社會之書讀之，始知盛名之下必無虛也。凡讀此書者，莫不全副精神，貫注於寫淫之處。此外則隨手披閱，不大留意，此殆讀者之普通性矣。至於《金瓶梅》,吾固不能謂之非淫書,然其奧妙,絕非寫淫之筆。蓋此書的是描寫下等婦人社會之書也。"前者說明《金瓶梅》不能目爲淫書,後者根據閱讀之經驗闡述《金瓶梅》的奧妙,在當時實爲傑出之論。

七

我常常感到奇怪,晚清的譴責小説,痛詆官場,却很少色情的描寫。醇酒婦人,本係當時官場極普遍的酬應,理當有許多針對這方面的小説産生,始足以盡"譴責"之能事。然而其間只有一部《檮杌萃編》,要算別開生面的,其餘都似乎故意避免色情的場合。這是什麽道理呢?頃讀俞正燮《癸巳存稿》,始知完全是長期間的政治的力量。原來查禁色情小説,自順治元年起就已經雷厲風行了。康熙四十八年,又將色情小説和秘藥視爲同一毒物,予以嚴禁。五十三年,九卿議定坊肆如發現色情小説,"版與書俱毁,違者治罪,印者流,賣者徙"。乾隆元年,因爲色情小説,禁不勝禁,選者已疊架盈籍,列肆租貸,於是通令全國"限文到三日銷毁,官故縱者照禁止邪教不能察緝,降二級調用"。其後嘉慶七年、十五年、十八年又復先後重申禁令。經過如許的大氣力,色情小説還是不能斂迹。到了同治七年,江蘇巡撫丁日昌,爲著維持"人心風俗"起見,竟行了一道劄文,並開計應禁書目,通飭所屬於各書局設立"銷毁淫詞小説局",予以一網打盡。蘇滬諸地,原爲産生色情小説的大本營,丁日昌申令的那麽嚴厲,並"辦理之認真與否,明守令之優劣",自然這一次的禁毁,最著成績了。那張書目所開列的色情小説,凡一百五十三種。我猜想丁日昌或者他的幕府也許是一個小説的愛讀者,否則他怎會知道民間有這許多小説的題名呢?(連福建刊行的小説各種也收錄在裏面)我真要感謝他,使我在上海的時候竟根據他那張書目,搜集到其中之小説凡六十七種之多。自然,裏面有好些並不是色情的(丁日昌將《紅樓夢》也視作淫詞小説),但是以後的譴責小説所以没有猥褻的描寫,未始不是他的功勞。我曾經懷疑《檮杌萃編》中的主人翁賈端甫，就是影射的丁日昌。賈端甫做過巡撫，也有禁毀小說的"政績"。此書成於光緒二十八年，直到民國方纔出版，在晚清風行一時，譴責小說一書是遭際最不幸的一部創作了。

八

《冰山雪海》因爲受著藍本的牽制，全書只是一貫的敘事，李寶嘉那種開闔自如、無微不達的筆調，在這部小說裏簡直很少看到。全書只有第三回"放懷任推送，臥聽潮聲；彈指現華嚴，坐觀山色"中描寫海潮的一段是極精采的：當海潮初來的時候，船上"衆人低頭一望，前後左右，閃閃爍爍，泛出一點一點的金星，正是太陽光綫射成的奇紋異彩，却沒有什麼軒然高舉的大波，擊然下落的急浪。側耳靜聽，則覺有無數細聲，如雨滴檐，如水濺珠，如珠走盤，如丸承弦，如老人咳，如小鳥啼，嗚咽如撅笛，鏗鏘如彈筝，如往如復，如斷如續，倏在船後，倏又在船左右。""駕長"報告海潮要來了，大家還是懷疑，以爲"潮聲皆宏壯而激越，似這般細碎清幽，正由水流平緩，輪葉捲動，以致若此，怎便說是潮呢？"正議論着，情形就有點異樣了，"衆人……看海水顏色，深深綠中，微泛金黃，滔滔滾滾，擁著，船如飛如馳，直望南流，雖走緩車，約有全速率十分之七，不覺駭然！"船隻好儘量開著"慢車"，情形又慢慢地平復了，"近晚，夕陽欲落，倒影波中，光怪萬狀，猶比初日可觀。漸漸圓月又從東方推上，無涯無際的大海，頓時化作琉璃淨瓶，連人連船，一一收入瓶中，洗滌心胸，蕩滌塵垢，都成了清華高貴的人物！"大家都在船舷欣賞，正當慶幸之際，"只見船首忽地望下一沉。沉還未定，船艄來個巨浪，打過船頭，濺的衆人自首至足，無處不是水痕，頓時人聲四沸，都疑遭了大禍。"於是大家遵照"駕長"的吩咐，躲回艙裏，"待到枕上，只聽得風聲浪聲，雜遝交作，船身猛地拋上，便如上天；猛地落下，便如下地。桌上茗盌，床邊唾壺，東倒西翻，此撞彼擊，已不能安然入夢了。不知怎地，船身猛地亂旋亂轉一陣，警鐘連響，輪軸猛震,兩耳幾乎失聰,人人驚得披衣起坐一回。艙中又寂然無聲,但覺驚濤駭浪,一落千丈,一起萬尺,只在後梢撞擊,船便隨著勢,一顛一播,不曾停過一秒。"像這種冲淡如白開水似的描寫,往復曲折,正是李寶嘉的特長。前人小説中的驚險場面如此傳神者,恐怕只有《水滸》裏景陽岡打虎一段差足比擬了。

九

關於記載康有爲的生平及其戊戌前後的活動,以張伯楨所撰《南海康先生傳》最爲翔實,其次就要算梁啓超所撰《戊戌政變記》一類的文字了。《大馬扁》裏面的康有爲則被描寫得非常醜惡,"小説究竟是小説",譬如其中寫到康有爲的那部《新學僞經考》,説是騙自謬寄萍(廖季平)的,"後來數月,謬寄萍因病在京身故",他就拿著四處招搖,説是自己的著作。他鑽營廣雅書院山長没有成功,便在萬木草堂授徒爲業,以孔子自命,言行不苟,背了學生就去找那個妓女花小寶,偏偏巧又被學生看見了。因此他説:"我離家便是太原公子,歸家便是南海聖人!"他向妓女夸説自己名滿天下,妓女花風林聽了他的名字笑道:"你是康南海嗎?廣東有個李北海,你識得他没有?"康有爲啼笑皆非,答道:"我那裏識得他,他只是個强盗!"他後來到了北京,組織保國會,"對著滿人就説是保清國,對著漢人就説是保中國不保大清",因此夤緣與革命黨也發生了關係。這時德宗對於維新的態度還在猶豫不决,經林旭面奏須力圖變法自强。德宗發出一道手諭給林旭:"善保朕躬,毋傷慈意。"康有爲得了這八個字,就僞稱密奉衣帶詔,瞞著林旭諸人,去遊説袁世凱,求袁圍攻頤和園,肅清君側。其時譚嗣同也到了北京,對於康有爲魯莽的行動,大事反對。政變既作,林旭、譚嗣同"無辜受誅",康有爲早逃到了日本使館,他便求在日本的孫中山先生。幸得孫先生派遣宫崎寅藏,把他裝在一個木箱中作爲貨物,運到日本。日本相犬養毅招待他,他還是舉止闊綽,大事吹牛,説衣帶詔"在煙臺探寶石子的時候"遺失了。又請日本起兵救滿清國,結果因爲調戲犬養毅的稚女,被驅逐出境。作者有詩一首概括康有爲的爲人,道:"欲扶異族殘同種,標榜虛名噪一時。頭角未成鋒已露,皮毛初竊策非宜。君庸豈配談新政,黨禍何堪讀舊碑。人自銜冤他自樂,逍遙海外富家兒。"縱觀全書,故事雖與史乘頗有出入,但以作者站在民黨的立場,有意要點染這位主人公的醜態,自然樂得這樣寫的淋漓盡致了。

十

《冰山雪海》十二回。南亭亭長李寶嘉編譯,光緒丙午科學會社刊行,標明爲"殖民小說"。晚清一般文人利用外國小說裏的故事重新改造過,使之成爲中國面貌的東西,是很普遍的情形。寶嘉小說多屬嚴肅的創作,所謂"編譯"小說,僅此一種而已。全書內容頗爲簡單:有幾個從"巫來由"被驅逐回國的華僑,他們組織了一個艦隊,想到南極和北極探險,並去找尋殖民地。於是在"二十四世紀的九十九年五月五日午時"直出泉州,望北進行,經過了許多險阻艱難,才到了北極。原來北極是一片冰山雪海,不適於人類的生存。他們的船好容易逃出了冰礁的襲擊,繼續努力前進,通過"無處不發炸聲,無處不吐火焰"的熱帶,最後到了南極,南極也是冰山雪海,了無人煙。但是,有志者事竟成,他們居然在南極發現一片"新陸地"。他們採用"社會黨中均產的主義",組織了一個"共同會社",實行開拓生產。這時又有歐洲各國的人民來參加,認他們作爲元勛。有一天召集開會的時候,又將"共同會社"改爲"大同會社",先後就有菲律賓、越裳、緬甸、波蘭、土耳其、朝鮮、猶太、法蘭西等國壯士登壇演說。無非講的是本國政治不良,人民疾苦,或訴以亡國滅種和戰爭殺伐的理由,結論是"大同會社"比什麽制度都好。看了這個頗爲幼稚的故事,我相信李寶嘉一定是根據當時日本小說或日譯俄國小說爲藍本寫出來的。原著的人無疑是一位無政府主義者,而那個時候歐美各種社會科學書籍,還沒有介紹幾本像樣的到中國來,大家所通習的無非是梁啓超、麥孟華諸人輸入的一套。李寶嘉又是一個純粹的文人,再經過一番張冠李戴,自然現在讀了這部小說,要感到不尷不尬了。總之,這部小說因爲受著藍本的牽制,完全失去了文學的價值。當時寶嘉倘能徹底改寫,或者照直翻譯,成績一定不會如此壞的。然而"編譯"小說是晚清濫極一時的風氣,許多作者都在同一的情形之下浪費了他們的氣力。

十一

吳沃堯所撰歷史小說甚多,可惜沒有一種是續完了的。他有《歷史小說總序》一文,載《月月小說》。此文頗足作爲當時一切歷史小說的理論。其開首敍述歷史不能普遍於大衆的理由,第一是"緒端複雜,艱於記憶";第二是"文字艱深,不有箋注,苟非通才,遽難卒讀";第三是"卷帙繁浩,望而生畏";第四是"精神有限,歲月幾何,窮年矻矻,卒業無期";第五是"童蒙受學,僅受大略,采其粗範,遺其趣味,使自幼視之,已同嚼蠟";第六是"人至通才,年已逾冠,雖欲補習,苦無時晷"。而歷史小說,却正救濟了這些弊病,故能成爲大衆所愛讀的東西,譬如"魏、蜀、吳故事,而陳壽《三國志》讀之者寡,至如《三國演義》,則自士夫訖於輿台,靡不人手一編者!"他在教育的立場上,闡明"歷史小說"的重要。他甚至認爲小說就是歷史的一把"鑰匙",最後他說到自己的抱負:"吾於是發大誓願,編撰歷史小說。使今日讀小說者,明日讀正史如見故人;昨日讀正史而不得入者,今日日讀小說而如身臨其境。小說附正史以馳乎?正史借小說爲先導乎?請俟人論定之,而作者故不敢以雕蟲小技妄自菲薄也!"此文立論中心,似乎是爲了研究歷史,方纔創作歷史小說,所以歷史小說應該一本於歷史上的真實故事,不可有所刺謬,完全忽略了小說的文學的技巧與價值。晚清歷史小說自沃堯所撰《痛史》以後,一時風起雲湧,然而沒有一部特別生色的作品。主要的原因就是太注意情節的真實性,缺乏剪裁或點染。這當是受了沃堯《歷史小說總序》一文的影響罷。

十二

吳沃堯的《痛史》二十七回，載《新小說》第一卷第八期至第二卷第十二期。開始動筆於光緒壬寅。這是他在《歷史小說總序》一文之前的、也是最成功的一部作品。其開始敘趙宋末年政治的腐敗、社會的混亂，和劉秉忠、賈似道一班漢奸政客的欺君枉法，以致釀成了不可收拾的偏安之局，雖然經過許多忠臣志士的艱苦奮鬥，卒致覆亡。一直述到元忽必烈太子的蒙冤，仙霞嶺義勇軍的再次策動。因爲《新小說》的停刊，此書遂未續完。裏面的故事頗有與史乘不符者，其長處是能以很大的篇幅去寫那些無名英雄們的活躍。這些無名英雄們都是作者所添構出來的，所以非常使人感動。而書中處處充溢著作者的民族思想，沃堯借那些無名英雄們的口吻，寄托著他對於滿廷統治的憤慨。像書中寫水軍統領張貴被僞軍張弘範捕獲了。這是宋朝最後的一支水軍了，張弘範"頭戴胡冠，身披胡服，得意洋洋"地勸張貴投降。張貴只是那麼鎮靜，張弘範以爲他有心要降了，就把"大元朝開國元勳"的頭銜去打動他。張貴也不言語，半晌才説道："我好不明白！"張弘範問他有什麼不明白？張貴頓足道："我好恨！"張弘範問他恨什麼？張貴懶得答應，最後，對張弘範説出這樣的話："老實對你説吧，你要叫我投降，須知我張貴自祖宗以來，便是中國人。我自有生以來，食的是中國的毛，踐的是中國之土，心目中何嘗有什麼韃靼來！不像你是個忘根背本的禽獸，只圖著眼前的富貴，甘做異種異族的奴隸。你去做奴隸倒也罷了，如何還要帶著他的兵來侵占中國的土地，殺戮中國的人民？我不懂中國人與你有何仇怨，韃子與你有何恩何德，你便喪心病狂至此地位！"結果張貴就成仁了。慷慨陳詞，並不是小説的精到的技巧。然而這一段對話，在種族革命思想正萌芽之當日，隱然有所指揭，卻是難能可貴的。即使到了今日，也還值得許多無恥的人們讀著以爲龜鑒的。

十三

晚清之際,攻擊康有爲書籍太多了!那些作者或爲當時守舊派的人物,或爲民黨中的人物,於是這位半新不舊保皇黨黨魁,就成爲了衆矢之的。日前在中央大學圖書館尚見有《南海先生退化史》一書,内容是"記戊戌庚子死事諸人紀念會中廣東某君之演說",分析康有爲的一生爲五個退化的階段,但此書攻擊敵人的力量,其實反不如那些藉小說來爲康有爲的來得厲害。我收集的專以康有爲爲題材的小說計有七種,曰《大馬扁》,曰《聖人顯聖記》,曰《維新黨現形記》,曰《海外一妖》,曰《康聖人海外軼聞》,曰《新人物》,曰《戊戌奇談》。其餘附帶着罵康有爲,及民國以後出版以康有爲爲主人公的小說,均不在内。就中以《大馬扁》的技巧最佳。《大馬扁》,一名《大馬騙》,凡十六回,未完,不知有無續集。係日本京東三光堂刊行,注明明治四十二年九月出版,正當光緒三十四年之時。作者筆署小配,亦署小配工,是一位落拓不羈的文士。其真姓名爲黃世仲,別號禺山次郎,廣東番禺人。少時在南洋,其先收入甚豐,後乃破産,常投稿報章以維生計,乃開始寫作小說。由於尤列介紹,加入了興中會,並歷充番禺《中國日報》記者、編輯諸職,鼓吹排滿。民國成立,任廣州民團局長,爲都督陳炯明所倚重,曾保薦他代理都督之職,旋復以小隙,假侵吞軍款罪殺之。小配的小說,除《大馬扁》外尚有《廿載繁華夢》,載《時事畫報》,叙述紳周某絶賫納官,不惜出以種種卑鄙的手段,結果身敗名裂,實爲晚清譴責小說中的上駟。又《洪秀全演義》,載《少年報》,叙述太平天國興亡事。以上二種皆有單行本行世,惟《大馬扁》在國内頗不易得。其卷首有吾廬主人梭功氏序文,認爲"康梁所以能招摇於海外者,全恃《戊戌政變記》一書。蓋書中極力鋪張,去事實遠甚,而海外僑民,蒙於祖國情勢,先入爲主,至於耗財破家在所不恤"云云。所謂《大馬扁》,大約是以康有爲在海外募捐爲中心的一部小說,可惜第十回叙述到康有爲被日本意州警廳驅逐出境後,就没有下文了。

十四

《艮嶽烽》十六回,署烏程蟄園作,光緒丙午新世界小說社刊行。係演宋朝徽欽二帝北狩、康王南渡事。其情節作者自謂是"刺取宋史中所可信者,而輔以述古堂之《宣和遺事》",穿插而成。首敘徽宗是一個聰明絕頂的人,只因信仰姻黨蔡京和太監童貫,縱情酒色,國勢日敗。這時契丹入寇,他用蔡京之謀合金兵以滅之,仍舊私行廛市尋樂。一天,到了一個神秘的所在,那裏"曲曲回廊,深深小徑,紅袖調箏於屋側,青衣試舞於中庭",乃是東京角妓李師師的寓處。師師問他郡籍姓氏,他答道:"娘子休怕,我是汴梁生,夷門長,休說三省並六部,莫言御史與西臺,四京十七路,五霸帝王都,皆屬俺所管。俺八輩兒稱孤道寡,自今住在東華門西,西華門東,姓趙,排行第八!"師師嚇得魂不附體! 稍後他就把師師召上殿,冊封為李明娘。這時他所寵愛的韋妃也黯然失色。他終日宴飲,不納忠諫,因此引動金國的窺覦。待到欽宗繼位,敵軍已經攻破汴京了! 以後這兩位尊貴的天子,就做了俘虜,徽宗被廢為天水郡公,欽宗被廢為天水郡侯。先後遷解往平州、燕京、靈州、西污州、五國城、均州諸地,飽受朔漠饑寒嚴刑虐待之苦,兩后也先後死於途中。當他們經過靈州的時候,敵營中有一婦人出見,徽宗一看,原來是韋妃,她已經歸了金兀朮的伯父蓋天大王了! 彼此都俛首不敢相視。稍遲韋妃乘隙告訴他們:"聞知九哥已即位,恐有歸路未晚也!"九哥就是康王,為韋妃所出,他們這時纔知道康王南渡消息! 這是他們唯一的安慰。他們只好忍痛聽候敵人的調度,繼續進發,希望有恢復自由的一天。而其時,最艱苦的是從五國城到均州的一段旅程,"路極艱惡,啓程日行六十里,狐狸悲嘯,昏黑已不可耐,林麓微風細雨,殆不類人,鬼火縱橫,終無止宿,地皆磽确。或有水澤草莽蔽野,大林森然,涉水踟躕,舉足如行泥淖中,又屢為瓦碟所損,血流苦楚,寸步難移,日間重霧罩人,氣入口鼻,皆成血創",徽宗禁受不住痛苦,就崩化了。後來欽宗也為金主所殺。相反的,康王即帝位後,雖然將士用命,累樹戰功,他却用了秦檜之謀,主持和議。但他還要標舉中興,他曾畫有一幅《中興瑞應圖》,這就是他的中興的表現了。作者在卷末更繫以《調寄醉太平》一闋云:"汴梁舊京,金陵舊城,東南半壁經營,讓他人弄兵。兩河未平,兩宮未迎,廷臣決議新盟,顧常稱弟兄!"寄托著他深厚的感慨。

十五

《驂遊記》二編,二十回,仙源蒼園撰,玉門少年老評。宣統庚戌(一九一〇)集成圖書公司刊行。標明"軍事小說"。根據卷首崇川冷僻的序文,知此書當成於光緒戊申之時。其主題是叙述清末裁撤綠營,革除招募名目,改練新軍,舉辦警察的種種黑暗。作者以第一人稱出現於這部小說中。他原是一個小學教員,由於同事譚君的介紹認識了徵兵局的督隊官卜明之。這位卜明之是一位新人物,譚君極力奉承著,他也對卜明之抱著無窮的熱望,認爲新軍成立,中國就可以強盛起來。不料事與願違,卜明之終日只在升官發財上打主意,平常就和譚君作酒肉征逐。新軍種類既屬不齊,還時常擾民作亂。卜明之一味諂媚上司,官運倒頗發達,竟連升到鎮統。後來上司因爲卜明之名譽很好,又調他辦理警察,他便得了發財的好機會,行爲愈益乖張起來。譚君由幫閑而幫忙,也獲得許多好處。他以誠懇的態度勸誡他們,他們都笑他是不諳世事的"書呆子"。作者有意要揭發當時新軍和警察兩大新政的內幕,但是本身的見解也很迂腐,他對於一種事理,只看到表面的未曾成熟的現象,就否定這種事理的存在。清末的新政雖然是假的,不值得同情,然而不能因此就說該守舊。作者諷刺著實行新政的人物的醜惡,隱然還有思慕於他本身有利的舊制度的善良,十足表現了一位從科場中出來的文人的態度。這種態度,在李寶嘉、吳沃堯等的小說裏有時也不能或免,惟《驂遊記》來得更爲濃厚。譬如第二回"臭巴結歡場聚賭,假勢力兵士打強"中,譚君告訴他徵兵的情形:"這話談起來,亦實在對不住上頭呢。那些徵兵有的上了四十多歲,毛五十歲，却把他當作二十歲；有的十五六歲，又把他升作二十多歲。册子上填的是文理清通，身家清白，竟有多數寫不出姓名來，我本意打算和他剔去。那卜大人唯恐招不滿額，就胡亂的一齊收録，真是來者不拒！"他聽了，"想想又好氣，又好笑"，就直覺地判斷："原來這就算是徵兵！世界上的新政，改良的辦法，破題兒第一回！"這便是作者的認識了！自然作者是非常孤憤，第十回作者有詞一解自况道："何以你生來奇異，把世態人情看成兒戲！惹得旁人兒都說你四海無知己，究竟這滿腔心事誰知你？唉，真正書呆，却也解識風流，只可恨遣愁無地！"在大時代的展進中，有著無限阻礙，也就有著無限自甘孤憤的人！

十六

《瞎騙奇聞》八回，載《繡像小説》，署繭叟撰。據《新庵筆記》："趼人原字繭人，某女爲書扇，誤署繭仁，研人喑曰：'僵蠶我矣！'亟易爲趼人，蓋繭趼音同也。"當係沃堯晚年手筆無疑。其故事叙述山東歷城縣有個土財主，名叫趙澤長，妻錢氏，都是五十歲的人了，還不曾生育過兒女。因此請當地有名的瞎子周鐵嘴來算命，瞎子說明年必定會生兒子。三四月後，錢氏依舊没有懷孕的消息，趙澤長便蓄著娶妾的念頭。瞎子趁這個機會唆使錢氏假裝肚子，乘趙澤長外出的時候，替她抱了閔家的一個嬰兒作爲己子，取名桂森。趙澤長回來看了，歡喜不勝，以爲瞎子真是靈驗，連忙爲他上匾。以後無論何事，皆取決於瞎子的話。瞎子又說桂森將來必定大富大貴，不過關煞很多，假借破關退煞，騙了他們不少的金錢。不料桂森長大了，却是一個壞蛋，遊手好閒，幾次大賭把家産花的乾乾淨淨。而閔姓也因爲没有後嗣，要他歸宗，雖得瞎子出來制止，終被同族指出並非錢氏所生，驅逐了出去，把趙澤長活活地氣死。同時有個寒士洪士仁，只爲家境不好，去請教瞎子，瞎子告訴他要發財，必要敗完了，纔够發迹，因此終日流蕩，一事不做，淪落成爲丐頭。他去質問瞎子，反挨了一場惡打。一氣之下，就一刀把瞎子刺死了。當趙澤長病重的時候,錢氏還去請瞎子推算,最後看了洪士仁的結局,方纔覺悟了。她說:"這瞎子的話,是一個字不可相信,人家要相信,就看我做個榜樣!還有一個洪士仁的下場頭呢!"她病中長篇大論的講了這麼一套,已經是"回光返照"的時候了!這部小說裏寫得最生動的人物,是那個瞎子周鐵嘴,他那一派堪輿口吻,見人而施,陰陽氣數,頭頭是道,正與今日民間習見的巫卜先生所說的,如出一轍。李葭榮《我佛山人傳》稱:"君語余嘗肄星土之術。"我們是相信的。因爲作者對於此道頗有研究,所以那個瞎子的一言一行,能夠真切。蟄居在亭子間裏寫不出戰鬥的場面,下層社會的種種亦非高居廟堂的文士所可揣想。一位小說家必須有了充實的生活經驗,他所描寫的人物才不致駕空,《瞎騙奇聞》值得稱贊的地方就在這裏。而書中所述算命能夠靈驗的原因,頗足供給我們作爲研究一種社會問題的資料。

十七

《電術奇談》,一名《催眠術》,凡二十四回,載《新小説》。係日本菊池幽芳原著,東莞方慶周譯述,我佛山人衍義,知新主人評點。標明爲"寫情小說"。卷末《附記》云:"此書原譯,僅得六回,且是文言。茲剖爲二十四回,改用俗語,冀免翻譯痕迹。原書人名地名,皆以和文諧西音,經譯者一律改過,凡人名皆改爲中國習見之人名字眼,地名皆借用中國地名,俾讀者可省腦力,而免艱於記憶之苦。"又云:"書中有議論諧謔處,均爲衍義者插入,爲原譯所無。"可知此書撰成經過仍以沃堯之力爲多。其情節殊奇。喜仲達者,爲一英籍技師,在印度開採礦産。有情人名鳳美,已私下訂婚了,但其母頗不贊許,意欲加以阻撓。然仲達歸國時,鳳美亦潛與同逃。舟過安韶埠,二人資斧不繼。商定鳳美暫行登陸,暫時寄寓旅邸,仲達仍徑赴英倫籌款,届時再來迎接鳳美。臨別之際,鳳美以私蓄珠寶贈之,内有金鐲一副,上鑲鑽石,尤珍貴。仲達到了倫敦,寄居舊友蘇士馬家。士馬正研習催眠術,術未精到,爲戲施之,不意竟昏迷不醒，無法解救。遂遺屍於野，盡取其財遁往法國。鳳美久候仲達不至，設法來倫敦，四出訪尋，卒無消息。又幾爲流氓瞿輝鳳所陷，幸有急智，始脫於險。困頓欲自盡，復爲報販鈍三所救。鈍三性愚魯，且喑啞不能言。然不自慚形穢，累累示情於她。她以鈍三意甚真摯，亦不見責，惟笑置之而已。旋易名李賽玉，鶯歌英倫，名震一時，復應法國某戲院之聘，赴巴黎奏技，鈍三亦隨往。巴黎士紳，爭相交納，她却視若無睹。一日，得接一函，深致愛慕之憂，並附金鐲一副相贈，啓視之，正是他昔日付予仲達之物。而函末署名蘇士馬，且約於某月某日會晤。她如約前往，追問士馬關於仲達下落。士馬已知遇著了仇人，立即爲施催眠術，欲致之於死。適鈍三趕至，見狀大哭，鳳美爲哭聲震醒，術乃不成。士馬被逮入獄，服毒自盡。鳳美感鈍三再度救命之恩，助以薄資，使營商業。一夕雷雨交作，電綫摧折，一綫墜落鈍三肩上，鈍三頓改常態，面目既異，喉管亦能發聲。鳳美前往探視，他並非別人，就是她朝夕思慕的仲達！原來仲達施催眠術後，並未死去，及至體力漸復，聲貌俱改。今爲電氣所融，其術盡解，故恢復了原狀。他們終於回到安韶埠，舉行婚禮。

十八

《新孽鏡》二編二十四回。光緒丙午科學會社刊行。署南支那老驥氏撰。此書立意頗似李寶嘉的《文明小史》，筆墨稍遜，而結構較謹嚴。內容叙述南皮縣文人吳志仁，著了一本《勵學新編書後》，特地跑到上海去刊刻。在上海認識了時務報館的主筆楊毅臣，那是康南海的高足，他們在一起終日吃喝嫖賭，講究"新學"，不到幾天，他刻書的錢就花光了。幸虧楊毅臣爲他介紹到學堂裏教書，而他的那部稿本也被楊毅臣買去，改換著自己的名字出版。吳志仁的學生裏面有個叫沈偏滋的，專會鼓勵風潮。吳志仁不憚卑躬屈節地去攀交情，因此很得一班學生的擁戴。沈偏滋留學回來，名動公卿，吳志仁就借此得與那些新學朋友多所往返，其中還有倡言革命的賈文明、真雅邁等等，都是風雲際會的人物。後來楊毅臣保了經濟特科,一帆風順。沈偏滋出賣朋友,位列要津,他接辦了楊毅臣的《時務日報》,憑著一枝生花彩筆,也成為了時代的寵兒。書中諷刺那些新學人物,真是入骨三分!什麼是"新學"?作者在介紹沈偏滋所眷愛的妓女眉樣樓的時候,有過一番交代,說:"這個眉樣樓,是一個上海極有時望的名妓,學問也很有些的,並且最歡喜的是新學家。所以在他那裏往來的客人,總要有些新氣!不是口裏心裏是新的,便是頭上戴一個新式外國帽,脚上穿一雙新式外國靴鞋。"(第六回)沈偏滋自然最受眉樣樓的歡迎了,因為他正是這樣一位新學家!"原來沈偏滋穿的洋服,滿身的香水,一個核桃大的金表,掛上一條寸闊三寸長的金絲九紐鏈,一半在左邊衣套裏頭,一半掛在外面,却用一個嵌金剛鑽的別針別著,實在是好看。"(第五回)這些新學家滿口都是自由平等。當眉樣樓替沈偏滋裝水煙吸的時候,革命巨子的真雅邁就怫然加以指摘,道:"沈兄!你也是講講自由平等的人,怎麼現在這樣的平等自由起來呢?眉樣樓是個人,你也是個人。他裝煙把你吸,這便是他的不平等;他裝的煙,那裏有自己吸的便當,這便是你的不自由!"(第五回)新學家的宏論竟是如此!作者形容未免過度。當嚴拿革命黨的消息傳到上海的時候,沈偏滋嚇得面無人色,因為他和真雅邁的一度交誼,是人人知道的。還是眉樣樓替他出了主意,就是"學楊毅臣的乖",楊毅臣聽了不知所云,眉樣樓就對他說:"怎麼你不許人家學你的乖呢?難道你忘記了,年前為康梁這件事,不是你先得了信,在《時務日報》上先做了一篇論說,狠狠地攻擊了康有為一大篇,後來便沒有什麼找到你了!"沈偏滋依法炮製,居然獲得意外的成功。在揭發大時代史迹之中的翻筋斗的人物這一點上,此書真是名符其實的《新孽鏡》了。

十九

《新癡婆子傳》四卷三十四回,署笑寵居士記,風樓女史述。宣統庚戌新新小說社刊行。我們知道明末芙蓉主人的《癡婆子傳》是一部著名的色情小說,而此書則毫無色情的成分。所謂新癡婆子者,是指幾個篤於迷信的婦人。内容叙華府妯娌三人：賈夫人、麗娘、鴛娘，感情十分和睦，因爲她們是三位一體的多神教的信徒。賈夫人和鴛娘早寡了，那一份豐富的祖産就由麗娘的丈夫華小夏經營著。

小夏爲人精明寬厚，他看見家裏的婦人們終日求神拜佛，實在可笑可恨，只以礙著賈夫人是長嫂，一切都是她宣導出來的，也就不便干涉。後來她們迷信越深，花樣也越來越多，舉凡看相、測字、算命、退煞、八鴿滾、扶乩、圓光都試到了，引得那些三姑六婆終日在家川流不息，家務無人料理。小夏恨透了，就收了婢女雪兒爲妾。雪兒天性聰慧，有心要打破她們的迷信，無奈勢所不敵，但遭著麗娘的嫉妒。一日，小夏到杭州遊歷去了，這"妯娌三人，仿佛小學生放了學似的，不曾把一個華府，改了寺院，還算他們的安分！"起初是麗娘的孩子虎兒病了，她就經觀音寺求了一個仙方，吃下不一會就死了。賈夫人看見家運不昌，便請了兩位仙姑，一個自稱賈小姐、一個自稱純陰子的來府作法。仙姑說麗娘有"大難來臨"，又說鴛娘"流年不順，晦氣重重"，須於午夜之際，擇一僻靜的地方禳解，並且不許任何人窺視。於是賈夫人選定在小迷樓舉行。屆時兩位仙姑和麗娘、鴛娘都到了，而雪兒已先期伏在樓板上偷看這一幕喜劇。只見仙姑拿兩杯茶給麗娘鴛娘喝了，她們立刻就昏迷過去，原來這兩位仙姑却是男子假扮的！幸虧雪兒盡力呼喚，沒有被糟蹋身子。妯娌三人受了這番教訓，便痛改前非，不再迷信了。以後又把府中的佛樓改了一個女學堂，三人擔任教習。此書主旨頗與吳沃堯的《瞎騙奇聞》相同，《瞎騙奇聞》寫的是鄉村，此書的背景却爲都市，因此迷信種類極爲複雜。作者筆墨也很乾净，只是對於那妯娌三人的心理的描寫似乎太嫌簡單。由於科學的發達，晚清士大夫覺悟到迷信之不足恃，所謂"破迷小說"，盛極一時，此書無疑是一部重要的代表之作。

二十

晚清以戀愛爲題材的小說，沒有像《禽海石》那麼大膽吐露一個青年人的心理,而且具備現代小説的規模的,可惜此書文字,還夾雜著許多舊式才子佳人小説的濫調,不能成爲一部部"全德"的作品。《禽海石》凡四十回,符霖撰,光緒丙午群學社刊行。此書大約曾投稿小説林社而被退還,因此卷末有乙巳仲冬東海覺我的跋語,云"前後貫穿,入理入情,盥薇一讀,齒頰俱芬,小説中之上駟也。本社因宗旨所限,不克代爲印行,恨何如之! 願作者自印以餉閲者"。所謂"宗旨所限"大約就是作者太膽大的緣故。這是一部自叙傳的小説,假借青年秦遠的口氣叙述一段戀愛悲劇的經過。秦遠在十三歲的時候,隨宦漢口,和私塾中的女同學顧阿紉非常要好。那時他並不曉得什麽愛情不愛情,然而心下却十二分愛慕他,説不來其中所以然的道理。後來兩家遷移到北京,居然又成了鄰居,他們已經十五歲了,雖然彼此家長管束很嚴,他想盡了方法,和阿紉由戀愛而訂婚。拳亂發生,他的父親偕同他先回到了南方,阿紉一家却没有消息。他非常焦急:"没有一天不看報,但是一天一天的看去,那報上登的新聞,什麽兩宫駕幸太原,什麽李傅相北上議和,什麽京朝官都由德州紛紛南下,又是上海那些善士設了什麽救濟會放輪船去救濟北方那些被難的官民,單單只没有説起阿紉一家的下落!"這時他日夜哭泣著,他父親聽説顧家在聯軍入京時殉難了,又爲他另外聘了一個姓畢的女兒。他不願意,就到上海查訪救濟會收容的官民中有無阿紉的蹤迹。偏偏巧遇了阿紉的僕人,知道阿紉正困居旅邸,他趕去看她,她已經死了。題材雖極平凡,而作者處處攻擊舊式婚姻制度的罪惡。因此秦遠在最後説:"我不怪我的父親,我也不怪拳匪,我總説是孟夫子害我的,倘然没有孟夫子那父母之命媒妁之言的老話,我早已與阿紉自由結婚!"吳沃堯的《恨海》也是以拳亂爲背景的一部戀愛悲劇小説,主人公的遭際亦有相同之處,却不見這種議論。我揣想作者當時也許是一身受婚姻束縛的痛苦的青年,所以坦率地發出這種超越時代的呼喊。雖然他的認識那麽膚淺,但究竟是正確的。

二十一

《鄰女語》十二回，未完。憂患餘生撰，載《繡像小説》。晚清小説從正面去寫庚子之役那個大動盪的時代的，恐怕以此書的成就爲最高了。其卷首有詞一闋云："何事風塵莽莽，可憐世界花。昔時富貴帝王家，只剩殘磚破瓦！滿目故宫禾黍，傷心邊塞琵琶。隋堤一道晚歸鴉，多少興亡閑話！"我們可以想像到裏面的故事是怎樣一種景色。此書叙青年名金不磨者，家資富巨，素有"澄清天下"之志。拳亂發生，他憂慮萬分，一日看報上載著："各國聯軍於十九日攻破京師。兩宫西幸，駐蹕賈市！"他走到江邊一看，只見人聲嘈雜，帆影紛馳，碼頭上"搬行李的箱子、櫃子、鋪蓋捆兒、食藍兒，都貼著户部、工部、刑部、禮部、兵部、翰林院、内閣字樣"，這正是京裏出來的"逃官"。他從這些逃官的口裏知道北方民間的慘苦苦，於是將家產變賣淨盡，北上放賑。他是一個初出茅廬的人，因此沿路上歷了許多艱險，交了許多朋友，增了許多知識，做了許多見義勇爲的事。最可貴的是從幾家客棧的鄰女的訴説中，才知道各地社會的真實狀況。這是全書的大略。在今日我們所能讀到的關於義和團的史籍已經很多了，從没有像《鄰女語》這麽細膩地記載着每一社會角落的詳盡情形的。作者對於義和團的成因看得很準確，他始終是以同情的態度去寫這些愚民的，譬如第六回述金不磨到了山東東光縣，這時正下著雪，"只見樹林子裏面，掛了無數人頭，高高下下，大大小小，都掛在樹林子上，没有一株樹上没有掛人頭，没有一顆人頭上没有紅布包頭，没有一個紅布包頭上没有佛字。"不磨問明土人，才曉得是撫台袁世凱號令梟首示衆的拳匪。他想到："這場殘殺，雖則皆由亂民自取，然而終是這班頑固大臣釀成的奇劫，不是這班愚民平白構成的。這班愚民有何知識，有何作用，平日既不蒙官師的教育，到了這個時候，反受了長官的凌虐！"於此可見作者的正義感了！

（《天下文章》一九四三第一卷第五期）

説林凋謝錄

紙帳銅瓶室主 撰

分別載於《永安月刊》一九四三年第五十至第五十二期。紙帳銅瓶室主，即鄭逸梅，見一九四〇《説林掌故錄》叙錄。《永安月刊》是上海永安公司斥資創辦的通俗文化刊物，創刊於一九三九年，終刊於一九四九年，影響巨大。鄭逸梅曾長期主持該刊副刊"繁星"。本文追憶了當時已經亡故的知名小説家，有陳蝶仙、胡儀鄭、吳霜厓、程瞻廬、王西神、王無生、陸秋心、宋癡萍、黄摩西、俞丹若、孫漱石、李涵秋、惲鐵樵、畢倚虹、林萬里、吕碧城、姚民哀、徐枕亞、吳雙熱、俞天憤、洪佛矢、胡寄塵、程善之、何諏、沈東訥、黄南丁、朱鴛雛、蔣箸超、張春帆等二十九人，堪稱民國通俗小説界的"錄鬼簿"。文中對諸人的名號、生平、著述、珍聞軼事等都有詳盡的交待，足資參考。更爲可貴的是，鄭逸梅與其中大部分人都有過較深的交往，還在其中披露了不少"獨家"材料，對於研究這些小説家別具意義。如畢倚虹的詩歌、吳雙熱自述創作經歷的長函、何諏小説自評的函件等，都爲此處僅見，對於研究其生平創作有非常重要的意義，足見本文的學術價值。本文作於"孤島"時期，抗戰前繁盛的通俗小説創作盛況已一去不復返了，鄭逸梅以親歷者的身份回憶當年小説家們的風采，不啻爲已風流雲散的民國通俗小説創作獻上一曲挽歌。

民元以還，説林人才，下世者殊多。其中有神交，有莫逆友。

爰作此錄，亦曹子桓傷逝自念意也。

陳蝶仙

餘杭人，諱栩，別署天虛我生。主編《申報·自由談》及《遊戲世界》《女子世界》諸雜志，又創栩園編輯社，與其哲嗣小蝶、女公子小翠及友李常覺、吳覺迷等共同譯著。著作等身，長篇小說有《淚珠緣》《黃金崇》《玉田恨史》《鴛鴦血》《滿園花》《紅絲網》《嬌櫻記》《芙蓉影》《瓊花劫》《雙花冢》《鬱金香》《薰蕕錄》《柳暗花明錄》《紅蘩蔏別傳》《嫣紅劫》《妍媸鏡》《間諜生涯》《二城風雨錄》及《瀟湘影》《自由花》等彈詞，雜著有《文苑導遊錄》《栩園詩話》《文藝叢編》《栩園叢稿》《湖樓集》《半畝園集》《耳順集》。君早歲豪於飲，日盡十餘斤，晚歲以惠泉自釀酒，名曰惠詩客。偶意得，則傾飲數觥以爲常。卒於民國二十九年之春。臨卒，謂其女公子曰：“吾生平爲名士，中途不幸淪墮工商界，遂爲名人。今還吾乾坤，仍爲名士去矣。”年六十有二。其傳殊簡，如云：“生爲月湖公第三子，錢塘附貢生。兩薦不第，而科舉廢，遂以勞工終其身。夙擅詩文詞曲，而不自矜。生平但以正心誠意、必忠必信爲天職。凡事與物，莫不欲窮其理以盡其知，故多藝，然不爲世用。因自號曰天虛我生，所著署名曰栩園，字曰蝶仙，姓陳氏，相傳爲舜裔，故能敝屣功名。一家興讓，殆亦遺傳性歟？娶於朱，有子二人，長曰蘧，字小蝶，次曰次蝶，女曰璱。時人譽之者，輒比爲眉山蘇氏云。”

胡儀鄅

婁縣人，諱常德，字少芸，一字儀鄅。前清光緒中葉，吾蘇黃漱蘭、王益吾二學使，先後提倡樸學，君時肄業蘇州學古堂。時雷甘溪以小學泰斗主講席，師弟相得甚，故君之學以《說文》爲歸，而自字儀鄅之所由也。君於學無所不窺，經史而外，泛覽漢魏六朝百家之文。所著《說文管見》若干卷、《儀鄅漫稿》六卷。兼治小說家言，與留氓、水心、灝森等譯長篇《蒲爾脫秘密案》《假幣案》《潛艇圖》《鈿合記》《雙鵝傳》《鐵刹殼村之情劇》《點賊》《康南虛恐怖案》《遁形記》《情劫》。更有《紅羊佚聞》，則與稽逸如、徐枕亞、許指嚴合撰，亦膾炙人口。卒於民國十一年，其摯友華亭張伯賢爲草小傳，詳述其平生。

吳霜厓

君諱梅，字瞿庵，一字靈鶵，晚年始號霜厓。生於前清光緒十年甲申，卒於民國二十八年，壽五十有六。主講東吳、東南、光華、金陵、中央等大學，弟子遍江南。著傳奇凡數十種，如《雙淚碑》《東海記》《義士記》《風洞山》《落茵記》《綠窗緣》《湘真閣》《無價寶》《惆悵爨》等皆是。臨卒遺囑，謂："傳狀墓志，大可不必求人作。生平無德行可紀，且今世無中郎，區區撰著，無益國家，如春鳥秋蟲，自鳴得意，以此稱美，又何爲乎！即赴告後照例哀啓，吾生平所見，通者不多，亦省去。"其超曠有如此。聞金鶴望前輩爲撰《霜厓傳》，予未之見。

程瞻廬

君諱文棪，字觀欽，一署望雲。早歲卒業江南高等學堂，與葉小鳳、王蕘農有同硯之雅，執教鞭有年，尤以擔任蘇州景海女學國文講席爲時最久。善以冷眼觀世，奔競卑劣，誇張爲幻之狀，乃撮取之以入小說。常啜茗於吳中飲馬橋頭之錦帆榭，成《茶寮小史》，膾炙人口。李涵秋死，《廣陵潮》與《鏡中人影》，未及終篇，均由君妙筆賡續之。生平著述甚夥，尚有《衆醉獨醒》《新舊家庭》《滑稽春秋》《快活神仙傳》《雨中花》《葫蘆》《湖海英雄傳》《唐祝文周四傑傳》《情繭》《情血》《原諒》《廢妾》《依舊春風》等巨著。君課餘喜聽說書，遂揣摩之，成《藕絲錄》《孝女蔡蕙》《哀梨記》《明月珠》《同心梔》五彈詞，悉由商務印書館槧行。事變起，君意興索然，不再操舣。直至今春,以困於經濟,又復爲馮婦,著《簪纓會》,只兩回。全書未竟,而君以胃疾遽爾逝於吳中,同文無不悼惜。

王西神

君諱蘊章,字蓴農,別署西神殘客、紅鵝生、鵑腦詞人、王十三。清光緒壬寅科副榜舉人。曾爲商務印書館主輯《小説月報》《婦女雜志》,先後閲十餘年。因請名丹青家續《十年説夢圖》,海内文人,題咏殆遍。辛亥秋冬間,佐南京戎幕。一遊南洋,既而爲滬江大學國文教授。寓廬饒花木竹石,抱甕臨池,藉消歲月。自書楹帖補壁,曰:"成佛肯居靈運後,學書直到永和前。"其高逸曠放,可見一斑。後又自辦正風文學院,桃李門牆,一時稱勝。著有傳奇《香桃骨》《霜華影》《可中亭》《綠綺臺》《碧血花》,刊印《西神小説集》,如《杏花春雨記》《雪浪春痕》《秋蕤閣》《針縷艷憶》《一枝桃》《龍舟艷影》《陌上花飛》《新舊夫妻》《猩紅閣》,皆傑構也。曩年,予曾爲輯刊《雲外朱樓集》兩册,頃獲陸次洙君來札,謂西神《雲外朱樓集》遺珠甚多,《申報·自由談》所載之詩聯筆記,均未刊入。又,甲子以前所作雜文散記,彼抄存不少,如有人爲刻遺集者,大可商假以付剞劂也。君於民國三十一年夏歸道山。

王無生

君,皖之歙縣人,諱鍾麒。無生,其別署也。爲南社詞人,撰《恨海鵑聲譜》説部。歷主《天鐸報》《神州日報》筆政,著述宏富,惜什九散佚。君病篤時,有長別諸知好書,云:"嗚呼!諸公。無生與諸公長別矣。溯自弱齡以來,輒弄丈翰。當前清之季,事變日非,竊竊憂之。每以文詞,力圖挽救,幾瀕於危。丁未入報界,時世態一變,益盡厥志。辛亥改革,世態復一變,乃創辦《獨立周報》,以正論與當世商榷。今夏兵禍,世態又一變,彌用怒然,乃至成疾,憤慨既深,勢將不起。嗚呼!一棺附身,萬事都已,鮑明遠之言也。人生到此,天道寧論,江文通之言也。文人末路,千古傷心,生爲無告之民,死作含冤之鬼。忍痛書此,長與諸公生死辭矣!痛哉!無生絕筆。"其生平厓略,可於書中窺見之。

陆秋星

君諱曾沂,字冠春,號秋心,海門人,南社社友。幼與柳亞子同學愛國社,詩文冠儕輩,亞子以畏友視之。於《民立報》上譯《葡萄劫》,書爲文言體。紀希臘志士投身光復軍,以抗土耳其。於金戈鐵馬中,間以兒女之柔情,讀之令人迴腸蕩氣而不能自己。載報上歷二年之久,始克刊竣。後由民權出版社鋟爲單本,凡上下二集,共三十回,一時洛陽爲之紙貴也。此外尚有《秋心說集》行世。某歲卒。

宋癡萍

宋一鴻,字心白,號癡萍,梁溪人。曾主《長沙日報》《無錫蘇民報》,著作散刊於二報者爲多。長篇小說有《如此江湖》,由大東書局發行,爲君愜心精意之作。晚年執教鞭於海上,同事多酒星。課餘之暇,輒作糟邱之遊以爲樂,後病酒死。予與君俱爲雲社社友。

黄摩西

一代奇人黃摩西,海虞産,不修邊幅,蓄髮綦長,人以狂士目之。撰稿《小說林》,有《銀山女王》長篇小說,又《小說小話》一種。僑寓吳中嚴衙前,據云,其屋爲查小山故宇,甚爲軒暢。君特闢一室,稱爲揖陶夢梨拜石耕煙室,蓋彼深慕石齋、梨洲、陶庵、九煙之爲人也。君與蕭蜕公甚投契,《摩西遺稿》有蜕公一序,略云:"君身姿瑰瑋,孕十五月而生。觀書如電掃,文詞博衍誕邁,如靈威秘藏,如淮南鴻寶,如珠林,如雲笈。尤長於詩,兼青蓮之逸、昌黎之奇、長吉之怪、義山之麗。求之近世,王仲瞿、龔定庵,其儔也。少騖道家言,日啖朱砂,又習劍法及諸異術,常經月不寐,數日不食,獨遊山中,往往入夜趺坐宿岩樹下。友朋促席,劇談累宵晝,客倦仆,君滔滔忘日時。與章太炎先生善,而議論多相左,然與人言,未嘗不稱太炎也。自武漢興師,君奮然欲有樹立。一日出門乘火車,在車站,則兩足忽蹙,大哭而歸。繼政府北移,海內騷然,益憤懣不自聊,笑罵無恆,數月而卒。其時為民國二年癸丑夏曆九月十六日。"小說外,有《摩西詞》八卷、《蠻語摭殘》若干則。諢振元,字慕韓,又常自稱黃人。

俞丹若

我友范子煙橋與俞丹若相友善,謂丹若為曲園太史之侄孫,畢業北洋大學,工英吉利語,好譯說部,筆名天游。林琴南以古文譯域外小說,享盛名數十年,君則以淺近文字譯之,不失本意,故亦與俗嫻。生平不屑問米鹽瑣屑,以四海為家,於說部無所不窺,歲必耗數百金。晚年管理京師圖書館。民國十五年以肝胃病卒於京寓。所著有《荒服鴻飛記》《黑白記》《黑肩巾》等書。

孫漱石

君諱玉聲,別號海上漱石生,為鳴社社長。曾以警夢癡仙之署名,撰《海上繁華夢》一書,尤博社會之佳譽。此外有《十姊妹》《海上燃犀錄》《九仙劍》《呆俠》《金陵雙女俠》《夫妻俠》《惡魔鏡》《一粒珠》《嵩山拳叟》《還魂茶》《一綫天》《孤鶯恨》《破蒲扇》《機關槍》《金鐘罩》《甌中人》《怪夫妻》《樟柳人》《優孟衣冠傳》,又有《退醒廬筆記》《滬壖話舊錄》等書。主辦上海圖書館,有數種乃自行發行。予所刊單本最早者為《梅瓣》,版權即屬於上海圖書館者也。事變後,抑鬱寡歡,卒於婿家。

李涵秋

涵秋，廣陵人。所撰説部，以《廣陵潮》爲最著名，是書初名《過渡鏡》。宣統年間，載《漢口公論新報》。後武漢起義，報即停輟，擬將是稿售給商務印書館，商務不之納。其時錢君芥塵適主《大共和日報》，央人介紹，以是稿續載《大共和》及《神州日報》。改名《廣陵潮》，先後凡八十回，名乃大噪。嗣後《新聞報》上刊載其所著《俠鳳奇緣》《戰地鶯花録》《魅鏡》《好青年》《鏡中人影》等長篇，獨步説界。此外，尚有《雙花記》《雌蝶影》《瑶瑟夫人》《琵琶怨》《并頭蓮》《梨雲劫》《滑稽魂》《姊妹花骨》《雙鵑血》《孽海鴛鴦》《愛克司光録》《雛鴛影》《情錯》《自由花範》《怪家庭》《情天孽鏡》《秋水別傳》《玉痕小史》《雪蓮日記》《還嬌記》《無可奈何》《衆生相》《緑林怪傑》《近十年目睹之怪現狀》《新廣陵潮》《社會罪惡史》等。或謂《社會罪惡史》，原名《京江潮》，係葉德身著，附君名，其盛譽可知也。曾一度入李石泉觀察幕，當道如貴陽陳筱石、直隸高澤畬奇其才，爭欲羅致幕下，輒婉言謝絶，以爲一入政界，有如素質之衣，染成皂色，雖掬水洗濯，恐不能還其本來面目矣。張岱杉讀其所撰《廣陵潮》，有天才之目，致函聘之，君感其知己，奮然欲往。適閩潮掀起，未果行。而狄平子延君爲《時報》編輯，君遂不北而南，任輯務約一年，又兼輯《小時報》。既而歸里，每日撰述一二小時外，以花鳥自娱，暇復静坐。篤於手足之誼，每夕必與其弟鏡安談笑二小時始寢。君死，鏡安撰有《先兄涵秋事略》。

惲鐵樵

君諱樹珏，别號冷風、焦木。武進人。於翻譯小説，雅近琴南。常謂小説當鄭重斟酌，使有永久之價值，故一時有"大説"之譏。民初主編《小説月報》，所爲短篇小説，别有結構，而句法歷落有致，尤爲可喜。有《妃坡小傳》《無名女士》等作品。後隱於醫，民十後卒。

（《永安月刊》一九四三年第五十期）

畢倚虹

一代雋才畢倚虹，卒於民國十五年五月十五日。君諱振達，字幾庵，號倚虹，又署清波、婆娑生、春明逐客。蘇之儀征人。髫齡侍父卜居西子湖上。民國肇造，來滬讀書，入吳淞中國公學攻法政，講師如張季鸞、黃季剛、康心孚輩極器重之。倚虹於學法律之餘，喜以詩文與海内碩彦相質證。在公學中，聯合諸學友，創刊《夏星雜志》《學藝雜志》，開學府刊行雜志之先聲。厥後識包天笑前輩，天笑獎掖推轂，紹介入《時報》館，兼輯《小説時報》《婦女時報》，更創《小時報》。有署名小生、小可者，即天笑與君也。時天笑纂《小説大觀》及《小説畫報》，君撰短篇小説外，又著《十年回首》一書，此爲君從事章回長篇之始。既而其尊人畏三先生筦浙江之官産處，招其歸，君不得已乃赴杭。乃成《回憶詞》百韻，哀艷傳誦江國，葉小鳳、姚鵷鶵、蘇曼殊皆有詩以張之。民九復來海上，時天笑組《中外新報》，復延君纂文藝副刊。厥後，草《人間地獄》説部貽周瘦鵑，刊諸《申報·自由談》。單本行世，袁寒雲亟稱之，謂："今世爲小説家言者衆矣，坊肆之間，汗牛充棟。其能與古人相頡頏者，鮮有見焉。昔予讀春明逐客所撰之《十年回首》一書，輒嘆爲非近代所易有，而嚮往其人。後於海上，與逐客以文字相過從。始知逐客即予十五年前故人畢遯盦先生之哲嗣、親家方地山師之表甥、合肥李伯行大姻丈之外孫壻也，姻誼淵源，交益親密。比者，逐客又草兩説部。一曰《人間地獄》，多述其經行事，間及交游嘉話，其結構衍叙，有《儒林外史》《品花寶鑒》《紅樓夢》《花月痕》四書之長。一曰《黑暗上海》，則是海上近時之罪惡史也，可與李伯元之《官場現形記》、吳趼人之《二十年目睹之怪現狀》并傳，視之《十年回首》，益精健矣。"此外長篇遺著,尚有《未來之上海》《寫意朋友》《苦惱家庭》《春江花月夜》《極樂世界》《新人間地獄》《紅粉金戈記》《海上胭脂井》,大都未完篇,半途而廢,說者謂其爲早逝之征兆也。大東書局搜輯其短篇小說,刊印《畢倚虹說集》二册,凡二十四篇,中如《塔下》《北里嬰兒》《不離婚的離婚》《吃人家飯的第一天》等,皆饒有意味之作。末附《十月姻緣記》,係記其亡妻汪琫琤事,哀感頑艷,尤令人不忍卒讀。此外尚有《光緒宮詞》《清宮談舊錄》《幾庵絶句》《風筝樓隨筆》。君輯《銷魂詞》,梓印極精。曩蒙見貽一帙,予迄今猶珍藏篋衍中。其他書札暨君遺照,俱爲紀念品矣。予殊愛誦其小詩,清逸婉約,別有風格。其《湖上詞》,予曾録存之,如云"四圍暝色下平山,人影零星塔影間。手撥枯枝説憔悴,斜陽無賴一低鬟。""相攜一徑入棲霞,眼底煙塵十萬家。石上三生何處問,寒泉一琖紫雲茶。""身世悠悠絮一團,與誰商略眼前歡。疏鐘入水湖煙晚,人倚歸船怯暮寒。""十月湖波淺且清,娉婷雙鬢鑒分明。郎心莫漫如春水,劃過蘭橈碧浪生。""萬千愁緒幾丁寧,落日山腰一角亭。拋却心情望滄海,天風漠漠晚潮青。""落葉空山似雨聲,銀釵斜撥不勝情。山阿教刻孤生竹,惜取清遊記小名。""若將舊事證前緣,問到神仙總可憐。拾得靈籤一惆悵,如何消遣四三年。""短塔方塘住夕陽,憑欄纖手擘魚糧。他生願得如魚樂,一世浮沉皺月廊。""湖莼過了已秋凋,樓外垂楊勝暮條。何惜樽前拼一醉,可堪酒醒問明朝。"

林萬里

萬里諱獬,一署白水,閩人。佯狂玩世,善作灌夫罵座,卒被軍閥張效坤所殺。生前藏有生春紅硯,因以名齋。且輯有三日刊,亦以生春紅名之。清光緒甲辰遊滬應友之請,創《中國白話報》,君乃署白話道人。社論外并撰長篇小說《玫瑰花》,又曾爲商務印書館編《少年叢書》。及項城當國,任參政院事。汪子健在京創《公言報》,招君爲助。署名地雷者,即君之化名也。君嗜淡巴菰,吸之不去口,謂非此不足以佐文思也。君有妹宗素,亦爲女傑。

呂碧城

碧城女士字遁天,一署聖因,足迹遍天下,今春病逝於香島。女士乃與姊美蓀,俱有清才。刊有《信芳集》,首列小影,作歐西裝,風緻娟然也。與費卓齋、樊雲門常相唱和,雲門贈詩有"十三娘與無雙女,知是詩仙是劍仙"之句,其豪邁放誕可知。居海上同孚路,夷樓一角,位置井然。蓄犬一,女士琴書遣興,犬即偎伏其旁。出入汽車代步,生活殊富贍焉。民國十四年,襟霞閣主撰一文,披露於某刊物上。女士認爲影射彼名,侮辱其人格,乃訴之於法。襟霞閣主懼其擾,匿居吳中調豐巷,易名爲沈亞公。女士更登報究探,謂如獲其人,當以所藏慈禧太后親筆花卉立幅一以爲酬。襟霞閣主終日杜門不出,甚感悶損,遂草長篇小説《人海潮》一書,凡半年始竣。其時女士不復措意於往事。一日,錢須彌君晤之席間,遂以魯仲連自任,紛難乃立解。女士常作歐西之行,謁納爾遜像及巴黎拿破崙墓,蕩槳瑞士之日内瓦湖,領略世界樂團之勝,又復駐足意大利,一吊羅馬之夕陽。更赴美利堅,參觀好蘭塢諸明星如卓別林、羅克、賈克可根、范鵬克、范倫鐵瑙、愛琳立許、巴賴南格麗之宅墅,撰《鴻雪因緣》以記之。小説多短篇,散見各雜志。

姚民哀

民哀諱肖堯,海虞人,著作等身,化名殊多,如天亶、花萼、小妖、老鮑、鄉下人等皆是。擅柳敬亭技,現身説法,則標名朱蘭庵,與乃弟菊庵,俱以六才子一書享盛譽。其人侏儒而脚小,朋輩戲爲撰一自挽聯,云"脚小人小棺材小,名多友多著作多"。君一笑置之。彼喜爲人取綽號,如張丹翁之張骨董、施濟群之老闆、范君博之小姐、姚蘇鳳之鳳艷親王,而予之補白大王,亦彼所戲取而開玩笑者也。憶事變前,星社同文宴集於某旅邸,君來訪。蓋彼此十年不見矣。煙橋乃一試其記憶力，請其遍呼在座諸社友名，君端詳之餘，遍呼無訛。既見予，驚予憔悴，慰藉者再。豈知即此一晤，後竟不復相見，而烽火硝煙中，君乃死於非命矣，惜哉！所著有《民哀說集》，乃小說霸王。又善作黨會小說，允推獨步，若《箬帽山王》《江湖豪俠傳》《四海群龍記》《鹽梟殘殺記》，均刊有單本。

徐枕亞

海虞有二徐，即枕亞與乃兄天嘯也。枕亞諱覺，別署東海三郎、青陵一蜨、泣珠生、眉子。曾主《民權報》筆政，是報重文藝，附刊極其精彩，與《民立報》齊驅並駕。君撰一哀情長篇《玉梨魂》，排日刊載，一時讀者咸表歡迎。刊竣，乃印爲單本，不脛而走，銷至數十萬册，爲近代小說未有之盛。既而《民權報》被袁政府所摧殘，君脫離而與劉鐵冷、吳綺緣、吳雙熱、沈東訥、胡儀鄔諸君子創《小說叢報》，月出一期。君乃托名發現《玉梨魂》主人何夢霞之親筆日記，別撰《雪鴻淚史》，載《叢報》上，後亦出單本。時香港、新加坡等處，紛紛翻刻《玉梨魂》，君知而大憤，遂以《玉梨魂》一書，爲購《雪鴻淚史》之贈品，於是流傳益廣。嗣後又續《雙鬟記》《余之妻》《情海指南》《蘭閨恨》《刻骨相思記》《讓婿記》《秋之魂》《枕亞浪墨》等書。君抱家庭隱痛，且多拂逆事，乃放浪麴糵，藉以掃愁。未幾，其夫人蔡蕊珠病殁滬寓，君神傷之餘，成《悼亡詞》百首及《亡妻蕊珠詩略》，并擬草《玉碎珠沉錄》說部，未果。君曾托予轉丐亡師胡石予先生畫梅，得之大喜，爲予書琴條以爲報，蓋君固擅八法者。事變起，返虞鬱鬱死。與予往來書札頗多，予一一珍庋之。

吳雙熱

雙熱與枕亞，在《民權報》爲一時瑜亮，草《孽冤鏡》及《蘭娘哀史》。出版後，且有扮演之於紅氍者。其他單本，有《蘸著些兒麻上來》《斷腸花》《無邊風月傳》《孽冤鏡別錄》《鵑娘香史》《快活夫妻》

《雙熱嚼墨》及《新嚼墨》。未完之長篇，則有《一〇八》《燕語》《香國春秋》等書。曾致予一長函，自述其梗概，有云："初能文，便喜專攻稗官家言，袖手訂之小冊子入塾，胡謅於其上，數數爲先君子見，輒遭呵責，抛擲册子於床頂。余伺其去也，梯而取之，胡謅其上一如初，久之漸成文。會吳下程瞻廬、楊壽人諸作家，有《吳聲》期刊之作。壽人故詩文交，因索稿於余。余大喜，貢拙源源焉。此余以小說問世之嚆矢也。竊不自揣，毛羽未豐，便欲翱翔，遽草寫實短篇曰《啞教員》者，投刊上海《時報》；更草理想短篇曰《夢之小學》，投寄上海中華書局。由是益放膽爲之，則撰零星諧著、長短說部，絡繹投刊於上海《民權報》而未嘗索酬，而《民權報》主辦者周少衡遽以函招，委編文藝，於是有長篇《蘭娘哀史》暨《孽冤鏡》之作。此予小說生活之發祥時代也。洎後益窮治之，以爲行文之最有興趣者莫小說若。迄今十數年，多所著述，雖博得微名，然未敢井蛙自大。年來腦力大減，殊不欲作，而蘇、滬、港、粵諸同文，不我遐棄，索稿者殊絡繹。顧我自以小說問世以來，靡論短長，大半爲空中樓閣，愧非江郎，更當才盡。譬如一雜貨鋪，日惟出貨而無來源，則烏能繼其後乎？惟索稿者都是知音，誼不當却，不獲已，勉爲之，但構思良苦。當年以爲最有趣味者，今則反是。學子從余治小說家言者，數十人，然什九未入於室，不足充吾贋鼎也。内子瑤華、女弟子虞山邵志青、穗城梁翰飛，之三子者，斐然成章。然或關懷家政，或致力校課，不暇涉筆分我勞。兒子小熱，校課繁，勤修且不遑，何暇旁顧？宜其於小說退避三舍，未能爲我一臂之助也。以是今日之我，小說漸趨於暮景。每成一稿，輒覺無限艱辛。若復數年，或將退席於小說林中，藉資養息。否則，或將如嘔血長吉，促我年壽，皆意中事也。"君執教金陵正誼中學，凡若干年，後卒於海虞。君生前曾貽予一小影，予迄今猶保存之，留爲紀念矣。

俞天憤

天憤，海虞名士俞金門先生之哲嗣也。字采笙，居范公橋畔。

雖婦女孺子，販夫走卒，莫不知俞戀其人。蓋君豪爽直道，遂負戀名也。喜治稗史，與徐枕亞爲葭莩親，所作輒交枕亞披露於《小說叢報》。刊成單本者，有《薄命碑》《中國偵探案》二書。《叢報》停版，君撰興未已，諸新探案，揭載於《紅玫瑰》中。其探案附有照片，乃雇人扮演之，尤屬別開生面。金門先生逝世，遺囑弗浪費筆墨爲小說家言，遂不再爲下車之馮婦。性耽禪悅，以梵唄自遣，著有《呻吟集》，闡發佛旨，妙具至理，洵學佛有得之言。君能作山水，定有怕人山水之潤例。後專繪古松，胸中靈氣，蟠結生雲，意境之佳，異於尋常丹青。且一門風雅，無不嫺吟咏事，曾有海虞俞氏麗紅社之組織。其夫人姚紅葩女史，詩才尤清絕。君沒世已有年。

洪佛矢

慈溪洪佛矢草小說皆短篇，其妙處灑然如飄玉雪，燦然似茁奇絕。又如與晉唐人接席傾譚，無些子俗容世態也。與山陰蔣箸超善，箸超輯《民權素》，君以《碧兒》《酒徒鄭一》《劉儈之女》《莽和尚之姊》諸篇，刊布其間。尤以《莽和尚之姊》，尤饒別致，蓋一佛學小說也。中多雋語，如云："以色觀，有佛有姊；以空觀，無佛無姊。若論心同理同，吾姊即佛，佛即吾姊。"又云："月光自簾下適映其面，慧光煥發，如畫中人。凡美人之美，得月影照之，則動人益易，而羈客孤懷，雅人情興，其在月夕，則自然感發。"又云："天下之事，看得破，方把得住，徒以念佛澄心，以爲對治之法，是以藥治藥，藥去而病旋生。假借他力，有時墮落。苟知人我皆空，色相俱幻，則西施、南威，亦泡影耳。何遽自礙菩提？"又云："人之處此世間，其所以自恃者，必有超出尋常人之好之外者。此心所注，自往自來，不爲區區外物所束縛，而後其人內足以自信於心，外足以見信於物。"以上所語，非食人間煙火者所能道也。君草小說，常以天醉慘佛爲筆名，又有《醉餘隨筆》，逐期載之《民權素》。箸超囑予仿其體例以爲之，遂成《慧心集》數百則，然嫫母與西子比肩，媸妍自判，殊愧惡也。君死，未知曾將遺著裒輯刊存否耳？

（《永安月刊》一九四三年第五一期）

胡寄塵

作短篇小說，以一二千言，狀社會人物盡其致。讀之舒暢紆餘，不覺其急促者，斯爲難能。然此中有聖手焉，曰胡君寄塵是。君字懷琛，涇縣人，名列南社籍中。治古文辭，而於老莊釋道之書，無所不窺其奧，故其爲小說也，往往有玄機禪理之發揮。尤善爲滑稽之文，西賢蕭伯訥之所謂幽默者，君之作風庶幾近之。君沉默寡言笑，服御樸素似三家村學究。有季常癖，面留爪痕，友輩見而訝詢之，輒曰："予愛狸奴，爲所抓耳。"或謂君昵情侶，被夫人詗悉，所以施其閫威也。其然與否，則不可得而知矣。生平著作，凡數十種，如小說《革命軍》，最短之短篇小說。《寄塵雜著叢存》《滑稽談話會》《黛痕劍影錄》《蕙娘小傳》《弱女飄零記》《虞初近志》《胡寄塵說集》《胡寄塵近作小說集》。謂作小說垂二十年，短篇約六百種，亦云偉已。其他尚有《中國詩學通論》《中國文學通評》《修辭學要略》，多有功國故之作。服務商務印書館編譯所有年，曾繼葉勁風後，輯《小說世界》，治新舊於一爐，頗獲社會佳譽。樸庵，君之長兄也，長蘇省民政廳，顯赫一時，奔走干祿者衆，而君仍事故紙堆生活，不求仕進。其澹泊有如此，人咸多之。其死，在事變後一年。

程善之

善之，皖之歙縣人，爲南社巨子，擅稗官家言，論者謂琴南翁下，罕與抗手。後結束風華，皈依禪悅，乃慎守綺語之戒，不再撰著小說矣。曾刊有《駢枝餘話》《倦雲憶語》《小說叢刊》三書。《餘話》

如《櫻兒》《醉鄉亭長》《鷗波》《爪哇客》《歸云》等篇,《憶語》如《趨庭》《墜歡》《師友》《夢幻》等,《叢刊》如《懊儂》《玉犀囊》《健兒語》《疑雨疑雲記》等,均屬精心作品,爲社會人士所傳誦。且有鑒於秦漢以前,《周禮·考工記》《黃帝內經》《墨子·備城門》《呂覽·上農》諸篇,以及散見於《管子》《孫子》上者,頗多以美術之文言科學。漢以後,科學衰歇,文實分途,於是文學乃大遜於曩日。因本此旨,擬成《說槍》《說礮》及《錫蘭茶園記》共三篇,誦者無不稱賞。書法古逸,但彼自視以爲陋拙。柳亞子倩之題《分湖舊隱圖》,填成詞一闋,托其友朴人代筆一書,然亞子不愜意,必請其親筆一揮。善之不得已,只得親自揮毫,自稱生平拙於藝事,字尤拙中之拙,春蚓秋蛇,蓋已斷已蟄者,雖糾紛欹庋之生態,亦不可得,一筆一驚惶也。其謙抑有如此。去歲客死毗陵,所遺詩文,不知有人代爲搜輯否?殊可念也。

何　　諏

吾友張慧劍於說林諸賢,頗欽念何諏之爲文。其雜記中曾述及之,云:"著《碎琴樓》說部之何諏,係廣西興業人。宣統年間,以獲拔貢須進京,而苦資斧不足,及奮筆成《碎琴樓》一書,售之上海商務印書館,得八十金以壯行色。商務刊其稿於《東方雜誌》,文名大噪。予髫年最愛讀此書,嘗譬謂林琴南先生所譯之小說,爲鹿脯蟹胥,而何氏此作,則爲清焜鯽湯。雖係人人家中可備之饌,第其味美於回,以視鹿脯蟹胥,殊未有遜也。何氏一生蹭蹬,當以在廣東高等審判廳任推事時,爲較得意之時代。其後以候補縣知事,在省垣聽鼓,日趨冷衙,幾無以自贍。旋李耀漢畀以收呈委員一職,月薪僅六十圓,何氏亦頗能安之。何之名士氣十足,酒與色,皆所愛好。因《碎琴樓》之聲名洋溢,爲世所重也。遂亦常爲文字,向各報求售,蘄多得纏頭沾醉之錢。顧其所發表者,多在粵中,滬上出版物罕見其作品。後何一變而致力於吟咏,小說之道遂廢。傳其在粵高等廳任推事時,悅某旅社主人之女,欲納之,而旅社主人偵悉其已婚,不願使愛女作人小婦,力持不可。何大沮喪,即作《珠江待月詞》二十首,以抒其鬱悶,詞極哀艷,傳誦一時。有女詩人某,欲與論婚,旋亦察覺其有婦,遂悔約焉。"君曩與何一雁通函,蒙一雁以原函寄示,述其撰稿事,洵説林珍訊也。如云:"月來趕著小説,久未暇奉訊起居,甚罪。現著社會小説《錢革命》一種,計三十萬言,已於前日寄上海商務館,以弟私心自問,此書實遠在《碎琴樓》之上,但恐篇幅太長,該館或不樂於購入耳。旬日來除《錢革命》外,又著《鱉營長》《殘蟬魂影》二種,各三萬餘言。此外陸續編著,尚有《妾薄命》《蒼梧怨》《飛丐》《狗之革命運動》《鬼世界》《紅袖懷恩記》《秋影樓魂歸記》《大鐵錐前後傳》諸種,深望吾兄之自印托賣試驗不至失敗,藉可次第印行。日人《不如歸》,區區一短簿册子,贏金乃至數萬。此雖未可援以爲例,然依五五折計算,但使能銷千部,已不至吃虧,而況手續完成,悉心經畫,斷不至僅銷千部之理。然以商務印刷部之組織觀之,則已是大印刷而非小印刷矣。《碎琴樓》舊作,原屬美人香草,有托而言。自商務館誤會序中之意,擅將著者'著'字抹去,易以'編纂'二字,遂令全書原意,無由自明,深恨其爲點金成鐵手段。吾兄題作,獨能深得我心,至可感也。歷讀吾兄《乙卯醉作》諸章,輒慨然有倡予和汝之志,風塵鞅掌之中,覺此成屋牢騷,滿懷骯髒,不知何日始得與吾兄傾筐倒篋揚榷之也。'猛虎方食人,大豹亦嚙骨。中原積寒雨,荆棘龍蛇窟。悄悄霓裳衣,窺雲怯不出。明妝唤玉兔,擣藥待朝日。'此弟日者《中秋》諸章之一也。'碩鼠碩鼠,莫我肯勞。'萬轉千回,覺剩此筆墨生涯,尚是乾净茶飯。久思卓錫京師,營業一種最新式之報業,或致趣短小新聞,期與當世士夫商量胸臆,而蹉跎蹉跎,至今尚在經營猶豫之中,行期迄未能自定也。"予亦愛讀《碎琴樓》説部,曾與友人談及,并念何諏不知寄迹何處。友曰:"何諏已於數年前物故矣。"

沈東訥

東訥,雲間人。著有《三白桃傳》,全書凡十章。一"拒桃",二

"逅艷",三"避亂",四"狂士",五"遭劫",六"爭婚",七"庵會",八"上書",九"封庵",十"鵑化"。所謂"三白桃"者,乃紀洪楊時代之三女子,曰萬白桃,曰張白桃,曰白桃婢。孫竹汀有《白桃記》雜劇,而言之不詳。東訥乃搜羅諸家筆記,纂衍爲之。書中三女子,不但命名同,且其遭際同,其害於才,誤於色,卒之困於情而坎坷以終其身,亦無不同。而東訥以悱惻哀艷之筆寫之,讀之自覺有聲有色。曩年予因稿事致書徐枕亞,適枕亞返海虞,東訥乃代答。蓋東訥與枕亞同輯《小說叢報》也,此爲予與東訥通訊之始。東訥曾掌教徐匯中學,及予承乏徐匯,東訥已辭去,不數年即逝世。顧以未得把晤爲憾。

黄南丁

星社友有所謂黄氏三鳳者,若玄、南丁、轉陶也。南丁行二,善小說家言,著有《楊乃武小白菜》及《續啼笑因緣》。予輯《金剛鑽報》,君撰《腥風錄》以見貽。《腥風錄》者,關於蛇之故事,寫來詭奇曲折,深得讀者之歡迎。惜乎君染阿芙蓉癖殊深,困於黑籍,不克自拔,致潦倒以死。君與尤半狂尤爲莫逆,居於尤處有年。説者謂半狂有廣厦庇士之風。

朱鴛雛

當民初之際,雲間朱鴛雛善作林派小説,馳譽大江南北。長篇有《癡鳳血》《玉樓蛛網》《桃李因緣》等數種,惜多才不壽,年只二十餘,病肺死。周瘦鵑搜羅其短篇遺作《怨始記》《碎窗記》《投荒記》《拾遺記》《瑙札記》《盡心記》《漢水記》《芳時記》《感逝記》《病因記》《卧雪記》《天刑記》等,輯爲《紅蠶繭集》,并附遺詩於其後。聞徐子碧波尚剪存《申報・自由談》所刊其遺著多篇,爲《紅蠶繭集》所未採者。又,某君輯有《朱鴛雛遺著》一書,由中西書局出版。又,鴛雛生前極貧困,常依襟霞閣主。襟霞知鴛雛事最詳,故其所著《人海潮》中，關於鴛雛，叙述甚多也。鴛雛與姚鵷鶵曾合刊《二雛餘墨》。入南社，以唐宋詩派之爭，與柳亞子大開筆戰。亞子憤而開除其社籍，旋即悔之。聞鴛雛死，爲之哀悼不置，且願斥貲助葬也。

蔣箸超

山陰蔣箸超與乃弟昂孫，於民元之際，頗著聲譽。曾一度主《民權報》以反對帝制，爲袁項城所摧殘。箸超別刊《民權素》雜誌，凡十有七集，以費絀而止。予撰稿《民權報》及《民權素》，因與結文字因緣焉。其著作有《兒女金鑒録》《琵琶淚》，及與徐㸗公合撰之《蝶花劫》，又有《蔽廬非詩話》，尤多詼諧之什。家遭祝融之厄，早年著述，付諸一炬。晚歲執教滬上諸中學，吾友陳靈犀曾沐其教澤也。性耽麴蘖，所獲輒付酒家。家有一妻一妾，復不事生產，故常處窘鄉。善書法，惜予當時未之求。自歸道山，欲求之而無從，只留簡札二三通，作爲紀念而已。

張春帆

凡讀《九尾龜》者，莫不慕章秋谷其人。章秋谷者，乃著者張春帆之夫子自道也。春帆別署漱六山房，江蘇武進人。《九尾龜》初集出版，在晚清光宣之間。比及二十四集完成，刊行專本，則爲民國四年。當時袁寒雲品評説部，謂：「巨作之中，能無枝無蔓者，前以李伯元、吳趼人稱野史之雄，後則李涵秋、張春帆負譎諫之望。」其推崇有如此。其他長篇，尚有《政海》《魔海》《情網球》《嵩山球叟》《煙花女俠》《反倭袍》《摩登媱女》《情毒》諸書。僑居吳下婁門，予得親其教益自此始。厥後移家滬上雲南路，與步林屋比鄰居，予亦就食申江，又復不時進謁，深蒙不棄，獎勉有加。予刊行《逸梅小品》，春帆以弁言見貽，謂逸梅有補白大王之號，文壇馳騁，久已名盛一時。尤擅長於小品文字，攡華抒藻，結構謹嚴，而恂恂儒雅，氣溫而潤,神粹而清,無時下少年俯視風雲、高瞻山海之習。是誠文藝界之模範人物也。"拙陋如予,殊愧不敢當也。晚年任某銀行秘書,藉以糊口。民國二十年左右卒,迄今墓木已拱矣。

(《永安月刊》一九四三年第五十二期)

稗　屑

含　凉　撰

　　載於《永安月刊》一九四四年第六十六、六十七期。含凉即范煙橋，見一九二五年《小説話》叙錄。本文内容可分爲兩部分。其一爲記載民國通俗小説家的珍聞軼事，多涉及小説成書、出版的經過，具有一定的史料價值。其二則談論其對歷代諸種小説現象的看法，如其將先秦的"稗官"比作當時的新聞記者，對《三國演義》爲"聖嘆外書"的辨謬，都頗有眼光。

　　古有稗官，專指街談巷語道聽途説，今人以爲就是小説家的濫觴，其實和現在的新聞記者也有些相像。稗是細米，俗語説的芝麻緑豆官，稗官最相稱合了。

　　《三十三年落花夢》，是日本宫崎寅藏記中國革命黨人在日本的瑣事，是吴江蘇公俠所譯，金松岑加以潤飾，金氏就是《孽海花》的發起人"愛自由者"。

　　畢倚虹的《人間地獄》在《申報》揭載了一年多，館方當局請他結束，他在最後的一回寫了數萬言還是没有完，再三催促，方纔不結而結，這樣一個大尾巴，倒是絶無僅有的。

　　聞野鶴在《中國畫報》寫小説，一回完結，方有回目。因爲他是主張先有小説而後有回目的，也是創舉。

　　五卅事件，商務印書館出版的《小説界》，發起以稿費移作流血者的賻金。後來這種移酬助什麽，就數見不鮮了。

　　徐卓呆爲了要寫實，曾經化装到燕子窠裏去。

小説搬上銀幕,最早是"國光"的《聊齋》,不過極短。"明星"拍《空谷蘭》,方是完整地引用了。

魯迅在清末寫過一篇文言小説,名《懷舊》,是他童年在書塾裏的回憶,登在商務的《小説月報》,主編者惲鐵樵,用古文的眼光,批評他,以爲能虛處傳神。有幾句加上"……",可稱異數。

《三國演義》都標題"第一才子書",並且有"聖嘆外書",其實是僞托,聖嘆所定才子書是《莊子》《離騷》《史記》《杜詩》《水滸》《西廂》,輪不著《三國演義》的。

純粹的小説作者團體,不是"星社"而是"書社",聚過幾次餐,出版過幾期《書報》(四開的周報)。

南社除文詩詞選刊以外,還有一本《南社小説集》。

葉小鳳的《古戍寒笳記》,有一部分編成電影劇本,名《亂世英雄》。

徐念慈編印《小説林》,在蘇州開了一間書店,專門經理發行事宜,就稱爲"小説林書社",後來讓給伙友葉振漢。死,并入振新書社,從此"小説林"三字成了陳迹。

(《永安月刊》一九四四年第六十六期)

《儒林外史》作者吳敬梓,由金松岑采入《安徽通志·文苑傳》。小説家列入地方志乘者,他是第一人。

梁啓超有寓言小説《未來之中國》,中有革命人物名黃興,竟成預言。

在《孽海花》之前尚有一歷史小説,名《轟天雷》,亦爲常熟人所作。

小説家身後蕭條,同文爲他募集賻金的,畢倚虹是第一人,其後有李涵秋。

有《小説日報》,爲徐枕亞所創辦,後由許廑父編輯,專載小説與關於小説作者的事迹。別成一格,因材料不多而停刊,以後也沒有繼起。

專門載偵探小說的有《偵探世界》，程小青主編，出版不到一年。

　　小說家的第二代，大都改行，只有程小青的女兒育真，寫小說很活潑有情致，以前屢見於《萬象》《紫羅蘭》，近來因身體不好，不多寫。

　　姚蘇鳳善打詩謎，雖然讀詩並不多，却懂得律詩謎的心理。

　　徐卓呆的名字甚是奇突，其實從"半梅"的別號而來，古體梅字是兩個呆字，卓有單獨的意思。以前《新聞報刊》點將小說，輪到要點著他，常常擱筆，因為這個卓字放在句末，實在困難。有一回，有人竟把卓字假借作桌字，說是古字相通。

　　鄭逸梅的小品，確是只此一家，並無分出，所以有"補白大王"之稱。匯刊的小册子也很多，其中頗有關於史料的，可惜有時說不出它的出處來。

　　天南遁叟寫《淞隱漫錄》模仿《聊齋》，可是不及《聊齋》的筆墨生動，倒是記述上海景物，足資參考。他有一部文集，見者不多。《小說世界》登過他的年譜。

　　包天笑不懂日語，却能譯日本小說。《空谷蘭》《梅花落》最有名，就是《馨兒就學記》《埋石棄石記》《孤雛感遇記》幾部教育小說，也是把日本小說改裝過來的。

（《永安月刊》一九四四年第六十七期）

小說識小

錢鍾書 撰

載於《新語》一九四五年第四、第五期,《聯合晚報》一九四六年四月十七日、五月二日、五月九日、五月二十三日、六月七日、六月二十一日。作者錢鍾書(一九一〇——一九九八),字默存,號槐聚,江蘇無錫人。著名學者、小説家,著有小説《圍城》等。本文被收入其雜文集《寫在人生邊上》。作者學識廣博,縱貫古今,橫跨中西,故本文泛論中西小説。往往從某部小説的一個極細小的點出發,在中西方小説中找到相近之處,隨手拈來,毫不費力。或僅圖滑稽,博人一笑;或窮根究底,追溯本事;或由小説來討論某個嚴肅的文學理論問題,令人如行山陰道上,目不暇接。在近現代小説話中,堪稱別具一格。

《負曝閑談》第一回,載陸鵬夸言府裏飯菜云:"有一只鵝,鵝裏面包著一只雞,雞裏面包著一只鴿子,鴿子裏面包著一只黄雀,味道鮮得很!"此實烹飪之奇聞。按古羅馬彼德羅尼厄斯(Petronius)《諷刺小説》(Satyricon)第五、第六章,寫暴發户三樂宴客(Cena Trimalchionis),極欲窮奢,盥手以美酒,溺器爲精銀,肴核亦無奇不備,以糞穢團成魚鳥形,堆盤供客,幾與《太平廣記》卷四百八十三所載"聖虀"相似。有饌曰"脱羅愛野猪"(Verres Trojanus)者,烤野猪腹中塞一牝鹿,鹿腹中塞一野兔,兔腹中塞一竹雞,雞腹中塞一夜鶯,重重包裹,與陸鵬所言,無獨有偶。(按 Trimalchio 一名,出希臘文,義爲"三倍享樂",故借孟子及榮啓期語譯爲"三樂"。斯人又懼內,蓋"三樂"而兼"四畏"者。)

　　《西遊記》七十五回唐僧四衆行近獅駝洞,太白金星報妖精攔路。孫行者欲邀猪八戒相隨打妖,云:"兄弟,你雖無甚本事,好道也是個人。俗云'放屁添風',你也可壯我些膽氣。"俗諺云云,大是奇語。按巴闕立治(Eric Partridge)名著《英國俗語大詞典》(A Dictionary of Slang and Unconventional English, P. 六三五.)字母P部,采有"撒鳥海中以添水"一語("Every little helps", as the old lady said when she pissed in the sea),亦指助力而言,意正相當。《淮南子·詮言訓》曰:"猶憂河水之少,泣而益之";曹子建上書請免發諸國士息曰:"揮涕增河";皆意同而詞氣之生動不及。古羅馬戲劇家潑洛脫斯(Plautus)形容財虜欲浣濯而惜水,則揮淚以增之(Aquam plorat, cum lavat, profundere);不知亦用洋葱薰目否?不然何能至此懸河決溜一副急淚?又按田藝蘅《玉笑零音》云:"海爲地之腎,故水鹹"。"撒鳥添海",亦如木落歸根矣。

　　《西遊記》八十二回,唐僧爲金毛白鼠精攝入無底洞中,同遊果園。孫行者化身爲紅桃,妖精采而食之,行者一骨碌滾入妖精肚內。"妖精害怕道:'長老啊,這個果子利害!怎麼不容咬破,就滾下去了?'三藏道:'娘子,新開園的果子愛吃,所以去得快了。'""愛吃"二字,體會入微。食物之愛人吃者,幾不須齒決。韓昌黎《贈劉師服》詩云:"羨君齒牙牢且潔,大肉硬餅如刀截",所羨如此,蓋以食物爲鍛煉牙齒之器具,"愛吃"之旨,概乎未聞。若廣東鴨肫肝之類乃不愛人吃而人愛吃之,故必與齒牙挣扎往復,久之而後帖服下咽。按海涅(Heine)《旅行心影錄》(Reise-bilder)第二部(Ideen; Das Buuh Le Grand)第一章有云,極樂世界中,惟哺啜是務,湯酒開河,糕點遍野,熟鵝口銜蘸汁之碟,飛來飛去,以被吃爲喜(fühlen sich geschmeichelt wenn man sich verzehrt),即"愛吃"之意。

　　劉後村詩文好用本朝故事,王漁洋、趙甌北皆誹議之。按《後村大全集》卷四十三《釋老》六言十首之第四云:"取經煩猴行者,吟詩輸鶴阿師"。此詩前尚有七絕一首,亦用二事作對。《西遊記》事見南宋人詩中,當自後村始。

《老殘遊記》第二回寫王小玉説書,有三十多歲操湖南口音者極口贊美,謂不但"餘音繞梁,三日不絶",並且真使人"三月不知肉味"。旁人稱此爲"夢湘先生"。按此乃真人真名,毫無文飾。夢湘爲武陵王以敏字,所著《檗塢詩存》中有《濟城篇》七古,即爲白妞鼓書而作。

《品花寶鑒》一書口角伶俐。第十八回張仲雨論籤片一節,透徹精微,可與《長隨論》並傳,有云:"一團和氣要不變,二等才情要不露,三斤酒量要不醉,四季衣服要不乏,五聲音律要不錯,六品官銜要不做,七言詩句要不慌,八面張羅要不斷,九流通透要不短,十分應酬要不俗。"梁茞林《歸田瑣記》所載《清客十字令》與此大同小異:"一筆好字不錯,二等才情不露,三斤酒量不吐,四季衣服不當,五子圍棋不悔,六齣昆曲不推,七字歪詩不遲,八字馬吊不查,九品頭銜不選,十分和氣不俗。"具此本領,亦可以得志於今之世矣。"四季衣服"一事,尤洞達世故。巴蕾斯(Maurice Barrès)有小説《無根人》(Les déracinés),余震於其名,嘗取讀之,皆空發議論,悶鈍無味,唯有語云:"衣服不整潔而欲求人謀事,猶妓女鶉衣百結而欲人光顧。"(L'homme qui cherche du travail et n'a plus de vêtements propres est aussi dépourvu que la prostituée en guenilles),即"四季衣服"之意。鮮衣下屬之異於布衣上司,衣冠濟楚小清客之異於不衫不履大名士,未始不係此也。

《品花寶鑒》作者陳少逸熟於《後西遊記》一書,故屢取爲排調之資。如第十七回高品笑田春航遲到,云:"南極仙翁遲遲不到,難道半路上撞著了小行者的筋斗雲,因此行走不便麼?"按此即《後西遊記》中小行者與小天公鬥法跳"好勝圈"事。又如第三十九回李元茂見其妻孫氏爲"天老"(Albino),因云:"這是《西遊記》上的不老婆婆。"按此即《後西遊記》中使玉火鉗之長顔姐姐,嘗以鉗夾猪一戒之耳朵者。《後西遊記》一書,暗淡不彰,人鮮稱引,惟陳氏屢道之。

《笑林廣記》卷二《債精傳》有"大窮寶殿",可與紅心詞客《伏虎韜傳奇》中悍婦所造之"大雌寶殿"並傳。以"窮"代"雄",取其音同;以"雌"代"雄",取其義反。皆合弗羅依特(Freud)《論俳諧》(Wit and the Unconscious)所謂代換(substitutive formation)一原則者。《廣記》卷四一則略謂:南北兩人,均慣說謊,彼此欽慕,不辭遠道相訪,恰遇中途,各叙寒温。南人謂北人曰:"聞得貴處極冷,不知其冷如何?"北人曰:"北方冷時,道中小遺者須帶棒,隨溺隨凍,隨凍隨擊,不然人與墻凍在一處。聞尊處極熱,不知其熱何如?"南人曰:"南方熱時,有趕猪道行者,行稍遲,猪成燒烤,人化灰塵。"按此則情事口吻,入諸《孟巧生奇遇記》(Adventures of Baron munchausen),可亂楮葉。《奇遇記》第六章寫旅行俄國時,天寒吹角,聲凍角中,以角懸灶畔,聲得熱而融,Tereng! tereng! teng! teng! 自出角中。蓋襲取拉白萊(Rabelais)《巨靈世家》(Gargantua et Pantagruel)卷四第五十五章而稍加改易。英詩人羅傑士《語録》(Table-talk of Samuel Rogers, ed. by A. Dyce)第一百三十五頁則記印度天熱而人化灰塵之事(pulverised by a coup desoleil),略謂一印度人請客,驕陽如灼,主婦渴甚,中席忽化爲焦灰一堆。主人司空見慣,聲色不動,呼侍者曰:"取箕帚來,將太太掃去(sweep up the mistress)。"較之《廣記》云云,似更詼諧。

　　《艾子雜説》一則,略云艾子之鄰二郎夫,食肉以求長智慧,如是數日,相與自負爲"心識明達,觸事有智,不徒有智,又能窮理"。其一曰:"吾見人鼻竅向下甚利,若向上,豈不爲天雨注之乎?"按法國成語謂鼻孔向天者爲雨注鼻(Le nez dans lequel il pleut),思路亦已及此。

　　董若雨《西遊補》記孫行者被老人救出葛藟宫,老人忽合於己體,乃知即自己真神,"慌忙唱個大喏,拜謝自家。"此語曲盡心理。人之自負才能本領者,每作一事,成一文,津津自道,恨不能現身外身,於自家"唱喏拜謝",香花供奉,匪特我我周旋,形神酬答而已。陳松山《明詩紀事》蔡羽下引《太湖備考》云:"陶周望云:'羽置大鏡南面,遇著書得意,輒正衣冠北面向鏡拜譽其影曰:"易洞先生,爾言何妙!吾今拜先生矣!"羽以善《易》自負,故稱"易洞"也。'"天下文人,齊心同意而含意未申者,數必不少。德昆西(De Quincey)《全集》(Collected Works, ed. By D. Masson)第四册論古爾史密斯(Goldsmith)一文中記枯立治(Coleridge)識一人,敬畏自己,每說及"我"(I)字,輒脱帽鞠躬爲禮,較易洞先生尤甚矣。西洋詩人之好自譽者首推莫萊亞斯(Moréas),詳見亞兒巴拉(A. Albalat)《自傳》(Souvenirs de la vie Littéraire)記莫萊亞斯篇。次則但丁,亦樂道己善,詳見伯璧尼(G. Papini)《活但丁》(Dante Vivo)第二十一章。余中外友人中此節足與二子媲美者亦復指不勝屈。

《兒女英雄傳》第十五回描摹鄧九公姨奶奶衣飾體態,極倖色揣稱之妙,有云:"雪白的一個臉皮兒,只是胖些,那臉蛋子一走一哆嗦,活脱兒一塊涼粉兒。"刻畫肥人,可謂狀難寫之景,如在目前。按披考克(T. L. Peacock)寫羅賓漢事小説(Maid Marian)第十章狀一胖和尚戰慄如肉汁或果汁凍之顫動(The little friar quaked like a jelly),迭更司《旅行笑史》(Pickwick Papers)第八章狀肥童點頭時,雙頰哆嗦如白甜凍(The train of nods communicated a blancmange like motion to his fat cheeks),與"活脱兒一塊涼粉兒"取譬正同。

《兒女英雄傳》第三十九回,鄧九公九秩慶壽,安老爺爲同席講《論語》"春風沂水"章,略謂朱子注不可過信,"四賢侍坐言志,夫子正是賞識冉有、公西華、子路三人,轉有些駁斥曾晳。讀者不得因'吾與點也'一句,抬高曾晳。曾晳的話説完了,夫子的心便傷透了。彼時夫子一片憐才救世之心,正望著諸弟子各行其志,不没斯文,忽聽得這番話,覺得如曾晳者,也作此想,豈不正是我平日浮海居夷那番感慨? 其爲時衰運替可知,然則吾道終窮矣! 於是喟嘆曰:'吾與點也!'這句話正是傷心蒿目之詞,不是志同道合之語。果然志同道合,夫子自應莞爾而笑,不應喟然而嘆了哇!"詞辯尖新,老宿多稱賞之。按此段議論,全襲袁子才之説。《小倉山房文集》卷二十四《〈論語〉解》之四略云:"'如或知爾,則何以哉?'問酬知也。曾點之對,絶不相蒙。夫子何以與之? 非與曾點,與三子也,明與而實不與。以沂水春風,即乘桴浮海之意,與點即從我其由之心。三子之才與夫子之道終於不行，其心傷矣。適聞曾點曠達之言，遂嘆而與之，非果聖心契合。如果契合聖心，在子當莞爾而笑，不當喟然而嘆。"此《兒女英雄傳》之藍本也。翁覃谿《石洲詩話》卷三說東坡在儋耳詩："問點爾何如，不與聖同憂？"以爲能"道著春風沂水一段意思"云云，亦頗合袁氏之說，特筆舌無此明快。乾嘉漢學家於袁解頗有節取，郝蘭皋《曬書堂外集》卷下《書袁簡齋〈論語解〉四篇後》即取其二、其四兩篇，朱蘭坡《小萬卷齋文稿》卷七《與狄叔穎論四書質疑書》雖駁袁氏之解嘆字而亦不非其夫子傷心之說。

德國十七世紀小說家格力墨爾斯好森（H. J. Ch. von Grimmelshausen）以《老實人》（Simplicissimus）一書得名。余嘗謂其書名與伏爾泰（Voltaire）小說《坦白者》（Candide），天造地設一對偶。書中寫兵連禍結、盜匪橫行之狀，與伏爾泰書每有曠世相契處，證之今事，亦覺古風未沫。雖文詞粗獷冗蕪，不足比伏爾泰風霜薑桂之筆，然佳處偶遭，尚非得不償勞也。卷四第二章老實人在法國與居停加那（Canard）論醫，有云："在病家心目中，醫生有三變相：有病初見時爲天使相，診時爲上帝相，病愈開發時爲魔鬼相"（Ein Art dreierlei Angesichter hat: das erste eines Engels, wann ihn der Kranke ansichtig wird, das ander eines Gottes, wann er hilft, das dritte eines Teufels, wann man gesund ist und ihn wieder abschafft）。司各脫小說《主持僧》（Abbot）第二十六章寫一醫生感慨云："拉丁古諺謂，醫生索診費時，即是魔鬼（Praemia cum poscit medicus Sathan est）。病人欲吾儕診視，則以吾儕爲天使，及吾儕索費，則以吾儕爲魔鬼（We are angels when we come to cure—devils when we ask payment）。"余偶至公立醫院，每見施診部之醫生，早於診視時，對貧苦病人猙獰叱咤，作魔鬼相。余初非病人，而旁觀竟窺此態，百思不得其解。

《老實人》卷二第九章，形容美婦人有云："上下兩排牙齒，又整齊，又有糖味兒（zucker ähnlich），像從白蘿蔔上（von einer weißen Rübe）成塊切下來的。人就是給它咬著，也不會覺得痛（Ich glaube nicht, dass es einem wehe tut, wann du einen damit beissest)."以白蘿蔔塊擬齒，與《詩經》以東瓜子擬齒——"齒如瓠犀"，用意差類。尤妙者爲"咬著不使人痛"。齒性本剛，而齒之美者，望之温柔圓潤，不使人有鋒鍔巉利之想。曰"白蘿蔔"，曰"瓠犀"，曰"糯米銀牙"，比物此志。故西方詩人每以珠比美人之齒，正取珠之體色温潤，如亞裏屋斯吐（Ariosto）《咏屋蘭徒發狂》（Orlando Furioso）第七篇云："朱唇之中，珠齒隱現"（Quivi due flze son di perle elette, che chiude ed apre un bello e dolce labro）。英國婦人以長齒爲歐陸各國所嗤。亞部（E. About）《希臘史》（Histoire de la Grèce）及白羅松（J. J. Brousson）《法郎士語録》（France en Partoufles）皆比英婦之齒於鋼琴之鍵盤（le clavier de piano），余則竊欲以杜牧之《阿房宫賦》所謂"檐牙高啄"者當之。若此等齒，望之已有刀山劍峽之畏，不待被咬矣。昔鮑士威爾（Boswell）謁見伏爾泰，問以肯説英文否，伏爾泰答曰："説英文須以齒自齧舌尖，余老而無齒"，蓋指英語中 th 一音而言。然則英美二國人齒長，殆天使之便於自齧舌尖耶？法國人治英文學卓有成就者，以泰納（Taine）爲最先，據《鞏固兄弟日記》（Jurnal des Goncourt）一八六三年三月一日寫泰納形貌有云："牙長如英國老婦"（Une bouche aux dents longues d'une vieille Anglaise）。殆學英文之所致耶？識此以質之博物君子。

周元暐《涇林續記》記嚴東樓事有云："至其發落公事，適值中酒，則用金盆滿貯滚湯，浸手帨於中，乘熱提帨，圍首三匝，稍冷更易，則無復酒態，舉筆裁答，處置周悉，出人意表。"按此與迭更司《二城記》（Tale of Two Cities）卷二第五章所記卡登（Sydney Carton）爲律師作狀事全同，特非用冷水而用熱水耳。

《紅樓夢》第八十九回賈寶玉到瀟湘館，"走到里間門口，看見新寫的一副紫黑色泥金雲龍箋的小對，上寫著'緑窗明月在，青史古人空。'"悼紅軒本有護花主人評云："好對句。"按此聯並非《紅樓夢》後四十回作者自撰，乃摘唐崔顥《題沈隱侯八咏樓》五律頸聯，其全首曰："梁日東陽守，爲樓望越中。緑窗明月在，青史古人空！

江静聞山狄,川長數塞鴻。登臨白雲晚,流恨此遺風!"史悟崗《西青散記》卷四記玉勾詞客吴震生亡室程飛仙事,有云:"夫人口熟楊升庵《二十一史彈詞》,綠窗紅燭之下輒按拍歌之。自書名句爲窗聯云:'綠窗明月在,青史古人空。'"《散記》作於乾隆二年,所載皆雍正時事,蓋在《紅樓夢》後四十回以前,程飛仙唱《二十一史彈詞》,故云:"青史古人空",黛玉亦襲其語,則殊無謂。

勒帥治(Le Sage)《跛足魔鬼》(Le Diable boiteux)亦法國小説中之奇作。所載皆半夜窺探卧室中私事,而無片言隻語及於床第狎褻者(Voyeurisme, Peeping Tom motive),粗穢而不淫穢,尚是古典作風也。書中於醫生之詭道欺世,極反復嘲諷之能事,有云:"兄弟二人皆行醫,各有一夢,甚爲掃興。兄夢官廳頒佈法令,凡醫生未將病人治癒,不得索取診費。弟夢官廳頒佈法令,凡病人死於醫手者,其出殯下葬時,該醫須著服帶孝,盡哀往送"(ll est ordonné que les médecins mèneront le deuil ā l'enterrement de tous les malades qui mourront entre leurs mains)。按後一事吾國底下書中亦有類似者。《廣笑府》卷三云:"一庸醫不依本方,誤用藥餌,因而致死病者。病家責令醫人妻子唱挽歌舁柩出殯,庸醫唱曰:'祖公三代做太醫,呵呵咳!'其妻曰:'丈夫做事連累妻,呵呵咳!'幼子曰:'無奈亡靈十分重,呵呵咳!'長子曰:'以後只揀瘦的醫,呵呵咳!'"《綴白裘》十二集卷四《幽閨記·請醫》齣中翁醫生自言醫死了人,本須告官,經人勸解,乃由醫生出資買棺入殮燒化;又叫不起人來扛棺材,乃與其妻、兒、兒媳四人同扛,聯句唱《蒿裏歌》:"我就第一個來哉:'我做郎中命運低,蒿裏又蒿裏。'我裏老家主婆來哉:'你醫死了人兒連累著妻,蒿裏又蒿裏。'唔猜我裏個强種拿個扛棒得來,對了地下一甩,説道:'唔醫殺子胖個扛不動,蒿裏又蒿裏。'我裏兒媳好,孝順得極,走得來,對于我深深一福,倒説道:'公爹,從今只揀瘦人醫,蒿裏又蒿裏。'"施惠《幽閨記》原本第二十五齣《抱恙離鸞》雖亦有插科打諢,初無此節。買棺扛棺,盡屬醫生之責,較之帶孝送葬,更爲謔而虐矣。

《跛足魔鬼》又一節載,一少年子爵夫人失眠六夜,醫爲處方,夫人嗤之，謂只須閱一名作家之書，開卷而病癒矣（Je suis persuadée qu' en l'ouvrant seulement je me guérirai de mon insomnie）。因命人至藏書樓取阿才羅（Azero）書新譯本至，展讀不及三頁，已沉酣入黑甜鄉。按孟德斯鳩《魚雁發微》（Lettres Persanes）第一百四十三函托爲鄉下醫生致巴黎醫生之信，略謂鄉間有人，失眠三十五日，醫命服鴉片，此人不肯，請一設書肆者至，問肆中倘有無人過問之宗教書否（quelque livre de dévotion que vous n'ayez pas pu vendre）。醫悟其意，因爲另處方劑，藥味爲亞理士多德《論理學》原文三頁，潑洛丁尼斯六書九章如數（Trois feuilles de la logique d'Aristote en grec, autant de Plotin）等等，病果霍然。二事用意全同。梁元帝《金樓子》卷六《雜記篇》十三上云："有人讀書，握卷而輒睡者。梁朝有名士呼書卷爲'黄奶'，此蓋見其美神養性如奶媼也。"不以書爲安神之藥，而以書爲拍唱催眠之乳母，立譬更奇。余見美國教授史奈特（E. D. Snyder）《催眠詩論》（Hypnotic Poetry），謂詩之意義浮泛，音節平和，多重複詞句者，具有催眠之功能，例如丁尼生（Tennyson）之 Break, Break, Break, 坡（Poe）之 Annabel Lee 剖析甚詳。夫陳琳之檄，可愈頭風；杜甫之詩，能驅瘧鬼。若美神養性，催眠引睡，則書籍亦患怔忡者對症之藥。當有繼張燕公《錢本草》、慧日雅禪師《禪本草》而作《書本草》者。

《跛足魔鬼》又一節寫一老而風騷之女人臨睡時，先將頭髮、睫毛、牙齒脱下置化妝桌上；一老而風流之男人將目睛、鬚髭、頭髮皆取下而後上床；又一風騷女人，身材苗條可愛，實則其頸與臀皆假造者，嘗至禮拜堂聽說教，至將僞臀遺失堂中（Elle laissa tomber ses fesses dans l'auditoire）。按所謂僞臀（hanches artifi-cielles），即英國十六世紀戲劇中之臀卷（Bum-rolls）；僞睫毛、僞眉毛皆以鼠毛爲之，觀斯蒂爾（Richard Steele）喜劇《温柔丈夫》（Tender Husband）可知。僞髮則以馬毛爲之，上塗豬油或白粉，有重至十餘磅者。

《十日談》（Decameron）第三日第二故事寫一圉者通王后，出宮返卧，王迹之至衆囹寢處，暗中摸索，不知誰爲通於後者，因遍捫諸人心，覺此囹心怦怦然異於常，罪人果得。按西方古醫書有所謂"情人脉搏"（pulsus amatorius）者，跳躍不均（amor facit inaequales, inordinatos）。欲究其人有無戀愛或奸情，但把脉可知。嘗有醫生爲婦人治病，一日把脉，遂知此婦已於己有情，詳見勃登（Robert Burton）《憂鬱分析》（Anatomy of Melancholy）第三部第三節第三分所引史脫勒昔烏斯（Josephus Struthius）書。此法不知今尚傳否？又第九日第三故事，愚夫楷浪特裏諾（Calandrino）自信有孕，驚惶失措，謂其妻曰："我怎樣生得下肚裏的孩子？這孽障找什麼路出來？"按《西遊記》第五十三回豬八戒誤飲子母河水，哼道："爺爺呀！要生孩子，我們却是男身，那裏開得産門？如何脱得出來！"口吻逼肖。

去年秋，傅怒安先生編《新語》，索稿無以應，刺取劄記中涉稗官者二十許事報命。鄭西諦先生見而謬賞，屬其繼録。聊復爬梳得數十事，自附於不賢之義云爾。

馮夢龍《廣笑府》卷一一則略云："或人命其子曰：'爾一言一動皆當效師所爲。'子領命。侍食於師。師食亦食，師飲亦飲；師嚏，生不能强爲，乃揖而謝曰：'吾師此等妙處，其實難學也！'"按謝在杭《文海披沙》卷四嘗論詼諧每有所本，例如東方朔竊飲漢武帝不死酒即中射之士奪食楚王不死之藥事；麥西烏斯（Brander Matthews）《筆墨集》（Pen and Ink）有《詼諧譜牒》（On the Antiquity of Jests）一文，亦謂當爲笑話造譜牒，究其遺傳演變之迹（genesis）。馮氏此則，即脱胎换骨之一例。《法苑珠林》卷六十六引《百喻經》云："昔有一人，欲得王意，問餘人言，'云何得之'？有人語言，'若欲得意，汝當效之'。此人見王眼瞤，便效王瞤，王問之言，'汝爲病耶？爲著風耶？何以眼瞤'？其人答王，'我不病眼，亦不著風，欲得王意，見王眼瞤，故效王也'。王聞是語，即大瞋恚，使人加害。"洪文敏《容齋續筆》卷十五云："楊願善佞，動作悉效秦檜，檜嘗因噴嚏失笑，願於倉卒間亦佯噴飯而笑，左右皆哂，檜察其奉己愈喜。"楊願殆即或人之子而盡其師之道者乎？又按吾國文中"笑"

"笑話"等字,西方近代心理學家每取以爲分析幽默之資。伊斯脱門(Max Eastman)《幽默論》(The Sense of Humor)第八十六頁、第二百四十六頁說詼諧不必爲嘲諷,即引"笑話"(smile talk)作證。格來格(J. Y. T. Greig)《笑劇心理學》(The Psychology of Laughter and Comedy)第二十四頁謂吾國"笑"字一拼音 Hsiao 中,人類四種笑聲已含其三:嘻嘻(i),哈哈(a),呵呵(o)。皆可謂妙手偶得,非通人不能道。足與太特(Tarde)《模仿論》(Les Lois de l'imitation)第二百六十九頁說"老兄",尼采《超善惡論》(Jenseils von Gut und Boese)第二百六十七節說"小心",並傳不刊。今人治中西文物溝通史者,均未留意及此等處。

吾國舊小說巨構中,《儒林外史》蹈襲依傍處最多,兹舉數事爲例,已見有人拈出者,則不復也。杜慎卿訪來霞士事,本之朱國楨《涌幢小品》卷三,或言出《堅瓠集》,未確。此類考索小舛,亦從略云。

第七回陳和甫講李夢陽扶乩:"那乩半日也不動,後來忽煞大動起來,寫了一首詩,後頭兩句說道:'夢到江南省宗廟,不知誰是舊京人!'又如飛寫了幾個字道:'朕乃建文皇帝是也。'"按周草窗《齊東野語》云:"李知父云:向嘗於貴家觀降仙,扣其姓名,不答。忽作薛稷體,大書一詩云:'猩袍玉帶落邊塵,幾見東風作好春。因過江南省宗廟,眼前誰是舊京人!'捧箕者皆驚散,知爲淵聖(宋欽宗)之靈。"《外史》以此爲藍本也。

第十三回馬二先生與蘧公孫論作八股文道:"古人説得好:'作文之心如人目',凡人目中,塵土屑固不可有,即金玉屑又是著得的麽?"按以目喻文,始於王仲任《論衡》。《佚文篇》曰:"鴻文在國,聖世之驗。孟子相人,以眸子焉,心清則眸子瞭。瞭者,目文瞭也。"《自紀篇》語略同。《傳燈録》卷七白居易問惟寬禪師云:"垢即不可念,净無念可乎?"師答:"如人眼睛上,一物不可住;金屑雖珍寶,在眼亦有病。"施愚山《蠖齋詩話》駁東坡論孟襄陽云:"古人詩人三昧,更無從堆垛學問,正如眼中著不得金屑。"馬二先生之言,實從此出。范肯堂《再與義門論文設譬》七律前半首云:"雙眸炯炯如秋水,持比文章理最工。糞土塵沙不教人,金泥玉屑也難容。"則又本之《儒林外史》矣。

《儒林外史》第十四回馬二先生遊西湖,"到城隍山一名吳山,進片石居,見幾個人圍一張桌子請仙。一個人道:'請了一個才女來了!'馬二先生暗笑。又一會説道:'可是李清照?'又説道:'可是蘇若蘭?'又聽得拍手道:'原來是朱淑貞!'"按陸次雲《湖壖雜記》"片石居"一條略云:"順治辛卯,有雲間客扶乩於片石居。一士以休咎問,乩曰:'非余所知。'問:'仙來何處?'書曰:'兒家原住古錢塘,曾有詩編號斷腸。'士問:'仙爲何氏?'書曰:'猶侍小字在詞場。'士曰:'仙得非蘇小小乎?'書曰:'漫把若蘭方淑女——'士曰:'然則李易安乎?'書曰:'須知清照異真娘,朱顏説與任君詳。'士方悟爲朱淑貞。"《外史》全本此。

第七回蘧景玉道:"數年前有一位老先生,點了四川學差,在何景明先生寓處吃酒。景明先生醉後大聲道:'四川如蘇軾的文章,是該考六等的了。'這位老先生記在心裏,到後典了三年學差回來,會見何老先生,説:'學生在四川三年,到處細查,並不見蘇軾來考,想是臨場規避了。'"按錢牧齋《歷朝詩集》丁集六汪道昆傳有云:"廣陵陸弼記一事云:'嘉靖間,汪伯玉以襄陽守遷臬副,丹陽姜寶以翰林提學四川,道經楚省,會飲於黄鶴樓。伯玉舉杯大言曰:蜀人如蘇軾者,文章一字不通! 此等秀才,當以劣等處之。後數日會餞,伯玉又大言如初。姜笑而應之曰:訪問蜀中胥吏,秀才中並無此人,想是臨考畏避耳。'"周櫟園《書影》所載有明文人軼事,皆本之《歷朝詩集》,此則亦在采擷中。《外史》蹈襲之迹顯然。

第四十六回沈瓊枝追薦亡夫宋爲富,請天師作水陸大會,帶著小兒子——即瓊花觀和尚所傳佛種——跪在壇前,忽見法官口裏喝道:"何方妖僧敢冒血食?"但見那日浴堂裏來的和尚,正與亡夫爲富争取血食。按嚴鐵橋《全後漢文》卷三十八輯應劭《風俗通》佚文一則云:"汝南周霸字翁仲,婦於乳舍生女自毒,時屠婦比卧得男,因相與私貨,易神錢數萬。後翁仲爲北海相,吏周光能見鬼,使還致敬於本郡縣,因告光曰:'事訖,可與小兒俱上塚。'到於塚上,郎君沃酹,主簿俯伏在後,但見屠者弊衣螺結,踞神座,持刀割肉;有五時衣帶青墨綬數人,彷徨不敢來前……凡有子者,欲以承先祖,先祖不享血食。"此則輯自《意林》及《御覽》三百六十一又八百八十三。《外史》所本也。

《外史》中其他承襲處如:楊執中絶句乃《輟耕錄》載吕思誠《戲作》下半首,楊執中室聯乃《隨園詩話》載魯亮儕聯,(《閱微草堂筆記》載此聯而下聯不同,謂是張晴嵐門聯;《樗園銷夏錄》謂是錢籜石門聯),杜慎卿隔屋聞女人臭氣乃《周書》卷四十八蕭詧語,杜慎卿訪來霞士事本之《棗林雜俎》,張鐵臂存豬頭事本之《桂苑叢談》,不待覼縷。據德國人許戴潑林格(Stemplinger)所著書(Das Plagiat in der griechischen Literatur),古希臘時論文,已追究蹈襲。麥格羅弼士(Macrobius)《冬夜談》(Saturnalia)中有二卷專論桓吉爾剽竊古人處(Furta Vergiliana)。近世比較文學大盛,"淵源學"(chronology)更卓爾自成門類。雖每失之瑣屑,而有裨於作者與評者皆不淺。作者玩古人之點鐵成金,脱胎换骨,會心不遠,往往悟入,未始非他山之助。評者觀古人依傍沿襲之多少,可以論定其才力之大小,意匠之爲因爲創。近人論吴敬梓者,頗多過情之譽;餘故發凡引緒,以資談藝之參考。

董若雨《西遊補》後識語有所謂《續西遊記》者,未之見也。去年秋,周君煦良得之於揚州冷攤,遂獲寓目,果有靈虛子、比邱僧等角色。書叙唐僧取經後自西天佛國返大唐事宜,名曰《東歸記》。大旨爲:孫行者西遊取經時,多謀善變,機心太重,心生一切魔生,故歸途遇種種妖怪;唐僧與八戒偶不降伏自心,變幻亦隨;金箍棒、釘鈀、寶杖皆收繳佛庫,三衆赤手空拳,幸有靈虛子、比邱僧奉佛命暗中保護,得以化險爲夷。都一百回。意在力矯前書,文筆尚達,言亦成理,然正經板滯,生氣全無。蓋不知小説家言荒唐悠謬之趣,而必欲科之以佛説,折之以禪機,已是法執理障,死在句下,真癡人前説不得夢矣。妖怪多蠱魚精、蛙精、獅毛精之類,妖魔已甚;皆歸化佛法,無一被殺者,殊不痛快。行者本領,大遜前《記》,毫毛拔下,須近身方能收回;八戒神通,則遠勝於昔,亦能拔毛變化。第十四回妖精與八戒爭鬥，妖精以流星錘打八戒肩脊，八戒忙使出個磁石吸鐵法術，把那剛鬣變了磁石，將那妖精鐵錘緊緊吸住。此尤異想天開，從來小説中寫比武鬥法所無也。穿插處亦偶有比美前《記》者，如九十七回云："八戒聽得老道誇獎好相貌，便扭頭捏頸，裝嬌做媚起來，説道'不敢欺老師傅，我老豬還不曾洗臉包唐巾哩，若梳洗了還好看'"。九十回一節略云："行者打妖精一掌，妖精大怒。行者曰：'此中有奧理，這打你叫作不打你；若是我方才不打你這一掌，乃叫作打你。'妖魔個個請教禪機；行者曰：'譬如你們到寶林寺中，主持衆僧問你可是真唐僧，你道是真的，那主持衆僧定指你爲假；你若説是假的，那主持衆僧方信你是真。'妖魔聽了，各相笑曰：'原來禪機微妙，顛倒倒顛。'後來八戒知道此事，打行者一巴掌道：'正是不打他。'"按此乃宋明以來嘲禪呵佛者之慣謔，如《笑禪錄》笑《金剛經》"有我者即是非我"一句，則舉僧見秀才不爲禮曰："不起是起"；秀才以扇擊僧頭曰："打是不打。"筆記、笑林轉輾相襲，而以余所知，蓋實有其事。北宋張文潛《明道雜志》云："殿中丞邱浚，多言人也。嘗在杭謁珊禪師，師見之殊傲。俄頃，有州將子弟來謁，珊降階接，禮甚恭。浚不能平，子弟退，張問珊曰：'和尚接浚甚傲，而接州將子弟乃爾恭耶？'珊曰：'接是不接，不接是接。'浚勃然起，摑珊數下，乃徐曰：'和尚莫怪：打是不打，不打是打。'"此殆俗謔之所昉也。《傳燈錄》卷十載侍者問趙州："和尚見大王來，不下禪床，今日軍將來，爲什麼下？"趙州云："第一等人來，禪床上接；中等人來，下禪床接；末等人來，三門外接。"珊禪師者，亦昧於趙州門風，不善應對者矣！妖魔所謂"禪機顛倒倒顛"，即南宗禪"參話頭"心法；《六祖壇經·付囑》第十云："出語盡雙，皆取對法；問有以無對，問無以有對，二道相因，成中道義。"一切神秘思維，無不沿此途徑。西洋神秘主義大宗師潑洛丁納斯(Plotinus)即云："言即云無，有即不言"(Nous disons ce qu'il n'est pas；et ce qu'il est, nous ne le disons pas)(見 Enneads Ⅴ, ⅲ, 一三—一四；參觀同書Ⅲ, ⅰ, Ⅹ, 三, 據 E. Brehier 希臘文法文對照本)。斯賓諾至定規律云："肯定即否決(Omnis det ermiu atioest negatio)。"黑智爾之辯證歷程以有立無，由正生反亦借神秘經驗爲思維法則；William James: Varieties of Religious Experience p. 三八九、p. 四一七，又 Ed. Spranger Ledensformen S. 二五二—三，說此甚明。與六祖所謂"二道相因，成中道義"，無乎不同，均可以"打是不打"一語嘲之。

斐爾亭（Fielding）小說《湯姆·瓊斯傳》（History of Tom Jones）卷六第一章詳說戀愛心理，聖茨伯雷先生（George Saintsbury）頗嘆賞之。中一節云："世人通常所云愛情，實乃對嫩白人肉之饕餮食欲，宜名曰'饞餓'，不得謂爲戀愛（The desire of satisfying a voracious appetite wish a certain quantity of delicate white human flesh is more properly hunger than love）。貪口腹之人不諱言心'愛'某菜，此種好色之徒亦可曰'餓'而欲吃某女人。"按此節議論雖妙，莎士比亞已先發之。《聖誕後第十二夜》（Twelfth Night）第二幕第四景公爵云："彼等之愛情僅可謂爲胃口（their love may be call'd appetite），非出於肝（liver），而出於舌（palate），過飽而厭，由厭而嘔。吾之愛情如海之餓而元不容，吞而無不消（as hangry as the sea and can digest as much）。"不曰"出於心"而曰"出於肝"者，西洋古代以肝爲主愛情，猶中國古代之以肝爲主憤怒，古英文之"肝火"（liver burning hot）正吾國新作家所謂"心裏燃燒著愛情的烈焰"也。勃洛黑（I. Bloch）名著《近世戀愛生活》（Das Sexualleben unserer Zeit）第十二版第三十五頁謂爲相愛而欲"一口吞下去"（Liebe zu essen）。真有其事，往往至於齧情人之肉而生啖之（tatsächlich anbiβ und zu verspeisen anfing）。因舉一近例爲證。足見莎士比亞、斐爾亭云云，非徒俳色揣稱，實爲真知灼見。心理學家見事每落文學家之後，可以隅反。孟子有言："食色性也"；今人用"性"字輒專指色而言，豈世風不古，今人天性不吃飯而只好色乎？蓋食色相通，心同此理，語言流露，有不自覺者。小說劇本中常語如"秀色可餐""禁臠""恨不得一口吞了他""蜜月""甜甜蜜蜜""吃醋""好塊肥肉，落在狗嘴裏"，諸若此類，莫非取譬於口腹，西洋成語亦無不然。法文之 Jolie A Croguer 即

"一口水吞下去"；白魯松(Brousson)《法郎士私記》(Anatole France en Pantoufles)載法郎士説"可饗王侯"一語，兼指美女與美饌而言(morceau de roi)。姑以英文爲例：美女曰"桃"(peach)，醜女曰"檸檬"(lemon)，瘦女曰"好肉在骨頭邊"(The nearer The bone, the better the meat)，風騷女曰"辣貨"(hot stuff)（指胡椒言），少女曰"鷄雛"(chicken)，其他鄙言媟語，未敢多舉。雅馴則如韓冬郎香奩詩曰："蜂偷崖蜜初嘗處，鶯啄含桃欲咽時"；獷直則如《二十年目睹之怪現狀》第三回曰："又是黄魚，又是野鷄，倒是兩件好吃東西。"《廣笑府》卷五載好色者曰："不惟可當飯，並可代酒"；戀愛之時，往往"茶飯無心"，亦見苟心中有人，腹中可以無物，誠凶年節食之妙法。今人言"性"字，撇去飲食，確有心理根據，無可厚非。

《聊齋志異》卷四"齊天大聖"條謂八閩有孫悟空祠，香火甚盛。有慢者必遭神罰。向謂蒲留仙荒唐之言，後讀梁玉繩《清白士集·瞥記》卷六云："應城程拳時（名大中）《在山堂集》有《蘄州毁悟空像記》，其略云：'蘄俗以六月某日賽二郎神，神一人前導，山民呼行者，則元人小説所載孫悟空也。是日蘄人無遠近皆來就觀，輟市肆，肅衣冠，立於門，出只鷄百錢爲壽，必稱命於行者，以至於神。一不予則行者機變，舉動趫捷若生，擊人屋瓦器皿，應手皆碎，甚則人受其咎。乾隆甲戌，州牧錢侯聞其事，悉取像焚之。'"則眞有鑄像以事者。

巴爾劄克之《放誕故事》於其著作中爲别調，然奇情異想，有突過《十日談》者。第四篇《路易十一之惡作劇》中記諸朝臣飲食過飽，腸胃脹悶，天顔咫尺，不敢造次，一主教腹鼓鼓不能忍，口中噫氣，自知失儀，恨不能在德國。當時德國，風俗樸野，每爲先進鄰邦所笑，如呼手指爲"德國人之發梳"，蝦蟆爲"德國人之黄鶯"等等。然巴爾劄克此節，却非譏切德國朝儀粗獷，乃指德文而言，故下文云："路易聞此腸胃語言。"腸胃語言即噫氣，意謂德文音吐刺耳可憎，有同此聲。吾國俗人形容西洋人講話，輒曰"嘰哩咕嚕"，而形容饑腸雷鳴或過飽腹中作聲——英文俗語所謂者——曰"咕嚕咕嚕",亦無形中以西洋語比之腸胃語言也。巴爾剳克此書文筆力仿拉白萊。餘按《巨人世家》第二卷第九章件件能以英、德、意第十三種語言自述生平,一聞者云:"我相信德國人是這樣講話的。假使上帝允許,我們也可以教大腸這樣講話。"乃巴爾剳克此節注解。法國人至今有語云:"英國人説話如鳥叫,義大利人説話如唱歌,德國人説話如嘔吐,只有法國人説話是説話。""嘔吐"二字,刻劃盡致,亦即腸胃語言之引申也。色格爾女士小説《野草梅》中法國女教師論英文爲鳥語而德文爲馬語。近代法文俚語又以説德文爲"切乾草"。又是馬,又是乾草,説德文者豈不成"馬齧枯萁喧午枕"乎?中世紀以還,大魔術家如浮士德輩,皆德國人,故英國古代以德國爲召神、捉鬼、煉丹、點金之龍虎山,觀彭瓊生劇本如《狐狸精》第二幕第一景、《撲朔迷離》第四幕第二景、《點鐵成金》第二幕第一景,可見一斑。一切荒誕神奇之説,輒托言"譯自德文"。德文與念念有詞之禁咒同功,等於"唵嘛呢叭咪吽",可以捉妖請鬼,例如弗蘭邱《逆旅少女》第四幕第二景問答有云:"請問用什麼語言來召請魔鬼呢?——我想德文最好,説起來嘴裏滿滿的。"十九世紀,德國文學卓然自立,海涅友人蒲爾納夸張德國語言以爲天下無比,至云:"英國人卷舌,法國人利嘴,西班牙人喉間轉,義大利人舌頭花,只有德國人真是講話。"用字不甚貼切,而矜狂之概,亦殊不可一世。

　　蕭子顯《南齊書》卷五十四《顧歡傳論》揚挹九流三教,譏墨家以自苦爲極,有云:"膚同斷瓠,目如井星。"下句謂容顏枯瘠,目睛深陷眶中也,描劃甚妙。按佛羅貝《聖安東尼之誘惑》(La Tentation de Saint Antoine)中釋迦牟尼自語云:"我雙目深陷眶中,如井底之星。"(Mes yeux rentrés dans les orbites semblaient des étoiles aperçues au fond d'un puits),亦指其戒嚴行苦,軀面腰削。與蕭子顯語,若吻符節。余嘗以此事質之李君健吾,渠亦嘆爲巧合。《瑜珈師地論》卷四十九記如來三十二丈夫相八十隨好,初非劬勤如餓丐者,則佛羅貝不之知矣。

　　《野叟曝言》中刻劃人情世故,偶有佳處,寫賤婦人口吻,亦能逼真，而事迹中破綻不少，如衛聖功何以迄無交代，文素臣既深惡和尚何以借居昭慶寺，素娥精通醫藥何至誤服補天丸，李四嫂爲連成畫策誘石璿姑，何以計不及此。第六十八回李又全諸姬妾所講笑話多有所本，第三妾所講較雅馴，云："一個道學先生父子倆人種鶯粟花，人合他說，撒種時要說村話，不說村話，就開不盛。父子倆人都道：'這個容易。'那老子一面撒種，一面說道：'夫婦之道，人倫之本。'那兒子也撒種道：'家父已經上達。'"按宋僧文瑩《湘山野錄》云："冲晦處士李退夫作事矯怪，携一子遊京師，居北郊別墅，帶經灌園。一日老圃請撒園荾，俗傳撒此物，須主人口頌穢語播之則茂。退夫固矜純節，執菜子於手，撒之，但低聲密誦曰：'夫婦之道，人倫之始'云云，不絕於口。夫何客至，不能迄事，戒其子使畢之。其子猶矯於父，執餘子咒之曰：'大人已曾上聞。'皇祐中，館閣以爲雅戲。凡曰澹話清談，則曰'宜撒園荾一巡'，《曝言》一節全本此。

　　以作《福爾摩斯探案》得名之柯南道爾晚年曾撰《回憶錄》(Memories and Adventures)，頗資考訂。中間極稱王爾德之妙於辭令，能即席講故事，尤嘆賞所講一魔鬼故事，略云："魔鬼一日遊行至非洲大沙漠，見諸小鬼方誘惑一修道隱士。此隱士塵根清净，超凡入聖。諸小鬼竭變幻試探之能，而隱士如死灰槁木，了不爲動。魔鬼笑曰：'此易事耳'，趨前與隱士耳語曰：'君之兄弟新任爲亞曆山大城主教矣'（Your brother has just been made bishop of Alexandria）。語未畢，隱士憤嫉之色見於面。"設想甚妙，蓋學道者於聲色貨幣等嗜欲尚易解脱，惟好名好勝好計較之心最難鏟除。柏拉圖所謂"名心乃人臨死最後脱去之衣服"（見 Athenaeus：Deipnosophists, bk. xi sect，一一六）。近人李益君（Philip Leon）大作《權力倫理學》（Ethics of power）論聖賢豪傑愈無私心（egoism），愈有我執（egotism），皆此意也。然王爾德實有所本。迦耐脱（Richard Garnett）短篇小說集（The Twilight of the Gods）《詩人選舉》（The Poet of Panopolis）一篇中有云："魔鬼曰：'此等小鬼乃吾學生，於引誘之技術，尚未到家。此老漢目不別美醜而欲以美色動之，口不辨酸鹹而欲以美味動之，不識錢爲何物而欲炫之以金銀，不知學問爲何事而欲夸之以書卷，皆慎也。吾出一語即能使之勃然作色而興。'乃耳語曰：'農納斯將爲君故鄉主教矣'（Nonnus is to be bishop of Panopolis），隱士妒恨之色見於面。"王爾德著作好蹈襲同時人，霍斯門（Laurence Houseman）《自傳》（The Unexpected Years）即記王爾德嘗面稱其小說（The Green Gaffer）中寫炊煙一句而襲取之，口語假借更不必論矣。

小說叢談

二　少　撰

　　載於《中外春秋》一九四六年新一期。作者二少,生平待考。本文內容簡單,言談隨意,想必是作者的興到之言。其主要關注的是小說題目,認爲西方小說題目要遠好於中國。推其原因,當歸於外國小説家性格活潑且營養好,似是調侃。但其稱我國小說界爲"工業界",當是憤慨於當時中國質量不佳的小說的泛濫而言。

　　外國小説頗多奇異的題目,較吾"民族小説工業界"出品,精而且隽。諒必外國小説家較活潑,不像咱們的執筆之士那麼板板六十四。再者,外國小説家營養較好,常食牛乳、蜜橘,不像國産作家那樣吃了牛乳、蜜橘便短了蕪湖籼米與本地青菜也,是故外國小説家多巧思。

　　小説題目最多奇趣者爲偵探小説,例如《鸚鵡嘴》《紫外綫》《第十三張牌》《奇異的脚》,頗極詭異之能事,令人想入非非。

(《中外春秋》一九四六年新一期)

說海餘沫

含　凉　撰

　　載於《海光（上海一九四五）》，一九四六年第二十、二十二、二十四期。作者含凉，即范煙橋，見一九二五年《小說話》叙録。本文描述了俞天憤、程瞻廬、惲鐵樵三位小説家創作小説的獨特情形，都饒有趣味。同時，也有著強烈的哀嘆小說創作今不如昔的傷感，這是抗戰後通俗小說界人士的常見心態。

　　中國寫偵探小說最成功的，自推程小青兄。三十年來，幾無敵手。他那筆下的東方福爾摩斯——霍桑，差不多婦孺皆知。後來作東方亞森羅蘋奇案的，同時有好多人，最著者爲何樸齋、俞慕古、孫了紅。何、俞二人，不久就擱筆了，只剩孫了紅兄還致力於此，刻意經營，煞費心血，足與《霍桑探案》頡頏。不過談到我國最先創作偵探小說的，却是常熟俞天憤兄。他曾著過一部《中國新偵探案》，內有《啄木鳥》《枕中秘》《一分鐘》《井底遊魂》《筆尖》《偷香妙手》等二十篇，由徐枕亞先生主持的清華書局出版，似乎銷路並不佳妙，流傳不廣，所以知道的人現在很少了。俞天憤先生除了第一個寫偵探小說以外，還曾經別出心裁，以攝影來代替小說中的插圖。他寫好了一篇小說，就叫人照著小說的情節，扮演起來，然後以開末拉攝成照片，再製成銅版，附印在小說裏。這花樣在當時新奇，可是由於攝影術不大高明，印出來很模糊，不能引起讀者的注意，終於失敗了。以前世界書局發行過偵探新志，爲了太專門化，銷數不好，只出了一年，以後就沒有出版過，遠不如英美人對於偵探小說的熱烈。最近却有了兩種偵探新志了,一名《新偵探》,是小青兄所編;一名《大偵探》,是了紅兄所編。兩人又在鬥法了。

(《海光(上海一九四五)》一九四六年第二十期)

程瞻廬的隨身法寶

小說家程瞻廬在民初是紅透半邊天的。世界書局出版社的《紅雜志》和《紅玫瑰》雜志,當他做台柱子。那部《四傑傳》銷行直廣,當時無出其右。他所寫的遊戲文章,也是謔而不虐,俗不傷雅,比《笑林廣記》之類,够味得多。他是蘇垣平橋頭一家小茶館的撑頭,又是夜間茶場的老聽客。凡是街談巷語,道聽途説,他都可以取爲寫作資料。尤其是説書的插科打諢,更有助於他章回小說的運化。他隨身帶著三件法寶,一是一枝截取一半的水筆,一是一小瓶的墨汁,一是一本日記簿。有時他怕記不牢,就拿出法寶來,當場摘要記在簿子上,倒很像李長吉以奚囊自隨。他是惠雲女子中學的老教師,校長王梅娥也是他的女弟子。他上作文課,學生們埋頭屬草,他就請出法寶來寫小説。蘇州淪陷後,就避地來滬,在華聯中學教書,立誓非重見光明,决不寫稿。但後來,一因見獵,二因生活困難,也逐漸有些動搖。凡是没有背景的刊物,都肯應酬一點。可惜太平洋戰事發生后,回到蘇州,不久就去世了。倘然讓他看到勝利,一定會寫一部像《衆醉獨醒》般的社會小説,成爲鑄奸禹鼎的。

(《海光(上海一九四五)》一九四六年第二十二期)

惲鐵樵提倡大説

惲鐵樵在主編《小説月報》的時候,提倡"大説",説有許多小説只有幾分鐘的價值,看過了一些没有回味,於讀者也没有什麽好的啓示。做小説,應當有較大的涵義,給與讀者較久較深的印象,這就不能以小説目之,而成爲大説了。因此在他主編的《小説月報》上,所登載的,都是有著"文以載道"的氣味的小説。和同時期一般小説雜志重在趣味的作風,截然不同。他對程小青兄説,做小説先得讀《檀弓》《史記》《漢書》,這就是要做"大説"的基本培養。可是這種主張,實在行不通。做小説的人,誰會去讀古書。

近來做小説的人,只見減少不見增加。至於精彩獨呈的小説,更是寥若晨星。在怎樣一個偉大的抗戰期,没有一部像《西綫無戰事》那麼的小説,就是連《最後一課》《二漁父》《柏林之圍》那麼的短篇小説也没有,真是中國小説界之恥。

(《海光(上海一九四五)》一九四六年第二十四期)

小説瑣談

永　泉　撰

　　載於《青年界》一九四七年第三卷第一期，列於"讀者園地"欄。作者永泉，生平待考。本文主要從"小説的起源"、中國古代小説的面貌、"小説的價值"、"小説的做法"等四方面展開。作者認爲中國古代的經史子集裏存在著大量的小説，只是古人不自知。這點深受胡懷琛思想的影響。在小説作法的討論上，其觀點也頗有見地，"應該著重在'人''事''境'三方面"，都頗有理論價值。

　　一、小説的起源：文學史包括小説的。關於小説的起源，可以説是隨文學產生而產生了。所謂原始人的"謠舞"，一面唱歌，一面跳舞。這唱歌有抒情，有叙事，叙事的部分便是小説的起源了。

　　人生可説是唱戲演員與觀衆組合成的，生活的人們，有的是演員，有的是觀衆。許多感覺靈敏的演員，經歷著舞台上刻骨的遭遇，或極端的快樂，便會瘋狂似的苦笑起來，這樣由内心迸發出來自然音節，就是造成文學作品的成因；假使一般觀衆，受了舞台上演員哭笑的感動，也同樣的哭笑而迸出自然音節，這便是讀者的共鳴。小説如此，任何文學形式如詩歌、戲劇、散文，也都是如此。

　　二、我國古代小説：小説的產生自有"文"以來就有了。可是我國古代關於文章的流變很多，好像小説不多，其實是有的，如《漢書藝文志》已將小説家列成一類，幷述小説家出於"稗官"，其稗官是記以方言奇事，街談巷語之術，考究其作風，實合乎小説範圍——記奇人異事，托物寓言，抒寫人生斷片——所以班固論春秋戰國的若干學派，其中有小說家的名詞，由此看來——我國古代遠在秦漢以前就有小說家的一派，能夠沒有小說作品麼？我想古代小說，所以不能流傳於後世的，必有下列兩個原因：

A. 當時小說受了壓制——春秋戰國的時代，所以戰爭最多，同時諸家學說俱盛，因爲受了時代演進德趨向，戰爭頓減，仁義大張，以致當時論小說家爲村俗之言，非有大道舍諸，就要加以鄙視，如《漢志》云："小說家者流，街談巷語，道聽途說者之所造也。孔子曰：雖小道，必有可觀者焉，致遠恐泥，是以君子弗爲也，然亦滅也。閭里小知者之所及，亦使綴而不忘，如或一言可采，此亦芻蕘狂夫之議也。"由此看來，孔子雖稱"可觀"與"弗滅"，究其實還是把它當做"小道""君子弗爲也""小知之所及"，所以當時小說，不能發揚放彩，這是一個原因。

B. 古代不知小說範圍——我國古代小說是很多的，就是經史子集裏面也有小說作品的存在。如：

"孔子過泰山側嘆苛政猛於虎"一節（《禮記·檀弓》）

"曾子易簀"一節（《禮記·檀弓》）

"齊人一妻一妾"章（《孟子》）（以上經）

司馬遷刺客遊俠等列傳（史）

其他諸子中的寓言（子）

以及陶淵明的《桃花源記》、柳宗元的《三戒》《種樹郭橐駝》、韓昌黎的《圬者王承福傳》、歸震川的《寒花葬志》等，都是古人不承認他是小說，其實是小說。古人所以不認他是小說的原因，就是不明白小說的範圍：

A. 記奇人異事——如《史記·刺客列傳》《種樹郭橐駝傳》《圬者王承福傳》等是。

B. 托物寓意——如"苛政猛於虎"一節、"齊人一妻一妾"章，《三戒》《卜居》。

C. 描寫人生斷片——如《曾子易簀》《寒花葬志》等是。

由此看來，古代已有許多小說作品而不自知，所以後人也就認爲古代没有小説了。

三、小説的價值：近代歐風東漸，西人重視小説的呼聲，已驚醒了一向對小説冷落的我國，於是國人又舊調重彈的大論其小説。本來小説也是一種有價值的文字，例如人人都歡喜閱讀小説，並且小説能留給人們更深切的印象，這樣也可以知道小説價值一般了。再者，小説家能透視人生，并富有敏鋭的感覺，情切强烈，以小説能細細寫出生活一切，因此就能細細的表現時代。英女作家有言："小説是所寫的時代的繪畫。"這句話可算説盡了小説的價值，如《水滸傳》是描寫元代漢人的夢，和漢人受異族壓迫的苦悶象徵，《官場現形記》是表明前清官場的怪現象，《西洋記實》述鄭和下南洋的故事（與歷史地理很有關係）。《鏡花緣》是説明中國文學和東方其他民族的關係，《老殘遊記》是他對於身世、家國、宗教的見解。其他凡是小説作品，都有他的含義，所以小説的價值，是很偉大的。

四、小説的作法：小説既有如此的價值和真理，關於作法我們也應當研究，我以爲小説的作法，應該著重在"人""事""境"三方面：

A. 人：不論長篇或短篇，都要有主要人物，有時也有附屬人物的出現，并要述出人人不同的性格，如《水滸傳》中"女性各有特性"方纔算是到家。

B. 事：短篇事體要單一緊密，長篇要繁富：順叙、逆叙、分叙、錯綜，都要歸束於中心意旨，有九派爭流一海之勢。

C. 境：短篇僅擇其最關切題旨的境地。長篇要對社會、景物節節適當。

綜上所述：小説是時代的産物，具有真實懇切人生批評的價值，所以作者没有豐富的經驗，擴大鋭利的眼光，是觀察不到時代、人生和一切的。像這樣的作品，當然不是好作品，也當然不能給人生有什麽反應和影響了。

（《青年界》一九四七年第三卷第一期）

小說漫談

楊彥君 撰

載於《長郡青年》一九四七年第四卷第一期。作者楊彥君，生平待考。作者自稱是"小孩子"，謙虛"文體卑下"，不過是"引車賣漿者流的見識說話"，全文分別從"作家與社會""小說的表現與型像化""凸現的人物和典型的事件""小說的背景""小說中人物的思想和性格""小說的兩種人稱"等六個方面談其對小說的看法。每部分有論點，有論據，中規中矩，所談理論皆是已廣泛流傳的。再參考行文的語氣與風格，確是年輕人關於小說評論的習作。這也說明小說已深入人心，早已不是禁物。

看完題目以後，應該好笑。我這樣一個小孩子，看過幾篇小說？有甚心得？竟膽敢公然談起小說來？記得上卷裏有位老生先生，也曾談過一次，我也不妨冒失一點姑妄談談。不過像我這樣文體卑下，是引車賣漿者流的見識說話，自然不能和老先生相比，這得首先申明。

一 作家和社會

文學是社會的反映，任何作家其作品總不能超出時代以外。有顛沛流離的生活，杜甫才有《石壕吏》等作品；或國家殘破政府偏安，陸遊纔有他悲壯的詩句。近代作家，在反封建反帝國的浪潮裏:《狂人日記》指出社會是一個人肉宴席,歷史是一本血迹斑斑人吃人的賬簿。《阿Q正傳》繪出了一個落後的流性的中國農民的典型,通過他表現出被封建制度所束縛不能前進的中國社會,《雷雨》寫出了一個禮帽下的黑暗家庭……小説是社會釀成的酒,作家不過是酒匠罷了。

二　小説的表現和型像化

小説中的事情,往往不是寫流水賬樣的叙述,而是型像化的表現出來,死死的描寫是石膏像顯不出生機來。若中國舊小説寫人則必定"面如傅粉,唇若胭脂"或是"眼如銅鈴,巨口獠牙"。一寫打仗則必定"嘩啦啦催開能行馬,鐺瑯瑯舉起銀桿槍",那自然不是型像化。而那些"秀才落難,佳人贈金,惡人惡報,善人善報,金榜及第,奉旨成婚"也自然不是上等小説的作風。《紅樓夢》寫寶玉聽得紫鵑説要接林妹妹回去,馬上急成神經,看見自行船(玩具)就要……林之孝來請安的"林"字,就要把他打出去,並且要把林家的人都殺盡,免得來接林妹妹,寶玉的癡情是何等的表現得好。有許多小説給讀者製造出一類焦躁期待的心,或放上一個情節緊張的高潮點;《紅樓夢》中黛玉常對發生誤會,讀到那裏就替寶玉發急,想替他解釋;寶玉準備結婚,他還以爲娶的是林妹妹,我就恨不得馬上告訴他,別人在玩鬼會把寶姐姐做他的夫人。《雷雨》中四鳳在他媽媽懷裏流淚,外面響着雷;和末尾四鳳和二少爺觸電的慘叫聲,大少爺自殺的手槍聲,外面魯大海的打架聲……看到那裏我們全身發麻,這就是所謂高潮點。

三　凸現的人物和典型的事件

讀過一篇小説后,活躍在腦子里的只幾個人和幾樁事,如林黛玉、武松、張飛,這些都是凸現的人物。如《阿Q正傳》所寫的就是典型的事件。成功的小説中凸現的人物和典型的事件是必要的。

把整個的社會平平板板的敘述出來，只能算是新聞記事；要把人物事件加以選擇，加以概括，成為凸現典型，才是小說。《儒林外史》就是一個極好的例子。而往往利用一個附加物，如孔乙己的咬文嚼字滿口之乎也者，《水滸》中人物的綽號，阿Q被人打了就說："兒子打了老子。"林黛玉的離不了藥爐眼淚，這些都是利用附加物人物也就容易成為凸出，事件也就容易成為典型。

四　小說的背景

　　每篇小說都有他的背景。如漆黑的森林裏是發生劫案的地方，荒涼的海濱是航船遇難的所在，陰暗的古屋裏當有鬼魔出沒，幽美的月光下必有情人談心，這些都是事情的背景。背景可以影響到人物的思想和動作。據說有某禁欲主義者，知道侄女有了情人，夜晚常在河岸上散步，他氣得要死，一夜他拿了棍子去找他們，但一出門看到幽美的月光，原野的夜色比白晝還美麗得多，因而他的思想馬上動搖。他想若不是上帝專為他們預備的，為什麼叫它比白天還美麗呢？接著他看到遠處的月光下樹影形成的拱門處，一對人影走來，他不但不敢打他們反而避開了，這就是背景影響到人物的思想動作。《紅樓夢》中寫黛玉被關在怡紅院外獨自飲泣，哭到沉痛處，連樹上的鳥雀也想來飛鳴，池裏的魚也浮上來陪著她傷心，淒涼襯淒涼，這就是背景更加深人物的悲傷。可是同時又寫從門內傳出寶玉和丫頭們的歡笑聲，歡樂對悲傷，更比出門外黛玉的孤零淒冷。"朱門酒肉臭，路有凍死骨"，酒肉臭才比襯出凍死骨的可憐。《西廂記》中"碧雲天，黃葉地，秋風起，北雁南飛"，一派淒涼景色，才加深地表現出了張生鶯鶯分別的淒涼。"可憐身上衣正單，心憂炭賤願天寒"，才更加深地襯出了賣炭翁的可憐。

五　小説中人物的思想和性格

　　要明白小説中人物的思想和性格，就得清楚作者的思想和當時的環境。《水滸》一部富於戰鬥性的作品，裏面有兩首歌："赤日炎炎似火燒，野田禾稻半枯焦。農夫心內如湯煮，公子王孫把扇搖。"和"捕魚一世蓼兒洼，不種青苗不種麻。酷吏賊官都殺盡，忠臣報签趙官家。"就常被人引來説《水滸》是一部描寫被壓迫的農民，反抗統治者的作品。梁山泊的旗號是"替天行道"，那一群好漢反對的是富而不仁的豪紳，要殺盡的是賊官酷吏，對於聖主仁君、清官廉吏仍是五體投地的。人物思想性格都明白的表現出來了。但他們這群忠君愛國的英雄，仍不能爲當時社會思想所容忍，作者是當時社會中的一份子，所以雖然對於他們抱著滿腔的同情，而因終究是一群強盜，故末尾仍叫盧俊義做個夢，暗示出爲盗的下場，來個嵇康把他們殺盡。魯迅對於孔乙己的沒落沒有絲毫的惋惜，對於阿Q倒給了他珍貴的同情，而是暴露當時社會的黑暗。有些人説寳玉就是曹雪芹自己，黛玉是什麽梅妃。可見人物的思想性格，都是當時環境和作者的思想性格而定。

六　小説的兩種人稱

　　把許多小説大致可以分爲兩類：一類是參加或目睹者的立場寫相；一類是客觀的立場寫的。前者叫第一人稱，後者叫第三人稱。如《福爾摩斯》《霍桑探案》《塔裏的女人》《魯濱遜漂流記》這些就都屬於第一類。拿"我"字作一條綫索，將故事連串了起來，所有的經過都拿"我"字作出發點。這樣瑣碎的情節寫來格外緊湊，如《彷徨》中《在酒樓上》，作者和舊友的感舊，友人生活的叙述，回家來爲弟弟遷葬，送阿順剪絨花……瑣碎的東西一點不散漫，這是這種方法的功效。但有其缺點，叙述自己的事情，美點自己説出來，就成了自夸，使人肉麻。壞點自己不便説，所以有些作品中的"我"

用參加者的副脚代替,主脚的好句都可以借他的口述了。《霍桑探案》中借包朗的口吻述説,就是一個極好的例子。若憑《霍桑探案》説程小青是包朗,憑《孔乙己》説魯迅當過酒店伙計,那就成笑話了。第三人稱則用"他"字把所有的人物表現出來,作者超出一切人物,高高在上立於雲端,對於人物的動作、心理的變化、事情的進展,没有時間空間的限制他都了然,而且可以預先知道。使誰行凶,使誰受難,怎樣設下網羅,怎樣投入裏面,都有全權。《紅樓夢》《水滸》《三國演義》等都屬於這一類。所有人物的一言一動,是何原因有何意思,每個人的心理,作者都似神之於人一樣,完全知道。《紅樓夢》中王夫人安排給寶玉娶親,怎樣避著寶玉不告他新夫人是誰,寶玉和在病中的黛玉的心思,作者不限時間空間都清楚,在此處他看到寶玉成婚,在彼此也看到黛玉死去,這類方法自然可以把故事清楚透徹的表現出來。但也有其缺點,不獨每人的心理都知道,很不合乎事實,很使人感到是小説。而且每個人内心都暴露出來,也失去了藴蓄性。

没談談到這裏作爲終結,覺得我自己太冒失了一點,上面的東西確實太幼稚得好笑,但好則我首先就已經申明過了,本來是引車賣漿者流的見識話語。

(《長郡青年》一九四七年第四卷第一期)

水滸傳散記

張學遂 撰

載於《華僑評論》一九四七年第二卷第十三期。作者張學遂，生平待考。本文主要談論《水滸傳》與中國社會的關係。在其看來，從《水滸傳》中，"可以看出中國社會的情形"，可以理解中國歷史上爲何會有那麼多的民變，可以探討讀書人在造反隊伍中的形象與作用，可以理解非官方組織的運作形態。總的來說，是將《水滸傳》看作透視中國社會的一面鏡子，可惜討論得還不夠深入。

　　文學是生活的反應，社會的一面大鏡子。無論古典主義、浪漫主義、寫實派與象徵派，都脫離不了反應人生、反應社會的問題。不過有的是經驗了人生，才去寫小說，如俄國文豪的托爾斯泰；有的是爲了寫小說，纔去經驗人生，如法國的左拉。但他們的作者，都是反應人生與社會問題。

　　我常想中國人的生活，可以三部小説作爲全部的代表。一部是《三國演義》，從這種我們可以看出中國的政治情形；一部是《紅樓夢》，從這裏我們可以看出中國的家庭情形；另外一部是《水滸傳》，從這裏面可以看出中國社會的情形。

　　就藝術而論，《水滸傳》場面之大，主角之多，不是任何小説所可比的。就性質來說，對於中國社會一般社會描寫之深，影響之大，也不是任何小說可比的。現在中國下層社會（非官方社會）的組織，一般江湖志士的行動，都受著他的支配，守著《水滸傳》的信條與辦法,作爲他們的組織的精神。

一位日本人,曾寫了一部《水滸傳與中國社會》。中國當今一位政治學者薩孟武先生,將他修正刪改,也寫了一本批評《水滸傳》的書。近人張恨水先生也常常寫《水滸傳》的短文。除此以外,作者就不曾看見更好的《水滸傳》的書評了。《水滸傳》這樣的名作,不朽工作,應該有更多的研究來發揚他的技巧與指出他對中國社會的影響。

作者當小學生時起,無事即看《水滸傳》。雖讀破幾本,但仍有空即讀。《水滸傳》對於我算是第一部百讀不厭的小說。出國以來,雖不曾帶在身邊,但無事時又會想到他,想到他同當前中國的社會問題。

《水滸傳》的中心旨趣,不外說明四個字"官逼民反"。梁山泊的一百零八條好漢,上至呼保義宋江,下至白日鼠白勝、鼓上蚤時遷都不是有心爲匪,而是因爲政治腐敗,官吏貪污,好人立不住腳,於是逼上梁山當匪了。宋江自赤髮鬼劉唐送銀子時起,因此發生閻婆惜案。後來四處流落,在柴進家中避難,回家訪父時止,都是無心爲匪的。不過後來逼得沒有辦法,他也不得不上梁山了。此外,玉麒麟盧俊義、小旋風柴進、青面獸楊志、豹子頭林冲等等,無一不是逼上梁山的。明乎此,我們就可以知道中國歷史上爲什麼這樣多的民變了。

中國有句俗話叫作"秀才造反,三年不成"。原因是因爲秀才有學識無果斷,有見解無氣魄。所以張良、蕭何,必依劉邦而成事,荀攸、郭嘉,必依曹操而起家。《水滸傳》上的智多星吳用,雖然狗頭軍師,頭頭是道,但他總離不開晁蓋與宋江。當領袖的人,還有比見解、學識重要的條件在。但無吳用,梁山泊的反,也造不起來的。

《水滸傳》上的文人,除三家村的吳用外,還有金大堅與蕭讓。蕭讓寫的一手好字,金大堅會刻印。梁山泊因爲要他們寫假字造假印,所以把他們騙上山。直到上山以後,他們倆人說:"寨裏要我們何用?"這九個字,活畫了一副書呆子的神像。

西洋的小説中，總脱不了女主角，但《水滸傳》上却無女主角。一丈青扈三娘父母被殺後，雖然投奔梁山，施耐庵顯然輕視他。另外兩個女的，潘金蓮、潘巧雲，都是該殺的淫婦。

　　《水滸傳》上的人物，雖然殺人不眨眼，但除矮腳虎王英外，却無一人好色。這爲後來的下層社會，開了一個好例。

　　《水滸傳》上的人，都是揮金如土，對朋友講義氣，總是大把銀子大把錢。宋江見人就送錢，所以人家叫他及時雨。他第一次看見武松，爲武二送行，就給他二十兩銀子，却説："你若不收，我便不認你做兄弟。"話説得如此漂亮，使武二不得暗暗自忖："交結這樣一位兄弟，死也值得。"宋江第一次見李逵，也送了銀子讓他去賭博，使李逵也大叫："這位哥哥真是名不虛傳，他一見面就給我銀子。"

　　土匪想要成事，爲了得一般人民的信仰，一定要拉有聲望的人進去。這樣纔能使人民對他的觀感改變，認爲某人都可參加，他也自然也樂於前往。所以梁山泊一定千萬設想，把雙呼延灼、大刀關勝、小旋風柴進與玉麒麟盧俊義等拉上梁山。宋太祖想得天下，一定要去找陳摶老祖；清朝得天下，總想拉顧亭林、王船山一批人；民國成立，革命黨也要拉清廷狀元譚延闓與在日本的章士釗，也就是這個原因。

　　　　　　　　（《華僑評論》一九四七年第二卷第一三期）